Fjodor M. Dostojewski

Onkelchens Traum

Zu diesem Buch

Die Humoreske »Onkelchens Traum« von dem närrischen greisen Fürsten, dem ein Heiratsantrag abgelistet wird und dem man später einredet, er habe alles nur geträumt, schrieb Dostojewski noch in Sibirien, nach eigenem Zeugnis mit dem einzigen Ziel, die literarische Tätigkeit wiederaufnehmen zu können, und in großer Angst vor Zensur. Entstanden ist eine köstliche Komödie, in der sich bereits jene jugendliche Revolte ankündigt, der Dostojewski später im »Jüngling« ein Denkmal gesetzt hat.

Der negative Held des Romans »Das Gut Stepantschikowo und seine Bewohner«, der intrigante, frömmelnde Schmarotzer Foma Fomitsch, ist ein Nachfahre von Molières Tartuffe. Das Werk wird von Thomas Mann bezeichnet als »eine komische Creation ersten Ranges, unwiderstehlich an Shakespeare und Molière heranreichend«.

Ganz andere Töne werden in dem Roman »Die Erniedrigten und Beleidigten« angeschlagen. Schauplatz dieses sozialkritischen, an Dickens und Balzac erinnernden Werks ist ein düsteres Petersburg. Verschiedene Motive verschränken sich – die Beziehungen zweier Väter zu ihren Töchtern, die ganz verschiedenartige Liebe zweier Frauen zu demselben Mann –, doch die eigentliche Hauptgestalt ist der Fürst Walkowskij, in dem der Nihilismus der Epoche zum erstenmal in Dostojewskis Werk porträtiert wird.

Fjodor M. Dostojewski

Onkelchens Traum

Drei Romane

Piper
München Zürich

Aus dem Russischen übertragen von E. K. Rahsin

Originaltitel »Djadjuškin son« – »Selo Stepančikovo i ego obitateli«
»Unizennye i oskorblennye«
Mit einem Nachwort von Angela Martini, Anmerkungen,
Auswahlbibliographie und biographischen Daten

Die Werke Dostojewskis erschienen in der Übertragung von E. K. Rahsin
im R. Piper & Co. Verlag erstmals in den Jahren 1906–1919.
Der Text dieser Ausgabe folgt – mit Ausnahme des Anhangs –
seitengleich der 1960 von
E. K. Rahsin neu durchgesehenen Ausgabe.
ISBN 3-492-04006-3
5. Auflage 1996

Umschlaggestaltung: Büro Hamburg, Susanne Schmitt
Abbildung: »Mann und Frau im Garten II«
(Ausschnitt) von Edvard Munch

Gesamtherstellung Ebner Ulm

Printed in Germany

INHALT

Onkelchens Traum

Das Gut Stepantschikowo

Die Erniedrigten
und Beleidigten

Onkelchens Traum

Aus den Chroniken der Stadt Mordássoff

I

Márja Alexándrowna Moskálewa ist selbstverständlich die erste Dame von Mordássoff, und diese Tatsache kann nicht im geringsten angezweifelt werden. Ihr Auftreten ist von so überlegener Art, als brauchte sie niemanden zu berücksichtigen, ja, als wären, im Gegenteil, alle anderen von ihr abhängig. Freilich wird sie deshalb auch fast von niemandem geliebt und sogar von recht vielen aufrichtig gehaßt; aber dafür wird sie von allen gefürchtet, und eben dies ist es, was sie braucht. Ein solches Bedürfnis ist ja doch schon an sich ein Beweis hoher Politik. Wie kommt es, zum Beispiel, daß Marja Alexandrowna, die den Klatsch über alles liebt und nachts nicht einschlafen kann, wenn sie tagsüber nichts Neues erfahren hat, – wie kommt es, daß sie sich trotzdem so zu benehmen weiß, daß bei ihrem Anblick kein Mensch darauf käme, in dieser würdevollen Dame die erste Klatschbase der Welt oder mindestens von Mordássoff vor sich zu haben? Im Gegenteil, man hat den Eindruck, ihre bloße Anwesenheit genüge schon, um jeden Klatsch zu verbannen und etwaige Hinterbringer wie Schulbuben vor dem Herrn Lehrer erröten und erzittern zu lassen; daß in ihrer Gegenwart keine anderen Gespräche möglich wären als nur solche über hohe und verehrungswürdige Themen. Sie weiß zum Beispiel von manchen Mordássowern so wichtige und skandalöse Dinge, daß, wenn sie diese bei passender Gelegenheit erzählen und so einleuchtend beweisen wollte, wie nur sie ähnliches zu beweisen versteht, in Mordassoff sich ganz gewiß ein Erdbeben gleich dem von Lissabon ereignen würde. Indessen ist sie sehr verschwiegen in solchen Dingen und würde sie allerhöchstens ihren nächststehenden Busenfreundinnen anvertrauen. Sie versteht es aber meisterhaft, durch Andeutungen zu verstehen zu geben, daß sie etwas wisse, und damit den betreffenden Herrn oder die Dame in ständiger Angst zu erhalten, statt sie mit einem Schlage endgültig zu vernichten. Das beweist Klugheit, das nennt man Taktik! – Marja Alexandrowna zeichnete sich unter uns stets durch ihr tadelloses Benehmen aus, das denn auch allen zum Vorbild diente. In dieser Beziehung hat sie keine Rivalin in Mordassoff. Sie versteht, zum Beispiel, eine Gegnerin mit einem einzigen Wort zu vernichten, zu zerschmettern, zu töten, was wir als Augenzeugen miterlebt haben; dabei tut sie aber, als wüßte sie gar nicht, als hätte sie überhaupt nicht bemerkt, was sie da ausgesprochen hat. Bekanntlich ist ein solches Vorgehen bereits das Anzeichen der Zugehörigkeit zur höchsten Gesellschaft. Überhaupt hätte sie in allen solchen raffinierten Taktfragen selbst einen Pinelli[1] übertroffen. Sie hat unzählige Beziehungen. Viele Reisende, die Mordassoff besuchten, stiegen bei ihr ab, waren begeistert von der Aufnahme in ihrem Hause und korrespondierten nachher noch mit ihr. Einer ihrer Gäste hat sogar ein Gedicht auf sie verfaßt, das Marja Alexandrowna gelegentlich stolz vorzuweisen pflegte. Und ein Schriftsteller, dem auf der Durchreise ihre Gastfreundschaft zuteil geworden war, hat ihr sogar eine Novelle gewidmet, die er dazu noch auf einer Abendgesellschaft bei ihr vortrug, was einen überaus angenehmen Eindruck machte. Ein deutscher Gelehrter aus Karlsruhe, der uns mit seinem Besuch beehrte, um hier eine besondere Wurmart mit Hörnchen, die in unserem Gouvernement vorkommt, zu erforschen, und der über dieses Würmchen vier Bände in Quart geschrieben hat, war von Marja Alexandrownas liebenswürdiger Gastfreundschaft so bezaubert, daß er auch heute noch aus Karlsruhe ehrerbietige und moralisch einwandfreie Briefe mit ihr austauscht. Ja, man hat Marja Alexandrowna in gewisser Hinsicht sogar mit Napoleon verglichen. Natürlich haben das nur ihre Feinde getan, und mehr um der Karikatur als um der Wahrheit willen. Aber wenn ich auch die Seltsamkeit eines solchen Vergleichs zugebe, so möchte ich mir hierzu doch eine ganz naive Frage erlauben: Warum, frage ich Sie, warum wurde dem großen Napoleon schließlich doch schwindlig, als er schon gar zu hoch hinaufgestiegen war? Die Verteidiger des *ancien régime* schrieben das dem Umstand zu, daß Napoleon nicht nur kein Sproß aus königlichem Hause, sondern nicht einmal ein *gentil-homme* von altem Geblüt war; folglich habe er, als er sich schließlich auf dieser Höhe sah, naturgemäß erschrecken und sich auf die ihm einzig zustehende geringe Stellung besinnen müssen. Doch trotz dieser offenkundig geistvollen Erklärung des Rätsels, die lebhaft an die Glanzzeit des alten französischen Hofes erinnert, möchte ich mir nun meinerseits die Frage erlauben: Warum wird einer Marja Alexandrowna niemals und unter gar keinen Umständen schwindelig und warum bleibt sie immer unentwegt die erste Dame von Mordassoff? Es hat doch zum Beispiel Fälle gegeben, wo alle sagten: »Jetzt wollen wir doch mal sehen, wie Marja Alexandrowna sich diesmal aus der Patsche ziehen wird!« Allein, die schwierigen Verhältnisse traten ein, gingen vorüber, und – es geschah nichts! Alles blieb wohlbehalten beim alten oder erschien womöglich besser als zuvor. Zum Beispiel wird sich hier noch ein jeder erinnern, wie ihr Gatte, Afanássij Matwéjewitsch, seine Stellung einbüßte, nachdem er durch seine Unfähigkeit und seinen Schwachsinn den Zorn eines ihm auf den Hals geschickten Revisors erregt hatte. Wer dachte da nicht, Marja Alexandrowna werde nun kleinlaut werden, werde sich demütigen, werde bitten und beschwören, kurz, werde nicht mehr so hoch daherfliegen. Statt dessen geschah nichts dergleichen. Marja Alexandrowna sagte sich sofort, daß hierbei mit Bitten und Beschwörungen nichts mehr zu ändern sei, und wußte sich so einzurichten, daß sie von ihrem Einfluß auf die Gesellschaft nichts einbüßte, und ihr Haus nach wie vor für das erste Haus in Mordassoff gilt. Die Gattin unseres Staatsanwalts, Anna Nikolájewna Antípowa, die geschworene Feindin von Marja Alexandrowna, wenn auch anscheinend ihre beste Freundin, frohlockte bereits über ihren Sieg. Als man aber sah, daß Marja Alexandrowna sich nichts weniger als irremachen ließ, da erkannte man endlich, daß ihre Überlegenheit in der Gesellschaft viel tiefer wurzelte als man bis dahin gedacht hatte.

Übrigens, da wir nun einmal auf Afanassij Matwejewitsch zu sprechen gekommen sind, will ich gleich hier noch ein paar Worte über ihn sagen. Vor allem muß ich bemerken, daß er äußerlich eine sehr repräsentable Erscheinung ist und sich sogar sehr anständig benimmt; nur in kritischen Fällen scheint er gleichsam unsicher zu werden und schaut dann drein wie ein Schafbock vor einem neuen Stalltor. Er wirkt, namentlich bei Geburtstagsessen, mit der hohen weißen Halsbinde sehr würdevoll. Doch leider währt der gute Eindruck dieser ganzen würdevollen Haltung nur bis zu dem Augenblick, wo er zu sprechen beginnt. Sie müssen schon entschuldigen, aber dann sollte man sich lieber gleich die Ohren zuhalten. Er ist dann entschieden nicht würdig, Marja Alexandrowna anzugehören. Das ist die allgemeine Meinung. Übrigens hat er sich auch nur dank der Genialität seiner Gattin auf seinem Posten halten können. Meiner ehrlichsten Überzeugung nach gehörte er schon längst als Vogelscheuche in einen Gemüsegarten. Dort, aber auch nur dort allein, könnte er seinen Landsleuten von wirklichem, unbestreitbarem Nutzen sein. Und deshalb handelte Marja Alexandrowna sehr klug, als sie Afanassij Matwejewitsch damals sogleich auf ihr drei Werst von der Stadt entferntes Gut schickte, wo sie hundertundzwanzig Leibeigene besitzt – nebenbei bemerkt, ihr ganzer Besitz und ihre einzige Einnahmequelle, aus der sie alle Ausgaben bestreitet, die selbstverständlich nicht gering sind, da sie doch nach wie vor das große Ansehen ihres Hauses zu wahren weiß. Man begriff sofort, daß sie ihren Gatten bis dahin nur deshalb bei sich hatte wohnen lassen, weil er eine Stellung hatte und ein Einkommen bezog und . . . noch andere Einkünfte dazu. Als es aber mit dem Gehalt und den anderen Einkünften zu Ende war, da wurde er angesichts seiner vollkommenen Untauglichkeit und Nutzlosigkeit sofort entfernt. Und alle lobten Marja Alexandrownas klares Urteilsvermögen und ihre Entschlossenheit. Afanassij Matwejewitsch lebt also jetzt dort auf dem Lande, sorglos und frohgemut, gleichsam vor sich hinträllernd. Ihm geht nichts ab. Ich habe ihn erst kürzlich einmal besucht und eine ganze Stunde recht angenehm mit ihm verbracht. Er übt sich vor dem Spiegel im Umbinden verschiedener weißer Halsbinden, putzt eigenhändig seine Stiefel – nicht etwa, weil er keine Bedienung hätte, sondern einzig aus Liebe zur Kunst, denn er hat nun mal eine Vorliebe für spiegelblanke Stiefel. Dreimal am Tage trinkt er seinen Tee, liebt es über alles, in der Badestube ein Dampfbad zu nehmen und – ist zufrieden. Und entsinnen Sie sich noch der unangenehmen Geschichte, die man sich vor etwa anderthalb Jahren von Sinaïda Afanássjewna, der einzigen Tochter von Marja Alexandrowna und Afanássij Matwéjewitsch, erzählte? Sinaïda ist fraglos eine Schönheit und ausgezeichnet erzogen, aber sie ist schon dreiundzwanzig Jahre alt und noch nicht verheiratet. Unter den Gründen, mit denen man diese Tatsache zu erklären versucht, sind die vagen Gerüchte von gewissen Beziehungen Sinas zu einem Kreisschullehrer – die auch jetzt noch nicht ganz verstummt sind – sicherlich die am meisten besprochenen. Es handelt sich um einen Liebesbrief, den Sina vor anderthalb Jahren an jenen jungen Lehrer geschrieben haben soll und der in Mordassoff von Hand zu Hand gewandert sei. Aber wer hat denn diesen Liebesbrief oder Zettel mit eigenen Augen gesehen? Wenn er von Hand zu Hand gewandert ist, wo ist er dann schließlich geblieben? Alle haben von ihm nur gehört, gesehen aber hat ihn kein einziger. Ich wenigstens habe noch keinen angetroffen, der ihn selbst gesehen hätte. Macht man aber vor Marja Alexandrowna eine diesbezügliche Anspielung, so tut sie, als verstünde sie einen einfach nicht. Nehmen wir nun an, daß Sina tatsächlich einen solchen Brief oder einen Zettel mit ein paar herzlichen Worten geschrieben hat (ich glaube sogar, daß sie es bestimmt getan hat): wie bewundernswert ist dann doch Marja Alexandrownas Geschicklichkeit! Wie gewandt hat sie dem unangenehmen Klatsch die Spitze abzubrechen verstanden! Keine Spur zu finden, kein Beweis aufzutreiben! Und jetzt schenkt sie dieser ganzen schmutzigen Verleumdung überhaupt keine Beachtung mehr! Aber Gott allein mag wissen, mit welcher Energie sie eingegriffen hat, um die Ehre ihrer einzigen Tochter unbefleckt zu erhalten! Und andererseits, daß Sina noch nicht verheiratet ist, wie sollte das nicht begreiflich sein: was gibt es denn hier für Freier? Und für Sina käme doch allenfalls nur ein regierender Fürst in Frage. Hat jemand, frage ich, je im Leben eine solche Schönheit gesehen? Freilich ist sie stolz, vielleicht gar zu stolz. Man sagt, Mosgljakóff werbe um sie, aber es ist wohl nicht anzunehmen, daß sie ihn heiraten wird. Was ist denn auch schon so ein Mosgljakoff? Nun ja: er ist jung, hübsch, ein Fant, besitzt hundertfünfzig Leibeigene, unverpfändete, hat auch sonst keine Schulden, ist Petersburger. Aber vor allem: der Kopf ist nicht viel wert. Ein Windbeutel, ein Schwätzer, voll irgendwelcher allerneuesten Ideen! Und was sind denn hundertfünfzig Leibeigene, namentlich bei allerneuesten Ideen! Nein, zu dieser Heirat wird es bestimmt nicht kommen!

Alles, was der geneigte Leser bisher gelesen hat, habe ich vor ungefähr fünf Monaten niedergeschrieben, lediglich aus Überschwang. Ich will es lieber gleich eingestehen, daß ich für Marja Alexandrowna eine kleine Schwäche habe. Eigentlich hatte ich die Absicht, eine Art Huldigung an diese herrliche Frau zu verfassen, vielleicht in der Form eines scherzhaften Briefes an einen Freund, nach dem Muster jener Briefe, die in der alten goldenen, doch Gott sei Dank unwiederbringlichen Zeit in der „Nordischen Biene“ und den übrigen damaligen Zeitschriften veröffentlicht wurden. Da ich nun aber keinen einzigen Freund besitze und mir außerdem eine gewisse literarische Schüchternheit angeboren ist, so ist mein Manuskript in meinem Tischfach liegengeblieben, als literarischer Versuch und als Erinnerung an eine friedliche Zerstreuung in Stunden der Muße und des Vergnügens zu schreiben. Inzwischen vergingen fünf Monate, – und plötzlich erlebte Mordassoff ein erstaunliches Ereignis: eines frühen Morgens traf Fürst K. in der Stadt ein und stieg bei Marja Alexandrowna ab.

Die Folgen dieses Besuches waren unabsehbar. Der Fürst hielt sich nur drei Tage in Mordássoff auf, aber diese drei Tage haben eine verhängnisvolle und unauslöschliche Erinnerung an sich hinterlassen. Ja, ich kann sogar sagen, daß der Fürst in gewisser Hinsicht einen Umbruch unserer ganzen Stadt bewirkt hat. Der Bericht über dieses Ereignis wird natürlich einmal die bedeutsamste Seite in der Chronik Mordassoffs ausmachen. Nach einigem Schwanken habe ich mich nun entschlossen, eben diese Seite der Chronik literarisch zu bearbeiten und dem Urteil des hochverehrten Publikums zu unterbreiten.

Meine Erzählung umfaßt die ungekürzte und bemerkenswerte Geschichte der Erhöhung, des höchsten Ruhmes und des feierlichen Sturzes unserer Marja Alexandrowna und ihres ganzen Hauses in Mordassoff, ein Thema, das eines Schriftstellers würdig ist und einen verführerischen Reiz für ihn hat. Freilich muß zuvor noch erklärt werden, weshalb es denn ein solches Ereignis war, daß der Fürst K. in die Stadt gefahren kam und bei Marja Alexandrowna abstieg, – und zu eben diesem Zweck wird es nötig sein, ein paar Worte über den Fürsten K. selbst vorauszuschicken. Das werde ich denn auch tun. Außerdem ist die Kenntnis der Lebensgeschichte dieser Persönlichkeit durchaus unentbehrlich für das Verständnis des ganzen weiteren Verlaufs unserer Erzählung. Also, ich beginne.

II

Ich muß vorausschicken, daß Fürst K. den Jahren nach durchaus noch kein Greis war. Gleichwohl kam einem bei seinem Anblick unwillkürlich der Gedanke, daß er sogleich auseinanderfallen müsse: so verlebt oder verbraucht war der Mann und so sah er auch aus. In Mordassoff hat man sich von diesem Fürsten schon immer höchst sonderbare, mitunter geradezu phantastische Dinge erzählt. Einmal hieß es sogar, der alte Herr sei richtig irrsinnig geworden. Am sonderbarsten fanden es aber alle, daß ein so reicher Gutsbesitzer, der viertausend Leibeigene besaß, mit vielen bekannten Würdenträgern verwandt war und folglich jederzeit eine große Rolle im Gouvernement hätte spielen können, auf seinem prachtvollen Gut von aller Welt völlig zurückgezogen lebte. Viele Honoratioren hatten ihn vor sechs oder sieben Jahren gekannt, als er sich eine Zeitlang in unserer Stadt aufhielt, und sie versicherten, daß er damals Einsamkeit nicht habe ausstehen können und alles eher als ein Einsiedler gewesen sei.

Jedenfalls habe ich an wirklich Glaubwürdigem nur Folgendes aus seiner Lebensgeschichte erfahren:

Irgend einmal, noch in seinen jungen Jahren, was übrigens doch schon recht lange her sein muß, war der Fürst in glänzender Weise ins Leben eingetreten, hatte gejeut, geliebt, im Ausland mehrmals sein ganzes Geld durchgebracht, hatte Romanzen gesungen, banale Witze erzählt und sich nie durch glänzende Geistesgaben ausgezeichnet. Selbstverständlich war bald sein ganzes Vermögen vertan, so daß er sich, als das Alter kam, plötzlich vor dem Nichts sah. Da hatte ihm irgend jemand den Rat gegeben, auf sein Gut überzusiedeln, das bereits versteigert werden sollte, und so war er denn nach Mordassoff gefahren und hatte dort ganze sechs Monate zugebracht, ohne an die Weiterfahrt aufs Gut zu denken. Das Provinzleben hatte ihm sehr gefallen, und die Folge davon war, daß er in diesem halben Jahr auch das Letzte, was ihm noch verblieben war, durchbrachte, da er weder auf das Jeu, noch auf verschiedene Intimitäten mit den Provinzdamen verzichtete. Hinzu kommt, daß er ein gutmütiger Mensch war, freilich nicht ohne einige besondere fürstliche Angewohnheiten übler Art, die aber in Mordassoff als ausschließlich der höchsten Gesellschaft eigen angesehen wurden, und daher, statt Verdruß zu erwecken, sogar einen guten Eindruck machten. Namentlich die Damen waren von ihrem lieben Gast unentwegt entzückt. Man bewahrte gar manche interessante Erinnerung an ihn auf. Unter anderem wurde erzählt, daß der Fürst über die Hälfte des Tages zum Ankleiden brauche und der ganze Mensch aus zusammensetzbaren Stücken bestände. Niemand wußte sich zu erklären, wann und wo er sich aller der ihm fehlenden Körperteile zu entledigen vermocht hatte. Er trug eine Perücke, falschen Schnurr- und Backenbart, und sogar die Fliege à la Mazarin unter der Unterlippe war unecht. Ihm war buchstäblich jedes Haar angeklebt und jedes glänzte im schönsten Schwarz. Er schminkte und puderte sich täglich. Es wurde sogar behauptet, daß er mittels gewisser kleiner elastischer Spanner oder »Sprungfedern«, die in seinen Haaren unsichtbar angebracht sein sollten, die Runzeln in seinem Gesicht glätten könne. Auch hieß es, daß er ein Korsett trage, da er sich bei einem ungeschickten Sprung aus dem Fenster – während eines Liebesfeldzuges in Italien – ein paar Rippen gebrochen habe. Mit dem linken Bein hinkte er. Es wurde behauptet, daß dieses linke Bein unecht sei und er das echte in Paris gleichfalls bei Gelegenheit eines Liebesabenteuers gebrochen habe, und daß zum Ersatz ihm ein Bein aus Korkholz angesetzt worden sei. Aber schließlich, was wird nicht alles erzählt? Tatsache war jedoch, daß sein rechtes Auge ein Glasauge war, natürlich ein sehr teures, sehr kunstvoll gearbeitetes. Seine Zähne waren alle unecht. Ganze Tage lang wusch er sich mit den verschiedensten patentierten Flüssigkeiten, parfümierte und pomadisierte er sich unermüdlich. Übrigens entsinnt man sich, daß der Fürst damals schon merklich gealtert war und entsetzlich schwatzhaft wurde. Seine Zukunft war, wie man meinte, hoffnungslos. Alle wußten, daß er nichts mehr besaß. Da sollte es aber geschehen, daß gerade zu der Zeit eine seiner nächsten Verwandten – eine Greisin, die ständig in Paris lebte und von der er eigentlich nichts zu erwarten hatte – starb, nachdem sie einen Monat zuvor ihren einzigen Erben begraben hatte. So wurde denn der Fürst ganz plötzlich und völlig unerwarteterweise zu ihrem rechtmäßigen Universalerben. Viertausend Seelen und ein wunderbares Gut, sechzig Werst von unserer Stadt entfernt, erhielt er ganz allein. Ohne lange zu säumen, beschloß er, nach Petersburg zu fahren, um dort die Angelegenheit zu ordnen. Zum Abschied gaben unsere Damen ihrem lieben Gast noch ein glänzendes Diner, das sie gemeinsam bezahlten, wozu eine Kollekte veranstaltet worden war. Der Fürst, sagt man, sei an diesem Abend bezaubernd liebenswürdig gewesen, habe gescherzt und gelacht und die ungewöhnlichsten Anekdoten erzählt. Zum Schluß habe er versprochen, sich so bald wie möglich in Duchánowo, so hieß sein neues Gut, niederzulassen, und dann – darauf habe er sein Wort gegeben – werde er fortwährend Feste, Picknicks, Bälle und italienische Nächte mit Feuerwerk und Lampions veranstalten. Die Damen sprachen ein ganzes Jahr lang nach seiner Abreise fast nur noch von den verheißenen Freuden und erwarteten ihren alten Freund mit größter Ungeduld. Inzwischen aber begnügte man sich mit gemeinsamen Ausflügen nach Duchanowo, wo das alte Herrenhaus und der große Park besichtigt wurden. In diesem Park gab es Akazienhecken, die zu Löwen und anderen Tieren zurechtgestutzt waren, künstliche Hünengräber, Teiche, auf denen Boote schaukelten mit holzgeschnitzten Türken, die Hirtenflöten bliesen, Lauben, Pavillons, Monplaisirs und noch viele andere Scherze.

Endlich kehrte der Fürst zurück, doch zur allgemeinen Verwunderung und Enttäuschung berührte er Mordassoff nicht einmal auf der Durchreise, sondern ließ sich gleich auf seinem Gut nieder und lebte dort wie ein Einsiedler. Alsbald verbreiteten sich sonderbare Gerüchte, und überhaupt kann man sagen, daß die Lebensgeschichte des Fürsten seit eben dieser Zeit schleierhaft und phantastisch wird. So erzählte man, daß er in Petersburg nicht gerade Glück gehabt habe, daß einige seiner Verwandten und dereinstigen Erben ihn wegen seiner Geistesschwäche unter irgend jemandes Vormundschaft hatten stellen wollen, wahrscheinlich aus Furcht, daß er wieder sein ganzes Vermögen durchbringen werde. Ja, einige behaupteten sogar, daß man ihn in eine Irrenanstalt habe einsperren wollen, doch einer seiner Verwandten, ein angesehener Mann, sei für ihn eingetreten und habe den anderen erklärt, daß der arme Fürst, von dem ja ohnehin nur noch die eine Hälfte lebe, wahrscheinlich sehr bald von selbst sterben werde, und dann bekämen sie das Gut auch ohne Irrenhaus. Doch ich frage nochmals: Wird denn wenig in der Welt geklatscht? und nun gar bei uns in Mordassoff! Diese Gerüchte aber von den Absichten seiner Verwandten sollen den armen Fürsten so kopfscheu gemacht haben, daß er sich vollkommen veränderte und wie ein Einsiedler zu leben begann. Einige der Spitzen unserer Gesellschaft waren mit Glückwünschen zu ihm aufs Gut gefahren: sie waren aber entweder überhaupt nicht oder in sehr seltsamer Weise empfangen worden. Der Fürst, sagte man, habe seine früheren Bekannten nicht einmal erkannt oder habe sie, wie manche behaupteten, nicht erkennen wollen.

Eines Tages fuhr auch unser Gouverneur zu ihm. Er kehrte mit der Nachricht zurück, daß der Fürst seiner Meinung nach tatsächlich »ein wenig unzurechnungsfähig« sei, und später schnitt er jedesmal ein Gesicht, wenn man ihn an seine Fahrt nach Duchanowo erinnerte. Die Damen sprachen laut ihren Unwillen darüber aus. Endlich erfuhr man einen Umstand von erschütternder Wichtigkeit, und zwar: daß irgendeine unbekannte Stepanída Matwéjewna sich des Fürsten bemächtigt habe, Gott weiß was für eine Weibsperson, die aus Petersburg mit ihm angekommen war, dick und bejahrt war, die nur in Kattunkleidern und mit dem Schlüsselbund in der Hand umherging; daß der Fürst ihr in allem wie ein Kind gehorche und ohne ihre Erlaubnis keinen Schritt zu tun wage; daß sie ihn sogar eigenhändig wasche, sehr verwöhne, womöglich auf dem Arm umhertrage und wie einen Säugling einlulle; und schließlich, daß sie es sei, die jeden Besuch von ihm fernhielt, namentlich seine Verwandten, die jetzt begreiflicherweise zum Zweck verschiedener Erkundigungen in Duchanowo vorzufahren begannen. In Mordassoff wurde viel über diese unbegreifliche Verbindung gesprochen, besonders seitens der Damen. Hinzugefügt wurde noch, daß Stepanída Matwéjewna das ganze Gut des Fürsten unumschränkt und eigenmächtig verwalte, ungefragt das Wirtschaftspersonal, die Dienstboten, Verwalter und Förster anstelle oder entlasse und die Einnahmen in Empfang nehme; sie mache aber alles so gut, daß die Bauern ihr Schicksal geradezu segneten.

Was nun den Fürsten selbst betrifft, so wußte man, daß er seine Tage fast ausschließlich im Ankleidezimmer zubringe und sich nur mit dem Anpassen von Perücken und Fracks beschäftige, daß er die übrige Zeit in der Gesellschaft Stepanida Matwejewnas verbringe, mit ihr Karten spiele, Patience lege, hin und wieder auf einer frommen englischen Stute ausreite, wobei ihn Stepanida Matwejewna stets in einem geschlossenen Wagen begleite – vorsichtshalber, versteht sich, denn der Fürst reite nur aus Eitelkeit, könne sich aber kaum noch im Sattel halten. Zuweilen hatte man ihn auch zu Fuß ausgehen sehen, in einem eleganten Paletot, breitkrämpigem Strohhut, rosafarbenem Damenhalstuch, mit einem Monokel im Auge, mit einem Körbchen für die zu sammelnden Pilze oder Kornblumen in der linken Hand. Stepanida Matwejewna begleitete ihn regelmäßig und hinter ihnen folgten zwei galonierte Diener und folgte (»für jeden Fall«, da man ja nie wissen konnte) ein Wagen. Kam ihnen unterwegs ein Bauer entgegen und grüßte er sie, zur Seite tretend, tief und ehrerbietig: »Guten Tag, Väterchen Fürst; guten Tag, Euer Gnaden, unser Sonnenlicht!« so griff der

Fürst sogleich nach seinem Lorgnon, richtete es auf ihn und antwortete freundlich mit gnädigem Kopfnicken: »Bonjour, mon ami, bonjour!«

Solche und ähnliche Gerüchte gingen in Mordassoff von Mund zu Mund. Es schien ganz unmöglich zu sein, den Fürsten zu vergessen. Aber er lebte ja auch in so naher Nachbarschaft! Wie groß nun war die Verwunderung, als eines schönen Morgens das Gerücht sich verbreitete: der Fürst, dieser Einsiedler und Sonderling, sei in eigener Person in Mordassoff eingetroffen und bei Marja Alexandrowna abgestiegen! Alles geriet in Aufregung, alle erwarteten eine Aufklärung, alle fragten einander, was das zu bedeuten habe. Einige Damen wollten sich sogleich zu Marja Alexandrowna aufmachen, denn die Ankunft des Fürsten erschien ihnen doch als ein gar zu großes Wunder. Sie schrieben sich Briefchen, machten einander Morgenvisiten, schickten ihre Stubenmädchen und Männer auf Kundschaft aus. Am meisten wunderte man sich darüber, daß der Fürst gerade bei Marja Alexandrowna abgestiegen war. Und am meisten ärgerte sich darüber Anna Nikolájewna Antípowa, weil der Fürst irgendwie entfernt mit ihr verwandt war. Aber ich sehe schon, um alle diese Fragen beantworten zu können, müssen wir Marja Alexandrowna selbst in ihrem Hause aufsuchen, und so bitten wir denn auch den geneigten Leser, uns dorthin zu folgen. Es ist allerdings noch früh, kaum zehn Uhr, aber ich bin überzeugt, daß sie uns, ihre besten Freunde, nicht von der Tür weisen, vielmehr gern empfangen wird.

III

Es ist zehn Uhr morgens. Wir befinden uns im Hause der Marja Alexandrowna, das an der Hauptstraße liegt, in jenem Zimmer, das die Hausfrau bei feierlichen Gelegenheiten ihren Salon nennt. Marja Alexandrowna hat auch noch ein Boudoir. In diesem Salon ist der Fußboden glänzend gestrichen und die Wände sind hübsch tapeziert mit ausländischen Tapeten. Rot ist die vorherrschende Farbe der ziemlich schweren Möbel. An einer Wand ist ein Kamin, über dem Kamin ein Spiegel, vor dem Spiegel eine bronzene Stutzuhr mit einem reichlich geschmacklosen Amor. Zwischen den Fenstern hängen zwei Pfeilerspiegel, von denen man die Überzüge bereits entfernt hat. Vor diesen Spiegeln befinden sich auf kleinen Halbtischen wiederum Uhren. An der Rückwand steht ein schöner Flügel, der eigens für Sina angeschafft worden ist, denn Sina ist Musikerin. Vor dem brennenden Kamin sind weiche Polstermöbel um einen kleinen Tisch gruppiert, nach Möglichkeit in malerischer Unordnung. Am anderen Ende des Zimmers steht ein größerer Tisch, bedeckt mit einer blendend weißen Tischdecke: auf ihm kocht ein silberner Ssamowár neben einem reizenden Teeservice. Das Servieren des Tees besorgt Nastássja Petrówna Sjáblowa, die als entfernte Verwandte Marja Alexandrownas bei dieser lebt. Hier nur zwei Worte über diese Dame. Sie ist Witwe, etwas über dreißig Jahre alt, brünett, mit einer frischen Gesichtsfarbe und lebhaften braunen Augen. Durchaus nicht häßlich. Sie hat einen heiteren Charakter, lacht viel und gern, ist ziemlich schlau, klatscht natürlich, und versteht es, ihr Schäfchen ins Trockne zu bringen. Sie hat zwei Kinder, die beide irgendwo die Schule besuchen. Sie würde nur gar zu gern zum zweitenmal heiraten. Ihr erster Mann war aktiver Offizier. Im übrigen tritt sie ziemlich selbstbewußt auf.

Marja Alexandrowna, die Hauptperson, sitzt am Kamin, ist in vorzüglicher Stimmung und hat ein hellgrünes Kleid an, das ihr sehr gut steht. Sie ist unsäglich erfreut über den Besuch des Fürsten, der vorläufig noch oben mit seiner Toilette beschäftigt ist. Sie ist so froh, daß sie ihre Freude nicht einmal zu verbergen sucht. Vor ihr steht ein junger Mann, der ihr überschwenglich irgend etwas erzählt. Seinen Augen sieht man an, daß er seinen Zuhörerinnen gefallen möchte. Er ist fünfundzwanzig Jahre alt. Sein Benehmen wäre nicht schlecht, wenn er nicht so leicht in Überschwang geriete und sich nicht so sehr bemühte, geistreich und witzig zu sein. Er ist tadellos gekleidet, blond, hübsch, was man so nennt. Aber wir haben ja schon von ihm gesprochen: es ist Herr Mosgljakóff, ein junger Mann, der zu großen Hoffnungen berechtigt. Marja Alexandrowna findet zwar im stillen, daß sein Kopf etwas hohl sei, ist aber trotzdem im Umgang mit ihm die Liebenswürdigkeit selbst. Er wirbt um ihre Tochter Sina, in die er, nach seinen Worten, bis zum Wahnsinn verliebt ist. In jedem Augenblick wendet er sich zu Sina und bemüht sich, sie durch seinen Humor und Witz zum Lächeln zu bringen. Sie aber ist auffallend kühl zu ihm und beachtet ihn kaum. In diesem Augenblick steht sie abseits am Flügel. Ihre schmalen Finger blättern in einem Kalender. Sie gehört zu jenen Schönheiten, die, wenn sie in einer Gesellschaft erscheinen, stets allgemeines entzücktes Staunen hervorrufen. Sie ist wirklich unsagbar schön: von hohem, schlankem Wuchs, brünett, mit wunderbaren, fast ganz schwarzen Augen, mit hoher, straffer Büste. Ihre Schultern und Arme sind wie die einer antiken Göttin, das Füßchen verführerisch, der Gang königlich. Heute ist sie ein wenig blaß; doch wenn man auch nur einmal ihre vollen, wunderbar geschnittenen roten Lippen in der Wirklichkeit gesehen hat, zwischen denen ihre weißen Zähne wie eine Perlenreihe glänzen, so wird einem noch drei Nächte lang von ihnen träumen. Sie sieht ernst und streng aus. Herr Mosgljakoff scheint ihren aufmerksamen Blick gewissermaßen zu fürchten, wenigstens fühlt er sich anscheinend nie ganz geheuer, wenn er einmal wagt, sie anzusehen. Ihre Bewegungen sind von hochmütiger Nachlässigkeit. Sie trägt ein einfaches weißes Musselinkleid. Weiß steht ihr ganz besonders gut. Aber was steht ihr denn nicht gut?! An einem ihrer schmalen Finger steckt ein aus Haar geflochtener Ring – nach der Farbe zu urteilen, nicht aus dem Haar der Mutter. Mosgljakoff hat es nie gewagt, sie zu fragen, wessen Haar es ist. An diesem Morgen ist Sina auffallend schweigsam und sogar traurig, als quälten sie irgendwelche

Sorgen. Dafür ist Marja Alexandrowna zu ununterbrochenem Reden bereit, wenn sie auch mitunter gleichfalls mit einem besonderen, gleichsam mißtrauischen Blick die Tochter streift – was sie jedoch nur verstohlen tut, als fürchte auch sie sich ein wenig vor ihrer Tochter.

»Ich bin so froh, so froh, Páwel Alexándrowitsch«, beteuert sie, »daß ich es allen und jedem, der an meinem Hause vorübergeht, aus dem Fenster zurufen könnte! Ich rede schon gar nicht von der reizenden Überraschung, die Sie mir und Sina bereitet haben, indem Sie zwei Wochen früher gekommen sind, als Sie es versprochen hatten; das versteht sich ja von selbst! Aber es freut mich so unsäglich, daß Sie unseren lieben Fürsten hergebracht haben! Wissen Sie auch, wie sehr ich diesen bezaubernden alten Herrn liebe! Nein, nein, nein! Sie können mich gar nicht verstehen! Sie gehören zur Jugend und werden die Gefühle meines Lebensalters nie verstehen, wenn ich sie Ihnen auch noch so beredt schildern wollte! Wissen Sie auch, was er mir damals gewesen ist, vor sechs Jahren – weißt du noch, Sina? Ach nein, ich habe es vergessen: du warst ja damals bei deiner Tante zu Besuch ... Sie werden es mir nicht glauben, Pawel Alexandrowitsch: ich war seine Beschützerin, seine Schwester, seine Mutter! Er hörte auf mich wie ein Kind! Es war etwas Naives, Zärtliches und Veredelndes in unserem Verhältnis zueinander; fast wie eine Art Schäferspiel ... Oder ich weiß nicht, wie ich es ausdrücken soll! ... Jedenfalls verstehe ich nur zu gut, weshalb er sich jetzt gerade meines Hauses in Dankbarkeit erinnert hat, ce pauvre prince! Wissen Sie auch, Pawel Alexandrowitsch, daß Sie ihn dadurch vielleicht sogar gerettet haben, daß Sie ihn zu mir brachten? Mit wehem Herzen habe ich in diesen langen sechs Jahren an ihn gedacht. Sie werden es mir nicht glauben: mir hat sogar nachts von ihm geträumt! Man sagt, diese ungeheuerliche Frau habe ihn behext und wolle ihn zugrunde richten. Aber, Gott sei Dank, jetzt haben Sie ihn endlich aus diesen Krallen befreit! Nein, jetzt muß man die Gelegenheit wahrnehmen und ihn endgültig retten! Aber erzählen Sie mir doch noch einmal, wie Ihnen das alles gelungen ist! Beschreiben Sie mir so ausführlich wie möglich ihr ganzes Zusammentreffen! Vorhin waren meine Gedanken nur bei der Hauptsache, während doch gerade alle diese Details, wie man so sagt, der Sache erst den Charakter geben! Und gerade diese Details liebe ich über alles, selbst in den wichtigsten Dingen achte ich vor allem auf die Details ... und ... solange er noch mit seiner Toilette beschäftigt ist ...«

»Ich kann ja nur das wiederholen, was ich bereits erzählt habe, Marja Alexandrowna!« Mosgljakoff war aber sofort zu nochmaligem Erzählen bereit, – er hätte es vielleicht auch noch zum zehnten Mal erzählt, denn sich selbst reden zu hören, ist für ihn immer ein Genuß. »Ich fuhr also die ganze Nacht durch und, versteht sich, schlief die ganze Nacht nicht, – Sie können sich denken, welche Eile ich hatte!« fügte er mit halber Wendung zu Sina hinzu. »Mit einem Wort ich habe geschimpft, geschrieen, Pferde verlangt und auf den Stationen wegen der Pferde Krach geschlagen; wenn man alles niederschreiben und drucken lassen wollte, so ergäbe das eine ganze Dichtung im neuesten Geschmack! Doch das nur nebenbei. Um Punkt sechs Uhr morgens erreichte ich die letzte Station, Igíschewo. Zitternd vor Kälte – ich wollte mich nicht einmal wärmen – rief ich nach neuen Pferden. Habe bei der Gelegenheit noch die Stationshalterin und ihren Säugling erschreckt: jetzt kann sie ihn nicht mehr stillen, fürchte ich ... Wundervoller Sonnenaufgang. Wissen Sie, wenn dieser frostige Dunst sich rosig und silbern färbt! Ich beachte aber nichts. Mit einem Wort, ich eile Hals über Kopf weiter. Um die Pferde habe ich regelrecht gekämpft, schnappte sie einem Kollegienassessor weg und forderte ihn fast zum Duell. Mit halbem Ohr höre ich, daß vor einer Viertelstunde irgendein Fürst die Station verlassen habe, aber mit eigenen Pferden, habe dort nur übernachtet. Höre kaum hin, steige ein und fort geht es, wie von der Kette losgerissen. Habe einmal etwas ähnliches in einer Elegie von

Fet[2] gelesen. Genau auf der neunten Werst vor der Stadt, dort, wo der Weg zur Sswetosérsker Einsiedelei abzweigt, ist, wie ich plötzlich sehe, etwas Ungewöhnliches passiert. Eine riesengroße Reisekutsche liegt auf der Seite, der Kutscher und zwei Lakaien stehen ratlos daneben, und aus der Kutsche dringt herzzerreißendes Geschrei und Gebrüll. Ich beabsichtige zuerst vorüberzufahren, dachte: ‚Lieg' du nur auf der Seite, ich gehöre ja nicht zu deiner Gemeinde!' Doch die Nächstenliebe siegte, die bekanntlich, wie Heine sagt, ihre Nase überall hineinsteckt. Lasse halten. Ich, mein Ssemjón und der Kutscher – gleichfalls eine russische Seele – eilen zu Hilfe, und so stellen wir mit vereinten Kräften die Kutsche wieder auf die Beine, das heißt: auf die Kufen. Auch ein paar Bauern halfen noch mit Stangen, – die fuhren zur Stadt, erhielten von mir ein Trinkgeld. Ich denke noch so bei mir: das ist sicherlich jener alte Fürst, von dem man auf der Station sprach. Ich sehe ihn mir an: Himmel, ja! Das ist ja Fürst Gawríla! War das eine Überraschung! Ich rufe ihm zu: ‚Fürst! Onkelchen!' Er aber erkannte mich natürlich nicht ... so auf den ersten Blick ... Das heißt, er erkannte mich übrigens doch ... ich meine: auf den zweiten Blick ... Einstweilen aber ... unter uns: ich glaube, daß er selbst jetzt noch nicht recht weiß, wer ich eigentlich bin, und mich, wie mir scheint, für einen ganz anderen Menschen hält. Ich habe ihn vor etwa sieben Jahren in Petersburg zum letztenmal gesehen. Damals war ich, wie Sie sich denken können, noch ein halber Knabe. Ich erinnerte mich seiner sehr wohl: er hatte einen starken Eindruck auf mich gemacht. Er aber – nun, wie sollte er sich an mich erinnern! Stelle mich vor: er ist entzückt, umarmt mich, zittert aber noch von dem Schreck am ganzen Körper und weint, bei Gott, *weint;* ich habe es mit meinen eigenen Augen gesehen! Wir sprachen so hin und her, schließlich konnte ich ihn dann dazu überreden, in meinen Wagen einzusteigen und – sei's auch nur auf einen Tag – mit mir nach Mordassoff zu kommen, um sich auszuruhen und zu erholen. Er willigt widerspruchslos ein ... Erklärt mir, daß er in das Kloster Sswetosérsk zum Priestermönch Missaïl habe fahren wollen, den er überaus achte und verehre; daß Stepanída Matwéjewna – wer von uns Verwandten hat nicht schon von Stepanída Matwéjewna gehört? – mich hat sie noch im vorigen Jahr mit dem Ofenbesen aus Duchánowo hinausgejagt –, daß also seine Stepanida Matwejewna einen Brief erhalten habe, des Inhalts, daß in Moskau irgendjemand in den letzten Zügen liege: ihr Vater oder ihre Tochter, genau weiß ich es nicht und habe auch kein Interesse dafür übrig; vielleicht sind es beide, sowohl der Vater wie die Tochter ... vielleicht noch mit Zugabe irgend eines Neffen, der dort im Ressort der Getränke dient ... Doch um mich kurz zu fassen: Sie sei darob so in Aufregung geraten, daß sie sich entschlossen habe, auf etwa zehn Tage ihren Fürsten zu verlassen und nach Moskau zu fahren, um diese Stadt durch ihre Anwesenheit zu verschönen. Der Fürst saß inzwischen einen Tag zu Hause, saß einen zweiten, setzte sich zur Probe eine Perücke nach der anderen auf, pomadisierte sich, färbte seinen Schnurrbart, versuchte es mit dem Kartenlegen (oder vielleicht auch aus Bohnen die Zukunft zu erfahren). Aber schließlich hielt er es ohne Stepanida Matwejewna doch nicht aus! Da hatte er denn seine Reisekutsche anspannen lassen, um sich ins Sswetosérsker Kloster zu begeben. Irgend jemand von den dienstbaren Geistern, der Stepanida Matwejewna sogar in ihrer Abwesenheit fürchtet, hatte zwar einiges einzuwenden gewagt; der Fürst aber hatte darauf bestanden. Gestern nach dem Mittagessen war er aufgebrochen, hatte in Igischewo übernachtet, war dann nach Sonnenaufgang von der Station weitergefahren, um kurz vor der Stelle, wo der Weg zu dem berühmten Priestermönch Missaïl von der Landstraße abbiegt, samt seiner ganzen Kutsche die Böschung hinab zu fallen! Ich rette ihn also, berede ihn, mit mir zu unserer gemeinsamen Freundin, der hochverehrten Marja Alexandrowna zu fahren ... Übrigens sagt er von Ihnen, Sie seien die bezauberndste Dame, die er jemals gekannt habe! Und jetzt sind wir hier, der Fürst aber frischt oben vorläufig noch seine Toilette auf, mit Hilfe seines Kammerdieners, den mitzunehmen er nicht vergessen hat, ja, den er niemals, in keinem Fall und unter keinen Bedingungen mitzunehmen vergessen wird. Denn er würde eher zu sterben einwilligen, als daß er in Damengesellschaft ohne einige Vorbereitungen oder richtiger gesagt ... Verbesserungen erschiene ... Und das ist nun die ganze Historie. – Allerliebst, nicht wahr?«

»Aber was für ein Humorist Sie sind! Findest du nicht auch, Sina?« ruft Marja Alexandrowna entzückt aus, kaum daß er geendet hat. »Wie reizend er es zu erzählen weiß! – Aber hören Sie, Monsieur Paul, eine Frage: erklären Sie mir doch einmal ausführlich Ihre Verwandtschaft mit dem Fürsten! Sie nennen ihn Onkel?«

»Bei Gott, ich weiß es selbst nicht, Marja Alexandrowna, wie und inwiefern ich mit ihm verwandt bin! Ich glaube, im siebenten Grade oder so ungefähr ... und selbst das vielleicht nicht einmal ganz legitim. Aber zu der Entdeckung dieser Verwandtschaft habe ich persönlich nicht das Geringste beigetragen – hier bin ich, auf Ehre, vollkommen schuldlos in der Sache! Schuld ist vielmehr meine Tante Aglája Micháilowna. Übrigens hat diese meine Tante Aglaja Michailowna jetzt nichts anderes zu tun als die ganze Verwandtschaft an den Fingern herzuzählen. Sie war es auch, die mich vor einem Jahr zu dieser Reise nach Duchanowo bewogen hat. Sie wäre gern auch selbst hingefahren. Kurz, ich nenne ihn ganz einfach Onkelchen – und er fühlt sich angeredet. Ja, also ... und das wäre denn unsere ganze Verwandtschaft, bis heute wenigstens ...«

»Aber ich bleibe dennoch bei meiner Behauptung, daß nur Gott allein Sie auf den Gedanken hat bringen können, mit ihm geradeswegs zu mir zu kommen! Ich zittere, wenn ich daran denke, was ihm, dem Armen, alles hätte zustoßen können, falls er in ein anderes Haus, statt in meines, geraten wäre! Man hätte sich ja um ihn gerissen, ihn förmlich zerpflückt, hätte ihn verschlungen! Man hätte sich auf ihn gestürzt wie auf eine Fundgrube, eine Goldmine, hätte ihn womöglich bestohlen! Sie können sich ja gar nicht vorstellen, Páwel Alexándrowitsch, was es hier für habgierige, niedrige und heimtückische Menschen gibt! . . .«

»Ach, mein Gott, zu wem hätte er ihn denn bringen sollen, wenn nicht zu Ihnen! – wie Sie nur so tun können, Marja Alexandrowna!« bemerkt Nastássja Petrówna, die Witwe, die den Tee eingießt. »Doch nicht etwa zu Anna Nikolájewna? – oder was meinen Sie?«

»Aber wo bleibt er denn? . . . daß er sich noch immer nicht sehen läßt? Das ist doch etwas sonderbar«, sagt Marja Alexandrowna, die sich ungeduldig erhebt.

»Meinen Sie Onkelchen? Oh, ich glaube, der wird noch ganze fünf Stunden zum Herrichten brauchen! Zudem wird er, da er ja überhaupt kein Gedächtnis mehr besitzt, vielleicht schon längst vergessen haben, daß er bei Ihnen zu Besuch ist. Das ist doch ein schier unglaublicher Mensch, Marja Alexandrowna!«

»Ach, gehen Sie, hören Sie doch auf; was fällt Ihnen ein, ich bitte Sie!«

»Aber hierbei ist doch nichts von mir Erfundenes, Marja Alexandrowna, sondern das ist nur die reinste Wahrheit, wie gesagt! Das ist doch nur noch eine Komposition, aber kein Mensch mehr! Sie haben ihn vor sechs Jahren gesehen, ich dagegen noch vor einer Stunde. Das ist doch eine halbe Leiche! Das ist ja nur noch eine Erinnerung an einen Menschen, im übrigen aber hat man ihn sozusagen nur zu beerdigen vergessen! Er hat doch ein eingesetztes Auge, Beine aus Korkholz, der ganze Mensch ist auf Sprungfedern aufgebaut, und auch sprechen tut er nicht anders als nur noch mechanisch!«

»Mein Gott, was Sie doch für ein leichtfertiger Mensch sind, wenn man Sie so reden hört!« ruft Marja Alexandrowna aus und nimmt eine strenge Miene an. »Und schämen Sie sich denn nicht – Sie, als junger Mensch, noch dazu als Verwandter! –, so von diesem ehrwürdigen alten Herrn zu sprechen? Ganz abgesehen von seiner beispiellosen Güte« (ihre Stimme nimmt die Klangfarbe aufrichtiger Rührung an), »müssen Sie doch bedenken, daß er sozusagen ein Überbleibsel, ein Bruchstück von unserer Aristokratie ist. Mein Freund, mon ami! Ich begreife vollkommen, daß Sie infolge irgendwelcher neuen Ideen, von denen Sie ja beständig reden, den Leichtsinnigen spielen. Aber, mein Gott ! – ich bekenne mich ja selbst zu diesen Ihren neuen Ideen! Ich sehe ja ein, daß der Ausgangspunkt Ihrer neuen Richtung edel und ehrenhaft ist. Ich fühle es, daß in diesen neuen Ideen sogar etwas Erhabenes enthalten ist; aber alles das hindert mich nicht, auch die, sagen wir, die unmittelbar praktische Seite der Sache zu sehen. Ich habe in der Welt gelebt, ich habe mehr als Sie gesehen, und schließlich, ich bin Mutter, Sie aber sind noch jung. Er dagegen ist ein alter Mann und daher haftet ihm in Ihren Augen vielleicht manches Lächerliche an. Und außerdem sprachen Sie das letzte Mal sogar davon, daß Sie Ihre Leibeigenen freigeben wollten und daß man doch etwas für das Jahrhundert tun müsse. Aber das kommt alles nur daher, daß Sie Ihren Kopf voll von irgend so einem Shakespeare haben! Glauben Sie mir, Pawel Alexandrowitsch, Ihr Shakespeare hat schon längst seine Zeit überlebt, und wenn er jetzt auferstünde, würde er bei all seinem Verstand doch keine Zeile von unserem gegenwärtigen Leben zu entziffern vermögen. Wenn es in unserer Gesellschaft überhaupt noch etwas Erhabenes und Ritterliches gibt, so finden wir das eben nur noch im höchsten Stande. Ein Fürst ist auch im Bauernkittel ein Fürst; ein Fürst wird sich auch in einer elenden Hütte wie in einem Schloß benehmen! Da hat sich nun der Mann unserer Natálja Dmítrijewna fast ein Schloß bauen lassen, dennoch ist er nur der Mann Natálja Dmítrijewnas und nichts weiter! Und auch Natalja Dmitrijewna selbst bleibt, auch wenn sie sich mit fünfzig Krinolinen ausstatten wollte, immer nur die frühere Natalja Dmitrijewna und gewänne nichts dazu. Auch Sie sind zum Teil gleichfalls ein Repräsentant der höheren Gesellschaft, da Sie von ihr abstammen. Auch ich rechne mich dazu, – das aber ist ein schlechtes Kind, das sein eigenes Nest beschmutzt! Übrigens werden Sie einmal alles das selbst noch besser einsehen als ich, mon cher Paul, und werden Ihren Shakespeare mit der Zeit vergessen. Das prophezeie ich Ihnen. Ja, ich bin sogar überzeugt, daß Sie auch jetzt schon nicht ganz aufrichtig sind, wenn Sie so reden, und nur die Mode mitmachen. Ach, da bin ich nun ins Plaudern geraten! Bleiben Sie ruhig hier, mon cher Paul, und vergessen Sie Ihren Shakespeare, ich werde selbst nach oben gehen und mich nach dem Fürsten umschauen. Vielleicht bedarf er irgend wessen, und mit meinen Dienstboten ...«

Marja Alexandrowna verließ eilig das Zimmer, denn der Gedanke an ihre Dienstboten machte ihr Sorge.

»Marja Alexandrowna scheint sehr froh darüber zu sein, daß der Fürst nicht bei dieser Modedame, der Anna Nikolájewna, abgestiegen ist! Hat diese unverschämte Person doch allen gesagt, daß sie mit ihm verwandt sei. Die wird wohl jetzt einfach platzen vor Ärger!« bemerkte Nastássja Petrówna. Als sie aber gewahrte, daß ihr nicht geantwortet wurde, sah sie auf. Ein Blick auf Sina und Páwel Alexándrowitsch genügte, um sie erraten zu lassen, wie die Sache stand, und sie verließ sogleich das Zimmer, als hätte sie irgend etwas vergessen. Übrigens wußte sie sich sofort dafür zu entschädigen: sie blieb hinter der Tür stehen und begann zu horchen.

Pawel Alexandrowitsch wandte sich im Augenblick zu Sina. Er war furchtbar erregt; seine Stimme bebte.

»Sinaïda Afanássjewna, Sie sind mir doch nicht böse?“ fragte er mit zaghafter und flehender Miene.

»Ihnen böse? Weshalb denn?« fragte Sina, die leicht errötete und mit ihren wunderbaren Augen zu ihm aufsah.

»Weil ich früher als verabredet hergekommen bin! Sinaïda Afanassjewna, ich hielt es nicht aus, ich konnte nicht noch ganze zwei Wochen warten ... Sie sind mir sogar im Traum erschienen. Ich bin hergeeilt, um meinen Schicksalsspruch zu erfahren ... Sie runzeln die Stirn, Sie scheinen ungehalten zu sein! Werde ich denn wirklich auch jetzt nichts Entscheidendes erfahren?«

Sina hatte tatsächlich die Stirn gerunzelt.

»Ich habe es nicht anders erwartet, als daß Sie wieder darauf zurückkommen würden«, antwortete sie, nachdem sie den Blick gesenkt hatte, mit fester und strenger Stimme, die deutlich ihren Ärger verriet. »Und da mir diese Erwartung sehr unangenehm war, so ist es je schneller abgetan, um so besser. Sie verlangen, daß heißt, Sie bitten wieder um eine Antwort. Wie Sie wollen. Ich kann Sie Ihnen noch einmal wiederholen, denn meine Antwort ist dieselbe: Warten Sie. Ich sage es Ihnen also nochmals: ich habe mich noch nicht entschieden und kann Ihnen daher auch nicht das Versprechen geben, Ihre Frau zu werden. Ein solches Versprechen soll man nicht zu erzwingen versuchen, Pawel Alexandrowitsch. Doch um Sie zu beruhigen, füge ich hinzu, daß ich Ihnen noch nicht endgültig absage. Und merken Sie sich noch eines: wenn ich Ihnen jetzt noch eine Hoffnung lasse, so tue ich es einzig aus dem Grunde, weil ich mit Ihrer Ungeduld und Unruhe Nachsicht habe. Ich wiederhole: ich will vollkommen frei sein, und wenn ich Ihnen schließlich sagen sollte, daß ich nicht will, so dürfen Sie mich nicht beschuldigen, mir nicht vorwerfen, ich hätte Ihnen falsche Hoffnungen gemacht. So, das ist alles!«

»Aber ... aber was ist denn das!« rief Mosgljakóff mit kläglicher Stimme. »Ist denn das eine Hoffnung? Kann ich denn aus diesen Ihren Worten auch nur auf die geringste Hoffnung schließen, Sinaïda Afanassjewna?«

»Denken Sie an alles, was ich Ihnen gesagt habe, und dann schließen Sie daraus, was Sie wollen. Das steht Ihnen frei. Ich aber kann nichts mehr hinzufügen. Ich weise Sie noch nicht endgültig ab, sondern sage nur: warten Sie. Nur dies bitte nicht zu vergessen: daß ich die volle Freiheit habe, Sie endgültig abzuweisen, sobald ich will. Und dann noch etwas, Pawel Alexandrowitsch: wenn Sie vor dem für die

Antwort verabredeten Termin gekommen sind, um auf Umwegen etwas zu erreichen, vielleicht in der Hoffnung auf Befürwortung von anderer Seite, nehmen wir an, zum Beispiel, durch den Einfluß meiner Mutter, so haben Sie sich in Ihrer Berechnung sehr getäuscht. Dann werde ich Sie sofort abweisen, hören Sie? Doch jetzt – genug davon, und bitte erinnern Sie mich bis dahin mit keinem Wort mehr daran.«

Diese ganze Rede war trocken, sehr bestimmt und ohne die geringsten Stockungen gesprochen, als hätte sie sie vorher schon auswendig gelernt. Monsieur Paul fühlte, daß er mit einer langen Nase abzog. In diesem Augenblick kehrte Marja Alexandrowna zurück. Ihr folgte fast auf dem Fuße Frau Sjáblowa.

»Ich glaube, er wird sogleich erscheinen, Sina! Nastassja Petrowna, bereiten Sie schnell frischen Tee!« Marja Alexandrowna schien sogar ein wenig erregt zu sein.

»Anna Nikolájewna hat sich schon erkundigen lassen! Ihre Zofe Anjútka ist zu uns in die Küche gekommen, um die Dienstboten auszuforschen! Die wird sich jetzt ärgern!« berichtete Nastassja Petrowna schnell und eilte zu ihrem Ssamowár.

»Was geht das mich an!« warf Marja Alexandrowna über die Schulter hin. »Als ob ich mich dafür interessierte, was Ihre Anna Nikolajewna denkt! Sie können mir glauben, daß ich niemanden in ihre Küche schicken würde. Und es wundert mich, es wundert mich aufrichtig, weshalb Sie mich immer für eine Feindin dieser armen Anna Nikolajewna halten, und nicht nur Sie allein, sondern die ganze Stadt. Ich verlasse mich auf Sie, Pawel Alexandrowitsch! Sie kennen uns beide, – sagen Sie doch selbst, weshalb sollte ich ihre Feindin sein? Wegen des Vorranges? Dieser Vorrang ist mir gleichgültig. Mag sie doch, mag sie doch die Erste sein! Ich würde vor allen anderen zu ihr hinfahren, um sie dazu zu beglückwünschen. Und schließlich, – das ist doch alles ungerecht. Ich nehme sie stets in Schutz, es ist meine Pflicht, sie zu verteidigen! Sie wird von allen verleumdet. Aber weshalb fallen denn alle so über sie her? Sie ist jung und putzt sich gern, – deswegen vielleicht? Meiner Meinung nach ist es aber doch besser, Putz zu lieben als etwas anderes, wie zum Beispiel Natalja Dmitrijewna, die ... so etwas liebt, was man nicht einmal aussprechen darf. Oder deshalb, weil Anna Nikolajewna ewig zu Besuch fährt und nie zu Hause sitzen kann? Ach, Gott! Sie hat ja doch überhaupt keine Erziehung, keine Bildung genossen, und daher fällt es ihr natürlich schwer, ein Buch aufzuschlagen und sich zwei Minuten nacheinander mit ein und demselben zu beschäftigen. Daß sie mit jedem, der an ihrem Hause vorübergeht, kokettiert und liebäugelt? Aber weshalb versichert man ihr denn ewig, daß sie hübsch sei, wenn sie nur ein weißes Gesicht hat und sonst nichts? Sie erfreut mit ihrem Tanz die Zuschauer – schön! Aber weshalb beteuert man ihr denn fortwährend, daß sie so wundervoll tanze? Sie trägt ganz entsetzliche Hüte und noch ärgeren Kopfputz, – aber was kann sie denn dafür, daß Gott ihr keinen Geschmack verliehen hat, sondern statt dessen nur so viel Leichtgläubigkeit? Sagen Sie ihr, daß es hübsch sei, ein Konfektpapier ins Haar zu stecken – und sie wird es tun. Sie ist eine Klatschbase, – aber das ist doch hier nichts Außergewöhnliches: wer klatscht hier nicht? Ssuschíloff mit seinem schönen Backenbart fährt morgens und abends zu ihr und womöglich auch noch in der Nacht. Ach, mein Gott! wenn ihr Mann doch bis fünf Uhr morgens am Kartentisch sitzt! Und zudem gibt es hier so viel schlechte Beispiele! Und schließlich ist das alles *vielleicht* nur Verleumdung. Wie gesagt, ich werde sie immer in Schutz nehmen! ... Ach, mein Gott! ... Da ist ja der Fürst! Ja, das ist Er, Er! Ich würde ihn doch unter Tausenden erkannt haben! Endlich sehe ich Sie wieder, mon prince!« rief Marja Alexandrowna und eilte dem eintretenden Fürsten entgegen.

IV

Auf den ersten flüchtigen Blick werden Sie diesen Fürsten keineswegs für einen alten Mann, geschweige denn für einen Greis halten. Erst nach näherem und aufmerksamerem Beobachten werden Sie sehen, daß er gewissermaßen eine Art Leiche auf Sprungfedern ist. Alle Mittel der Kunst sind angewandt, um diese Mumie als Jüngling zu verkleiden. Die erstaunlich naturgetreue Perücke, der Backenbart, der Schnurrbart und die Fliege glänzen im schönsten Schwarz und verdecken die Hälfte des Gesichts. Das übrige Gesicht ist überaus kunstvoll geschminkt und gepudert und hat so gut wie überhaupt keine Runzeln. Wohin sind sie verschwunden? – Das vermag niemand zu erklären. Gekleidet ist er nach neuester Mode, als wäre er einem Modejournal entstiegen. Er hat eine Art Jackett an oder etwas ähnliches, bei Gott, ich weiß nicht, was es eigentlich ist, jedenfalls etwas höchst Modernes, das ausschließlich für Morgenvisiten geschaffen ist. Handschuhe, Halsbinde, Weste, Wäsche – alles ist von blendender Frische und zeugt von gutem Geschmack. Der Fürst hinkt ein wenig, tut das aber so geschickt, als wäre auch das Hinken von der Mode vorgeschrieben. Vor dem einen Auge trägt er ein Monokel, und zwar vor dem, das ohnehin schon ein Glasauge ist. Er ist stark parfümiert. Wenn er spricht, zieht er manche Silben ganz besonders in die Länge. Vielleicht tut er das aus greisenhafter Schwäche, vielleicht deshalb, weil alle seine Zähne falsch sind, vielleicht jedoch auch nur aus Vornehmtuerei. Einige Silben spricht er ganz ungewöhnlich süß aus, den Vokal a fast wie e. Das Wort »Ja«, zum Beispiel, klingt bei ihm fast wie »Je«, nur noch etwas süßlicher. In seinem ganzen Auftreten liegt eine gewisse Nonchalance, an die er sich im Laufe seines langjährigen Daseins als Lebemann gewöhnt haben dürfte. Übrigens, wenn sich auch noch etwas von diesem früheren galanten Leben in oder an ihm erhalten hat, so ist das von ihm aus gewissermaßen unbewußt geschehen, wie etwa eine alte, unklare Erinnerung, eine längst durchlebte Vergangenheit, die – leider! – alle Kosmetik, alle Korsetts, Parfüms und Perücken nicht wieder auferstehen machen können. Und deshalb tun wir besser, wenn wir vorausschicken, daß der alte Herr zwar nicht gerade seinen Verstand, jedenfalls aber sein Gedächtnis schon vor langer Zeit verloren hat, daß er oft sogar vergißt, was er vor einer Minute gesprochen hat, sich beständig versieht, viel zusammenphantasiert und aufschneidet. Es gehört sogar eine gewisse Übung dazu, um mit ihm ein Gespräch führen zu können. Marja Alexandrowna aber verläßt sich auf sich selbst, und so gerät sie denn beim Erscheinen des Fürsten in unbeschreibliche Begeisterung.

»Aber Sie haben sich ja nicht im geringsten, nicht im geringsten verändert!« ruft sie aus, ergreift beide Hände des Gastes und führt ihn zu einem bequemen Lehnstuhl. »Setzen Sie sich, setzen Sie sich, Fürst. Sechs Jahre, ganze sechs Jahre haben wir uns nicht gesehen, und keinen Brief, keine Zeile habe ich in dieser ganzen Zeit von Ihnen erhalten! Oh, Sie haben mir großes Unrecht getan, Fürst! Und wie böse ich Ihnen gewesen bin, mon cher prince! Aber, – Tee, Tee! Ach, mein Gott! Nastassja Petrowna, Tee!«

»Ich danke, i–ich danke ... Meine Schuld!« lispelt der Fürst (wir haben zu erwähnen vergessen, daß er auch ein wenig lispelt, aber auch dieses tut er, als wäre es von der Mode vorgeschrieben). »Mei–ne Schuld! Und den–ken Sie sich, noch im vorigen Jahr wollte ich Sie un–be–dingt be–suchen«, fährt er langsam fort, das Zimmer durch seine Lorgnette betrachtend. »Doch man riet mir ab: hier soll die Cho–lera geherrscht haben ...«

»Nein, Fürst, bei uns hat nie die Cholera geherrscht«, sagt Marja Alexandrowna.

»Eine Viehseuche herrschte hier, Onkelchen!« mischt sich Mosgljakoff ein, da er sich bemerkbar zu machen wünscht. Marja Alexandrowna mißt ihn mit einem strengen Blick.

»Nun ja, eine Vieh–seuche oder etwas der–artiges ... Und so blieb ich denn zu Hause. Und wie geht es Ihrem

Herrn Gemahl, meine liebe Anna Nikolájewna? Immer noch in seinem Amte als Staats–an–walt?«

»N–nein, Fürst«, sagt Marja Alexandrowna stockend. »Mein Mann ist nicht Staatsanwalt ...«

»Ich wette, daß Onkelchen sich täuscht und Sie für Anna Nikolájewna Antípowa hält!« fällt ihr der scharfsinnige Mosgljakoff ins Wort, verstummt aber sogleich, denn Marja Alexandrowna ist ohnehin zum Götzenbild erstarrt.

»Nun ja, An–na Nikolá–jewna, und ... und ... es entfällt mir immer! – nun ja! Antípowna, wie gesagt, Antípowna«, bestätigt der Fürst.

»N–nein, Fürst, Sie haben sich sehr geirrt«, sagt Marja Alexandrowna mit bitterem Lächeln. »Ich bin nicht Anna Nikolajewna, und daß ich es nur gestehe: ich habe es wirklich nicht erwartet, von Ihnen nicht wiedererkannt zu werden! Sie haben mich in Erstaunen gesetzt, Fürst. Ich bin Ihre einstige Freundin, bin Marja Alexandrowna Moskálewa. Entsinnen Sie sich meiner wirklich nicht?«

»Marja A–lexán–drowna! Denken Sie sich! Und ich war gera–de der Mei–nung, daß Sie eben – wie hieß sie doch? – nun ja! eben Anna Wassíl–jewna seien ... C'est délicieux! Ich bin al–so nicht dorthin gefahren. Ich aber meinte, mein Lieber, daß du mich gerade zu dieser Anna Mat–wéjewna brächtest. C'est charmant! Übrigens ... das kommt nicht selten bei mir vor ... Ich fahre oftmals nicht dorthin, wohin ich will. Aber ich bin zufrieden, im–mer zufrieden, was auch geschehen mag. Dann sind Sie al–so nicht Na–stássja Wassíljewna? Das ist in–teressant ...«

»Ich bin Marja Alexandrowna, Fürst, Marja Alexandrowna! Oh, wieviel ich Ihnen jetzt verzeihen muß! Wie kann man nur seine besten, seine besten Freunde vergessen!«

»Nun ja, seine bes–ten Freunde ... pardon, pardon!« lispelt der Fürst und mustert Sina.

»Das ist meine Tochter Sina. Sie kennen sie noch nicht, Fürst. Sie war damals nicht hier, als Sie uns besuchten, wissen Sie noch, vor sechs Jahren?«

»Das ist Ihre Tochter! Charmante, charmante!« murmelt der Fürst und mustert gierig das junge Mädchen. »Mais quelle beauté!« flüstert er, sichtlich sehr beeindruckt.

»Bitte bedienen Sie sich, Fürst«, sagt Marja Alexandrowna und lenkt die Aufmerksamkeit des Fürsten auf den kleinen Kosakenknaben, der mit dem Teebrett vor ihm steht. Der Fürst nimmt eine Tasse und beäugt den Knaben, der runde, rosige Bäckchen hat.

»A–a–a, und das ist also Ihr Sohn?« fragt er. »Was für ein net–ter Knabe! U–u–nd sicherlich ... führt er sich gut auf?«

»Ach, Fürst«, unterbricht ihn Marja Alexandrowna eilig, »ich habe ja von Ihrem so entsetzlichen Unglück gehört! Glauben Sie mir, ich war außer mir vor Schreck ... Haben Sie nicht Schaden genommen? Sehen Sie sich vor! So etwas darf man nicht vernachlässigen.«

»Umgeworfen! Umgeworfen hat mich der Kutscher, umgeworfen!« greift der Fürst sofort in ungewöhnlicher Erregung das Thema auf. »Ich glaubte, es käme das Ende der Welt oder etwas derartiges, und ich erschrak dermaßen, sage ich Ihnen, daß – vergib mir, Herr! ... Der Himmel erschien mir so klein ... nicht größer als ein Schaffell! Nein, das hatte ich nicht erwartet, nicht erwartet! Durch–aus nicht erwartet! Und schuld daran ist ganz allein mein Kutscher Fe–o–fil. Ich habe mich in allem auf dich verlassen, mein Lieber: sorge du dafür, daß die Angelegenheit gründ–lich untersucht wird. Ich bin ü–ber–zeugt, daß er es auf mein Leben abgesehen hatte.«

»Gut, gut, Onkelchen«, antwortet Pawel Alexandrowitsch, »ich werde alles selbst untersuchen. Nur hören Sie mal, Onkelchen, könnten Sie ihm nicht zur Feier des heutigen Tages verzeihen, was meinen Sie?«

»Unter kei–ner Be–dingung werde ich ihm verzeihen! Ich bin ü–ber–zeugt, daß es von ihm ein Anschlag auf mein Leben war! Von ihm und auch von Lawréntij, den ich zu Hause gelassen hatte. Denken Sie sich: er hat, wis–sen Sie, einige neue Ide–en auf–ge–schnappt! Es hat sich in ihm eine ge–wis–se Verneinung heraus–gebildet ... Wie gesagt: ein Kommunist im wah–ren Sinne des Wortes. Ich habe sogar Angst, ihm auch nur zu begegnen!«

»Ach, was für ein wahres Wort Sie da ausgesprochen haben, Fürst!« Marja Alexandrowna pflichtet ihm bei. »Sie werden es mir nicht glauben, wie sehr ich selbst unter diesen untauglichen Menschen zu leiden habe! Stellen Sie sich vor, ich habe zwei meiner Dienstboten ausgetauscht, aber die neuen sind so dumm, daß ich wirklich vom Morgen bis zum Abend meine liebe Not mit ihnen habe. Sie können es sich nicht vorstellen, wie dumm sie sind, Fürst!«

»Nun ja, nun ja. Aber ... was ich sagen wollte ... ich habe es sogar ganz gern, wenn ein Die–ner zum Teil dumm ist«, bemerkt der Fürst, der wie alle alten Leute froh ist, wenn man seinem Geschwätz ehrerbietig zuhört. »Es paßt gewissermaßen zum Lakai – und es macht seine Wür–de aus, wenn er treuherzig und dumm ist. Al–lerdings nur in manchen Fällen. Es verleiht ihm mehr Statt–lichkeit, eine gewisse Fei–erlichkeit kommt in sein Gesicht, wie gesagt, es verleiht ihm eine gewisse Wohlerzogenheit, ich aber verlange von einem Dienstboten vor allen Dingen *Wohlerzogenheit*. Da habe ich meinen Teréntij. Du erinnerst dich doch noch Teréntijs, mein Lieber? Nach meinem ersten Blick auf ihn bestimmte ich ihn von vornherein zum Portier. ‚Du sollst Portier sein', sagte ich. Er ist phä–no–menal dumm! Schaut drein, wie ein Schaf ins Wasser! Aber welch eine Erscheinung, welche Feierlichkeit! Sein Doppelkinn wie frisch, rosig! Nun und mit der weißen Halsbinde, und über–haupt so in vol–ler Gala macht er einen vor–züg–lichen Eindruck. Ich habe ihn von Herzen liebgewonnen. Es kommt vor, daß ich ihn ansehe und schließlich alles darüber vergesse: entschieden, als wenn er eine Dis–ser–tation schriebe, so wichtig sieht er aus! Wie gesagt, genau so wie der deutsche Philosoph Kant, oder richtiger, wie ein gemästeter Truthahn. Absolut comme-il-faut für einen Bedienten! ...«

Marja Alexandrowna lacht von ganzem Herzen und klatscht sogar leise Beifall. Pawel Alexandrowitsch sekundiert ihr bereitwillig: der Onkel amüsiert ihn ungemein. Auch Nastassja Petrowna Sjablowa lacht. Und sogar Sina lächelt.

»Aber wieviel Humor, wieviel Heiterkeit, wieviel Esprit Sie haben, Fürst!« ruft Marja Alexandrowna aus. »Welch eine seltene Gabe, jeden noch so kleinen Zug wahrzunehmen! Und dabei so plötzlich aus der Gesellschaft zu verschwinden, sich auf ganze fünf Jahre in seinen vier Wänden einzuschließen! Bei solchem Talent! Aber Sie könnten ja sogar schriftstellern, Fürst! Sie könnten Vonwisin, Gribojédoff, Gogol übertreffen!«

»Nun ja, nun ja!« sagt der Fürst, äußerst angenehm berührt. »Ich könnte übertreffen ... und, wissen Sie, ich war früher un–ge–mein geistreich. Ich habe sogar für die Bühne ein Vau–de–ville geschrieben. Und es kamen darin auch einige ex–qui–site Couplets vor! Wie gesagt ... es ist aber nie gespielt worden ...«

»Ach, wie reizend wäre es doch, wenn man Ihr Vaudeville lesen könnte! Und weißt du, Sina, gerade jetzt käme es uns so zustatten! Man plant hier nämlich eine Liebhaberaufführung, zu einem patriotischen Zweck, Fürst, zum Besten der Verwundeten[3]... und da hätten wir nun Ihr Vaudeville!«

»Gewiß! Gewiß! Und ich bin so–gar bereit, es nochmals zu schreiben ... nur, wie gesagt, habe ich es voll–kommen vergessen. Ich weiß nur noch, es waren da zwei oder drei solche Bonmots, daß ...« (der Fürst küßt graziös seine Fingerspitzen). »Und überhaupt, als ich im Aus–lande war, machte ich tat–säch–lich Fu–rore. Entsinne mich Lord Byrons. Wir standen auf freund–schaft–lichem Fuß. Auf dem Wiener Kongreß tanzte er be–zau–bernd den Krakowják.«

»Lord Byron! Aber, Onkelchen, was sagen Sie da!«

»Nun ja, Lord Byron. Übrigens, wie gesagt, vielleicht war es auch nicht Lord Byron, sondern irgend ein anderer Lord.

Ganz recht, es war nicht Lord Byron, sondern ein Po–le. Jetzt, jetzt besin–ne ich mich vollkommen! Das war ein äußerst origi–neller Pole: er gab sich für einen Grafen aus, später aber stellte es sich heraus, daß er nur so etwas wie ein Koch war. Nur tanzte er ent–zück–end den Krakowjak und zu gu–ter Letzt brach er sich ein Bein. Ich machte da–mals noch ein Gedicht auf ihn:

Unser Po–le tanzte fürwahr
den Krakowják ganz wunderbar . . .

Und dann . . . und dann . . . das habe ich nun lei–der vergessen . . . wie es weiter ging . . .

Doch als er sich brach das Bein,
Da stellte er das Tanzen ein . . .«

»Sicherlich wird es so gewesen sein, Onkelchen!« ruft Mosgljakoff aus, dessen Stimmung immer heiterer wird.

»Es scheint mir auch, daß es so war«, antwortet Onkelchen, »oder we–nigstens in der Art. Wie gesagt, vielleicht war es auch anders, jedenfalls war es ein sehr ge–lun–genes Gedicht . . . Überhaupt . . . ich habe jetzt einige Er–leb–nisse vergessen. Das kommt bei mir von den vielen Beschäftigungen . . .«

»Ja, aber sagen Sie doch, Fürst, womit haben Sie sich denn während dieser ganzen Zeit in Ihrer Einsamkeit beschäftigt?« erkundigt sich Marja Alexandrowna interessiert. »Ich habe so oft an Sie gedacht, mon cher prince, daß ich diesmal geradezu brenne vor Ungeduld, Näheres darüber zu erfahren . . .«

»Womit ich mich beschäf–tigt habe? Nun, überhaupt, wissen Sie, mit Verschiedenem. Wenn man . . . sich zum Beispiel ausruht. Zuweilen aber, wissen Sie, gehe ich herum und bilde mir Verschiedenes ein . . .«

»Sie haben wohl eine sehr große Einbildungskraft, Onkelchen?«

»Gewiß, gewiß, eine sehr große, mein Lieber. Zuweilen bilde ich mir etwas so lebhaft ein, daß ich mich später über mich selbst wun–dere. Als ich in Kadújeff war . . . A propos!

Du warst doch, glaube ich, der Vi–zegouver–neur von Kadújeff?«

»Ich, Onkelchen? aber nein! Wie kommen Sie darauf?« fragt Pawel Alexandrowitsch verblüfft.

»Denk dir, mein Lieber! Und ich hielt dich die ganze Zeit für den Vi–zegouverneur, und denke noch: Wie kommt es nur, daß er jetzt ein ganz an–deres Ge–sicht hat? . . . Jener, weißt du, hatte ein so wür–de–volles, klu–ges Gesicht. Ein un–ge–wöhnlich kluger Mensch war er und fortwährend schrieb er Gedichte, zu den verschiedensten Ge–le–genheiten. Ein wenig, so im Profil, erinnerte er an den Karo-König . . .«

»Nein, Fürst«, unterbricht ihn Marja Alexandrowna, »ich schwöre Ihnen, mit einem solchen Leben richten Sie sich nur zugrunde! Sich auf ganze fünf Jahre einzuschließen, nichts zu sehen, nichts zu hören! Sie sind ein verlorener Mensch, Fürst! Fragen Sie wen Sie wollen, von denen, die Ihnen wirklich zugetan sind – und ein jeder wird Ihnen sagen, daß Sie ein verlorener Mensch sind!«

»Ist's mög–lich?« ruft der Fürst erstaunt aus.

»Ich versichere Sie! Ich rede wie ein Freund zu Ihnen, wie Ihre Schwester! Ich sage es Ihnen nur deshalb, weil Sie mir teuer sind, weil die Erinnerung an das Vergangene mir heilig ist! Und was hätte ich auch für einen Vorteil davon, wenn ich Ihnen schmeicheln wollte? Nein, Sie müssen Ihr Leben von Grund auf ändern, – andernfalls werden Sie erkranken, sich überanstrengen, werden Sie sterben . . .«

»O Gott! Werde ich wirklich so bald sterben?« fragt der Fürst erschrocken. »Und denken Sie sich, Sie haben es erraten: mich quälen ent– setz–lich meine Hä–morrhoiden, na–ment–lich seit einiger Zeit . . . Und wenn ich diese Anfälle habe, so gibt es bei der Gelegenheit er–staun–liche Symptome – ich werde sie Ihnen ausführlich beschreiben . . . Erstens . . .«

»Onkelchen, das werden Sie doch lieber ein anderes Mal erzählen«, unterbricht ihn Pawel Alexandrowitsch schnell, »jetzt aber . . . ist es nicht Zeit, zu fahren?«

»Nun ja! Dann al–so ein an–deres Mal. Es ist vielleicht auch nicht so in–teres–sant. Ich habe es mir überlegt... Aber es ist im–mer–hin eine sehr interes–sante Krankheit. Es gibt ver–schie–dene Stadien... Erinnere mich daran, mein Lieber, ich werde dir am Abend einen Fall aus–führ–lich erzählen...«

»Aber hören Sie, Fürst, Sie müßten versuchen, sich im Ausland davon zu heilen«, unterbricht ihn noch einmal Marja Alexandrowna.

»Im Aus–lande? Nun ja, nun ja! Ich werde un–be–dingt ins Aus–land fahren. Ich entsinne mich, als ich in den zwan–ziger Jahren im Auslande war, da war es dort un–gemein lustig. Ich hätte fast geheiratet, une Vicomtesse, eine Fran–zö–sin. Ich war damals sehr ver–liebt und wollte ihr mein ganzes Leben weihen. Aber, wie gesagt, nicht ich hei–ra–te–te sie, sondern ein an–derer. Und welch ein selt–samer Zufall: ich war nur auf zwei Stunden fort–ge–gangen, und da siegte der an–dere, ein deutscher Freiherr. Er saß später eine Zeitlang in einer Irrenanstalt.«

»Aber, cher prince, ich habe einzig deshalb davon gesprochen, weil Sie im Ernst an Ihre Gesundheit denken müssen... Im Ausland gibt es so gute Ärzte... und außerdem, was schon eine bloße Lebensveränderung ausmacht! Sie müssen entschieden Ihr Duchanowo verlassen, wenigstens für einige Zeit!«

»Un–be–dingt! Ich habe mich dazu auch schon vor langer Zeit entschlossen, und wissen Sie, ich beabsichtige, mich hy–dropa–thisch behandeln zu lassen.«

»Hydropathisch?«

»Jawohl, hydropathisch! Ich habe mich schon einmal hy–dro–pa–thisch behandeln lassen. Ich war damals in einem Kurort. Dort war auch eine Dame aus Moskau, ich habe ihren Namen vergessen, nur war sie eine sehr poetische Dame, sie wird sieb–zig Jahre alt gewesen sein. Und bei ihr befand sich auch ihre Tochter, die war fünfzig Jahre alt, eine Witwe, und auf dem einen Auge hatte sie den Star. Die sprach gleichfalls fast nur in Ver–sen. Später hat–te sie noch ein Miß–geschick: sie hatte ihre leibeigene Magd erschlagen und war dafür vor Ge–richt gekommen. Denen fiel es al–so ein, mich mit Wasser zu ku–rie–ren. Mir fehlte, wie gesagt, nichts. Nun ja, sie aber bestanden darauf: ‚Tun Sie es und tun Sie es!' Bis ich, aus Höf–lich–keit, denn auch rich–tig Wasser zu trinken begann. Denke bei mir: vielleicht wird dir davon wirk–lich leichter werden. Ich trank und trank, trank und trank, trank einen ganzen Was–ser–fall aus, und, wissen Sie, diese Hy–dro–pathie ist eine gute Sache und hat mir viel Nutzen gebracht, so daß ich, wenn ich nicht zu guter Letzt erkrankt wäre, jetzt, Ehrenwort, vollkommen gesund sein würde . . .«

»Das ist doch mal eine vollkommen richtige Folgerung, Onkelchen! Sagen Sie, Onkelchen, haben Sie sich jemals mit Logik befaßt?«

»Mein Gott! Was für Fragen Sie stellen!« bemerkt Marja Alexandrowna ungehalten.

»Gewiß, gewiß habe ich mich mit Logik befaßt, mein Lieber, nur ist es sehr lange her. Ich habe auch Phi–lo–sophie studiert, in Deutsch–land, habe einen ganzen Kursus besucht, nur habe ich schon damals alles wieder ver–gessen. Aber . . . wie gesagt . . . Sie haben mich mit diesen Krankheiten der–ma–ßen erschreckt, daß ich ganz erschüt–tert bin. Wie gesagt, ich werde sogleich wiederkommen . . .«

»Aber wohin gehen Sie denn, Fürst?« ruft die verwunderte Marja Alexandrowna aus.

»Ich werde sogleich, sogleich . . . Ich will nur einen neuen Gedanken nie–der–schreiben . . . au revoir . . .«

»Na! Wie gefällt er Ihnen!« fragt Pawel Alexandrowitsch und bricht in Lachen aus.

Marja Alexandrowna verliert endlich die Geduld.

»Ich verstehe nicht, ich verstehe absolut nicht, worüber Sie lachen!« beginnt sie mit Eifer. »Über einen alten, ehrwürdigen Herrn, einen Verwandten, zu lachen, über jedes seiner Worte Ihren Spott zu ergießen, und nur wegen seiner Engelsgüte! Ich bin für Sie errötet, Pawel Alexandrowitsch! So sagen Sie doch, was denn Ihrer Meinung nach so lächerlich an ihm ist? Ich kann wirklich nichts Lächerliches an ihm finden!«

»Aber – daß er keinen Menschen erkennt, daß er den größten Unsinn zusammenschwätzt? . . .«

»Das ist doch nur eine Folge seines entsetzlichen Lebens, seines fünfjährigen Gefängnislebens unter der Fuchtel dieses höllischen Weibes! Man muß ihn bemitleiden, aber nicht verspotten! Er hat ja sogar *mich* nicht erkannt. Sie waren ja selbst Zeuge! Das ist doch sicherlich, wie man sagt, himmelschreiend! Man muß ihn unbedingt retten! Ich berede ihn nur aus dem Grunde zu einer Reise ins Ausland, weil ich hoffe, daß er dann diese – dieses Marktweib verlassen wird!«

»Wissen Sie was, Marja Alexandrowna? – Man muß ihn verheiraten«, erklärt Pawel Alexandrowitsch auf einmal großartig.

»Schon wieder! Aber Sie sind ja unverbesserlich, Monsieur Mosglakoff!«

»Nein, Marja Alexandrowna, nein! Diesmal rede ich ganz im Ernst! Warum soll man ihn denn nicht verheiraten? Das ist doch eine Idee! C'est une idée comme une autre! Was kann ihm das schaden, sagen Sie doch, bitte! Er ist, im Gegenteil, in einer solchen Lage, daß dieses Mittel ihn retten könnte! Nach dem Gesetz kann er doch noch heiraten. Erstens wird er dann von diesem abgefeimten Weibsbild – verzeihen Sie diesen Ausdruck – befreit sein. Und zweitens – und das ist die Hauptsache – nehmen wir an, daß er ein Mädchen erwählt, oder noch besser: eine Witwe, eine nette, gute, zärtliche und vor allen Dingen arme Witwe, die ihn wie eine Tochter pflegt, und die auch begreift, wie viel sie ihm dafür Dank schuldig ist, daß er sie zu seiner Frau gemacht hat! Was aber kann man ihm mehr wünschen, als ein ihm nahestehendes, herzliches und edles Wesen, das beständig bei ihm ist, anstelle dieses . . . Weibes? Versteht sich, sie darf nicht häßlich sein, denn Onkelchen liebt noch immer die Netten.

Haben Sie bemerkt, wie er Sinaïda Afanássjewna fixiert hat?«

»Wo aber werden Sie denn für ihn eine solche Braut finden?« fragte Nastassja Petrowna, die aufmerksam zuhört.

»Wer da fragt, der ist es! Warum schließlich nicht Sie, wenn Sie nur wollen! Erlauben Sie: weshalb sollten Sie zum Fürsten *nicht* passen? Erstens – Sie sehen nett aus, zweitens – Sie sind eine Witwe, drittens – adlig, viertens – arm (denn Sie sind ja tatsächlich nicht reich), fünftens – Sie sind eine sehr vernünftige Dame, folglich werden Sie ihn lieben, auf den Händen tragen, und jene andere, die jetzt dort Herrin ist, mit Püffen zur Tür hinausjagen. Sie werden ihn ins Ausland bringen, werden ihn mit Kinderbrei und Zuckerwerk päppeln, und alles das bis zu der Minute, wo er das Irdische segnet, was vielleicht nach einem Jahr geschehen wird, vielleicht aber auch schon nach zweieinhalb Monaten. Dann sind Sie Fürstin, Witwe, reich, und zur Belohnung heiraten Sie einen Marquis oder einen Generalintendanten! C'est joli, n'est-ce pas?«

»O du mein Himmel! Ich würde mich ja, glaube ich, aus lauter Dankbarkeit in ihn verlieben, wenn er mir einen Heiratsantrag machte!« ruft Frau Sjablowa aus, und ihre dunklen ausdrucksvollen Augen blitzen auf. »Nur ist das alles – Scherz!«

»Scherz? Soll es kein Scherz sein? Bitten Sie mich mal recht nett, und dann schneiden Sie mir einen Finger ab, wenn Sie nicht heute noch verlobt sind! Es ist ja überhaupt nichts leichter, als Onkelchen zu irgend etwas zu bereden! Er sagt zu allem ‚nun ja, nun ja!' Sie haben es doch selbst gehört. Wir verheiraten ihn so, daß er selbst nichts davon merkt. Wir können ihn ja offen betrügen, denn es geschieht doch nur zu seinem Wohl, ich bitte Sie! ... Wenn Sie sich wenigstens auf alle Fälle etwas aufputzen wollten, Nastássja Petrówna!«

Die Begeisterung Mosgljakoffs wird zur Leidenschaft. Und wie vernünftig Frau Sjablowa auch sein mag – ihr wässert dennoch der Mund.

»Ach, ich weiß es auch ohne Ihren Hinweis, daß ich heute ganz unmöglich gekleidet bin«, antwortet sie. »Ich habe mich ganz vernachlässigt und schon lange jede Hoffnung aufgegeben... Sehe ich denn heute nicht wirklich wie... eine Köchin aus?«

Während dieses ganzen Gesprächs saß Marja Alexandrowna mit eigentümlich starrer Miene unbeweglich auf ihrem Stuhl. Ich täusche mich nicht, wenn ich sage, daß sie den sonderbaren Vorschlag Pawel Alexandrowitschs mit einem gewissen Schreck vernommen hatte und im Augenblick noch völlig ratlos dasaß... Endlich besann sie sich.

»Alles das ist ja, sagen wir, wunderschön, aber es bleibt doch ein Scherz und eine Ungereimtheit, und vor allem ist ein solcher Scherz hier durchaus unschicklich«, unterbricht sie Mosgljakoff scharf.

»Aber weshalb denn, gütigste Marja Alexandrowna, weshalb soll es denn eine Ungereimtheit und unschicklich sein?«

»Aus sehr vielen Gründen, vor allem aber deshalb, weil Sie in meinem Hause sind und der Fürst mein Gast ist, und weil ich niemandem erlauben werde, die meinem Hause schuldige Achtung zu vergessen. Ich fasse Ihre Worte nur als Scherz auf, Pawel Alexandrowitsch. Aber Gott sei Dank! Da ist ja der Fürst!«

»Ja, da bin ich wieder!« bestätigt der Fürst, ins Zimmer eintretend. »Es ist er–staunlich, cher ami, wie viele neue Gedan–ken ich heute habe. Zuwei–len aber, vielleicht wirst du es nicht für möglich halten, zuwei–len habe ich so gut wie über–haupt keine. Und so sitze ich oft einen ganzen Tag ohne einen Gedanken da!«

»Das kommt wahrscheinlich von dem heutigen Fall mit der Kutsche, Onkelchen. Der hat Ihre Nerven erschüttert und nun...«

»Mein Lieber, ich schreibe es ja gleich–falls diesem Um–stande zu, und finde den Fall jetzt sogar von heil–samer Wirkung. Deshalb habe ich mich auch schon entschlossen, meinem Fe–o–fil zu verzeihen. Weißt du, es scheint mir jetzt, daß er es doch nicht auf mein Leben abgesehen hatte. Was meinst du dazu? Zudem ist er sowieso erst vor kurzem bestraft worden, als ihm der Bart ab–genom–men wurde.«

»Der Bart abgenommen, Onkelchen? Aber er hat doch einen Bart von der Größe des Königreichs Preußen!«

»Nun ja, von der Größe des Königreichs Preußen. Wie gesagt, mein Lieber, du hast voll–kom–men recht in deiner An–nahme. Nur ist es ein künst–licher Bart. Und denken Sie sich, welch ein Zu–fall das war: plötzlich schickt man mir einen Preis-Kurant zu. Man hat eine neue Sendung Bär–te aus dem Aus–lande erhalten, vor–züg–liche Kutscher- und Herren–bär–te, sowie Backenbärte, Schnurrbärte, Mouches usw., und alle von vor–züglicher Arbeit und zu er–mäßigten Prei–sen. Wart, denke ich, ich werde einmal auch einen solchen Ba–art verschreiben, um doch ein–mal zu sehen, wie ein falscher aussieht... Und ich bestellte einen Kut–scherbart, denn so ein Bart macht doch imposanter. Aber da zeigte es sich, daß Fe–o–fil einen natürlichen Ba–art hat, der fast zweimal so groß ist. Wie gesagt, was tun: soll man ihm den echten abnehmen oder den künstlichen zurücksenden und den natürlichen tragen lassen? Ich dachte und dachte, und beschloß, ihn doch den künstlichen tragen zu lassen.«

»Wahrscheinlich deshalb, weil die Kunst doch über der Natur steht, Onkelchen?«

»Gerade deshalb. Und wie er gelit–ten hat, als ihm der Bart abgeschnit–ten wurde! Als hätte er mit seinem Bart seine ganze Karrie–re verloren... Aber ist es nicht Zeit, daß wir fahren, mein Lieber?«

»Ich bin bereit, Onkelchen.«

»Aber ich hoffe, Fürst, daß Sie nur zum Gouverneur fahren werden!« ruft Marja Alexandrowna erregt aus. »Sie gehören jetzt *mir*, mein Fürst, Sie gehören den ganzen Tag mir und meiner Familie. Ich werde Ihnen natürlich nichts über die hiesige Gesellschaft sagen. Vielleicht wollen Sie auch Anna Nikolájewna besuchen, und – wozu Ihnen da die Illusionen nehmen! Außerdem bin ich ja vollkommen überzeugt, daß die Zeit Ihnen die Augen öffnen wird. Vergessen Sie nur nicht, daß ich heute Ihre Hausfrau, Ihre Schwester, Ihre Mutter, Ihre Wärterin bin, und glauben Sie mir, Fürst, ich zittere für Sie! Sie kennen sie nicht, nein, Sie kennen diese Menschen noch nicht, wenigstens vorläufig noch nicht ...«

»Verlassen Sie sich auf mich, Marja Alexandrowna. Es wird so sein, wie ich es Ihnen versprochen habe«, sagt Mosgljakoff.

»Ach, Sie kennt man! Auf Sie sich zu verlassen! Ich erwarte Sie zum Mittag zurück, Fürst. Wir speisen früh. Ich bedauere unsäglich, daß mein Mann auf dem Gut ist! Wie er sich freuen würde, Sie zu sehen! Wenn Sie wüßten, wie er Sie verehrt, wie er Sie liebt!«

»Ihr Mann? Al–so dann haben Sie auch einen Mann?« fragt der Fürst.

»Ach, mein Gott! Wie vergeßlich Sie sind, Fürst! Sie haben ja alles, alles vergessen, was früher war! Mein Mann Afanássij Matwéjewitsch – entsinnen Sie sich seiner wirklich nicht? Er ist jetzt auf dem Gut, aber Sie haben ihn früher tausendmal gesehen. Entsinnen Sie sich, Fürst, wirklich nicht Afanássij Matwéjewitschs? ...«

»Afanassij Matwéjewitsch! Auf dem Gut, denken Sie sich, mais c'est délicieux! Dann haben Sie al–so auch einen Mann? Was für ein son–der–barer Zufall indes! Das ist ja ganz wie in einem bekannten Vau–de–ville: ‚Kaum ist der Mann zur Tür hinaus, da ...' Wie war es doch, da habe ich es nun vergessen! Jedenfalls fuhr die Frau auch irgendwohin. Wie gesagt, sehr geistvoll ...«

»„Kaum ist der Mann zur Tür hinaus, da fährt die Frau schon aus dem Haus", Onkelchen«, souffliert Mosgljakoff.

»Nun ja! Nun ja! Ich danke dir, mein Lieber, gerade „aus dem Haus". Charmant, charmant! So daß es vollkommen einen Vers bildet. Und du verfällst immer auf den richtigen Vers, mein Lieber. Nun ja: ich entsann mich doch ganz genau, daß die Frau auch irgendwohin fuhr! Charmant, charmant!

Wie gesagt, ich habe nur ein wenig vergessen, wovon eigentlich die Rede war ... Richtig! Al—so wir fahren jetzt, mein Lieber. Au revoir, madame, adieu, ma charmante demoiselle«, fügt der Fürst hinzu, verbeugt sich vor Sina und küßt wieder vor Entzücken seine Fingerspitzen.

»Zum Essen, zum Essen, Fürst! Vergessen Sie es nicht, zum Mittagessen so bald wie möglich zurückzukehren!« ruft ihm Marja Alexandrowna noch nach.

V

Wenn Sie, Nastássja Petrówna, vielleicht etwas in der Küche nach dem Rechten sehen wollten«, sagt sie, nachdem sie den Fürsten hinausgeleitet hat. »Ich habe so eine Vorahnung, daß dieser abscheuliche Nikitka das Essen unfehlbar verderben wird! Ich bin überzeugt, daß er schon betrunken ist ...«

Nastassja Petrowna gehorcht. Im Hinausgehen wirft sie Marja Alexandrowna einen mißtrauischen Blick zu und bemerkt sogleich, daß diese sich in einer eigentümlichen Erregung befindet. Anstatt nun nach dem abscheulichen Nikitka zu sehen, geht Nastassja Petrowna in den Saal, von dort durch einen Korridor in ihr Zimmer und von dort in eine kleine dunkle Kammer, in der einige Koffer stehen, ein paar alte Kleidungsstücke hängen und in Bündeln die schmutzige Wäsche des Hauses aufbewahrt wird. Auf den Fußspitzen schleicht sie zu einer verschlossenen Tür, hält den Atem an, beugt sich nieder, lauert durch das Schlüsselloch und lauscht. Diese ständig verschlossene und zugenagelte Tür ist eine der drei Türen desselben Zimmers, in dem jetzt Sina und deren Mutter allein zurückgeblieben sind.

Marja Alexandrowna hält Nastassja Petrowna zwar für eine durchtriebene, aber schließlich vorwiegend doch nur leichtsinnige Person. Wohl ist ihr bisweilen schon der Gedanke gekommen, daß Nastassja Petrowna sich nicht genieren würde, unter Umständen an den Türen zu horchen. In diesem Augenblick aber ist Marja Alexandrowna so beschäftigt und aufgeregt, daß sie keine Zeit hat, an Vorsichtsmaßregeln zu denken. Sie setzt sich in ihren weichen Sessel und blickt ihre Tochter bedeutsam an. Sina fühlt diesen Blick, und eine bittere Qual steigt in ihrem Herzen auf.

»Sina!«

Sina wendet langsam ihr blasses Gesicht der Mutter zu und erhebt den Blick ihrer dunklen, nachdenklichen Augen.

»Sina, ich habe die Absicht, mit dir über etwas sehr Ernstes zu reden.«

Sina wendet sich jetzt ganz der Mutter zu, faltet die Hände und steht in Erwartung da. In ihrem Gesicht ist ein Ausdruck von Ärger und Spott, was sie übrigens zu verbergen sucht.

»Ich wollte dich fragen, Sina, wie dir heute *dieser* Mosgljakoff gefallen hat?«

»Sie wissen doch längst, wie ich über ihn denke«, antwortet Sina gleichsam wider Willen.

»Ja, mon enfant; aber es scheint mir, daß er mit seinem ... Werben schon anfängt, lästig zu werden.«

»Er sagt, daß er in mich verliebt sei, und so dürfte seine Aufdringlichkeit entschuldbar sein.«

»Sonderbar, früher hast du ihn nicht so ... bereitwillig entschuldigt. Im Gegenteil, du fielst immer über ihn her, sobald ich nur auf ihn zu sprechen kam.«

»Sonderbar ist gleichfalls, daß Sie ihn früher immer verteidigt haben und jetzt als erste über ihn herfallen.«

»Ja, beinahe. Ich will nichts ableugnen, Sina: früher hätte ich dich gern mit ihm verheiratet gesehen. Es bedrückte mich, deinen ständigen Kummer zu sehen, deine Qual, die ich dir nachzufühlen vermag (gleichviel, was du von mir denkst!) und die nachts meinen Schlaf vergiften. Ich habe mich schließlich überzeugt, daß nur eine einschneidende Veränderung in deinem Leben dich retten könnte. Und diese Veränderung müßte – eine Heirat sein. Wir sind nicht reich und können zum Beispiel nicht ins Ausland reisen. Die hiesigen Esel wundern sich, daß du dreiundzwanzig Jahre alt und noch unverheiratet bist; sie erfinden allerlei Geschichten. Aber soll ich dich denn einem unserer Räte geben oder Iwan Iwanowitsch, unserm Verwalter? Gibt es denn hier überhaupt Männer für dich? Mosgljakoff ist natürlich ein Hohlkopf, aber er ist immer noch der beste von allen. Er ist aus guter Familie, er hat einflußreiche Verwandtschaft, er besitzt hundertundfünfzig Leibeigene – das ist doch immerhin besser, als von Sporteln und Sparen und weiß Gott was für Abenteuern zu leben. Deshalb hatte ich auch mein Auge auf ihn geworfen. Aber ich schwöre dir, ich habe nie aufrichtige Sympathie für ihn empfunden. Ich bin überzeugt, daß der Höchste selbst mich zurückgehalten hat. Und wenn Gott dir jetzt etwas Besseres geschickt haben sollte – oh! Wie gut ist es dann, daß du ihm noch nicht dein Wort gegeben hast! Du hast ihm doch heute nichts Bindendes gesagt, Sina?«

»Wozu diese Verstellung, Mamachen, wenn sich doch alles mit zwei Worten sagen läßt?« fragte Sina gereizt.

»Verstellung, Sina, Verstellung? Und dieses Wort kannst du deiner Mutter sagen? Doch was rede ich unnütz! Du glaubst ja deiner Mutter lange nicht mehr. Du hältst mich für deine Feindin, nicht aber für deine Mutter.«

»Ach, schon gut, Mamachen! Sollen wir uns beide noch wegen eines Wortes streiten! Verstehen wir uns denn nicht? Ich dachte, wir hätten doch Zeit genug gehabt, uns kennen zu lernen!«

»Aber du beleidigst mich, mein Kind! Du glaubst nicht, daß ich *zu allem* bereit bin, nur um dich sicher zu stellen!«

Spöttisch und verärgert blickte Sina ihre Mutter an.

»Wollen Sie mich vielleicht mit diesem Fürsten verheiraten, um mich *sicher zu stellen?«* fragte sie mit einem seltsamen Lächeln.

»Ich habe das nicht gesagt, mein Kind, doch da du selbst darauf zu sprechen kommst, so will ich dir sagen, daß es dein Glück wäre, wenn du den Fürsten heiraten könntest.«

»Ich aber finde, daß es einfach unsinnig wäre!« brauste Sina heftig auf. »Der größte Unsinn! Und auch finde ich, Mama, daß Sie gar zu viel dichterische Phantasie entwickeln, Sie sind im vollen Sinn des Wortes ein weiblicher Dichter. So werden Sie hier ja auch genannt. Sie entwerfen beständig Pläne. Deren Unmöglichkeit und Sinnlosigkeit aber hält Sie nie davon ab. Noch als der Fürst hier saß, ahnte ich, was Sie im Sinn hatten. Und als Mosgljakoff diesen Blödsinn schwatzte und beteuerte, daß man den alten Mann verkuppeln müsse, da habe ich in ihrem Gesicht alle Ihre Gedanken gelesen. Ich gebe meinen Kopf darauf, daß Sie selbst gerade daran dachten und gerade *das mir* jetzt vorschlagen wollen. Da aber Ihre unermüdlichen Pläne mit meiner Person mir tödlich zuwider geworden sind und mich nur quälen, so bitte ich Sie, kein Wort von diesem neuen Projekt mehr zu sprechen; hören Sie, Mama, – kein Wort, und es würde mich freuen, wenn Sie das beherzigten!« Sie war ganz außer Atem vor Empörung.

»Du bist ein Kind, Sina, ein gereiztes, krankes Kind!« entgegnete Marja Alexandrowna mit gerührter Stimme, in der Tränen zu zittern schienen. »Du sprichst mit mir in unerhört ungezogenem Ton, du kränkst mich. Keine Mutter würde das ertragen, was ich täglich von dir hinnehme! Aber du bist gereizt, du bist krank, du leidest, ich aber bin Mutter und vor allem Christin. Ich muß dulden und verzeihen. Doch noch ein Wort, Sina: wenn ich nun tatsächlich an diese Verbindung gedacht hätte, – weshalb hältst du diesen Gedanken für unsinnig? Meiner Meinung nach hat Mosgljakoff nie klüger gesprochen als vorhin, – ich meine, als er behauptete, daß der Fürst heiraten müsse, nur, versteht sich, nicht diesen Schmutzfink Nastassja. Darin hat er sich natürlich versehen.«

»Hören Sie, Mama! Sagen Sie doch offen: fragen Sie das nur so, aus Neugier, oder mit einer bestimmten Absicht?«

»Ich frage bloß: weshalb erscheint dir das so unsinnig?«

»Ach, das ist doch wirklich abscheulich! Daß einem ein solches Schicksal beschieden sein muß!« rief Sina aus und stampfte mit dem Fuß auf vor Empörung. »Gut, ich werde es Ihnen sagen, weshalb: ganz abgesehen von allen übrigen Dummheiten, – die Geistesschwäche eines Greises auszubeuten, ihn zu betrügen, zu heiraten, diesen Klappergreis, um ihm dann sein Geld abzuknöpfen und täglich, stündlich seinen Tod zu wünschen, das ist, finde ich, nicht nur unsinnig, sondern außerdem noch so niedrig, so unwürdig, daß ich Ihnen zu solchen Gedanken nicht gratulieren kann, Mama!«

Eine ganze Minute dauerte das Schweigen.

»Sina! Entsinnst du dich noch dessen, was vor zwei Jahren war?«

Sina zuckte zusammen.

»Mama!« sagte sie dann mit strenger Stimme, »Sie haben mir feierlich versprochen, mich nie mehr daran zu erinnern.«

»Und jetzt bitte ich dich ebenso feierlich, mein Kind, mir nur dieses eine Mal zu erlauben, das Versprechen, das ich bis jetzt noch niemals vergessen habe, zurückzuziehen. Sina! Es ist Zeit zu einer rückhaltlosen Aussprache zwischen uns. Diese zwei Jahre Schweigen waren entsetzlich! So kann es nicht weitergehen! ... Ich bin bereit, dich auf den Knieen anzuflehen: erlaube mir nur dieses eine Mal zu sprechen! Hörst du, Sina, deine leibliche Mutter fleht dich auf den Knieen an! Und ich gebe dir feierlich mein Wort, – das Wort einer unglücklichen Mutter, die ihre Tochter vergöttert, daß ich niemals, in keiner Form und in keinem Fall, selbst wenn es sich um die Rettung meines Lebens handelte, nie mehr davon sprechen werde. Es wird dies das letzte Mal sein – aber diesmal geht es nicht anders, ich muß!«

Marja Alexandrowna rechnete auf einen durchschlagenden Erfolg dieser Worte.

»Sprechen Sie«, sagte Sina, die merklich noch blasser wurde.

»Ich danke dir, Sina. Vor zwei Jahren kam zu deinem verstorbenen Bruder Mitja ein junger Lehrer ...«

»Aber wozu denn diese feierliche Einleitung, Mama! Wozu diese ganze Redekunst, alle diese Einzelheiten, die doch vollkommen überflüssig sind, die doch nur quälen und die uns doch beiden nur zu gut bekannt sind?« unterbrach Sina ihre Mutter zornig und wie angeekelt.

»Weil ich, deine Mutter, gezwungen bin, mich vor dir zu rechtfertigen, mein Kind. Zudem will ich dir diese Angelegenheit von einem ganz anderen Standpunkt aus zeigen, nicht von diesem falschen Standpunkt aus, von dem aus du sie zu beurteilen gewohnt bist. Und schließlich, damit du die Folgerung begreifst, die ich daraus zu ziehen beabsichtige! Glaube nicht, mein Kind, daß ich mit deinem Herzen spielen will! Nein, Sina, du wirst in mir eine wirkliche Mutter finden, und vielleicht wirst du tränenüberströmt zu meinen Füßen, zu Füßen der *,niedrig' denkenden Frau,* wie du dich soeben ausgedrückt hast, die Versöhnung erbitten, die du so lange, die du bis zum heutigen Tage verschmäht hast. Darum will ich alles sagen, Sina, alles von Anfang an vor dir aufrollen dürfen. Oder ich schweige lieber ganz.«

»Sprechen Sie«, wiederholte Sina, die von ganzem Herzen die Notwendigkeit dieser Rede verwünschte.

»Gut, Sina, ich fahre fort: – Dieser Lehrer an der Kreisschule, fast noch ein Jüngling, machte auf dich einen mir vollkommen unbegreiflichen Eindruck. Ich vertraute zu sehr auf deine Vernunft, auf deinen edlen Stolz und hauptsächlich auf seine Nichtigkeit – es muß doch einmal alles gesagt werden –, um auch nur das geringste zwischen euch zu argwöhnen. Und plötzlich kommst du zu mir und erklärst mir entschlossen, daß du ihn zu heiraten beabsichtigst! Sina! Das war ein Dolchstich in mein Herz! Ich schrie nur auf und verlor das Bewußtsein. Doch ... du entsinnst dich ja noch dessen! Selbstredend fand ich es für nötig, sofort meine ganze Macht zu gebrauchen, die du damals Tyrannei nanntest. Denk doch nur: ein unreifer Jüngling, der Sohn eines Popen, der ein Monatsgehalt von nur zwölf Rubeln hat, der Verfasser erbärmlicher Verse, die nur aus Mitleid in der „Bibliothek der Aufklärung" abgedruckt werden und der von nichts anderem als nur von diesem verwünschten Shakespeare zu sprechen weiß – dieser Jüngling dein Mann, der Mann Sinaïda Moskaleffs! Das war doch ein Ding der Unmöglichkeit! Verzeih, Sina, aber schon die Erinnerung daran bringt mich um meinen Verstand! Ich wies ihn also ab. Aber keine Macht der Welt vermag dich aufzuhalten. Dein Vater blinzelte, wie du weißt, nur mit den Augen und begriff nicht einmal, was ich ihm erklärte. Du aber bist von deinem Jüngling nicht abzubringen, du kommst sogar heimlich mit ihm zusammen und, was am furchtbarsten ist, du entschließt dich, mit ihm zu korrespondieren. In der Stadt verbreiten sich schon Gerüchte. Mir werden von allen Seiten Stiche versetzt. Man freut sich, man posaunt es schon aus, und plötzlich gehen alle meine Prophezeiungen in Erfüllung. Es kommt zu einem Streit zwischen euch, er erweist sich als deiner vollkommen unwürdig ... als grüner Bengel – ich kann ihn unmöglich einen Mann nennen! – und er droht dir, deine Briefe in der Stadt herumzuzeigen. Diese Drohung empört dich dermaßen, daß du ihm eine Ohrfeige gibst. Ja, Sina, auch dieses weiß ich! Ich weiß alles, alles! Der Unglückliche zeigt noch am selben Tage einen deiner Briefe dem Lump Sanschin, und nach einer Stunde befindet sich dieser Brief in den Händen Natalja Dmitrijewnas, meiner Todfeindin! Am selben Abend macht dieser Wahnsinnige aus Reue den unsinnigen Versuch, sich zu vergiften. Kurz, es ist ein entsetzlicher Skandal zu erwarten! Dieser Schmutzfink Nastassja kommt erschrocken zu mir gelaufen – mit der furchtbaren Nachricht, daß der Brief sich schon seit einer ganzen Stunde in Natalja Dmitrijewnas Händen befinde: nach zwei Stunden wird die ganze Stadt um deine Schmach wissen! Ich überwand mich, ich fiel nicht in Ohnmacht, – aber mit welchen Schlägen hast du mein Herz getroffen, Sina! Diese Schamlose, dieses Scheusal Nastassja verlangt zweihundert Rubel bar und dafür schwört sie, den Brief zur Stelle zu schaffen. Ich selbst laufe, in dünnen Stiefeln, im Schnee zum Juden Bumstein und verpfände meinen Schmuck, das Andenken meiner seligen Mutter! ... Nach zwei Stunden ist der Brief in meinen Händen.

Nastassja hatte ihn gestohlen. Sie hat die Schatulle erbrochen. Deine Ehre ist gerettet, der Beweis vernichtet! Aber in welcher Aufregung hast du mich diesen Tag verbringen lassen! Am nächsten Morgen bemerkte ich zum erstenmal in meinem Leben, daß ich vereinzelt graue Haare hatte, Sina! Du weißt jetzt, wie du über diesen Jüngling urteilen mußt. Du hast selbst zugegeben, vielleicht mit einem bitteren Lächeln, daß es der größte Wahnsinn gewesen wäre, ihm dein Leben anzuvertrauen. Aber seit der Zeit quälst du dich, mein Kind, du kannst ihn nicht vergessen, oder richtiger, nicht ihn – denn er ist deiner stets unwürdig gewesen –, sondern das Phantom deines einstigen Glücks kannst du nicht vergessen. Dieser Unglückliche liegt jetzt auf dem Sterbebett; man sagt, er sei schwindsüchtig; du aber, in deiner Engelsgüte, du willst nicht heiraten, solange er noch lebt, um sein Herz nicht zu zerreißen, denn er quält sich noch immer mit seiner Eifersucht herum, wenn ich auch überzeugt bin, daß er dich niemals mit einer tiefen, beseelten Liebe geliebt hat! Ich weiß, seitdem er von Mosgljakoffs Werbung gehört hat, läßt er spionieren, auflauern und ausfragen. Du schonst ihn, mein Kind, ich habe es erraten, und Gott allein weiß, mit wie bitteren Tränen ich mein Kissen benetzt habe! . . .«

»Lassen Sie doch das, Mama!« unterbricht Sina in unerträglicher Qual. »Das von dem Kissen war wohl sehr notwendig«, fügt sie spöttisch hinzu. »Geht es denn nicht ohne Deklamation, ohne Pathos?«

»Du glaubst mir nicht, Sina! Sieh mich nicht so feindselig an, mein Kind! Meine Augen sind in diesen zwei Jahren nicht trocken geworden, aber ich habe meine Tränen vor dir verborgen, und ich schwöre dir, ich selbst habe mich in dieser Zeit in vielem geändert! Ich habe längst deine Gefühle begriffen und ich gestehe: erst jetzt kann ich die ganze Größe deines Schmerzes nachempfinden. Kann man mir daraus einen Vorwurf machen, mein Kind, daß ich diese Anhänglichkeit nur für Romantik hielt, die dieser verwünschte Shakespeare heraufbeschworen hat, dieser Dummkopf, der seine

Nase immer dorthin steckt, wo man sie gar nicht haben will? Welche Mutter würde mich wegen meines Schreckens, wegen der Maßregeln, die ich ergriff, wegen der Strenge meines Urteils verdammen? Jetzt aber, jetzt, nachdem ich deine Qual in diesen zwei Jahren mit angesehen habe, jetzt verstehe und achte ich deine Gefühle. Glaube mir, ich habe dich vielleicht besser verstanden als du dich selbst verstehst. Ich bin überzeugt, daß du gar nicht ihn liebst, diesen Jüngling, sondern nur deine eigenen goldenen Träume, dein verlorenes Glück, deine erhabenen Ideale. Auch ich habe geliebt und vielleicht noch leidenschaftlicher als du. Auch ich habe gelitten. Ich habe gleichfalls meine hohen Ideale gehabt. Und darum – wer kann mich deshalb verurteilen? Und vor allem: kannst du mich darum verurteilen, weil ich die Verbindung mit dem Fürsten für die beste Rettung halte, für das Notwendigste, was du in deiner augenblicklichen Lage tun könntest und tun müßtest?«

Sina hörte mit Verwunderung diese lange Rede an, denn sie wußte, daß ihre Mutter nicht ohne Grund einen solchen Ton anschlug. Die letzte unerwartete Folgerung jedoch stieß sie vollkommen vor den Kopf.

»Dann haben Sie also im Ernst beschlossen, mich mit diesem Fürsten zu verheiraten?« rief sie verwundert aus und sah erschrocken die Mutter an. »Dann sind es ja nicht nur Träume, Projekte, sondern – Ihre feste Absicht? Dann habe ich es richtig erraten? Und ... und ... inwiefern würde mich denn diese Heirat retten und weshalb ist sie so notwendig? Und ... und ... was hat das damit zu schaffen, was Sie soeben hier geredet haben? – mit dieser ganzen Geschichte? ... Ich verstehe Sie nicht, Mama!«

»Ich wundere mich, mon ange, wie du das nicht verstehen kannst!« rief Marja Alexandrowna aus, die jetzt ihrerseits in Hitze geriet. »Schon das Eine: daß du in eine andere Gesellschaft kämest, in eine andere Welt! Du verläßt auf ewig dieses widerliche Nest, das für dich voll ist von unangenehmen Erinnerungen, in dem du keinen einzigen Freund hast, weder unter den Frauen, noch unter den Männern, in dem du verleumdet worden bist, in dem alle diese Klatschbasen dich wegen deiner Schönheit hassen. Du könntest noch in diesem Frühling nach Italien reisen, in die Schweiz, nach Spanien, Sina, nach Spanien, wo die Alhambra ist, der Guadalquivir, nicht aber unser kleines Flüßchen hier mit dem unanständigen Namen . . .«

»Aber erlauben Sie, Mama, Sie reden ja, als hätte der Fürst bereits um mich angehalten!«

»Das laß meine Sorge sein, mein Engel, ich weiß, was ich rede. Erlaube, daß ich fortfahre. Den ersten Punkt habe ich dir genannt, jetzt kommt der zweite: ich begreife sehr wohl, mein Kind, mit welchem Widerwillen du deine Hand diesem Mosgljakoff gegeben hättest . . .«

»Ich weiß auch ohne diese Ihre Bemerkung, daß ich ihn niemals geheiratet hätte, niemals heiraten werde!« unterbrach Sina heftig und ihre Augen blitzten.

»Und wenn du wüßtest, wie ich deinen Ekel begreife, mein Kind! Es ist furchtbar, einem Manne Liebe schwören zu müssen, den man nicht liebt! Es ist mehr als furchtbar, einem anzugehören, den man nicht einmal achtet! Er aber verlangt deine Liebe: nur ihretwegen würde er dich heiraten, das sehe ich an den Blicken, die er auf dich wirft, wenn du dich abwendest. Und dann sich verstellen zu müssen –! Ich habe es in den fünfundzwanzig Jahren meiner Ehe zur Genüge ausgekostet! Dein Vater hat mich unglücklich gemacht. Ich kann sagen, er hat meine Jugend ausgesogen. Wie oft hast du meine Tränen gesehen!«

»Papa ist auf dem Gut, bitte kein Wort über ihn«, sagte Sina.

»Ich weiß, du bist ewig seine Verteidigerin. Ach, Sina! Mir wollte das Herz brechen, als ich – aus Berechnung – deine Vermählung mit Mosgljakoff wünschte. Bei dem Fürsten aber brauchst du dich nicht zu verstellen. Es versteht sich von selbst, daß du ihn nicht lieben kannst . . . und er ist ja auch gar nicht *fähig*, solche Liebe zu verlangen . . .«

»Gott, welch ein Unsinn! Aber ich sage Ihnen doch, daß Sie sich von Grund aus täuschen, von Anfang an, gerade in der Hauptsache! Begreifen Sie doch, daß ich mich nicht opfern will, ohne zu wissen, wozu! Daß ich überhaupt nicht heiraten will, keinen einzigen, ich bleibe unverheiratet! Sie haben mich zwei Jahre lang gefoltert, bloß weil ich nicht heiratete. Doch! – Sie werden sich damit aussöhnen müssen. Ich will nicht und das genügt! So wird es sein!«

»Aber Herzchen, Sinachen, rege dich um Gottes willen nicht so auf, noch bevor du alles gehört hast! Was du für ein Hitzköpfchen bist! Erlaube mir, daß ich dir die Sache von meinem Standpunkt aus erkläre, und du wirst sofort mit mir übereinstimmen. Der Fürst wird vielleicht noch ein Jahr leben, zwei wäre viel, und meiner Meinung nach ist es besser, eine junge Witwe zu sein als ein altes Mädchen, ganz abgesehen davon, daß du nach seinem Tode – Fürstin: frei, reich und unabhängig bist! Mein Kind, du hörst vielleicht mit Verachtung all diese Berechnungen – Berechnungen, die mit der Erwartung seines Todes verknüpft sind. Aber – ich bin Mutter und welche Mutter wird mich wegen meiner Fürsorge verurteilen? Und schließlich, wenn du, Engel der Güte, diesen Jüngling immer noch bemitleidest, dermaßen bemitleidest, daß du, so lange er noch lebt, nicht heiraten willst – was ich jetzt erraten habe –, so bedenke doch nur, daß du gerade dann, wenn du den Fürsten heiratest, ihn seelisch auferstehen machst, ihm eine große Freude bereitest! Wenn er ein Atom gesunde Vernunft hat, so wird er natürlich begreifen, daß Eifersucht auf den Fürsten unmöglich ist: sie wäre lächerlich. Er wird begreifen, daß du aus Berechnung geheiratet hast, also gezwungen. Er wird endlich begreifen, daß du nach dem Tode des Fürsten wieder heiraten kannst, wenn du willst ...«

»Kurz gesagt heißt das: heirate jetzt den Fürsten, nimm ihm das Geld ab, warte dann auf seinen Tod, um nachher den Geliebten zu heiraten. Sie verstehen sehr gut, das Endergebnis vorzubereiten! Sie wollen mich dazu verführen, indem Sie mir vorschlagen ... Ich verstehe Sie, Mama, verstehe

Sie vollkommen! Sie können sich nie enthalten, selbst in einer schändlichen Angelegenheit, edle Gefühle auszuspielen. Hätten Sie doch einfach und natürlich gesagt: ‚Sina, es ist eine Schändlichkeit, aber sie ist vorteilhaft und deshalb willige ein.' Das wäre wenigstens aufrichtig gewesen.«

»Aber weshalb, mein Kind, warum willst du unbedingt nur von diesem Standpunkt aus die Sache ansehen, – vom Gesichtspunkt der Hinterlist und der Habsucht? Du hältst meine Bemerkungen für schändlich, für beabsichtigten Betrug? Aber, um aller Heiligen willen, wo ist denn hier Betrug, was ist hier schändlich? Geh zum Spiegel und sieh dich an: du bist so schön, daß man ein Königreich für dich hingeben könnte! Und du, du, die du eine solche Schönheit bist, du opferst diesem Greis deine besten Jahre! Du wirst wie ein wundervoller Stern seinen Lebensabend erhellen, du wirst wie ein grüner Efeu um sein Alter ranken, nicht aber wie diese Nessel, diese schamlose Person, die ihn behext hat und seine Säfte aussaugt. Ist denn sein Geld, sein Fürstentitel wirklich wertvoller als du? Wo ist denn hier ein Betrug, eine Schändlichkeit? Du weißt nicht, was du sprichst, Sina!«

»Sicherlich sind sie doch wertvoller, wenn man dafür einen Krüppel heiraten muß! Betrug bleibt immer Betrug, Mama, gleichviel zu welchem Zweck.«

»Im Gegenteil, mein Kind, im Gegenteil! Einen solchen Betrug kann man sogar von einem sehr hohen, sogar von einem christlichen Standpunkt aus rechtfertigen, mein Kind! Du hast mir selbst einmal in einem Anfall von Wahnsinn gesagt, daß du barmherzige Schwester werden wolltest. Dein Herz hat gelitten und ist jetzt verstockt. Du hast gesagt – ich weiß es – daß du nicht mehr lieben könntest. Wenn du an die Liebe nicht mehr glaubst, so wende deine Gefühle einem anderen, höheren Gegenstand zu, tue es aufrichtig wie ein Kind mit dem ganzen Glauben an die Heiligkeit deiner Aufgabe, – und Gott wird dich segnen. Dieser Greis hat gleichfalls gelitten, er ist unglücklich, er wird verfolgt. Ich kenne ihn seit mehreren Jahren und habe stets eine unbegreifliche Sympathie für ihn empfunden, eine Art Liebe sogar, als hätte ich etwas vorausgeahnt. Sei sein Freund, sei ihm eine Tochter, sei ... selbst sein Spielzeug – wenn einmal alles gesagt werden muß! Aber erwärme sein Herz, und du wirst es für Gott tun, um der Tugend willen! Er ist lächerlich, beachte das nicht. Er ist ein halber Mensch, – hab Mitleid mit ihm: du bist Christin! Zwinge dich dazu: solche Taten werden nur vollbracht, wenn man sich selbst bezwingt. Uns scheint es schwer, in Krankenhäusern Wunden zu verbinden, die übelriechende Lazarettluft einzuatmen. Es gibt aber Engel Gottes, die alle diese Pflichten erfüllen und obendrein Gott für ihre Bestimmung noch danken. Das wäre eine Arzenei für dein verletztes Herz; eine Beschäftigung, eine große Tat, und deine Wunden würden vernarben. Wo ist hier nun Egoismus, wo eine Schändlichkeit? Aber du glaubst mir nicht! Du denkst vielleicht, daß ich mich verstelle, wenn ich dir von Pflichten und großen Taten rede. Du kannst es nicht verstehen, daß ich, eine weltliche, eitle Frau, ein Herz, Gefühl und eine Lebensmoral haben kann? Nun gut! Glaube es nicht, beleidige deine Mutter, aber gib wenigstens zu, daß ihre Worte vernünftig sind. Wenn du willst, so denk, daß nicht ich rede, sondern irgend ein anderer Mensch. Schließe die Augen, kehre mir den Rücken zu und bilde dir ein, daß eine unsichtbare Stimme zu dir spricht ... Dich verwirrt doch hauptsächlich nur, daß es, wie du meinst, für Geld geschehen solle, wie ein Kauf oder Verkauf. So verzichte doch auf das Geld, wenn es dir so verhaßt ist! Behalte nur das Notwendigste für dich und alles übrige verteile unter die Armen. Hilf zum Beispiel ihm, diesem unglücklichen Jüngling auf dem Sterbebett.«

»Er wird keine Hilfe annehmen«, sagte Sina leise, wie zu sich selbst.

»Er nicht, aber seine Mutter wird sie annehmen«, antwortete die triumphierende Marja Alexandrowna, »sie wird sie hinter seinem Rücken annehmen. Du hast deine Ohrringe verkauft, die deine Tante dir geschenkt hat, du hast sie verkauft und ihr geholfen, vor einem halben Jahr. Ich weiß es. Ich weiß auch, daß die Alte für andere Leute Wäsche wäscht, um ihren unglücklichen Sohn ernähren zu können.«

»Bald wird sie es nicht mehr nötig haben!«

»Ich weiß, auf was du anspielst«, griff Marja Alexandrowna sofort die Bemerkung auf, und wahre Begeisterung erfaßte sie, denn ein unbezahlbarer Gedanke hatte sie beglückt, »ich weiß, wovon du sprichst. Man sagt, er sei schwindsüchtig und werde bald sterben. Aber wer ist denn das, der das sagt? Vor ein paar Tagen erkundigte ich mich bei Kalíst Stanisláwitsch nach ihm: ich nehme Anteil an seinem Schicksal, denn auch ich habe ein Herz, Sina. Kalist Stanislawitsch sagte mir, daß seine Krankheit allerdings gefährlich sei, er aber, als Arzt, habe sich überzeugt, daß es Schwindsucht nicht sein könne, sondern nur so – ein ziemlich ernstes Brustleiden sei. Du kannst ihn selbst fragen, wenn du willst. Und er sagte mir, er sei überzeugt, daß der Kranke unter anderen Verhältnissen, namentlich in einem anderen Klima, nach einem Luftwechsel und unter anderen Eindrücken, sehr wohl noch gesund werden könnte. Er sagte mir, daß in Spanien – ich habe davon auch früher schon gehört, sogar gelesen –, daß bei Spanien eine besondere Insel sei, Madeira, glaube ich – jedenfalls hieß sie wie ein Wein –, wo nicht nur Brustkranke, sondern auch wirklich Schwindsüchtige vollständig gesund geworden sind. Viele fahren nur zu dem Zweck hin, um sich dort von dem milden Klima heilen zu lassen, selbstverständlich meist Fürsten, natürlich auch Kaufleute, jedenfalls aber nur Reiche. Schon diese Alhambra, diese Myrten, diese Zitronenbäume und diese Spanier auf ihren Mauleseln! – schon diese Umgebung muß doch einen ungewöhnlichen Eindruck auf eine poetische Natur machen. Du glaubst vielleicht, daß er deine Unterstützung, dein Geld für diese Reise nicht annehmen wird? So betrüge ihn, wenn er dir leid tut! Ein Betrug zur Rettung eines Menschenlebens ist verzeihlich. Mach ihm Hoffnung, versprich ihm deine Liebe, sag ihm, daß du ihn heiraten wirst, wenn du Witwe bist. In einer feinen, edlen Weise kann man alles sagen. Deine Mutter wird dich nicht in etwas Unedlem unterstützen, Sina. Du tust es, um sein Leben zu erhalten, um ihn zu retten und deshalb ist – alles erlaubt! Diese Hoffnung wird ihn neu beleben, er wird selbst seiner Gesundheit mehr Aufmerksamkeit schenken, wird Medizin einnehmen und die Vorschriften der Ärzte befolgen. Er wird gesund werden *wollen*, um das verheißene Glück genießen zu können. Und wenn er gesund geworden ist, so wirst du ihn zwar nicht heiraten, aber er wird dann doch wenigstens gesund sein. Immerhin hast du ihn dann gerettet! Und schließlich kann man auch Mitleid mit ihm haben. Vielleicht hat ihn das Leben inzwischen zum Besseren verändert, und wenn er deiner wirklich wert ist, so kannst du ihn ja später auch heiraten. Du bist dann reich, unabhängig. Du kannst, wenn er wieder gesund ist, ihm eine Stellung in der Welt verschaffen, er kann durch dich Karriere machen. Dann würde diese Heirat verzeihlicher sein als jetzt, denn jetzt wäre sie unmöglich. Was stünde euch bevor, wenn ihr euch jetzt dazu entschließen würdet? Allgemeine Verachtung, Armut, Schulbuben an den Ohren ziehen – denn das ist nun einmal mit seiner Tätigkeit verknüpft –, gemeinsames Lesen Shakespeares, ewiges Leben in Mordássoff und dann sein unvermeidlicher, naher Tod. Wogegen du ihm so, wenn du ihn gewissermaßen von den Toten auferweckst, zu einem nutzbringenden Leben, zu wertvollem Schaffen die Möglichkeit gibst. Indem du ihm verzeihst – zwingst du ihn, dich zu vergöttern. Ihn quält sein schändlicher Racheversuch. Wenn du ihm jetzt die Möglichkeit eines neuen Lebens zeigst, ihm verzeihst, so belebst du ihn mit Hoffnung und söhnst ihn mit sich selbst aus. Er kann dann in den Staatsdienst eintreten, kann sogar zu Ehren und Titeln gelangen. Und selbst wenn er nicht gesund wird, so stirbt er doch wenigstens glücklich, versöhnt mit sich selbst, in deinen Armen – denn du kannst ja in diesem Augenblick bei ihm sein –, überzeugt von deiner Liebe, mit dir versöhnt, im Schatten der Myrten und Orangenbäume, unter einem exotischen Himmel. Oh, Sina! Alles das ist in deiner Macht! Alle Vorteile sind auf deiner Seite – und das alles durch die Verbindung mit dem Fürsten!«

Marja Alexandrowna hatte ihre Rede beendet. Es folgte ein ziemlich langes Schweigen. Sina befand sich in unbeschreiblicher Aufregung.

Wir wollen es nicht versuchen, Sinas Gefühle wiederzugeben, und wir können sie auch nicht alle erraten. Es scheint, daß Marja Alexandrowna den richtigen Weg zum Herzen ihrer Tochter gefunden hatte. Da sie nicht wußte, wie es in Sinas Herzen aussah, hatte sie zuerst alle Möglichkeiten versucht, bis sie zu guter Letzt erriet, welcher Weg der richtige war. Sie rührte rücksichtslos an die empfindlichsten Stellen dieses Herzens, sie konnte ihrer Gewohnheit gemäß natürlich nicht ohne Hervorkehrung edler Gefühle auskommen, obschon sie wußte, daß sie damit Sina nicht täuschen würde.

‚Aber was hilft das alles', dachte Marja Alexandrowna, ‚sie wird mir doch nicht glauben. Wenn man sie nur zum Nachdenken bringen könnte! Wenn ich nur möglichst geschickt andeuten könnte, was ich ihr offen nicht sagen darf!'

Mit diesen Gedanken strebte sie auf ihr Ziel zu und erreichte es auch: Sina hörte schließlich gespannt zu, ihre Wangen glühten und sie atmete erregt.

»Hören Sie, Mama«, sagte sie endlich entschlossen, wenn auch das todblasse Gesicht deutlich verriet, was dieser Entschluß sie kostete. »Hören Sie, Mama . . .«

In diesem Augenblick wurde Sina von einem Geräusch im Vorzimmer und einer schrillen, scharfen Stimme, die nach Marja Alexandrowna fragte, unterbrochen. Marja Alexandrowna sprang erschrocken auf.

»Ach, mein Gott!« rief sie aus. »Der Teufel schickt mir diese Elster auf den Hals! Aber ich habe sie doch vor zwei Wochen fast hinausgeworfen! Was soll ich tun? Es geht nicht anders, ich muß sie empfangen! Ich muß! Sie kommt bestimmt mit Nachrichten, sonst würde sie es doch nicht wagen, hier zu erscheinen. Das ist sehr wichtig, Sina! Ich muß unbedingt wissen ... Ich darf nichts unbeachtet lassen! – Aber nein, wie dankbar ich Ihnen bin für Ihren Besuch!« rief sie freudig aus, indem sie der eintretenden Frau Oberst entgegeneilte. »Wie haben Sie sich nur meiner erinnert, meine teure Ssofja Petrówna? Welch eine ent–zück–ende Überraschung!«

Sina lief aus dem Zimmer.

VI

Ssofja Petrówna Karpúchina, die Frau eines Obersten, war nur moralisch mit einer Elster zu vergleichen. Körperlich erinnerte sie eher an einen Sperling. Sie war eine kleine, fünfzigjährige Dame mit scharfen, stechenden Äuglein in einem Gesicht, das ganz von Sommersprossen und anderen gelben Flecken bedeckt erschien. Ihr kleiner, ausgetrockneter Körper, der auf zwei dünnen, festen Sperlingsbeinen stand, stak in einem dunklen Seidenkleid, das beständig rauschte, da die Dame sich nie, auch nicht zwei Sekunden lang, ruhig verhalten konnte. Sie war eine bösartige und rachsüchtige Klatschbase. Der Oberstenrang ihres Mannes war ihr dermaßen zu Kopf gestiegen, daß er jede gesunde Vernunft aus ihm verdrängt hatte. Mit ihrem Mann jedoch, dem Oberst a. D., wurde sie oft handgemein und zerkratzte ihm dann nicht selten das Gesicht. Außerdem trank sie jeden Morgen an die vier Gläschen Branntwein und am Abend dieselbe Portion. Sie haßte bis zum Wahnsinn Anna Nikolájewna Antípowa, von der sie vor einer Woche zur Tür hinausgeworfen worden war, sowie Natálja Dmítrijewna Paskúdina, die dabei geholfen hatte.

»Ich bin nur auf einen Augenblick zu Ihnen gekommen, mon ange«, begann sie geschwätzig. »Es ist eigentlich ganz überflüssig, daß ich mich gesetzt habe. Ich wollte nur berichten, was für Wunder bei uns geschehen. Die ganze Stadt ist einfach von Sinnen, und das alles nur wegen dieses Fürsten!

Unsere Gimpelfängerinnen – vous comprenez! – suchen ihn, fangen ihn, reißen ihn sich gegenseitig aus den Händen, schleppen ihn zu sich, setzen ihm Champagner vor, – Sie werden es nicht glauben! Nein, nein, Sie glauben es nicht! Aber wie haben Sie sich nur entschließen können, ihn von sich fortzulassen? Wissen Sie auch, daß er jetzt bei Natalja Dmitrijewna ist?«

»Bei Natalja Dmitrijewna!« schrie Marja Alexandrowna auf und hopste auf ihrem Polsterstuhl in die Höhe. »Aber er ist doch nur zum Gouverneur gefahren und dann vielleicht zu Anna Nikolájewna, aber nur auf einen Augenblick!«

»Auf einen Augenblick! Sehen Sie jetzt zu, wie Sie ihn wieder einfangen können! Den Gouverneur hat er nicht zu Haus angetroffen. Von dort ist er zu Anna Nikolájewna gefahren, hat ihr sein Wort gegeben, daß er bei ihr zu Mittag speisen werde. Natáschka aber, die jetzt in einem fort bei ihr sitzt, hat ihn sofort zum Frühstück zu sich geschleppt! Da haben Sie jetzt Ihren Fürsten!«

»Aber wie denn ... Mosgljakoff hat mir doch versprochen ...«

»Ach, Ihr Mosgljakoff! Ihr gepriesener! ... Er ist doch gleichfalls hingefahren! Seien Sie froh, wenn er dort nicht an den Kartentisch gesetzt wird und wieder alles verspielt, wie vor einem Jahr! Und auch der Fürst wird an den Tisch gesetzt und bis aufs letzte gerupft werden. Und was sie da alles klatscht, die Natáschka! Sie sagt es ganz ungeniert und laut, daß Sie sich des Fürsten bemächtigen wollen ... zu gewissen Zwecken – vous comprenez? Sie setzt es ihm selbst auseinander. Er begreift natürlich nichts, sitzt da wie ein begossener Kater und sagt zu allem: ‚Nun ja, nun ja!' Und sie selbst, sie selbst, diese Nataschka! Sofort hat sie ihm ihre Ssonjka vorgeführt – denken Sie sich: fünfzehn Jahre alt und immer noch läßt sie das Mädchen kurze Kleider tragen! Immer noch bis zu den Knieen, stellen Sie sich das nur vor! ... Und dann hat sie nach der verwaisten Maschka geschickt, die kam gleichfalls im kurzen Kleidchen an, nur war das noch kürzer, nicht einmal bis zu den Knieen, – ich habe es durch mein Lorgnon gesehen ... Auf den Kopf wurden ihnen rote Mützen mit Federn gesetzt – was das zu bedeuten hatte, weiß ich nicht! Und dann mußten diese beiden Halbnackten zu Klaviermusik vor dem Fürsten den Kasatschók tanzen. Sie kennen ja die Schwäche dieses Fürsten – er schmolz förmlich dahin! ‚Diese Formen', sagte er, ‚diese Formen!' und betrachtete sie vom Kopf bis zu den Füßen durch sein Lorgnon – sie aber kommen in Schwung! Beide ganz erhitzt – verrenken ihre Beine, daß Gott erbarm', und das soll Tanz sein! Ich habe selbst getanzt, wissen Sie, mit einem Schal, als ich Madame Jarnys Pensionat für junge Mädchen verließ, da habe ich einen wahrhaft vornehmen Eindruck gemacht! Sogar Senatoren klatschten mir damals Beifall! Dort wurden nur Fürsten- und Grafentöchter erzogen! Dieses hier aber war doch einfach Cancan! Ich verging vor Scham, ich verging, ich verging! Ich hielt es einfach nicht aus! ...«

»Aber ... waren Sie denn selbst bei Natalja Dmitrijewna? Sie sind doch ...«

»Ich weiß, sie hat mich in der vorigen Woche beleidigt. Ich sage das einem jeden ganz offen. Mais, ma chère, ich wollte mir wenigstens durch einen Türspalt diesen Fürsten ansehen und so fuhr ich einfach hin. Wo hätte ich ihn denn sonst sehen können? Wäre ich denn sonst zu ihr gefahren, wenn es sich nicht um diesen elenden Fürsten gehandelt hätte? Denken Sie sich: allen wird Schokolade gereicht, nur mir nicht! Und sie selbst spricht kein Wort mit mir. Das hat sie doch mit Absicht getan ... Diese Verleumderin! Ich werde ihr aber jetzt! ... Doch adieu, mon ange, adieu, ich eile, ich eile ... Ich muß unbedingt noch Akulína Panfílowna zu Hause antreffen und ihr erzählen ... Nur sagen Sie jetzt Ihrem Fürsten Lebewohl! Den werden Sie nicht wiedersehen. Wissen Sie, er hat ja kein Gedächtnis; so wird ihn Anna Nikolájewna unbedingt bei sich behalten! Alle befürchten dort, daß Sie ... vous comprenez? – in bezug auf Sina ...«

»Quelle horreur!«

»Sie können mir aufs Wort glauben! Die ganze Stadt spricht nur noch davon. Anna Nikolájewna will ihn unbedingt zum Mittagessen bei sich behalten und dann, versteht sich, auf immer! Das macht sie Ihnen zum Trotz, um Sie zu schikanieren, mon ange. Ich habe durch einen Zaunspalt in ihren Hof gelauert: ein Hasten und Treiben ist dort, sag ich Ihnen! ... in der Küche wird gebraten, gebacken, mit Messern gehackt ... sogar nach Champagner ist geschickt worden. Eilen Sie, eilen Sie, fangen Sie ihn unterwegs ab, wenn er zu ihr fährt. Er hat Ihnen doch zuerst zugesagt! Er ist doch nicht Anna Nikolájewnas, sondern *Ihr* Gast! Und das tut er nur, damit diese geriebene, abgefeimte, ungebildete Person über uns lachen kann! Sie ist nicht einmal meine Schuhsohle wert, wenn sie auch Frau Staatsanwalt ist! Ich bin selbst die Frau eines Obersten! Ich bin in Madame Jarnys aristokratischem Pensionat erzogen worden ... Mais adieu, mon ange! Ich habe meinen Schlitten, sonst würde ich mit Ihnen fahren ...«

Die wandernde Zeitung verschwand. Marja Alexandrowna zitterte vor Aufregung, aber der erteilte Rat war äußerst klar und praktisch. Sie hatte keine Zeit zu versäumen. Nur galt es, vorher noch die größte Schwierigkeit zu überwinden. Marja Alexandrowna eilte in das Zimmer ihrer Tochter.

Sina ging, die Arme vor der Brust verschränkt, mit gesenktem Kopf, blaß und verstört in ihrem Zimmer auf und ab. Ihre Augen waren verweint, doch in dem Blick, den sie auf die Mutter richtete, lag Entschlossenheit. Sie unterdrückte schnell ihre Tränen, und ein sarkastisches Lächeln erschien auf ihren Lippen.

»Mamachen«, sagte sie, um ihrer Mutter zuvorzukommen, »Sie haben viel von Ihrer Redekunst an mich vergeudet, gar zu viel. Sie haben mich aber doch nicht blind gemacht. Ich bin kein Kind. Mir einzubilden, daß ich gegebenenfalls die Tat einer barmherzigen Schwester vollbrächte, wenn ich doch dazu nicht im geringsten berufen bin, und eine niedrige

Handlungsweise mit edlen Zielen rechtfertigen zu wollen – das ist ein Jesuitismus, der mich nicht beschwindeln kann. Ja: das hat mich nicht beschwindeln können, und ich will, daß Sie das vor allem unbedingt wissen sollen!«

»Aber, mon ange!« rief Marja Alexandrowna etwas ängstlich aus.

»Bitte schweigen Sie noch, Mamachen! Haben Sie bitte die Geduld, mich zuerst bis zu Ende anzuhören. Trotz der klaren Erkenntnis, daß es nichts als Jesuitismus ist, trotz meiner vollen Überzeugung von der unentschuldbaren Niedrigkeit dieser Handlung, – trotzdem gehe ich auf Ihren Vorschlag vollkommen ein, hören Sie: *vollkommen*, und erkläre Ihnen, daß ich einverstanden bin, den Fürsten zu heiraten, und sogar einverstanden, Sie in allen Ihren Bemühungen zu unterstützen, um ihn zu einem Heiratsantrag zu bringen. Wozu ich es tue? – Das ist meine Sache. Ihnen mag es genügen, daß ich mich entschlossen habe ... Jawohl, ich bin zu allem entschlossen: ich werde ihm die Stiefel reichen, ich werde seine Wärterin sein, ich werde ihm zu seinem Vergnügen vortanzen, um meine Niedertracht auszukaufen! ... Ich werde alles tun, nur damit er es nicht bereut, mich geheiratet zu haben! Doch als Gegenleistung für meinen Entschluß verlange ich, daß Sie mir offen sagen, auf welche Weise Sie es durchsetzen wollen, daß er um mich anhält? Wenn Sie in so bestimmtem Ton davon zu sprechen angefangen haben, so – ich kenne Sie – so haben Sie sicher schon einen bestimmten Plan. Seien Sie jetzt wenigstens einmal im Leben aufrichtig! Diese Aufrichtigkeit ist die einzige Bedingung, die ich stelle. Ich kann nicht darauf eingehen, wenn ich nicht vorher genau weiß, was Sie zu dem Zweck zu tun gedenken.«

Marja Alexandrowna war von dem unerwarteten Entschluß ihrer Tochter so bestürzt, daß sie eine ganze Weile wie taub und stumm vor ihr stand und sie nur aus weit offenen Augen anstarrte. Sie hatte sich darauf gefaßt gemacht, lange noch mit der widerspenstigen Romantik ihrer Tochter, deren strenges Anstandsgefühl sie stets gefürchtet hatte, kämpfen zu müssen, und nun hörte sie plötzlich, daß diese mit allem vollkommen einverstanden und zu allem bereit war, und dies sogar gegen die eigene Überzeugung! Nein, wenn es *so* stand, dann erhielt ja die Sache eine ungewöhnliche Solidität. Freude erglänzte in Marja Alexandrownas Augen.

»Sinachen!« rief sie begeistert aus, »Sinachen! Du bist doch mein Fleisch und mein Blut!«

Mehr konnte sie nicht hervorbringen und sie eilte zur Tochter, um sie in ihre Arme zu schließen.

»Ach, mein Gott! Ich habe Sie nicht um Zärtlichkeiten gebeten, Mamachen!« wehrte Sina mit ungeduldiger Gereiztheit ab. »Ich brauche Ihr Entzücken nicht! Ich verlange von Ihnen nur eine Antwort auf meine Frage und weiter nichts.«

»Aber, Sina, ich liebe dich doch, mein Kind! Ich vergöttere dich, du aber stößt mich von dir ... ich tue es doch nur in der Sorge um dein Glück ...«

Echte Tränen erglänzten in ihren Augen. Marja Alexandrowna liebte ihre Tochter tatsächlich, *auf ihre Art*, und war nur aus Freude über ihren Erfolg und infolge der Aufregung richtig gerührt. Sina aber begriff doch, trotz ihres im Augenblick recht beschränkten Blickpunktes, von dem aus sie die Angelegenheit sah, daß ihre Mutter sie liebte und – diese Liebe bedrückte sie. Es wäre für sie sogar leichter gewesen, wenn die Mutter sie gehaßt hätte.

»Ach, seien Sie mir nicht böse, Mamachen, ich bin nur so aufgeregt«, sagte sie, um die Mutter zu beruhigen.

»Ich bin nicht böse, ich bin nicht böse, mein Engelchen!« versicherte Marja Alexandrowna, im Augenblick wieder ganz belebt. »Ich begreife doch, daß du erregt bist! Sieh, mein Kind, du verlangst volle Aufrichtigkeit ... Schön, ich werde aufrichtig sein, vollkommen aufrichtig, glaube mir! Wenn du mir nur glauben wolltest! Aber ich kann dir nur sagen, daß ich einen bestimmten Plan, der in allen Punkten festgesetzt wäre, noch nicht habe, Sinachen, und das ist ja auch ganz unmöglich. Du, als kluges Köpfchen, wirst doch verstehen, weshalb nicht. Ich sehe sogar einige Schwierigkeiten voraus ... Soeben hat mir diese Klatschbase da noch die Ohren vollgeblasen ... Ach, mein Gott! Ich müßte mich beeilen! – Sieh, ich bin vollkommen aufrichtig, mein Kind! Aber ich schwöre dir, ich werde das Ziel erreichen!« beteuerte sie begeistert. »Meine Überzeugung ist durchaus nicht poetischer Natur, wie du vorhin sagtest, mein Engel. Sie beruht auf der Wirklichkeit, auf Tatsachen ... Sie beruht auf der völligen Gedächtnisschwäche des Fürsten, – die aber ist doch derart! ... ist doch ein solcher Kanevas, daß man alles auf ihm sticken kann, was man nur will! Die Hauptsache ist, daß man uns nicht stört! Aber wie sollen denn diese Gänse mich überlisten!« rief Marja Alexandrowna stolz aus, schlug mit der Hand auf den Tisch und ihre Augen blitzten. »Das laß nur meine Sache sein! Nur – jetzt ist das Wichtigste, daß man sofort beginnt ... Wenn es nur irgend geht, muß heute noch das Hauptsächliche erledigt werden.«

»Gut, Mama, nur hören Sie jetzt noch ein ... *aufrichtiges Geständnis:* Wissen Sie, weshalb ich mich um Ihren Plan überhaupt kümmere und ihm nicht traue? Weil ich mich auf mich selbst nicht verlassen kann. Ich habe Ihnen gesagt, daß ich mich zu dieser Schändlichkeit entschlossen habe. Wenn aber die Einzelheiten Ihres Planes gar zu widerlich sind, gar zu schmutzig, so erkläre ich Ihnen im voraus, daß ich ihm dann nicht gewachsen sein und mich von dem ganzen Vorhaben zurückziehen werde. Ich weiß, daß das eine neue Schändlichkeit ist: sich zu einer Schändlichkeit zu entschließen und den Schmutz zu fürchten, in dem sie schwimmt, – doch was soll ich tun? Es wird ja bestimmt so sein! ...«

»Aber, Sinachen, wo ist denn hier eine so besondere Schändlichkeit, mon ange?« wagte die Mutter schüchtern einzuwenden. »Hier handelt es sich doch nur um eine vorteilhafte Heirat, und dazu entschließen sich doch alle! Man braucht es ja nur von diesem Standpunkt aus anzusehen, und alles wird dann sogar sehr anständig erscheinen ...«

»Ach, Mama, spielen Sie doch um Gottes willen nicht Verstecken mit mir! Sie sehen doch, ich bin mit allem, mit allem, einverstanden! – was wollen Sie denn noch mehr? Bitte, fürchten Sie sich nicht, wenn ich die Dinge bei ihrem richtigen Namen nenne. Vielleicht ist das jetzt – meine einzige Beruhigung.«

Ein bitteres Lächeln erschien auf ihren Lippen.

»Nun, nun, schon gut, mein Engelchen, man kann im Denken nicht ganz übereinstimmen und dennoch sich gegenseitig achten. Nur, – wenn dich die Einzelheiten beunruhigen und du fürchtest, daß sie schmutzig sein könnten, so überlaß diese Sorgen vollkommen mir: ich schwöre dir, daß kein Tröpfelchen Schmutz auf dich spritzen wird! Will ich dich denn vor allen kompromittieren? Verlaß du dich nur auf mich und alles wird vorzüglich und durchaus anständig arrangiert werden. Ja, die Hauptsache ist: durchaus anständig, sogar vornehm! Es wird nicht den geringsten Skandal geben, und selbst, wenn es auch so ein kleines, unvermeidliches Skandälchen geben sollte, – so . . . irgendwie! – so sind wir dann doch schon über alle Berge! Wir werden doch nicht hier bleiben! Mögen sie dann schreien, soviel sie wollen – was geht das uns noch an? Sie werden uns ja doch nur beneiden. Und sind diese Menschen es denn wert, daß man sich um sie kümmert? Es wundert mich eigentlich, Sinachen, sei mir nicht böse, daß du bei deinem Stolz sie fürchtest!«

»Ach, Mama, ich fürchte sie durchaus nicht! Sie wollen mich nur nicht verstehen!« antwortete Sina gereizt.

»Nun, nun, mein Seelchen, sei mir nicht böse! Ich sage ja nur, daß sie selbst an jedem Tage, den Gott werden läßt, Schändlichkeiten begehen, du aber würdest dann nur ein einziges Mal im Leben . . . Doch was fällt mir ein! Was rede ich dumme Person! Durchaus keine Schändlichkeit! Wo ist hier eine Schändlichkeit, oder was soll hier schmutzig sein, wie du sagst? Im Gegenteil, es ist sogar sehr edel von dir. Ich werde es dir beweisen, mein Kind. Erstens, ich wiederhole: es hängt alles nur davon ab, von welchem Standpunkt aus man auf die Sache sieht . . .«

»Ach, hören Sie doch auf, Mama, mit Ihren Beweisen!« unterbrach Sina sie zornig und stampfte wieder mit dem Fuß auf.

»Schon gut, mein Seelchen, ich werde nicht, ich werde nicht! Ich habe mich nur wieder verplappert ...«

Es trat ein kurzes Schweigen ein. Marja Alexandrownas Augen folgten unruhig ihrer Tochter und suchten zaghaft deren Blick, wie etwa ein kleines, unartig gewesenes Schoßhündchen seiner Herrin in die Augen sieht.

»Ich kann es mir nicht einmal vorstellen, wie Sie es beginnen wollen«, sagte Sina, die ihren Ekel niederzwang. »Ich bin überzeugt, daß Sie nur Schande ernten werden. Ich verachte die Meinung dieser Leute, aber für Sie, Mama, wird es eine Schande sein.«

»Oh, wenn nur das allein dich beunruhigt, mein Engel, deshalb mach dir keine Sorgen! Ich bitte dich, ich flehe dich an! Wenn nur wir beide einig sind, um mich brauchst du dich nicht im geringsten zu beunruhigen. Ach, wenn du wüßtest, aus welchen Bädern ich mich schon trocken herausgearbeitet habe! Ich habe noch ganz anderes erlebt und durchgemacht! Also erlaub mir wenigstens den Versuch! Jedenfalls ist das Wichtigste, daß wir so bald wie irgend möglich mit dem Fürsten allein bleiben. Das ist die Hauptsache! Alles übrige wird nur davon abhängen! Aber ich fühle schon voraus, wie alles kommen wird! Sie werden sich alle empören, aber ... das macht nichts! Ich werde sie abzufertigen wissen! Nur diesen Mosgljakoff fürchte ich noch ...«

»Mosgljakoff?« fragte Sina verächtlich.

»Nun ja, Mosgljakoff. Das heißt, fürchte du dich nicht, Sinachen! Ich schwöre dir, ich werde ihn so weit bringen, daß er uns noch helfen wird! Du kennst mich noch nicht, Sinachen! Du weißt noch nicht, was ich tatsächlich leisten kann! Ach, Sinachen, mein Seelchen! Vorhin, als ich von der Ankunft dieses Fürsten hörte, kam mir sofort der Gedanke! Es kam im Augenblick wie eine Erleuchtung über mich. Und wer, sag' doch selbst, wer hätte es erwarten können, daß er ausgerechnet bei uns absteigen werde? Eine solche Gelegenheit wird es ja in tausend Jahren nicht wieder geben! Sinachen! Mein Engelchen! Nicht das ist ehrlos, daß du einen Greis und Krüppel heiratest, sondern ehrlos wäre es, wenn du einen heiratetest, den du verabscheust und nicht ertragen kannst, und dennoch *wirklich* seine Frau sein mußt! Dem Fürsten aber wirst du doch nicht eine wirkliche Frau sein! Mit ihm: das ist doch keine Ehe! Das ist einfach ein häuslicher Kontrakt! Er gewinnt doch nur dabei, – ihm, diesem Dummkopf, gibt man ein solches Glück! Ach, Sinachen, du weißt ja gar nicht, wie schön du heute bist! Du bist nicht nur schön, du bist geradezu wunderbar! Ich würde, wenn ich ein Mann wäre, dir ein halbes Königreich verschaffen, wenn du es nur wolltest! Esel sind sie alle! Wie soll man diese Hand nicht küssen?« – Und Marja Alexandrowna drückte einen heißen Kuß auf die Hand ihrer Tochter. »Das ist doch mein Körper, mein Fleisch, mein Blut! Man muß ihn, wenn nicht anders, mit Gewalt zur Heirat zwingen, den Dummkopf! Aber wie wir dann leben werden. Sinachen! Du wirst dich doch von deiner Mutter nicht trennen, wirst mich doch nicht verstoßen, wenn du im Glück lebst? Wir haben uns ja oft gestritten, mein Engelchen, aber immerhin hast du doch keinen so treuen Freund gehabt wie mich . . . immerhin . . .«

»Mama! Wenn Sie sich nun schon entschlossen haben, so wäre es vielleicht gut für Sie . . . etwas zu tun. Hier aber verlieren Sie nur Zeit!« sagte Sina, sich bezwingend.

»Ja, es ist Zeit, es ist Zeit, Sinachen, gewiß ist es höchste Zeit, daß ich gehe! Ach, ich habe hier so lange geschwatzt!« Marja Alexandrowna kam zur Besinnung. »Sie wollen uns dort alle den Fürsten entreißen. Ich fahre im Augenblick! Ich werde einfach vorfahren, Mosgljakoff herausrufen lassen und dann . . . Ich werde ihn mit Gewalt herbringen, wenn's darauf ankommt! Leb wohl, Sinachen, auf Wiedersehen, mein Täubchen, laß den Mut nicht sinken, gräme dich nicht, zweifle nicht, sei nicht traurig, vor allem – sei nicht traurig! Alles wird vorzüglich, wird sogar überaus vornehm arrangiert werden! Die Hauptsache ist ja nur, von welchem Standpunkt aus man die Sache auffaßt ... nun, leb wohl, leb wohl! ...«

Marja Alexandrowna bekreuzte ihre Tochter, eilte dann in ihr Zimmer, drehte sich dort einen Augenblick vor dem Spiegel und zwei Minuten später saß sie in ihrer Kutsche, die um diese Zeit immer für den Fall einer Ausfahrt angeschirrt stand, und fuhr durch die Straßen von Mordassoff: Marja Alexandrowna lebte nämlich „en grand".

‚Nein, ihr seid nicht die Rechten, mich zu überlisten!' dachte sie, als sie in ihrer Kutsche saß. ‚Sina ist einverstanden, folglich ist die halbe Arbeit schon getan, und hier nun sollte es mir nicht gelingen? Unsinn! Ja, die Sina! Sie hat doch eingewilligt ... endlich! Also auch auf dein Köpfchen können andere Berechnungen einen Einfluß haben! Ich habe ihr aber auch eine verlockende Perspektive ausgemalt! Die Wirkung ist endlich einmal nicht ausgeblieben! Es ist aber auch ganz unfaßlich, wie schön sie heute wieder aussah! Ich würde mit ihrer Schönheit halb Europa nach meinem Wunsch umdrehen! Nun, warten wir ab ... Der Shakespeare wird ihr schon aus dem Kopf kommen, wenn sie erst Fürstin ist und gewisse Dinge kennen lernt. Was kennt sie denn? Mordassoff und ihren Lehrer! ... Hm ... Aber was für eine Fürstin sie sein wird! Ich liebe diesen Stolz an ihr. Diese Kühnheit! Wie unnahbar sie ist! Ein Blick von ihr – und eine Königin hat einen angesehen! Wie, ja, wie soll man denn seinen eigenen Vorteil nicht begreifen? Endlich hat sie ihn denn auch begriffen! Wird auch das Übrige begreifen ... Ich werde doch immerhin bei ihr sein. Ich werde schon dafür sorgen, daß sie in allen Punkten mit mir übereinstimmt! Ohne mich aber wird sie nicht auskommen! Ich werde selbst Fürstin sein, auch in Petersburg wird man mich kennen lernen. Leb wohl dann, erbärmliches Städtchen! Dieser Fürst wird sterben, und auch dieser Knabe wird sterben und dann werde ich sie mit einem regierenden Fürsten verheiraten! ... Nur eines macht mir Sorge: habe ich mich ihr nicht zu sehr anvertraut? Bin ich nicht zu offenherzig gewesen, zu gefühlvoll vielleicht? Sorgen macht sie mir, weiß Gott ... ich fürchte mich fast vor ihr ...‘

Und Marja Alexandrowna wurde nachdenklich. Es läßt sich nicht leugnen: sie hatte allen Grund, besorgt zu sein. Sagt man doch in manchen Fällen ganz mit Recht: Einer Leidenschaft verfallen ist oft schlimmer als in Gefangenschaft geraten.

Als Sina allein zurückgeblieben war, ging sie noch lange in ihrem Zimmer auf und ab, die Arme verschränkt und mit ihren Gedanken beschäftigt. Sie dachte über vieles nach. Fast unbewußt murmelte sie immer wieder: »Es ist Zeit, es ist Zeit, es wäre schon lange an der Zeit gewesen!« Was hatte dieser Ausruf zu bedeuten? Mehr als einmal blitzten Tränen in ihren langen, seidigen Wimpern. Sie dachte nicht daran, sie zu trocknen und ihrer Stimmung Gewalt anzutun. Doch die Sorgen ihrer Mutter waren ganz überflüssig und sie bemühte sich vergeblich, hinter die Gedanken ihrer Tochter zu kommen: Sina hatte sich endgültig entschlossen und war auf alle Folgen gefaßt.

‚Warte nur!‘ dachte Nastassja Petrowna Sjablowa, als sie nach der Abfahrt der Frau Oberst Karpúchina aus der dunklen Kleiderkammer wieder hinausschlich. ‚Und ich wollte mir schon eine rosa Schleife anstecken, für diesen elenden Fürsten! Ich dumme Gans hab’s doch beinah schon geglaubt, daß er mich heiraten würde! Da hast du’s jetzt! ... rosa Schleife! Aber diese Marja Alexandrowna! Ich soll ein Schmutzfink sein, ich soll mich mit zweihundert Rubeln haben bestechen lassen! Das fehlte noch, daß ich dir etwas abließe oder unentgeltlich machte, du falsche Person! Ich nahm das Geld auf ehrliche Weise, ich nahm es für die mit dem Vorhaben verknüpften Ausgaben ... Vielleicht habe ich selbst bestechen müssen! Was geht das dich an, ob ich mit eigenen Händen das Schloß aufgebrochen oder andere dafür bezahlt habe! Ich habe doch für dich gearbeitet und du schonst deine Hände! Du willst immer nur auf Kanevas sticken! Wart mal, ich werde dir zeigen, was ein Kanevas ist! Ich werde euch beiden zeigen, was für ein Schmutzfink ich bin! Ihr sollt einmal Nastassja Petrowna und deren ganze Bescheidenheit kennenlernen!‹

VII

Doch Marja Alexandrowna ließ sich von ihrem Genius fortreißen. Sie hatte einen großen und gewagten Plan. Ihre Tochter an einen Krösus, einen Fürsten und Krüppel zu verheiraten, und zwar so, daß niemand es erfuhr, mit Ausnutzung der Geistesschwäche und Schutzlosigkeit ihres Gastes, sie gewissermaßen auf »diebische Weise«, wie ihre Feinde unfehlbar sagen würden, zu verheiraten, – das war nicht nur gewagt, sondern geradezu vermessen. Freilich war der Plan verlockend vorteilhaft, aber im Fall des Mißlingens wurde die, welche ihn entworfen hatte, doch wohl mit ewiger, untilgbarer Schande bedeckt. »Ich habe mich schon aus ganz anderen Bädern trocken herausgearbeitet!« hatte sie zu Sina gesagt und sie hatte recht. Was wäre sie denn auch sonst für eine Heldin gewesen?

Zweifellos glich das ganze Vorhaben ein wenig einem Überfall auf offener Landstraße, wie er von Räubern und Wegelagerern unternommen wird. Doch Marja Alexandrowna beachtete auch das nicht sonderlich. Sie hatte in der Beziehung einen erstaunlich richtigen Gedanken: »Sind sie erst getraut, so kann man die Trauung nicht mehr ungeschehen machen«, – ein überaus einfacher und einleuchtender Gedanke, der aber die Phantasie mit so ungewöhnlichen Vorteilen anlockte, daß es Marja Alexandrowna schon bei der Vorstellung dieser Vorteile kalt überlief und sie im ganzen Körper ein Kribbeln fühlte. Überhaupt befand sie sich in ungewöhnlicher Aufregung und saß in ihrer Kutsche wie auf Nadeln. Als geniale Frau, die fraglos mit Schöpfergeist begabt war, hatte sie bereits einen Schlachtplan entworfen, versteht sich, vorläufig erst nur skizzenhaft, eben en grand, aber seine ungefähren Umrisse sah sie doch schon vor ihrem geistigen Auge. Es war eine Unmenge der verschiedensten unvorhergesehenen Zwischenfälle zu erwarten, doch Marja Alexandrowna glaubte an sich: sie regte sich nicht etwa aus Furcht vor dem Mißlingen auf, – nein! Sie wollte nur schneller beginnen, sich schneller in den Kampf stürzen können. Ungeduld, edle Ungeduld erfaßte sie bei dem Gedanken an die bevorstehenden Hindernisse und möglichen Zwischenfälle. Ich will das deutlicher erklären. Die größte Gefahr ahnte und erwartete Marja Alexandrowna von ihren edlen Mitbürgern, den Mordássowern, und vornehmlich von der edlen Gesellschaft der Mordassower Damen, deren unversöhnlichen Haß sie aus Erfahrung kannte. Zum Beispiel wußte sie mit tödlicher Sicherheit, daß man in der Stadt bereits alle ihre Absichten ahnte, obgleich noch niemand ein Wort darüber gesprochen hatte. Aus mehrfach gemachter trauriger Erfahrung wußte sie, daß es noch nie ein Ereignis in ihrem Hause gegeben hatte, selbst wenn es das geheimste war, das nicht schon abends jedes Hökerweib auf dem Markt, jeder Ladenschwengel kannte. Natürlich *ahnte* Marja Alexandrowna vorläufig nur die Gefahren, aber solche Vorahnungen betrogen sie nie. Auch diesmal betrogen sie sie nicht. Was aber inzwischen geschehen war und was sie noch nicht mit ganzer Sicherheit wußte, war folgendes:

Schon um die Mittagszeit, also kaum drei Stunden nach der Ankunft des Fürsten in Mordassoff, hatten sich in der Stadt seltsame Gerüchte zu verbreiten begonnen. Wie und wo sie entstanden waren, weiß niemand, aber verbreitet hatten sie sich fast in einem Augenblick. Alle versicherten einander, daß Marja Alexandrowna ihre Sina mit dem Fürsten bereits verkuppelt habe, ihre mitgiftlose, dreiundzwanzigjährige Sina; daß Mosgljakoff der Laufpaß gegeben und somit eben alles bereits so gut wie besiegelt und unterschrieben sei. Was war die Veranlassung zu diesen Gerüchten gewesen? Sollten die Leute wirklich Marja Alexandrowna so gut gekannt haben, daß sie mit ihrem Verdacht sofort mitten ins Herz aller ihrer tiefinnerlichen Gedanken und Ideale trafen? Doch weder die Unvereinbarkeit eines solchen Gerüchts mit dem gewöhnlichen Verlauf solcher Dinge, denn so etwas läßt sich doch nur äußerst selten in einer Stunde abmachen, noch die ersichtlich freie Erfindung dieses Gerüchts, denn niemand vermochte anzugeben, woher es stammte, konnte den Mordassowern den Glauben daran nehmen. So kam es, daß das Gerücht sich hartnäckig weiter verbreitete und folglich immer glaubwürdiger wurde. Am erstaunlichsten ist aber, daß es sich schon zu verbreiten begonnen hatte, als Marja Alexandrowna sich eben erst zu jenem Gespräch mit Sina anschickte. Wie fein muß nach alledem der Spürsinn der Provinzler sein! Der Instinkt der kleinstädtischen Nachrichtenträger grenzt bisweilen geradezu ans Wunderbare, und das hat freilich auch seine Gründe: er beruht auf dem intensivsten gegenseitigen Studium des Nächsten, das mit dem größten Interesse betrieben wird. Jeder Kleinstädter lebt wie unter einer Glasglocke. Es gibt absolut keine Möglichkeit, auch nur irgend etwas vor seinen werten Mitbürgern zu verbergen. Alle kennen einen auswendig, ja, sie wissen von einem sogar das, was man noch nicht einmal selbst von sich weiß. Der Kleinstädter müßte also, sollte man meinen, schon seiner Natur nach Menschenkenner und Gedankenleser sein. Deshalb habe ich mich auch zuweilen aufrichtig gewundert, wenn ich in der Provinz so oft statt solcher Menschenkenner und Gedankenleser so auffallend viele Esel antraf. Doch das war nur nebenbei gesagt und ist ja auch eine ganz überflüssige Überlegung.

Jedenfalls hatte dies Gerücht eine ungeheure Wirkung. Die Verheiratung mit dem Fürsten erschien einem jeden dermaßen vorteilhaft, dermaßen »glänzend«, daß das Sonderbare an einer solchen Heirat keinem einzigen weiter auffiel. Hier muß ich noch eines bemerken: Sina wurde fast noch mehr gehaßt als Marja Alexandrowna. Weswegen? – das vermag ich nicht zu sagen. Vielleicht war zum Teil Sinas

Schönheit der Anlaß zu diesem Haß. Vielleicht kam auch noch hinzu, daß Marja Alexandrowna immerhin von »unserem Schlage« war. Hätte sie die Stadt verlassen, so würde man es – wer weiß? – noch bedauert haben. Sie unterhielt die Gesellschaft mit ihren beständigen Geschichten. Ohne sie wäre es vielleicht langweilig gewesen. Sina dagegen verhielt sich so, als lebte sie in den Wolken und nicht in der Stadt Mordassoff. Sie paßte nicht zu diesen Leuten, sie stand nicht auf ihrer Stufe, gab sich nicht als Gleichstehende, benahm sich vielmehr – vielleicht ohne es selbst zu wissen – unerträglich hochmütig zu ihnen. Und nun plötzlich sollte »diese Sina«, von der man sich sogar »skandalöse Dinge« zuraunte, sollte diese anmaßende, stolze Sina – Millionärin, Fürstin werden und zur höchsten Gesellschaft gehören! Nach drei Jahren, wenn sie verwitwet ist, heiratet sie dann vielleicht einen Herzog, vielleicht sogar einen General oder vielleicht gar einen Gouverneur – und der Gouverneur unseres Gouvernements war gerade Witwer und hatte eine große Schwäche für das schöne Geschlecht. Dann würde sie die erste Dame im Gouvernement sein ... Man versteht, daß der bloße Gedanke daran bereits unerträglich war, weshalb denn auch keine andere Nachricht so heftigen Unwillen in Mordassoff hätte hervorrufen können wie diese von der Vermählung Sinas mit dem Fürsten. Im Augenblick erhob sich eine wahre Wut von allen Seiten. Man nannte die Verbindung eine Sünde und eine Gemeinheit. Man sagte, der Alte sei nicht bei vollem Verstande, er sei betrogen worden, übertölpelt, und das alles unter Ausnutzung seiner Geistesschwäche. Einige meinten sogar, daß man den Alten aus diesen blutgierigen Krallen erretten müsse, daß es geradezu ein Räuberstreich sei, und schließlich: inwiefern sei denn Sina besser als andere? Es könnten doch auch andere junge Mädchen ganz ebenso den Fürsten heiraten!

Alle diese Gespräche und Meinungsäußerungen ahnte Marja Alexandrowna vorläufig nur, aber das genügte ihr. Sie wußte ganz genau, daß alle, aber auch alle zu jedem

Mittel, das möglich oder auch unmöglich war, zu greifen bereit waren, um die Verwirklichung ihrer Pläne zu verhindern. Wollte man doch den Fürsten schon für sich mit Beschlag belegen, so daß sie jetzt fast um ihn zu kämpfen hatte! Und wenn es ihr auch gelingen sollte, den Fürsten wieder einzufangen, so konnte sie ihn in ihrem Hause doch nicht anbinden! Und dann: wer bürgte dafür, daß nicht heute noch, daß vielleicht nach kaum zwei Stunden das ganze Korps der Mordassower Damen in ihrem Salon erscheinen werde, und noch dazu unter einem Vorwand, daß man sie unmöglich *nicht* empfangen konnte? Läßt man an der Tür absagen, so kommen sie durch das Fenster herein, – ein fast unmöglicher Fall, sollte man meinen, der aber nichtsdestoweniger in Mordassoff vorgekommen ist. Kurz, es war keine Stunde, keine Sekunde zu verlieren – und dabei war noch nichts getan, noch nicht einmal angefangen hatte sie ihr Werk! Da kam ihr plötzlich ein genialer Gedanke und reifte im Augenblick in ihrem klugen Kopf. Von diesem neuen Einfall werden wir an der richtigen Stelle nicht zu sprechen vergessen, vorläufig aber sagen wir nur, daß unsere Heldin in diesem Augenblick durch die Straßen von Mordassoff fuhr, zornig und begeistert, entschlossen zu einem regelrechten Kampf, falls ein solcher erforderlich sein sollte, um sich des Fürsten von neuem zu bemächtigen. Sie wußte noch nicht, wie sie es machen und wo sie ihn einfangen werde, dafür aber wußte sie mit unerschütterlicher Sicherheit, daß eher ganz Mordassoff untergehen würde, als daß auch nur ein Jota ihrer Absichten nicht in Erfüllung ginge.

Der erste Schritt glückte ihr besser, als sie erwartet hatte. Sie traf den Fürsten auf der Straße an und brachte ihn zu sich zum Mittagessen. Wenn man jetzt fragen wollte, wie es ihr denn trotz aller Ränke ihrer Feinde gelang, ihren Willen durchzusetzen und Anna Nikolajewna mit einer langen Nase auf den Gast vergeblich warten zu lassen, so bin ich gewissermaßen verpflichtet, hierauf zu antworten, daß ich diese

Frage geradezu für eine Beleidigung Marja Alexandrownas halte. *Sie* sollte irgend so eine Anna Nikolajewna Antipowa nicht besiegen können? Sie verhaftete einfach den Fürsten, der fast schon vor dem Hause ihrer Gegnerin vorfuhr, und ohne auch nur auf irgend etwas Rücksicht zu nehmen – und dazu gehörten auch die Einwendungen Mosgljakoffs, der einen Skandal befürchtete –, setzte sie den alten Herrn in ihre Kutsche. Gerade darin zeichnete sich ja Marja Alexandrowna vor ihren Feindinnen aus, daß sie in entscheidenden Augenblicken nicht viel nach anderen fragte und auch nicht vor einem Skandal zurückschrak, da sie es nun einmal zu ihrem Grundsatz gemacht hatte, daß der Erfolg alles rechtfertige. Freilich leistete auch der Fürst keinen bedeutenden Widerstand, vergaß vielmehr nach seiner Gewohnheit bald den ganzen Zwischenfall und war dann sehr zufrieden. Bei Tisch schwatzte er ohne Unterlaß, war bei sehr guter Laune, machte Witzchen und erzählte Anekdoten, die er nicht beendete, oder er ging von der einen auf eine andere über, ohne es selbst zu merken. Bei Natalja Dmitrijewna hatte er drei Glas Champagner getrunken. Bei Tisch trank er auch noch, denn Marja Alexandrowna schenkte ihm eigenhändig ein, bis er dann endgültig den letzten Rest seines ohnehin nur mäßig klaren Bewußtseins verlor. Das Essen war an sich tadellos. Der »abscheuliche« Nikitka hatte es zum Glück nicht verdorben. Die Hausfrau belebte die ganze Tischgesellschaft mit ihrer bezaubernden Liebenswürdigkeit. Leider waren die übrigen Anwesenden um so langweiliger. Sina war gewissermaßen feierlich stumm. Mosgljakoff fühlte sich offenbar nicht gemütlich; er aß und trank wenig. Er schien nachzudenken, und da so etwas ziemlich selten an ihm zu bemerken war, so beunruhigte es Marja Alexandrowna nicht wenig. Nastassja Petrowna hatte eine finstere Miene aufgesetzt und machte Mosgljakoff heimlich absonderliche Zeichen, die dieser jedoch überhaupt nicht bemerkte. Wäre die Hausfrau nicht so liebenswürdig und heiter gewesen, so hätte das Mahl eher an einen Leichenschmaus erinnert.

Dabei befand sich aber Marja Alexandrowna in unbeschreiblicher Aufregung. Allein schon Sinas ernstes Gesicht und ihre verweinten Augen ängstigten sie unsäglich. Und jetzt hieß es noch eine große Schwierigkeit überwinden: man mußte sich doch beeilen, es galt keinen Augenblick zu verlieren; dieser verwünschte Mosgljakoff aber sitzt und rührt sich nicht, wie ein alter Schafskopf, der nichts zu tun hat und nur andere stört! Es geht doch wirklich nicht in seiner Gegenwart! Marja Alexandrowna erhob sich mit besorgtem, fast angstvollem Herzen. Wie groß war daher ihre Verwunderung, ihr freudiger Schrecken, wenn man sich so ausdrükken darf, als Mosgljakoff sogleich, nachdem sie die Tafel aufgehoben hatte, zu ihr trat und ganz unerwartet erklärte, daß er – selbstverständlich zu seinem größten Leidwesen – sie verlassen müsse.

»Wohin denn das?« fragte Marja Alexandrowna mit ungeheurem Mitgefühl.

»Ja, sehen Sie, Marja Alexandrowna«, hub Mosgljakoff etwas unruhig und betreten an, »es ist mir etwas äußerst Seltsames passiert. Ich weiß nicht einmal, wie ich es Ihnen sagen soll . . . geben Sie mir um Gottes willen einen Rat!«

»Aber um was handelt es sich denn?«

»Mein Pate Borodújeff, Sie wissen doch – jener Kaufmann . . . den traf ich heute zufällig auf der Straße. Der gute Alte ist mir entschieden böse, macht mir Vorwürfe, sagt, ich sei stolz geworden. Jetzt bin ich zum dritten Mal in Mordassoff und bin noch kein einziges Mal bei ihm gewesen. Nun, und gerade heute mußte er mich fassen, und da hat er mich denn gleich eingeladen. ‚Komm doch zum Tee zu mir!' sagte er. Jetzt ist es Punkt vier, und den Tee trinkt er noch nach der alten Sitte, sobald er vom Mittagsschläfchen aufwacht, ungefähr um fünf. Was soll ich tun? gewiß, es ist ja, wie es ist; aber . . . immerhin, Marja Alexandrowna, denken Sie deshalb nicht schlecht von mir! Er hat doch meinen seligen Vater aus der Schlinge gezogen, damals, als dieser gewisse Gelder verspielt hatte. Und deshalb wurde er dann auch mein Pate. Wenn meine Heirat mit Sinaïda Afanassjewna zustande kommt – nun, ich habe doch nur hundertundfünfzig Leibeigene. Er aber besitzt doch ein Kapital von einer Million Rubel, ja, die Leute sagen sogar, er hätte noch mehr. Außerdem ist er kinderlos. Gefällt man ihm, so vermacht er einem schließlich noch Hunderttausend testamentarisch. Und dabei ist er siebzig Jahre alt – bedenken Sie doch nur das!«

»Ach, mein Gott! Worauf warten Sie dann noch! Weshalb zögern Sie denn?« rief Marja Alexandrowna in fast unverhohlener Freude aus. »Aber so fahren Sie doch, fahren Sie doch unverzüglich zu ihm hin! Mit solchen Sachen darf man nicht scherzen. Deshalb! – ich wunderte mich schon die ganze Zeit während des Essens. Sie waren so nachdenklich! Fahren Sie, mon ami, fahren Sie! Aber Sie hätten ihm doch schon gleich am Morgen Ihre Aufwartung machen müssen, um ihm zu zeigen, daß seine Freundschaft Ihnen schmeichelt, daß Sie sie zu schätzen wissen! Ach, diese Jugend, diese Jugend!«

»Aber Sie haben doch selbst, Marja Alexandrowna«, wandte Mosgljakoff verwundert ein, »Sie haben doch noch selbst gelegentlich absprechende Bemerkungen über diese Bekanntschaft gemacht! Sie sagten doch noch vor kurzem, er sei ein Bauer, er habe einen langen Bart, stehe mit den Schankwirten auf gleicher Stufe, mit ganz gewöhnlichen Leuten?«

»Ach, mon ami! Ich kann mich doch auch einmal irren, ich bin doch nicht unfehlbar! Ich entsinne mich dessen nicht mehr so genau ... vielleicht war ich in einer Stimmung, die ... Und schließlich, damals hatten Sie noch nicht um Sinachen angehalten ... Natürlich war das Egoismus meinerseits, aber jetzt muß ich doch unwillkürlich von einem anderen Standpunkt aus urteilen, und welche Mutter würde es mir in diesem Fall verdenken? Fahren Sie unverzüglich hin, zögern Sie keinen Augenblick! Sie müssen auch den Abend bei ihm zubringen ... ach, hören Sie! – erzählen Sie ihm auch von mir! Sagen Sie, daß ich ihn achte, liebe und ihn überhaupt sehr zu schätzen weiß ... aber sagen Sie es nur nicht ungeschickt, nicht plump! Ach, mein Gott! Wie bin ich nicht früher darauf verfallen! Ich hätte Sie sofort hinschicken sollen!«

»Sie haben mich erlöst, Marja Alexandrowna!« Mosgljakoff war entzückt. »Von nun an, Ehrenwort, werde ich Ihnen in allem gehorchen! Und glauben Sie mir, ich hatte förmlich Angst, es Ihnen zu sagen! ... Nun, auf Wiedersehen, ich gehe sogleich zu ihm! Entschuldigen Sie mich, bitte, bei Sinaïda Afanassjewna. Aber ich kehre ja ...«

»Ich segne Sie, mon ami! Sehen Sie nur zu, daß Sie nicht vergessen, ihm von mir zu erzählen! Er ist wirklich ein netter alter Mann. Ich habe schon längst meine Meinung über ihn geändert ... Und übrigens habe ich dieses Altrussische, Unverfälschte immer an ihm geliebt ... Au revoir, mon ami, au revoir!«

‚Das ist ja herrlich, daß der Teufel ihn mir vom Halse nimmt! Nein, da sieht man, Gott selbst steht mir bei!' dachte sie, fast außer sich vor Freude.

Mosgljakoff trat ins Vorzimmer und zog seinen Pelz an, als plötzlich, wie aus der Erde emporgewachsen, Nastassja Petrowna Sjablowa vor ihm stand: sie hatte offenbar auf ihn gewartet.

»Wohin gehen Sie?« fragte sie und hielt ihn am Arm zurück.

»Zu Borodújeff, Nastassja Petrowna! Mein Pate – er hatte die Ehre, mich aus der Taufe zu heben ... Ein reicher Alter, wird mir vielleicht was hinterlassen, da muß man ihm schmeicheln ...«

Mosgljakoff war in der besten Stimmung.

»Zu Borodujeff? Nun, dann verzichten Sie auch gleich auf die Braut!« sagte Nastassja Petrowna scharf.

»Wieso verzichten?«

»Wieso! Sie glauben wohl, daß sie Ihnen schon gehöre? Machen Sie doch nur die Augen auf: man will sie jetzt mit dem Fürsten verkuppeln. Habe es selbst gehört.«

»Mit dem Fürsten? Aber ich bitte Sie, Nastassja Petrowna!«

»Was ist da zu bitten! Ist es Ihnen nicht gefällig, sich selbst davon zu überzeugen? Lassen Sie den Pelz hier und kommen Sie mit!«

Der halbbetäubte Mosgljakoff warf seinen Pelz von den Schultern und folgte der Sjablowa auf den Fußspitzen. Sie führte ihn in dieselbe dunkle Kleiderkammer, in der auch sie am Vormittag gelauscht hatte.

»Aber ich bitte Sie, Nastassja Petrowna, ich vestehe Sie entschieden nicht! . . .«

»Das werden Sie sofort, wenn Sie sich nur ein wenig bücken und zuhören. Die Komödie wird gleich beginnen.«

»Was für eine Komödie?«

»Pst! Nicht so laut! Die Komödie besteht darin, daß man Sie einfach betrügt. Am Vormittag, als Sie mit dem Fürsten ausgefahren waren, hat Marja Alexandrowna ihrer Sina eine ganze Stunde lang zugeredet, diesen Fürsten zu heiraten. Sie versicherte, es wäre nichts leichter, als den Alten zu umgarnen und dahin zu bringen, daß er einen Heiratsantrag macht. Und dann hat sie noch solche Köder ausgehängt, daß selbst mir schlecht wurde. Ich habe hier alles gehört. Sina willigte ein. Und wie reizend Sie von den beiden betitelt wurden! Man hält Sie einfach für einen Dummkopf. Sina sagte klipp und klar, daß sie Sie unter keiner Bedingung heiraten werde. Und ich dumme Gans hatte mir noch eine rosa Schleife anstecken wollen! Hören Sie nur, hören Sie!«

»Aber das wäre ja die gottloseste Hinterlist, wenn das wahr ist!« flüsterte Mosgljakoff, der mit dem dümmsten Gesicht Nastassja Petrowna in die Augen sah.

»So horchen Sie doch nur, dann werden Sie noch ganz andere Dinge hören.«

»Wo soll ich denn horchen?«

»Hier, sehen Sie doch, hier ist das Schlüsselloch.«

»Aber, Nastassja Petrowna, ich . . . ich bringe es nicht fertig, andere zu belauschen . . .«

»Womit Sie jetzt kommen! Hier, mein Lieber, stecken Sie die Ehre einmal in die Tasche: sind Sie hergekommen, so horchen Sie jetzt!«

»Aber ...«

»Und bringen Sie es wirklich nicht fertig, so ziehen Sie denn mit langer Nase ab! ... Weiß Gott, ich tue es nur zu seinem Besten, er aber spielt sich jetzt noch auf! Mir kann's ja egal sein! Ich werde nicht einmal bis zum Abend hier bleiben ...«

Mosgljakoff tat sich Gewalt an und beugte sich zum Schlüsselloch. Sein Herz schlug laut, in seinen Schläfen hämmerte das Blut. Er war sich kaum dessen bewußt, was er tat.

VIII

So haben Sie denn die Zeit bei Natálja Dmítrijewna sehr angenehm verbracht?« erkundigte sich Marja Alexandrowna, die beutelüstern mit wahrem Raubtierblick das Feld der bevorstehenden Schlacht abschätzte und das Gespräch mit einem möglichst unschuldigen Thema einleiten wollte. Ihr Herz klopfte vor Aufregung und Erwartung.

Nach dem Essen war der Fürst in denselben Salon geführt worden, in dem ihn die Hausfrau auch am Morgen empfangen hatte. Alle feierlichen Empfänge geschahen bei Marja Alexandrowna in diesem Salon, auf den sie sehr stolz war. Der alte Herr konnte sich nach den sechs Glas Champagner nicht mehr ganz sicher auf den Füßen halten. Dafür sprach er jetzt ohne Unterlaß. Marja Alexandrowna begriff, daß diese Lebhaftigkeit nur von kurzer Dauer sein konnte und der Gast bald schläfrig werden würde. Jetzt hieß es, den Augenblick ausnutzen. Mit Genugtuung gewahrte sie, daß der wollüstige Greis mit eigentümlich lüsternen Blicken ihre Sina betrachtete, und ihr Mutterherz frohlockte vor Freude.

»Überaus an–genehm«, antwortete der Fürst. »Diese Natalja Dmitrijewna ist doch eine bei–spiel–lose Frau!«

Wie beschäftigt Marja Alexandrowna nun auch mit ihren großen Plänen war, – ein so lautes Lob ihrer Feindin traf sie doch mitten ins Herz.

»Was Sie nicht sagen, mein Fürst!« rief sie aus und ihre Augen blitzten. »Wenn sogar diese Natalja Dmitrijewna eine beispiellose Frau sein soll, dann weiß ich nicht, an was ich mich noch halten soll! Aber dann kennen Sie ja die hiesige Gesellschaft nicht im geringsten! Das ist doch nichts als eine Zurschaustellung der eigenen Tugenden, der eigenen edlen Gefühle, eine Komödie, eine nur von außen goldene Schale. Heben Sie diese Schale etwas auf und Sie werden eine ganze Hölle unter Blumen entdecken, ein Wespennest, in dem man Sie am liebsten mit Stumpf und Stil auffressen würde!«

»Ist's möglich?« fragte der Fürst erstaunt. »Das wun–dert mich!«

»Aber ich schwöre es Ihnen! Ah, mon prince! Höre, Sina, ich muß, ich muß doch dem Fürsten diesen lächerlichen und beschämenden Vorfall mit dieser Natalja erzählen, den von der vergangenen Woche, du weißt doch noch? Ja, Fürst, das war dieselbe von Ihnen gepriesene Natalja Dmitrijewna, die Sie jetzt so entzückt hat. O, mein liebster Fürst! Ich schwöre Ihnen, ich bin keine Klatschbase! Aber ich muß es unbedingt erzählen, nur um Sie zu erheitern, um Ihnen in einer lebenden Probe, sozusagen durch ein optisches Glas zu zeigen, was das hier für Leutchen sind. Vor zwei Wochen kam diese Natalja Dmitrijewna zu mir. Es wurde Kaffee gereicht, ich aber mußte aus irgendeinem Grunde den Salon auf einen Augenblick verlassen. Ich entsinne mich ganz genau, wieviel ich noch an Stückzucker in der silbernen Dose hatte: sie war noch ganz voll. Ich kehre zurück und was sehe ich? – es liegen nur noch drei Stückchen auf dem Boden der Dose. Außer Natalja Dmitrijewna war niemand im Zimmer gewesen. Wie finden Sie das! Dabei ist sie eine reiche Frau, hat ein großes Haus und viel Geld! Dieser kleine Zwischenfall ist natürlich lächerlich, aber hiernach können Sie auf die Vornehmheit der ganzen hiesigen Gesellschaft schließen!«

»Ist's mög–lich!« Der Fürst war aufrichtig erstaunt. »Was für eine un–natürliche Habgier! Und sie hat alles allein auf–ge–ges–sen?«

»Nun sehen Sie, was für eine *beispiellose* Frau sie ist, mein Fürst! Wie gefällt Ihnen diese schmachvolle Episode? Ich würde, glaube ich, noch in derselben Minute sterben, in der ich mich zu einer so widerlichen Handlung entschlossen hätte!«

»Nun ja, nun ja ... Nur, wissen Sie, sie ist doch sehr belle femme.«

»Wer? Doch nicht Natalja Dmitrijewna? Aber ich bitte Sie, Fürst, sie ist doch einfach ein Faß! Ah, mon prince, mon prince! Was haben Sie da gesagt! Ich habe von Ihnen viel mehr Geschmack erwartet ...«

»Nun ja, ein Faß ... nur wissen Sie, sie ist so gebaut ... Nun ja, und dieses Mädchen, das dort tanzte, ist gleichfalls ... so gebaut ...«

»Meinen Sie Ssonitschka? Aber die ist ja noch ein Kind, Fürst! Sie ist erst vierzehn Jahre alt!«

»Nun ja ... nur, wissen Sie ... sie ist so graziös und bei ihr entwickeln sich gleichfalls ... Formen. So ein net–tes Ding. Und die an–de–re, die dort mit ihr tanzte ... ent–wickelt sich gleichfalls ...«

»Ach, das ist eine arme Waise, Fürst! Sie wird von ihnen oft ins Haus gerufen.«

»Eine Wai–se? Nun ja, sie war ein wenig schmuddelig ... wie gesagt, wenn sie doch we–nig–stens die Hände vor–her gewaschen hätte ... Aber auch sie ist, wie gesagt, ver–füh–rerisch ...«

Während dieses Gesprächs betrachtete der Fürst Sina immer lüsterner durch sein Lorgnon.

»Mais quelle charmante personne!« murmelte er halblaut und schnalzte fast vor Wonne.

»Sina, spiel uns doch etwas vor, oder nein, singe lieber ein Lied! Wenn Sie wüßten, wie schön sie singt, Fürst! Man kann wirklich sagen, sie ist eine Künstlerin, eine vollendete Virtuosin! Und wenn Sie wüßten, Fürst«, fuhr Marja Alexandrowna halblaut fort, als Sina zum Flügel ging – sie hatte einen so ruhigen, leichten Gang, der dem armen Alten noch den letzten Gnadenstoß versetzte –, »wenn Sie wüßten, was für eine Tochter sie ist! Wie sie zu lieben versteht, wie zärtlich sie zu mir ist! Welche Gefühle, welch ein Herz!«

»Nun ja, Gefühle ... und wis–sen Sie, ich habe nur eine einzige Frau gekannt, in meinem ganzen Leben, mit der ich ihre Schön–heit ver–glei–chen könnte«, unterbrach der Fürst, dem der Mund immer mehr wässerte. »Das war die verstorbene Gräfin Naïnskij, sie starb vor et–wa dreißig Jahren. Eine wun–der–bare Frau, von un–beschreib–licher Schönheit ... später heiratete sie noch ihren Koch ...«

»Ihren Koch, Fürst!?«

»Nun ja, ihren Koch ... einen Fran–zo–sen ... Sie hatte ihm dort im Ausland einen Grafen–ti–tel verschafft. Er war eine gu–te Er–schei–nung und sehr ge–bil–det ... mit einem kleinen Schnurr–bart ...«

»Und ... und ... wie lebten sie denn zusammen, mein Fürst?«

»Nun ja, sie lebten gut. Aber wie gesagt, sie trennten sich doch recht bald. Er plünderte sie vollkommen aus und fuhr dann fort. Sie waren wegen einer Sau–ce in Streit geraten ...«

»Mama, was soll ich spielen?« fragte Sina.

»Ach, sing uns lieber etwas vor, Sinachen. Wie sie singt, Fürst! Lieben Sie Musik?«

»Oh ja! Charmant, charmant! Ich liebe Musik sehr. Im Aus–land war ich auch mit Beet–ho–ven bekannt.«

»Mit Beethoven! Denk dir, Sina, der Fürst war mit Beethoven bekannt!« wiederholt Marja Alexandrowna entzückt. »Ach, Fürst! Waren Sie wirklich mit Beethoven bekannt?«

»Nun ja ... wir standen auf freundschaftlichem Fuß. An seiner Nase sah man stets Spuren von Schnupf–tabak. So ein komischer Mensch!«

»Beethoven!?«

»Nun ja, Beethoven. Viel–leicht war es, wie gesagt, auch

nicht Beet–hoven, sondern ir–gendein an–de–rer Deutscher. Dort gibt es so viele Deutsche ... Wie gesagt, ich habe es ein wenig ver–wech–selt ...«

»Was soll ich denn singen, Mama?« fragte Sina.

»Ach, Sina! Sing diese Romanze, in der, du weißt doch, soviel mittelalterlich Ritterliches vorkommt! – die von der Schloßherrin und ihrem Troubadour ... Ach, Fürst! Wie ich doch alles Ritterliche liebe! Diese Burgen, diese Schlösser! Dieses ganze mittelalterliche Leben! Diese Troubadours, Herolde, Turniere ... Ich werde begleiten, Sina. Setzen Sie sich hierher, Fürst, etwas näher! Ach, diese Schlösser, diese Burgen!«

»Nun ja, diese Burgen. Ich liebe sie auch, diese Burgen«, murmelte der Fürst entzückt, während er sich mit seinem einzigen Auge an Sina nahezu festsaugte. »Aber ... mon Dieu! – diese Romanze! ... Aber ... ich kenne doch diese Ro–man–ze! Ich habe sie vor langer Zeit gehört ... Sie er–in–nert mich so daran ... Ah, mon Dieu!«

Ich will nicht zu beschreiben versuchen, was mit dem Fürsten geschah, als Sina sang. Sie sang eine alte französische Romanze, die einmal sehr beliebt gewesen war. Sina hatte eine prachtvolle Stimme. Ihr reiner, klangvoller Alt ging einem zu Herzen. Ihr wundervolles Gesicht mit den herrlichen Augen, ihre schmalen, zarten Finger, mit denen sie die Blätter umwandte, ihre dunklen, glänzenden Haare, die zu einem schweren Knoten geschlungen waren, die sich hebende und senkende junge Brust, ihre ganze Gestalt, die stolz, schön und edel vor ihm stand – alles das schlug den armen Alten endgültig in einen Zauberbann. Er verschlang sie mit den Blicken, als sie sang, er schluckte nur noch vor Aufregung. Sein Greisenherz, das von Champagner, Musik und Erinnerungen, die wohl ein jeder hat, erwärmt wurde, klopfte immer schneller und lauter ... wie es lange nicht mehr geklopft hatte. Er hätte vor Sina niederknien und weinen mögen, nachdem sie geendet hatte.

»Oh, ma charmante enfant!« rief er aus und küßte ihre

Hand, »vous me ravissez! Erst jetzt, erst jetzt komme ich zur Besinnung ... Aber ... aber ... oh, ma charmante enfant ...«

Und die Stimme versagte ihm sogar.

Marja Alexandrowna fühlte, daß jetzt ihr Augenblick gekommen war.

»Weshalb vergraben Sie sich, Fürst, in der Einsamkeit?« ergriff sie feierlich das Wort. »Soviel Gefühl, soviel Lebenskraft, soviel seelischer Reichtum, und Sie vergraben sich für Ihr ganzes Leben in ländlicher Einsamkeit. Wie kann man sich nur so von den Menschen, den Freunden zurückziehen! Das ist doch unverzeihlich! Besinnen Sie sich, Fürst! So sehen Sie doch mit klarem Blick auf das Leben! Erwecken Sie die Erinnerung an Vergangenes in Ihrem Herzen, denken Sie an Ihre goldene Jugend, an die heiteren sorglosen Tage: erwecken Sie sie wieder, lassen Sie sie auferstehen! Leben Sie doch wieder in der Gesellschaft, unter Menschen! Fahren Sie ins Ausland, nach Italien, nach Spanien – nach Spanien, Fürst! Brauchen Sie einen Führer, ein Herz, das Sie liebt, das mit Ihnen fühlt, das für Sie sorgt? Aber Sie haben doch Freunde! Rufen Sie sie, nur ein Wink genügt, und sie werden in Scharen angelaufen kommen! Ich würde die erste sein, die alles hinwirft und auf Ihren Ruf hin zu Ihnen käme! Ich habe unsere Freundschaft noch nicht vergessen, Fürst. Ich werde meinen Mann verlassen und Ihnen folgen ... und wenn ich noch jünger wäre, wenn ich so schön und gut wäre wie meine Tochter, so würde ich Ihre Gefährtin, Ihre Freundin werden, ja, selbst Ihre Frau, wenn Sie es nur wünschten!«

»Und ich bin ü–ber–zeugt, daß Sie une charmante personne waren, zu Ih–rer Zeit«, sagte der Fürst und schneuzte sich. Seine Augen waren feucht.

»Wir leben in unseren Kindern, Fürst«, antwortete Marja Alexandrowna mit erhöhtem Gefühl. »Ich habe gleichfalls einen Schutzengel bei mir! Das ist sie – meine Tochter, die Freundin meines Herzens, mit der ich alle meine Gedanken teile, Fürst! Sie hat sieben Bewerber zurückgewiesen, nur um sich nicht von mir trennen zu müssen.«

»Dann wird sie wohl mit Ihnen fahren, wenn Sie mich ins Ausland be–glei–ten? In dem Fall werde ich un–be–dingt ins Ausland fahren!« rief der Fürst, in Begeisterung geratend, »werde ich un–be–dingt fahren! Und wenn ich mir mit der Hoffnung schmeicheln könnte ... Aber sie ist ja ein be–zau–berndes, ein be–rück–endes Kind! Oh, ma charmante enfant ...« Und der Fürst küßte ihr von neuem die Hand. Der Arme, er wollte sogar vor ihr niederknien!

»Aber ... aber, Fürst, Sie fragen: ob Sie sich mit der Hoffnung schmeicheln könnten?« griff Marja Alexandrowna auf, die den Andrang neuer Beredsamkeit in sich fühlte. »Sie sind wirklich sonderbar, Fürst! Halten Sie sich denn womöglich nicht mehr für würdig der Beachtung einer Frau? Nicht Jugend macht die Schönheit aus. Vergessen Sie nicht, daß Sie sozusagen ein Bruchstück der Aristokratie sind! Sie sind der Repräsentant der feinsten, der ritterlichsten Gefühle und ... Manieren! Hat sich denn die junge Maria nicht in den greisen Mazeppa verliebt? Ich weiß, ich habe gelesen, daß Lauzun,[4] dieser bezaubernde Marquis am Hofe Louis ... ich habe vergessen, des wievielten – noch in alten Jahren, als Greis, das Herz einer der schönsten Hofschönheiten gewonnen hat! ... Und wer hat Ihnen gesagt, daß Sie ein Greis seien? Wer hat Sie auf diesen Gedanken gebracht? Können denn Menschen wie Sie überhaupt alt werden? Sie mit Ihrem ganzen Reichtum an Gefühlen, Gedanken, mit Ihrer Heiterkeit, Ihrem Geist, Ihrer Lebenskraft, Ihren glänzenden Manieren! Sie brauchen ja nur irgendwo im Ausland, in einem Kurort, mit einer jungen Frau zu erscheinen, mit einer Schönheit, wie zum Beispiel meiner Sina – ich rede nicht gerade von ihr, ich führe sie nur vergleichsweise an – und Sie werden sehen, was für einen kolossalen Eindruck Sie machen werden! Sie sind ein Bruchstück der Aristokratie, und sie ist eine Schönheit unter Schönheiten! Sie führen sie feierlich am Arme in die Säle. Sie wird in den glänzendsten Gesellschaften singen und Sie Ihrerseits werden geistvolle Bemerkungen um sich streuen, – aber der ganze Kurort wird ja zusammenlaufen, um dieses

Paar zu sehen! Ganz Europa wird davon reden, denn alle Zeitungen, alle Feuilletons in den Kurorten werden davon voll sein! ... Oh, mon prince! Und Sie fragen noch, ob Sie sich mit der Hoffnung schmeicheln dürften?«

»Feuil–letons ... nun ja, nun ja! ... Das ist in den Zeitungen ...«, murmelte der Fürst, der die Hälfte ihres Geschwätzes nicht verstand und immer gerührter wurde. »Mein Kind, wenn es Sie nicht er–mü–det hat, singen Sie mir dann doch noch einmal diese Ro–man–ze vor, die Sie soeben sangen!«

»Ach, Fürst! Aber sie kennt ja auch noch andere Romanzen, noch bessere ... Entsinnen Sie sich noch des kleinen Liedes „L'hirondelle"? Sie haben es sicherlich gehört!«

»Gewiß, ich entsinne mich ... oder richtiger, ich habe es ver–ges–sen. Nein, nein, dieselbe Ro–man–ze, dieselbe, die sie so–e–ben ge–sun–gen hat! Ich will nicht L'hirondelle! Ich will dieselbe Ro–man–ze hören ...«, bat der Fürst wie ein eigensinniges Kind.

Sina sang sie noch einmal. Da konnte sich der Arme nicht mehr bezwingen und sank vor ihr auf die Kniee nieder. Er weinte sogar.

»Oh, ma belle châtelaine!« Seine Stimme zitterte vor Altersschwäche und Aufregung. »Oh, ma charmante châtelaine! Oh, mein liebes Kind! Sie haben mich an so vieles erin–nert ... an längst Ver–gangenes ... Ich glaubte immer, daß alles besser werden würde, als es dann wurde. Ich sang damals Duette ... mit der Vicomtesse ... dieselbe Ro–man–ze ... jetzt aber ... ich weiß nicht mehr, was jetzt ist ...«

Diese ganze Rede brachte der Fürst atemlos und stockend hervor. Seine Zunge wurde merklich steif. Einzelne Worte waren kaum zu verstehen. Man sah nur, daß er im höchsten Grade erregt und gerührt war, – und so beeilte sich Marja Alexandrowna, noch Öl ins Feuer zu gießen.

»Mon prince! Aber Sie werden sich ja schließlich noch in meine Sina verlieben!« rief sie aus. Sie fühlte, daß der Augenblick entscheidend war.

Die Antwort des Fürsten übertraf ihre besten Erwartungen.

»Ich bin ja schon bis zum Wahnsinn in sie verliebt!« rief der Alte aus, plötzlich wie neu belebt, während er immer noch vor ihr kniete und vor Aufregung am ganzen Körper zitterte. »Ich würde für sie mein Leben hin–geben! Und wenn ich nun hoffen dürf–te ... Aber er–he–ben Sie mich, ich bin ein we–nig schwach ge–wor–den ... Ich ... wenn ich nur wa–gen dürf–te, ihr mein Herz an–zu–bieten, so ... würde ich ... Sie würden mir jeden Tag Ro–manzen vorsingen, und ich würde sie immer an–se–hen ... im–mer an–se–hen ... Ah, mon Dieu!«

»Mon prince, mon prince! Sie halten um ihre Hand an! Sie wollen sie mir nehmen, meine Sina, meinen Liebling, meinen Engel, mein Sinachen! Kind, ich lasse dich nicht von mir! Sina! Möge man dich mir aus den Händen reißen, freiwillig lasse ich dich nicht! – aus den Mutterarmen!« Marja Alexandrowna stürzte sich auf die Tochter und umschlang sie krampfhaft, obschon sie fühlte, daß sie ziemlich stark zurückgedrängt wurde ... Die Mama war etwas zu eifrig. Sina litt mit jeder Fiber und sah mit unerträglichem Ekel auf die ganze Komödie. Aber sie schwieg, und das war schließlich alles, was die Mutter zur Durchführung ihres Planes nötig hatte.

»Sie hat neunmal Nein gesagt, nur um sich nicht von ihrer Mutter trennen zu müssen!« beteuerte Marja Alexandrowna. »Jetzt aber fühlt mein Herz die bevorstehende Trennung! Schon vorhin fiel es mir auf, wie Sina Sie ansah ... Sie haben sie mit Ihrem Aristokratismus besiegt, Fürst, mit dieser erlesenen Vornehmheit! ... Oh, Sie werden uns trennen! – das fühle ich!«

»Ich ver–göt–tere sie!« brachte der Fürst, der immer noch wie ein Espenblatt zitterte, stoßweise hervor.

»Also, du verläßt deine Mutter!« rief Marja Alexandrowna aus und warf sich von neuem der Tochter an den Hals.

Sina beeilte sich, der peinlichen Szene ein Ende zu machen. Sie reichte dem Fürsten schweigend ihre schöne Hand und zwang sich sogar zu einem Lächeln. Der Fürst ergriff mit Andacht diese Hand und bedeckte sie mit hundert Küssen.

»Jetzt erst beginne ich zu leben!« stieß er hervor, atemlos vor Begeisterung.

»Sina!« hub Marja Alexandrowna feierlich an, »siehe diesen Mann! Er ist der ehrenhafteste, der edelste Mensch von allen, die ich kenne! Das ist ein mittelalterlicher Ritter! Aber sie weiß es ja schon, Fürst, sie weiß es, zu meinem Herzeleid ... Oh! weshalb sind Sie hergekommen! Doch – es sei: ich übergebe Ihnen meinen kostbarsten Schatz, meinen Schutzengel! Behüten Sie ihn, Fürst! Eine Mutter bittet Sie darum, und welche Mutter würde mir meinen Schmerz nicht nachfühlen?«

»Mama, genug!« raunte ihr Sina zu.

»Sie werden sie vor jeder Kränkung bewahren, Fürst, Ihr Degen wird den Verleumder oder den Frechen, der es wagt, mein Kind zu beleidigen, zu strafen wissen!«

»Höre auf, Mama, oder ich ...«

»Nun ja, strafen ...«, murmelte der Fürst. »Jetzt erst beginne ich zu leben ... Ich will, daß die Hochzeit sofort statt–finde, im Augenblick ... ich ... Ich will so–fort nach Du–cha–no–wo schicken. Dort habe ich Bril–lanten. Ich will sie ihr zu Füßen legen ...«

»Welche Leidenschaft! Welche Liebe! Welch edle Gefühle!« rief Marja Alexandrowna aus. »Und Sie konnten, Fürst, Sie konnten sich so vergraben, sich so von aller Welt abschließen? Ich werde es Ihnen tausendmal vorwerfen! Ich bin außer mir, wenn ich an diese höllische ...«

»Was soll–te ich denn tun, ich hat–te solche Angst!« stammelte der Fürst halb weinend mit unsicherer Stimme. »Sie wollten mich in eine Ir–ren–an–stalt ein–sper–ren ... Da erschrak ich doch!«

»In eine Irrenanstalt! Ach, diese Ungeheuer! Diese unmenschlichen Menschen! Oh, diese Niedertracht! mon prince

– ich habe schon früher davon gehört! Aber das ist doch Irrsinn von diesen Leuten! Und weshalb nur, aus welchem Grund?«

»Ich weiß es ja selbst nicht, aus welchem Grun–de!« antwortete der Alte, der sich vor Schwäche hinsetzte. »Ich ... ich war, wissen Sie, auf einem Ball und erzähl–te dort eine A–nekdo–te, und die hat ihnen nicht ge–fal–len. Nun ja, und daraus ent–stand die Ge–schich–te!«

»Und das allein war der Grund, Fürst?«

»Nein. Ich hatte dann noch Kar–ten gespielt, mit Fürst Pjotr Demén–tjitsch, und war ohne sechs geblie–ben. Ich hatte zwei Kö–ni–ge und drei Da–men, oder rich–tiger, drei Da–men und zwei Kö–nige ... Nein! einen König! Und dann erst kamen die Da–men ...«

»Und deshalb? Deshalb! Oh, diese höllische Unmenschlichkeit! Sie weinen, mein Fürst! Aber jetzt brauchen Sie nichts mehr zu fürchten! Jetzt werde *ich* bei Ihnen sein, mein Fürst! Ich werde mich nicht von Sina trennen, und dann wollen wir doch sehen, ob jene noch ein Wort zu sagen wagen!! ... Und Ihre Heirat, Fürst, wird sie mehr als überraschen, sie wird sie beschämen! Sie werden sich doch sagen müssen, daß Sie dann noch fähig sind ... das heißt, sie werden sich sagen, daß eine solche Schönheit doch nicht einen Irrsinnigen heiraten würde! Jetzt können Sie stolz das Haupt erheben, Sie werden jenen offen in die Augen sehen ...«

»Nun ja, nun ja, ich werde ihnen offen in die Augen sehen«, murmelte der Fürst und die Augen fielen ihm zu.

‚Weiß Gott, er ist ja ganz und gar hinfällig', dachte Marja Alexandrowna, ‚ich verliere nur unnütz meine Worte!'

»Mein Fürst, Sie sind erregt, ich sehe es. Sie müssen sich jetzt unbedingt beruhigen, sich erholen«, sagte sie gütig zuredend, indem sie sich mütterlich zu ihm beugte.

»Nun ja, ich würde mich gern ein wenig hin–legen«, sagte er.

»Ja, ja! Beruhigen Sie sich, Fürst! Diese Aufregungen ... Warten Sie, ich werde Sie selbst geleiten ... Ich werde Sie selbst zu Bett bringen, wenn es nötig ist. – Weshalb sehen Sie so starr auf dieses Porträt, Fürst? Das ist das Bild meiner Mutter, – eines Engels, aber nicht einer Frau! Oh, weshalb weilt sie jetzt nicht mehr unter uns? Sie war eine Heilige! – Ich nenne sie nie anders! «

»Eine Hei–li–ge? c'est joli . . . Ich habe gleich–falls eine Mutter gehabt . . . une princesse . . . und – denken Sie sich – es war eine außer–ge–wöhn–li–che Frau . . . Aber, wie gesagt, ich wollte etwas an–de–res sagen . . . Ich bin etwas er–mü–det. Adieu, ma charmante enfant! . . . Ich werde mit Won–ne . . . ich werde heute . . . morgen . . Nun ja, gleichviel! au revoir, au revoir!« Er wollte noch mit der Hand einen Gruß winken, stolperte jedoch bei der Gelegenheit und wäre fast gefallen.

»Vorsichtig, mein Fürst! Stützen Sie sich auf meinen Arm!« rief ihm Marja Alexandrowna zu.

»Charmant, charmant!« murmelte er noch im Fortgehen. »Jetzt erst beginne ich zu leben . . .«

Sina blieb allein zurück. Es war ihr, als läge eine erdrükkende Last auf ihrer Seele. Ihr ward fast übel vor Ekel. Sie hätte sich selbst verachten mögen. Ihre Wangen brannten. Mit verkrampften Händen, zusammengebissenen Zähnen stand sie da, den Kopf gesenkt, und rührte sich nicht. Tränen der Scham rollten aus ihren Augen . . . Da wurde die Tür aufgerissen, und Mosgljakoff stürzte ins Zimmer.

IX

Er hatte alles gehört, alles!

Bleich vor Aufregung und Zorn stürzte er herein – denn eintreten konnte man es wahrlich nicht nennen. Sina sah ihn verwundert an.

»Also so sind Sie!« schrie er atemlos. »Jetzt habe ich endlich erfahren, was Sie sind!«

»Was ich bin?« wiederholte Sina, die ihn zunächst wie

einen Wahnsinnigen verständnislos ansah, und plötzlich blitzten Ihre Augen auf vor Zorn.

»Wie wagen Sie es, so mit mir zu sprechen!« Sie trat auf ihn zu.

»Ich habe alles gehört!« wiederholte Mosgljakoff feierlich, trat aber doch unwillkürlich einen Schritt vor ihr zurück.

»Sie haben alles gehört? Sie haben an der Tür gelauscht?«

»Ja, ich habe gelauscht! Ja, ich habe mich zu dieser Gemeinheit entschlossen, dafür aber habe ich jetzt erfahren, daß Sie die aller ... Ich weiß nicht einmal, wie ich mich ausdrücken soll, um Ihnen zu sagen ... als was Sie jetzt dastehen!« antwortete er, während sein Mut unter ihrem Blick immer mehr dahinschwand.

»Und selbst wenn Sie alles gehört haben, wessen können Sie mich denn beschuldigen? Welch ein Recht haben Sie überhaupt, mir etwas vorzuwerfen? Welches Recht haben Sie, so ungezogen mit mir zu reden?«

»Ich? Welch ein Recht ich habe? Und Sie fragen das noch? Sie heiraten den Fürsten, und ich soll kein Recht haben! Aber Sie haben mir doch Ihr Wort gegeben! Ganz einfach!«

»Wann?«

»Wieso, wann?«

»Ich habe Ihnen noch heute früh, als Sie wieder in mich drangen, deutlich gesagt, daß ich Ihnen nichts Bestimmtes versprechen könne.«

»Aber ... einstweilen ... Sie haben mich nicht zurückgewiesen. Sie haben mir nicht endgültig abgesagt! Sie haben mich also für den Notfall aufbewahrt! Sie haben mich angelockt!«

In Sinas bleichem Gesicht spiegelte sich ein schmerzliches Gefühl wider, wie von einem scharfen, durchbohrenden inneren Schmerz; doch sie bezwang sich.

»Wenn ich Sie nicht fortgeschickt habe«, antwortete sie langsam und deutlich, obschon auch in ihrer Stimme ein leises Beben zu hören war, »so habe ich es nur aus Mitleid getan. Sie selbst haben mich gebeten, noch ein wenig mit der Antwort zu zögern, Ihnen nicht sofort Nein zu sagen, sondern Sie näher kennen zu lernen, und ‚dann', sagten Sie, ‚dann, wenn Sie sich überzeugt haben werden, daß ich ein anständiger Mensch bin, dann werden Sie mich vielleicht doch nicht abweisen'. Das sind Ihre eigenen Worte, die Sie zu Anfang Ihrer Werbung gesagt haben. Sie können das nicht leugnen. Und jetzt wagen Sie, mir zu sagen, daß ich Sie angelockt hätte! Sie haben aber doch meinen Unmut bemerkt, als ich Sie zwei Wochen früher, als Sie sich angesagt hatten, wiedersah, und diesen Unmut habe ich vor Ihnen nicht verborgen, im Gegenteil, ich habe ihn offen gezeigt. Und Sie haben ihn auch bemerkt, denn Sie selbst fragten mich, ob ich Ihnen deshalb böse wäre, weil Sie früher wiedergekommen seien. Merken Sie sich, daß man denjenigen nicht anlockt, vor dem man seinen Widerwillen weder verbergen kann noch *will*. Sie haben es gewagt, mir zu sagen, daß ich Sie für den Notfall aufbewahrt hätte. Hierauf antworte ich Ihnen, daß ich mir über Sie etwa folgendes gedacht habe: ‚Wenn er auch nicht mit sehr großem Verstand begabt ist, so kann er doch ein guter Mensch sein und folglich – könnte man ihn heiraten.' Jetzt aber, nachdem ich mich zu meinem Glück noch rechtzeitig überzeugt habe, daß Sie ein Dummkopf sind und obendrein noch ein bösartiger Dummkopf, so bleibt mir nichts anderes übrig, als Ihnen ein angenehmes Leben und glückliche Reise zu wünschen. Leben Sie wohl!«

Sina wandte sich von ihm ab und verließ langsam das Zimmer.

Mosgljakoff begriff, daß er nun alles verloren hatte, und geriet außer sich.

»Ah! So bin ich denn jetzt bereits ein Dummkopf«, schrie er, »so bin ich denn ein Dummkopf! Gut! Leben Sie wohl! Doch bevor ich fortfahre, werde ich der ganzen Stadt erzählen, wie Sie mit Ihrer Mutter den Fürsten umgarnt haben, nachdem er von Ihnen genügend angeheitert worden war! Allen werde ich es erzählen! Sie sollen Mosgljakoff kennen lernen!«

Sina fuhr zusammen und wollte stehen bleiben, um zu antworten, bedachte sich aber, zuckte nur verächtlich mit der Achsel und schlug die Tür hinter sich zu.

Fast im selben Augenblick erschien Marja Alexandrowna in der anderen Tür. Sie hatte Mosgljakoffs letzten Ausruf vernommen, erriet in einer Sekunde den ganzen Zusammenhang und erschrak. Mosgljakoff war also noch nicht fortgefahren, Mosgljakoff war noch in der Nähe des Fürsten. Mosgljakoff konnte ja die Neuigkeit in der ganzen Stadt verbreiten, während doch gerade die Geheimhaltung derselben, und wenn auch nur für noch so kurze Zeit, die erste Bedingung war! Marja Alexandrowna hatte ihre eigenen Berechnungen. Nur einen Augenblick überlegte sie sich die Sachlage und dann hatte sie auch schon den Plan einer Besänftigung Mosgljakoffs entworfen.

»Was haben Sie, mon ami!« fragte sie, trat auf ihn zu und streckte ihm freundschaftlich die Hand entgegen.

»Was! Noch ‚mon ami'!« fauchte Mosgljakoff in rasender Wut. »Nach allem, was Sie getan haben, noch mon ami! Das verbitte ich mir, meine Gnädigste! Sie glauben wohl, mich noch einmal betrügen zu können!«

»Es tut mir leid, es tut mir sehr leid, daß ich Sie in einer so *sonderbaren* Stimmung angetroffen habe, Pawel Alexandrowitsch. Was ist das für ein Ton? Sie bedenken nicht einmal Ihre Ausdrücke, deren Sie sich einer Dame gegenüber bedienen.«

»Einer Dame gegenüber! Sie ... Sie sind alles, was Sie wollen, nur keine Dame!« fauchte Mosgljakoff sie wieder an. Ich weiß nicht, was er eigentlich sagen wollte, jedenfalls aber wird es etwas Vernichtendes gewesen sein.

Marja Alexandrowna sah ihm mit frommem Ausdruck in die Augen.

»Setzen Sie sich!« sagte sie dann mit trauriger Stimme und wies auf denselben Stuhl, auf dem noch vor wenigen Minuten der Fürst gesessen hatte.

»Aber hören Sie, das geht doch nicht, Marja Alexandrowna!« Mosgljakoff war ganz verdutzt. »Sie sehen mich an, als wenn nicht Sie vor mir, sondern womöglich noch ich vor Ihnen schuldig wäre! Da-da-das geht doch nicht! . . . Dieser Ton! . . . Aber das übersteigt doch jedes Ausmaß menschlicher Geduld! . . . begreifen Sie das denn nicht?«

»Mein Freund!« antwortete Marja Alexandrowna, »Sie werden mir erlauben, Sie immer noch so zu nennen, denn Sie haben keinen besseren Freund als mich. Mein Freund! Sie leiden, Sie quälen sich, Sie sind mitten ins Herz getroffen – und deshalb wundert es mich auch nicht, daß Sie in einem solchen Ton mit mir sprechen. Ich habe mich entschlossen, Ihnen alles aufzudecken, mein ganzes Herz, um so mehr, als ich mich selbst ein wenig schuldbewußt vor Ihnen fühle. Setzen Sie sich also. Reden wir.«

Die Stimme Marja Alexandrownas klang leidend weich. Auch in ihrem Gesicht drückte sich Leiden aus. Verwundert setzte sich Mosgljakoff ihr gegenüber.

»Sie haben gelauscht?« fuhr sie in sanftem Ton fort und sah ihn vorwurfsvoll an.

»Ja, ich habe gelauscht! Das fehlte noch, daß ich es nicht getan hätte! Dann wäre ich ja jetzt der richtige Tölpel! So habe ich wenigstens alles erfahren, was Sie gegen mich planen!« antwortete er grob, indem er sich von seinem eigenen Zorn Mut machen und aufstacheln ließ.

»Und Sie, Sie, bei Ihrer Erziehung, haben sich zu einer solchen Handlung entschließen können? – O mein Gott!«

Mosgljakoff sprang sogar von seinem Stuhl auf.

»Aber Marja Alexandrowna! Das ist denn doch unerhört! Denken Sie doch gefälligst daran, wozu *Sie* sich bei *Ihrer* Erziehung und Ihren Grundsätzen entschlossen haben, und dann verurteilen Sie andere!«

»Noch eine Frage«, unterbrach sie ihn, ohne seine Heftigkeit zu beachten, »wer hat Sie dazu verleitet, uns zu belauschen, wer hat Ihnen etwas erzählt, wer hat hier spioniert? Das ist es, was ich zuerst wissen möchte.«

»Entschuldigen Sie, aber das werde ich Ihnen nicht sagen.«

»Gut. Ich werde es auch so erfahren. Ich habe gesagt, cher Paul, daß ich schuldbewußt vor Ihnen dastehe. Wenn Sie aber alles erwägen, dann werden Sie sehen, daß meine Schuld, wenn mir überhaupt eine solche zugesprochen werden kann, nur darin besteht, daß ich für Sie das Beste gewünscht habe.«

»Für mich? Das Beste? Das geht denn doch über die Hutschnur! Ich versichere Sie, daß Sie mich jetzt nicht mehr zum Narren halten können! Da täuschen Sie sich in mir!«

Und er rückte mit dem Stuhl so heftig von ihr ab, daß der Stuhl in den Fugen knackte.

»Ich bitte Sie, mein Freund, etwas kaltblütiger zu sein, wenn es Ihnen möglich ist. Hören Sie mich aufmerksam an und dann werden Sie mir selbst in allem beistimmen. Erstens: es war meine Absicht, Ihnen sogleich alles, alles mitzuteilen – Sie hätten von mir den ganzen Sachverhalt bis in die kleinsten Details erfahren, ohne sich durch solches Horchen an der Tür erniedrigen zu brauchen. Und wenn ich es Ihnen nicht vorher mitgeteilt habe, so geschah das nur deshalb nicht, weil das Ganze doch noch nichts als ein in der Luft schwebender Plan war. Es konnte ja ebenso gut auch nichts daraus werden. Sie sehen: ich bin ganz offen zu Ihnen. Zweitens: beschuldigen Sie nicht meine Tochter. Sina liebt Sie bis zum Wahnsinn, und es hat mir unglaubliche Mühe gekostet, sie von Ihnen abzulenken und durchzusetzen, daß sie den Antrag des Fürsten annahm.«

»Ich habe noch vor wenigen Minuten das Vergnügen gehabt, den glänzendsten Beweis für diese ‚Liebe *bis zum Wahnsinn*' zu vernehmen«, bemerkte Mosgljakoff ironisch.

»Gut. Aber wie haben Sie denn mit ihr gesprochen? Soll das die Rede eines Verliebten sein? Und schließlich: welcher wohlerzogene Mensch spricht denn jemals in solchem Ton? Sie haben sie gekränkt und gereizt.«

»Marja Alexandrowna, jetzt handelt es sich nicht um den Ton! Aber heute früh haben Sie mich, als ich mit dem Fürsten Besuche machte, einfach verleumdet! Sie haben mich angeschwärzt, Sie haben ihr nur Schlechtes von mir gesagt! Ich weiß alles, alles!«

»Und sicher aus derselben schmutzigen Quelle?« fragte Marja Alexandrowna mit verächtlichem Lächeln. »Ja, Pawel Alexandrowitsch, ich habe Sie angeschwärzt, ich habe nur Schlechtes von Ihnen gesagt, und ich gestehe Ihnen, daß ich mir dabei sehr viel Mühe gegeben habe. Aber beweist das nicht – daß ich gezwungen war, Sie anzuschwärzen, ja sogar, zu verleumden –, beweist das nicht gerade, wie schwer Sinas Einwilligung, sich von Ihnen loszusagen, zu erringen war? Wie können Sie so kurzsichtig sein! Wenn Sina Sie nicht liebte, wozu hätte ich es dann nötig gehabt, Sie anzuschwärzen, Sie lächerlich zu machen, in so unvorteilhaftem Lichte zu zeigen – kurz, zu diesen äußersten Mitteln zu greifen? Aber Sie wissen noch nicht alles! Ich mußte sogar zu meiner Autorität als Mutter greifen, um Sie aus ihrem Herzen herauszureißen, und erst nach unglaublichen Anstrengungen habe ich nur eine äußerliche Einwilligung von ihr erreicht. Wenn Sie uns jetzt belauscht haben, so muß es Ihnen doch aufgefallen sein, daß sie meine Bemühungen um den Fürsten mit keinem Wort, keinem Blick unterstützt hat. Während dieser ganzen Zeit hat sie fast kein einziges Wort gesprochen. Und gesungen hat sie wie ein Automat. Ihre ganze Seele wand sich vor Qual. Aus Mitleid mit ihr machte ich der Sache schnell ein Ende und führte den Fürsten fort. Ich bin überzeugt, daß sie geweint hat, sobald sie allein war. Als Sie eintraten, müssen Sie ihre Tränen bemerkt haben ...«

Mosgljakoff entsann sich allerdings, daß er, als er ins Zimmer gestürzt war, Tränen in ihren Augen bemerkt hatte.

»Aber ... aber weshalb sind Sie denn so gegen mich gewesen, Marja Alexandrowna? Warum haben Sie mich denn angeschwärzt und verleumdet – was sie jetzt obendrein selbst eingestehen!?«

»Ah, das ist eine andere Frage! Sehen Sie, wenn Sie gleich zu Anfang so vernünftig gefragt hätten, dann hätten Sie schon längst die Antwort. Ja, Sie haben recht! Alles das habe *ich* getan und nur *ich* allein. Sina lassen Sie hier ganz aus dem Spiel. Und weshalb ich es getan habe? Meine Antwort ist: in erster Linie für Sina. Der Fürst ist reich, vornehm, hat Verbindungen, und wenn Sina ihn heiratet, macht sie eine glänzende Partie. Und schließlich, wenn er sterben sollte, was vielleicht sogar sehr bald geschehen kann – denn wir sind ja alle mehr oder weniger sterblich –, dann ist Sina eine junge Witwe, Fürstin, gehört zur besten Gesellschaft und wird vielleicht sehr reich sein. Dann kann sie heiraten, wen sie will, sie kann die glänzendste Partie machen. Aber selbstverständlich wird sie nur den nehmen, den sie früher geliebt hat und dessen Herz sie zerreißen mußte, als sie den Fürsten nahm. Allein schon die Reue würde sie dazu zwingen, ihre Schuld an demjenigen, den sie früher geliebt hat, wieder gutzumachen ...«

»Hm!« brummte Mosgljakoff, nachdenklich auf seine Stiefel schauend.

»Zweitens – und das will ich nur nebenbei bemerken«, fuhr Marja Alexandrowna fort, »denn Sie werden das vielleicht nicht einmal begreifen. Sie lesen Ihren Shakespeare, schöpfen aus ihm alle Ihre hohen Gefühle, in der Wirklichkeit, im Leben aber sind Sie, wenn auch *sehr gutmütig*, so doch noch sehr jung, – ich aber bin Mutter, Pawel Alexandrowitsch! So hören Sie denn: ich gebe meine Sina dem Fürsten zum Teil auch um seinetwillen, denn durch diese Heirat will ich ihn retten. Ich habe diesen edlen, diesen herzensguten, geradezu ritterlichen Greis auch früher schon geliebt. Wir waren Freunde. Er ist tief unglücklich in den Krallen dieses höllischen Weibes. Sie wird ihn noch unter die Erde bringen! Gott weiß es, daß ich Sina nur deshalb zu dieser Heirat habe bewegen können, weil ich ihr die ganze Heiligkeit dieser Tat der Selbstverleugnung vorgehalten habe. Sie hat sich von dem Edelmut, von der Begeisterung für die große Überwindung fortreißen lassen. Sie hat selbst viel Ritterliches. Ich habe ihr gesagt, daß es eine Christenpflicht ist, die Stütze, der Trost, der Freund, das Kind, die Sonne, der Abgott eines Menschen zu sein, dem vielleicht nur noch ein einziges Lebensjahr vergönnt ist. Ihn würde dann nicht dieses schändliche Frauenzimmer, würden nicht Furcht und Einsamkeit in den letzten Tagen seines Lebens umgeben, sondern Licht, Freundschaft und Liebe. Diese letzten Tage würde er wie im Paradiese zubringen! Wo ist hier Egoismus – sagen Sie doch bitte? Das ist doch eher das Opfer einer barmherzigen Schwester, aber nicht Egoismus!«

»Dann ... dann haben Sie es also nur für den Fürsten getan, nur aus Nächstenliebe, als Barmherzige Schwester?« brummte Mosgljakoff spöttisch.

»Ich begreife auch diese Frage, Pawel Alexandrowitsch, sie ist ja recht deutlich. Sie denken vielleicht, daß hierbei die Vorteile des Fürsten mit eigenen Vorteilen jesuitisch verknüpft seien? Was soll ich sagen? Vielleicht habe ich auch diese Berechnung gehabt, nur war sie nicht jesuitisch, sondern ganz unwillkürlich. Ich weiß, daß Sie sich über ein so offenes Geständnis wundern werden, aber ich bitte Sie nur um eines, Pawel Alexandrowitsch: lassen Sie hierbei Sina ganz aus dem Spiel! Sie ist unschuldig wie ein Engel: sie berechnet nicht, sie versteht nur zu lieben, mein geliebtes Kind! Wenn hier überhaupt jemand etwas berechnet hat, so bin ich es, *ich allein!* Aber fragen Sie doch in allem Ernst Ihr Gewissen und sagen Sie dann: wer hätte an meiner Stelle im gegebenen Fall nicht berechnet? Wir berechnen unsere Vorteile sogar bei unseren uneigennützigsten Handlungen, wir berechnen fast unbewußt, unwillkürlich! Natürlich betrügen sich dabei alle, indem sie sich selbst versichern, daß sie es nur aus Edelmut täten. Ich will mich nicht betrügen: ich gestehe mir offen, daß ich, bei aller Hochsinnigkeit meiner Ziele, doch auch gerechnet habe. Aber habe ich es denn für mich getan? Ich brauche nichts mehr, Pawel Alexandrowitsch! Ich habe mein Leben schon hinter mir. Ich habe nur an sie gedacht, an meinen Engel, mein Kind, und – welche Mutter würde mir das in diesem Fall zum Vorwurf machen?«

Tränen glänzten in den Augen Marja Alexandrownas.

Mosgljakoff hörte in höchster Verwunderung diese ganze offenherzige Beichte an und blinzelte nur mit den Augen vor Verwirrung.

»Nun schön, welche Mutter ...«, stotterte er endlich. »Sie verstehen gut zu reden, Marja Alexandrowna, aber ... aber Sie hatten mir doch Ihr Wort gegeben! Sie haben mir Hoffnung gemacht ... Was glauben Sie wohl, wie mir jetzt zumute ist? Bedenken Sie doch! Ich kann jetzt mit einer so langen Nase abziehen!«

»Aber glauben Sie denn, daß ich hierbei nicht auch an Sie gedacht habe, mon cher Paul? Ich sage Ihnen: in allen diesen Berechnungen lag *für Sie* ein so großer Vorteil, daß ich mich hauptsächlich deshalb, um *Ihres* Vorteils willen, zu diesem ganzen Unternehmen entschlossen habe.«

»Um *meines* Vorteils willen!« schrie Mosgljakoff nahezu auf. »Ja, wie denn das?«

»Mein Gott! Wie kann man nur so naiv und kurzsichtig sein!« rief Marja Alexandrowna mit beredtem Augenaufschlag aus. »O Jugend, Jugend! Da sehen wir, was daraus folgt, wenn man ganz in diesem Shakespeare aufgeht, träumt und sich einbildet zu leben, während man nur mit fremdem Verstande und mit fremden Gedanken lebt! Mein *guter* Pawel Alexandrowitsch, Sie fragen mich, wo denn hier Ihr Vorteil sei? Erlauben Sie, daß ich zur besseren Übersicht etwas abweiche: Sina liebt Sie – darüber kann kein Zweifel bestehen! Nun habe ich aber bemerkt, daß sich trotz ihrer offenbaren Liebe dennoch ein gewisses Mißtrauen zu Ihnen in ihr verbirgt, ja – sie mißtraut Ihren Gefühlen, Ihrer Neigung. Ich habe bemerkt, daß sie sich bisweilen wie mit Absicht bezwingt und kühl zu Ihnen ist – die Folge ihrer Nachdenklichkeit und ihres Mißtrauens. Haben Sie das nicht auch schon selbst bemerkt, Pawel Alexandrowitsch?«

»J–ja ... es ist mir aufgefallen ... und sogar heute noch ... Aber was wollen Sie damit sagen, Marja Alexandrowna?«

»Nun, sehen Sie! Sie haben es sogar selbst bemerkt! Folglich täusche ich mich nicht. Und sie mißtraut gerade der Beständigkeit Ihrer guten Neigungen. Ich bin ihre Mutter – wie sollte ich denn nicht erraten, was im Herzen meines Kindes vorgeht? Und nun stellen Sie sich vor, daß Sie, anstatt mit Vorwürfen und fast sogar Flüchen ins Zimmer zu stürzen, sie zu reizen, zu kränken, zu beleidigen, sie, die schuldlos, schön und stolz vor Ihnen steht, und sie damit unwillkürlich in diesem Argwohn bezüglich Ihrer schlechten Neigungen zu bestärken, – stellen Sie sich vor, daß Sie statt dessen diese Nachricht ruhig, mit Tränen des Bedauerns oder sogar der Verzweiflung, aber immerhin mit hohem Edelmut, der Ihren Seelenadel bezeugen würde, aufgenommen hätten . . .«

»Hm! . . .«

»Nein, unterbrechen Sie mich nicht, Pawel Alexandrowitsch. Ich will Ihnen dieses ganze Bild ausmalen, das unfehlbar Eindruck auf Sie machen wird. Stellen Sie sich vor, daß Sie hierauf zu ihr getreten wären und gesagt hätten: ‚Sinaïda! Ich liebe dich mehr als mein Leben, doch äußere Gründe trennen uns. Ich respektiere diese Gründe. Sie sollen dein Glück ausmachen, und so wage ich nicht mehr, mich gegen sie aufzulehnen. Sinaïda! Ich verzeihe dir. Sei glücklich, wenn du es kannst!' und hierauf hätten Sie sie noch einmal angesehen, mit einem Blick – mit dem Blick eines Opferlammes, wenn man sich so ausdrücken darf; stellen Sie sich das alles vor und sagen Sie sich dann, welch einen Eindruck diese Worte auf ihr Herz gemacht hätten!«

»Schön, Marja Alexandrowna, nehmen wir an, daß es sich so verhält. Ich begreife das sehr wohl . . . aber – wie denn? – ich hätte es gesagt und wäre dann doch leer abgezogen!«

»Nein, nein, nein, mein Freund! Unterbrechen Sie mich nicht! Ich will unbedingt das ganze Bild entrollen, mit allen späteren Folgen, um Sie zu überzeugen. Stellen Sie sich vor, daß Sie ihr später, nach einiger Zeit, in der höchsten Gesellschaft begegnen. Sie treffen sich irgendwo auf einem Ball, bei strahlender Beleuchtung, bei den Klängen verführerischer Musik, inmitten der schönsten Damen und – trotz des ganzen Frohsinns ringsum, sind Sie allein traurig, nachdenklich, bleich und folgen nur ihr allein mit den Blicken, an eine weiße Säule gelehnt (aber so, daß man Sie sehen kann), während sie sich im Gewühl der Gesellschaft bewegt. Sie tanzt. Die berauschenden Klänge Straußscher Walzer umschmeicheln Sie, der Esprit der höchsten Gesellschaft sprüht ringsum – Sie aber sind einsam, bleich und wie zerschlagen in Ihrer Leidenschaft! Was wird dann in Sinaïda vorgehen – denken Sie doch nur daran! Mit welchen Augen wird sie dann auf Sie sehen? ‚Und ich', wird sie denken, ‚ich konnte an diesem Menschen zweifeln, an ihm, der mir alles, alles geopfert und sein Herz um meinetwillen zerrissen hat!' Oh, glauben Sie mir: die frühere Liebe würde dann mit unwiderstehlicher Gewalt in ihr auferstehen!«

Marja Alexandrowna machte eine kleine Pause, um Atem zu schöpfen. Mosgljakoff rückte so nachdrücklich auf seinem Stuhl, daß dieser zum zweiten Mal in den Fugen knarrte. Marja Alexandrowna fuhr fort.

»Zur Pflege der Gesundheit des Fürsten reist Sina mit ihm ins Ausland, nach Italien, nach Spanien, – nach Spanien, wo Myrten und Zitronen blühen, wo der Himmel blau ist, wo der Guadalquivir rauscht, – in das Land der Liebe, in dem man nicht leben kann, ohne zu lieben, wo Rosen und Küsse sozusagen in der Luft schweben! Und Sie fahren gleichfalls dorthin, ihr nach. Sie opfern Ihre Karriere, Ihre Verbindungen, alles! Dort beginnt Ihre Liebe mit unbezwingbarer Leidenschaft. Liebe, Jugend, Spanien – mein Gott! Versteht sich: Ihre Liebe ist lauter, ist heilig, aber schließlich wird der gegenseitige Anblick Sie doch beide quälen. Sie verstehen mich, mon ami! Natürlich werden sich niedrige, boshafte Menschen finden, Abscheuliche, die da behaupten werden, daß durchaus nicht nur die verwandtschaftliche Zuneigung zu dem leidenden alten Mann Sie dorthin gelockt habe. Ich aber habe Ihre Liebe mit Absicht lauter genannt, eben weil diese Leute ihr einen ganz anderen Sinn unterschieben werden. Aber ich bin Mutter, Pawel Alexandrowitsch, – sollte *ich* Sie Schlechtes lehren? . . . Freilich wird der Fürst nicht imstande sein, Sie beide zu beaufsichtigen, aber – was hat das zu sagen! Kann man denn nur auf Grund dessen gleich einer so schändlichen Verleumdung glauben? Und eines Tages wird er sterben und sterbend noch seinen Lebensabend segnen. Jetzt sagen Sie: wen sollte Sina dann heiraten, wenn nicht Sie? Sie sind mit dem Fürsten ja nur sehr weitläufig verwandt, folglich kann gesetzlich gegen diese Verbindung nichts einzuwenden sein. Sie heiraten sie, die junge, reiche, schöne, vornehme Fürstin – und das in einer Zeit, wo die vornehmsten und reichsten Aristokraten es sich zur Ehre anrechnen würden, sich mit ihr verloben zu dürfen! Durch Ihre Frau kommen Sie dann in die höchsten Kreise, durch Ihre Frau werden Sie plötzlich eine bedeutende Stellung erhalten, Titel, Orden! Jetzt haben Sie nur hundertundfünfzig Leibeigene, dann aber werden Sie reich sein. Der Fürst wird in seinem Testament alles vorsehen; dafür werde ich schon Sorge tragen. Und dann, die Hauptsache: sie wird sich endgültig von der Treue Ihres Herzens, von Ihren Gefühlen überzeugt haben, und Sie werden ihr plötzlich als Held des Edelmutes und der Selbstverleugnung erscheinen! . . . Und Sie, Sie fragen noch, worin denn hierbei Ihr Vorteil bestehe? Aber da müßte man ja blind sein, um diesen Vorteil nicht einzusehen, nicht zu verstehen, nicht zu begreifen – wenn sie zwei Schritte vor Ihnen steht, Sie ansieht, Ihnen zulächelt und selbst sagt: ‚Das bin ich – dein Vorteil!' Aber Pawel Alexandrowitsch, ich bitte Sie!«

»Marja Alexandrowna!« – Mosgljakoff befand sich in unbeschreiblicher Aufregung. »Jetzt habe ich alles begriffen! Ich habe roh, niedrig, schändlich an ihr gehandelt!«

Er sprang auf und raufte sich das Haar.

»Und unüberlegt«, fügte Marja Alexandrowna hinzu, »vor allen Dingen unüberlegt!«

»Ich war ein Esel, Marja Alexandrowna!« rief er verzweifelt aus. »Jetzt ist alles verloren, denn ich liebe sie bis zum Wahnsinn!«

»Vielleicht ist noch nicht alles verloren«, sagte Frau Moskalewa halblaut vor sich hin, als überlege sie etwas.

»Oh, wenn das wahr wäre! Helfen Sie mir! Raten Sie mir! Retten Sie mich!«

Und Mosgljakoff brach in Tränen aus.

»Mein Freund!« sagte Marja Alexandrowna mitleidig und reichte ihm die Hand, »Sie haben es aus übergroßer Heftigkeit getan, in aufbrausender Leidenschaft, folglich nur aus Liebe zu ihr! Sie waren in Verzweiflung, Sie waren außer sich! Das wird sie doch einsehen müssen ...«

»Ich liebe sie bis zum Wahnsinn und bin bereit, alles für sie hinzugeben!«

»Hören Sie mich an: ich werde Sie zu rechtfertigen versuchen ...«

»Marja Alexandrowna!«

»Ja, ich übernehme es! Ich werde Sie mit ihr zusammenführen. Und Sie werden ihr dann alles so erklären, wie ich es Ihnen soeben erklärt habe!«

»O Gott! Wie gut Sie sind, Marja Alexandrowna! ... Nur ... könnte man das nicht sofort machen!?«

»Gott behüte! Oh, wie unerfahren Sie noch sind, mein Freund! Sie ist so stolz! Sie würde es für eine neue Beleidigung halten, für eine Frechheit! Morgen werde ich alles arrangieren, jetzt aber – jetzt gehen Sie irgendwohin fort, am besten zu diesem Kaufmann ... am Abend können Sie vielleicht wiederkommen, aber selbst das würde ich Ihnen nicht raten!«

»Ich gehe, ich gehe! Mein Gott! Sie erretten mich! Nur noch eine Frage: wenn nun aber der Fürst nicht so bald stirbt?«

»Ach, mein Gott, wie naiv Sie sind, mon cher Paul! Im Gegenteil, wir müssen zu Gott beten, daß er ihm Gesundheit schenke. Man muß diesem lieben, guten, diesem ritterlichen alten Herrn von ganzem Herzen ein verhältnismäßig langes Leben wünschen! Ich werde unter Tränen Tag und Nacht Gott um das Glück meiner Tochter bitten. Doch leider, leider! – ich glaube, die Gesundheit des Fürsten ist nicht allzu zuverlässig! Zudem wird er jetzt in die Residenz fahren und zunächst Sina in die Gesellschaft einführen müssen! Ich fürchte, oh, ich fürchte sehr, daß ihm diese Anstrengungen noch den letzten Gnadenstoß geben werden! Aber wir wollen beten, cher Paul, und das übrige steht in Gottes Hand! ... Sie gehen schon? Ich segne Sie, mon ami! Hoffen Sie, gedulden Sie sich, fassen Sie Mut, und vor allen Dingen – seien Sie ein ganzer Mann! Ich habe nie an dem Adel Ihrer Gefühle gezweifelt ...«

Sie drückte ihm fest die Hand, und Mosgljakoff schlich sich auf den Fußspitzen aus dem Zimmer.

‚So, dieser Dummkopf wäre abgetan!' dachte sie triumphierend. ‚Jetzt kommen die anderen an die Reihe ...'

Die Tür ging auf und Sina trat ein. Sie war noch blasser als zuvor. Ihre Augen blitzten.

»Mama«, sagte sie, »entweder machen Sie jetzt Schluß, oder ich ertrage es nicht mehr! Es ist dermaßen schmutzig und ekelhaft, daß ich aus dem Hause laufen möchte! Weshalb quälen Sie mich so, weshalb reizen Sie mich? Mir wird übel, hören Sie: mir wird übel von diesem ganzen Schmutz!«

»Sina! Was hast du nur, mein Engel? Du ... du hast gelauscht!« rief Marja Alexandrowna aus und sah ängstlich forschend Sina an.

»Ja, ich habe gelauscht. Wollen Sie mich deswegen vielleicht auch so beschämen wie jenen Dummkopf? – Ich schwöre Ihnen: wenn Sie mich noch lange so quälen und mir in dieser verächtlichen Komödie so schändliche Rollen zuweisen, so werfe ich alles hin und mache einfach ein Ende damit! Es ist genug, daß ich in die Hauptsache eingewilligt, daß ich mich zu dieser allergrößten Schändlichkeit bereit erklärt habe! Aber ... ich kannte mich noch nicht! Ich ersticke in diesem Schmutz! ...«

Sie lief aus dem Zimmer und schlug die Tür hinter sich zu.

Marja Alexandrowna blickte ihr aufmerksam nach und wurde nachdenklich.

,Ich muß mich beeilen!' murmelte sie, sich besinnend. ,Sina ist die größte Gefahr, und wenn alle diese Schurken uns nicht allein lassen und die Nachricht noch in der ganzen Stadt verbreiten – was sie bestimmt schon getan haben –, so ist alles verloren! Sie würde diesem ganzen Skandal nicht standhalten und sich zurückziehen. Man muß den Fürsten unbedingt zu uns aufs Gut bringen – was es auch koste! Ich werde sofort hinfahren und zuerst meinen Esel herschleppen. Zu irgend etwas muß er sich doch schließlich verwenden lassen! ... Und dort wird sich der Alte ausschlafen und dann ... – also: fahren wir!'

Sie klingelte.

»Nun, ist der Schlitten vorgefahren?« fragte sie den eingetretenen Diener.

»Schon längst bereit!« antwortete dieser.

Den Schlitten hatte sie bestellt, nachdem sie den Fürsten nach oben ins Fremdenzimmer geleitet hatte.

Sie kleidete sich an und eilte noch auf einen Augenblick zu Sina, um dieser in den Hauptzügen ihren Entschluß mitzuteilen, und ihr, wenn möglich, auch noch einzuschärfen, wie sie sich zu verhalten habe. Doch Sina wollte sie nicht mehr anhören; sie lag auf ihrem Bett und hatte das Gesicht in die Kissen gepreßt. Sie weinte verzweifelt. Ihre wundervollen Hände hatte sie in ihre langen dunklen Haare gekrallt, von denen sich alabasterweiß ihre bis zum Ellbogen entblößten Arme abhoben. Zuweilen zuckte sie zusammen, wie wenn plötzlich ein Frostschauer durch alle ihre Glieder liefe. Marja Alexandrowna begann zwar zu sprechen, aber Sina erhob nicht einmal den Kopf.

Nachdem sie so eine Weile vor ihr gestanden hatte, ging sie besorgt hinaus und befahl dem Kutscher, um die Zeit wieder einzuholen, in gestrecktem Galopp zu jagen.

‚Das Schlimmste ist, daß Sina gelauscht hat!' dachte sie, als sie in ihrem bequemen Verdeckschlitten saß, der auf dem Wege zu ihrem Gut dahinflog. ‚Ich habe Mosgljakoff fast mit denselben Worten überredet wie sie. Sie ist stolz und wird sich vielleicht beleidigt fühlen . . . Hm. Aber die Hauptsache, die Hauptsache ist doch, daß alles schon erledigt ist, bevor die anderen davon Wind bekommen! Doch wehe, wenn mein Esel jetzt zum Unglück nicht zu Hause sein sollte!' . . .

Bei diesem Gedanken wurde sie von geradezu rasender Wut erfaßt – von einer Wut, die Afanássij Matwéjewitsch nichts Gutes verhieß. Sie konnte keinen Augenblick ruhig sitzen, während der Schlitten mit Windeseile dem Reiseziel entgegenflog.

X

Die Pferde jagten dahin. Wir haben bereits gesagt, daß ein genialer Gedanke Marja Alexandrowna am Vormittag – als sie dem Fürsten nachfuhr, um ihn wieder einzufangen – beglückt hatte. Dieser Gedanke war: den Fürsten zu beschlagnahmen und so bald wie möglich auf ihr in der Nähe der Stadt gelegenes Gut zu bringen, wo augenblicklich nur Afanassij Matwejewitsch sorglos und ungestört in vollkommenster Zufriedenheit gedieh. Wir wollen es nicht verheimlichen, daß Marja Alexandrowna immer stärker von einer unerklärlichen Unruhe gepeinigt wurde. Das pflegt ja sogar mit wirklichen Helden zu geschehen und gerade in der Zeit, wenn sie ihr Ziel erreichen oder sich ihm schon nähern. Ein gewisser Instinkt sagte ihr, daß es gefährlich war, in Mordassoff zu bleiben. ‚Ist man aber erst auf dem Land', dachte sie, ‚dann kann sich meinetwegen die ganze Stadt auf den Kopf stellen!' Selbstverständlich durfte man auch auf dem Lande keine Zeit verlieren. Es konnte ja alles Mögliche dazwischenkommen, alles Mögliche – wenn wir auch dem Gerücht, das von den Feinden meiner Heldin späterhin über sie verbreitet wurde, keinen Glauben schenken: daß sie in diesem Augenblick sogar ein Eingreifen der Polizei gefürchtet habe. Kurz, sie sah ein, daß Sina so bald wie möglich mit dem Fürsten getraut werden mußte. Die Möglichkeit dazu hatte sie zur Hand. Dort auf dem Gut konnte der Dorfgeistliche sie trauen. Die Trauung konnte gleich übermorgen stattfinden, im äußersten Notfall sogar schon morgen. Hatte es doch Trauungen gegeben, die binnen zwei Stunden vollzogen worden waren! Dem Fürsten mußte man diese Eile und den Fortfall aller Zeremonien und Festlichkeiten, wie Verlobung und Polterabend, als das neueste comme il faut hinstellen: man mußte ihm einreden, daß es so viel anständiger, viel großzügiger wäre. Ja, schließlich konnte man ihm das Ganze als romantisches Abenteuer schildern und somit die empfindsamste Saite im Herzen des alten Mannes zum Klingen bringen. Und schlimmstenfalls konnte man ihn sogar mit Alkohol benebeln oder – noch besser – ihn während der ganzen Zeit betrunken sein lassen. Was später auch geschähe, Sina würde dann immerhin schon Fürstin sein! Und falls es nicht ohne einen Skandal abgehen sollte, in Petersburg oder Moskau zum Beispiel, wo die Verwandten des Fürsten lebten, so gab es auch hierfür einen Trost: erstens war das noch weit im Felde und zweitens war Marja Alexandrowna überzeugt, daß es in der höheren Gesellschaft fast immer einen Skandal geben müsse, namentlich in Heiratsangelegenheiten, daß dieses sogar zum guten Ton gehöre, wenn auch derlei Skandale der hohen Gesellschaft ihrer Meinung nach immer gewissermaßen ganz besondere zu sein pflegten – etwa in der Art der Skandale eines Monte-Christo oder der Mémoires du Diable –, daß aber ihre Sina nur zu erscheinen brauche, unterstützt von ihrer Mama, um im Augenblick alle und alles zu besiegen, und daß dann keine einzige von allen Gräfinnen und Fürstinnen dieser Mordassower Kopfwäsche würde standhalten können, die nur Marja Alexandrowna allen gemeinsam oder auch einzeln der Reihe nach zu verabfolgen schon verstehen werde. Die Folge dieser Überlegungen war, daß Marja Alexandrowna jetzt mit Windeseile auf ihr Gut fuhr, um Afanassij Matwejewitsch abzuholen, dessen sie ihrer Berechnung nach sehr bedurfte. In der Tat: den Fürsten aufs Gut zu bringen, das hieß ihn zu Afanassij Matwejewitsch zu bringen, dessen Bekanntschaft der Fürst vielleicht durchaus nicht machen wollte, das war bedenklich. Wenn ihn aber Afanassij Matwejewitsch persönlich einlud, so war das eben etwas ganz Anderes. Zudem konnte das Erscheinen eines bejahrten, würdigen Familienvaters, in Frack und weißer Halsbinde, den Hut in der Hand, einen sehr guten Eindruck machen; und wenn man noch hinzufügte, daß er einzig auf die erste Kunde von der Ankunft des Fürsten aus der Ferne herbeigeeilt sei, so konnte das der Eigenliebe des Fürsten nur schmeicheln. Nach einer so umständlichen Galaeinladung wäre es auch schwer, abzusagen, dachte Marja Alexandrowna.

Endlich hatten die Pferde die drei Werst zurückgelegt, und der Kutscher Ssofrón zügelte sie an der Vorfahrt des langgestreckten, einstöckigen, hölzernen Gutsgebäudes, das mit seiner langen Fensterreihe und den alten Linden, die es umstanden, schon ziemlich baufällig aussah und mit der Zeit dunkelgrau geworden war. Das war Marja Alexandrownas Sommerresidenz. Im Hause brannte bereits Licht.

»Wo ist der Tölpel?« rief Marja Alexandrowna, die wie ein Sturm durch die Zimmer fegte. »Weshalb liegt hier dieses Handtuch? Ach! Er hat sich abgetrocknet! War er wieder im Dampfbad? Und ewig schlürft er seinen Tee! Was glotzt du mich an, du hoffnungsloser Dummkopf! Weshalb ist sein Haar nicht geschnitten? Grischka! Grischka! Grischka! Weshalb hast du dem Herrn nicht das Haar so geschnitten, wie ich es dir in der vorigen Woche anbefohlen habe?«

Marja Alexandrowna hatte anfangs die Absicht gehabt, ihren Gemahl viel freundlicher zu begrüßen; als sie jedoch sah, daß er soeben aus dem Bad kam und stillvergnügt wieder seinen Tee trank, da konnte sie ihren Zorn nicht mehr meistern. In der Tat: soviel Mühen und Sorgen ihrerseits und soviel seliger Quietismus von seiten des zu nichts tauglichen, vollständig überflüssigen Afanassij Matwejewitsch, dieser Kontrast traf sie mitten ins Herz. Inzwischen saß der Tölpel, oder höflicher: derjenige, der Tölpel genannt wurde, in sprachlosem Schreck vor seinem Ssamowár, sperrte die Augen auf und starrte seine Frau an, deren Erscheinen ihn fast zu einem Götzenbild gemacht hatte. In der Tür zum Vorzimmer erschien die vierschrötige Gestalt Grischkas, der beständig etwas verschlafen zu sein schien und der sich auch jetzt nur augenblinzelnd die Szene ansah.

»Ja, sie lassen doch nicht, deshalb hab' ich auch nicht geschnitten«, sagte er mürrisch mit seiner klanglosen Stimme. »Zehnmal bin ich mit der Schere gekommen – ‚Nun, Euer Gnaden', sagte ich, ‚die Gnädige wird kommen und dann wird sie uns beiden was setzen, wenn wir nicht geschoren sind, was sollen wir dann machen? Sie aber sagten: Nein, wart, ich werde mir Sonntag Locken einlegen und dazu brauche ich lange Haare.'«

»Was? Er legt sich Locken! Also hast du dir ausgedacht, dir Locken einzulegen? Was sind denn das für Marotten? Und wie steht denn das zu deinem dummen Kopf? Gott, was das hier für eine Unordnung ist! Wonach riecht es hier? Ich frage dich, Monstrum, wonach es hier riecht?« schrie Marja Alexandrowna, die über den unschuldigen und zu Tode erschrockenen Afanassij Matwejewitsch in immer größere Wut geriet.

»Mü ... mütterchen!« stotterte schließlich der angstvolle Gatte, ohne sich vom Stuhl zu erheben und nur mit einem flehenden Blick auf die Gestrenge, »Mü ... mütterchen! ...«

»Wievielmal habe ich dir gesagt, habe ich deinem Eselskopf eingebläut, daß ich für dich durchaus kein Mütterchen bin! Was bin ich dir denn für ein Mütterchen, du Dummkopf! Wie darfst du es wagen, eine vornehme Dame, deren Platz in der höchsten Gesellschaft, aber nicht neben einem Esel wie du wäre, so anzureden!«

»Ja ... ja, aber du bist doch ... bist doch meine gesetzmäßige Frau ... und deshalb sage ich auch ... wie es unter Eheleuten ... Sitte ist ...«, versuchte sich Afanassij Matwejewitsch zwar zu verteidigen, hob aber gleichzeitig beide Hände zum Kopf empor, um seine Haare zu schützen.

»Ach, du – Fratze! Du Popanz! Hat man jemals eine dümmere Antwort gehört? Gesetzmäßige Frau! Was gibt es denn jetzt noch für gesetzmäßige Frauen? Wer in aller Welt oder in der besseren Gesellschaft gebraucht jetzt noch dieses dumme, dieses seminaristische, dieses ekelhaft gemeine Wort: ‚gesetzmäßige Frau'? – und wie wagst du es überhaupt, mich daran zu erinnern, daß ich deine Frau bin, wenn ich mich aus allen Kräften, aus ganzer Seele gerade dieses Eine wieder zu vergessen bemühe? Was hältst du deinen Kopf fest? Da sehe doch einer, was für Haare er hat! Sie sind ja total, total naß! Die werden ja in drei Stunden nicht trocken werden! Wie soll man jetzt mit ihm hinfahren? Wie soll man ihn fremden Menschen zeigen? Was soll ich jetzt mit ihm anfangen?«

Marja Alexandrowna rang die Hände vor Verzweiflung, während sie im Zimmer auf und ab raste. Das Unglück war zwar nicht so groß und ließ sich ja leicht wieder gutmachen, nur konnte die Dame ihren herrschsüchtigen, rechthaberischen Geist nicht immer bändigen. Und so war es ihr denn zum Bedürfnis geworden, ihren Zorn stets über dem Haupte des armen Afanassij Matwejewitsch auszugießen, – denn Tyrannei ist eine Angewohnheit, die zum Bedürfnis wird. Und dann – wir wissen doch, zu welchen Ausbrüchen manche zartfühlenden Damen einer gewissen Gesellschaftsklasse bei sich zu Hause, hinter den Kulissen, fähig sind – und gerade diesen Kontrast wollte ich hier nicht übergehen.

Afanassij Matwejewitsch verfolgte zitternd die Evolutionen seiner Gattin und schwitzte sogar vor Angst.

»Grischka!« rief sie. »Kleide den Herrn sofort an! Frack, Beinkleider, weiße Halsbinde, Weste – schneller! Wo ist denn seine Kopfbürste, wo ist seine Kopfbürste?«

»Mütterchen! Aber ich bin doch soeben aus dem Dampfbad gekommen, – ich kann mich doch erkälten ... erkälten, wenn ich bei diesem Wetter ausfahre ...«

»Keine Bange, wirst dich nicht erkälten!«

»Aber ... mein Haar ist doch ganz naß ...«

»Das werden wir im Augenblick trocken machen! Grischka, nimm die Kopfbürste, bürst ihn trocken! Stärker! stärker! stärker! So! So ist's recht!«

Unter diesem Kommando bürstete der eifrige und ergebene Grischka aus Leibeskräften den Kopf seines Herrn, den er der größeren Bequemlichkeit halber an der Schulter erfaßt hatte und von rückwärts striegelte, ungeachtet dessen, daß er die Nase seines Opfers fast an den Tischrand stieß. Afanassij Matwejewitsch zog das Gesicht kraus und war nahe daran zu weinen.

»Jetzt komm her! Heb ihn auf, Grischka! Wo ist die Pomade? Beuge dich, beug dich, Nichtsnutz, beug dich, sag ich dir!«

Und Marja Alexandrowna machte sich daran, eigenhändig ihren Gemahl zu salben, während sie ihn unbarmherzig an seinem dichten, grauuntermischten Haarschopf zog, den er zum Unglück nicht vorschriftsmäßig hatte kurz schneiden lassen. Afanassij Matwejewitsch seufzte und prustete, schrie aber doch kein einziges Mal, sondern ertrug ergeben die ganze gewaltsame Einsalbung.

»Alle meine Kräfte hast du mir ausgesogen, du Schmutzfink!« rief Marja Alexandrowna. »So beug dich doch tiefer, beug dich! – hast du verstanden?«

»Wieso habe ich denn deine Kräfte ausgesogen, Mütterchen?« fragte der Gatte zaghaft und beugte den Kopf so tief wie nur möglich.

»Tölpel! Kannst du nicht einmal eine Allegorie verstehen! Jetzt kämm dich! ... Und jetzt den Rock ihm angezogen! Aber schnell!«

Unsere Heldin setzte sich in einen Fauteuil und beaufsichtigte mit inquisitorischem Blick das ganze Zeremoniell der

Bekleidung ihres Gatten. Dieser hatte sich inzwischen ein wenig erholt und etwas Mut geschöpft. Als es zum Binden der weißen Krawatte kam, wagte er sogar, eine persönliche Bemerkung über die Form und Schönheit des Knotens zu äußern. Und als er zu guter Letzt noch seinen Frack angezogen hatte, war er vollkommen ermutigt und betrachtete sein Spiegelbild sogar mit einer gewissen Ehrfurcht.

»Wohin bringst du mich denn, Marja Alexandowna?« fragte er selbstgefällig.

Seine Gemahlin traute ihren Ohren nicht.

»Da höre doch einer! Ach, du Vogelscheuche! Wie wagst du überhaupt, mich zu fragen, wohin ich dich bringe?«

»Aber Mütterchen, man muß doch wissen ...«

»Schweig! Und wag es nur noch einmal, mich Mütterchen zu nennen, namentlich dort, wohin wir jetzt fahren! Einen ganzen Monat bleibst du mir dann ohne einen Tropfen Tee!«

Erschrocken verstummte der Gemahl.

»Schau nur, nicht einen einzigen Orden hat er sich verdient, dieser Taugenichts!« sagte sie mit verächtlichem Blick auf seinen schwarzen Frack.

Da fühlte sich Afanassij Matwejewitsch denn doch gekränkt.

»Orden, Mütterchen, verleihen die höchsten Vorgesetzten, und ich bin Rat, aber kein Taugenichts!« sagte er mit edlem Unwillen.

»Was, was, was? Hast du hier etwa zu denken gelernt? Ach, du Bauer! Schade, daß ich jetzt keine Zeit habe, mich mit dir abzugeben, sonst würde ich ... Nun, davon später, ich werd's nicht vergessen! Jetzt reich ihm den Hut, Grischka! Bring den Pelz! ... In meiner Abwesenheit sind hier diese drei Zimmer aufzuräumen. Und auch das grüne, das Eckzimmer, gleichfalls aufräumen! Im Augenblick! Von den Spiegeln die Bezüge abnehmen! von der Uhr gleichfalls! Und sieh zu, daß alles in einer Stunde fertig ist. Und du selbst zieh dir den Frack an, und den Dienstboten gib weiße

Handschuhe heraus, hörst du wohl, Grischka, hörst du?«

Sie setzten sich in den Schlitten und fuhren. Afanassij Matwejewitsch wunderte sich und Marja Alexandrowna überlegte im stillen, wie sie dem schwerfälligen Kopf ihres Gatten gewisse Verhaltungsmaßregeln möglichst klar, einfach und verständlich einschärfen könnte. Doch ihr Gatte kam ihr zuvor.

»Ach so, was ich eigentlich sagen wollte ... ich habe heute einen sehr originellen Traum gehabt«, meldete er plötzlich mitten im beiderseitigen Schweigen.

»Ach, du verwünschte Vogelscheuche! Und ich glaubte schon, daß jetzt weiß Gott was kommen werde! Sein Traum! Wie wagst du es überhaupt, mir mit deinen Träumen zu kommen? Origineller Traum! Weißt du denn überhaupt, was originell bedeutet? Höre, ich sage dir jetzt zum letzten Mal: wenn du heute wagst, auch nur ein Wort von deinem Traum zu sagen, oder gleichviel wovon, so werde ich – ich weiß nicht was mit dir tun! Paß jetzt auf: Fürst K. ist zu mir gekommen. Entsinnst du dich noch des Fürsten K.? ...«

»Entsinne mich, Mütterchen, entsinne mich. Weshalb ist er denn zu dir gekommen?«

»Schweig! – das geht dich nichts an! Du mußt als Hausherr ihn mit besonderer Liebenswürdigkeit sofort auf unser Gut einladen. Deshalb bringe ich dich auch hin. Und heute noch werden wir dort fortfahren. Wenn du aber wagst, heute, diesen ganzen Abend, oder morgen, oder übermorgen oder gleichviel wann, auch nur ein einziges Wort zu sprechen, so werde ich dich ein ganzes Jahr lang – Gänse werde ich dich hüten lassen! Sprich überhaupt nicht, sprich kein einziges Wort. Und das ist alles, was du zu tun hast. – Hast du verstanden?«

»Aber ... wenn man mich etwas fragt?«

»Gleichviel: schweige!«

»Aber ... das geht doch nicht, daß ich nicht antworte, Marja Alexandrowna!«

»In diesem Fall sag etwas ganz Kurzes, Einsilbiges, zum

Beispiel: ‚Hm!‘ oder etwas in der Art, gewissermaßen um zu zeigen, daß du ein kluger Mensch bist und reiflich überlegst, bevor du antwortest.«

»Hm!«

»Versteh mich doch! Ich bringe dich hin und werde sagen, daß du auf die Nachricht von der Ankunft des Fürsten, vor Freude über seinen Besuch, sofort zur Stadt geeilt bist, um ihm deine Aufwartung zu machen und ihn zu uns aufs Gut einzuladen. Hast du verstanden?«

»Hm!«

»Aber du sollst doch nicht jetzt schon ‚hm!‘ sagen, Esel! Antworte auf das, was ich dich frage!«

»Gut, Mütterchen, es soll alles geschehen, wie du willst, nur – weshalb soll ich denn den Fürsten einladen?«

»Was, was? Wieder willst du denken? Was geht das dich an, weshalb! Und wie wagst du überhaupt das zu fragen?«

»Ich meine ja nur, Marja Alexandrowna: wie soll ich ihn denn einladen, wenn du mir fortwährend zu schweigen befiehlst?«

»Ich werde für dich reden, du aber mach nur deine Verbeugung – hörst du? – mach nur deine Verbeugung und behalte den Hut in der Hand. Hast du mich verstanden?«

»Jawohl, Mütt . . . Marja Alexandrowna.«

»Der Fürst ist sehr geistreich. Wenn er etwas sagt, und selbst wenn es nicht an dich gerichtet ist, so antworte auf alles nur mit einem gutmütigen und heiteren Lächeln, – hörst du?«

»Hm!«

»Wieder! Mir hast du nicht mit ‚hm!‘ zu antworten! Sage einfach und offen: hast du gehört oder nicht?«

»Ich höre, Marja Alexandrowna, ich höre, wie sollte ich denn nicht hören. Das ‚hm!‘ sage ich nur, weil ich mich im Hm-Sagen übe, wie du es befohlen hast. Aber ich meine nur, Mütterchen, wie wird denn das sein: wenn der Fürst etwas sagt und ich ihn, wie du befiehlst, nur ansehe und lächle! Aber wenn er mich nun etwas fragt?«

»Gott! – bis der etwas begriffen hat! Ich habe dir doch gesagt: schweige! Ich werde für dich antworten, du aber sieh ihn nur an und lächle.«

»Aber ... dann kann er ja denken, daß ich stumm sei!«

»Großes Unglück! Mag er doch, dafür wird er *nicht* merken, daß du *dumm* bist.«

»Hm! ... Nun, aber wenn mich andere etwas fragen?«

»Niemand wird dich etwas fragen, es wird niemand zugegen sein. Und falls dennoch jemand kommen sollte – wovor Gott uns bewahre! – und dich etwas fragt oder überhaupt etwas sagt, so antworte sofort mit einem sarkastischen Lächeln. Weißt du, was das ist – ein sarkastisches Lächeln?«

»Das ist doch ein geistvolles, nicht?«

»Ich werde dir – geistvolles! Wer wird denn von dir Esel ein geistvolles Lächeln verlangen! Einfach ein spöttisches Lächeln, ein spöttisch-verächtliches.«

»Hm!«

‚Weiß Gott, wie das noch werden wird!' dachte Marja Alexandrowna, innerlich seufzend. ‚Er hat sich entschieden geschworen, mich zur Verzweiflung zu bringen! Ich glaube fast, es wäre besser, ihn überhaupt nicht hinzubringen!'

Während dieses Gedankenganges, dem sorgenvolle Unruhe und bittere Selbstvorwürfe folgten, beugte sich Marja Alexandrowna beständig zum Fenster ihres Verdeckschlittens hinaus und trieb den Kutscher zu noch größerer Eile an. Die Pferde jagten dahin, ihr aber schien es immer noch zu langsam vorwärts zu gehen. Afanassij Matwejewitsch saß schweigend in seiner Ecke und wiederholte in Gedanken die ihm erteilten Lektionen. Endlich erreichten sie die Stadt und bald darauf hielten sie vor dem Hause Marja Alexandrownas.

Kaum aber war unsere Heldin ausgestiegen, als sie auch schon einen zweisitzigen, verdeckten Schlitten mit dampfenden Pferden erblickte, der plötzlich gleichfalls vor ihrem Hause hielt. Das war das Gefährt, in dem Anna Nikolajewna Antipowa ausfuhr. Im Schlitten saßen zwei Damen.

Die eine war Anna Nikolajewna und die andere Natalja Dmitrijewna, – seit einiger Zeit die aufrichtigste Freundin und Anhängerin der andern.

Marja Alexandrownas Herzschlag setzte aus. Aber noch hatte sie keinen Schrei ausgestoßen, als schon eine zweite Kutsche vorfuhr, in der sich offenbar gleichfalls Gäste befanden. Im Augenblick ertönten denn auch freudige Begrüßungsworte.

»Marja Alexandrowna! Und zusammen mit Afanassij Matwejewitsch! Woher kommen Sie denn? Und gerade rechtzeitig, denn wir wollen doch zu Ihnen! Für den ganzen Abend! Welche Überraschung!«

Die Damen hüpften auf die Treppe und zwitscherten wie Schwalben durcheinander. Marja Alexandrowna traute ihren Augen und Ohren nicht.

‚Daß euch der . . .!' dachte sie bei sich. ‚Das sieht mir ganz nach einer Verschwörung aus! Das muß man sofort untersuchen! Nur . . . werden solche Elstern wie ihr mich nicht überlisten . . . Wartet bloß! . . .'

XI

Mosgljakoff hatte Marja Alexandrowna anscheinend vollkommen beruhigt verlassen. Es war ihr gelungen, ihn restlos für ihren Plan zu gewinnen. Einstweilen aber ging er doch nicht zu Borodujeff, denn es verlangte ihn nach Einsamkeit. Eine Woge romantischer und heroischer Träume, die ihn plötzlich überkam, ließ ihn nicht zur Ruhe kommen. Er träumte von der feierlichen Aussprache mit Sina, von den edlen Tränen seines alles verzeihenden Herzens, sah sich bleich und verzweifelt auf dem glänzenden Petersburger Ball, dachte an Spanien, an den Guadalquivir, an seine Liebe und den sterbenden Fürsten, der noch vor seinem letzten Atemzuge ihrer beider Hände vereinigte. Hierauf dachte er an seine wunderschöne Frau, die ihm treu ergeben ist und ihn ständig ob seines Heldenmutes und seiner erhabenen Gefühle bewundert; dachte nebenbei – so im stillen – an die Aufmerksamkeit irgendeiner Gräfin aus der „höchsten Gesellschaft", in welche Gesellschaft er durch die Heirat mit Sina, der Witwe des Fürsten K., unfehlbar hineingelangen würde; ferner an den Posten eines Vizegouverneurs, an das viele Geld ... Mit einem Wort: alles was Marja Alexandrowna so beredt ausgemalt hatte, zog noch einmal durch seine selbstzufriedene Seele, beglückend und verlockend und vor allem seiner Eitelkeit schmeichelnd. Doch siehe – und ich weiß wirklich nicht, wie ich das eigentlich erklären soll – als er von dieser ganzen Begeisterung bereits müde zu werden begann, kam ihm plötzlich ein äußerst unangenehmer Gedanke: daß nämlich all das bestenfalls in der Zukunft so sein werde, daß er vorläufig aber trotz allem mit einer überlangen Nase sitzen blieb. Als ihm dieser Gedanke kam, bemerkte er auf einmal, daß er sehr weit gegangen war und sich in einer einsamen, ihm völlig unbekannten Vorstadt Mordassoffs befand. Es dunkelte. In den Straßen, an denen gleichsam in die Erde hineingewachsene Häuschen standen, begannen wie toll die Hunde zu bellen, die sich, wie gewöhnlich in Provinzstädten, gerade in jenen Stadtteilen, erschreckend vermehren, wo es nichts zu bewachen und nichts zu stehlen gibt. Es begann zu schneien. Nasse, schwere Flokken fielen. Selten nur begegnete ihm ein verspäteter Kleinbürger oder ein Weib in einem Schafspelz und in Männerstiefeln. Alles das ärgerte ihn mit einemmal – ein sehr schlechtes Zeichen, da uns bei einer günstigen Wendung der Dinge im Gegenteil alles in einem freundlichen, rosigen Licht zu erscheinen pflegt. Pawel Alexandrowitsch dachte unwillkürlich daran, daß er bis jetzt in Mordassoff den Ton angegeben hatte; er hörte es sehr gern, wenn man ihm in jedem Hause andeutete, daß er Heiratskandidat sei, und wenn man ihm zu dieser Würde gratulierte. Er war sogar richtig stolz darauf, Heiratskandidat zu sein. Und nun sollte er plötzlich als – Verschmähter dastehen? Man wird ihn ja auslachen! Und in der Tat, er kann doch nicht alle eines anderen belehren, er kann doch nicht einem jeden von den Petersburger Bällen in säulenverzierten Sälen und vom Guadalquivir erzählen! Während er so dies und das überlegte, sich selbst quälte und mit seinem Schicksal haderte, kam ihm schließlich etwas in den Sinn, das schon seit einiger Zeit halb unbewußt an seinem Herzen genagt hatte.

‚Aber ist denn das alles wahr? Wird es denn so in Erfüllung gehen, wie Marja Alexandrowna es ausgemalt hat?'

Gleichzeitig sagte er sich, daß Marja Alexandrowna eine äußerst schlaue Dame war und, wie sehr sie die allgemeine Achtung auch verdient haben mochte, dennoch klatschte und vom Morgen bis zum Abend log. Er sah ein, daß sie, als sie ihn »abschob«, wahrscheinlich ihre besonderen Gründe dazu gehabt hatte, und schließlich – ausmalen kann ja ein jeder. Auch an Sina dachte er, dachte an ihren letzten Blick, der eher von allem anderen als von heimlicher, leidenschaftlicher Liebe gesprochen hatte; und zum Überfluß fiel ihm da noch ein, daß er von ihr immerhin einen Korb erhalten und sie ihn einen Dummkopf genannt hatte. Bei diesem Gedanken blieb Pawel Alexandrowitsch wie angewurzelt stehen und errötete vor Scham bis zu Tränen. Da fehlte denn nur noch, daß ihm gerade in diesem Augenblick etwas Unangenehmes zustieß: er trat fehl und fiel vom erhöhten Fußsteg in einen Schneehaufen. Während er nun in dem losen, weichen Schnee herumstrampelte und sich wieder aufzurichten bemühte, stürzte die ganze Meute, die ihn seit geraumer Zeit verfolgt und angekläfft hatte, von allen Seiten auf ihn los. Der kleinste und frechste Hackenbeißer hatte sogar die Unverschämtheit, sich hinten an seinen Pelz zu hängen. Sich der Hunde erwehrend, laut schimpfend und sogar sein Schicksal verwünschend, trottete er dann mit hinten zerrissenem Mantelsaum bis zur nächsten Querstraße, um erst hier gewahr zu werden, daß er sich verirrt hatte. Bekanntlich kann kein Mensch, der sich in einem ihm fremden Stadtteil verirrt hat – und namentlich noch in der Nacht –, eine Straße geradeaus bis zu ihrem Ende gehen: immer wieder wird ihn eine unbekannte Macht in alle Querstraßen und Nebengassen einzubiegen zwingen. Da nun auch Mosgljakoff keine Ausnahme von der Regel machte, verirrte er sich bald endgültig.

‚Der Teufel hole alle diese hohen Ideen!‘ fluchte er im Innersten und spie aus vor Wut. ‚Und der Teufel hole euch alle samt euren edlen Gefühlen und Guadalquiviren!‘

Ich will nicht behaupten, daß Mosgljakoff in diesem Augenblick anziehend gewesen sei.

Nach zwei Stunden langte er endlich müde und abgequält vor dem Hause von Marja Alexandrowna an. Als er die vielen Kutschen vor der Tür halten sah, wunderte er sich.

‚Sind das etwa Gäste, sollte dort geladener Besuch sein?‘ fragte er sich. ‚Zu welchem Zweck gibt sie denn heute eine Abendgesellschaft?‘ Er erkundigte sich beim Diener und erfuhr, daß Marja Alexandrowna auf dem Gut gewesen und mit Afanassij Matwejewitsch – im Frack und mit weißer Halsbinde – zurückgekehrt war, und daß der Fürst zwar schon aus dem Nachmittagsschläfchen erwacht, doch noch nicht nach unten zu den Gästen herabgestiegen sei. Mosgljakoff begab sich, ohne ein Wort zu sagen, hinauf zum Fürsten. Er befand sich gerade in einer Stimmung, in der ein Mensch mit schwachem Charakter fähig ist, sich womöglich zur schmählichsten Gemeinheit zu entschließen, nur um sich zu rächen, ohne daran zu denken, daß er danach vielleicht sein ganzes Leben lang die Tat bereuen werde.

Er fand den Fürsten in einem bequemen Lehnstuhl sitzend vor seinem Reisenecessaire mit vollkommen kahlem Schädel, aber die Fliege und der Backenbart waren bereits angebracht. Seine Perücke befand sich noch in den Händen seines uralten, schon völlig ergrauten Kammerdieners und besonderen Lieblings, Iwan Pachomytschs, der sie mit tiefernster Miene nahezu ehrfürchtig bürstete.

Der Fürst, der nach dem vielen Wein noch nicht recht zu sich gekommen zu sein schien, bot einen traurigen Anblick dar: er schien ganz und gar erschlafft zu sein, blinzelte hin und wieder mit den Augen und sah Mosgljakoff an, als sähe er ihn zum erstenmal im Leben.

»Wie geht es Ihnen, Onkelchen, wie fühlen Sie sich?« erkundigte sich dieser.

»Wie ... Ach, das bist du!« Schließlich erkannte ihn der Fürst. »Ich war ein wenig eingeschlafen. Ach, Gott!« rief er plötzlich auffahrend, »ich bin ja doch ... bin ja doch ohne Pe–rücke!«

»Ach, beunruhigen Sie sich nicht, Onkelchen! Ich ... ich kann Ihnen ja helfen, wenn es Ihnen recht ist.«

»Nun sieh, da hast du jetzt mein Geheimnis erfahren! Ich habe doch ge–sagt, daß man die Tür zusperren soll. Aber, mein Freund, du mußt mir jetzt sogleich dein Eh–ren–wort geben, daß du mein Geheim–nis niemand aufdecken und kein–em Menschen sagen wirst, daß ich eine Pe–rücke trage!«

»Aber ich bitte Sie, Onkelchen! Halten Sie mich denn für einen, der einer solchen Niederträchtigkeit fähig wäre?« rief Mosgljakoff beflissen aus, da er sich beim Alten einschmeicheln wollte ... zu seinen weiteren Zwecken.

»Nun ja, nun ja! Und da ich sehe, daß du ein edler Mensch bist – mag es denn so sein, ich werde dich in Erstau–nen setzen ... und dir meine Geheimnisse auf–decken. Nun, mein Lieber, wie gefällt dir mein Schnurr–bart?«

»Vorzüglich, Onkelchen! Er ist geradezu wunderbar! Wie haben Sie ihn sich nur so lange und so tadellos erhalten können?«

»Überzeuge dich, mein Freund: er ist – fal–sch!« sagte der Fürst mit triumphierendem Blick auf Mosgljakoff.

»Ist's möglich? Nicht zu glauben! Nun, aber der Backenbart? Gestehen Sie es nur, Onkelchen, den färben Sie doch?«

»Färben? Ich färbe ihn nicht nur, er ist gleichfalls vollkommen – fal–sch!«

»Unmöglich! Nein, Onkelchen, Verzeihung, aber das glaube ich nicht! Sie wollen sich über mich lustig machen!«

»Parole d'honneur, mon ami«, beteuerte der Fürst stolz.

»Und denk dir, alle, aber auch alle lassen sich ganz wie du täuschen! Sogar Stepanída Matwéjewna glaubt es nicht, obgleich sie ihn mir doch zuweilen selbst anbringt. Aber ich bin über–zeugt, mein Lieber, daß du mein Geheimnis bewahren wirst. Gib mir dein Ehrenwort ...«

»Mein Ehrenwort, Onkelchen, ich werde es keinem verraten. Und glauben Sie denn wirklich, daß ich dazu fähig wäre?«

»Ach, mein Freund, wie ich heute in deiner Abwesenheit gefallen bin! Fe–o–fil hat mich zum zweitenmal um–geworfen!«

»Zum zweitenmal? Wann denn das?«

»Tja, wir näherten uns schon dem Kloster ...«

»Ich weiß, Onkelchen, heute morgen.«

»Nein, nein, das war erst vor zwei Stunden, nicht früher. Ich fuhr ins Kloster, er aber warf die Kutsche um. Dieser Schreck! Mein Herz steht noch still davon.«

»Aber, Onkelchen, Sie haben doch inzwischen geschlafen!«

»Nun ja, geschlafen ... dann aber fuhr ich ... wie gesagt, ich ... Also, wie gesagt, vielleicht habe ich das ... nein, wie son–derbar das ist!«

»Glauben Sie mir, Onkelchen das haben Sie nur im Traum erlebt! Sie haben hier doch die ganze Zeit seit dem Mittagessen geschlafen.«

»Wirk–lich?« – Der Fürst wurde nachdenklich. »Nun ja, vielleicht habe ich das nur im Traum erlebt. Aber, wie gesagt, ich habe alles behalten, was mir geträumt hat. Zuerst träumte mir von einem grau–envollen Büffel mit langen Hörnern, dann von einem Staatsanwalt, gleichfalls, wie mir schien, mit Hör–nern ...«

»Das war wohl Nikolai Wassiljitsch Antipoff, Onkelchen?«

»Nun ja, vielleicht war er es. Und dann träumte mir von Napo–leon Buonapartc. Weißt du, mein Lieber, mir sagen alle, daß ich Napoleon Buonaparte ungemein ähneln soll ... und im Profil soll ich ... aus–ge–sproch–en wie ein gewisser ehemaliger Papst aussehen! Was findest du, mein Lieber, habe ich Ähnlichkeit mit einem Papst?«

»Ich finde, daß Sie mehr Napoleon ähneln, Onkelchen.«

»Nun ja, das wäre en face. Wie gesagt, ich finde das auch, mein Lieber. Und ich sah ihn im Traum bereits auf der Insel sitzend, und wie gesagt, er war so ge–sprä–chig, so schlag–fertig, solch ein Witz–bold ... so daß er mich un–gemein erheitert hat.«

»Reden Sie von Napoleon?« fragte Mosgljakoff mit nachdenklichem Blick auf den Fürsten. Ihm war plötzlich ein sonderbarer Einfall gekommen, ein Einfall, über den er sich vorläufig noch nicht recht klar war.

»Nun ja, von Napoleon. Wir sprachen beide über Phi–lo–sophie. Und weißt du, mein Lieber, es tut mir sogar leid, daß die Engländer ... so streng mit ihm verfah–ren sind. Es ist ja wahr: hätte man ihn nicht an der Kette gehalten, so würde er sich wieder auf die anderen gestürzt haben. Ein toller Mensch! Aber es tut mir doch leid um ihn. Ich hätte ihn nicht so behandelt. Ich hätte ihn auf eine un–bewohnte Insel gesetzt ...«

»Weshalb denn auf eine unbewohnte?« fragte Mosgljakoff zerstreut.

»Nun, dann meinetwegen auch auf eine bewohn–te, aber auf eine, auf der nur vernünf–tige Menschen wohnen. Nun und dann hätte ich verschiedene Zerstreu–ungen für ihn arrangiert: Theater, Musik, Ballett ... und alles auf Kosten des Staates. Spazieren zu gehen hätte ich ihm natür–lich nur unter Auf–sicht erlaubt, denn sonst wäre er ja sofort wieder entschlüpft. Gewisse Pasteten soll er sehr geliebt haben. Nun, dann würde man ihm eben täglich diese Pasteten gebacken haben. Ich hätte sozusagen vä–terlich für ihn gesorgt. Er hätte es bei mir nicht schlecht gehabt ...«

Mosgljakoff hörte zerstreut dem Geschwätz des erst halberwachten Greises zu und trommelte vor Ungeduld mit den Fingern auf der Tischplatte. Er wollte das Gespräch auf die Heirat bringen. Eigentlich wußte er selbst noch nicht, weshalb er es wollte, doch ein unbezwingliches Rachegelüst kochte in seiner Brust. Plötzlich stieß der Greis einen leichten Schrei aus, einen Schrei der Überraschung.

»Ach, mon ami! Ich habe ja ganz vergessen, dir zu sagen! Denk doch, ich habe heute einen Hei–ratsantrag gemacht!«

»Einen Heiratsantrag, Onkelchen?« fragte Mosgljakoff ungemein belebt.

»Nun ja, einen Hei–ratsantrag. Pachomytsch, du gehst schon? Nun gut. C'est une charmante personne . . . Mais . . . ich will dir gestehen, mein Lieber, ich habe un–über–legt gehandelt. Jetzt sehe ich es ein. Ach, Gott im Himmel!«

»Aber erlauben Sie, Onkelchen, wann haben Sie denn das getan?«

»Wie gesagt, mein Lieber, ich weiß noch nicht einmal genau, wann. Oder sollte mir auch das nur geträumt haben? Ach, wie son–der–bar das doch ist!«

Mosgljakoff erzitterte vor Freude. Jetzt hatte er eine glänzende Idee.

»Aber wem und wann haben Sie denn den Heiratsantrag gemacht, Onkelchen?« fragte er ungeduldig.

»Der Tochter des Hauses hier, mon ami . . . cette belle personne . . . wie gesagt, ich habe vergessen, wie sie heißt. Nur, sieh mal, mon ami, ich kann doch unmöglich hei–raten! Was soll ich jetzt tun?«

»Gewiß, Sie würden sich unfehlbar zugrunde richten, wenn Sie heiraten wollten. Aber erlauben Sie eine Frage, Onkelchen: sind Sie denn auch überzeugt, daß Sie den Antrag *wirklich* gemacht haben?«

»Nun ja . . . ich bin ü–ber–zeugt.«

»Wenn es Ihnen aber nur geträumt hat, ganz wie das, daß Sie zum zweiten Mal mit der Kutsche umgefallen wären?«

»Ach, Gott! Es ist ja wahr, vielleicht hat es mir auch nur geträumt . . . Jetzt weiß ich ja gar nicht, wie ich mich dort verhal–ten soll! . . . Mon ami, auf welchem Um–weg könnte man das nun genau erfahren, ob ich bei ihr angehalten habe oder nicht? Denn sonst, bedenk doch nur, in welcher Lage ich jetzt bin!«

»Wissen Sie, Onkelchen, ich glaube, da ist überhaupt nichts zu erfahren.«

»Wieso?«

»Ich bin überzeugt, daß es Ihnen nur geträumt hat.«

»Der Meinung bin ich auch, mon ami, um so mehr, als ich oft ähn–liche Träume habe.«

»Nun sehen Sie. Und vergessen Sie nicht, daß Sie zum Frühstück ein wenig getrunken haben, dann zum Mittagessen wieder und schließlich . . .«

»Nun ja, mein Lieber, das ist es gerade . . . vielleicht rührt es auch nur da–von her.«

»Und zudem, Onkelchen, wie sehr Sie auch entflammt gewesen sein mochten, einen so unüberlegten Heiratsantrag hätten Sie doch nie in Wirklichkeit machen können. Soweit ich Sie kenne, sind Sie ein überaus vernünftiger Mensch und . . .«

»Nun ja, nun ja.«

»Und denken Sie doch nur an eines: wenn das Ihre Verwandten erführen, die Ihnen doch ohnehin nicht gewogen sind – was würden die dazu sagen?«

»Gott im Himmel!« rief der Fürst entsetzt aus. »Was würden sie dazu sagen?«

»Ich bitte Sie! Alle würden wie ein Mann schreien, daß Sie es nicht bei vollem Verstand hätten tun können, daß Sie geistesschwach seien, daß man Sie unter Kuratel bringen müsse, daß man Sie betrogen habe, und zu guter Letzt würde man Sie irgendwo einsperren, wo Sie unter Aufsicht leben müßten.«

Mosgljakoff wußte, womit man dem Alten den größten Schreck einjagen konnte.

»Gott im Himmel!« – Der Fürst zitterte wie ein Espenblatt. »Würde man mich wirklich einsperren?«

»Und deshalb sagen Sie sich doch selbst, Onkelchen: wie hätten Sie einen so unüberlegten Heiratsantrag in Wirklichkeit machen können? Sie kennen doch Ihren eigenen Vorteil! Nein, ich behaupte konsequent, daß Sie das alles nur im Traum gesehen haben.«

»Unbedingt im Traum, un–be–dingt im Traum!« bestätigte der erschrockene Fürst. »Nein, wie vernünftig du das erklärt hast, mein Lieber! Ich danke dir von Herzen dafür, daß du mich be–ruh–igt hast!«

»Und mich freut es sehr, daß ich Sie heute getroffen habe. Denken Sie doch nur: ohne mich hätten Sie sich tatsächlich täuschen, hätten Sie glauben können, daß Sie tatsächlich in wachem Zustand um ihre Hand angehalten haben und dann – wären Sie jetzt als Bräutigam zu ihr nach unten gegangen! Denken Sie doch nur, wie gefährlich das gewesen wäre!«

»Nun ja ... gefährlich!«

»Denken Sie doch nur, daß dieses Mädchen dreiundzwanzig Jahre alt ist. Niemand will sie nehmen und plötzlich kommen Sie, ein reicher und vornehmer Aristokrat, als Freier zu ihr! Aber die würden ja hier sofort zugreifen, würden beteuern, daß Sie wirklich angehalten haben ... und verkuppeln Sie womöglich mit Gewalt. Und dann würden sie hoffen, daß Sie vielleicht bald sterben ...«

»Wirklich?«

»Und bedenken Sie doch nur: Sie mit Ihren Vorzügen.«

»Nun ja, mit meinen Vorzügen ...«

»Mit Ihrem Verstand und Ihrer Liebenswürdigkeit ...«

»Nun ja, mit meinem Verstand, ja ...«

»Und dann, Sie sind ein – Fürst! Sie könnten doch eine ganz andere Partie machen, wenn Sie wirklich aus irgendeinem Grund heiraten müßten. Und denken Sie nur daran, was Ihre Verwandten sagen würden!«

»Ach, mon ami, die würden mich ja dann ganz und gar vernichten! Ich habe von ihnen schon soviel Böses und Unheimliches erfahren ... Denk dir, ich vermute, daß sie mich sogar in eine Ir–ren–anstalt bringen wollten! Nun sag doch bloß, mon ami, das geht doch nicht! Nun, was würde ich denn dort in der Ir–ren–anstalt an–fangen?«

»Versteht sich, Onkelchen, und deshalb werde ich Sie jetzt auch nicht verlassen, wenn Sie nach unten gehen. Dort sind Gäste.«

»Gäste? Gott im Himmel!«

»Beruhigen Sie sich, Onkelchen, ich werde bei Ihnen sein.«

»Nein, wie dankbar ich dir bin, mein Lieber, du bist geradezu mein Retter! Aber weißt du: ich werde lieber fortfahren!«

»Morgen, Onkelchen, morgen früh um sieben Uhr. Heute aber müssen Sie sich noch von allen verabschieden und sagen, daß Sie morgen fortfahren.«

»Ich werde un–be–dingt fortfahren ... wie gesagt, zum Vater Missaïl ... Mais, mon ami, wenn sie mich nun aber wirklich verkup–peln wollen?«

»Fürchten Sie sich nicht, Onkelchen, ich werde bei Ihnen sein. Und schließlich, was man Ihnen auch sagen oder zu verstehen geben sollte, bleiben Sie dabei, daß es Ihnen nur geträumt hat ... wie es sich ja auch tatsächlich verhält ...«

»Nun, ja, un–be–dingt geträumt! Nur, weißt du, mon ami, es war doch ein be–zau–bernder Traum! Sie ist wunder–bar schön und, weißt du, welche Formen ...«

»Nun, auf Wiedersehen, Onkelchen, ich gehe jetzt nach unten und Sie ...«

»Was! Du verläßt mich, du läßt mich allein zurück!« fuhr der Fürst erschrocken auf.

»Nein doch, wir müssen nur nach unten gehen, und da ist es besser, wenn wir nicht zusammen erscheinen, sondern zuerst ich, dann Sie.«

»Nun gut. Ich muß, wie gesagt, auch noch einen Gedanken notieren!«

»Schön, Onkelchen, notieren Sie also Ihren Gedanken und kommen Sie dann ohne zu säumen. Morgen früh aber ...«

»Und morgen früh zum Priestermönch, un–be–dingt zum Prie–stermönch! Charmant, charmant! Aber weißt du, mon ami, sie sind wun–derbar schön, diese Formen, und wenn ich nun mal unbedingt heiraten müßte, so würde ich ...«

»Gott bewahre Sie davor, Onkelchen!«

»Nun ja, Gott bewahre mich davor ... Nun, auf Wiedersehen, mein Lieber, ich werde sogleich ... ich muß nur noch etwas notieren. A pro–pos ich wollte dich immer fragen: hast du Casanovas Memoiren gelesen?«

»Ja, ich habe sie gelesen. Was ist es denn mit ihnen?«

»Nun ja ... ich habe jetzt nur vergessen, was ich fragen wollte.«

»Sie werden sich dessen später erinnern, Onkelchen. Auf Wiedersehen!«

»Auf Wiedersehen, mon ami, auf Wiedersehen! Nur war es doch ein ent–zückender Traum, ja, ein ent–zückender Traum! ...«

XII

Wir kommen alle zu Ihnen, alle, alle! Auch Praskówja Iljínitschna wollte kommen, und auch Luisa Karlowna wollte kommen«, zwitscherte Anna Nikolájewna, in den Salon eintretend. Neugierig blickte sie um sich.

Sie war eine sehr hübsche kleine Dame, bunt, doch reich gekleidet, und sie wußte es selbst nur zu gut, daß sie hübsch war. Sie war überzeugt, daß sie in einer Ecke des Salons den Fürsten mit Sina im Gespräch erblicken werde.

»Und auch Katerina Petrówna und Felissáta Michaílowna wollten kommen«, fügte Natálja Dmítrijewna hinzu, eine Dame von kolossalen Dimensionen – sie war es, deren üppige Formen dem Fürsten so sehr gefallen hatten – und die unwillkürlich an einen Grenadier erinnerte. Marja Alexandrowna nannte sie »das Faß«.

Sie trug ein auffallend kleines rosa Kapotthütchen, das ganz auf dem Hinterkopf saß. Seit drei Wochen war sie die beste Freundin Anna Nikolájewnas, der sie schon seit langem den Hof gemacht hatte und die sie allem Anschein nach wie einen einzigen Bissen hätte verschlingen können, samt allen Knochen.

»Ich rede schon gar nicht von meinem – ich kann wohl agen – Entzücken darüber, Sie beide endlich einmal bei mir zu sehen, und noch dazu am Abend«, flötete Marja Alexandrowna, nachdem sie sich vom ersten Schreck erholt hatte. »Aber sagen Sie doch bitte, welches Wunder Sie heute zu mir gerufen hat, während ich doch schon längst jede Hoffnung auf diese Ehre aufgegeben hatte . . .«

»Ach, Gott, Marja Alexandrowna, wie können Sie nur so tun!« sagte Natalja Dmitrijewna süßlich, verschämt, geziert und mit nahezu piepsender Stimme, die einen äußerst merkwürdigen Gegensatz zu ihrer Erscheinung bildete.

»Mais, ma charmante Marja Alexandrowna«, zwitscherte wieder Anna Nikolajewna dazwischen, »wir müssen doch endlich mit unseren Vorbereitungen zu diesem Theater ins reine kommen! Heute noch sagte Pjotr Michaílowitsch zu Kalíst Stanisláwitsch, es betrübe ihn sehr, daß wir nicht weiter kämen und uns immer nur stritten. Und da versammelten wir uns denn heute alle vier und dachten: fahren wir einfach zu Marja Alexandrowna und besprechen wir uns dort! Natalja Dmitrijewna hat auch die anderen benachrichtigt. Alle werden kommen. Und so können wir uns denn beraten, und die Sache kommt endlich in Gang . . . Dann darf man auch nicht mehr sagen, daß wir uns nur streiten, nicht wahr, mon ange?» fügte sie kokett hinzu und küßte Marja Alexandrowna. »Ach! sieh da! Sinaïda Afanássjewna! Sie werden aber mit jedem Tag schöner!«

Und Anna Nikolajewna eilte der eintretenden Sina entgegen, um sie zu küssen.

»Sie hat ja auch weiter nichts zu tun, als schöner zu werden«, meinte süß Natalja Dmitrijewna und rieb ihre großen Hände.

‚Wenn euch doch der Teufel holte! Dieses blödsinnige Theater hatte ich ganz vergessen! Sie scheinen, weiß Gott, klüger geworden zu sein!‘ dachte Marja Alexandrowna, innerlich kochend vor Wut.

»Und hinzu kommt noch, mein Engel«, fuhr Anna Nikolajewna fort, »daß jetzt dieser liebe Fürst bei Ihnen weilt. Sie wissen doch, in Duchánowo gab es ja früher ein Theater. Wir haben uns schon erkundigt und wissen jetzt, daß dort irgendwo noch alte Kulissen, ein Vorhang und sogar Kostüme vorhanden sind. Der Fürst war heute bei mir, aber ich war so überrascht, daß ich ganz vergaß, ihn zu fragen. Jetzt können wir hier das Gespräch auf unsere Theaterpläne bringen. Sie werden uns beistehen, und der Fürst wird uns den ganzen Plunder herschicken, das werden Sie sehen! Denn bei wem könnte man wohl hier so etwas wie eine Kulisse bestellen? Und die Hauptsache: wir wollen ja auch den Fürsten für unsere Aufführung gewinnen. Er muß unbedingt zur Kollekte beisteuern, – es ist doch für die Armen! Vielleicht wird er sogar eine Rolle übernehmen, – er ist doch so liebenswürdig und mit allem stets einverstanden. Dann würde alles wundervoll gehen!«

»Gewiß wird er eine Rolle übernehmen. Man kann ihn ja doch jede beliebige Rolle spielen lassen«, bemerkte Natalja Dmitrijewna zweideutig.

Anna Nikolajewna hatte Marja Alexandrowna nicht betrogen: in jedem Augenblick kamen neue Gäste. Die Hausfrau konnte kaum eine jede der eintreffenden Damen begrüßen und alle die Ausrufe des Entzückens bewältigen, die von dem gesellschaftlichen Anstand oder dem guten Ton in solchen Fällen verlangt werden.

Ich will es nicht versuchen, alle Damen zu beschreiben. Ich sage nur, daß einer jeden ganz besondere Bosheit aus den Augen blitzte. Auf allen Gesichtern konnte man Erwartung und eine geradezu krankhafte Ungeduld lesen. Einige von ihnen waren entschieden mit der Absicht gekommen, Augenzeugen eines unerhörten Skandals zu werden, und sie wären bestimmt sehr ungehalten gewesen, wenn es nicht zu einem solchen gekommen wäre. Äußerlich waren alle ungemein liebenswürdig, doch Marja Alexandrowna hatte sich nichtsdestoweniger auf einen heftigen Ansturm gefaßt gemacht. Fragen nach dem Fürsten regnete es von allen Seiten; anscheinend war eine jede dieser Fragen sehr natürlich, und dennoch enthielt jede eine leise Anspielung, verriet jede einen Hintergedanken. Es wurde Tee gereicht. Man setzte sich. Eine Gruppe belagerte den Flügel. Sina wurde gebeten, etwas zu singen, sie aber antwortete trocken, daß sie sich nicht ganz wohl fühle. Ihr blasses Gesicht ließ die Antwort glaubwürdig erscheinen. Hierauf folgten viele mitleidige Fragen, und gleichzeitig wurde auch noch nach anderem gefragt und anderes zu verstehen gegeben. Man erkundigte sich auch nach Mosgljakoff und wandte sich mit diesen Fragen ausschließlich an Sina. Marja Alexandrowna verzehnfachte sich: sie sah alles, selbst das, was in der fernsten Ecke geschah, sie hörte, was jede Dame sprach, obgleich es ihrer etwa zehn waren, sie antwortete unverzüglich auf alle Fragen und selbstverständlich suchte sie nicht lange nach Worten. Sie zitterte für Sina und wunderte sich, daß sie noch nicht fortging, wie sie es sonst in ähnlichen Fällen stets zu tun pflegte. Auch Afanássij Matwéjewitsch war inzwischen von den Gästen bemerkt worden. Sie pflegten ihn gewöhnlich alle zum besten zu haben, um auf diese Weise Marja Alexandrowna zu verletzen. Jetzt jedoch hofften sie, von dem dummen und aufrichtigen Gatten manches Nähere zu erfahren. Marja Alexandrowna beobachtete besorgt die Belagerung ihres »Tölpels«. Zwar antwortete er auf alle Fragen richtig nur mit einem »Hm«, tat es aber mit einer so unglücklichen und jämmerlich unnatürlichen Miene, daß sie aus der Haut zu fahren glaubte.

»Marja Alexandrowna! Afanassij Matwejewitsch will mit uns überhaupt nicht mehr sprechen!« rief ihr ein dreistes, scharfäugiges Dämchen zu, das entschieden nichts fürchtete und sich nie verwirren ließ. »Sagen Sie ihm doch, daß er zu Damen etwas höflicher sein muß.«

»Ich ... wirklich, ich weiß es selbst nicht, was er heute hat«, antwortete Marja Alexandrowna, die ihr Gespräch mit Anna Nikolajewna und Natalja Dmitrijewna unterbrach, heiter lächelnd. »So verschlossen, so wortkarg habe ich ihn noch nie gesehen! Auch mit mir spricht er kaum ein Wort. Weshalb antwortest du denn Felissáta Nikolájewna nicht, cher Athanase?«

»Aber ... aber ... Mütterchen, du hast doch selbst ...«, stotterte der verwunderte Gatte. Er stand in diesem Augenblick gerade am brennenden Kamin, hatte die Hände in malerischer Pose – die er sich selbst ersonnen – untergebracht und schickte sich an, Tee zu trinken. Die Fragen der Damen verwirrten ihn dermaßen, daß er wie ein Mädchen errötete. Als er jedoch die ersten Worte zu seiner Verteidigung stotterte, fing er einen so vernichtenden Blick seiner Gattin auf, daß er vor Schreck fast die Besinnung verlor. Da er nicht wußte, was er tun sollte, andererseits aber sein Vergehen gut machen, gefallen und von neuem Achtung erringen wollte, so nahm er vorläufig nur einen Schluck Tee. Der Tee war aber heiß, und da er einen unverhältnismäßig großen Schluck genommen hatte, verbrannte er sich Mund und Kehle, ließ die Tasse fallen, der Tee ging in die Luftröhre, und er begann darauf so heftig zu husten, daß er das Zimmer verlassen mußte, während die Anwesenden in staunender Verständnislosigkeit zurückblieben. Mit einem Wort, der Hausfrau war alles »klar«: sie sagte sich, daß ihre Gäste bereits alles wußten und sich mit den schlimmsten Absichten bei ihr versammelt hatten. Die Situation war gefährlich: sie konnten in ihrer Gegenwart den schwachsinnigen Gatten in ein Gespräch verknüpfen und unangenehme Dinge durch ihn in Erfahrung bringen. Sie konnten ihr sogar den Fürsten streitig machen, konnten ihn ihr noch am selben Abend fortnehmen, das heißt: einfach entführen. Jedenfalls war alles möglich. Vorläufig hatte ihr aber das Schicksal noch einen anderen Schlag zugedacht: in der Tür erschien Mosgljakoff, den sie bei Borodujeff glaubte. Sie hätte alles eher als ihn an diesem Abend erwartet. Sie zuckte zusammen, als wäre sie gestochen worden.

Mosgljakoff blieb in der Tür stehen und schien beim Anblick der vielen Gäste ein wenig in Verwirrung zu geraten.

Er konnte seine Aufregung nicht verbergen: man sah sie ihm deutlich an.

»Ach, mein Gott! Pawel Alexandrowitsch!« riefen mehrere Damen aus.

»Ach, Gott! Das ist ja doch Pawel Alexandrowitsch! Aber wie, Marja Alexandrowna, Sie sagten doch, er sei zu Borodujeff gegangen? Uns wurde gesagt, daß Sie sich bei Borodujeff verborgen hätten, Pawel Alexandrowitsch!« flötete Natalja Dmitrijewna.

»Verborgen?« wiederholte Mosgljakoff mit einem etwas verzerrten Lächeln. »Ein sonderbarer Ausdruck! Verzeihen Sie, Natalja Dmitrijewna, ich verberge mich vor keinem Menschen und wünsche auch keinen anderen zu verbergen«, fügte er mit vielsagendem Blick auf Marja Alexandrowna hinzu.

Marja Alexandrowna erzitterte.

‚Wie, sollte auch dieser Esel sich auflehnen wollen?' fragte sie sich und sah ihn prüfend von der Seite an. ‚Das wäre das Schlimmste . . .'

»Ist es wahr, Pawel Alexandrowitsch, daß Sie den Abschied erhalten haben . . . im Staatsdienst, versteht sich?« fragte die naseweise Felissata Michailowna und blickte ihm spöttisch offen in die Augen.

»Den Abschied? Was für einen Abschied? Ich habe ganz einfach umgesattelt. Ich lasse mich nach Petersburg versetzen«, versetzte Mosgljakoff trocken.

»Nun, wenn es so ist, dann gratuliere ich«, fuhr Felissata Michailowna fort. »Und wir erschraken schon, als wir hörten, daß Sie sich um eine Anstellung hier in Mordassoff bewerben würden. Hier sind doch die Stellen nicht sicher, Pawel Alexandrowitsch: eh man sich dessen versieht, fliegt man.«

»Es sei denn eine Anstellung als Lehrer an der Kreisschule: dort gäbe es noch eine Vakanz«, bemerkte Natalja Dmitrijewna.

Die Anspielung war so deutlich, daß Anna Nikolajewna

verlegen wurde und ihre boshafte Freundin heimlich mit dem Fuß anstieß.

»Glauben Sie denn, daß Pawel Alexandrowitsch einwilligen würde, die Anstellung eines Kreisschullehrers anzunehmen?« fragte Felissata Michailowna.

Mosgljakoff fand keine Antwort. Da kehrte er ihnen den Rücken und wollte fortgehen, stieß aber im selben Augenblick mit Afanassij Matwejewitsch zusammen, der ihm gutmütig die Hand entgegenstreckte. Mosgljakoff reichte ihm dummerweise nicht die Hand und verbeugte sich nur spöttisch und auffallend tief vor ihm. Aufs äußerste gereizt trat er zu Sina, sah ihr haßerfüllt in die Augen und raunte ihr zu:

»Alles das haben wir Ihrer Güte zu verdanken. Warten Sie, heute abend noch werde ich Ihnen zeigen, ob ich ein Dummkopf bin oder nicht!«

»Weshalb das aufschieben? Das sieht man ja auch jetzt schon«, antwortete Sina mit lauter Stimme und maß ihren ehemaligen Freier mit Ekel verratendem Blick vom Kopf bis zu den Füßen.

Mosgljakoff wandte sich schleunigst ab – ihre laute Antwort hatte ihn denn doch erschreckt.

»Kommen Sie von Borodujeff?« entschloß sich schließlich Marja Alexandrowna zu fragen.

»Nein, ich komme von meinem Onkel.«

»Von Ihrem Onkel? Dann sind Sie also soeben beim Fürsten gewesen?«

»Ach, Himmel, dann ist ja der Fürst schon aufgewacht? Und uns wurde gesagt, daß er noch schlafe!« Natalja Dmitrijewna tat sehr verwundert, und der Blick, mit dem sie die Hausfrau streifte, war geradezu durchbohrend.

»Ängstigen Sie sich nicht um den Fürsten, Natalja Dmitrijewna«, antwortete Mosgljakoff, »er ist aufgewacht und, Gott sei Dank, wieder bei vollem Verstand. Vorher hat man ihn betrunken gemacht, zuerst bei Ihnen, Natalja Dmitrijewna, und dann hier noch endgültig, bis er beinahe seinen letzten Verstand verlor, der ja bei ihm ohnehin nicht groß ist. Jetzt aber haben wir uns beide zum Glück aussprechen können, und so vermag er denn wieder vernünftig zu denken. Er wird sogleich erscheinen, um sich von Ihnen, Marja Alexandrowna, zu verabschieden und für Ihre Gastfreundschaft zu danken. Morgen aber werden wir in aller Frühe ins Kloster fahren und von dort werde ich ihn persönlich nach Duchanowo begleiten, um ein abermaliges Umgeworfenwerden zu verhüten. In Duchanowo wird ihn aus meinen Händen Stepanída Matwéjewna empfangen – die bis dahin unfehlbar aus Moskau zurückgekehrt sein wird – und dann ist es natürlich ausgeschlossen, daß er noch einmal eine Reise unternimmt. Dafür garantiere ich.«

Während dieser ganzen Rede blickte Mosgljakoff mit aufrichtigem Haß zu Marja Alexandrowna hinüber. Diese saß, als hätte sie vor Schreck die Sprache verloren. Ich muß zu meinem Schmerz gestehen, daß meiner Heldin zum erstenmal im Leben ernstlich bang wurde.

»Ach, also morgen in aller Frühe fahren Sie fort? Wie denn das?« fragte Natalja Dmitrijewna, sich an Marja Alexandrowna wendend.

»Wie kommt denn das?« ertönte es naiv von allen Seiten. »Und wir haben gehört . . . das ist doch wirklich sonderbar!«

Die Hausfrau wußte nicht mehr, was sie antworten sollte. Da wurde die allgemeine Aufmerksamkeit plötzlich durch den ungewöhnlichsten Zwischenfall abgelenkt: aus dem Nebenzimmer drang ein seltsames Geräusch und keifendes Geschrei an aller Ohren – und plötzlich stürzte unvermutet, unverhofft Ssófja Petrówna Karpúchina in Marja Alexandrownas Salon.

Diese Ssofja Petrowna war sicherlich die exzentrischste Dame in ganz Mordassoff: so exzentrisch war sie, daß die Gesellschaft der Stadt in jüngster Zeit beschlossen hatte, sie nicht mehr zu empfangen. Ich muß noch bemerken, daß sie regelmäßig an jedem Abend um sieben Uhr ein paar Gläschen kippte – für den Magen, wie sie es nannte. Nach dieser Stärkung befand sie sich dann gewöhnlich in der allerexzentrischsten Stimmung – gelinde ausgedrückt. Und in dieser Stimmung stürzte sie jetzt in den Salon Marja Alexandrownas.

»Ah, also so sind Sie, Marja Alexandrowna!« schrie sie, »also so gehen Sie mit mir um! Beunruhigen Sie sich nicht, ich bin nur auf einen Augenblick gekommen, ich werde mich bei Ihnen nicht hinsetzen! Ich bin absichtlich hergefahren, um mich selbst zu überzeugen, ob es wahr ist, was man mir erzählt hat. Ah! also Sie geben Bälle, Banketts, feiern Verlobungen, Ssofja Petrowna aber kann zu Hause sitzen und Strümpfe stricken! Die ganze Stadt ist eingeladen, nur ich nicht! Vorhin aber war ich für Sie ‚liebe Freundin' und ‚mon ange', als ich herkam, um zu erzählen, was bei Natalja Dmitrijewna mit dem Fürsten gemacht wurde. Und jetzt sitzt diese Natalja Dmitrijewna, über die Sie vorhin so geschimpft haben, und die über Sie so geschimpft hat, als Gast in Ihrem Hause. Beunruhigen Sie sich nicht, Natalja Dmitrijewna! Ich brauche nicht Ihre Schokolade à la santé zu zehn Kopeken die Tafel! Ich trinke zu Hause öfter als Sie . . .«

»Das merkt man«, versetzte Natalja Dmitrijewna.

»Aber ich bitte Sie, Ssofja Petrowna«, rief Marja Alexandrowna aus, hochrot vor Zorn, »was ist heute mit Ihnen? So kommen Sie doch zur Besinnung . . . wenigstens!«

»Oh, keine Sorge um mich, Marja Alexandrowna, ich habe alles, alles erfahren!« schrie Ssofja Petrowna mit ihrer schrillen kreischenden Stimme, umringt von allen Damen, die sich an dieser unerwarteten Szene zu ergötzen schienen. »Ich habe alles erfahren! Ihre holde Nastassja ist selbst zu mir gelaufen, um mir alles zu erzählen. Sie haben diesen Jammerkerl, diesen Fürsten, eingefangen, haben ihn betrunken gemacht und dann gezwungen, bei Ihrer Tochter anzuhalten, ja, bei Ihrer Tochter, die niemand mehr heiraten will, und jetzt bilden Sie sich wahrscheinlich ein, daß auch Sie mit einem Schlag weiß Gott was für ein wichtiger Vogel geworden sind – eine Herzogin in echten Spitzen – daß Gott erbarm'! Oh, beunruhigen Sie sich nicht, ich bin selbst die Frau eines Obersten! Und wenn Sie mich nicht zur Verlobung einladen wollen, so pfeife ich auf Ihre Verlobung! Ich habe in vornehmeren Kreisen verkehrt als Sie. Ich habe bei der Gräfin Salichwatskij diniert, und der Oberkommissar Kúrotschkin hat um meine Hand angehalten! Als ob ich Ihre Einladung brauchte, – Gott bewahre! . . .«

»Ssofja Petrowna«, hub Marja Alexandrowna verhältnismäßig ruhig an, obgleich sie aus der Haut zu fahren meinte, »Sie können mir glauben, daß man nicht in einer solchen Weise in ein vornehmes Haus hineinstürmt und noch dazu in einem *solchen Zustand,* und wenn Sie mich jetzt nicht sofort von Ihrer Anwesenheit und Ihrem Redefluß befreien, so werde ich unverzüglich Maßregeln ergreifen . . .«

»Ich weiß, ich weiß, Sie werden Ihren Dienstboten befehlen, mich hinauszugeleiten! Beunruhigen Sie sich nicht, ich werde selbst den Weg finden. Leben Sie wohl, verheiraten Sie, wen Sie wollen! Sie aber, Natalja Dmitrijewna, brauchen nicht über mich zu lachen: ich pfeife auf Ihre Schokolade! Ich bin zwar nicht hierher eingeladen worden, habe aber auch nicht vor Fürsten Kasatschóck getanzt. Und weshalb lachen Sie denn eigentlich, Anna Nikolajewna? Ssuschíloff hat sich inzwischen das Bein gebrochen, ist soeben erst nach Haus gebracht worden! Und wenn Sie, Felissata Michailowna, Ihrer barfüßigen Matrjoschka nicht befehlen, rechtzeitig Ihre Kuh einzutreiben, damit sie nicht jeden Tag unter meinen Fenstern brüllt, so werde ich Ihrer Matrjoschka die Beine brechen! Leben Sie wohl, Marja Alexandrowna, wünsche viel Glück! – Daß Gott erbarm'!«

Ssofja Petrowna verschwand. Alles lachte. Marja Alexandrowna wußte nicht, was sie tun oder sagen sollte.

»Ich glaube, sie hat wieder getrunken«, flötete süßlich Natalja Dmitrijewna.

»Aber immerhin – diese Frechheit!«

»Quelle abominable femme!«

»Na – sie hat uns mal wieder erheitert!«

»Nein, aber welch skandalöse Dinge sie gesagt hat!«

»Nur – was sprach sie da von einer Verlobung? Was ist das für eine Verlobung?« fragte Felissata Michailowna spöttisch.

»Aber das ist ja entsetzlich!« entlud sich endlich Marja Alexandrowna. »Und diese Ungeheuer sind es ja gerade, die die unsinnigsten Gerüchte verbreiten! Nicht das ist erstaunlich, Felissata Michailowna, daß solche Damen sich in unserer Gesellschaft befinden, – nein, am erstaunlichsten ist, daß man diese Damen nicht entbehren zu können scheint, daß man sie überhaupt anhört, sie unterstützt, ihnen glaubt, sie ...«

»Der Fürst, der Fürst!« riefen plötzlich alle Gäste unisono.

»Ach, Gott! Ce cher prince!«

»Nun, Gott sei Dank! Jetzt wird man doch endlich die ganze Wahrheit erfahren!« flüsterte Felissata Michailowna ihrer Nachbarin zu.

XIII

Der Fürst trat ein – ein wonniges Lächeln auf den Lippen. Die ganze Aufregung, in die Mosgljakoff vor kaum zehn Minuten sein Hühnerherz versetzt hatte, verschwand spurlos beim Anblick der Damen. Er zerschmolz wie ein Bonbon. Man empfing ihn mit kreischenden Freuderufen. Im allgemeinen wurde unser Greis von Damen sehr verhätschelt. Sie gingen meist sehr familiär mit ihm um. Er hatte die Eigenschaft, sie mit seiner durchlauchtigsten Persönlichkeit ungemein zu zerstreuen. Felissata Michailowna hatte am Vormittag sogar behauptet – natürlich nur scherzweise –, daß sie bereit sei, sich auf seinen Schoß zu setzen, wenn es ihm angenehm wäre, denn er sei ein so »lieber, lieber alter Herr, ganz unsagbar lieb!« Marja Alexandrowna verschlang ihn geradezu mit den Blicken, bemüht, wenigstens etwas aus seinem Gesicht herauszulesen, zu erraten, welchen Ausgang ihre kritische Lage nehmen werde. Eins war jedenfalls klar: Mosgljakoff hatte etwas Gefährliches angerichtet. Ihr ganzer Plan war stark erschüttert ... Doch aus dem Gesicht des Fürsten war absolut nichts zu erraten: er war ganz derselbe wie immer.

»Ach, Gott! Da ist ja der Fürst! Und wir haben auf Sie gewartet und gewartet!« riefen einige der Damen.

»In größter Ungeduld, Fürst, in größter Ungeduld!« flöteten andere.

»Das ist ja sehr schmei–chelhaft für mich«, lispelte der Fürst und setzte sich an den Tisch, auf dem der Ssamowar stand. Die Damen umringten ihn im Augenblick. Nur Anna Michailowna und Natalja Dmitrijewna blieben bei der Hausfrau sitzen. Afanassij Matwejewitsch lächelte ehrerbietig. Mosgljakoff lächelte gleichfalls und blickte herausfordernd Sina an, die ihm jedoch nicht die geringste Beachtung schenkte. Sie trat zum Vater und setzte sich neben ihn am Kamin in einen Sessel.

»Ach, Fürst, ist es wahr, was man sagt, daß Sie uns verlassen wollen?« fragte Felissata Michailowna.

»Nun ja, mesdames, ich fahre fort. Ich will unverzüg–lich ins Aus–land reisen.«

»Ins Ausland, Fürst, ins Ausland?« schrie alles im Chor, »wie sind Sie auf diesen Gedanken gekommen?«

»Ins Aus–land«, bestätigte der Fürst gut gelaunt, »und wissen Sie, ich will namentlich wegen der neuen Ideen hin–fahren.«

»Wie das, wegen der neuen Ideen?« – »Wegen welcher neuen Ideen?« fragten die Damen, die untereinander Blicke austauschten.

»Nun ja, wegen der neuen Ideen«, wiederholte der Fürst, offenbar selbst überzeugt davon. »Jetzt fahren alle wegen der neuen Ideen hin. Und so will auch ich mir neue Ide–en zu–legen.«

»Wollen Sie nicht gar in die Freimaurerloge eintreten, mein bester Onkel?« erkundigte sich Mosgljakoff, der sich augenscheinlich vor den Damen durch geistreiche Bemerkungen auszeichnen wollte.

»Nun ja, mein Lieber, du hast dich nicht geirrt«, antwortete der Onkel überraschenderweise. »Ich habe früher in alten Zeiten tatsächlich zu einer Frei–maurerloge gehört, im Aus–lande, wie gesagt, und ich habe sogar mei–ner–seits viele große Ide–en gehabt. Ich beab–sichtigte damals, viel für die zeitgenössische Aufklärung zu tun und in Frankfurt beschloß ich sogar, meinen Ssídor, den ich ins Aus–land mitgenommen hatte, frei–zu–geben. Er aber lief zu meiner Verwun–derung selbst von mir fort. Er war ein sehr sonder–barer Mensch. Später begegnete ich ihm einmal in Paris. Er stol–zierte als Geck mit einer Mamsell auf den Boulevards. Er sah mich an und nickte mir mit dem Kopf zu. Und die Mamsell war ein so gewandtes, verführerisches Ding ...«

»Aber, Onkelchen! Dann werden Sie ja diesmal, wenn Sie ins Ausland fahren, alle Ihre Bauern freigeben!« rief Mosgljakoff laut auflachend aus.

»Du hast meinen Wunsch vollkom–men erraten, mein Lieber!« antwortete der Fürst, ohne zu zögern. »Es ist gerade meine Absicht, sie alle aus Leibeigenen zu freien Bauern zu machen.«

»Aber ich bitte Sie, Fürst, die werden dann doch alle im Augenblick von Ihnen fortlaufen, und wer wird Ihnen dann noch den Pachtzins zahlen!« wandte Felissata Michailowna ein.

»Gewiß, alle werden fortlaufen«, behauptete erregt Anna Nikolajewna.

»Gott im Himmel! Werden sie wirk–lich fortlaufen?« fragte der Fürst verwundert.

»Unbedingt! Im Augenblick werden sie alle fortlaufen und Sie allein lassen!« versicherte auch Natalja Dmitrijewna.

Gott im Himmel! Nun, dann werde ich sic nicht freigeben. Wie gesagt, es war von mir auch nur so gemeint ...«

»So ist es auch bedeutend besser, Onkelchen«, pflichtete ihm Mosgljakoff bei.

Marja Alexandrowna hatte schweigend zugehört und beobachtet. Es schien ihr, daß der Fürst sie vollkommen vergessen hatte ...

»Erlauben Sie, Fürst«, begann sie laut und würdevoll, »daß ich Ihnen meinen Mann vorstelle – Afanassij Matwejewitsch. Er ist sogleich vom Gut hergekommen, sobald er nur gehört hatte, daß Sie bei mir abgestiegen seien.«

Afanassij Matwejewitsch lächelte und nahm eine strammere Haltung an. Er glaubte, daß man ihn gelobt habe.

»Ah, freut mich, freut mich!« sagte der Fürst. »Afanassij Matwejewitsch! Erlauben Sie, mir fällt etwas ein ... Afana–ssij Matwe–jewitsch. Nun ja, das ist dieser, der auf dem Gut lebt. Charmant, charmant, freut mich, wie gesagt. Mein Lieber!« – er wandte sich an Mosgljakoff – »das ist doch derselbe, weißt du noch, der in dem Vers vorkam. Wie war das doch? „Kaum ist der Mann zur Tür hinaus, so fährt die Frau ...", nun ja, auch die Frau fährt irgend wohin.«

»Ach, ganz recht! „Kaum ist der Mann zur Tür hinaus, so fährt die Frau schon aus dem Haus" – das ist ja aus dem Vaudeville, das vor ein paar Jahren hier gespielt wurde!« griff Felissata Michailowna auf.

»Nun ja, wie gesagt: „aus dem Haus". Ich ver–ges–se es immer. Charmant, charmant! Und Sie sind also derselbe? Freut mich, freut mich, Sie kennen zu lernen«, sagte der Fürst und reichte Afanassij Matwejewitsch, ohne sich vom Stuhl zu erheben, die Hand. »Nun und wie geht es mit Ihrer Gesundheit?«

»Hm ...«

»Er ist gesund, mein Fürst, ganz gesund«, antwortete Marja Alexandrowna eilig.

»Nun ja, das sieht man auch, daß er gesund ist. Und Sie leben immer auf dem Gut? Nun ja, es freut mich sehr. Und wie rote Wangen er hat und die ganze Zeit freut er sich ...«

Afanassij Matwejewitsch lächelte, verbeugte sich und

klappte sogar die Absätze zusammen. Nach der letzten Bemerkung des Fürsten konnte er nicht mehr an sich halten und platzte plötzlich in der dümmsten Weise in lautes Lachen aus. Schallendes Gelächter erhob sich. Die Damen wieherten förmlich vor Vergnügen. Sina errötete heiß und blickte mit blitzenden Augen Marja Alexandrowna an, die ihrerseits fast barst vor Wut. Es war höchste Zeit, dem Gespräch eine andere Wendung zu geben.

»Wie haben Sie geruht, mein Fürst?« erkundigte sie sich mit honigsüßer Stimme, während sie gleichzeitig durch einen zornigen Blick ihrem Gatten zu verstehen gab, daß er sich sofort auf seinen Platz niederzulassen hatte.

»Oh, ich habe sehr schön geschla–fen«, sagte der Fürst, »und wissen Sie, ich habe einen entzückenden Traum gehabt, einen entzück–enden Traum!«

»Einen Traum! Ach, ich habe es so gern, wenn man Träume erzählt«, rief Felissata Michailowna aus.

»Und ich auch! Ich habe es auch sehr gern!« stimmte ihr Natalja Dmitrijewna bei.

»Einen ent–zückenden Traum«, wiederholte der Fürst mit süßem Lächeln, »dafür aber ist er das größte Geheim–nis!«

»Wie, können Sie ihn denn nicht erzählen? Aber dann muß es ja ein außergewöhnlicher Traum sein?« fragte Anna Nikolajewna.

»Das größ–te Geheim–nis!« wiederholte der Fürst, der mit Vergnügen die Neugier der Damen reizte.

»Dann muß er ja furchtbar interessant sein!«

»Ich wette, daß der Fürst im Traum vor irgendeiner Schönheit auf den Knien gelegen und eine Liebeserklärung gemacht hat«, sagte Felissata Michailowna. »Nun, gestehen Sie nur, Fürst, daß es nichts anderes ist! Lieber Fürst, lieber guter Fürst, gestehen Sie es nur!«

»Gestehen Sie es, Fürst, gestehen Sie es!« wurde von allen Seiten gebeten.

Der Fürst vernahm feierlich und mit wahrer Wonne diese Ausrufe. Die Annahme Felissata Michailownas schmeichelte seiner Eitelkeit ganz außerordentlich. Es fehlte nicht viel, und er hätte sich die Lippen geleckt.

»Wenn ich auch gesagt habe, daß mein Traum das größ–te Geheim–nis ist«, antwortete er schließlich, »so bin ich doch gezwungen, einzugestehen, daß Sie, meine Gnädigste, ihn zu meiner Ver–wun–derung vollkom–men erra–ten haben.«

»Erraten!« rief Felissata Michailowna begeistert aus. »Nun, Fürst! Jetzt machen Sie, was Sie wollen, aber Sie müssen uns mitteilen, wer diese Schönheit ist!«

»Das müssen Sie unbedingt!«

»Ist es eine hiesige?«

»Ach, *lieber* Fürst, sagen Sie es uns doch!«

»Lieber, guter, einziger Fürst, sagen Sie es uns, sagen Sie es uns!« ertönte es von allen Seiten.

»Mesdames, mesdames! ... Wenn Sie es wirk–lich so nachdrücklich wissen wollen, so kann ich Ihnen ... nur eines mitteilen, daß sie das bezau–berndste und, man kann wohl sagen, makelloseste Mädchen ist von allen, die ich kenne!«

Der Fürst zerfloß vor Wonne.

»Das bezauberndste! ... Und ... eine hiesige! Wer könnte das sein?« fragten sich die Damen, die bedeutsame Blicke und Winke austauschten.

»Selbstverständlich doch diejenige, die hier als erste Schönheit gilt«, sagte Natalja Dmitrijewna, rieb ihre roten Riesenhände und blickte mit ihren Katzenaugen vielsagend Sina an. Gleichzeitig wandten sich auch die Blicke aller anderen Sina zu.

»Aber wie denn, Fürst, wenn Sie solche Träume haben – weshalb heiraten Sie dann nicht in Wirklichkeit?« fragte die naseweise Felissata Michailowna mit einem vielsagenden Blick ringsum.

»Und wie schön wir Sie verheiraten würden!« griff eine andere Dame auf.

»Ach, *lieber* Fürst, heiraten Sie doch, bitte, bitte!«

»Heiraten Sie, heiraten Sie!« ertönte es von allen Seiten.

»Weshalb, lieber Fürst, sollten Sie denn nicht heiraten? ...«

»Nun ja ... weshalb sollte ich denn nicht heiraten«, meinte auch der Fürst, der von all diesen Ausrufen ganz konfus geworden war.

»Aber, Onkel!« rief plötzlich Mosgljakoff dazwischen.

»Nun ja, mein Lieber, ich verstehe dich! Wie gesagt, mesdames, ich bin nicht mehr fähig zu heiraten, und nachdem ich hier einen bezau–bernden Abend bei unserer liebenswürdigen Hausfrau verbracht habe, werde ich mich morgen früh zum Priestermönch Mis–saïl in die Ein–siedèlei begeben und von dort dann direkt ins Ausland fahren, um bequemer die Fortschritte der europä–ischen Bildung verfol–gen zu können.«

Sina erbleichte und sah dabei ihre Mutter an. Doch Marja Alexandrowna hatte sich schon entschlossen. Bisher hatte sie nur »abgewartet«, geprüft, denn sie sagte sich, daß ihre Feinde sie überholt hatten. Endlich begriff sie alles und sie beschloß sofort, die hundertköpfige Hydra mit einem einzigen Schlag zu besiegen. Majestätisch erhob sie sich aus ihrem Lehnstuhl, trat mit festen Schritten an den Tisch und maß mit stolzem Blick ihre zwergenhaften Feinde. Feuer der Begeisterung leuchtete aus diesem Blick. Sie hatte sich entschlossen, alle diese gehässigen Klatschbasen vor den Kopf zu stoßen, den Schurken Mosgljakoff einfach zu vernichten, wie eine Schabe zu zertreten, und mit einem einzigen entschlossenen und kühnen Schlag ihren ganzen verlorenen Einfluß auf den fürstlichen Idioten zurückzuerobern. Versteht sich, dazu gehörte eine ungewöhnliche kalte Frechheit; um die aber war Marja Alexandrowna nie verlegen.

»Mesdames«, hub sie feierlich und majestätisch an (Marja Alexandrowna liebte überhaupt sehr alles Feierliche), »mesdames, ich habe lange Ihrem Gespräch zugehört, Ihren heiteren und geistvollen Scherzen, und ich finde, daß es jetzt Zeit ist und die Reihe an mich kommt, auch ein Wort zu sagen. Wie Sie wissen, haben wir uns hier alle ganz zufällig zusammengefunden – und das freut mich so unsäglich, so unsäglich! Niemals würde ich mich entschlossen haben, das wichtige Familiengeheimnis als erste allen kund zu tun und es früher zu verbreiten, als es das gewöhnlichste Anstandsgefühl verlangt. Vor allem bitte ich deshalb meinen lieben Gast um Verzeihung. Es scheint mir aber, daß er selbst durch entfernte Anspielungen auf denselben Umstand aufmerksam machen will, was mich auf den Gedanken kommen läßt, daß ihm die formelle und feierliche Mitteilung unseres Familiengeheimnisses nicht nur keineswegs unangenehm sein würde, sondern von ihm geradezu gewünscht wird ... Nicht wahr, Fürst, ich täusche mich doch nicht?«

»Nun ja, Sie täuschen sich nicht ... und es freut mich, freut mich sehr ...«, sagte der Fürst, der nicht im geringsten begriff, wovon die Rede war.

Marja Alexandrowna hielt zur Erhöhung des Eindrucks einen Augenblick inne, um Atem zu schöpfen. Sie übersah die ganze Gesellschaft: alle Gäste horchten mit einer fast raubtierhaften Gier auf ihre Worte. Mosgljakoff zuckte zusammen. Sina errötete und erhob sich, und Afanassij Matwejewitsch schneuzte sich, in Erwartung eines außergewöhnlichen Ereignisses, auf alle Fälle.

»Ja, mesdames, ich bin mit Freuden bereit, Ihnen mein Familiengeheimnis anzuvertrauen. Heute nach dem Mittagessen hat der Fürst, hingerissen von der Schönheit und ... den Vorzügen meiner Tochter, mir die Ehre erwiesen, um ihre Hand anzuhalten. Fürst!« schloß sie mit einer Stimme, die von Tränen und Aufregung zitterte, »Sie dürfen nicht, Sie können mir wegen meiner Unbescheidenheit nicht böse sein! Nur die übergroße Freude hat es vermocht, meinem Herzen vorzeitig dieses liebe Geheimnis zu entreißen und ... welche Mutter würde mich deshalb verurteilen?«

Ich finde keine Worte, um den Eindruck zu schildern, den Marja Alexandrownas unerwartete Mitteilung machte. Alle schienen erstarrt zu sein vor Verwunderung. Die treubrüchigen Freundinnen, die Marja Alexandrowna damit hatten einschüchtern wollen, daß sie bereits alles wüßten, die sie mit der vorzeitigen Aufdeckung des Geheimnisses – und zwar schon in der Form von Andeutungen – zu vernichten meinten, waren jetzt ihrerseits durch diese dreiste Aufrichtigkeit einfach vernichtet. Und dieses gewagte Spiel entbehrte auch nicht einer inneren Kraft: Folglich wird der Fürst tatsächlich und freiwillig Sina heiraten? Folglich ist er nicht in eine Falle gelockt, nicht betrunken gemacht, nicht betrogen worden? Folglich wird er nicht heimlich, nicht hinterrücks verheiratet? Folglich fürchtet Marja Alexandrowna nichts und niemanden? Folglich läßt sich diese Heirat durch nichts mehr zerstören, denn der Fürst heiratet doch aus eigenem freien Willen! ... Einen Augenblick hörte man allgemeines Getuschel, das sich dann plötzlich in Freudenrufen entlud. Als erste stürzte Natalja Dmitrijewna zu Marja Alexandrowna, um sie in ihre Arme zu schließen; ihr folgte Anna Nikolajewna und dieser Felissata Michailowna. Alle sprangen von ihren Plätzen auf, alle gerieten sie in ein unentwirrbares Durcheinander. Viele Damen waren bleich vor Wut. Sina wurde mit Glückwünschen überhäuft. Sogar an Afanassij Matwejewitsch klammerte man sich. Marja Alexandrowna breitete malerisch die Arme aus und drückte fast mit Gewalt die Tochter an ihre Brust. Nur der Fürst allein blickte mit einer gewissen sonderbaren Verwunderung auf die ganze Szene, wenn er auch immer noch liebenswürdig lächelte. Übrigens gefiel ihm der Tumult zum Teil sehr gut. Und als die Mutter ihr Kind umarmte, da zog er sein Schnupftuch hervor und wischte sich eine Träne aus dem einen Auge. Natürlich stürzte man sich dann auch auf ihn mit Glückwünschen.

»Wir gratulieren, Fürst! Wir gratulieren!« ertönte es von allen Seiten.

»Also, Sie heiraten?«

»Sie heiraten also wirklich?«

»Lieber Fürst, dann heiraten Sie also doch?«

»Nun ja, nun ja«, antwortete der Fürst, der mit den Glückwünschen und der Aufregung sehr zufrieden war, »und ich gestehe Ihnen, daß mir am meisten Ihre liebe Teil–nahme gefällt, die Sie mir jetzt bewei–sen und die ich nie–mals vergessen werde, nie–mals. Charmant, charmant! Sie haben mich sogar bis zu Trä–nen gerührt . . .«

»Küssen Sie mich, Fürst!« übertönte Felissata Michailowna das Geschrei aller anderen.

»Und ich gestehe Ihnen«, fuhr der Fürst fort, obschon er von allen Seiten beständig unterbrochen wurde, »am meisten wundert es mich, daß Marja Iwa–now–na, unsere ver–ehrte Gastgeberin, mit einer so frappie–renden Genau–igkeit meinen Traum erraten hat. Ganz als hätte sie ihn an meiner Stelle erlebt! Ein auf–fallender Scharfblick, in der Tat! Auf–fallender Scharf–blick!«

»Ach, Fürst, Sie reden wieder von Ihrem Traum!«

»Gestehen Sie nur, Fürst, gestehen Sie nur!« drängten die ihn umringenden Damen.

»Ja, Fürst, wozu es noch verheimlichen; es ist Zeit, das Geheimnis aufzudecken!« sagte Marja Alexandrowna entschlossen und streng. »Ich habe Ihre feinfühlige Allegorie, Ihr bezauberndes Zartgefühl verstanden, mit dem Sie mir andeuteten, daß Sie Ihre Verlobung zu veröffentlichen wünschten. Ja, mesdames, es ist wahr: heute ist der Fürst *in wachem Zustand* und nicht im Traum vor meiner Tochter niedergekniet und hat ihr in aller Form einen Heiratsantrag gemacht.«

»Ja, es war vollkom–men wie im Wachen und sogar mit denselben Neben–um–ständen«, bestätigte der Fürst. »Mademoiselle«, fuhr er fort, sich mit ungewöhnlicher Höflichkeit an Sina wendend, die eigentlich noch nicht zu sich gekommen war, »Mademoiselle! Ich schwöre Ihnen, daß ich nie–mals Ihren Namen zu nennen gewagt hätte, wenn er nicht von an–deren vor mir genannt worden wäre. Es war ein be–zau–bernder Traum, und ich schätze mich dop–pelt glücklich, daß ich es Ihnen jetzt sa–gen kann. Charmant! Charmant! . . .«

»Aber um Himmels willen, was ist denn das? Er redet

immer noch von einem Traum?« flüsterte Anna Nikolajewna der erregten und etwas bleichen Marja Alexandrowna zu.

Doch wehe! – Marja Alexandrowna zitterte das Herz auch ohne diese Fragen.

»Wie ist denn das?« flüsterten die Damen untereinander und tauschten vielsagende Blicke aus.

»Aber ich bitte Sie, Fürst«, hub Marja Alexandrowna mit schmerzlichem Lächeln an, »ich kann Ihnen nur sagen, daß Sie mich in Erstaunen setzen. Was ist das für eine sonderbare Traumidee, die Sie da haben? Ich sage Ihnen, ich war bis jetzt im Glauben, daß Sie soeben nur scherzten, aber ... Wenn es ein Scherz sein soll, so ist er zum mindesten sehr unangebracht ... Ich werde ... ich will es Ihrer Zerstreutheit zuschreiben, aber ...«

»Das kommt bei ihm vielleicht tatsächlich nur von der Zerstreutheit«, meinte auch Natalja Dmitrijewna.

»Nun ja ... vielleicht auch aus Zerstreutheit«, bestätigte der Fürst, der immer noch nicht begriff, um was es sich handelte und was man von ihm eigentlich wollte. »Und denken Sie sich, ich werde Ihnen sogleich eine A–nek–do–te erzählen. Man hatte mich eingeladen, in Petersburg war es, zu einer Einsargung, es war une maison bourgeoise, mais honnête, und ich glaubte, es sei zu einem Namensfest. Das Namensfest war aber schon vor einer Woche gewesen. Ich bestellte also ein Kame–lienbukett für die Dame. Nun ja, ich kam hin und was sah ich? Ein eh–renwerter, bejahrter Mann lag aufgebahrt da, so daß ich mich nur wunderte. Und ich wuß–te gar nicht, wo ich mein Bukett lassen sollte.«

»Aber Fürst, jetzt ist es uns doch nicht um solche Geschichten zu tun!« unterbrach ihn Marja Alexandrowna ärgerlich. »Meine Tochter hat es nicht nötig, Freier zu angeln. Heute nachmittag haben Sie ihr selbst hier an diesem Flügel einen Heiratsantrag gemacht. Ich habe Sie nicht dazu veranlaßt ... Ich kann sogar sagen, daß es mich überrascht hat ... Allerdings, mir kam damals schon der Gedanke, aber ich schob ihn auf bis zu Ihrem Erwachen. Doch ich bin Mutter ... sie ist mein Kind ... Sie haben soeben von einem Traum gesprochen, und ich glaubte, Sie wollten in der Form einer Allegorie von Ihrer Verlobung erzählen. Ich weiß sehr wohl, daß man Sie vielleicht davon abbringen will ... und ich ahne sogar, wer es tut ... aber erklären Sie sich, Fürst, erklären Sie sich schneller, ausführlicher. Solche Scherze darf man sich in einem anständigen Hause nicht erlauben ...«

»Nun ja, solche Scherze darf man sich in einem anständigen Hause nicht erlauben«, pflichtete ihr der Fürst ahnungslos bei. Übrigens wurde er doch etwas unruhig.

»Aber das ist doch keine Antwort auf meine Frage, Fürst! Ich ersuche Sie, mir entscheidend zu antworten: bestätigen Sie, bestätigen Sie es hier vor allen Anwesenden, daß Sie vorhin um die Hand meiner Tochter angehalten haben!«

»Nun ja, ich bin bereit, zu bestätigen. Wie gesagt, ich habe das alles schon erzählt, und Felissata Maka–rowna hat meinen Traum vollkom–men erraten.«

»Nicht Traum! nicht Traum!« rief Marja Alexandrowna nun schon wütend aus. »Es war kein Traum, sondern Wirklichkeit, Fürst, Wirklichkeit, hören Sie: Wirklichkeit!«

»Wirk–lich–keit?« rief der Fürst höchst verwundert aus und erhob sich vor Überraschung. »Da hörst du's, mein Lieber! Was du vorhin pro–phezei–test, ist jetzt richtig eingetroffen!« rief er Mosgljakoff zu. »Aber ich versichere Sie, verehrte Marja Alexandrowna, daß Sie sich täuschen! Ich bin voll–kom–men ü–ber–zeugt, daß es mir nur ge–träumt hat!«

»Großer Gott!« Marja Alexandrowna schlug die Hände zusammen.

»Beruhigen Sie sich, Marja Alexandrowna«, mischte sich Natalja Dmitrijewna ein, »der Fürst hat es vielleicht nur vergessen ... er wird sich daran wieder erinnern.«

»Ich wundere mich über Sie, Natalja Dmitrijewna«, entgegnete Marja Alexandrowna unwillig, »kann man denn so etwas vergessen? Wer vergißt denn so etwas? Ich bitte

Sie, Fürst! Oder wollen Sie sich über uns lustig machen? Oder wollen Sie einen der Gecken nachäffen, wie sie zur Zeit der Régence in der Mode waren und die jetzt Dumas schildert? Irgendeinen Fairelacour? Aber ganz abgesehen davon, daß es Ihren Jahren nicht ansteht, wird es Ihnen auch nicht gelingen! Meine Tochter ist keine französische Vicomtesse! Vorhin hat sie hier, sehen Sie, hier gestanden und Ihnen eine Romanze vorgesungen, und da sind Sie hier vor ihr niedergekniet und haben ihr einen Heiratsantrag gemacht. Ich phantasiere doch nicht! Sagen Sie doch, Fürst: schlafe ich oder schlafe ich nicht?«

»Nun ja ... wie gesagt, vielleicht auch nicht ...«, antwortete der verwirrte Fürst. »Ich will nur sagen, daß ich jetzt, glaube ich, *nicht* schla–fe. Vorhin, sehen Sie, schlief ich, und des–halb hat mir auch geträumt, weil ich, wie gesagt, schlief ...«

»Großer Gott, was ist das: schlief – schlief nicht, schlief nicht – schlief! Da soll der Teufel daraus klug werden! Sie phantasieren doch nicht, Fürst?«

»Nun ja, der Teufel soll daraus klug werden ... übrigens, ich glaube, daß ich jetzt ganz aus dem Kon–zept gekommen bin ...«, murmelte der Fürst mit unruhigen Blicken auf seine Umgebung.

»Aber wie haben Sie denn das im Traum sehen können, wenn ich Ihnen diesen Traum mit allen Einzelheiten erzähle, während Sie ihn doch noch keinem einzigen Menschen erzählt haben!«

»Aber es kann doch sein, daß der Fürst ihn schon irgend jemandem mitgeteilt hat«, meinte Natalja Dmitrijewna.

»Nun ja, es kann ja doch sein, daß ich ihn jemandem schon mitgeteilt habe«, wiederholte der jetzt völlig konfus gewordene Fürst.

»Das ist mal eine Komödie!« flüsterte Felissata Michailowna ihrer Nachbarin zu.

»Großer Gott! Da kann einem doch die letzte Geduld reißen!« rief Marja Alexandrowna aus, und sie rang die Hände vor Verzweiflung. »Sie hat Ihnen eine Romanze vorgesungen, eine Romanze! Glauben Sie denn, daß auch dies Ihnen nur geträumt hat?«

»Nun ja, in der Tat, es war, als hätte sie auch gesungen«, murmelte der Fürst, in Gedanken versunken.

Plötzlich belebte eine Erinnerung sein Gesicht.

»Mein Lieber!« rief er aus, sich an Mosgljakoff wendend, »ich hatte es ganz vergessen, dir vorhin zu sagen, daß sie tatsächlich noch so etwas wie eine Roman–ze sang, und in dieser Romanze war die Rede von Schlös–sern und dann war dort auch noch irgendein Troubadour! Nun ja, ich entsin–ne mich dessen ... so daß ich sogar wein–te ... Und jetzt bin ich in der größten Verle–genheit, denn es will mir scheinen, als ob es tatsächlich in Wirk–lich–keit gewesen wäre, und nicht nur im Traum ...«

»Offen gestanden, Onkelchen«, bemerkte Mosgljakoff möglichst ruhig, obgleich seine Stimme von innerer Aufregung zu zittern schien, »offen gestanden, mir scheint es, daß dieses ganze Problem sehr leicht zu lösen ist. Ich glaube, daß Sie tatsächlich Gesang gehört haben. Sinaïda Afanassjewna singt vorzüglich. Nach Tisch sind Sie hierhergeführt worden und Sinaïda Afanassjewna hat Ihnen eine Romanze vorgesungen. Ich war damals nicht hier. Sie aber haben sich wahrscheinlich hinreißen lassen, haben an die guten alten Zeiten gedacht, wahrscheinlich an die Stunden, als Sie selbst Romanzen sangen ... mit der Vicomtesse, von der Sie uns noch am Vormittag erzählten. Nun, und dann, als Sie Ihr Schläfchen machten, hat Ihnen infolge der angenehmen Eindrücke geträumt, daß Sie verliebt seien und einen Heiratsantrag machten ...«

Marja Alexandrowna war einfach betäubt. Eine solche Frechheit hätte sie denn doch nicht für möglich gehalten.

»Ach, mein Lieber, das war ja auch tatsächlich so!« rief der Fürst begeistert aus. »Gerade infolge der angenehmen Ein–drücke! Ich erinnerte mich ganz deut–lich dessen, daß mir eine Romanze vorgesungen wurde ... deshalb wollte ich im Traum auch heiraten. Und die Vicomtesse kam gleichfalls vor ... Nein, wie klug du das erklärt hast, mein Lieber! Nun ja, ich bin jetzt voll–kom–men überzeugt, daß ich das alles nur im Traum gesehen habe! Marja Wassiljewna! Ich versichere Sie, daß es mir nur geträumt hat! Es war nur ein Traum. An–derenfalls würde ich nicht mit Ihren e–delsten Gefüh–len gespielt haben ...«

»Ah! Jetzt sehe ich, wer hier die Hand im Spiel hat!« schrie Marja Alexandrowna, außer sich vor Wut, und sie wandte sich an Mosgljakoff. »Sie sind es, mein Herr, Sie sind der Ehrlose, Sie allein haben das alles getan! Sie haben aus Rache dafür, daß Sie einen Korb erhielten, diesem unglücklichen Idioten den Kopf verdreht! Diese Schmach wirst du mir aber bezahlen, du gemeiner Mensch! Jawohl! Das wirst du mir bezahlen, bezahlen!«

»Marja Alexandrowna!« schrie Mosgljakoff, rot wie ein Krebs, »Ihre Worte sind dermaßen ... Ich weiß gar nicht, wie sie sind ... Ich weiß nur, daß keine vornehme Dame sich erlauben würde ... ich verteidige zum mindesten meinen Verwandten. Sie müssen doch zugeben, daß, einen alten Mann so zu umgarnen, so in die Falle zu locken ...«

»Nun ja, in die Falle zu locken«, wiederholte der Fürst, der sich hinter Mosgljakoff zu verstecken versuchte.

»Afanassij Matwejewitsch!« kreischte nun Marja Alexandrowna mit einer an ihr ganz fremden Stimme. »Hören Sie denn nicht, wie wir beschimpft und entehrt werden? Oder haben Sie sich bereits von jeder Pflicht uns gegenüber losgesagt? Sind Sie wirklich kein Familienvater, sondern nur ein lebloser Holzklotz? Was blinzeln Sie mich an? Ein anderer Gatte hätte schon längst die seiner Familie zugefügte Schmach mit seinem Blute abgewaschen! ...«

»Mütterchen!« hub Afanassij Matwejewitsch wichtig an, offenbar sehr stolz darauf, daß man endlich auch seiner bedurfte. »Mütterchen! Hat dir das schließlich nicht wirklich nur geträumt und dann, nachdem du aufgewacht bist, hast du alles verwechselt und auf deine Art verdreht ... –«

Doch es war Afanassij Matwejewitsch nicht vergönnt, seine scharfsinnige Erklärung zu Ende sprechen zu können. Bis dahin hatten die Gäste noch an sich gehalten und sich nur mit verborgener Schadenfreude den Anschein würdevollen Ernstes gegeben. Jetzt aber brach alles in schallendes, unbändiges Gelächter aus. Marja Alexandrowna, die ihr ganzes Comme il faut vergaß, wollte sich, wie es schien, auf ihren Gatten stürzen, um ihm sofort die Augen auszukratzen, wurde jedoch mit Gewalt zurückgehalten. Natalja Dmitrijewna aber benutzte die Gelegenheit, um noch etwas Gift hinzuzuträufeln.

»Ach, Marja Alexandrowna, vielleicht ist es auch wirklich so gewesen, seien Sie doch nicht so heftig«, sagte sie mit honigsüßer Stimme.

»Was soll so gewesen sein? Was soll denn so gewesen sein!« schrie Marja Alexandrowna, die noch nicht recht begriff.

»Ach, Marja Alexandrowna, das kommt doch zuweilen vor...«

»Was kommt zuweilen vor?« fuhr Marja Alexandrowna auf.

»Vielleicht hat es Ihnen wirklich nur geträumt.«

»Geträumt? Mir? Geträumt? Und Sie wagen es, mir das offen ins Gesicht zu sagen!«

»Wieso, vielleicht ist es auch wirklich so gewesen«, meinte Felissata Michailowna.

»Nun ja, vielleicht ist es wirk–lich so gewesen«, murmelte auch der Fürst.

»Auch er noch! Er noch! Großer Gott!« stöhnte Marja Alexandrowna und rang die Hände.

»Wie, Sie verzweifeln, Marja Alexandrowna! Denken Sie doch daran, daß Gott es ist, der uns Träume schickt. Und wenn Gott etwas will, dann will er es eben, und in seiner Hand liegt alles. Da lohnt es sich ja gar nicht mehr, sich noch zu ärgern.«

»Nun ja, da lohnt es sich gar nicht mehr, sich zu ärgern...«, pflichtete der Fürst bei.

»Ja, halten Sie mich denn für verrückt?« brachte Marja Alexandrowna vor Aufregung kaum noch hervor. Das ging denn doch über menschliche Kraft! Sie suchte schnell einen Stuhl und – fiel in Ohnmacht. Alles stürzte zu ihr.

»Sie ist ja nur anstandshalber in Ohnmacht gefallen«, flüsterte Natalja Dmitrijewna ihrer Freundin Anna Nikolajewna zu.

Doch in diesem Augenblick, im Augenblick der größten Bestürzung und der höchsten Spannung, trat plötzlich eine neue Person vor, eine, die bis dahin kein Wort gesprochen hatte, und die ganze Szene änderte mit einem Schlag ihren Charakter . . .

XIV

Sinaïda Afanassjewna war wohl überhaupt sehr romantisch veranlagt. Ich weiß nicht, ob das, wie Marja Alexandrowna behauptete, gerade daher kam, daß sie mit »ihrem erbärmlichen Lehrer« gar zu viel »diesen Dummkopf Shakespeare« gelesen hatte, jedenfalls aber hatte sich Sina noch nie zuvor einen so außergewöhnlich romantischen, oder richtiger, heroischen Ausfall erlaubt, wie es der war, von dem wir jetzt im folgenden berichten werden.

Bleich, mit Entschlossenheit im Blick, doch fast zitternd vor Erregung, dabei wunderbar schön in ihrer Empörung, trat sie jetzt vor. Mit langem, herausforderndem Blick schaute sie die Anwesenden ringsum an und wandte sich dann in der plötzlich eingetretenen Stille an die Mutter, die schon bei ihrer ersten Bewegung aus der Ohnmacht wieder erwachte und die Augen aufschlug.

»Mama«, sagte Sina, »wozu noch weiter betrügen? Wozu sich durch Lügen noch mehr beschmutzen? Es ist ja alles ohnehin schon so schmutzig, daß es sich wahrlich nicht der erniedrigenden Mühe lohnt, diesen Schmutz verdecken zu wollen!«

»Sina! Sina! Was ist mit dir, mein Kind? Besinne dich!« stieß die erschrockene Marja Alexandrowna, sofort aufspringend, hervor.

»Ich habe Ihnen gesagt, ich habe Ihnen im voraus gesagt, Mama, daß ich diese ganze Schmach nicht werde ertragen können«, fuhr Sina fort. »Muß man sich denn wirklich noch mehr erniedrigen, noch mehr besudeln? Aber ich nehme alles auf mich, Mama, denn ich bin die Schuldigste. Ich, ich allein habe durch meine Einwilligung die Veranlassung zu dieser häßlichen Intrige gegeben! Sie sind meine Mutter, Sie lieben mich, und glauben, mein Glück zu schaffen, nach Ihrer Auffassung, so wie Sie es verstehen. Ihnen kann man noch verzeihen, mir aber, mir – niemals!«

»Sina, willst du denn wirklich alles erzählen? ... Oh, Gott! Ich ahnte es ja, daß dieser Dolchstoß meinem Herzen nicht erspart bleiben werde!«

»Ja, Mama, ich werde alles erzählen! Ich, Sie ... wir alle sind blamiert!«

»Du übertreibst, Sina! Du bist außer dir und weißt nicht, was du sprichst! Was willst du denn erzählen? Das hat doch keinen Sinn. Die Schande fällt nicht auf uns ... Ich werde sofort beweisen, daß die Schande nicht auf uns fällt ...«

»Nein, Mama!« rief Sina laut und ihre Stimme bebte vor Zorn, »ich will nicht mehr schweigen vor diesen Leuten, deren Meinung ich verachte und die hergekommen sind, um sich über uns lustig zu machen! Ich will ihre Beleidigungen nicht länger ruhig hinnehmen! Keine einzige von ihnen hat das Recht, mich mit Schmutz zu bewerfen. Sie sind ja alle sofort bereit, noch dreißigmal Schlimmeres zu tun, als ich oder Sie, Mama, getan haben. Dürfen Sie, können Sie überhaupt unsere Richter sein? ...«

»Das ist ja noch schöner! Was die sich erlaubt! ... Was soll denn das bedeuten? Jetzt *uns* zu beleidigen?« hörte man ringsum.

»Sie scheint ja wirklich nicht zu wissen, was sie spricht!« meinte Natalja Dmitrijewna.

Nebenbei bemerkt, diesmal hatte Natalja Dmitrijewna vollkommen recht. Wenn Sina diese Damen für unwürdig hielt, ihre Richter zu sein, weshalb würdigte sie sie dann solcher Geständnisse? Überhaupt handelte sie wohl etwas übereilt, – das war späterhin auch die Meinung der besten Köpfe in Mordassoff. Alles hätte noch gut werden können! Alles hätte beigelegt werden können! Es ist ja wahr: auch Marja Alexandrowna hatte sich an diesem Abend selbst vieles eingebrockt, und zwar nur durch ihre Überstürzung und ihren Hochmut. Man hätte ja den idiotischen Greis nur auszulachen brauchen! Und eventuell vor die Tür zu setzen! Sina aber wandte sich, jeder gesunden Vernunft und der ganzen Mordassower Weisheit zuwider, an den Fürsten.

»Fürst«, sagte sie zu dem Alten, der sich aus Ehrerbietung sogleich von seinem Platz erhob – so sehr imponierte sie ihm in diesem Augenblick. »Verzeihen Sie mir, verzeihen Sie uns! Wir haben Sie betrogen, wir haben Sie in die Falle gelockt . . .«

»Wirst du denn nicht endlich schweigen, Unglückselige!« rief Marja Alexandrowna in größter Verzweiflung dazwischen.

»Meine Gnädigste! Meine Gnädigste! Ma charmante enfant . . .«, stotterte der Fürst nur, maßlos bestürzt.

Doch der stolze, heftige und im höchsten Grade romantisch verträumte Charakter Sinas riß sie mit sich fort und ließ sie alle von der Wirklichkeit geforderten Anstandsregeln vergessen. Sie vergaß sogar ihre Mutter, die sich während dieser Geständnisse ihrer Tochter innerlich geradezu in Krämpfen wand.

»Ja, wir beide haben Sie betrogen, Fürst: meine Mutter, indem sie Sie veranlassen wollte, mich zu heiraten, und ich, indem ich auf ihren Vorschlag einging. Ihnen wurde bei Tisch immer wieder Wein eingeschenkt, ich willigte ein, zu singen und mich vor Ihnen zur Schau zu stellen . . . Sie, der Schwache, Schutzlose, wurden, wie Pawel Alexandrowitsch sich ausdrückt, umgarnt, ja, umgarnt um Ihres Reichtums, Ihres

Fürstentitels willen. Alles das war entsetzlich niedrig, und ich bereue es schmerzhaft. Aber ich schwöre Ihnen, Fürst, daß ich mich zu dieser Schändlichkeit nicht mit einer schändlichen Absicht entschlossen habe. Ich wollte ... Aber was tue ich! Es ist ja eine doppelte Schändlichkeit, sich in einer solchen Angelegenheit noch rechtfertigen zu wollen! Ich sage Ihnen nur, daß ich, wenn ich etwas von Ihnen angenommen hätte, dafür Ihr Spielzeug, Ihre Dienstmagd, Ihre Tänzerin, Ihre Sklavin gewesen wäre ... Das hatte ich mir geschworen und heilig hätte ich meinen Schwur gehalten, das weiß ich!«

Sie verstummte für einen Augenblick, ihre Kehle war auf einmal wie zugeschnürt. Die Gäste schienen alle sprachlos zu erstarren und hörten nur mit weit aufgerissenen Augen zu. Der unerwartete und ihnen ganz unverständliche Ausfall Sinas stieß sie alle förmlich vor den Kopf. Nur der Fürst war bis zu Tränen gerührt, obschon er kaum die Hälfte von dem verstand, was Sina sagte.

»Aber ich werde Sie ja hei–raten, ma belle enfant, wenn Sie es so gerne wollen«, stotterte er, »und es wird mir eine große Eh–re sein. Nur versichere ich Sie, daß es wirk–lich gleich–sam wie im Traum gewe–sen ist ... Aber als ob man wenig Träume hätte! Weshalb sich daher beun–ruhigen? Es ist mir sogar, als hätte ich noch nichts begrif–fen, mon ami«, fuhr er, sich an Mosgljakoff wendend, fort, »vielleicht kannst du es mir erklären ...«

»Und Sie, Pawel Alexandrowitsch«, unterbrach ihn Sina, sich gleichfalls an Mosgljakoff wendend, »Sie, auf den ich eine Zeitlang fast schon wie auf meinen zukünftigen Gatten gesehen habe, Sie, der Sie sich jetzt so grausam an mir gerächt haben, – haben Sie sich wirklich zu diesen Leuten gesellen können, um mich herabzureißen und mit Schmutz zu bewerfen? Und Sie haben gesagt, Sie liebten mich! Doch nicht mir kommt es zu, Ihnen Vorwürfe zu machen! Ich bin schuldiger als Sie ... Ich habe Sie gekränkt und beleidigt, denn ich habe Sie tatsächlich mit Versprechungen hingehalten, und was ich Ihnen heute nachmittag als Beweis des Gegenteils gesagt habe, war Lüge und Spitzfindigkeit. Ich habe Sie nie geliebt, und wenn ich mich entschlossen hätte, Sie zu heiraten, so hätte ich es nur getan, um von hier irgendwohin fortfahren zu können, fort aus dieser verwünschten Stadt, um diesen ganzen Schmutz hier endlich abzuschütteln ... Aber eines können Sie mir glauben: wenn ich Sie geheiratet hätte, wäre ich Ihnen eine gute und treue Frau gewesen ... Sie haben sich grausam an mir gerächt ... und wenn es Ihrem Stolz schmeicheln kann ...«

»Sinaïda Afanássjewna!« fiel ihr Mosgljakoff ins Wort.

»Wenn Sie mich immer noch hassen ...«

»Sinaïda Afanassjewna!!«

»Wenn Sie mich jemals«, fuhr Sina fort, die aufsteigenden Tränen unterdrückend, »wenn Sie mich jemals geliebt haben ...«

»Sinaïda Afanassjewna!!!«

»Sina, Sina! Mein Kind!« jammerte Marja Alexandrowna.

»Ich bin ein Schuft, Sinaïda Afanassjewna, ich bin ein Schuft und nichts weiter!« behauptete plötzlich Mosgljakoff, und alles geriet in große Aufregung. Ausrufe der Verwunderung und des Unwillens wurden laut, doch Mosgljakoff stand wie angewurzelt da, augenscheinlich jedes Gedankens bar. Er konnte kein Wort mehr hervorbringen.

Für schwache und leere Charaktere, die an ewige Unterwerfung gewöhnt sind, gibt es, wenn sie sich einmal entschließen, sich aufzulehnen und zu protestieren, mit einem Wort, fest und entschlossen zu sein, – für diese Charaktere gibt es immer eine gewisse nahe Grenze, die das Ende ihrer kurzen Festigkeit und Entschlossenheit ist. Ihr Protest pflegt zu Anfang überaus energisch zu sein. Ihre Energie geht zuweilen sogar bis zur Raserei. Sie werfen sich gleichsam mit zugekniffenen Augen auf die Hindernisse und laden sich fast stets eine für ihre Kräfte zu große Last auf die Schultern. Hat aber dieser rasende Mensch jene nahe Grenze erreicht, so bleibt er plötzlich, gleichsam erschrocken über sich selbst, wie betäubt vor der furchtbaren Frage stehen: »Was habe ich da angerichtet?« – worauf er alsbald seinen ganzen Heroismus verliert, womöglich sogar weint, sich erklären will, auf die Kniee fällt, um Verzeihung bittet, fleht, es wieder beim alten sein zu lassen, nur schnell, so schnell wie möglich es wieder beim alten sein zu lassen! ... Fast dasselbe geschah jetzt auch mit Mosgljakoff. Nachdem er sich empört, das Unglück heraufbeschworen, das er jetzt bereits nur sich allein zuschrieb, nachdem er seinem Zorn und seiner Eitelkeit Genüge getan und sich selbst in den eigenen Augen verhaßt gemacht hatte, stand er nun plötzlich, von Gewissensbissen niedergedrückt, vor dem unerwarteten Auftreten Sinas. Ihre letzten Worte vernichteten ihn endgültig. Und aus dem einen Extrem ins andere hinüberzuspringen, war für ihn die Tat eines Augenblicks.

»Ich bin ein Esel, Sinaïda Afanassjewna!« rief er in einem Anfall verzweifelter Reue aus. »Nein! Was sage ich! Ein Esel ist noch nichts gegen mich! Ich bin unvergleichlich schlechter als ein Esel! Aber ich werde Ihnen beweisen, Sinaïda Afanassjewna, ich werde Ihnen beweisen, daß auch ein Esel ein anständiger Mensch sein kann! Onkel! Ich habe Sie betrogen! *Ich, ich, ich* allein habe Sie betrogen! Sie haben nicht geschlafen, Sie haben wirklich in vollkommen wachem Zustand den Heiratsantrag gemacht, ich aber, ich Schuft, habe aus Rache, weil man mir einen Korb gegeben hatte, aus Rache Ihnen eingeredet, daß es Ihnen nur geträumt hätte! ...«

»Das sind ja seltsam interessante Dinge, die hier aufgedeckt werden!« tuschelte Natalja Dmitrijewna ihrer Nachbarin Anna Nikolajewna zu.

»Mein Lieber«, versetzte der Fürst, »be–ru–hige dich, bitte. Du hast mich wirklich erschreckt mit deinem Geschrei. Ich versichere dich, daß du dich irrst ... Ich bin ja schließlich gern bereit zu heiraten, wenn es nun mal un–be–dingt nötig ist; aber du hast mir doch selbst gesagt, daß es mir nur geträumt habe ...«

»Ach, wie soll ich ihn jetzt überzeugen! Sagen Sie mir,

helfen Sie mir, wie ich ihn jetzt überzeugen kann! Onkel, Onkelchen! Das ist doch eine wichtige Sache, das ist doch die wichtigste Familienangelegenheit! Überlegen Sie es sich doch nur! Denken Sie doch nach!«

»Mein Lieber, schön, wie du willst: ich den–ke nach. Wart einmal, laß mich alles der Reihe nach mir ins Gedächtnis zurückrufen: zuerst träumte mir von meinem Kutscher Fe–o–fil ...«

»Ach, jetzt handelt es sich doch nicht um Ihren Feofil!«

»Nun ja, nehmen wir an, daß es sich jetzt nicht um ihn handle. Dann träumte mir von Napo–le–on, und dann war es so, als wenn wir getrunken hätten, und eine Dame kam und aß den ganzen Zucker auf ...«

»Aber, Onkelchen«, unterbrach ihn Mosgljakoff – offenbar in einem Augenblick der Lähmung seines Denkvermögens, »das hat Ihnen doch Marja Alexandrowna nach dem Essen von Natalja Dmitrijewna erzählt! Ich war ja doch hier, ich habe es selbst gehört! Ich hatte mich versteckt und sah und lauschte durch ein Schlüsselloch ...«

»Was soll denn das heißen, Marja Alexandrowna!« rief Natalja Dmitrijewna dazwischen. »Dann haben Sie es also auch dem Fürsten erzählt, daß ich bei Ihnen Zucker aus der Zuckerdose gestohlen hätte! Dann komme ich also zu Ihnen, um hier Zucker zu stehlen?«

»Hinaus! Machen Sie, daß Sie hinauskommen!« rief Marja Alexandrowna, zur Verzweiflung gebracht.

»Nein, nicht hinaus, Marja Alexandrowna, so dürfen Sie nicht mit mir sprechen! ... Also, ich soll bei Ihnen Zucker stehlen? Ich habe schon lange gehört, daß Sie solche Gemeinheiten über mich erzählen! Mir hat Ssofja Petrówna alles ganz ausführlich erzählt ... Also ich stehle bei Ihnen Zukker? ...«

»Aber, mesdames«, rief der Fürst dazwischen, »das hat mir ja nur geträumt! Als ob mir nicht vieles träu–men kann? ...«

»Dieses verwünschte Faß!« brummte Marja Alexandrowna.

»Was! Ich soll ein Faß sein?« kreischte Natalja Dmitrijewna. »Und wer sind denn Sie, wenn man fragen darf? Ich weiß es schon längst, daß Sie mich ein Faß nennen! Ich habe wenigstens ... ich habe wenigstens einen Mann, Sie aber haben nur einen Tölpel ...«

»Nun ja, ich weiß, es war da auch von einem Faß die Rede«, murmelte ahnungslos der Fürst, der sich seines Gesprächs mit Marja Alexandrowna entsann.

»Wie, auch Sie fangen an! Auch Sie wollen eine vornehme Dame beschimpfen? Wie wagen Sie es überhaupt? Wenn ich ein Faß bin, so sind Sie ein einbeiniger Krüppel ...«

»Wer? – Ich einbeinig?«

»Gewiß Sie! Und nicht nur, daß Ihnen ein Bein fehlt, Ihnen fehlen auch alle Zähne, damit Sie's wissen!«

»Und außerdem ist er noch einäugig!« schrie Marja Alexandrowna.

»Anstelle Ihrer fehlenden Rippen tragen Sie ein Korsett! ...«, übertrumpfte sie Natalja Dmitrijewna.

»Das ganze Gesicht ist auf Sprungfedern! ...«

»Kein einziges echtes Haar hat er auf dem Kopf! ...«

»Und der Schnurrbart ist dem Esel angeklebt! ...«, schrie Marja Alexandrowna.

»Aber ... aber die Nase lassen Sie mir doch we–nigstens, Marja Stepá–nowna!« unterbrach sie der Fürst, den diese plötzlichen Offenbarungen ganz kopfscheu machten. »Mein Lieber! Du hast mich verraten! Du hast es erzählt, daß ich falsches Haar trage ...«

»Onkelchen!«

»Nein, mein Lieber, ich kann hier nicht länger blei–ben! Bring mich irgendwohin fort ... quelle société! Wohin hast du mich eigentlich ge–bracht, Gott im Himmel!«

»Sie Idiot! Sie Schuft!« schrie Marja Alexandrowna.

»Gott im Himmel!« stotterte der erblaßte Fürst. »Ich habe im Au–genblick nur ein wenig verges–sen, weshalb ich herge–kom–men bin, aber ich werde mich daran so–fort erin–nern. Bring mich, mon ami, bring mich irgendwohin fort, sonst zerreißt man mich hier noch. Zudem ... zudem muß ich schnell einen neuen Gedanken no–tieren ...«

»Gehen wir, Onkelchen, es ist noch nicht spät. Ich werde Sie sofort ins Gasthaus bringen und auch selbst mit Ihnen übersiedeln ...«

»Nun ja, ins Gast–haus. Adieu, ma charmante enfant ... Sie allein ... nur Sie allein ... sind gut und tugend–haft. Sie sind ein ed–les Mäd–chen! ... Gehen wir, mein Lieber ... Gott im Himmel!«

Doch ich will nicht das Ende dieser unangenehmen Szene nach dem Fortgang des Fürsten zu beschreiben versuchen. Mit Geschrei und Gezeter fuhren die Gäste ab. Marja Alexandrowna blieb schließlich allein zurück – unter den Trümmern ihres früheren Ruhmes. Ihre Macht, ihr Einfluß, ihre ganze Bedeutung – alles war an diesem Abend eingestürzt und untergegangen. Marja Alexandrowna sah ein, daß sie sich nie mehr zu derselben Höhe würde erheben können. Ihre langjährige despotische Herrschaft in der Gesellschaft war endgültig dahingeschwunden. Was blieb ihr jetzt noch übrig? – Zu philosophieren? Nun, sie philosophierte nicht. Sie tobte innerlich die ganze Nacht. Sina war entehrt und der Klatsch würde kein Ende nehmen! Entsetzlich!

Als gewissenhafter Historiker muß ich noch vermerken, daß am meisten unter dieser Stimmung Afanássij Matwéjewitsch zu leiden hatte. Zu guter Letzt verkroch er sich in eine Kleiderkammer, wo ihn dann bis zum Morgen furchtbar fror.

Endlich brach der Morgen an. Doch auch der neue Tag sollte nichts Gutes bringen. Ein Unglück kommt bekanntlich nie allein.

XV

Wenn das Schicksal einem einmal Unglück beschert, so hört es damit so bald nicht auf. Das ist eine altbekannte Tatsache. Als ob diese ganze Schmach und Schande nicht genug gewesen wäre für Marja Alexandrowna! Doch nein! Das Schicksal hatte noch eine andere Überraschung für sie in Bereitschaft.

Am nächsten Morgen, noch vor zehn Uhr, verbreitete sich in der Stadt ganz plötzlich ein seltsames, fast unglaubliches Gerücht, das von allen mit auffallender Schadenfreude aufgenommen wurde, wie eben jeder ungewöhnliche Skandal oder jedes Pech, das unserem lieben Nächsten zustößt.

»Es ist doch wirklich . . . ! So weit jede Scham und jedes Gewissen zu verlieren!« hieß es allgemein. »Sich so zu erniedrigen, sich so über jeden gesellschaftlichen Anstand hinwegzusetzen, so die Zügel schießen zu lassen!« und ähnliches mehr.

Es war folgendes geschehen:

Früh am Morgen, fast um sieben Uhr, war ein armes altes Weib eilig in Marja Alexandrownas Haus gekommen und hatte das Stubenmädchen unter Tränen beschworen, das Fräulein, nur das Fräulein zu wecken, aber heimlich, so daß Marja Alexandrowna nichts davon erführe. Sina war im Augenblick erschienen, erschrocken und bleich. Die Alte hatte sich vor ihr niedergeworfen, ihre Füße geküßt und mit Tränen benetzt, und sie angefleht, zu ihrem kranken Wassja zu kommen, der die ganze Nacht so schwer, so schwer geatmet habe, daß er vielleicht nicht einmal den Tag überleben werde. Die Alte hatte schluchzend erzählt, daß Wassja selbst sie zu sich rufe, um noch vor dem Tode von ihr Abschied nehmen zu können, daß er sie bei allen heiligen Engeln beschwöre, bei allem, was früher zwischen ihnen gewesen war, zu ihm zu kommen: wenn sie nicht käme, so würde er mit verzweifeltem Herzen sterben. Sina hatte sich sofort entschlossen, zu ihm zu gehen, obgleich die Erfüllung dieser

Bitte alle früheren Gerüchte von ihrer Korrespondenz, jenem skandalösen Brief, ihrem anstößigen Betragen usw. bestätigen mußte.

Ohne der Mutter ein Wort zu sagen, hatte sie einen Pelz umgenommen und war dann mit der Alten fortgeeilt. Ihr Weg führte sie durch die ganze Stadt in eine der ärmsten Vorstädte Mordassoffs. Dort, am Ende einer einsamen Sackgasse, stand eine alte, schiefe Hütte, deren Fenster mehr an Spalten oder Löcher erinnerten, und die ringsum von hohen Schneebergen umgeben war.

In einem kleinen, niedrigen Stübchen, das von muffigem Geruch erfüllt war und in dem der riesige Ofen genau die Hälfte des ganzen Raumes einnahm, lag in einem ungestrichenen Bretterbett auf einer fast nur zwei Finger dicken Matratze ein junger Mann, der mit einem alten Uniformmantel[5] zugedeckt war. Sein Gesicht war bleich und abgezehrt, seine Augen hatten den flackernden Glanz Fieberkranker, seine Hände waren schmal und dürr, das Handgelenk und die Arme waren wie Stöcke; er atmete schwer und rauh; seine Stimme war heiser. Man sah ihm an, daß er einmal schön gewesen sein mußte, doch die Krankheit hatte die zarten Züge seines schmalen Gesichts entstellt, ja, es tat weh, ihn anzusehen, wie der Anblick jedes Schwindsüchtigen oder Sterbenden weh tut. Seine alte Mutter, die seit einem ganzen Jahr und fast bis zur letzten Stunde geglaubt hatte, daß ihr Wássenjka wieder gesund werden werde, mußte sich endlich doch sagen, daß ihr Sohn nicht mehr lange in dieser Welt bleiben konnte. Sie stand jetzt an seinem elenden Lager, die Hände gefaltet, von Schmerz gebeugt, tränenlos. Sie sah ihn an und konnte sich doch nicht sattsehen an ihm – konnte es nicht begreifen, wenn sie es auch wußte, daß nach wenigen Tagen dort draußen auf dem Armenfriedhof die kalte, gefrorene Erde ihren Wassja zudecken und weißer Schnee auf seinem Grabhügel liegen werde. Doch Wassja sah sie jetzt nicht. Sein ganzes abgezehrtes Märtyrergesicht atmete Seligkeit. Endlich, endlich sah er diejenige vor sich, von der er ganze anderthalb Jahre im Wachen geträumt und die ihm in jedem Traum erschienen war, an die er Tag und Nacht, namentlich in den letzten langen, schweren Nächten seiner Krankheit, gedacht hatte. Er wußte, daß sie ihm verziehen hatte, da sie wie ein Engel Gottes in seiner Sterbestunde noch zu ihm gekommen war. Sie preßte seine Hände, weinte und lächelte ihm zu, sie sah ihn wieder mit ihren wundervollen Augen an und – und alles Vergangene, Unwiederbringliche begann in der Seele des Sterbenden aufzuerstehen. Das Leben flammte von neuem in seinem Herzen, und es schien, als wollte es dem Armen, bevor es ihn verließ, noch einmal zu fühlen geben, wie schwer das Scheiden von ihm ist.

»Sina«, sagte er, »Sínachen! Weine nicht über mich, gräme dich nicht, sei nicht traurig darüber, daß ich bald sterben muß. Ich werde dich ansehen – so wie jetzt –, werde fühlen, daß unsere Seelen wieder beisammen sind, daß du mir verziehen hast, ich werde deine Hände küssen, wie früher – weißt du noch? – und ich werde sterben, vielleicht ohne den Tod zu spüren. Mager bist du geworden, Sina! Mein Engel, mit welcher Güte du mich ansiehst ... Aber weißt du noch, wie du früher lachtest? Weißt du noch ... Ach, Sina, ich bitte dich um Verzeihung, ich will dich nicht daran erinnern, was einmal war, denn sieh, wenn du mir vielleicht auch verziehen hast, so werde *ich* mir doch nie verzeihen. Es hat lange Nächte gegeben, Sina, schlaflose, furchtbare Nächte, und in diesen Nächten habe ich hier in diesem Bett gelegen und gedacht, lange und viel gedacht, und da bin ich zu der Einsicht gekommen, daß es für mich besser ist, zu sterben, ja, bei Gott, besser! ... Ich taugte nicht zum Leben, Sina!«

Sina weinte und preßte stumm seine Hand, als hätte sie ihn damit im Sprechen aufhalten wollen.

»Weshalb weinst du, mein Liebling?« fuhr der Kranke fort. »Weil ich sterbe, nur weil ich sterbe? Aber das übrige, alles, alles übrige ist ja doch schon längst gestorben, längst begraben! Du bist klüger als ich, du hast ein reineres Herz als ich, und deshalb weißt du auch, daß ich ein schlechter

Mensch bin. Kannst du mich denn überhaupt lieben? Was mich das gekostet hat, diesen Gedanken zu ertragen, daß du es weißt, was für ein schlechter und leerer Mensch ich bin! Und wieviel Eigenliebe hierin war, vielleicht auch edelmütige ... ich weiß es nicht ... Du ... mein Freund, mein ganzes Leben war nur ein Traum. Ich habe nur geträumt, immer nur geträumt und nicht gelebt. Ich war stolz, ich verachtete die Masse ... Auf was aber war ich denn stolz vor den Leuten? Ich weiß es selbst nicht. Herzensreinheit? Edle Gefühle? Aber das war ja alles nur in Träumen, Sina, als wir Shakespeare lasen. Als es aber zur Tat kam, da bewies ich glänzend meine ganze Herzensreinheit und meine erhabene Gesinnung! ...«

»Hör auf!« unterbrach ihn Sina, »hör auf! ... Das war ja alles nicht so ... du marterst dich ganz unnütz!«

»Weshalb unterbrichst du mich, Sina! Ich weiß, du hast mir verziehen, und vielleicht schon vor langer Zeit; aber du hast über mich nachgedacht, das Urteil gefällt und begriffen, wer ich bin: das aber quält mich ja gerade. Ich bin deiner Liebe unwürdig, Sina! Du warst auch dann, als es zur Tat kam, als es handeln hieß, auch dann warst du ehrlich und großzügig: du gingst zu deiner Mutter und sagtest ihr, daß du mich und keinen anderen heiraten würdest, und du hättest dein Wort gehalten, denn bei dir sind Worte und Taten nicht zweierlei. Aber bei mir, bei mir! Als es zur Tat kam ... Weißt du, Sina, ich begriff ja damals gar nicht, was du für mich geopfert hättest, wenn es zur Heirat gekommen wäre! Ich konnte es damals überhaupt nicht begreifen, daß du als meine Frau vor Hunger vielleicht gestorben wärst. Ach, daran dachte ich ja keinen Augenblick! Ich dachte nur, daß du mich heiraten würdest, mich, den großen Dichter – den zukünftigen, versteht sich – und ich wollte jene Gründe überhaupt nicht gelten lassen, die du hervorhobst, als du mich batest, mit der Hochzeit noch zu warten. Ich machte dir Vorwürfe, ich quälte, tyrannisierte, verachtete dich, und schließlich kam es zu meiner Drohung, jenen Brief zu zeigen. Ich war in diesem Augenblick nicht nur ein Schuft, ich war einfach ein Lump! Oh, wie du mich verachtet haben mußt. Es ist gut, daß du mich nicht geheiratet hast. Ich hätte dein Opfer nie begriffen, ich hätte dich gequält, dich wegen unserer Armut gepeinigt. Jahre wären vergangen! Vielleicht hätte ich dich sogar gehaßt – als Hindernis in meinem Leben! So aber, wie es jetzt ist, ist es viel besser! Jetzt haben wenigstens meine bitteren Tränen mein Herz gereinigt. Ach, Sina! Behalt mich nur ein wenig lieb, so wie du mich früher lieb gehabt hast! Wenn auch nur in dieser letzten Stunde ... Ich weiß es ja, daß ich deiner Liebe unwürdig bin, aber ... aber ... Mein Liebling, mein Engel!«

Während dieser ganzen Rede versuchte Sina mehrmals, ihn zu unterbrechen, er aber beachtete es nicht. Ihn quälte das Verlangen, alles vor ihr auszuschütten, was er auf dem Herzen hatte, und so fuhr er denn fort zu sprechen, mühsam, atemlos, mit heiserer und fortwährend versagender Stimme.

»Wärest du mir nicht begegnet, hättest du dich nicht in mich verliebt, so würdest du jetzt leben!« sagte Sina. »Ach, warum, warum haben wir uns kennenlernen müssen!«

»Nein, mein Liebling, nein, mach dir deshalb keine Vorwürfe, weil ich sterbe«, fuhr der Kranke fort. »Ich allein bin an allem schuld! Gott, wieviel Eitelkeit hierbei war! Wieviel Romantik! Hat man dir ausführlich meine ganze dumme Geschichte erzählt, Sina? Sieh, hier war vor drei Jahren ein Arrestant, ein großer Räuber und Mörder; als es aber zum Bestrafen kam, da zeigte es sich, daß er ein ganz kleinmütiger Mensch war. Er wußte, daß man einen Kranken nicht bestrafen würde, und so verschaffte er sich Branntwein, tat gewöhnlichen Tabak hinein und trank ihn dann aus. Bald aber begann er zu erbrechen, nur Blut und Galle, weißt du, und das dauerte so lange an, daß seine Lungen arg darunter litten. Er wurde ins Lazarett geschafft und nach einigen Monaten starb er an der Schwindsucht. Nun sieh, mein Liebling, ich dachte damals an ihn, an jenem Tage ... du weißt ... nach dem Brief ... und ich beschloß, mich ebenso zugrunde zu richten. Aber was meinst du wohl, weshalb ich gerade die

Schwindsucht wählte? Ich hätte mich doch erhängen oder ertränken können? Glaubst du, daß ich den Tod fürchtete? Vielleicht ... Aber es will mir immer scheinen, Sina, daß es damals nicht ohne schwärmerische Dummheiten abging. Ich dachte doch immer daran, wie hübsch es sein würde, wenn ich im Bett liege, schwindsüchtig, todkrank, und du wirst dich martern, quälen, dir Vorwürfe machen, weil du mich schwindsüchtig gemacht hast ... und wie du dann in deiner Reue zu mir kommst ... auf die Knie vor mir niederfällst ... Ich verzeihe dir, sterbe in deinen Armen ... Dumm, nicht wahr, Sínachen, furchtbar dumm!«

»Sprich nicht davon!« bat Sina. »Sprich nicht davon! Du bist nicht so ... laß uns lieber an anderes denken, an unsere schönen, unsere glücklichen Stunden!«

»Weh tut es mir, mein Freund, deshalb rede ich davon. Anderthalb Jahre lang habe ich dich nicht gesehen! Ich glaube, ich möchte jetzt meine ganze Seele vor dir ausbreiten! Ich bin ja doch die ganze Zeit seit jenem Tag ganz, ganz allein gewesen, und es hat, glaube ich, seitdem keine Minute gegeben, in der ich nicht an dich gedacht hätte, du mein Engel, an dem ich mich nicht sattsehen kann! ... Und weißt du, Sinachen, wie gern ich irgend so etwas getan hätte, etwas Großes, Gutes, um dich zu zwingen, deine Meinung über mich zu ändern. Ich glaubte ja bis zum letzten Augenblick nicht, daß ich wirklich sterben werde. Es warf mich ja nicht sofort nieder, ich ging ja noch lange mit einer kranken Brust umher. – Und wieviel lächerliche Wünsche ich hatte! Zum Beispiel dachte ich daran, plötzlich ein großer Dichter zu werden, in den „Vaterländischen Annalen" ein Gedicht zu veröffentlichen, wie es bis jetzt noch keines gegeben hat. Ich wollte alle meine Gefühle in dieses Gedicht hineinlegen, meine ganze Seele, so daß ich überall, wo du auch sein mochtest, stets bei dir gewesen wäre, dich immerwährend an mich erinnert hätte, durch mein Gedicht; aber mein schönster Traum war, wie du dann endlich nachdenklich werden und dir sagen würdest: ‚Nein, er ist doch kein so schlechter Mensch gewesen, wie ich glaubte!' Dumm, Sinachen, dumm, nicht wahr?«

»Nein, nein, Wassja, nein!« rief Sina beschwörend aus.

Sie warf sich über ihn und küßte seine Hände.

»Und wie mich die Eifersucht die ganze Zeit gequält hat! Ich glaube – ich wäre gestorben, wenn ich von deiner Hochzeit gehört hätte! Ich ließ dich beobachten, ich ließ spionieren ... sie tat es immer für mich (er wies mit dem Kopf auf die Mutter). Du hast doch den Mosgljakoff nicht geliebt, nicht wahr, Sinachen? Oh, du mein Engel! Wirst du auch noch an mich denken, wenn ich tot bin? Ich weiß, daß du mich nicht vergessen wirst... Aber es werden Jahre vergehen, dein Herz wird abkühlen, erkalten ... Es wird Winter in der Seele, und dann wirst du mich doch vergessen, Sinachen!...«

»Nein, nein, niemals! Ich werde nie heiraten ... Du bist der erste ... der letzte ... ewig werde ich dich lieben!«

»Alles stirbt, Sinachen, alles, sogar Erinnerungen ... selbst unsere edelsten Gefühle sterben. An ihre Stelle tritt vernünftiges Denken. Weshalb dawider murren? Genieße das Leben, Sina, lebe lange, lebe glücklich. Liebe auch einen anderen, wenn du ihn lieb gewinnst – man kann doch nicht immerfort einen Toten lieben! Nur denk zuweilen auch an mich, nur hin und wieder einmal ... An das Schlechte denk nicht, vergib das Schlechte, vergiß es ... vergiß! Aber es hat ja in unserer Liebe auch Gutes gegeben. Sina! Oh, die wundervollen, unwiederbringlichen Tage! ... Höre mich, mein Engel, ich habe immer die Abendstunde und den Sonnenuntergang geliebt. Denke manchmal an mich, wenn die Sonne untergeht! Oh, nein, nein! Wozu sterben! Oh, wie ich jetzt zu neuem Leben auferstehen wollte! Nein, vergiß nicht, vergiß nicht, mein Lieb, vergiß nicht diese Zeit! Damals war Frühling, die Sonne schien so hell, die Blumen blühten, rings um uns schien es Feiertag zu sein ... Und jetzt! Sieh, sieh!«

Und der Arme wies mit seiner abgezehrten Hand auf das trübe, befrorene kleine Fenster. Dann ergriff er plötzlich Sinas Hände, preßte sie an seine Augen und schluchzte, schluchzte herzbrechend. Das Schluchzen schien seine kranke wunde Brust zu zerreißen.

Den ganzen Tag quälte er sich, litt und weinte. Sina tröstete ihn, so gut sie konnte, denn auch sie war fast zu Tode gequält. Sie sagte, daß sie ihn nie vergessen und keinen so lieben werde, wie sie ihn geliebt. Er glaubte es ihr widerspruchslos, lächelte, küßte ihre Hände, doch die Erinnerungen an das Vergangene brannten in seinem Herzen, und es war ihm, als werde er von ihnen zerrissen. So verging der ganze Tag. Marja Alexandrowna hatte inzwischen nicht viel weniger als zehnmal nach ihrer Tochter geschickt und sie flehentlich bitten lassen, wieder nach Hause zu kommen, sich in der Gesellschaft doch nicht ganz und gar unmöglich zu machen. Endlich, in der Dämmerung, vor Angst kaum noch ihrer Sinne mächtig, entschloß sie sich, selbst zu Sina zu laufen. Sie ließ ihre Tochter in die andere Stube rufen und flehte sie fast auf den Knien an, diesen »letzten und größten Dolch nicht in ihr Herz zu stoßen«. Sina ging zu ihr hinaus: sie hörte wohl, was die Mutter sprach, begriff aber nicht den Sinn der Worte. Ihr Kopf schien ihr zerspringen zu wollen vor Schmerz. Schließlich mußte Marja Alexandrowna dann in größter Verzweiflung wieder fortgehen. Sina hatte beschlossen, in der Hütte bei dem Sterbenden zu bleiben.

Sie saß die ganze Nacht an seinem Bett. Mit dem Kranken wurde es immer schlechter. Wieder brach ein Tag an, es war aber keine Hoffnung mehr vorhanden, daß der Sterbende ihn überleben werde. Die alte Mutter ging wie eine Irrsinnige umher, als verstehe sie nichts mehr. Sie gab ihrem Sohn die Arzneien, die er aber nicht nehmen wollte. Der Todeskampf dauerte lange. Er konnte schon nicht mehr sprechen. Nur unzusammenhängende, heisere Laute drangen zuweilen aus seiner Brust. Bis zum letzten Augenblick sah er immer noch unverwandt Sina an, suchte er noch immer ihren Blick, und als seine Sehkraft zu schwinden begann, suchte seine unsicher irrende Hand immer noch ihre Hände, um sie zu drücken. Der kurze Wintertag verging. Und als der letzte Sonnenstrahl die Eisblumen des einzigen kleinen Fensters der Stube rot erglühen ließ, da verließ die Seele des Armen auf ewig den abgezehrten Körper.

Als die alte Mutter nur noch die Leiche ihres vergötterten Wassja vor sich sah, schlug sie die Hände zusammen und warf sich mit einem Schrei auf den Toten.

»Das hast *du* getan, du falsche, arglistige Schlange, *du* hast ihn behext!« schrie sie in ihrer Verzweiflung Sina zu. »*Du*, du verfluchte Verführerin, *du*, du Mörderin, *du*, du hast ihn umgebracht!«

Sina hörte sie nicht. Sie stand wie erstarrt über den Toten gebeugt. Endlich schien sie wieder zu sich zu kommen; sie bekreuzte ihn, küßte ihn und verließ fast mechanisch das Zimmer. Ihre Augen brannten und ihr schwindelte. Die Qual dieser zwei Tage und die zwei schlaflosen Nächte hatten ihren Kopf leer und tot gemacht. Unklar nur fühlte sie, daß ihre ganze Vergangenheit sich gleichsam von ihrem Herzen losriß und nun ein neues Leben begann, ein finsteres, drohendes ... Sie war kaum zehn Schritte gegangen, als Mosgljakoff wie aus der Erde gewachsen vor ihr stand. Er schien auf sie gewartet zu haben.

»Sinaïda Afanassjewna«, begann er in einem eigentümlich ängstlichen Geflüster und nachdem er sich eilig umgeschaut hatte, denn es war immerhin noch ziemlich hell. »Sinaïda Afanassjewna, ich bin natürlich ein Esel! Das heißt, wenn Sie wollen, bin ich jetzt nicht mehr ein Esel, denn, sehen Sie, es war schließlich doch edel von mir gehandelt. Aber ich bereue es dennoch, daß ich ein Esel war ... Übrigens habe ich mich da verhauen, glaube ich ... aber Sie werden es verzeihen ... das hatte seine verschiedenen Gründe ...«

Sina sah ihn verständnislos an und setzte schweigend ihren Weg fort. Da der hohe Brettersteg für zwei nebeneinander nicht breit genug war und Sina nicht zur Seite trat, sondern in der Mitte ging, so mußte Mosgljakoff, da er doch neben ihr bleiben und ihr immer wieder ins Gesicht blicken wollte, im Schnee der Fahrstraße gehen.

»Sinaïda Afanassjewna«, fuhr er fort, »ich habe es mir überlegt, und wenn Sie wollen, bin ich bereit, meinen Antrag zu wiederholen. Ich bin sogar bereit, alles zu vergessen, Sinaïda Afanassjewna, die ganze Schande, und ich bin auch bereit, zu verzeihen, aber nur unter einer Bedingung: daß, so lange, wie wir hier sind, das Ganze noch ein Geheimnis bleibt. Sie werden möglichst bald von hier fortfahren und ich heimlich gleichfalls. Wir lassen uns irgendwo von einem Landpfarrer trauen, so daß es niemand weiß und sieht, und fahren dann sofort nach Petersburg, wenn möglich mit der Kurierpost, so daß Sie nur einen kleinen Koffer mitnehmen könnten ... Wie? Sind Sie damit einverstanden, Sinaïda Afanassjewna? Antworten Sie schnell! Ich kann nicht so lange warten ... man könnte uns sehen ...«

Sina antwortete nicht, aber sie blieb stehen und blickte ihn an; sie blickte ihn so an, daß er sofort alles begriff, den Hut zog und in der ersten Querstraße verschwand.

‚Wie ist denn das?' dachte er verwundert, ‚vorgestern abend ging es ihr noch so nah und sie beschuldigte sich vor allen ... nahm die ganze Schuld auf sich ... Und jetzt? Da sieht man, daß sie an jedem Tage anders ist!'

Inzwischen war in Mordassoff Ereignis auf Ereignis gefolgt. Eines davon war sogar sehr tragisch: der Fürst, den Mosgljakoff ins Gasthaus gebracht hatte, war in derselben Nacht erkrankt, und sogar gefährlich erkrankt. In der Stadt erfuhr man es erst am nächsten Morgen. Kalíst Stanisláwitsch verließ den Kranken fast keinen Augenblick. Am Abend fand ein Konzilium aller Mordassower Ärzte statt. Die Aufforderung dazu war ihnen in lateinischer Sprache zugesandt worden. Aber ungeachtet der lateinischen Sprache verlor der Fürst bereits das Bewußtsein, phantasierte, bat Kalist Stanislawitsch, eine gewisse Romanze zu singen, und sprach von verschiedenen Perücken. Mitunter schien er plötzlich zu erschrecken, worauf er jedesmal des längeren schrie.

Die Ärzte kamen in ihrer Beratung dahin überein, daß sich beim Fürsten infolge der Mordassower Gastfreundschaft eine Magenentzündung eingestellt habe und diese mittlerweile – wahrscheinlich auf dem Wege ins Gasthaus – in den Kopf gestiegen sei. Auch wurde eine gewisse moralische Erschütterung nicht abgeleugnet. Das Resultat der Beratung war jedenfalls, daß der Fürst schon seit langer Zeit zum Sterben »disponiert« gewesen sei und deshalb auch unfehlbar sterben werde. In letzterem wenigstens hatten sie sich nicht geirrt: der arme Greis starb richtig am Abend des dritten Tages. Sein Tod überraschte die Mordassower nicht wenig: einen so ernsten Ausgang hatte niemand erwartet. Sie stürzten in Scharen zum Gasthaus, wo die Leiche noch unaufgebahrt lag, sprachen viel, ereiferten sich noch mehr, schüttelten die Köpfe. Es endete dann damit, daß die »Mörder des unglücklichen Fürsten« – damit meinte man Marja Alexandrowna und deren Tochter – laut und schroff verurteilt wurden. Alle begriffen, daß dieser Zwischenfall allein schon von seiner skandalösen Seite eine unangenehme Ausdehnung und Auslegung finden und womöglich noch in weite Kreise dringen konnte, und daß – doch es ist wohl nicht gut möglich, alles wiederzugeben, was gesprochen und befürchtet wurde.

Während dieser ganzen Zeit lief Mosgljakoff bald hierhin, bald dorthin, bis ihm schließlich der Kopf schwindelte. In dieser Stimmung war es, daß er dann auch mit Sina sprach. Seine Lage war in der Tat schwierig: er hatte den Fürsten in die Stadt gebracht, zuerst zu Marja Alexandrowna und von dieser ins Gasthaus, und jetzt wußte er nicht einmal, was er mit der Leiche tun sollte, wie und wo beerdigen, wen benachrichtigen? Sollte er sie nach Duchanowo bringen? Zudem war er doch gewissermaßen der »Neffe« des Verstorbenen. Er zitterte, wenn er daran dachte, daß man vielleicht noch ihm die Schuld am Tod des Fürsten zuschreiben könnte.

‚Die Geschichte kann ja auch noch bis nach Petersburg dringen, man kann sie sogar in der höchsten Gesellschaft erfahren!' dachte er mit bangem Herzen.

Von den Mordassowern war kein Rat zu holen: allen schien plötzlich bange zu sein, alle zogen sich von dem Toten zurück und ließen Mosgljakoff in einer geradezu düsteren Einsamkeit sitzen. Da sollte aber etwas ganz Unvorhergesehenes geschehen und die Sachlage von Grund aus ändern.

Am Morgen des zweiten Tages nach dem Tode des Fürsten traf in der Stadt ein vornehmer Herr ein. Von diesem Herrn sprach im Augenblick ganz Mordassoff, nur wurde nicht laut, sondern flüsternd und geheimnisvoll von ihm gesprochen. Als er dann durch die Hauptstraße zum Gouverneur fuhr, da lauerte alles nur versteckt durch Türspalten und Gardinen dem hohen Gast nach. Sogar unser Gouverneur, Pjotr Michaílowitsch, soll etwas betreten gewesen sein und nicht gewußt haben, wie er sich zu ihm verhalten sollte. Dieser Gast war der ziemlich bekannte Fürst Schtschepetíloff, ein Verwandter des verstorbenen Fürsten K., ein noch junger Mann von etwa fünfunddreißig Jahren mit Oberstenepauletten und Achselschnüren. Diese Achselschnüre machten einen so mächtigen Eindruck auf die Beamtenwelt, daß selbst dem letzten Schreiber ein unheimliches Frösteln über den Rücken lief und alle sich strammer hielten. Der Polizeimeister, zum Beispiel, verlor ganz und gar den Kopf, das heißt: nur bildlich gesprochen, versteht sich, also moralisch sozusagen. Physisch erschien er in eigener Person, wenn auch mit ziemlich langem Gesicht.

Im Augenblick wußte die ganze Stadt, daß Fürst Schtschepetiloff aus Petersburg gekommen und unterwegs über Duchanowo gefahren war. Da er den Fürsten dort nicht angetroffen hatte, war er ihm nach Mordassoff nachgefahren, wo ihn wie ein Keulenschlag die Nachricht vom Tode des Verwandten und die Gerüchte über die näheren Umstände und Ursachen seiner Krankheit trafen. Pjotr Michailowitsch – unser Gouverneur – soll sogar sehr verlegen gewesen sein, als er ihm die nötigen Aufschlüsse geben mußte. Übrigens gingen alle Mordassower mit gewissermaßen schuldbewußten Mienen umher. Hinzu kam noch, daß der angereiste

Fürst ein so strenges, unzufriedenes Gesicht hatte, obgleich er doch unmöglich über die Erbschaft ungehalten sein konnte.

Er nahm die Regelung der ganzen Sache sofort selbst in die Hand. Mosgljakoff aber drückte sich schmählich vor dem wirklichen, nicht nur angeblichen Verwandten und verschwand – unbekannt wohin.

Es wurde zunächst angeordnet, die Leiche sofort ins Kloster zu schaffen, wo auch das Totenamt gehalten werden sollte. Der Fürst gab seine Anordnungen trocken, streng, kurz, aber nichtsdestoweniger taktvoll und sachlich.

Zum Totenamt wollte sich die ganze Stadt ins Kloster begeben. Unter den Damen hatte sich das unsinnige Gerücht verbreitet, daß Marja Alexandrowna persönlich in der Kirche erscheinen und vor dem Sarge kniend mit lauter Stimme um Vergebung ihrer Schuld flehen werde und daß das nach dem Gesetz so zu geschehen habe. Natürlich war es Torheit, und Marja Alexandrowna dachte nicht daran, in die Kirche zu gehen. Übrigens habe ich zu sagen vergessen, daß nach Sinas Rückkehr ins Haus diese und ihre Mutter noch an demselben Abend aufs Gut gefahren waren, da Marja Alexandrowna einen weiteren Aufenthalt in der Stadt für unmöglich gehalten hatte. Von dort aus verfolgte sie aufgeregt die neuen Gerüchte, schickte ihre Leute in die Stadt, um Näheres über den eingetroffenen Fürsten in Erfahrung zu bringen. Kurz, sie war die ganze Zeit wie im Fieber. Die Landstraße aus dem Kloster nach Duchanowo führte kaum eine Werst weit an Marja Alexandrownas Landhaus vorüber, und so konnte diese deutlich aus ihren Fenstern die lange Prozession verfolgen, die sich nach dem Totenamt aus dem Kloster auf das Gut begab, wo der Fürst beigesetzt werden sollte. Der Sarg wurde auf einem hohen Leichenwagen geführt, hinter ihm zog sich die endlose Reihe von Kutschen hin, die dem Leichenwagen bis zum Kreuzwege das Geleit gaben, um dann abzubiegen und in die Stadt zurückzufahren. Und lange noch zog die schwarze Schlittenreihe über die schon verschneiten Felder dahin, hinter dem hohen schwarzen Leichenwagen, der sich nur langsam mit ehrfurchtgebietender Majestät weiterbewegte. Marja Alexandrowna vermochte nicht lange zuzusehen und trat zurück vom Fenster.

Nach einer Woche fuhr sie mit ihrer Tochter und ihrem Mann nach Moskau, und nach einem Monat erfuhr man in Mordassoff, daß ihr kleines Gut und ihr Haus in der Stadt verkauft werden sollten. So hatte denn Mordasoff auf ewig seine tonangebende, seine bedeutendste Frau verloren! Natürlich ging es auch jetzt nicht ohne boshafte Bemerkungen ab. So wurde zum Beispiel behauptet, daß das Gut mitsamt Afanassij Matwejewitsch verkauft werde ...

Doch es verging ein Jahr, ein zweites und dann noch ein drittes, und Marja Alexandrowna geriet fast ganz in Vergessenheit. Leider! So pflegt es nun einmal in der Welt zu gehen! Übrigens wurde noch erzählt, daß sie sich in einer anderen Gouvernementsstadt niedergelassen und in der Nähe derselben ein neues Gut gekauft habe, und daß sie dort selbstverständlich wieder alle beherrsche, daß Sina noch immer nicht verheiratet sei und Afanassij Matwejewitsch ... Doch wozu diese Gerüchte wiederholen – es ist ja kein wahres Wort an ihnen.

Drei Jahre sind nun seit dem Tag vergangen, an dem ich die letzte Zeile dieser Geschichte aus der Mordassower Chronik niedergeschrieben habe, und wer hätte es sich denken können, daß ich noch einmal mein Manuskript aufrollen und noch eine Nachricht zu meiner Erzählung würde hinzufügen müssen! Doch zur Sache! Ich beginne mit Pawel Alexandrowitsch Mosgljakoff.

Nachdem er Mordassoff verlassen, war er nach Petersburg gefahren, wo er denn auch glücklich durch Protektion jene gute Anstellung erhalten hatte, die ihm schon früher versprochen worden war. Bald hatte er alle Mordassower Ereignisse vergessen und war in den Strudel großstädtischen

Lebens – auf der Wassiljeff-Insel und am Galeerenhafen – untergetaucht, hatte gespielt und sich herumgetrieben, stets bemüht, mit dem Jahrhundert zu gehen, hatte sich verliebt und angehalten, hatte noch einmal einen Korb verwunden, und noch bevor er damit ganz fertig war, hatte er sich in seinem Leichtsinn und aus Langeweile entschlossen, an einer Expedition teilzunehmen, die in eines der Grenzgebiete unseres grenzenlosen Vaterlandes entsandt wurde, um dort irgend etwas zu revidieren, oder zu einem ähnlichen Zweck – genau weiß ich es nicht. Diese Expedition durchquerte glücklich alle Urwälder und Wüsten, traf schließlich nach langer Reise in der Hauptstadt des »fernen Grenzgebietes« wohlbehalten ein und begab sich zum Generalgouverneur. Das war ein strenger General, von hohem Wuchs und hager, ein alter Krieger mit vielen Narben, die er sich in Schlachten geholt, mit zwei Sternen auf der Brust und einem weißen Kreuz am Halse. Würdevoll und gemessen empfing er die Expedition und lud darauf alle Vertreter derselben zum Ball ein, der bei ihm am Abend desselben Tages zur Feier des Namenstages der Generalgouverneurin gegeben werden sollte. Mosgljakoff war sehr zufrieden damit. Er warf sich in seinen tadellosesten Petersburger Ballanzug, in dem er großen Eindruck zu machen gedachte, und betrat in bester Laune mit leichten Schritten den festlich geschmückten Saal, wurde aber sofort etwas bescheidener, als er plötzlich so unerwartet viele Uniformen mit dick-gewundenen goldenen Raupen auf den Achselstücken und ordengeschmückte Staatsröcke vor sich sah. Zuerst mußte er vor der Frau Generalgouverneurin, von der er gehört hatte, daß sie jung und schön sei, seinen Bückling machen. Er begab sich flott und selbstbewußt zu ihr, doch plötzlich erstarrte er: vor ihm stand Sina in reicher Balltoilette und kostbarem Brillantenschmuck, stolz, schön und hochmütig.

Sie erkannte ihn nicht. Ihr Blick glitt gleichgültig über sein Gesicht und sie wandte sich dann an einen anderen Herrn. Aufs äußerste bestürzt trat Mosgljakoff zur Seite und stieß dort im Gedränge auf einen jungen Beamten, der, seitdem er sich auf dem Ball beim Generalgouverneur befand, vor sich selbst Angst zu haben schien. Mosgljakoff machte sich sofort daran, ihn auszufragen, und so erfuhr er recht interessante Dinge. Zunächst erzählte jener, daß der Generalgouverneur erst vor zwei Jahren geheiratet habe, als er einmal aus dem »fernen Grenzgebiet« nach Moskau gereist war, und daß seine junge Frau aus einem sehr reichen und vornehmen Hause stamme. Sie sei »wunderbar schön«, ja, man könne sie sogar die schönste aller Schönheiten nennen, nur sei sie sehr stolz und tanze nur mit Generälen; ferner, daß auf diesem Ball im ganzen neun Exzellenzen, sowohl hiesige wie angereiste, seien, die Wirklichen Staatsräte mit inbegriffen; daß die Generalgouverneurin eine Mutter habe, die auch hier bei ihr lebe, und daß diese Frau Mutter aus der höchsten Gesellschaft stamme und sehr klug sein müsse; daß aber selbst die Frau Mutter sich widerspruchslos dem Willen ihrer Tochter unterordne und der Generalgouverneur bis über die Ohren in seine junge Frau verliebt sei. Mosgljakoff erkundigte sich wohl auch nach Afanassij Matwejewitsch, aber im »fernen Grenzgebiet« hatte man keine Ahnung von ihm. Als Mosgljakoff wieder ein wenig zu sich gekommen war, ging er durch die anstoßenden Räume und fand bald auch Marja Alexandrowna, die prächtig gekleidet sich mit einem teuren Fächer zufächelte und äußerst lebhaft mit einem der höchsten Würdenträger sprach. Um sie herum hatte sich ein ganzer Kreis gebildet, offenbar Bewerber um ihre Gunst, und sie war zu allen sehr liebenswürdig.

Mosgljakoff wagte es, sich vorzustellen. Marja Alexandrowna schien im ersten Augenblick leicht zusammenzuzukken, faßte sich aber sofort. Mit liebenswürdigem Lächeln geruhte sie ihn wiederzuerkennen, hierauf erkundigte sie sich nach Petersburger Bekannten und fragte ihn unter anderem auch, weshalb er nicht im Ausland sei. Die Stadt Mordassoff erwähnte sie mit keinem Wort, als wenn sie dieselbe nie gekannt hätte. Nachdem sie dann noch den Namen irgend eines wichtigen Petersburger Fürsten genannt und sich nach seinem Befinden erkundigt hatte – Mosgljakoff hatte keine blasse Ahnung von dieser Persönlichkeit und inwiefern Marja Alexandrowna mit ihr bekannt sein konnte – wandte sie sich unauffällig an einen auf sie zutretenden Würdenträger, dessen Haupthaar schon silbrig glänzte, und nach einer kleinen Weile hatte sie den vor ihr stehenden Mosgljakoff vollkommen vergessen. Mit sarkastischem Lächeln, den Hut in der Hand, kehrte er in den großen Ballsaal zurück. Er fühlte sich verletzt und sogar beleidigt und beschloß daher, nicht zu tanzen. Den ganzen Abend behielt er krampfhaft eine finster zerstreute Miene bei, sowie ein beißend teuflisches Lächeln. Malerisch an eine weiße Säule gelehnt – der Saal war wie absichtlich mit Säulen versehen – stand er während des ganzen Balles auf einem Fleck, ohne sich zu rühren, und verfolgte nur Sina mit seinen Blicken. Leider aber waren alle seine Anstrengungen, ungewöhnlichen Stellungen, verzweifelten Mienen usw. vergebliche Liebesmühe: Sina bemerkte ihn überhaupt nicht. So kehrte er denn endlich mit steifen Beinen, schmerzenden Füßen – vom langen Stehen – wütend, gereizt und mit mordsmäßigem Hunger – als Verliebter und Leidender konnte er doch nicht zum Souper bleiben! – wieder in sein Absteigequartier zurück. Er fühlte sich vollkommen erschöpft und gleichsam verprügelt. Lange noch ging er in seinem Zimmer auf und ab, in Gedanken an längst Vergessenes. Am nächsten Morgen mußte auf Grund einer inzwischen eingetroffenen Nachricht jemand von der Expedition abkommandiert werden, und Mosgljakoff bot sich mit Freuden dazu an. Als er die Stadt verließ, atmete er förmlich auf, jetzt erst fühlte er wieder neue Lebensgeister in sich. Auf der ungeheuren flachen Ebene lag der Schnee blendend weiß. Nur ganz fern am Horizont zogen sich wie ein dunkler Strich Wälder hin.

Die feurigen Pferde griffen frisch aus, daß es eine Lust war, und die Hufe schleuderten feste Schneestückchen auf die Schlittendecke.

Das Schellengeklingel am Pferdegeschirr klang weit durch die klare Winterluft. Mosgljakoff wurde zunächst nachdenklich, danach träumerisch und zu guter Letzt schlief er ruhig ein. Erst bei der dritten Station erwachte er, frisch und gesund, und mit ganz anderen Gedanken.

Das Gut Stepantschikowo und seine Bewohner

Aus den Aufzeichnungen eines Unbekannten

ERSTER TEIL

I

Stepántschikowo

Mein Onkel, der Oberst Jegór Iljítsch Rostáneff, war, nachdem er seinen Abschied genommen, auf das ihm durch Erbschaft zugefallene Gut Stepántschikowo übergesiedelt und hatte sich daselbst alsbald in einer Weise eingelebt, daß man ihn für einen angestammten Gutsherrn hätte halten können, der in seinem ganzen Leben noch nie über die Grenze seines Besitztums hinausgekommen sei.

Es gibt Naturen, die entschieden mit allem zufrieden sind und sich an alles gewöhnen können; eben von dieser Art war auch die Natur meines Onkels, des Obersten a. D. Es ist schwer, sich einen Menschen vorzustellen, der verträglicher und widerspruchsloser zu allem und jedem bereit gewesen wäre als er. Hätte jemand den Einfall gehabt, ihn etwa mit ernstestem Gesicht zu bitten, irgendeinen ihm ganz fremden Menschen zwei Werst weit auf seinen Schultern heimzutragen, so würde er vielleicht auch das getan haben. Er war dermaßen gut, daß er mitunter alles, was er besaß, auf die erste Bitte hin fortgegeben oder sein letztes Hemd mit dem ersten besten geteilt hätte. Sein Äußeres war reckenhaft: er hatte eine hohe, straffe Gestalt, ein frisches Gesicht, wie Elfenbein weiße Zähne, einen langen, dunkelblonden Schnurrbart, eine klangvolle, laute Stimme und ein offenherziges, schallendes Lachen. Er sprach schnell und in kurzen Sätzen. Damals war er noch nicht vierzig Jahre alt. Von seinem sechzehnten Lebensjahre an war er Husar gewesen. Geheiratet hatte er sehr früh, hatte seine Frau abgöttisch geliebt, sie aber schon bald verloren. So bewahrte er nur eine unauslöschliche, tief zärtliche Erinnerung an sie in seinem Herzen. Als ihm dann eines Tages das Gut Stepantschikowo, das seinen Besitz um sechshundert Leibeigene vergrößerte, durch Erbschaft zugefallen war, hatte er den Abschied genommen und sich, wie gesagt, auf dem Lande niedergelassen, zusammen mit seinen beiden Kindern: dem jetzt achtjährigen Iljúscha (dessen Geburt der Mutter das Leben gekostet hatte) und der älteren, etwa fünfzehnjährigen Tochter Alexandra, genannt Ssáschenjka oder auch Ssaschúrka, die nach dem Tode der Mutter in einem Moskauer Mädchenpensionat erzogen worden war. Doch leider hatte das Haus meines Onkels alsbald das Aussehen einer Arche Noah angenommen, und das war auf folgende Weise vor sich gegangen:

Zur selben Zeit, als mein Onkel das Gut erbte und seinen Abschied nahm, geschah es, daß seine Mutter, die Generalin Krachótkina, ihren zweiten Mann verlor. Sie hatte nämlich zum zweitenmal geheiratet – vor etwa sechzehn, siebzehn Jahren, als mein Onkel noch als Kornett in seinem Regiment stand, sich aber nichtsdestoweniger auch seinerseits bereits mit Heiratsgedanken trug. Sein »Mamachen« hatte ihm damals lange ihren Segen zur Heirat vorenthalten, dafür aber mit bitteren Tränen nicht gekargt, ihm Egoismus vorgeworfen, Undankbarkeit, Mangel an Ehrerbietung ... Sie hatte ihm nachgewiesen, das heißt: mehrfach auseinandergesetzt, daß seine Einkünfte – er besaß zweihundertundfünfzig Leibeigene – ohnehin kaum zum Unterhalt seiner Familie ausreichten (zum Unterhalt seines »Mamachens« nämlich, mit deren ganzem Stab von weiblichen Dauergästen, ihren Möpsen, Spitzen, chinesischen Katzen und ähnlichem Anhang), bis sie dann plötzlich, inmitten aller dieser Vorwürfe, Auseinandersetzungen und Tränen, ganz unerwartet, noch bevor der Sohn zum Heiraten gekommen war, selbst heiratete, obgleich sie bereits zweiundvierzig Jahre zählte. Übrigens fand sie auch hierfür eine Erklärung, die selbstredend die Schuld meinem armen Onkel in die Schuhe schob: sie versicherte unter Tränen, sie heirate einzig aus dem Grunde, um in ihren alten Tagen eine Unterkunft zu haben; denn der unehrerbietige Egoist, ihr Herr Sohn, wolle sie ja künftighin ihres Obdaches berauben, jetzt, da er in unverzeihlicher Dreistigkeit sich einen »eigenen Hausstand« zu gründen plane.

Leider habe ich nie in Erfahrung bringen können, welcher entscheidende Grund einen anscheinend so vernünftigen Menschen, wie den General Krachótkin, zu dieser Heirat mit der zweiundvierzigjährigen Witwe bewogen hat. So muß man denn wohl annehmen, daß er sie für reich gehalten haben wird. Manche Leute meinten zwar, er hätte einfach einer Wärterin bedurft, da er schon damals jenen Schwarm von Krankheiten vorausgeahnt habe, der sich dann im Alter auch richtig auf ihm niederließ. Sicher ist nur eines: daß der General seine Frau während der ganzen Zeit seines Zusammenlebens mit ihr nichts weniger als geachtet oder gar geliebt, sondern sich bei jeder Gelegenheit mit beißendem Spott über sie lustig gemacht hat.

Er war ein eigentümlicher Mensch. Halbgebildet und durchaus nicht dumm, verachtete er entschieden alle und jeden, befolgte keinerlei Regeln, spottete über sämtliche Lebenserscheinungen, und wurde in seinen alten Tagen unter dem Einfluß all seiner Krankheiten, die nur eine Folge seines weder gerechten, noch rechtschaffenen Lebens waren, böse, boshaft, reizbar und unbarmherzig. Im Dienst hatte er Glück gehabt; aber zu guter Letzt war er doch gezwungen gewesen, wegen irgendeiner »unangenehmen Geschichte« etwas plötzlich seinen Abschied zu nehmen, wobei er nur mit genauer Not dem entging, daß man ihn vor ein Kriegsgericht stellte und um seine Pension brachte. Dieser Abschied erbitterte ihn endgültig. Und so legte er denn, fast mittellos, nur im Besitze eines Hunderts im Elend lebender Leibeigener, die Hände in den Schoß und erkundigte sich hinfort bis an das Ende seiner Tage, das noch zwölf Jahre auf sich warten ließ, kein einziges Mal weder nach den Kosten seines Unterhalts, noch danach, wer sie für ihn bestritt. Indessen schränkte er sich nicht im mindesten ein, hielt eine Equipage und verlangte nach wie vor alle Lebensbequemlichkeiten. Bald darauf ward er noch des Gebrauches seiner Beine beraubt und saß zehn Jahre lang in einem triumphstuhlartigen Fauteuil, der, sobald er es nur wünschte, von zwei dazu bestimmten Dienern geschaukelt werden mußte, wofür diese ausschließlich die verschiedenartigsten Schimpfwörter von ihm zu hören bekamen. Die Equipage, die Pferde und den kostspieligen Fauteuil bezahlte sämtlich der unehrerbietige Herr Stiefsohn, der seiner Mutter das Letzte schickte, sein Gut doppelt und dreifach belastete, sich selbst das Notwendigste versagte und Schulden über Schulden auf sein armes Haupt lud, die er bei seinem damaligen Besitzstand nie zu tilgen vermocht hätte. Nichtsdestoweniger verblieb ihm unwandelbar die Bezeichnung des »Egoisten« und »undankbaren Sohnes«. Mein Onkel war aber von Natur so veranlagt, daß er schließlich selbst glaubte, ein Egoist zu sein, und so schickte er, erstens, um sich dafür zu strafen, und zweitens, um sich den Egoismus abzugewöhnen, immer noch mehr Geld. Die Generalin dagegen war vor ihrem zweiten Gatten die Andacht selbst. Wahrscheinlich gefiel ihr an ihm vor allem dies, daß er General und sie folglich Generalin war.

In ihrem Hause bewohnte er die eine, sie die andere Hälfte. Und in dieser anderen Hälfte gedieh sie während der ganzen Zeit des halblebendigen Lebens ihres Mannes im Kreise ihrer daselbst wohnenden Freundinnen, Möpse und der zum Kaffee sich einfindenden Klatschbasen. Sie war eine wichtige Persönlichkeit in ihrem Städtchen. Der Klatsch, die ergebensten Bitten, Kinder aus der Taufe zu heben oder die Brautmutter zu spielen, sowie die geliebte Kopekenpreference entschädigten sie vollauf für ihre häuslichen Unannehmlichkeiten. Alle Stadtelstern erschienen bei ihr mit ausführlichen Berichten, ihr wurde überall der erste Platz eingeräumt, – mit einem Wort, sie wußte aus ihrem Generalstitel alles herauszuschlagen, was daraus nur herauszuschlagen war. Der General kümmerte sich um so etwas nicht. Dafür aber verspottete er seine Frau gewissenlos in Gegenwart Fremder, fragte zum Beispiel ungeniert, weshalb er eigentlich »ein solches Weibsbild« geheiratet habe – und niemand durfte dagegen Einspruch erheben. Mit der Zeit zogen sich alle Bekannten von ihm zurück, während gerade er ohne Gesellschaft nicht auskommen konnte: denn er wollte erzählen, schwatzen, streiten; kurz: er wollte, daß beständig ein Zuhörer vor ihm saß. Er war ein Freigeist und Atheist vom alten Schlag, und daher philosophierte er gern über höhere Themen. Zum Unglück waren aber die Zuhörer des Städtchens N. für höhere Themen nicht zu haben, und so kamen sie immer seltener zu ihm. Dann versuchte man es mit einem Whist- oder Preference-Abend, aber auch daraus wurde nichts: das Spiel endete für den General gewöhnlich mit solchen Wutanfällen, daß die Generalin und ihr ganzer Stab von Freundinnen in hellem Entsetzen vor den Heiligen Wachskerzen anzündeten, Messen lesen ließen, sich mit weißen Bohnen und französischen Karten im Wahrsagen übten, barmherzige Semmeln im Gefängnis austeilten und mit Hangen und Bangen der Stunde entgegensahen, in der sie wieder eine Partie Whist oder Preference zustandebringen mußten, um für das geringste Versehen abermals Geschrei, Geschimpfe und fast sogar Prügel zum Dank zu erhalten. Wenn dem General etwas mißfiel, so tat er sich vor keinem Menschen Zwang an: er kreischte dann wie ein altes Weib, schimpfte wie ein Droschkenkutscher; zuweilen aber, wenn er alle seine Partner zum Teufel gejagt, die Karten zerrissen und ihnen an den Kopf geworfen hatte, weinte er vor Verdruß und Wut, was alles nur wegen eines Buben geschah, den man statt einer Neun ausgespielt hatte. Schließlich, als seine Sehkraft immer mehr abnahm, bedurfte er eines Vorlesers. Und da erschien denn Fomá Fomítsch Opískin!

Ich muß gestehen, daß ich mich mit einer gewissen Feierlichkeit anschicke, von dieser neuen Persönlichkeit zu berichten – einer der wichtigsten meiner Erzählung. Inwieweit er ein Recht auf die Aufmerksamkeit des Lesers hat, will ich nicht im voraus zu erklären versuchen: darüber zu entscheiden steht vielmehr weiterhin dem Leser selbst zu und wird ihm auch eher möglich sein.

Als Fomá Fomítsch sein Amt beim General Krachótkin antrat, erhielt er lediglich freie Kost – nichts mehr und nichts weniger. Woher er kam – ist unbekannt. Ich habe mich übrigens absichtlich bemüht, etwas Genaueres über das frühere Leben dieses merkwürdigen Menschen in Erfahrung zu bringen. Es hieß erstens, daß er irgendeinmal irgendwo Beamter gewesen sei, daß man ihm dann ein »Unrecht« getan und er – selbstverständlich! – »um der Wahrheit willen« zu leiden gehabt habe. Ferner verlautete von anderer Seite, daß er sich einmal in Moskau mit Literatur befaßt habe, was ja weiter nicht erstaunlich gewesen wäre: die geradezu schmutzige Unwissenheit Fomá Fomítschs konnte für seine literarische Laufbahn gewiß nicht als Hindernis in Frage kommen. Glaubwürdig ist jedoch fraglos nur das eine: daß er in keinem Fach Erfolg gehabt hatte und schließlich gezwungen gewesen war, als Vorleser und Blitzableiter in den Dienst des Generals zu treten. Es gibt keine Erniedrigung, die Foma nicht für das tägliche Brot in Kauf genommen hätte. Freilich versicherte er uns nach dem Tode seines Peinigers, als er plötzlich und ganz unerwartet zu einer wichtigen, überaus einflußreichen Person wurde, daß er sich mit seiner Bereitwilligkeit, den Narren zu spielen, nur großmütig dem Freunde, der Freundschaft geopfert habe, daß der General sein Wohltäter und ein großer, doch leider unverstandener Mann gewesen sei und nur ihm, Foma, die tiefsten Tiefen seiner Seele vertrauensvoll erschlossen habe; und wenn er, Foma, auf den Wunsch des Generals die verschiedensten Tiere nachgeahmt und lebende Bilder gestellt, so sei dieses von ihm aus einzig und allein zur Zerstreuung und Erheiterung des von Krankheiten aller Art heimgesuchten Dulders und Freundes geschehen. Nichtsdestoweniger sind die Versicherungen und nachträglichen Erklärungen Foma Fomitschs bezüglich jenes Sachverhaltes stark zu bezweifeln. Doch wie dem auch sei, jedenfalls spielte Foma Fomitsch bereits während seines Narrendienstes eine durchaus andere Rolle in der Damenabteilung des Hauses der Generalin. Wie er das fertiggebracht hat, kann sich jemand, der in solchen Dingen nicht Spezialist ist, schwer vorstellen. Die Generalin hegte für ihn eine geradezu mystische Hochachtung, – aus welchem Grund sie sie hegte, vermag ich nicht zu sagen. Mit der Zeit gewann er über alles Weibliche im Hause eine erstaunliche Macht, die in etwa an die Macht gewisser Iwán Jákowlewitschs erinnerte, oder ähnlicher Seher und Propheten, die in Irrenhäusern von Damen, die für dergleichen empfänglich sind, besucht zu werden pflegen. Er las ihnen aus seelenrettenden Büchern vor, erklärte ihnen mit beredten Tränen den tieferen Sinn verschiedener christlicher Tugenden, schilderte auch sein eigenes Leben und seine Heldentaten, ging zum Gottesdienst, sogar zur Frühmesse, sagte außerdem die Zukunft voraus, verstand mit ganz besonderem Talent Träume zu deuten und meisterhaft den Nächsten zu verdammen. Der General ahnte bald, was in der anderen Hälfte des Hauses geschah, und tyrannisierte seinen Krippenreiter noch erbarmungsloser. Doch siehe, das Martyrium Foma Fomitschs verlieh diesem in den Augen der Generalin und ihres ganzen Anhangs nur eine um so glänzendere Aureole, die natürlich entsprechend gesteigerte Hochachtung zur Folge hatte.

Da starb der General und alles änderte sich. Seine Sterbestunde soll übrigens recht originell gewesen sein. Dem ehemaligen Freigeist und Atheisten wurde auf einmal bis zur Unglaublichkeit bange. Er weinte, bereute, küßte Heiligenbilder, rief Geistliche herbei. Gottesdienste wurden für ihn abgehalten, es kam zur letzten Ölung. Der Arme schrie, er wolle nicht sterben, und zu guter Letzt bat er sogar noch Foma Fomitsch unter Tränen um Verzeihung. Dieser Umstand wurde von Foma in der Folge oft als besonderer Trumpf ausgespielt. Doch kurz bevor sich die Seele des Generals von seinem Körper trennte, geschah noch folgendes: Die Tochter der Generalin aus deren erster Ehe, meine Tante Praskówja Iljínitschna, die unverheiratet im Hause ihrer Mutter lebte – eines der liebsten Opfer des Generals, da sie ihm während seiner zehnjährigen Beinlosigkeit zur beständigen Bedienung unentbehrlich war und ihm wegen ihrer Schlichtheit und stummen Güte gefiel, – trat nun an sein Lager, bittere Tränen vergießend, um das Kopfkissen des armen Sterbenden zurecht zu rücken. Da aber packte sie der arme Sterbende an den Haaren, und es gelang ihm noch, sie ungefähr dreimal, fast schäumend vor Wut, mit aller und letzter Kraft hin- und herzureißen. Nach zehn Minuten war er tot. Der Oberst, mein Onkel, wurde sofort benachrichtigt, obgleich die Generalin sagte, sie wolle ihn nicht sehen, wolle lieber sterben, als daß der Sohn ihr in einer solchen Stunde vor die Augen kommen sollte. Die Beerdigung war großartig – selbstverständlich auf Kosten dieses unehrerbietigen Sohnes, den man nicht vor die Augen kommen lassen wollte.

Auf dem verschuldeten Gut Knjásewka, das mehreren Herren gemeinsam gehörte, und auf dem auch die hundert Leibeigenen des Generals lebten, steht jetzt ein Mausoleum aus weißem Marmor, besät mit Inschriften, die alle dem hohen Verstand, den mannigfachen Talenten, der Herzensgüte, dem Seelenadel und den trefflichen militärischen Eigenschaften des Entschlafenen das höchste Lob spenden. Bei der Zusammenstellung dieser Inschriften hat Foma Fomitsch stark mitgewirkt. Es dauerte lange, bis die Generalin ihrem unehrerbietigen Sohne dann Verzeihung gewährte. Schluchzend beteuerte sie, umringt von ihrem ganzen Gefolge, einschließlich der Möpse, daß sie lieber trockenes Brot essen – welches sie natürlich mit ihren »Tränen netzen« werde – oder mit einem Krückstock betteln gehen wolle, als daß sie der Bitte ihres »ungehorsamen« Sohnes nachgäbe und zu ihm nach Stepántschikowo übersiedelte.

»Nie und nimmer werde ich meinen Fuß über seine Schwelle setzen!« rief sie erregt aus. Überhaupt pflegen manche Damen das Wort »mein Fuß« unter solchen Umständen ungemein effektvoll hinzuwerfen. Die Generalin sprach es wirklich meisterhaft, geradezu künstlerisch vollendet aus ... Kurz, Reden wurden von ihr in unglaublichem Überfluß vergeudet. Nur muß ich hier bemerken, daß gleichzeitig mit diesen Versicherungen die Koffer zur Übersiedlung nach Stepantschikowo schon nach und nach gepackt wurden.

Inzwischen jagte der Oberst alle seine Pferde zuschanden, da er täglich von seinem Gute in die vierzig Werst entfernte Stadt gefahren kam, bis er dann endlich, vierzehn Tage nach der Beerdigung des Generals, die Erlaubnis erhielt, bei seiner tiefgekränkten Mutter zu erscheinen. Foma Fomitsch spielte in dieser Zeit den Unterhändler. Zwei Wochen lang warf er dem Ungehorsamen sein »unmenschliches« Verhalten vor, brachte ihn zu aufrichtigen Tränen und fast zur Verzweiflung. Von diesen Tagen an datiert der unbegreifliche, unmenschlich despotische Einfluß Foma Fomitschs auf meinen armen Onkel. Foma erriet sofort, was für einen Menschen er vor sich hatte, und daß seine Narrenrolle jetzt zu Ende gespielt war, folglich aber auch er, Foma, so etwas wie »Herr« sein konnte. Und so entschädigte er sich denn.

»Wie würde Ihnen zumute sein«, fragte Foma, »wenn Ihre leibliche Mutter, sozusagen die Urheberin Ihrer Tage, einen Krückstock nähme und, mit ihren zitternden, von Hunger abgemagerten Händen sich auf ihn stützend, tatsächlich betteln ginge? Wäre das nicht ungeheuerlich, erstens bei ihrem Rang als Generalin, und zweitens bei ihren Tugenden? Was würden Sie empfinden, wenn sie eines Tages unter den Fenstern Ihres Hauses erschiene (was natürlich nur aus Versehen geschehen könnte, aber es wäre doch immerhin möglich), und wenn sie ihre Hand um ein Almosen bittend ausstreckte, während Sie, ihr Sohn, gerade irgendwo in einem Daunenbett versinken und ... nun, in Luxus, kurz gesagt, schwelgen? ... Wäre das nicht entsetzlich, ganz entsetzlich! Am entsetzlichsten ist aber – gestatten Sie, Oberst, daß ich Ihnen das ganz offen sage – ja, am entsetzlichsten hierbei ist, daß Sie jetzt wie ein gefühlloser Pfosten vor mir stehen, mit halb offenem Munde und ratlosem Blinzeln, was gewissermaßen sogar unhöflich ist, während Sie bei dem bloßen Gedanken an eine solche Möglichkeit sich die Haare Ihres Hauptes mit den Wurzeln ausraufen und Ihren Augen

Ströme . . . was sage ich! – Flüsse, Seen, Meere, Ozeane von Tränen entströmen müßten!«

Mit einem Wort, Foma geriet vor lauter Übereifer aus dem Konzept. Aber das war nun einmal der übliche Ausgang seiner Beredsamkeit, und so geschah es denn, daß die Generalin samt ihrem ganzen Anhang, ihren Dauergästen und Schoßhunden, samt Foma Fomitsch und der Jungfer Perelízyna, ihrer größten Ohrenbläserin, schließlich das Herrenhaus von Stepántschikowo mit ihrer Ankunft beglückte. Sie erklärte, daß sie nur *versuchen* wolle, bei ihrem Sohn zu leben, und vorerst nur seinen Gehorsam prüfen möchte. Man kann sich die Lage des Obersten in dieser Zeit der »Prüfung seines Gehorsams« wohl ungefähr vorstellen! Anfangs hielt es die Generalin, als jüngst verwitwete Frau, für ihre Pflicht, wöchentlich etwa zwei- oder dreimal bei der Erinnerung an ihren unwiederbringlich verlorenen Gatten, in Verzweiflung zu geraten; und diese Verzweiflung hatte die Eigentümlichkeit, sich alsbald aus unbekannten Gründen in einem Gewitter über dem Haupte des armen Obersten zu entladen. Zuweilen, vornehmlich wenn Besuch zugegen war, rief sie ihre beiden Enkelkinder zu sich, den kleinen Iljúscha und die fünfzehnjährige Ssáschenjka, hieß sie sich ihr gegenüber hinsetzen, sah sie lange, lange, mit traurigem, kummervollem Blick an, eben wie Kinder, die bei einem *»solchen Vater«* dem Untergang geweiht sind, seufzte tief und schwer und brach in wortlose, geheimnisvolle, weil unerklärliche Tränen aus, die dann mindestens eine geschlagene Stunde unaufhaltsam rannen. Wehe dem Obersten, wenn er diese Tränen nicht zu begreifen *verstand!* Er aber, der Arme, verstand es nie, sie zu begreifen, geriet vielmehr in seiner Naivität wie mit Absicht gerade zu diesen gefährlichen Stunden in ihren Gesichtskreis und mußte daher, ob er wollte oder nicht, eine neue Prüfung bestehen. Nichtsdestoweniger verringerte sich seine Ehrerbietung nicht – im Gegenteil, sie nahm noch zu . . . bis sie schließlich die äußersten Grenzen erreichte. Die Generalin und Foma Fomitsch fühlten nun beide, daß das Gewitter, welches so lange Jahre in der Gestalt des Generals Krachótkin in unwandelbarer Beständigkeit über ihren Häuptern geschwebt hatte, endgültig vorübergezogen war und nie mehr wiederkehren werde. Zuweilen kam es auch vor, daß die Generalin mir nichts dir nichts auf das Sofa sank und – »in Ohnmacht fiel«: alles lief dann und schrie, der Oberst war aufs äußerste erschrocken und zitterte wie ein Espenblatt.

»Du grausamer Sohn!« kreischte dann die Generalin los, kaum daß sie das Bewußtsein wiedererlangt hatte, »du hast mich zerrissen, – oui, moi, ta mère, ta mère!«

»Ja, aber ... wann soll ich Sie denn zerrissen haben, Mamachen?«

»Das hast du, das hast du! Mich zerrissen hast du! Jetzt will er sich noch rechtfertigen! Er wird noch unehrerbietig! Oh, du grausamer, unbarmherziger Sohn! Oh, ich sterbe!«

Der Oberst aber war natürlich zerknirscht.

Nur weiß ich nicht, wie es kam, daß die Generalin es mit dem Sterben nie wörtlich nahm.

Nach einer halben Stunde erklärte der Oberst wohl einem seiner »Hausgäste«, ihn am Rockknopf festhaltend, die Sache auf folgende Weise:

»Nun, ja, sie ist doch, weißt du, Grandedame, Generalin! – das darf man nicht vergessen. Sonst ist sie ja ein herzensgutes altes Frauchen, nur ist sie, weißt du, an diesen höheren Ton gewöhnt ... nun, und ich Tölpel verstehe eben so etwas nicht. Jetzt ärgert sie sich über mich. Es ist ja wahr, ich bin schuldig ... obschon mir, offen gestanden, immer noch nicht so recht klar ist, was ich denn eigentlich verschuldet habe, aber es wird wohl so sein, selbstverständlich! ...«

Mitunter glaubte sich in solchen Fällen auch die Jungfer Perepelízyna verpflichtet, ihm deswegen eine Moralpredigt zu halten. Sie war ein etwas überreifes Fräulein, ohne Augenbrauen, mit falschem Haar, kleinen, stechenden Äuglein, mit Lippen, die so schmal wie Bindfaden waren, und mit Händen, die sie in gesalzenem Gurkenwasser wusch.

»Das kommt daher, weil Sie unehrerbietig sind, und weil

Sie egoistisch sind, weil Sie Ihre Frau Mutter kränken, Ihre Frau Mutter aber an eine solche Behandlung nicht gewöhnt ist ... denn sie ist doch Generalin ... Sie aber sind nur erst Oberst.«

»Nein, weißt du, Freund«, sagte dann wohl der Oberst zu seinem Zuhörer, »Fräulein Perepelizyna ist doch im Grunde ein vortreffliches Mädchen, sie steht wie ein Mann für meine Mutter ein! Wirklich ein seltenes Mädchen! Glaub' nur nicht, daß sie irgend so eine aus Gnade und Barmherzigkeit ernährte Klatschbase sei. Bewahre! Sie ist selbst die Tochter eines Majors. Tatsache!«

Doch das sind vorläufig nur so einige Blüten. Dieselbe Generalin aber, die so verschiedenartige Anfälle zu bekommen verstand, zitterte ihrerseits wie ein Mäuslein vor dem ehemaligen Narren ihres Gatten. Foma Fomitsch besaß förmlich Zaubermacht über diese Dame. Sie wagte nicht zu mucksen, wenn er etwas befahl; sie hörte nur mit seinen Ohren, sah nur mit seinen Augen. Einer meiner Vettern zweiten Grades, gleichfalls Husarenoffizier a. D., ein noch junger Mensch, der aber nichtsdestoweniger sein ganzes Vermögen bereits doppelt durchgebracht hatte und sich eine Zeitlang bei meinem Onkel aufhielt, erklärte mir kurz und bündig, ohne den geringsten Zweifel aufkommen zu lassen, daß die Generalin nach seiner felsenfesten Überzeugung in unerlaubten Beziehungen zu Foma Fomitsch stünde. Selbstverständlich lehnte ich diese Deutung sofort mit Unwillen ab, sie war mir doch zu plump und zu einfältig. Nein, hier handelte es sich um etwas ganz Anderes, aber um dieses Andere zu erklären, müßte ich zuvor dem Leser den Charakter Foma Fomitschs so analysieren, wie ich ihn mit der Zeit selbst beurteilen lernte.

Man denke sich einen der nichtigsten, kleinmütigsten Menschen, einen Auswurf der Gesellschaft, für den niemand eine Verwendung hat, einen vollkommen nutzlosen, erbärmlichen Wicht, der aber grenzenlos eitel, selbstgefällig und egoistisch ist und zum Überfluß von der Natur entschieden nichts erhalten hat, wodurch er auch nur annähernd eine solche krankhaft überspannte Eigenliebe und Selbstsucht rechtfertigen könnte. Ich will hier eines gleich vorausschikken: Foma Fomitsch ist die Verkörperung der schrankenlosesten Eigenliebe, aber zugleich auch einer Eigenliebe besonderer Art, und zwar: einer Eigenliebe bei absoluter Nichtigkeit des Menschen und, wie gewöhnlich in solchem Fall, einer ständig beleidigt wordenen, durch früher erlittene schwere Mißerfolge unterdrückten Eigenliebe, die nun schon längst in Fäulnis übergegangen ist und seitdem bei jeder Begegnung mit anderen Menschen, bei jedem Erfolg anderer nur noch Neid und Gift aus sich hervorspritzt. Und selbstverständlich ist das alles noch gewürzt mit der unanständigsten Empfindlichkeit, mit verrücktestem ewigen Argwohn auf der Lauer. Vielleicht wird man fragen: woher kommt denn eine solche Eigenliebe? Wie entsteht sie, zumal bei so absoluter Nichtigkeit des Menschen, und dazu noch in so armseligen Leutchen, die doch eigentlich schon ihrer sozialen Stellung nach den ihnen zukommenden Platz kennen sollten? – Wie diese Frage beantworten? Wer weiß, vielleicht gibt es auch Ausnahmen, zu denen dann auch mein Held gehört. Ja, er war eben tatsächlich eine Ausnahme von der Regel, was sich denn auch in der Folge herausstellen wird. Einstweilen aber erlaube man mir eine Gegenfrage: Sind Sie denn wirklich überzeugt, daß diese Menschen, die sich ganz und gar ergeben haben, die darin ihr Glück sehen und es sich zur Ehre anrechnen, daß sie jemandes Spaßmacher und Gnadenbrotschlucker sein können – sind Sie wirklich überzeugt, daß diese Kreaturen sich deshalb auch schon von jedem Selbstgefühl, von jeder Eigenliebe losgesagt haben? Aber der Neid, der Klatsch, die Verleumdungen, die Ohrenbläserei und das geheimnisvolle Gezischel in den hinteren Winkeln Ihres eigenen Hauses, hinter Ihrem Rücken, oder die Sticheleien an Ihrem eigenen Tisch? Wer weiß, ob in einigen dieser vom Schicksal erniedrigten Vaganten, Gnadenbrotesser, Spaßmacher und Speichellecker die natürliche

Eigenliebe durch die ständige Erniedrigung nicht etwa vermindert oder erstickt, sondern gerade durch diese Erniedrigung, durch die Narrenrolle und die ewig erzwungene Unterwürfigkeit und Unselbständigkeit nicht noch zu einer weit größeren Eigenliebe erhitzt wird? Wer weiß, vielleicht ist diese bis ins Ungeheuerliche entwickelte Eigenliebe nur ein falsches, früh verkrüppeltes Empfinden der eigenen Menschenwürde, die zum erstenmal vielleicht schon in der Kindheit durch fremdes Joch, Armut, Schmutz oder Verachtung mit Füßen getreten worden ist? Oder vielleicht hat der zukünftige Vagant schon als kleines Kind seine Eltern so behandelt gesehen? Doch, wie ich schon gesagt habe, Foma Fomitsch stellte außerdem noch eine Ausnahme dar, und das war auch in der Tat der Fall. Er hatte sich einmal für einen Literaten gehalten, war aber von den anderen nicht anerkannt und folglich zurückgesetzt, gekränkt, beleidigt worden. Die Literatur aber – das heißt: jene, die er natürlich nicht anerkannte – kann noch ganz andere Leute als einen Foma Fomitsch verderben. Ich weiß es zwar nicht, aber es ist doch anzunehmen, daß Foma Fomitsch auch *vor* seinen literarischen Versuchen nicht gerade vom Erfolg verwöhnt worden war; vielleicht hatte er auch in jeder anderen von ihm versuchten Tätigkeit anstatt einer Belohnung nur Nasenstüber erhalten – oder vielleicht noch Schlimmeres. Doch darüber läßt sich nichts Genaues feststellen; erfahren habe ich nach vielfachen Erkundigungen nur, daß Foma Fomitsch in Moskau tatsächlich einmal einen kleinen Roman geschrieben hat, äußerst ähnlich jenen Werken der dreißiger Jahre, von denen alljährlich Dutzende zusammengebraut wurden, in der Art der „Befreiung Moskaus“ oder der „Söhne der Liebe“ oder „Die Russen im Jahre 1104“ und dergleichen mehr.[1] Das war allerdings schon vor langer Zeit, aber der Schlangenbiß des literarischen Ehrgeizes verwundet oft tief und unheilbar, was namentlich von nichtigen und dümmlichen Leuten gilt. Foma Fomitsch war also bereits nach seinem ersten literarischen Versuch, wie wir annehmen müssen, verletzt worden, und hatte sich sofort und endgültig jener unzählbaren Schar der Zurückgesetzten angeschlossen, aus der dann später alle diese Sonderlinge, Hampelmänner und gesellschaftlichen Vagabunden hervorgehen. Um dieselbe Zeit hatte sich, glaube ich, auch diese unglaubliche Prahlsucht in ihm zu entwickeln begonnen, dieses gierige Bedürfnis nach Lob und Auszeichnungen, Verehrung und Bewunderung. Selbst als Narr hatte er sich einen Kreis ihn andächtig anstaunender Idioten zu schaffen gewußt. Stets irgendwo irgendwie die Hauptperson zu sein, das Orakel zu spielen, den Vorrang zu haben, sich zeigen zu können, gelobt zu werden – das war sein Hauptbedürfnis! Lobten ihn die anderen nicht, so begann er sich selbst zu loben. Ich habe seine Reden im Hause meines Onkels in Stepantschikowo, nachdem er dort unumschränkter Herrscher geworden war, selbst gehört. »Ich gehöre nicht in Ihren Kreis«, pflegte er oft genug mit einer gewissen geheimnisvollen Feierlichkeit zu sagen.

»Ja, ich gehöre nicht hierher in Ihren Kreis! Ich werde sehen, werde Sie hier zuerst alle unterbringen und Ihr Leben einrichten, Sie zu leben lehren, dann aber – lebt wohl! Dann geht's nach Moskau, und dort werde ich eine Zeitschrift herausgeben. Dreißigtausend Menschen werden sich monatlich zu meinen Lektien zusammenfinden. Ja, dann wird endlich auch mein Name klingen, und dann – wehe meinen Feinden!«

Aber das Genie, das sich erst anschickte, berühmt zu werden, verlangte unverzüglich Belohnung. Es ist ja im allgemeinen sehr angenehm, im voraus belohnt zu werden, um wieviel mehr aber ist es das in einem solchen Fall. Wie ich weiß, hat er meinem Onkel in allem Ernst versichert, daß ihm eine allergrößte Heldentat bevorstehe, eine Tat, zu der er allein berufen und geboren sei, und zu deren Vollbringung ihn ein geflügeltes Wesen von Menschenart, das in der Nacht bei ihm erscheine, zwinge. Und diese Tat sei: ein tiefsinniges, die Seelen der Menschen errettendes Werk zu schreiben, von dem »ein allgemeines Erdbeben ausgehen« und das »ganz Rußland erzittern machen« werde. Doch wenn dann sein Name in aller Mund sei, dann werde er, Foma, den Ruhm und die Ehre verachtend, sich ins Kijewsche Höhlenkloster zurückziehen, um dort unter der Erde Tag und Nacht für das Glück des Vaterlandes zu beten ... So etwas aber rührte meinen Onkel.

Jetzt stelle man sich vor, zu was sich dieser Foma entwikkeln konnte: dieser selbe Foma, der sein ganzes Leben lang geknechtet und vielleicht sogar tatsächlich geprügelt worden war; dieser selbe Foma, der im geheimen so genußgierig und so eigenliebig war wie kein zweiter; Foma, der enttäuschte, erbitterte Literat, Foma, der für das tägliche Brot den Narren gespielt; Foma, der im Grunde seiner Seele der größte Despot war, ungeachtet all seiner früheren Niedrigkeit und Bedeutungslosigkeit, Foma, der Prahlhans und unverschämte Frechling (sobald er nur Gelegenheit hatte, es zu sein); dieser selbe Foma, der dann plötzlich zu Ruhm und Ehre gelangte, verhätschelt und gelobt und in den Himmel gehoben wurde, dank einer törichten, kindisch-dummen Beschützerin und einem ahnungslosen, von vornherein mit allem einverstandenen Beschützer, in dessen Hause er sich nach langen Irrfahrten endlich zur Ruhe hatte setzen können! Freilich muß ich auch den Charakter meines Onkels eingehender erklären; denn sonst würde der Erfolg Foma Fomitschs immerhin nicht ganz verständlich sein. Auf Foma paßte vorzüglich das Sprichwort: „Setz ihn an den Tisch und schon hat er die Füße auf dem Tisch!" Ja, Foma verstand es wahrlich, sich für das Vergangene zu entschädigen! Ein niedriger Charakter wird, sobald er von seinem Bedrücker befreit ist, sofort andere bedrücken. Foma nun war tyrannisiert worden – und er empfand sofort das Bedürfnis, jetzt selbst zu tyrannisieren; man hatte ihn zur Kurzweil zum besten gehabt – folglich wollte auch er jetzt andere zum besten haben; er war Narr gewesen, nun mußte auch er unbedingt Narren haben. Er prahlte bis zur Verrücktheit, war herrschsüchtig bis zur Unmenschlichkeit, war anspruchsvoll ohne jedes Maß, verlangte womöglich Vogelmilch – so daß Leute, die von ihm nur erzählen hörten, ihn aber nicht persönlich kannten, diese Geschichten aus Stepantschikowo für Märchen hielten oder für des Teufels Machwerk, sich bekreuzten und ausspien.

Ich sagte vorhin, daß ohne eine Erklärung des merkwürdigen Charakters meines Onkels diese freche Herrschaft Foma Fomitschs in einem fremden Hause unbegreiflich erscheinen müsse, unbegreiflich diese Metamorphose aus einem Narren in eine große Persönlichkeit. Mein Onkel war nicht nur unsäglich gut, sondern trotz seiner ganzen fast derbkraftvollen Erscheinung auch ein selten zartfühlender Mensch, ein überaus edler, bewährt männlich-mutiger Charakter. Ich sage mit Absicht »männlich-mutig« und betone dieses Wort. Wenn es für ihn hieß, eine Pflicht zu erfüllen, dann kannte er nie ein Hindernis, dann schrak er vor nichts zurück. Seine Seele war rein wie die eines Kindes. Man konnte ihn wirklich ein fast vierzigjähriges Kind nennen. Er war überaus mitteilsam, stets heiter gestimmt, sah in jedem Menschen einen Engel, hielt alle fremden Mängel nur für Folgen seiner eigenen Fehler, vergrößerte die guten Eigenschaften der anderen unendlich und sah solche sogar dort, wo sie überhaupt nicht vorhanden sein konnten. Er war einer jener durch und durch edlen Menschen, die so keuschen Herzens sind, daß sie sich geradezu schämen, in einem anderen Menschen etwas Schlechtes zu vermuten, ja, daß sie sich beeilen, ihre Nächsten mit allen Tugenden auszuschmücken; einer jener Menschen, die sich über jeden Erfolg anderer freuen, auf diese Weise beständig in einer idealen Welt leben und bei einem Unglück immer sich zuerst, sich ganz allein beschuldigen. Sich selbst den Interessen anderer zu opfern, scheint ihre Lebensaufgabe zu sein. Manch einer hätte meinen Onkel vielleicht sogar kleinmütig, charakterlos, schwach genannt. Allerdings war er schwach bei seinem gar zu weichen Herzen; nur war er es nicht aus Mangel an Charakterfestigkeit, sondern aus Furcht, zu kränken, grausam zu sein, oder aus gar zu großer Hochachtung vor anderen, vor dem Menschen überhaupt. Und übrigens war er nur dann schwach und kleinmütig, wenn es sich um seine eigenen Interessen handelte, die er immer hintansetzte, wofür er sich sein Leben lang dem Gespött der Menschen aussetzte, und nicht selten dem Gespött gerade derjenigen, für die er sich opferte. Niemals hätte er geglaubt, daß er Feinde haben könnte, und dennoch hatte er sie, aber irgendwie bemerkte er sie nicht. Zwist und Geschrei im Hause fürchtete er mehr als Feuer, darum gab er allen in allem sofort nach und ergab und beschied sich stets. Er tat es aus einer gewissen schüchternen Gutmütigkeit heraus, aus einem fast zärtlichen Zartgefühl, – »damit, weißt du«, sagte er schnell, gewissermaßen, um sich gegen etwaige Vorwürfe zu verteidigen, »damit, weißt du ... nun, damit alle zufrieden und glücklich sind!« Es versteht sich von selbst, daß er jedem edlen Einfluß zugänglich war; ja, ein gewandter Spitzbube hätte sich seiner vollkommen bemächtigen und ihn sogar zu einer schlechten Tat verleiten können, das heißt: wenn er diese schlechte Tat als edel hingestellt hätte. Mein Onkel ließ sich leicht von anderen lenken, besonders wenn er dem Betreffenden einmal sein ganzes Vertrauen geschenkt hatte; in dieser Beziehung war er also durchaus nicht fehlerfrei. Wenn er sich aber dann nach lange gezahltem schmerzlichem Lehrgeld endlich entschloß, daran zu glauben, daß der ihn Betrügende ein unehrlicher Mensch war, so beschuldigte er vor allen anderen sich selbst, und nicht selten nur sich allein. Nun denke man sich in seinem stillen Hause diese plötzlich die Herrschaft an sich reißende, launenhafte, verschrobene Idiotin von Mutter, zusammen mit einem anderen Idioten – ihrem Abgott –, eine Idiotin, die bis dahin nur ihren General gefürchtet hatte, jetzt aber nichts mehr fürchtete und sogar das Bedürfnis empfand, sich für die schlechten Lebensjahre zu entschädigen, – eine Idiotin, der der Oberst frommen Gehorsam schuldig zu sein glaubte, und zwar aus dem Grund, weil sie seine Mutter war.

Man begann damit, daß man dem Oberst bewies, er sei ein

roher Mensch, unduldsam, unwissend und vor allen Dingen ein »Egoist ersten Ranges«. Bemerkenswert war dabei, daß die blödsinnige Alte selbst vollkommen an das glaubte, was sie predigte. Ja, ich vermute sogar, auch Foma Fomitsch tat das, oder wenigstens zum Teil. Man überzeugte den Oberst, daß Foma von Gott selbst zur Rettung seiner, des Obersten, Seele vom Himmel herabgesandt sei, desgleichen zur Besänftigung seiner zügellosen Leidenschaften; daß er stolz sei, mit seinem Reichtum prahle und fähig wäre, Foma Fomitsch wegen des täglichen Brotes, das dieser von ihm empfing, Vorwürfe zu machen. Mein armer Onkel glaubte bald selbst an die Tiefe seiner sittlichen Gesunkenheit und war bereit, sich die Haare vor Reue auszuraufen und Foma um Verzeihung zu bitten ...

»Weißt du, Freund, ich bin ja selbst daran schuld«, sagte er zuweilen einem seiner Hausgäste, mit dem er sich gerade unterhielt, »und zwar an allem! Man muß doppelt zartfühlend sein im Umgang mit einem Menschen, dem man Gutes tut ... Das heißt ... was sage ich! Was Gutes tut! Was schwatze ich da wieder! Durchaus nicht Gutes tut, sondern im Gegenteil: er ist es, der mir Gutes tut, indem er bei mir wohnt, aber nicht umgekehrt! ... Das heißt: ich habe ihm meines Wissens noch nie auch nur das Geringste vorgeworfen, aber ich muß es wohl getan haben ... wahrscheinlich ist mir wieder einmal so etwas entschlüpft, – mir entschlüpft oft etwas Unüberlegtes ... Nun, und schließlich – der Mensch hat gelitten, hat Großes vollbracht, hat zehn Jahre lang, ohne auf die Kränkungen zu achten, seinen kranken Freund gepflegt: so etwas muß belohnt werden! Ja, und dann die Wissenschaft ... Er ist doch Schriftsteller! Ungemein gebildet! Ein überaus edler Mensch, mit einem Wort ...«

Ja, Foma, der Gebildete und Unglückliche, der bei einem launischen und grausamen Freunde den Narren hatte spielen müssen, erweckte im edlen Herzen meines Onkels das tiefste Mitleid. Alle Seltsamkeiten Fomas, sowie alle seine schändlichen Ausfälle dem Hausherrn gegenüber, wurden von diesem ohne weiteres mit seinem früheren Leiden, seiner Erniedrigung und Verbitterung entschuldigt. Er sagte sich in seiner gutmütigen, stets nachsichtigen Seele, daß man von einem Gemarterten nicht dasselbe verlangen könne wie von einem gewöhnlichen Menschen, daß man ihm nicht nur alles verzeihen, sondern mit Demut seine Wunden heilen, ihn aufrichten und mit der Menschheit wieder aussöhnen müsse. Nachdem er sich dieses einmal zum Ziel gesetzt hatte, begeisterte er sich geradezu für seine Aufgabe und verlor gänzlich die Fähigkeit, auch nur entfernt zu erraten, daß sein neuer Freund ein gieriger, eigennütziger Lump war, ein Egoist, Faulpelz und Aussauger – und weiter nichts. An das Wissen und die Genialität Fomas glaubte er einwandlos. Ich habe noch vergessen zu sagen, daß mein Onkel vor Worten wie »Wissenschaft« und »Literatur« eine Hochachtung empfand, die von der größten Naivität war, um so mehr, als er selbst niemals etwas gelernt hatte. Das war nun einmal eine seiner wirklichen und unschuldigsten Schwächen.

»Pst! Er schreibt an seinem Werk!« sagte er zuweilen zur Erklärung, wenn er schon in einem Zimmer, das noch ganz fern von Foma Fomitschs »Arbeitskabinett« lag, nur auf den Fußspitzen zu gehen wagte. »Ich weiß nicht, was er da eigentlich schreibt«, fügte er mit halb stolzer und geheimnisvoller Miene hinzu; »aber sicherlich wird es, Freund, ein solcher Galimathias sein ... Das heißt selbstverständlich – was sage ich! – nur im guten Sinne ein Galimathias! Für manch einen wird es ja klar wie Tinte sein, für unsereinen aber, Bruder, sind das solche Gedankenpurzelbäume, daß ... Ich glaube, er schreibt da von gewissen erzeugenden Kräften – so sagt er wenigstens selbst. Es ist wahrscheinlich etwas Politisches. Ja, ja, einmal wird sein Name einen hohen Klang haben! Dann werden auch wir beide durch ihn berühmt werden! Das hat er mir, weißt du, selbst gesagt ...«

Wie ich aus sicherer Quelle weiß, hat sich mein Onkel auf Fomas Wunsch seinen prächtigen dunkelblonden Backenbart abrasieren müssen, da jener gefunden hatte, daß er mit dem

Backenbart wie ein Engländer aussehe und folglich »wenig Vaterlandsliebe« habe. Mit der Zeit begann Foma sich auch in die Verwaltung des Gutes einzumischen und weise Ratschläge zu erteilen, die, nebenbei bemerkt, fürchterlich waren. Die Bauern errieten denn auch bald, wie es sich damit verhielt, und wer der wahre Herr auf dem Gute war – und sie kratzten sich bedenklich hinterm Ohr. Ich habe späterhin selbst Gelegenheit gehabt, einem Gespräch Foma Fomitschs mit den Bauern zuzuhören. Ich will gleich gestehen, daß ich heimlich gelauscht habe. Foma hatte oft genug gesagt, er rede gern mit einem verständigen russischen Bauern. Eines Tages ging er zur Tenne. Er sprach mit den Bauern über die Feldarbeit, die Landwirtschaft – obgleich er selbst nicht Hafer von Weizen zu unterscheiden verstand, – sprach von den heiligen Pflichten des Bauern seinem Herrn gegenüber, er berührte darauf Themen wie Industrialismus, Elektrizität und die Erleichterung der Arbeit – wovon er selbst natürlich kein Wort begriff; er erklärte seinen Zuhörern, in welcher Weise die Erde sich um die Sonne drehe, um dann schließlich, ganz gerührt von seinen eigenen Kenntnissen, auf die Minister zu sprechen zu kommen. Ich verstand ihn. Erzählt doch Puschkin von einem Vater, der seinem vierjährigen Söhnchen sagt, er, sein »Papachen«, sei so »brav und tapfer, daß der Kaiser ihn ganz besonders liebe«. Auch dieser Vater bedurfte eines Zuhörers, und wenn der Zuhörer auch erst vier Jahre zählte ... Die Bauern aber hörten Foma stets voll Ehrerbietung zu.

»Aber was, Väterchen, bekommst du auch viel kaiserliches Gehalt?« fragte ihn plötzlich aus der Schar der vor ihm Stehenden ein kleiner Alter, Archip Korótkij genannt, mit der unverhohlenen Absicht, etwas Angenehmes zu fragen. Foma Fomitsch fand jedoch diese Frage zu »familiär« . »Familiarität« aber konnte er nicht ausstehen.

»Was geht das dich an, du Lümmel?« antwortete er mit verächtlichem Blick auf das arme Bäuerlein. »Was steckst du hier deine Schnauze vor, – soll ich sie etwa anspeien?«

Foma Fomitsch sprach nie in einem anderen Ton mit den »verständigen russischen Bauern«.

»Ach, Väterchen, wir sind doch unwissende Leute«, sagte ein anderes Bäuerlein. »Was wissen wir viel, vielleicht bist du Major, vielleicht Oberst, vielleicht sogar ganzer General – wir wissen ja nicht einmal, wie man dich betiteln muß.«

»Lümmel!« wiederholte bloß Foma Fomitsch, war aber doch sogleich nachsichtiger gestimmt. »Zwischen Gehalt und Gehalt ist ein Unterschied, Dummkopf! Manch einer ist General und erhält überhaupt nichts; denn es ist kein Grund vorhanden, ihm etwas zu geben, weil er dem Kaiser keinen Nutzen bringt. Ich dagegen erhielt zwanzigtausend Rubel jährlich, als ich beim Minister angestellt war, und selbst dieses Geld nahm ich nicht; denn ich diente um der Ehre willen und hatte außerdem eigenes genug. Mein Gehalt aber stiftete ich für staatlichen Unterricht und für die niedergebrannten Einwohner der Stadt Kasán.«

»Dann hast du ja halb Kasan von neuem aufgebaut?« fragte verwundert derselbe Bauer.

Überhaupt kann man sagen, daß alle Bauern sich nicht wenig über Foma Fomitsch wunderten ...

»Nun, ja, versteht sich, auch mein Teil ist dabei ...«, sagte Foma, gleichsam ungehalten über sich, daß er einen *solchen* Menschen eines *solchen* Gesprächs gewürdigt hatte.

Mit meinem Onkel dagegen waren seine Gespräche anderer Art.

»Was waren Sie früher für ein Mensch?« fragte zum Beispiel Foma, sich nach dem opulenten Mittagsmahl im Lehnstuhl streckend – hinter dem ein Diener stehen und mit einem frischen Lindenzweig die Fliegen sanft fortwedeln mußte.

»Wem glichen Sie früher, bevor ich kam? Jetzt habe ich in Ihnen einen Funken jenes himmlischen Feuers entzündet, das seitdem in Ihrer Seele brennt. Habe ich das himmlische Feuer in Sie hineingelegt oder nicht? Antworten Sie: ja oder nein?«

Foma Fomitsch wußte, genaugenommen, selbst nicht, weshalb er diese Frage stellte. Aber das Schweigen und die gewisse Betretenheit in der Miene meines Onkels reizten ihn sogleich. Er, der früher geduldig alles ertragen hatte, war jetzt zu wahrem Schießpulver geworden, das bei jedem, auch dem geringsten Widerspruch aufflammte. Da er das Schweigen des Obersten als Beleidigung auffaßte, bestand er mit doppeltem Eigensinn auf der Antwort.

»Antworten Sie: brennt in Ihnen dieses Feuer oder brennt es nicht?«

Der arme Oberst wand sich innerlich in seiner Ratlosigkeit: er wußte wirklich nicht, was er tun oder sagen sollte.

»Gestatten Sie, Sie daran zu erinnern, daß ich warte«, bemerkte Foma mit gekränkter Stimme.

»Mais répondez donc, Jegóruschka!« mischte sich auch die Generalin mit einem Achselzucken ein.

»Ich frage Sie: Glimmt in Ihnen noch dieser Funke oder nicht?« wiederholte Foma mit nachsichtiger Herablassung und nahm einen Bonbon aus der Bonbonnière, die immer und überall vor ihn hingesetzt wurde. Das geschah auf Anordnung der Generalin.

»Bei Gott, ich weiß es nicht, Foma«, antwortete der Oberst schließlich, Verzweiflung im Blick – »es muß doch wahrscheinlich etwas von der Art ... Nein, wirklich, frag' mich lieber nicht, sonst lüge ich noch irgend etwas zusammen ...«

»Gut! So bin ich denn Ihrer Meinung nach so wertlos, daß ich nicht einmal einer Antwort wert bin – das ist es doch, was Sie damit sagen wollten? Nun, mag es denn so sein; mag ich also nichts bedeuten!«

»Aber nein doch, Foma, um Gottes willen! Wann habe ich denn so etwas sagen wollen?«

»Sie haben gerade dieses und nichts anderes damit sagen wollen.«

»Aber ich schwöre dir, – *nein!*«

»Gut! Mag ich also ein Lügner sein! Mag ich also, nach Ihrer Anschuldigung, absichtlich einen Vorwand zum Streit suchen! Mag also zu allen anderen Beleidigungen auch diese noch hinzukommen – ich trage alles ...«

»Mais mon fils!« rief erschrocken die Generalin aus.

»Aber Foma Fomitsch! Mama!« beschwor der Oberst verzweifelt. »Bei Gott, ich bin doch nicht daran schuld! Es ist mir vielleicht nur wieder etwas, gegen meinen Willen, entschlüpft! ... Sieh mich doch nicht so an, Foma: ich bin ja ein ungebildeter Mensch; ich fühle ja selbst, daß ich dumm bin, ich fühle ja selbst, daß etwas nicht stimmt ... Ich weiß es, Foma, glaub' mir, ich weiß alles! Du brauchst es mir ja gar nicht erst zu sagen!« wehrte er sich, immer verzweifelter. »Ich habe vierzig Jahre verlebt und die ganze Zeit, bis zu dem Augenblick, da ich dich kennen lernte, immer von mir geglaubt, ich sei ein Mensch ... nun, und alles, was daraus folgt, mit einem Wort: eben ein Mensch! ... Und ich habe ja wirklich bis jetzt nicht gewußt, daß ich sündig bin wie nur einer, ein Egoist erster Sorte ... und so viel Schlechtes in meinem Leben getan habe, daß man sich nur wundern kann, wie die Erde mich noch trägt!«

»Ja, Sie sind allerdings ein beispielloser Egoist, das muß ich schon sagen!« bemerkte überzeugt Foma Fomitsch.

»Aber ich begreife es ja selbst, daß ich ein Egoist bin! Nein, Kreuzmillionen, ich muß mich bessern, und ich werde es!«

»Gott geb's!« schloß Foma Fomitsch mit einem frommen Aufseufzen und erhob sich aus seinem Lehnstuhl, um sich zu seinem Nachmittagsschläfchen zurückzuziehen. Foma Fomitsch pflegte stets nach dem Essen zu schlafen.

Zum Schluß dieses Kapitels muß ich noch einiges von meinen persönlichen Beziehungen zu meinem Onkel sagen und vor allem erklären, wie es kam, daß ich plötzlich Auge in Auge Foma Fomitsch gegenüberstand und ungewollt und unverhofft in den Strudel der größten Ereignisse hineingeriet, die sich jemals in dem gesegneten Herrenhause von Stepantschikowo zugetragen haben. Damit beabsichtige ich diese Einleitung zu schließen, um alsdann zur eigentlichen Erzählung überzugehen.

In meiner Kindheit, als ich verwaist und ohne Geld in der Welt zurückblieb, nahm sich mein Onkel meiner an, erzog mich auf seine Kosten und tat für mich, kurz gesagt, manches, was oft selbst ein leiblicher Vater nicht getan hätte. Schon am ersten Tage, an dem er mich zu sich nahm, hing ich mich mit ganzer Seele an ihn. Damals war ich zehn Jahre alt, und ich weiß noch, daß wir bald die besten Freunde waren und einander vorzüglich verstanden. Wir drehten beide Brummkreisel, stibitzten zusammen die Nachthaube einer alten, giftigen Jungfer, mit der wir entfernt verwandt waren. Die Nachthaube band ich übrigens an den Schweif meines Papierdrachens und ließ sie mit diesem in die Lüfte steigen. Darauf vergingen viele Jahre, und ich sah meinen Onkel erst in Petersburg wieder, wohin er auf ein paar Tage gekommen war, als ich – immer auf seine Kosten – das Gymnasium absolvierte. Während dieses Besuches schloß ich mich ihm wieder mit der ganzen Leidenschaft der Jugend an: es war etwas Edles, Vornehmes, Aufrichtiges in seinem Charakter, und es war vor allem seine Heiterkeit und seine unglaubliche Naivität, die mich und jeden anderen anzogen. Nachdem ich dann mein Studium auf der Universität beendet hatte, lebte ich eine Zeitlang in Petersburg, ohne mit etwas beschäftigt zu sein, und war, wie so mancher Milchbart, fest überzeugt, daß ich in allernächster Zeit ungeheuer viel Bemerkenswertes und sogar Großes vollbringen würde. Petersburg verlassen wollte ich noch nicht. Meinem Onkel schrieb ich nicht allzuoft, eigentlich nur dann, wenn ich Geld brauchte, das er mir nie verweigerte. Da geschah es, daß ich von einem Hofbauern meines Onkels, der zufällig in Geschäften nach Petersburg gekommen war, hörte, daß bei ihnen in Stepantschikowo wunderliche Dinge vor sich gingen. Die betreffenden Mitteilungen setzten mich in Erstaunen und erweckten sogleich mein Interesse. Ich begann meinem Onkel öfter zu schreiben. Er antwortete mir immer etwas unklar und eigentümlich, und schien sich offenbar beim Schreiben eines jeden Briefes krampfhaft zu bemühen, nur von der

Wissenschaft zu reden, da er von mir in Zukunft große Dinge erwartete und auf meine etwaigen Erfolge bereits im voraus nicht wenig stolz war. Dann aber erhielt ich eines schönen Tages, nach längerem Schweigen, einen Brief von ihm, der allen vorhergegangenen Briefen durchaus unähnlich war. Er setzte sich aus so seltsamen Andeutungen zusammen, aus so wunderlichen Widersprüchen, daß ich ihn anfangs überhaupt nicht verstand. Ich fühlte nur heraus, daß der Schreiber des Briefes sich in großer Aufregung befunden haben mußte. Nichtsdestoweniger ging aus dem ganzen Schreiben die Hauptsache ziemlich klar hervor: der Onkel bat mich in allem Ernst, ja, fast flehte er mich an, sobald wie möglich die Erzieherin seiner Kinder, die Tochter eines armen Provinzialbeamten Jeshówikin, die in Moskau, gleichfalls auf Kosten meines Onkels, in einer vorzüglichen Anstalt erzogen worden war, – zu heiraten. Er schrieb, sie sei unglücklich, ich aber könnte sie glücklich machen, ganz abgesehen davon, daß es eine großmütige Handlung meinerseits wäre. Er rief noch den Edelmut meines Herzens an und versprach gleichzeitig, dem jungen Mädchen eine gute Mitgift zu geben. Von der Mitgift schrieb er übrigens sehr ängstlich, wie von einer dummen Nebensache – wahrscheinlich in der Furcht, mich zu kränken – und schloß den Brief mit der flehenden Bitte, tiefstes Schweigen in dieser ganzen Angelegenheit zu wahren.

Dieser Brief stieß mich dermaßen vor den Kopf, daß mir förmlich schwindlig wurde. Aber auf welchen jungen Menschen, der wie ich kaum erst von der Schule und Universität kam, würde ein solches Anerbieten keinen tiefen Eindruck machen, und wär's auch nur, sagen wir, von der romanhaften Seite? Zudem hatte ich schon gehört, daß diese junge Gouvernante eine ganz reizende junge Dame sei. Indessen wußte ich wirklich nicht, was ich tun sollte, wenn ich auch meinem Onkel umgehend schrieb, daß ich mich unverzüglich nach Stepantschikowo begeben würde. Mein Onkel hatte mir gleichzeitig mit dem Brief auch das Reisegeld geschickt. Doch trotz alledem konnte ich mich nicht so schnell entschließen und zögerte mit der Abreise noch volle drei Wochen in Petersburg. Da traf ich plötzlich einen Freund meines Onkels, der mit ihm früher im selben Regiment gestanden und nun auf der Rückreise aus dem Kaukasus nach Petersburg ihn unterwegs in Stepantschikowo besucht hatte. Es war dies ein schon älterer, sonst vernünftig denkender Mensch, doch ein eingefleischter Junggeselle. Ganz empört erzählte er mir von Foma Fomitsch, und dann teilte er mir noch etwas mit, wovon ich bis dahin keine Ahnung gehabt hatte: daß Foma und die Generalin beschlossen hätten, den Obersten mit einem überaus seltsamen alten Mädchen, das mindestens halbverrückt sei, eine außergewöhnliche Lebensgeschichte und wenigstens eine halbe Million Mitgift habe, zu verkuppeln. Die Generalin habe ihre zukünftige Schwiegertochter zu überzeugen gewußt, daß sie verwandt seien und sie folglich bei ihnen leben müsse; der Oberst sei natürlich verzweifelt, doch werde es aller Voraussicht nach damit enden, daß er die halbe Million heirate; und zum Schluß fügte der Betreffende noch hinzu, die beiden Diplomaten, Foma wie die Generalin, behandelten die arme, schutzlose Erzieherin der Kinder meines Onkels entsetzlich und wollten sie mit aller Gewalt zum Hause hinaustreiben, wahrscheinlich in der Angst, der Oberst könnte sich in sie verlieben, oder weil er sich vielleicht schon in sie verliebt hatte. Diese letzte Mitteilung machte mich stutzig. Doch auf alle meine Fragen, ob der Oberst sich inzwischen nicht tatsächlich in sie verliebt habe, konnte oder wollte er mir keine bestimmte Antwort geben; überhaupt sprach er ziemlich einsilbig und ersichtlich ungern von der ganzen Angelegenheit, ja, er umging einfach alle näheren Erklärungen. Ich wurde nachdenklich: diese neuen Aufschlüsse widersprachen so auffallend dem Briefe meines Onkels und seinem Vorschlag! ... Aber wozu Zeit verlieren, dachte ich. Ich beschloß, sofort nach Stepantschikowo zu fahren, nicht nur, um meinen Onkel zu beruhigen und zur Vernunft zu bringen, sondern auch, um ihn zu retten, nämlich Foma vor die Tür zu setzen, zu verhindern, daß er mit der alten Jungfer verkuppelt wurde, und dann – da mir nach reiflicher Überlegung die Liebe meines Onkels zu der jungen Erzieherin als entschiedenes Hirngespinst Foma Fomitschs erschien – die Unglückliche zu beglücken, mit anderen Worten, um die Hand des interessanten jungen Mädchens anzuhalten und so weiter und so weiter. Allmählich begeisterte ich mich immer mehr für mein Vorhaben, so daß ich – wie das so in der Jugend zu geschehen pflegt – aus den stärksten Bedenken alsbald in das entgegengesetzte Extrem geriet: mich begann das Verlangen, nun möglichst schnell die größten Wunder und Heldentaten zu vollbringen, richtig in Glut zu versetzen. Es schien mir sogar, daß ich ungewöhnliche Großmut bekundete, mich edelmütig opferte, um ein unschuldiges, prachtvolles Geschöpf zu beglücken, – kurz, ich erinnere mich, daß ich während der ganzen Fahrt überaus zufrieden mit mir war. Es war Juli; die Sonne schien strahlend hell; ringsum sah ich, soweit das Auge sie nur umfassen konnte, die unermeßliche Weite reifender Kornfelder... Ich aber hatte so lange in Petersburg eingeschlossen gelebt, daß ich erst jetzt zum erstenmal Gottes freie Natur zu erblicken glaubte.

II

Herr Bachtschéjeff

Ich näherte mich bereits dem Ziel meiner Reise, als ich in dem kleinen Städtchen B., kaum zehn Werst von Stepantschikowo entfernt, bei der Schmiede unmittelbar an der Haltestelle, aussteigen mußte, um den gesprungenen Reifen des einen Vorderrades meiner kleinen Postkutsche ausbessern zu lassen. Für die Strecke von zehn Werst, die mir noch bevorstanden, ließ sich diese Reparatur leicht machen; daher beschloß ich, so lange daselbst bei der Schmiede zu warten und mich nicht erst in das Städtchen zu begeben. Als ich ausstieg, bemerkte ich einen dicken Herrn, der gleichfalls eine Ausbesserung an seinem Gefährt, einer Landequipage, vornehmen ließ. Er stand, wie ich später erfuhr, schon seit einer Stunde im unerträglichen Sonnenbrand, schrie, schimpfte und trieb mit der ganzen Ungeduld eines Eigensinnigen und ewig Unzufriedenen die Schmiedegesellen, die an seinem prächtigen Wagen arbeiteten, zur Eile an. Ein Blick in das Gesicht dieses aufgebrachten Herrn genügte, um in ihm den Typ eines Brummbären zu erkennen. Er war etwa fünfundvierzig Jahre alt, mittelgroß, sehr dick und pockennarbig. Sein Schmerbauch, das Doppelkinn, die feisten, hängenden Wangen zeigten anschaulich, daß er ein schlaraffisches Gutsherrenleben führte. Es war etwas Weibisches an ihm, das sofort ins Auge fiel. Seine Kleider waren sehr weit zugeschnitten, bequem, waren sauber und nicht billig, doch keineswegs nach der neuen Mode.

Ich weiß nicht, weshalb er sich sogleich über mich ärgerte, wozu er doch um so weniger Veranlassung hatte, als er mich zum erstenmal im Leben sah und noch kein Wort mit mir gesprochen hatte. Seinen Ärger aber bemerkte ich sofort an seinem ungewöhnlich wütenden Blick, den er auf mich richtete, als ich kaum meinen Fuß auf die Landstraße gesetzt hatte. Trotzdem wollte ich ihn gern näher kennen lernen. Aus dem Gespräch seiner Leute erriet ich, daß er aus Stepantschikowo kam, wahrscheinlich also von einem Besuch bei meinem Onkel nach Hause fuhr. So war's denn doppelt begreiflich, daß ich ihn gern ein wenig ausgefragt hätte, um mir von dem, was mich erwartete, ein Bild machen zu können. Ich zog also meine Reisemütze und bemühte mich, möglichst liebenswürdig zu bemerken, wie unangenehm doch solch unfreiwilliger Aufenthalt unterwegs zu sein pflege, aber der dicke Herr maß mich nur mit einem unzufriedenen, feindseligen Blick vom Kopf bis zu den Stiefeln, brummte darauf etwas Unverständliches in seinen Schnurrbart und drehte mir dann behäbig seine Rückseite zu. Wenn nun auch dieser Teil seiner Person für einen Beobachter ein sehr bemerkenswertes Objekt abgegeben hätte, so war eine angenehme Unterhaltung von ihm doch nicht zu erwarten.

»Grischka! Was brummst du da wieder! Durchbleuen werd' ich dich!« schrie er plötzlich seinen Diener an, als hätte er meine Äußerung über die Unterbrechung einer Reise überhaupt nicht gehört.

Dieser »Grischka« war ein alter Kammerdiener mit langem, grauem Backenbart und in einem langschößigen Dienerrock. Nach einigen Anzeichen zu urteilen, war er gleichfalls sehr schlechter Laune. Er knurrte etwas vor sich hin. So kam es denn zwischen dem Herrn und dem Diener alsbald zu einer Auseinandersetzung.

»Durchbleuen! Schrei nur noch mehr!« brummte Grischka, anscheinend nur vor sich hin – tat es aber doch laut genug, um gehört zu werden – und wandte sich unwillig ab, um sich am Wagen zu schaffen zu machen.

»Was? Was sagst du da? ‚Schrei nur noch mehr'? Willst du grob werden!« schrie der Dicke, puterrot im Gesicht.

»Weshalb belieben der Herr über einen herzufallen? Man darf wohl kein Wort mehr sagen?«

»Wieso herzufallen? Hört ihr, Leute? Selbst knurrst du die ganze Zeit, und dann soll ich nicht einmal über dich herfallen!«

»Weshalb soll ich denn knurren, möcht' ich wissen!«

»Weshalb! ... Als ob du 's nicht tätest! ... Ich weiß ja ganz genau, weshalb du knurrst: weil ich vom Mittagsmahl weggefahren bin, – deshalb!«

»Was geht das mich an! Meinetwegen brauchten der Herr überhaupt nicht zu essen! Ich knurre nicht des Essens wegen, ich habe hier nur den Schmiedegesellen ein Wort gesagt.«

»Den Schmiedegesellen ... Was hast du denn für einen Grund, die Schmiedegesellen anzuknurren?«

»Na, wenn nicht sie, dann knurre ich die Equipage an.«

»Was hast du denn die Equipage anzuknurren?«

»So! – warum ist sie denn entzwei gegangen? Hinfort hat sie nicht zu zerbrechen, sondern heil zu bleiben!«

»Die Equipage ... Nein, du hast mich angeknurrt, nicht aber die Equipage! Selbst ist er der Schuldige, und dabei schimpft er noch auf andere!«

»Was wollen denn der Herr heute von mir? Kann man mich denn nicht in Ruhe lassen?«

»Weshalb hast du denn während der ganzen Fahrt wie eine Eule dagesessen und kein Wort mit mir gesprochen? Sonst bist du doch nicht stumm!«

»Eine Fliege war mir in den Mund geflogen, deshalb schwieg ich und saß wie eine Eule da, wie der Herr sagen. Soll ich denn Märchen zu erzählen anfangen? So mögen der Herr doch die alte Malanja auf Reisen mitnehmen, wenn der Herr Märchen zu hören beliebt.«

Der Dicke tat wohl den Mund auf, um heftig etwas zu erwidern, fand sich aber nicht zurecht und klappte den Mund wieder zu. Er schwieg. Der Diener aber wandte sich, zufrieden mit seiner Dialektik und seinem vor Zeugen bewiesenen Einfluß auf den Herrn, mit doppelter Wichtigkeit an die Schmiedegesellen, und machte sie auf etwas Besonderes aufmerksam.

Mein Annäherungsversuch war also vergeblich gewesen, vielleicht nur wegen meiner Ungeschicklichkeit. Doch plötzlich half mir ein unvorhergesehener Zufall.

Aus einer geschlossenen Kutsche, die offenbar seit undenklichen Zeiten ohne Räder vor der Schmiede stand und täglich, doch vergeblich auf ihre Ausbesserung wartete, blickte plötzlich durch das Türfenster ein verschlafenes, ungewaschenes Mannsgesicht heraus, über dem die Haare verwühlt zu Berge standen. Kaum war diese Physiognomie im Fenster der Kutschentür erschienen, als plötzlich alle Schmiedegesellen in lautes Gelächter ausbrachen. Die Sache war nämlich die, daß der Betreffende in betrunkenem Zustande von den Schmiedegesellen in diese Kutsche eingeschlossen worden war und nun als Gefangener in ihr saß. Da er inzwischen seinen Rausch ausgeschlafen hatte, bat er jetzt flehentlich, man möge ihn doch wieder in Freiheit setzen, was natürlich niemand tat. Endlich verlangte er sein Werkzeug, das ihm jemand aus der Schmiede bringen sollte, doch dieses anmaßende Verlangen erheiterte die Zuschauer nur noch mehr.

Es gibt Naturen, denen Gott weiß was alles zur größten Erheiterung dient. Die Grimassen eines Betrunkenen, ein auf der Straße stolpernder oder hinfallender Mensch, ein paar streitende Weiber oder ähnliches können bei manchen Menschen aus ganz unerklärlichen Gründen das größte Entzücken hervorrufen. Zu diesen Naturen gehörte nun offenbar auch der dicke Gutsbesitzer. Sein Gesicht, das noch vor wenigen Minuten wütend gewesen war, wurde jetzt immer freundlicher, bis schließlich das letzte Wölkchen seines Ärgers daraus verschwand.

»Aber das ist ja doch Wassíljeff?« fragte er plötzlich sehr interessiert. »Wie ist er denn dorthin geraten?«

»Jawohl, Wassíljeff, Herr! . . . Natürlich ist's Wassíljeff!« rief man lachend von allen Seiten.

»Er hat wieder blauen Montag gemacht«, sagte einer der Schmiedegesellen, ein älterer, langer, hagerer Mann mit pedantisch strengem Gesichtsausdruck und dem offenen Bestreben, sich als der erste unter seinen Genossen zu erkennen zu geben. »Er ist vor drei Tagen von seinem Herrn fortgegangen, ist uns auf den Hals gekommen und versteckt sich nun hier. Jetzt will er sein Stemmeisen haben. – Was willst du denn jetzt mit dem Stemmeisen anfangen, du Dummkopf! Willst wahrscheinlich noch dein letztes Werkzeug versetzen!«

»Ach, Archípuschka! Geld ist – wie Tauben: es kommt angeflogen und fliegt wieder weg! Laß mich doch um des himmlischen Schöpfers willen wieder raus!« bat Wassiljeff mit hoher, unsicherer Stimme, den Kopf zum Kutschenfenster hinausstreckend.

»Sitz jetzt, du Götzendiener, hast es verdient, wenn du eingesperrt worden bist!« sagte Archip streng. »Seit drei Tagen bist du ja überhaupt kein Mensch mehr! Heute morgen hat man dich noch in aller Herrgottsfrühe von der Straße aufgelesen und hergeschleppt. Dank dem Schöpfer, daß wir dich versteckt haben. Und deinem Matwei Iljitsch sagten wir, du seist erkrankt: man habe bei dir Anzeichen von schleichendem Faulfieber entdeckt ...«

Alles lachte wieder.

»Aber wo ist denn mein Stemmeisen?«

»Bei unserem Handlanger, – wo soll es denn sein! ... Das ist ein richtiger Saufbruder, Herr, dieser Wassiljeff.«

»Hehehe! So ein Schuft! Also das ist deine Arbeit in der Stadt: dein Werkzeug versetzen!« rief der Dicke auf einmal in der wohligsten Gemütsverfassung aus, und sein Schmerbauch wackelte zu seinem gemächlichen Lachen.

»Und dabei ist der Kerl ein Tischler, wie man in ganz Moskau keinen findet! Aber da sieh nur einer, wie der Schuft sich aufführt!« Mit diesen Worten wandte sich der Dicke plötzlich und ganz unerwarteterweise an mich. »Laß ihn heraus, Archip, vielleicht hat er was zu verrichten ...«

Da der Herr es gesagt hatte, gehorchte man. Der Nagel, mit dem sie die Kutschentür unten zugenagelt hatten – eigentlich nur um über Wassiljeff lachen zu können, wenn er wieder aufwachte –, wurde herausgezogen, und Wassiljeff erschien zerlumpt, beschmutzt und nur halb ausgeschlafen im freien Sonnenlicht.

Er blinzelte, nieste und wankte auf den Beinen; dann legte er die Hand als Schirm über die Augen und sah sich die Umgebung an.

»Wieviel Volk ... wieviel Volk!« sagte er kopfschüttelnd. »Und alle ... wie man sieht ... nü–üchtern«, sagte er langsam, wie in traurigen Gedanken, geradezu vorwurfsvoll zu sich selbst. »Nun, guten Morgen, Freunde, zum anbrechenden Tage.«

Wieder lachten alle.

»Zum anbrechenden Tage! Mach doch die Augen auf und sieh, wieviel vom anbrechenden Tage noch übrig ist, du dummer Mensch!«

»Lüg nur, Jemeljá, – jetzt ist's deine Woche.«

»Hehehe! Der Junge ist wirklich nicht übel!« meinte der Dicke lachend, wieder mit einem freundlichen Blick auf mich. »Aber schämst du dich denn nicht, Wassiljeff?«

»Ach, Herr, es ist doch nur aus Kummer!« sagte Wassiljeff, schlug abwinkend mit der Hand zur Seite und war offenbar froh darüber, noch einmal von seinem Kummer reden zu können.

»Was ist denn das für ein Kummer, Esel?«

»Das ist nun so einer, wie man ihn bisher noch nie gesehen hat: man überschreibt uns auf Foma Fomitsch.«

»Auf – wen? Was? Wann?« schrie der Dicke, im Augenblick außer sich geratend.

Ich trat gleichfalls einen Schritt vor: die Sache ging plötzlich auch mich etwas an.

»Jawohl, ganz Kapitónowka. Unser Herr, der Oberst – Gott erhalte ihn – will ganz Kapitónowka, sein väterliches Erbgut, dem Foma Fomitsch opfern, ganze siebzig Seelen. ‚Da nimm es', sagte er, ‚Foma! Sieh, jetzt gehört dir ja so gut wie nichts; du bist kein großer Gutsbesitzer: im ganzen arbeiten für dich zwei Stinte im Ládogasee – das ist alles, was dir dein verstorbener Vater an Besitz hinterlassen hat; dein Vater war'«, fuhr Wassiljeff mit einem gewissen boshaften Vergnügen fort, als wolle er auf jedes Wort, das sich auf Foma Fomitsch bezog, gewissermaßen noch Pfeffer streuen, »‚denn dein Vater war ein Mann von altem Adel, unbekannt woher, unbekannt wer; und ebenso wie du hat er bei Herren das Gnadenbrot gegessen und hat sich dank ihrer Barmherzigkeit in den Küchen aufhalten dürfen. Nun aber, wenn ich dir Kapitónowka schenke, wirst auch du ein Gutsbesitzer sein, ein alter Adliger, und du wirst deine eigenen Leute haben, kannst selbst auf dem Ofen liegen, ein adliges Leben führen' ...«

Doch der Dicke hörte nicht mehr zu. Der Eindruck, den diese Erzählung des halbbetrunkenen Wassiljeff auf ihn machte, war unbeschreiblich: er war dermaßen empört und aufgeregt, daß sein Gesicht blaurot anlief. Sein Doppelkinn zitterte, seine Augen waren blutunterlaufen. Ich fürchtete schon, daß ihn der Schlag rühren werde.

»Das hat gerade noch gefehlt!!« stieß er atemlos hervor. »Dieser Schuft Foma als Gutsbesitzer!! Pfui! Hol euch der Teufel allesamt! He, ihr da! Schneller! Macht, daß ihr fertig werdet! Nach Haus!«

»Gestatten Sie mir eine Frage«, begann ich und trat etwas unsicher einen Schritt vor, »Sie nannten soeben einen Namen, Fomá Fomítsch; ich glaube, sein Familienname ist, wenn ich mich nicht täusche, Opískin. Ich würde gern ... mit einem Wort, ich habe besondere Gründe, mich für diese Persönlichkeit zu interessieren, und möchte daher gern wissen, inwieweit man den Worten dieses Menschen da« – ich wies auf Wassiljeff – »trauen kann, daß sein Gutsherr Jegór Íljitsch Rostáneff eines seiner kleineren Güter Foma Fomitsch schenken wolle. Das interessiert mich sehr, und ich ...«

»Aber gestatten Sie zuerst, daß ich Sie frage«, unterbrach mich der Dicke, »in welcher Hinsicht Sie sich für diese Persönlichkeit, wie Sie sagen, interessieren? Denn meiner Ansicht nach müßte man ihn einen gottverfluchten Schurken nennen, aber nicht eine ‚Persönlichkeit'! Was kann denn dieser Grindkopf überhaupt für eine ‚Persönlichkeit' sein! Nichts als Schmach und Schande ist der ganze Kerl, aber nicht eine ‚Persönlichkeit'!«

Ich erklärte ihm hierauf, daß ich mich bezüglich seiner Person vorläufig noch in völliger Ungewißheit befände, daß aber Jegór Íljitsch Rostáneff mein Onkel sei und ich – Ssergei Alexandrowitsch Soundso hieße ...

»Was! Dann sind Sie also dieser Gelehrte aus Petersburg? Gott im Himmel, man erwartet Sie ja dort sehnsüchtig!« rief der Dicke in ungeheuchelter Freude aus. »Ich komme ja doch soeben selbst aus Stepantschikowo, stand vom Mittagstisch einfach auf und fuhr weg! Konnte nicht länger mit Fomá an einem Tisch sitzen! Habe mich dort wegen dieses verfluchten Fómka mit allen herumgeschimpft und -gestritten! ... Na, das nenne ich mir mal eine Begegnung! Aber wissen Sie, Sie müssen mich schon entschuldigen. Ich bin Stepán Alexéjewitsch Bachtschéjeff und erinnere mich Ihrer, als Sie noch so 'n Stöpselchen waren ... Nun, wer hätte das gedacht! ... Aber so woll'n wir uns doch gleich ...«

Und der Dicke küßte mich ab.

Nach den ersten etwas erregten Minuten der neuen Bekanntschaft benutzte ich die günstige Gelegenheit, um ihn auszufragen.

»Aber wer ist denn dieser Fomá nun eigentlich?« fragte ich. »Wie hat er denn dort das ganze Haus so erobern können? Warum jagt man ihn denn nicht mit der Peitsche hinaus? Ich muß gestehen ...«

»*Wen*? – *ihn* hinausjagen? Sie sind wohl ganz...? Jegor Íjitsch wagt ja doch kaum auf den Fußspitzen zu gehen, wenn Foma in der Nähe ist! Und einmal befahl Foma, daß es statt Donnerstag Mittwoch sein solle: und so haben sie denn dort alle bis auf den Letzten Donnerstag für Mittwoch halten müssen. ‚Ich will nicht', sagte er, ‚daß heute Donnerstag ist; ich will, daß heute Mittwoch ist!' Auf diese Weise hatten sie dann in einer Woche zweimal Mittwoch und keinen Donnerstag. Sie glauben vielleicht, daß ich aufschneide? Nicht *so viel* habe ich aufgeschnitten! Aber es ist eben einfach nicht zu glauben.«

»Ich habe auch schon so manches gehört, aber ich muß gestehen ...«

»Ach, Gott! Gestehen und gestehen, etwas anderes hört man von Ihnen nicht! Was gestehen Sie denn ewig? Fragen Sie mich doch rundweg, was Sie fragen wollen! ... Und Jegor Íljitschs Mamachen, na, Sie wissen schon, – ist ja sonst eine ganz würdige alte Dame, obendrein auch noch Generalin – Ich aber kann nur sagen, daß ich sie total verrückt finde: sie wagt ja den Fomka, den Räuber, nicht einmal anzu*hauchen*! Und schließlich ist sie an allem schuld: sie hat ihn doch ins Haus gebracht! Er scheint sie vollkommen behext zu haben. *Dumm* geworden ist sie, wenn sie sich jetzt auch Exzellenz nennt ... Hat sie sich doch mit nahezu fünfzig Jahren dem alten Krachótkin an den Hals geworfen! Von der Schwester Jegor Íljitschs, der Praskówja Íljínitschna, die schon vierzig Jahre lang als Jungfrau dasitzt, will ich überhaupt nicht reden. Von der hört man nur ach und weh, wie von einer Henne, die ein Ei legen will – hab's satt – na! Das einzige, was noch an ihr ist, das ist, daß sie zum weiblichen Geschlecht gehört, das ist aber auch alles: jetzt achte einer sie dafür! – nur eben, weil sie Dame ist! Pfui! Aber was red' ich da, das ist ja doch unanständig von mir: sie ist ja Ihre Tante. Nur die Alexandra Iegórowna, Ssáschenjka – die Tochter des Obersten, – ist ja noch 'n kleines Mädel, erst sechzehn Lenze, ist aber klüger als alle die anderen zusammengenommen: die verachtet den Fomka, wie es sich gehört! War sogar spaßig zu beobachten. Ein nettes, liebes Fräuleinchen, nja, nichts zu sagen ... Weswegen, sagen Sie doch selbst, soll man ihn denn achten? Er hat doch, dieser Fomka, beim verstorbenen General Krachótkin als Narr das Gnadenbrot gefressen! Er hat ja doch, wenn jener befahl, alle Tiere nachahmen müssen! Das ist ja – „früher hat Wanjka Erde gegraben, heute will Wanjka den Marschallstab haben!“ Jetzt behandelt der Oberst, Ihr Onkel, diesen Narren a. D. wie seinen leiblichen Vater, setzt ihn unter Glas womöglich, macht noch Bücklinge vor diesem Schmarotzer, – oh, pfui!«

»Nun ... Armut ist doch keine Schande ... und ... ich muß gestehen ... Erlauben Sie, daß ich frage: ist er schön, klug?«

»Wer das? – Foma? ... Bildschön!« antwortete Bachtschejeff mit einem ganz eigentümlichen Beben in der Stimme, das deutlich seine Wut verriet. (Meine Fragen reizten ihn offenbar, und er begann, mich etwas mißtrauisch von der Seite anzusehen.) »Schön? Hört doch, der hat jetzt einen Schönen entdeckt! Großer Gott, er ähnelt ja allen Tieren, wenn du nun einmal alles wissen willst! Ich würde ja nichts sagen, wenn er noch wenigstens geistreich wäre, wenn der Schuft es mit Geist und Verstand machte, – nun, dann würde ich's noch hinnehmen, den Schmerz verbeißen, um des Geistes willen ... Aber er hat ja überhaupt keinen! Ich kann nur sagen, er hat Ihnen allen einen Trank zu trinken gegeben und ist einfach irgend so ein Schwarzkünstler. Pfui! ... Meine Zunge ist matt. Man kann nur einfach zur Seite speien und weggehen. Und schweigen. Sie haben mich mit Ihrem Gespräch nur wieder in Wut gebracht! He, ihr da! Seid ihr endlich fertig?«

»Der Schwarze muß noch neu beschlagen werden«, brummte Grigorij unwirsch.

»Der Schwarze ... Ich werde dir zeigen, was ein Schwarzer ist! ... Ja, mein Bester, ich kann Ihnen Dinge erzählen, Dinge, sag' ich Ihnen, daß Sie nur so den Mund aufsperren und bis zur Wiederkunft des Herrn mit offenem Munde stehenbleiben. Ich habe ihn doch anfangs gleichfalls geachtet! Was glauben Sie? Jetzt tue ich Buße und schwöre öffentlich: ich war ein Esel! Er hatte ja auch mich beschwindelt! Der Kerl wußte alles! Jedes letzte Tüttelchen wußte er, alle Wissenschaften hatte er im Kopf! Tropfen gab er mir: ich bin ja doch, Väterchen, ein kranker Mensch. Sie glauben es mir vielleicht nicht, aber ich bin wirklich krank, – wovon bin ich denn so dick? Nun, damals aber, von seinen Tropfen, wäre ich fast kopfüber in die Grube gefahren. Schweigen Sie nur und hören Sie zu: wenn Sie hinkommen, werden Sie mit eigenen Augen sehen. Er wird ja dem Obersten noch blutige Tränen herauspressen, jawohl! – blutige Tränen wird der Oberst noch weinen, aber dann wird es zu spät sein! Hat doch schon die ganze Umgegend wegen dieses vermaledeiten Fomka den Verkehr mit ihm abgebrochen! Beleidigt doch der Kerl ungestraft einen jeden, der über die Schwelle tritt! Von mir ganz zu schweigen: selbst die größten Potentaten würde er nicht verschonen. Einem jeden hält er seine Predigt; denn er hat sich jetzt auf die Moral gelegt, der Spitzbube! ‚Ich bin ein Weiser, ich bin der Klügste von allen, auf mich allein hast du zu hören!' Das sind so seine Worte. ‚Ich bin gelehrt', und damit basta! Was geht das mich an, ob er gelehrt ist oder nicht! Also bloß weil man gelehrt ist, muß man den Ungelehrten unbedingt treten? ... Und wenn er dann einmal loslegt mit seiner Gelehrsamkeit, dann hat es keinen Anfang und kein Ende, nur tá-ta-ta, tá-ta-ta, tá-ta-ta schlägt ins Ohr. Das heißt, er hat eine solche Zunge, sag' ich Ihnen, daß sie selbst dann, wenn man sie abschneiden und hinaus auf den Misthaufen werfen würde, – selbst dann würde sie noch endlos weitertattern wie eine Nähmaschine... Jetzt nimmt er sich viel heraus, jetzt hat er's wichtig wie eine Maus in der Grütze! Jetzt will er schon dorthin kriechen, wohin nicht einmal sein Kopf durchkriechen kann. Aber was soll man da reden! Ist es ihm jetzt doch eingefallen, das ganze Hofgesinde französische Vokabeln lernen zu lassen! Sie brauchen es mir ja nicht zu glauben, wenn Sie nicht wollen. Das bringe ihnen, sagt er, großen Nutzen! Dem Landbauer also, dem Knecht! Pfui! So ein verfluchter Schandkerl! – mehr ist er wirklich nicht. Wozu braucht ein Leibeigener Französisch, was fängt er damit an? – ich bitt' Sie! Und selbst wir, wozu braucht denn unsereiner Französisch, frage ich Sie bloß? Um jungen Damen bei der Mazurka den Kopf zu verdrehen und fremde Frauen zu verführen! Luxus, Luxus, und nichts weiter!! Meiner Meinung nach: trink' eine Flasche Branntwein aus, und du sprichst von selbst alle Sprachen. Das ist alles, was ich an Hochachtung für die französische Sprache übrig habe. Na, auch Sie werden ja wohl gut Französisch plappern, tátata, tátata, patatí und pátata!« Bachtschéjeff sah mich mit verachtendem Unwillen von der Seite an. »Sie, mein Lieber, sind doch auch ein Gelehrter – wie? Haben sich doch auch auf die Gelehrsamkeit verlegt?«

»Ja ... ich ... zum Teil interessiere ich mich ...«

»Da haben Sie denn vielleicht auch schon alle Wissenschaften in sich aufgenommen?«

»Ja ... das heißt, nein ... Ich muß gestehen, daß ich jetzt mehr für das Beobachten bin. Ich habe so lange in Petersburg gesessen und beeile mich nun, zu meinem Onkel zu kommen ...«

»Wer hat Sie denn darum gebeten? Wären Sie doch dort

bei sich sitzen geblieben, wenn Sie etwas hatten, worauf Sie sitzen konnten. Nein, mein Bester, hier, das sage ich Ihnen, werden Sie mit Gelehrsamkeit wenig ausrichten, und da wird Ihnen kein Onkel helfen, da haben Sie sogleich den Fangriemen um den Hals. Ich habe bei ihm an einem einzigen Tage bedeutend abgenommen. Jawohl! – Werden Sie es mir glauben, daß ich dort in vierundzwanzig Stunden magerer geworden bin? Nein, ich sehe schon, Sie glauben es mir nicht. Nun, dann, meinetwegen, Gott mit Ihnen, dann glauben Sie es eben nicht.«

»Aber wieso, ich glaube es Ihnen durchaus! Nur ist mir einiges noch etwas unverständlich ...«, beeilte ich mich zu versichern, geriet aber wieder in Verwirrung.

»Kennt man, dieses Glauben ... aber ich glaube *Ihnen* nicht! Alle seid ihr Springer – soviel es nur Gelehrte gibt. Ihr würdet am liebsten jeder auf einem Bein hopsen und euch bewundern lassen! Nein, mein Bester, diese Wissenschaften sind nicht mein Fall, ich kann sie nicht verdauen. Hab' mich mit euch Petersburgern genug gerieben – unnützes Volk. Lauter Freimaurer. Verbreiten nur Unglauben. Selbst ein Gläschen Branntwein hat er Angst auszutrinken, so'n Gelehrter, ganz als fürchtete er, daß es ihn beißen könnte – pfui! Nein, mein Bester, Sie haben mich jetzt geärgert, will mit Ihnen gar nicht mehr weitersprechen. Und ich bin doch auch wirklich nicht dazu da, um hier Geschichten zu erzählen. Meine Zunge ist ohnehin schon müde. Alle, Väterchen, kann man ja doch nicht ausschimpfen, und es wäre auch Sünde ... Nun hat er bei Ihrem Onkel den Diener Widopljássoff buchstäblich um den Verstand gebracht, dein großer Gelehrter da! Jawohl, nur dank Foma Fomitsch ist Widopljasoff übergeschnappt ...«

»Ich aber würde den Widopljássoff«, mischte sich plötzlich Grigorij ein, der bis dahin würdevoll und stumm unsere Unterhaltung verfolgt hatte, »ich aber würde diesen Widopljassoff unter den Ruten überhaupt nicht mehr aufstehen lassen! Käme er mir nur in die Finger, ich würde ihm diese deutschen Albernheiten schon austreiben! Würde ihm so viele aufzählen, daß er mit den Zahlen zu kurz käme!«

»Schweig!« raunzte ihn sein Herr an. »Halt deine Zunge hinter den Zähnen fest, nicht mit dir wird gesprochen!«

»Wido ... pljassoff ...«, stotterte ich, nun ganz aus der Fassung gebracht – wenn ich nur gewußt hätte, was ich sagen sollte! »Widopljassoff ... sagen Sie doch, welch ein sonderbarer Name ...«

»Weshalb denn sonderbar? Da stimmen auch Sie dasselbe Lied an! Ach, Sie! Gelehrt natürlich, gelehrt!«

Jetzt riß aber meine Geduld.

»Entschuldigen Sie«, sagte ich, »weshalb ärgern Sie sich denn über mich? Was habe ich denn mit all dem zu tun? Ich höre Ihnen nun schon seit einer halben Stunde zu und begreife nicht einmal, um was es sich handelt ...«

»Ja, aber weshalb ärgern Sie sich denn, mein Bester?« fragte der Dicke naiv. »Es ist doch nichts, was Sie kränken könnte! Ich habe doch in aller Liebe zu dir gesprochen, mein Lieber ... Beachten Sie es weiter nicht, daß ich ein solcher Schreihals bin und soeben noch meinen Diener angeschnauzt habe. Wenn er auch eine notorische Canaille ist, mein Grischka, so liebe ich ihn ja doch gerade deswegen, den Schuft. Meine Herzensempfindsamkeit allein hat mich ins Unglück gebracht – ganz offen und ehrlich gesagt. Aber an dieser ganzen Geschichte ist doch nur Fomka schuld! Der bringt mich noch ins Grab, darauf kann ich schwören, der kriegt's fertig! Dank seiner Gnaden muß ich hier die zweite Stunde in der Sonne braten. Wollte zuerst beim Oberpopen vorsprechen, solange wie diese Duselköpfe hier den Schaden wieder ausbessern. Ein guter Mensch, dieser Oberpope. Aber der Fomka hat mich dermaßen geärgert, daß ich auch den Oberpopen nicht mehr sehen wollte! Na, und überhaupt! Hier aber gibt es ja nicht einmal ein anständiges Frühstückslokal ... Alle sind Schufte, das sage ich Ihnen, alle bis auf den Letzten! ... Ich würde ja nichts sagen, wenn er ein großes Tier wäre«, fuhr Herr Bachtschejeff fort, sich wieder dem Thema Foma Fomitsch zuwendend, von dem er sich offenbar nicht zu trennen vermochte, »dann würde es noch mit dem Titel, den er führte, halbwegs zu erklären sein; aber so! Er hat ja überhaupt keinen Rang, ich weiß es tödlich sicher, daß er nicht den geringsten Titel hat! Für Recht und Wahrheit, sagt er, soll er dort irgendwo ‚gelitten' haben, vor Olims Zeiten vielleicht: und so knie' denn jetzt gefälligst vor ihm nieder! Der Teufel ist doch nicht unser Bruder! Ist ihm nur etwas nicht ganz nach der Nase, so springt er auf, schreit: ‚Man beleidigt mich!' patati! – ‚weil ich arm bin'. patatá! – ‚man hat keine Ehrfurcht vor mir!' Ohne Foma darfst du dich nicht an den Tisch setzen, er aber sitzt in seinem Zimmer und kommt nicht; denn ‚man hat mich beleidigt, ich bin ein Gottespilger, kann mich auch von schwarzem Brote nähren'. Kaum aber hat man sich zu Tisch gesetzt, da erscheint er wieder, und da fängt das Lied von neuem an: ‚Weshalb hat man sich ohne mich zu Tisch gesetzt? Also so gering achtet man mich!' Kurz – dieselbe Tonart! Ich, wissen Sie, ich habe lange geschwiegen. Er glaubte, daß auch ich wie ein dressiertes Hündchen auf den Hinterbeinen apportieren würde. Jawohl, ja! Das fehlte noch! Nein, mein Lieber, spring du mal selbst auf den Kutschersitz, ich werde mich in den Wagen setzen! Ich bin doch Jegor Iljitschs Regimentskamerad! Ich trat schon als Junker aus, er aber kam vor einem Jahr als Oberst a. D. auf mein Stammgut und stattete mir seinen Besuch ab. Da sagte ich ihm gleich: ‚He, mein Bester, verwöhnen Sie den Foma nicht so sehr, Sie wissen nicht, was Sie tun, Sie werden es noch bereuen!' Er aber sagte: ‚Nein, er ist ein überaus guter Mensch' – das sagt er von Fomka! – ‚er ist mein Freund, er unterrichtet mich jetzt in der Moral'. – ‚Na', dachte ich da bei mir, ‚gegen die Moral ist nichts zu machen! Wenn er bereits bei dieser angelangt ist, dann gib die letzte Hoffnung auf!' Was glauben Sie wohl, weshalb er es heute zu dem Skandal hat kommen lassen? Morgen, am Sankt-Elias-Tag (Herr Bachtschejeff bekreuzte sich) ist Iljuschas, des kleinen Iljuschas Namensfest.

Ich hatte eigentlich die Absicht, auch diesen Tag bei ihnen zu verbringen, zum Essen zu bleiben, und verschrieb mir aus der Residenz ein Spielzeug: ein Deutscher auf Sprungfedern küßt seiner Braut die Hand, und diese wischt sich mit dem Schnupftuch eine Träne ab – ein großartiges Ding! Jetzt aber werde ich es nicht mehr schenken, prost Mahlzeit! Sehen Sie, da liegt das Ding in meinem Wagen, dem Deutschen ist schon die Nase abgeschlagen. Bring's zurück. Jegor Iljitsch feiert bei solcher Gelegenheit ganz gern ein richtiges Fest, nun aber kommt der Fomka dazwischen und verpfuscht ihm das Vergnügen. ‚Weshalb beschäftigt man sich denn jetzt mit Iljuscha so sehr? Man will wohl *mich* von nun an überhaupt nicht mehr beachten?' Nun, was sagen Sie dazu? Wie gefällt Ihnen das? Beneidet einen achtjährigen Knaben wegen dessen Namenstag! ‚Ich habe morgen gleichfalls meinen Namenstag!' sagt er. Aber morgen ist doch Iljá und nicht Fomá! ‚Nein', sagt er, ‚ich feiere morgen gleichfalls meinen Namenstag!' Ich schweige, sage kein Wort, dulde stumm. Und was glauben Sie? Jetzt schleichen sie dort alle auf den Zehen umher und beraten tuschelnd, was sie nun tun sollen: sollen sie ihm nun morgen, am Eliastag, zum Namensfest gratulieren oder sollen sie ihm nicht gratulieren? Unterlassen sie es, so kann er sich wieder beleidigt fühlen; gratulieren sie ihm aber, so kann er sie alle verspotten. Pfui! Da setzen wir uns nun zu Tisch ... Aber du, mein Bester, hörst du mir denn überhaupt zu?«

»Aber gewiß! – sogar mit besonderem Vergnügen; denn durch Sie erst erfahre ich jetzt ... und ... ich gestehe ...«

»Jawohl, mit besonderem Vergnügen, das kennt man, dieses Vergnügen ... Oder soll das etwa Ironie sein?«

»Aber ich bitte Sie, aus welchem Grund Ironie? Ganz im Gegenteil. Und zudem ... drücken Sie sich so originell aus, daß ich beschlossen habe, mir Ihre Ausdrücke zu notieren ..«

»Was ... was heißt das, Väterchen, wieso ‚zu notieren'?« fragte Herr Bachtschejeff mit einem gelinden Schrecken im Gesicht und blickte mich mißtrauisch an.

»Übrigens, ich werde sie vielleicht auch nicht notieren ... ich sagte es nur so ...«

»Du willst mich doch sicherlich irgendwie verführen?«

»Wie meinen Sie das? Ich verstehe Sie nicht«, sagte ich verwundert.

»Ja so. Ich erzähle dir jetzt alles wie ein gutmütiger Esel, und du schilderst mich dann plötzlich in irgendeinem Buch.«

Ich beeilte mich sogleich, Herrn Bachtschejeff zu versichern, daß ich nicht zu jenen Schriftstellern gehöre – er aber sah mich immer noch mißtrauisch an.

»Jawohl – nicht zu jenen! Wer kennt dich denn? Vielleicht bist du noch schlimmer als jene. Da hat mir nun auch Fomka gedroht, mich zu beschreiben und das Geschriebene drucken zu lassen.«

»Gestatten Sie mir eine Frage«, unterbrach ich ihn, da ich dem Gespräch eine andere Wendung geben wollte. »Sagen Sie, bitte, ist es wahr, daß mein Onkel heiraten will?«

»Was wäre denn dabei, wenn er's wollte? Das wäre ja weiter nicht schlimm. Mag ein Mensch doch heiraten, wenn es ihm schon so nahegeht! ... Schlimm aber ist das andere ...«, fügte Herr Bachtschejeff recht nachdenklich hinzu. »Hm! Aber hierüber, mein Bester, kann ich Ihnen keine bestimmte Auskunft geben. Es haben sich dort jetzt viele Weibsbilder versammelt, wie die Fliegen um den Honig; da wird kein Teufel draus klug, wer von ihnen nun heiraten will, und wer nicht. Ich werde Ihnen, mein Lieber, in aller Freundschaft nur eines sagen: ich mag die ganze Weiberbande nicht! Das einzige ist noch, daß sie Menschen sind; aber sonst, auf Ehrenwort, ist es doch nichts als eine Schande mit den Weibern und 's schadet auch unserem Seelenheil. Daß aber Ihr Onkel verliebt ist wie ein sibirischer Kater, dessen kann ich Sie versichern. Aber auch darüber will ich jetzt schweigen, Sie werden es ja selbst sehen ... Dumm ist nur, daß er die Sache aufschiebt. Willst du heiraten, so heirate! Er aber fürchtet sich, es Fomka zu sagen, und fürchtet auch die Alte: die würde sofort für sieben losschreien und noch dazu mit den Hinterbeinen ausschlagen. Die Alte steht natürlich auf Fomkas Seite; es würde Foma Fomitsch doch betrüben, wenn eine junge Herrin ins Haus käme, sintemal er dann keine zwei Stunden mehr daselbst verweilen könnte. Die Hausfrau würde ihn womöglich eigenhändig am Kragen fassen und hinauswerfen, und wenn sie klug ist, auf eine solche Weise, daß er später schwerlich hier irgendwo noch eine Unterkunft auch nur als Schreiberlein fände. Deshalb intrigiert er ja auch jetzt zusammen mit der Alten, um ihn zu verkuppeln mit dieser ... Aber du, mein Bester, warum hast du mich denn unterbrochen? Ich wollte dir gerade das Wichtigste erzählen, du aber unterbrachst mich! Ich bin älter als du, einen Älteren unterbrechen, das soll man nicht ...«

Ich bat um Entschuldigung.

»Was ist da zu entschuldigen! Aber ich wollte dir, mein Lieber, als einem Gelehrten zur Beurteilung unterbreiten, wie er mich heute beleidigt hat. Nun, denk' und sage selbst, wenn du ein guter Mensch bist. Wir setzten uns also zu Tisch: da hat er mich, sag' ich dir, fast aufgefressen, der Verfluchte, während der Mahlzeit. Ich sah es ihm von vornherein an, was in ihm vorging: er sitzt da und ärgert sich, daß seine ganze Seele knirscht. Würde mich auch in einem Löffel voll Wasser mit Freuden ersäufen, diese tückische Viper! Dieser Mensch hat eine solche Eigenliebe, daß er sie kaum noch in sich selbst unterbringen kann! Und da fiel es ihm denn ein, auch mich zu schikanieren, auch mir Moral beibringen zu wollen. Weshalb – bitte, antworten Sie ihm darauf! – weshalb ich so dick sei?! Und das war nun sein Steckenpferd: weshalb bin ich nicht dünn, sondern dick! Nun, sagen Sie doch selbst, mein Lieber, was ist denn das für eine Frage? Ist denn das geistreich? Ich antworte ihm also: ‚Das hat Gott der Herr schon so eingerichtet: der eine ist dünn, der andere dick; gegen die allweise Vorsehung kann ein Sterblicher sich nicht auflehnen.‘ Das war doch ganz vernünftig geantwortet – finden Sie nicht? ‚Nein‘, sagt er, ‚du hast fünfhundert Leibeigene, lebst von Zinsen, bringst aber dem Vaterlande keinen Nutzen: dienen muß man, du aber sitzt zu Haus und spielst nur auf dem Harmonium.' Das ist nun wahr, ich spiele gern, wenn mir mal traurig zu Mute wird, auf meinem Harmonium. Ich also antworte ihm wieder ganz vernünftig: ‚In welchen Dienst soll ich denn eintreten, Foma Fomitsch? In welch eine Uniform soll ich mich dicken Menschen denn hineinzwängen? Ziehe ich eine an – mit genauer Not geht's vielleicht –, so ist es doch nicht ausgeschlossen, daß ich plötzlich niese und alle Knöpfe abspringen, was sogar in Gegenwart der höchsten Vorgesetzten geschehen kann, und wenn man dann – Gott behüte! – das Unglück nur für eine boshaft beabsichtigte Posse hält, zur Verhöhnung der Obrigkeit, was dann?' Nun, sagen Sie doch selbst, mein Bester, was habe ich denn damit Lachhaftes gesagt? Aber nein, er muß lachen, auf meine Kosten, versteht sich, und das Gekicher hört gar nicht mehr auf, hahaha und hihihi ... Schamgefühl hat er überhaupt nicht, das sage ich Ihnen, und da fiel es ihm noch ein, mich auf französisch zu beschimpfen: ‚Cochon', sagte er. Na, was Cochon heißt, weiß auch ich. ‚Wart, du verdammter Physikus', denke ich, ‚du glaubst wohl, daß du in mir einen dummen Jungen vor dir hast?' Ich schwieg aber, litt wortlos und schwieg, – dann aber hielt ich es nicht mehr aus, stand auf und sagte ihm in Gegenwart der ganzen Versammlung ins Gesicht: ‚Ich habe dir unrecht getan Foma Fomitsch', sage ich, ‚du Wohltäter der Menschheit; denn ich glaubte von dir, daß du ein wohlerzogener Mensch seiest, nun aber stellt es sich heraus, daß du ebenso ein Schwein bist wie wir alle', – sagte es, stand auf und ging fort, ließ den Pudding stehen, wo er stand: der Pudding wurde gerade herumgereicht. ‚Daß euch mitsamt dem ganzen Pudding ...!' dachte ich und ging.«

»Entschuldigen Sie, bitte«, sagte ich, nachdem ich die ganze Erzählung Herrn Bachtschejeffs angehört hatte, »ich bin natürlich gern bereit, Ihnen in allem zuzustimmen, zumal ich ja noch nichts Bestimmtes über ihn weiß ... Aber, wie soll ich Ihnen sagen, – es sind mir bezüglich dieser Person soeben gewisse Ideen gekommen ...«

»Was sind denn das für Ideen, Väterchen, die dir gekommen sind?« fragte Herr Bachtschejeff mißtrauisch.

»Sehen Sie«, begann ich ein wenig verwirrt, »es ist jetzt vielleicht nicht der richtige Augenblick, das auszusprechen ... aber, schließlich ... ich bin bereit, Ihnen meine Gedanken mitzuteilen. Ich denke mir folgendes: vielleicht täuschen wir uns beide über Foma Fomitsch. Vielleicht verhüllen alle diese Eigenheiten eine besondere, vielleicht sehr reiche Natur – – wer kann das wissen? Vielleicht ist er ein verbitterter, durch Leiden vernichteter Mensch, der sich sozusagen an der ganzen Menschheit dafür rächt? Ich habe gehört, früher soll er so etwas ... so etwas wie ein Hausnarr gewesen sein: vielleicht hat ihn das gar zu sehr erniedrigt, beleidigt, vernichtet? Verstehen Sie mich recht: ein edler Mensch ... mit einem gewissen Selbstbewußtsein ... und der muß nun plötzlich den Hanswurst spielen! ... Da ist er denn vielleicht der ganzen Menschheit gegenüber mißtrauisch geworden und ... vielleicht, wenn man ihn mit der Menschheit aussöhnen würde ... das heißt: mit den Menschen ... so würde sich in ihm vielleicht eine reichbegabte oder jedenfalls bemerkenswerte Natur offenbaren, und ... nein, es muß doch etwas Besonderes an ihm sein! Es muß doch seinen guten Grund haben, warum ihn dort alle anbeten!«

Ich fühlte, daß ich ganz aus dem Konzept gekommen war. Bei meiner Jugend war das ja noch verzeihlich, aber Herr Bachtschejeff verzieh es mir nicht. Ernst und streng blickte er mir in die Augen, und dann wurde er plötzlich blaurot im Gesicht, wie ein Truthahn.

»Und das alles soll dieser Fomka sein?« stieß er kurz hervor.

»Entschuldigen Sie, ich glaube ja selbst nicht recht an das, was ich soeben vorgebracht habe ... Ich sagte es auch nur so ... es wäre doch möglich ...«

»Aber erlauben Sie mal eine Frage: haben Sie Philosophie studiert?«

»Das heißt ... in welchem Sinne?« fragte ich verwundert.

»Nein, nicht in welchem Sinne, sondern antworten Sie mir offen und ohne alle Sinne auf meine Frage: haben Sie Philosophie studiert?«

»Ich muß gestehen, ich habe allerdings die Absicht, es zu tun, aber . . .«

»Na ja, wußt' ich's doch!« rief Herr Bachtschejeff aus, indem er seiner Empörung freien Lauf ließ. »Ich, wissen Sie, ich hatt's ja schon erraten, noch bevor Sie den Mund auftaten, daß Sie Philosophie studiert haben! Mir kann man kein X für ein U vormachen! Prost Mahlzeit! Auf drei Werst rieche ich den Philosophen heraus! Fahren Sie nur hin! Sie können Ihrem Foma in die Arme sinken und sich gegenseitig abküssen! Da hat er nun einen ‚besonderen' Menschen endeckt! Pfui!« fauchte er wieder. »Ach, hol' der Teufel alles auf der Welt! Und ich glaubte schon, Sie wären ein vernünftiger Mensch, Sie aber . . . Fahr vor!« schrie er dem Kutscher zu, der schon auf den Bock der ausgebesserten Equipage hinaufzuklettern begann. »Nach Haus!«

Mit genauer Not konnte ich ihm noch einige beruhigende Worte sagen. Schließlich besänftigte er sich einigermaßen; aber es dauerte doch noch ziemlich lange, bis er sich entschloß, seinen Zorn wieder in Wohlwollen zu verwandeln. Mit Grigorijs und Archips Hilfe stieg er in seine Kutsche.

»Gestatten Sie, daß ich noch etwas frage«, sagte ich, an den Wagenschlag tretend, »werden Sie meinen Onkel nicht mehr besuchen?«

»Ihren Onkel? Nicht mehr besuchen? Wer das glaubt, dem geben Sie . . . na, was Sie wollen! Sie denken wohl, ich sei ein Mensch von Charakter? – daß ich's durchhalten werde? Das ist ja doch mein ganzes Herzeleid, daß ich ein Lappen bin, aber kein Mensch! Es wird keine Woche vergehen, da kraufe ich wieder hin. Und warum ich's tue? Sehen Sie, das weiß ich ja selber nicht, aber ich werde wieder hinfahren und werde mich dort wieder mit Foma Fomitsch herumschlagen. Diesen Foma hat mir Gott der Herr sicherlich zur Strafe für meine Sünden auf den Hals geschickt. Das ist ja mein Leid, Väterchen, daß mein Charakter geradezu weibisch ist, von Beständigkeit keine Spur! Ein Hasenfuß bin ich, mein Lieber, ein echter ...«

Aber wir schieden doch recht freundschaftlich; er lud mich sogar zu sich ein.

»Komm mal, Väterchen, komm, besuch mich, dann wollen wir uns mal gütlich tun. Ich habe mir ein gewisses Wässerchen aus Kiew bestellt, das ist jetzt eingetroffen, und mein Koch ist in Paris gewesen, der wird dir solche Frikandeaus und Fischpasteten zubereiten, daß du dir nur so die Fingerchen ablecken und vor ihm, dem Schuft, noch eine Verbeugung machen wirst! Ist ein gebildeter Mann! Bloß hab' ich ihn jetzt lange nicht mehr geprügelt, hab' ihn verwöhnt ... es ist gut, daß man mich wieder daran erinnert hat ... Also komm nur! Ich würde Sie schon heute zu mir auffordern, aber ich bin jetzt doch zu verstimmt, bin ganz sauer geworden, ganz und gar erledigt auf den Hinterbeinen. Ich bin ja doch ein kranker Mensch. Sie glauben es mir wohl nicht ... Nun, leben Sie wohl, mein Lieber! Es ist Zeit, daß auch mein Schiff in den Hafen einläuft. Da ist ja auch Ihr Vehikel repariert. Dem Fomka aber sagen Sie, daß er mir nicht mehr unter die Augen kommen soll, sonst wird es einen neuen Krach geben, daß er nur so ...«

Die letzten Worte hörte ich nicht mehr. Seine Equipage, die von vier starken Pferden mit einem Ruck angezogen wurde, verschwand hinter Staubwolken. Da fuhr auch meine Postkutsche vor, ich stieg ein, und wir hatten in wenigen Minuten das Städtchen hinter uns.

‚Natürlich übertreibt der gute Mann', dachte ich, ‚er ist gar zu wütend, um unparteiisch zu urteilen. Aber andererseits ... was er da von meinem Onkel sagt, ist doch sehr bemerkenswert. Da stimmen nun schon zwei Aussagen überein. Nun, – aber daß mein Onkel die junge Dame liebt ... Hm! Werde ich nun heiraten oder werde ich nicht heiraten?'

Und diesmal kamen mir denn doch Bedenken.

III

Mein Onkel

Ich gestehe, mir wurde sogar ein wenig bange. Die romantischen Träume erschienen mir jetzt zum mindesten sonderbar, und kaum war ich in Stepantschikowo angelangt, da fand ich sie sogar dumm. Das erstere geschah ungefähr um fünf Uhr nachmittags. Die Landstraße führte nicht weit vom Herrenhaus vorüber. Nun sah ich nach langen Jahren diesen großen Garten wieder, in dem ich in meiner Kindheit so glückliche Tage verbracht hatte, und den ich dann später so oft im Traum gesehen, wenn ich in den Schlafsälen der Schulen und Anstalten, die für meine Bildung sorgten, in halbwachem Schlummer lag. Ich sprang vom Wagen und ging quer durch den Garten auf das Herrenhaus zu; denn ich wollte unbemerkt zuerst mit meinem Onkel sprechen und, wenn es ging, auch noch manches auskundschaften. Meine Absicht gelang mir. Die Allee hundertjähriger Linden entlang schreitend, kam ich zur Veranda, von der aus man durch eine Glastür unmittelbar in die Wohnzimmer trat. Diese Veranda war von Blumenbeeten umgeben und mit teuren Topfpflanzen geschmückt. Hier nun traf ich ganz unerwartet einen der »Eingeborenen« an, den alten Gawrila, der mich einst als Kind auf dem Arm getragen hatte, jetzt aber der ehrwürdige Kammerdiener meines Onkels war. Der Alte hatte eine Brille auf der Nase und hielt ein Heft, in dem er mit ungewöhnlicher Aufmerksamkeit las, in der Hand. Ich hatte ihn zum letztenmal vor zwei Jahren in Petersburg gesehen, wohin er mit meinem Onkel gekommen war, und so erkannten wir uns sofort. Mit Freudentränen stürzte er die Stufen herab, um meine Hände zu küssen, ohne darauf zu achten, daß ihm bei der Gelegenheit die Brille von der Nase flog. Diese Anhänglichkeit des Alten rührte mich sehr. Ich stand noch unter dem Eindruck des Gespräches mit Herrn Bachtschejeff, und so wandte sich meine Aufmerksamkeit unverzüglich dem verdächtigen Heft zu, das Gawrila in der Hand hielt.

»Was ist das, Gawrila? Was, will man etwa auch dir Französisch beibringen?« fragte ich den Alten.

»Jawohl, das will man, Väterchen, trotz meiner alten Jahre, als wäre ich ein Papagei«, antwortete Gawrila niedergeschlagen.

»Und Foma selbst unterrichtet dich?«

»Er allein, Väterchen. Er muß doch wohl ein kluger Mann sein.«

»Ja, alle Achtung! Aber wie unterrichtet er dich denn? – Im Gespräch?«

»Mit dem Heft, Väterchen.«

»Du meinst dieses, das du in der Hand hast? Ah! Französische Vokabeln mit russischen Buchstaben geschrieben – findig! Und von einem solchen Rüpel, einem solchen Dummkopf laßt ihr euch alle so behandeln? Schämst du dich nicht, Gawrila?« In einem Augenblick waren alle meine entschuldigenden Annahmen vergessen, durch die ich noch vor ein paar Stunden Herrn Bachtschejeff in so große Wut versetzt hatte.

»Wie denn, Väterchen, wie kann er denn ein Dummkopf sein, wenn er doch auch unsere Herrschaft so lenkt, wie er will?«

»Hm! Vielleicht hast du recht, Gawrila«, brummte ich, durch seine Bemerkung zur Besinnung gebracht. »Führ' mich zu meinem Onkel.«

»Großer Gott! Ich darf ja dem Herrn überhaupt nicht unter die Augen kommen, wage mich gar nicht mehr zu zeigen! Ja, ja, so weit ist es gekommen, daß ich auch *ihn* noch fürchten muß! Sitze hier in meiner Trübsal, und wenn Foma Fomitsch zu kommen geruhen, so gehe ich hinter die Blumenbeete.«

»Was fürchtest du denn?«

»Vorhin wußte ich die Aufgabe nicht gut: Foma Fomitsch wollten mich bestrafen und, wie er sagte, mich auf den Knien stehen lassen – ich aber kniete nicht nieder. Alt bin ich, Väterchen Ssergéi Alexándrowitsch, viel zu alt, um noch solche Scherze mitzumachen. Der Herr aber geruhten darüber böse zu werden, daß ich Foma Fomitsch nicht gehorcht hatte. ‚Siehst du denn nicht ein', sagte er, ‚alter Kerl, er müht sich doch um deine Bildung, will dich doch in der Aussprache des Französischen unterweisen ...' Und so gehe ich denn und lerne Vokabeln. Foma Fomitsch versprachen, am Abend noch einmal eine Prüfung vorzunehmen.«

Es schien mir, daß hier einiges nicht so ganz stimmte.

‚Mit diesem französischen Unterricht wird es wohl eine besondere Bewandtnis haben', dachte ich bei mir, ‚die der Alte mir natürlich nicht erklären kann.'

»Nur eine Frage noch, Gawrila: wie sieht er aus? Stattlich, imponierend?«

»Wer das? Foma Fomitsch? Nein, Väterchen, das ist so ein unansehnliches kleines Menschlein ...«

»Hm! Hab' nur noch etwas Geduld, Gawríla, es wird sich vielleicht noch einrenken lassen, oder vielmehr: sicherlich wird es das, ich verspreche es dir, es wird alles wieder gut werden! Aber ... wo ist denn nun mein Onkel?«

»Hinter dem Pferdestall reden der Herr mit den Abgesandten der Bauern. Aus Kapitónowka sind die Alten mit Verbeugungen und Bitten hergekommen. Dort hat man gesagt, daß der Herr sie Foma Fomitsch zu schenken beabsichtige, und daher wollen sie alle bitten, daß es nicht geschehe, wollen sich, wie man sagt, losbitten.«

»Aber warum empfängt er sie denn hinter den Pferdeställen?«

»Aus Vorsicht, Väterchen ...«

In der Tat fand ich meinen Onkel hinter den Pferdeställen. Dort stand er auf einem freien Platz vor einer ganzen Anzahl Bauern, die sich immer wieder vor ihm verneigten und inständig um etwas zu bitten schienen. Mein Onkel aber erklärte ihnen offenbar eine Sache. Ich näherte mich und rief ihn an. Er sah sich um und – wir lagen uns in den Armen.

Er freute sich unbeschreiblich über mein Kommen, er geriet förmlich in Begeisterung vor Freude. Er umarmte mich, drückte meine Hände ... als hätte man ihm seinen leiblichen Sohn wiedergegeben, der irgendeiner tödlichen Gefahr entgangen war, oder als hätte ich ihn mit meiner Ankunft von einer tödlichen Gefahr befreit oder von schweren Zweifeln erlöst, und als brächte ich Glück und Freude für sein ganzes Leben ihm und allen, die er lieb hatte. Mein Onkel hätte nie eingewilligt, allein glücklich zu sein.

Nach dem ersten überschwenglichen Ausbruch wurde er so mitteilsam, daß er sich bald ganz verlor und wohl selbst nicht mehr wußte, wovon er schon gesprochen hatte. Er überschüttete mich mit Fragen, wollte mich sogleich zu seiner ganzen Familie führen. Wir begaben uns auch schon zum Hause – dann aber kehrte er doch wieder zurück ... um mich zuerst mit seinen Bauern aus Kapitónowka bekannt zu machen. Hierauf – dessen entsinne ich mich noch genau – kam er plötzlich aus unbekanntem Grunde auf einen Herrn Korówkin zu sprechen, einen jedenfalls außergewöhnlichen Menschen, den er vor drei Tagen unterwegs getroffen hatte, irgendwo auf der Reise, und den er mit der größten Ungeduld gerade jetzt als Gast bei sich erwartete. Von Korowkin sprang er auf etwas anderes über. Es war mir förmlich ein Genuß, ihn zu betrachten. Auf seine überstürzten Fragen nach meinen ferneren Absichten sagte ich, daß ich vorläufig keine Anstellung suchen, sondern fortfahren würde, mich mit der Wissenschaft zu beschäftigen. Doch kaum hatte ich das Wort »Wissenschaft« ausgesprochen, als mein Onkel auch schon eine ungeheuer wichtige Miene aufsetzte. Als er dann erfuhr, daß ich mich in der letzten Zeit mit Mineralogie beschäftigt hatte, warf er den Kopf in den Nacken und blickte sich stolz im Kreise um, als hätte er ganz allein, ohne jede fremde Hilfe, die ganze Mineralogie entdeckt und alles allein niedergeschrieben. Ich habe ja schon gesagt, daß er vor dem Wort „Wissenschaft" die größte Ehrfurcht empfand, eine Ehrfurcht, die ohne jeden persönlichen Ehrgeiz war, ja, dessen sie um so mehr entbehrte, als er selbst fast nichts von diesen Dingen verstand.

»Ach, Freund, es gibt doch wirklich Menschen in der Welt, die alles wissen!« sagte er mir einmal mit wahrem Entzücken in den leuchtenden Augen. »Da sitzt man unter ihnen, hört, und weiß doch selbst, daß man nichts davon versteht, aber dennoch freut sich das Herz. Und warum? Ganz einfach, weil hier eben Nutzen ist, hier ist Verstand, hier ist das Allgemeinwohl! Das begreife ich doch! Ich fahre jetzt schon mit der Eisenbahn, mein Iljuscha aber wird vielleicht schon durch die Luft fliegen ... Nun, ja, kurz und gut, auch der Handel, die Industrie – diese, wie man so sagt, Schlagadern ... das heißt, ich will nur sagen, von welcher Seite du es auch nimmst, es ist und bleibt doch nützlich für die Menschheit ... Das ist es doch, nicht wahr?«

Doch ich komme zurück auf unser Wiedersehen.

»Wart nur, Freund, wart«, begann er in seiner schnellen Sprechweise, sich die Hände reibend, »du sollst einen Menschen kennen lernen! Es ist ein seltener Mensch, sag' ich dir, gelehrt, gelehrt, ganz ein Mann der Wissenschaft! Der überlebt das Jahrhundert! Das ist doch gut gesagt: ‚er überlebt das Jahrhundert', nicht? Das hat mir Foma selbst erklärt ... Wart nur, du wirst ihn schon kennen lernen ...«

»Meinen Sie Foma Fomitsch, Onkel?«

»Nein, nein, Freund, diesmal sprech' ich von Korówkin. Das heißt, Foma ist ja gleichfalls ... er ... Aber diesmal sprach ich einfach nur von Korowkin«, fügte er hinzu, während es mir auffiel, daß er, sobald die Rede auf Foma kam, zu erröten und verlegen zu werden schien.

»Mit welcher Wissenschaft beschäftigt er sich denn?«

»Mit allen Wissenschaften, Freund, oder kurz gesagt, mit der Wissenschaft überhaupt. Ich kann dir leider nicht genau sagen, mit welcher eigentlich, ich weiß nur, daß es Wissenschaften sind. Und wie er über die Eisenbahnen redet! Und weißt du«, – mein Onkel senkte die Stimme und zwinkerte mir bedeutsam mit dem rechten Auge zu, – »ein wenig so, du weißt schon, – freie Ideen! Das habe ich sofort gemerkt, namentlich als er auf das sogenannte Familienglück zu sprechen kam ... Schade, ich habe nicht alles ganz begriffen, was er da sprach (wir hatten keine Zeit), sonst könnte ich dir jetzt alles wiedergeben, ganz ausführlich. Und zudem ein Mensch von wirklich edlen Eigenschaften. Ich habe ihn zu mir eingeladen. Erwarte ihn stündlich.«

Währenddessen starrten mich die Bauern mit offenem Munde und großen Augen wie ein Wunder an.

»Hören Sie, Onkel«, unterbrach ich ihn, »ich habe, glaube ich, Ihr Gespräch mit den Bauern unterbrochen. Es handelt sich gewiß um Wichtiges. Was meinen Sie? Ich will ganz offen gestehen, daß ich so meine Vermutungen habe – und daher würde ich gern zuhören ...«

Mein Onkel wurde plötzlich sehr geschäftig und beinahe aufgeregt.

»Ach, richtig! Das hatte ich ganz vergessen! Ja, sieh mal ... was soll man da nun tun? Sie haben sich in den Kopf gesetzt – ich möchte bloß wissen, wer es als erster gesagt hat –, daß ich sie und ganz Kapitónowka – du erinnerst dich doch noch, wie wir mit meiner seligen Katja abends immer dorthin spazieren fuhren? – Nun ja, daß ich das ganze Kapitonowka mit seinen rund achtundsiebzig Leibeigenen Foma Fomitsch schenken wolle! Nun, und jetzt heißt es: ‚Wir wollen nicht von dir fort, Väterchen!' und damit Punktum! ...«

»So ist es also nicht wahr, Onkel? Sie werden ihm Kapitonowka nicht schenken?!« rief ich erfreut aus.

»Wie werd' ich denn! Ist mir nie in den Sinn gekommen! Aber durch wen hast du es denn schon erfahren? Es war mir nur mal so entschlüpft – und da hat man gleich Häuser auf das eine Wort gebaut. Ich verstehe bloß nicht, weshalb sie den Foma so wenig mögen? Aber wart nur, Ssergei, ich werde dich mit ihm bekannt machen«, sagte er mit schüchternem Blick auf mich, als ahne er auch in mir einen Feind Foma Fomitschs. »Freund, das ist ein Mensch ...«

»Wir wollen keinen anderen Herrn, Väterchen, nur dich

allein!« riefen hier plötzlich im Chorus alle Bauern. »Ihr seid unser Vater, wir sind Eure Kinder!«

»Hören Sie mal, Onkel«, sagte ich, »den Foma Fomitsch habe ich zwar noch nicht gesehen, aber ... sehen Sie ... ich habe so einiges gehört. Ich will es Ihnen nur gleich sagen, daß ich heute unterwegs Herrn Bachtschéjeff getroffen habe. Übrigens hat sich in mir jetzt eine andere Auffassung gebildet, wenigstens vorläufig. Jedenfalls aber entlassen Sie nun die Bauern, dann können wir ungestört miteinander reden, ganz allein und ohne Zeugen. Ich bin ja doch eigentlich nur deswegen hergekommen . . .«

»Das ist es ja! Eben, eben!« stimmte mein Onkel sofort eifrig bei. »Die Bauern entlassen wir, und dann reden wir, weißt du, so – kameradschaftlich, freundschaftlich, verständig! – Nun!« fuhr er, sich an die Bauern wendend, in seiner schnellen Sprechweise fort, »geht jetzt wieder nach Hause, Freunde! Und hinfort kommt immer zu mir, wenn was nötig ist; kommt ganz einfach gleich zu mir, wenn was nötig ist –«

»Väterchen, du bist ja unser Vater! Gib uns nicht der Willkür Foma Fomitschs preis! Wir Armen bitten dich alle darum!« riefen von neuem die Bauern einstimmig.

»Ach, ihr Dummköpfe! Es wird euch doch nichts geschehen, das habe ich euch doch schon gesagt!«

»Sonst würde er uns ganz dumm machen mit dem Unterricht, Väterchen! Die Hiesigen, hört man, soll er ja alle schon ganz dumm gemacht haben . . .«

»Was, will er denn auch euch die französische Sprache beibringen?« fragte ich, beinahe erschrocken.

»Nein, Väterchen, vorläufig hat Gott der Herr uns noch verschont!« antwortete einer der Bauern, ihr Sprecher und ein Schwätzer, wie es schien; er war rothaarig und hatte eine große Glatze, die ziemlich tief auf dem Hinterkopf lag, sowie ein spärliches, keilförmiges Bärtchen, das sich so schnell bewegte, wenn er sprach, als wäre es an sich lebendig. »Nein, Herr, bis jetzt noch nicht.«

»Aber worin unterrichtet er euch denn?«

»Ach, Euer Gnaden, in solchen Dingen, daß es nach unserem Verständnis so herauskommt: Kauf' einen goldenen Kasten, deine kupferne Münze gib aber hin.«

»Wieso, was bedeutet das: kupferne Münze . . .?«

»Sserjósha![2] Du bist im Irrtum! Das ist eine Verleumdung!« rief mein Onkel dazwischen, war aber dabei rot geworden und sah sehr verlegen aus. »Diese Dummköpfe haben natürlich nicht begriffen, was er ihnen gesagt hat. Er hat nur so . . . Was soll das mit der kupfernen Münze? . . . Dir aber steht es nicht zu, über alles zu urteilen und das Maul aufzureißen«, fuhr mein Onkel, sich diesem Bauern zuwendend, vorwurfsvoll fort; »man wollte dir doch, du Dummkopf, Gutes tun, du aber siehst das nicht ein . . . und schreist noch!«

»Aber ums Himmels willen, Onkel, Sie vergessen, daß er ihnen Französisch beibringen will!«

»Aber doch nur wegen der Aussprache, Sserjosha, einzig wegen der Aussprache«, beteuerte er mit geradezu flehender Stimme. »Er hat es mir selbst gesagt, daß er es einzig wegen der Schulung in der Aussprache tut, was dann auch ihrer Muttersprache zugute käme . . . Zudem ging der Sache noch ein besonderer Fall voraus, – du weißt das nicht und daher kannst du auch nicht darüber urteilen. Zuerst, Freund, muß man begreifen, und dann erst kann man beschuldigen . . . Beschuldigen ist leicht!«

»Aber ich verstehe euch nicht!« sagte ich heftig, mich von neuem an die Bauern wendend, »so hättet ihr es ihm doch sofort offen sagen sollen. Ganz einfach: so geht es nicht, Foma Fomitsch, die Sache liegt so und so! Ihr habt doch einen Mund!«

»Wo ist die Maus, die der Katze die Schelle umhängt, Väterchen? ‚Ich bringe', sagt er, ‚dir ungeschicktem Bauernkerl Sauberkeit und Ordnung bei. Warum ist dein Hemd nicht sauber?' – Weil es doch voll Schweiß ist, darum kann es doch auch nicht sauber sein! Wir können doch nicht jeden Tag das Hemd wechseln. Sauberkeit macht noch nicht auferstehen, und Armut ist noch nicht der Tod.«

»Neulich kam er zur Tenne«, fiel ein anderer Bauer ein, ein großer, hagerer Mann, dessen Kleider an vielen Stellen geflickt waren und dessen Füße in den ältesten Bastschuhen staken. Er gehörte offenbar zu jenen, die ewig mit irgend etwas unzufrieden sind und stets ein gehässiges, giftiges Wort in Bereitschaft haben. Bis dahin hatte er hinter den anderen gestanden, in mißmutiger Schweigsamkeit zugehört und die ganze Zeit ein gewisses zweideutiges, bitteres und verschlagenes Spottlächeln nicht aus seinem Gesicht verbannt. – »Er kam zur Tenne. ‚Wißt ihr auch', fragt er, ‚wieviel Werst es von hier bis zur Sonne sind?' – Wer von uns kann denn so was wissen? Das steht doch nicht uns zu, das ist doch Herrschaftswissen. ‚Nein', sagte er, ‚du bist ein Lümmel, wie ich sehe, begreifst nicht einmal deinen eigenen Nutzen. Ich aber', sagt er, ‚bin ein Astrolog! Ich kenne alle Planeten Gottes!'«

»Und hat er dir auch gesagt, wieviel Werst es bis zur Sonne sind?« mischte sich mein Onkel ein, der plötzlich wieder wie neubelebt war und lustig mir zuzwinkerte, als wolle er mir sagen: »Paß nur auf, was du jetzt zu hören bekommen wirst!«

»Er nannte da wohl eine große Zahl«, antwortete der Bauer gewissermaßen wider Willen, da er eine solche Frage offenbar nicht erwartet hatte.

»Nun, wieviel waren es denn doch, wieviel, was meinst du?«

»Ach, das wird doch Euer Gnaden besser wissen als wir ... wir sind unaufgeklärte Leute, leben im Dunkeln.«

»Ich weiß es ja, Bruder, aber du, hast *du es auch* behalten?«

»Es werden da immer soundso viel hundert oder auch tausend Werst sein, wie er sagte. Es war etwas viel. Die könnte man kaum auf drei Fuhren fortführen, diese Zahlen, die er sagte.«

»Aber das ist ja die Hauptsache, – daß man es behält, nämlich! Du glaubtest wohl, was wird es denn viel mehr sein als eine Werst, da kann man ja mit der Hand hinlangen? Nein, Bruder, die Erde – das ist, siehst du, ein runder

Ball – verstehst du?« fuhr mein Onkel fort, indem er mit den Händen in der Luft eine Kugel nachzeichnete.

Der Bauer lächelte schmerzlich.

»Ja, wie ein Ball! Und so hält sie sich ganz von selbst in der Luft und kreist um die Sonne. Die Sonne aber steht auf einem Platz und rührt sich nicht; es scheint dir nur so, als bewege sie sich, in Wirklichkeit aber steht sie auf einem Fleck. Ja, siehst du, so ist es! Entdeckt aber hat das alles der Kapitän Cook, ein Weltumsegler ... Übrigens, weiß der Teufel, ob der es nun gerade war, oder wer es eigentlich entdeckt hat«, fügte er halblaut, zu mir gewandt, hinzu. »Ich habe ja selbst, Freund, keine Ahnung davon ... Weißt du es, wieviel Werst es bis zur Sonne sind?«

»Gewiß, Onkel«, antwortete ich, etwas verwundert über dieses ganze Gespräch, »nur denke ich folgendermaßen darüber: Unbildung ist natürlich Unachtsamkeit, aber Bauern in der Astronomie zu unterrichten ...«

»Das ist es ja! Eben, eben – gerade Unachtsamkeit!« fiel mein Onkel mir ins Wort und griff begeistert meinen Ausdruck auf, der ihm wohl überaus treffend erschien. »Ein großartiger Gedanke! Gerade Unachtsamkeit! Das habe ich ja immer gesagt ... das heißt, ich habe es noch nie gesagt, aber ich habe es gefühlt. Hört ihr«, rief er dann den Bauern zu, »Unbildung ist dasselbe wie Unachtsamkeit, ist genau dasselbe wie Schmutz! Und deshalb wollte euch Foma auch belehren. Er wollte euch Gutes lehren. Das ist gleichfalls ein Dienst, der dem Vaterland geleistet wird und des größten Lohnes wert ist. Seht ihr nun, wie es sich verhält! Das ist die Wissenschaft! Nun, gut, gut, meine Lieben! Geht mit Gott, ich freue mich, es freut mich ... jedenfalls beruhigt euch, ich werde euch nicht verlassen.«

»Beschütze du uns, Väterchen, bist doch immer wie ein leiblicher Vater zu uns gewesen!«

»Laß uns Freude erleben, Väterchen!«

Und die Bauern stürzten wie ein Mann auf die Knie nieder.

»Nun, nun, was soll das, welch ein Unsinn! Vor Gott und dem Kaiser sollt ihr niederknien, nicht aber vor mir ... Aber so steht doch endlich auf, geht jetzt, führt euch gut auf, verdient euch eine gute Behandlung ... nun, und alles andere, was noch nötig ist ... Weißt du«, sagte er dann zu mir, sich plötzlich umwendend, und sein Gesicht schien vor Freude zu leuchten, »so ein armer Kerl hört doch gern ein gutes Wort, und auch ein Geschenk schadet nichts. Ich werde ihnen etwas schenken, was? Was meinst du? So, weil du angekommen bist ... Soll ich es tun oder nicht?«

»Onkel, Sie sind ja Ihren Bauern ein guter Herr, wie ich sehe, wahrscheinlich einer jener Gutsbesitzer, die immer nur Gutes tun wollen ...–«

»Aber- es geht doch nicht, Freund, es geht doch nicht anders, das ist doch nichts! Ich wollte ihnen schon lange etwas schenken«, sagte er wie zur Entschuldigung. »Aber fandest du es nicht lächerlich, daß ich den Bauern da einen wissenschaftlichen Vortrag hielt? Nein, Freund, das habe ich nur so ... nur so vor Freude, daß ich dich nun wiedersehe, Sserjosha ... Ich wollte einfach, daß auch er, der Bauer. erführe, wie weit es bis zur Sonne ist, und, wenn er's hört, den Mund aufsperrt. Es ist so lustig zu sehen, wie er ihn aufsperrt. Man freut sich geradezu für ihn. Nur weißt du, Freund, sag' das nicht dort im Salon, daß ich hier mit den Bauern gesprochen habe. Ich habe es absichtlich hier hinter den Pferdeställen getan, damit man es von dort nicht sieht; denn sieh, Freund, es war nicht anders zu machen ... eine kitzlige Sache! Und sie waren ja auch nur heimlich gekommen. Ich habe es ja eigentlich auch nur ihretwegen getan ...«

»Ja, Onkel, jetzt bin ich also angekommen und bin hier!« begann ich, um dem Gespräch eine andere Wendung zu geben und schneller auf die Hauptsache zu sprechen zu kommen. »Ihr Brief hat mich, offen gestanden, dermaßen überrascht und in Erstaunen gesetzt, daß ich ...«

»Mein Freund, kein Wort mehr darüber!« unterbrach

mich mein Onkel geradezu erschrocken und mit gesenkter Stimme. »Später, später wird sich das alles aufklären! Vielleicht bin ich nicht ganz schuldlos vor dir, vielleicht sogar sehr . . .«

»Nicht ganz schuldlos vor mir, Onkel?«

»Später, später, mein Freund, davon später! Das wird sich später erklären! Alles, alles! Was du aber für ein prächtiger Bursche geworden bist! Mein lieber Junge! Und wie ich dich erwartet habe! Ich wollte dir alles, wollte dir mein ganzes Herz ausschütten, wie man sagt . . . Du bist gelehrt, du bist der einzige, den ich habe . . . du und Korowkin. Im übrigen muß ich dich noch darauf aufmerksam machen, daß sich hier alle über dich ärgern. Nun sieh dich vor, sei vorsichtig, sei auf der Hut!«

»Sich über mich ärgern?« fragte ich und blickte meinen Onkel verwundert an, da ich nicht begriff, wodurch ich Menschen, die ich noch gar nicht kannte, hätte ärgern können. »Über mich?«

»Über dich, Freund. Was ist da zu machen! Foma Fomitsch ist ein bißchen . . . nun, und Mamachen natürlich gleichfalls. Überhaupt sei vorsichtig, ehrerbietig, widersprich nicht, aber vor allem, sei ehrerbietig . . .«

»Und das etwa im Verkehr mit Foma Fomitsch, Onkel?«

»Was soll man tun, mein Freund, ich verteidige ihn ja nicht . . . Er hat vielleicht wirklich so als Mensch seine Fehler, und gerade jetzt im Augenblick . . .Ach, Freund Sserjosha, wenn du wüßtest, wie mich alles das beunruhigt! Wie könnte man das nur gutmachen, damit wir wieder alle glücklich und zufrieden wären? . . . Aber wer ist denn ohne Mängel? Auch wir sind doch nicht vollkommen!«

»Aber, Onkel, so sehen Sie doch nur, was er tut . . .«

»Ach, Freund! Das sind ja nur Klatschereien und weiter nichts! Ich will dir zum Beispiel erzählen: da ärgert er sich jetzt über mich, aber was glaubst du, weswegen? . . . Übrigens, vielleicht bin ich auch selbst daran schuld. Ich werde es dir später erzählen . . .«

»Wissen Sie, Onkel, in mir hat sich, was ihn anbetrifft, eine besondere Auffassung herausgebildet«, unterbrach ich ihn, um ihm noch schnell meine Kombinationen mitzuteilen. Wir hatten es beide eilig. »Erstens war er früher ein Hausnarr: das hat ihn erbittert, erniedrigt, ihn in seinem Innersten gekränkt und beleidigt, und so ist er denn gehässig, unnatürlich rachsüchtig geworden. Er will sich sozusagen an der ganzen Menschheit rächen... Wenn man ihn aber mit dieser Menschheit wieder aussöhnen, ihn sich selbst wiedergeben würde...«

»Das ist es ja! Eben, eben!« rief mein Onkel begeistert aus. »Gerade das! Ein herrlicher Gedanke! Und es wäre doch eine Schande, es wäre niedrig von uns, wollten wir ihn jetzt ohne weiteres verurteilen! Das ist es ja!... Ach, Freund, ich sehe schon, du verstehst mich, du bringst mir Trost! Wenn es sich dort nur einrenken ließe! Weißt du, ich habe wirklich Angst, dort zu erscheinen. Sieh, du bist nun angekommen, ich aber werde dafür büßen müssen!«

»Aber, Onkel, wenn es so ist...«, begann ich, etwas verlegen durch dieses Geständnis.

»Nei–nei–nein! Um keinen Preis, auf keinen Fall«, rief er heftig dazwischen, fest meine Hände drückend. »Du bist mein Gast, und ich will es so!«

Ich wunderte mich.

»Onkel, sagen Sie mir jetzt«, begann ich nachdrücklich, »aus welchem Grunde oder zu welchem Zweck Sie mich hergerufen haben? Was erwarten Sie von mir, und vor allen Dingen, in welcher Beziehung sind Sie ‚nicht schuldlos' vor mir?«

»Weißt du, frage jetzt lieber nicht! Später, später! Alles das wird sich später aufklären! Ich habe vielleicht in vielem gefehlt, aber ich wollte wie ein ehrlicher Mensch handeln und... und du wirst sie heiraten! Du wirst sie heiraten, wenn du nur einen Tropfen Edelmut besitzest!« schloß er, in einer plötzlichen Gefühlsaufwallung über und über errötend, und drückte in diesem aufwallenden Gefühl schmerzhaft meine Hand. »Also, jetzt genug davon, kein Wort weiter! Du wirst ja selbst alles zeitig genug erfahren. Von dir wird es abhängen ... Die Hauptsache ist, daß du dort jetzt gefällst, daß du guten Eindruck machst. Laß dich nur nicht verwirren.«

»Aber sagen Sie doch, Onkel, wer ist denn eigentlich dort bei Ihnen? Ich muß gestehen, ich habe mich wenig in Gesellschaft bewegt, so daß ...«

»So daß dir jetzt etwas bange ist, wie?« fragte der Onkel lächelnd. »Das hat nichts zu sagen! Verlier bloß nicht den Mut! Die Hauptsache ist, daß du dich nicht fürchtest. Wer dort bei uns ist, fragst du? Ja, wen haben wir denn da? ... Erstens natürlich meine Mutter«, begann er geschäftig – »du erinnerst dich doch noch ihrer, oder nicht mehr? Eine herzensgute, durchaus edeldenkende, alte Frau, ohne alle Prätensionen, kann man sagen. Etwas altmodisch, aber das ist ja um so besser. Nun, und dann, weißt du, zuweilen hat sie so ... gewisse Einfälle, sie sagt manches so ... nun eben so in besonderem Ton. Augenblicklich ist sie mir böse, ärgert sich, aber es ist meine Schuld, und ich weiß es, daß es meine Schuld ist. Nun, und sie ist doch immerhin Grande Dame, Generalin ... ihr Mann war ein prächtiger Mensch, General, sehr gebildet, reich war er freilich nicht, aber vom Kriege her mit Narben bedeckt, – mit einem Wort: er hatte sich allgemeine Achtung verdient. Dann ist da Fräulein Perepelízyna. Nun, die ... ich weiß nicht ... in der letzten Zeit ist sie so etwas ... ihr Charakter, wie gesagt ... Aber man kann doch nicht alle verurteilen! ... Nun, Gott mit ihr ... du brauchst nicht zu glauben, daß sie so eine ist, die ... die anderen auf dem Halse sitzt. Sie ist, weißt du, die Tochter eines Majors. Mamas Busenfreundin, vergiß das nicht! Und dann, nun, meine liebe Schwester Praskówja Iljinitschna. Na, von der ist nicht viel zu sagen: eine einfache, gute Seele; ein wenig zu geschäftig, aber was für ein Herz! Du sieh nur aufs Herz, Freund, das ist die Hauptsache ... Ein bejahrtes Mädchen, aber, denk doch, dieser Sonderling Bachtschéjeff macht ihr gewissermaßen den Hof und scheint anhalten zu wollen. Nur laß dir um Gottes willen nichts anmerken, kein Wort! Geheimnis! Na, und wen haben wir denn da noch? Von den Kindern rede ich weiter nicht: wirst sie selbst sehen. Morgen ist Iljúschas Namenstag... Ja, richtig! Fast hätt' ich's vergessen: seit einem Monat, sieh mal, lebt bei uns Iwán Iwánytsch Misíntschikoff, du bist mit ihm, denke ich, im dritten Grade verwandt... ja, im dritten: ein Vetter deines Vetters. Leutnant a. D. Er hat erst vor kurzem den Abschied genommen – stand in einem Husarenregiment. Ein noch junger Mensch. Ein wirklich guter Charakter. Aber, weißt du, er hat sich durch seine Verschwendung dermaßen – wie sag' ich doch gleich? – na, abgerupft, daß ich gar nicht weiß, wie und wo er das in einem solchen Maße hat fertigbringen können. Übrigens hat er auch früher nichts gehabt, aber immerhin... er hat viele Schulden gemacht... Und jetzt ist er bei mir zu Besuch. Bisher kannte ich ihn überhaupt nicht – als er ankam, stellte er sich mir vor. So ein lieber, guter, ruhiger, bescheidener Mensch. Es hat hier, glaube ich, kein Mensch je ein Wort von ihm gehört. Er schweigt ununterbrochen. Foma hat ihn – zum Spott – den „schweigsamen Fremdling" genannt. Aber er macht sich nichts daraus, ärgert sich nicht. Foma ist jedenfalls mit ihm zufrieden, nur sagt er von ihm, dem Iwán, daß es nicht weit her mit ihm sei. Übrigens widerspricht Iwan ihm nie, er stimmt ihm immer bei. Hm! So ein stiller Junge... Na, Gott mit ihm! Du wirst ja selbst sehen. Dann haben wir noch Gäste aus der Stadt: Páwel Ssemjónytsch Obnóskin mit seiner Mutter, ein junger Mann, ein ungeheuer kluger Mensch; etwas so Reifes, weißt du, ist in ihm, etwas Festes, Unerschütterliches... Ich verstehe mich nur nicht auszudrücken! Hinzu kommt noch eine ungewöhnliche Sittlichkeit: strenge Moral! Nun, und dann schließlich lebt noch, sieh mal, eine Tatjána Iwánowna bei uns, mit der wir – je nachdem, wie man's nimmt – auch noch verwandt sein sollen, natürlich nur sehr entfernt verwandt... du kennst sie nicht, ein nicht mehr ganz junges Mädchen, das muß man wohl sagen, aber immerhin ... sie hat auch ihre Vorzüge. Reich ist sie, weißt du, kann zwei Güter wie Stepantschikowo auf einmal kaufen. Sie hat erst vor kurzem geerbt, bis dahin war sie bettelarm. Aber du, Freund, du urteile nicht voreilig über sie: sie ist etwas kränklich ... ich wollte sagen, sie hat etwas ... etwas Exaltiertes oder „Phantasmagorisches" in ihrem Charakter. Nun, du bist ein edeldenkender Mensch, du wirst es begreifen, sie hat doch sozusagen viel gelitten. Mit solchen Menschen, weißt du, die im Unglück gewesen sind, muß man doppelt nachsichtig sein! Aber du brauchst nicht gleich ... nun, so ... irgend etwas zu denken! Sie hat natürlich auch ihre Schwächen: so kommt sie zuweilen etwas aus dem Konzept, spricht manches zu schnell aus, wählt nicht immer das richtige Wort, das nötig ist ... das heißt, – nicht etwa, daß sie lügt, denk nur das nicht ... das kommt ja, Freund, aus edlem Herzen ... das heißt, wenn sie auch manches nicht ganz der Wahrheit gemäß sagen sollte, so geschieht das doch einzig sozusagen aus übergroßer Herzenseinfalt – du verstehst doch!«

Mein Onkel war offenbar sehr verwirrt und wurde immer verlegener.

»Hören Sie, Onkel«, sagte ich, »ich habe Sie sehr lieb ... verzeihen Sie mir die offene Frage: werden Sie eine von den Damen heiraten oder nicht?«

»Wer ... wer hat dir das gesagt?« fragte er, wie ein Kind errötend. »Sieh mal, Sserjosha, ich werde dir alles ganz genau erzählen. Erstens: ich heirate nicht. Meine Mutter, zum Teil auch meine Schwester, und vor allen Dingen Foma Fomitsch, den Mama vergöttert – und mit Recht, mit Recht: er hat viel für sie getan – sie alle wollen, daß ich diese selbe Tatjána Iwánowna heirate, aus vernünftiger Überlegung, zum Wohl der ganzen Familie. Natürlich wollen sie ja nur mein Bestes, das begreife ich vollkommen. Aber ich werde um keinen Preis heiraten, ich habe mir schon das Wort gegeben. Nichtsdestoweniger verstand ich – ich weiß nicht, wie's kam – nicht so recht zu antworten: ich habe weder ja noch nein gesagt. Das ist, weißt du, immer so mit mir. Und so glaubten sie denn, daß ich einwillige, und wollen jetzt unbedingt, daß ich mich morgen, beim Familienfest, erkläre... Und da sitze ich nun und weiß nicht einmal, was ich tun soll! Zudem zürnt mir Foma Fomitsch – weiß Gott, aus welchem Grund. Mama gleichfalls. Ich muß dir, weißt du, gestehen, daß ich nur auf dich gewartet habe, auf dich und Korowkin... ich wollte sozusagen ausschütten, was...«

»Aber womit kann denn Korowkin Ihnen helfen, Onkel?«

»Doch, doch, er kann mir helfen, du wirst sehen, – das ist, Freund, so ein Mensch... Wie gesagt, ein Mann der Wissenschaft! Ich baue auf ihn, wie auf einen Felsen! Ein sieghafter, bestrickender Mensch! Wie er über Familienglück spricht! Weißt du, auch auf dich setzte ich meine Hoffnung, glaubte, du wirst sie zur Vernunft bringen. Sag' doch selbst: nun, nehmen wir an, ich bin an allem Unglück schuld, ich allein! Das begreife ich doch, ich bin ja doch kein gefühlloser Holzklotz. Aber trotzdem könnte man doch auch mir einmal verzeihen! Himmel, wie wir dann alle leben könnten!... Wenn du wüßtest, wie groß meine kleine Ssaschúrka ist – sie könnte schon heiraten! Und wie Iljuscha sich entwickelt hat! Morgen ist sein Namenstag. Aber wegen Ssaschúrka mache ich mir Sorgen... sie ist ein kleiner Trotzkopf...«

»Onkel! Wo ist mein Koffer? Ich werde mich umkleiden und dann sofort erscheinen, und dann...«

»Im Fremdenzimmer oben, mein Freund, im Giebelzimmer. Ich hatte es im voraus so angeordnet, daß man dich, gleich bei der Ankunft, sofort dorthin nach oben führen solle, damit dich niemand sieht. Ja, ja, kleide dich um! Das ist gut, vorzüglich, vorzüglich! Ich aber werde inzwischen die anderen dort ein wenig vorbereiten. Nun, mit Gott! Weißt du, Freund, man muß schlau sein. Hier wird man unfreiwillig zu einem Talleyrand. Nun, macht nichts! Jetzt trinken sie dort Tee. Wir haben immer ziemlich früh Teestunde.

Foma Fomitsch liebt es, Tee zu trinken, sobald er von seinem Nachmittagsschläfchen aufgewacht ist. Es ist auch, weißt du, besser so ... Nun, ich gehe also, und du komme mir schnell nach, laß mich nicht lange allein: man ist, weißt du, wenn man allein ist, etwas befangen ... Ja! Wart! Was ich noch sagen wollte! Ich habe eine Bitte an dich: mach mir dort, bitte, keine Vorwürfe, wie du sie vorhin hier machtest – was? Wenn du was sagen willst, so tu's später, hier unter vier Augen – nicht? Bis dahin aber bezwing dich und schieb es auf! Ich habe es dort, sieh mal, sowieso mit allen verdorben. Sie ärgern sich ...«

»Hören Sie, Onkel, nach allem, was ich gehört und gesehen habe, scheint es mir, daß Sie ...«

»Daß ich ein Lappen bin – nicht? Sprich es nur ruhig aus!« unterbrach er mich ganz unvermutet. »Ja, Freund, was ist da zu machen! Ich weiß es ja selbst. Nun, dann kommst du also? Komm bitte so bald wie möglich!«

Oben im Giebelzimmer angelangt, kramte ich eilig die notwendigen Sachen aus meinem Koffer, eingedenk der Bitte meines Onkels, ihm bald zu folgen. Während des Ankleidens dachte ich darüber nach, daß ich, trotz der langen Unterhaltung mit meinem Onkel, doch noch nichts von dem in Erfahrung gebracht hatte, was ich hauptsächlich wissen wollte. Ich wurde nachdenklich. Nur dies eine war mir einigermaßen klar: mein Onkel wünschte immer noch, daß ich sie heiratete, und folglich waren alle Gerüchte, die dem widersprachen, wie zum Beispiel, daß er selbst in das junge Mädchen verliebt sei, unbegründet. Ich weiß noch, daß ich mich in großer Aufregung befand. Ich dachte auch daran, daß ich durch meine Ankunft und mein Schweigen in der Hauptsache meinem Onkel gleichsam meine Zustimmung ausgedrückt, ihm mein Wort gegeben, mich auf ewig gebunden hatte.

‚Es ist nicht schwer', dachte ich, ‚nicht schwer, ein Wort auszusprechen, das einen dann später an Händen und Füßen und auf ewig bindet. Und das Beste ist, daß ich die Braut noch nicht einmal gesehen habe!'

Und andererseits: woher diese Feindschaft der ganzen Familie gegen mich? Warum mochten sie über meine Ankunft, wie mein Onkel sagte, ungehalten sein? Und was für eine sonderbare Rolle spielt denn mein Onkel hier in seinem eigenen Hause? ‚Aus welchem Grunde vermeidet er es, mir auf gewisse Fragen zu antworten? Aus welchem Grund fürchtet und quält er sich so?' Offen gesagt, der ganze Sachverhalt erschien mir plötzlich vollkommen unsinnig, unbegreiflich. Meine romantischen und heroischen Träume aber waren jetzt, nach dem ersten Zusammenstoß mit der Wirklichkeit, endgültig verflogen. Erst jetzt, nach der Unterredung mit meinem Onkel, begriff ich die ganze Ungereimtheit, den ganzen Wahnsinn seines Vorschlages, und ich sagte mir, daß unter solchen Umständen wahrlich nur er allein einen solchen Plan aushecken konnte. Desgleichen gestand ich mir, daß ich selbst, indem ich auf sein erstes Wort hin Hals über Kopf hergefahren kam, fast begeistert von seinem Vorschlag, einem Narren und Dummkopf sogar auffallend ähnlich gewesen war.

Mit diesen unangenehmen Erwägungen beschäftigt, kleidete ich mich so eilig an, daß ich den mir behilflichen Diener zuerst gar nicht bemerkte.

»Werden der Herr die adelaidenfarbene Krawatte umlegen oder diese feinkarierte?« fragte er plötzlich mit einer fast widerlich süßen Bescheidenheit.

Jetzt erst sah ich ihn an, und mir schien auf den ersten Blick, daß seine Person ein gewisses Interesse verdiente. Er war ein noch junger Mensch, für einen Diener viel zu gut gekleidet, vielleicht nicht schlechter als manch ein Geck unserer Gouvernementsstädte. Er trug einen braunen Frack, weiße Beinkleider, eine strohfarbene Weste, Halbstiefel aus Lackleder und eine rosa Krawatte. Augenscheinlich war jedes Stück nicht ohne eine gewisse Absicht gewählt: diese ganze Ausstattung mußte sofort den feinen Geschmack des jungen Mannes verraten. Die Uhrkette war gleichfalls nicht zufällig so angebracht, daß sie einem in die Augen stach. Sein Gesicht war blaß und etwas grünlich, seine Nase groß, gebogen, ungewöhnlich weiß, fast als wäre sie aus Porzellan. Das Lächeln seiner schmalen Lippen drückte eine gewisse Melancholie aus, und zwar eine sehr zartfühlende Schwermut. Seine großen, hervorquellenden Augen hatten etwas Gläsernes, ihr Blick war auffallend stumpf, aber dennoch drückten auch sie eine gewisse »Zartheit« aus. In seinen dünnen, weichen Ohren steckte – wohl gleichfalls aus »Zartheit« – je ein Flöckchen weiße Watte. Seine langen, weißblonden, spärlichen Haare waren zu Locken gedreht und pomadisiert. Seine Hände – oder vielmehr Händchen – waren weiß, sauber, wie in Rosenwasser gebadet, seine Nägel geckenhaft lang und rosig. Kurz, alles an ihm sprach von Verzärtelung und Eitelkeit. Er lispelte vor lauter Vornehmheit und sprach nach neuester Mode das r fast gar nicht aus, schlug die Augen auf und schlug sie nieder, seufzte und schmachtete bis zur Unglaublichkeit. Ja, er duftete sogar nach Parfüm. Er war nicht groß, war schwächlich und welk, und beim Gehen knickte er sehr absonderlich in den Beinen, so daß es aussah, als wolle er sich bei jedem Schritt setzen, worin er wahrscheinlich die vornehmste Zartheit sah. Mit einem Wort, der ganze Mensch war förmlich durchtränkt mit Zartheit, Subtilität und ungewöhnlich entwickeltem Empfinden der eigenen Würde. Besonders letzteres mißfiel mir im ersten Augenblick sehr, ohne daß ich hierfür einen besonderen Grund angeben könnte.

»So ist diese Krawatte adelaidenfarben?« fragte ich und sah den jungen Diener scharf an.

»Jawohl, genau adelaidenfarben«, antwortete er mit „Zartsinn".

»Und nicht agrafenenfarben?«

»Nein. Eine solche Farbe kann es überhaupt nicht geben.«

»So? Warum denn nicht?«

»Agrafena ist ein unanständiger Name.«

»Wieso unanständig? Warum?«

»Das weiß doch ein jeder: Adelaida ist wenigstens ein

ausländischer Name, ein veradelter also; Agrafena aber kann hier jedes Bauernweib heißen.«

»Du bist wohl übergeschnappt?«

»Keineswegs, ich bin bei vollem Verstand. Es steht dem Herrn allerdings frei, mich wie's beliebt zu benennen, doch sind mit meiner Ausdrucksweise viele Generäle und Herren aus der Hauptstadt zufrieden gewesen.«

»Wie heißt du denn?«

»Widopljássoff.«

»Ah! Also du bist Widopljássoff!«

»So heiße ich.«

»Na, dich werde ich wohl noch näher kennenlernen.«

Bei mir aber dachte ich, als ich die Treppe hinabstieg: ‚Weiß Gott, das ist ja hier eine regelrechte Irrenanstalt!'

IV

Beim Tee

Der Teesalon war dasselbe Zimmer, aus dem eine Glastür auf jene Veranda führte, auf der ich kurz vorher den Diener Gawrila angetroffen hatte. Die geheimnisvollen Warnungen meines Onkels bezüglich des Empfanges, der mich erwartete, beunruhigten mich nicht wenig. Um so unangenehmer war es mir, als ich, gleich nach Überschreiten der Schwelle, plötzlich über einen Teppich stolperte und, obwohl ich zum Glück gerade noch das Gleichgewicht bewahrte, immerhin ganz unverhofft bis in die Mitte des Zimmers flog. So stand ich denn, betreten, als hätte ich im Augenblick meine ganze Laufbahn, Ehre und guten Ruf verspielt, regungslos, rot wie ein Krebs und mit verständnislosem Blick rings um mich schauend, geraume Zeit mitten im Zimmer auf einem Fleck. Ich erwähne diesen an sich ganz gleichgültigen Zwischenfall einzig aus dem Grunde, weil er von einem gewissen Einfluß auf meine Gemütsverfassung im Verlaufe des ganzen Tages war und somit auch auf mein Verhalten zu einigen der handelnden Personen meiner Erzählung. Ich versuchte, so etwas wie eine Verbeugung zu machen; doch noch bevor ich sie ausgeführt hatte, stürzte ich auf meinen Onkel zu und erfaßte seine beiden Hände.

»Guten Tag, Onkel«, sagte ich atemlos, obgleich ich etwas ganz Anderes, viel Geistreicheres hatte sagen wollen ... aber ohne es zu wollen, hatte ich schon dieses dumme »Guten Tag, Onkel« gesagt!

»Guten Tag, guten Tag, mein lieber, junger Freund«, antwortete mein Onkel, der sichtlich mit mir litt, »wir ... wir haben uns ja schon so oft gesehen. Sei doch nicht so verlegen«, fuhr er leise fort, so daß nur ich es hörte, »das kann ja jedem Menschen passieren! Ich verstehe ja: zuweilen wäre man froh, wenn man sich in die Erde verkriechen könnte ... Nun, jetzt aber ... erlauben Sie, Mama, daß ich Ihnen hier meinen Gast vorstelle ... Sie werden ihn sicherlich liebgewinnen. Mein Neffe, Ssergéi Alexándrowitsch«, sagte er zur Erläuterung, sich diesmal an alle Anwesenden wendend.

Doch bevor ich die folgenden Ereignisse wiedergebe, will ich diese Gesellschaft, in die ich mich so plötzlich hineinversetzt sah, dem Leser etwas deutlicher vor Augen führen.

Sie bestand aus mehreren Damen und nur zwei Herren – mich und meinen Onkel nicht mitgerechnet. Foma Fomitsch, für den ich mich so überaus interessierte, und der – das fühlte ich bereits – der unumschränkte Herrscher des ganzen Hauses war, befand sich nicht im Zimmer: er glänzte durch Abwesenheit und hatte, wie es schien, das Sonnenlicht gleichzeitig mit sich fortgenommen; denn alle waren finster, sorgenvoll und bekümmert, was man unbedingt herausfühlen mußte. Aber wie verwirrt und erregt ich in diesem Augenblick auch war, ich bemerkte doch, daß mein Onkel fast ebenso erregt und verwirrt war wie ich, wenn er auch alles tat, um seinen wahren Zustand und seine Sorgen hinter scheinbarer Ungezwungenheit zu verbergen. Es schien so etwas wie ein schwerer Stein auf seinem Herzen zu liegen.

Der eine der beiden anwesenden Herren, ein noch junger Mann von etwa fünfundzwanzig Jahren, war jener Obnóskin, dessen Verstand und strenge Moral mein Onkel noch kurz vorher gerühmt hatte. Leider gefiel er mir äußerst wenig: alles an ihm lief schließlich auf einen gewissen „Schick" – jedoch schlechten Tones hinaus; sein Anzug sah bei allem „Schick" doch fadenscheinig und ärmlich aus, und selbst in seinem Gesicht schien etwas Fadenscheiniges zu sein. Sein hellblonder, spärlicher Schnurrbart und sein zerzaustes Kinnbärtchen sollten offenbar einen selbständig denkenden Menschen und vielleicht sogar einen Freigeist kennzeichnen. Er schnitt die ganze Zeit Grimassen, lächelte mit einer ganz besonderen, gemachten Boshaftigkeit, saß keinen Augenblick ruhig auf seinem Stuhl und fixierte mich beständig durch ein Lorgnon, dessen er sich, wie jeder zeitgenössische Modenarr, bediente. Kehrte ich mich jedoch zu ihm um, so senkte er es mit einer neuen Grimasse sofort, ganz, als wäre er zu feige, mich offen zu fixieren. Der andere Herr war auch noch jung, ungefähr so um achtundzwanzig: es war dies mein Vetter dritten Grades, Herr Misíntschikoff. Er war allerdings auffallend schweigsam. Während der ganzen Teestunde sprach er kein einziges Wort, lachte kein einziges Mal, auch dann nicht, wenn alle lachten; doch konnte ich keine Spur von jener Schüchternheit an ihm wahrnehmen, die mein Onkel an ihm bemerkt haben wollte; im Gegenteil, ich fand, daß der Blick seiner hellbraunen Augen Entschlossenheit und einen sehr bestimmten Charakter verriet. Er hatte eine dunkle Gesichtsfarbe, fast schwarzes Haar und war eigentlich recht hübsch; gekleidet war er tadellos – auf Rechnung meines Onkels, wie ich später erfuhr. Von den Damen fiel mir ganz zuerst Fräulein Perepelizyna dank ihres erschrekkend bösen, blutleeren Gesichts auf. Sie saß neben der Generalin, – auf die ich später zu sprechen kommen werde –, jedoch stand ihr Stuhl nicht ganz in gleicher Reihe mit dem der alten Dame, sondern aus Ehrerbietung etwas zurück. Sie beugte sich jeden Augenblick vor, um ihrer Gönnerin etwas ins Ohr zu tuscheln. Drei andere bejahrte Dauergäste saßen vollkommen wortlos, starr und steif an der Fensterwand und erwarteten ehrfürchtig ihre Tasse Tee, alle sechs Augen andächtig auf die Generalin gerichtet. Auch interessierte mich eine nicht nur dicke, sondern förmlich auseinandergeflossene Dame von rund fünfzig Jahren, die sehr geschmacklos und auffallend gekleidet und, wenn ich mich nicht täusche, sogar geschminkt war. Im Munde hatte sie statt der Zähne nur noch einige dunkle, abgebrochene Zahnstummeln, was sie jedoch nicht hinderte, in einem fort den Mund aufzureißen, schreiend laut zu sprechen, sich zu zieren und zu kokettieren. Sie war mit vielen Ketten und Kettchen behangen und richtete, ganz wie Monsieur Obnoskin, fortwährend ihr Lorgnon auf mich. Das war seine Mutter. Meine Tante, die stille Praskowja Iljinitschna, goß den Tee ein. Man sah es ihr an, daß sie mich nach der langen Trennung am liebsten hätte umarmen, küssen, und daß sie bei der Gelegenheit selbstverständlich auch hätte weinen mögen, aber sie wagte es nicht. Alles schien hier gleichsam unter einem Verbot zu stehen. Neben ihr saß ein allerliebstes, dunkeläugiges, fünfzehnjähriges Mädchen, das mich aufmerksam mit kindlicher Neugier ansah – das war mein Kusinchen Ssáschenjka. Endlich bemerkte ich noch eine sehr sonderbare Dame, die vielleicht die auffallendste von allen war: reich und sehr jugendlich gekleidet, obschon sie längst nicht mehr jung zu sein schien; ich schätzte sie auf mindestens fünfunddreißig Jahre. Ihr Gesicht war sehr farblos, hager und geradezu ausgetrocknet, doch nichtsdestoweniger von ungewöhnlich lebhaftem Ausdruck. Fast bei jeder Bewegung, jeder Erregung erschien flammendes Rot auf ihren bleichen Wangen. Dabei regte sie sich ununterbrochen auf, drehte sich auf dem Stuhl hin und her und schien nicht eine Minute ruhig sitzen zu können. Sie betrachtete mich mit geradezu gieriger Neugier, beugte sich jeden Augenblick zur Seite, um Ssaschenjka oder ihrer Nachbarin zur Linken etwas ins Ohr zu flüstern, worauf sie dann jedesmal in ein offenherziges, kindlich-heiteres Lachen ausbrach. Doch dieses ganze auffallende Benehmen der Dame wurde zu meiner nicht geringen Verwunderung von keinem einzigen der Anwesenden bemerkt, oder wenigstens schien man es nicht bemerken zu wollen, ganz als hätte man schon früher ein vollkommenes Ignorieren verabredet. Ich erriet, daß dieses Geschöpf jene Tatjána Iwánowna war, die nach dem Ausdruck meines Onkels etwas Exaltiertes oder »Phantasmagorisches« an sich haben sollte, und die man ihm fast mit Gewalt als Braut anhängen wollte. Wegen ihres Reichtums sahen ihr die alten Damen alles nach und waren überhaupt sehr liebenswürdig zu ihr. Übrigens gefielen mir ihre blauen Augen, die einen gewissen sanften Ausdruck hatten, und wenn man auch an den Schläfen kleine Runzeln wahrnehmen konnte, so war der Blick doch offenherzig, so heiter und gut, daß es ganz eigenartig angenehm war, ihm zu begegnen. Von dieser Tatjana Iwanowna, einer der eigentlichen „Heldinnen" meiner Erzählung, werde ich späterhin noch ausführlicher sprechen. Ihre Lebensgeschichte ist recht merkwürdig.

Fünf Minuten nach meinem Erscheinen im Teesalon kam aus dem Garten ein allerliebster kleiner Junge hereingelaufen; das war mein Vetter Iljúscha, dessen Namenstag am nächsten Tage gefeiert werden sollte, und dessen Taschen jetzt schon mit Kuchen vollgestopft waren. In der einen Hand hielt er eine Peitsche, in der anderen einen Brummkreisel. Gleich nach ihm trat ein junges, schlankes Mädchen ein: sie war ein wenig blaß und anscheinend etwas müde, aber trotzdem sah sie reizend aus. Sie warf einen prüfenden, mißtrauischen und etwas scheuen Blick auf die Anwesenden, sah mich einmal kurz und aufmerksam an und setzte sich dann neben Tatjana Iwanowna hin. Ich weiß noch, daß mein Herz unwillkürlich zu klopfen begann: das war sie, die Erzieherin... Auch entsinne ich mich noch, daß mein Onkel bei ihrem Eintritt mir einen schnellen Blick zuwarf und gleich darauf errötete, sich dann plötzlich niederbeugte, seinen Iljuscha auf den Arm hob und ihn zu mir brachte: ich sollte ihn begrüßen und küssen. Bei der Gelegenheit fiel mir auf, daß Frau Obnoskin meinen Onkel durchdringend musterte, um dann mit einem sarkastischen Lächeln ihr Lorgnon auf die Erzieherin zu richten. Mein Onkel wußte nicht, was er tun sollte, und so rief er denn Ssáschenjka zu sich, um sie mir vorzustellen, doch diese stand nur auf und machte schweigend und mit aller Wohlerzogenheit einen Knicks vor mir. Das gefiel mir übrigens sehr; denn es paßte zu ihr. Da aber konnte sich meine gute Tante Praskowja Iljinitschna nicht mehr bezwingen: sie ließ ihre Teetassen stehen und stürzte auf mich zu, um mich zu umarmen – doch siehe, noch hatte ich nicht Zeit gehabt, ihr zwei Worte zu sagen, als schon die schrille Stimme der alten Jungfer Perepelizyna ertönte, die vorwurfsvoll und stellenweise förmlich kreischend bemerkte, daß Praskowja Iljinitschna ihr Mütterchen (die Generalin) ganz und gar vergesse, das Mütterchen aber habe doch Tee verlangt und müsse jetzt so lange warten! Und so eilte denn Praskowja Iljinitschna zu ihren Tassen und Pflichten zurück, ohne mit mir nur ein Wort gewechselt zu haben. Diese Generalin nun, die Hauptperson im Kreise ihrer Freundinnen, vor der alle sich wie auf Draht gezogen bewegten, und die ganz in Trauer gehüllt dasaß, war eine hagere, böse, alte Person – böse vornehmlich vor Alter und infolge der Einbuße ihrer letzten, auch früher niemals sehr reichen, geistigen Fähigkeiten. Früher war sie einfach nur launisch gewesen, dann aber hatte sie der Titel „Exzellenz" noch dümmer und noch eingebildeter gemacht. Wenn sie sich ärgerte, machte sie das Haus zur Hölle. Sie hatte zwei Arten, sich zu ärgern. Die eine Art war: Schweigen. Dann tat die Alte ganze Tage lang kein einziges Mal den Mund auf und stieß alles, was man ihr vorsetzte, entweder wie aus Versehen um, oder warf es ganz offen und wütend auf den Fußboden. Die andere Art war dieser vollkommen entgegengesetzt: nämlich wortreich. Es begann gewöhnlich damit, daß meine verehrte Großmutter sich in ungewöhnliche Melancholie versenkte, das Ende der Welt und ihres Hauses erwartete, Armut und alles nur denkbare Elend voraussah, sich an ihren eigenen Vorgefühlen in Stimmung redete, die zukünftigen Leiden an den Fingern abzuzählen begann, während dieser Zählung in eine gewisse Begeisterung geriet und aus dieser Begeisterung schließlich in förmlichen Jähzorn. Bei der Gelegenheit stellte es sich dann natürlich immer heraus, daß sie alles inzwischen Eingetroffene vorausgesehen und nur aus dem einen Grunde geschwiegen hatte, weil sie doch mit Gewalt dazu gezwungen werde, »in diesem Hause« zu schweigen. Wenn man doch »wenigstens ehrerbietig« zu ihr sein und ihr »rechtzeitig gehorchen« wollte, so... usw. Alle derartigen Reden wurden sogleich von dem ganzen Stabe ihrer Anhängerinnen, Fräulein Perepelizyna an der Spitze, als unerschütterliche, ewige Wahrheit anerkannt und zum Schluß noch von Foma Fomitsch feierlich begutachtet und gesegnet. In jenem Augenblick, als ich ihr vorgestellt wurde, ärgerte sie sich gerade entsetzlich, und zwar nach der ersten Methode, der schweigsamen – und furchtbarsten. Alle sahen sie angstvoll an. Nur Tatjana Iwanowna, der unbedingt alles verziehen wurde, befand sich in der besten Simmung.

Da führte mich mein Onkel – fast sogar wie im Triumph – zu meiner Großmutter, doch diese machte nur eine äußerst saure Miene und schob heftig ihre Tasse zur Seite.

»Ist das jener Vol-ti-geur?« fragte sie in singendem Nasalton, sich dabei an Fräulein Perepelizyna wendend.

Diese dumme Frage brachte mich gänzlich aus der Fassung. Ich begriff nicht, weshalb sie mich einen Voltigeur nannte. Doch solche Fragen waren noch nichts im Vergleich zu anderen Beleidigungen, mit denen die alte Dame niemals kargte. Die Perepelizyna beugte sich vor und tuschelte ihr etwas ins Ohr, die Alte aber schlug nur einmal, unwillig abweisend, mit der Hand durch die Luft. Ich stand mit halb offenem Mund vor ihr und blickte fragend meinen Onkel an. Alle tauschten vielsagende Blicke aus, und Obnoskin lächelte sogar, was mir sehr wenig gefiel.

»Weißt du, sie verspricht sich manchmal«, raunte mir mein Onkel unauffällig zu; »aber das tut ja nichts, sie sagt es nur so, es kommt aus gutem Herzen. Sieh immer nur aufs Herz, immer aufs Herz, das ist die Hauptsache!«

»Ja, das Herz, das Herz!« ertönte da plötzlich die helle Stimme Tatjana Iwanownas, die mich die ganze Zeit nicht aus den Augen gelassen hatte und tatsächlich nicht ruhig auf ihrem Platz zu sitzen vermochte. Offenbar hatte sie die letzten mir zugeraunten Worte aufgefangen. Doch sie sprach ihren Gedanken nicht aus, obgleich sie augenscheinlich etwas hatte sagen wollen. Wurde sie nun verlegen, oder war es etwas anderes – jedenfalls verstummte sie, errötete heftig, beugte sich hastig zur Erzieherin, flüsterte ihr etwas ins Ohr und plötzlich warf sie sich, das Taschentuch an die Lippen pressend, gegen die Stuhllehne zurück und lachte, lachte wie nur ein hysterischer Mensch lachen kann. Ich schaute mich höchst verwundert im Kreise um: und ich gewahrte zu meiner noch größeren Verwunderung, daß alle sehr ernst waren und so dreinschauten, als wäre nichts besonderes geschehen. Da begriff ich, wer und was Tatjana Iwanowna war. Endlich erhielt auch ich meinen Tee und kam wieder ein wenig zur Besinnung. Doch weiß ich nicht, aus welchem Grunde ich plötzlich glaubte, ein überaus liebenswürdiges Gespräch mit den Damen anknüpfen zu müssen.

»Sie hatten vollkommen recht, Onkel«, begann ich, »als Sie mich vorhin vor dem Verlegenwerden warnten. Ich muß offen gestehen – wozu sollte ich es verheimlichen?« fuhr ich fort, mich mit dem einschmeichelndsten Lächeln an Frau Obnoskin wendend, »daß ich mich bis heute noch nie in Damengesellschaft bewegt habe, und als mir jetzt beim Eintritt dieses Malheur passierte, da ... schien es mir, daß die Pose, die ich mitten im Zimmer in so unbeabsichtigter Weise annahm, recht lächerlich war und in etwa an den „Bettelsack“ erinnerte – nicht wahr? Sie haben doch den „Bettelsack“ gelesen?« Ich verstummte, denn meine Verwirrung hatte mit jedem Wort wieder zugenommen: ich schämte mich meines Einschmeichelungsversuchs und blickte wütend auf Herrn Obnoskin, der, die Zähne entblößend, lächelte und mich immer noch vom Kopf bis zu den Füßen musterte.

»Stimmt! Das ist es ja! Eben, eben!« rief plötzlich mein Onkel aus, ungemein belebt und aufrichtig erfreut darüber, daß es wenigstens zu einem Gespräch kam und ich mich soweit gefaßt hatte. »Aber das, Freund, das ist noch nichts, was du da sagst von Verlegenwerden. Wird man verlegen, dann wird man eben verlegen, das ist weiter nicht schlimm! Ich aber, Freund, ich habe bei meinem Debüt sogar gelogen – wirst du's mir glauben? Ja, bei Gott, Anfíssa Petrówna! Und ich kann Ihnen nur sagen, es ist eine interessante Geschichte. Ich war kaum Fähnrich geworden, kam nach Moskau und begab mich zu einer hochgestellten Dame, mit einem Empfehlungsbrief, versteht sich. Das heißt: eigentlich war sie eine recht hochmütige Dame, aber im Grunde doch herzensgut, was man auch dagegen einwenden wollte. Ich trete also ein, gebe meine Karte ab; werde empfangen. Im Empfangssalon wimmelt es von Gästen – lauter Größen. Ich machte meine pflichtschuldige Verbeugung, setzte mich. Da wendet sie sich schon nach fünf Minuten zu mir und fragt mich: ‚Hast du auch ein Gut, mein Lieber?' Ich besaß damals kein Huhn, aber was sollte ich antworten? Verwirrt war ich, wie ein Brummkreisel. Alle sehen mich an – na was, Junkerlein! Nun, ich hätte doch einfach sagen können: nein, habe nichts, – und es wäre gut und anständig gewesen; denn ich hätte doch nur die Wahrheit gesagt. Hielt es aber nicht aus! ‚Jawohl', sagte ich, ‚hundertundsiebzehn Seelen.' Weiß Gott, welch ein Teufel mich plagte, diese siebzehn da noch anzuhängen! Wenn du schon lügst, dann lüge doch eine runde Zahl – nicht wahr? Natürlich erfuhren sie gleich darauf aus dem Empfehlungsbrief, daß ich arm war wie eine Kirchenmaus – und zum Überfluß hatte ich jetzt auch noch gelogen! Na, was tun? Ich machte, daß ich fortkam, und ging seit der Zeit nie wieder hin! Ja, damals besaß ich noch nichts; denn das, was ich jetzt habe, das sind, wie ihr wißt, dreihundert Seelen von Onkel Afanássij Matwéjitsch, und dann noch die zweihundert Seelen mit Kapitonowka, die ich vorher von meiner Großmutter Akulína Panfílowna erbte, also summa summarum fünfhundert plus Nachwuchs. Na ja. Nur habe ich mir damals geschworen, nie mehr zu lügen, und jetzt lüge ich auch tatsächlich nie mehr.«

»Hm, ich hätte mir das an Ihrer Stelle nicht geschworen. Wer weiß, was alles noch geschehen kann«, bemerkte Obnoskin mit spöttischem Lächeln.

»Nun ja, das ist ja wahr; wer weiß, was alles noch geschehen kann!« stimmte mein Onkel gutmütig bei.

Obnoskin brach in schallendes Gelächter aus und warf sich lachend gegen die Stuhllehne zurück. Fräulein Perepelizyna kicherte wieder ganz besonders widerlich. Auch Tatjana Iwanowna lachte auf, ohne selbst zu wissen, worüber, und schlug sogar in die Hände vor Vergnügen. Kurz: ich begriff, daß mein Onkel in seinem eigenen Hause als vollkommene Null betrachtet wurde. Ssaschenjka, deren dunkle Augen böse blitzten, sah unverwandt Obnoskin an. Die Erzieherin errötete und sah zu Boden. Mein Onkel wunderte sich.

»Ja, was denn? Was ist denn geschehen?« fragte er, sich verständnislos im Kreise umblickend.

Während dieser ganzen Zeit fiel mir auf, daß mein Vetter dritten Grades, Misintschikoff, der sich etwas abseits niedergelassen hatte, ruhig und stumm auf seinem Stuhl saß und selbst dann nicht einmal lächelte, als alle lachten. Er trank seinen Tee, blickte philosophisch auf das ganze Publikum und war mehr als einmal im Begriff – gleichsam in einem Anfall unerträglicher Langeweile – die Lippen zu spitzen und vor sich hinzupfeifen, wahrscheinlich aus alter Angewohnheit, doch besann er sich immer noch rechtzeitig. Gleichzeitig fiel mir auf, daß Obnoskin, der meinen Onkel zum besten hatte und sich auch über mich lustig machte, diesen Misintschikoff kaum anzusehen wagte. Auch bemerkte ich, daß dieser, mein schweigsamer Vetter dritten Grades,

des öfteren zu mir herübersah und es sogar mit offenkundigem Interesse tat, als wollte er genau feststellen, was für ein Mensch ich eigentlich sei.

»Ich bin überzeugt«, ertönte da plötzlich die Stimme Frau Obnoskins, »ich bin fest überzeugt, Monsieur Serge – so war doch Ihr Name, wenn ich mich nicht irre? – daß Sie in Ihrem Petersburg kein großer Damenfreund gewesen sind. Ich weiß, es gibt jetzt dort viele, sehr viele junge Leute, die sich vor jeder Damengesellschaft scheuen. Meiner Ansicht nach sind das aber nur Freigeister. Ich werde mich nie dazu verstehen, diese Tatsache anders aufzufassen: sie ist nichts als unverzeihliche Freigeisterei. Und darum will ich es Ihnen unverhohlen sagen: es wundert mich, es wundert mich, junger Mann, es wundert mich über alle Maßen! ...«

»Ich habe mich überhaupt nicht in Gesellschaft bewegt«, antwortete ich lebhaft. »Aber das hat ... wenigstens denke ich so, nichts zu sagen ... Ich lebte dort, das heißt: ich hatte mir dort ein Zimmer gemietet ... aber das hat nichts auf sich, versichere ich Sie. Ich werde mir alle Mühe geben, mit Damen bekannt zu werden, bis jetzt habe ich allerdings nur zu Hause gesessen.«

»Und hast dich mit den Wissenschaften beschäftigt«, bemerkte mein Onkel, ersichtlich stolz darauf.

»Ach, Onkel, – Onkel mit den Wissenschaften ... Stellen Sie sich nur vor«, fuhr ich sehr mitteilsam und mit liebenswürdigem Lächeln fort, mich wieder an Frau Obnoskin wendend, »mein lieber Onkel ist von den Wissenschaften dermaßen eingenommen, daß er irgendwo auf der Landstraße einen wundertätigen, praktizierenden Philosophen, einen gewissen Herrn Korówkin entdeckt hat: und sein erstes Wort, das er mir heute nach so langen Jahren der Trennung sagte, war, daß er diesen phänomenalen Zauberer mit, man kann wohl sagen, krampfhafter Ungeduld erwarte ... selbstverständlich nur aus Liebe zur Wissenschaft ...«

Und ich lachte leise, in der Hoffnung, allgemeines Gelächter als Lob meiner geistreichen Mitteilung hervorzurufen.

»Wen? Von wem spricht er?« fragte schroff die Generalin, die sich wieder nur an die Perepelizyna wandte.

»Jegor Iljitsch hat Gäste eingeladen, Gelehrte, Leute, die sich auf der großen Landstraße herumtreiben und von ihm aufgesammelt werden«, berichtete schadenfroh die alte Jungfer.

Mein Onkel wußte zuerst nicht recht, was er dazu sagen sollte.

»Ach ja, richtig! Ich hatte es ganz vergessen!« rief er aus – warf mir aber einen Blick zu, in dem doch ein gewisser Vorwurf lag. »Ich erwarte Herrn Korówkin. Ein Mann der Wissenschaft, einer der unser Jahrhundert wohl überleben wird ...«

Er brach ab und verstummte. Die Generalin hatte wieder einmal mit der Hand abgewinkt (das bedeutete, daß sie ihn nicht mehr anhören wollte), und zwar diesmal so glücklich, daß sie die Tasse traf, die auf dem Fußboden klirrend zerbrach. Es folgte eine allgemeine Aufregung.

»Das tut sie immer, wenn sie sich ärgert«, raunte mir mein Onkel zur Erklärung ins Ohr. »Aber nur wenn sie sich ärgert ... Du, Freund, sieh nicht hin, bemerk es nicht, sieh zur Seite ... Aber warum hast du das von Korówkin gesagt? ...«

Doch ich blickte ohnehin schon zur Seite: ich hatte den Blick der Erzieherin aufgefangen, und es schien mir darin mehr als ein Vorwurf, ja, sogar etwas wie Verachtung zu liegen. Röte des Unwillens brannte auf ihren blassen Wangen. Ich begriff ihren Blick. Ich erriet, daß ich durch meinen kleinmütigen, häßlichen Versuch, meinen Onkel lächerlich zu machen, um auf diese Weise wenigstens etwas von der eigenen Lächerlichkeit abzuwälzen, nicht gerade die Sympathie dieses Mädchens errungen hatte. Ich kann gar nicht sagen, wie sehr ich mich schämte!

»Aber ich möchte mit Ihnen von Petersburg sprechen«, begann Anfíssa Petrówna Obnóskina von neuem, kaum daß sich die durch die zerschlagene Tasse hervorgerufene Aufregung etwas gelegt hatte. »Ich kann wohl sagen, ich denke mit solchem Vergnügen an unser Leben in dieser bezaubernden Residenz zurück ... Wir waren damals sehr nah bekannt mit einem Hause ... weißt du noch, *Paul*?« (Die Dame nannte ihren Sohn Pawel stets französisch *»Poll«* und mich, statt Ssergéi Alexándrowitsch, *»Monsieur Serge«.*) »General Polowízyn ... Ach, wenn Sie wüßten, was für ein bezauberndes, be–zau–berndes Wesen die Generalin war! Und Sie können sich ja denken, dieser Aristokratismus, beau monde! ... Sagen Sie: Sie sind ihnen doch wahrscheinlich begegnet? ... Glauben Sie mir, ich habe Sie hier mit Ungeduld erwartet: ich hoffte, durch Sie hier vieles, vieles von unseren Petersburger Freunden zu erfahren ...«

»Es tut mir leid, aber ich bin nicht in der Lage ... entschuldigen Sie ... Ich habe Ihnen bereits gesagt, daß ich nur sehr selten in Gesellschaft gewesen bin ... Ich kann nur hinzufügen, daß ich einen General Polowizyn überhaupt nicht kenne, ich habe nicht einmal den Namen gehört«, antwortete ich nervös, da meine ganze Liebenswürdigkeit plötzlich in eine sehr gereizte und ärgerliche Stimmung umgeschlagen war.

»Er hat sich mit Mineralogie beschäftigt!« bemerkte wieder stolz mein unverbesserlicher Onkel. »Das ist doch, Freund, die Wissenschaft, die da so – verschiedene kleine Steinchen sammelt, nicht? Die Mineralogie?«

»Ja, Onkel, Steine ...«

»Hm ... Es gibt doch viele Wissenschaften, und alle sind sie nützlich! Ich aber, Freund, wußte nicht einmal, um die Wahrheit zu sagen, was das eigentlich ist, diese ganze Mineralogie! Habe nur so irgendwo die Glocken mal läuten hören. Weißt du, in den anderen Dingen – da geht es noch zur Not; aber was die Wissenschaften anbetrifft, da bin ich dumm, gebe es ganz offen zu.«

»Sie geben es ganz offen zu?« fragte ironisch Obnoskin.

»Papachen!« rief Ssaschenjka dazwischen und sah vorwurfsvoll ihren Vater an.

»Was, Liebling? Ach, mein Gott, ich unterbreche Sie immer, Anfissa Petrowna«, entschuldigte er sich, da er Ssaschenjkas Ausruf mißverstanden hatte, »verzeihen Sie mir, um Gottes willen!«

»Oh, beunruhigen Sie sich nicht!« wehrte Anfissa Petrowna mit sauersüßem Lächeln ab. »Ich habe ja Ihrem Neffen auch schon alles gesagt und kann nur noch hinzufügen, monsieur Serge – so war doch Ihr Name, wenn ich mich nicht irre? –, daß Sie sich unbedingt bessern müssen. Ich bin überzeugt, daß die Wissenschaft, die Kunst ... die Bildhauerkunst zum Beispiel ... mit einem Wort, daß alle diese hohen Ideen ihre sozusagen be–rau–schende Seite haben, aber niemals werden sie die Damen ersetzen! ... Die Frauen, die Frauen, junger Mann, werden Sie bilden, und deshalb ist es ohne sie unmöglich, unmöglich, junger Mann, ganz un–möglich!«

»Unmöglich, unmöglich!« ertönte schon wieder die etwas schreiende Stimme Tatjana Iwanownas. »Hören Sie«, begann sie darauf in kindlicher Hast (natürlich errötete sie wieder), »hören Sie, ich will Sie etwas fragen ...«

»Was beliebt?« fragte ich und sah sie aufmerksam an.

»Ich wollte Sie fragen: werden Sie lange hier bleiben?«

»Ich weiß es nicht, – je nach den Verhältnissen.«

»Nach den Verhältnissen! Was können denn das für Verhältnisse sein? ... Oh, Sie Tor!«

Und Tatjana Iwanowna verbarg ihr heiß errötendes Gesicht hinter ihrem Fächer, beugte sich dann zu der Erzieherin und begann sofort, ihr eifrig etwas zuzuflüstern. Plötzlich lachte sie auf und schlug vergnügt in die Hände.

»Warten Sie, warten Sie!« rief sie mir zu, sich eilig von ihrer Vertrauten wieder abwendend, als fürchtete sie, ich könnte fortgehen, »hören Sie, wissen Sie, was ich Ihnen sagen möchte? Sie ähneln auffallend, auffallend einem jungen Menschen, einem be–zau–bernden jungen Menschen! ... Ssaschenjka, Nastenjka, wißt ihr noch? Er gleicht doch auffallend jenem Toren – weißt du noch, Ssaschenjka? Wir fuhren spazieren und begegneten ihm ... zu Pferde, in einer weißen Weste ... er richtete noch sein Lorgnon auf mich, der Unverschämte! Wißt ihr noch, ich schlug meinen Schleier vors Gesicht, hielt es dann aber doch nicht aus, beugte mich aus dem Wagen und rief ihm ein ‚Sie Unverschämter!' nach. Und dann warf ich mein Bukett auf die Landstraße ... Entsinnen Sie sich dessen noch, Nastenjka?«

Und das halb geistesgestörte Mädchen, das von Männern nie gleichgültig sprechen konnte, bedeckte das Gesicht mit den Händen ... – Plötzlich sprang sie auf, lief zum Fenster, riß dort von einem Rosenstock eine Blüte ab, warf sie mir zu – die Blüte fiel in meiner Nähe hin – und lief aus dem Zimmer. Wir hatten das Nachsehen! Diesmal aber war man doch etwas aus dem Gleichgewicht gebracht, wenn auch die Generalin, ganz wie das erstemal, ihre Ruhe nicht verlor. Anfissa Petrowna war nicht erstaunt, aber sie sah jetzt besorgt aus und blickte kummervoll ihren Sohn an. Die übrigen Damen erröteten, und »Paul« Obnoskin erhob sich von seinem Platz und trat, mit einem mir damals ganz unverständlichen, geärgerten Ausdruck, ans Fenster. Mein Onkel versuchte, mir verstohlen einige Zeichen zu machen; doch in dem Augenblick trat ein fremder Mensch ins Zimmer und lenkte die allgemeine Aufmerksamkeit auf sich.

»Ah! Da ist ja auch Jewgráf Lariónytsch! Du kommst ja wie gerufen!« rief ihm mein Onkel, unbeschreiblich erfreut, entgegen. »Nun was, Freund, geradenwegs aus der Stadt?«

‚Na, das sind mir mal eigenartige Wesen! Es scheint fast, daß sie alle mit Absicht hier versammelt worden sind!' dachte ich bei mir im stillen, da ich noch nicht recht begriff, was ich sah und hörte, und – selbstverständlich – ohne zu ahnen, daß ich die Sammlung dieser Sonderlinge durch mein Erscheinen unter ihnen noch um ein Exemplar vermehrt hatte.

V

Jeshówikin

Ins Zimmer trat oder, richtiger gesagt, es drehte sich durch die Tür (obgleich die Tür sehr breit war) eine Figur, die bereits auf der Schwelle Bücklinge machte, grüßte und lächelte, während die Augen mit ungeheuerem Interesse alle Anwesenden eilig musterten. Es war das ein kleiner alter Mann, pockennarbig, mit einer großen Glatze, mit flinken, klugen Äuglein und mit einem unbestimmbaren, feinen Lächeln auf den ziemlich dicken Lippen. Er trug einen Frack, der recht abgetragen aussah und wahrscheinlich für einen anderen gemacht war. Ein Knopf baumelte nur noch an einem Faden, zwei oder drei Knöpfe fehlten ganz. Die zerrissenen Stiefel und die schmierige Mütze stimmten mit dem übrigen Anzug durchaus überein. In der rechten Hand hatte er ein baumwollenes, kariertes Schnupftuch, das er ersichtlich schon oft benutzt hatte, und mit dem er sich jetzt den Schweiß von Stirn und Schläfen wischte. Zufällig bemerkte ich, daß die Erzieherin ein wenig errötete und mich flüchtig ansah. Ja, es schien mir sogar, daß in diesem Blick gleichsam Stolz und eine gewisse Herausforderung lag.

»Geradenwegs aus der Stadt, mein verehrter Wohltäter! Geradenwegs von dort, mein Vater! Werde alles erzählen, erlauben Sie nur, daß ich zuerst meine Ehrerbietung bezeuge«, sagte das eingetretene alte Männlein und begab sich schnurstracks zur Generalin, blieb aber dann noch auf halbem Wege stehen und wandte sich von neuem an meinen Onkel.

»Sie geruhen ja doch meinen Hauptcharakterzug bereits zu kennen, verehrter Wohltäter: ein Lump bin ich, ein echter Lump! Pflege ich doch, sobald ich über die Schwelle trete, sofort die Hauptperson des Hauses aufzusuchen und zuerst meine Schritte zu ihr zu lenken, um mittels dieses Schrittes alsogleich Gnade und Gunst und Vorteil zu erlangen. Ein

Lump, Väterchen, wie gesagt, ein Lump, mein Wohltäter! Gestatten Sie gnädigst, Exzellenz, den Saum Ihres Gewandes zu küssen; denn mit meinen Lippen würde ich Ihr goldenes Händchen, das hochwohlgeborene, nur entweihen.«

Die Generalin reichte ihm zu meinem Erstaunen ihre Hand – und tat es sogar noch ziemlich gnädig.

»Und auch Ihnen, unserer Schönheit, mache ich meinen Diener«, fuhr er fort, indem er sich vor Fräulein Perepelizyna verneigte. »Nichts zu wollen, mein gnädiges Fräulein: bin ein Lump! Schon im Jahre 1841 war es ausgemacht, daß ich ein Lump sei, als ich vom Dienst ausgeschlossen wurde, gerade damals, als Valentín Ignátjitsch Tíchonzeff zum Hochwohlgeborenen avancierte: den Assessor erhielt. Tatsächlich, er kam unter die Assessoren und ich unter die Lumpen. Aber ich bin nun einmal so aufrichtig geboren, daß ich alles eingestehe. Was soll man machen! Versuchte es, ehrlich zu leben, versuchte es, jawohl – jetzt aber muß man es anders anstellen. Alexandra Jegórowna, unser Zuckeräpfelchen«, fuhr er fort und ging um den Tisch herum, um sich vor Ssáschenjka zu verbeugen, »erlauben Sie mir, einen Zipfel Ihres Kleidchens zu küssen, – Sie, Fräuleinchen, duften ja wie Äpfelchen und wie sämtliche Wohlgerüche der Welt. Dem Stammhalter, der morgen seinen Namenstag feiert, gleichfalls meine Reverenz. Pfeil und Bogen habe ich mitgebracht, habe selbst den ganzen Morgen daran geschnitzt ... meine Kinderchen haben mir geholfen ... jawohl, später können wir schießen. Zuerst aber muß man hübsch groß werden, dann kann man Offizier werden und dem Türken den Kopf abschlagen. Tatjana Iwanowna ... ach, nicht anwesend, wie ich sehe! Sonst würde ich den Saum auch ihres Kleides küssen. Praskowja Iljinitschna, unser Hausmütterchen, kann mich bloß nicht zu Ihnen durchzwängen, anderenfalls würde ich Ihnen nicht nur Ihre Händchen, sondern auch Ihre Füßchen küssen – jawohl! Anfissa Petrowna, bezeuge hiermit meine Achtung in jeder Richtung. Noch heute habe ich für Sie zu Gott gebetet, meine Wohltäterin, sogar kniend und tränenden Auges, und desgleichen für Ihren Herrn Sohn, damit Gott der Herr ihm alle notwendigen Titel und Talente beschere – namentlich Talente, wie gesagt! Bei der Gelegenheit entrichte ich auch Ihnen, Iwan Iwanytsch Misintschikoff, meinen untertänigsten Ehrensold. Möge der Herr Ihnen alles zukommen lassen, wie Sie sich selbst wünschen; denn es dürfte schwierig sein, richtig zu erraten, was Sie sich selbst wünschen: schweigsam wie Sie sind und – aber das schadet nichts ... Guten Tag, Nastja! alle Krabben lassen dich grüßen, reden jeden Tag von dir. Und jetzt dem Hausherrn meine tiefste Verbeugung. Komme aus der Stadt, Euer Gnaden, schnurstracks aus der Stadt. Und das da ist wahrscheinlich Ihr Neffe, der in der Gelehrtenschule erzogen worden ist, nicht wahr? Meinen ergebensten Gruß, junger Herr. Ihre Hand, wenn ich bitten darf.«

Man lachte. Es war klar, daß der Alte freiwillig die Rolle eines Narren spielte, über den ein jeder lachen durfte. Schon sein Erscheinen erheiterte die ganze Gesellschaft. Die meisten verstanden dabei seine Sarkasmen überhaupt nicht. Er aber verschonte fast keinen einzigen damit. Nur die Erzieherin, die er – ich wunderte mich nicht wenig darüber – kurzweg Nastja nannte, errötete und blieb ernst.

Ich zog unwillkürlich meine Hand etwas zurück, doch darauf hatte der Alte offenbar nur gewartet.

»Ich will sie Ihnen ja nur drücken, mein Bester, vorausgesetzt, daß Sie es erlauben, nicht aber küssen. Oder glaubten Sie wirklich, daß ich sie küssen wollte? Nein, mein Lieber, vorläufig wollte ich sie nur drücken. Sie halten mich wohl für so einen herrschaftlichen Narren?« fragte er mich plötzlich mit spöttischem Lächeln in den Augen.

»N–ein, wieso ... wie sollte ich ...«

»Doch, doch, Verehrtester! Wenn ich ein Narr bin, so ist es ein gewisser anderer hier auch. Sie aber können mich noch mit ruhigem Gewissen achten: ein solcher Lump, wie Sie glauben, bin ich denn doch noch nicht. Übrigens, genau genommen: warum soll ich kein Narr sein? Ich bin ein Sklave, meine Frau ist eine Sklavin. Ich schmeichle, schmeichle! Jawohl! Etwas gewinnt man dabei doch, und wenn's auch nur zur Milch für die Kinderchen reicht. Zucker, Zucker streu nur überall aus, dann wird es besser gehen. Das sage ich Ihnen, Verehrtester, nur so unterm Siegel der Verschwiegenheit. Vielleicht wird diese Methode auch Ihnen einmal zustatten kommen. Fortuna hat mich auf dem Gewissen, mein Bester, deshalb bin ich auch ein Narr.«

»Hahaha! Was dieser Alte doch für ein Spaßvogel ist! Immer bringt er einen zum Lachen!« meinte, gut aufgelegt, Anfíssa Petrówna Obnóskina.

»Meine gnädigste Wohltäterin, als Dummkopf kommt man besser durch die Welt! Hätte ich das früher gewußt, so hätte ich mich von Kindheit an unter die Dummen begeben. Dann könnte ich jetzt klug sein. Da ich aber in der Jugend klug sein wollte, muß ich jetzt im Alter dumm sein.«

»Sagen Sie doch, bitte«, mischte sich Obnoskin ein (dem wahrscheinlich die Bemerkung bezüglich der »Talente« nicht gefallen hatte), nahm zugleich auf seinem Lehnstuhl eine sehr selbstbewußte Pose an und betrachtete den Alten durch sein Einglas, als hätte er ihn wie einen Bazillus unter der Lupe, »sagen Sie doch, bitte, ... ich vergesse immer Ihren Namen ... Donnerwetter, wie war er doch?«

»Ach, Väterchen! Mein Familienname ist ja nur Jeshówikin, aber was bedeutet das schließlich? Da bin ich nun schon das neunte Jahr ohne Anstellung; lebe nur noch dank dem ... Naturgesetz. Dabei habe ich Kinder, Kinder, mehr als nötig! Ganz nach dem Sprichwort: „Der Reiche hat – Rinder, der Arme – Kinder“ ...«

»Nun, ja, schön ... Rinder ... das gehört übrigens nicht hierher, davon später. Aber hören Sie, ich wollte Sie etwas fragen: warum sehen Sie, wenn Sie eintreten, immer – sozusagen – zurück? Das wirkt sehr komisch.«

»Warum ich zurücksehe? Weil es mir immer scheint, als ob mich jemand hinter mir mit der flachen Hand plattschlagen wolle, wie eine Fliege, jawohl, und deshalb sehe ich mich immer nach rückwärts um. Bin allem Anschein nach monomanisch geworden, mein Bester.«

Wieder lachten alle. Nur die Erzieherin erhob sich und schien das Zimmer verlassen zu wollen, sank dann aber doch wieder auf ihren Platz zurück. In ihrem Gesicht war ein kranker leidender Zug, trotz der Röte, die auf ihren Wangen brannte.

»Weißt du auch, Freund, wer das ist?« fragte mich mein Onkel heimlich. »Das ist ihr Vater.«

Ich sah ihn mit weit offenen Augen an. Den Namen Jeshowikin hatte ich ganz und gar vergessen. Ich hatte mich als Ritter gefühlt, hatte während der ganzen Reise nur an meine Zukünftige gedacht und großmütige Pläne geschmiedet, dabei dennoch ihren Familiennamen vergessen, oder richtiger, ihm von Anfang an überhaupt keine Beachtung geschenkt.

»Wieso, ihr Vater?« fragte ich gleichfalls flüsternd. »Aber sie ist doch, denke ich, Waise?«

»Ihr Vater, Freund, ihr Vater. Und weißt du, der ehrlichste und anständigste Mensch der Welt! Trinkt nicht mal. Nur spielt er freiwillig den Narren. Entsetzliche Armut, weißt du, acht Kinder! Leben nur von Nastenjkas Gehalt. Aus dem Dienst ist er wegen seiner scharfen Zunge entlassen worden. Er kommt jede Woche einmal her. Und stolz ist er! – Um keinen Preis nimmt er etwas an. Ich habe ihm oft helfen wollen, er nimmt aber nichts an. Ein verbitterter Mensch!«

»Na also, mein alter Jewgraf Larionytsch, was gibt es denn dort bei euch Neues?« fragte mein Onkel und schlug ihm kameradschaftlich mit der Hand auf die Schulter, da er bemerkt hatte, daß dem mißtrauischen Alten unser heimliches Gespräch nicht entgangen war.

»Was soll es Neues geben, mein Wohltäter? Valentin Ignatjitsch hat gestern ein Schreiben eingereicht, in der Trischin-Affäre. Es hat sich herausgestellt, daß bei ihm nicht das volle Quantum Mehl zur Stelle war. Das ist, meine

Gnädigste, jener selbe Trischin, der, wenn er einen ansieht, genau so aussieht, als bliese er einen Ssamowar aus. Vielleicht geruhen Sie, sich seiner noch zu erinnern? Und so hat denn Valentin Ignatjitsch von diesem Trischin zu den Akten gegeben: ‚Wenn der oft genannte Trischin', schreibt er, ‚nicht einmal die Ehre seiner leiblichen Nichte zu wahren gewußt hat' – denn diese ist vor einem Jahr mit einem Offizier durchgebrannt, – ‚wie sollte er dann', schreibt er, ‚Staatseigentum aufzubewahren wissen?' Das hat er tatsächlich so in seinem Schreiben gesagt. Bei Gott, ich lüge nicht.«

»Pfui, was Sie für Geschichten erzählen!« rief Anfissa Petrowna Obnoskina verächtlich aus.

»Ja, ja, diesmal hast du dich etwas verhauen, Freund Jewgraf!« pflichtete ihr mein Onkel schnell bei. »Ei, ei, du wirst noch wegen deiner Zunge viel Ungemach erleben. Ich weiß, du bist ein offener, ehrlicher, edelmütiger Mensch – das kann ich bezeugen –, aber deine Zunge ist gefährlich! Ich wundere mich, wie es kommt, daß du mit denen dort nicht in Frieden leben kannst. Es sind doch, glaube ich, gute, einfache Menschen . . .«

»Mein Vater und Wohltäter! Aber den einfachen Menschen, den fürchte ich ja gerade!« rief der Alte mit einer ganz eigenartigen Leidenschaftlichkeit aus.

Diese Antwort gefiel mir. Ich trat schnell entschlossen auf ihn zu und drückte ihm fest die Hand. Um die Wahrheit zu sagen, wollte ich nur mit irgend etwas gegen die allgemeine Meinung protestieren, indem ich dem Alten offen meine Zuneigung bewies. Vielleicht aber – wer weiß! – vielleicht wollte ich nur in der Meinung Nastássja Jewgráfownas, der Erzieherin, etwas gewinnen. Doch aus meiner plötzlichen Handlungsweise wurde, genau genommen, nichts allzu Gescheites.

»Gestatten Sie eine Frage«, sagte ich, wie gewöhnlich errötend und mich überhastend, »haben Sie von den Jesuiten gehört?«

»Nein, mein Bester, nichts, oder nur so ein wenig, dies

und jenes ... wo soll unsereiner was hören! ... Aber was ist mit ihnen?«

»Ich meinte nur so ... ich wollte, da das Gespräch darauf kam, nur erzählen ... Übrigens, erinnern Sie mich daran bei Gelegenheit. Jetzt aber ... seien Sie überzeugt, daß ich Sie verstehe und ... zu schätzen weiß ...«

In meiner hilflosen Verwirrung drückte ich ihm noch einmal die Hand.

»Unbedingt, mein Verehrtester, unbedingt werde ich Sie daran erinnern! Werde es mir mit goldenen Lettern ins Gedächtnis schreiben. Warten Sie, wenn Sie erlauben, werde ich mir noch schnell einen Knoten ins Schnupftuch binden, damit ich's nicht vergesse.«

Und in der Tat suchte er an seinem schmutzigen Taschentuch ein trockenes Eckchen, das er dann eifrig zum Knoten schlang.

»Jewgraf Larionytsch, hier ist Ihr Tee«, sagte Praskowja Iljinitschna.

»Sofort, meine schönste Dame, sofort, ... will sagen, Prinzessin, meine schönste Prinzessin ... nicht nur Dame! Das wäre für den Tee. Bin unterwegs Herrn Stepan Alexejewitsch Bachtschejeff begegnet, meine Gnädigste! Er war bei so guter Laune, daß Gott erbarm! Ich glaubte schon, er ginge auf Freiersfüßen ... Schmeicheln, schmeicheln!« sagte er dann halblaut zu mir, als er mit seiner Teetasse an mir vorüberging, mir zublinzelte und sein ganzes Gesicht verzog. »Aber woran liegt es denn, daß man den Hauptwohltäter, unseren Foma Fomitsch, heute nicht zu sehen bekommt? Wird er denn nicht zum Tee erscheinen?«

Mein Onkel zuckte zusammen wie von einem Stich getroffen und warf einen scheuen Blick auf die Generalin.

»Ich ... ich weiß wirklich nicht«, antwortete er unentschlossen und eigentümlich befangen. »Er ist gerufen worden, aber er ... Ich weiß es wirklich nicht, vielleicht fühlt er sich nicht aufgelegt ... Ich habe schon Widopljassoff geschickt ... und ... oder soll ich vielleicht selbst gehen?«

»Ich war soeben bei ihm«, bemerkte Jeshowikin vielsagend.

»Wirklich?« fragte mein Onkel erschrocken. »Nun, und?«

»Ging zuerst zu ihm, um ihm meine Ehrerbietung zu beweisen. Er sagte, er werde sich in der Einsamkeit am Tee laben; dann fügte er hinzu, daß er sich auch von trockenen Brotrinden nähren könne, – genau so waren seine Worte!«

Diese Worte erfüllten meinen Onkel, wie es schien, mit wahrem Entsetzen.

»Aber so hättest du es ihm doch erklären sollen, Jewgráf Lariónytsch! Hättest es ihm doch auseinandersetzen sollen!« sagte er, indem er den Alten traurig und vorwurfsvoll zugleich ansah.

»Ich hab' ihm ja auch gesagt, hab' geredet ...«

»Nun?«

»Lange geruhte er mir nicht zu antworten. Er saß über einer mathematischen Aufgabe, berechnete etwas: offenbar eine Aufgabe zum Kopfzerbrechen. Zeichnete vor meinen Augen die Hosen des Pythagoras[3] auf; ich sah es selbst ganz genau. Dreimal wiederholte er dasselbe, erst beim vierten Mal geruhte er das Haupt zu erheben. Und da war's, als sähe er mich überhaupt zum erstenmal. ‚Ich werde nicht hingehen', sagte er, ‚dort ist ja jetzt ein *Gelehrter* angekommen, wie sollen wir noch neben einer solchen Leuchte Platz finden!' Genau so geruhte er sich auszudrücken: ‚neben einer solchen Leuchte'.«

Und der Alte blickte mich von der Seite mit feinem Spott an.

»Das ahnte ich ja!« rief mein Onkel verzweifelt aus, »das konnte ich mir ja denken! Das hat er von dir gesagt, Ssergei, dich hat er damit gemeint, mit dem ‚Gelehrten'! Was nun?«

»Ich muß gestehen, Onkel«, sagte ich mit einem Achselzucken und möglichst unbekümmert, »ich finde diese Begründung seiner Absage so lächerlich, daß sie wirklich nicht wert ist, beachtet zu werden, und daher wundere ich mich, offen gestanden, über Ihre Bestürzung.«

»Ach, Freund, was weißt du davon, das kannst du nicht beurteilen!« unterbrach mich mein Onkel und wehrte mit energischer Handbewegung jeden weiteren Einwand ab.

»Jetzt ist es zu spät, zu trauern«, mischte sich plötzlich Fräulein Perepelizyna ein, »wenn alles Böse von Ihnen selbst, Jegor Iljitsch, ausgegangen ist. Wenn einem der Kopf abgeschlagen ist, so trauert man nicht mehr um die Haare. Hätten Sie Ihrem Mütterchen gehorcht, so würden Sie jetzt nicht weinen.«

»Aber um Gottes willen, wieso bin denn ich daran schuld? Haben Sie doch ein wenig Angst vor Gott, Anna Nílowna!« bat mein Onkel mit so flehender Stimme, als wollte er sie bitten, sein Liebesgeständnis anzuhören.

»Ich fürchte Gott, Jegor Iljitsch; aber es kommt doch alles nur daher, daß Sie ein Egoist sind und Ihre leibliche Mutter nicht lieben«, antwortete Fräulein Perepelizyna würdevoll. »Was hatten Sie für einen Grund, gleich von vornherein ihren Willen zu mißachten? Sie ist doch Ihre Mutter. Und ich werde Ihnen keine Unwahrheit sagen. Ich bin selbst die Tochter eines Majors ... und nicht nur irgend so eine!«

Es schien mir, daß die Perepelizyna sich einzig zu dem Zweck in das Gespräch eingemischt hatte, um uns allen, und namentlich mir, dem Neuangekommenen, kundzugeben, daß sie selbst die Tochter eines Majors sei und nicht nur »irgend so eine«.

»Ja, das kommt daher, daß er seine Mutter beleidigt!« sagte endlich drohend die Generalin.

»Aber, Mama, erbarmen Sie sich! Wann beleidige ich Sie denn? Und wodurch denn?«

»Weil du ein unverbesserlicher Egoist bist, Jegóruschka«, fuhr die Generalin fort, die sich durch die eigenen Worte gleichsam hinreißen ließ.

»Mama, aber Mama! Wann bin ich denn ein solcher Egoist gewesen?« rief mein Onkel verzweifelt aus. »Seit fünf Tagen, seit ganzen fünf Tagen sind Sie mir böse und wollen kein Wort mit mir sprechen! Und weshalb nicht?

Was habe ich verbrochen? Möge man mich doch richten, mag die ganze Welt mich richten! Aber man soll doch auch meine Rechtfertigung anhören! Ich habe lange geschwiegen, Mama. Sie wollten mich nie anhören. Mögen nun fremde Menschen mich anhören. Anfissa Petrówna! Páwel Ssemjónytsch, mein bester Pawel Ssemjonytsch! Ssergei, du mein einziger Freund! Du bist hier ein Unbeteiligter, bist sozusagen nur ein Zuschauer, du kannst überall dies unvoreingenommen urteilen ...«

»Beruhigen Sie sich, Jegor Iljitsch, um Gottes willen beruhigen Sie sich«, fiel Anfissa Petrowna Obnoskina energisch ein, »töten Sie nicht Ihre Mutter!«

»Ich töte meine Mutter nicht, Anfissa Petrowna, aber hier ist meine Brust, – zerreißen Sie sie!« fuhr mein Onkel fort, aufs äußerste erregt, wie das zuweilen bei Menschen geschieht, die einen schwachen Charakter haben, wenn man die Grenze überschreitet und ihre letzte Geduld endlich einmal „reißt", wie man zu sagen pflegt. Doch ihre Heftigkeit vergeht gewöhnlich ebenso schnell, wie ein Strohfeuer verbrennt. Und so war es auch hier. »Ich will nur sagen«, fuhr mein Onkel fort, »ich will nur sagen, Anfissa Petrowna, daß ich keinen beleidige. Ich bin der erste, der da sagt, daß Foma Fomitsch der edelste, ehrlichste Mensch ist, und zum Überfluß auch noch ein Mensch von höchster Begabung; aber ... aber in diesem Fall hat er – unrecht an mir gehandelt.«

»Hm!« machte Pawel Obnoskin, wie um meinen Onkel noch mehr zu reizen.

»Pawel Ssemjonytsch, ums Himmels willen, Pawel Ssemjonytsch! Glauben Sie denn wirklich, daß ich sozusagen ein gefühlloser Pfosten bin? Sehe ich doch, begreife ich doch – mit wehem Herzen, kann man sagen, fühle ich es –, daß alle diese Mißverständnisse nur *seiner übergroßen Liebe* zu mir entspringen. Aber sagen Sie, was Sie wollen, diesmal ist er dennoch im Unrecht. Ich werde alles erzählen. Ich will jetzt, Anfissa Petrowna, den ganzen Sachverhalt klarlegen, ganz ausführlich, damit alle sehen, wie es gekommen ist, und ob meine Mutter recht tut, wenn sie mir deshalb böse ist, weil ich Foma Fomitschs Wunsch nicht erfüllt habe. Auch du hör' mich an, Sserjosha«, fügte er hinzu, sich zu mir wendend, was er übrigens während seiner ganzen Erzählung wiederholt tat, und zwar so, als fürchte er die anderen Zuhörer oder zweifle wenigstens an ihrem Mitgefühl. »Höre auch du mich an und urteile dann, ob ich im Recht bin oder im Unrecht. Sieh, die Sache begann so: vor einer Woche – ja, genau vor einer Woche – fuhr hier durch unser Nachbarstädtchen mein früherer Regimentskommandeur, General Russapétoff, mit seiner Gemahlin und Schwägerin. Er hielt sich dort eine Zeitlang auf. Ich war natürlich hocherfreut, benutzte die Gelegenheit, fuhr hin, stellte mich vor und lud sie zu einem Diner ein. Er sagte sein Kommen zu, wenn seine Zeit es irgendwie erlaube. Weißt du, ein durch und durch edler Charakter, das sage ich dir, Aristokrat, hoher Würdenträger! Und wieviel Gutes er getan hat! Zum Beispiel seiner Schwägerin! Außerdem hat er eine Waise mit einem vorzüglichen jungen Menschen verheiratet – jetzt ist derselbe Koch in Malínowo, ein noch junger Mensch, aber mit einer, fast könnte man sagen, Universitätsbildung! – Kurz: der Alte ist ein General unter den Generalen! Nun, bei uns, versteht sich, gab's viel zu tun, Gepolter und Geklapper, Köche, Frikassees. Ich bestelle Musik. Nun, selbstverständlich bin ich guter Laune, freue mich und strahle wie ein Geburtstagskind. Das aber gefiel Foma Fomitsch nicht, daß ich wie ein Geburtstagskind aussah! Er saß bei Tisch – es wurde gerade sein Lieblingsgericht, eine Süßspeise mit Sahne, gereicht, das weiß ich noch ganz genau – er aber saß, schwieg, schwieg ... und plötzlich springt er auf: ‚Man beleidigt mich, man beleidigt mich!' schreit er. – ‚Aber wieso', frage ich, ‚wieso beleidigt man dich denn, Foma Fomitsch?' – ‚Durch Ihre Geringschätzung!' sagt er, ‚Sie vernachlässigen mich jetzt, Sie beschäftigen sich jetzt nur mit Generälen, Ihnen sind Generäle lieber und wertvoller als ich!' Ich gebe die Szene jetzt selbstverständlich nur in kurzen Worten wieder, sozusagen nur die springenden Punkte, nur das Wesentliche. Aber wenn du wüßtest, was er damals noch alles sagte ... mit einem Wort, er erschütterte meinen ganzen Menschen! Was soll man tun? Ich war natürlich ganz niedergeschmettert. Es hatte mich doch gar zu sehr getroffen. Ich stand da wie ein nasser Hahn. Der feierliche Tag bricht an. Da schickt der General die Nachricht, daß er leider verhindert sei zu kommen: muß abreisen. Entschuldigt sich vielmals, – also: es gibt nichts! Ich sofort zu Foma: ‚Nun, Foma', sage ich, ‚beruhige dich! Er kommt nicht!' Aber was glaubst du? Er verzeiht mir nicht. Mach, was du willst – er verzeiht nicht! ‚Man hat mich beleidigt!' sagt er und dabei bleibt er. Ich rede. So und so. ‚Nein', sagt er, ‚gehen Sie zu Ihren Generälen. Ihnen liegen die Generäle näher am Herzen als ich – Sie haben die Bande der Freundschaft', sagt er, ‚zerrissen!' Großer Gott! Ich begreife ja, weshalb er sich ärgert! Ich bin doch kein Holzklotz, kein Esel, kein Schaf! Er hat es doch nur aus übergroßer Liebe zu mir getan, sozusagen aus Eifersucht – er sagt es ja selbst, daß er auf den General eifersüchtig sei, meine Neigung zu verlieren fürchte, mich prüfen und wissen wolle, was ich für ihn zu opfern fähig und bereit wäre. ‚Nein', sagt er, ‚ich bin für Sie gleichfalls ein General, bin gleichfalls – für Sie! – Exzellenz! Werde mich nicht früher mit Ihnen aussöhnen, als bis Sie mir die mir zukommende Ehre erweisen.' – ‚Womit', frage ich, ‚womit soll ich dir denn meine Hochachtung, meine Höchstachtung ausdrücken, Foma Fomitsch?' – ‚Nun, nennen Sie mich', sagt er, ‚einen ganzen Tag nur Exzellenz, damit werden Sie mir dann Ihre Hochachtung ausdrücken.' Ich fiel aus den Wolken! Man kann sich meine Verwunderung denken! ‚Ja', sagt er, ‚das wird Ihnen als Lehre dienen, damit Sie sich hinfort nicht mehr für Generäle begeistern, wenn andere vielleicht doch würdiger sind als all Ihre Generäle zusammengenommen!' Na, da hielt ich es aber denn doch nicht mehr aus, das muß ich gestehen! Gestehe es sogar ganz offen! ‚Foma Fomitsch', sagte ich, ‚ist denn das überhaupt möglich, was du verlangst? Wie kann ich denn auf so etwas eingehen? Wie kann ich denn ... und habe ich denn überhaupt das Recht, dich zum General, zur Exzellenz zu machen? Denk doch nur, in wessen Macht allein das gelegt ist! Das wäre doch sozusagen ein Attentat auf die Majestät des Gesetzes! Wie, wie soll ich dich denn „Eure Exzellenz" betiteln? Ein General dient doch seinem Vaterland: er gibt für dasselbe sein Leben im Krieg hin, er vergießt sein Blut auf dem Felde der Ehre, er kämpft mit dem Feinde seines Volkes! Und du verlangst nun, daß ich dir denselben Ehrentitel geben soll, der nur ihm mit Recht zukommt?' Foma aber gab nicht nach! ‚Ich werde dir alles zu Gefallen tun', fuhr ich fort, ‚alles, was du nur willst. Da hast du gewünscht, daß ich meinen Backenbart abrasiere, da er wenig patriotisch sei. Ich habe ihn abrasiert, habe zwar geseufzt, aber habe ihn trotzdem abrasiert. Und mehr noch: ich werde alles, alles tun, was du wünschst, nur verzichte auf diesen Generalstitel!' – ‚Nein', sagt er, ‚so werde ich mich nicht eher mit dir aussöhnen, als bis man mich Exzellenz nennt. Das wird', sagte er, ‚Ihrer Moral zugute kommen: es wird Ihren hoffärtigen Geist demütigen!' sagt er. Und nun ist das schon eine Woche her, eine ganze Woche spricht er schon nicht mehr mit mir, und über jeden Besuch, wer es auch sei, ärgert er sich. Als er von dir hörte, daß du gelehrt seist – es war meine Schuld: ich sagte es ganz zufällig, als das Gespräch auf dich kam, so im Eifer, weißt du – da erklärte er, daß er nicht länger hier im Hause bleiben werde – von dem Augenblick an, wo du das Haus beträtest. ‚Denn ich bin jetzt in euren Augen offenbar nicht mehr gelehrt!' sagt er. Und was wird es erst geben, wenn er von Korówkin erfährt! Erbarm dich doch, urteile doch selbst, was habe ich denn nun verbrochen? Soll ich mich denn wirklich entschließen, ihn „Exzellenz" zu nennen? Wie soll man es denn aushalten in einer solchen Lage? Und weshalb hat er denn heute den armen Bachtschejeff vom Tisch fortgejagt? Nun schön, Bachtschejeff hat nicht die Astronomie erfunden, aber auch ich hab's ja nicht und auch du hast es ja nicht getan... Nun also, aus welchem Grunde denn, weshalb, weshalb?«

»Eben aus dem Grunde, weil du neidisch bist, Jegóruschka«, stieß die Generalin durch die Zähne hervor.

»Mamachen!« rief mein Onkel in vollkommener Verzweiflung aus, »Sie bringen mich noch um den Rest meines Verstandes!... Das sind gar nicht Ihre eigenen Worte, Sie sprechen ja nur fremde Worte nach, Mamachen! Ich werde zu guter Letzt nicht mehr Ihr Sohn sein, sondern nur noch ein Pfosten, ein Laternenpfahl!«

»Ich habe gehört, Onkel«, begann ich, noch ganz benommen von dem Gehörten, »ich habe unterwegs von Herrn Bachtschejeff gehört – ich weiß allerdings nicht, ob es sich so verhält –, daß Foma Fomitsch Ihren Iljuscha um den bevorstehenden Namenstag beneide und nun behaupte, daß morgen auch sein Namenstag sei. Ich gestehe, daß dieser merkwürdige Charakterzug mich dermaßen in Erstaunen gesetzt hat, daß ich...«

»Sein Geburtstag, Freund, sein Geburtstag ist morgen, nicht sein Namenstag, nur sein Geburtstag!« unterbrach mich mein Onkel eifrig. »Er hat sich nur etwas anders ausgedrückt, aber er hat vollkommen recht: morgen ist sein Geburtstag. Zuerst, Freund, sagte er wohl...«

»Durchaus nicht sein Geburtstag!« rief plötzlich Ssáschenjka dazwischen.

»Wieso denn?« fragte mein Onkel gleichsam erstarrend.

»Gar nicht sein Geburtstag, Papa! Sie sagen einfach die Unwahrheit, um sich selbst zu betrügen und Foma Fomitsch herauszureißen! Sein Geburtstag war doch schon im März. Sie wissen doch noch, wie wir am Tag vorher zum Gottesdienst ins Kloster fuhren, und wie er keinen in der Equipage in Ruhe sitzen ließ: er schrie die ganze Zeit, daß das Kissen ihn in die Seite drücke, und kniff dabei die anderen. Tantchen hat er in seiner Wut zweimal gekniffen! Und dann, als wir am Geburtstag zu ihm gingen, um zu gratulieren, da wurde er wieder wütend, weil in unserem Bukett keine

Kamelien waren. ‚Ihr wißt doch, daß ich Kamelien liebe', sagte er; ‚denn ich habe den Geschmack der vornehmen Welt; euch aber ist es nicht der Mühe wert gewesen, für mich im Treibhaus welche abzuschneiden, sie sind euch wohl zu schade gewesen für mich.' Und den ganzen Tag schmollte er, war eigensinnig und launisch und wollte mit keinem von uns ein Wort sprechen! . . .«

Ich glaube, selbst wenn eine Bombe mitten im Zimmer explodiert wäre, hätte sie die Anwesenden doch nicht so erschreckt und aufgeregt, wie es diese offene Empörung tat – und die Empörung wessen? – eines kleinen Mädchens, dem sonst in der Anwesenheit der Großmutter nicht einmal laut zu sprechen gestattet wurde! Die Generalin erhob sich, stumm vor Verwunderung und Entrüstung zugleich, richtete sich kerzengerade auf und sah ihr Enkeltöchterchen an, als traue sie ihren Augen nicht. Mein Onkel wurde blaß.

»So ein verzogenes Ding! Man will hier wohl die Großmutter mit Gewalt umbringen!« stieß die Perepelizyna zischend hervor.

»Ssaschenjka, Ssaschenjka, besinne dich! Was ist mit dir, Ssaschenjka?« rief mein Onkel in höchster Bestürzung seiner Tochter zu, wußte aber nicht, ob er zur Tochter oder zur Mutter stürzen sollte.

»Ich will nicht mehr schweigen, Papa!« schrie Ssaschenjka, die plötzlich vom Stuhl aufsprang und mit den Füßen trampelte. Ihre hübschen Augen sprühten nur so vor Zorn. »Ich will nicht mehr schweigen! Wir haben alle lange genug unter diesem Foma Fomitsch gelitten, unter eurem schändlichen, scheußlichen Foma Fomitsch! Denn Foma Fomitsch wird uns noch alle zugrunde richten. Ihm wird ja nichts anderes vorgesungen, als daß er brav und gut und edel und gelehrt und die Vereinigung aller Tugenden der Welt sei, ein wahres Potpourri von Tugenden! Foma Fomitsch aber glaubt wie ein Esel alles, was man ihm sagt! Es sind ihm so viel süße Schüsseln vorgesetzt worden, daß ein anderer sich schämen würde. Foma Fomitsch aber hat alles aufgegessen, was nur vor ihn hingesetzt worden ist, und will immer noch mehr haben! Ihr werdet sehen, er wird uns alle auffressen! Und schuld daran ist Papa! Schändlich, schändlich ist Foma Fomitsch, das sage ich dreist und fürchte nichts! Er ist dumm, eigensinnig, ein Schmutzfink ist er, ein niedriger, herzloser Mensch, ein Tyrann, eine Klatschbase, ein erbärmlicher Lügner ... Ach, ich würde ihn sofort, sofort hinausjagen. Papa aber vergöttert ihn, Papa ist ja ganz vernarrt in ihn!«

Da ertönte ein »Ach!« und die Generalin sank ohnmächtig auf das Sofa.

»Oh, mein Täubchen, Agáfja Timoféjewna, mein Engel!« flötete sofort hilfsbereit Anfíssa Petrówna Obnóskina, »nehmen Sie mein Flakon! Wasser, schnell Wasser!«

»Wasser, Wasser!« rief nun auch mein Onkel. »Mama, Mamachen, beruhigen Sie sich! Ich flehe Sie auf den Knien an, beruhigen Sie sich! ...«

»Man müßte Sie bei Brot und Wasser in ein dunkles Zimmer einsperren ... diese Menschenmörderin!« schrie die Perepelizyna zitternd vor Wut Ssaschenjka an.

»Gut, dann werde ich nur von Brot und Wasser leben, ich fürchte mich nicht davor!« rief Ssaschenjka zur Antwort zurück, in heller Begeisterung. »Ich verteidige nur meinen Papa! Mein Papa versteht nicht, sich selbst zu verteidigen! Was ist euer Foma Fomitsch gegen meinen Papa, was ist er? Er ißt Papas Brot und wagt es, Papa zu erniedrigen! Dieser Unverschämte! Ich würde ihn in Stücke zerreißen, euren ganzen Foma Fomitsch! Ich würde ihn zum Duell fordern und ihn auf der Stelle aus zwei Pistolen mausetot schießen ...«

»Ssaschenjka, Ssaschenjka!« flehte ihr Papa. »Noch ein Wort – und ich bin verloren, unwiderruflich verloren!«

»Papachen!« Ssaschenjka lief zu ihm hin, umklammerte ihn krampfhaft und brach in Tränen aus. »Papachen! Sie guter, lieber, lustiger, kluger Papa, wie können Sie sich nur so erniedrigen lassen! Wie können *Sie, Sie* sich diesem schändlichen, undankbaren Menschen so unterordnen! Wie können

Sie zu seinem Spielzeug werden und sich so lächerlich machen! Papachen, mein gutes, goldenes Papachen!...«

Da schluchzte sie auf, bedeckte das Gesicht mit den Händen und lief aus dem Zimmer.

Die Aufregung war unbeschreiblich. Die Generalin lag in tiefer Ohnmacht. Ihr Sohn, der fast vierzigjährige Oberst, kniete vor dem Sofa und küßte ihre Hände. Fräulein Perepelizyna machte sich in der Nähe der Liegenden zu schaffen und warf böse, doch triumphierende Blicke auf uns. Anfissa Petrowna Obnoskina befeuchtete mit einem nassen Tuch die Schläfen der Generalin und hantierte mit ihrem Flakon. Praskowja Iljinitschna zitterte und weinte lautlos. Jeshowikin suchte einen Winkel, wo er sich hätte verstecken können, und die Erzieherin stand bleich und wie verloren vor ihrem Stuhl. Nur Misíntschikoff, mein Vetter dritten Grades, blieb, wie er war: er stand bloß auf, trat schweigend ans Fenster und begann seelenruhig hinauszuschauen, ohne dem ganzen Vorgang die geringste Aufmerksamkeit zu schenken.

Da erhob sich plötzlich die Generalin aus der Ohnmacht, sie erhob sich auch vom Sofa, erhob sich und richtete sich sogar auf, sie maß mich mit drohendem Blick.

»Hinaus!« rief sie plötzlich und stampfte mit dem Fuß auf.

Offen gestanden: ich hatte alles eher erwartet als das.

»Hinaus! Hinaus aus diesem Hause! Hinaus! Wozu ist er hergekommen? Daß sein Atem hier nicht mehr zu spüren sei! Hinaus!«

»Aber, Mama! Wie kommen Sie darauf! Das ist doch Sserjósha!« stotterte mein Onkel! – wenn ich mich nicht täusche, bebte er am ganzen Körper. »Aber er ist doch zu uns zu Besuch gekommen, Mama!«

»Was für ein Sserjosha? Unsinn! Ich will nichts hören! – hinaus! Das ist Korowkin! Ich bin überzeugt, daß es Korowkin ist! Meine Ahnung täuscht mich nicht! Er ist hergekommen, um Foma Fomitsch zu verdrängen. Nur zu diesem Zweck hat er ihn gerufen! Mein Herz fühlt es... Hinaus, Elender!«

»Lieber Onkel, wenn es so ist«, begann ich mit einer Stimme, in der ehrlicher Unwille zitterte, »wenn es so ist, dann werde ich ... entschuldigen Sie mich ...« Und ich wollte sofort das Zimmer und das Haus verlassen.

»Ssergéi, aber so hör doch, Ssergei, was tust du! ... Da fängt nun auch dieser an ... Mama! das ist doch Sserjosha! ... Ssergei, besinne dich!« Er holte mich mit schnellen Schritten ein, um mich zurückzuhalten. »Du bist mein Gast, du wirst hierbleiben, ich will es! Sie sagt es ja nur so!« fügte er halblaut hinzu, »das ist ja nur, weil sie sich ärgert ... Nur jetzt, in der ersten Zeit, wäre es vielleicht besser, wenn du dich etwas unsichtbar machtest ... nur eine Zeitlang – und alles wird wieder gut werden! Sie wird dir bestimmt verzeihen, – ich versichere dich! Sie ist ja doch ein guter Mensch ... Das war ja nur so ... sie hat sich versprochen ... Du hörst doch, sie hält dich für Korowkin, aber sie wird es vergessen und wird verzeihen, glaube mir! ... Was willst du?« rief er plötzlich dem alten Gawrila zu, der in diesem Augenblick furchtzitternd ins Zimmer trat.

Gawrila kam nicht allein: ihm folgte ein etwa sechzehnjähriger Knabe vom Gesinde, der, wie ich später erfuhr, wegen seiner Schönheit ins Herrenhaus genommen worden war. Er hieß Falaléi. Mir fiel sofort seine Kleidung auf: er trug eine rotseidene russische Bluse, die um den Hals herum bestickt war, einen Gürtel aus breiter Goldborte, schwarze, weite Pluderhosen und bocklederne Stiefel mit roten Saffianstulpen. Dieses Kostüm hatte die Generalin persönlich für ihn ausgedacht. Der Knabe weinte bitterlich, und eine Träne nach der anderen rollte aus seinen hübschen blauen Augen über seine roten Backen.

»Was hat denn das zu bedeuten?« rief mein Onkel. »Was ist geschehen? So sprich doch, Junge!«

»Foma Fomitsch haben geruht, uns herzubefehlen«, antwortete betrübt Gawrila. »Mich zum Examen und ihn ...«

»Und ihn?«

»Er hat getanzt!« war Gawrilas weinerliche Antwort.

»Getanzt!« Entsetzen drückte sich auf dem Gesicht meines Onkels aus.

»Ja, g–e–e–tanz–t!« brüllte Falalei schluchzend und schluckend.

»Die Kamárinskaja?«

»Ja, die Kama–a–arinskaja!«

»Und Foma Fomitsch hat dich dabei ertappt?«

»Ja, hat mich erta–appt!«

»Das hat gerade noch gefehlt!« stöhnte mein Onkel. »Jetzt bin ich verloren!« Und er faßte sich mit beiden Händen an den Kopf.

Da trat der Diener Widopljássoff ins Zimmer und meldete:

»Fomá Fomítsch.«

Die Tür ging auf, und Foma Fomitsch erschien in eigener Person vor dem ratlosen Publikum.

VI

Vom weißen Ochsen und der Kamárinskaja

Bevor ich die Ehre haben werde, das Äußere Foma Fomitschs dem Leser, so gut wie ich dies kann, vor Augen zu führen, halte ich es für durchaus notwendig, in Kürze von Falalei einiges zu erzählen und namentlich zu erklären, inwiefern es denn so ungeheuerlich war, daß er die Kamarinskaja getanzt und Foma Fomitsch ihn bei dieser fröhlichen und, man sollte meinen, harmlosen Zerstreuung überrascht hatte.

Falalei war als Sohn eines Leibeigenen in Stepantschikowo zur Welt gekommen und hatte seine Eltern im ersten Lebensjahre verloren. Die verstorbene Frau meines Onkels war seine Patin gewesen. Mein Onkel liebte ihn sehr. Dies genügte, um ihn Foma Fomitsch, als er aufs Gut übergesiedelt war und den Gutsherrn sich unterworfen hatte, verhaßt zu machen. Doch zu Fomas Pein geschah es, daß der Knabe auch der Generalin ganz besonders gefiel: und so blieb denn Falalei, trotz aller Wut Foma Fomitschs, nach wie vor bei der Herrschaft gut angeschrieben. Die Generalin bestand auf ihrer Neigung, und Foma mußte nachgeben, wenn er auch im Herzen die »Kränkung« nicht vergaß und sich dafür an meinem armen Onkel, der in diesem Fall doch wirklich unschuldig war, bei jeder sich bietenden Gelegenheit rächte.

Falalei war in seiner Art allerdings eine Schönheit. Eigentlich hatte er ein Mädchengesicht, das Gesicht einer Dorfschönheit. Die Generalin verwöhnte und beschützte ihn. Er war ihr teuer wie etwa ein nettes, seltenes Spielzeug, und man wußte nicht, wen sie mehr liebte: ihr kleines Schoßhündchen Ami oder diesen Falalei. Sein Kostüm habe ich bereits beschrieben. Die Damen gaben ihm obendrein noch Salben und Pomaden, und der Barbier und Friseur Kusjmá mußte ihm zu den Feiertagen Locken brennen. Andererseits war dieser Knabe ein sonderbares Geschöpf: man konnte ihn nicht einen vollkommenen Idioten oder Geistesschwachen nennen; er war aber dermaßen naiv, in seiner Redeweise dermaßen ehrlich und offenherzig, daß man ihn mitunter wirklich für einen großen Dummkopf halten konnte. Hatte er in der Nacht einmal einen Traum gehabt, so erzählte er ihn sofort der Herrschaft. Er mischte sich sogar in ihr Gespräch ein und fiel ihnen unbekümmert ins Wort. Er erzählte zuweilen Dinge, die man als Hofjunge der Gutsherrschaft ganz unmöglich erzählen kann. Er weinte die aufrichtigsten Tränen, wenn seine Herrin – die Generalin – in Ohnmacht fiel, oder wenn sein Herr gar zu sehr von Foma beschuldigt wurde. Er hatte für jedes Unglück ein mitfühlendes Herz. Zuweilen schlich er zur Generalin, küßte ihr die Hände und bat sie, nicht böse zu sein – und die Alte verzieh ihm gnädigst alle Dreistigkeiten. Er hatte ein äußerst empfindsames Gemüt, war gut und friedfertig wie ein Lämmlein auf der Weide und heiter wie ein glückliches Kind. Bei Tisch wurde ihm immer etwas Süßes gegeben.

Bei jeder Mahlzeit stellte er sich regelmäßig hinter dem Stuhl der Generalin auf und wartete, bis er sein Naschwerk erhielt. Gab man ihm ein Stück Zucker, so zerknabberte er es unverzüglich mit seinen milchweißen Zähnen. Dann leuchtete in seinen lustigen Blauaugen wie in seinem ganzen hübschen Gesicht unbeschreibliche Zufriedenheit auf.

Lange zürnte Foma. Endlich überlegte er sich die Sache und sagte sich, daß er damit nichts erreichen könne. Und so beschloß er denn, Falaleis Wohltäter zu werden. Nachdem er zuerst meinem Onkel dafür die Leviten gelesen hatte, daß dieser sich um die Bildung seines Hofgesindes gar nicht kümmere, nahm er sich vor, dem armen Knaben sofort Moral, gute Manieren und die französische Sprache beizubringen.

»Wie!« rief er aus, als er seinen unsinnigen Einfall verteidigte, einem Bauernknaben Französisch beizubringen (einen Einfall, der übrigens nicht nur einem Foma Fomitsch gekommen ist, was der Aufzeichner dieser Erinnerungen selbst bezeugen kann) – »wie! er ist beständig hier im Herrenhause bei seiner Herrin: wenn sie nun einmal vergißt, daß er nicht Französisch versteht und zum Beispiel sagt ‚*donneh mua mon muschuar*', so muß er sich doch auch in einem solchen Fall zurechtfinden und sie sofort bedienen können!«

Leider zeigte es sich sehr bald, daß dem Falalei nicht nur die französische Sprache nicht beizubringen war, sondern daß auch der Koch Andron, sein Onkel, der sich, vollkommen uneigennützig, lange genug gemüht hatte, ihm das russische Alphabet beizubringen, schon längst die Hoffnung aufgegeben und die Fibel auf das Regal zurückgelegt hatte. Falalei war für geistige Belehrung so unzugänglich, daß nichts, aber auch gar nichts in seinem Gedächtnis haften blieb. Ja, dieser Belehrungsversuch sollte noch ein Nachspiel haben: das Hofgesinde begann alsbald, Falalei als »Franzosen« zu necken. Der alte Gawrila aber, der verdiente Kammerdiener meines Onkels, unterstand sich, der Erlernung dieser fremden Sprache offen jeden Nutzen abzusprechen. Dieses Urteil des alten Dieners kam auch Foma Fomitsch zu Ohren, und da befahl er in seinem Zorn, daß der Opponent Gawrila von nun an selbst die französische Sprache erlernen müsse. Und das war der Anfang dieser ganzen »Französischen Marotte«, die Herrn Bachtschejeff in solche Wut versetzt hatte.

Mit den guten Manieren, die Foma dem Knaben beibringen wollte, machte er noch schlechtere Erfahrungen: es wollte ihm in keiner Beziehung gelingen, Falalei nach seinem Geschmack umzumodeln. Falalei kam trotz des Verbots jeden Morgen zur Generalin, um seine Träume zu erzählen, was Foma höchst unanständig, weil allzu »familiär« fand. Falalei aber war und blieb Falalei. Es versteht sich wohl von selbst, daß für dieses ganze Mißgeschick am meisten und vor allen anderen wieder mein Onkel büßen mußte.

»Wissen Sie auch, wissen Sie auch, was er heute getan hat?« schrie eines Tages Foma, wozu er um der größeren Wirkung willen die Zeit wählte, in der alle versammelt waren ... »Wissen Sie auch, Oberst, wie weit Sie es mit Ihrer systematischen Vernachlässigung bringen? Heute verschlang er ein Stück Fischpastete, das man ihm bei Tisch gegeben hatte, und wissen Sie, was er nachher sagte? Komm her, armselige Kreatur, komm her, du Idiot, du rote Fratze!«

Falalei näherte sich weinend und wischte sich mit beiden Fäusten die Tränen ab.

»Was hast du gesagt, als du die Pastete verschlungen hattest? Wiederhole es noch einmal!«

Falalei brach, statt zu antworten, in bittere Tränen aus.

»Dann werde ich es für dich tun. Du sagtest, indem du auf deinen vollgestopften Bauch klopftest: ‚Habe mich mit Pasteten vollgeschlagen wie Martyn mit Seife!' – Bedenken Sie, Oberst, kann man denn so etwas in einer gebildeten Gesellschaft sagen, und dazu noch in der höheren Gesellschaft? Hast du das gesagt? Sprich!«

»Ja, ich ha–ab's gesa–agt!« ... bestätigte Falalei schlukkend, und erneute Tränenströme rannen herab.

»So. Dann sag mir jetzt: ißt denn Martyn Seife? Wo hast du einen solchen Martyn gesehen, der Seife ißt? Sag doch, gib mir eine Vorstellung von diesem phänomenalen Martyn!«

Schweigen.

»Ich frage dich, wer war dieser Martyn?« bestand Foma auf seiner Frage. »Ich will ihn sehen, will seine Bekanntschaft machen. Nun, wer ist er? Ein Registrator, ein Astronom, ein Erfinder, ein Dichter, ein Capitaine d'armes, ein Leibeigener – irgend jemand muß er doch sein! Antworte!«

»Ein Lei–eibeigener!« antwortete schließlich Falalei und weinte.

»Wessen? Wessen Leibeigener?«

Hierauf wußte Falalei nichts zu antworten. Natürlich endete schließlich die Sache damit, daß Foma wutentbrannt aus dem Zimmer stürzte und schrie und klagte, man habe ihn beleidigt. Die Generalin fiel daraufhin in Ohnmacht, mein Onkel verwünschte die Stunde seiner Geburt, bat alle um Verzeihung und ging während des ganzen übrigen Tages in seinem eigenen Hause nur noch auf den Fußspitzen umher.

Nun aber sollte es auch noch geschehen, daß am nächsten Tage – nach dem Seifenvorfall – Falalei, als er morgens Foma Fomitsch den Tee brachte und sein ganzes gestriges Leid schon längst vergessen hatte, vollkommen unschuldig und harmlos erzählte, ihm habe in der Nacht von einem weißen Ochsen geträumt. Ja, wahrlich, nur das hatte gerade noch gefehlt! Foma Fomitsch geriet in einen wahren Wutanfall, ließ sofort den Oberst rufen und begann dann unverzüglich, diesem für den Traum eine Strafpredigt zu halten, den *sein*, des Obersten, Falalei gehabt hatte. Diesmal griff man denn auch zu den strengsten Maßregeln: Falalei wurde bestraft – er mußte im Winkel knien. Außerdem wurde ihm noch einmal strengstens und nachdrücklich untersagt, so »rohe«, so »bäuerische« Träume zu haben.

»Begreifen Sie auch, *weshalb* ich darüber so ungehalten bin?« fragte Foma Fomitsch. »Ganz abgesehen davon, daß er es sich nicht einfallen lassen, daß er es überhaupt nicht wagen dürfte, mir mit seinen Träumen zu kommen, und noch dazu solchen weißen Ochsenträumen ... ganz abgesehen davon, sage ich – und Sie müssen es doch selbst zugeben, Oberst –, was ist denn dieser weiße Ochse anderes als ein Beweis der Roheit, Unwissenheit und bäuerlichen Empfindungsart Ihres ungehobelten Falalei? Wie die Gedanken, so die Träume. Habe ich nicht gleich gesagt, daß aus dem Burschen nichts werden wird und man ihn folglich nicht im Herrenhause behalten sollte? Niemals, niemals werden Sie diesen einfältigen, kleinen Plebejergeist, diesen Bauerngeist zu etwas Höherem, Poetischem entwickeln! Kannst du denn nicht«, fuhr er zu Falalei fort, »kannst du denn nicht etwas anderes im Traum sehen, etwas Vornehmes, Zartes, Veredeltes, eine Szene aus der guten Gesellschaft, sagen wir zum Beispiel Herren bei einer Kartenpartie oder Damen, die in einem schönen Garten lustwandeln?«

Als Falalei an jenem Tag zu Bett ging, bat er den lieben Gott unter Tränen um einen schönen Traum und dachte lange darüber nach, wie er es anstellen sollte, im Traum nicht mehr diesen verwünschten weißen Ochsen zu sehen. Doch die Hoffnungen der Menschen pflegen trügerisch zu sein. Als er am nächsten Morgen erwachte, da ward er sich mit Schrecken bewußt, daß ihm die ganze liebe Nacht wieder nur von dem verhaßten weißen Ochsen geträumt hatte – und von keiner einzigen im Garten lustwandelnden schönen Dame. Diesmal aber waren die Folgen besonderer Art. Foma Fomitsch erklärte unerschütterlich, daß er an die Möglichkeit einer ähnlichen Wiederholung nicht glaube, daß Falalei vielmehr lüge und womöglich von einem der Bewohner des Herrenhauses, vielleicht sogar vom Obersten selbst, absichtlich dazu verleitet worden sei, um ihn, Foma Fomitsch, zu ärgern. Es kam wiederum zu viel Geschrei, Vorwürfen und Tränen. Am Abend erkrankte die Generalin. Die ganze Einwohnerschaft von Stepantschikowo ließ die Köpfe hängen. Und es blieb nur noch die eine schwache Hoffnung, daß

Falalei in der nächsten Nacht, in der dritten, etwas aus der höheren Gesellschaft träumen werde. Wie groß aber war der allgemeine Unwille, als Falalei eine ganze Woche in jeder Nacht, die Gott werden ließ, regelmäßig den weißen Ochsen sah, einzig und allein immer nur den weißen Ochsen! An die höhere Gesellschaft war gar nicht zu denken!!

Das Merkwürdigste war aber, daß Falalei kein einziges Mal darauf verfiel zu lügen: einfach zu sagen, er habe im Traum nicht einen weißen Ochsen, sondern, zum Beispiel, eine Equipage gesehen, in der schöne Damen und Foma Fomitsch vorübergefahren wären, – um so mehr, als in einem solchen Notfall das Lügen doch keine gar so große Sünde hätte sein können. Aber Falalei war dermaßen wahrheitsliebend, daß er einfach nicht lügen konnte, selbst wenn er es gewollt hätte. So kam es, daß man ihn nicht einmal auf diesen Gedanken zu bringen suchte; denn alle wußten, daß Falalei sich sofort verraten und Foma Fomitsch ihn auf der Lüge ertappen würde. Was sollte man also tun? Die Lage, in der sich mein armer Onkel befand, wurde nahezu aussichtslos. Falalei war unverbesserlich. Der arme Junge wurde sogar merklich magerer. Die Haushälterin Malánja behauptete, daß er behext worden sei, und besprengte ihn, nach altem Aberglauben, von einem Winkel aus mit Weihwasser. An dieser zweckmäßigen Behandlung beteiligte sich auch die mitleidige Praskowja Iljinitschna. Aber selbst dieses Mittel half nicht.

»Daß ihn doch! ... den verfluchten Ochsen!« sagte Falalei seinerseits, »in jeder Nacht träumte mir von ihm! Jeden Abend bete ich: ‚Traum, komm' mir nicht wieder mit dem weißen Ochsen!' – Er aber ist da, der verfluchte, steht vor mir, so groß, mit Hörnern, mit so'ner stumpfen Schnauze, hu–u–u!«

Mein Onkel war schon nahe am Verzweifeln. Doch siehe, zum Glück vergaß Foma Fomitsch, wie es schien, plötzlich den weißen Ochsen. Natürlich glaubte niemand, daß Foma Fomitsch im Ernst etwas so Wichtiges vergessen könnte, und so sagten sie sich alle mit angstvollem Herzen, daß er diese unerledigte Geschichte mit dem weißen Ochsen gleichsam für den Bedarfsfall aufheben wolle, um sie dann bei der ersten sich bietenden Gelegenheit wieder vorzuführen. In der Folge stellte sich aber heraus, daß es Foma Fomitsch in dieser Zwischenzeit tatsächlich nicht um den weißen Ochsen zu tun gewesen war: er hatte andere Sorgen; andere Pläne waren in seinem nützlichen und vieldenkenden Kopf entstanden. Nur darauf war es zurückzuführen, daß er Falalei endlich aufatmen ließ. Gleichzeitig mit Falalei atmeten auch die anderen auf. Ja, der Junge vergaß sogar bald das Vorgefallene, und selbst der weiße Ochse erschien ihm immer seltener im Traum, obschon er ihn hin und wieder doch noch an seine phantastische Existenz erinnerte. Kurz: es wäre alles gut gewesen, wenn es in der Welt nicht einen Tanz gegeben hätte, der „die Kamárinskaja" heißt.

Ich muß hier vorausschicken, daß Falalei vorzüglich tanzte. Die Tanzkunst war seine größte Begabung, sie war ihm gewissermaßen als innerer Trieb angeboren. Er tanzte mit Energie und unermüdlicher Lust, und von allen Tänzen liebte er am meisten den „Kamárinskij Mushík" zu tanzen. Nicht, daß ihm etwa die leichtsinnigen und jedenfalls unverständlichen Handlungen dieses flatterhaften Bauern gar so sehr gefallen hätten – nein, er liebte diesen Tanz einzig deshalb, weil es für ihn, wenn er die Kamarinskaja spielen hörte, vollkommen unmöglich war, nicht zu tanzen. Es kam vor, daß zuweilen abends zwei oder drei Diener, die Kutscher, der Gärtner und einige Hofmädchen sich versammelten, natürlich irgendwo auf einem möglichst entfernten Wiesenplan hinter den Ställen des Herrenhofes, möglichst weit, weit weg von Foma Fomitsch. Dann ertönte alsbald Musik, und das Tanzen begann, bis schließlich auch die Kamarinskaja in ihr Recht trat. Die Musikkapelle bestand aus zwei Balalaiken, einer Gitarre, einer Geige und einer Handtrommel, die der Vorreiter Mitjúschka vorzüglich zu bearbeiten verstand. Dann mußte man sehen, was schon beim ersten Takt mit Falalei geschah: er sprang in den Kreis und tanzte bis zu völliger Bewußtlosigkeit, bis zur Erschöpfung seiner letzten Kräfte, angefeuert noch durch die Zurufe und das Lachen seiner Zuschauer; er jauchzte, lachte, schlug in die Hände und tanzte, als risse ihn eine fremde, unbegreifliche Kraft, gegen die er nicht anzukämpfen vermochte, mit sich fort, und tat sich Gewalt an, um das immer schneller werdende Tempo des temperamentvollen Motivs einzuhalten, während er im Rhythmus mit den Stiefelabsätzen aufstampfte. Das waren Augenblicke seiner höchsten Begeisterung. Und es wäre auch hier alles gut gewesen, wenn das Gerücht von seiner Kamarinskaja nicht auch Foma Fomitsch zu Ohren gekommen wäre.

Foma Fomitsch – erstarrte, und als er zu sich kam, schickte er sofort nach dem Oberst.

»Ich wollte mich von Ihnen nur über eines aufklären lassen, Oberst«, begann Foma. »Haben Sie sich geschworen, diesen unglücklichen Idioten vollständig zu verderben, oder nicht? Ist das erstere der Fall, so ziehe ich mich selbstverständlich sofort zurück; falls aber nicht, so werde ich ...«

»Ja, was ist denn los? Was ist geschehen?« fragte der Oberst, der aus den Wolken fiel.

»Wie? Sie fragen, was geschehen ist? Wissen Sie denn nicht, daß er die Kamarinskaja tanzt?«

»Nun, – nun, und?«

»Wie – nun, und?!« schrie Foma auf. »Und das sagen Sie – Sie, sein Herr und in gewissem Sinne sein Vater! Ja, haben Sie denn nach alledem überhaupt eine annähernd richtige Vorstellung davon, was dieser Tanz überhaupt ist? Wissen Sie denn nicht, daß dieses Lied einen verkommenen Kerl besingt, der es in der Trunkenheit auf das allerunsittlichste Vergehen abgesehen hat? Wissen Sie denn nicht, was dieser verdorbene Knecht im Schild führt? Er hat die wertvollsten, die heiligsten Bande zerrissen und mit Füßen getreten, hat sie mit seinen klobigen Bauernstiefeln, die sonst nur den Fußboden der Schenke zu stampfen pflegen, – *zer-*

treten! Begreifen Sie denn nicht, daß Sie mit dieser Antwort meine edelsten Gefühle beleidigt haben? Begreifen Sie denn nicht, daß Ihre Antwort eine persönliche Beleidigung meiner Person ist? Begreifen Sie das, oder begreifen Sie das nicht?«

»Aber, Foma ... es ist doch nur ein Lied, Foma ...«

»Was, nur ein Lied? Und Sie schämen sich nicht, mir zu gestehen, daß Sie, Sie selbst dieses Lied kennen, – Sie, der Sie zur Gesellschaft gehören, Sie, der Sie der Vater vornehmer und unschuldiger Kinder und obendrein noch Oberst sind! Nur ein Lied! Ich bin aber überzeugt, daß dieses Lied nach einer wirklichen Begebenheit entstanden ist! Nur ein Lied! Aber welcher anständige Mensch kann denn zugeben, ohne vor Scham zu vergehen, daß er dieses Lied kennt, daß er es jemals auch nur gehört hat? Welch ein Mensch, frage ich Sie, welch einer?«

»Nun, aber du, Foma, du kennst es doch offenbar auch, wenn du so fragst«, antwortete in seiner Herzenseinfalt und völlig harmlos mein verwirrter Onkel.

»Was! Ich kenne es? ... Ich ... ich ... das heißt! ... Man hat mich beleidigt!« schrie plötzlich Foma, sprang vom Stuhl auf und brüllte vor Wut.

Alles hatte er eher erwartet als eine so geradezu vernichtende Antwort.

Doch wozu Foma Fomitschs Zorn beschreiben! Der Oberst wurde mit Schmach und Schande wegen der »Unschicklichkeit« und »Ungeschicktheit seiner Antwort« aus dem Gesichtskreise dieses »Wahrers der Sittlichkeit« verbannt. Foma Fomitsch selbst aber hatte sich seit diesem Tage geschworen, Falalei einmal in flagranti zu ertappen – wenn dieser wieder das Verbrechen begehen sollte, die Kamárinskaja zu tanzen. Darum schlich er sich abends, wenn alle ihn mit irgend etwas Literarischem beschäftigt glaubten, heimlich in den Garten, umging den Gemüsegarten und verbarg sich dann im Hanffeld, von wo aus man deutlich jenen kleinen freien Platz sehen konnte, auf dem gewöhnlich getanzt wurde. So stellte er dem Falalei nach, wie der Jäger einem armen Vogel, und malte sich inzwischen mit Wonne aus, was für einen Skandal er im Fall eines Erfolges seiner Bemühungen machen könne, und wie alle, und namentlich der Oberst ihm dafür würden »büßen müssen«! Der Lohn für seine unermüdliche Mühe blieb denn auch nicht aus. Der Augenblick kam, wo er ihn ertappen konnte!

Nun wird es verständlich sein, weshalb mein Onkel sich das Haar raufte, als er den weinenden Falalei erblickte und vernehmen mußte, was geschehen war, und als dann noch Widopljassoff eintrat, um Foma Fomitschs Erscheinen anzumelden, und Foma Fomitsch so plötzlich und in einem so peinlichen Augenblick in höchst eigener Person vor uns erschien.

VII

Foma Fomitsch

Mit gespanntester Neugier sah ich diesem Herrn entgegen. Gawrila hatte recht, wenn er ihn ein unansehnliches Menschlein nannte. Foma war klein von Wuchs, mit weißblondem, kaum merklich grau untermischtem Haar, weißen Augenbrauen und Wimpern, mit einer gebogenen Nase und vielen kleinen Runzeln im ganzen Gesicht. Am Kinn hatte er eine große Warze. Er war ungefähr fünfzig Jahre alt. Leise trat er ein, mit gleichmäßigen Schritten, die Augen zu Boden gesenkt. Aber das unverschämteste Selbstbewußtsein drückte sich in seinem Gesicht und in seiner ganzen, überaus pedantischen Erscheinung aus. Zu meiner Verwunderung erschien er im Schlafrock – freilich von ausländischem Schnitt, aber es war immerhin ein Schlafrock – und obendrein in Hausschuhen. Eine Krawatte trug er nicht. Der Kragen seines Hemdes war à l'enfant zurückgeschlagen, was der ganzen Erscheinung Fomas etwas überaus Dummes verlieh. Er schritt zu einem Lehnstuhl, rückte ihn ein wenig näher zum Tisch und setzte sich, ohne auch nur ein Wort zu jemandem gesagt zu haben. Im Augenblick war alles still geworden. Von der Aufregung und dem Durcheinander, die noch vor einem Augenblick hier geherrscht hatten, war nichts mehr zu sehen und zu hören. Es war so still, daß man das Summen der kleinsten Fliege hätte hören können. Die Generalin saß sanft und friedfertig wie ein Lamm auf dem Sofa. Die ganze sklavische Ergebenheit dieser armen Törin ihrem Idol Foma gegenüber trat klar zutage. Sie schien sich an ihrem Herzblatt gar nicht sattsehen zu können, sie hing unverwandt mit den Blicken an ihm, sie verschlang ihn förmlich mit den Augen.

Fräulein Perepelizyna entblößte lächelnd ihre alten Zähne und rieb sich die Hände, die arme Praskowja Iljinitschna aber zitterte merklich vor Furcht. Mein Onkel fand als erster die Sprache wieder.

»Tee, Schwesterchen, bitte, Tee! Nur etwas süßer, Schwesterchen. Foma Fomitsch trinkt ihn nach dem Schläfchen gern etwas süßer. Nicht wahr, Foma, du liebst den Tee nachmittags doch etwas süßer?«

»Mir ist es jetzt nicht um Ihren Tee zu tun!« begann Foma langsam und würdevoll abwinkend mit bekümmerter Miene. »Sie dagegen scheinen sich ja nur darum zu sorgen, daß alles süßer sei!«

Diese ersten Worte und der in seiner pedantischen Wichtigkeit unbeschreiblich lächerliche Eintritt Fomas interessierten mich natürlich außerordentlich. Es interessierte mich vor allem, bis zu welch einer Gewissenlosigkeit die Unverschämtheit dieses von sich so eingenommenen, den Herrn spielenden Menschleins gehen werde.

»Foma!« begann mein Onkel von neuem. »Hier stelle ich dir jemand vor: meinen Neffen Ssergéi Alexándrowitsch! Er ist soeben erst eingetroffen.«

Foma Fomitsch maß meinen Onkel vom Kopf bis zu den Füßen.

»Es wundert mich, daß Sie mich immer so systematisch zu unterbrechen belieben, Oberst«, sagte er endlich nach bedeutsamem Schweigen und ohne mich auch nur eines Blickes zu würdigen. »Man redet mit Ihnen über eine ernste Sache, Sie aber ... *traktieren* ... weiß Gott worüber ... Haben Sie Falalei gesehen?«

»Ja, Foma ...«

»Ah, Sie haben ihn also gesehen! Nun, dann werde ich Ihnen denselben noch einmal zeigen, wenn Sie ihn schon gesehen haben. Dann können Sie sich ergötzen an Ihrem Produkt ... ich meine, in sittlicher Beziehung. Komm her, Idiot! Komm her, du holländische Fratze! Nun, hörst du nicht? – komm her! Fürchte dich nicht!«

Falalei näherte sich ihm, schluchzend, mit halboffenem Munde, und schluckte seine Tränen. Foma Fomitsch betrachtete ihn mit augenscheinlicher Genugtuung.

»Ich habe ihn mit Absicht ‚holländische Fratze' genannt, Páwel Ssemjónytsch«, bemerkte er lässig, mit einer leichten Wendung seines Kopfes zu Obnoskin, der als nächster links von ihm saß. »Und überhaupt, wissen Sie, halte ich es nicht für nötig, daß man seine Ausdrücke mildert, gleichviel in welchem Fall. Die Wahrheit muß immer Wahrheit bleiben. Und andererseits: Schmutz bleibt immer Schmutz, womit man ihn auch zudecken wollte. Wozu also die Mühe, eine Sache noch zu beschönigen? Um sich und die Menschen zu betrügen! Nur in dem dummen Kopf eines Menschen aus der sogenannten höheren Gesellschaft konnte das Verlangen nach so sinnlosen Anstandsregeln entstehen. Sagen Sie doch – ich bitte um Ihr Urteil – können Sie an dieser Fratze etwas Schönes finden? Ich meine: etwas Höheres, Erhabenes, Wunderbares – und nicht, wie gesagt, nur eine hübsche Fratze?«

Foma Fomitsch sprach ziemlich leise, ruhig, jedes Wort abmessend und mit einem fast erhabenen Gleichmut.

»Schönes?« fragte Obnoskin mit einer geradezu infamen Nachlässigkeit. »Mir scheint, es ist nur ein gutes Stück Roastbeef und nichts weiter ...«

»Trat heute zum Spiegel und besah mich in ihm«, fuhr Foma ruhig fort, mit souveräner Überlegenheit das Fürwort »ich« auslassend. »Halte mich längst nicht für eine Musterschönheit, kam aber unwillkürlich zu der Überzeugung, daß in diesem grauen Auge doch etwas liegt, was mich von einem Falalei unterscheidet. Das ist der Gedanke, das ist das Leben, das ist der Verstand in diesem Auge! Will nicht speziell mich damit loben. Rede nur so im allgemeinen von unserem Stande. Jetzt, was meinen Sie? Kann es überhaupt auch nur ein Stückchen, auch nur ein Atom von einer Seele in diesem lebenden Beefsteak geben? Nein, in der Tat, beobachten Sie doch, Pawel Ssemjonytsch, wie bei diesen *Leuten*, die jedes Gedankens, jedes Ideals vollkommen bar sind, und die nur Rindfleisch essen, – wie bei diesen Leuten die Gesichtsfarbe immer so widerlich frisch ist, von einer so rohen und dummen Frische! Wünschen Sie, den Grad seiner Denkfähigkeit zu erkennen? He, du, Kasus! Komm mal näher, gönne uns, daß wir uns an deinem Anblick ergötzen! Warum sperrst du den Mund auf? Willst du etwa einen Walfisch verschlingen? Bist du schön? Antworte: bist du schön?«

»Ich ... bin ... schön!« antwortete Falalei mit ersticktem Schluchzen.

Obnoskin bog sich vor Lachen. Ich fühlte, wie ich vor Wut zu zittern begann.

»Haben Sie gehört?« fuhr Foma fort, mit einem gewissen Triumph sich wieder an Obnoskin wendend. »Aber Sie werden noch ganz andere Dinge von ihm hören! Ich bin nur gekommen, um ihn ein wenig zu examinieren. Sehen Sie, Pawel Ssemjonytsch, es gibt Menschen, deren Wunsch es zu sein scheint, diesen armseligen Idioten endgültig zu verderben. Vielleicht urteile ich zu streng, kann mich ja täuschen, aber ich rede und tue alles nur aus Liebe zur Menschheit. Er hat den unanständigsten aller Tänze getanzt. Hier scheint das keinen Menschen etwas anzugehen. Aber ... nun, Sie können es hier mit eigenen Ohren hören ... Antworte: was hast du vorhin getan? Antworte, antworte sofort! – hörst du?«

»I ... ich ... habe ... getanzt ...«, sagte Falalei, der nur mit Mühe das Schluchzen unterdrückte.

»Was hast du denn getanzt? Welch einen Tanz? So sprich doch!«

»Die Kamárinskaja ...«

»Die Kamarinskaja! Aber wer ist diese Kamarinskaja? Was ist das für ein Name? Wie soll ich denn deine Antwort verstehen? Nun, so gib mir doch wenigstens eine Vorstellung davon: wer ist denn diese deine Kamarinskaja?«

»Ein ... Bauer ...«

»Ein Bauer! Nur ein Bauer? Ich wundere mich! Das muß doch ein ganz hervorragender Bauer sein! Dann ist er wohl irgendein berühmter Mann, wenn man ihn in Liedern besingt und in Tänzen verherrlicht? Nun, so antworte doch!«

Es schien Foma ein Bedürfnis zu sein, Menschen zu foltern, ihnen die Sehnen langsam herauszuziehen. Er spielte mit seinem Opfer wie die Katze mit der Maus. Doch Falalei schwieg, schluchzte und begriff die Frage nicht.

»So antworte doch! Du wirst gefragt, was das für ein Bauer ist. So sprich doch ...! Ein Gutsbauer oder ein Kronsbauer, ein freier oder ein leibeigener oder vielleicht ein Ökonomiebauer?[4] Es gibt verschiedene Bauern ...«

»E–e–ein ... Ö–ko–nomiebauer ...«

»Ah, also ein Ökonomiebauer! Haben Sie gehört, Pawel Ssemjonytsch? Ein neues historisches Faktum: die Kamarinskaja ist ein – Ökonomiebauer. Hm! Nun, aber was hat denn dieser Ökonomiebauer getan? Für welche Taten wird er denn besungen und ... wird ihm zu Ehren getanzt?«

Die Frage war nicht wenig kitzlig, und da er sie an Falalei richtete, auch sehr gefährlich.

»Nun – aber Sie ... einstweilen ...«, versuchte Obnoskin einzulenken, nach einem flüchtigen Blick auf seine Mutter, die so eigentümlich auf ihrem Sofa hin und her zu rücken begann.

Was sollte man tun? Die Launen Foma Fomitschs waren hinzunehmen wie Naturgesetze.

»Onkel, wenn Sie diesen Esel nicht ablenken, so kann er ja ... Sie begreifen doch, auf was er es abgesehen hat ... Falalei wird vielleicht irgendeine Dummheit sagen, sogar bestimmt, ich versichere Sie ...«, flüsterte ich unbemerkt meinem Onkel zu, der selbst nicht wußte, wozu er sich entschließen oder was er sagen sollte.

»Wenn du, Foma ...«, begann er unsicher. »Hier stelle ich dir meinen Neffen vor, Foma: mein junger Freund, der sich mit Mineralogie beschäftigt ...«

»Ich bitte Sie inständig, Oberst, unterbrechen Sie mich nicht mit Ihrer Mineralogie, von der Sie, soviel mir bekannt ist, keine Ahnung haben, und *andere* vielleicht ebensowenig. Ich bin kein Kind. Er wird mir antworten, daß dieser Bauer, anstatt für das Wohlergehen seiner Familie zu arbeiten, in der Schenke seinen Halbpelz vertrunken hat und betrunken auf die Straße hinausgelaufen ist. Das ist bekanntlich der Inhalt dieses Liedes, das die Trunkenheit verherrlicht. Beunruhigen Sie sich nicht, *jetzt* weiß er, was er zu antworten hat. – Nun, so antworte doch: was hat dieser Bauer denn getan? Ich habe es dir doch schon vorgesagt, habe es dir in den Mund gelegt. Ich will nur von dir, von dir selbst hören, was er getan hat, wodurch er berühmt geworden ist, wodurch er einen so unsterblichen Ruhm verdient hat, daß er sogar besungen wird? Nun?«

Der arme Falalei blickte sich hilflos im Kreise um, und da er nicht wußte, was er sagen sollte, machte er nur den Mund auf und ratlos wieder zu, wie eine Karausche, die aus dem Wasser auf den Sand gezogen ist.

»Ich schäm' mich, zu sagen!« brachte er schließlich in seiner Hilflosigkeit mit vorgeschobenen Lippen hervor.

»Ah! du schämst dich, es zu sagen!« Foma triumphierte. »Nur diese Antwort erwartete ich, Oberst! Man schämt sich, es zu sagen; aber es zu tun, schämt man sich nicht! Das ist die Sittlichkeit, die Sie hier gesät haben, die jetzt aufgegangen ist und die Sie noch ... begießen! Doch wozu soviel Worte verlieren! Geh' in die Küche, Falalei. Im Augenblick sage ich dir nichts – aus Achtung vor den Anwesenden; aber heute noch, *heute noch* wirst du unbarmherzig und schmerzhaft bestraft werden. Geschieht es aber nicht, zieht man auch diesmal *dich* – *mir* – vor, so bleibe du hier und tröste deine Herren mit der Kamarinskaja, ich aber werde dann heute noch dieses Haus verlassen! Genug! Ich habe gesprochen. Geh'!«

»Nun, das war, glaube ich, denn doch etwas... streng...«, brummte Obnoskin.

»Eben, eben...!« griff sofort mein Onkel auf und wollte ihm beipflichten, brach aber ab und verstummte. Foma warf ihm einen finsteren Blick zu.

»Ich wundere mich, Pawel Ssemjonytsch«, fuhr er fort, »ich wundere mich nur über eines: was tun denn eigentlich unsere zeitgenössischen Literaten, die Dichter, die Gelehrten, die Denker? Wie kommt es, daß sie gar nicht darüber nachdenken, welche Lieder das russische Volk singt und zu welchen Liedern das russische Volk tanzt? Was haben denn bis jetzt alle unsere Puschkin, Lérmontoff, Borosdín[5] getan? Ich wundere mich. Das Volk tanzt die Kamarinskaja, diese Apotheose der Trunkenheit und der Ausschweifung; sie aber besingen da irgendwelche Vergißmeinnicht! Warum schreiben sie nicht einige sittliche Lieder für den Volksgebrauch? Was nützen diese Gedichte an die Vergißmeinnicht und Gänseblümchen? Hier handelt es sich doch um eine soziale Frage! Mögen sie meinetwegen einen Bauern schildern, aber einen veredelten Bauern, einen Landmann, der eigentlich nichts mehr mit dem rohen Bauern gemein hat. Mögen sie doch einen solchen Dorfweisen womöglich in seiner ganzen Einfachheit uns zeigen, meinetwegen sogar in Bastschuhen – ich bin auch damit noch einverstanden –, aber es muß ein Mann sein, der alle Tugenden besitzt, Tugenden, um die ihn – das sage ich kühn – selbst irgend so ein berühmter Alexander von Mazedonien beneiden müßte. Ich kenne Rußland, und Rußland kennt mich: darum rede ich so. Mögen sie uns diesen Mann darstellen, der, sagen wir, bei grauem

Haar noch eine große Familie zu ernähren hat, meinetwegen sogar in einer stickigen Hütte lebt, vielleicht sogar hungern muß, der aber dennoch zufrieden ist und nicht murrt, sondern seine Armut preist und den alles Gold des Reichen gleichgültig läßt. Mag ihm der Reiche schließlich gerührt sein ganzes Gold bringen ... bei dieser Gelegenheit kann sogar eine Vereinigung der Tugend des Bauern mit der Tugend des Reichen, seines Herrn und, sagen wir, geborenen Aristokraten sich vollziehen. Der Landmann und der Reiche, die auf den Stufen der Gesellschaft so weit voneinander getrennt sind, – mögen sie dann in der Tugend sich vereinigen! Das wäre ein edler Grundgedanke! Aber sonst – was haben wir jetzt in unserer Literatur? Einerseits Vergißmeinnicht und andererseits – einen Bauern, der aus der Schenke herausstürzt und in betrunkenem Zustand durch die Straßen läuft! Nun, was ist denn hier, sagen Sie doch selbst: Was ist denn hier Poetisches? Woran soll man sich erbauen? Wo ist hier Verstand? Wo Grazie? Wo Moral? ... Ich wundere mich!«

»Hundert Rubel schulde ich Ihnen, Foma Fomitsch, für solche Worte!« sagte Jeshowikin anscheinend begeistert. – »Würde ihm keinen grindigen Deubel jemals geben!« raunte er mir dabei leise zu, fast ohne die Lippen zu bewegen. »Schmeicheln, schmeicheln!«

»Nun ja ... das haben Sie gut gesagt«, brummte Obnoskin.

»Eben, eben! Vortrefflich!« rief mein Onkel aus, der die ganze Zeit mit angestrengter Aufmerksamkeit zugehört hatte und mich jetzt triumphierend ansah. – »Was für ein Thema!« flüsterte er mir unbemerkt ins Ohr und rieb sich vor Vergnügen die Hände. »Vielseitig, weiß der Teufel! – Foma Fomitsch, hier ist mein Neffe«, fuhr er laut im Überschwang seiner Gefühle fort. »Er hat sich gleichfalls mit der Literatur beschäftigt – hier stelle ich ihn dir vor.«

Foma Fomitsch schenkte uns wiederum nicht die geringste Beachtung, weder mir, noch meinem Onkel.

»Um Gottes willen, stellen Sie mich doch nicht nochmals

vor! Ich bitte Sie darum!« flüsterte ich in sehr bestimmtem Ton meinem Onkel zu.

»Iwan Iwanytsch!« hub plötzlich Foma Fomitsch an, sich mit aufmerksam betrachtendem Blick an Misintschikoff wendend, »da haben wir nun gesprochen – welcher Meinung aber sind Sie?«

»Ich? Sie fragen mich?« erkundigte sich verwundert Misintschikoff, mit einem Gesichtsausdruck, als hätte man ihn soeben erst aus dem Schlaf geweckt.

»Ja, gerade Sie. Ich frage Sie aus dem Grunde, weil mir die Meinung wirklich kluger Menschen immer wertvoll ist, nicht aber diejenige – weiß Gott was für welcher – problematischer kluger Köpfe, die nur deshalb klug sein sollen, weil sie einem *beständig als klug vorgestellt werden*, als sogenannte *Gelehrte*, und die man sich mitunter sogar absichtlich verschreibt, um sie in einer Jahrmarktsbude auszustellen oder an einem ähnlichen Ort.«

Dieser Stein war natürlich in meinen Garten geworfen. Es konnte überhaupt kein Zweifel darüber bestehen, daß Foma Fomitsch, der mich scheinbar gar nicht beachtete, dieses ganze Gespräch über die Literatur einzig und allein meinetwegen begonnen hatte, um mich, den »Klugen«, den »Petersburger Gelehrten«, von vornherein zu besiegen, zu vernichten. Ich wenigstens zweifelte nicht daran.

»Wenn Sie meine Meinung wissen wollen, so... bin ich... so bin ich ganz Ihrer Meinung«, antwortete Misintschikoff träge und gleichsam wider Willen.

»Sie sind stets ganz meiner Meinung! Es könnte einem sogar übel davon werden«, bemerkte Foma. »Werde Ihnen ganz aufrichtig sagen, Pawel Ssemjonytsch«, wandte er sich nach kurzem Schweigen wieder an Obnoskin, »wenn ich unseren unsterblichen Karamsín für etwas hochachte, so tue ich es nicht wegen seiner „Statthalterin Marfa“[6], nicht wegen seiner „Russischen Geschichte“, auch nicht wegen seines Werkes über „Das alte und das neue Rußland“, sondern einzig deshalb, weil er „Froll Ssilin“[7] geschrieben hat: Das ist ein großes Epos! Es ist ein rein volkliches Werk und wird alle Ewigkeiten überleben! Ein großes Epos!«

»Eben, das ist es! Stimmt! Ein großes *Epos!* Froll Ssilin ist ein tugendhafter Mensch! Ich weiß, habe es gelesen; er kaufte *noch* zwei Mädchen los, und dann sah er zum Himmel empor und weinte. Ein erhabener Zug!« bestätigte mein Onkel, strahlend vor Zufriedenheit.

Mein armer Onkel! Er konnte es doch auf keine Weise unterlassen, sich in »gelehrte« Gespräche einzumischen! Foma lächelte boshaft, schwieg aber.

»Es wird auch jetzt Interessantes geschrieben«, mischte sich vorsichtig Anfissa Petrowna Obnoskina ein. »Zum Beispiel: die „Geheimnisse von Brüssel"!«

»Ich enthalte mich eines Urteils«, sagte Foma, gleichsam mitleidig. »Ich habe vor nicht langer Zeit einen von den neueren Dichtern gelesen ... Was soll man sagen? ‚Vergißmeinnicht'! Aber wenn ich Ihnen die Wahrheit sagen soll, so gefällt mir von den Modernsten am besten der „Korrespondent", wie er sich unterzeichnet. Der hat eine leichte Feder!«

»Der Korrespondent!« Anfissa Petrowna schrie förmlich auf, »das ist doch der, der an die Zeitung Briefe schreibt? Ach, wie ist er doch entzückend! Welch eine Spielerei mit Worten!«

»Ganz recht, eine Spielerei mit Worten. Er spielt, wie man zu sagen pflegt, mit der Feder. Eine ungewöhnliche Leichtigkeit im Satzbau!«

»Ja, aber er ist doch ein Pedant«, bemerkte Obnoskin nachlässig.

»Ein Pedant! gewiß ein Pedant – das bestreite ich nicht. Aber er ist ein sympathischer Pedant, ein graziöser Pedant! Natürlich, keine einzige seiner Ideen könnte einer ernsten Kritik standhalten, aber man läßt sich unwillkürlich von seiner Leichtigkeit bezaubern! Schön, es sind leere Worte – ich will das gern zugeben; aber es sind sympathische, es sind graziöse Worte! Entsinnen Sie sich vielleicht, wie er in einem seiner literarischen Artikel erklärte, daß er seine eigenen Güter habe?«

»Güter?« griff sofort mein Onkel auf. »Das ist gut. In welchem Gouvernement?«

Foma blieb stumm, richtete nur einen aufmerksamen Blick auf den Hausherrn und fuhr dann im selben Ton fort:

»Nun, sagen Sie mir doch um der gesunden Vernunft willen: wozu brauche ich, der Leser, zu wissen, daß er Güter hat? Hat er sie, dann gratuliere ich! Aber wie lieblich, wie spaßhaft ist das beschrieben! Er sprüht von Geist, er wirft ihn verschwenderisch um sich! Er ist ein unerschöpflicher Quell von sprudelndem Geist! Ja, *so* muß man schreiben! Ich glaube, daß ich gerade in dieser Art schreiben würde, wenn ich mich entschließen wollte, für Zeitschriften zu schreiben ...«

»Sicherlich noch besser!« bemerkte ehrerbietig Jeshowikin.

»Es ist sogar etwas Melodisches im Stil!« pflichtete mein Onkel bei.

Nun aber hielt es Foma nicht mehr aus.

»Oberst«, hub er an, »dürfte man Sie vielleicht bitten – natürlich mit aller nur möglichen Rücksichtnahme –, sich nicht einzumischen und uns in Ruhe unser Gespräch beenden zu lassen? Sie können über unsere Gespräche nicht urteilen, die Themata sind nicht für Sie geschaffen! So haben Sie doch die Güte, unsere angenehme literarische Unterhaltung nicht zu unterbrechen. Beschäftigen Sie sich mit Ihrer Landwirtschaft, trinken Sie Tee, aber ... kümmern Sie sich nicht um die Literatur ... sie wird dadurch nicht verlieren, dessen kann ich Sie versichern!«

Das überstieg denn doch den Gipfel aller Frechheit! Ich wußte nicht, wie ich mich beherrschen sollte.

»Aber du hast doch selbst gesagt, Foma, daß sogar etwas Melodisches in seinem Stil sei«, versuchte mein Onkel, verlegen und peinlich berührt, sich zu verteidigen.

»Gewiß. *Ich* aber habe es mit Sachkenntnis gesagt, als es angebracht war; Sie dagegen?«

»Jawohl, wir haben es mit Verstand gesagt«, griff Jeshowikin auf, der Foma Fomitsch auffällig umschmeichelte. »Verstand haben wir zwar nur so ein wenig, da macht man eben Anleihen; aber zur Not reichte er immer noch zu zwei Ministerien, und wenn's darauf ankäme, dann würden wir auch noch mit einem dritten fertig! – Jawohl, so steht's mit uns!«

»Na, dann habe ich also wieder etwas Unrechtes gesagt!« meinte mein Onkel mit seinem gutmütigen Lächeln.

»Zum Glück sehen Sie es wenigstens ein«, bemerkte Foma.

»Macht nichts, macht nichts, Foma, ich ärgere mich nicht. Ich weiß doch, daß du mich nur wie ein Freund korrigieren willst, wie ein Verwandter, ein Bruder ... Das habe ich dir ja selbst erlaubt, ich habe dich sogar darum gebeten ... Das ist ganz recht, ganz recht von dir. Du tust es ja nur zu meinem Besten! Also hab' Dank und, ich werde es mir merken!«

Meine Geduld war am Reißen! Alles, was ich bisher über Foma Fomitsch gehört hatte, war mir übertrieben erschienen. Als ich nun aber selbst alles sah und hörte, fand meine Verwunderung keine Grenzen. Ich glaubte mir selbst nicht mehr! Eine solche Frechheit, eine so unverschämte Anmaßung einerseits, und eine so freiwillige Unterwerfung und so arglose Gutmütigkeit andererseits konnte ich einfach nicht fassen! Übrigens war auch mein Onkel durch diese Dreistigkeit etwas verwirrt. Das sah man ihm an, obschon er es zu verbergen suchte ... Ich brannte vor Begier, mit Foma irgendwie aneinander zu geraten, mit ihm einen Zweikampf auszufechten, ihm mal hageldicht die Wahrheit zu sagen, ganz unverfroren und rücksichtslos, und dann mochte kommen, was da wollte! Dieser Gedanke begeisterte mich. Ich wartete gespannt nur auf eine Gelegenheit, mich einzumischen, aber diese Gelegenheit bot sich nicht: Foma wollte mich entschieden überhaupt nicht bemerken.

»Es ist wahr, es ist wahr, was du sagst, Foma«, fuhr mein Onkel fort, aus allen Kräften bemüht, das Unangenehme des vorhergegangenen Gespräches wenigstens durch irgend etwas einigermaßen gutzumachen. »Du trittst damit für die Wahrheit ein, Foma. Ich danke dir. Zuerst muß man eine Sache kennen, und dann kann man urteilen. Ich bereue es. Aber ich bin ja schon mehr als einmal in eine solche Patsche geraten. Stell dir vor, Ssergei, ich habe einmal sogar examiniert! ... Ihr lacht! Nun ja! Bei Gott, ich habe faktisch examiniert! Das war so: man forderte mich einmal auf, in irgendeiner Lehranstalt einem Examen beizuwohnen, und man setzte mich zusammen mit den Examinatoren an den großen Tisch, nur so, als Ehrenbezeugung; es war dort ein überzähliger Platz. Aber weißt du, ich sage dir, ich bekam ordentlich Angst, – nein wirklich: regelrechte Angst erfaßte mich! Und warum auch nicht? Bedenk doch nur: ich habe doch von keiner einzigen Wissenschaft auch nur einen Schimmer! Was tun also? ‚Gott im Himmel', denke ich, ‚jetzt wirst du selbst noch an die Tafel gerufen werden!' Nun, dann aber – ging alles gut vonstatten! Ich stellte sogar selbst noch Fragen, fragte: Wer war Noah? Überhaupt, es wurde vorzüglich geantwortet. Nachher frühstückten wir noch und tranken auf das Gedeihen der Anstalt Champagner. Eine vortreffliche Lehranstalt war's!«

Foma Fomitsch und Obnoskin brachen in schallendes Gelächter aus.

»Aber ich habe ja später auch gelacht!« rief mein Onkel dazwischen, lachte selbst mit in seiner Gutmütigkeit und freute sich, daß er andere erheitert hatte. »Nein, Foma, wart', ich werde euch alle noch mehr zum Lachen bringen! Ich werde euch erzählen, wie ich einmal hereingefallen bin ... Stell dir vor, Ssergei, wir standen damals in Krasnogórsk ...«

»Gestatten Sie eine Frage, Oberst: Wird Ihre Geschichte lang werden?« unterbrach ihn Foma.

»Ach, Foma! Aber das ist doch eine wundervolle Geschichte, einfach zum Kranklachen! Hör doch nur zu! Sie ist gut, bei Gott, sie ist gut!«

»Ich höre Ihre Geschichten, wenn Sie von dieser Art sind, stets mit Vergnügen an«, sagte Obnoskin, indem er sich absichtlich kaum Mühe gab, ein Gähnen zu unterdrücken.

»Tja, dann wird man wohl zuhören müssen«, meinte Foma resigniert.

»Aber es lohnt sich, bei Gott, Foma! Ich werde Ihnen erzählen, wie ich einmal hereinfiel, Anfissa Petrowna. Hör auch du zu, Ssergei: es ist zugleich lehrreich. Unser Regiment stand damals in Krasnogórsk«, begann mein Onkel, strahlend vor Freude, schnell und eilig, mit unzähligen einleitenden Sätzen, wie es nun einmal seine Art war, wenn er etwas zur Unterhaltung seiner Gäste erzählte. »Kaum waren wir angekommen, da ging's auch schon am selben Abend ins Theater. Die Primadonna, Fräulein Kuropátkina, war berückend schön. Später entfloh sie mit dem Rittmeister Swérkoff, noch bevor sie an dem Abend das Stück zu Ende gespielt hatte. Der Vorhang mußte fallen ... Das heißt, dieser Swerkoff war eine Bestie, trank und spielte; aber eigentlich war er doch kein Trunkenbold, sondern nur so, – immer bereit, mit den Kameraden gemütlich zu sein. Wenn er dann aber einmal ins Trinken kam, vergaß er alles: wo er lebte, in welchem Reich, wie er hieß – kurz alles! Im Grunde aber war er ein prächtiger Junge ... Nun, ich sitze also im Theater. In der Pause gehe ich hinaus ins Foyer, und da treffe ich zufällig meinen früheren Regimentskameraden, Kornoúchoff ... Ein prachtvoller Mensch! Wir hatten uns seit sechs Jahren nicht mehr gesehen. Nun, er war im Feuer gewesen, mit Kreuzen behängt – jetzt ist er, wie ich vor kurzem hörte, schon Wirklicher Staatsrat: er ist nämlich in den Staatsdienst übergetreten und wird es noch zu hohem Rang bringen ... Nun, versteht sich, wir freuten uns. Reden dies und das. Neben uns aber in der Loge sitzen drei Damen: die eine, die links sitzt, hat ein Gesicht, wie die Welt kein fürchterlicheres hervorbringen kann ... Später erfuhr ich, daß sie eine treffliche Dame war, Familienmutter – was will man mehr – hat den Mann glücklich gemacht ... Nun, und ich Dummkopf frage Kornouchoff: ‚Sag mal, Freund, weißt du nicht, was ist denn diese da, die Vogelscheuche?' – ‚Wer?' – ‚Na, diese dort links!' – ‚Ja, so ... das ist meine Cousine.' – Pfui Teufel! Man denke sich meine Situation! Ich will's natürlich sofort gutmachen: – ‚Nein doch, nicht diese', sage ich, ‚was du doch für Augen hast! Diese, die rechts sitzt: wer ist das?' – ‚Das ist meine Schwester.' – Verdammte Zucht! denke ich. Seine Schwester aber war, wie zum Trotz, eine wahre Rosenknospe, ganz allerliebst, und dazu angekleidet: Kettchen und Armbänder und Spitzen, – mit einem Wort, wie so'n Engelchen. Späterhin heiratete sie einen prächtigen jungen Menschen, einen gewissen Pýchtin; sie war zuerst mit ihm davongelaufen und hatte sich ohne Einwilligung trauen lassen; jetzt aber ist alles, wie es sich gehört, leben gut, die Eltern haben ihre Freude an ihnen ... Ja also –: ‚Nein doch!' sage ich unwillig, weiß aber selbst nicht, wo ich mich verkriechen soll, ‚nicht diese! Ich meine jene, die in der Mitte sitzt, – wer ist das?' – ‚Tja, in der Mitte – nun, Freund, das ist meine Frau ...' Unter uns: ein wahrer Leckerbissen, aber kein Mensch! Ihr Anblick allein war schon ein solches Vergnügen, daß man sie am liebsten glatt verschluckt hätte ... – ‚Nun', sage ich, ‚hast du jemals einen Dummkopf gesehen? Dann sieh ihn dir jetzt an: hier ist er, und sein Kopf steht dir gleichfalls zur Verfügung! Köpfe nur zu, brauchst nichts zu bedauern!' Er lachte. Nach der Aufführung machte er mich mit seinen Damen bekannt, und wahrscheinlich hat der Schlingel ihnen alles erzählt. Es wurde etwas viel gelacht! Aber ich muß sagen, ich habe noch nie so lustig die Zeit verbracht. Nun siehst du, Foma, wie man zuweilen hereinfallen kann! Hahahaha!«

Doch vergeblich lachte mein armer Onkel, vergeblich blickten seine heiteren treuen Augen im Kreise umher: Schweigen war die Antwort auf seine »lustige« Geschichte. Foma Fomitsch saß in finsterer Stummheit da, und seinem Beispiel folgten pflichtschuldig alle anderen; nur Obnoskin lächelte kaum merklich, da er wohl die Philippika voraussah, die meinem armen Onkel jetzt bevorstand. Dieser wurde etwas verlegen und errötete. Das war es, was Foma gewünscht hatte.

»Haben Sie nun zu Ende erzählt?« fragte er schließlich feierlich.

»Ja, ich habe zu Ende erzählt, Foma.«

»Und Sie freuen sich?«

»Das heißt . . . wieso, Foma? – wie meinst du das?« fragte gleichsam bekümmert mein Onkel.

»Ist Ihnen jetzt leichter? Sind Sie jetzt zufrieden, da es Ihnen doch gelungen ist, die angenehme literarische Unterhaltung der Freunde zu stören, indem Sie sie unterbrachen und so Ihrem kleinlichen Ehrgeiz Genüge tun konnten?«

»Aber hör doch auf, Foma! Ich wollte euch alle ja nur erheitern, du aber . . .«

»Erheitern!« schrie Foma auf, plötzlich sehr erregt. »Sie sind ja nur fähig, einen schwermütig zu machen, aber nicht zu erheitern! Zu erheitern! Begreifen Sie denn nicht, daß Ihre Erzählung fast unsittlich war? Ich sage nicht einmal: unanständig – das versteht sich von selbst . . . Sie erklärten soeben mit seltener Gefühlsroheit, daß Sie über eine Unschuldige gelacht haben, über eine geborene Aristokratin, und zwar nur deshalb, weil diese nicht die Ehre hatte, Ihnen zu gefallen! Und uns, uns wollten Sie veranlassen, zu lachen, mit anderen Worten: uns wollten Sie verleiten, einer rohen und unanständigen Tat Beifall zu spenden, und das alles nur deshalb, weil Sie hier der Hausherr sind! Tun Sie, was Sie wollen, Oberst, Sie können sich Schmarotzer, Speichellecker und Partner jeder Art zusammensuchen. Sie können sie sogar aus fernen Landen verschreiben und auf diese Weise Ihre Suite vergrößern, zum Nachteil der Gesinnungstüchtigkeit und des Edelsinnes aller noch reinen Herzen. Niemals aber wird Fomá Opískin weder ein Schmeichler, noch ein Speichellecker, noch Ihr Gnadenbrotesser sein! Wenn auch sonst nichts – dies können Sie mir glauben: dessen versichere ich Sie . . .!«

»Ach, Foma, du hast mich ja gar nicht verstanden, Foma!«

»Nein, Oberst, ich bin schon lange hinter Ihr wahres Wesen gekommen, ich durchschaue Sie vollkommen. An Ihnen nagt grenzenlose Eigenliebe: Sie machen Ansprüche auf unübertrefflichen Witz, und Sie vergessen, daß Ansprüche den Geist stumpf machen, Sie . . .«

»Um Gottes willen, Foma, laß es doch gut sein! Schäm' dich doch wenigstens vor den anderen! . . .«

»Aber es ist doch traurig, so etwas mit ansehen zu müssen, Oberst, und wenn man so etwas sieht, kann man nicht schweigen. Ich bin arm, ich lebe bei Ihrer Frau Mutter. Da könnte man ja glauben, daß ich durch mein Schweigen mich bei Ihnen einschmeicheln wollte. Ich aber will nicht, daß mich der erste beste *Grünschnabel* für Ihren Gnadenbrotesser hält! Vielleicht habe ich vorhin, als ich hier eintrat, absichtlich meine wahrheitsliebende Offenheit betont und unterstrichen, ich war *gezwungen,* sie bis zur Grobheit zu treiben, eben weil Sie selbst belieben, mich in eine solche Lage zu bringen. Sie gehen gar zu anmaßend mit mir um, Oberst. So könnte man mich ja für Ihren Sklaven, Ihren Schmarotzer, Ihren Speichellecker halten! Es scheint Ihnen Vergnügen zu bereiten, mich vor *Unbekannten* zu erniedrigen, während ich Ihnen gleichstehe – hören Sie? Ja: in jeder Beziehung gleichstehe! Vielleicht bin sogar *ich* es, der Ihnen damit einen Dienst erweist, daß ich bei Ihnen lebe . . . und es ist nicht so, daß *Sie* mir einen erweisen. Man erniedrigt mich, folglich muß ich mich Ihnen gegenüber behaupten und mich selbst loben. Das ist nur natürlich! Ich darf nicht schweigen, ich muß sprechen, ich muß unverzüglich protestieren; denn ich erkläre Ihnen offen und einfach, daß Sie phänomenal neidisch sind! Sie sehen, zum Beispiel, daß ein Mensch in seinem einfachen, freundschaftlichen Gespräch unwillkürlich sein Wissen, seine Belesenheit, seinen guten Geschmack beweist: und schon ärgern Sie sich, Sie ertragen es nicht! ‚Halt, jetzt werde auch ich schnell meine Kenntnisse, meinen guten Geschmack zeigen!' denken Sie sogleich. Aber was haben Sie denn für einen Geschmack, mit Erlaubnis zu fragen? Von Geschmack verstehen Sie ebensoviel wie – verzeihen Sie, Oberst – wie zum Beispiel, sagen wir, ein Ochse von Rindfleisch! Das ist schroff und grob ausgedrückt – ich gebe es selbst zu ... aber es ist wenigstens offenherzig und gerecht. So etwas würden Sie von Ihren Schmeichlern nicht hören, Oberst.«

»Ach, Foma! ...«

»Das ist's ja: ‚Ach, Foma!' Man sieht, die Wahrheit ist kein Daunenkissen. Nun gut. Wir werden darauf noch später zu sprechen kommen, jetzt aber erlauben Sie auch mir einmal, das Publikum zu erheitern. Sie können sich doch nicht immer nur allein auszeichnen. Pawel Ssemjonytsch! Haben Sie dieses Meerungeheuer in Menschengestalt schon gesehen? Ich beobachte ihn schon geraume Zeit. Sehen Sie ihn sich nur aufmerksam an: er würde mich mit Vergnügen verschlingen, lebendig, mit Haut und Haaren!«

Er sprach von Gawrila. Der alte Diener stand an der Tür und hörte allerdings mit tiefem Herzeleid zu, wie seinem Herrn »der Kopf gewaschen« wurde.

»Auch ich will Sie nun mit einem Schaustück belustigen, Pawel Ssemjonytsch. – He, du, Krähe, komm her! ... Aber so geruhen Sie doch, sich hierherzubemühen, Gawríla Ignátjitsch! Das ist, wie Sie sehen, Gawrila, der zur Strafe für seine Grobheit Französisch lernt. Ich mildere wie Orpheus die hiesigen Sitten, nur tue ich es nicht mit Liedern, sondern mittels der französischen Sprache. Nun, mein Franzose, *Mßjö Schematon* – er kann es nicht leiden, wenn man *Mßjö Schematon* zu ihm sagt – hast du deine Aufgabe gelernt?«

»Ich habe sie gelernt«, antwortete Gawrila mit gesenktem Kopf.

»Nun, *parleh-wu-franßeh?«*

»Wui mßjö, shö-lö-parl-ön-pö ...«

Ich weiß nicht, war die traurige Miene Gawrilas beim Aussprechen der französischen Phrase die Ursache, oder hatten alle den Wunsch Fomas erraten – jedenfalls ertönte eine schallende Lachsalve, kaum daß Gawrila den Mund aufgetan hatte. Sogar die Generalin geruhte zu lachen. Anfissa Petrowna Obnoskina warf sich gegen die Sofalehne zurück und wieherte geradezu, das Gesicht mit dem Fächer bedeckt. Gawrila aber, als er sah, welche Wendung das Examen nahm, riß die Geduld, er spie plötzlich aus und sagte:

»Daß ich in meinen alten Jahren eine solche Schande erleben muß!«

Foma Fomitsch fuhr auf:

»Was? Was hast du gesagt? Du läßt es dir einfallen, frech zu werden?«

»Nein, Foma Fomitsch«, antwortete Gawrila ernst, »meine Worte sind keine Frechheit, und mir, dem Leibeigenen, steht es nicht zu, gegen Euch, der Ihr als Freier geboren seid, unehrerbietig zu sein. Aber jeder Mensch trägt Gottes Geist in sich und ist sein Ebenbild. Ich stehe im dreiundsechzigsten Lebensjahr. Mein Vater erinnerte sich noch Pugatschóffs,[8] und mein Großvater ist mit Matwéi Nikítitsch – Gott hab ihn selig! –, also zusammen mit seinem gnädigen Herrn von Pugatschóff an ein und demselben Galgen aufgehängt worden, wofür mein Vater vom seligen Herrn Afanássij Matwéjitsch mehr als alle anderen ausgezeichnet wurde: er diente als Kammerdiener und starb als freier Hofbauer. Ich aber, Herr, bin wohl nur ein herrschaftlicher Leibeigener, aber eine solche Schande, wie jetzt, habe ich bis heute noch nicht erlebt!«

Bei den letzten Worten breitete Gawrila seine herabhängenden Arme aus und senkte den Kopf. Mein Onkel sah ihn unruhig an.

»Schon gut, schon gut, Gawrila!« rief er ihm zu, »wozu soviel reden! Schon gut!«

»Macht nichts, macht nichts«, sagte Foma, der ein wenig erblaßt war und sich zu einem Lächeln zwang. »Mag er nur reden: das sind ja doch nur Ihre Früchte ...«

»Ich will jetzt einmal alles sagen«, fuhr Gawrila fort, in den plötzlich irgendein Geist gefahren zu sein schien, – »alles sagen und nichts beschönigen! Und wenn man mir auch die Hände binden sollte – meine Zunge kann man mir doch nicht binden. Ich weiß, Foma Fomitsch, daß ich vor Euch nur ein niedriger Mensch bin, ein Knecht, aber auch ich hab mein Ehrgefühl! Zu Dienstbarkeit bin ich Euch für alle Zeit verpflichtet, da ich als Unfreier geboren bin und jede Pflicht in Furcht gewissenhaft erfüllen muß. Wenn Ihr Euch einschließt, um ein Buch zu schreiben, so ist es meine Pflicht, daß ich Wache stehe und keinen zu Euch lasse, weil Ihr mir das so angesagt und befohlen habt. Und wenn Ihr Bedienung verlangt – ich tue alles gern. Nicht aber, daß ich in meinen alten Tagen noch wie ein Ausländer bellen und vor den Menschen mir solche Schmach und Schande antun lassen muß! Wage ich es doch jetzt nicht mehr, in die Gesindestube zu gehen: ‚Ein Franzose bist du', sagen sie mir alle, ‚guten Tag, Herr Franzose!' Nein, Foma Fomitsch, nicht ich Dummkopf allein, sondern alle guten Leute sagen dasselbe: daß Ihr jetzt wahrhaftig ein böser Mensch geworden seid, und daß unser Herr so gut wie ein kleines Kind zu Euch sind, und daß Ihr, wenn Ihr auch von Geburt soviel wie ein Generalssohn seid und es vielleicht selbst nicht viel weniger weit als bis zum General gebracht habt, so doch ebendasselbe seid, was man eine Furie nennt.«

Gawrila hatte zu Ende geredet. Ich war außer mir vor Entzücken. Foma Fomitsch saß bleich und vor Wut regungslos da, inmitten der allgemeinen Bestürzung, und schien nach diesem unerwarteten Angriff noch nicht zur Besinnung kommen zu können. Es war, als überlegte er, in welchem Maße er sich ärgern sollte, bis zu welchem Grade es richtig wäre, sich zu ärgern. Endlich erfolgte der erste Aufschrei.

»Wie!« kreischte er auf. »Er hat es gewagt, mich zu beschimpfen !– mich! Aber das ist ja Rebellion!« schrie Foma, vom Stuhl emporschnellend, mit der Stimme eines alten Weibes.

Seinem Beispiel folgte sogleich die Generalin: sie schlug sogar die Hände zusammen. Mein Onkel bemühte sich, den verbrecherischen Gawrila aus dem Gesichtskreis zu schaffen.

»Fesselt ihn, fesselt ihn! Legt ihn in Ketten!« schrie die Generalin. »Laß ihn sofort in die Stadt bringen und gib ihn unter die Soldaten, Jegóruschka! Sonst versage ich dir meinen Muttersegen! Laß ihm sofort Fußfesseln anlegen – und dann unter die Soldaten!«

»Wie!« schrie Foma, »dieser Knecht! dieser Chaldäer! dieser Hamlet! Er hat sich unterstanden, mich zu beschimpfen! Er, er, mein Schuhputzlappen! Er hat es gewagt, mich eine Furie zu nennen!«

Da trat ich plötzlich entschlossen vor.

»Ich muß gestehen, in diesem Fall bin ich vollkommen derselben Meinung wie Gawrila«, sagte ich, zitternd vor Aufregung, und blickte Foma offen in die Augen.

Dieses Auftreten meinerseits machte ihn so bestürzt, daß er im ersten Augenblick, glaube ich, seinen Ohren nicht traute.

»Was soll denn das bedeuten!« brachte er endlich hervor, stürzte wie rasend ein paar Schritte vor und durchbohrte mich geradezu mit seinen kleinen, blutunterlaufenen Augen. »Was bist du denn für einer?!«

»Foma Fomitsch ...«, wollte mein Onkel, der selbst nicht wußte, wo sein Kopf stand, einlenken. »Foma Fomitsch, das ist Sserjosha, mein Neffe ...«

»Der Gelehrte!« brüllte Foma auf, »das ist also jener *Gelehrte!* Liberté – Egalité – Fraternité! Journal des Débats! Nein, du lügst! Hier ist nicht Petersburg, hier kannst du nicht betrügen! Hol der Teufel deine Débats! Bei dir heißt es Débats, bei uns aber Kabbala! Gelehrter! Ich habe siebenmal mehr vergessen, als du überhaupt weißt! Was weißt du denn überhaupt?« ...

Wenn man ihn nicht gehalten hätte, so würde er sich wahrscheinlich mit den Fäusten auf mich gestürzt haben.

»Aber er ist ja betrunken!« sagte ich, mich im Kreise umblickend.

»Wer? *Ich?!*« schrie Foma mit einer ganz fremden Stimme.

»Ja, Sie!«

»Betrunken?«

»Gewiß: betrunken!«

Das war zuviel für ihn. Er stieß einen Schrei aus, als wenn er aufgespießt worden wäre, und stürzte aus dem Zimmer. Die Generalin wollte, wie es schien, in Ohnmacht fallen, sagte sich aber, daß es besser wäre, Foma Fomitsch nachzueilen. Ihr folgten alle anderen, – und allen anderen folgte auch mein Onkel. Als ich wieder zu mir kam und mich umsah, fand ich im Zimmer außer mir nur noch Jeshowikin. Er lächelte und rieb sich die Hände.

»Von den Jesuiten versprachen Sie mir zu erzählen«, sagte er mit schmeichelnder Stimme.

»Was?« fragte ich, da ich nicht begriff, wovon er sprach.

»Von den Jesuiten versprachen Sie vorhin zu erzählen ... eine Anekdote ...«

Ich ließ ihn stehen und eilte hinaus auf die Terrasse und von dort in den Garten. In meinem Kopf wirbelte alles durcheinander ...

VIII

Die Liebeserklärung

Wohl über eine Viertelstunde irrte ich, aufgebracht und äußerst unzufrieden mit mir, im Garten umher. Was sollte ich tun? Die Sonne stand schon tief im Westen ... Ich bog in eine dunkle Allee ein – und plötzlich stand Nastenjka vor mir. In ihren Augen blitzten Tränen. In der Hand zusammengeballt hielt sie ein Taschentuch.

»Ich habe Sie gesucht«, sagte sie.

»Und ich Sie«, antwortete ich. »Sagen Sie, ich bitte Sie: bin ich hier in einer Irrenanstalt?«

»Durchaus nicht!« war die Antwort. Sie schien gekränkt zu sein und sah mich streng an.

»Aber wenn es nicht der Fall ist, warum geschieht dann

das alles? Geben Sie mir doch um Gottes willen eine Erklärung, einen Rat! Wohin ist mein Onkel jetzt gegangen? Kann ich nicht zu ihm gehen? Es freut mich sehr, daß ich Sie getroffen habe, vielleicht werden Sie mich wenigstens über einiges aufklären.«

»Nein, gehen Sie jetzt nicht hin. Ich bin selbst fortgegangen ...«

»Aber wo sind sie denn jetzt alle?«

»Weiß ich es!? Vielleicht sind sie wieder in den Gemüsegarten gelaufen«, sagte sie gereizt.

»In was für einen Gemüsegarten?«

»In der vergangenen Woche schrie Foma Fomitsch, er wolle nicht mehr in diesem Hause bleiben, und plötzlich lief er in den Gemüsegarten, fand im Schuppen glücklich einen Spaten und begann Beete umzugraben. Wir wunderten uns alle und glaubten schon, er sei verrückt geworden. ‚Ich werde Erde schaufeln', sagte er, ‚damit man mir später nicht vorwerfen kann, ich hätte umsonst hier gelebt und gegessen. Sobald ich aber das genossene Brot mit meiner Hände Arbeit bezahlt habe, werde ich mich aufmachen und fortgehen. So weit hat man mich gebracht!' Da aber weinten alle, und viel fehlte nicht, so wären sie vor ihm niedergekniet. Den Spaten wollten sie ihm mit Gewalt wegnehmen. Er aber grub und grub drauflos. Alle Rüben hat er umgegraben. Ist man ihm damals so begegnet, so wird er, denke ich, jetzt vielleicht dasselbe tun. Von ihm ist alles zu erwarten.«

»Und Sie ... Sie erzählen das so kaltblütig!« rief ich in heftigem Unwillen aus.

Da sah sie mich mit aufblitzenden Augen von der Seite an.

»Verzeihen Sie mir: ich weiß eigentlich gar nicht mehr, was ich rede! ... Wissen Sie, weshalb ich hergekommen bin?«

»N–ein«, antwortete sie errötend, und ein gewisses peinliches Gefühl spiegelte sich auf ihrem lieben Gesicht wider.

»Verzeihen Sie mir«, fuhr ich fort, »ich bin jetzt ganz aus dem Konzept gebracht, und ich fühle, daß ich nicht in dieser Weise hätte anfangen sollen, davon zu sprechen... namentlich mit Ihnen nicht ... Aber, gleichviel! Ich glaube, Offenheit ist in solchen Dingen immer das Beste. Ich gestehe ... das heißt, ich wollte sagen ... Sie kennen doch die Absicht meines Onkels? Er wünscht, daß ich um Ihre Hand anhalte ...«

»Ach, welch ein Unsinn! Sprechen Sie nicht davon, ich bitte Sie!« unterbrach sie mich heftig, während sie heiß errötete.

Ich war baff.

»Wieso Unsinn? Aber er hat es mir doch geschrieben!«

»Hat er es Ihnen wirklich so ohne weiteres geschrieben?« fragte sie lebhaft. »Ach, es ist doch ... Wie hat er mir dann versprechen können, daß er es *nicht* schreiben werde! ... Welch ein Unsinn! Gott, welch ein Unsinn!«

»Verzeihen Sie«, stotterte ich, da ich nicht wußte, was ich sagen sollte. »Vielleicht war es unvorsichtig von mir, vielleicht sogar roh ... Aber wer kann denn hier, nach diesen Erlebnissen ... Denken Sie doch nur, von ... weiß Gott was für Menschen und Plänen wir umgeben sind ...«

»Ach, um Gottes willen, entschuldigen Sie sich doch nicht! Glauben Sie mir, mir ist es ohnehin schwer, davon reden zu hören; aber ich habe Sie gesucht, um von Ihnen etwas zu erfahren ... Ach, wie ärgerlich! So hat er es Ihnen also wirklich geschrieben? Das fürchtete ich ja am meisten! Mein Gott, was ist denn das für ein Mann! ... Und Sie glaubten natürlich sofort alles und kamen schleunigst hergefahren? Das war gerade noch nötig!«

Sie verbarg ihren Ärger nicht im geringsten. Meine Lage war nichts weniger als beneidenswert.

»Offen gestanden, ich hatte nicht erwartet ...«, brachte ich in größter Verwirrung hervor. »Eine solche Wendung ... ich glaubte, im Gegenteil ...«

»Ah, also Sie glaubten?« fragte sie mit leichter Ironie und biß sich die Lippe. »Wissen Sie – zeigen Sie mir den Brief, den er an Sie geschrieben hat?«

»Wie Sie wünschen.«

»Aber bitte seien Sie mir nicht böse, nehmen Sie es mir nicht übel! Es gibt ja ohnedies schon Leid genug!« fuhr sie mit bittender Stimme fort, doch erschien schon wieder ein spöttisches Lächeln flüchtig auf ihren reizenden Lippen.

»Ach, halten Sie mich bitte nicht für so dumm!« rief ich leidenschaftlich aus. »Sie sind vielleicht voreingenommen gegen mich? Vielleicht hat Ihnen jemand Schlechtes von mir erzählt? – Oder vielleicht – weil ich dort heute so schlecht abgeschnitten habe? Aber das hat ja nichts zu bedeuten, ich versichere Sie! Ich begreife sehr gut, für wie dumm Sie mich jetzt halten müssen. Aber lachen Sie, bitte, nicht über mich! Ich weiß nicht, was ich rede ... Aber das kommt ja alles nur daher, daß ich in diesem verwünschten Alter von zweiundzwanzig Jahren stehe!«

»Oh, mein Gott, was hat das damit zu tun?«

»Wie, was das damit zu tun hat? Wer zweiundzwanzig Jahre alt ist, dem steht ja die Jugend noch auf der Stirn geschrieben! Wie mir zum Beispiel, als ich vorhin so wider Willen in die Mitte des Zimmers flog, oder wie jetzt ... hier vor Ihnen ... Oh, dieses verwünschte Alter!«

»Oh nein, nein!« beteuerte Nastenjka, die kaum das Lachen verbeißen konnte. »Ich bin überzeugt, daß Sie ein guter, lieber und kluger Mensch sind. – Sie können mir glauben, daß ich es aufrichtig meine! Aber ... Sie sind nur sehr ... ehrgeizig, sehr ... eigenliebig. Doch das kann man sich ja noch abgewöhnen.«

»Ich glaube, daß ich nicht ehrgeiziger als nötig bin!«

»N ... das doch wohl nicht. Was war es denn vorhin, als Sie so verlegen wurden – und weshalb? Weil Sie beim Eintritt gestolpert waren! ... Welches Recht hatten Sie da, Ihren guten Onkel, der so viel für Sie getan hat, lächerlich zu machen? Warum wollten Sie das Lächerliche auf ihn abwälzen, während Sie doch selbst lächerlich waren? Das war schlecht, das war häßlich von Ihnen! Das machte Ihnen wahrlich keine Ehre und – ich sage es Ihnen ganz offen –

Sie waren mir in jenem Augenblick sehr unsympathisch – jawohl, damit Sie's wissen!«

»Sie haben recht! Ich war ein großer Esel! Sogar mehr als das: ich beging einfach eine Gemeinheit! Meine Strafe dafür ist – daß Sie es bemerkt haben! Schelten Sie mich, lachen Sie über mich, aber hören Sie mich an: vielleicht werden Sie Ihre Meinung von mir doch noch ändern«, fuhr ich fort, beherrscht von einem ganz eigenartigen Gefühl; »Sie kennen mich noch so wenig, daß Sie später, wenn Sie mich näher kennen gelernt haben werden, vielleicht ...«

»Um Gottes willen, lassen wir dieses Gespräch!« unterbrach mich Nastenjka mit sichtlicher Ungeduld.

»Gut, gut, lassen wir es! Aber ... wo kann ich Sie wiedersehen?«

»Wie das – wo wiedersehen?«

»Aber es ist doch nicht möglich, daß wir jetzt das letzte Wort miteinander gesprochen haben sollen, Nastassja Jewgráfowna! Ich flehe Sie an, mir zu sagen, wo und wann ich Sie wiedersehen kann, wenn möglich heute noch! Übrigens nein, es dunkelt ja schon. Nun, dann also, wenn es irgend geht, morgen früh, so früh wie möglich ... Ich werde mich früher wecken lassen. Wissen Sie, dort am Weiher ist eine Laube. Ich entsinne mich ihrer noch sehr gut, und ich werde auch schon den Weg dorthin finden. Ich habe ja als kleiner Junge hier gelebt.«

»Aber wozu dieses Rendezvous? Wir sprechen doch schon miteinander!«

»Aber ich weiß ja vorläufig noch nichts, Nastassja Jewgrafowna! Ich muß vorher noch mit meinem Onkel reden. Er muß mir doch endlich alles erzählen, und dann werde ich Ihnen vielleicht etwas sehr Wichtiges sagen ...«

»Nein, nein! Das ist nicht nötig, gar nicht nötig!« rief Nástenjka aus. »Lassen Sie uns jetzt zu einem Ende kommen, aber so, daß wir später kein Wort mehr darüber zu verlieren brauchen. In jene Laube aber bemühen Sie sich nicht. Ich versichere Sie, daß ich nicht kommen werde. Bitte, schlagen Sie sich doch diesen ganzen Unsinn aus dem Kopf! Ich bitte Sie allen Ernstes darum ...«

»Dann ist ja mein Onkel verrückt gewesen, als er jenen Brief schrieb!« rief ich in unerträglichem Ärger aus. »Warum hat er mich denn hergerufen? ... Hören Sie? – Was ist das für ein Geschrei?«

Wir waren nicht weit vom Hause stehen geblieben. Aus den offenen Fenstern drangen Gekreisch und ganz absonderliche Schreie in den Garten.

»Mein Gott!« sagte sie erbleichend, »schon wieder! Ich ahnte es ja!«

»Sie ahnten es? Gestatten Sie mir noch eine Frage, Natassja Jewgrafowna? Ich habe allerdings nicht das geringste Recht, sie zu stellen, aber des allgemeinen Wohles wegen entschließe ich mich dazu. Sagen Sie – es soll in mir begraben sein – sagen Sie mir ganz offen: ist mein Onkel in Sie verliebt?«

»Ach, glauben Sie doch, bitte, nicht an solchen Unsinn!« rief sie heftig aus und errötete vor Unwillen. »Nun fangen auch Sie damit an! Wenn er mich lieben würde, so hätte er mich doch nicht Ihnen angeboten«, fügte sie mit bitterem Lächeln hinzu. »Und wie kommen Sie überhaupt darauf? Begreifen Sie denn wirklich nicht, um was es sich hier handelt? Hören Sie dieses Geschrei?«

»Aber ... das ist ja Foma Fomitsch ...«

»Natürlich Foma Fomitsch! Jetzt streiten sie sich dort um meinetwillen; denn sie sagen ja dasselbe, was Sie soeben sagten, denselben Unsinn: sie argwöhnen, daß er in mich verliebt sei! Und da ich arm und gering bin und es folglich nichts kostet, mich mit Schmutz zu bewerfen, so wollen sie ihn mit einer anderen verheiraten – und daher verlangen sie, daß er mich zur Sicherheit nach Haus, zu meinem Vater schicke. Wenn man ihm aber damit kommt, so gerät er sofort außer sich – ich glaube, er wäre sogar fähig, Foma Fomitsch zu zerreißen. Und nun streiten sie sich wieder darum! Ich fühle es, daß es sich um mich handelt.«

»So ist also alles wahr? Dann wird er diese Tatjana heiraten?«

»Was für eine Tatjana?«

»Nun, dieses verrückte Frauenzimmer.«

»Ich bitte Sie, Tatjana Iwanowna ist durchaus nicht verrückt! Sie ist ein sehr guter Mensch. Und Sie haben kein Recht, so von ihr zu sprechen! Sie hat ein edles Herz, ein edleres als es manch einer hat. Sie ist nicht schuld daran, daß sie unglücklich ist.«

»Verzeihen Sie. Nehmen wir an, daß Sie in diesem Punkt vollkommen recht haben; aber täuschen Sie sich dann nicht in der Hauptsache? Wie kommt es denn, sagen Sie doch, – daß zum Beispiel Ihr Herr Vater, wie ich bemerkt habe, so freundlich von ihnen empfangen wird! Denn – wenn sie sich wirklich dermaßen über Sie ärgerten, wie Sie versichern, und wenn man Sie sogar aus dem Hause schicken wollte, dann würde man sich doch auch über ihn ärgern und ihn schlecht empfangen.«

»Aber haben Sie denn nicht gesehen, was mein Vater für mich tut? Er erniedrigt sich doch bis zum Narren vor ihnen! Er wird nur deshalb empfangen, weil er Foma Fomitsch schmeichelt; da dieser Foma Fomitsch selbst eine Narrenrolle gespielt hat, so freut es ihn, wenn nun auch er seine Narren hat. Was glauben Sie denn, warum mein Vater es tut? – Nur um meinetwillen, einzig und allein für mich tut er es! Er hat es nicht nötig, seinetwegen wird er vor keinem einen unnützen Bückling machen. Vielleicht erscheint er manchem sehr lächerlich; ich weiß aber, daß er der ehrenhafteste und edelste Mensch ist. Er glaubt, weiß Gott aus welchem Grunde – jedenfalls aber nicht deshalb, weil ich hier ein gutes Gehalt bekomme – das schwöre ich Ihnen ...! Er glaubt, es sei für mich besser, wenn ich in diesem Hause bliebe. Aber jetzt habe ich ihn vom Gegenteil überzeugt. Ich hatte ihm in sehr bestimmtem Ton geschrieben; deshalb ist er heute hergekommen, um mich mitzunehmen. Und wenn es darauf ankommt, so fahre ich morgen fort. Ich bin ja doch schon zum Äußersten getrieben. Die da – die würden froh sein, wenn sie mich verschlingen könnten. Ich weiß, daß ich die Ursache ihres Streites bin. Sie zermalmen *ihn* nur deswegen, und nur weil ich hier bin, werden sie *ihn* unglücklich machen! *Er* aber ist mir ein zweiter Vater, hören Sie! – sogar mehr als mein leiblicher Vater! Ich will es nicht so weit kommen lassen. Ich sehe weiter voraus als andere; denn ich weiß mehr. Nein, morgen, morgen noch werde ich fortfahren! Vielleicht werden sie dann wenigstens seine Hochzeit mit Tatjana Iwanowna auf einige Zeit noch hinausschieben ... Jetzt habe ich Ihnen alles gesagt. Und nun sagen Sie ihm das wieder; denn ich kann jetzt nicht mehr mit ihm sprechen: wir werden beobachtet ... von der Perepelizyna. Sagen Sie *ihm*, daß er sich nicht beunruhigen soll, daß ich lieber schwarzes Brot essen und in der Hütte meines Vaters leben als die Ursache *seiner* Folter sein will. Ich bin arm, und folglich muß ich auch so leben wie Arme. Aber, Gott, welch ein Geschrei! Was mag dort wieder vorgehen? ... Nein, was daraus auch entstehen mag, ich gehe hin! Ich werde ihnen alles offen ins Gesicht sagen, gleichviel, was dann geschieht! Ich muß es tun! Leben Sie wohl.«

Sie lief fort. Ich stand immer noch auf demselben Fleck, war mir vollkommen der Lächerlichkeit der Rolle, die ich soeben gespielt hatte, bewußt und konnte mir nicht denken, wie sich der Knoten lösen sollte. Das arme Mädchen tat mir leid, und ich fürchtete für meinen Onkel. Da bemerkte ich plötzlich, daß Gawrila vor mir stand. Er hielt immer noch sein Vokabelheft in der Hand.

»Jegor Iljitsch lassen bitten«, sagte er mit wehmütiger Stimme.

Da kam ich wieder zur Besinnung.

»Wie – ich soll zu meinem Onkel? Wo ist er jetzt? Was ist mit ihm geschehen? Wo ist er?«

»Im Teezimmer.«

»Und wer ist bei ihm?«

»Sie sind allein und warten.«

»Auf wen? Auf mich?«

»Sie haben nach Foma Fomitsch geschickt... Ach ja! Unsere guten Tage sind jetzt gewesen!« fügte er tief aufseufzend hinzu.

»Nach Foma Fomitsch? Hm! Aber wo sind die anderen? Wo ist die Gnädigste?«

»Sie sind in ihrer Hälfte. Sie geruhten, in Ohnmacht zu fallen, und jetzt liegen sie bewußtlos da und weinen.«

Inzwischen hatten wir die Veranda erreicht. Es war fast schon völlig dunkel. Mein Onkel war tatsächlich ganz allein im Teesalon und ging darin mit großen Schritten auf und ab. Auf dem Tisch brannten Kerzen. Als er mich erblickte, eilte er mir entgegen und faßte meine Hände. Er war bleich und atmete schwer. Seine Hände bebten. Von Zeit zu Zeit lief ein nervöses Zucken durch seinen ganzen Körper.

IX

„Euer Exzellenz"

Mein Freund! Alles ist zu Ende, alles ist zu Ende!« sagte mein Onkel halblaut mit einer fast tragischen Stimme.

»Onkel ... ich hörte vorhin eigentümliche Schreie.«

»Gewiß, Freund, eigentümliche Schreie, – hier waren alle möglichen Schreie zu hören! Mama ist in Ohnmacht gefallen, und dort steht jetzt alles auf dem Kopf. Aber ich habe mich entschlossen und bestehe auf dem meinen. Jetzt fürchte ich nichts mehr, Ssergei. Ich will ihnen beweisen, daß auch ich Charakter habe, und ich werde es beweisen! Darum habe ich absichtlich nach dir geschickt, damit du mir hilfst, es ihnen zu beweisen ... Mein Herz ist wund, mein junger Freund ... aber ich muß! Es ist geradezu meine Pflicht, mit aller Strenge vorzugehen! Gerechtigkeit ist unerbittlich!«

»Aber was ist denn vorgefallen, Onkel?«

»Ich trenne mich von Foma«, antwortete mein Onkel mit entschlossener Stimme.

»Onkel!« rief ich begeistert aus, »auf etwas Besseres hätten Sie ja überhaupt nicht verfallen können! Und wenn ich nur irgendwie zur Ausführung Ihres Entschlusses beitragen kann, so ... verfügen Sie jederzeit über mich!«

»Ich danke dir, Freund, ich danke dir! Aber jetzt ist alles beschlossen. Ich erwarte Foma. Ich habe schon nach ihm geschickt. Entweder er oder ich! Wir müssen auseinandergehen. Entweder verläßt Foma morgen das Haus, oder – ich schwöre es – ich verlasse hier alles und trete wieder in mein Husarenregiment ein! Mich wird man schon nehmen. Man wird mir schon einen Platz geben! Zum Teufel mit diesem ganzen System! Jetzt geht es nach neuen Grundsätzen! ... Wozu hältst du da noch immer dein französisches Heft in der Hand?« schrie er plötzlich heftig den alten Gawrila an. »Fort damit! Verbrenn' es, zerstampf' es, zerreiß' es! *Ich* bin dein Herr, und *ich* befehle dir, *nicht* Französisch zu lernen! *Mir* mußt du gehorchen; denn *ich* bin dein Herr, und nicht Foma Fomitsch!«

»Gott sei gelobt und gedankt!« murmelte Gawrila vor sich hin.

Die Sache schien wirklich ernst zu werden.

»Mein Freund!« fuhr mein Onkel mit tiefem Gefühl fort, »sie verlangen Unmögliches von mir! Du sollst mich richten, du sollst jetzt zwischen ihnen und mir wie ein unparteiischer Richter stehen ... Du weißt nicht, du weißt nicht, was sie von mir wollten, und was sie schließlich ganz ausdrücklich von mir verlangten! Jetzt haben sie alles offen ausgesprochen! Aber das ist wider die Nächstenliebe, wider Anstand und Ehre ... Ich werde dir alles erzählen, aber zuerst ...«

»Ich weiß bereits alles, Onkel«, unterbrach ich ihn, »oder ich errate es wenigstens ... Ich habe soeben mit Nastassja Jewgrafowna gesprochen.«

»Freund, kein Wort, jetzt kein Wort davon!« unterbrach er mich hastig, als hätte ich ihn erschreckt. »Ich werde dir später alles selbst erzählen, aber vorläufig ... Nun was?« rief er den eintretenden Widopljassoff an, »wo ist Foma Fomitsch?«

Widopljassoff meldete, daß Foma Fomitsch »nicht zu kommen wünschten, und die Forderung, zu erscheinen, unerhört beleidigend fänden, so daß sie, Foma Fomitsch, sich sehr gekränkt zu fühlen geruhten«.

»Bring ihn her! Schlepp ihn her! Her mit ihm! Mit Gewalt schleif ihn her!« schrie mein Onkel, und er stampfte mit dem Fuß auf.

Widopljassoff, der seinen Herrn noch nie in einem solchen Zorn gesehen hatte, zog sich erschrocken zurück. Ich wunderte mich.

‚Dann muß es sich doch um etwas sehr Wichtiges handeln', dachte ich, ‚wenn ein Mensch mit einem so weichen Charakter in eine solche Wut geraten kann und so energisch seinen Entschluß durchsetzen will.'

Schweigend ging mein Onkel eine Weile auf und ab, als kämpfe er innerlich mit sich selbst.

»Du, zerreiß übrigens nicht das Heft«, sagte er schließlich zu Gawrila. »Wart noch etwas und bleibe hier; du wirst vielleicht nötig sein ... Freund!« fuhr er fort, sich wieder an mich wendend »ich bin, glaube ich, doch etwas zu laut gewesen. Jede Sache muß man würdig und männlich tun, und ohne zu schreien, ohne Beleidigungen. Ja, so muß man's tun. Weißt du, Ssergei: würde es nicht besser sein, wenn du so lange fortgingst? Dir kann es doch gleichgültig sein, nicht? – denn ich werde dir später ja doch alles erzählen – was? Was meinst du? tu es mir zuliebe, bitte!«

»Sie fürchten sich, Onkel? Sie bereuen es?« fragte ich und sah ihn aufmerksam an.

»Nein, nein, mein Freund, ich bereue nichts!« rief er mit doppelter Lebhaftigkeit aus. »Jetzt fürchte ich nichts mehr. Ich habe entscheidende Maßregeln getroffen, die entscheidendsten! Du weißt nicht, du kannst es dir nicht vorstellen, was sie von mir verlangt haben! Hätte ich denn wirklich einwilligen sollen? Nein, ich werde es beweisen! Ich habe mich frei gemacht und werde es beweisen! Irgendeinmal hätte ich es doch beweisen müssen! Aber, weißt du, Freund, ich bereue es, daß ich dich habe rufen lassen: es könnte Foma sehr schwer werden ... wenn auch du zugegen bist ... sozusagen als Zeuge seiner Erniedrigung. Sieh mal, ich will ihm in einer anständigen Form meine Gastfreundschaft kündigen, aber ohne jede Beleidigung oder Erniedrigung. Aber, sieh, das kann ich doch nur so sagen, bloß so sagen, daß ich es ohne Beleidigung tun will; denn die Sache an sich, Freund, ist und bleibt doch derart, daß sie, auch wenn du sie mit noch so honigsüßen Worten ausschmückst, immerhin kränkt. Und dazu bin ich noch ein roher, ungebildeter Mensch; da kann es denn geschehen, daß ich aus Dummheit irgend etwas sage, worüber ich mein Lebtag nicht wieder froh sein werde. Er hat doch immerhin viel für mich getan ... Geh, Freund, bitte! ... Da kommt er schon, da bringt man ihn schon! Ssergei, ich bitte dich, geh fort! Ich werde dir später alles erzählen. Geh, um Christi willen, geh!«

Und mein Onkel schob mich auf die Veranda hinaus – fast im selben Augenblick, als Foma ins Zimmer trat.

Aber ich ging nicht fort; ich beschloß, auf der Veranda zu bleiben, wo man mich in der Dunkelheit, vom Zimmer aus, kaum sehen konnte: ich nahm mir vor, schamlos zu lauschen!

Ich will meine Handlungsweise nicht weiter zu rechtfertigen suchen; aber ich darf wohl sagen, daß ich, indem ich diese halbe Stunde dort auf der Terrasse aushielt, ohne die Geduld zu verlieren und ins Zimmer zu stürzen – die Heldentat eines Märtyrers vollbrachte. Von meinem Versteck aus konnte ich nicht nur gut hören, ich konnte auch das ganze Zimmer übersehen: ich war ja nur durch eine Glastür von ihnen getrennt.

Jetzt bitte ich nur, sich einen Foma Fomitsch vorzustellen, dem *befohlen* worden war, zu erscheinen und das noch mit der Androhung sofortiger Gewaltanwendung, falls er nicht freiwillig kommen wollte.

»War es für meine Ohren bestimmt, diese Drohung zu vernehmen, Oberst?« brüllte Foma, als er ins Zimmer trat. »Habe ich recht gehört?«

»Für deine, für deine Ohren, Foma, beruhige dich«, antwortete mein Onkel mutig. »Setz dich, laß uns einmal ernst, freundschaftlich, brüderlich miteinander reden. Setz dich doch, Foma.«

Foma Fomitsch ließ sich feierlich auf einen Lehnstuhl nieder. Mein Onkel ging mit schnellen, ungleichen Schritten im Zimmer auf und ab, offenbar wußte er nicht, wie er anfangen sollte.

»Eben brüderlich«, wiederholte er. »Du wirst mich verstehen, Foma, du bist kein Kind. Ich bin auch kein Kind – mit einem Wort, wir sind beide in den Jahren . . . Hm! Sieh, Foma, wir stimmen in manchen Punkten nicht ganz überein . . . ja, eben in manchen Punkten, und darum, Foma – sollte es da nicht besser sein, Freund, wenn wir auseinandergingen? Ich bin überzeugt, daß du edelmütig bist, daß du mein Bestes willst, und darum . . . Aber wozu soviel Worte! Foma, ich werde ewig dein Freund sein, ich schwöre es dir bei allem, was mir heilig ist! Hier sind fünfzehntausend Rubel; das ist alles, Freund, was ich habe flüssig machen können, habe das Letzte zusammengescharrt und noch den Meinen abgenommen. Nimm es ruhig! Ich muß, ich bin verpflichtet, dich sicherzustellen! Hier ist der Betrag, fast nur in Banknoten. Nimm es ruhig! Du wirst mir deshalb nichts schulden; denn ich werde dir ja sowieso niemals all das entgelten können, was du für mich getan hast. Ja, ja, eben, ich fühle es, wenn wir auch jetzt im Hauptpunkt nicht harmonieren. Morgen oder übermorgen . . . oder wann es dir recht ist . . . gehen wir auseinander. Fahr in unser Städtchen, Foma, es ist ja nicht weit von hier, einige zehn Werst nur. Dort ist ein Häuschen neben der Kirche, gleich in der ersten Querstraße, mit grünen Läden und weißen Fensterrahmen, ein allerliebstes Häuschen. Es gehört der Witwe des früheren Geistlichen, es ist wie geschaffen für dich. Sie will es verkaufen. Ich werde es für dich erstehen, natürlich nicht von diesem Geld. Richte dich dort gemütlich ein, nicht weit von uns. Beschäftige dich mit Literatur, mit den Wissenschaften: du wirst berühmt werden... Die Beamten sind dort im Städtchen ohne Ausnahme ehrenwerte, freundliche, uneigennützige Leute. Der Geistliche ist ein gelehrter Mann. An den Feitertagen kommst du zu uns gefahren, um uns zu besuchen – und wir leben wie im Paradies! Bist du einverstanden?«

,Also unter solchen Zugeständnissen wird Foma aus dem Hause geschafft!' dachte ich. ,Von Geld hat er mir nichts gesagt.'

Lange Zeit herrschte tiefe Stille. Foma saß wie betäubt im Lehnstuhl und blickte unverwandt meinen Onkel an, der sich unter diesem Schweigen und diesem Blick augenscheinlich sehr unbehaglich fühlte.

»Geld!« hauchte schließlich Foma mit einer gemacht schwachen Stimme. »Wo ist es denn, wo ist denn dieses Geld? Geben Sie es her, geben Sie es nur schnell her!«

»Hier ist es, Foma: alles, was ich in bar habe, rund fünfzehntausend, alles, was ich habe auftreiben können. In Banknoten und Wertpapieren – du wirst schon selbst sehen... hier!«

»Gawrila! Nimm dieses Geld«, sagte Foma demütig, »es kann dir, Alter, einmal zustatten kommen. – Doch nein!« rief er plötzlich mit einer Stimme aus, in der noch ein ganz besonderer, kreischender Ton mitklang, und er sprang auf – »nein! Gib es mir zurück, Gawrila! Gib es mir, dieses Geld! Gib es mir! Gib mir diese Millionen, damit ich sie mit meinen Füßen in den Staub trete; gib sie mir, damit ich sie zerreiße, bespeie, in alle Winde zerstreue, beschmutze, schände!... Mir, mir bietet man Geld an! Man will mich – bestechen, damit ich dieses Haus verlasse! Habe ich recht gehört? Darf ich meinen Ohren trauen? Warum mußte ich noch diese Schmach erleben! Hier, hier sind sie, Ihre Millionen! Sehen Sie: hier, hier, hier und hier! Sehen Sie:

so handelt Foma Opiskin, wenn Sie es bis jetzt noch nicht gewußt haben, Oberst!«

Und Foma streute das ganze Geld auf dem Fußboden aus. Bemerkenswert war nur, daß er keine einzige Banknote weder zerriß noch bespie, wie er es zuerst angekündigt hatte, er verknitterte sie nur ein wenig, und auch das tat er ziemlich vorsichtig. Gawrila stürzte sofort hinzu, um das Geld aufzusammeln, das er dann später, nach Fomas Fortgang, seinem Herrn wieder einhändigte.

Diese Handlungsweise Fomas machte meinen Onkel buchstäblich starr vor Verwunderung. Er stand unbeweglich, verständnislos, mit halboffenem Mund vor Foma. Dieser hatte sich inzwischen wieder auf seinen Lehnstuhl niedergelassen und atmete keuchend, ganz als befände er sich in unbeschreiblicher Aufregung.

»Du bist ein erhabener Mensch, Foma!« rief endlich mein Onkel aus, wie aus einem Traum erwachend. »Du bist der edelste Mensch der Welt!«

»Das weiß ich«, antwortete Foma mit ergebener Stimme, doch mit unendlicher Würde.

»Foma, vergib mir! Ich bin ein Schuft vor dir, Foma!«

»Ja, vor mir«, bestätigte Foma.

»Höre, Foma, nicht über deinen Edelmut wundere ich mich«, fuhr mein Onkel begeistert fort, »sondern darüber, daß ich dermaßen roh, blind und niedrig sein konnte, dir Geld unter solchen Bedingungen anzubieten. Aber, Foma, nur in einem täuschst du dich: ich habe dich nicht bestechen wollen, nicht dir dafür *zahlen* wollen, daß du das Haus verließest, sondern ich wollte nur, daß du Geld hättest, daß du nicht Not zu leiden brauchtest, wenn du von mir fortgingst. Das schwöre ich dir! Ich bin bereit, dich auf den Knien, auf den Knien um Verzeihung zu bitten, Foma, und wenn du willst, werde ich sogleich vor dir niederknien... wenn du es nur willst...«

»Ich brauche Ihr Knien nicht, Oberst!...«

»Aber, mein Gott!... Foma, du mußt doch verstehen: ich

war doch aufgeregt, war von Sinnen, war außer mir ... Aber so sage mir, womit ich diese Kränkung wieder gutmachen könnte? Belehre mich, sag es doch ...«

»Mit nichts, mit nichts, Oberst! Und seien Sie überzeugt, daß ich morgen noch, auf der Schwelle dieses Hauses, den Staub von meinen Füßen schütteln werde.«

Und Foma begann sich langsam aus dem Lehnstuhl zu erheben. Als mein Onkel das sah, stürzte er entsetzt zu ihm und versuchte ihn wieder zum Sitzen zu bringen.

»Nein, Foma, du wirst nicht fortgehen, ich flehe dich an! Was redest du da von Staub und Füßen, Foma! Du wirst nicht fortgehen, oder ich folge dir bis ans Ende der Welt und werde dir solange folgen, bis du mir endlich verzeihst ... Ich schwöre dir, Foma, daß es so sein wird!«

»Ihnen verzeihen?« fragte Foma, »aber begreifen Sie denn noch immer nicht Ihre ganze Schuld vor mir? Begreifen Sie denn nicht, daß Sie mit jedem Stück Brot, das Sie mir gegeben haben, schuldig vor mir geworden sind? Begreifen Sie denn nicht, daß Sie in dieser einen Minute all jene Brotstücke, die ich früher hier in diesem Hause gegessen habe, nachträglich mit Gift vergiftet haben? Sie haben mir soeben einen Vorwurf wegen dieser Brotstücke gemacht, wegen jedes Bissens, den ich hier zu mir genommen! Sie haben mir soeben gezeigt, daß ich hier in Ihrem Hause wie ein Knecht, wie ein Diener, wie ein Putzlappen Ihrer Lackstiefel gelebt habe! Währenddessen habe ich in meiner Herzensreinheit bis jetzt geglaubt, daß ich in Ihrem Hause als Freund, als Bruder lebte! Haben Sie mich nicht selbst, nicht selbst mit Ihren Schlangenreden tausendmal dieser Brüderschaft versichert? Warum haben Sie denn heimlich hinter meinem Rücken diese Netze gestrickt, in denen ich nun wie ein Tölpel gefangen bin? Warum haben Sie mir in der Dunkelheit diese Wolfsgruben gegraben, in die Sie mich jetzt noch eigenhändig hineinstoßen? Warum haben Sie mich denn nicht mit einem einzigen, kurzen Schlag niedergestreckt, mit einem Schlag dieser Keule? Warum haben Sie mir nicht gleich zu

Anfang den Kopf umgedreht, wie einem Hahn, zur Strafe dafür, daß er ... nun, sagen wir, keine Eier legt? Ja, gerade so verhält es sich! Ich bestehe auf diesem Vergleich, Oberst, wenn er auch dem Provinzleben entnommen ist und durch seinen trivialen Ton an die zeitgenössische Literatur erinnert. Ich bestehe deshalb auf ihm, weil er so anschaulich die ganze Sinnlosigkeit Ihrer Beschuldigungen zeigt; denn ich bin vor Ihnen genau so wenig schuldig wie dieser Hahn, der durch seine Unfähigkeit zum Eierlegen den Unwillen seines leichtsinnigen Besitzers erregt. Ich bitte Sie, Oberst! zahlt man denn einem Freunde, einem Bruder Geld? – und noch dazu wofür? Die Hauptsache ist doch dieses: wofür! ‚Hier, nimm, mein geliebter Bruder, ich schulde dir viel: du hast sogar mein Leben gerettet; hier hast du ein paar Judassilberlinge, aber pack dich jetzt aus meinem Hause!' Wie naiv! Wie roh Sie mich behandelt haben! Sie glaubten, daß ich nach Ihrem Golde trachtete, während ich nur paradiesische Gefühle nährte und mich um Ihr Wohlergehen sorgte. Oh, wenn Sie wüßten, wie Sie mein Herz verwundet haben! Mit meinen edelsten Gefühlen haben Sie gespielt wie ein Knabe mit einem Käfer, den er durchbohrt! Schon lange, schon lange, Oberst, habe ich das jetzt Eingetroffene vorausgesehen. Das war auch der Grund, warum ich schon lange an Ihrem Brot zu ersticken meinte, warum dieses Brot mir innere Pein verursachte! Das ist auch der Grund, warum Ihre Daunenkissen mich drückten, ja, mich drückten, statt mir ein weiches Lager zu sein! Das war der Grund, weshalb Ihr Zucker, Ihre Konfitüren mir wie Pfeffer schmeckten, nicht aber wie Süßigkeiten! Nein, Oberst! Leben Sie hinfort allein, seien Sie allein selig und lassen Sie Foma einsam seinen traurigen Weg gehen, mit einem kleinen Kleiderbündel auf dem Rükken. So wird es sein, Oberst!«

»Nein, Foma, nein! So wird es nicht sein, so kann es nicht sein!« stöhnte mein unglücklicher Onkel.

»Doch, Oberst, doch! Gerade so wird es sein; denn so *muß* es sein. Morgen noch werde ich Sie verlassen. Breiten

Sie alle Ihre Millionen aus, bedecken Sie die ganze Landstraße bis Moskau mit Banknoten, – ich werde stolz und verachtend über Ihr Geld dahinschreiten! Hier, dieser selbe Fuß, Oberst, wird diese Banknoten zertreten, in den Schmutz treten, und Foma Opiskin wird einzig von seinem Seelenadel satt sein! Ich habe es gesagt und – bewiesen! Leben Sie wohl, Oberst! Le–ben – Sie – wohl, Oberst!«

Und Foma begann von neuem, sich zu erheben.

»Verzeih mir, Foma, vergib mir! Vergiß, was ich getan!« bat mein Onkel mit flehender Stimme.

»‚Vergib!' Was liegt Ihnen an meiner Vergebung? Nun gut, nehmen wir an, ich vergebe Ihnen: ich bin Christ, ich kann Ihnen schlechterdings meine Vergebung nicht vorenthalten, – ich habe Ihnen ja auch jetzt schon fast verziehen. Aber urteilen Sie selbst: wäre es denn auch nur irgendwie mit gesunder Vernunft und Seelenadel *vereinbar*, wenn ich jetzt noch eine Minute in Ihrem Hause bliebe? Sie haben mich doch aus dem Hause *hinausgejagt*!«

»Ach, gewiß ist es vereinbar, Foma, gewiß ist es vereinbar! Ich versichere dir, daß es vereinbar ist!«

»Vereinbar? Aber sind wir denn jetzt noch Gleichstehende? Begreifen Sie denn wirklich nicht, daß ich Sie mit meinem Edelmut sozusagen vernichtet habe – und daß Sie sich selbst durch Ihre niedrige Handlung erniedrigt haben? Sie sind in den Staub geworfen, und ich bin erhoben worden. Wo kann hier jetzt noch von Gleichheit die Rede sein? Wie aber kann es ohne diese Gleichheit Freundschaft geben? Ich frage es mit einem Schmerzensschrei, nicht aber triumphierend, wie Sie vielleicht wähnen.«

»Aber ich stoße ja selbst einen Schmerzensschrei aus, Foma, ich versichere dir!...«

»Und das ist derselbe Mensch«, fuhr Foma fort, den strengen Ton in einen andächtig-frommen verwandelnd, »derselbe Mensch, um dessentwillen ich so viele Nächte nicht geschlafen habe! Wie oft, wie oft habe ich mich in meinen schlaflosen Nächten von meinem Lager erhoben, das Nachtlicht angezündet und zu mir gesagt: ,Jetzt schläft er ruhig und verläßt sich auf dich. So schlafe denn nicht, Foma, und wache du für ihn, vielleicht kannst du noch etwas zu seinem Wohl ersinnen ...' So dachte Foma Opiskin in seinen schlaflosen Nächten, Oberst! Und so wird er dafür von diesem selben Obersten belohnt! Doch genug, genug! ...«

»Aber ich werde, Foma, ich werde mir deine Freundschaft wieder verdienen, das schwör' ich dir!«

»Verdienen? Sie wollen sie wieder verdienen? Welche Gewähr können Sie mir geben? Als Christ, der ich bin, verzeihe ich Ihnen und werde Sie sogar lieben; als Mensch aber, und als edler Mensch, werde ich Sie unwillkürlich verachten. Ich muß es, es ist meine Pflicht, um der Sittlichkeit willen; denn – ich wiederhole es – *Sie* haben sich selbst in den Schmutz getreten, und *ich* habe die edelste Tat vollbracht. Wer von den Ihrigen würde eine ähnliche Tat je vollbringen können? Wer von ihnen würde auf eine so ungeheure Summe Geldes freiwillig verzichten, auf eine Summe, auf die indessen der bettelarme, von allen verachtete Foma Opiskin aus Liebe zu seiner Seelengröße verzichtet hat? Nein, Oberst, um sich als Gleichstehender mit mir messen zu können, müßten Sie jetzt eine ganze Reihe von großen Taten, von Heldentaten vollbringen. Zu welch einer Heldentat aber sind Sie fähig, wenn Sie nicht einmal „Sie" zu mir sagen können, wie zu einem Gleichstehenden, sondern stets „du" zu mir sagen, wie zu einem Diener?«

»Aber Foma, ich habe doch nur aus Freundschaft du zu dir gesagt!« rief mein Onkel aus. »Ich ahnte es nicht, daß es dir unangenehm sein könnte ... Mein Gott! Wenn ich das nur geahnt hätte ...«

»Sie«, fuhr Foma unerschütterlich fort, »Sie, der Sie nicht einmal die geringste, die geringfügigste Bitte erfüllen konnten oder richtiger: nicht erfüllen *wollten*, als ich Sie bat, mich wie einen General mit „Euer Exzellenz" anzureden.«

»Aber, Foma! Das wäre doch sozusagen schon ein ... Anschlag auf die höhere Ordnung ...«

»Ein Anschlag auf die höhere Ordnung! Da haben Sie nun irgendeine Bücherphrase auswendig gelernt und behalten! Und die wiederholen Sie jetzt wie ein Papagei! Wissen Sie denn nicht, daß Sie mich beschimpft, entehrt haben mit Ihrer Weigerung, mich „Exzellenz“ zu nennen, jawohl: entehrt! Denn indem Sie meine Gründe nicht begriffen, stellten Sie mich als launischen Dummkopf bloß, der es verdient hat, in die Irrenanstalt gesteckt zu werden! Glauben Sie denn, ich begriffe nicht, daß ich lächerlich wäre, wenn ich mich „Exzellenz“ betiteln ließe, ich, der ich alle diese Titel und irdischen Auszeichnungen verachte, alle diese Ehrungen, die an sich vollkommen wertlos und nichtig sind, wenn sie nicht durch die Tugend geheiligt werden? Für keine Million würde ich den Rang eines Generals ohne diese Tugend annehmen! Und Sie, Sie hielten mich für einen Wahnsinnigen! Nur zu Ihrem Vorteil opferte ich meine Eigenliebe und ließ es zu, daß Sie, Sie mich für einen Wahnsinnigen halten konnten, Sie und Ihre Gelehrten! Nur um Ihre Sittlichkeit zu entwickeln und Sie mit dem Strahlenlicht neuer Ideen zu überfluten, entschloß ich mich, von Ihnen die Anrede „Exzellenz“ zu fordern. Ich wollte nur, daß Sie hinfort nicht mehr die Generale für die höchsten Koryphäen oder Gestirne unseres Erdballs hielten; ich wollte Ihnen beweisen, daß der Titel ohne Größe – nichts ist, und daß kein Grund vorhanden war, sich dermaßen über den Besuch Ihres Generals zu freuen, wenn neben Ihnen Menschen leben, die im Glanz der Tugend leuchten! Aber Sie haben sich ja stets so gebrüstet vor mir mit Ihrem Oberstentitel, daß es Ihnen gar zu schwer fiel, „Euer Exzellenz“ zu mir zu sagen. Das war der Grund Ihrer Weigerung! Hierin muß man den wahren Grund suchen, nicht aber in irgendwelchen Anschlägen auf das heilige Reglement! Der ganze Grund war der, daß Sie Oberst sind, ich aber nur Foma Opiskin bin . . .«

»Nein, Foma, nein! Ich versichere dich, daß es sich nicht so verhielt! Du bist ein Gelehrter, du bist nicht ein gewöhnlicher Foma . . . ich achte dich . . .«

»Achten, mich? Nun gut! Dann sagen Sie mir doch, wenn Sie mich so achten, Ihre volle Meinung: bin ich des Generalstitels wert, bin ich seiner würdig oder unwürdig? Antworten Sie mir bestimmt und ohne zu zögern: ja oder nein? Ich will bei dieser Gelegenheit Ihren Verstand, Ihre geistige Entwicklung prüfen.«

»Für deine Ehrlichkeit, deine Uneigennützigkeit, deinen Verstand, deinen unvergleichlichen Edelmut – gewiß!« antwortete mein Onkel stolz.

»Und wenn ich ihn verdient habe, weshalb sagen Sie dann nicht „Euer Exzellenz" zu mir?«

»Foma, wenn du willst . . . werde ich alles sagen . . .«

»Ich verlange es! Jetzt verlange ich es, Oberst, ich bestehe darauf und fordere es von Ihnen! Ich sehe, daß es Ihnen schwerfällt, und deshalb verlange ich es. Dieses Opfer Ihrerseits wird der erste Schritt zu einer großen Tat sein; denn – vergessen Sie das nicht! – Sie werden eine ganze Reihe von großen Taten vollbringen müssen, um sich mit mir messen zu können. Sie müssen sich selbst überwinden, dann erst werde ich an Ihre Aufrichtigkeit glauben . . .«

»Morgen, Foma, werde ich „Exzellenz" zu dir sagen!«

»Nein, nicht morgen, Oberst, morgen versteht es sich von selbst. Ich fordere von Ihnen, daß Sie hier, jetzt gleich, hier auf der Stelle, „Euer Exzellenz" zu mir sagen.«

»Wie du willst, Foma, ich bin bereit . . . Nur . . . wie soll ich denn das, Foma? So . . . ohne weiteres . . . jetzt gleich?«

»Weshalb denn nicht? Oder schämen Sie sich etwa? In dem Falle ist es eine neue Kränkung, wenn Sie sich schämen.«

»Nun dann . . . gut, Foma, ich bin bereit . . . ich bin sogar stolz darauf . . . Nur . . . wie soll ich denn, Foma, so ohne weiteres? Ich kann doch nicht sagen: „Guten Tag, Exzellenz", – das geht doch nicht . . .«

»Nein, nicht „Guten Tag, Exzellenz", das ist wieder ein beleidigender Ton. Das erinnert an einen Scherz, an eine Farce. Ich erlaube aber nicht, daß man mit mir scherzt! Besinnen Sie sich, Oberst, sofort! Ändern Sie Ihren Ton!«

»Du willst doch nicht, Foma –?«

»Erstens bitte ich, mich nicht zu duzen, Jegor Iljitsch, – Sie haben mich mit „Sie" anzureden, vergessen Sie das nicht. Und nicht Foma, sondern Foma Fomitsch.«

»Aber, bei Gott, ich freue mich, Foma Fomitsch! Ich bemühe mich ... krampfhaft, mich zu freuen ... Nur – was soll ich denn sagen?«

»Es macht Ihnen offenbar große Schwierigkeiten, Ihren Worten „Exzellenz" hinzuzufügen, das sehe ich. Das ist einerseits sogar verzeihlich, namentlich wenn der Mensch ... kein Schriftsteller ist – höflich ausgedrückt. Nun, ich werde Ihnen helfen, weil Sie kein Schriftsteller sind. Sprechen Sie mir jetzt nach: „Euer Exzellenz" ...«

»Nun, „Euer Exzellenz".«

»Nein, nicht: „nun, Euer Exzellenz!" Ich sage Ihnen nochmals, Oberst, ändern Sie Ihren Ton! Auch hoffe ich, daß Sie sich nicht beleidigt fühlen werden, wenn ich Sie auffordere, sich bei dieser Gelegenheit leicht zu verbeugen, den Körper gleichzeitig ein wenig nach vorn zu neigen, um auf diese Weise Ihre Ehrerbietung auszudrücken und sozusagen Ihre Bereitschaft, auf den leisesten Wunsch hin, gleichsam zu fliegen, um meinen Befehl auszuführen. Ich habe selbst in Generalskreisen verkehrt und kenne das ... Nun also: „Euer Exzellenz".«

»Euer Exzellenz.«

»„Wie unsäglich freut es mich, endlich Gelegenheit zu haben und um Entschuldigung dafür bitten zu können, daß ich nicht sogleich den wahren Seelenrang Eurer Exzellenz erkannt habe. Ich erlaube mir, zu versichern, daß ich hinfort meine schwachen Kräfte zum allgemeinen Nutzen nicht schonen werde ..." So, das mag vorläufig genügen!«

Mein armer Onkel! Er mußte tatsächlich und wortwörtlich diese ganze Tirade Satz für Satz, Wort für Wort nachsprechen! Ich stand und errötete wie ein Schuldiger. Die Wut schnürte mir die Kehle zu.

»Nun, fühlen Sie jetzt nicht«, fuhr der Henker fort, »daß

es Ihnen plötzlich leichter ums Herz geworden ist, als ob in Ihrer Seele ein Engel sich niedergelassen hätte? ... Fühlen Sie diese Gegenwart eines Engels? Antworten Sie mir!«

»Ja, Foma, es scheint mir jetzt wirklich leichter zumute zu sein«, antwortete mein Onkel.

»Als wäre Ihr Herz, nachdem Sie sich selbst überwunden haben, gleichsam in Öl getaucht!«

»Ja, Foma, es ist wirklich wie mit Butter bestrichen.«

»Wie mit Butter? Hm! ... Ich habe Ihnen von Butter nichts gesagt, sondern von Öl ... Nun, gleichviel! Sehen Sie jetzt, was das bedeutet, Oberst: erfüllte Pflicht! Überwinden, besiegen Sie sich nur! Sie sind eigenliebig, unendlich eigenliebig!«

»Ich weiß es, Foma, ich sehe es vollkommen ein«, sagte mein Onkel aufseufzend.

»Sie sind ein Egoist und sogar ein großer, ein grausamer Egoist ...«

»Ich weiß es, Foma, auch das sehe ich ein; seitdem ich dich kenne, habe ich auch das eingesehen.«

»Und jetzt sage ich Ihnen, wie ein Vater, wie eine zärtliche Mutter ... Sie scheuchen alle von sich und vergessen, daß ein liebenswürdiges Kalb an zwei Kühen saugt.«

»Auch das ist wahr, Foma.«

»Sie sind roh. Sie drängen sich so roh in das Herz anderer Menschen, Sie drängen sich so eigenliebig der Aufmerksamkeit anderer auf, daß ein anständiger Mensch am liebsten auf dreißig Meilen von Ihnen fortlaufen würde.«

Mein Onkel seufzte noch einmal tief auf.

»Seien Sie also zärtlicher, aufmerksamer, liebenswürdiger gegen andere. Vergessen Sie sich für andere – sehen Sie, das ist meine Regel! Duldend mühe dich, bete und hoffe – das sind Wahrheiten, die ich gern der ganzen Menschheit einprägen möchte! Eifern Sie ihnen nach, dann werde ich Ihnen als erster mein Herz öffnen, werde an Ihrer Brust weinen ... falls es nötig sein sollte ... Denn sonst heißt es bei Ihnen nur ‚ich' und ‚ich' und ‚meine Gnade'! Aber diese

Ihre Gnade bekommt man doch schließlich satt, mit Erlaubnis zu sagen!«

»Welch ein Mensch!« murmelte Gawrila, der an der Tür stand, voll Andacht.

»Das ist wahr, Foma, ich fühle es selbst«, bestätigte mein Onkel gerührt. »Aber schließlich ist doch nicht alles nur meine Schuld! Ich bin so erzogen worden, habe unter Soldaten gelebt. Aber ich schwöre dir, Foma, auch ich verstand zu fühlen und zu empfinden. Als ich aus meinem Regiment trat und von der Truppe Abschied nahm, da hatten alle meine braven Husaren Tränen in den Augen, mein ganzes Regiment weinte fast, und sie sagten, einen solchen Vorgesetzten würden sie wohl nie wieder bekommen!... Und so dachte ich damals, daß auch ich vielleicht dennoch kein ganz verlorener Mensch sei.«

»Wieder ein egoistischer Zug! Wieder ertappe ich Sie auf einem Beweis Ihrer Eigenliebe, Sie brüsten sich, und bei der Gelegenheit machen Sie mir noch wegen der Tränen Ihrer Husaren einen Vorwurf. Wie kommt es, daß *ich* mich niemals mit Tränen anderer brüste? Und doch, und doch – ich hätte so manchen guten Grund dazu.«

»Weißt du, das ist mir nur so entschlüpft, Foma, ich erinnerte mich der alten, guten Zeit ... da hielt ich's denn nicht aus und erzählte es dir jetzt.«

»Die gute Zeit fällt nicht vom Himmel, sondern wir selbst schaffen sie uns: sie ist in unserem Herzen enthalten, Jegor Iljitsch. Weshalb bin ich denn immer glücklich und trotz meiner Leiden zufrieden? Weshalb bin ich ruhig und werde niemandes überdrüssig, ausgenommen vielleicht der Dummköpfe und der sogenannten Gelehrten, die ich nicht schone und nie schonen werde. Ich liebe die Dummköpfe nicht. Und was sind denn diese Gelehrten? ‚Ein Mann der Wissenschaft!' Seine ganze ‚Wissenschaft' besteht ja nur in seiner ‚Gewissenshaft'! Nun, was hat *er* denn vorhin gesprochen? Laßt ihn herkommen! Ihn und alle Gelehrten! Ich kann alles widerlegen! Ich werde alle diese von ihnen aufgestellten Gesetze widerlegen! Und vom Seelenadel, von allem Edlen – rede ich schon gar nicht!«

»Natürlich, Foma, ich glaube es dir! Wer zweifelt denn überhaupt daran?«

»Vorhin zum Beispiel bewies ich Verstand, Begabung, große Belesenheit, Kenntnisse des Menschenherzens, Kenntnis der zeitgenössischen Literatur, ich zeigte und bewies glänzend, wie ein talentvoller Mensch selbst über so eine Kamárinskaja ein hohes und interessantes Gespräch entwickeln kann. Und nun frage ich: Hat auch nur einer von ihnen allen das Ganze würdig zu schätzen verstanden? Nein, und nicht genug damit: sie wandten sich obendrein ab! Ich bin ja überzeugt, daß sie Ihnen schon gesagt haben, ich ‚wüßte nichts'. Dabei hat aber in Wirklichkeit ein zweiter Macchiavelli vor ihnen gesessen und ist nur deshalb von ihnen nicht als solcher erkannt worden, weil er noch arm und unbekannt ist ... Nein, das soll ihnen nicht durchgehen! ... Ferner habe ich da noch von einem Korówkin gehört. – Was ist das nun wieder für ein Gänserich?«

»Oh, das ist, weißt du, ein kluger Mensch, ein Mann der Wissenschaft ... Ich erwarte ihn. Der wird dir aber sicherlich gefallen, Foma!«

»Hm! das bezweifle ich. Wahrscheinlich irgend so ein moderner Esel, der mit Bücherweisheit vollgepfropft ist. Die haben keine Seele, Oberst, die haben kein Herz! Was aber ist selbst Gelehrtheit, wenn sie keine Tugend hat?«

»Nein, Foma, nein! Wie er über Familienglück redet! – ich sage dir, das Herz begreift es ganz von selbst, Foma!«

»Hm! Warten wir ab; wir können ja auch den Korowkin noch examinieren. Doch jetzt genug«, schloß Foma, sich erhebend. »Noch kann ich Ihnen nicht ganz verzeihen, Oberst; Sie haben mich bis aufs Blut gekränkt. Aber ich werde beten, vielleicht wird Gott dann meinem gekränkten Herzen Frieden senden. Wir werden morgen noch darüber reden, jetzt aber erlauben Sie, daß ich mich zurückziehe. Ich bin ermüdet und entkräftet ...«

»Ach, Foma!« rief mein Onkel erschrocken aus, »nun habe ich dich auch noch ermüdet! Weißt du was, – willst du dich nicht etwas stärken, einen kleinen Imbiß nehmen? Ich werde ihn sofort bestellen.«

»Einen Imbiß nehmen! Hahaha! Einen Imbiß nehmen!« war Fomas Antwort mit verächtlichem Lachen. »Zuerst wird man mit Gift getränkt, und dann wird man gefragt, ob man nicht einen Imbiß nehmen wolle! Die Wunden, die dem Herzen geschlagen sind, wollen Sie mit irgendwelchen gedämpften Pilzen oder eingemachten Früchten heilen! Was für ein armseliger Materialist Sie doch sind, Oberst!«

»Ach, Foma, ich wollte es doch, bei Gott, nur aus gutem Herzen ...«

»Schon gut. Genug davon. Ich gehe. Sie aber, gehen Sie unverzüglich zu Ihrer Mutter, knien Sie vor ihr nieder, schluchzen Sie, weinen Sie, erflehen Sie ihre Verzeihung, – das ist Ihre Pflicht, das müssen Sie!«

»Ach, Foma, ich habe ja die ganze Zeit schon daran gedacht! Selbst jetzt, während ich mit dir sprach, dachte ich die ganze Zeit daran. Ich bin bereit, bis zum Morgen vor ihr auf den Knien zu liegen. Aber bedenk doch auch, Foma, was man von mir verlangt! Das ist doch ungerecht, das ist doch grausam, Foma! Sei doch großmütig, mach mich vollkommen glücklich, denk doch nur nach, erlöse mich, und dann ... dann ... ich schwöre dir ...«

»Jegor Iljitsch, das ist nicht meine Sache«, antwortete Foma. »Sie wissen, daß ich mich in diese Angelegenheit überhaupt nicht hineinmische. Das heißt: Sie sind ja, sagen wir überzeugt, daß ich die Ursache sei; aber ich versichere Ihnen, daß ich mich von Anfang an vollkommen davon zurückgezogen und nichts damit zu tun habe und haben will. Hier handelt es sich einzig und allein um den Willen Ihrer Frau Mutter, sie aber will natürlich nur Ihr Bestes ... So gehen Sie denn hin, eilen Sie, und machen Sie Ihre Schuld durch vollkommenen Gehorsam wenigstens teilweise wieder gut ... „Lasset nicht die Sonne über eurem Zorne untergehen!" Ich aber ... ich werde die ganze Nacht für Sie beten. Schon seit langem weiß ich nicht mehr, was Schlaf ist, Jegor Iljitsch. Leben Sie wohl! Auch dir verzeihe ich, Alter«, sagte er, zu Gawrila gewandt. »Ich weiß, daß du nicht aus eigenem Antrieb Böses getan hast. Vergib also auch du mir, wenn ich dir etwas zuleide getan haben sollte ... Lebt wohl, lebt alle wohl, und der Herr segne euch! ...«

Foma entfernte sich. Ich trat ins Zimmer.

»Du hast gelauscht!« rief mein Onkel erschrocken aus.

»Ja, Onkel, ich habe gelauscht! Und Sie, Sie konnten „Exzellenz" zu ihm sagen! ...«

»Was sollte ich tun, Freund! Ich bin ja sogar stolz darauf, daß ich es getan habe ... Das ist ja noch nichts im Vergleich zu seiner großen Heldentat! Welch ein edler, uneigennütziger, erhabener Mensch! Ssergei – du hast ja zugehört –, so sag du mir doch, wie konnte ich da nur mit dem Geld kommen! Ich begreife mich selbst nicht! Aber ich war nicht bei klarer Vernunft, ich war aufgebracht, ich verstand ihn nicht, ich beargwöhnte ihn, beschuldigte ihn ... Doch nein! – er konnte nicht mein Gegner sein – das begreife ich jetzt vollkommen ... Aber weißt du, hast du gesehen, welch einen edlen Ausdruck sein Gesicht hatte, als er das Geld zurückwies?«

»Gut, Onkel, seien Sie so stolz, wie Sie nur wollen, ich aber reise morgen: meine Geduld ist zu Ende! Zum letzten Male frage ich Sie: was verlangen Sie von mir? Wozu haben Sie mich hergerufen, und was erwarten Sie von mir? Und wenn nun alles zu Ende und besiegelt ist und ich Ihnen zu nichts mehr nütze bin – dann fahre ich eben. Ich ertrage solche Schaustücke nicht! Heute noch reise ich ab!«

»Freund«, sagte mein Onkel eifrig, wie das so seine Art war, »wart nur noch zwei Minuten: ich werde jetzt zu meiner Mutter gehen ... ich muß dort zuerst ins reine kommen ... es ist eine wichtige, große, eine entscheidende Sache! ... Du aber geh in dein Zimmer und erwarte mich dort.

Hier, Gawrila wird dich ins Sommerhaus führen. Du erinnerst dich doch noch? Es liegt dort mitten im Garten. Ich habe schon alles angeordnet, auch dein Koffer ist hingeschafft worden. Ich werde jetzt schnell zu meiner Mutter gehen, nur ihre Verzeihung erwirken, mich rasch entschließen – jetzt weiß ich, wie ich es anfassen muß –, und dann komme ich sofort zu dir und erzähle dir alles, alles, alles bis aufs Letzte, werde meine ganze Seele vor dir ausschütten! Und ... und auch wir werden noch einmal glückliche Tage erleben! ... Zwei Minuten, nur zwei Minuten, Ssergei!«

Er drückte meine Hand und verließ eilig das Zimmer. Mir blieb nichts anderes übrig, als mich von Gawrila ins Sommerhaus führen zu lassen.

X

Misíntschikoff

Das Sommerhaus, in dem man für mich ein Zimmer eingeräumt hatte, wurde aus alter Gewohnheit noch immer »das neue Haus« genannt, obgleich es schon vor langen Jahren, noch von den früheren Besitzern des Gutes Stepantschikowo, erbaut worden war. Es war dies ein nettes, einstöckiges Holzgebäude, das nicht weit vom Herrenhause im Garten lag. Von drei Seiten umstanden das Sommerhäuschen alte, hohe Lindenbäume, deren Äste das Dach hoch überragten. Alle vier Zimmer dieses Sommerhauses waren gut möbliert und ausschließlich für etwaigen Besuch bestimmt. Als ich mich in dem mir zugewiesenen Gemach umsah, bemerkte ich zuerst meinen Koffer und dann auf dem Nachttisch neben dem Bett einen Bogen Briefpapier, der von einem wahren Meister in der Schönschreibekunst beschrieben und mit Girlanden und Schnörkeln überreich verziert war. Die Anfangsbuchstaben und die Blumengewinde leuchteten sogar in bunten Farben. Alles in allem war es eine bewundernswerte kalligraphische Arbeit. Schon aus den ersten Zeilen ersah ich, daß es ein an mich gerichteter Bittbrief war, in dem ich ein »aufgeklärter Wohltäter« genannt wurde. Als Überschrift stand: „Widopljassoffs Wehklagen“. Wie sehr ich aber auch meine Aufmerksamkeit anstrengte, um wenigstens etwas von dem ganzen Schreiben zu begreifen, so waren doch alle meine Bemühungen umsonst: es war der reinste Blödsinn in hochtrabendem Dienerstil. Ich erriet nur ungefähr, daß Widopljassoff sich in einer bedauernswerten Lage befand, meine Hilfe erbat und in irgendwelchen Dingen große Hoffnungen auf mich setzte – »von wegen Eurer Bildung ...« Zum Schluß bat er mich dann noch, zu seinen Gunsten auf meinen Onkel einzuwirken, und zwar – »kraft Eurer Maschine«, wie es buchstäblich in der letzten Zeile dieses Handschreibens geschrieben stand. Ich war noch in die Lektüre vertieft, als die Tür aufging und Iwan Iwanytsch Misintschikoff, mein Vetter dritten Grades, ins Zimmer trat.

»Ich hoffe, Sie werden mir gestatten, Ihre Bekanntschaft zu machen«, sagte er ungezwungen, doch äußerst höflich und reichte mir die Hand. »Vorhin habe ich Ihnen keine zwei Worte sagen können, und doch empfand ich schon im ersten Augenblick den Wunsch, Sie näher kennen zu lernen.«

Ich antwortete ihm sogleich, daß auch ich mich freute usw., obschon ich mich in der miserabelsten Laune befand.

Wir setzten uns.

»Was haben Sie denn da?« fragte er, nach einem Blick auf das Blatt, das ich noch in der Hand hielt. »Etwa „Widopljassoffs Wehklagen“? Na, natürlich! Ich war ja überzeugt, daß Widopljassoff unfehlbar auch Sie attackieren würde. Mir hat er gleichfalls so ein wunderbar bemaltes Blatt mit denselben „Wehklagen“ überreicht. Sie sind von ihm schon lange sehnsüchtig erwartet worden, so daß er Zeit genug gehabt hat, inzwischen dieses Gemälde herzustellen. Aber Sie können sich die Mühe sparen, sich darüber zu wundern: hier gibt es viel Sonderbares, und wenn man

Lust zum Lachen hat, fände sich auf Schritt und Tritt Anlaß dazu.«

»Nur zum Lachen?«

»Na, doch nicht etwa zum Weinen? Wenn Sie wollen, kann ich Ihnen Widopljassoffs Leben erzählen, und ich wette, daß Sie lachen werden.«

»Offen gestanden, es ist mir jetzt nicht um Widopljassoff zu tun«, antwortete ich etwas ungehalten.

Es war mir vollkommen klar, daß der Besuch Herrn Misintschikoffs und sein liebenswürdiges Gespräch einen besonderen Zweck verfolgten und mein Herr Vetter dritten Grades sehr einfach meiner bedurfte. Im Teesalon hatte er finster und ernst ausgesehen, und nun war er plötzlich so aufgeräumt und sogar bereit, lange Geschichten zu erzählen. Man sah es ihm sofort an, daß er sich vorzüglich zu beherrschen verstand und, wie mir schien, ein Menschenkenner war.

»Dieser verdammte Foma!« knirschte ich wütend und schlug mit der Faust auf den Tisch. »Ich bin überzeugt, nur er allein ist die Quelle alles Übels hier, und jede Verrücktheit läßt sich auf ihn zurückführen! Dieser verfluchte Spitzbube!«

»Sie haben sich ja, wie es scheint, sehr über ihn geärgert«, bemerkte Misintschikoff.

»Sehr über ihn geärgert!« Ich geriet plötzlich in Wut. »Ich weiß, ich habe mich heute nachmittag hinreißen lassen und somit jedem das Recht gegeben, mich abfällig zu beurteilen. Ich sehe es jetzt sehr wohl ein, daß ich unnützerweise aus mir herausgegangen bin und in jeder Beziehung schlecht abgeschnitten habe; aber ich denke, es ist zum mindesten überflüssig, mir das obendrein noch zu verstehen zu geben! ... Auch begreife ich vollkommen, daß man so etwas in guter Gesellschaft nicht tut; aber, sagen Sie doch selbst, war es denn überhaupt möglich, nicht aus der Haut zu fahren? Das ist ja hier eine Irrenanstalt, genau genommen! Und ... und ... schließlich ... Ach, was! Ich fahre einfach fort, und damit basta!«

»Rauchen Sie?« fragte Misintschikoff ruhig.

»Ja.«

»Dann werden Sie hoffentlich nichts dagegen haben, wenn auch ich rauche. Dort wird es nicht gestattet. Ich bin schon auf dem besten Wege, darüber melancholisch zu werden. Ich gebe gern zu«, fuhr er fort, nachdem er sich eine Zigarette angesteckt hatte, »daß es hier manchmal stark an eine Irrenanstalt erinnert; doch seien Sie versichert, daß ich mir nicht erlauben werde, Sie oder Ihr Auftreten zu verurteilen, und zwar deshalb nicht, weil ich an Ihrer Stelle vielleicht noch dreimal mehr in Wut geraten oder aus der Haut gefahren wäre als Sie vorhin.«

»Aber warum taten Sie es dann nicht, wenn Sie wirklich so ungehalten waren? Ich entsinne mich, im Gegenteil, noch ganz genau, daß Sie sehr kaltblütig waren. Ich will Ihnen sogar ganz offen sagen: es wunderte mich, daß Sie für meinen armen Onkel nicht eintraten, ihn nicht verteidigten, da er doch so viel Gutes ... allen und jedem erweist!«

»Sie haben recht: er hat vielen Gutes getan. Doch für ihn einzutreten, das halte ich in diesem Fall für vollkommen nutzlos: erstens würde es ihm nichts helfen und hätte gewissermaßen sogar etwas Erniedrigendes für ihn; zweitens würde man mich dann am nächsten Tage vor die Tür setzen. Und nun will auch ich Ihnen etwas ganz offen gestehen: nämlich, daß meine Verhältnisse augenblicklich derart sind, daß ich die Gastfreundschaft, die ich hier genieße, sehr hoch einschätzen muß.«

»Ich verlange von Ihnen durchaus keine Aufschlüsse über Ihre Verhältnisse ... Aber übrigens, ich möchte Sie gern etwas fragen, da Sie ja doch schon einen ganzen Monat hier leben ...«

»Bitte sehr, fragen Sie nur. Ich stehe Ihnen jederzeit zu Diensten«, antwortete Misintschikoff bereitwillig und rückte seinen Stuhl näher zu mir.

»Erklären Sie mir, bitte, eines: soeben hat Foma Fomitsch fünfzehntausend Rubel, die er bereits in der Hand hielt, verschmäht – ich habe es mit eigenen Augen gesehen!«

»Wie das? Ist's möglich!« Misintschikoff war erstaunt. »Erzählen Sie doch, bitte!«

Ich erzählte, was ich gesehen und gehört hatte, verschwieg aber alles, was sich auf „Euer Exzellenz" bezog. Misintschikoff hörte mir mit lebhafter Neugier zu; sein ganzes Gesicht schien sich zu verändern, als ich auf die Einhändigung der fünfzehn Tausend zu sprechen kam.

»Raffiniert!« sagte er, als ich meine Erzählung beendet hatte. »Das hätte ich eigentlich von Foma gar nicht erwartet.«

»Jedenfalls hat er das Geld zurückgewiesen! Wie soll man sich das erklären? Doch nicht mit seinem Seelenadel?«

»Er hat fünfzehn Tausend zurückgewiesen, um später dreißig Tausend anzunehmen. Übrigens ... wissen Sie!« fügte er nach kurzem Nachdenken hinzu, »ich bezweifle, daß Foma eine bestimmte Berechnung gehabt hat. Er ist doch ein unpraktischer Mensch. Er ist in seiner Art gleichfalls so etwas wie ein Dichter. Fünfzehn Tausend ... hm! Sehen Sie: er hätte das Geld sicherlich genommen und behalten, nur: er widerstand nicht der Versuchung, Theater zu spielen, sich zu verstellen, sich in schönem Licht zu zeigen. Ich sage Ihnen, er ist nichts als ein unendlich saurer, tränenreicher Schwamm bei unbegrenzter Eigenliebe!«

Misintschikoff geriet beinahe in Wut. Man sah es ihm an, daß er sich aufrichtig ärgerte; ja, es schien mir sogar, als beneide er Foma wegen der angebotenen fünfzehn Tausend. Ich beobachtete ihn aufmerksam.

»Hm! Dann muß man großer Veränderungen gewärtig sein«, meinte er nachdenklich. »Jegor Iljitsch ist ja bereit, Foma anzubeten. Was kann man wissen ... vielleicht wird er sie doch noch heiraten, einfach aus Herzensrührung«, sprach er durch die Zähne vor sich hin.

»So glauben Sie, daß diese schändliche, diese widernatürliche Ehe mit diesem übergeschnappten, verdrehten Frauenzimmer wirklich zustande kommen werde?«

Misintschikoff warf mir einen forschenden Blick zu.

»Diese Schurken!« rief ich heftig aus. Er schwieg.

»Übrigens haben die verstanden, ihre Idee recht vernünftig zu begründen«, bemerkte Misintschikoff. »Sie behaupten nämlich, er müsse doch irgend etwas für die Familie tun.«

»Als ob er noch zu wenig für sie getan hätte!« Ich war empört. »Und auch Sie, auch Sie wagen noch zu sagen, daß es eine vernünftige Idee sei – eine dumme Gans zu heiraten!«

»Oh, ich stimme mit Ihnen darin vollkommen überein, daß sie eine dumme Gans ist ... Hm! Es freut mich, daß Sie Ihren Onkel so lieben ... auch ich kann es nachfühlen ... obschon man mit ihrem Geld das Gut prächtig vergrößern könnte. Aber sie haben außerdem noch andere Gründe: sie fürchten, daß Jegor Iljitsch die Erzieherin seiner Kinder heiraten könnte – Sie entsinnen sich doch noch des interessanten jungen Mädchens, das nach Iljuscha eintrat?«

»Aber ... aber ist denn das möglich? Ist denn das anzunehmen?« fragte ich erregt. »Es scheint mir vielmehr eine Verleumdung zu sein. Sagen Sie doch, um Gottes willen, es interessiert mich über alle Maßen ...«

»Oh, er ist bis über die Ohren verliebt! Nur verbirgt er es selbstredend.«

»Verbirgt es! Sie glauben, er will es verbergen? Nun, aber sie? Liebt auch sie ihn?«

»Sehr leicht möglich, daß auch sie ihn liebt. Und zudem sind ja alle Vorteile auf ihrer Seite: sie ist sehr arm.«

»Aber welche Anhaltspunkte haben Sie, um hier eine gegenseitige Liebe zu vermuten?«

»Da müßte man ja blind sein, wenn man das nicht sehen wollte. Hinzu kommt, daß sie, glaube ich, sich heimlich treffen. Es ist sogar behauptet worden, daß sie unerlaubte Beziehungen unterhielten. Aber erzählen Sie das, bitte, nicht weiter. Ich sage es Ihnen nur unterm Siegel der strengsten Verschwiegenheit.«

»Wie kann man nur an so etwas glauben!« rief ich unwillig aus. »Und Sie geben zu, daß Sie diesem Märchen Glauben schenken?«

»Selbstverständlich glaube ich es nicht ganz, ich bin nicht dabei gewesen. Aber es kann doch sehr leicht möglich sein.«

»Was! es kann möglich sein! Denken Sie doch nur an die Anständigkeit, an die Ehre meines Onkels!«

»Zugegeben. Aber man kann sich doch vergessen – kann sich damit beruhigen, daß man später mit der Heirat unfehlbar alles wieder gutmachen werde. Das kommt ja häufig vor ... Und so läßt man sich denn hinreißen. Ich sage aber nochmals, daß ich durchaus nicht für die vollkommene Glaubwürdigkeit dieser Gerüchte einstehe, um so weniger, als man das Mädchen hier schon zur Genüge in den Schmutz zu ziehen versucht hat. So wurde zum Beispiel auch erzählt, daß sie mit Widopljassoff ein Verhältnis habe.«

»Mit Widopljassoff! – Da sehen Sie es ja! Ist das überhaupt denkbar? Ist es denn nicht ekelhaft, so etwas auch nur zu hören? Und Sie glauben es?«

»Ich sage Ihnen doch, daß ich es nicht glaube«, antwortete Misintschikoff ruhig, »aber schließlich – hätte es ja auch vorkommen können. In der Welt kann alles vorkommen. Ich aber bin nicht zugegen gewesen, und überdies finde ich, daß es mich nichts angeht. Da Sie aber, wie ich sehe, an allen Dingen, die mit Ihrem Onkel zusammenhängen, so lebhaften Anteil nehmen, halte ich es für meine Pflicht, ausdrücklich hinzuzufügen, daß dieses Verhältnis mit Widopljassoff allerdings sehr wenig Wahrscheinlichkeit für sich hat. Das ganze Gerücht scheint vielmehr nur Machwerk Anna Nílownas zu sein – der Perepelízyna. Sie hat natürlich nur aus Neid diesen ganzen Klatsch verbreitet, da sie früher selbst davon geträumt hat, Jegor Iljitsch zu heiraten. Bei Gott! Und zwar, wie ich glaube, hauptsächlich deshalb, weil sie selbst die Tochter eines Majors ist. Jetzt hat sie ihre Hoffnung aufgeben müssen; so ist auch ihre Wut danach. Doch, ich glaube – ich habe Ihnen bereits alles erzählt und dieses Thema erschöpft, und – offen gestanden – ich bin nichts weniger als ein Freund von solchen Klatschgeschichten. Außerdem verlieren wir über diesem Geschwätz die kostbare Zeit. Ich komme, wissen Sie, ich komme mit einer kleinen Bitte zu Ihnen.«

»Mit einer Bitte? Oh, ich bin gern zu allem bereit, was ich für Sie tun kann...«

»Besten Dank; ich hoffe sogar, Sie gewissermaßen mit meinem Anliegen zu interessieren; denn, wie ich sehe, lieben Sie Ihren Onkel und nehmen großen Anteil an seinem Schicksal, namentlich bezüglich seiner zukünftigen Ehe. Doch, vor *dieser* Bitte habe ich noch eine andere Bitte an Sie.«

»Und das wäre?«

»Folgendes: Vielleicht werden Sie einwilligen, meine Hauptbitte zu erfüllen, vielleicht aber auch nicht. Daher würden Sie mir einen großen Gefallen erweisen, wenn Sie die Güte hätten, mir vorher Ihr Ehrenwort als Edelmann und Ehrenmann zu geben, daß alles, was Sie von mir hören werden, zwischen uns bleibt, als größtes Geheimnis, und daß Sie in keinem Fall und ohne jede Ausnahme keiner einzigen Person dieses Geheimnis verraten werden, sowie ferner, daß Sie die betreffende Idee nicht für sich benutzen werden, diese Idee, die ich jetzt notwendigerweise Ihnen mitteilen muß. Sind Sie damit einverstanden?«

Die Einleitung war recht feierlich. Ich erklärte mich mit seinen Bedingungen einverstanden.

»Nun, und?« fragte ich dann.

»Die Sache ist im Grunde sehr einfach«, begann Misintschikoff. »Ich will, sehen Sie mal ... ich will Tatjána Iwánowna entführen und sie dann heiraten. Kurz, es soll etwas in der Art eines spanischen Romans werden. Sie verstehen mich doch?«

Ich blickte Herrn Misintschikoff unverwandt in die Augen, und es dauerte eine kleine Weile, bis ich die ersten Worte fand.

»Ich ... ich begreife nicht...«, sagte ich endlich; »und außerdem«, fuhr ich fort, »außerdem, da ich es mit einem vernünftigen Menschen zu tun zu haben glaubte ... habe ich keineswegs erwartet ...«

»Erwartet oder nicht erwartet«, unterbrach mich Misintschikoff, »ins Unverblümte übersetzt, heißt das ungefähr soviel wie: daß sowohl ich wie mein Vorhaben dumm sind, nicht wahr?«

»Aber durchaus nicht ... nur ...«

»Oh, bitte sehr, tun Sie sich in Ihren Ausdrücken keinen Zwang an. Bleiben Sie nur ganz ruhig. Sie erweisen mir damit sogar ein großes Entgegenkommen; denn so gelangen wir schneller zum Ziel. Ich gebe übrigens gern zu, daß mein ganzer Plan so auf den ersten Blick etwas sonderbar erscheinen muß. Doch ganz abgesehen davon, versichere ich Sie, daß meine Absicht nicht nur keineswegs dumm, sondern sogar höchst vernünftig ist. Und wenn Sie so freundlich sein wollen, zuerst die Klarlegung der Verhältnisse anzuhören, so ...«

»Oh, bitte – ich bin sehr gespannt.«

»Übrigens ist hier fast nichts zu erzählen. Sehen Sie mal: ich habe augenblicklich nur Schulden und dementsprechend keine Kopeke in der Tasche. Außerdem habe ich noch eine Schwester, ein Mädchen von ungefähr neunzehn Jahren. Sie ist Waise, wissen Sie, gänzlich mittellos, und muß sich selbst ihr Brot verdienen. Das ist zum Teil auch meine Schuld. Wir erbten vierzig Leibeigene. Nun mußte ich wie verhext gerade damals zum Fähnrich avancieren! Zuerst natürlich verpfändete ich nur die vierzig Leibeigenen, dann brachte ich sie durch. Ich führte ein törichtes Leben, gab den Ton an, spielte den Lebemann, spielte auch am grünen Tisch, trank – mit einem Wort: töricht war's, man schämt sich geradezu, daran zu denken. Jetzt bin ich zur Besinnung gekommen, habe mich anders bedacht: ich will nun ein ganz neues Leben beginnen. Zu diesem Zweck aber brauche ich unumgänglich eine Summe von hunderttausend Rubeln in bar. Da ich jedoch mit dem Offiziersdienst nichts verdienen würde, zu irgendeinem Beruf nicht begabt bin und fast gar keine wissenschaftliche Bildung habe, so bleiben mir nur zwei Möglichkeiten: entweder zu stehlen oder eine reiche Dame zu heiraten. Hergekommen bin ich so gut wie ohne Stiefel, und, wohlverstanden: ich bin zu Fuß gekommen, nicht mit Postpferden. Meine Schwester gab mir ihre letzten drei Rubel, als ich aus Moskau fortging. Hier lernte ich diese Tatjana Iwanowna kennen, und mir kam sofort ein Gedanke. Ich beschloß, mich zu opfern und sie zu heiraten. Sie müssen mir doch zugeben, daß das nichts anderes ist als vernünftig. Zudem tue ich es ja mehr für meine Schwester ... das heißt, in erster Linie selbstredend für mich ...«

»Aber erlauben Sie, Sie wollen doch formell bei Tatjana Iwanowna anhalten?«

»Gott soll mich davor bewahren! Dann wäre ich ja am längsten hier gewesen, und auch sie würde nicht wollen. Schlage ich ihr dagegen eine Entführung vor, eine Flucht, so wird sie sofort einwilligen. Das ist die Hauptsache: es muß etwas Romantisches, etwas Effektvolles sein. Versteht sich, wir werden dann in kürzester Zeit gesetzmäßig getraut werden. Wenn man sie nur erst einmal herausgelockt hätte!«

»Aber wie können Sie so ohne weiteres annehmen, daß sie mit Ihnen entfliehen werde?«

»Oh, machen Sie sich deshalb keine Sorgen! Davon bin ich vollkommen überzeugt. Das ist ja gerade mein Grundgedanke, wenn ich so sagen darf, daß Tatjana Iwanowna tatsächlich fähig ist, mit jedem ersten besten eine Liebesgeschichte anzufangen, buchstäblich mit jedem, dem es nur einfällt, darauf einzugehen. Deswegen habe ich auch Ihnen zuerst das Ehrenwort abgenommen, diese Idee nicht zu Ihren eigenen Gunsten auszunutzen. Jetzt werden Sie, denke ich, begreifen, daß es von mir einfach Sünde wäre, wenn ich diese Gelegenheit nicht benutzen wollte, und noch dazu bei meinen Verhältnissen.«

»So ist sie denn also ganz und gar verrückt ... Ach! verzeihen Sie«, unterbrach ich mich, plötzlich mich besinnend, »da Sie jetzt diese Absicht haben, so ...«

»Bitte, genieren Sie sich nicht, ich habe Sie darum schon einmal gebeten. Sie fragten, ob Tatjana Iwanowna total verrückt sei? Was soll ich Ihnen darauf antworten? Natürlich ist sie *nicht* verrückt; denn noch sitzt sie nicht in einer Irrenanstalt. Zudem vermag ich in dieser Manie für Liebesdinge eigentlich keinen besonderen Irrsinn zu sehen. Sie ist nämlich trotz alledem ein ehrenhaftes Mädchen. Sehen Sie mal: vor einem Jahre war sie noch entseztlich arm, hatte seit ihrer Geburt bei ihren Wohltäterinnen wie im Joch gelebt. Sie hat ein sehr gefühlvolles Herz, um ihre Hand hat niemand sie jemals gebeten ... Nun, Sie verstehen: Träume, Wünsche, Hoffnungen, die Leidenschaften, die sie beständig hat unterdrücken müssen, die ewigen Schikanen der sogenannten Wohltäterinnen. Alles das zusammen kann einen empfindsamen Menschen sehr wohl aufreiben. Und dann plötzlich dieser Reichtum! Sie werden doch zugeben, daß so etwas nicht nur eine Tatjana Iwanowna aus dem Gleichgewicht bringen kann. Nun, und jetzt sind natürlich alle hinter ihr her, alle machen ihr den Hof, umschwärmen sie, und alle ihre Hoffnungen sind auferstanden. Was sie zum Beispiel beim Tee von dem Geck in der weißen Weste erzählte, das ist Tatsache, es ist wirklich buchstäblich alles so geschehen, wie Sie es gehört haben. Nach dieser Begebenheit können Sie sich auch das übrige denken. Mit Seufzern, süßen Liebesbriefen, Gedichten können Sie sie sofort erobern, und wenn Sie dann noch heimliche Zusammenkünfte, spanische Serenaden und diesen ganzen Humbug hinzufügen, so können Sie sie zu allem bewegen. Ich habe auch schon einmal einen Versuch gemacht und sogleich ein nächtliches Stelldichein erreicht. Vorläufig habe ich mich aber bis zu günstigerer Zeit auf neutralen Boden zurückgezogen. Doch spätestens binnen vier Tagen wird man sie entführen müssen. Am Tage vor der Entführung fange ich mit dem Mumpitz an: Augenverdrehen, Seufzer und so weiter ... ich spiele nicht schlecht Gitarre und singe sogar. In der Nacht ein Stelldichein in der Laube und beim Morgengrauen ist der Wagen bereit: ich locke sie hinaus, wir steigen ein und fahren los. Wie Sie sehen, ist hierbei nichts zu riskieren: sie ist mündig, und ganz abgesehen davon, wird es doch ihr freier Wille sein. Und wenn sie erst einmal mit mir entflohen ist, so heißt das natürlich, daß ... wir uns gegenseitig verpflichtet haben. Ich werde sie in eine gute, aber arme Familie bringen – ich kenne eine, vierzig Werst von hier – wo man sie bis zur Hochzeit auf den Händen tragen, doch keinen Menschen zu ihr lassen wird. Und ich werde inzwischen auch nicht unnütz die Zeit vertun: in spätestens drei Tagen müssen wir getraut sein. Das läßt sich machen. Natürlich gehört dazu vor allen Dingen Geld. Aber ich habe schon berechnet: ich brauche nicht mehr als fünfhundert Rubel für das ganze Intermezzo, und zwar hoffe ich in der Beziehung auf Jegor Iljitsch: er wird sie mir geben, natürlich ohne zu wissen, um was es sich handelt. Haben Sie mich jetzt vollkommen verstanden?«

»Ja«, sagte ich, da ich ihn allerdings nur zu gut verstanden hatte. »Aber sagen Sie doch, bitte, inwiefern ich Ihnen hierbei behilflich sein könnte?«

»Oh, in sehr vielem, ich bitte Sie! Sonst hätte ich Sie doch wahrlich nicht eingeweiht. Ich habe Ihnen schon gesagt, daß ich sie in eine arme, aber sehr ehrenwerte Familie zu bringen beabsichtige. Sie nun können mir sowohl hier wie dort aushelfen, außerdem mein Trauzeuge sein. Ohne Ihren Beistand stehe ich gleichsam mit gebundenen Händen da.«

»Noch eine Frage: warum haben Sie gerade mich Ihres Vertrauens gewürdigt? Sie kennen mich doch gar nicht, ich bin doch erst vor ein paar Stunden hier eingetroffen.«

»Ihre Frage«, antwortete Misintschikoff mit dem liebenswürdigsten Lächeln, »Ihre Frage bereitet mir, offen gestanden, ein großes Vergnügen; denn sie bietet mir Gelegenheit, Sie meiner ganz besonderen Hochachtung zu versichern.«

»Oh, zuviel Ehre!«

»Nein, sehen Sie mal, ich habe Sie vorhin, beim Tee, ein wenig studiert. Sie sind, nun ja, Sie sind heftig und ...

und ... nun ja, und noch jung. Aber von einem bin ich durchaus überzeugt: Wenn Sie mir einmal Ihr Wort gegeben haben, keinem Menschen etwas davon zu erzählen, so werden Sie es auch halten. Sie sind kein Obnoskin. Dies wäre Punkt eins. Punkt zwei: Sie sind ehrlich und werden mir meine Idee nicht stehlen, nicht wahr? Natürlich ausgenommen den Fall, daß Sie etwa mit mir in aller Freundschaft einen entsprechenden Vergleich abschließen wollten. In dem Fall wäre ich vielleicht einverstanden, Ihnen meine Idee abzutreten, oder vielmehr: Tatjana Iwanowna. Und ich würde sogar bereit sein, Ihnen bei der Entführung eifrig beizustehen, nur mit der Bedingung, daß Sie mir einen Monat nach der Trauung eine Summe von fünfzigtausend Rubel bar zahlen, selbstredend nach einer vorhergehenden Sicherstellung durch eine Schuldverschreibung ... doch ohne Prozente.«

»Wie! Sie bieten die Dame jetzt bereits mir an?«

»Selbstverständlich kann ich sie abtreten ... wenn Sie es sich überlegen sollten und zulangen wollen. Freilich verliere ich dabei, aber ... Doch die Idee gehört nun einmal mir, und für Ideen nimmt man doch Geld. Und schließlich, drittens, habe ich Sie gewählt, weil mir keine andere Wahl übrigbleibt. Lange zu zögern aber erscheint mir, nachdem ich mir über die hier herrschenden Zustände klar geworden bin, mehr als gefährlich. Hinzu kommt, daß bald die Fastenzeit vor Mariä Himmelfahrt beginnt und dann nicht getraut wird. So, jetzt haben Sie mich hoffentlich ganz verstanden?«

»Vollkommen, und ich verspreche Ihnen nochmals, Ihr Geheimnis heilig zu halten. Ihr Helfershelfer kann ich aber in dieser Angelegenheit nicht sein, was Ihnen unverzüglich zu sagen ich für meine Pflicht halte.«

»Wieso, weshalb nicht?«

»Sie fragen noch?« rief ich heftig aus, endlich den Gefühlen, die sich in mir gesammelt hatten, freien Lauf lassend. »Sehen Sie denn nicht ein, daß eine solche Handlung schuftig, unanständig ist? Gut, nehmen wir an, Sie rechneten ganz richtig, wenn Sie auf die Unklugheit und die unglückliche Manie dieses Mädchens rechnen, aber ... ebendies müßte Sie doch als Ehrenmann davon abhalten! Sie sagen ja selbst, daß Tatjana Iwanowna ein ehrenwertes Mädchen sei, wenn sie auch lächerlich ist. Und nun plötzlich wollen Sie ihr Unglück benutzen, um ihr hunderttausend Rubel abzuknöpfen! Sie werden doch gewiß nicht ihr wirklicher Mann sein, der seine Pflicht in jeder Beziehung erfüllt. Sie werden sie unfehlbar verlassen ... Das ist aber so wenig ehrenhaft, daß ich, verzeihen Sie, eigentlich nicht begreife, wie Sie sich haben entschließen können, mir die Rolle eines Helfershelfers zuzumuten!«

»Donnerwetter, das ist mir mal eine Romantik!« rief Misintschikoff aus, während er mich mit ehrlicher Verwunderung ansah. »Übrigens handelt es sich hier wohl nicht so sehr um Romantik, sondern – Sie scheinen einfach nicht zu begreifen, um was es sich handelt. Sie sagen, es sei unehrenhaft, vergessen aber, daß alle Vorteile nicht auf meiner, sondern auf ihrer Seite sind ... Bedenken Sie doch nur ...«

»Ja, natürlich, wenn man von Ihrem Standpunkt aus urteilt, dann ergibt sich womöglich noch, daß Sie die großmütigste Tat begehen, wenn Sie Tatjana Iwanowna heiraten«, antwortete ich mit sarkastischem Lächeln.

»Ja, wie denn nicht? Aber das *ist* es ja gerade! Es ist doch tatsächlich eine großmütige Tat!« rief Misintschikoff aus, der nun seinerseits in Hitze geriet. »Überlegen Sie es sich doch nur: erstens opfere ich mich und willige ein, ihr Mann zu sein – das kostet doch wohl etwas? Zweitens: obwohl sie blank und bar mehrere hunderttausend Rubel besitzt, werde ich nur einhunderttausend Rubel von ihr nehmen. Ich habe mir bereits das Wort gegeben, solange ich lebe, keine Kopeke mehr von ihr zu nehmen, obwohl ich es doch könnte: das aber kostet doch wiederum etwas. Denken Sie nur nach: kann sie denn so ihr Leben ruhig verbringen? Damit sie ruhig leben kann, müßte man ihr unbedingt das Geld abnehmen und ... müßte sie eigentlich in eine Irrenanstalt einsperren; denn sonst kann man sich darauf gefaßt machen, daß in jeder Minute irgendein Tagedieb, ein Schwindler oder Spekulant auftaucht, irgend so einer mit einem Spitzbart und Schnurrbart, mit einer Gitarre und mit Serenaden – wie etwa Obnoskin – der sie verführt, sie heiratet, ihr *alles* abnimmt und sie dann auf der Landstraße sitzen läßt. Hier, zum Beispiel, befinden wir uns in einem ehrenwertesten Hause; und dennoch hat man sie auch hier nur deshalb aufgenommen, weil man auf ihr Geld spekuliert. Vor diesen zweifelhaften Chancen muß man sie bewahren, beschützen, retten. Nun aber, begreifen Sie doch, sobald sie mich geheiratet hat, hört eine derartige Berechnung sofort auf. Ich werde schon dafür Sorge tragen, daß kein Unglück sie treffen kann. Nach der Trauung bringe ich sie zuerst nach Moskau in eine ehrenwerte, doch mittellose Familie – ich meine jetzt nicht jene, von der ich vorhin sprach –, nein, in eine andere Familie. Meine Schwester wird beständig bei ihr sein. Man wird sie nicht aus den Augen lassen. An Geld behält sie etwa zweihundertfünfzigtausend Rubel, vielleicht sogar dreihunderttausend: damit kann man, wissen Sie, doch leben! Alle Vergnügungen sollen ihr geboten werden, alle Zerstreuungen, Bälle, Maskeraden, Konzerte. Sie kann sogar von Liebesabenteuern träumen – wenn ich mich auch in der Beziehung natürlich sicherstellen werde: träume soviel du willst, in Wirklichkeit aber – nichts davon! Jetzt kann ein jeder sie beleidigen, dann aber kann das keiner mehr tun: sie ist meine Frau, Madame Misíntschikoff, und meinen Namen gebe ich nicht zum Gespött hin! Denken Sie doch nur, was das allein wert ist! Das kostet doch etwas! Selbstredend werde ich nicht mit ihr zusammen leben: sie in Moskau und ich irgendwo in Petersburg. Diese meine Absicht teile ich Ihnen gleichfalls hier im voraus mit; denn Ihnen gegenüber will ich ehrlich sein. Aber was hat denn das auf sich, daß wir getrennt leben? Überlegen Sie es sich doch nur, denken Sie an ihren Charakter und sagen Sie selbst: Ist sie denn überhaupt fähig, Frau zu sein und mit ihrem Mann zusammen zu leben? Kann man denn auch nur irgendeine Beständigkeit von ihr erwarten? Sie ist doch das leichtsinnigste Geschöpf der Welt! Sie bedarf ewig der Veränderung. Sie ist fähig, am nächsten Tage zu vergessen, daß sie vor vierundzwanzig Stunden mir angetraut worden ist. Ja, ich würde sie schließlich nur unglücklich machen, wenn ich mit ihr zusammen leben und strenge Erfüllung ihrer ehelichen Pflichten verlangen wollte! Natürlich werde ich sie von Zeit zu Zeit besuchen, etwa einmal im Jahr oder auch öfter, aber nicht, um dann Geld von ihr zu verlangen – ich versichere Ihnen, daß ich nichts von ihr verlangen werde. Ich habe doch gesagt, daß ich mehr als hunderttausend Rubel nicht nehmen werde, bestimmt nicht! Im Geldpunkt werde ich mehr als anständig sein. Wenn ich auf zwei, drei Tage zu Besuch komme, werde ich ihr sogar Vergnügen und nicht etwa Langeweile bereiten: ich werde mit ihr scherzen, werde ihr Geschichten erzählen, werde mit ihr Bälle besuchen, schäkern, ihr Andenken schenken, Romanzen singen und einen Liebesbriefwechsel mit ihr eingehen. Sie wird doch einfach entzückt sein – von einem so romantischen, verliebten und liebenswürdigen Ehemann! Meiner Meinung nach ist es sogar sehr rationell: alle Männer sollten so verfahren. Den Frauen sind sie ja nur dann wertvoll, wenn sie abwesend sind, und wenn ich mein System durchhalte, werde ich gewiß in der süßesten Weise Tatjana Iwanownas Herz für ihr ganzes Leben einnehmen. Was könnte man ihr noch Besseres wünschen? Sagen Sie doch! Das ist ja ein Paradies, aber keine Erdenwirklichkeit!«

Ich hörte schweigend und mit wachsender Verwunderung zu. Ich sagte mir, daß man Herrn Misintschikoff nicht gut widerlegen könne. Er war von der Rechtlichkeit und Genialität seines Projektes fanatisch überzeugt und sprach davon mit der ganzen Begeisterung eines Erfinders. Es blieb nur noch ein peinlicher Punkt übrig, über den man sich unbedingt aussprechen mußte.

»Aber denken Sie denn gar nicht daran«, fragte ich, »daß

sie schon so gut wie die Braut meines Onkels ist? Wenn Sie sie nun entführen, dann nehmen Sie ihm die Braut fast am Tage vor der öffentlichen Verlobung fort und tun es außerdem noch mit seinem Geld, das Sie von ihm zur Ausführung der gewagten Tat borgen wollen und werden.«

»Warten Sie, gerade damit fange ich Sie!« rief Misintschikoff lebhaft aus. »Ich habe diese Ihre Einwendung vorausgesehen. Aber erstens – und das ist die Hauptsache: Ihr Onkel hat ja noch nicht bei ihr angehalten, folglich brauche ich doch gar nicht zu wissen, daß man ihn mit ihr verkuppeln will. Zudem bitte ich, nicht zu vergessen, daß ich bereits vor drei Wochen meinen Entschluß gefaßt habe, also zu einer Zeit, als ich von allen diesen Absichten der Generalin und Foma Fomitschs nichts ahnte. Folglich bin ich in moralischer Hinsicht durchaus im Recht, und genau genommen, mache nicht ich ihm, sondern macht er mir die Braut abspenstig, mit der ich – nicht zu vergessen! – inzwischen schon ein nächtliches Stelldichein in der Laube gehabt habe. Und dann erlauben Sie mal: Waren Sie nicht selbst außer sich darüber, daß man Ihren lieben Onkel mit dieser Tatjana Iwanowna verheiraten will? Und nun treten Sie plötzlich für diese Ehe ein, reden von Familienbeleidigung und Ehre! Im Gegenteil: ich verpflichte mir Ihren Onkel ganz außerordentlich, ich rette ihn gewissermaßen! Das müssen Sie doch einsehen! Er denkt mit Ekel an diese Heirat – und dazu kommt noch, daß er ein anderes Mädchen liebt. Und was wäre denn Tatjana Iwanowna für eine Frau für ihn? Und auch sie würde doch mit ihm nur unglücklich werden; denn – sagen Sie, was Sie wollen – man wird sie dann doch zum mindesten im Zaume halten müssen, damit sie wenigstens jungen Herren keine Rosen zuwirft! Und wenn ich sie in der Nacht entführe, so kann doch weder die Generalin noch ein Foma als Hindernis in den Weg treten. Ein einmal entführtes Mädchen aber zu heiraten, das ist doch keine Ehre. Also verpflichte ich mir Jegor Iljitsch etwa nicht zu ewigem Dank? Wende ich nicht großes Unglück von ihm ab?«

Dieses letzte Argument machte allerdings einen sehr starken Eindruck auf mich.

»Aber wenn er morgen bei ihr anhält?« fragte ich. »Dann würde es doch zu spät sein ... wenn sie seine erklärte Braut ist?«

»Selbstverständlich wäre es dann zu spät. Deshalb muß man auch schnell handeln, um dies zu verhüten. Weshalb und wozu habe ich Sie denn um Ihren Beistand gebeten? Allein würde es mir schwerfallen, vereint aber könnten wir alles gut einleiten und durchführen, können wir vor allem verhindern, daß Jegor Iljitsch bei ihr anhält. Man muß alles daransetzen, um das, wie gesagt, zu verhindern, muß im äußersten Fall – wenn's nicht anders geht – Foma Fomitsch verprügeln und damit die allgemeine Aufmerksamkeit so ablenken, daß dann niemand mehr an Hochzeiten denkt. Selbstredend käme dieses Mittel nur für den äußersten Fall in Frage; wie gesagt, ich führte es ja auch nur als Beispiel an. Nun sehen Sie: in all diesen Hinsichten hoffe ich jetzt auf Sie.«

»Noch eine Frage, die letzte: Haben Sie außer mir noch jemandem etwas von Ihrem Plan gesagt?«

Misintschikoff kratzte sich ein wenig hinterm Ohr und schnitt eine überaus saure Grimasse.

»Ich will Ihnen gestehen«, antwortete er, »daß diese Frage für mich schlimmer ist als die bitterste Pille. Das ist ja der Haken, daß ich meinen Plan schon einem anderen mitgeteilt habe ... Ich habe ... ich habe ... ich habe mir da einen verteufelten Brei eingebrockt! Und was, glauben Sie wohl, *wem* ich ihn mitgeteilt habe! – Obnóskin! Ich begreife es selbst nicht, ich kann es mir selber gar nicht glauben! ... Ja, ich weiß nicht einmal, wie es eigentlich kam! Er scharwenzelte hier herum ... ich kannte ihn noch nicht näher, und als die Eingebung mich beglückte, da war ich natürlich wie im Fieber ... Und da ich mir gleichzcitig sagte, daß ich ohne einen Helfershelfer nicht auskommen würde, so wandte ich mich eben an Obnoskin ... Unverzeihlich von mir!«

»Nun, und Obnoskin?«

»Oh, er war mit Begeisterung zu allem bereit, aber am nächsten Morgen verschwand er. Nach drei Tagen erschien er wieder – diesmal aber mit seiner Frau Mutter. Mit mir spricht er seitdem kein Wort, und er meidet mich sogar auffallend; er scheint mich geradezu zu fürchten. Ich begriff natürlich sofort, um was es sich handelte. Seine Mutter ist ein so abgefeimtes, durchtriebenes Frauenzimmer, wie man ein zweites schwerlich finden könnte. Ich habe sie schon früher gekannt. Er hat ihr natürlich alles erzählt. Ich schweige vorläufig und warte ab. Sie spionieren hier jetzt eifrig herum, und die Situation ist sehr gespannt ... Deshalb muß ich mich beeilen.«

»Was befürchten Sie denn von ihnen?«

»Großes werden sie freilich nicht ausrichten; daß sie aber Unfug anstiften werden, davon bin ich überzeugt. Wahrscheinlich werden sie fürs Schweigen und vielleicht auch für ihren Beistand Geld fordern – darauf bin ich schon gefaßt. Aber mehr als dreitausend in barem Gelde kann ich nicht. Urteilen Sie selbst: Dreitausend den Obnoskins, fünfhundert blank und bar für die Trauung und Entführung; denn dem Onkel muß unverzüglich die ganze Summe zurückgegeben werden. Dann noch alte Schulden. Nun, meiner Schwester noch eine kleine Summe, nicht viel, aber immerhin etwas. Was bleibt dann von hunderttausend noch übrig? Das ist doch der reine Bankrott! ... Die Obnoskins sind übrigens heute fortgefahren.«

»Fortgefahren?« fragte ich interessiert.

»Gleich nach dem Tee. Ach, zum Teufel mit ihnen! Morgen aber, das werden Sie sehen, werden Mutter und Sohn wieder erscheinen. Nun, wie steht es denn, sind Sie einverstanden?«

»Ich ... verzeihen Sie«, begann ich zögernd in dieser etwas peinlichen Lage, »ich weiß nicht recht, was ich sagen soll. Die Sache ist etwas kitzlig ... Ich werde das Geheimnis natürlich heilig halten, ich bin nicht Obnoskin ... aber ich glaube ... Sie können sich nicht auf meinen Beistand verlassen.«

»Ich sehe«, sagte Misintschikoff ruhig und erhob sich vom Stuhl, »ich sehe, daß Foma Fomitsch und die Großmama Ihre Geduld noch nicht erschöpft haben, und daß Sie, wenn Sie Ihren guten, durch und durch edlen Onkel auch lieben mögen, dennoch nicht genügend begriffen haben, wie sehr er gequält wird. Sie sind hier noch Neuling ... Aber nur ein wenig Geduld! Wenn Sie nur den morgigen Tag noch miterleben, werden Sie schon am Abend einwilligen; denn sonst ist doch Ihr Onkel rettungslos verloren. Sie verstehen mich? Man wird ihn unfehlbar zwingen, Tatjana Iwanowna zu heiraten. Und vergessen Sie nicht, daß er vielleicht morgen schon anhalten wird. Dann werden wir zu spät kommen. Man müßte sich also eigentlich schon heute entschließen.«

»Glauben Sie mir, ich wünsche Ihnen den besten Erfolg, aber helfen ... ich weiß nicht recht ...«

»Schon gut. Warten wir bis morgen«, entschied Misintschikoff mit etwas spöttischem Lächeln. »„La nuit porte conseil." Auf Wiedersehen! Ich werde morgen etwas früher zu Ihnen kommen, und Sie überlegen es sich inzwischen ...«

Er ging, irgend etwas vor sich hinpfeifend.

Ich trat fast unmittelbar nach ihm hinaus in den Garten, um mich zu erfrischen. Der Mond war noch nicht aufgegangen. Die Nacht war dunkel, die Luft warm und schwül. Die Blätter der Bäume regten sich nicht. Trotz meiner entsetzlichen Müdigkeit wollte ich etwas gehen, mich zerstreuen und doch wieder meine Gedanken sammeln. Ich war aber noch keine zehn Schritt gegangen, als ich die Stimme meines Onkels vernahm. Er stieg mit einem anderen die Treppenstufen zum Sommerhaus hinan und sprach lebhaft. Ich kehrte sofort zurück und rief ihn an. Der andere war Widopljassoff.

XI

Äußere Mißverständnisse

Onkel!« rief ich, »da sind Sie ja endlich!«

»Freund, ich wollte mich die ganze Zeit losmachen, um zu dir zu kommen! Laß mich jetzt nur noch den Widopljassoff abfertigen, dann können wir uns ruhig aussprechen. Ich habe dir viel zu erzählen!«

»Wie, Sie wollen sich jetzt noch mit Widopljassoff abgeben! Schicken Sie ihn doch zum Teufel, Onkel! «

»Nur noch fünf, höchstens zehn Minuten, und ich gehöre dir allein, Ssergei. Sieh: es handelt sich um eine wichtige Angelegenheit.«

»Ach, der Kerl kommt doch sicherlich nur mit Dummheiten!« meinte ich ärgerlich.

»Ja, was soll ich dir nun sagen, Ssergei? Freilich hätte er eine andere Zeit wählen können, um mir mit diesen Kleinigkeiten zu kommen!« sagte er leise zu mir. »Nun, Grigorij, was soll ich denn für dich tun? Aber hab doch *du* wenigstens Mitleid mit mir! Ich werde ja doch von euch sozusagen wie eine Zitrone ausgepreßt; ich werde lebendig verzehrt, verschlungen! Ich bin, weiß Gott, am Ende meiner Kraft, Ssergei!«

Und mein Onkel erhob die Arme, um sie wieder sinken zu lassen, wie in aussichtsloser Verzweiflung.

»Was ist denn das für eine so wichtige Sache, daß sie sich nicht bis morgen früh aufschieben läßt? Ich hätte es dagegen so dringend nötig, mit Ihnen, Onkel, über Wichtiges zu reden ...«

»Ach, Freund, es wird ja ohnehin schon laut genug geklagt und geschrien, daß ich mich um die Sittlichkeit meiner Leute nicht kümmere! Da könnte er sich ja morgen über mich beschweren, daß ich ihn nicht angehört hätte, und dann ...«

Und mein Onkel machte wieder seine bezeichnende Armbewegung.

»Na, dann fertigen Sie ihn schnell ab! Kann ich Ihnen

nicht helfen? Gehen wir hinein. Was will er denn eigentlich?« fragte ich, als wir ins Zimmer traten.

»Ja, sieh mal, Freund, sein Familienname gefällt ihm nicht, er bittet mich, ihm einen anderen zu verschaffen. Was sagst du dazu?«

»Sein Familienname gefällt ihm nicht? Wie das? ... Wissen Sie, Onkel, bevor ich ihn selbst anhöre, erlauben Sie mir, Ihnen zu sagen, daß nur in Ihrem Hause solche Wunderlichkeiten vorkommen können!« Und vor lauter Nichtverstehenkönnen breitete ich kopfschüttelnd die Arme aus.

»Ach, Freund! Glaub mir, auch ich kann so die Arme ausbreiten, aber damit ist ja keinem geholfen!« sagte mein Onkel etwas ärgerlich. »Versuch es doch, mit ihm zu reden, versuch's nur! Schon volle zwei Monate quält er mich damit ...«

»Es ist ein unbegründeter Familienname«, bemerkte Widopljassoff von der Tür her.

»Warum denn ein unbegründeter?« fragte ich ihn erstaunt.

»So. Ich meine, er stellt jede Abscheulichkeit dar, die man sich nur ausdenken kann.«[9]

»Wieso – jede Abscheulichkeit? Und wie soll man ihn denn ändern? Wer tut denn so etwas überhaupt?«

»Ich bitte Euch, welcher Mensch hat denn einen solchen Familiennamen?«

»Ich gebe ja zu, daß dein Familienname zum Teil etwas eigenartig ist«, fuhr ich in wachsender Verwunderung fort, »aber was läßt sich denn jetzt noch daran ändern? Dein Vater hat doch denselben Namen geführt?«

»Das ist durchaus wahr: daß ich durch meinen Vater dieserhalb zu ewigem Leiden verurteilt bin, da es mir beschieden ist, dank meinem Namen viel Spott und Schimpf ertragen zu müssen«, antwortete Widopljassoff.

»Ich könnte wetten, Onkel, daß hinter dieser Idee Foma Fomitsch steckt!« rief ich geärgert aus.

»Nein, nein, Freund, nein, da täuschst du dich! Es ist

allerdings wahr, Foma tut für ihn viel Gutes. Er hat ihn zu seinem Sekretär ernannt. In Sekretärsobliegenheiten besteht jetzt seine ganze Beschäftigung. Nun, und außerdem hat Foma selbstverständlich für seine geistige Entwicklung gesorgt, hat ihn zu wahrem Seelenheil erhoben, so daß ihm in gewisser Beziehung sogar ein Licht aufgegangen ist ... Hör zu, ich werde dir alles erzählen ...«

»Das stimmt genau«, unterbrach Widopljassoff, »daß Foma Fomitsch mein wahrhaftiger Wohltäter sind, und da sie mein leibhaftiger Wohltäter sind, haben sie mir auch meine ganze irdische Nichtigkeit mehrfach bewiesen, wie ich beispielsweise hier auf Erden nur ein Wurm bin, so daß ich nur dank ihrer Unterweisungen zum erstenmal mein Schicksal erkannt und vorausgesehen habe.«

»Hör mich an, Sserjosha, ich werde dir erzählen, um was es sich hier handelt«, wandte sich mein Onkel hastig, wie das so seine Art war, an mich wie an einen Schiedsrichter. »Er lebte zuerst, fast seit seiner Kindheit, in Moskau bei einem Schönschreibelehrer als – nun, so als dienstbarer Geist. Du müßtest sehen, wie er bei ihm die Schönschreibekunst erlernt hat: mit Farben und Gold ... und ... rund herum, weißt du, malt er dir noch Kupidos – mit einem Wort, ein Künstler! Iljuscha lernt jetzt bei ihm Schönschreiben. Zahle ihm anderthalb Rubel für die Stunde. Foma hat selbst den Preis bestimmt, anderthalb Rubel, wie gesagt. Er fährt außerdem zu drei benachbarten Gutsbesitzern ins Haus – die zahlen gleichfalls. Und sieh, wie er sich kleidet! Außerdem schreibt er Gedichte.«

»Gedichte? Das fehlt gerade noch!«

»Jawohl, Freund, glaub' mir, Gedichte! Und denke nicht, daß ich scherze: wirkliche Gedichte, sag' ich dir, Versifikationen, oder wie man es nennt, mit Reimen am Ende jeder Zeile. Er behandelt alle Gegenstände, nimmt irgendein x-beliebiges Ding und beschreibt's dir sofort in Versen. Ein echtes Talent, sozusagen. Zum Namenstag meiner Mutter hatte er eine Epistel verfaßt, daß wir nur so die Mäuler aufsperrten: sogar aus der Mythologie hatte er was genommen, und die Musen schwebten in der Luft, so daß sogar, weißt du, diese... wie heißt das Ding doch gleich? – na ja, diese Vollendung der Form zu sehen war, – mit einem Wort, jede Zeile klappte und reimte sich immer mit einer vorhergehenden. Foma hatte es korrigiert... Nun, ich, natürlich – was sollte ich sagen? Freute mich auch meinerseits. Mag er doch dichten, wenn er es nur nicht zu bunt treibt! Ich, weißt du, Grigorij«, wandte er sich an Widopljassoff, »ich sage dir das ja nur wie ein Vater. Foma hörte davon, ließ sich das Gedicht bringen, munterte ihn noch auf und ernannte ihn sogleich zu seinem Vorleser und Schreiber. Mit einem Wort, er sorgte für seine Bildung. Das ist also durchaus wahr, was er da sagte: daß Foma sein Wohltäter sei. Nun und so, weißt du, hat sich so ein bißchen edle Romantik in seinem Kopf entwickelt und so ein Gefühl der Unabhängigkeit. Das hat mir alles Foma erklärt; leider habe ich die Einzelheiten, Hand aufs Herz, wieder vergessen. Nun wollte ich – Ehrenwort! – ich wollte ihn ohnehin freigeben, noch bevor Foma davon zu reden anfing. Es ist, weißt du, doch immer irgendwie... man schämt sich gewissermaßen... Ja, aber Foma war dagegen, er braucht ihn, er hat ihn liebgewonnen. Und dann sagt er: mir, seinem Herrn, gereiche es zur größeren Ehre, wenn ich unter meinen Leibeigenen Dichter hätte. Es habe irgendwo mal solche Barone gegeben oder Ritter, na, kurz und gut – das sei en grand. Nun, soll's einmal en grand sein, dann meinetwegen en grand! Ich habe ihn, den Grigorij, schon achten gelernt – verstehst du das?... Aber Gott weiß, wie er sich aufführt. Am schlimmsten ist, daß er, nachdem er sein Gedicht verfaßt hat, vor dem ganzen übrigen Gesinde die Nase in die Höhe zieht und mit den anderen nicht einmal mehr sprechen will. Doch fühl' dich nicht gekränkt, Grigorij, ich spreche nur wie ein Vater von dir. Im letzten Winter wollte er heiraten: es ist hier ein junges Mädchen, vom Hofgesinde, Matrjona, und weißt du, so ein nettes, anständiges, arbeitsames, lustiges Mädel. Na, und nun will er sie plötzlich nicht, lehnt ab. Ist er jetzt so hoher Meinung von sich oder beabsichtigt er, zuerst berühmt zu werden und dann bei einer anderen anzuhalten . . .«

»Mehr auf den Rat Foma Fomitschs hin«, bemerkte Widopljassoff, »da selbiger doch mein wahrhaftiger Wohltäter sind . . .«

»Aber natürlich! Wie wäre denn hier etwas ohne Foma Fomitsch möglich!« rief ich unwillkürlich aus.

»Ach, Freund, darum handelt es sich ja gar nicht!« unterbrach mich mein Onkel hastig, »sieh mal: jetzt lassen sie ihm keine Seelenruh. Jenes Mädchen, ein gewandtes und gescheites Ding, hat jetzt alle gegen ihn aufgehetzt: sie necken und foppen ihn beständig, und sogar die kleinen Hofjungen behandeln ihn wie einen Narren . . .«

»Was mehr auf Matrjona zurückzuführen ist«, bemerkte wieder Widopljassoff; »denn sie ist eine echte dumme Gans, und da sie eine echte dumme Gans ist, ist sie, was ihren Charakter angeht, nur ein unbeflügeltes Weibsbild. Auf diese Weise bin ich zu ewigem Leiden in meinem Leben verdammt.«

»Ach, Grigorij, ich habe es dir doch gesagt«, fuhr mein Onkel fort, nach einem vorwurfsvollen Blick auf Widopljassoff. »Sieh mal, Ssergei, die Hofleute haben nun glücklich ein schmutziges Wort gefunden, das sich auf seinen Namen reimt. Jetzt kommt er zu mir, beklagt sich und bittet, ihm einen anderen Familiennamen zu geben, sagt, daß er lange unter dem Mißklang desselben gelitten habe . . .«

»Es ist kein veredelter Name«, bemerkte wieder Widopljassoff.

»Na, schweige mal jetzt, wenn ich rede, Grigorij! Foma hat ihn darin natürlich bestärkt . . . das heißt . . . nicht gerade, daß er den Einfall gutgeheißen hätte; aber sieh, es handelt sich um folgende Erwägung: wenn nun, nehmen wir an, seine Gedichte gedruckt werden, was Foma plant, so kann ein solcher Familienname ihm doch geradezu schaden – nicht wahr?«

»So will er seine Gedichte drucken lassen, Onkel?«

»Drucken, drucken, Freund. Das ist schon beschlossene Sache. Auf meine Rechnung. Und auf dem Titelblatt wird stehen, daß sie von einem Leibeigenen Soundso verfaßt sind, und im Vorwort, das Foma schreiben wird, soll der Dank des Autors für die ihm gebotene Bildung ausgesprochen werden. Das Ganze ist Foma gewidmet. Foma wird, wie gesagt, selbst eine Einleitung schreiben. Und nun denke dir, wenn auf dem Titelblatt steht: „Widopljassoffs Gedichte"...«

»„Widopljassoffs Wehklagen"«, korrigierte Widopljassoff.

»Nun, sieh – dazu noch Wehklagen! Was ist denn Widopljassoff für ein Name? Er verletzt ja geradezu unser Zartgefühl. Das sagt auch Foma. Die Kritiker aber sollen, wie es heißt, alle sehr unangenehme Spötter sein. Zum Beispiel unser großer Kritiker der „Moskauer Nachrichten" ... Die nehmen auf nichts Rücksicht. Sie können ihn ja einzig wegen seines Familiennamens unmöglich machen, – nicht wahr? Nun, ich meine: mag er doch irgendeinen beliebigen Namen auf seinen Buchdeckel schreiben – wie nennt man das doch gleich ... Pseudonym, glaube ich, oder so ungefähr, jedenfalls etwas mit „nym". Aber nein, damit ist er nicht einverstanden; er will, daß ich dem ganzen Hofgesinde anbefehle, ihn sein Leben lang nur bei einem ganz neuen Namen zu nennen, damit er, seinem Talent entsprechend, wie gesagt, einen ‚veredelten Namen' habe ...«

»Ich könnte wetten, daß Sie es ihm auch versprochen haben, Onkel.«

»Ich ... weißt du, Freund Sserjosha, nur um mit ihnen nicht wieder in Streit zu geraten ... Laß gut sein! Es war damals zwischen uns, Foma und mir, hm! ... so ein Mißverständnis – du verstehst schon. Nun, und seit der Zeit gibt es in jeder Woche einen anderen Familiennamen, und immer wählt er sich so zarte Bedeutungen aus: Oleandroff, Tulpenoff ... Sag doch selbst, Grigorij, denk doch nach: Zuerst batest du, daß man dich Wernyj nenne, ‚Gregorij Wernyj'. Dann aber gefiel dir der Name nicht mehr, weil irgendein Hofbengel einen Reim gefunden hatte und dich ‚Skwernyj'[10] nannte. Du beklagtest dich: der Bengel wurde bestraft. Zwei Wochen lang dachtest du dir einen anderen Namen aus. Endlich hattest du dich entschlossen: Kamst, batest, man solle dich ‚Ulánoff' nennen. Aber sag doch selbst, kann es denn einen dümmeren Namen als ‚Ulánoff' überhaupt geben? Ich war aber auch damit einverstanden: befahl von neuem, dich nur noch ‚Ulanoff' zu nennen. Ich tat es nur, Freund« – mein Onkel wandte sich wieder an mich – »um die Sache vom Halse zu haben. Drei Tage lang hießest du ‚Ulanoff'. Du hast alle Wände, alle Fensterbretter im Pavillon verdorben; denn, weißt du, Sserjosha, er hat überall seinen Namenszug angebracht: ‚Gregorij Ulánoff'. Später mußte dann alles mit weißer Farbe überstrichen werden. Du hast ein ganzes Buch holländisches Papier zur Übung deiner Unterschrift verbraucht: ‚Ulanoff – Schriftprobe – Ulanoff – Schriftprobe'. Na, dann war ihm auch ‚Ulanoff' nicht recht: auf ‚Ulanoff' reimt sich zum Unglück ‚Bolwánoff'. ‚Ich will vom Gesinde nicht Bolwánoff genannt werden' sagte er – und wieder mußte der Name geändert werden! Wie hießest du dann noch? ich habe es vergessen.«

»‚Tanzeff'«, antwortete Widopljassoff. »Wenn es mir durch meinen Namen Widopljassoff auferlegt ist, einen Hampelmann darzustellen, dann möge es doch wenigstens eine veredelte, eine ausländische Benennung sein: Tanzeff.«

»Richtig: ‚Tanzeff'. Nun, Freund, weißt du, ich war auch damit einverstanden. Aber die Hofbengel sind dann auf einen solchen Reim verfallen, daß man ihn überhaupt nicht aussprechen darf. Heute kommt er wieder, will wieder einen neuen Namen haben. Ich wette, daß du ihn schon in Bereitschaft hast. Nun, hab' ich nicht recht, Grigorij, heraus mit der Sprache!«

»Ich habe dieserhalb schon seit langem die Absicht, Euch meinen neuen Namen zu Füßen zu breiten: einen neuen veredelten.«

»Und wie lautet er denn?«

»Esbukétoff.«

»Was? Und du schämst dich nicht, Grigorij? Ein Name, von der Pomadenbüchse genommen! Du willst doch ein vernünftiger Mensch sein! Und wie lange du darüber gebrütet haben wirst! Nicht wahr, den hast du auf der Parfümflasche gelesen?«

»Erbarmen Sie sich, Onkel«, sagte ich halblaut zu ihm, »der Kerl ist doch ein Esel, ein ausgesprochener Narr!«

»Was soll ich denn tun, Freund?« fragte mein Onkel gleichfalls halblaut zurück. »Rund herum versichern alle, daß er klug und so begabt sei, und daß dies nur die edlen Gefühle seien, die sich in ihm regten ...«

»So schicken Sie ihn doch um Christi willen zum Teufel, machen Sie sich doch von ihm los!«

»Hör mal, Grigorij! Sieh, mein Lieber, ich habe doch bei Gott keine Zeit!« begann mein Onkel mit einer geradezu bittenden Stimme, als fürchte er sogar seinen eigenen Diener. »Nun, sag doch selbst, wie kann ich mich denn jetzt mit deinen Klagen befassen! Du sagst, man hätte dich wieder gekränkt? Nun, gut, also höre: ich gebe dir hiermit mein Ehrenwort, daß ich morgen die ganze Angelegenheit erledigen werde, jetzt aber geh mit Gott ... Wart! Was macht Foma Fomitsch?«

»Haben sich zur Ruhe begeben. Geruhten nur zu befehlen, falls jemand nach ihnen fragen sollte, dann zu sagen, daß sie diese Nacht im Gebet kniend zu verbringen gedächten.«

»Hm! Nun, geh mal, geh! – Sieh, Sserjosha, er ist beständig bei Foma, so daß ich ihn ordentlich fürchte. Und das Hofgesinde liebt ihn ja auch nur deshalb nicht, weil er Foma alles hinterbringt. Jetzt ist er gegangen, aber wer weiß, ob er nicht morgen irgend etwas klatschen wird. Aber jetzt habe ich alles gut gemacht, Freund. Ich bin jetzt ganz ruhig ... Es drängte mich nur zu dir ... Gott sei Dank, jetzt habe ich dich endlich wieder!« sagte er mit innigem Gefühl, und er drückte fest meine Hand. »Weißt du, ich glaubte und fürchtete schon, daß du ernstlich böse seiest und mir entschlüpfen würdest. Ich habe sogar auf dich aufpassen lassen, damit du mir nicht entwischst! Nun, Gott sei Dank! Jetzt ist's überstanden! Aber vorhin – was? – der alte Gawrila? – was er ihm da sagte! Und auch Falalei, und du! – eins zum anderen! Nun, Gott sei Dank, Gott sei Dank! Endlich kann ich mich mit dir aussprechen. Werde dir mein ganzes Herz ausschütten. Du, Ssergei, fahre mir nur nicht fort: du bist der einzige, den ich habe, du und Korówkin . . .«

»Aber erlauben Sie, Onkel, was haben Sie denn dort ‚gut gemacht', und worauf soll ich denn hier noch warten, nach dem, was vorgefallen ist? Offen gestanden, mir dreht sich der Kopf im Kreise!«

»Ach – steht mein Kopf etwa still? Der tanzt schon seit einem halben Jahre Walzer! Aber Gott sei Dank! jetzt ist alles wieder gut. Man hat mir vor allen Dingen verziehen, vollkommen verziehen, unter verschiedenen Bedingungen natürlich: aber dafür bin ich jetzt ganz ruhig und brauche nichts mehr zu fürchten. Meiner Ssáschenjka haben sie gleichfalls alles verziehen. Aber die war doch vorhin, die war doch! – was? . . . heißes Herzchen! Ließ sich ein bißchen hinreißen . . . Aber hat doch ein goldenes Herzchen! Weißt du, ich bin sehr stolz auf mein kleines Mädchen, Sserjosha. Möge Gott sie immer behüten. Dir wurde gleichfalls verziehen, und weißt du, sogar *wie*! – Du kannst alles tun, was du willst, kannst durch alle Zimmer gehen und auch im Garten spazieren, und sogar dann, wenn Gäste da sind – mit einem Wort, alles, was du willst; aber nur unter einer Bedingung, daß du morgen in Foma Fomitschs oder meiner Mutter Gegenwart nicht sprichst! Nur unter dieser Bedingung wird dir verziehen! Also buchstäblich keine Silbe! – Ich habe es auch schon in deinem Namen feierlich versprochen, – und du wirst nur zuhören, was die Älteren . . . Das heißt, ich wollte sagen, was die anderen sprechen. Sie sagten, du seiest noch zu jung. Du, Ssergei, nimm es nicht übel; denn schließlich bist du ja auch wirklich noch jung . . . Auch Anna Nílowna sagt es . . .«

Allerdings war ich damals noch sehr jung, was ich sofort dadurch bewies, daß ich ob solcher beleidigenden Bedingungen in helle Empörung geriet.

»Hören Sie, Onkel!« rief ich heftig aus, »sagen Sie mir bitte nur eines, und beruhigen Sie mich wenigstens in dieser Hinsicht: Befinde ich mich hier tatsächlich in einer Irrenanstalt, oder –?«

»Da haben wir's, Freund, du willst immer gleich Kritik üben! Konntest du denn diese Frage nicht unterdrücken?« sagte er betrübt. »Durchaus nicht in einer Irrenanstalt! Wir sind nur beiderseits so ein wenig in Eifer geraten. Aber du mußt doch zugeben, Freund, daß auch du dich nicht ganz comme il faut benommen hast. Du entsinnst dich doch noch dessen, was du ihm an den Kopf warfst, – einem Manne, der doch immerhin in ehrwürdigem Alter steht!«

»Solche Leute wie er haben kein ehrwürdiges Alter, Onkel.«

»Na, Freund, das ist denn doch etwas über die Schnur gehauen! Das ist mehr als Freidenkertum. Ich habe ja selbst nichts gegen ein vernünftiges Freidenkertum, aber das ist denn doch etwas zu stark – das heißt ... ich meine ... ich – du hast mich eigentlich überrascht, Ssergei.«

»Seien Sie mir nicht böse, Onkel, ich sehe meine Schuld vollkommen ein, meine Schuld vor Ihnen. Was aber Ihren Foma Fomitsch betrifft ...«

»Da haben wir's! Nun auch noch ‚*Ihren*' Foma Fomitsch! Ach, Freund, beurteile ihn nicht gar zu streng: er ist nur etwas misanthropisch veranlagt ... und das ist alles ... und ein bißchen kränklich. Man darf ihn nicht so streng beurteilen. Dafür aber ist er ein edler Mensch, der edelste von allen, kann man sagen! Du warst ja doch vorhin selbst Zeuge – er leuchtete förmlich! Und daß er zuweilen so seine kleinen Eigenheiten hat und uns ein Stückchen spielt – lohnt es sich denn, das zu beachten? Bei wem kommt so etwas nicht vor?«

»Im Gegenteil, Onkel, bei wem kommt denn so etwas überhaupt vor?«

»Ach, kommst du wieder damit! Gutmütig bist du gerade nicht, Sserjosha; zu verzeihen verstehst du nicht! . . .«

»Nun gut, Onkel, gut, lassen wir das. Sagen Sie, haben Sie Nastassja Jewgráfowna gesehen?«

»Ach, Freund, um sie allein drehte sich ja alles! Sieh, Sserjosha, erstens – und das ist das Wichtigste –: wir haben beschlossen, ihn morgen alle zum Geburtstag zu beglückwünschen, – den Foma, meine ich – weil nämlich morgen wirklich sein Geburtstag ist. Ssaschenjka ist ein gutes Kind, aber hierin täuschte sie sich. Wir werden also alle, die ganze Karawane, zu ihm gehen, noch vor dem Frühgottesdienst. Iljuschka wird ein Gedicht vortragen, so daß er sich sehr geschmeichelt fühlen wird. Wenn doch auch du ihn, Sserjosha, zusammen mit uns beglückwünschen würdest! Er würde dir dann vielleicht alles verzeihen. Und wie gut das doch wäre, wenn ihr euch aussöhnen würdet! Vergiß, Freund, die Kränkung, du hast ihn ja doch auch gekränkt, Sserjosha . . . Er ist ein so ehrenwerter Mensch . . .«

»Onkel, um's Himmels willen, ich habe von so wichtigen Dingen mit Ihnen zu reden, Sie aber . . . Wissen Sie denn«, fragte ich nochmals, »wissen Sie denn, was mit Nastassja Jewgrafowna geschehen ist?«

»Was, Freund, wie? Was fehlt dir? Weshalb bist du so aufgeregt? Aber ihretwegen hat doch die ganze Geschichte vorhin angefangen! Übrigens hat sie nicht erst vorhin, sondern schon vor langer Zeit angefangen. Ich wollte dir davon nur jetzt noch nichts sagen, um dich nicht zu erschrecken . . . Man wollte sie einfach hinausjagen, nun, und von mir verlangt man, daß ich sie nach Hause schicke. Du kannst dir meine Lage vorstellen . . . Nun, Gott sei Dank! Jetzt ist alles wieder gut. Sie dachten nämlich, sieh mal, – ich werde dir lieber schon jetzt alles sagen – sie glaubten, daß ich selbst in sie verliebt sei und sie heiraten wolle, kurz und gut, daß ich sie in mein eigenes Unglück hineinzureißen beabsichtigte – denn das wäre es wirklich! So haben sie mir denn alles erklärt . . . und daher, um mich zu retten, hatten sie beschlossen, sie hinauszujagen. Vor allem meine Mutter, aber hauptsächlich Anna Nilowna. Foma schweigt vorläufig noch. Aber jetzt habe ich sie alle beruhigt, und ich will dir sogleich gestehen: Ich habe dort gesagt, du seiest bereits mit Nastenjka verlobt – und nur deshalb hergekommen. Nun, das beruhigte sie zum Teil, und sie kann jetzt hierbleiben. Und auch du bist jetzt in ihrer Achtung sehr gestiegen, nachdem ich erklärt habe, daß du als Freier hier auftrittst. Wenigstens hat sich meine Mutter allem Anschein nach nun beruhigt. Nur Anna Nilowna Perepelizyna hat immer noch etwas auszusetzen. Ich weiß wirklich nicht, was ich noch tun soll, um es ihr recht zu machen. Ja, was die nur wollen mag, diese Anna Nilowna?«

»Onkel, lieber Onkel, Sie sind ja auf ganz falschem Weg, Sie täuschen sich vollkommen! So hören Sie denn, daß Nastassja Jewgrafowna morgen von hier fortfahren wird, wenn sie inzwischen nicht schon fortgefahren sein sollte! Wissen Sie denn nicht, daß ihr Vater heute nur deshalb hergekommen ist, um sie mitzunehmen? – daß schon alles beschlossen ist, daß sie es mir heute selbst gesagt und mir zum Schluß aufgetragen hat, Sie zu grüßen – wissen Sie das oder wissen Sie das nicht?«

Mein Onkel blieb so, wie er vor mir stand, wie erstarrt stehen und vergaß sogar, den Mund zu schließen. Es schien mir, daß sich alles zusammenkrampfte in ihm; ein Stöhnen rang sich aus seiner Brust.

Ohne jetzt noch zu zögern, erzählte ich ihm mein ganzes Gespräch mit Nastenjka, meinen Antrag, ihre entschiedene Absage, ihren Ärger über ihn, meinen Onkel, weil er mich brieflich hergerufen hatte. Ich sagte, daß sie mit ihrer Abreise ihn vor der Ehe mit Tatjana Iwanowna bewahren wollte – kurz, ich verschwieg nichts; ja, ich übertrieb noch was es an Unangenehmem in diesen Nachrichten gab. Ich wollte ihn schmerzhaft treffen, wollte ihn endlich zu entschlossenem Eingreifen zwingen – und es gelang mir wirklich, ihn wenigstens zu erschrecken. Er schrie plötzlich auf und griff sich an den Kopf.

»Wo ist sie jetzt, weißt du das? Wo ist sie jetzt?« fragte er endlich, bleich vor Angst. »Und ich, ich war bereits beruhigt, glaubte, alles sei jetzt wieder gut!« rief er verzweifelt aus.

»Ich weiß nicht, wo sie augenblicklich ist, sie wollte vorhin, als sich dort im Zimmer das Geschrei erhob, zu Ihnen gehen: sie wollte alles, was ich Ihnen soeben erzählt habe, denen dort selbst sagen. Wahrscheinlich ist sie nicht vorgelassen worden.«

»Das fehlte noch, daß man sie vorgelassen hätte! Gott, was hätte sie dann angerichtet! Ach, Gott, was sie sich da wieder in ihr stolzes Köpfchen gesetzt haben mag! Und wohin will sie denn gehen, wohin? Wohin? Aber du, du bist auch gut! Warum hat sie dich denn abgewiesen? Unsinn! Du mußt ihr gefallen! Weshalb hast du ihr denn nicht gefallen? So antworte doch, um Gottes willen, was stehst du denn da und schweigst!«

»Aber – Onkel! Wie kann man nur solche Fragen stellen?«

»Es ist doch unmöglich! Du mußt, du mußt sie heiraten! Wozu habe ich dich denn aus Petersburg hergebeten? Du mußt sie glücklich machen! Jetzt will man sie von hier fortschicken, wenn sie aber deine Frau und meine Nichte ist – dann wird man sie nicht mehr fortjagen können. Und wohin will sie denn gehen? Was soll aus ihr werden? Eine Gouvernantenstelle? Aber das ist doch Unsinn – Gouvernante! Und bis sie eine Stelle findet – wovon sollen die Ihrigen so lange leben? Der Vater hat ja volle neun zu ernähren! Die haben selbst nichts zu beißen! Sie wird ja doch keine Kopeke von mir annehmen, wenn sie wegen dieser schmutzigen Verleumdungen fortgeht, weder sie noch ihr Vater. Und wie soll sie dann in dieser Weise mein Haus verlassen? Entsetzlich! Und ohne Skandal ist es ganz undenkbar – das weiß ich. Und ihr Gehalt ist schon vorausbezahlt, sie hatten es für den Lebensunterhalt nötig ... sie allein ernährt sie doch. Nun, sagen wir, ich empfehle sie, finde für sie eine anständige und ehrenwerte Familie ... aber, zum Teufel! – woher nimmst du sie denn, diese ehrenwerten, wirklich anständigen Menschen? Na, gut, sagen wir, es gibt sogar sehr viele solcher, – wozu Gott erzürnen! – aber es ist doch, Freund, immerhin gefährlich: kann man sich denn auf die Menschen verlassen? Zudem ist doch ein armer Mensch immer mißtrauisch: es scheint ihm unwillkürlich, daß man ihn das Brot und die Freundlichkeit mit seiner Erniedrigung bezahlen läßt! Man wird sie sicherlich kränken, sie aber ist stolz, und dann ... ja, und was dann? Und was dann, wenn schließlich noch so ein elender Verführer hinzukommt? ... Sie wird ihn ohrfeigen, – ich weiß, daß sie ihn ohrfeigen wird – aber er wird sie doch beleidigen, der Schurke! Und sie kann dann noch immer in üblen Leumund geraten, ein Schatten, ein Verdacht kann auf sie fallen – was dann? ... Mein Kopf, mein Kopf droht mir zu zerspringen! Großer Gott!«

»Onkel! Verzeihen Sie mir, wenn ich eine Frage an Sie richte«, sagte ich plötzlich feierlich. »Seien Sie mir nicht böse und vergessen Sie nicht, daß Ihre Antwort auf diese Frage vieles entscheiden kann. Ich habe zum Teil sogar das Recht, von Ihnen eine Antwort zu verlangen, Onkel.«

»Was, was meinst du damit? Was für eine Frage?«

»Sagen Sie mir vor Gott, offen und ohne Umschweife: Empfinden Sie nicht, daß Sie selbst in Nastassja Jewgrafowna ein wenig verliebt sind und sie gern selbst heiraten würden? Bedenken Sie doch nur: einzig wegen dieser Befürchtung will man sie doch aus dem Hause entfernen.«

Mein Onkel machte eine energische Geste wie in heftigster Ungeduld.

»Ich? Verliebt? In sie? Ihr seid wohl alle nicht recht bei Trost oder habt euch gegen mich verschworen! Wozu habe ich denn dich herbestellt, wenn nicht, um ihnen allen endlich zu beweisen, daß sie nicht recht gescheit sind? Weshalb will ich denn dich mit ihr verheiraten? Ich? In sie? Ver ... Verliebt? Ihr seid wohl alle ...!«

»Wenn es sich so verhält, Onkel, dann erlauben Sie mir,

alles auszusprechen. Ich erkläre Ihnen hiermit feierlich, daß ich in dieser Annahme entschieden nichts Schlechtes finden kann. Im Gegenteil, Sie würden sie überaus glücklich machen, wenn Sie sie nun einmal so lieben, und – und Gott gebe es! Möge Gott Ihnen Liebe und Rat schenken!«

»Aber um's Himmels willen, was redest du da!« rief mein Onkel fast entsetzt aus. »Ich wundere mich nur, wie du das so kaltblütig aussprechen kannst . . . und . . . überhaupt, Freund, hast du's immer recht eilig – diesen Zug habe ich schon an dir bemerkt! Ist denn das nicht einfach sinnlos, was du da sagst? Wie, sag doch selbst, wie soll ich sie denn heiraten, wenn ich sie gewissermaßen als meine Tochter betrachte? Ja, eben nur wie ein Vater seine Tochter und nicht anders! Es wäre sogar eine Schande und eine Sünde, wenn ich anders auf sie blicken würde! Ich – ein Greis, und sie – ein kleines Mädchen! Sogar Foma hat es mir genau so mit diesen Worten erklärt. Ich empfinde nur väterliche Liebe für sie in meinem Herzen, und da kommst du nun mit Eheschließung! Sie würde ja vielleicht aus Dankbarkeit nicht ablehnen, aber dann müßte sie mich doch ewig verachten, wenn ich ihre Dankbarkeit in dieser Weise ausnutzte. Ich würde sie nur unglücklich machen und . . . und würde ihre Anhänglichkeit verlieren! Ach, ich würde ihr ja meine ganze Seele hingeben! Mein kleines Mädchen, das heißt . . . Sie . . . sie . . . Ich liebe sie ebenso wie Ssáschenjka, sogar mehr, aber das will ich nur dir allein gestehen; denn Ssaschenjka ist, siehst du, sowieso meine Tochter, nach Gesetz und Recht, diese aber habe ich durch meine Liebe zu meiner Tochter gemacht. Ich habe sie aus armen Verhältnissen zu mir genommen. Auch Katja, mein toter Liebling, hat die Kleine geliebt und hat sie mir als Tochter hinterlassen. Ich habe sie gut erziehen lassen: französische Stunden und Klavierstunden und Literaturstunden – kurz und gut: alles was dazu gehört. Was für ein Lächeln sie hat! Hast du es nicht bemerkt, Sserjosha? Man glaubt, sie lache über einen, indessen lacht sie gar nicht, sondern, im Gegenteil, meint's gut mit dir ... Ich ... sieh, ich glaubte, du würdest kommen und um sie anhalten – dann würden sie sich alle überzeugen, daß ich keine ... Absichten auf sie habe, und würden dann endlich aufhören, alle diese dummen, schmutzigen Geschichten über sie zu verbreiten. Sie würde dann hier bei uns in Ruhe und Frieden leben: wie würden wir alle glücklich sein! Ihr seid ja beide meine Kinder, beide gewissermaßen Waisen, beide seid ihr unter meiner Vormundschaft aufgewachsen ... ich würde euch beide so lieben, so lieben! Ich würde euch mein ganzes Leben hingeben, niemals mich von euch trennen. überall würde ich bei euch sein! Ach, wie glücklich wir doch sein könnten! Und warum nur ärgern sich die Menschen, warum sind sie alle so böse, warum hassen sie einander? Ich ... ich würde sie alle einmal so fest in meine Arme nehmen und es ihnen so recht von Herzensgrund klar zu machen suchen! Würde ihnen so die ganze Herzenswahrheit zeigen! Ach, du, Grundgütiger!«

»Onkel, Sie haben in allem vollkommen recht, nur ändert das an der Tatsache nichts, daß sie mir einen Korb gegeben hat.«

»Einen Korb! ...? ... Hm! ... Aber weißt du, es ist mir doch, als hätte ich es geahnt, daß sie dir einen Korb geben würde«, sagte er nachdenklich. »Aber nein!« rief er aus, »ich glaube es nicht! Das ist unmöglich. In diesem Fall würde ja nichts zustande kommen! Sicherlich hast du es irgendwie ungeschickt angefangen, hast sie vielleicht sogar gekränkt oder ihr womöglich Komplimente zu machen versucht ... Erzähle mir noch einmal, wie es war, Ssergei!«

Ich wiederholte alles noch einmal ganz ausführlich. Als ich sagte, daß Nastenjka mit ihrer Entfernung ihn, meinen Onkel, vor der Ehe mit Tatjana Iwanowna bewahren wolle, lächelte er bitter.

»Bewahren!« sagte er. »Bewahren bis morgen!«

»Sie wollen doch damit nicht sagen, daß Sie Tatjana Iwanowna heiraten werden?« rief ich erschrocken aus.

»Womit habe ich es denn erkauft, daß Nástja morgen

nicht hinausgeworfen wird? Morgen noch werde ich anhalten – ich habe es versprochen.«

»Wie, Sie haben sich wirklich dazu entschließen können, Onkel?«

»Was sollte ich tun, Freund, es war nichts zu wollen! Es zerreißt mir ja das Herz, aber ich habe mich entschlossen. Morgen halte ich um sie an ... die Hochzeit soll still gefeiert werden, nur im Familienkreise. Es ist auch besser so, Freund. Du wirst natürlich mein Ehrenmarschall sein ... bei der Trauung. Das habe ich auch drüben schon angedeutet, so daß sie dich bis dahin bestimmt nicht vor die Tür setzen werden. Was soll man denn tun, Freund? Sie sagen: ‚Du machst deine Kinder steinreich!' Natürlich, was ist man für seine Kinder nicht zu tun bereit! Selbst auf den Kopf stellt man sich ... um so mehr, als es ja im Grunde auch ganz richtig so ist. Und ich mußte doch etwas für meine Familie tun! Ich kann doch nicht immer dieser Egoist bleiben!«

»Aber, Onkel, sie ist doch verrückt!« rief ich aus, ohne im Augenblick daran zu denken, daß sie ja schon so gut wie seine Braut war. Mein Herz krampfte sich zusammen vor Schmerz.

»Na, jetzt erklärst du sie sogar schon für verrückt! Sie ist durchaus nicht verrückt, Freund, sondern ... nur so, weißt du, sie hat viel Schweres durchgemacht ... Was soll man denn tun, Freund, ich wäre ja auch froh, eine mit vollem Verstande ... Aber übrigens, was für welche gibt es nicht auch unter denen, die geistig normal sind! Und wenn du wüßtest, wie gut sie ist, wie nobel ...«

»Großer Gott! Er söhnt sich mit dem Gedanken bereits aus!« Ich war der Verzweiflung nahe.

»Aber was soll ich denn tun, wenn ich mich nicht aussöhne? Und sie wollen das alles doch nur zu meinem Besten, und ... und schließlich sah ich ein, daß ich früher oder später doch werde daran glauben müssen, davor wird mich keiner retten: sie werden mich zu zwingen wissen, sie zu heiraten. Deshalb ist es doch besser, sich sogleich zu entschließen, als erst noch lange herumzustreiten. Ich will dir, Freund, alles ganz offen sagen: weißt du, ich bin in mancher Hinsicht sogar ganz froh darüber. Hat man sich entschlossen, dann hat man sich entschlossen – dann ist es wenigstens erledigt, und man hat es hinter sich. Man fühlt sich auch ruhiger, weißt du. Siehst du, ich kam ja auch schon ganz ruhig hierher. Aber so will es wahrscheinlich mein Stern! Und die Hauptsache, unser Gewinn sozusagen, ist doch, daß Nastja bei uns bleibt. Ich habe doch nur unter dieser Bedingung eingewilligt! Und nun will *sie selbst* fortgehen! Das darf nicht geschehen!« Mein Onkel stampfte mit dem Fuß auf. »Hör, Ssergei«, fuhr er plötzlich entschlossen fort, »erwarte mich hier, bleibe hier im Zimmer, ich werde im Augenblick wieder hier sein.«

»Wohin, wohin gehen Sie, Onkel?«

»Vielleicht treffe ich sie, Ssergei. Dann wird sich alles aufklären, glaube mir, alles wird sich aufklären und ... du wirst sie heiraten – ich gebe dir mein Ehrenwort!«

Mein Onkel verließ das Zimmer, schlug aber, wie ich sah, nicht den Weg zum Hause ein, sondern ging noch tiefer in den Garten, in der Richtung auf den Weiher. Ich blickte ihm durch das Fenster nach.

XII

Die Katastrophe

Ich war allein. Die Lage, in der ich mich befand, war unerträglich: Ich hatte einen Korb erhalten, und mein Onkel wollte mich ohne Rücksicht darauf mit Gewalt verheiraten. Meine Gedanken schweiften unruhig umher; ich konnte keinen ruhig zu Ende denken. Misintschikoff und sein Vorschlag wollten mir nicht aus dem Sinn. Es galt, was es auch koste, meinen Onkel zu retten. Ich dachte sogar daran, Misintschikoff unverzüglich aufzusuchen und ihm alles zu erzählen ... Aber wohin war mein Onkel gegangen?

Er hatte gesagt, daß er Nastenjka sprechen wolle, und hatte doch den Weg in den Garten eingeschlagen. Einen Augenblick dachte ich an heimliche Zusammenkünfte, und ein unangenehmes Gefühl regte sich in meinem Herzen. Mir fielen Misintschikoffs Worte ein: daß sie heimliche Beziehungen zueinander hätten ... Ich sann nach – wies dann aber jeden Verdacht unwillig von mir. Nein, mein Onkel konnte nicht betrügen, das lag ja auf der Hand. Doch meine Unruhe wuchs mit jeder Minute. Fast unbewußt trat ich hinaus auf die Treppe und ging dann in Gedanken versunken denselben Weg entlang, den mein Onkel eingeschlagen hatte. Der große Sommermond stand rot und noch niedrig über dem Horizont. Ich kannte den Garten gut und brauchte nicht zu fürchten, irrezugehen. Als ich mich der alten Laube näherte, die einsam am Ufer des schlammigen, schilfbewachsenen Weihers stand, blieb ich plötzlich wie angewurzelt stehen: ich vernahm deutlich Stimmengeflüster, das aus der Laube kam. Ich kann nicht sagen, welch ein eigenartiges Gefühl des Ärgers mich erfaßte! Ich war überzeugt, daß mein Onkel und Nastenjka dort saßen, und ich ging geradeaus weiter, indem ich auf alle Fälle mein Gewissen wenigstens damit beruhigte, daß ich denselben Schritt beibehielt und mich nicht etwa unbemerkt heranzuschleichen suchte. Da vernahm ich plötzlich, daß zwei sich küßten, und darauf folgte eine Menge begeisterter Worte und dann – ein durchdringender weiblicher Schrei! Fast im selben Augenblick aber lief oder flog auch schon eine weißgekleidete Dame wie eine Schwalbe an mir vorüber. Es schien mir, daß sie das Gesicht mit den Händen bedeckt hatte, um nicht erkannt zu werden. Man hatte mich also aus der Laube bemerkt. Wie groß aber war meine Verwunderung, als ich in dem Herrn, der nach der aufgescheuchten Dame aus der Laube trat, – Obnoskin erkannte, Obnoskin, der nach Misintschikoffs Behauptung Stepantschikowo bereits verlassen hatte! Auch Obnoskin war nicht wenig verwirrt: seine sonst so anmaßende Haltung war völlig verschwunden.

»Entschuldigen Sie, aber ... ich hatte nicht erwartet, mit Ihnen hier zusammenzutreffen«, brachte er stotternd und mit verlegenem Lächeln hervor.

»Dasselbe kann ich auch von mir sagen«, entgegnete ich spöttisch, »um so mehr, als ich gehört hatte, daß Sie bereits fortgefahren seien.«

»Nein ... das war nur so ... ich begleitete nur meine Mutter ... eine Strecke ... Aber darf ich mich an Sie mit einer Bitte wenden; denn ich weiß, daß Sie ein ehrenwerter Mensch sind ...«

»Und diese Bitte wäre?«

»Es gibt Fälle – und Sie werden mir darin zustimmen –, wo selbst der edelste Mensch gezwungen ist, an den ganzen Edelmut eines anderen, gleichfalls edlen Menschen zu appellieren ... Ich hoffe, Sie verstehen mich ...«

»Hoffen Sie das nicht; denn ich verstehe Sie tatsächlich nicht.«

»Sie haben doch die Dame gesehen, die hier mit mir in der Laube war?«

»Gesehen – ja, aber nicht erkannt.«

»Ah, nicht erkannt ... Diese Dame werde ich alsbald meine Frau nennen.«

»Gratuliere. Aber womit kann ich Ihnen dienen?«

»Nur mit einem: es als tiefstes Geheimnis zu bewahren, daß Sie mich mit dieser Dame hier gesehen haben ...«

‚Wer mag das gewesen sein?' dachte ich, ‚doch nicht ...?'

»Wirklich, ich weiß nicht ...«, sagte ich. »Sie werden entschuldigen, daß ich Ihnen mein Wort nicht geben kann ...«

»Um's Himmels willen, ich *bitte* Sie doch darum!« flehte Obnoskin. »Begreifen Sie doch meine Situation! Es ist noch ein Geheimnis. Sie können gleichfalls einmal Bräutigam sein: dann werde auch ich meinerseits ...«

»Pst! Jemand kommt!«

»Wo?«

In der Tat gewahrten wir kaum dreißig Schritte von uns den Schatten eines Menschen vorübergleiten.

»Das ... das war Foma Fomitsch!« flüsterte Obnoskin, am ganzen Leibe zitternd. »Ich erkannte ihn am Gang. Mein Gott! da kommen wieder Schritte! Von der anderen Seite! Hören Sie ... Leben Sie wohl! Ich danke Ihnen und ... flehe Sie an ...«

Obnoskin verschwand. Nach einem Augenblick stand mein Onkel vor mir, wie aus der Erde gewachsen.

»Bist du es?« fragte er hastig. »Alles ist verloren, Ssergei, jetzt ist alles verloren!«

Ich bemerkte, daß auch er am ganzen Körper zitterte.

»Was ist verloren, Onkel?«

»Gehen wir!« Er packte mich am Arm und zog mich mit sich weiter. Während des ganzen Weges bis zum Sommerhaus sprach er kein Wort und ließ auch mich nicht sprechen. Ich erwartete etwas Außergewöhnliches und kann sagen, daß ich in meiner Erwartung auch nicht enttäuscht wurde. Als wir mein Zimmer betraten, schwindelte ihm und er wankte. Er war bleich wie ein Toter. Ich spritzte ihm sofort Wasser ins Gesicht. ‚Es muß etwas Furchtbares geschehen sein', dachte ich, ‚wenn ein Mann wie er – in dieser Weise ... fast ohnmächtig wird.'

»Onkel, was haben Sie nur?« fragte ich schließlich.

»Alles ist verloren, Ssergei! Foma überraschte mich und Nastenjka im Garten ... gerade in dem Augenblick, als ich sie küßte ...«

»Als Sie sie küßten? Im Garten?« Ich sah ihn verständnislos an.

»Im Garten, Freund, Gott wollte es so! Ich ging, um sie unverzüglich zu sprechen ... Ich wollte ihr alles sagen, wollte ihr zureden, sie zur Vernunft bringen ... in bezug auf dich, verstehst du. Sie aber hatte schon seit einer ganzen Stunde auf mich gewartet, dort, bei der zerbrochenen Bank ... hinter dem Weiher ... Sie kommt oft dorthin, wenn ich mit ihr sprechen muß.«

»Oft?«

»Oft, oft, Freund! In der letzten Zeit haben wir uns doch

fast in jeder Nacht dort getroffen. Nun haben sie uns wahrscheinlich aufgelauert. Ich weiß es genau, daß sie spioniert haben, und ich weiß auch, daß Anna Nilowna die Hauptbeteiligte ist. So stellten wir denn unsere Zusammenkünfte ein: seit vier Tagen hatten wir uns nicht gesehen ... aber heute ging es doch nicht anders ... Du weißt doch selbst, wie notwendig es war ... Und wie und wo hätte ich sonst ein Wort mit ihr reden können? Ich ging also in der Hoffnung hin, sie dort anzutreffen ... Und sie saß auch schon seit einer Stunde da ... und hatte auf mich gewartet: sie hatte mir gleichfalls Wichtiges zu sagen ...«

»Wie kann man nur so unvorsichtig sein! Sie wußten doch, daß man Sie beide beobachtet!«

»Aber es war doch ein kritischer Augenblick, Ssergei! Wir mußten uns doch über so vieles aussprechen! Am Tage wage ich ja nicht einmal, sie anzusehen: sie sieht in den einen Winkel und ich in den anderen, als wenn ich überhaupt nicht bemerkte, daß sie auf der Welt ist. In der Nacht aber treffen wir uns und können uns dann aussprechen ...«

»Und was geschah nun heute, Onkel?«

»Oh! Kaum hatte ich ihr zwei Worte gesagt, weißt du – da fing mein Herz zu hämmern an, und die Tränen traten mir in die Augen. Ich wollte sie bereden, dich doch zu heiraten. Sie aber sagte mir ohne weiteres: ‚Dann lieben Sie mich offenbar überhaupt nicht, dann sehen Sie ja gar nichts!' Und plötzlich wirft sie sich an meine Brust, umarmt mich krampfhaft, weint und schluchzt: ‚Ich liebe nur Sie allein', sagte sie, ‚ich werde keinen anderen heiraten! Ich liebe Sie schon lange, nur werde ich auch Sie nicht heiraten, sondern morgen noch fortfahren und ins Kloster gehen.'«

»Donnerwetter! Hat sie das wirklich gesagt? Und was geschah dann weiter – weiter, Onkel?«

»Da – ich blickte auf: vor uns steht Foma! Woher er nur gekommen sein mag? Er kann doch unmöglich hinter dem Gebüsch gehockt haben, um nur auf diesen Sündenaugenblick zu warten?«

»Der Schuft!«

»Ich erstarrte, Nastenjka lief fort, und Foma Fomitsch ging schweigend an uns vorüber und drohte mir nur einmal so mit dem Finger. – Begreifst du jetzt, Ssergei, was es morgen geben wird?«

»Wie sollte ich nicht!«

»Begreifst du?« rief er verzweifelt aus und sprang vom Stuhl auf. »Begreifst du, daß sie sie verderben, verleumden, entehren wollen? Sie suchen einen Vorwand, um ihr eine Schande anhängen und sie dann aus dem Hause treiben zu können! Und jetzt haben sie ihn glücklich gefunden! Haben sie doch schon gesagt, sie hätte ein ehrloses Verhältnis mit mir! Ja, diese Schurken haben sogar gesagt, sie hätte auch eins mit Widopljassoff gehabt! Und das hat alles diese Anna Nilowna verbreitet! Was wird jetzt werden? Was wird morgen geschehen? Sollte Foma es wirklich erzählen?«

»Unbedingt wird er es erzählen, Onkel.«

»Wenn er es aber erzählt, wenn er es wagt ...« Mein Onkel biß sich die Lippen und ballte die Fäuste. »Nein, nein! Ich glaube es nicht! Er wird es nicht sagen, er wird begreifen ... er ist ein Mensch mit edler Gesinnung! Er wird sie schonen ... «

»Schonen oder nicht schonen«, unterbrach ich ihn entschlossen; »jedenfalls aber ist es jetzt Ihre Pflicht, morgen um Nastássja Jewgráfownas Hand anzuhalten.«

Mein Onkel blickte mich unbeweglich an.

»Sehen Sie denn nicht ein, Onkel, daß Sie dem Mädchen die Ehre nehmen, wenn Sie die Sache an die große Glocke hängen lassen? Sehen Sie denn nicht ein, daß Sie allem Gerede so schnell wie möglich die Spitze abbrechen müssen? Sie müssen jedem furchtlos und stolz in die Augen blicken können, Ihre Verlobung sofort veröffentlichen, alle Ihre Vernunftgründe zum Teufel jagen und Foma, wenn er dagegen auch nur zu mucksen wagt, einfach zu Pulver zerstäuben!...«

»Ssergei, Freund, daran dachte ich, als wir herkamen!«

»Und zu was haben Sie sich entschlossen?«

»Mein Entschluß steht fest! Ich hatte mich bereits entschlossen, noch bevor ich dir zu erzählen begann!«

»Bravo, Onkel!« Ich fiel ihm um den Hals vor Freude.

Lange noch sprachen wir. Ich hielt ihm alle die unerbittlichen Gründe vor, die ihn zwangen, Nastenjka zu heiraten, und die er übrigens selbst noch viel besser begriff als ich. Aber ich war nun einmal ins Reden gekommen. Ich freute mich unsäglich für ihn. Jetzt zwang ihn die Pflicht, anderenfalls hätte er sich wohl nie entschlossen. Vor der Pflicht aber, und noch dazu einer Ehrenpflicht, war er machtlos.

Trotz alledem wußte ich entschieden nicht, wie das Vorhaben ausgeführt werden sollte. Ich wußte und glaubte ohne den geringsten Zweifel, daß mein Onkel um keinen Preis von dem ablassen werde, was er einmal als seine Pflicht erkannt hatte. Aber im Grunde fürchtete ich doch, daß er nicht rücksichtslos genug sein könne, um sich gegen die Herrscher in seinem Hause aufzulehnen. Nur deshalb bemühte ich mich so hartnäckig, ihn anzutreiben und in dieser Richtung aufzustacheln: und so legte ich mich denn mit dem ganzen Eifer der Jugend ins Zeug.

»... Um so mehr, um so mehr müssen Sie es«, wiederholte ich, »als jetzt bereits alles beschlossen ist und Ihre letzten Zweifel behoben sind! Es ist etwas geschehen, was *Sie* nicht erwartet haben, obgleich es alle seit langer Zeit wissen: Nastassja Jewgrafowna liebt Sie! Wollen Sie es denn wirklich zulassen«, rief ich heftig aus, »daß diese reine Liebe sich für sie in Schmach und Schande verwandle?«

»Niemals will ich das! Aber, Freund, ist es denn überhaupt möglich, daß ich so glücklich werden könnte? Und wie kann sie mich nur lieben, und wofür eigentlich? wofür? Ich glaube, es ist doch so gar nichts an mir ... Ich bin ein Greis im Vergleich zu ihr. Nein, das hätte ich nie erwartet! Liebling, mein Liebling! ... Höre, Sserjosha, vorhin fragtest du mich, ob ich nicht in sie verliebt sei? hattest du irgendeine ... Idee vielleicht?«

»Ich sah nur, Onkel, daß Sie sie so liebten, wie man inniger einen Menschen überhaupt nicht lieben kann; und daß Sie sie liebten, ohne es selbst zu wissen. Denken Sie doch einmal nach: Sie rufen mich aus Petersburg her und wollen mich mit ihr verheiraten, einzig, damit sie Ihre Nichte werde und Sie, Onkel, uns dann ewig bei sich haben könnten...«

»Und du... du verzeihst mir, Ssergei?«

»Ach, Onkel...«

Er drückte mich fest an sein Herz.

»Aber jetzt seien Sie auf der Hut; denn es haben sich ja dort alle gegen Sie verschworen. Sie müssen sich erheben und gegen alle kämpfen, und zwar gleich morgen!«

»Ja... ja, morgen!« wiederholte er etwas nachdenklich, »und weißt du, wir wollen die Sache männlich und vollkommen überzeugt von unserem Recht anpacken, mit wirklicher Charakterstärke... ja, eben mit Charakterstärke!«

»Lassen Sie den Mut nicht sinken, Onkel!«

»Nein, ich werde den Mut nicht sinken lassen, Ssergei! Nur eines: ich weiß nicht, welch einen Schlachtplan ich wählen soll!«

»Denken Sie jetzt nicht daran, Onkel. Morgen wird alles seine Lösung finden. Für heute beruhigen Sie sich. Je mehr man jetzt grübelt, um so schlimmer ist es. Und falls Foma den Mund auftut – dann entweder: ihn unverzüglich vor die Tür setzen, oder: ihn zu Staub zermalmen!«

»Geht es denn nicht auch ohne das? Freund, ich habe folgendes beschlossen: morgen gehe ich in aller Frühe zu ihm und erzähle ihm den ganzen Sachverhalt, so wie ich ihn dir erzählt habe. Er kann mich doch unmöglich nicht verstehen wollen! Er ist doch ein edler Mensch, der edelste von allen! Aber sieh, was mich beunruhigt: was dann, wenn er meine Mutter und Tatjana Iwanowna heute schon von der bevorstehenden Werbung benachrichtigt hat? Das wäre doch furchtbar?«

»Tatjana Iwanownas wegen brauchen Sie sich nicht zu

beunruhigen, Onkel.« Und ich erzählte ihm meine Begegnung mit Obnoskin vor der Laube. Mein Onkel war maßlos erstaunt. Misintschikoff erwähnte ich mit keinem Wort.

»Eine überspannte Person, in der Tat! Wirklich, eine überspannte Person!« rief er aus. »Die Arme! Man will ihre Naivität ausnutzen! Und war es wirklich Obnoskin? Aber er fuhr doch nach dem Tee fort? Sonderbar, höchst sonderbar! Ich bin wirklich betroffen, Sserjosha ... Das muß man morgen noch untersuchen, um gegebenenfalls Maßnahmen ergreifen zu können ... Aber bist du auch überzeugt, daß es Tatjana Iwanowna war?«

Ich antwortete, daß ich ihr Gesicht zwar nicht gesehen hätte, aber aus gewissen Gründen fest überzeugt sei, daß es Tatjana Iwanowna gewesen sei.

»Hm! Oder sollte es nicht doch ein kleines Techtelmechtel mit einem der Hofmädchen gewesen sein, und dir hat es vielleicht nur so geschienen, daß es Tatjana Iwanowna war? War es nicht Dascha, die Gärtnerstochter? Das ist ein durchtriebenes Mädchen! Man hat sie bereits öfter bemerkt ... Nur deshalb sage ich es ja, weil man sie wirklich schon gesehen hat. Anna Nilowna hat sie ertappt! ... Aber nein, das ist auch unwahrscheinlich! Und er hat dir gesagt, daß er sie heiraten wolle? Sonderbar, sehr sonderbar ...«

Endlich trennten wir uns. Ich umarmte ihn zum Abschied.

»Morgen, morgen wird sich alles entscheiden«, sagte er lebhaft, »noch bevor du aufstehst! Ich werde zu Foma gehen und ihm ritterlich alles aufdecken, wie meinem leiblichen Bruder, alles, was ich auf dem Herzen habe, meine ganze Seele. Leb wohl, Sserjosha. Leg dich jetzt hin, du wirst müde sein. Na, und ich – ich werde die ganze Nacht wohl kein Auge schließen.«

Er ging. Ich legte mich unverzüglich schlafen; denn ich war in der Tat todmüde. Das war ein schwerer Tag gewesen! Meine Nerven waren überreizt, und bevor ich endlich einschlief, zuckte ich noch mehrmals zusammen und wachte aus dem Halbschlaf immer wieder auf.

Aber wie seltsam meine Eindrücke auch während des Einschlafens waren, so war ihre Seltsamkeit doch nichts im Vergleich mit der Seltsamkeit meines Erwachens am nächsten Morgen.

ZWEITER UND LETZTER TEIL

I

Die Verfolgung

Ich schlief traumlos und ungewöhnlich fest. Plötzlich fühlte ich, wie ein Gewicht von etwa vierhundert Pfund sich auf meine Beine legte: ich schrie auf und erwachte.

Es war schon hell: durch die Fenster flutete gelbes Sommermorgenlicht ins Zimmer. Auf meinem Bett, oder richtiger, auf meinen Beinen saß – Herr Bachtschéjeff.

Ein Zweifel war ausgeschlossen: er war es. Nachdem ich meine Füße mit genauer Not von dieser Last befreit hatte, setzte ich mich im Bett auf und sah ihn mit der stumpfen Verständnislosigkeit eines kaum erwachten Menschen an.

»Er glotzt noch!« rief der Dicke empört aus. »Was staunst du mich denn an? Steh auf, Alter, steh auf! Wecke dich hier schon seit einer halben Stunde. Reib dir endlich den Schlaf aus den Augen!«

»Was ist geschehen? Wieviel Uhr ist es?«

»Es ist noch früh, aber unsere Fewrónja hat nicht einmal den Tag erwartet, um durchzubrennen. Steh mal auf, fix, wir setzen ihr nach!«

»Was für eine Fewrónja?«

»Na, die unsrige doch, die Holde, wer denn sonst! Ist schon über alle Berge! Bereits vor Sonnenaufgang ausgekniffen! Ich aber bin ja, mein Bester, nur auf einen Augenblick zu Ihnen gekommen, bloß um Sie auf die Beine zu bringen. Und da vertrödele ich nun mit ihm geschlagene zwei Stunden! Stehen Sie auf, mein Lieber, Ihr Onkel wartet schon auf Sie ... Da haben wir nun die Bescherung!« knurrte er zum Schluß mit einer gewissen schadenfrohen Gereiztheit in der Stimme.

»Aber von wem ... wovon reden Sie?« fragte ich erregt;

denn ich begann bereits zu ahnen, »... doch nicht von Tatjana Iwanowna?«

»Von wem denn sonst? Natürlich von ihr! Habe ich nicht gesagt, gewarnt – keiner wollte auf mich hören! Da habt ihr jetzt die Bescherung ... zum Feiertag! Kupido hat ihr den Kopf verdreht, nur deswegen ist sie verrückt! Pfui! Aber jener, jener – was? Da habt ihr jetzt den Spitzbart!«

»Doch nicht mit Misintschikoff?«

»Hör nur einer *so* was! Nun reib dir aber den Schlaf aus den Augen und werde wenigstens dem großen Feiertag zu Ehren nüchtern. Bist wohl gestern bis untern Tisch gekommen, wenn dir der Schädel jetzt noch brummt! Was: Misintschikoff! – Mit Obnoskin, aber nicht mit Misintschikoff! Iwan Iwanowitsch Misintschikoff ist ein anständiger Mensch und macht sich mit uns an die Verfolgung.«

»Was Sie sagen?« rief ich erschrocken und machte, noch halb sitzend, einen Hopser auf dem Bett, »tatsächlich mit Obnoskin?«

»Pfui, du langweiliger Mensch!« Der Dicke erhob sich fauchend von meinem Bett. »Ich komme zu ihm wie zu einem gebildeten Menschen, um ihm das Unglück mitzuteilen, er aber zweifelt noch! Du, mein Lieber, wenn du mit willst, so erheb dich schleunigst und zieh dir deine Höschen an; ich aber hab's satt, hier mit meiner Zunge für dich zu arbeiten: habe sowieso schon meine Zeit an dich verschwendet!«

Und er verließ äußerst ungehalten mein Zimmer.

Noch ganz bestürzt von der Nachricht, sprang ich aus dem Bett, kleidete mich schnell an und eilte ins Herrenhaus.

Dort schien noch alles zu schlafen: und so trat ich denn vorsichtig durch die Paradetür ein, um unbemerkt zu meinem Onkel zu kommen. Kaum war ich eingetreten, als plötzlich Nastenjka vor mir stand: sie mußte soeben erst aufgestanden sein und sich in aller Eile angezogen haben. Ihr Haar war in Unordnung, und sie trug eine Art Morgenkleid oder Umwurf. Wahrscheinlich hatte sie im Flur auf jemanden gewartet.

»Sagen Sie, bitte, ist es wahr, daß Tatjana Iwanowna mit Obnoskin fortgefahren ist?« fragte sie mich erregt mit zitternder Stimme, bleich und sichtlich erschrocken.

»Es soll wahr sein. Ich suche meinen Onkel ... Wir wollen ihr nachfahren ...«

»Oh, bringen Sie sie, bringen Sie sie schnell zurück! Wenn Sie es nicht tun, ist sie verloren!«

»Aber wo ist denn mein Onkel?«

»Wahrscheinlich bei den Pferdeställen. Die Pferde werden schon angeschirrt. Ich habe hier auf ihn gewartet. Hören Sie, sagen Sie ihm von mir, daß ich unbedingt heute noch fortfahren will: ich bin fest entschlossen. Mein Vater nimmt mich zu sich. Am liebsten würde ich sofort fahren, wenn es sich nur machen ließe! Jetzt ist alles verloren! Jetzt ist alles zu Ende!«

Während sie das sagte, sah sie mich selbst wie eine Versinkende an – und plötzlich brach sie in Tränen aus. Es schien ein nervöser Anfall zu sein.

»Beruhigen Sie sich, beruhigen Sie sich!« bat ich sie. »Das ist doch nur eine günstige Wendung – Sie werden sehen ... Was haben Sie nur, Nastassja Jewgrafowna?«

»Ich ... ich weiß nicht ... was mit mir ist«, sagte sie erregt und preßte unbewußt meine Hände krampfhaft zusammen. »Sagen Sie ihm. ...«

Da hörten wir hinter der nächsten Tür ein Geräusch.

Sie zog erschrocken ihre Hände zurück und eilte die Treppe hinauf.

Ich fand sie alle – meinen Onkel, Herrn Bachtschejeff und Misintschikoff – auf dem hinteren Hof bei den Ställen. Vor Herrn Bachtschejeffs Wagen wurden frische Pferde angeschirrt. Alles war zur Abfahrt bereit: man hatte nur noch auf mich gewartet.

»Da ist er!« rief mein Onkel aus, als er mich erblickte. »Hast du es schon gehört, Freund?« fragte er leise mit einem eigentümlichen Gesichtsausdruck. Schreck, Zerstreutheit und doch so etwas wie eine neue Hoffnung lagen in seinem Blick, in seiner Stimme und selbst in seinen Bewegungen. Offenbar fühlte er, daß in seinem Schicksal eine Wendung eingetreten war.

Ich wurde sogleich in die Einzelheiten eingeweiht.

Herr Bachtschejeff war nach einer qualvollen Nacht beim ersten Morgengrauen von Hause aufgebrochen, um rechtzeitig zum Frühgottesdienst im Kloster einzutreffen, das etwa fünf Werst von seinem Gut entfernt lag. Als er gerade von der Landstraße in den Nebenweg zur Einsiedelei einbiegen wollte, hatte er mit einemmal einen offenen Wagen in rasender Schnelligkeit daherkommen sehen und in den Insassen Tatjana Iwanowna und Obnoskin erkannt. Tatjana Iwanowna habe verweint ausgesehen und, als sie Herrn Bachtschejeff erblickt, vor Schreck aufgeschrien und ihm dann die Arme wie hilfesuchend entgegengestreckt – so wenigstens ging es aus seiner Erzählung hervor. »Jener aber, der Schuft mit dem Spitzbart, wollte sich vor mir verstecken, jawohl, ja! – vor mir aber versteckst du dich nicht!«

Ohne lange zu zögern, hatte Stepan Alexejewitsch (Herr Bachtschejeff) dem Kutscher wieder auf die Landstraße zurückzukehren befohlen und war schnurstracks nach Stepantschikowo gefahren, hatte hier ohne weiteres meinen Onkel geweckt, ferner Misintschikoff und schließlich auch mich. Es war beschlossen worden, ihnen sogleich nachzufahren.

»Aber Obnoskin, was sagst du zu Obnoskin?« fragte mein Onkel und sah mich unverwandt an, als wollte er mir gleichzeitig noch sagen: »Wer hätte das gedacht!«

»Von diesem niedrigen Menschen war jede Gemeinheit zu erwarten!« bemerkte Misintschikoff in sehr scharfem Ton, wandte sich aber im selben Augenblick ab, um meinen Blick zu vermeiden.

»Na, was nun: fahren wir oder fahren wir nicht? Oder werden wir bis zum Abend hierstehen und uns Märchen erzählen?« erinnerte Herr Bachtschejeff an unser Vorhaben und schob sich als erster in den Wagen.

»Fahren wir, fahren wir!« rief sogleich hastig mein Onkel.

»Es wendet sich alles zum Guten, Onkel«, raunte ich ihm noch schnell zu. »Dieser Punkt ist jetzt besser erledigt, als wir uns hätten träumen lassen!«

»Schon gut, Freund, lästere nicht ... Aber jetzt wird man *sie* ja einfach hinauswerfen, zur Strafe dafür, daß das andere mißglückt ist, aus Rache – du verstehst doch? Entsetzlich, Freund, was ich jetzt kommen sehe!«

»Zum Donner, Jegor Iljitsch, wollen Sie Geheimnisse tuscheln – oder wollen Sie fahren?« schrie Herr Bachtschejeff zum zweitenmal. »Sollte man nicht lieber die Pferdchen vorläufig wieder ausschirren lassen und erst noch einen Imbiß einnehmen – was meinen Sie? – und womöglich noch ein paar Gläschen hinter die Binde gießen?«

Diese Worte waren mit einem so grimmigen Sarkasmus gesagt, daß es ganz ausgeschlossen war, Herrn Bachtschejeff nicht unverzüglich zu befriedigen. Wir stiegen eilig ein, und die Pferde zogen an.

Eine Zeitlang schwiegen alle. Mein Onkel streifte mich ab und zu mit einem bedeutungsvollen Blick, schien aber in Gegenwart der anderen nicht sprechen zu wollen. Mitunter versank er in Gedanken, um dann nach einer Weile zusammenzuzucken, plötzlich gleichsam zur Besinnung zu kommen und sich erregt umzublicken. Misintschikoff war scheinbar ruhig, rauchte seine Zigarette und schaute mit dem Selbstbewußtsein eines ungerechterweise gekränkten Menschen drein. Dafür ereiferte sich Herr Bachtschejeff für drei. Er brummte die ganze Zeit vor sich hin, blickte auf alle und alles mit entschiedener Mißbilligung, wurde rot, fauchte, spuckte fortwährend seitwärts auf die Landstraße und konnte sich auf keine Art und Weise beruhigen.

»Bist du denn auch wirklich überzeugt, Stepán, daß die beiden nach Mischino gefahren sind?« erkundigte sich plötzlich mein Onkel. »Das ist, mußt du wissen, zwanzig Werst von hier«, fügte er, zu mir gewandt, erklärend hinzu, »ein kleines Gut mit dreißig Leibeigenen. Es ist vor kurzem den früheren Besitzern von einem ehemaligen Gouvernementsbeamten abgekauft worden, einem Schikaneur, sagt man, wie die Welt keinen zweiten aufzuweisen habe! Wenigstens wird es ihm nachgesagt. Stepan Alexejewitsch behauptet, Obnoskin sei dorthin gefahren, und dieser Beamte helfe ihm.«

»Du zweifelst wohl noch?« fuhr Herr Bachtschejeff sofort auf. »Ich sage es und bleibe dabei: sie sind nach Mischino gefahren. Nur hat man ihn in Mischino wahrscheinlich schon längst wieder vergessen, den Obnoskin. Warum auch nicht! Haben doch drei Stunden auf dem Hof verschwatzt!«

»Beunruhigen Sie sich nicht«, bemerkte Misintschikoff, »wir werden sie dort noch antreffen.«

»Jawohl, ja! Antreffen! Der will gerade dort noch Wiedersehen mit dir feiern! Er hat doch die Schatulle in den Händen, worauf soll er jetzt noch warten?«

»Beruhige dich, Stepan, beruhige dich nur«, redete ihm mein Onkel gütig zu. »Sie haben ja noch zu nichts Zeit gehabt – du wirst sehen, daß es so ist.«

»Zu nichts Zeit gehabt!« wiederholte Herr Bachtschejeff boshaft. »Zu was hat diese nicht Zeit, wenn sie auch noch so bescheiden ist! ‚Ach ja, sie ist so bescheiden, ein so bescheidenes Kind!‘« flötete er plötzlich aus der Fistel, als wolle er jemand nachäffen. »‚Sie hat so viel Unglück erfahren!‘ – Jawohl, ja! Da hat sie uns jetzt ihre Absätze gezeigt, die bescheidene Unglückliche! Da rast man ihr nun auf der großen Landstraße nach, mit der Zunge aus dem Halse womöglich, und sucht sie von Sonnenaufgang bis Sonnenuntergang! Läßt einen nicht einmal an Gottes heiligem Feiertage beten, wie es sich gehört! Pfui!«

»Aber sie ist doch mündig«, bemerkte ich, »sie steht doch nicht unter Vormundschaft. Wir können sie doch nicht zwingen zurückzukehren, wenn sie es nicht selbst will. Was werden wir dann tun?«

»Sie wird gewiß zurückkehren wollen, ich versichere dir«, sagte mein Onkel. »Das hat sie jetzt nur so . . . Sobald sie uns nur erblickt, wird sie zurück wollen – dafür garantiere ich. Und außerdem – es geht doch nicht anders, Freund, man kann sie doch nicht so dem Zufall überlassen, dem Schicksal als Opfer ... es ist doch gewissermaßen eine Pflicht ...«

»Steht nicht unter Vormundschaft!« rief Herr Bachtschejeff aufgebracht aus und sah mich mit bösen Augen an. »,Ist mündig!' – Eine Gans ist sie, mein Lieber, eine echte Gans! – So muß man es nennen, aber nicht, daß sie *mündig* ist! Gestern wollte ich mit dir überhaupt nicht von ihr sprechen; denn ein paar Stunden vorher hatte ich aus Versehen die Tür zu ihrem Zimmer aufgemacht – und was sehe ich: sie ist allein im Zimmer vor dem Spiegel, die Hände in die Seiten gestemmt und tanzt so was wie 'ne Ecossaise! Und wie aufgeputzt! Ein Journal, sag ich, einfach ein Modejournal! Ich spie nur aus und ging. Und da schon sah ich voraus, sah ich alles so kommen, wie es jetzt gekommen ist – buchstäblich, genau so!«

»Warum so hart beurteilen«, wagte ich etwas eingeschüchtert einzuwenden, »wir wissen doch, daß Tatjana Iwanowna ... sich nicht ihrer vollen Gesundheit erfreut ... oder richtiger, daß sie eine gewisse Manie ... Ich glaube, daß man nur Obnoskin beschuldigen darf und nicht sie.«

»Sich nicht ihrer vollen Gesundheit erfreut! Da werde einer mit ihm fertig!« griff der Dicke wieder meinen Ausdruck auf, das Gesicht rot vor Zorn. »Er hat sich ja wahrhaftig geschworen, einen aus der Haut zu bringen! Schon gestern hat er den Schwur abgelegt! Eine Gans ist sie, hörst du mich, Väterchen, ich sage es dir nochmals: eine kapitale Gans! So heißt's, nicht aber, daß sie sich ,nicht ihrer vollen Gesundheit erfreut'! Sie ist von Kindesbeinen an in puncto Liebe übergeschnappt, das laß dir gesagt sein! Und jetzt hat der Kupido sie glücklich bis zum letzten gebracht! Von jenem aber mit dem Spitzbart – von dem lohnt es sich gar nicht zu reden! Der wird jetzt für dreie leben, da sei du unbesorgt, und das Geld springen lassen und sich ins Fäustchen lachen.«

»Glauben Sie denn wirklich, daß er sie verlassen wird?«

»Was denn sonst? Soll er denn einen solchen Schatz noch

mit sich herumschleppen? Was soll er mit ihr anfangen? Er wird ihr das Geld abknöpfen und sie dann an der Landstraße unter einen Busch setzen – und Lebewohl sagen –, sie aber kann dann dort unterm Busch sitzen und an den Blümchen riechen, wenn sie will.«

»Nein, Stepan, da hast du dich denn doch etwas fortreißen lassen. So wird es nicht kommen!« sagte mein Onkel. »Und weshalb ärgerst du dich so? Wirklich, ich wundere mich über dich, Stepan! Was hast du davon?«

»Soo? Bin ich denn kein Mensch? Da kann man doch auch wütend werden! Ganz unwillkürlich! Und vielleicht rede ich nur aus mitleidigem Herzen ... Ach, mag die ganze Welt zugrunde gehn! Sagt mir doch, wozu bin ich eigentlich hergefahren? Weshalb bin ich nicht ruhig weitergefahren? Was geht denn das mich an? Was schert das mich, Schockschwerenot!«

So haderte Herr Bachtschejeff mit dem Schicksal, doch ich hörte ihm nicht lange zu und beschäftigte mich in Gedanken mit derjenigen, der wir nachfuhren, mit Tatjana Iwanowna. Ihre Lebensgeschichte, über die ich mich in der Folge habe unterrichten lassen und die als Erklärung ihres Abenteuers interessieren dürfte, ist kurz folgende:

Als armes Waisenkind, das in einem fremden, ungastlichen Hause aufgewachsen war, dann als armes junges Mädchen und mit der Zeit als armes altes Mädchen hatte Tatjana Iwanowna in ihrem ganzen kärglichen Leben alles Leid, das Verwaistsein, Erniedrigung, Vorwürfe und ungern gegebenes Gnadenbrot verursachen, zur Genüge ausgekostet. Von Natur mit einem heiteren, sehr empfänglichen und wohl auch leichtsinnigen Charakter begabt, hatte sie ihr bitteres Leid anfangs noch leicht genommen und mitunter sogar fröhlich und sorglos wie ein Kind lachen können. Mit den Jahren tat aber die Zeit das ihre: Tatjana Iwanowna wurde gelb und mager, wurde reizbar, krankhaft empfänglich und überschwenglich; sie träumte immer phantastischer von allem Schönen der Erde, träumte einen Traum, der nur von hysterischen Tränen oder plötzlichem, krampfartigem Schluchzen unterbrochen wurde. Je weniger irdische Güter die Wirklichkeit ihr verlieh, um so mehr tröstete sie sich mit ihrer Phantasie: je unwiederbringlicher und unaufhaltsamer ihre letzten Berechtigungen zu irgendwelchen Hoffnungen dahinschwanden, um so berauschender wurden ihre Illusionen, die sich doch niemals verwirklichen konnten. Unermeßliche Reichtümer, unverwelkbare Schönheit, elegante, reiche, vornehme Kavaliere, wenn nicht gar Großfürsten, die ihr den Hof machten, die für sie allein ihr Herz in jungfräulicher Reinheit erhalten hatten, und zu ihren Füßen vor lauter Liebe starben, und schließlich *er – er,* das Schönheitsideal, ein Mann, der alle Vollkommenheiten in sich vereinigte, sie leidenschaftlich liebte, dazu Künstler, Dichter, General war – alles zugleich oder abwechselnd – alles das sah und erlebte sie bald nicht nur in ihrer Phantasie, sondern fast wie in Wirklichkeit. Ihre Vernunft widerstand nicht lange dem Gift dieser heimlichen, ununterbrochenen Träume ... Und nun plötzlich – griff das Schicksal in ihr Leben ein und hatte sie zum besten. In der letzten Erniedrigung, inmitten der traurigsten, das Herz bedrückenden Wirklichkeit, als Gesellschafterin einer alten, zahnlosen, launischen Dame – die sie beständig beschuldigte, die ihr wegen jedes Brotstücks und jedes Kleides Vorwürfe machte –, fast als Dienstmagd, die ein jeder kränken durfte, und die von niemand beschützt wurde, die durch ihr armseliges Leben um ihre Vernunft gebracht war und im geheimen nur im Zauber der sinnlosesten und glühendsten Phantasiegebilde lebte – erhielt sie eines Tages die Nachricht vom Tode eines ihrer entferntesten Verwandten, dessen Angehörige alle vor ihm gestorben waren, wovon sie in ihrem Leichtsinn keine Ahnung gehabt hatte. Dieser entfernte Verwandte war ein Sonderling gewesen, hatte wie ein Einsiedler gelebt, irgendwo weit in einem Provinznest, mürrisch, einsam und mit der Welt zerfallen, hatte sich nur mit Kraniologie beschäftigt und sein Geld auf Wucherzinsen ausgeliehen. Und so war denn plötzlich wie durch ein Wunder dieser Tatjana

Iwanowna ein ganzes großes Vermögen in den Schoß gefallen: sie war die einzige noch lebende Verwandte und folglich die einzige gesetzmäßige Erbin des Alten. Hunderttausend Rubel erhielt sie sofort blank und bar ausgezahlt. Dieser Hohn des Lebens aber brachte sie alsbald um den Rest ihres Verstandes. Wie sollte nun ihre schon ohnehin geschwächte Vernunft nicht an die Erfüllung aller ihrer Träume glauben, wenn solche Wunder geschehen konnten? Und so kam es, daß sie, fast betäubt vom Glück, unrettbar in ihre bezaubernde Welt unmöglicher Phantasien und verführerischer Illusionen versank. Verschwunden waren alle Zweifel, alle Grenzen der Wirklichkeit und deren Gesetze. Fünfunddreißig Jahre und blendende Schönheit, traurig stimmende Herbstkälte und die ganze Wonne unendlicher Liebesseligkeit lebten in ihrem Wesen nebeneinander, ohne miteinander auch nur einmal in Konflikt zu geraten. War doch *ein* Traum Wirklichkeit geworden, weshalb sollten es nicht auch die anderen werden? Weshalb sollte nicht auch *er* erscheinen? Tatjana Iwanowna dachte nicht nach – sie glaubte. Und während sie *ihn* noch erwartete, das Ideal – sah sie jetzt Tag und Nacht nur noch Bewerber vor sich, Offiziere und Zivilpersonen, Infanteristen und Gardekavalleristen, Millionäre und Dichter, die in Paris gewesen waren, und auch solche, die nur Moskau gesehen hatten, solche mit spanischen Spitzbärten und solche ohne Spitzbärte, Spanier und Nichtspanier (meist aber doch Spanier) – jedenfalls sah sie diese in erschreckend großer Anzahl, so daß sie in ihrer Umgebung schon ernstliche Befürchtungen erregte. Es fehlte nicht viel, und man hätte sie in eine Irrenanstalt schaffen müssen. Alle ihre schönen Illusionen umgaben sie wie ein glänzender Reigen und im wirklichen Leben sah sie alles im selben phantastischen Licht: wen sie nur erblickte, der schien ihr in sie verliebt zu sein; wer nur an ihr vorüberging, der war in ihren Augen ein Spanier, wer starb – der starb unfehlbar aus Liebe zu ihr. Und in diesen Einbildungen wurde sie noch dadurch bestärkt, daß ihr jetzt tatsächlich viele Herren, wie zum Beispiel Obnoskin, mit demselben Ziel, das auch Misintschikoff verfolgte, den Hof machten. Plötzlich wurde sie von allen umschmeichelt, verwöhnt und »geliebt«. Die Arme konnte und wollte nicht einmal argwöhnen, daß alles nur um ihres Geldes willen geschah. Sie war vollkommen überzeugt, daß alle Menschen, von denen sie früher so schlecht behandelt worden war, sich plötzlich wie auf irgend jemandes Befehl gebessert hätten, heiter, lieb, freundlich und gut geworden seien. *Er* erschien zwar vorläufig noch nicht, und wenn es auch nicht dem geringsten Zweifel unterlag, daß *er* einmal kommen werde, so war doch das Leben auch so nicht übel, es war sogar sehr angenehm, so voll Zerstreuungen und netter Erlebnisse, daß man sehr gut noch warten konnte! Tatjana Iwanowna naschte Konfekt, pflückte die Blumen des Vergnügens und las Romane. Diese Romane regten ihre Phantasie an; aber sie las keinen einzigen zu Ende, sondern legte das Buch gewöhnlich schon nach den ersten Seiten aus der Hand. Sie hielt die Lektüre nicht länger aus, da schon die gleichgültigste Andeutung einer Liebe oder auch nur die Beschreibung des Ortes, eines Zimmers etwa, ihre Gedanken gänzlich gefangennahm. Fortwährend wurden ihr neue Kleider, Spitzen, Hüte, Bänder, Musterbogen und Schnittmuster, Stickereien, Konfekt, Blumen und Schoßhündchen zugesandt. In der Mädchenstube waren drei Mädchen ganze Tage lang nur mit dem Nähen ihrer Kleider beschäftigt, sie aber drehte sich fast vom Morgen bis zum Abend und sogar in der Nacht vor dem Spiegel und hatte eine Anprobe nach der anderen. Sie schien dabei nach der Erbschaft jünger und hübscher geworden zu sein. Ich habe bis jetzt leider noch nicht in Erfahrung bringen können, wie sie mit dem verstorbenen General Krachotkin verwandt war. Im Grunde war ich von Anfang an überzeugt, daß diese ganze Verwandtschaft nur eine Erfindung der Generalin sein konnte, die sich Tatjana Iwanownas bemächtigen wollte, um sie dann, was es auch koste, mit meinem Onkel zu verheiraten. Herr Bachtschejeff hatte recht, wenn er sagte, Kupido hätte sie um die letzte

Vernunft gebracht. Andererseits war der Entschluß meines Onkels, als er von ihrer Flucht mit Obnoskin erfahren hatte, ihr sogleich nachzufahren und sie zurückzubringen, das Vernünftigste, was er tun konnte. Die Arme war gar nicht fähig, ohne Bevormundung zu leben, und sie würde unfehlbar ihrem Verderben entgegengegangen sein, wenn sie unter schlechte Menschen geraten wäre.

Es war über neun, als wir in Mischino anlangten. Das Gut lag drei Werst abseits von der großen Landstraße. Es war dort nur ein kleines Gutshaus mit ein paar ärmlichen Nebengebäuden, die alle gleichsam in einer Grube lagen. Sechs oder sieben Bauernhütten, die schief und verräuchert, nur spärlich mit schwarz gewordenem Stroh gedeckt am Wege standen, machten einen traurigen Eindruck auf den Vorüberfahrenden. Kein Garten, kein Strauch war rings im Umkreise von einer Viertelwerst zu sehen. Nur ein alter Weidenbaum stand einsam an einem grünen Tümpel, der »Teich« genannt wurde. Ein solcher Ort konnte auf Tatjana Iwanowna unmöglich einen freundlichen Eindruck machen. Das Wohngebäude des Besitzers war ein langgestreckter, schmaler Neubau mit sechs Fenstern in einer Reihe und einem vorderhand nur mit Stroh gedeckten Dach. Der Besitzer – ein ehemaliger Beamter – hatte das Gut erst kürzlich übernommen. Selbst der Hof war noch nicht einmal mit einem Zaun umgeben; nur an einer Seite war ein Stück von einem neuen Flechtzaun zu sehen, von dem die trockenen Nußbaumblätter noch nicht abgefallen waren. Dort am Zaun stand auch Obnoskins offener Wagen. Aus einem geöffneten Fenster hörten wir Geschrei und Weinen.

Im Flur trafen wir nur einen barfüßigen Knaben an, der Hals über Kopf davonlief. Im ersten Zimmer, das wir betraten, saß auf einem langen, kattunüberzogenen »türkischen« Diwan ohne Lehne – Tatjana Iwanowna, die ganz verweint war. Als sie uns erblickte, schrie sie auf und verbarg das Gesicht in den Händen. Neben ihr stand Obnoskin – mitleiderregend verwirrt und erschrocken. Er verlor dermaßen den Kopf, daß er uns entgegenstürzte, um uns die Hände zu drücken, ganz als freute ihn unsere Ankunft unsäglich. Durch die halboffene Tür sah man den Zipfel eines Frauenkleides: jemand schien dort durch einen Spalt zu lauern und zu lauschen. Weder der Hausherr noch die Hausfrau waren zu sehen: sie schienen überhaupt nicht im Hause zu sein. Oder sie hatten sich irgendwo versteckt.

»Da ist sie ja, unsere Ausflüglerin! Will sich jetzt noch hinter den Händen verstecken!« rief Herr Bachtschejeff aus, der hinter uns als letzter ins Zimmer gerollt kam.

»Mäßigen Sie Ihr Entzücken, Stepan Alexejewitsch! Das ist hier durchaus nicht angebracht. Das Recht zu sprechen hat jetzt nur Jegor Iljitsch, wir aber sind hier durchaus Nebenpersonen!« bemerkte Misintschikoff scharf.

Mein Onkel, der dem Dicken nur einen strengen Blick zugeworfen hatte, ging, ohne Obnoskin und seine ausgestreckten Hände auch nur zu beachten, auf Tatjana Iwanowna zu, die ihr Gesicht immer noch verbarg, und sagte mit ungeheuchelter Teilnahme und seiner wärmsten Stimme:

»Tatjána Iwánowna, wir alle lieben und achten Sie so, daß wir selbst hergekommen sind, um von Ihnen persönlich Ihre Absichten zu erfahren. Wollen Sie nicht mit uns nach Stepantschikowo zurückkehren? Heute ist doch Iljuschas Namenstag. Meine Mutter erwartet Sie mit Ungeduld, und Ssaschenjka und Nastenjka werden sicherlich schon den ganzen Morgen vor Sehnsucht nach Ihnen geweint haben ...«

Tatjana Iwanowna erhob schüchtern den Kopf, sah, ohne die Hände vom Gesicht zu nehmen, vorsichtig durch die Finger zu ihm auf, und plötzlich warf sie sich aufschluchzend an seinen Hals.

»Ach, bringen Sie mich, bringen Sie mich schnell von hier fort!« flehte sie unter Tränen, »schnell, schnell, so schnell wie möglich!«

»Hat das Durchbrennen schon satt!« tuschelte mir Bachtschejeff mit einem gleichzeitigen Rippenstoß zu.

»Dann wäre also die Angelegenheit erledigt«, sagte mein

Onkel trocken, sich an Obnoskin wendend; doch vermied er es, ihn anzusehen. »Tatjana Iwanowna, Ihren Arm, wenn ich bitten darf. Fahren wir!«

Im Nebenzimmer hinter der Tür hörte man Kleiderrascheln. Die Tür kreischte ein wenig, und der Spalt wurde größer.

»Einstweilen aber ... wenn man von einem anderen Standpunkt aus urteilt ...«, bemerkte Obnoskin mit unruhigem Blick nach der offenen Tür, »so müßten Sie sich doch selbst sagen, Jegor Iljitsch ... Ihre Handlungsweise in meinem Hause ... und schließlich ... ich begrüße Sie, und Sie erwidern nicht einmal meinen Gruß, Jegor Iljitsch ...«

»Ihre Handlungsweise in *meinem* Hause, mein Herr, war ehrlos«, sagte mein Onkel und sah Obnoskin mit strengem Blick offen an, »– und das hier ist nicht einmal Ihr Haus. Sie haben es soeben selbst gehört: Tatjana Iwanowna will keinen Augenblick länger hier verweilen. Was wollen Sie denn noch? Kein Wort, hören Sie, kein Wort mehr, ich bitte Sie darum! Ich würde gern weitere Erklärungen vermeiden, und das ... wäre wohl auch vorteilhafter für Sie.«

Obnoskin verlor so sehr den Kopf, daß er den größten Unsinn zusammenschwatzte.

»Verachten Sie mich nicht, Jegor Iljitsch«, begann er halblaut, vor Beschämung offensichtlich den Tränen nahe, wobei er sich fortwährend nach der Tür umsah – wahrscheinlich aus Furcht, daß man ihn dort hören könnte. »Ich habe ja eigentlich nichts getan, das war doch nur Mama ... Ich habe es nicht in meinem Interesse getan, Jegor Iljitsch ... ich habe es nur so getan ... natürlich habe ich es zum Teil auch in meinem Interesse getan, Jegor Iljitsch ... aber ich habe es mit einem edlen Ziel vor Augen getan, Jegor Iljitsch ... Ich hätte das Kapital nutzbringend angewandt ... ich hätte den Armen geholfen. Ich wollte ferner zum Fortschritt der gegenwärtigen Aufklärung etwas beitragen ... ich beabsichtigte sogar, ein Stipendium an der Universität zu stiften ... Sehen Sie, in welcher Weise und zu welchen

Zwecken ich meinen Reichtum angewandt hätte, Jegor Iljitsch ... und nicht, daß ich sonst etwas, Jegor Iljitsch ...«

Wir alle schämten uns mit einem Male ganz entsetzlich. Misintschikoff wurde rot und wandte sich ab. Mein Onkel aber wurde so verlegen, daß er nicht wußte, was er sagen sollte.

»Schon gut, schon gut!« sagte er schließlich. »Beruhigen Sie sich nur, Pawel Ssemjonytsch. Was soll man hier viel sagen ... Es kann jedem passieren ... Wenn Sie wollen, besuchen Sie uns ... ich aber freue mich ... es freut mich, daß ...«

Doch nicht ganz so zartfühlend verfuhr Herr Bachtschejeff.

»Stipendium stiften!« brüllte er plötzlich jähzornig los. »Der ist mir der Rechte zum Stiften! Du würdest gern selbst einem jeden noch das Letzte abrupfen! ... Hat sich im Leben noch kein Paar Hosen verdient, kräht aber schon wie die anderen von Stipendienstiften! So ein Lumpenkerl! Und hat jetzt noch ein zärtliches Herz besiegt! Aber wo ist denn die Hauptperson, die verehrte Frau Mutter? Oder hat sie sich versteckt? Ich will nicht Bachtschejeff heißen, wenn sie nicht dort irgendwo sitzt, sich hinter einem Bettschirm verborgen hält oder vor Schreck sich unters Bett verkrochen hat ...«

»Stepan, Stepan!« unterbrach ihn mein Onkel geärgert. Obnoskin wurde feuerrot und schien protestieren zu wollen. Doch noch bevor er den Mund aufmachen konnte, wurde die Tür schon aufgerissen, und Anfissa Petrowna Obnoskina stürzte mit blitzenden Augen empört und zornbebend ins Zimmer.

»Was soll das bedeuten?« kreischte sie laut. »Was geht hier vor? Sie, Jegor Iljitsch, dringen mit einer ganzen Kohorte in ein ehrenwertes Haus, erschrecken Damen, treffen eigenmächtig Anordnungen! ... Das ist doch unerhört! Ich bin zum Glück noch meiner Sinne mächtig, Jegor Iljitsch! ... Du Tölpel!« fuhr sie in ihrem Redeschwall fort, sich auf ihren Sohn stürzend, »du scheinst ja hier vor ihnen noch weinen zu wollen! Deiner Mutter wird in ihrem Hause eine

Beleidigung zugefügt, und du stehst da und schweigst! Was bist du überhaupt für ein ehrenwerter junger Mann und Sohn? Ein Lappen bist du, aber kein Mann!«

Vergessen war alle Ziererei, auch die Lorgnette und die ganze lächerliche Koketterie, die mir am Tage zuvor an ihr aufgefallen waren, – keine Spur war mehr davon sichtbar: man sah nur noch eine Furie vor sich, eine Furie ohne Maske.

Kaum hatte sie ihren ersten Redeschwall beendet, als mein Onkel auch schon Tatjana Iwanowna seinen Arm bot und sie zur Tür hinausbegleiten wollte. Anfissa Petrowna jedoch versperrte ihm sogleich den Weg.

»Sie werden so nicht fortgehen, Jegor Iljitsch!« begann sie von neuem ihr Geschrei. »Mit welchem Recht wollen Sie Tatjana Iwanowna gewaltsam entführen? Es macht Ihnen einen Strich durch die Rechnung, daß der Goldfisch den erbärmlichen Netzen entschlüpft ist, mit denen Sie sie in Gemeinschaft mit Ihrer Mutter und dem Esel Foma Fomitsch einzufangen gedachten! Sie würden sie gern selbst aus niedriger Geldgier heiraten. Verzeihen Sie, aber hier ist man edler gesinnt! Da Tatjana Iwanowna sah, was man dort gegen sie plante, vertraute sie sich meinem Sohn Pawlúscha an. Sie hat ihn selbst gebeten, sie vor Ihnen zu retten und sie zu beschützen: Sie war gezwungen, in der Nacht aus Stepantschikowo zu fliehen – sehen Sie, so verhält sich die Sache! So weit haben Sie sie gebracht! Nicht wahr, so ist es doch, Tatjana Iwanowna? Wenn es sich aber so verhält, wie können Sie es dann wagen, mit einer solchen Bande, wie dieser, in ein angesehenes Haus einzudringen und mit Gewalt ein ehrenwertes Mädchen zu entführen, trotz der Tränen desselben? Das erlaube ich nicht! Das erlaube ich nicht! Ich bin ein vernünftiger Mensch, kein verrückter!... Tatjana Iwanowna wird hierbleiben; denn das ist ihr Wunsch und ihr Wille! Gehen wir, Tatjana Iwanowna, haben Sie keine Angst, es lohnt sich nicht, diese Menschen anzuhören: das sind unsere Feinde und nicht unsere Freunde! Ich werde sie schon gleich hinausbefördern!...«

»Nein, nein!« rief Tatjana Iwanowna erschrocken, »ich will nicht, ich will nicht! Was ist er denn für ein Mann? Ich will Ihren Sohn nicht heiraten! Was ist er für ein Mann?«

»Sie wollen nicht!« schrie Anfissa Petrowna wutschnaubend, »Sie wollen nicht? Erst sind Sie hergekommen und jetzt wollen Sie nicht? Wie haben Sie uns denn so betrügen können? Wie haben Sie ihm dann Ihre Zusage geben können? Sie sind in der Nacht mit ihm entflohen, haben sich ihm selbst an den Hals geworfen, haben uns in Ausgaben gestürzt! Mein Sohn hat Ihretwegen vielleicht eine gute Partie verloren, die er hätte machen können ... Er hat vielleicht eine Mitgift von Zehntausenden verloren durch Sie! ... Nein! Sie werden es bezahlen, Sie müssen es bezahlen! Wir haben Beweise in der Hand ... Sie sind in der Nacht mit ihm entflohen ...«

Doch wir hatten genug von ihrem Geschrei: wie auf Kommando scharten wir uns alle dicht um meinen Onkel und drängten ohne Rücksicht auf Anfissa Petrowna, die uns den Weg versperren wollte, zur Tür und gelangten auch hinaus und glücklich ins Freie. Unser Wagen fuhr sofort vor.

»So etwas tun nur Schufte, nur Schurken!« schrie uns in rasender Wut Anfissa Petrowna von der Treppe noch nach.

»Ich werde die Rechnung schicken! Sie werden sie bezahlen! Sie fahren in ein ehrloses Haus, Tatjana Iwanowna! Sie können Jegor Iljitsch nicht heiraten. Er hält sich ja vor Ihrer Nase seine Gouvernante als Mätresse im Hause! ...«

Mein Onkel fuhr zusammen, erbebte, erbleichte, biß sich auf die Lippe und half eifrig Tatjana Iwanowna beim Einsteigen. Ich ging um den Wagen herum und wartete, bis an mich die Reihe kam, einzusteigen, als plötzlich Obnoskin neben mir stand und meine Hand erfaßte.

»Wenigstens müssen Sie mir erlauben, Sie um Ihre Freundschaft zu bitten!« flüsterte er mir mit einem ganz verzweifelten Ausdruck zu und drückte krampfhaft meine Hand.

»Wie das – Freundschaft?« fragte ich verwundert und setzte schnell den Fuß auf das Trittbrett.

»Ja! Ich habe gestern in Ihnen einen überaus gebildeten Menschen erkannt. Verurteilen Sie mich nicht ... Mich hat eigentlich nur meine Mutter verleitet, ich aber bin in dieser Angelegenheit ganz Nebenperson. Ich neige mehr zur Literatur, glauben Sie mir! Dies hier aber hat alles nur meine Mutter ...«

»Ich glaub's schon, glaub's schon«, antwortete ich, »leben Sie wohl!«

Wir setzten uns und fuhren los. Das Geschrei und die Verwünschungen Anfissa Petrownas schallten uns noch lange nach. Und nun tauchten auch an allen Fenstern des Hauses unbekannte Gesichter auf, die uns mit unbeschreiblicher Neugier nachstarrten.

Wir saßen jetzt zu fünfen im Wagen. Misintschikoff hatte sich neben den Kutscher gesetzt und seinen Platz auf dem Rücksitz Herrn Bachtschejeff abgetreten, der nun Tatjana Iwanowna gegenübersaß. Tatjana Iwanowna war sehr zufrieden damit, daß wir sie wieder zurückbrachten, weinte aber immer noch. Mein Onkel tröstete sie, so gut er konnte. Er selbst war dabei niedergedrückt und nachdenklich: man sah es ihm an, daß die schändichen Worte über Nastenjka, die uns Anfissa Petrowna in ihrer Wut nachgeschrien hatte, schmerzlich in seinem Herzen widerhallten. Übrigens wäre unsere Rückfahrt ohne jeden Zwischenfall sehr glücklich verlaufen, wenn Herr Bachtschejeff nicht mit uns gefahren wäre.

Kaum hatte er Tatjana Iwanowna gegenüber Platz genommen, als er plötzlich ein ganz anderer wurde: er konnte nicht mehr gleichgültig dreinblicken und noch weniger ruhig auf seinem Platz sitzen, er drehte sich vielmehr hin und her, wurde rot wie ein gekochter Krebs und rollte beängstigend die Augen. Namentlich als mein Onkel Tatjana Iwanowna zu trösten suchte, schien der Dicke förmlich aus der Haut fahren zu wollen und brummte und knurrte wie eine aufs äußerste gereizte Bulldogge, die man zum Überfluß noch neckt. Mein Onkel blickte ihn mehrmals etwas ängstlich an und schien einige Befürchtungen zu hegen. Schließlich fiel auch Tatjana Iwanowna die eigentümliche Gemütsstimmung ihres Gegenübers auf, und sie begann ihn aufmerksam zu betrachten. Dann blickte sie uns an, lächelte, und plötzlich nahm sie ihren kleinen Sonnenschirm und schlug mit einer graziösen Bewegung Herrn Bachtschejeff leicht auf die Schulter.

»Sie Tor!« sagte sie mit der bezauberndsten Koketterie und verbarg ihr Gesicht hinter ihrem Fächer.

Das war der Tropfen, der den Becher überlaufen machte.

»Wa–a–as!« brüllte der Dicke, »wa–as sagten Sie, Madame? Also jetzt hast du's schon auf mich abgesehen!«

»Sie Tor! Sie Tor!« rief Tatjana Iwanowna und brach in heiteres Lachen aus, wozu sie in die Hände klatschte.

»Halt an!« schrie Bachtschejeff dem Kutscher zu, »halt an!«

Die Pferde blieben stehen. Bachtschejeff öffnete den Wagenschlag und machte sich eilig daran, auszusteigen.

»Was fällt dir ein, Stepan? Wohin willst du?« fragte mein Onkel verwundert und erschrocken.

»Nein, das ist mir zu stark!« antwortete der Dicke zitternd vor Unwillen, »mag die ganze Welt verderben! Ich bin zu alt, Madame, um mich noch auf Amouren einlassen zu können. Ich, meine Beste, ich sterbe lieber allein! Adieu, Madame, kommang wu porteh-wu!«

Und er begann in der Tat zu Fuß zu marschieren. Der Wagen fuhr im Schritt hinter ihm her.

»Stepan!« rief ihm mein Onkel ärgerlich zu, da er endlich die Geduld verlor. »Mach doch keine Dummheiten, steig ein! Es ist doch die höchste Zeit, nach Haus zu kommen!«

»Fällt mir ein!« rief Herr Bachtschejeff zwar empört, aber es klang doch schon etwas atemlos vom Gehen; denn infolge seiner Dicke hatte er das Gehen fast ganz verlernt.

»Fahr zu, so schnell die Pferde können!« befahl plötzlich Misintschikoff ganz unerwartet dem Kutscher.

»Was tust du, was tust du?« rief zwar mein Onkel gerade

noch erschrocken aus, aber der Wagen flog schon dahin. Misintschikoff hatte sich nicht getäuscht: die gewünschten Folgen ließen nicht lange auf sich warten.

»Halt an! Halt an!« ertönte alsbald hinter uns ein verzweifeltes Gegröhl, halt an, du Räuber! Halt an, du Seelenverführer, der du bist! . . .«

Der Dicke kam schließlich müde und halberstickt, mit Schweißtropfen auf der Stirn, mit aufgebundener Krawatte und in Hemdsärmeln wieder bei uns an. Stumm und finster kletterte er mühsam in den Wagen, doch diesmal mußte ich ihm meinen Platz abtreten. So brauchte er wenigstens nicht Tatjana Iwanowna gegenüberzusitzen, die unaufhörlich lachte, vor Vergnügen in die Hände schlug und während der ganzen Fahrt nicht mehr gleichgültig den Dicken ansehen konnte. Er aber sprach bis zur Ankunft kein einziges Wort und schien sich die ganze Zeit grundsätzlich nur noch dafür zu interessieren, wie sich das Hinterrad unseres Wagens drehte.

Die Sonne stand im Zenith, als wir in Stepantschikowo ankamen. Ich begab mich sogleich in das Sommerhaus, wohin mir der alte Gawrila mit dem Tee folgte. Als ich mich, kaum dort angelangt, zu ihm wandte, um ihn einiges zu fragen, trat mein Onkel ein und schickte ihn fort.

II

Neuigkeiten

Mein Freund, ich komme nur auf einen Augenblick zu dir«, sagte er hastig. »Ich wollte dir nur mitteilen . . . Ich habe mich nach allem erkundigt. Es ist niemand von ihnen zum Gottesdienst gefahren, außer Iljuschka, Ssaschenjka und Nastenjka. Meine Mutter soll in Krämpfen gelegen haben. Man hat sie nur mit Mühe wieder zu sich gebracht. Jetzt hat man beschlossen, daß alle sich bei Foma versammeln sollen, und auch mich hat man hingebeten. Nur weiß ich nicht, ob ich Foma zum Geburtstag gratulieren soll oder nicht – das ist die Frage! Und dann: wie werden sie überhaupt diesen ganzen Zwischenfall auffassen? Entsetzlich, Ssergei, wenn ich daran denke, was ich jetzt alles kommen sehe ...«

»Im Gegenteil, Onkel«, beeilte ich mich, ihn zu beruhigen, »es wird jetzt alles vorzüglich werden. Jetzt können Sie doch unmöglich Tatjana Iwanowna heiraten – bedenken Sie doch nur, was das allein wert ist! Ich wollte Ihnen das schon unterwegs sagen ...«

»Ich weiß, ich weiß, Freund. Aber das ist es ja nicht! Das ist natürlich ein Fingerzeig Gottes, wie du sagst, aber nicht davon wollte ich sprechen ... Die arme Tatjana Iwanowna! Was sie für Anfälle hat! ... Ein Schuft, ein Schuft ist dieser Obnoskin! Doch – was sage ich ‚Schuft'! Hätte ich nicht dasselbe getan, wenn ich sie geheiratet hätte? ... Aber ich wollte doch nicht davon reden ... Hast du gehört, was vorhin diese schändliche Anfissa uns über Nastja nachrief?« fragte er leise.

»Ich habe es gehört, Onkel. Sehen Sie jetzt ein, daß Sie sich beeilen müssen?«

»Unbedingt! Und was es auch koste, um jeden Preis!« antwortete mein Onkel. »Der Augenblick ist gekommen. Nur haben wir beide, Freund, gestern an eines nicht gedacht; später aber habe ich mir die ganze Nacht den Kopf darüber zerbrochen: wird sie mich denn auch nehmen? Sieh, das ist die Frage!«

»Aber hören Sie ...! Wenn sie Ihnen doch selbst gesagt hat, daß sie Sie liebt ...«

»Aber, mein Freund, sie hat doch gleich darauf hinzugefügt, daß sie mich niemals heiraten werde!«

»Ach, Onkel! Das wird doch nur so gesagt worden sein, und zudem liegen ja auch die Verhältnisse heute ganz anders.«

»Glaubst du? Nein, Freund Ssergei, das ist eine delikate

Sache, hier muß man unendlich zartfühlend sein! Hm! ... Aber weißt du, ich war ja wohl traurig darüber, aber im Herzen verspürte ich doch die ganze Nacht so etwas wie – ein großes Glück ... Nun, leb wohl, ich bin in Eile. Sie erwarten mich, ich komme sowieso zu spät. Ich wollte überhaupt nur einen Augenblick bei dir vorsprechen, bloß um zwei Worte mit dir zu wechseln. Ach, mein Gott!« rief er plötzlich aus und kehrte von der Tür zurück, »und die Hauptsache habe ich doch noch vergessen! Weißt du: ich habe ihm ja doch geschrieben, dem Foma!«

»Wann?«

»In der Nacht. Am Morgen aber, als es kaum dämmerte, schickte ich ihm den Brief durch Widopljassoff zu. Ich habe ihm, weißt du, alles klargelegt, zwei ganze Briefbogen lang, habe ihm alles wahrheitsgetreu und aufrichtig geschrieben – kurz, daß es, wie gesagt, meine Pflicht ist, das heißt: unbedingt meine Pflicht – du verstehst doch? – um Nastenjkas Hand in aller Form anzuhalten. Ich habe ihn gebeten, von unserer Begegnung im Garten nichts verlauten zu lassen, und ich habe mich an den ganzen Edelmut seiner Seele gewandt, mit der Bitte, mir bei meiner Mutter zu helfen. Ich habe mich natürlich – ich weiß es, mein Freund – schlecht ausgedrückt, aber ich habe jedes Wort von ganzem Herzen geschrieben, mit Tränen geschrieben, kann ich wohl sagen ...«

»Und? Er hat nichts geantwortet?«

»Vorläufig noch nichts. Nur am Morgen, als wir zur Fahrt aufbrachen, begegnete ich ihm im Flur ... Er war noch im Nachtkostüm, in Pantoffeln und Zipfelmütze – er schläft immer mit einer Zipfelmütze – er ging gerade irgendwohin. Er sagte kein Wort, sah mich nicht einmal an. Ich sah ihm, weißt du, ins Gesicht, aber das verriet nichts!«

»Onkel, hoffen Sie nicht auf ihn: er wird Ihnen noch was Schönes einbrocken!«

»Nein, nein, Freund, sprich nicht so!« unterbrach mich mein Onkel eilig, »ich bin überzeugt! Und dann – es ist ja auch meine letzte Hoffnung. Er wird einsehen, er wird es verstehen ... Er ist launisch, eigensinnig – ich gebe es zu. Wenn es sich aber um etwas Großes handelt, um, sozusagen, um höheren Edelmut, dann steht Foma in seinem vollen Glanz da – ja, in seinem vollen Glanze ... Das sagst du nur deshalb, Ssergei, weil du ihn noch nicht in einem solchen Augenblick gesehen hast ... Aber, Herrgott! Wenn er ... wenn er wirklich das Geheimnis nicht als solches wahrt, so ... ich weiß nicht, Ssergei, was dann geschehen wird! An was in der Welt kann man dann noch glauben? Doch nein, er kann nicht so schlecht sein. Ich bin ja nicht einmal seinen kleinen Finger wert! Du brauchst nicht den Kopf zu schütteln, Freund! Es ist wahr: ich bin seiner nicht wert.«

»Jegor Iljitsch! Ihre Exzellenz beunruhigen sich um Sie!« ertönte da plötzlich die Stimme der Perepelizyna unter dem offenen Fenster. Wahrscheinlich hatte die alte Jungfer unser ganzes Gespräch belauscht. »Sie werden im ganzen Hause gesucht, und niemand kann Sie finden.«

»Herrgott, ich habe mich verspätet!« rief mein Onkel entsetzt aus. »Freund, um Christi willen, zieh dich schnell an und komm hin! Ich bin ja eigentlich auch nur deshalb hergekommen, um dich abzuholen ... Ich komme, Anna Nilowna, ich komme ...«

Ich blieb allein zurück. Ich dachte an meine Begegnung mit Nastenjka und war froh darüber, daß ich meinem Onkel nichts davon gesagt hatte: ich hätte ihn nur noch unentschlossener gemacht. Ich sah voraus, daß ein großer Sturm bevorstand, und konnte eigentlich nicht begreifen, wie mein Onkel die Sache zu Ende bringen und um Nastenjkas Hand anhalten würde. Ich wiederhole und gestehe es: trotz meines ganzen Glaubens an seine Ritterlichkeit, zweifelte ich doch unwillkürlich am Erfolg.

Einstweilen hieß es jedoch: sich schnellstens ankleiden! Ich hielt es für meine Pflicht, ihm zu helfen, und beeilte mich mit dem Umziehen. Aber wie sehr ich mich auch beeilte, es dauerte doch länger – wie es gewöhnlich geschieht, wenn man sich etwas sorgfältiger ankleiden und dabei beeilen will. Und während ich mich noch ankleidete, trat Misintschikoff ein.

»Ich bin gekommen, um Sie abzuholen«, sagte er. »Jegor Iljitsch läßt sie bitten, schnell zu kommen.«

»Gehen wir!«

Ich war jetzt fertig. Wir gingen.

»Was gibt es Neues?« fragte ich ihn unterwegs.

»Alle sind bei Foma versammelt«, antwortete Misintschikoff, »Foma ist diesmal nicht launenhaft, scheint nachdenklich zu sein und spricht wenig, knurrt nur durch die Zähne. Er hat sogar Iljuscha geküßt, was Jegor Iljitsch selbstredend in wahre Begeisterung versetzte. Er hat kurz vorher durch die Perepelizyna der Generalin sagen lassen, daß man ihn nicht zum Namensfest beglückwünschen solle, er habe ‚nur prüfen wollen' ... Die Alte riecht zwar den Braten, hat sich aber beruhigt; denn auch Foma ist ruhig. Von der Flucht wird mit keiner Silbe gesprochen – als wäre überhaupt nichts vorgefallen. Man schweigt; denn auch Foma geruht zu schweigen. Er hat den ganzen Morgen keinen Menschen zu sich gelassen, die Alte aber hat ihn bei allen Heiligen angefleht, zu einer Beratung zu ihr zu kommen. Sie hat sogar selbst und eigenhändig an seiner Tür gerüttelt. Er aber hatte sich eingeschlossen und soll gesagt haben, er bete ‚für die Menschheit' – oder ähnliches. Er scheint irgend etwas im Schild zu führen: das sieht man seinem Gesicht sofort an. Da aber Jegor Iljitsch nicht fähig ist, aus einem Gesicht etwas zu erraten, so ist er jetzt durch Fomas Frömmigkeit, wie gesagt, völlig bezaubert: ein richtiges Kind! Iljuscha hat ein Gedicht gelernt, das er jetzt vortragen soll. Deshalb hat man mich auch nach Ihnen geschickt.«

»Und Tatjana Iwanowna?«

»Was?«

»Wo ist sie? Dort bei den anderen?«

»Nein, sie ist in ihrem Zimmer«, antwortete Misintschikoff trocken. »Sie erholt sich und weint. Vielleicht schämt sie sich auch. Bei ihr befindet sich, glaube ich, diese ... Erzieherin. Aber was ist denn das? Ein Gewitter zieht auf, wie es scheint. Sehen Sie dort, – den Himmel!«

»Ja, wahrscheinlich ein Gewitter«, sagte ich nach einem Blick auf die dunklen Wolken am Horizont.

Wir stiegen bereits zur Veranda hinauf.

»Doch Obnoskin? – was sagen Sie zu dem?« fragte ich, da ich es nicht verbeißen konnte, Misintschikoff ein bißchen auf den Zahn zu fühlen.

»Sprechen Sie nicht von ihm! Erinnern Sie mich überhaupt nicht an diesen Schurken!« rief er aus und blieb plötzlich stehen. Er wurde rot und stampfte mit dem Fuß auf. »Dieser Esel! Dieser Esel! Einen so sicheren Plan, einen so glänzenden Gedanken zu verpfuschen! Hören Sie, ich bin natürlich auch ein Esel, da ich seine Schliche nicht bemerkt und nicht erraten habe – das gebe ich vollkommen ehrlich und feierlich selbst zu, und vielleicht wünschten Sie nur diese Selbstbeschuldigung zu hören. Aber ich schwöre Ihnen: hätte der Kerl die Sache nach allen Regeln der Kunst durchgeführt, so würde ich ihm vielleicht noch verzeihen. Der Esel, oh, der Esel! Wie kann man solche Leute in der Gesellschaft überhaupt dulden? Weshalb verschickt man sie nicht nach Sibirien, in die Zwangsarbeit, oder als Ansiedler! Aber was da! Die sollen mich nicht überlisten! Jetzt habe ich wenigstens Erfahrungen gesammelt, ich habe ein Beispiel vor Augen, und wir werden uns noch einmal messen! Ich überlege jetzt einen neuen Plan ... Sie werden mir zugeben: soll man denn die Früchte seiner Ideen wirklich nur deshalb verlieren, weil irgendein Esel die Idee gestohlen, doch die Sache nicht richtig auszuführen verstanden hat? Das wäre doch töricht! Und schließlich, diese Tatjana muß unbedingt heiraten: das ist nun einmal ihre Bestimmung. Und wenn bis jetzt noch niemand sie in eine Irrenanstalt gesteckt hat, so ist das doch nur deshalb nicht geschehen, weil man sie immer noch heiraten konnte. Ich werde Ihnen meinen neuen Plan auseinandersetzen ...«

»Aber doch wohl später«, unterbrach ich ihn, »denn jetzt sind wir ja angelangt.«

»Gut, gut, später!« sagte Misintschikoff – sein Mund verzog sich zu einem kurzen Lächeln. »Jetzt aber ... Wohin gehen Sie denn? Ich sagte Ihnen doch: direkt zu Foma Fomitsch! Folgen Sie mir. Sie sind noch nie dort gewesen. Jetzt werden Sie eine neue Komödie erleben ... Da nun einmal die Komödien hier Mode sind ...«

III

Iljuschas Namenstag

Foma bewohnte zwei große und schöne Räume: sie waren besser möbliert als alle anderen in Stepantschikowo. Der größte Komfort umgab den großen Mann. Neue, teure Tapeten an den Wänden, gemusterte seidene Vorhänge an den Fenstern, Teppiche, große Spiegel, ein Kamin und weiche, elegante Polstersessel – alles sprach von der zarten, liebevollen Aufmerksamkeit der Gastgeber, die es Foma Fomitsch nicht gut genug bieten konnten. Vor den Fenstern standen auf runden Marmortischen schöne Blumen. Mitten im »Arbeitskabinett« stand ein großer Tisch, dessen Schreibfläche mit rotem Tuch bezogen war und auf dem viele Bücher und Manuskriptbogen lagen; ferner stand auf ihm ein kostbares, aus Bronze gearbeitetes Tintenfaß, daneben ein ganzer Stoß von Gänsekielen, für die Widopljassoff zu sorgen hatte. Alles das sollte ersichtlich von der schweren geistigen Arbeit Foma Fomitschs zeugen. Nebenbei bemerkt: Foma, der runde acht Jahre hier lebte, hat eigentlich überhaupt nichts verfaßt. Späterhin, als er das Zeitliche gesegnet hatte, durchsuchten wir seine hinterlassenen Manuskripte. Das von ihm Geschriebene war barer Unsinn, einfach Blödsinn. So fanden wir zum Beispiel den Anfang eines historischen Romans, der in Nowgorod spielte, und zwar im siebenten Jahrhundert! (als Nowgorod überhaupt noch nicht vorhanden war). Dann noch ein ungeheuerliches Gedicht: „Anachoret auf dem Friedhof", das er in reimlosen Versen geschrieben hatte; ferner eine sinnlose Abhandlung über die Bedeutung und die Eigenschaften des russischen Bauern, sowie darüber, wie man mit ihm umgehen müsse; und schließlich noch eine Novelle: „Gräfin Wlonskaja", aus der eleganten Welt, gleichfalls sinnlos und unbeendet. Das war alles, was wir fanden. Indes hatte Foma Fomitsch meinen Onkel jährlich große Summen für Bücher und Zeitschriften zahlen lassen. Die meisten von ihnen blieben jedoch unaufgeschnitten liegen. Dagegen habe ich Foma später nicht selten bei der Lektüre eines Romans von Paul de Kock überrascht, den er vor anderen Sterblichen natürlich möglichst verbarg.

An der einen Seite des Zimmers war eine Glastür, durch die man über ein paar Stufen auf den Hof gelangte.

Wir wurden erwartet. Foma Fomitsch saß in seinem Philosophenstuhl und trug einen eigentümlich langen Rock, der fast bis zu den Fersen hinabreichte, doch hatte er sich keine Krawatte umgebunden. Er war auffallend wortkarg und nachdenklich. Als wir eintraten, hob er nur ein wenig die Brauen in die Höhe und richtete einen prüfenden Blick auf mich. Ich machte ihm meine Verbeugung, und er dankte mir mit einem nur leichten Kopfnicken, das aber doch ziemlich höflich ausfiel. Als die Generalin sah, daß Foma Fomitsch mir gnädig gesinnt war, nickte auch sie mir lächelnd zu. Die Arme! – sie hatte am Morgen alles eher erwartet, als daß ihr Liebling die Nachricht von dem »Zwischenfall« ruhig aufnehmen würde! Daher war sie jetzt sehr gut aufgelegt, – obwohl sie noch vor wenigen Stunden in Krämpfen und Ohnmachtsanfällen gelegen hatte. Hinter ihrem Stuhl stand wie gewöhnlich Fräulein Perepelizyna, die ihre Lippen zu einem schmalen Streifen zusammenpreßte, bitter und boshaft lächelte und ihre mageren Hände, an denen alle Gelenke hervorstanden, unaufhörlich rieb. Neben der Generalin hatten sich ihre zwei Freundinnen niedergelassen, zwei alte adelige Damen, die ständig bei ihr lebten und fast nie ein Wort sprachen. Dann saßen dort noch eine am Morgen angekommene Nonne und eine Gutsbesitzerin aus der Nachbarschaft, die zum Morgengottesdienst ins Kloster gefahren und auf dem Rückweg in Stepantschikowo ausgestiegen war, um die alte Generalin zum Fest zu beglückwünschen. Meine Tante Praskowja Iljinitschna zog sich ängstlich in einen Winkel zurück und blickte unruhig bald auf Foma Fomitsch, bald auf ihre Mutter, die Generalin. Mein Onkel saß in einem Lehnstuhl, und ungetrübte Freude leuchtete aus seinen Augen. Vor ihm stand Iljuscha, festlich gekleidet – in einem roten russischen Kittelchen – und war mit seinem Lockenkopf reizend wie ein kleiner Engel anzusehen. Ssaschenjka und Nastenjka hatten ihm heimlich ein Gedicht beigebracht, damit er den Vater an diesem Tag durch seine Fortschritte erfreue. Mein Onkel war vor lauter Freude fast den Tränen nahe: die unerwartete Sanftmut Fomas, die freundliche Stimmung seiner Mutter, Iljuschas Namenstag, und dazu das Gedicht – kurz, alles zusammen wirkte geradezu begeisternd auf ihn, und er hatte feierlich Misintschikoff gebeten, mich zu rufen, damit auch ich schneller des allgemeinen Glücks teilhaftig würde und das Gedicht mitanhören könne.

Ssaschenjka und Nastenjka, die kurz vor uns eingetreten waren, standen nicht weit von Iljuscha. Ssaschenjka brach immer wieder in helles Lachen aus und war in diesem Augenblick glücklich wie ein Kind. Nastenjka mußte beim Anblick meines fröhlichen Kusinchens gleichfalls lächeln, doch beim Eintreten war sie blaß und ernst gewesen. Sie allein hatte Tatjana Iwanowna empfangen und getröstet und war die ganze Zeit bei ihr geblieben. Der kleine Schlingel Iljuscha konnte auch nicht ernst bleiben, wenn er seine Lehrerinnen ansah. Wie es schien, hatten die drei einen Scherz vorbereitet, der sehr zum Lachen reizte ...

Herrn Bachtschejeff habe ich noch vergessen. Er saß etwas abseits auf einem kleinen Stuhl, war immer noch wütend und rot, schwieg, maulte, schneuzte sich und spielte überhaupt eine recht finstere Rolle auf dem Familienfest. Neben ihm scharwenzelte Jeshowikin umher, übrigens nicht nur bei ihm allein, sondern so ziemlich überall: bald küßte er der Generalin die Hand, bald der fremden Gutsbesitzerin, bald flüsterte er Fräulein Perepelizyna etwas ins Ohr, oder er machte Foma Fomitsch den Hof. Er erwartete gleichfalls mit regem Interesse Iljuschas Vortrag. Bei meinem Eintritt erschien er mit seinen üblichen Bücklingen sofort an meiner Seite, um mir seine große Hochachtung und Ergebenheit zu bezeugen. Es war ihm durchaus nicht anzusehen, daß er hergekommen war, um seine Tochter zu verteidigen und sie wieder zu sich nach Haus zu bringen.

»Da ist er!« rief mein Onkel freudig aus, als er mich erblickte. »Freund, Iljuscha hat ein Gedicht auswendig gelernt – auswendig – das ist doch eine Überraschung – nicht? Ich fiel aus den Wolken! Ich ließ dich rufen, damit du es mit uns anhören kannst . . . Also setz dich her! Hören wir zu! Aber, Foma, gesteh es nur, du hast sie sicherlich auf die Idee gebracht, um mir eine Freude zu bereiten? Ich wette meinen Kopf darauf!«

Wenn mein Onkel in Fomas Gemach in diesem Ton und mit einer solchen Stimme zu sprechen wagte, so hätte man glauben können, daß alles sich in bester Ordnung befände. Aber das war ja das Unglück, daß mein Onkel nichts aus einem Gesicht zu erraten verstand, wie Misintschikoff sich ausgedrückt hatte. Als ich jetzt Fomas Miene sah, mußte ich mir sagen, daß allerdings etwas Besonderes bevorstand.

»Beunruhigen Sie sich nicht um mich«, antwortete Foma mit schwacher Stimme, mit der Stimme eines Menschen, der seinen Feinden vergibt. »Die Überraschung lobe ich natürlich: sie zeugt von Anhänglichkeit und Wohlerzogenheit Ihrer Kinder. Gedichte sind gleichfalls nützlich, schon wegen der Aussprache, die sie fördern. . . Doch ich war an diesem Morgen nicht mit Gedichten beschäftigt, Jegor Iljitsch: ich habe gebetet . . . Sie wissen es . . . Aber ich bin schließlich bereit, auch Gedichte anzuhören.«

Inzwischen hatte ich Iljuscha gratuliert und auf beide Bäckchen geküßt.

»Ich weiß, Foma, verzeih! Ich hatte es vergessen ... wenn ich auch von deiner Freundschaft überzeugt bin, Foma!« fügte er unvermittelt hinzu. »Küß ihn noch einmal, Ssergei! Sieh mal, was für ein netter Bengel! Nun, fang an, Iljúscha! Wovon handelt es denn? Wohl eine feierliche Ode ... von Lomonóssoff gar? Hm?«

Und mein Onkel nahm eine wichtige Miene an. Er konnte sich dabei kaum ruhig halten vor Freude und Ungeduld.

»Nein, Papachen, nicht von Lomonossoff«, mischte sich Ssaschenjka ein, die nur mit Mühe das Lachen unterdrückte, »da Sie Soldat waren und sogar im Kriege gewesen sind, so hat Iljuscha etwas Kriegerisches gelernt ... „Die Belagerung von Pamba“ heißt es, Papachen.«

»„Die Belagerung von Pamba“? ah! Entsinne mich bloß nicht ... Was ist das für ein Pamba, weißt du es nicht, Ssergei? ... Sicherlich etwas Historisches.«

Und mein Onkel setzte von neuem eine wichtige Miene auf.

»Fang an, Iljuscha!« kommandierte Ssaschenjka.

„Seit neun Jahren liegt Don Pedro“

begann Iljuscha mit seinem kleinen, hellen, gleichmäßigen Stimmchen, ohne Kommata und Punkte zu beachten, wie kleine Kinder gewöhnlich auswendig gelernte Gedichte aufsagen –

„Vor der stolzen Festung Pamba;
Seit neun Jahren hat er selber,
Ganz wie alle seine Krieger,
Nie was anderes genossen
Als nur reine Milch der Kuh.
Denn es haben die neuntausend
Kämpfenden Kastilierhelden
Hoch und heilig sich geschworen:
Bis zur Einnahme der Festung
Nichts als Kuhmilch zu genießen.“

»Wie! Was? Was ist das für eine Milch!« unterbrach ihn mein Onkel und sah mich verwundert an.

»Weiter, Iljuscha!« kommandierte wieder Ssaschenjka.

„Täglich trauert Pedro Gomez,
Denn es schwinden seine Kräfte,
Und das zehnte Jahr bricht an.
Doch die Mauren triumphieren:
Denn vom stolzen Heer Don Pedros
Sind im ganzen ihm geblieben
Nicht mehr als nur neunzehn Mann.“

»Aber das ist ja Unsinn!« unterbrach hier mein Onkel wieder. »Das ist ja doch unmöglich! Neunzehn Mann bleiben von einem Heer übrig, das zu Anfang der Belagerung so groß und mächtig gewesen ist! Was soll denn das heißen?«

Hier aber konnte Ssaschenjka ihr Lachen nicht mehr zurückhalten: sie lachte schallend auf, wie nur Kinder lachen können. Und wenn auch gerade kein besonderer Grund zum Lachen vorhanden war, so war es doch unmöglich, bei ihrem Anblick ernst zu bleiben.

»Ach, Papachen, das ist doch nur ein Scherzgedicht!« rief sie aus, königlich erfreut über ihren Einfall. »Das ist doch mit Absicht so gemacht, vom Verfasser, damit es um so spaßiger wirkt, Papachen.«

»Ah, so! Ein Scherzgedicht also!« Meines Onkels Gesicht hellte sich auf. »Das heißt: ein satirisches! . . . Deshalb, ich höre . . . Eben, eben, ein Scherzgedicht, wie du sagst! Und es ist ja auch zum Lachen: Mit Milch will er ein ganzes Heer ernähren! – nach irgend so einem Gelübde! Als ob das zu geloben gerade nötig gewesen wäre! Sehr geistreich – nicht wahr, Foma? Sehen Sie, Mama, das ist so ein Scherzgedicht, wie es die Dichter zuweilen schreiben – nicht wahr, Ssergei, Sie schreiben doch mitunter auch so etwas? Vorzüglich! Nun, Iljuscha, wie geht es weiter?«

„Nicht mehr als nur neunzehn Mann!
Sie nun rief Don Pedro zu sich.
Und er sprach hierauf wie folgt:

‚Freunde!‘ sagt er, ‚laßt uns heute
Unsre Fahnen hoch erheben,
In die Felddrommete stoßen
Und von Pamba uns zurückzieh'n.
Wenn wir diese stolze Festung
Auch nicht eingenommen haben –
Können wir doch allenthalben
Dreist auf Ehre und Gewissen
Jedem schwören, daß wir niemals
Das Gelübde übertreten,
Wie wir's einst geschworen haben:
Nichts zu trinken als nur Milch!‘“

»Dieser Dummkopf! Womit er sich tröstet!« unterbrach ihn wieder mein Onkel. »Daß er neun Jahre nichts als Milch genossen hat! ... Was ist denn das für eine besondere Tugend? Hätt' er doch lieber täglich einen ganzen Ochsen gegessen und seine Leute nicht umkommen lassen! Aber das Gedicht – vorzüglich, ganz vorzüglich ist das Gedicht! Ich sehe jetzt: das ist so eine Satire oder ... wie nennt man das doch – eine Allegorie, nicht wahr? Und vielleicht sogar auf irgendeinen ausländischen General gemünzt – Wie!« fragte mein Onkel plötzlich, erhob bedeutsam die Brauen und blinzelte mir zu – »was? Was meinst du dazu? Aber nur, versteht sich, eine ganz unschuldige Satire, ohne Spitze, so daß sie keinen verletzen kann. Vorzüglich, ganz vorzüglich! Und – die Hauptsache – belehrend! Nun, Iljuscha, fahre fort! Ach, ihr unartigen Mädel!« fügte er hinzu, mit dem Finger drohend, und sah dabei lächelnd Ssaschenjka an, während er Nastenjka nur verstohlen mit einem flüchtigen Blick zu streifen wagte – was jedoch genügte, sie erröten zu machen. Sie lächelte gleichfalls.

„Neue Kraft gab diese Rede
Seinen neunzehn tapfren Kriegern,
Die, in ihren Sätteln wankend,
Mit erschöpfter Stimme riefen:
‚Sancto Jago Compostello!

Ehr' und Ruhm Don Pedro Gomez,
Unsrem Löwen von Kastilien!'
Sein Kaplan jedoch, Diego,
Brummte unwirsch vor sich hin:
,Wäre ich der Feldherr hier,
Hätt' ich nur noch Fleisch zu essen
Und nur edlen Wein zu trinken
Als Gelübbde abgelegt!'"

»Da hört ihr's! Sagt' ich nicht dasselbe?« rief mein Onkel höchst erfreut dazwischen. »In dem ganzen Heer gibt es nur einen einzigen vernünftigen Menschen, und sogar der ist noch weiß Gott was für ein – Kaplan! Was ist das eigentlich, ein Kaplan, Ssergei? Ein Hauptmann?«

»Ein Mönch, Onkel, ein Geistlicher.«

»Ach, ja ja, richtig! Kaplan, Kapellan? Ich weiß schon, jetzt entsinne ich mich! Habe sowas schon in den Romanen der Radcliff gelesen, glaube ich. Dort im Ausland gibt es doch verschiedene Orden ... wart mal – Benediktiner heißen auch welche ... Nicht wahr, es gibt noch immer solch einen Orden?«

»Ja, Onkel.«

»Hm! ... Das meinte ich eben auch. Nun, Iljuscha, wie geht es weiter? Vorzüglich, ganz vorzüglich!«

„Da sprach hell mit lautem Lachen
Pedro Gomez zu den Neunzehn:
,Gebt ihm schnell doch einen Ochsen!
Denn, fürwahr, der Mann hat recht!'"

»Das war wohl die richtige Zeit zum Lachen!? Ist das aber ein Dummkopf! Zu guter Letzt ist es also auch ihm lächerlich vorgekommen, was er sich da selbst zusammengelübdet hat! Außerdem: Ochsen hat es doch gegeben – weshalb hat er denn da seine Soldaten nicht Rindfleisch essen lassen? und selbst auch welches gegessen? Nun, Iljuscha, weiter! Es ist wirklich ganz vorzüglich! Ungemein geistreich!«

»Aber es ist ja schon zu Ende, Papachen!«

»Ach? Schon zu Ende? Ja, in der Tat, was blieb ihm denn auch anderes übrig – nicht wahr, Ssergei? Vortrefflich, Iljuscha! ganz fabelhaft hast du es vorgetragen. Küsse mich, Liebling! Ach, du, mein kleiner Junge! Aber wer hat es ihm denn beigebracht: du, Ssaschenjka?«

»Nein, das hat Nastenjka getan. Vor einigen Tagen lasen wir beide das Gedicht. Sie las es und sagte: ‚Was für ein komisches Gedicht! Bald ist Iljuschas Namenstag – wollen wir es ihn lernen lassen, dann kann er es vortragen. Es paßt wie geschaffen!'«

»Dann also Nastenjka? Ich danke, herzlichen Dank!« brachte mein Onkel nicht gerade sehr sicher hervor, während er zugleich wie ein Kind über und über errötete. »Küß mich noch einmal, Iljuscha! Küß auch du mich, Unart du!« sagte er scherzend zu Ssaschenjka, indem er sie an sich zog und ihr zärtlich in die Augen sah.

»Wart nur, Ssaschúrka, auch du wirst bald deinen Namenstag feiern!« fügte er hinzu, als wüßte er nicht, was er vor lauter Freude sagen sollte.

Ich wandte mich an Nastenjka und fragte sie, von wem das Gedicht sei.

»Ja, richtig, wer hat es denn gedichtet?« fragte sogleich auch mein Onkel. »Es muß sicherlich ein kluger Dichter gewesen sein – was meinst du, Foma?«

»Hm!« brummte Foma vor sich hin.

Während des ganzen Vortrags war ein beißend spöttisches Lächeln nicht von seinen Lippen gewichen.

»Ich ... habe es im Augenblick vergessen«, antwortete Nastenjka mit scheuem Blick auf Foma.

»Das hat Kusjma Prutkoff[11] gedichtet, Papachen, und im ‚Zeitgenossen" ist es erschienen«, sagte Ssaschenjka eifrig.

»Kusjma Prutkoff? Kenne ich nicht«, sagte mein Onkel. »Nur Puschkin, den kenne ich! ... Aber man sieht sofort, daß es ein talentvoller Dichter ist. Habe ich nicht recht, Ssergei? Und außerdem ein Mensch mit wirklich edlen Eigenschaften – das ist klar! Vielleicht ist er sogar Offizier ... Ja, das lobe ich mir! Wirklich ein gutes Blatt, der „Zeitgenosse“! Wir müssen unbedingt darauf abonnieren, wenn solche Dichter in ihm schreiben ... Ich liebe die Dichter! Prächtige Jungen! Alles sagen sie in Versen! Weißt du noch, Ssergei, ich habe bei dir in Petersburg auch einen Literaten kennen gelernt. Er hatte noch so eine ganz merkwürdige Nase ... in der Tat! ... Was sagtest du, Foma?«

Foma Fomitsch, dessen Ärger inzwischen bedeutend gewachsen war, kicherte vor sich hin. Dieses Kichern war eine nur ihm eigentümliche Art zu lachen.

»Nichts, ich lache nur so ... es hat nichts auf sich ...«, sagte er mit einer Miene, als unterdrücke er nur mit Mühe ein ganz gewaltiges Lachen. »Fahren Sie fort, Jegor Iljitsch, fahren Sie nur fort! Ich werde später mein Wort sagen ... Auch Stepán Alexéjewitsch hört Sie mit großem Interesse von Ihren Petersburger Literatenbekanntschaften erzählen...«

Stepan Alexejewitsch Bachtschejeff, der die ganze Zeit etwas weiter ab in Gedanken verloren auf einem Stuhl gesessen hatte, wurde plötzlich rot, erhob den Kopf und sagte ziemlich scharf mit halber Wendung zu Foma:

»Du, Foma, fang gefälligst nicht wieder an, sondern laß mich in Ruh!« Seine kleinen, sogleich rot angelaufenen Augen sahen den Gegner zornig an. »Was schert mich deine Literatur? Wenn Gott mir nur Gesundheit gibt«, brummte er halblaut, »das übrige kann mir ... Und diese Schriftsteller ... lauter Voltairianer und nichts weiter!«

»Die Schriftsteller – lauter Voltairianer?« fragte Jeshowikin, der im Augenblick neben Bachtschejeff auftauchte. »Da haben Sie die reinste Wahrheit gesagt. Genau so hat sich kürzlich auch Valentin Ignatjitsch auszudrücken geruht, und zwar hat er mich selbst einen Voltairianer genannt – bei Gott! Ich aber habe doch bekanntlich nichts geschrieben. Man redet bloß manchmal so ein wenig literarischer. Aber auch daran soll nun wieder Voltaire schuld sein! So ist es ja immer bei uns!«

»Nein, so doch nicht!« meinte mein Onkel gewichtig, »das ist doch wohl ein Irrtum! Voltaire war nur ein mokanter Schriftsteller, er machte sich über die Vorurteile lustig. Ein „Voltairianer“ aber ist er selber nie gewesen! Seine Feinde haben ihn verleumdet. Aber weshalb hacken sie jetzt immer so auf den Armen los? Das begreife ich wirklich nicht!«

Wieder ertönte das häßliche Kichern Foma Fomitschs. Mein Onkel blickte sofort beunruhigt zu ihm hinüber und wurde augenscheinlich verlegen.

»Nein, sieh, Foma, ich rede ja nur von unseren Zeitschriften«, sagte er verwirrt, um das Gesagte wieder gutzumachen. »Du hattest vollkommen recht, Foma, als du sagtest, daß wir das Blatt halten müßten. Ich bin jetzt auch der Meinung, daß wir es müssen! ... Denn ... warum auch nicht, es verbreitet doch Aufklärung! Und schließlich, was wäre man sonst für ein Sohn des Vaterlandes, wenn man eine solche Zeitschrift nicht hielte? Habe ich nicht recht, Ssergei? Hm! ... Ja! ... Da haben wir nun diesen „Zeitgenossen“ ... Aber weißt du, Ssergei, die größten Wissenschaften stehen meiner Meinung nach doch in der dicken Revue – wie heißt sie doch gleich? In gelbem Umschlag ...«

»„Vaterländische Annalen“, Papachen.«

»Ja, richtig – „Vaterländische Annalen“ – ein vorzüglicher Titel – nicht wahr, Ssergei? Das ganze Vaterland sitzt sozusagen da und zeichnet auf ... Und dabei verfolgen sie ein edles Ziel! Ein äußerst nützliches Blatt! Und wie dick! Geh mal, versuch du, eine solche Diligence herauszugeben! Und Wissenschaften, sag' ich dir, daß einem fast die Augen übergehn! ... Vor ein paar Tagen ging ich dort durch das Zimmer, sehe, das Heft liegt auf dem Tisch ... nahm es aus Neugier in die Hand, schlug es auf und las in einem Strich ganze drei Seiten. Glaub mir, Freund, ich vergaß den Mund zu schließen! Weißt du, es gibt darin Abhandlungen über alles, so zum Beispiel: Was bedeutet das Wort Besen oder Spaten oder Kochlöffel oder Henkel? Ich glaubte, ein Besen sei nichts als ein Besen, ein Henkel eben nur ein Henkel. Aber nein, Freund, warte! Ein Besen ist nach der Wissenschaft nicht nur ein Besen, sondern ein Sinnbild, ein Emblem, oder gar etwas aus der Mythologie, ich weiß nicht mehr, was er da eigentlich war; aber jedenfalls kam schließlich etwas ähnliches heraus ... Ja, sieh mal, so verhält es sich, Freund! Man kommt eben hinter alles!«

Ich weiß nicht, was Foma nach diesem neuen Erguß meines Onkels zu tun und zu sagen beabsichtigte; denn das Gespräch wurde durch Gawrila unterbrochen, der plötzlich eintrat und mit gesenktem Haupt auf der Schwelle stehenblieb.

Foma Fomitsch blickte ihn bedeutsam an.

»Ist alles bereit, Gawrila?« fragte er mit schwacher, jedoch entschlossener Stimme.

»Alles ist bereit«, antwortete Gawrila traurig und seufzte.

»Und auch mein Reisebündel hast du im Wagen untergebracht?«

»Jawohl.«

»Nun, dann bin auch ich bereit!« sagte Foma und begann, sich langsam zu erheben. Mein Onkel blickte ihn verwundert an. Die Generalin erhob sich plötzlich gleichfalls und blickte sich unruhig im Kreise um.

»Erlauben Sie mir jetzt, Oberst«, hub Foma würdevoll an, »Sie zu bitten, das interessante Gespräch über die literarischen Besen für eine kurze Zeit zu unterbrechen. Sie können es ohne mich fortsetzen. Ich aber will, *indem ich mich auf ewig von Ihnen verabschiede*, gerade Ihnen noch ein paar letzte Worte sagen ...«

Schreck und Verwunderung lähmten alle Anwesenden.

»Foma! ... Foma! Was fällt dir ein? Wohin willst du denn?« brachte mein Onkel schließlich hervor.

»Ich will Ihr Haus verlassen, Oberst«, fuhr Foma mit der ruhigsten Stimme fort. »Ich habe beschlossen, zu gehen, wohin der Weg mich führt, und deshalb habe ich mir für mein Geld einen einfachen, ganz gewöhnlichen Bauernwagen gemietet. In ihm liegt bereits mein Reisebündel. Es ist nicht groß: ein paar Bücher, die mir lieb sind, Wäsche zum Wechseln – das ist alles! Ich bin arm, Jegor Iljitsch, werde aber um keinen Preis Ihr Geld annehmen, das ich ja auch gestern schon verschmäht habe!«

»Aber um Gottes willen, Foma! Was bedeutet das?« fragte mein Onkel bestürzt, kreidebleich im Gesicht.

Die Generalin stieß einen Schrei aus und streckte mit verzweifeltem Blick Foma Fomitsch beide Arme entgegen. Fräulein Perepelizyna stürzte zu ihr, um sie nötigenfalls aufzufangen. Die übrigen Schmarotzerinnen erstarrten auf ihren Plätzen. Nur Herr Bachtschejeff erhob sich schwerfällig.

»Jetzt geht es los!« raunte mir Misintschikoff zu, der neben mir stand.

Und im selben Augenblick hörte man fern den ersten Donner grollen.

IV

Die Vertreibung

Sie fragten, glaube ich, was das zu bedeuten habe, Oberst?« hub Foma feierlich an, indem er die allgemeine Bestürzung förmlich zu genießen schien. »Die Frage wundert mich! Erklären Sie mir doch Ihrerseits, wie *Sie* es fertigbringen, mir jetzt noch offen in die Augen zu sehen? Erklären Sie mir dieses größte Beispiel menschlicher Unverschämtheit, und ich werde von dannen ziehen, wenigstens um eine neue Erkenntnis der Verderbtheit des Menschengeschlechts reicher.«

Mein Onkel war nicht fähig zu einer Antwort. Erschrokken und ratlos, wie er war, blickte er nur starr Foma Fomitsch an.

»Jesus Christ! Welche Leidenschaften!« stöhnte Fräulein Perepelizyna.

»Begreifen Sie denn nicht, Oberst«, fuhr Foma fort, »daß Sie mich jetzt ohne Einwand und ohne Fragen meines Weges ziehen lassen *müssen*? In Ihrem Hause muß selbst ich, der ich doch ein denkender Mensch und schon in reifen Jahren bin, ernstlich für meine Sittlichkeit fürchten und auf der Hut sein. Glauben Sie mir, daß Ihre Fragen zu nichts führen würden als nur zur Aufdeckung Ihrer Schmach ...«

»Foma! Aber, Foma!« unterbrach ihn mein Onkel, auf dessen Stirn kalter Schweiß hervortrat.

»So erlauben Sie mir denn, Ihnen ohne weitere Erklärungen zum Abschied nur noch einige Geleitworte zu sagen: meine letzten Worte in Ihrem Hause. Es ist geschehen, und das Geschehene kann man nicht mehr ungeschehen machen! Ich hoffe, Sie verstehen, was ich meine. Aber ich flehe Sie auf den Knien an: Wenn in Ihrem Herzen noch ein Funken von Sittlichkeit übriggeblieben ist, so zügeln Sie den Lauf Ihrer Leidenschaften! Und wenn das Gift der Verwesung noch nicht das ganze Gebäude Ihrer Seele erfaßt hat, so löschen Sie nach Möglichkeit die Feuersbrunst!«

»Foma! Glaube mir, du bist im Irrtum!« rief mein Onkel aus, der allmählich zur Besinnung kam und mit Entsetzen begriff, worauf es hinauslief.

»Mäßigen Sie Ihre Leidenschaften«, fuhr Foma mit derselben Feierlichkeit fort und als hätte er den Ausruf meines Onkels gar nicht gehört, »besiegen Sie sich! ‚Willst du die ganze Welt erobern, besiege dich selbst!' Das ist meine Lebensregel. Sie sind Gutsherr. Sie müßten wie ein Brillant in höchster Tugend strahlen, statt dessen – was für ein schmachvolles Beispiel der Zügellosigkeit geben Sie hier allen Ihren Gästen sowie allen Ihren Untergebenen! Ich habe ganze Nächte für Sie gebetet und um Sie gezittert, habe gerungen um Ihr Glück. Ich habe es nicht gefunden; denn Glück ist nur in der Tugend enthalten ...«

»Aber das ist doch unmöglich, Foma!« unterbrach ihn wieder mein Onkel, »du hast es falsch verstanden, du hast es ganz anders aufgefaßt! ...«

»Und so vergessen Sie denn nicht, daß Sie Gutsherr sind«, fuhr Foma, wieder ohne die Worte des anderen zu beachten, in seiner Rede fort. »Geben Sie sich nicht dem verderblichen Glauben hin, daß Nichtstun und seiner Wollust frönen die Bestimmung des Gutsherrenstandes seien. Dieser Glaube bringt Sie ins Verderben! Nicht das Nichtstun ist es, sondern die Verantwortung vor Gott, vor dem Zaren und dem Vaterland! Arbeiten, arbeiten muß der Gutsherr, und zwar arbeiten wie der letzte seiner Bauern!«

»Was, ich soll also hinfort für meine Leibeigenen arbeiten?« brummte Herr Bachtschejeff, »ich bin doch auch Gutsbesitzer ...«

»Jetzt wende ich mich an euch, Dienstboten«, fuhr Foma fort, sich an Gawrila und Falalei, der in der Tür erschien, wendend. »Liebet eure Herrschaft und erfüllet deren Gebote in Ehrfurcht und Bescheidenheit. Dafür werdet ihr von euren Herren wiedergeliebt werden. Sie aber, Oberst seien Sie gerecht und barmherzig zu ihnen. Der Dienstbote ist derselbe Mensch, ein Ebenbild Gottes, wie es in der Heiligen Schrift geschrieben steht, der wie ein Minderjähriger vom Zaren und vom Vaterland Ihrer Obhut anvertraut ist. Groß ist die Pflicht, aber groß wird auch Ihr Verdienst sein!«

»Foma Fomitsch! Täubchen! Was hast du vor?« rief in ihrer Verzweiflung die Generalin aus, bereit, jeden Augenblick wieder in Ohnmacht zu fallen.

»Doch ... das dürfte genügen, denke ich?« schloß Foma, der Generalin weiter gar keine Beachtung schenkend. »Jetzt noch einige Einzelheiten, die freilich nur geringfügig, aber doch notwendig sind, Jegor Iljitsch. Auf der Waldwiese bei Hárinskoje ist Ihr Heu noch nicht gemäht. Lassen Sie es nicht zu spät werden, Oberst; lassen Sie es mähen, möglichst bald mähen. Dies wäre mein Rat ...«

»Aber, Foma ...«

»Sie hatten die Absicht, ich weiß es, einen Teil des Syrjánower Waldes fällen zu lassen: lassen Sie ihn nicht fällen. Dies wäre mein zweiter Rat. Erhalten Sie Ihre Wälder;

denn die Wälder erhalten die Feuchtigkeit auf der Erdoberfläche... Schade, daß Sie so spät das Sommerkorn gesät haben, – wirklich erstaunlich, wie spät Sie es gesät haben!...«

»Aber, Foma...«

»Doch genug! Alles kann man ja doch nicht sagen, und es ist auch keine Zeit mehr dazu! Ich werde Sie schriftlich vom Nötigen unterrichten... ich werde Ihnen ein ganzes Heft schicken. Jetzt aber – leben Sie wohl! Lebt alle wohl! Gott sei mit euch, mag der Herr euch segnen! Ich segne auch dich, mein Kind«, sagte er zu Iljuscha, »der Herr beschütze dich vor dem Verwesungsgift deiner künftigen Leidenschaften! Auch dich, Falalei, segne ich. Vergiß die Kamarinskaja! Und euch, euch alle!... Denkt an Foma!... Aber gehen wir, Gawrila! Hilf mir in den Wagen, guter Alter!«

Und Foma schritt langsam zur Tür. Die Generalin schrie auf und stürzte ihm nach.

»Nein, Foma! So lasse ich dich nicht fort!« rief mein Onkel aus, holte ihn mit drei Schritten ein und erfaßte seinen Arm.

»Heißt das, daß Sie Gewalt anwenden wollen?« fragte Foma hochmütig.

»Ja, Foma... auch Gewalt, wenn es darauf ankommt.« Mein Onkel zitterte vor Erregung. »Du hast zuviel gesagt, du mußt deine Worte erklären! Du hast meinen Brief falsch verstanden, Foma!...«

»Ihren Brief!« kreischte Foma plötzlich wie rasend, im Augenblick lichterloh, als hätte er nur auf dieses Wort gewartet, um zu explodieren. »Ihren Brief! Hier ist er, Ihr Brief! Hier ist er! Ich zerreiße diesen Brief, ich speie ihn an! Ich zerstampfe Ihren Brief mit meinen Füßen und erfülle damit die heiligste Pflicht der Menschheit! Sehen Sie, was ich tue, wenn Sie mich mit Gewalt zu Erklärungen zwingen! Sehen Sie! Sehen Sie! Sehen Sie!...«

Und die Papierfetzen flogen auf den Fußboden.

»Ich wiederhole es, Foma, du hast ihn falsch verstanden!«

beteuerte mein Onkel, der immer bleicher wurde, »ich halte um ihre Hand an, Foma, ich suche mein Glück . . .«

»Um ihre Hand! Sie haben dieses Mädchen verführt, und jetzt wollen Sie mich mit einem Heiratsantrag betrügen; denn ich habe Sie gestern nacht mit ihr im Garten unter den Büschen gesehen!«

Die Generalin stieß einen Schrei aus und sank kraftlos auf ihren Lehnstuhl. Ihre ganze Suite verlor den Kopf. Die arme Nastenjka saß bleich wie eine Tote da und rührte sich nicht. Ssaschenjka umklammerte vor Schreck Iljuscha und zitterte am ganzen Körper.

»Foma!« rief mein Onkel außer sich. »Wenn du dieses Geheimnis verrätst, so begehst du die schändlichste Tat der Welt!«

»Ja, ich will dieses Geheimnis verraten«, kreischte Foma, »und damit die edelste aller Taten vollbringen! Dazu bin ich von Gott selbst gesandt, um die ganze Welt in ihrem Schmutz zu entlarven! Ich bin bereit, auf eines armen Bauern elendes Strohdach zu steigen und von dort aus allen Gutsbesitzern in der Runde und jedem Vorüberfahrenden die Kunde von Ihrer Schandtat zuzuschreien! . . . Ja, hört es alle, wißt, daß ich gestern, mitten in der Nacht ihn mit diesem Mädchen, das die Maske der Unschuld zur Schau trägt, im Garten unter dichtem Gebüsch überrascht habe!«

»Ach, Jesus, welche Schande!« kam es fast zischend über die schmalen Lippen der Perepelizyna.

»Foma! Setz nicht dein Leben aufs Spiel!« schrie ihm mein Onkel mit blitzenden Augen zu und ballte die Fäuste.

». . . Er aber«, kreischte Foma, »er aber hat es gewagt, – nach dem ersten Schreck darüber, daß ich ihn sah – hat es gewagt, mich mit einem Brief betrügen und bestechen zu wollen, um mich zu überzeugen, daß er kein Verbrechen begangen habe – ja, Verbrechen, sage ich! . . . denn aus dem bis jetzt unschuldigsten Mädchen der Welt haben Sie . . .«

»Noch ein einziges Wort, das sie beleidigt, – und ich schlage dich tot, Foma, das schwöre ich dir!! . . .«

»Und ich spreche dieses Wort aus! Denn aus dem bis jetzt unschuldigsten Mädchen der Welt haben Sie eines der verderbtesten gemacht!«

Kaum jedoch war das letze Wort über Fomas Lippen gekommen, als mein Onkel ihn auch schon gepackt hatte, ihn wie einen Strohhalm zusammenknickte und gegen die Glastür schleuderte, die auf den Hof führte. Der Anprall war so stark, daß die Tür krachend aufflog und Foma wie ein Brummkreisel über die sieben Stufen der steinernen Treppe kollerte und sich unten in seiner ganzen Länge auf dem Hof ausstreckte. Klirrend flogen die Glasscherben der zerschlagenen Scheiben auf die weißen Steine der Treppe.

»Gawrila, heb ihn auf!« schrie mein Onkel totenbleich dem Diener zu, »setz ihn in den Wagen! und daß mir nach zwei Minuten sein Fuß nicht mehr in Stepantschikowo ist!«

Was Foma Fomitsch nun auch beabsichtigt haben mochte – diese Lösung wird er in seiner Berechnung jedenfalls nicht vorausgesehen haben.

Ich will es lieber gar nicht versuchen, die ersten hierauf folgenden Minuten zu schildern: Das kreischende Geschrei der Generalin, die sich in ihrem Lehnstuhl wand; den Starrkrampf der Perepelizyna infolge der unerwarteten Handlungsweise meines sonst stets so sanften und gehorsamen Onkels; das Ach und Weh der übrigen »Freundinnen«; die vor Schreck fast ohnmächtige Nastenjka, neben der Jeshowikin, ihr Vater, auftauchte; die vor Angst zähneklappernde Ssaschenjka; meinen Onkel, der in unbeschreiblicher Erregung im Zimmer auf und ab ging und wartete, bis die Mutter wieder zu sich käme; schließlich das laute Geheul Falaleis, der seine Herrschaft beklagte und bejammerte – alles das stellte ein lebendes Bild dar, wie man es mit Worten nicht zu beschreiben vermag. Hierzu denke man sich noch, daß sich gerade jetzt, im selben Augenblick, ein starkes Gewitter entlud. Die Donnerschläge wurden immer lauter und unheimlicher, und plötzlich peitschte der Regen in Strömen an die Fensterscheiben.

»Da habt ihr jetzt 'nen Feiertag!« brummte Herr Bachtschejeff grollend, senkte den Kopf und schlug sich auf den Schenkel.

»Eine gefährliche Sache!« flüsterte ich ihm zu – gleichfalls zitternd vor Aufregung. »Aber wenigstens ist Foma hinausgeworfen und wird wohl nicht mehr zurückgeholt werden!«

»Mama! Sind Sie zu sich gekommen? Fühlen Sie sich etwas besser? Könnten Sie mich jetzt anhören?« fragte mein Onkel, der vor seiner Mutter stehengeblieben war.

Diese erhob den Kopf, faltete die Hände und blickte flehend zu ihrem Sohn empor, den sie in ihrem ganzen Leben noch nie in solchem Zorn gesehen hatte.

»Mama!« begann der Oberst, »das Maß ist voll – Sie haben es selbst gesehen. Nicht in dieser Weise wollte ich mein Vorhaben ausführen, aber die Stunde hat geschlagen, und jetzt duldet es keinen Aufschub. Sie haben die Verleumdung gehört, so hören Sie denn jetzt auch die Rechtfertigung. Mama, ich liebe dieses edle ehrenwerte Mädchen, ich liebe sie schon lange und werde nie, niemals aufhören, sie zu lieben. Sie wird meine Kinder glücklich machen und wird Ihnen eine ehrerbietige Tochter sein, und deshalb spreche ich jetzt hier in Ihrer, meiner Verwandten und Freunde Gegenwart meine innige Bitte aus, Nastassja Jewgrafowna, mir die unendliche Ehre zu erweisen und einzuwilligen, meine Frau zu werden.«

Nastenjka zuckte zusammen, errötete heiß und erhob sich erschrocken. Die Generalin starrte ihren Sohn eine Zeitlang an, als begreife sie nicht, wovon er sprach, und plötzlich stürzte sie mit einem gellenden Schrei vor ihm auf die Knie nieder.

»Jegóruschka, mein Täubchen, bring Foma Fomitsch zurück!« schrie sie, »bring ihn sofort zurück! Ohne ihn sterbe ich noch vor dem Abend!«

Mein Onkel erstarrte, als er seine alte Mutter, die stets launische und eigensinnige Frau, vor sich auf den Knien sah.

Ein schmerzliches Gefühl spiegelte sich auf seinem Antlitz wider. Endlich besann er sich, beugte sich nieder, hob sie auf und setzte sie wieder in den Lehnstuhl.

»Bring Foma Fomitsch zurück, Jegoruschka!« fuhr die Alte in ihrem Geheul fort, »bring ihn mir zurück, Täubchen! Ohne ihn kann ich nicht leben!«

»Mama!« rief mein Onkel bekümmert aus, »– dann haben Sie ja überhaupt nicht verstanden, was ich Ihnen gesagt habe? Ich kann Foma Fomitsch nicht zurückrufen, begreifen Sie das doch! Ich kann es nicht, und ich habe auch kein Recht dazu nach seiner niedrigen, schändlichen, schmutzigen Verleumdung dieses Mädchens, das mir heilig ist! Sehen Sie denn nicht ein, Mama, daß es meine Pflicht ist, daß meine Ehre es mir befiehlt, für ihren guten Ruf, für ihre Ehre einzustehen! Sie haben es doch gehört: ich halte um die Hand dieses Mädchens an und bitte Sie, wie ein Sohn seine Mutter bittet, unseren Bund zu segnen.«

Doch die Generalin erhob sich, ehe er sich dessen versah, wieder von ihrem Platz und stürzte vor Nastenjka auf die Knie nieder.

»Ich flehe dich an! Sei ein Engel!« schrie die Alte in ihrer Verzweiflung, »heirate ihn nicht! Heirate ihn nicht, sondern bitte ihn, daß er Foma Fomitsch zurückbringt! Sei mein Täubchen, Nastassja Jewgrafowna! Ich gebe dir alles hin, ich opfere dir alles, wenn du ihn nicht heiratest! Ich habe noch nicht alles aufgezehrt, ich habe noch einen Sparpfennig von meinem Seligen. Alles ist dein, mein Engel, werde dich mit allem beschenken, und auch Jegoruschka wird dich beschenken, nur bringe mich nicht lebendig ins Grab! bitte ihn, daß er mir Foma Fomitsch zurückbringt! . . .«

Lange noch hätte die Alte geschrien und gefleht, wenn nicht alle ihre Busenfreundinnen, voran die Perepelizyna, mit Gekreisch und Klagegeschrei zu ihr gestürzt wären und sie mit vereinten Kräften emporgehoben hätten – empört darüber, daß sie vor der »Gouvernante« ihrer Enkelkinder auf den Knien lag. Nastenjka konnte sich kaum noch auf den Füßen halten vor Schreck. Die Perepelizyna aber weinte fast vor Wut.

»Töten wollen Sie Ihre Mutter!« schrie sie meinen Onkel an, »umbringen wollen Sie sie! Sie aber, Nastassja Jewgrafowna, hätten nicht die Mutter mit ihrem leiblichen Sohne entzweien sollen! So etwas wird auch Gott der Herr nicht verzeihen ...«

»Anna Nilowna, hüten Sie Ihre Zunge!« rief ihr mein Onkel zornig zu. »Ich habe genug ertragen! ...«

»Und auch ich habe genug von Ihnen ertragen! Was werfen Sie mir meine Verwaistheit vor? Werden Sie mich noch lange – mich Waise – beleidigen? Ich bin doch nicht Ihre Sklavin! Ich bin selbst die Tochter eines Majors! Mein Fuß soll nicht länger in diesem Hause weilen! ... Heute noch – ...«

Doch mein Onkel hörte sie nicht an: er trat zu Nastenjka und ergriff schüchtern ihre Hand.

»Nastassja Jewgrafowna ... haben Sie gehört, um was ich Sie gebeten habe?« fragte er langsam, während sein Blick kummervoll auf ihrem lieben Gesicht ruhte.

»Nein, Jegor Iljitsch, nein! Lassen wir es lieber«, antwortete Nastenjka, die allen Mut verloren hatte. »Das ist es ja nicht«, fuhr sie fort und preßte unbewußt wie im Krampf seine Hand, während Tränen ihr in die Augen traten. »Das sagen Sie jetzt, nach dem – Gestrigen ... Aber es kann ja nichts daraus werden, Sie sehen es doch selbst ... Wir haben uns getäuscht, Jegor Iljitsch ... Ich aber werde ewig an Sie als an meinen Wohltäter denken und ... und werde ewig, ewig für Sie beten! ...«

Tränen erstickten ihre Stimme. Mein armer Onkel hatte offenbar keine andere Antwort erwartet; er verfiel nicht einmal darauf, etwas einzuwenden, sie zu bitten ... Er hörte, den Kopf zu ihr hinabgeneigt, ohne ihre Hand freizugeben, stumm und wie geschlagen an, was sie sagte. Seine Augen schimmerten feucht.

»Ich habe Ihnen schon gestern gesagt«, fuhr Nastenjka

fort, »daß ich nicht Ihre Frau werden kann. Sie sehen doch: man will mich hier nicht... und das habe ich schon lange vorausgefühlt. Ihre Mutter wird Ihnen nicht ihren Segen geben... andere auch nicht. Und Sie selbst, wenn Sie es auch nicht bereuen würden – denn Sie sind der großmütigste Mensch – so würden Sie doch um meinetwillen unglücklich sein... bei Ihrem Charakter, bei Ihrer Güte...«

»Ganz recht: bei Ihrer Güte! – bei Ihrem Charakter! Du hast recht, Nastenjka!« warf ihr alter Vater ein, der auf der anderen Seite neben ihrem Stuhl stand. »Gerade dieses eine Wort sagt alles.«

»Ich will nicht Unfrieden in Ihr Haus bringen«, fuhr Nastenjka fort. »Um mich aber machen Sie sich keine Sorgen, Jegor Iljitsch: mich rührt niemand an, niemand wird mich beleidigen... ich gehe zu meinem Vater... heute noch ... Es ist besser, wir nehmen Abschied voneinander, Jegor Iljitsch...«

Tränen rollten ihr über die Wangen.

»Nastassja Jewgrafowna, – ist das wirklich Ihr letztes Wort?« fragte mein Onkel, Verzweiflung im Blick. »Sagen Sie nur ein Wort, nur ein Wort, und ich opfere Ihnen alles!...«

»Es war das letzte, das letzte, Jegor Iljitsch«, sagte Jeshowikin, »und sie hat es Ihnen so gut erklärt, wie ich es nicht einmal erwartet hätte. Sie sind der gütigste Mensch, Jegor Iljitsch, wirklich der gütigste, und Sie haben uns eine große Ehre erwiesen! Große Ehre, große Ehre!... Aber immerhin passen wir nicht zu Ihnen, Jegor Iljitsch. Sie müssen sich eine andere Braut aussuchen, eine, die sowohl reich als vornehm und schön und auch mit einer lauten Stimme begabt ist, und die nur in Brillanten und Straußenfedern durch Ihre Säle rauscht... Dann wird vielleicht auch Foma Fomitsch etwas nachgiebiger sein... und den Ehebund segnen! Den Foma Fomitsch aber holen Sie nur wieder zurück! Umsonst, ganz umsonst haben Sie ihn so beleidigt! Er hat ja nur aus Tugendeifer, aus übermäßiger Moralität so geredet ... Sie werden es selbst später zugeben, daß er es nur deshalb getan hat – Sie selbst werden es sagen! Er ist der ehrwürdigste Mensch der Welt. Jetzt aber wird er in dem Regen ganz naß werden. Wäre es daher nicht besser, ihn sogleich zurückzurufen? ... denn einmal wird man es doch tun müssen ...«

»Bring ihn! Bring ihn zurück!« schrie wieder die Generalin. »Täubchen, er sagt dir ja nur die Wahrheit ...«

»Jawohl«, fuhr Jeshowikin fort, »da sehen Sie, daß auch Ihre Frau Mutter sich tot zu ängstigen geruht – und zwar ganz umsonst ... Holen Sie ihn nur zurück! Wir aber, Nastenjka und ich, wir werden uns mittlerweile aufmachen ...«

»Wart, Jewgraf Larionytsch!« unterbrach ihn mein Onkel, »ich bitte dich! Noch ein Wort, Jewgraf, nur ein Wort habe ich noch zu sagen!«

Er ging mit schnellen Schritten in eine Ecke, setzte sich in einen Lehnstuhl, stützte den Kopf in die Hände, mit denen er seine Augen bedeckte, – es war, als wolle er für einen Augenblick seine Gedanken sammeln.

Da ertönte ein ungeheuerlicher Donnerschlag fast gerade über dem Haus. Das ganze Gebäude erzitterte. Die Generalin schrie auf, die Perepelizyna gleichfalls, die »Freundinnen«, dumm geworden vor Angst, bekreuzten sich, was übrigens gleichzeitig mit ihnen auch Herr Bachtschejeff tat.

»Heiliger Vater, steh uns bei!« flüsterten fünf oder sechs Stimmen wie auf ein Kommando.

Unmittelbar nach dem Donnerschlag folgte ein Platzregen, als wenn ein ganzer See auf Stepantschikowo herabstürzen wollte.

»Und Foma Fomitsch, was wird jetzt mit ihm dort auf dem freien Feld?« kreischte die Perepelizyna.

»Jegóruschka, hol ihn zurück!« schrie die Generalin mit Verzweiflung in der Stimme, und sie stürzte wie eine Wahnsinnige zur Tür. Doch sie wurde von ihrer Suite zurückgehalten: die ganze Weiberbande umringte sie, weinte, tröstete und schrie. Sodom war einst sicherlich nichts dagegen!

»Nur im leichten Rock ist er gegangen! Wenn er doch wenigstens sein Mäntelchen mitgenommen hätte!« jammerte die Perepelizyna. »Und einen Regenschirm hat er auch nicht! Der Blitz wird ihn erschlagen! . . .«

»Unbedingt!« stimmte Herr Bachtschejeff bei. »Und der Regen wird ihn dann auch noch durchnässen!«

»Schweigen Sie doch!« flüsterte ich ihm ungehalten zu.

»Ja, aber ist er denn kein Mensch?« fragte mich der Dicke aufgebracht. »Er ist doch kein Hund. Du würdest jetzt auch nicht hinausgehen. Oder geh, versuch's doch, nimm ein Bad, bloß zum Vergnügen!«

Da ich die drohende Gefahr erkannte, ging ich zu meinem Onkel, der wie erstarrt in seinem Lehnstuhl saß.

»Onkel«, sagte ich, mich zu seinem Ohr beugend, »werden Sie denn wirklich einwilligen, Foma Fomitsch zurückzurufen? Begreifen Sie denn nicht, daß es die größte Charakterlosigkeit wäre und eine Schändlichkeit von Ihrer Seite, wenigstens so lange wie Nastassja Jewgrafowna hier ist . . .«

»Freund«, sagte mein Onkel, indem er den Kopf erhob und mir mit entschlossenem Blick in die Augen sah, »ich habe hier über mich selbst Gericht gehalten, und jetzt weiß ich, was ich tun muß. Beunruhige dich nicht, ihr soll keine Kränkung widerfahren. Ich werde es so einrichten . . .«

Er erhob sich und trat zur Mutter.

»Mama!« sagte er, »beruhigen Sie sich: ich werde Foma Fomitsch zurückbringen, ich werde ihm nachfahren, ihn einholen; er kann noch nicht weit sein. Aber eines schwöre ich: nur unter der Bedingung wird er zurückkehren, daß er hier im Kreise aller Zeugen der Beleidigung seine Schuld eingesteht und dieses ehrenwerteste Mädchen feierlich um Verzeihung bittet. Das werde ich durchsetzen! Ich werde ihn dazu zwingen! Anderenfalls wird er nie wieder die Schwelle meines Hauses überschreiten! Auch schwöre ich Ihnen feierlich, Mutter: wenn er es freiwillig tut, so bin ich bereit, ihn auch meinerseits um Entschuldigung zu bitten, und ich werde ihm alles hingeben, alles, was ich nur geben kann, ohne meine Kinder zu berauben! Ich selbst aber werde mich von allem zurückziehen. Der Stern meines Glücks ist untergegangen . . . Ich verlasse Stepantschikowo. Dann könnt ihr hier alle ruhig und glücklich leben. Ich werde wieder in mein Regiment eintreten und auf dem Schlachtfeld, im Kaukasus oder in Asien mein Leben beschließen . . . Doch wozu soviel Worte! Ich fahre!«

Da tat sich die Tür auf, und Gawrila erschien, triefend und bis zur Unkenntlichkeit beschmutzt, vor der sprachlosen Versammlung.

»Was ist los? Woher kommst du? Wo ist Foma?« fragte erschrocken mein Onkel, der ihn als erster erblickte.

Aller Augen wandten sich zur Tür, alle stürzten zu Gawrila und umringten mit geradezu gieriger Neugier den alten Diener, von dessen Kleidern das schmutzige Wasser buchstäblich in Strömen herabfloß. Ausrufe, Schreie, Gekreisch begleiteten jedes Wort Gawrilas.

»Foma Fomitsch sind beim Birkenwäldchen geblieben, anderthalb Werst von hier«, begann er mit weinerlicher Stimme. »Das Pferd erschrak vor einem Blitz und sprang in den Graben . . .«

»Und? . . .« stieß mein Onkel hervor.

»Der Wagen fiel um . . .«

»Und . . . und Foma?«

»Geruhten, in den Graben zu fallen . . .«

»Aber so erzähl doch, Mensch!«

»Sie geruhten sich die Seite zu verletzen und hierauf begannen sie zu weinen. Da schirrte ich das Pferd aus und kam reitend her, um zu melden . . .«

»Und Foma blieb dort liegen?«

»Sie erhoben sich und gingen mit dem Stöckchen weiter«, schloß Gawrila, seufzte hierauf und senkte den Kopf.

Das Weinen und Schluchzen der Damen war unbeschreiblich.

»Sofort den Polkán!« befahl der Oberst und stürzte aus dem Zimmer. Das Pferd wurde im Augenblick vorgeführt.

Mein Onkel schwang sich, wie es nur ein Husar fertigbringt, auf das ungesattelte Pferd und sprengte davon – ohne Mütze, so wie er war. Der verhallende Hufschlag zeigte uns die Richtung an, in der er ritt.

Die Damen eilten zu den Fenstern. Zwischen Gestöhn und Wehklagen wurden weise Ratschläge erteilt. Es wurde von den Vorzügen eines heißen Bades gesprochen und von denen einer Einreibung mit Spiritus. Ferner sprach man von mildem Brusttee und davon, daß Foma seit dem frühen Morgen noch keinen Bissen zu sich genommen habe und folglich noch nüchtern sei. Die Perepelizyna fand seine vergessene Brille im Futteral, und dieser Fund machte einen ungewöhnlichen Eindruck: die Generalin stieß einen Schrei aus, entriß der Finderin das Andenken, um dann nach neuen Tränenströmen und ohne das Ding aus der Hand zu legen, wieder ans Fenster zu eilen und hinauszuspähen, ob der Entschwundene nicht schon zurückkehrte. Die Erwartung erreichte schließlich den höchsten Grad der Spannung ... In einer anderen Ecke versuchte Ssaschenjka Nastja zu trösten: beide hielten sich eng umschlungen und weinten still. Nastenjka hielt Iljuschas Händchen umklammert und küßte zum Abschied immer wieder ihren kleinen Schüler. Iljuscha weinte mit offenem Mäulchen, ohne zu wissen, weshalb. Jeshowikin und Misintschikoff redeten etwas abseits sehr eifrig miteinander. Bachtschejeff schien mir beim Anblick der weinenden Damen gleichfalls den Tränen beängstigend nahe zu sein. Ich trat an ihn heran.

»Nein, mein Lieber«, sagte er, »Foma Fomitsch hätte sich vielleicht auch ohnedem von hier fortgemacht, nur war der rechte Augenblick offenbar noch nicht gekommen: noch hatte man ihm keine Ochsen mit goldenen Hörnern vor seine Equipage geschirrt! Keine Sorge, mein Lieber, der wird noch die Besitzer aus dem Hause jagen und selber hier bleiben!«

Das Gewitter war nämlich schon weitergezogen, weshalb Herr Bachtschejeff seine Meinung inzwischen geändert hatte.

Plötzlich erhob sich ein Geschrei: »Sie kommen, sie kommen! Sie bringen ihn!« Und die Damen eilten mit Gekreisch zur Tür. Es waren kaum zehn Minuten nach dem Aufbruch meines Onkels vergangen. Aber wie war es denn möglich gewesen, Foma Fomitsch so schnell einzuholen? Das Rätsel sollte später sehr einfach gelöst werden: Foma war allerdings, nachdem er Gawrila zurückgeschickt hatte, mit seinem »Stöckchen« weitergegangen. Als er sich dann aber so verlassen in der Einsamkeit bei Sturm, Donner, Blitz und Regen gesehen hatte, da hatte ihn der Mut gar schmählich im Stich gelassen, und er war unverzüglich Gawrila nachgelaufen. Jedenfalls hatte mein Onkel ihn schon in nächster Nähe des Gutshofes angetroffen. Sofort war ein Mann, der gerade vorüberfuhr, angerufen worden, und mit Hilfe von ein paar Bauern hatte man den ganz zahm gewordenen Foma in den Wagen gehoben. Und so wurde er denn glücklich in die offenen Arme der Generalin zurückgeführt, die in Entsetzen geriet, als sie sah, in welchem Zustand ihr Abgott sich befand. Er war nämlich noch bedeutend nasser und schmutziger als Gawrila. Ein entsetzliches Durcheinander war die erste Folge: die einen wollten ihn sogleich ins Schlafzimmer schaffen, damit er die Wäsche wechsele, die anderen sprachen von Holundertee und ähnlichen Stärkungsmitteln. Alles lief hin und her. Die Kopflosigkeit war allgemein. Alle sprachen zu gleicher Zeit, so daß man kein Wort verstehen konnte ... Doch Foma schien nichts zu sehen und nichts zu hören. Er wurde unter den Armen gestützt und langsam zu seinem Philosophenstuhl geführt, in den er sich erschöpft niedersinken ließ, um sogleich die Augen zu schließen. Jemand schrie, Foma Fomitsch sterbe. Darauf erhob sich ein entsetzliches Geheul. Am lautesten aber von allen heulte Falalei, der sich krampfhaft bemühte, durch die Mauer der Damen zu Foma vorzudringen, um ihm, wie er sagte, »das Händchen zu küssen«.

V

Foma Fomitsch als Stifter allgemeinen Glücks

Wohin hat man mich gebracht?« fragte Foma endlich mit der Stimme eines für die Wahrheit Sterbenden.

»Verwünschte Salbaderei!« fluchte Misintschikoff halblaut neben mir, »als ob er nicht sähe, wo er ist! Jetzt wird er uns wieder ein schönes Theater vorspielen!«

»Du bist bei uns, Foma, du bist im Kreise deiner Freunde!« rief ihm mein Onkel zu. »Faß dich, beruhige dich! Weißt du, es wäre wirklich gut, wenn du jetzt deine Kleider wechseln wolltest, Foma, so kannst du dich noch erkälten ... Und willst du dich nicht etwas stärken – was meinst du? So, weißt du ... ein Gläschen, um dich zu erwärmen? ...«

»Malaga ... vielleicht«, stöhnte Foma und schloß wieder die Augen.

»Malaga! Ob wir den gerade vorrätig haben ...«, sagte mein Onkel, mit unruhigem Blick sich nach Praskowja Iljinitschna umsehend.

»Aber natürlich!« Praskowja Iljinitschna schien ordentlich gekränkt zu sein. »Volle vier Flaschen haben wir noch!« Und schlüsselklirrend eilte sie nach dem Wein, begleitet vom Geschrei aller Damen, die ihren Foma belagerten wie Fliegen einen Honigteller. Dafür geriet freilich Herr Bachtschejeff so ziemlich in das letzte Stadium des Unwillens.

»Malaga! Malaga will er!« fauchte er. »Na, natürlich! Es muß doch unbedingt ein Wein sein, den sonst kein Mensch trinkt! Wer trinkt denn jetzt noch Malaga, außer vielleicht so 'nem Schuft wie er! Pfui! ... Pfui! ... Aber was habe *ich* denn hier zu suchen? Worauf warte *ich* denn noch?«

»Foma«, hub mein Onkel an, verwirrte sich aber bei jedem Satz, »jetzt wäre es ... wenn du dich erholt hast und wieder mit uns zusammen ... Ich meine, ich will nur sagen, Foma, wie du vorhin, nachdem du das unschuldige Mädchen beleidigt hattest ...«

»Wo, wo ist sie, meine Unschuld?« griff Foma sofort das Wort auf, als phantasiere er im Fieber. »Wo sind die goldenen Tage meiner Unschuld? Wo bist du, meine goldene Kindheit, als ich noch schuldlos und schön über die Wiesen dem ersten Frühlingsschmetterling nachlief? Wo, wo ist diese Zeit? Gebt mir meine Unschuld wieder, gebt sie mir wieder zurück ...«

Und Foma wandte sich mit ausgestreckten Armen der Reihe nach an alle Anwesenden, als hätte jemand von uns seine Unschuld in der Tasche. Bachtschejeff schien platzen zu wollen vor Wut.

»Hört doch, was der Mensch will!« fauchte er empört. »Gebt ihm seine Unschuld wieder! Will er sie etwa abküssen? Vielleicht war er auch als Knabe schon so ein Räuber, wie jetzt! Könnte schwören, daß er's war!«

»Foma!« ... hub mein Onkel wieder an.

»Wo, wo sind sie, jene Tage, als ich noch an die Liebe glaubte und den Menschen liebte?« phantasierte Foma, »als ich den Nächsten umarmte und an seiner Brust Tränen vergoß? Jetzt aber – wo bin ich? Wo bin ich?«

»Du bist bei uns, Foma, beruhige dich!« rief ihm mein Onkel zu. »Ich aber will dir jetzt folgendes sagen, Foma ...«

»Wenn Sie doch jetzt wenigstens schweigen wollten!« zischte haßerfüllt die Perepelizyna, deren kleine Schlangenaugen meinen Onkel böse anblitzten.

»Wo bin ich?« fuhr Foma fort, »wer umgibt mich hier? Das sind ja Büffel und Stiere, die ihre Hörner gegen mich senken! Leben, was bist du? Ach, lebe, lebe, sei entehrt, geschmäht, gegeißelt, geschlagen, und wenn dann dein Grab zugeschüttet ist, dann erst kommen die Menschen zur Besinnung, und deine armen Knochen werden von einem Denkmal zerdrückt!«

»Himmlischer Vater, jetzt kommt er noch auf sein Denkmal zu sprechen!« flüsterte Jeshowikin und schlug die Hände zusammen.

»Oh, errichtet mir kein Denkmal!« phantasierte Foma

ohne Unterlaß weiter, »errichtet mir keines! Ich brauche keine Denkmäler! Errichtet mir in euren Herzen Denkmäler ... das ist alles, ... sonst aber verlange ich nichts, nichts, nichts!«

»Foma!« unterbrach ihn mein Onkel, »laß es gut sein! Beruhige dich! Es ist kein Grund vorhanden, vom Sterben zu reden. Hör mich jetzt an ... Sieh, Foma, ich begreife, daß du vielleicht ... sagen wir, in edlem Feuer branntest, als du mir vorhin ... diese Vorwürfe machtest; aber du ließest dich zu weit fortreißen, Foma, du überschrittest jede Grenze, und ich kann dir versichern, du hast dich geirrt, Foma ...«

»Werden Sie denn nicht endlich aufhören!« zischelte wieder die Perepelizyna, »wollen Sie denn den Unglücklichen ganz und gar töten, bloß weil er jetzt in Ihren Händen ist? ...«

Nach dem Beispiel der Perepelizyna fuhr auch die Generalin sofort auf, und mit ihr das ganze Gefolge: alle winkten sie meinem Onkel wie besessen mit den Händen zu, damit er nur ja endlich schweige.

»Anna Nilowna, halten Sie gefälligst selbst den Mund; ich weiß, was ich sage!« fuhr mein Onkel mit entschlossener Stimme fort. »Es handelt sich um eine heilige Sache der Ehre und Gerechtigkeit ... Foma, ich weiß, du bist vernünftig. Du mußt unverzüglich das edelste Mädchen, das du beleidigt hast, um Verzeihung bitten.«

»Welches Mädchen? Welches Mädchen habe ich beleidigt?« fragte Foma und sah sich mit verständnislosem Blick im Kreise um, als hätte er alles vergessen, was geschehen war, und als begreife er nicht, wovon man sprach.

»Ja, Foma, und wenn du jetzt freiwillig deine Schuld eingestehst, so werde ich, das schwöre ich, dir hier meinetwegen zu Füßen fallen und ...«

»Aber wen habe ich denn beleidigt?« rief Foma leidenschaftlich. »Welches Mädchen? Wo ist sie? Wo ist sie? Wo ist dieses Mädchen? Erinnert mich doch, helft mir, sagt mir doch nur mit einem Wort, wer denn dieses Mädchen ist! . . .«

Da trat Nastenjka verwirrt und erschrocken zu meinem Onkel und zupfte ihn zaghaft am Ärmel.

»Jegor Iljitsch, lassen Sie ihn, es ist nicht nötig, daß er sich entschuldigt! Wozu das alles?« sagte sie mit bittender, gequälter Stimme. »Lassen Sie das doch!«

»Ah! Jetzt besinne ich mich!« rief plötzlich Foma aus. »Gott! Ich besinne mich! Oh, helft mir, helft mir, mich zu erinnern«, flehte er, scheinbar in unbeschreiblicher Aufregung. »Sagt mir, ist es wahr, daß man mich von hier wie den räudigsten aller Hunde hinausgejagt hat? Ist es wahr, daß ich vom Blitz getroffen wurde? Ist es wahr, daß ich von hier auf die Treppe hinausgeworfen worden bin? Ist das wahr? Ist das alles wahr?«

Das Weinen und Gejammer der Damen war eine beredte Antwort auf seine Frage.

»Richtig, richtig!« fuhr er fort, »ich entsinne mich jetzt, daß ich nach dem Blitz und nach meinem Sturz hergelaufen kam, verfolgt vom Donner, um hier meine Pflicht zu erfüllen und dann auf ewig zu verschwinden! Helft mir auf! Wie erschöpft ich jetzt auch bin, ich muß meine Pflicht erfüllen!«

Man faßte ihn stützend unter die Arme und hob ihn aus dem Ruhestuhl. Er selbst nahm hierauf die Pose eines klassischen Redners an und streckte seine Hand aus.

»Oberst!« begann er, »jetzt bin ich wieder erwacht! Der Donner hat meine geistigen Kräfte noch nicht gänzlich vernichtet: es ist zwar noch eine gewisse Taubheit in meinem rechten Ohr vorhanden, aber die ist vielleicht nicht so sehr auf den Donner als auf den Sturz von der Treppe zurückzuführen . . . Doch was hat das zu sagen! Und wen geht hier das rechte Ohr Foma Opiskins etwas an!«

Den letzten Worten verlieh Foma so viel traurige Ironie und begleitete sie mit einem so wehmütigen Lächeln, daß das Gestöhn der gerührten Damen unwillkürlich von neuem ertönte. Alle sahen sie mit bitterem Vorwurf, einige aber mit wahrem Haß, auf meinen armen Onkel, der sich allmählich, beim Anblick eines so einmütigen Urteils, wie vernichtet zu fühlen begann. Misintschikoff spie heimlich aus vor Wut und trat ans Fenster. Bachtschejeff versetzte mir mit dem Ellbogen immer stärker werdende Rippenstöße; er konnte sich einfach nicht mehr ruhig verhalten.

»Jetzt hören Sie alle meine Beichte!« hub Foma mit erhöhter Stimme an und ließ stolz und entschlossen seinen Blick über die ganze Versammlung schweifen, »und gleichzeitig entscheiden Sie, Jegor Iljitsch, über das Schicksal des unglücklichen Foma Opiskin! Schon lange habe ich Sie beobachtet, habe ich Sie bangen Herzens beobachtet und alles bemerkt, alles, während Sie noch nicht einmal ahnten, daß ich Sie beobachtete. Oberst! Ich habe mich vielleicht geirrt, aber ich kannte Ihren Egoismus, Ihre unbegrenzte Eigenliebe, Ihre phänomenale Sinnlichkeit, und – wer wird mich deshalb verdammen können, daß ich unwillkürlich um die Ehre des unschuldigsten Wesens zu bangen begann?«

»Foma! . . . Foma . . .«, fiel ihm mein Onkel ins Wort, da er mit Unruhe den gequälten Ausdruck in Nastenjkas Gesicht gewahrte.

»Nicht so sehr die Unschuld und die Vertrauenswürdigkeit dieses Mädchens ängstigten mich als gerade ihre Unerfahrenheit«, fuhr Foma fort, als hätte er die Warnung meines Onkels überhaupt nicht gehört. »Ich sah, wie ein zärtliches Gefühl in ihrem Herzen erwachte und erblühte, gleich einer Frühlingsrose, und ich dachte unwillkürlich an Petrarca, der da sagt: „Die Unschuld ist so oft nur um Haaresbreite vom Untergang entfernt." Ich seufzte und litt, und wenn ich auch für dieses Mädchen, das rein wie eine Perle, wie ein kostbarer Edelstein ist, mein ganzes Blut als Bürgschaft hingegeben hätte – wer aber hätte mir für Sie gebürgt, Jegor Iljitsch? Da ich die ungezügelte Gier Ihrer Leidenschaften kannte, da ich wußte, daß Sie für deren kurze Befriedigung alles zu opfern bereit sind, – so versenkte ich mich plötzlich in einen Abgrund des Entsetzens und der

Befürchtungen bezüglich des Schicksals dieses edelsten aller Mädchen ...«

»Foma! Wie hast du so etwas nur denken können!« rief mein Onkel erregt aus.

»Mit schmerzendem Herzen habe ich Sie beobachtet. Wenn Sie wissen wollen, wie ich gelitten habe, fragen Sie Shakespeare: er wird Ihnen in seinem „Hamlet" von meinem Seelenzustand erzählen. Ich wurde argwöhnisch und unerträglich. In meiner Unruhe, in meinem Unwillen sah ich alles in schwarzem Licht, aber das war nicht jenes „schwarze Licht", von dem in der bekannten Romanze die Rede ist, das können Sie mir glauben! Deshalb hegte ich auch den Wunsch, *sie* aus diesem Hause zu entfernen: ich wollte sie retten. Dies war der eigentlich Grund, weshalb Sie mich in der letzten Zeit so gereizt und mit der ganzen Menschheit zerfallen gesehen haben. Oh! wer wird mich jetzt mit dieser Menschheit wieder aussöhnen? Ich fühle, daß ich vielleicht anmaßend und ungerecht zu Ihren Gästen, zu Ihrem Neffen, zu Herrn Bachtschejeff gewesen bin, indem ich von ihm Kenntnis der Astronomie verlangte; aber wer kann mich wegen meines damaligen Seelenzustandes tadeln? Ich berufe mich nochmals auf Shakespeare und sage, daß die Zukunft mir wie ein finsterer Abgrund von unbekannter Tiefe erschien, auf dessen Grund ein Krokodil liegt. Ich fühlte, daß es meine Pflicht war, das Unglück zu verhüten, daß ich dazu berufen, daß ich dazu gesandt war, – doch was geschah? Sie begriffen die edelsten Beweggründe meiner Seele nicht und zahlten mir in dieser ganzen Zeit mit Bosheit, Undankbarkeit, Spott, Erniedrigungen ...«

»Foma! Wenn es so ist ... dann natürlich fühle ich ...« fiel ihm mein Onkel in unsäglicher Erregung ins Wort.

»Wenn Sie tatsächlich etwas fühlen, Oberst, so seien Sie so gut und lassen Sie mich zu Ende sprechen, ohne mich zu unterbrechen. Ich fahre fort: meine ganze Schuld bestand folglich darin, daß ich mich gar zu sehr um das Schicksal und das Glück dieses Kindes sorgte, – denn sie ist ja noch ein Kind im Vergleich zu Ihnen. Die höchste Liebe zur Menschheit machte mich in dieser Zeit fast zu einem Dämon des Argwohns und Zornes. Ich wäre fähig gewesen, mich auf die Menschen zu stürzen und sie zu zerreißen. Und wissen Sie auch, Jegor Iljitsch, daß ein jeder Ihrer Schritte meinen Argwohn noch bestärkte und mich von der Richtigkeit aller meiner Befürchtungen überzeugte? Wissen Sie auch, daß ich gestern, als Sie mich mit Ihrem Golde überschütteten, um mich auf diese Weise los zu werden, bei mir im stillen dachte: ‚Er will in mir, in meiner Person, sein eigenes Gewissen entfernen, um dann bequemer das Verbrechen begehen zu können . . .'«

»Foma! Aber, Foma . . . Hast du das wirklich gestern gedacht?« rief mein Onkel entsetzt aus. »Gott, und ich habe nichts geahnt!«

»Der Himmel selber flößte mir diesen Argwohn ein«, fuhr Foma fort. »Und sagen Sie doch: was mußte ich denken, als der blinde Zufall mich noch am selben Abend zu jener Bank im Garten führte, was mußte ich fühlen, – o Gott! – als ich endlich mit eigenen Augen sah, daß alle meine Befürchtungen sich plötzlich bewahrheiteten und mir in eindeutiger Weise recht gaben? Mir blieb nur noch eine Hoffnung, eine schwache allerdings, aber es war doch immerhin eine Hoffnung! Und was mußte ich erleben?! Heute morgen zerstörten Sie sie selbst zu Schutt und Trümmern! Sie sandten mir Ihren Brief. Sie sprachen von der Absicht, sie zu heiraten, und Sie flehten mich an, von dem Geschehnis nichts verlauten zu lassen . . . ‚Aber weshalb', dachte ich, ‚weshalb hat er mir denn gerade jetzt geschrieben, nachdem ich ihn bereits überrascht habe, warum nicht früher? Weshalb ist er nicht früher eilends zu mir gekommen, glücklich und schön – denn die Liebe verschönt das Gesicht –, weshalb hat er sich nicht in meine Arme geworfen, warum ist er nicht an meiner Brust in Tränen grenzenlosen Glücks ausgebrochen, und weshalb hat er mir nicht alles, alles gestanden?' Oder bin ich ein Krokodil, das Sie nur verschlungen, nicht aber Ihnen einen klugen Rat gegeben haben würde? Oder bin ich irgendein widerliches Insekt, das Sie nur gestochen, nicht aber Ihnen zu Ihrem Glück verholfen hätte? ‚Bin ich sein Freund, oder bin ich ein ekelhaftes Gewürm?‘ Das war die Frage, die ich heute morgen an mich stellte! ‚Und wozu schließlich‘, dachte ich, ‚wozu hat er aus der Hauptstadt einen Neffen hergerufen und mit diesem Mädchen verlobt, wenn nicht, um sowohl uns wie den leichtsinnigen Neffen zu betrügen und inzwischen heimlich die verbrecherischste aller Absichten auszuführen?‘ Nein, Oberst, wenn jemand mich in dem Gedanken bestärkt hat, daß Ihre Liebe verbrecherisch ist, so sind Sie es selbst, und nur Sie allein! Ja, Sie sind auch vor diesem Mädchen ein Verbrecher; denn durch Ihre Ungeschicklichkeit und Ihr eigensüchtiges Mißtrauen haben Sie sie der Verleumdung und häßlichem Argwohn preisgegeben!«

Mein Onkel schwieg, den Kopf gesenkt. Die Beredsamkeit Fomas behielt offenbar die Oberhand; denn mein Onkel wagte nichts mehr zu entgegnen und gab damit eigentlich schon zu, daß er der »große Verbrecher« sei. Die Generalin und ihre Freundinnen hatten stumm und andächtig Fomas Rede angehört; die Perepelizyna blickte mit schadenfrohem Triumph auf die arme Nastenjka.

»Bestürzt, erregt, halbtot«, fuhr Foma fort, »schloß ich mich heute ein und betete, daß Gott mich erleuchte! Endlich beschloß ich, Sie zum letzten Mal und öffentlich zu prüfen. Vielleicht habe ich mich mit gar zu großem Eifer darangemacht, vielleicht habe ich mich gar zu sehr meinem Unwillen hingegeben! Doch für meine edelsten Absichten warfen Sie mich zur Tür hinaus! Noch als ich aus der Tür flog, dachte ich bei mir: ‚Sieh, so wird in der Welt die Tugend belohnt!‘ Hierauf schlug ich auf die Erde, und was weiter mit mir geschah – dessen entsinne ich mich kaum noch.«

Gestöhn und Wehklagen unterbrachen Foma bei dieser tragischen Erinnerung. Die Generalin stürzte mit der Flasche Malaga, die sie der zurückgekehrten Praskowja Iljinitschna aus der Hand gerissen hatte, zu Foma; dieser jedoch wies mit majestätischer Handbewegung die Flasche samt der Generalin zurück.

»Unterbrechen Sie mich nicht. Ich muß zu Ende sprechen. – Was nach meinem Sturz geschah – ich weiß es nicht. Ich weiß nur eines, daß ich jetzt, durchnäßt und der Gefahr einer Influenza ausgesetzt, hier stehe, um Ihr beiderseitiges Glück zu schaffen. Oberst! Aus vielen Anzeichen, die ich jetzt nicht weiter erklären will, habe ich schließlich die Überzeugung gewonnen, daß Ihre Liebe rein und sogar erhaben ist. Und wenn auch gleichzeitig von einem geradezu verbrecherischen Mißtrauen gemartert, erniedrigt, der Beleidigung eines ehrenhaften Mädchens verdächtigt, desselben Mädchens, für das ich wie ein mittelalterlicher Ritter mein Blut bis auf den letzten Tropfen hingegeben hätte, entschließe ich mich nunmehr, Ihnen zu zeigen, wie Foma Opiskin sich für ihm zugefügte Beleidigungen rächt. Geben Sie mir Ihre Hand, Oberst!«

»Mit Vergnügen, Foma!« rief mein Onkel aus. »Und da du dich jetzt deutlich über die Ehre des ehrenwertesten Mädchens ausgesprochen hast, so . . . hier ist meine Hand, Foma, und gleichzeitig gestehe ich dir meine aufrichtige Reue . . .«

Und mein Onkel reichte ihm von ganzem Herzen die Hand, ohne zu ahnen, was daraus entstehen sollte.

»Geben Sie mir auch Ihre Hand«, fuhr Foma mit milder Stimme fort, indem er sich durch den Kreis der ihn umgebenden Damen an Nastenjka wandte.

Nastenjka blickte erschrocken und verwirrt schüchtern zu Foma hinüber.

»Kommen Sie, kommen Sie, mein liebes Kind! Das ist unbedingt notwendig zu Ihrem Glück«, fuhr Foma freundlich fort, während er immer noch die Hand meines Onkels in der seinen hielt.

»Was mag er wollen?« fragte Misintschikoff leise.

Nastja näherte sich schließlich, noch immer erschrocken

und ängstlich, Foma Fomitsch und reichte ihm zaghaft ihre Hand.

Foma nahm dieses Händchen und legte es in die Hand meines Onkels.

»*Ich vereinige und segne euch!*« sagte er mit der feierlichsten Stimme. »Und wenn der Segen eines von Leid erdrückten Märtyrers euch Nutzen bringen kann, so seid glücklich! Nun seht ihr, wie sich Foma Opiskin rächt! Hurra!«

Wir waren sprachlos. Diese Lösung kam so unerwartet, daß zunächst niemand sie verstand. Die Generalin glich, sprachlos und erstarrt, einer Statue mit einer Flasche Malaga in der Hand. Die Perepelizyna erbleichte und erzitterte vor Wut. Das übrige Gefolge schlug die Hände über dem Kopf zusammen und erstarrte in dieser Stellung. Mein Onkel fuhr zusammen und wollte etwas sagen, brachte aber kein Wort hervor. Nastja war blaß wie eine Tote und stammelte zwar ein »aber das geht doch nicht ...« – aber jetzt war es zu spät. Bachtschejeff war der erste – man muß ihm Gerechtigkeit widerfahren lassen –, der in Fomas Hurra einstimmte, nach ihm ich, nach mir Ssaschenjka mit ihrer hellen Kinderstimme. Zugleich eilte sie zum Vater und umarmte und küßte ihn –, dann Iljuscha, dann Jeshowikin, und zum Schluß auch Misintschikoff.

»Hurra!« rief Foma noch einmal. »Hurra! Und jetzt auf die Knie, meine Herzenskinder, auf die Knie vor der zärtlichsten der Mütter! Bittet um ihren Segen, und wenn es nötig ist, werde ich selbst mit euch vor ihr niederknien ...«

Mein Onkel und Nastja, die einander noch nicht angesehen hatten und im ersten Schreck wahrscheinlich noch gar nicht begriffen, was mit ihnen geschah, knieten sogleich vor der Generalin nieder; die übrigen drängten sich um sie herum. Die Generalin stand wie betäubt da, rührte sich nicht und schien nicht begreifen zu können, was sie tun sollte. Doch da half Foma: er kniete in eigener Person vor seiner Gönnerin nieder, was diese im Augenblick zur Besinnung brachte.

Sie brach in Tränen aus und erklärte sich einverstanden. Der Oberst sprang auf und preßte Foma an seine Brust.

»Foma! . . . Foma!« rief er aus, doch seine Stimme versagte.

»Champagner her!« brüllte Herr Bachtschejeff. »Hurra!«

»Nein, nicht Champagner«, unterbrach ihn die Perepelizyna, die inzwischen schon Zeit gehabt hatte, sich zu besinnen, sich die Sachlage zu überlegen und gleichzeitig auch die Folgen zu berechnen, – »jetzt muß man Gott ein Licht anzünden, vor dem Heiligenbilde beten und mit dem Heiligenbild das Brautpaar segnen, wie das alle Gottesfürchtigen tun . . .«

Sofort beeilten sich alle, den vernünftigen Rat zu befolgen. Alles lief kreuz und quer. Zuerst mußte das Licht angezündet werden. Herr Bachtschejeff zog einen Stuhl herbei, stellte ihn vor das Heiligenbild und kletterte höchstselbst hinauf, um das Licht einzusetzen. Der Stuhl jedoch war nicht für eine solche Last gedacht: er krachte in allen Fugen, und Herr Bachtschejeff rettete nur mit Mühe und Not sein Gleichgewicht. Doch ohne sich im geringsten über seinen Mißerfolg zu ärgern, trat er den Platz sofort höflich der Perepelizyna ab. Die dünne Jungfer erledigte die Sache denn auch im Augenblick: das Licht brannte. Und wie die Perepelizyna, so bekreuzte und verneigte sich das ganze Gefolge bis zur Erde. Hierauf wurde das Heiligenbild der Generalin gereicht. Der Oberst und Nastenjka knieten nochmals vor ihr nieder, und die Zeremonie vollzog sich unter gottesfürchtigen Vorschriften der Perepelizyna, die zu jedem ihrer Worte Unterweisungen hinzufügte: »Knien Sie jetzt nieder, küssen Sie jetzt das Heiligenbild, küssen Sie der Mutter die Hand!« Nach den Verlobten hielt es auch Herr Bachtschejeff für seine Pflicht, das Heiligenbild zu küssen, worauf er die Hand der Generalin an die Lippen führte. Er befand sich mit einem Male in unbeschreiblicher Begeisterung.

»Hurra!« schrie er immer wieder von neuem. »Aber jetzt Champagner!«

Übrigens waren alle begeistert. Die Generalin weinte, aber diesmal waren es Tränen der Freude: die Verbindung, die Foma gesegnet hatte, wurde in ihren Augen ohne weiteres sowohl heilig wie auch möglich, und vor allen Dingen fühlte sie, daß Foma Fomitsch sich ausgezeichnet hatte und jetzt ganz sicher wieder bei ihr bleiben werde. Auch ihr Gefolge teilte – wenigstens äußerlich – die allgemeine Begeisterung. Mein Onkel ging bald zu seiner Mutter, um ihre Hände zu küssen; bald umarmte er mich, Bachtschejeff, Misintschikoff und Jeshowikin. Seinen Iljuscha hätte er um ein Haar erdrückt in seinen Armen. Ssaschenjka hing sich an Nastenjka und küßte sie unaufhörlich. Praskowja Iljinitschna weinte still. Als Herr Bachtschejeff das bemerkte, ging er zu ihr hin und küßte ihr die Hand. Der alte Jeshowikin wischte sich, in die entfernteste Ecke zurückgezogen, mit einem Zipfel seines karierten Schnupftuches gleichfalls Tränen aus den Augen. In der anderen Ecke schluchzte Gawrila und sah andächtig zu Foma Fomitsch auf. Falalei aber weinte herzbrechend vor lauter Rührung, trat bald zu diesem, bald zu jenem Anwesenden und küßte ihm die Hand. Alle waren ganz überwältigt von Gefühl. Niemand vermochte zu sprechen. Niemand dachte an Erklärungen. Es schien alles schon gesagt zu sein. Nur freudige Ausrufe wurden laut. Im Grunde begriff zwar noch keiner so recht, was und wie es eigentlich geschehen war. Man wußte nur das eine: daß Foma Fomitsch alles getan und geordnet hatte, und daß nun eine unwiderrufliche Tatsache vor einem stand.

Noch waren keine zwölf Minuten des allgemeinen Glücks vergangen, als plötzlich auch Tatjana Iwanowna erschien. Durch wen, durch welchen Spürsinn mochte sie oben in ihrem Zimmer Kunde von der Verlobung erhalten haben? Mit strahlendem Gesicht, mit Freudentränen in den Augen und in bezaubernd eleganter Toilette (sie hatte inzwischen doch Zeit gehabt, sich umzukleiden) erschien sie in der Tür und flatterte zu Nastenjka, die sie krampfhaft in ihre Arme schloß.

»Nastenjka, Nastenjka! Du hast ihn geliebt, ich aber habe es nicht einmal gewußt!« rief sie aus. »O Gott! Sie haben sich geliebt, sie haben heimlich gelitten, ohne daß jemand es gewußt hätte. Man hat sie verfolgt! Welch ein Roman! Nastja, mein Täubchen, sag mir die ganze Wahrheit: liebst du denn wirklich diesen Toren?«

Statt einer Antwort umarmte Nastja sie nur und küßte sie.

»O Gott, welch ein entzückender Roman!« Tatjana Iwanowna klatschte in die Hände vor Freude. »Höre, Nastja, hör', mein Engel: alle diese Männer, alle bis auf den letzten sind sie undankare Unmenschen, Ungeheuer und unserer Liebe gar nicht wert! Er aber ist vielleicht noch der beste von ihnen allen. Komm her zu mir, du Tor!« rief sie plötzlich meinem Onkel zu, sich an ihn wendend, und sie erfaßte seine Hand, um ihn zu sich zu ziehen. »Bist du wirklich verliebt? Bist du wirklich fähig zu lieben? Sieh mich an: ich will dir in die Augen sehen, ich will sehen, ob diese Augen lügen ... Nein, nein, sie lügen nicht! in ihnen leuchtet wahre Liebe! Oh, wie glücklich ich bin! Nastenjka, meine Freundin, hör mich an: du bist nicht reich, ich schenke dir dreißigtausend Rubel. Nimm sie, um Christi willen! Ich bitte dich! Ich brauche sie nicht, ich habe sie nicht nötig! Es bleibt mir ja noch genug! Nein, nein, nein!« wehrte sie heftig, als sie sah, daß Nastja das Geschenk nicht annehmen wollte. »Schweigen Sie, Jegor Iljitsch, das geht Sie nichts an. Nein, Nastja, ich habe es so beschlossen, sie dir zu schenken! Ich wollte dir immer schon ein Geschenk machen, aber ich wartete auf deine erste Liebe ... Und nun werde ich euer Glück sehen und mich mitfreuen. Du wirst mich kränken, wenn du es nicht annimmst, ich werde weinen, Nastja ... Nein, nein, nein und nein, du darfst mir die Bitte nicht abschlagen!«

Tatjana Iwanowna war so glücklich, daß man ihr – wenigstens in diesem Augenblick – unmöglich ihre Bitte und ihr Geschenk abschlagen konnte: sie hätte einem zu leid getan. So tat man es denn auch vorläufig nicht, man schob es auf. Darauf fiel sie der alten Generalin um den Hals, küßte sie, küßte die Perepelizyna, küßte alle. Bachtschejeff drängte sich in der höflichsten Weise zu ihr durch und bat sie, ihr die Hand küssen zu dürfen.

»Mütterchen, mein Täubchen! Verzeih mir altem Dummkopf das, was auf der Rückfahrt geschah! Ich kannte doch dein goldenes Herz noch nicht!«

»Ach, Sie Tor! Ich aber kenne Sie schon lange!« sagte Tatjana Iwanowna mit schelmischer Koketterie, schlug Stepan Alexejewitsch mit dem Batisttüchlein auf die Nase und schwebte wie ein Zephyr davon, während ihr prächtiges Kleid ihn streifte.

Der Dicke trat ehrerbietig zurück.

»Ein vortreffliches Mädchen!« sagte er gerührt. »Aber dem Deutschen ist die Nase wieder angeleimt worden!« flüsterte er mir vertrauensvoll zu und sah mir froh in die Augen.

»Was für eine Nase? Welchem Deutschen?« fragte ich verständnislos.

»Na, dem, den ich mir kommen ließ, der seiner Dame das Händchen küßt, während diese sich eine Träne mit dem Schnupftuch aus dem Auge wischt. Mein Jewdokím hat sie ihm noch gestern zu Haus angeleimt. Als wir aber vorhin von der Verfolgung zurückkamen, schickte ich einen reitenden Boten ... Bald wird er hier sein. Ein großartiges Ding, sag' ich Ihnen!«

»Foma!« rief mein Onkel in fassungsloser Begeisterung aus, »du bist der Urheber meines Glücks! Womit kann ich es dir vergelten?«

»Mit nichts, Oberst«, sagte Foma mit einer Asketenmiene. »Fahren Sie fort, mir keine Beachtung zu schenken und seien Sie glücklich ohne Foma.«

Er fühlte sich offenbar verletzt. Während des großen Gefühlsüberschwanges schien man ihn, und wenn auch nur einen Augenblick, beinahe vergessen zu haben.

»Es war ja nur die übergroße Seligkeit, Foma!« rief mein

Onkel. »Ich ... ich weiß kaum noch, wo ich bin, Freund! Höre, Foma: ich habe dich beleidigt. Mein ganzes Leben, all mein Blut würde nicht ausreichen, um diese Beleidigung wieder gutzumachen, und deshalb schweige ich lieber und versuche erst gar nicht, meine Tat zu entschuldigen. Wenn du aber jemals meines Kopfes bedarfst, wenn jemand sich für dich in einen Abgrund stürzen muß, so befiehl nur, und du wirst sehen ... Ich sage nichts weiter, Foma!«

Und mein Onkel machte nur eine Handbewegung, da er die Unmöglichkeit, in Worten noch etwas hinzuzufügen, das seinen Gedanken stärker ausdrücken könnte, vollkommen einsah. Dann blickte er Foma mit dankbaren, feucht schimmernden Augen an.

»Jetzt sieht man erst, was für ein Engel er ist!« flötete honigsüß die Perepelizyna, bereit, Foma anzubeten.

»Ja, ja!« stimmte ihr Ssaschenjka bei. »Ich wußte gar nicht, daß Sie ein so guter Mensch sind, Foma Fomitsch – und ich war so ungezogen zu Ihnen! Verzeihen Sie mir, Foma Fomitsch, und glauben Sie mir, daß ich Sie von ganzem Herzen lieben werde. Wenn Sie wüßten, wie ich Sie jetzt achte!«

»Foma!« sagte Herr Bachtschejeff, »verzeih auch mir. Ich war dumm. Ich kannte dich nicht, ich kannte dich wahrhaftig nicht! Du, Foma Fomitsch, du bist nicht nur ein Gelehrter, sondern einfach – ein Held! Mein ganzes Haus steht dir zur Verfügung. Komm nur. Am besten aber, weißt du, komm gleich übermorgen zu mir; aber selbstverständlich lade ich auch die Braut und den Bräutigam ein ... Jawohl! – das ganze Haus zu mir! Dann wollen wir mal speisen – ich will nichts vorher loben, nur eines schicke ich voraus: bloß Vogelmilch kann ich euch nicht vorsetzen! Darauf gebe ich mein Wort!«

Währenddessen war Nastenjka zu Foma Fomitsch getreten und hatte ihn, ohne viel zu reden, umarmt und herzlich geküßt.

»Foma Fomitsch«, sagte sie, »Sie sind unser Wohltäter,

Sie haben so viel für uns getan, daß ich nicht weiß, wie ich es Ihnen entgelten soll ... Ich weiß nur, daß ich Ihnen die liebevollste und ehrerbietigste Schwester sein will ...«

Tränen erstickten ihre Stimme. Foma küßte sie auf die Stirn und war sehr gerührt.

»Meine Kinder, Kinder meines Herzens!« sagte er. »Lebt, blüht, und in den Stunden des Glücks gedenkt bisweilen auch des armen Ausgestoßenen! Von mir aber sage ich, daß Unglück vielleicht die Mutter der Tugend ist. Das hat, glaube ich, Gogol gesagt, ein sonst leichtfertiger Schriftsteller, der aber mitunter gute Gedanken hat. Ausgestoßen werden – ist Unglück! Als unsteter Wanderer werde ich jetzt mit meinem Wanderstab des Weges ziehen und – wer weiß? – durch mein Unglück vielleicht immer noch tugendreicher werden! Dieser Gedanke ist der einzige Trost, der mir noch geblieben.«

»Aber ... wohin willst du denn gehen, Foma?« fragte mein Onkel erschrocken.

Alle zuckten zusammen und richteten ihre Blicke auf Foma.

»Kann ich denn nach der mir zugefügten Kränkung noch in diesem Hause bleiben, Oberst?« fragte Foma mit ungeheurer Würde.

Man ließ ihn nicht weitersprechen: ein wahrer Tumult erhob sich und verschlang jedes gesprochene Wort. Er wurde wieder in seinen Sessel gesetzt, wurde angefleht und beweint, und ich weiß nicht, was noch alles mit ihm getan wurde. Natürlich hatte er diesmal ebensowenig die Absicht, »dieses Haus« zu verlassen, wie vor seinem Flug durch die Glastür oder wie am Abend vorher oder wie damals, als er im Gemüsegarten alle Rüben umgrub. Er wußte genau, daß man sich jetzt erst recht an ihn klammern werde, gerade jetzt, nachdem er alle glücklich gemacht hatte, alle von neuem an ihn glaubten und bereit waren, ihn auf den Händen zu tragen und sich das noch zur Ehre anzurechnen. Wahrscheinlich war es seine feige Rückkehr – die sehr aus eigenem Antrieb geschehen war, als das Gewitter ihn erschreckt hatte –, die nun seinen Ehrgeiz anstachelte und ihn trieb, den Helden zu spielen. In der Hauptsache aber war es natürlich die Versuchung, einen erhabenen Menschen darzustellen, – die war denn doch zu groß! Man konnte so schön reden, das eigene Unglück ausmalen, sich selbst erheben und loben – wie sollte man da der Versuchung widerstehen? Und so widerstand er ihr denn auch nicht: er wollte sich aus den Armen der ihn Zurückhaltenden reißen, verlangte einen Wanderstab, bat sogar, ihm seine Freiheit wiederzugeben, ihn seines Weges ziehen zu lassen: in »diesem Hause« sei er entehrt und geschlagen worden, er sei nur aus dem Grunde zurückgekehrt, um erst noch das Glück der Zurückgebliebenen zu begründen – wie könne er » im Hause der Undankbarkeit« bleiben? Wie könne er »am selben Tische mit ihnen Kohl – wenn auch fett gekochten – zu essen fortfahren«? Kraut, das »mit Schlägen gewürzt« war? Endlich ließ er sich besänftigen. Er wurde wieder in seinen Ruhestuhl gesetzt – doch seine Beredsamkeit hatte sich, wie sich zeigte, auch jetzt noch nicht erschöpft.

»Hat man mich denn hier nicht beleidigt?« rief er aus. »Hat man mir hier nicht die Zunge gezeigt? Haben denn nicht Sie, Sie selbst, Oberst, wie die unerzogenen Kinder in den Vorstadtstraßen mir täglich, stündlich die Faust gezeigt? Ja, Oberst! Ich bestehe auf diesem Vergleich, weil Sie mir diese Faust, wenn auch nicht physisch, so doch moralisch gezeigt haben. Eine moralische Faust ist aber in manchen Fällen sogar kränkender als eine physische. Von den Schlägen ganz zu schweigen ...«

»Foma! ... Foma!« unterbrach ihn mein Onkel. »Martere mich nicht mit dieser Erinnerung! Ich habe dir gesagt, daß all mein Blut nicht genügen würde, um die Tat vergessen zu machen. Sei doch großmütig! Vergiß, vergiß, bleibe hier und freue dich an unserem Glück! Es ist dein Werk, Foma ...«

»... Ich möchte lieben, möchte den Menschen lieben«,

redete Foma unaufhaltsam weiter; »man gibt ihn mir aber nicht, man verbietet mir, ihn zu lieben, man nimmt ihn mir fort, den Menschen! Gebt mir, gebt mir den Menschen, damit ich ihn lieben kann! Wo ist dieser Mensch? Wo hat er sich versteckt, dieser Mensch? Wie Diogenes suche ich ihn mit der Laterne, suche ihn mein ganzes Leben lang und kann ihn nicht finden... und kann doch keinen anderen lieben, bevor ich nicht diesen Menschen gefunden habe. Wehe dem, der mich zum Menschenhasser gemacht hat! Da rufe ich nun: Gebt mir den Menschen, auf daß ich ihn lieben könne, und man schiebt mir Falalei zu! Werde ich denn einen Falalei jemals lieben können? Will ich denn Falalei lieben? Kann ich denn Falalei überhaupt lieben, selbst wenn ich es *wollte?* Nein!! Und warum nicht? Weil er Falalei ist. Warum liebe ich nicht die ganze Menschheit? Weil alles, was es auf der Welt gibt – Falalei ist oder Falalei ähnlich ist. Ich will keinen Falalei, ich hasse Falalei, ich speie auf Falalei, ich werde Falalei erwürgen, und wenn ich wählen soll, so werde ich eher Asmodei lieben als Falalei! Komm, komm her, du mein ewiger Peiniger, komm her!« rief er plötzlich dem armen Falalei zu, der sich mit dem unschuldigsten Gesicht der Welt hinter der Foma umgebenden Schar auf die Fußspitzen erhob und mit langgestrecktem Hals über die Schultern der anderen lauerte. »Komm her! Ich werde Ihnen beweisen, Oberst«, eiferte Foma und zog den vor Schreck fast wie betäubten Falalei an der Hand zu sich heran, »ich werde Ihnen die Wahrheit meiner Worte über den ewigen Spott und die Beleidigungen beweisen! Sprich, Falalei, und sage die Wahrheit: Wovon hat dir heute nacht geträumt? Sie werden sehen, Oberst, Sie werden Ihre Früchte sehen! Nun, Falalei, sprich!«

Der arme Knabe blickte sich zitternd vor Angst im Kreise um und suchte einen Retter in einem von uns, doch alle zitterten nur gleich ihm und harrten mit Bangen der Antwort.

»Sprich, Falalei, ich warte!«

Statt einer Antwort zog Falalei das Gesicht kraus, sperrte langsam den Mund auf und brüllte dann los wie ein junges Kalb.

»Oberst! Sehen Sie diesen Eigensinn? Halten Sie ihn wirklich für natürlich? Zum letztenmal wende ich mich an dich, Falalei, – antworte: Wovon hat dir heute nacht geträumt?«

»Von ...«

»Sag ihm: von mir!« raunte ihm Bachtschejeff ins eine Ohr.

»Von Euren Tugenden!« raunte ihm Jeshowikin ins andere Ohr.

Falalei sah sich bloß ratlos um.

»Von ... von euren Tu ... von einem weißen ... Ochsen!« plärrte er schließlich los, und ein Strom von Tränen ergoß sich über seine roten Backen.

Alles stöhnte auf.

Foma Fomitsch jedoch war diesmal von ganz ungewöhnlicher Großmut.

»Wenigstens sehe ich deine Aufrichtigkeit, Falalei«, sagte er, »eine Aufrichtigkeit, die ich bei den anderen nicht wahrzunehmen vermag. Gott mit dir! Wenn du mich absichtlich mit diesem Traum verspottest, auf Grund der Einflüsterung anderer, so wird Gott sowohl dich wie diese anderen dafür heimsuchen. Wenn du mich jedoch nicht verspotten willst, dann achte ich wenigstens deine Aufrichtigkeit; denn selbst in der niedrigsten aller Kreaturen, selbst in dir bin ich Gottes Ebenbild zu sehen gewohnt ... Ich verzeihe dir, Falalei! Meine Kinder, umarmt mich! Ich bleibe ...«

»Er bleibt!« rief alles begeistert aus.

»Ich bleibe und verzeihe! Oberst, belohnen Sie Falalei mit Zucker. Auch er soll an einem solchen Freudentag nicht traurig sein!«

Eine solche Großmut erschien geradezu wunderbar! *So* sich zu sorgen und das noch dazu in einer *solchen* Stunde, und um *wen*? – um Falalei!

Mein Onkel beeilte sich, dem Befehl sofort nachzukommen. Und schon erschien eine Zuckerdose in Praskowja Iljinitschnas Händen. Mein Onkel nahm zuerst zwei Stücke, dann drei, ließ sie in der Aufregung fallen, und da er schließlich einsah, daß er mit seinen bebenden Händen nichts machen konnte, so nahm er einfach die Dose und schüttete dem Jungen den ganzen Inhalt in die Bluse.

»Ach! Zur Feier eines solchen Tages! Halt fest, Falalei ... Das ist für deine Aufrichtigkeit«, fügte er noch als „Moral" hinzu.

Da erschien plötzlich Widopljassoff in der Tür und meldete: »Herr Korówkin!«

Alle waren überrascht. Der Besuch Korowkins kam gerade in diesem Augenblick äußerst ungelegen. Alle sahen fragend meinen Onkel an.

»Korowkin!« rief er etwas bestürzt aus. »Natürlich, es freut mich ...«, fügte er mit scheuem Blick auf Foma hinzu; »nur weiß ich nicht, soll ich ihn jetzt, in diesem Augenblick herbitten lassen ...? Was meinst du, Foma?«

»Oh, nichts!« sagte Foma gnädig, »fordern Sie den Korowkin nur auf, einzutreten, mag er an dem allgemeinen Glück teilnehmen.«

Kurz, Foma Fomitsch war die Güte selbst.

»Wage untertänigst zu melden«, bemerkte Widopljassoff, »daß Herr Korowkin sich nicht in ihrem gewöhnlichen Zustand zu befinden geruhen.«

»Was? Was faselst du da?« fuhr mein Onkel erschrocken auf.

»Zu Befehl: der Herr befinden sich nicht in nüchternem Zustand ...«

Doch noch bevor mein Onkel den Mund auftun, erröten, erschrecken und sich besinnen konnte, fand das Rätsel schon seine Lösung: in der Tür erschien Herr Korowkin in höchsteigener Person, schob den Diener mit der Hand zur Seite und trat vor das verwunderte Publikum.

Es war ein mittelgroßer, dicker Herr von vierzig Jahren, mit dunklem, kurz geschnittenem, grau meliertem Haar, kleinen, geröteten Augen, einem roten, runden Gesicht, einer billigen Krawatte, die hinten in einer Gummistrippe schloß, und in einem ungewöhnlich abgetragenen Frack, mit dem er im Heu und auf der Erde gelegen zu haben schien, und der unter den Armen aufgeplatzte Nähte hatte. Dazu denke man sich ein unmögliches Beinkleid und eine Mütze, die bis zur Unglaublichkeit fettig glänzte, und die er noch obendrein wie einen Chapeau claque mit gebogenem Arm weit von sich hielt. Dieser Herr nun war tatsächlich vollkommen betrunken. Er trat bis in die Mitte des Zimmers vor, blieb dann schwankend stehen, die Nase gesenkt, wie in tiefem Nachdenken. Schließlich weiteten sich langsam seine Mundwinkel, und er lächelte übers ganze Gesicht.

»Verzeihen Sie, meine Verehrtesten«, sagte er, »ich ... habe ... etwas (er knipste sich an den Kragen) hier hinabgegossen!«

Die Generalin setzte sofort die Miene beleidigter Würde auf. Foma, der in seinem Ruhestuhl lehnte, maß den exzentrischen Gast mit ironischem Blick. Bachtschejeff sah ihn verständnislos an, doch blickte durch diese Verständnislosigkeit ein gewisses Mitgefühl. Die Verwirrung meines Onkels war unbeschreiblich: er litt mit ganzer Seele für Korowkin.

»Korowkin!« begann er zwar, »hören Sie! ...«

»Attendez gefälligst!« unterbrach ihn Korowkin. »Habe die Ehre, mich vorzustellen: ein Kind der Natur ... Aber was sehe ich? Hier sind ja Damen ... Aber warum hast du mir nicht gesagt, du Schuft, daß du hier Damen hast?« fragte er, sich mit verschlagenem Lächeln an meinen Onkel wendend. »Tut nichts! Habe keine Angst! ... Stellen wir uns also auch dem schönen Geschlechte vor ... Vereh ... ehrungswürdige Damen!« begann er, während er nur mit Mühe die Zunge bewegte und bei jeder Silbe stecken blieb, »Sie sehen einen Unglücklichen vor sich, der ... nun ja, und dann so weiter ... Das übrige wird nicht ausgesprochen ... Musik! Eine Polka!«

»Wäre es Ihnen nicht recht, zunächst ein wenig zu schlafen?« fragte Misintschikoff, der alsbald ruhig zu ihm trat.

»Schlafen? Fragen Sie das in beleidigendem Sinne?«

»Durchaus nicht. Wissen Sie, es ist manchmal gut nach der Reise ...«

»Niemals!« antwortete Korowkin voll Unwillen. »Du glaubst, ich sei betrunken? – nicht im geringsten! ... Aber übrigens, wo schläft man denn hier bei euch?«

»Gehen wir, ich werde Sie hinführen.«

»Wohin? In die Scheune? Nein, Freund, mich betrügst du nicht! Dort habe ich schon übernachtet ... Aber übrigens, führ mich mal zu ... Warum soll man nicht gehen – mit einem guten Menschen? ... Ein Kissen ist nicht nötig ... ein Soldat braucht kein Kissen. Du könntest mir aber, Freund, einen Diwan, einen Diwan, weißt du, einen Diwan zurechtmachen ... Aber hör (er blieb stehen), du bist, wie ich sehe, ein gewitzter Bruder ... Komponier mir mal so etwas ... verstehst du? Etwas, um eine Fliege hinabzuspülen ... einzig, um eine Fliege hinabzuspülen, ein ... das heißt: ein Gläschen!«

»Schön, schön!« sagte Misintschikoff.

»Schön ... Aber du, wart doch, man muß sich erst verabschieden ... Also: Adieu, mesdames und mesdemoiselles! ... Sie haben mich, wie man sagt, durchbohrt ... Aber was! Werden uns später aussprechen ... nur wecken Sie mich, wenn es anfängt ... oder sogar fünf Minuten vor dem Beginn ... ohne mich aber bitte ... nicht zu beginnen! Hören Sie? Nicht zu beginnen!«

Und der lustige Herr verschwand mit Misintschikoff.

Alles schwieg. Niemand begriff, was geschehen war. Da begann plötzlich Foma leise, zunächst kaum hörbar, zu kichern. Dann wurde dieses Kichern immer lauter, bis es schließlich in helles Lachen überging. Als die Generalin das sah, wurde sie sanftmütiger, wenn auch der Ausdruck gekränkter Würde immer noch in ihrem Gesicht verblieb. Allmählich erhob sich auf allen Seiten unwillkürlich Lachen und Fröhlichkeit. Mein Onkel stand wie betäubt auf einem Fleck, errötete fast bis zu Tränen und war eine Zeitlang zu keinem Wort fähig.

»Großer Gott!« stieß er endlich hervor, »wer hätte das ahnen können! Aber ... aber das kann ja doch einem jeden passieren, Foma, glaube mir; er ist der ehrlichste, der edelste Mensch und außerordentlich belesen, Foma ... du wirst es selbst sehen! ...«

»Sehe schon, sehe schon«, antwortete Foma, atemlos vor Lachen, »ungewöhnlich belesen ... belesen!«

»Und wie er spricht!« bemerkte Jeshowikin halblaut.

»Foma! ...«, rief mein Onkel aus, doch das allgemeine Lachen verschlang seine Worte. Foma Fomitsch bog sich nun geradezu vor Lachen. Als mein Onkel diese Heiterkeit sah, stimmte auch er ein.

»Weiß Gott, ihr habt recht!« sagte er lachend. »Du bist großmütig, Foma, du hast ein gutes Herz: du hast mich glücklich gemacht ... du wirst auch Korowkin verzeihen!«

Nur Nastenjka lachte nicht. Sie sah nur mit liebenden Blicken zu ihrem Verlobten auf, als wollte sie ihm sagen: »Was für ein lieber Mensch du doch bist, wie gut, und wie ich dich liebe!«

VI

Der Schluß

Fomas Sieg war unwiderruflich – war größer noch, als man sich vorstellen kann. Es ist ja wahr: ohne ihn wäre es nie zu dieser Verlobung gekommen – die Tatsache, vor der man mit einem Mal stand, hob jeden Einwand auf. Die Dankbarkeit der Glücklichen war denn auch grenzenlos. Als ich eine kleine Anspielung zu machen versuchte, auf welche Weise man Fomas Einwilligung erlangt hatte, winkten mir Nastenjka und mein Onkel nur flehend mit den Händen ab: nichts davon! nichts davon! Ssaschenjka war gleichfalls begeistert für den Ehebundstifter: »Der gute, gute Foma Fomitsch! Ich werde ihm ein Sofakissen dafür sticken!« sagte sie und tadelte mich ernstlich, weil ich »so hartherzig« sein konnte. Stepan Alexejewitsch Bachtschejeff war geradezu verwandelt und hätte mich wahrscheinlich erwürgt, wenn es mir nur eingefallen wäre, in seiner Gegenwart etwas Schlechtes über Foma zu sagen. Er hing jetzt wie ein Schoßhündchen an ihm und sagte zu allem, was dieser sprach: »Ein edler Mensch bist du, Foma, der gelehrteste von allen!« Was Jeshowikin anbetrifft, nun, so hatte seine Freude einfach die letzte Grenze erreicht. Der Alte hatte es schon lange geahnt, daß Jegor Iljitsch in seine Tochter verliebt war, und seit der Zeit hatte er Tag und Nacht nur daran gedacht, wie er die beiden zusammenbringen und glücklich machen könnte. Er hatte die Sache so lange weiterverfolgt, wie es nur noch irgend ging, und erst dann aufgegeben, als ihm nichts anderes mehr übrigblieb. Da hatte nun Foma ganz unerwarteterweise eingegriffen! Natürlich durchschaute der Alte trotz seiner ehrlichen Freude den Schmarotzer Foma nur zu gut. Nun war es klar, daß Foma Fomitsch sich für sein ganzes Leben in diesem Hause festgesetzt hatte und seine Tyrannei hinfort keine Schranken mehr kennen werde. Bekanntlich sagt man sogar von den unangenehmsten, den launischsten Menschen, daß sie wenigstens für einige Zeit sanfter werden, wenn man alle ihre Wünsche erfüllt. Foma Fomitsch aber – das konnte man schon damals voraussehen – wurde im Gegenteil nur noch hochmütiger, nur noch anspruchsvoller und hob die Nase immer noch höher. Kurz vor dem Essen, nachdem er sich vollkommen umgekleidet hatte, setzte er sich wieder in seinen Ruhestuhl, rief meinen Onkel zu sich und begann hierauf in Gegenwart der ganzen Versammlung, ihm eine neue Predigt zu halten.

»Oberst!« hub er an, »Sie wollen eine rechtmäßige Ehe schließen. Sind Sie sich auch klar . . . Sind Sie sich auch der Pflichten bewußt, die . . .« usw.

Man denke sich zehn Seiten im Format des „Journal des

Débats", ganze zehn Seiten, in denen so gut wie überhaupt nicht von Pflichten die Rede ist, sondern nur von dem Verstand, der Frömmigkeit, der Großmut, dem männlichen Charakter und der allgemein menschlichen Uneigennützigkeit – Foma Fomitschs. Alle waren hungrig, alle wollten essen. Nichtsdestoweniger wagte niemand, ihn zu unterbrechen. Alle hörten andächtig den ganzen Blödsinn bis zu Ende an. Sogar Bachtschejeff saß mit all seinem quälenden Hunger da, ohne sich zu rühren, saß mit der größten Ehrfurcht auf einem kleinen Stuhl. Nachdem sich dann Foma Fomitsch endlich, endlich genügend an seiner Redekunst gelabt hatte, ward auch er sehr guter Laune und trank bei Tisch sogar ziemlich viel zu seinen unvermeidlichen Toasten. Darauf machte er verschiedene Witzchen über die Verlobten, und alle lachten und spendeten Beifall. Schließlich wurden die Witzchen aber dermaßen schlüpfrig und eindeutig, daß selbst Herr Bachtschejeff nicht wußte, wohin er blicken sollte – und daß Nastenjka es schließlich nicht mehr aushielt und fortlief. Das war für Foma ein unbeschreibliches Gaudium. Übrigens wußte er sich sogleich zu fassen: in kurzen, beredten Worten schilderte er alle ihre Tugenden und brachte zum Schluß ein Hoch auf die Anwesenden aus. Mein Onkel, der noch vor einer Minute Höllenqualen ausgestanden hatte, war jetzt sofort wieder bereit, Foma Fomitsch zu umarmen. Es war mir überhaupt aufgefallen, daß die beiden Verlobten sich ihres Glücks gewissermaßen zu schämen schienen; ich hatte bemerkt, daß sie seit dem Augenblick ihrer Verlobung noch so gut wie kein Wort miteinander gewechselt hatten. Als die Tafel aufgehoben wurde, verschwand mein Onkel plötzlich – niemand wußte, wohin. Auf der Suche nach ihm war es dann, daß ich zufällig auch auf die Veranda kam. Dort redete Foma im Triumphstuhl und bei einer Tasse Kaffee, ersichtlich stark »ermutigt«. Bei ihm saßen Jeshowikin, Bachtschejeff und Misintschikoff. Ich gesellte mich zu ihnen, um ein wenig zuzuhören.

»Warum«, rief Foma aus, »warum bin ich sofort bereit,

für meine Überzeugungen auf den Scheiterhaufen zu gehen? Und warum ist von euch kein einziger fähig, den Scheiterhaufen zu besteigen? Warum, warum?«

»Aber das wäre ja doch ganz überflüssig, Foma Fomitsch, sich einen Scheiterhaufen zu leisten!« meinte Jeshowikin, der sich natürlich über Foma lustig machte. »Was hätte denn das für einen Sinn? Erstens ist es doch schmerzhaft und zweitens: verbrennt man dich – was bleibt dann noch von dir übrig?«

»Was von mir übrigbleibt? Edelste Asche bleibt übrig! Aber wie solltest du das verstehen! – wie solltest du mich richtig zu schätzen verstehen! Für euch gibt es keine großen Menschen, außer so einen Cäsar oder Alexander von Mazedonien. Doch was hat denn dein Cäsar Großes vollbracht? Wen hat er glücklich gemacht? Was hat dein gerühmter Alexander der Große getan? Die ganze Welt erobert? Aber gib mir nur ein solches Heer, wie er es hatte, und ich werde gleichfalls erobern, und auch du wirst erobern, und auch jeder dritte, vierte wird erobern.. Dafür aber hat er den tugendhaften Clitus erstochen, ich aber habe den tugendhaften Clitus nicht erstochen!... Dieser Schuft! Dieser Prahlhans! Ruten müßte man ihm geben, aber nicht ihn in der Weltgeschichte unsterblich machen... Und ebenso Cäsar!«

»Aber den Cäsar verschonen Sie doch wenigstens, Foma Fomitsch!«

»Fällt mir nicht ein, den Rüpel!...«, schrie Foma.

»Und 's ist recht so: schone ihn auch nicht!« warf mit Eifer Herr Bachtschejeff ein, der gleichfalls mehr als nötig getrunken hatte. »Wozu soll man ihn schonen? Alle sind sie Hampelmänner, alle würden sie sich am liebsten nur auf einem Bein um sich selber drehen! Diese Hanswurste! Da wollte vorhin einer von ihnen noch ein Stipendium stiften. Was ist denn so ein Stipendium? Der Teufel weiß, was es eigentlich bedeutet! Könnte wetten, daß es wieder irgend so 'ne neue Schweinerei ist. Und jener andere – vorhin, schwankt auf den Beinen, schwatzt allen Unsinn zusammen, will aber noch Rum trinken! Ich aber denke so: Warum soll der Mensch nicht trinken? Trink doch, trink, aber dann mußt du auch zu stoppen verstehen... und dann, nach einem Weilchen, trink meinethalben wieder... Wozu soll man sie schonen? Alle sind Spitzbuben! Nur du allein bist gelehrt und groß, Foma!«

Wenn Herr Bachtschejeff sich jemandem hingab, so gab er sich ihm restlos hin, bedingungslos und ohne jede Kritik.

Endlich fand ich meinen Onkel im Garten – im entlegensten Teil: hinter dem Weiher. Er war nicht allein, sondern mit Nastenjka. Als sie mich erblickte, verschwand sie im Augenblick hinter dem Gebüsch, als hätte ich sie bei etwas Unrechtem ertappt. Mein Onkel kam mir mit strahlendem Gesicht entgegen. In seinen Augen standen, glaube ich, Tränen. Er nahm meine beiden Hände und drückte sie krampfhaft.

»Mein Freund!« sagte er, »ich kann noch immer nicht an mein Glück glauben... Nastja kann es auch noch nicht fassen. Wir wundern uns nur und danken dem Höchsten... Sie weinte soeben... Wirst du mir glauben, ich bin noch gar nicht zur Besinnung gekommen. ich glaube es und glaube es auch wieder nicht! Und womit habe ich das nur verdient? Wofür dieses Glück? Was habe ich getan? Womit habe ich es verdient?«

»Wenn jemand Glück verdient hat, so sind Sie es, Onkel«, sagte ich herzlich. »Ich habe noch niemals einen so ehrlichen, so guten, so prächtigen Menschen gesehen wie Sie...«

»Nein, Ssergei, nein, das ist zuviel«, antwortete er gleichsam betrübt. »Das ist ja das Schlimmste, daß wir nur dann gut sind – ich rede natürlich nur von mir allein – wenn wir es selbst gut haben; wenn es uns aber schlecht geht, dann kommt uns nicht zu nahe! Darüber sprachen wir soeben noch, Nastja und ich. Wie überlegen Foma sich auch zeigte, ich habe vielleicht doch – wirst du es mir glauben? – bis auf den heutigen Tag nicht ganz an ihn geglaubt, wenn ich mir auch immer wieder seine Vollkommenheit vorhielt! Selbst gestern glaubte ich nicht daran, nachdem er doch ein solches Geschenk zurückgewiesen hatte! Ich muß es zu meiner Schande gestehen! Mein Herz zittert beim Gedanken an das, was ich vorhin getan habe! Aber ich war meiner nicht mehr mächtig ... Als er das von Nastja sagte, da war es mir, als hätte mich etwas bis ins Herz verwundet. Ich verstand ihn nicht und handelte wie ein Tiger ...«

»Ach, Onkel! – das war sogar sehr richtig –«

Mein Onkel winkte wieder nur ab.

»Nein, nein, Freund, sag' das nicht! – das kommt alles ganz einfach nur von der Verderbtheit meiner Natur, weil ich ein grausamer und wollüstiger Egoist bin und mich rücksichtslos meinen Leidenschaften hingebe. Das behauptet auch Foma.« (Was sollte ich darauf erwidern?) »Du weißt nicht, Ssergei«, fuhr er mit tiefem Gefühl fort, »wie oft ich gereizt, unnachgiebig, ungerecht, anmaßend gewesen bin – und nicht nur Foma gegenüber. Und jetzt habe ich mich alles dessen wieder erinnert, es ist mir zum Bewußtsein gekommen, und ich schäme mich, daß ich bis jetzt noch nichts getan habe, um dieses Glückes würdig zu sein. Nastja sagte soeben ähnliches von sich, wenn ich auch nicht weiß, was sie für Sünden haben könnte; denn sie ist doch ein Engel – kein Mensch! Sie sagte mir, daß wir Gott unendlich viel schuldig sind, und daß wir uns jetzt bemühen müssen, besser zu sein und Gutes zu tun ... Wenn du gehört hättest, wie begeistert, wie schön sie sprach! Himmlischer Vater, was das für ein Mädchen ist!«

Er verstummte erregt. Nach einer Weile fuhr er fort:

»Wir haben beschlossen, Freund, vor allem zu Foma gut zu sein, zu meiner Mutter und zu Tatjana Iwanowna. Aber Tatjana Iwanowna! Was sagst du dazu? Was für ein guter Mensch sie ist! Oh, wieviel ich allen abzubitten habe! Auch dir, mein Freund ... Aber wenn jetzt jemand wagen sollte, Tatjana Iwanowna zu beleidigen, dann ... Ach, was rede ich da viel! Auch für Misintschikoff muß man etwas tun.«

»Ja, Onkel, ich habe jetzt meine Meinung über Tatjana Iwanowna geändert. Man muß sie hochachten und Mitleid mit ihr haben.«

»Eben, eben!« bestätigte mein Onkel eifrig. »Man *muß* sie achten! Und da, zum Beispiel, Korowkin ... Du wirst im stillen gewiß über ihn gelacht haben«, meinte er mit zaghaftem Seitenblick auf mich, »und wir alle haben ja über ihn gelacht ... Aber das war doch vielleicht unverzeihlich von uns ... Er kann doch der beste, der prächtigste Mensch sein ... Im übrigen aber – das Schicksal ... Er hat vielleicht viel Unglück gehabt ... Du glaubst es nicht, aber es kann doch wirklich so sein.«

»Wieso, Onkel, warum sollte ich es nicht glauben?«

Und ich begann ihm auseinanderzusetzen, daß selbst in dem gesunkensten Geschöpf sich noch die höchsten menschlichen Gefühle erhalten können, daß die Tiefe der Menschenseele unergründlich sei, daß man die Gefallenen nicht verachten dürfe, sondern im Gegenteil versuchen müsse, sie wieder aufzurichten; daß das allgemein angenommene Maß des Guten und Bösen und des sittlichen Wertes nicht richtig sei, usw. Mit einem Wort, ich geriet in Begeisterung und erzählte meinem Onkel sogar von der Schule der Materialisten und Skeptiker. Zum Schluß zitierte ich noch ein Gedicht von Nekrássoff – „Wenn aus dem Dunkel der Verirrung" ... – kurz, auch mein Onkel geriet schließlich in hellste Begeisterung.

»Mein Freund, mein Freund!« sagte er, bis ins Herz gerührt, »du verstehst mich vollkommen, du hast alles, was ich selbst sagen wollte, viel besser ausgedrückt, als ich es gekonnt hätte. So, so ist es, genau so! Herrgott! Weshalb ist der Mensch böse? Weshalb bin ich so oft böse, wenn es doch so wunderschön ist, gut zu sein? Das gleiche hat auch Nastja soeben gesagt ... Aber sieh doch nur, wie schön es hier am Weiher ist«, sagte er plötzlich, sich umschauend, »sieh doch diese ganze Natur! Welch ein Bild! Sieh mal dort diesen Baum. Den Stamm kann kein Mann umfassen! Welche

Kraft, welch ein Saft, was für Blätter! Und sieh nur die Sonne! Wie sauber jetzt alles nach dem Regen ist, wie frisch! ... Man könnte ja glauben, daß auch die Bäume etwas begreifen, fühlen und das Leben genießen ... Oder sollten sie es wirklich nicht tun – was? Was meinst du?«

»Warum nicht, Onkel, das ist sehr leicht möglich. Auf ihre Art natürlich.«

»Eben, natürlich auf ihre Art ... Wunderbarer, wundervoller Schöpfer! ... Aber du mußt dich doch noch gut dieses Gartens entsinnen, Sserjosha? – Wie du hier spieltest und umherliefst, als du klein warst! Ich erinnere mich noch so gut, wie du klein warst«, sagte er plötzlich und blickte mich mit einem Ausdruck von so grenzenloser Liebe und so unsagbarem Glück an. »Nur hierher zum Weiher durftest du nicht allein gehen. Und weißt du noch, wie einmal am Abend die selige Kátja dich zu sich rief und dich streichelte ... Du warst im Garten umhergelaufen, vorher, und deine Bäckchen waren ganz rot; dein Haar war noch ganz hellblond und ringelte sich zu Löckchen ... Sie spielte mit deinen Locken und dann sagte sie: ‚Es ist gut, daß du das Waisenkind zu uns genommen hast.' Entsinnst du dich dessen noch, oder nicht mehr?«

»Kaum, kaum, lieber Onkel.«

»Es war damals Abend, und die Sonne schien auf euch beide, und ich saß in der Ecke, rauchte meine Pfeife und sah zu euch hinüber ... Ich ... weißt du, Sserjosha, ich fahre in jedem Monat einmal zu ihr, zu ihrem Grabe, in die Stadt«, fügte er mit gesenkter Stimme hinzu, deren leises Beben aufsteigende, unterdrückte Tränen verriet. »Ich habe auch mit Nastja vorhin davon gesprochen; sie sagte, wir würden jetzt beide zusammen zu ihr fahren ...«

Mein Onkel verstummte, um seine Erregung niederzuringen.

In dem Augenblick näherte sich uns Widopljassoff.

»Widopljassoff!« rief mein Onkel erschrocken aus, als er ihn erblickte. »Schickt dich Foma Fomitsch?«

»Nein, Herr, ich komme mehr in eigener Angelegenheit.«

»Ah! nun gut! Dann können wir gleich Näheres über Korowkin erfahren ... Ich wollte schon vorhin nachfragen ... Ich hatte ihm, weißt du, anbefohlen, Korowkin zu bewachen. Nun, wie steht es, Widopljassoff?«

»Erlaube mir, zu erinnern«, sagte der Diener, »daß der Herr gestern hinsichtlich meiner Bitte Hilfe zu versprechen geruhten, sowie Schutz vor den mir alltäglich zugefügten Beleidigungen ...«

»Du kommst wieder mit deinem Familiennamen?« fragte mein Onkel wahrhaft entsetzt.

»... Die alltäglich und allstündlich mir zugefügten Beleidigungen ...«

»Ach, Widopljassoff, Widopljassoff! Was soll ich nur mit dir tun?« fragte mein Onkel ratlos. »Was können denn das für Beleidigungen sein? Wenn das so weitergeht, wirst du ja einfach wahnsinnig werden und in der Irrenanstalt dein Leben beschließen!«

»Ich glaube, daß ich mit meinem Verstand ...«, begann Widopljassoff.

»Ach, so ist es doch nicht!« unterbrach ihn mein Onkel. »Ich sage es nur so, nicht um dich zu kränken, sondern um dir zur Vernunft zuzureden. Nun, was können denn das für Beleidigungen sein? Es ist doch wahrscheinlich nur ein dummer Scherz!«

»Sie lassen mich nicht ruhig vorübergehen.«

»Wer das?«

»Sowohl alle wie vornehmlich diese Matrjona. Durch sie muß ich fortan mein ganzes Leben lang leiden. Wie bekannt, haben alle vornehmen Menschen, welche mich von Kindesbeinen an gesehen haben, gesagt, daß ich ganz wie ein Ausländer aussehe, vornehmlich in meinem Gesicht. Und deswegen muß ich jetzt dulden! Sobald ich nur vorübergehe, schreien sie mir alle häßliche Worte nach – sogar kleine Kinder, die man zu allererst verdreschen müßte, selbst die schreien mir nach ... Auch jetzt, als ich herkam, schrien sie wieder ...

Und das ist zuviel! Wenn der Herr mich zu verteidigen geruhen wollten, mit Ihrem Schirm und Schutz – denn ich – ... kann ... nicht mehr!«

»Ach, Widopljassoff! ... Was schreien sie dir denn nach? Es wird doch bestimmt nur irgendeine Dummheit sein, die man überhaupt nicht beachten sollte!«

»Es läßt sich nicht sagen.«

»Weshalb nicht?«

»Es ist ekelhaft auszusprechen.«

»Ach was, sag es nur!«

»Sie rufen: Grischka der Franzose – hat eine rote Hose.«

»Nun? Und? Ach, Gott, und ich dachte, daß es weiß der Himmel was sei! So spuck doch einfach aus und geh deines Weges!«

»Habe gespuckt: dann schreien sie noch mehr.«

»Hören Sie, Onkel«, sagte ich, »er beklagt sich darüber, daß er hier kein gutes Leben habe. So schicken Sie ihn doch nach Moskau zu jenem Schönschreiber. Sie sagten doch, daß er dort einmal bei einem solchen gewesen sei.«

»Ach, Freund, der hat gleichfalls tragisch geendet!«

»Wieso?«

»Sie hatten das Unglück«, sagte Widopljassoff, »sich fremdes Eigentum anzueignen, wofür sie, trotz all ihres Talents, ins Gefängnis gesteckt wurden, woselbst sie jetzt unrettbar verloren sind.«

»Gut, gut, Widopljassoff: beruhige dich nur. Ich werde alles das untersuchen und erledigen«, sagte mein Onkel, »ich verspreche es dir! Nun, aber was macht Korówkin? Schläft er?«

»Mitnichten. Sie haben geruht fortzufahren. Ich bin auch deshalb gekommen, um seine Abreise zu melden.«

»Wie das – fortgefahren? Was sprichst du? Warum hast du ihn denn fortgelassen?«

»Aus reinem Mitleid. Es war traurig anzusehen. Als sie erwachten und sich des Vorgefallenen erinnerten, da schlugen sie sich vor den Kopf und schrien herzzerreißend ... «

»Herzzerreißend? . . .«

»Ehrerbietiger gesagt: sie gaben verschiedene Schreie von sich. Sie schrien: wie könnten sie sich jetzt noch dem schönen Geschlecht zeigen? Und dann sagten sie: ‚Ich bin des Menschengeschlechts unwürdig!' Und so sprachen sie die ganze Zeit mitleiderregend und nur in gewählten Worten.«

»Habe ich dir nicht gesagt, Ssergei, daß er ein überaus zartfühlender Mensch ist? . . . Aber wie konntest du ihn denn fortfahren lassen, Widopljassoff, wenn ich dir doch befohlen hatte, ihn zu bewachen? Ach Gott, ach Gott!«

»Mehr infolge meines Mitleids. Sie baten mich himmelhoch, nichts zu erzählen. Der Postillon, mit dem sie gekommen waren, hatte inzwischen die Pferde gefüttert und schirrte sie dann wieder an. Und für die ihm vor drei Tagen von Ihnen eingehändigte Summe befahlen sie, ihren höflichsten Dank zu übermitteln und zu sagen, daß sie die Schuld mit der ersten Post zurücksenden würden.«

»Was ist das für eine Summe, Onkel?«

»Sie nannten fünfundzwanzig Rubel«, sagte Widopljassoff.

»Ach, die habe ich ihm, weißt du, auf der Station geliehen: sein Geld reichte nicht ganz. Er wird es mir selbstverständlich mit der nächsten Post zurücksenden, wie er gesagt hat . . . Ach, mein Gott, wie schade, daß er fortgefahren ist! Soll ich ihm nicht nachschicken? Was meinst du, Ssergei?«

»Nein, Onkel, schicken Sie ihm lieber nicht nach.«

»Das denke ich auch. Sieh, Ssergei, ich bin natürlich kein Philosoph, aber ich glaube, daß in jedem Menschen doch viel mehr Gutes ist, als es äußerlich scheint. So ist es auch mit Korowkin: er hat die Schande nicht ertragen . . . Aber gehen wir jetzt zu Foma! Wir haben uns sowieso zu lange hier aufgehalten. Er kann sich gekränkt fühlen, er kann es als Undankbarkeit, als Unaufmerksamkeit auffassen . . . Gehen wir also! Nein, dieser Korowkin, dieser Korowkin!«

Nachbemerkungen

Der Roman ist zu Ende. Die Liebenden sind vereint, und der Genius der Güte hat sich in der Person Foma Fomitschs endgültig im Herrenhause von Stepantschikowo niedergelassen. Zwar könnte man noch eine Menge Erklärungen, Erläuterungen usw. hinzufügen, doch im Grunde sind diese jetzt ganz überflüssig. Wenigstens meiner Meinung nach. An Stelle aller Ergänzungen und Zusätze werde ich nur ein paar Worte über das fernere Schicksal meiner Helden sagen. Ohne das geht es ja bekanntlich nicht! Die Kunst selbst verlangt es so! Also –

Die Trauung des glücklichen Brautpaares fand in der sechsten Woche nach ihrer Verlobung statt. Die Hochzeit wurde sehr still gefeiert, nur im Familienkreise, ohne jeden Pomp und vor allem ohne überflüssige Gäste. Misintschikoff und ich waren die Brautführer: ich geleitete Nastenjka, er meinen Onkel. Übrigens waren doch einige Gäste zugegen. Die erste und wichtigste Person war natürlich Foma Fomitsch. Ihm wurde alles zu Willen getan – wie auf Händen wurde er getragen. Leider aber sollte es geschehen, daß man einmal vergaß, ihm Champagner zu reichen, und sofort hub das alte Lied von neuem an: Foma sprang auf, weinte, gröhlte, lief in sein Zimmer, schloß die Türe ab, schrie, daß man ihn jetzt nicht mehr achte, daß jetzt »neue Menschen« in die Familie kämen und folglich er, Foma, nichts mehr sei oder nur soviel wie ein Holzspan, den man zum Fenster hinauswerfen könne. Mein Onkel war verzweifelt, Nastenjka weinte und die Generalin fiel nach alter Gewohnheit in Ohnmacht ... Das Hochzeitsmahl glich alsbald einem Leichenschmaus. Und ein solches Zusammenleben mit dem Wohltäter Foma Fomitsch stand meinem armen Onkel und der armen Nastenjka noch ganze sieben Jahre bevor! Bis zu seinem Tode (Foma Fomitsch ist vor einem Jahr gestorben) war er eigensinnig, launisch, ärgerte sich täglich und hielt allen Moralpredigten. Doch die Ehrfurcht vor ihm verminderte sich bei den von ihm Beglückten nicht etwa, sondern wuchs noch täglich, stündlich, in genauem Verhältnis zur Zunahme seiner Launenhaftigkeit. Jegor Iljitsch und Nastenjka waren nämlich so glücklich miteinander, daß sie für ihr Glück fürchteten: sie glaubten, es sei zu groß, sei von ihnen nicht verdient, Gott gäbe ihnen zuviel Glück, und späterhin würden sie es vielleicht mit Leid und Kummer bezahlen müssen. So konnte Foma Fomitsch in diesem friedlichen Hause buchstäblich alles tun, was er nur wollte. Und was tat er nicht alles in diesen sieben Jahren! Es ist schwer, ja, es ist unmöglich, sich vorzustellen, bis zu welchen zügellosen Phantasien sich seine übersättigte, müßige Seele in der Erfindung der raffiniertesten Launen einer wahrhaft lukullischen Moralität verstieg. Im dritten Jahr nach der Heirat meines Onkels starb meine Großmutter, die Generalin. Der verwaiste Foma war die Verzweiflung selbst. Sogar jetzt noch wird in Stepantschikowo mit wahrem Entsetzen von seinem Zustand in diesen Tagen gesprochen. Als die Gruft zugeschüttet wurde, wollte er sich mit aller Gewalt von den anderen, die ihn krampfhaft festhielten, losreißen: in einem fort schrie er, man solle ihn zusammen mit ihr beerdigen! Einen ganzen Monat gab man ihm weder eine Gabel noch ein Messer in die Hand, und einmal hatten volle vier Menschen ihm mit Gewalt den Mund öffnen müssen, um eine Stecknadel, die er hatte verschlucken wollen, wieder herauszuholen. Jemand von den gleichgültigeren Zeugen des Kampfes hat zwar gemeint, daß Foma Fomitsch, wenn ihm im Ernst darum zu tun gewesen wäre, diese Stecknadel während des Kampfes schon tausendmal hätte verschlucken können. Doch diese Behauptung war von allen mit entschiedenem Unwillen zurückgewiesen worden, und man hatte dem Betreffenden sogleich Herzensroheit vorgeworfen. Nur Nastenjka schwieg darüber und lächelte kaum merklich, während mein Onkel stets ein wenig unruhig wurde, wenn er dieses Lächeln sah. Ich muß hier bemerken, daß Foma zwar wie ehedem im Hause meines Onkels sich vieles herausnehmen und nach Herzenslust launisch sein konnte; doch die anmaßenden, die geradezu unverschämten Moralpredigten, die er früher meinem Onkel gehalten hatte, die gab es jetzt nicht mehr. Foma beklagte sich, weinte, machte Vorwürfe, tadelte; aber er durfte nicht mehr frech werden, – solche Szenen, wie z. B. die wegen des Titels Exzellenz, waren jetzt nicht mehr denkbar. Es war das, glaube ich, auf Nastenjkas Einfluß zurückzuführen. Fast unmerklich zwang sie Foma, in manchem nachzugeben und sich in manches zu fügen. Sie wollte keine Beleidigungen ihres Mannes dulden und setzte ihren Willen auch durch. Foma erkannte bald, daß sie ihn *fast* durchschaute. Ich sage: fast; denn andererseits verwöhnte Nastenjka ihn gleichfalls und stimmte ihrem Mann jedesmal bei, wenn dieser begeistert seinen Weisen in den Himmel hob. Sie wollte offenbar die Zuhörer zwingen, alles an ihrem Mann zu achten, und so suchte sie auch seine Anhänglichkeit an Foma Fomitsch vor anderen stets gutzuheißen. Ich bin überzeugt, daß ihr gutes Herz alles Leid, das ihr früher von ihm zugefügt worden war, verziehen und vergessen hatte, wahrscheinlich schon in demselben Augenblick, als er sie mit meinem Onkel vereinigte. Außerdem hatte sie sich, glaube ich, im Ernst und mit ganzem Herzen dem Gedanken hingegeben, daß man von einem »Märtyrer«, einem ehemaligen Narren, nicht viel verlangen dürfe, sondern ihn pflegen und ihn die »Wunden« vergessen machen müsse. Die arme Nastenjka hatte selbst zu den Erniedrigten gehört, sie hatte selbst gelitten, und daher wußte sie, was Erniedrigtsein heißt. Schon nach einem Monat wurde Foma kleinlauter, wurde sogar freundlich und bescheiden; dafür aber kamen jetzt neue, überaus unerwartete Anfälle: er verfiel nämlich bisweilen in seinen sogenannten magnetischen Schlaf, der alle zuerst heftig erschreckte. Der Arme sprach zum Beispiel etwas ganz Gleichgültiges, oder er lachte – und plötzlich war er dann erstarrt, und zwar genau in der Stellung, in der er sich im letzten Augenblick vor dem Anfall befunden hatte: wenn er zum Beispiel gelacht hatte, so erstarrte er mit einem lachenden Gesicht; hatte er etwas in der Hand gehalten, eine Gabel vielleicht, einen Löffel, so blieb die Gabel in der erhobenen Hand. Später sank die Hand natürlich nieder, doch Foma Fomitsch fühlte nichts und entsann sich auch später nicht, daß sie niedergesunken war. Er saß da, sah, blinzelte sogar, sprach jedoch nichts, hörte nichts und begriff nichts. Und das dauerte mitunter eine ganze Stunde an. Natürlich verging dann das ganze Haus fast vor Angst; alle hielten den Atem an, schlichen nur auf den Fußspitzen, weinten ... bis Foma endlich zu erwachen geruhte. Dann fühlte er sich unsäglich erschöpft und versicherte, während der ganzen Zeit seines Starrkrampfes nichts gesehen und nichts gehört zu haben. Das hatte nämlich wirklich noch gefehlt, daß dieser Mensch ganze Stunden lang sich freiwillig Qualen auferlegte, einzig zu dem Zweck, um dann sagen zu können: »Seht auf mich, seht, um wieviel ich mehr empfinde als ihr!« Einmal geschah es auch, daß Foma Fomitsch ganz unvermittelt meinen Onkel wegen dessen »Unehrerbietigkeit und fortwährender Beleidigungen« anzeterte und zu Herrn Bachtschejeff fuhr, bei dem er fortan leben wollte. Stepan Alexejewitsch Bachtschejeff, der nach meines Onkels Verlobung und Hochzeit sich noch oft mit Foma gestritten, ihn jedoch zu guter Letzt jedesmal wieder um Verzeihung gebeten hatte, entschloß sich diesmal mit ungewöhnlichem Eifer, energisch in die Sache einzugreifen: er empfing Foma mit wahrem Enthusiasmus, fütterte ihn bis zum Platzen und beschloß hierauf, meinem Onkel in aller Form die Freundschaft zu kündigen und sogar bei Gericht eine Klage gegen ihn einzureichen. Es war dort irgendwo ein strittiges Stück Land, um das sie aber eigentlich nie gestritten hatten, da es ihm von meinem Onkel ohne jeden Streit freiwillig abgetreten worden war. Ohne Foma ein Wort davon zu sagen, ließ Herr Bachtschejeff die Pferde anschirren und fuhr in die Stadt, setzte dort die Klage auf und reichte sie ein, mit dem Ersuchen, ihm in aller Form das Stück Land zuzusprechen, unter Vergütung der Zinsen und Erstattung der Gerichtskosten, um auf diese Weise die »Räuberei und das eigenmächtige Verfahren« zu bestrafen. Inzwischen aber war es Foma langweilig geworden, und so hatte er schon am nächsten Tag meinem Onkel – der ihm nachgefahren war und um Verzeihung gebeten hatte –, wieder verziehen und war dann mit ihm nach Stepantschikowo zurückgekehrt. Der Zorn des Herrn Bachtschejeff, der, als er zu Hause ankam, Foma nicht mehr vorfand, soll fürchterlich gewesen sein. Nach drei Tagen aber erschien auch er mit dem Eingeständnis seiner Schuld in Stepantschikowo, bat meinen Onkel unter Tränen um Verzeihung und zog seine Klage zurück. Mein Onkel versöhnte ihn noch am selben Tage auch mit Foma Fomitsch, worauf Stepan Alexejewitsch diesem wieder wie ein Hündchen ergeben war und zu jedem Wort hinzufügte: »Du bist ein kluger und großer Mensch, Foma, du bist wirklich, mit einem Wort, ein Genie!«

Foma Fomitsch ruht jetzt neben der Generalin. Über seinem Grab erhebt sich ein kostbares Denkmal aus weißem Marmor, das mit Trauersprüchen und Lobpreisungen seiner Person von oben bis unten bedeckt ist. Zuweilen gehen Jegor Iljitsch und Nastenjka, wenn sie einen Spaziergang machen, auch auf den Friedhof, um an Fomas Grab zu beten. Auch jetzt noch können sie nicht gleichgültig von ihm sprechen, sie erinnern sich jedes Wortes, das er gesprochen, aller Speisen, die er gern gegessen, und alles dessen, was er geliebt hat. Seine Sachen werden wie Kostbarkeiten aufbewahrt. Mein Onkel und Nastja, die sich nach seinem Tode zuerst ganz verwaist fühlten, haben sich jetzt noch mehr aneinandergeschlossen. Kinder hat Gott ihnen nicht geschenkt – sie sind sehr traurig darüber, wagen aber nie zu klagen. Ssaschenjka hat schon längst einen prächtigen jungen Mann geheiratet. Iljuscha studiert in Moskau. So leben denn mein Onkel und Nastenjka jetzt ganz allein in Stepantschikowo und sind immer noch genau so verliebt ineinander. Die Sorge des einen um den anderen ist geradezu rührend. Wenn einer von ihnen früher sterben sollte, was doch wohl einmal geschehen wird, so wird der andere, glaube ich, diesen Tod kaum eine Woche überleben. Doch gebe ihnen Gott noch ein langes Leben! Sie empfangen jeden Gast mit unendlicher Herzlichkeit und sind bereit, mit einem Unglücklichen alles zu teilen, was sie nur haben. Nastenjka liest oft die Lebensgeschichten der Heiligen und sagt gerührt, daß bloß »bei Gelegenheit Gutes tun« zu wenig sei; man müsse alles, was man hat, den Armen hingeben und in freiwilliger Armut glücklich sein. Hätten sie nicht Iljuscha und Ssaschenjka, so würde mein Onkel wohl schon längst alles unter die Armen verteilt haben; denn er ist in allem vollkommen einverstanden mit seiner Frau. Praskowja Iljinitschna lebt bei ihnen und tut ihnen mit Freuden alles zu Willen. Sie führt vor allem die Wirtschaft. Herr Bachtschejeff hat ihr zwar bald nach der Hochzeit meines Onkels einen Heiratsantrag gemacht, sie aber hat ihn rund abgeschlagen. Daraus schloß man zunächst, daß sie wohl ins Kloster gehen wolle und werde, aber auch das geschah nicht. Sie hat von Natur die bemerkenswerte Eigenschaft, vollkommen aufzugehen in jenen, die sie lieb hat, sich zu jeder Zeit ihnen unterzuordnen, ihnen die Wünsche von den Augen abzulesen, allen ihren Launen nachzugeben, sie zu pflegen und zu bedienen. Jetzt, nach dem Tode ihrer Mutter, der Generalin, hält sie es für ihre Pflicht, bei ihrem Bruder und Nastenjka zu bleiben und sich diesen unterzuordnen. Der alte Jeshowikin lebt noch, und in der letzten Zeit besucht er seine Tochter immer häufiger. Anfangs brachte er meinen Onkel zur Verzweiflung damit, daß er sich und seine Krabben (so nennt er seine Kinder) mit erklärter Absichtlichkeit von Stepantschikowo fernhielt. Alle guten Aufforderungen seines Schwiegersohnes waren fruchtlos: Das geschah jedoch von ihm nicht so sehr aus Stolz als aus Empfindlichkeit und Argwohn. Der Gedanke, daß man ihn, den Armen, aus Barmherzigkeit in dem reichen Hause empfangen, daß man ihn im Herzen aufdringlich und lästig finden könnte – dieser Gedanke lastete schwer auf ihm. Er wies sogar Nastenjkas Hilfe zurück und nahm nur im äußersten Notfall etwas an. Von meinem Onkel wollte er unter keiner Bedingung etwas annehmen. Nastenjka hatte sich sehr geirrt, als sie mir seinerzeit sagte, ihr Vater spielte nur deshalb den Narren, weil er damit ihr, seiner Tochter, Nutzen zu bringen hoffe. Freilich wollte er sie damals gerne mit dem Oberst verheiraten, aber den Narren spielte er doch wohl mehr aus innerem Bedürfnis: um der in ihm angesammelten Wut einen Ausgang zu verschaffen. Das Bedürfnis, zu spotten und seine scharfe Zunge zu üben, war ihm angeboren. So machte er aus sich den niedrigsten Schmeichler, um gleichzeitig mit nicht mißzuverstehender Deutlichkeit zeigen zu können, daß er es nur zum Schein tue. Und je mehr er schmeichelte, um so beißender und unverhohlener schaute dann aus der Schmeichelei sein Spott hervor. Das lag ihm nun einmal im Blut. Schließlich gelang es doch, seine »Krabben« in den besten Lehranstalten Moskaus und Petersburgs unterzubringen, aber erst dann, als Nastenjka ihm schwarz auf weiß bewiesen hatte, daß sie es nicht mit dem Gelde ihres Gatten tue, vielmehr mit den dreißigtausend Rubeln, die Tatjana Iwanowna ihr zur Verlobung geschenkt hatte. Diese dreißigtausend Rubel hatte sie in Wirklichkeit natürlich niemals von Tatjana Iwanowna angenommen; damit diese sich nicht gekränkt fühlte, hatte man ihr einfach gesagt, daß man sich sogleich an sie wenden werde, falls man einmal in Verlegenheit geraten sollte. Und so tat man denn schließlich auch und lieh von ihr »scheinbar« größere Summen. Doch Tatjana Iwanowna starb vor drei Jahren, und da fielen Nastja ihre Dreißigtausend von selbst zu. Der Tod Tatjana Iwanownas kam ganz unerwartet. Die ganze Familie war von einem benachbarten Gutsbesitzer zum Ball eingeladen worden; Tatjana Iwanowna hatte bereits ihr Ballkleid angelegt und einen schönen Kranz weißer Rosen ins Haar gesteckt, als ihr plötzlich schlecht wurde: sie setzte sich auf den nächsten Stuhl und – starb. Mit diesem Kranz weißer Rosen wurde sie auch begraben. Nastja war untröstlich. Tatjana Iwanowna war von allen wie ein Kind geliebt und verwöhnt worden. Nach ihrem Tode setzte sie noch alle durch ihr vernünftiges Testament in Erstaunen: außer Nastjas Dreißigtausend hatte sie alles übrige, an dreihunderttausend Rubel, zur Erziehung armer Waisenmädchen gestiftet, denen bei Verlassen der Erziehungsanstalt auch noch eine gewisse Summe ausgezahlt werden sollte. Noch vor Tatjana Iwanownas Hinscheiden heiratete Fräulein Perepelizyna, die nach dem Tode der Generalin ruhig in Stepantschikowo verblieben war, wahrscheinlich in der Absicht, sich bei Tatjana Iwanowna einzuschmeicheln. Inzwischen war aber der Besitzer von Mischino, jenem selben kleinen Gut, wohin Obnoskin mit seiner Mutter und später mit Tatjana Iwanowna gefahren war, Witwer geworden. Dieser ehemalige Beamte war ein entsetzlicher Schikaneur. Er hatte von der ersten Frau sechs Kinder. Da er bei der Perepelizyna Geld vermutete, so machte er gelegentlich einige Andeutungen, die auf eine Heirat anspielten. Sie aber warf sich ihm sofort an den Hals. Leider war die Perepelizyna arm wie eine Kirchenmaus: alles, was sie in die Ehe brachte, waren dreihundert Rubel, die Nastenjka ihr zur Hochzeit geschenkt hatte. Jetzt führt das Ehepaar vom Morgen bis zum Abend Krieg miteinander: sie zieht seine Kinder an den Haaren und verabreicht ihnen Ohrfeigen; ihm zerkratzt sie das Gesicht (wenigstens erzählt man so in der ganzen Umgegend) und hält ihm beständig vor, daß sie die Tochter eines Majors sei. – Misintschikoff hat sein Leben gleichfalls einzurichten gewußt. Er gab vernünftigerweise alle seine Hoffnungen auf Tatjana Iwanowna auf und machte sich allmählich daran, die Landwirtschaft zu erlernen. Mein Onkel empfahl ihn einem reichen Grafen, einem Gutsbesitzer, der etwa achtzig Werst von Stepantschikowo dreitausend Leibeigene besaß, doch nur sehr selten sein Gut besuchte. Da der Graf in Misintschikoff einige Fähigkeiten entdeckt zu haben glaubte und sich im übrigen auf die Empfehlung meines Onkels verließ, bot er ihm die Stelle eines Verwalters seiner Güter an, nachdem er seinen früheren Verwalter fortgejagt hatte – einen Deutschen, der aber trotz der berühmten deutschen Ehrlichkeit seinen Grafen gründlich bestohlen hatte. Nach fünf Jahren war das Gut nicht wiederzuerkennen: die Bauern lebten im Wohlstand; Misintschikoff hatte geregelte Buchführung eingerichtet und besorgte sie tadellos – was niemand von ihm erwartet hätte; die Einnahmen hatten sich verdoppelt – mit einem Wort: der neue Verwalter hatte sich trefflich eingeführt, und sein Ruhm ertönte bereits durch das ganze Gouvernement. Wie groß aber war die Überraschung und der Kummer des Grafen, als Misintschikoff nach fünf Jahren, trotz aller Bitten und Gehaltserhöhungen, sein Amt niederlegte! Der Graf glaubte, die Nachbargutsbesitzer oder vielleicht sogar jemand aus einem anderen Gouvernement hätten ihn fortgelockt. Um wieviel größer war aber das Erstaunen aller, als plötzlich, zwei Monate nach seinem Austritt, Iwan Iwanowitsch Misintschikoff ein schönes Gut von hundert Seelen besaß, das nur vierzig Werst von dem des Grafen entfernt war, und das er von einem verschuldeten Husarenoffizier, einem früheren Regimentskameraden, gekauft hatte! Auf seine hundert Leibeigenen nahm er sogleich eine Hypothek auf und nach einem Jahr war er im Besitz von noch weiteren sechzig Leibeigenen! Jetzt ist er selbst Gutsherr, und seine Wirtschaft ist mustergültig. Alle wundern sich und fragen, woher er wohl das Geld dazu erhalten haben mag. Einige aber schütteln nur das Haupt und schweigen. Iwan Iwanowitsch jedoch ist vollkommen ruhig und fühlt sich durchaus in seinem Recht. Jetzt hat er aus Moskau seine Schwester zu sich geholt, dieselbe, die ihm einst ihre letzten drei Rubel zur Wanderung nach Stepantschikowo gegeben hatte – ein sehr nettes Mädchen, nicht mehr ganz jung, bescheiden, zärtlich, gebildet, nur etwas verschüchtert. Vorher hatte sie in Moskau als Gesellschafterin bei einer »Wohltäterin« gelebt; jetzt hängt sie mit aller Liebe am Bruder, führt in seinem Hause die Wirtschaft, hält jeden seiner Wünsche für ein Gesetz und sich selbst für vollkommen glücklich. Ihr Bruder verwöhnt sie nicht gerade und hält sie, wie man zu sagen pflegt, etwas „unter dem Daumen“, was sie aber gar nicht zu merken scheint. In Stepantschikowo hat man sie sehr liebgewonnen, und es heißt, Herr Bachtschejeff sei nicht abgeneigt —. . . und er würde wohl auch bei ihr anhalten, fürchte aber eine Absage. Doch von Herrn Bachtschejeff hoffe ich noch ein anderes Mal berichten zu können, in einer neuen Erzählung, und dann ausführlicher.

Das waren, denke ich, alle . . . Ja! richtig! fast hätte ich vergessen: Gawrila ist sehr gealtert und hat sein Französisch ganz und gar verlernt. Aus Falalei ist ein guter Kutscher geworden. Der arme Widopljassoff aber mußte tatsächlich schon sehr bald in einer Irrenanstalt untergebracht werden: er ist dort, wenn ich mich nicht täusche, auch schon gestorben . . . In den nächsten Tagen muß ich nach Stepantschikowo fahren; dann werde ich mich bei meinem Onkel nach ihm erkundigen.

Die Erniedrigten und Beleidigten

ERSTER TEIL

I

Es war im vorigen Jahr am zweiundzwanzigsten März, als ich gegen Abend ein überaus seltsames Erlebnis hatte. Ich war den ganzen Tag auf der Suche nach einer neuen Wohnung in der Stadt umhergelaufen. Die alte Wohnung war sehr feucht, und ich begann damals schon übel zu husten. Eigentlich hatte ich ja schon im Herbst umziehen wollen, aber inzwischen war es darüber doch Frühling geworden. Den ganzen Tag hatte ich schon gesucht, aber nichts Passendes gefunden. Erstens wollte ich kein möbliertes Zimmer in einer Familienwohnung mieten, sondern eines für sich, mit besonderem Eingang; zweitens mußte dieses einzelne Zimmer unbedingt groß, zum mindesten geräumig, und drittens bei all diesen Vorzügen selbstverständlich möglichst billig sein. Ich habe die Erfahrung gemacht, daß in einem engen Raum auch das Denken sich beengt fühlt. Ich aber pflege, wenn ich mir meine noch ungeschriebenen Erzählungen in Gedanken zurechtlege, mit Vorliebe im Zimmer auf und ab zu gehen. Übrigens hat es mir immer bedeutend mehr Vergnügen gemacht, meine Werke auszuarbeiten und davon zu träumen, wie ich sie schreiben werde, als sie buchstäblich zu schreiben, und das wirklich nicht aus Faulheit. Woher mag das kommen?

Schon am Morgen hatte ich mich nicht ganz wohl gefühlt, gegen Abend aber fühlte ich mich geradezu krank: ich mußte mich von neuem erkältet haben. Hinzu kam, daß ich den ganzen Tag auf den Beinen gewesen war; das hatte mich natürlich sehr ermüdet. Kurz vor dem Erlöschen des Tageslichts, ging ich gerade über den Wosnessénskij-Prospekt. Ich liebe die Märzsonne in Petersburg, namentlich den Sonnenuntergang, freilich nur dann, wenn der Abend klar und kalt ist. Dann ist die ganze Straße plötzlich wie in Licht getaucht.

Alle Häuser scheinen auf einmal zu leuchten. Ihre grauen, gelben und schmutziggrünen Fassaden verlieren für einen Augenblick ihre ganze Griesgrämigkeit; es ist, als würde es auch in der Seele heller, als führe man zusammen oder als hätte jemand einen mit dem Ellbogen angestoßen. Die Augen sehen neu, neue Gedanken kommen ... Es ist doch erstaunlich, was ein einziger Sonnenstrahl mit der Seele des Menschen machen kann!

Aber das Sonnenlicht erlosch; die Kälte nahm zu und begann einen an der Nase zu zwicken; die Dämmerung wurde dunkler; die Gasbeleuchtung blitzte auf in den Schaufenstern und Läden. Plötzlich blieb ich, unter dem Eindruck des Vorgefühls, daß ich sogleich etwas Ungewöhnliches erleben werde, wie angewurzelt stehen, spähte suchend zu dem anderen Straßendamm hinüber, wo sich eine mir gut bekannte deutsche Konditorei befand, und erblickte dort – den Alten und seinen Hund. Ich erinnere mich noch sehr gut, wie mein Herz sich unter einer unangenehmen Empfindung gleichsam zusammenzog, vermochte mir jedoch nicht zu erklären, welcher Art diese Empfindung war.

Ich bin kein Mystiker; an Vorahnungen und Wahrsagungen glaube ich fast gar nicht; indes habe ich in meinem Leben, wie vielleicht jeder Mensch, einige ziemlich unerklärliche Erlebnisse gehabt. Nehmen wir zum Beispiel diesen Zwischenfall mit dem Alten: weshalb hatte ich damals, als ich ihn erblickte, sogleich das Empfinden, daß ich an diesem Abend etwas nicht gerade Alltägliches erleben würde? Übrigens war ich krank, und Empfindungen in einem krankhaften Zustand pflegen fast immer trügerisch zu sein.

Der Alte ging langsam, setzte kraftlos einen Fuß vor den anderen, als ginge er auf Stöcken, ohne Gelenke in den Beinen, mit gebeugtem Rücken, und sein Stock berührte gleichsam nur abtastend den Weg auf die Konditorei zu. Ich habe sonst nie in meinem Leben eine so seltsame, so unmögliche Gestalt gesehen. Auch früher schon, wenn ich ihn bei Müller – so hieß der Konditoreibesitzer – angetroffen hatte, war der Eindruck, den er auf mich machte, immer geradezu schmerzhaft gewesen. Sein hoher Wuchs, sein gebeugter Rücken, das achtzigjährige Leichengesicht, der alte Mantel, dessen Nähte aufgeplatzt waren, der verbeulte runde Hut, den er wohl schon zwanzig Jahre auf seinem kahlen Kopf tragen mochte, auf diesem seltsamen Schädel, von dessen Haaren sich nur noch im Nacken einige nicht graue, sondern gelblich-weiße Strähnen erhalten hatten; alle seine Bewegungen, die etwas so seltsam Sinnloses an sich hatten, als wären sie mechanische Bewegungen, die nur einer aufgezogenen Feder gehorchten – alles das mußte unwillkürlich jeden ihm Begegnenden auf ihn aufmerksam machen. Es berührte in der Tat sehr sonderbar, diesen hilflosen Greis so ganz ohne Aufsicht zu sehen, um so mehr, als er tatsächlich schon eher einem Irrsinnigen glich, der der Obhut seiner Wärter entschlüpft war. Besonders auffallend war auch seine ungewöhnliche Magerkeit: er sah aus, als habe er überhaupt kein Fleisch mehr am Leibe, als sei über ein Knochengerüst nichts als Haut gezogen. Seine großen, trüben Augen, die von dunkelblauen Ringen umgeben waren, blickten stets unverwandt geradeaus, niemals zur Seite, und sie sahen wohl überhaupt nichts mehr, davon bin ich überzeugt. Denn wenn er einen auch ansah, wie man aus der Richtung seines Blickes schließen konnte, so setzte er doch so unbeirrt seinen Weg fort, als wäre vor ihm nichts als Luft. Das hatte ich schon mehr als einmal bemerkt. Übrigens pflegte er erst seit nicht sehr langer Zeit in dieser Konditorei zu erscheinen, und zwar stets in Begleitung seines Hundes. Woher er kam, wußte niemand, denn noch nie hatte sich jemand von den Stammgästen entschlossen, ihn anzureden, er selbst aber schien sie überhaupt nicht zu bemerken.

‚Weshalb schleppt er sich nur zu Müller, und was mag er dort treiben?' dachte ich, und beobachtete ihn, unwiderstehlich von ihm angezogen, von der anderen Straßenseite. Ein gewisser Ärger – wahrscheinlich eine Folge meiner Krankheit und Müdigkeit – stieg in mir auf. ‚Was er wohl bei sich denken mag?‘ fragte ich mich, ohne mich beruhigen zu können. ‚Was er im Sinn haben mag? Denkt er überhaupt etwas? Sein Gesicht ist ja schon so tot, daß es entschieden nichts mehr ausdrückt. Und woher er nur diesen scheußlichen Hund hat! Aber das Tier ist wirklich wie verwachsen mit ihm, sieht ihm auch auffallend ähnlich ... Es ist fast, als wären sie beide ein einziges unteilbares Ganzes ...‘

Dieser armselige Hund schien gleichfalls achtzigjährig zu sein; ja, wie hätte er auch jünger sein können! Erstens sah er so alt aus, wie sonst kein einziger Hund aussieht, und zweitens: weshalb war mir sogleich, beim ersten Blick auf diesen Hund, der Gedanke gekommen, daß er kein Hund wie alle anderen Hunde sei, sondern ein ganz besonderer, und daß in diesem Hund unbedingt etwas Phantastisches, Verwunschenes stecken müsse? Vielleicht war er irgend ein Mephistopheles in Hundegestalt? Wer kann's wissen! Und vielleicht war sein Geschick durch geheimnisvolle, unbekannte Fäden aufs engste mit dem Schicksal seines Herrn verknüpft. Wer diesen Hund betrachtete, mußte ohne weiteres zugeben, daß er wohl schon vor zwanzig Jahren zum letztenmal etwas gefressen hatte. Mager war er wie ein Knochengestell oder (was wäre bezeichnender?) wie sein Herr. Richtiges Fell hatte er fast überall nicht mehr, selbst die Rute, die wie ein Stock herabhing, war so gut wie gänzlich unbehaart. Der Kopf mit den langen Ohren war trübselig gesenkt. Nein, in meinem ganzen Leben hatte ich keinen so widerlichen Hund gesehen. Wenn sie beide auf der Straße gingen, der Herr voran und der Hund hinterher, dann berührte seine Schnauze unausgesetzt den Mantelsaum seines Gebieters, als wäre sie an ihn angeklebt. Und der Gang der beiden, ihre Haltung und ihr ganzes Aussehen schienen bei jedem Schritt zu sagen:

‚Alt sind wir, ja, alt, Herrgott, wie sind wir alt!‘

Ich erinnere mich noch, daß mir der Gedanke durch den Kopf ging, der Alte hätte sich mit seinem Hunde aus irgendeiner von Hoffmanns Erzählungen, die Gavarni illustriert hat, herausgestohlen und wandle jetzt als lebende Reklame für dies Werk umher. Ich schritt über die Straße und folgte dem Alten in die Konditorei.

Dort hatte der Alte schon längst unliebsames Aufsehen erregt. Müller, der hinter dem Ladentisch stand, begann schon beim Erscheinen des unerwünschten Gastes ein unzufriedenes Gesicht zu schneiden, Erstens bestellte der eigenartige Gast nie etwas. Wenn er eintrat, ging er gleich auf den Ofen zu und ließ sich in der Ecke neben ihm auf einen Stuhl nieder. War dieser Platz besetzt, so blieb er gedankenlos befremdet vor dem Betreffenden, der seinen Platz eingenommen hatte, stehen und schritt dann, gleichsam bestürzt, zu einer anderen Ecke am Fenster. Dort nahm er irgendeinen Stuhl, setzte sich langsam auf ihn nieder, nahm den Hut ab, legte ihn auf den Fußboden, stellte den Stock daneben an die Wand, lehnte sich in den Stuhl zurück und verharrte so drei bis vier Stunden regungslos. Niemals nahm er eine Zeitung in die Hand, niemals sprach er ein Wort oder gab er einen Laut von sich; er saß nur, starrte offenen Auges mit einem so stumpfen und leblosen Blick vor sich hin, daß man hätte wetten können, er sähe und höre nichts von dem, was um ihn her vorging. Der Hund aber legte sich dann, nachdem er sich ein paarmal im Kreise herumgedreht hatte, zu seinen Füßen nieder, drückte die Schnauze zwischen die Stiefel seines Herrn, seufzte tief auf und lag so, lang ausgestreckt, gleichfalls den ganzen Abend unbeweglich da, als wäre er wirklich leblos. Es schien überhaupt, als ob diese beiden Wesen den ganzen Tag über irgendwo tot dagelegen und erst bei Sonnenuntergang sich plötzlich belebt hätten, nur um in die Müllersche Konditorei zu gehen und dort eine geheimnisvolle, allen anderen unbekannte Pflicht zu erfüllen. Nachdem der Alte seine drei bis vier Stunden so dagesessen hatte, erhob er sich schließlich, um sich irgendwohin nach Hause zu begeben. Auch der Hund richtete sich dann auf und folgte wieder langsam, gesenkten Hauptes, mit eingekniffener Rute, gleichsam mechanisch seinem Herrn. Die Gäste der Konditorei mieden den Alten, setzten sich nie neben ihn, als flöße er ihnen Widerwillen ein. Er aber merkte von alledem nichts.

Die Gäste waren vornehmlich Deutsche. Sie kamen hier vom ganzen Wosnessenskij-Prospekt zusammen, lauter Handwerker oder vielmehr Inhaber verschiedener Werkstätten: Schlosser, Bäcker, Färber, Hutmacher, Sattler, ohne Ausnahme patriarchalische Leute im deutschen Sinne des Wortes. Bei Müller ging es überhaupt sehr patriarchalisch zu. Der Wirt setzte sich des öfteren zu seinen Gästen an den Tisch, worauf eine gewisse Menge Punsch getrunken wurde. Auch die Hunde und die kleinen Kinder des Wirtes erschienen bei den Gästen, von denen sie dann getätschelt und gestreichelt wurden, sowohl die Kinder wie die Hunde. Alle waren sie miteinander bekannt und alle achteten sie sich gegenseitig. Und wenn die Gäste sich in das Lesen deutscher Zeitungen vertieften, so ertönte aus der Wohnung des Wirtes „Der liebe Augustin", auf einem alten Klimperkasten von der ältesten Tochter gespielt, einem blondlockigen deutschen Mädchen, das ein wenig an ein weißes Mäuschen erinnerte. Dieser Walzer wurde von den Gästen gern gehört. Ich ging immer in den ersten Tagen des Monats zu Müller, um die russischen Monatsschriften zu lesen, die bei ihm auslagen.

Als ich an diesem Tag in die Konditorei trat, sah ich den Alten bereits am Fenster sitzen und den Hund wie immer zu seinen Füßen liegen. Schweigend setzte ich mich in eine Ecke und stellte an mich selbst die Frage: ‚Warum bin ich hierher gekommen, wo ich doch nichts zu suchen habe?' Krank, wie ich mich fühlte, hätte ich nach Hause gehen, einen heißen Tee trinken und mich schlafen legen sollen. ‚Bin ich denn wirklich hierhergekommen, um den Alten anzugaffen?' Ich ärgerte mich. ‚Was geht er mich an?' dachte ich und erinnerte mich der schmerzlichen und sonderbaren Empfindung, die der Alte auf der Straße in mir hervorgerufen hatte. ‚Und was habe ich mit all diesen langweiligen Deutschen zu tun? Wozu diese phantastische Idee? Wozu diese grundlose Erregung in mir, die mich in letzter Zeit so beherrscht, ja, mich nicht leben läßt, und mich hindert, mit klaren Augen das Leben zu schauen, worauf mich schon neulich ein tiefdenkender Kritiker aufmerksam gemacht hat, als er mit Unwillen meine letzte Novelle besprach?‘ Doch trotz aller Vorhaltungen blieb ich sitzen, wo ich saß, während der Schüttelfrost in mir immer stärker wurde und ich den warmen Raum jetzt erst recht nicht mehr verlassen mochte. Ich nahm die „Frankfurter Zeitung“, las ein paar Zeilen und schlief ein. Die Deutschen störten mich nicht dabei. Sie lasen oder rauchten und teilten sich nur hin und wieder kurz mit halblauter Stimme eine Neuigkeit aus Frankfurt mit, oder irgendeinen Witz des berühmten deutschen Humoristen Saphir, worauf sie sich mit verdoppeltem Nationalstolz von neuem ins Lesen vertieften.

Ich mag wohl eine halbe Stunde geschlummert haben, als mich plötzlich ein starker Schüttelfrost aufschreckte. Es war wirklich an der Zeit, nach Hause zu gehen. Eine stumme Szene jedoch, die sich gerade in diesem Augenblick abspielte, hielt mich noch einmal zurück. Ich habe bereits gesagt, daß der Alte, nachdem er sich niedergesetzt, seinen Blick immer gleich auf einen Punkt heftete und ihn den ganzen Abend unverwandt auf denselben Gegenstand geheftet hielt. Auch mir widerfuhr es einmal, daß dieser gedankenlose, starre und nichts unterscheidende Blick auf mich fiel: ein unangenehmes, ja, unerträgliches Gefühl überkam mich; ich wechselte darauf so schnell wie möglich meinen Platz. Dieses Mal war das Opfer des Alten ein kleiner, außergewöhnlich sorgfältig gekleideter Deutscher mit steifgestärktem, hohem Vatermörderkragen und einem feuerroten Gesicht, ein angereister Kaufmann aus Riga, Adám Iwánowitsch Schulz, wie ich später erfuhr, ein guter Freund Müllers, dem aber der Alte und viele von den anderen Gästen noch unbekannt waren. Er las mit Vergnügen den „Dorfbarbier“ und trank seinen Punsch dazu, doch als er einmal aufblickte, bemerkte er plötzlich den unbeweglichen Blick des Alten, der ihn zu fixieren schien. Das machte ihn stutzig. Adam Iwanowitsch war ein sehr empfindlicher und reizbarer Mensch, wie das ja überhaupt alle vornehmen Deutschen sind. Er fand es merkwürdig und beleidigend, daß man ihn so starr und ungeniert ansah. Mit unterdrücktem Unwillen wandte er seine Augen von dem taktlosen Gast ab, brummte etwas vor sich hin und verbarg sich hinter der Zeitung. Er hielt es aber nicht lange aus, und schon nach etwa zwei Minuten lugte er mißtrauisch hinter seiner Zeitung hervor: derselbe starre Blick und dasselbe sinnlose Fixieren. Adam Iwanowitsch nahm es auch diesmal schweigend hin. Als sich aber dasselbe zum drittenmal wiederholte, fuhr er auf und hielt es für seine Pflicht, seine Würde zu wahren und vor einem anständigen Publikum die Ehre der schönen Stadt Riga, als deren Vertreter er sich offenbar betrachtete, nicht beleidigen zu lassen. Mit gereizter Ungeduld warf er die Zeitung hin, klopfte mit dem Zeitungsstock energisch auf den Tisch, und richtete nun seinerseits, hochrot vom Punsch und von der Empörung über die Beleidigung, im Vollbewußtsein seiner Würde, seine geröteten kleinen Äuglein auf den ihn belästigenden alten Mann. Beide, schien es, der Deutsche wie der Alte, wollten es nun auf die magnetische Kraft ihrer Blicke ankommen lassen und einer den anderen zwingen, den Blick zuerst zu senken. Das Klopfen mit dem Zeitungsstock und die herausfordernde Haltung Adam Iwanowitschs erregten die Aufmerksamkeit aller Anwesenden. Ein jeder ließ von seiner Beschäftigung ab und beobachtete mit ehrbarer schweigsamer Neugier die beiden Gegner. Der Auftritt begann sehr komisch zu werden. Der Magnetismus der herausfordernden Äuglein Adam Iwanowitschs war jedoch umsonst verschwendet. Der Alte, den nichts bekümmerte, fuhr fort, auf den außer sich geratenen Herrn Schulz zu starren, und bemerkte überhaupt nicht, ganz als wäre er auf dem Monde statt auf der Erde, daß er der Gegenstand allgemeiner Aufmerksamkeit war. Endlich riß Adam Iwanowitsch die Geduld und er platzte heraus:

»Warum starren Sie mich so an?« rief er auf deutsch mit scharfer, durchdringender Stimme und drohender Miene.

Doch sein Gegner blieb stumm, als hätte er die Frage überhaupt nicht gehört. Adam Iwanowitsch entschloß sich, Russisch zu sprechen.

»Ich frage Sie, warum Sie mich so ansehen?« rief er mit verdoppelter Heftigkeit. »Ich bin bei Hofe bekannt und Sie nicht!« Er sprang vom Stuhl auf.

Aber der Alte rührte sich nicht einmal. Unter den Deutschen erhob sich ein unwilliges Gemurmel. Der Wirt, durch den Lärm aufmerksam geworden, trat hinzu. Als er erfuhr, um was es sich handelte, beugte er sich zum Ohr des Alten, weil er dachte, dieser sei taub.

»Herr Schulz bittet Sie höflichst, ihn nicht anzusehen«, rief er so laut wie möglich, den sonderbaren Alten scharf beobachtend.

Der Alte blickte mechanisch zu ihm auf, und plötzlich gewahrte man auf seinem bisher unbeweglichen Gesicht den Ausdruck eines Denkvorgangs und einer gewissen ängstlichen Erregung. Er schien verwirrt, beugte sich ächzend nach seinem Hut, griff eilig nach seinem Stock, erhob sich vom Stuhl mit einem gewissen wehmütigen Lächeln, dem verlegenen Lächeln eines Armen, der von einem Platz gewiesen wird, auf den er kein Recht hat, und schickte sich an, den Raum zu verlassen. In dieser stillen ergebenen Eile des armen, gebrechlichen Greises lag so vieles, was Mitleid erregte, so vieles, was einem das Herz in der Brust erbeben ließ, daß alle Gäste, selbst Adam Schulz nicht ausgenommen, sofort ihre Haltung änderten. Es wurde allen klar, daß der Alte nicht nur niemanden hatte beleidigen wollen, sondern selbst fühlte, daß man ihn jeden Augenblick wie einen Bettler hätte davonjagen können.

Müller war ein guter und mitfühlender Mensch.

»Nein, nein«, rief er aus, dem Alten beschwichtigend auf die Schulter klopfend. »Herr Schulz bittet Sie nur höflichst, ihn nicht anzusehen. Er ist bei Hofe ...«

Der Arme verstand ihn auch jetzt nicht; er beeilte sich noch mehr als vorhin, fortzukommen, bückte sich nach seinem alten, blauen, durchlöcherten Taschentuch, das ihm aus dem Hut gefallen war, und rief seinen Hund; dieser war unbeweglich auf dem Fußboden liegen geblieben, scheinbar fest eingeschlafen, die Schnauze zwischen beiden Pfoten.

»Asórka, Asórka!« rief er ihn mit bebender, greisenhafter Stimme, »Asorka!«

Asorka bewegte sich nicht.

»Asorka, Asorka!« wiederholte der Alte kläglich und berührte den Hund mit seinem Stock, um ihn zu wecken; der Hund aber blieb unbeweglich liegen.

Der Stock entfiel seinen Händen. Er kniete nieder und ergriff mit beiden Händen den Kopf seines Hundes. Armer Asorka! Er war tot! Er war lautlos zu Füßen seines Herrn verendet, vielleicht vor Alter, oder wer weiß, vielleicht vor Hunger. Der Alte sah einen Augenblick wie erstarrt auf ihn, als könne er nicht begreifen, daß Asorka tot war; langsam beugte er sich zu seinem alten Freund und Diener nieder und preßte sein leichenblasses Gesicht an den leblosen Kopf des Hundes. Eine ganze Weile dauerte das Schweigen an ... alle waren tief ergriffen ... endlich richtete sich der Arme auf: er war kreideweiß und bebte am ganzen Körper.

»Man kann ihn ausstopfen«, bemerkte der gutmütige Herr Müller, um den Alten in irgendeiner Weise zu trösten. »Man kann ihn ausstopfen; Fjodor Kárlowitsch Krüger versteht gut auszustopfen. Fjodor Karlowitsch Krüger ist ein großer Meister im Ausstopfen«, bekräftigte Müller noch seine Aussage, und überreichte dem Alten den Stock, den er aufgehoben hatte.

»Ja, ich kann Tiere gut ausstopfen«, lobte sich dieser Herr Krüger selbst, indem er bescheiden vortrat.

Das war ein langer, hagerer, gutmütiger Deutscher, mit roten, strähnigen Haaren und einer Brille auf der stark gebogenen Nase.

»Fjodor Karlowitsch Krüger versteht wirklich wundervoll auszustopfen«, fügte wieder Müller hinzu, der sich für seine Idee zu begeistern begann.

»Ja, ich verstehe wirklich gut auszustopfen«, bekräftigte seinerseits von neuem Herr Krüger, »und ich werde Ihnen Ihren Hund unentgeltlich ausstopfen«, fügte er in einer Anwandlung von Selbstlosigkeit hinzu.

»Nein, ich werde es Ihnen bezahlen, wenn Sie ihn ausstopfen!« rief Adam Iwanowitsch Schulz, flammend vor Begeisterung, da er sich für die unschuldige Ursache des Unglücks hielt.

Der Alte hörte allen zu, augenscheinlich, ohne etwas zu begreifen, und zitterte noch immer am ganzen Körper.

»Warten Sie! Trinken Sie ein Gläschen guten Kognak!« rief Müller, als er sah, daß der rätselhafte Gast sich anschickte, fortzugehen.

Man brachte den Kognak. Mechanisch nahm der Alte das Gläschen mit zitternder Hand, aber noch bevor er es an die Lippen geführt, hatte er die Hälfte verschüttet. Ohne einen Tropfen zu trinken, stellte er das Glas zurück auf das Tablett, lächelte so sonderbar, so ganz verloren, und verließ eilig, ohne Asorka, die Konditorei. Alle waren verwundert.

»Was für eine Geschichte!« hörte man sie ausrufen.

Ich aber stürzte dem Alten nach. Einige Schritte rechts von der Konditorei lag eine kleine Gasse, finster und eng, zwischen hohen Häuserfassaden. Etwas sagte mir, der Alte müsse unbedingt hier eingebogen sein. Das zweite Haus rechts in der Gasse war im Bau begriffen und mit hohen Holzgerüsten umstellt. Der Bretterzaun, der das Haus umgab, nahm die Hälfte der Gasse ein. Längs des Zaunes lief ein Holzsteg für Fußgänger: und richtig, hier in der dunklen Ecke, die vom Bretterzaun vor dem Haus gebildet wurde, stieß ich auf den Alten. Er saß auf dem Holzsteg für Fußgänger, die Ellbogen auf die Knie gestützt, den Kopf in die Hände gedrückt. Ich setzte mich neben ihn.

»Hören Sie mich an«, begann ich, ohne recht zu wissen, was ich sagen sollte. »Trauern Sie nicht um Asorka. Kommen Sie, ich führe Sie nach Haus. Ich werde gleich eine Droschke nehmen. Wo wohnen Sie?«

Der Alte antwortete nichts. Ich wußte nicht, was ich tun sollte. In der Gasse war niemand zu sehen. Plötzlich packte er mich am Arm.

»Ich ersticke!« keuchte er mit heiserer, kaum hörbarer Stimme. »Luft!«

»Kommen Sie, gehen wir nach Haus!« rief ich, erhob mich und versuchte ihm aufzuhelfen. »Sie werden Tee trinken und sich zu Bett legen ... Ich werde sofort eine Droschke nehmen ... einen Arzt rufen ... ich kenne einen Arzt. ...«

Ich weiß nicht mehr, was ich noch alles auf ihn einredete. Er wollte sich erheben und richtete sich ein wenig auf, fiel aber gleich wieder zurück und murmelte etwas vor sich hin mit erstickter Stimme. Ich beugte mich zu ihm nieder, um seine Worte hören zu können.

»Auf der Wassiljeff-Insel ... Sechste Linie ... sechste Linie«, röchelte der Alte.

Er verstummte.

»Sie leben auf der Wassiljeff-Insel? Weshalb gingen Sie dann von der Konditorei nach rechts statt nach links? Ich werde Sie gleich hinbringen ...«

Der Alte bewegte sich nicht mehr. Ich ergriff seine Hand; die Hand fiel wie leblos nieder. Ich blickte ihm forschend ins Gesicht; ich betastete ihn ... Auch er war tot. Mir war, als erlebte ich das alles wie im Traum.

Dieses Erlebnis machte mir viel zu schaffen, und in der Erregung schwand mein Fieber. Die Wohnung des Alten wurde bald gefunden. Er lebte indessen nicht auf der Wassiljeff-Insel, sondern zwei Schritt von der Stelle entfernt, wo er gestorben war, im Hause Kluge, im fünften Stock, unter dem Dach, in einer Wohnung, die aus einem kleinen Vorraum und einem großen, aber sehr niedrigen Zimmer mit drei spaltartig schmalen Fenstern bestand. Er schien in der größten Armut gelebt zu haben. Seine Möbel waren ein Tisch, zwei Stühle und ein alter, sehr alter Diwan, hart wie Stein, aus dem überall der Bast der Polsterung hervorsah; ja, selbst diese Möbel gehörten noch dem Hauswirt. Der

Ofen war offenbar lange nicht mehr geheizt worden; eine Kerze war nicht zu finden. Ich bin jetzt überzeugt, daß der Alte jeden Abend nur deshalb zu Müller ging, um sich zu wärmen und bei Licht zu sitzen. Auf dem Tisch stand ein leerer irdener Krug und lag ein Stück altes Brot. Geld fand man nicht. Auch Wäsche zum Wechseln besaß er nicht. Einer der Anwesenden war bereit, zu seiner Beerdigung ein Hemd zu spenden. Es war klar, daß er unmöglich allein so hatte leben können, und daß irgend jemand von Zeit zu Zeit für ihn gesorgt haben mußte. In der Schublade des Tisches fand man einen Paß. Der Verstorbene war Ausländer von Geburt, aber russischer Untertan, und hieß Jeremias Smith, war Maschinenbauer, achtundsiebzig Jahre alt. Auf dem Tisch lagen zwei Bücher: ein kleines Handbuch der Geographie und das Neue Testament in russischer Übersetzung, dessen Blätter am Rande viele Merkzeichen teils mit dem Bleistift, teils mit dem Fingernagel aufwiesen. Diese Bücher erwarb ich für mich. Man befragte die Mieter und den Hausbesitzer nach dem Verstorbenen, aber niemand konnte Auskunft über ihn geben. Das Haus hatte sehr viele Einwohner, meistenteils Handwerker und Deutsche, die Zimmer mit Beköstigung und Bedienung vermieteten. Der Verwalter des Hauses, ein Adeliger, wußte wenig mehr von dem Verstorbenen, als daß er für seine Wohnung sechs Rubel monatlich Miete zahlte, erst seit vier Monaten in der Wohnung gelebt und für die letzten zwei Monate die Miete schuldig geblieben war, so daß man ihn hätte hinausweisen können. Man fragte, ob ihn jemand besucht habe? Doch auch darüber konnte niemand eine befriedigende Auskunft geben. Das Haus sei so groß wie Noahs Arche: als ob wenig Leute in ihm wohnten! – da könne man doch nicht einen jeden kennen . . . Der Hausmeister, der über fünf Jahre in diesem Haus gedient und sicher etwas über den seltsamen Mieter hätte aussagen können, war gerade vor zwei Wochen in sein Heimatdorf gefahren. Sein Neffe aber, ein ganz junger Bursche, der ihn vertrat, kannte kaum erst die Hälfte der Mieter. Ich weiß nicht genau, welches Endergebnis sich aus all diesen Nachforschungen ergab, aber der Alte wurde jedenfalls bald darauf beerdigt. In diesen Tagen ging ich unter anderem auch nach der Wassiljeff-Insel und begab mich zur Sechsten Linie, aber erst dort kam ich gleichsam zu mir und mußte über mich selbst lachen: was hätte ich denn dort finden können außer einer Fassadenreihe gewöhnlicher Häuser? ‚Aber warum', dachte ich, ‚hatte der Alte sterbend gerade von der Wassiljeff-Insel gesprochen und von der Sechsten Linie?[1] Oder hatte er nur im Fieber phantasiert?'

Ich sah mir dann die freigewordene Wohnung von Smith an, und sie gefiel mir. Ich mietete sie. Hauptsächlich des großen Zimmers wegen, obschon es so niedrig war, daß ich mich in der ersten Zeit fürchtete, mit dem Kopf an die Decke zu stoßen. Übrigens gewöhnte ich mich bald daran. Für sechs Rubel monatlich hätte ich auch kein besseres Zimmer finden können. Eine eigene separate Wohnung zu haben, entzückte mich. Ich mußte mich jetzt nur noch nach einer Aufwartung umsehen, denn ohne jegliche Bedienung geht es doch nicht. Der Hausknecht wollte in der ersten Zeit einmal am Tage heraufkommen, um das Notwendigste zu besorgen. ‚Wer weiß', dachte ich, ‚vielleicht kommt auch jemand, um nach dem Alten zu fragen?' Übrigens waren schon fünf Tage seitdem vergangen, und noch hatte sich niemand sehen lassen.

II

Damals, eben vor einem Jahr, war ich noch Mitarbeiter an etlichen Zeitschriften, schrieb verschiedene Artikelchen und glaubte fest, es werde mir noch gelingen, irgend ein großes und gutes Werk zu schreiben. Ich arbeitete damals an einem großen Roman; aber es endete dennoch damit, daß ich jetzt hier im Krankenhaus festsitze und wahrscheinlich bald sterben werde. Wenn ich aber bald sterbe, wozu dann noch, sollte man meinen, diese Aufzeichnungen?

Ich muß jetzt unwillkürlich und fortwährend an dieses schwere und letzte Jahr meines Lebens denken. Ich möchte jetzt alles niederschreiben, und wenn ich nicht auf diese Beschäftigung verfallen wäre, so würde ich, scheint mir, sterben vor Schwermut. Alle diese jüngst erlebten Eindrücke regen mich manchmal bis zu schmerzhafter, bis zu qualvoller Pein auf. Schreibe ich sie nieder, so werden sie einen beruhigenderen, geordneteren Charakter annehmen; sie werden weniger einem Fiebertraum, einem Alpdruck gleichen. So scheint es mir wenigstens. Allein schon die mechanische Tätigkeit des Schreibens ist doch bereits viel wert: sie beruhigt, kühlt, wird meine früheren schriftstellerischen Neigungen aufrütteln, meine Erinnerungen und kranken Grübeleien in Tätigkeit umsetzen, in eine Arbeit, ein Werk ... Ja, das war ein guter Einfall von mir. Und überdies ergibt das noch eine Erbschaft für den Wärter: wenn man zum Winter die Doppelfenster einsetzt, kann er mit diesen meinen Aufzeichnungen wenigstens die Ritzen verkleben.

Übrigens habe ich meine Erzählung aus der Mitte begonnen, ich weiß selbst nicht warum. Wenn man schon alles erzählen will, muß man mit dem Anfang beginnen. So geschehe es denn! Übrigens wird ja meine Autobiographie nicht lang sein.

Ich bin nicht hier geboren, sondern fern von hier, im -schen Gouvernement. Es ist anzunehmen, daß meine Eltern gute Menschen gewesen sind, nur verwaiste ich schon in frühester Kindheit und wuchs im Hause Nikolái Ssergéjewitsch Ichménjeffs auf, eines kleinen Gutsbesitzers, der mich aus Mitleid aufgenommen hatte. Er besaß nur ein einziges Kind, eine Tochter, Natáscha, die drei Jahre jünger war als ich. Wir wuchsen wie Geschwister auf. O süße Kindheit! Wie dumm ist es, wenn man mit fünfundzwanzig Jahren als Sterbender nur an dich allein mit Begeisterung und Dankbarkeit zurückdenken kann! Am Himmel stand damals eine so helle Sonne, nicht die Sonne von Petersburg, und so mutwillig und fröhlich schlugen unsere kleinen Herzen. Um uns herum lagen Wiesen und Wälder, und nicht Haufen von toten Steinen wie jetzt. Wie herrlich der Garten und der Park von Wassiljewskoje waren! Nikolai Ssergejewitsch war nämlich Verwalter des Gutes. In diesem Garten spielten ich und Natascha, und hinter ihm lag ein großer feuchter Wald, in dem wir uns als Kinder einmal verirrten ... Goldene herrliche Zeit! Das Leben erschien uns so geheimnisvoll und lockend, und es war so süß, es kennen zu lernen. Damals lebte hinter jedem Strauch und jedem Baum noch jemand, der für uns geheimnisvoll und unbekannt war; die Märchenwelt und die wirkliche Welt waren noch nicht getrennt voneinander; wenn sich mitunter in den tiefen Schluchten der Abendnebel verdichtete und sich schlängelnd in grauen Strähnen an das Gebüsch hing, das an den steinigen Rippen unserer großen Schlucht klebte, dann standen wir, Natascha und ich, einander an der Hand haltend, am Rande der Schlucht und blickten mit banger Neugier hinab in die Tiefe und warteten, ob nicht gleich, im nächsten Augenblick vom Boden der Schlucht irgend jemand zu uns herauskommen oder uns anrufen werde, und dann würden sich die Märchen der Kinderfrau als richtige, anerkannte Wahrheit erweisen. Einmal in späteren Jahren erinnerte ich Natascha daran, wie man uns ein „Kinderbuch“ gegeben hatte und wir gleich zu unserer Lieblingsbank unter dem alten dichtbelaubten Ahorn am Teich gelaufen waren, um das Zaubermärchen „Alfons und Delinde“ zu lesen. Auch jetzt kann ich nicht kaltblütig an die Erzählung zurückdenken, und noch vor einem Jahr zitierte ich vor Natascha die zwei ersten Zeilen fast mit Tränen in den Augen: „Alfons, der Held meiner Erzählung, war in Portugal geboren; Don Ramir, sein Vater usw.“ Ich muß ihr wohl etwas sonderbar vorgekommen sein, denn sie lächelte damals so eigentümlich zu meiner Begeisterung. Übrigens merkte sie das selbst sofort (ich habe das nicht vergessen) und zu meiner Beruhigung begann sie nun auch auf die alten Erinnerungen einzugehen. Ein Wort gab das andere, und bald war auch sie ganz gerührt. Wie schön war dieser Abend! Wir kamen auf alles zu sprechen, auch darauf, wie ich nach der Gouvernementsstadt geschickt wurde, in ein Pensionat – Gott, wie sie damals weinte! – und auf unsere letzte Trennung, als ich Wassiljewskoje für immer verließ. Ich hatte die Schule schon absolviert und begab mich nach Petersburg, um mich dort auf die Universität vorzubereiten. Ich war siebzehn Jahre alt, sie knapp fünfzehn. Natascha sagt, ich sei damals so ein hoch aufgeschossener, linkischer Jüngling gewesen und man habe mich gar nicht ohne zu lachen ansehen können. Beim Abschied führte ich sie zur Seite, um ihr etwas furchtbar Wichtiges zu sagen; aber meine Zunge war auf einmal wie gelähmt und brachte nichts hervor. Sie erinnert sich noch, daß ich schrecklich erregt gewesen sei. Natürlich kam es zu keinem Gespräch. Ich wußte nicht, was ich sagen sollte, und sie hätte mich wohl auch gar nicht verstanden. Ich begann nur bitterlich zu weinen und reiste ab, ohne etwas gesagt zu haben. Wir sahen uns erst nach langer Zeit wieder, hier in Petersburg. Das war vor ungefähr zwei Jahren, als der alte Ichmenjeff eines Prozesses wegen hierhergekommen war und ich meine literarische Tätigkeit gerade erst begonnen hatte.

III

Nikolai Ssergéjewitsch Ichménjeff stammte aus einer guten Familie, die jedoch schon längst verarmt war. Übrigens hatten ihm seine Eltern noch einen schönen Besitz mit hundertfünfzig Leibeigenen hinterlassen. Mit zwanzig Jahren ging er zu den Husaren. Alles lief gut ab, bis er, im sechsten Jahr seines Dienstes, an einem verhängnisvollen Abend sein ganzes Vermögen verspielte. Er schlief die ganze Nacht nicht. Am nächsten Abend erschien er wieder am Spieltisch und setzte das Letzte ein, was er besaß – sein Pferd. Die Karte gewann, ebenso die zweite, die dritte, und in einer halben Stunde hatte er eines seiner Dörfer zurückgewonnen, das

Gütchen Ichménjeffka mit fünfzig Leibeigenen, die bei der letzten Revision gezählt worden waren.[2] Er hörte sofort auf zu spielen und reichte am nächsten Tage sein Abschiedsgesuch ein. Hundert Leibeigene blieben für immer verloren. Nach zwei Monaten erhielt er seinen Abschied als Leutnant und begab sich unverzüglich auf sein Gütchen. Von diesem Spielverlust hat er in seinem ganzen späteren Leben nie mehr gesprochen, und er hätte, ungeachtet seiner Gutmütigkeit, mit jedem gebrochen, der es gewagt hätte, ihn daran zu erinnern. Auf dem Gut beschäftigte er sich fleißig mit der Landwirtschaft, und als er fünfunddreißig Jahre alt war, verheiratete er sich mit einer armen Adeligen, Anna Andréjewna Schumílowa, die ihm zwar nichts mitbrachte, dafür aber in dem Adelspensionat einer Emigrantin, einer Mont-Revêche, in der Gouvernementsstadt erzogen worden war, worauf sie ihr lebelang sehr viel gab, obgleich niemand hätte sagen können, worin ihre höhere Bildung nun eigentlich bestand. Aus Nikolai Ssergejewitsch wurde ein vorzüglicher Landwirt. Die benachbarten Gutsbesitzer kamen zu ihm, um von ihm zu lernen. Es vergingen einige Jahre, als plötzlich auf dem benachbarten Gut Wassíljewskoje, das neunhundert Leibeigene zählte, der Besitzer desselben, Fürst Pjotr Alexándrowitsch Walkówskij, aus Petersburg eintraf. Seine Ankunft machte in der ganzen Gegend viel von sich reden. Der Fürst war noch ein Mann in den besten Jahren, wenn auch nicht mehr ganz jung, von hohem Rang und mit bedeutenden Beziehungen, ein schöner Mensch mit großem Vermögen, und dazu Witwer, was die Damen und jungen Mädchen der ganzen Umgegend ungemein interessierte. Man erzählte sich von dem glänzenden Empfang, den ihm der Gouverneur, mit dem er weitläufig verwandt war, in der Gouvernementshauptstadt bereitet, und wie seine Liebenswürdigkeit allen Damen »den Kopf verdreht« hätte, usw. usw. Kurz, er war einer der glänzendsten Vertreter der hohen Petersburger Gesellschaft, die zwar nur selten in der Provinz erscheinen, aber wenn sie erscheinen, das größte Aufsehen erregen. Indessen gehörte der Fürst nicht zu den liebenswürdigen Menschen: das zeigte sich besonders denen gegenüber, deren er nicht bedurfte, oder die seiner Meinung nach unter ihm standen. Er hielt es auch nicht für nötig, seinen Gutsnachbarn einen Besuch zu machen, und erwarb sich dadurch viele Feinde. Alle waren deshalb sehr erstaunt, als es dem Fürsten plötzlich einfiel, bei Nikolai Ssergejewitsch vorzufahren. Freilich war Nikolai Ssergejewitsch einer seiner nächsten Nachbarn. Auf die Familie Ichmenjeff machte der Fürst einen großen Eindruck; er entzückte sie alle beide, besonders Anna Andrejewna. In kurzer Zeit wurden sie die besten Bekannten, er kam fast jeden Tag zu ihnen gefahren und lud sie zu sich ein, erheiterte sie, erzählte ihnen Anekdoten, spielte auf ihrem schlechten Klavier, sang ihnen Lieder vor. Ichmenjeffs konnten sich nicht genug darüber wundern, wie man von einem so lieben, guten Menschen hatte sagen können, er sei ein stolzer, hochmütiger, trockener Egoist, was alle Nachbarn von ihm einstimmig behaupteten. Man hätte nun annehmen können, daß der Fürst wirklich an Nikolai Ssergejewitsch, diesem schlichten, offenen und uneigennützigen Menschen, Gefallen gefunden hatte. Doch der wahre Grund sollte sich bald zeigen. Der Fürst war nach Wassiljewskoje gekommen, um seinen Verwalter zu entlassen, einen Deutschen und Landwirt von großem Selbstbewußtsein, einen Mann, schon ergraut und mit einer Brille auf der Hakennase, der jedoch bei allen seinen Vorzügen den Fürsten gottverboten bestohlen und einige Bauern fast zu Tode geschunden hatte. Iwán Kárlowitsch war denn auch schließlich bei einer Unredlichkeit ertappt worden, tat sehr beleidigt, sprach von der deutschen Ehrlichkeit, mußte jedoch ungeachtet dessen das Gut in etwas entehrender Weise verlassen. Der Fürst brauchte jetzt dringend einen neuen Verwalter und seine Wahl fiel auf Nikolai Ssergejewitsch, den ausgezeichneten Landwirt und zweifellos ehrlichsten Menschen. Der Fürst hätte nun sehr gewünscht, daß Nikolai Ssergejewitsch sich ihm selbst zum Verwalter anbot. Doch das geschah nicht, und so machte der Fürst ihm eines Tages von sich aus den entsprechenden Vorschlag, in Form einer freundschaftlichen Bitte. Ichmenjeff gab zuerst eine abschlägige Antwort. Doch Anna Andrejewna erschien das hohe Gehalt verlockend, und die verdoppelte Liebenswürdigkeit des Fürsten zerstreute alle übrigen Bedenken. Der Fürst hatte sein Ziel erreicht. Es ist anzunehmen, daß er ein großer Menschenkenner war. Während der kurzen Zeit seiner Bekanntschaft mit Ichmenjeff hatte er schon durchschaut, mit wem er es zu tun hatte: daß Ichmenjeff nur auf herzliche und freundschaftliche Weise zu gewinnen war, und daß Geld allein bei ihm keine Rolle spielte. Außerdem hatte er einen Verwalter nötig, dem er blindlings vertrauen konnte, da er nicht die Absicht hatte, jemals wieder nach Wassiljewskoje zurückzukehren. Das Vertrauen Ichmenjeffs zu ihm aber war so stark, daß er niemals an seiner Freundschaft zu ihm gezweifelt hätte. Nikolai Ssergejewitsch gehörte zu diesen herzensguten und naiv-romantischen Leuten, die bei uns in Rußland so liebenswert sind, was man auch sonst von ihnen sagen mag, und die, wenn sie einmal jemand gern haben (und mitunter Gott weiß wofür), sich ihm gleich mit ganzer Seele hingeben, so daß ihre Anhänglichkeit zuweilen geradezu komisch wird.

Es vergingen mehrere Jahre. Das Gut des Fürsten gedieh wunderbar. Die Beziehungen zwischen dem Besitzer und dem Verwalter des Gutes waren ungetrübt, beschränkten sich jedoch auf einen trockenen, rein geschäftlichen Briefwechsel. Der Fürst mischte sich in die Obliegenheiten Nikolai Ssergejewitschs nicht ein, erteilte ihm nur hin und wieder einen Rat, der durch seinen praktischen Wert und seine Sachlichkeit Ichmenjeff in Erstaunen setzte. Man sah daraus, daß der Fürst kein Freund von unnützen Ausgaben war, sondern zu sparen verstand. Nach etwa fünf Jahren schickte er Nikolai Ssergejewitsch die Bevollmächtigung zum Ankauf eines anderen schönen und in demselben Gouvernement gelegenen Gutes mit vierhundert Leibeigenen. Nikolai Ssergejewitsch war ganz begeistert. Die Erfolge des Fürsten, seine Rangerhöhung, seine Laufbahn erlebte er so mit, als handelte es sich um seinen leiblichen Bruder. Seine Begeisterung überstieg jedoch alle Grenzen, als der Fürst ihm in einer besonderen Angelegenheit wirklich ein Zeichen seines außerordentlichen Vertrauens gab. Es geschah das folgendermaßen ...

Übrigens muß ich hier einige besondere Einzelheiten aus dem Leben des Fürsten Walkowskij erwähnen, zumal er ja auch zu den Hauptpersonen meiner Erzählung gehört.

IV

Ich habe schon vorhin erwähnt, daß er Witwer war. Er hatte sehr jung geheiratet, und zwar nur des Geldes wegen. Von seinen Eltern, die sich in Moskau vollständig ruiniert hatten, hatte er so gut wie nichts geerbt. Wassiljewskoje war verpfändet und über und über verschuldet. Der zweiundzwanzigjährige Fürst war genötigt, in eine Kanzlei in Moskau einzutreten, weil er keine Kopeke besaß. Die Ehe mit einer überreifen Kaufmannstochter rettete ihn aus dieser Lage. Der Kaufmann betrog ihn zwar bei der Mitgift, doch konnte er immerhin mit dem Geld seiner Frau das elterliche Gut auskaufen und sich selbst unabhängig machen. Die Kaufmannstochter, die er heiratete, verstand weder zu lesen noch zu schreiben und konnte beim Sprechen kaum zwei Worte miteinander verbinden; außerdem war sie sehr häßlich, hatte aber einen großen Vorzug: sie war sehr gutmütig und fügte sich in alles. Der Fürst nutzte diesen Vorzug auch vollkommen aus: nach dem ersten Jahr der Ehe, in dem seine Frau ihm einen Sohn geboren hatte, ließ er sie bei ihrem Vater in Moskau und siedelte selbst in ein anderes Gouvernement über, wo er durch die Protektion eines hohen Petersburger Verwandten einen bedeutenden Posten erhielt. Seine Seele dürstete nach Auszeichnungen und einer glänzenden Laufbahn, und da er sich sagen mußte, daß er mit seiner Frau weder in Petersburg noch in Moskau leben konnte, so beschloß er, in Erwartung von etwas Besserem, seinen Aufstieg in der Provinz zu beginnen. Man erzählte sich, daß er im ersten Jahr der Ehe seine Frau durch Mißhandlung fast zu Tode gequält hätte. Dieses Gerücht erregte stets den Zorn Nikolai Ssergejewitschs, und er verteidigte den Fürsten, den er einer so rohen Handlungsweise gar nicht für fähig hielt, stets mit aufrichtigem Eifer.

Nach siebenjähriger Ehe starb die Fürstin endlich, und ihr verwitweter Gemahl siedelte jetzt sofort nach Petersburg über. Hier machte er von sich reden. Schön, jung, vermögend, mit glänzenden Eigenschaften begabt, geistreich, geschmackvoll, unverwüstlich heiter, trat er hier nicht als armer Glück- und Protektionssucher auf, sondern als recht selbständige Erscheinung. Man erzählte sich, daß etwas Starkes, Siegreiches, ja, ein unwiderstehlicher Zauber von ihm ausging. Er gefiel den Frauen außerordentlich, und ein Abenteuer mit einer Schönheit aus den höchsten Gesellschaftskreisen verschaffte ihm eine skandalöse Berühmtheit. Trotz seiner angeborenen Sparsamkeit, die schon an Geiz grenzte, warf er bei Gelegenheit, ohne zu berechnen, das Geld zum Fenster hinaus, verspielte es am Kartentisch an solche Herren, bei denen es sich lohnte, und verzog selbst bei großen Verlusten keine Miene. Und doch war er nicht zu dem Zweck nach Petersburg gekommen, um sich zu vergnügen: er wollte seine Karriere sichern und in Schwung bringen. Und das gelang ihm auch. Sein hoher Verwandter, Graf Naïnskij, der ihm seine Aufmerksamkeit nie geschenkt hätte, wenn er als gewöhnlich Bittender zu ihm gekommen wäre, fand es jetzt ratsam, da ihm die Erfolge des Fürsten in der Gesellschaft imponierten, ihm seine Aufmerksamkeit zuzuwenden und dessen siebenjährigen Sohn zur Erziehung in sein Haus aufzunehmen. In diese Zeit fiel die Fahrt des Fürsten nach Wassiljewskoje und seine Bekanntschaft mit Ichmenjeff. Durch Vermittlung des Grafen erhielt er dann eine bedeutende Stellung an einer der wichtigsten Gesandtschaften und begab sich ins Ausland. Weiterhin drangen nur ungenaue, dunkle Gerüchte bis zu uns in die Heimat: man sprach von einem unangenehmen Zwischenfall im Ausland, doch konnte niemand sagen, worin er bestanden hatte. Tatsache war damals nur der Kauf des Gutes von vierhundert Leibeigenen, von dem ich bereits erzählt habe. Nach mehreren Jahren kehrte er dann mit erhöhtem Rang aus dem Ausland zurück und erhielt sofort einen bedeutenden Posten in Petersburg. In Ichmenjeffka verbreitete sich die Nachricht, daß er zum zweitenmal zu heiraten beabsichtige, und zwar eine junge Dame aus einem sehr vornehmen, reichen und mächtigen Adelsgeschlecht. Nikolai Ssergejewitsch rieb sich die Hände vor Vergnügen und sah für ihn bereits eine große Zukunft voraus als höchsten Würdenträger.

Ich besuchte damals gerade in Petersburg die Universität und erinnere mich noch, daß Ichmenjeff sich brieflich mit der Bitte an mich wandte, Erkundigungen über die Vermählung des Fürsten einzuziehen. Er hatte auch schon an den Fürsten geschrieben und um seine Protektion für mich gebeten; aber der Fürst ließ diesen Brief unbeantwortet. Ich erfuhr nur, daß sein Sohn, der zunächst im Hause des Grafen erzogen worden war, dann das Lyzeum besucht und im Alter von neunzehn Jahren sein Examen bestanden hatte. Ich teilte dies Ichmenjeff mit und fügte hinzu, daß der Vater seinen Sohn sehr liebe, sehr verwöhne und schon jetzt für seine Zukunft sorge. Ich hatte das von anderen Studenten, meinen Kameraden, erfahren, die den jungen Fürsten kannten. Um diese Zeit erhielt Nikolai Ssergejewitsch eines schönen Tages einen Brief vom Fürsten, der ihn in das größte Erstaunen versetzte.

Der Fürst, der sich bis dahin, wie ich schon erwähnte, in seinen Beziehungen zu Nikolai Ssergejewitsch nur auf eine trockene Geschäftskorrespondenz beschränkt hatte, schrieb ihm plötzlich in ausführlicher, aufrichtiger und freundschaftlicher Weise über seine Familienangelegenheiten und beklagte sich in diesem Brief über seinen Sohn, wie sehr dieser ihm durch seine schlechte Aufführung Sorgen mache . . .

Freilich müsse man die Unarten eines Knaben nicht allzu ernst nehmen (er bemühte sich offenbar, ihn gleichzeitig zu entschuldigen), doch habe er beschlossen, seinen Sohn dafür zu bestrafen, ihn für einige Zeit aufs Land zu schicken und unter Ichmenjeffs Aufsicht zu stellen. Er schrieb ferner, daß er sich ganz auf seinen guten, edlen Nikolai Ssergejewitsch verlasse, besonders aber auf Anna Andrejewna, bat sie beide, seinen Leichtfuß in ihre Familie aufzunehmen, ihn in der Einsamkeit zur Vernunft zu bringen, ihn auch, wenn möglich, lieb zu gewinnen, vor allem aber seinen leichtsinnigen Charakter zu bessern und ihm heilsame, strenge, im menschlichen Leben so notwendige Zucht beizubringen. Es war selbstverständlich, daß der alte Ichmenjeff diese Aufgabe mit Begeisterung übernahm. Der junge Fürst erschien und wurde wie ein eigener Sohn von ihnen aufgenommen. In kurzer Zeit gewann der Alte ihn ebenso lieb wie seine Tochter Natascha; selbst nach seinem Bruch mit dem fürstlichen Vater, sprach er manchmal immer noch liebevoll und heiter von seinem Aljóscha, wie er gewohnt war, den jungen Fürsten Alexei Petrówitsch zu nennen. Dieser war in der Tat ein reizender Jüngling: schön, schwach und sensibel wie ein junges Frauenzimmer, zugleich aber heiter, harmlos und gutmütig, offenherzig und fähig der edelsten Empfindungen, mit einem liebenden, vertrauenden und dankbaren Herzen – da war es kein Wunder, daß er bald zum Liebling des ganzen Hauses wurde. Trotz seiner neunzehn Jahre war er noch ein vollständiges Kind. Man konnte es gar nicht begreifen, warum der Vater ihn fortgeschickt hatte, da er ihn, wie alle behaupteten, doch so sehr liebte. Man sagte, der Junge habe in Petersburg müßig und leichtsinnig so dahingelebt, und habe nicht in den Staatsdienst eintreten wollen, was den Vater sehr erzürnt hätte. Nikolai Ssergejewitsch fragte Aljoscha nicht weiter darüber aus, da der Fürst selbst ihm den wahren Grund nicht mitgeteilt hatte. Übrigens liefen Gerüchte um von einem leichtfertigen Verhältnis Aljoschas zu einer Dame, von einer Herausforderung zum Duell, von einem kolossalen Spielverlust, ja, das Gerücht ging sogar so weit, daß es ihm nachsagte, er habe fremdes Geld vergeudet. Wieder andere behaupteten, daß der Fürst seinen Sohn nur aus egoistischen Gründen entfernt habe. Die letzte Behauptung empörte Nikolai Ssergejewitsch besonders, um so mehr, als Aljoscha, der seinen Vater von Kindheit an gar nicht gekannt hatte, jetzt für ihn geradezu schwärmte, ihn liebte, sich für ihn begeisterte. Offenbar stand er ganz unter seinem Einfluß. Aljoscha plauderte zuweilen auch von einer Gräfin, die sie beide, Vater und Sohn, verehrt hätten und die ihn, Aljoscha, bevorzugt hätte, worüber der Vater sehr böse geworden sei. Er erzählte sogar des öfteren davon, in kindlicher Offenherzigkeit und mit hellem Lachen; aber Ichmenjeff pflegte ihn dann jedesmal zu unterbrechen. Aljoscha bestätigte auch das Gerücht, daß der Vater nochmals heiraten wolle.

Er hatte schon fast ein Jahr in der Verbannung gelebt, von Zeit zu Zeit dem Vater vernünftige und respektvolle Briefe geschrieben, und hatte sich in Wassiljewskoje so gut eingelebt, daß er, als der Vater im Sommer auf das Gut kam, diesen selbst bat, ihn möglichst lange in Wassiljewskoje zu lassen, da das Landleben, wie er versicherte, seine einzige Bestimmung wäre. Alle Wünsche und Entschlüsse Aljoschas entsprangen einer übermäßigen nervösen Empfänglichkeit, einem heißen Herzen und einem Leichtsinn, der oft an Unvernunft grenzte, der Fähigkeit, sich jedem äußeren Einfluß zu ergeben, bei völligem Mangel an eigenem Willen. Der Fürst dagegen verhielt sich sehr mißtrauisch zu der Bitte . . . Nikolai Ssergejewitsch konnte nur mit Mühe seinen früheren »Freund« wiedererkennen; Fürst Pjotr Alexandrowitsch Walkowskij hatte sich sehr verändert. Er war plötzlich in seinem Verhalten zu Nikolai Ssergejewitsch auffallend händelsüchtig; bei der Revision der Rechnungen zeigte er sich kleinlich, habgierig, in gewisser Hinsicht fast geizig. Der gute Nikolai Ssergejewitsch nahm sich das alles sehr zu Herzen und bemühte sich lange, selbst nicht daran zu glauben. Dieses Mal wickelte sich alles ganz anders ab als vor vierzehn Jahren. Dieses Mal besuchte der Fürst alle seine Nachbarn, d.h. nur die vornehmeren von ihnen; nur zu Nikolai Ssergejewitsch kam er nie mehr herübergefahren und behandelte ihn wie einen Untergebenen. Und plötzlich geschah etwas ganz Unbegreifliches: ohne jeglichen Grund kam es zu einem vollständigen Bruch zwischen dem Fürsten und Nikolai Ssergejewitsch. Bittere, beleidigende Ausdrücke hatten Horcher vernommen. Empört verließ Ichmenjeff sofort Wassiljewskoje, aber damit war die häßliche Geschichte noch nicht zu Ende. In der ganzen Umgegend erzählte man sich nun die schrecklichsten Klatschgeschichten. Man behauptete, Nikolai Ssergejewitsch habe den Charakter und die Fehler des jungen Fürsten zu seinen Gunsten auszunützen verstanden; seine Tochter Natascha (die damals siebzehnjährige) habe den zweiundzwanzigjährigen Junker in sich verliebt gemacht, und der Vater wie die Mutter förderten diese Liebe, indem sie so taten, als bemerkten sie nichts, vor allem nicht, daß die schlaue und »unmoralische« Natascha diesen noch ganz jungen Menschen das ganze Jahr über durch ihre Bemühungen der Bekanntschaft mit allen benachbarten »anständigen« jungen Mädchen aus guter Familie entzogen habe. Man behauptete schließlich, daß zwischen den Liebenden die heimliche Trauung im Dorfe Grigórjewo, fünfzehn Werst von Wassiljewskoje, schon verabredet worden sei, und daß die Eltern hierbei Natascha mit guten Ratschlägen unterstützt hätten. Kurz, ein ganzes Buch hätte das nicht zu fassen vermocht, was sich die Provinzklatschbasen beiderlei Geschlechts bei dieser Gelegenheit alles ausdachten. Ich wundere mich nur, daß der Fürst ihnen Glauben geschenkt hatte und tatsächlich infolge eines anonymen Briefes aus der Provinz nach Wassiljewskoje gekommen war. Selbstverständlich hätte niemand, der Nikolai Ssergejewitsch auch nur ein wenig kannte, diesen Geschichten Glauben schenken können, doch statt dessen, wie das so zu geschehen pflegt, ereiferten sie sich alle, schüttelten die

Köpfe und ... verurteilten ihn endgültig. Ichmenjeff war viel zu stolz, um sich und seine Tochter vor diesen Klatschbasen zu rechtfertigen, und befahl auch Anna Andrejewna strengstens, sich den Nachbarn gegenüber auf keine Erklärungen einzulassen. Natascha selbst, die Vielverleumdete, erfuhr von alledem nichts, wußte kein Wort von diesen Klatschereien. Man verheimlichte ihr die ganze Geschichte, und so blieb sie heiter und unschuldig wie ein zwölfjähriges Kind.

Der Konflikt spitzte sich indessen immer mehr zu. Diensteifrige Geister ruhten nicht und brachten es so weit, den Fürsten davon zu überzeugen, daß die langjährige Verwaltung des Gutes sich keineswegs durch musterhafte Ehrlichkeit ausgezeichnet hätte. Und damit nicht genug: vor drei Jahren sollte Nikolai Ssergejewitsch beim Verkauf eines Wäldchens zwölftausend Rubel für sich behalten haben, was durch die allerklarsten Beweise vor Gericht bezeugt werden könnte, um so mehr, als er zum Verkauf des Wäldchens keine gesetzliche Vollmacht des Fürsten besessen, sondern dabei aus eigener Initiative gehandelt hätte, um erst hinterher den Fürsten von der Notwendigkeit des Verkaufes zu überzeugen und eine geringere Summe, als die für das Wäldchen erhaltene, zu überweisen. Alle diese Verleumdungen entbehrten selbstverständlich jeglicher Unterlage, wie es sich in der Folge erwies. Nichtsdestoweniger hatte der Fürst ihnen Glauben geschenkt und in Gegenwart von Zeugen Nikolai Ssergejewitsch einen Dieb genannt. Ichmenjeff brauste auf und schleuderte ihm eine gleich kräftige Beleidigung zurück. Es kam zu einer furchtbaren Szene, die dann zu einem Prozeß führte. Nikolai Ssergejewitsch, der keine genügenden schriftlichen Beweise hatte, und, was die Hauptsache war, keine Protektion und keine Erfahrung in Gerichtssachen besaß, verlor den Prozeß sofort in der ersten Instanz. Sein Gut wurde sequestriert. Der erschütterte Alte aber ließ alles liegen und zog nach Petersburg, um dort für seine Sache persönlich zu wirken. Die Verwaltung seines Gutes übertrug er einem erfahrenen Sachverständigen. Dem Fürsten freilich schien es bald klar geworden zu sein, daß er Ichmenjeff grundlos beleidigt hatte. Es waren aber beiderseits solche Kränkungen gefallen, daß von einer Aussöhnung nicht mehr die Rede sein konnte, zumal der erbitterte Fürst seinerseits alles tat, um die Sache zu seinen Gunsten zu wenden, das heißt: im Grunde seinen früheren Verwalter um das letzte Stück Brot zu bringen.

V

So waren denn Ichmenjeffs nach Petersburg übergesiedelt.

Über mein Wiedersehen mit Natascha nach einer so langen Trennung will ich mich nicht weiter verbreiten. Ich hatte sie in diesen vier langen Jahren nicht vergessen, im Gegenteil, ich hatte nur zu oft an sie gedacht. Natürlich war ich mir selbst nicht völlig im klaren über jenes eigentümliche Gefühl, mit dem ich an sie zurückdachte; als wir uns dann aber wiedersahen, sagte ich mir, daß wohl das Schicksal selbst sie für mich bestimmt hatte. In der ersten Zeit schien es mir, daß sie sich in diesen Jahren wenig entwickelt habe, ich dachte, sie sei dasselbe kleine Mädchen geblieben, das sie früher gewesen war. Dann aber begann ich jeden Tag etwas Neues an ihr zu entdecken, etwas bis dahin noch nie an ihr Bemerktes, das gleichsam absichtlich vor mir verborgen worden war, als hätte das Mädchen sich vor mir verstecken wollen... und welch eine Wonne war dieses Entdecken!

Ichmenjeff war in der ersten Zeit nach der Ankunft sehr übelgelaunt und dementsprechend reizbar. Seine Sache stand ziemlich schlecht, und da ärgerte er sich denn fortwährend, fuhr aus der Haut, sobald ihm etwas ungelegen kam, beschäftigte sich den ganzen Tag mit seinen Akten und Geschäftspapieren, und hatte überhaupt wenig Sinn für uns. Und Anna Andrejewna ging umher, als könne sie sich in den neuen Verhältnissen überhaupt nicht zurechtfinden.

Petersburg beängstigte sie. Sie seufzte und fürchtete sich, weinte und sehnte sich zurück nach ihrem früheren Leben in Ichmenjeffka, machte sich auch wegen Natascha Sorgen, da das Mädchen doch schon erwachsen sei und dabei so gar keine Aussichten habe ... kurzum, sie schüttete mir mit erstaunlicher Offenheit ihr Herz aus, freilich nur deshalb gerade mir, weil sie sonst niemanden hatte, der für solche freundschaftlich vertraulichen Ergüsse geeigneter gewesen wäre.

In eben dieser Zeit, oder vielmehr kurz vor ihrer Ankunft in Petersburg, hatte ich meinen ersten Roman beendet, jenes Erstlingswerk, mit dem ich meine Laufbahn begann, und als Neuling wußte ich natürlich nicht, wo ich ihn unterbringen sollte. Bei Ichmenjeffs ließ ich jedoch kein Wort davon verlauten; sie aber waren mir ernstlich böse, weil ich, wie sie meinten, ein müßiges Leben führte, das heißt: weder im Staatsdienst stand, noch sonstwo eine Anstellung suchte. Der Alte machte mir deshalb mitunter sogar bittere Vorwürfe, wozu ihn selbstverständlich nur seine väterliche Zuneigung zu mir bewog. Ich aber schämte mich einfach, ihnen zu sagen, womit ich mich beschäftigte. Und wie hätte ich ihnen auch so offen sagen sollen, daß ich überhaupt nicht in den Staatsdienst treten, sondern Romane schreiben wollte? Deshalb zog ich es denn vor, sie inzwischen noch zu täuschen, und sagte ihnen, ich fände keine Anstellung, obgleich ich mich nach Kräften um eine solche bemühe. Der Alte hatte keine Zeit, meine Angaben nachzuprüfen. Ich erinnere mich noch, wie Natascha mir einmal, nachdem sie ein diesbezügliches Gespräch zwischen ihm und mir angehört hatte, heimlich einen Wink gab, ihr ins Nebenzimmer zu folgen, und wie sie mich dann unter Tränen beschwor, doch an meine Zukunft zu denken, und wie sie mich ins Verhör nahm: sie wollte unbedingt wissen, was ich eigentlich triebe. Und als ich auch ihr nichts von meiner Schriftstellerei mitteilte, da mußte ich ihr schwören, daß ich mich nicht als Faulpelz dem Schlendrian ergeben und so zugrunde richten würde. Aber wenn ich ihr auch nicht gestand, was ich trieb, so hätte ich doch – dessen entsinne ich mich noch genau – alle Kritiken, selbst die schmeichelhaftesten Äußerungen der berühmtesten Literaturkenner über meinen Roman, hingegeben für ein einziges aufmunterndes Wort von ihr. Und nun war mein Roman endlich erschienen! Schon lange vor seinem Erscheinen war in Literatenkreisen viel von dieser Neuerscheinung gesprochen worden. Der Kritiker B.[3] hatte sich beim Lesen meines Manuskriptes wie ein Kind gefreut. Nein! Wenn ich jemals glücklich gewesen bin, so war ich es nicht in jener Zeit der berauschenden Augenblicke meines ersten Erfolges, sondern damals, als ich mein Manuskript noch niemandem gezeigt, niemandem vorgelesen hatte: in jenen langen Nächten während der Arbeit, in jener Begeisterung, zwischen Hoffnungen und Träumen, und in der leidenschaftlichen Liebe zur Arbeit, als ich mich mit meinen Phantasiegebilden, mit den Menschen, die ich selbst erschuf, so einlebte, als wären es vertraute Geschwister. Ja, ich liebte sie von ganzer Seele, ich teilte ihr Leid, wie ich ihre Freude teilte, und mitunter vergoß ich aufrichtige Tränen über meinen unschlauen Helden. Wie sehr sich die Alten über meinen Erfolg freuten, läßt sich kaum beschreiben, obschon sie die Tatsache zuerst vor lauter Verwunderung gar nicht recht fassen konnten: es war doch eine zu seltsame Überraschung für sie. Anna Andrejewna wollte zuerst überhaupt nicht glauben, daß der neue, von allen gerühmte Schriftsteller – dieser selbe Wanja sei, der doch usw., usw., und sie schüttelte immer nur den Kopf. Auch der Alte ergab sich nicht sobald, sprach des langen und breiten von verpfuschter Karriere im Staatsdienst, sprach auch von dem nicht einwandfreien Lebenswandel der Schriftsteller im allgemeinen. Allein, die immer wieder auftauchenden neuen Urteile und Gerüchte, die zu ihm drangen, die Besprechungen in den Tageszeitungen, und schließlich einige lobende Äußerungen hochstehender Persönlichkeiten, denen er alles ehrfurchtsvoll aufs Wort glaubte, zwangen ihn mit der Zeit doch, seine Auffassung von der Sache zu ändern. Als er dann gar sah, daß ich plötzlich Geld besaß, und als er erfuhr, wieviel Geld man mit literarischer Arbeit verdienen konnte, da schwanden auch seine letzten Zweifel und Bedenken. Als er aber einmal die Zweifel hatte fahren lassen, da gab er sich sogleich dem vollsten Glauben an mich hin, ja, sogar richtiger Beigeisterung. Wie ein Kind freute er sich über mein Glück, und bald spann er die schönsten Zukunftsträume, indem er seiner Phantasie ohne Bedenken die Zügel schießen ließ. Jeden Tag dachte er sich etwas Neues aus, schmiedete er neue Pläne für mich, und was das für Pläne waren! Er begann sogar, mir eine gewisse Hochachtung zu bezeugen, was er bis dahin natürlich nicht getan hatte. Dennoch gab es Augenblicke, wo wieder der Zweifel mißtrauisch sein Haupt erhob und er mitten im begeisterten Phantasieren innehielt, weil er plötzlich mit sich selbst nicht recht im klaren war.

»Hm!« meinte er dann. »Ein Autor! Ein Dichter! Es bleibt aber doch sonderbar... Wann sind denn Dichter je zu hohen Würden gelangt? Weiß Gott, sie sind doch immer nur solche Federfuchser geblieben, so'n unzuverlässiges Völkchen ohne solide Zukunft.«

Wie ich bemerkte, kamen ihm diese beunruhigenden Gedanken, die so kitzlige Fragen aufwarfen, gewöhnlich in der Dämmerung, die für ihn überhaupt eine gefährliche Stunde zu sein schien: er wurde dann eigentümlich nervös, empfindsam und mißtrauisch. (Wie gut ich mich noch an alle Einzelheiten dieser goldenen Zeit erinnere!) Natascha und ich, wir kannten seine Schwächen und lächelten im stillen. Ich erzählte ihm literarische Anekdoten, erzählte, wie Dersháwin eine Schnupftabakdose mit Golddukaten erhalten und wie die Zarin persönlich Lomonóssoff[4] besucht hatte; ich erzählte zum Schluß auch noch von Puschkin und Gogol.

»Ich weiß, Freund, ich weiß das alles«, versetzte der Alte, der diese Geschichten vielleicht zum erstenmal hörte, »...hm! Aber weißt du, Wanja, ich bin froh, daß dein

Geschreibsel da nicht in Versen ist. Verse sind Unsinn; widersprich mir nicht, glaube mir altem Mann. Ich will ja nur dein Bestes. Wie gesagt: barer Unsinn, nichts als Zeitverschwendung! Gymnasiasten, die mögen noch Verse schmieden, aber im allgemeinen können Verse euch junges Blut noch in die Irrenanstalt bringen ... Nun ja, gewiß, Puschkin war groß, wer bestreitet denn das? Aber immerhin sind es schließlich doch nur Vers'chen, die er geschrieben hat, nichts weiter, sowas, hm! ... Ephemerisches, nennt man's wohl, Kurzlebiges ... Übrigens habe ich nur wenig von ihm gelesen ... Ja, Prosa – sieh, das ist etwas ganz Anderes! Hier kann der Verfasser sogar belehren, – na, da, gleichviel ... kann von der Liebe zum Vaterlande reden, oder so ... na, überhaupt, von der Tugend ... Ja! Ich, weißt du, Freund, ich verstehe mich nur nicht auszudrücken, aber du begreifst mich schon: ich rede ja nur aus Sorge um dich. Nun also, lies es uns mal vor, lies vor!« schloß er plötzlich mit einer gewissen Gönnerhaftigkeit, als ich endlich das Buch gebracht und wir uns alle nach dem Tee an den runden Tisch gesetzt hatten, »also jetzt lies mal vor, was du da zusammengekritzelt hast. Es wird ja soviel Aufhebens von dir gemacht! Jetzt wollen wir mal sehen, mal sehen!«

Ich schlug das Buch auf und schickte mich an, mit dem Vorlesen zu beginnen. Gerade an dem Tage war mein Roman aus der Druckerei gekommen, und nachdem ich endlich ein Exemplar erhalten hatte, war ich sogleich zu Ichmenjeffs geeilt, um ihnen mein Erstlingswerk vorzulesen.

Wie oft hatte ich mich darüber geärgert, daß ich ihnen das Werk nicht früher, nicht aus dem Manuskript, das beim Verleger war, vorlesen konnte! Natascha hatte vor Verdruß sogar geweint und mir bitter vorgeworfen, daß jetzt fremde Menschen meinen Roman früher lesen würden als sie ... Aber da war nun endlich der große Augenblick gekommen. Wir saßen am Tisch. Der Alte machte ein ungewöhnlich ernstes und kritisches Gesicht. Er wollte offenbar gewissenhaft zu Gericht sitzen, wollte unerbittlich streng urteilen und vor allem »sich selbst überzeugen«. Anna Andréjewna blickte gleichfalls ungemein feierlich drein; fast hätte sie zu dieser Vorlesung ihre neue Haube aufgesetzt. Oh, sie hatte schon längst bemerkt, wie zärtlich ich ihren Liebling Natascha betrachtete, daß mir der Atem stockte und es mir vor den Augen dunkel wurde, wenn ich mit ihr sprach, und daß auch Natascha mich mit helleren Blicken ansah als früher. Ja! Endlich war auch diese Zeit angebrochen, gerade im Augenblick der Erfolge, der goldenen Hoffnungen und des großen Glücks – alles kam zusammen, alles auf einmal! Auch war es ihr nicht entgangen, daß ihr Alter mich ganz verdächtig zu loben begann und mich und seine Tochter oft mit so eigenen Augen betrachtete ... aber da erschrak sie: ich war doch kein Graf, kein Fürst, kein Erbprinz oder zum mindesten ein Kollegienrat und Jurist, auf dessen junger Brust Orden glänzten und der eine schöne Erscheinung war! Die gute Anna Andrejewna liebte es nicht, Halbes zu wünschen.

‚Da wird nun der Mensch gelobt und gelobt', dachte sie, ‚weshalb aber, wofür – das weiß man nicht. Ein Autor, ein Dichter! Aber was ist denn schließlich so ein Autor?'

VI

Ich las ihnen meinen Roman in einem Zug sogleich bis zum Ende vor. Ich begann nach dem Tee und las bis zwei Uhr nachts. Der Alte legte zunächst die Stirn in Falten. Er hatte etwas unfaßbar Hohes erwartet, etwas, das er vielleicht überhaupt nicht begreifen werde: etwas unbedingt Erhabenes mußte es sein. Statt dessen war es plötzlich etwas so Alltägliches und längst Bekanntes – wirklich: genau wie das, was gewöhnlich um einen herum geschah! Wenn doch der Held wenigstens ein großer oder interessanter Mensch gewesen wäre! Oder wenn ich doch etwas Historisches geschrieben hätte à la „Roßlawleff" oder „Jurij Miloßlawskij"![5] ...

Aber so! ... Irgendein kleiner, verschüchterter und sogar ziemlich einfältiger Beamter, an dessen Uniformrock auch noch Knöpfe fehlen! – und alles das noch dazu in einer so einfachen Sprache geschrieben, haargenau so wie wir selbst sprechen ... Sonderbar! Auch die Alte blickte fragend ihren Alten an, setzte sogar eine etwas hochmütige Miene auf, als hätte ich sie gekränkt. ‚Nein, lohnt es sich denn, so etwas überhaupt zu drucken und anzuhören! Und dafür wird noch Geld gezahlt!' stand auf ihrem Gesicht geschrieben. Natascha dagegen hörte gespannt zu, wandte keinen Blick von meinem Gesicht; sie hing förmlich an meinen Lippen, sah, wie ich jedes Wort aussprach, und bewegte hin und wieder unbewußt ihre eigenen reizenden Lippen nach meinem Beispiel. Aber was geschah? Noch hatte ich nicht bis zur Hälfte gelesen, da standen schon in den Augen aller meiner Zuhörer – Tränen. Anna Andrejewna weinte aufrichtig, bemitleidete meinen Helden von ganzem Herzen und wollte ihm in seinem Unglück beistehen, helfen, was ich aus ihren naiven Ausrufen ersah. Der Alte hatte bald alle Erwartungen auf hohe und erhabene Dinge fallen lassen.

»Da sieht man gleich, daß der Verfasser noch nichts Klassisches im Sinne hatte, es ist eben nur eine einfache Erzählung; dafür aber geht sie einem zu Herzen«, sagte er, »dafür ist sie verständlich und begreiflich und erklärt einem, was um uns geschieht, und ist gleichzeitig sozusagen ein Denkmal dieser Geschehnisse. Dafür erkennt man, daß auch der armseligste Mensch, mag er noch so eingeschüchtert und heruntergekommen sein, doch auch ein Mensch und unser Bruder ist.«

Natascha hörte zu, weinte und drückte mir unter dem Tisch heimlich, aber krampfhaft die Hand. Ich hatte den Roman zu Ende gelesen. Sie erhob sich; ihre Wangen glühten und Tränen glänzten noch an ihren Wimpern; plötzlich ergriff sie meine Hand, küßte sie und lief aus dem Zimmer. Die beiden Alten tauschten einen Blick aus.

»Hm! Da sieh mal, wie begeisterungsfähig sie ist«, sagte

der Alte, doch etwas verdutzt. »Übrigens schadet das nichts, es ist sogar gut so, weißt du, sogar sehr gut, ein edler Ausbruch! Sie ist ein gutes Mädchen ...«, brummte er mit einem Seitenblick auf seine Frau, als wolle er Natascha in Schutz nehmen und gleichzeitig auch mich rechtfertigen.

Doch Anna Andrejewna blickte jetzt bereits, obschon sie noch kurz zuvor gerührt und erregt gewesen war, mit einer Miene drein, als wollte sie sagen: »Das ist ja alles ganz schön und gut, und ‚Alexander der Große war natürlich ein Held, aber wozu deshalb gleich die Stühle zertrümmern?'«[6]

Natascha kehrte bald zurück, heiter und glücklich, und im Vorübergehen kniff sie mich heimlich. Der Alte machte sich zwar wieder daran, »ernstlich« meinen Roman abzuschätzen, nur versagte vor lauter Freude seine Charakterfestigkeit, und er ließ sich hinreißen:

»Na, Freund Wánja, kein Wort dagegen, es ist gut, sogar sehr gut! Hast uns überrascht, das muß ich sagen! Hast uns sogar so überrascht, wie ich es gar nicht erwartet hätte. Es ist ja nicht Gott weiß wie hoch und erhaben, das sieht man ... Da habe ich zum Beispiel die „Befreiung Moskaus" – dort auf dem Tisch, ist auch in Moskau verfaßt worden – nun, das ist was anderes; das merkt man, Freund, schon an der ersten Zeile, daß man sich da, wie man so sagt, wie ein Adler emporschwingen muß, um es zu verstehen ... Aber bei dir Wanja, ist alles viel einfacher, viel verständlicher. Sieh, und gerade deshalb gefällt es mir auch, weil es verständlicher ist. Es ist so ... so vertraut; als hätte ich das alles selbst erlebt. Das Erhabene aber – was ist denn das schließlich? Das begreift der Schreiber vielleicht selber nicht. Aber weißt du, den Stil würde ich an deiner Stelle doch etwas feilen; das Buch ist ja gut so, wie es ist, aber sag' du, was du willst – es ist eigentlich doch wenig Erhabenes darin ... Na, aber was! – jetzt ist es zu spät: ist ja schon gedruckt. Aber in der zweiten Auflage, ginge es da nicht? Was, Freund, eine zweite Auflage wird's doch geben? Und dann gibt es wieder Geld ... hm!«

»Und Sie haben wirklich soviel Geld dafür bekommen, Iwan Petrowitsch?« fragte mich Anna Andrejewna. »Ich muß sagen: ich sehe Sie an und kann's immer noch nicht glauben. Ach, du meine Güte, wofür man jetzt alles Geld zahlt!«

»Weißt du, Wanja«, fuhr der Alte fort, indem er und seine Phantasie immer lebhafter wurden, »das ist zwar kein Staatsdienst, dafür aber doch eine Laufbahn! Auch hochstehende Persönlichkeiten werden es lesen. Du sagtest doch, Gogol erhalte eine jährliche Unterstützung und sei ins Ausland geschickt worden. Was, wenn du nun auch so etwas erhieltest? Wie? Was meinst du? Oder ist es noch zu früh? Muß dazu noch mehr geschrieben werden? Nun, dann schreib nur, Freund, schreib nur! Ruh' dich noch nicht aus auf deinen Lorbeeren. Wozu da Zeit verlieren!«

Und er sagte das alles mit so überzeugter Miene, mit einer so gutmütigen Offenherzigkeit, daß ich mich nicht entschließen konnte, seiner Phantasie einen Dämpfer aufzusetzen: ich hatte nicht das Herz dazu.

»Oder es wird dir zum Beispiel eine Schnupftabaksdose übersandt ... Was! Man kann eben auf verschiedene Art seine Anerkennung bezeugen. Vielleicht will man dir behilflich sein ... Wer weiß, vielleicht wirst du sogar bei Hofe empfangen werden?« fragte er fast flüsternd und sah mich dabei bedeutsam an und zwinkerte mit dem linken Auge, »oder nicht? Dazu ist's wohl noch zu früh?«

»Was nicht noch! Nun schon bei Hofe!« sagte Anna Andrejewna, wie es schien, für den Hof fast gekränkt.

»Es fehlt nicht mehr viel und Sie erheben mich noch zum General!« versetzte ich, von Herzen lachend.

Da begann auch der Alte zu lachen. Er war gut gelaunt.

»Wünschen Exzellenz nicht etwas zu genießen?« fragte Natascha schelmisch vom Eßtisch her. Dann lachte sie auf, lief zum Vater und umarmte ihn krampfhaft.

»Du guter, lieber Papa!«

Der Alte war ganz gerührt.

»Nun, nun, schon gut, schon gut! Ich rede ja nur so. General hin, General her – aber gehen wir jetzt zu Tisch und essen wir etwas. Ach du, Kleine, sieh mal an, wie leicht du dich rühren läßt!« sagte er zärtlich, indem er seiner Natascha die rosige Wange tätschelte, was er gern bei jeder Gelegenheit tat. »Ich habe ja nur aus Liebe zu dir gesprochen, Wanja ... Nun, wenn du auch nicht ein General wirst – bis zum General ist es weit! – aber du bist doch immer eine bekannte Persönlichkeit: ein Verfasser.«

»Heutzutage sagt man ‚Schriftsteller', Papachen.«

»So? Nicht Verfasser? Das wußt' ich nicht. Na, dann meinethalben ein Schriftsteller. Aber ich wollte ja nur sagen: zum Kammerherrn wird er dafür, daß er einen Roman geschrieben hat, doch nicht ernannt werden; daran ist nicht zu denken; aber schließlich kann er es auch so zu einer angesehenen Stellung bringen, zum Beispiel: er kann irgend so etwas wie ein Attaché werden, wird vielleicht ins Ausland geschickt, nach Italien, zur Kräftigung der Gesundheit, oder sonstwie ... zur Vervollkommnung in den Wissenschaften etwa ... dazu kann man ihn mit einem Stipendium unterstützen. Versteht sich: das darf nur in anständiger Weise geschehen, so, daß er auch wirklich etwas dafür leistet, für das Geld und die Ehrungen, nicht aber so irgendwie ... infolge von Protektion ...«

»Werd' mir aber dann bloß nicht zu stolz, Iwan Petrowitsch«, fiel ihm lächelnd Anna Andrejewna ins Wort.

»Ach, Papa, heften wir ihm doch schnell einen Orden an den Rock, denn sonst – was ist denn so ein Attaché!«

Und wieder kniff sie mich heimlich in den Arm.

»Da macht sich diese hier wieder mal lustig über mich!« rief der Alte lachend, während seine Augen liebkosend auf seiner Tochter ruhten, deren glänzender Blick und lachende Lippen Freude ausstrahlten. »Ja, wißt ihr, jetzt merk' ich selbst, daß ich zu weit gegangen bin, Kinderchen, und bin unversehens unter die orientalischen Märchenerzähler geraten; das ist nun einmal mein alter Fehler ... Aber weißt du,

Wanja, es wundert mich doch: du bist ja eigentlich, wenn man dich so ansieht, ein ganz gewöhnlicher Mensch sozusagen ...«

»Ach, mein Gott! Wie soll er denn sonst aussehen, Papachen?«

»Nein, nein, das war nicht so gemeint! Ich meine ja nur, Wanja, daß du eben ein Gesicht hast ... das heißt so ... eben gar kein poetisches Gesicht ... So, weißt du, ich meine – man sagt doch immer, sie seien so bleich, die Dichter, so – na ja, mit solchem Haar und in den Augen so was ... Na, du weißt schon, so wie Goethe etwa oder sonst einer von diesen ... ich hab's vor kurzem im Abbadona gelesen ... Wie? Was? Habe ich wieder was Falsches gesagt? Da hat der Racker wieder gut lachen über mich! Worüber lachst du denn? Ich, wißt ihr, ich bin kein Gelehrter, ich verstehe nur zu fühlen. Na, Gesicht hin, Gesicht her – was ist schließlich an einem Gesicht gelegen! Für mich ist auch dein Gesicht gut genug, es gefällt mir sogar sehr ... Das war es nicht, was ich sagen wollte ... Nur sei du immer ehrlich, Wanja, sei ein Ehrenmann, das ist die Hauptsache. Lebe anständig, denke nicht an das glänzende Äußere, nicht darauf kommt es an! Vor dir liegt ein weiter Weg. Diene ehrlich deiner Sache; sieh, nur das wollte ich dir sagen, gerade dieses eine wollte ich dir nur sagen!«

Wundervoll war diese Zeit! Alle freien Stunden, alle Abende verbrachte ich bei ihnen. Dem Alten erzählte ich Neues aus der literarischen Welt und von der Literatur, für die er sich plötzlich, ich weiß nicht warum, sehr zu interessieren begann; er las sogar die kritischen Abhandlungen B.'s, von denen ich ihm viel erzählt hatte und die er doch fast überhaupt nicht verstand, aber nichtsdestoweniger bis zur Begeisterung lobte, während er die Feinde B.s aufs schärfste verurteilte, die ihre Artikel im „Nordischen Zunder" veröffentlichten.[7] Die Alte pflegte eifrig auf mich und Natascha aufzupassen, aber es half doch nichts! Zwischen uns war schon das entscheidende Wort gefallen, denn Natascha hatte mit gesenktem Köpfchen und halbgeöffneten Lippen flüsternd »Ja« gesagt. Dann hatten es die Alten erfahren, sich darüber beraten, nachgedacht; Anna Andrejewna hatte lange ungläubig den Kopf geschüttelt. Sonderbar bange war ihr. Sie glaubte nicht an mich.

»Solange Sie Erfolge haben, Iwan Petrowitsch, ist ja alles gut«, sagte sie zu mir, »aber wenn der Erfolg ausbleibt – was dann? Wäre es nicht doch besser, wenn Sie irgendwo im Staatsdienst eine Anstellung hätten?«

»Hör' mal zu, Wanja, was ich dir sagen werde«, entschied der Alte nach langem Nachdenken, »ich habe es ja lange kommen sehen, längst bemerkt und muß gestehen, daß es mich gefreut hat, du und Natascha ... nun, was ist denn dabei! Siehst du, Wanja; beide seid ihr aber noch sehr jung, und meine Anna Andrejewna hat recht. Warten wir noch ein wenig. Nehmen wir an, du hast Talent, vielleicht sogar bedeutendes Talent ... nun, gerade kein Genie, wie sie da anfangs über dich schrieben, sondern so, einfach ein Talent ... (ich habe heute eine Kritik über dich in der „Biene" gelesen; gar zu schlecht haben sie dich da behandelt; doch was ist denn das auch für eine Zeitschrift!) Ja! Siehst du: das heißt noch kein Geld auf der Sparkasse haben, wenn man Talent hat. Ihr seid aber beide arm. Warten wir ein Jährchen oder ein halbes: kommst du inzwischen auf deinem Weg gut vorwärts – so sollst du sie haben; wenn nicht – so sage doch selbst ... du bist ein anständiger Mensch, überlege es dir doch einmal! ...«

Und dabei blieb es. Nach einem Jahr aber stand es so:

Ja, gerade nach einem Jahr! An einem hellen Septembertag, kurz vor Abend war es, da erschien ich bei meinen Alten, krank, den Tod in Seele und Leib, und sank fast ohnmächtig auf einen Stuhl, so daß die beiden, als sie sahen, in welchem Zustand ich mich befand, sehr erschraken. Nicht etwa deshalb schwindelte mir der Kopf und quälte mich mein Herz, nachdem ich zehnmal an ihre Tür getreten war und zehnmal mich fortgeschlichen hatte, ohne einzutreten, – nicht deshalb, weil meine literarische Tätigkeit mir weder Ruhm noch Geld eingebracht; nicht deshalb, weil ich noch kein „Attaché“ geworden war und niemand daran dachte, mich der Gesundheit wegen nach Italien zu schicken; sondern deshalb, weil man in einem Jahr zehn Jahre durchleben konnte, und weil auch meine Natascha zehn Jahre in einem Jahr durchlebt hatte. Eine Ewigkeit lag zwischen uns ... Und ich erinnere mich, wie ich dasaß vor meinen Alten und unbewußt meinen alten Hut zwischen den Fingern noch mehr zerknautschte, dasaß und wartete – worauf? Wohl daß Natascha käme?! Meine Kleidung war erbärmlich, mein Rock saß schlecht, mein Gesicht war bleich und eingefallen – und doch war ich noch längst nicht einem Dichter ähnlich, und aus meinen Augen flammte nichts Großes, was schon damals den guten Nikolai Ssergejewitsch mit Sorge erfüllt hatte. Die Alte sah auf mich mit allzu aufrichtigem, allzu bereitwilligem Mitleid und dachte wohl bei sich:

‚Und dieser wäre beinahe Nataschas Bräutigam geworden! Gott bewahre und beschütze uns!‘

»Iwan Petrowitsch, wünschen Sie vielleicht Tee?« (Der Ssamowar kochte auf dem Tisch.) »Wie geht es Ihnen denn, Väterchen? Ganz krank sehen Sie aus!« Mir ist, als hörte ich noch ihre mitleidige Stimme.

Und ich sehe sie wieder vor mir, wie sie zu mir spricht, eine eigene schwere Sorge auf dem Herzen, die auch ihrem Mann am Herzen nagte, der über seiner unangerührten Teetasse seinen Gedanken nachhing. Ich wußte, daß in diesem Augenblick der Prozeß mit dem Fürsten, der für sie keine günstige Wendung genommen, sie sehr beschäftigte. Dazu kamen noch andere Unannehmlichkeiten, die Nikolai Ssergejewitsch tief im Innersten erregten. Der junge Fürst, der die Ursache der ganzen Geschichte war, hatte vor fünf Monaten eine Gelegenheit gefunden, Ichmenjeffs aufzusuchen. Der Alte, der seinen lieben Aljoscha wie einen eigenen Sohn gern hatte und sich täglich seiner erinnerte, nahm ihn mit Freuden auf. Anna Andrejewna wurde an Wassiljewskoje erinnert und brach in Tränen aus. Aljoscha kam nun immer öfter und öfter, während er seine Besuche vor dem Vater verheimlichte. Nikolai Ssergejewitsch wiederum, offen und anständig, wie er war, wies alle Bedenken und Vorsichtsmaßregeln mit Unwillen zurück. Aus Stolz mochte er gar nicht daran denken, was der Fürst dazu sagen würde, wenn er erführe, daß sein Sohn wieder Gast des Hauses Ichmenjeff war, und verachtete innerlich jeglichen unsinnigen Verdacht. Der Alte überlegte gar nicht, ob er auch stark genug sein werde, neue Beleidigungen zu ertragen. Der junge Fürst erschien jetzt jeden Tag und erheiterte die Alten durch seine Gegenwart. Oft saß er bis Mitternacht bei ihnen. Natürlich erfuhr das der Vater. Es liefen wieder die schrecklichsten Gerüchte um. Der Fürst schrieb abermals an Nikolai Ssergejewitsch einen äußerst beleidigenden Brief über dieses Thema und verbot dem Sohn endgültig den Verkehr mit Ichmenjeffs. Das war ungefähr vor zwei Wochen geschehen und hatte den Alten wieder aufs tiefste erschüttert. Wie! Seine unschuldige, edle Natascha wagte man von neuem in diese schmutzige Geschichte zu verwickeln! Dieser Mensch wagte es, wie schon vorher einmal, ihren Namen in schimpfliche Verbindung zu bringen... Und alles das, ohne irgendeine Genugtuung zu erhalten! In den ersten Tagen erkrankte er vor Verzweiflung und mußte das Bett hüten. Alles das hatte ich erfahren, die ganze Geschichte bis in alle Einzelheiten, obgleich ich krank und gequält in meiner Wohnung lag und drei Wochen lang nicht bei ihnen erschienen war. Auch wußte ich schon damals... nein, ich fühlte es voraus, daß außer dieser Geschichte noch etwas anderes sie beunruhigen, ja, quälen mußte, und sie taten mir leid. Vielmehr: ich quälte mich, fürchtete alles zu erraten und wünschte krampfhaft, diese verhängnisvolle Minute aufhalten zu können. Und doch war ich nur deshalb zu ihnen gekommen. Mich hatte heute etwas geradezu gezwungen, hinzugehen!

»Ja, Wanja«, wandte sich, wie sich plötzlich besinnend, der Alte an mich, »bist du nicht krank gewesen? Du warst so lange nicht mehr hier? Ich wollte mich nach dir erkundigen, aber ich kam nicht dazu . . .«

Und er verfiel wieder in Nachdenken.

»Ich war nicht recht gesund«, antwortete ich.

»Hm! Nicht recht gesund«, wiederholte er fünf Minuten nachher. »Also nicht gesund! Habe ich dir damals nicht gesagt, dich gewarnt – du wolltest nicht hören! Hm! Nein, mein lieber Wanja: die Muse, die hat doch immer im Dachstübchen gehungert, und da wird sie auch sitzenbleiben. So ist's!«

Ja, der Alte war wahrlich nicht bei Laune! Aber wäre er nicht selbst so tief in seinem Herzen verwundet gewesen, dann hätte er wohl nicht so hart von der hungernden Muse gesprochen! Ich betrachtete ihn näher: seine Gesichtsfarbe hatte einen gelben Ton, und in seinen Augen lag eine quälende Frage, die zu beantworten er keine Kraft mehr zu haben schien. Er war zerstreut, unruhig und offenbar sehr verbittert. Seine Frau betrachtete ihn mit Unruhe und schüttelte heimlich über ihn den Kopf. Als er sich umwandte, machte sie mir ein Zeichen.

»Wie geht es Natalja Nikolajewna? Ist sie zu Haus?« fragte ich besorgt Anna Andrejewna.

»Zu Haus, mein Lieber, zu Haus«, bestätigte sie, aber als fiele es ihr schwer, auf diese Frage einzugehen. »Sie wird gleich kommen, um dich zu begrüßen. Ist es denn ein Spaß, dich drei Wochen nicht zu sehen! Hat sie sich vielleicht deshalb so verändert? Man weiß wirklich nicht, ist auch sie krank oder ist sie gesund! Gott mag's wissen!«

Und sie warf einen scheuen Blick auf ihren Mann.

»Wieso? Was soll ihr fehlen?« warf Nikolai Ssergejewitsch kurz und abweisend ein, »sie ist gesund. Das Mädchen kommt in die Jahre, wo man die Kinderschuhe auszieht, das ist alles. Wer kann aus diesen Mädchenlaunen klug werden?«

»So! – jetzt sollen es schon Launen sein!« griff Anna Andrejewna in gekränktem Ton die Bemerkung auf.

Der Alte trommelte mit den Fingern auf den Tisch.

‚Mein Gott, sollte wirklich schon etwas zwischen ihnen vorgefallen sein?' dachte ich mit Schrecken.

»Nun, und wie steht es denn da mit euch?« begann er von neuem. »Schreibt B. immer noch seine Kritiken?«

»Ja, er schreibt sie immer noch«, antwortete ich.

»Ach, Wanja, Wanja!« rief er aus, mit der Hand abwinkend, »was helfen uns hier noch die Kritiken!«

Die Tür öffnete sich, und Natascha trat ein.

VII

Sie hielt ihren Hut in der Hand und legte ihn auf das Klavier; darauf kam sie zu mir und reichte mir schweigend die Hand. Ihre Lippen zuckten ein wenig: es war, als hätte sie mir etwas sagen wollen, aber sie sagte nichts.

Drei Wochen hatten wir uns nicht gesehen. Erschrocken sah ich sie an. Wie hatte sie sich in diesen drei Wochen verändert! Mein Herz krampfte sich zusammen, als ich diese blassen Wangen, diese wie im Fieber zuckenden Lippen sah und diese Augen, die unter den langen dunklen Wimpern in leidenschaftlicher Entschlossenheit brannten.

Gott! wie schön sie war! Niemals, weder vorher noch nachher, habe ich sie je so gesehen wie an diesem schicksalträchtigen Abend! War es wirklich dieselbe Natascha, dasselbe junge Mädchen, das mich noch vor einem Jahr, als ich meinen Roman vorlas, mit ihren Augen verschlang und kaum zu atmen wagte? Und wie fröhlich sie damals gewesen war, wie sorglos sie mit ihrem Vater und mit mir beim Abendessen gescherzt und gelacht hatte!

War das wirklich noch dieselbe Natascha, die dort in eben jenem Zimmer mit gesenktem Köpfchen und glutübergossen mir »ja« gesagt hatte?

Dumpfer Glockenklang rief zum Abendgottesdienst. Natascha fuhr zusammen; die Alten bekreuzten sich.

»Du wolltest zum Abendgottesdienst gehen, Natascha, man läutet schon«, sagte Anna Andrejewna. »Gehe, Naschenka, gehe, das Heil ist nahe! Ja, gehe an die Luft, was sitzt du so eingeschlossen im Zimmer! Sieh, ganz bleich bist du schon geworden ...«

»Ich ... gehe vielleicht ... heute nicht«, sagte Natascha leise, fast flüsternd. »Ich ... fühle mich nicht wohl«, fügte sie hinzu und erbleichte. Sie war weiß wie ein Tuch.

»Es ist besser, du gehst, Natascha, du hast doch die Absicht gehabt, zu gehen, brachtest deinen Hut mit. Bete zu Gott, Nataschenka, daß er dir Gesundheit verleihe ...« redete Anna Andrejewna ihr zu und sah dabei doch ängstlich ihre Tochter an, als fürchte sie sich vor ihr.

»Ja, ja, geh nur, geh an die frische Luft«, riet jetzt auch der Alte, der unruhig das Gesicht seiner Tochter betrachtete. »Die Mutter hat recht. Wanja wird dich begleiten.«

Mir schien, als glitte ein bitteres Lächeln über Nataschas Lippen. Sie ging zum Klavier, nahm ihren Hut und setzte ihn auf. Ihre Hände zitterten, alle ihre Bewegungen schienen ganz unbewußt – ganz, als begriffe sie selbst nicht, was sie tat. Vater und Mutter beobachteten sie aufmerksam.

»Lebt wohl!« sagte sie kaum hörbar.

»Mein Engel, wozu sich verabschieden, als wäre der Weg so weit! Gib acht, daß du dich nicht erkältest ... wie bleich du bist! Ach! Und ich habe vergessen (immer vergesse ich alles), ich habe ein kleines Amulett für dich, mein Engel, habe ein Gebet darin eingenäht. Eine Nonne aus Kiew hat es mich gelehrt, im vorigen Jahr. Es ist ein Gebet für alles; erst neulich habe ich es eingenäht. Nimm es, Natascha. Möge Gott dir Gesundheit schenken! Bist doch unser Einziges!«

Und die Alte kramte im Arbeitskästchen und zog das goldene Kreuzchen von Natascha hervor, an dessen Bändchen sie auch das Amulett befestigt hatte.

»Trage es zu deinem Glück!« fügte sie hinzu und hängte das Kreuz der Tochter um den Hals, darauf sich und sie bekreuzend. »Es gab eine Zeit, da bekreuzte ich dich jeden Abend zur Nacht, und du sprachst dein Gebet. Jetzt bist du nicht mehr dieselbe, und Gott schenkt dir keine Ruh'. Ach, Natascha, Natascha! Auch meine mütterlichen Gebete können dir nicht helfen!«

Und die Alte begann zu weinen.

Natascha küßte schweigend ihre Hand, wandte sich dann zur Tür; doch plötzlich kehrte sie um und ging schnell auf den Vater zu.

»Papachen, segnen auch Sie Ihre Tochter!« rief sie mit vor Schluchzen erstickter Stimme und kniete vor ihm nieder.

Vor diesem unerwarteten und feierlichen Kniefall standen wir ganz bestürzt da. Der Vater sah seine Tochter einen Augenblick wie verloren an.

»Natáschenka, mein Kind, meine Tochter, mein Liebes, was ist mit dir?« rief er endlich aus, und ein Tränenstrom brach aus seinen Augen. »Was bedrückt dich? Warum weinst du Tag und Nacht? Ich weiß doch alles, ich schlafe die Nächte nicht und stehe vor deiner Zimmertür und horche! ... Sage mir alles, Natascha, vertraue mir, deinem alten Vater, und wir ...« Er brach ab, hob sie auf und umarmte sie. Sie preßte sich krampfhaft an seine Brust und verbarg ihr Gesicht an seiner Schulter.

»Nichts, nichts, das ist nur so ... ich bin nicht ganz wohl ...«, bestätigte sie, schluckend vor verhaltenen Tränen.

»Ja, segne dich Gott, wie ich dich segne, mein liebes, mein einziges Kind!« sagte der Alte. »Er schenke Frieden deiner Seele und befreie dich von allem Kummer. Bete zu Gott, mein Kind, daß er mein sündhaft Gebet erhöre.«

»Und meinen Segen, meinen Segen über dich!« fügte die Alte in Tränen aufgelöst hinzu.

»Lebt wohl!« flüsterte Natascha.

An der Tür blieb sie noch einmal stehen, sah noch einmal auf beide, wollte noch etwas sagen, konnte jedoch nichts über die Lippen bringen und ging rasch aus dem Zimmer. Ich eilte, Schlimmes ahnend, ihr nach.

VIII

Sie ging schweigend, schnell, den Kopf gesenkt, und sah nicht auf mich. Als wir die Straße durchschritten hatten und zum Kai kamen, blieb sie stehen und ergriff meine Hand.

»Ich ersticke!« flüsterte sie, »mein Herz ist so beengt ... ich ersticke!«

»Kehre zurück, Natascha!« rief ich erschrocken.

»Verstehst du denn nicht, Wanja, daß ich auf *immer* von ihnen gegangen bin und nie mehr zu ihnen zurückkehren werde?« Und mit unaussprechlicher Trauer sah sie mich dabei an.

Mein Herzschlag stockte. Das hatte ich ja alles schon vorausgefühlt, noch bevor ich zu ihnen ging, vielleicht schon tagelang vorher, aber nur wie im Nebel ... und dennoch trafen mich jetzt ihre Worte wie ein Donnerschlag.

Wir gingen traurig den Kai entlang. Ich konnte nichts sagen, nichts denken; mir schwindelte. Dieser Entschluß erschien mir so unmöglich, so widersinnig!

»Du verurteilst mich, Wanja?« fragte sie schließlich.

»Nein, aber ... aber ich kann es nicht glauben; das ist doch unmöglich! ...«, antwortete ich, mir kaum bewußt, was ich sagte.

»Nein, Wanja, es ist schon geschehen! Ich habe sie verlassen, und ich weiß nicht, was aus ihnen werden wird ... ich weiß auch nicht, was aus mir werden wird!«

»Du gehst zu *ihm,* Natascha? Ja?«

»Ja!« antwortete sie.

»Das ist doch unmöglich!« schrie ich außer mir auf ... »Weißt du denn wirklich nicht, daß es unmöglich ist, Natascha, du Arme! Das wäre ja Wahnsinn! Du tötest sie und dich zugleich! Weißt du das denn nicht, Natascha?«

»Ich weiß es; aber was soll ich tun, es ist doch nicht mein freier Wille«, und aus ihrer Stimme klang eine Verzweiflung, als ginge sie zu ihrer Hinrichtung.

»Geh zurück, geh zurück, solange es noch nicht zu spät

ist«, flehte ich sie an, und um so inständiger bat ich, je hartnäckiger sie schwieg, je mehr ich selbst die Nutzlosigkeit meines Flehens erkannte. »Begreifst du denn nicht, Natascha, was du deinem Vater antust? Hast du es dir auch überlegt? Sein Vater ist doch der Feind deines Vaters. Der Fürst hat doch deinen Vater erniedrigt und beleidigt, ihn des Diebstahls verdächtigt, er hat ihn einen Dieb genannt! Sie liegen beide im Prozeß miteinander ... Nun, das wäre noch nichts! Aber weißt du denn nicht, Natascha ... (oh, mein Gott, du weißt doch alles! ...), weißt du denn nicht, daß der Fürst deinen Vater und deine Mutter verdächtigt hat, sie hätten selbst eine Annäherung zwischen dir und Aljoscha aus Berechnung gefördert, als Aljoscha in Wassiljewskoje euer Gast war? Bedenke doch, stelle dir das doch nur vor, wie sehr dein Vater unter diesen Verdächtigungen gelitten hat. Er ist ja in diesen zwei Jahren ergraut – sieh ihn dir doch an! Doch die Hauptsache: du weißt ja das alles, Natascha, gütiger Himmel! Ich will schon gar nicht davon reden, ob sie es überwinden werden, wenn sie dich auf immer verlieren! Du bist ja doch ihre einzige Freude, die ihnen für ihr Alter geblieben ist. Ach, es lohnt sich ja gar nicht, davon zu reden: das mußt du selbst wissen: sage dir doch, daß der Vater dich unschuldig verleumdet glaubt von diesem stolzen, hochmütigen Menschen! Jetzt, gerade jetzt ist der alte Haß von neuem entbrannt, weil ihr Aljoscha bei euch empfangen habt. Der Fürst hat deinen Vater von neuem beleidigt, die Kränkung brennt noch im Herzen deiner Eltern, und plötzlich erscheinen jetzt alle Kränkungen gerechtfertigt! Alle, die von der Sache gehört haben, werden jetzt dem Fürsten recht und deinem Vater schuld geben. Was wird jetzt aus ihm werden? Es wird ihn niederschmettern! töten! Schmach und Schande – und durch wen? Durch dich, seine Tochter, sein einziges, vergöttertes Kind! Und die Mutter? Die wird den Alten doch nicht überleben ... Natascha, Natascha! Was willst du tun? Kehre zurück! Komm doch zur Besinnung!«

Sie schwieg; schließlich sah sie mich vorwurfsvoll an, mit

einem Blick so voll bitteren Leides, daß ich begriff, was in ihrem Herzen vorgehen mußte. Ich begriff, was dieser Entschluß sie gekostet hatte, und daß ich mit meinen nutzlosen, verspäteten Vorwürfen sie nur quälen, ihr nur das Herz zerreißen konnte. Ich begriff das alles sofort und doch konnte ich nicht an mich halten und sprach weiter:

»Du sagtest doch vorhin deiner Mutter, du würdest heute *vielleicht* nicht aus dem Hause gehen . . . also wolltest du bleiben, also hattest du dich noch nicht fest entschlossen?«

Sie lächelte nur bitter zur Antwort. Und wozu hatte ich diese Frage auch gestellt? Ich hätte doch verstehen sollen, daß alles schon unwiderruflich entschieden war. Aber ich war doch selbst ganz außer mir.

»Liebst du ihn denn wirklich so sehr?« stieß ich mit stillstehendem Herzen hervor und sah sie an, ohne eigentlich selbst zu begreifen, was ich fragte.

»Was soll ich dir darauf antworten, Wanja? Du siehst es doch selbst! Er hat mir befohlen zu kommen, und hier bin ich und warte auf ihn«, sagte sie mit demselben bitteren Lächeln.

»Aber höre, höre doch nur«, begann ich sie wieder anzuflehen, wie nach einem Strohhalm suchend, »das läßt sich doch ordnen, das läßt sich doch irgendwie ganz anders einrichten! Warum deshalb dein Elternhaus verlassen? Ich werde dir sagen, Nataschachen, wie du es machen könntest. Ich will alles tun, um euch zu helfen, ich übernehme das, werde alles bewerkstelligen, alles, auch die Zusammenkünfte, und alles . . . Nur gehe nicht von Hause fort! Ich werde eure Briefe vermitteln; warum sollte ich das nicht tun? Das wird immer noch besser sein als so, wie es jetzt ist. Ich werde das schon zu arrangieren verstehen; ich werde es euch beiden recht machen; du wirst schon sehen, daß ihr beide zufrieden sein werdet. Und du, Nataschachen, wirst dich nicht zugrunderichten, wie jetzt. Denn das, was du vorhast, würde dich doch vollständig zugrunderichten, vollständig! Willige ein, Natascha, und alles wird gut werden und ihr werdet beide glücklich sein, und liebhaben könnt ihr euch beide soviel ihr wollt ... Und wenn die Väter aufhören zu prozessieren (und sie werden sicher mal aufhören), dann ...«

»Schon gut, Wanja, laß das«, unterbrach sie mich, drückte mir kräftig die Hand und lächelte unter Tränen. »Guter, guter Wanja! Du guter, anständiger Mensch! Und kein Wort sagst du von dir. Ich habe dich verlassen, und dennoch verzeihst du mir alles, und denkst nur an mein Glück. Unsere Briefe willst du ...«

Sie begann zu weinen.

»Ich weiß, Wanja, wie lieb du mich hast und auch jetzt noch liebst, aber du hast mir keinen Vorwurf gemacht, kein bitteres Wort zu mir gesagt! Und ich ... ich ... Mein Gott, wie bin ich vor dir schuldig! Erinnerst du dich noch, Wanja, denkst du noch an unsere schöne Zeit? Ach, es wäre besser, ich hätte *ihn* niemals kennengelernt! ... Wie gut hätte ich mit dir zusammen leben können, mit dir, du Guter, du Lieber! ... Nein, ich bin deiner nicht wert! Siehst du, wie ich bin: dich in diesem Augenblick noch an unser früheres Glück zu erinnern! und du leidest schon ohnehin! Drei Wochen bist du nicht zu uns gekommen: ich schwöre dir, Wanja, mir ist auch nicht einmal der Gedanke durch den Kopf gegangen, daß du mir vielleicht fluchst, mich hassest. Ich wußte, warum du nicht kamst: du wolltest uns nicht stören, kein lebender Vorwurf sein. Und du selbst littest, wenn du uns sahst. Und wie habe ich auf dich gewartet, wie habe ich auf dich gewartet, Wanja! Höre mich an, Wanja: ich liebe Aljoscha wie eine Wahnsinnige, eine Unsinnige; dich aber liebe ich vielleicht noch weit mehr, dich – als meinen Freund. Ich weiß, daß ich ohne dich nicht werde leben können, ich brauche dich, dein Herz, deine goldene Seele ... Ach, Wanja! welch eine bittere, schwere Zeit bricht jetzt an!«

Tränen überströmten ihr Gesicht. Sie litt unsäglich!

»Wie gern ich dich sehen wollte!« fuhr sie fort, ihre Tränen niederkämpfend. »Wie bist du abgemagert, wie krank und bleich! Du bist wirklich krank, Wanja! Und ich habe mich nicht danach erkundigt! Habe immer nur von mir gesprochen! Wie steht es mit deinen Arbeiten? Kommst du mit deinem neuen Roman gut voran?«

»Was kümmert mich jetzt mein Roman! – als ob es sich um mich handelte, Natascha! Ja, übrigens meine Angelegenheiten! Es geht leidlich, aber lassen wir das jetzt! Was ich fragen wollte, Natascha: hat er es selbst verlangt, daß du zu ihm kommst?«

»Nein, nicht er allein, eigentlich noch mehr ich. Er hat wohl einmal davon gesprochen, aber ... Siehst du, Lieber, ich werde dir alles erzählen: man will ihn verheiraten, mit einem reichen, sehr vornehmen jungen Mädchen, das mit sehr hochstehenden Leuten verwandt ist. Sein Vater will durchaus, daß er sie heiratet, und dieser Vater, du weißt doch, ist ein schrecklicher Intrigant: er hat alles in Bewegung gesetzt; eine solche Gelegenheit findet er in zehn Jahren nicht wieder. Verbindungen, Geld ... Und sie sei sehr hübsch, gebildet, ein Mädchen mit Herz ... Überhaupt: Aljoscha scheint bereits ganz entzückt von ihr zu sein. Außerdem möchte der Vater ihn loswerden, um selbst wieder zu heiraten, und hat deshalb beschlossen, was es auch kosten möge, unsere Verbindung zu lösen. Er fürchtet mich und meinen Einfluß auf Aljoscha ...«

»Weiß denn der Fürst«, unterbrach ich sie erstaunt, »um eure Liebe? Es war bis jetzt doch nur ein Verdacht von ihm, ein sehr vager Verdacht ...«

»Er weiß, weiß alles.«

»Wer hat es ihm denn gesagt?«

»Aljoscha hat ihm vor kurzem alles erzählt. Er sagte es mir selbst, daß er ihm alles erzählt habe ...«

»Mein Gott! Was bei euch alles geschieht! Er selbst hat alles erzählt und das in diesem Augenblick ...«

»Verurteile ihn nicht, Wanja«, unterbrach mich Natascha, »und spotte auch nicht über ihn! Man kann ihn nicht wie andere Menschen beurteilen. Sei doch gerecht. Er ist anders als du und ich. Er ist ein Kind; man hat ihn nicht so erzogen.

Begreift er denn, was er tut? Der erste Eindruck, der erste fremde Einfluß kann ihn von allem losreißen, woran er noch vor einem Augenblick gehangen, worauf er geschworen hat! Er hat keine Charakterfestigkeit. Er kann die Treue schwören und noch am selben Tage ebenso innig und aufrichtig sich einer anderen hingeben; dann kommt er sogar noch von selbst zu dir, um dir davon zu erzählen. Er kann vielleicht auch eine schlechte Handlung begehen; aber ihm diese Handlung zum Vorwurf zu machen, wird vielleicht nicht gut möglich sein, man wird ihn höchstens bedauern können. Auch zur Aufopferung ist er fähig, und sogar zu was für einer! Aber nur bis zu irgend einem neuen Eindruck: dann wird er schon wieder alles vergessen. So wird er auch mich vergessen, wenn ich nicht immer um ihn bin. Siehst du, so ist er!«

»Ach, Natascha, vielleicht aber ist alles das von der anderen Braut noch gar nicht wahr, vielleicht ist's nur so ein Gerücht! Wie soll er denn, so ein Kind wie er ist, heiraten!«

»Sein Vater hat aber doch einen besonderen Plan dabei, wie ich dir sagte.«

»Woher weißt du es, daß die Braut hübsch sein soll, und daß er von ihr ganz entzückt sei?«

»Er hat es mir doch selbst gesagt.«

»Wie! Er hat es selbst gesagt, daß er eine andere lieben könnte, und verlangt von dir jetzt ein solches Opfer?«

»Nein, Wanja, nein! – Du versteht ihn nicht, du kennst ihn zu wenig; man muß ihn besser kennen lernen, dann erst kann man sein Richter sein. Es gibt kein aufrichtigeres, kein reineres Herz auf der Welt als seines! Wäre es denn etwa besser, wenn er löge? Und daß er jetzt für sie schwärmt! Wir brauchen uns nur eine Woche nicht zu sehen, und er würde mich vergessen und eine andere lieben, so wie er mich aber wieder sieht, liegt er auch wieder zu meinen Füßen. Nein! Es ist besser so, daß ich es weiß, daß es mir nicht verheimlicht wird; sonst würde ich sterben vor Argwohn. Ja, Wanja! Ich weiß, was ich tue: wenn ich nicht immer bei ihm bin, ununterbrochen, jeden Augenblick, dann wird er aufhören, mich zu lieben, wird er mich vergessen und verlassen. Er ist nun einmal so; jede andere kann ihn für sich einfangen. Und was wird dann aus mir? Ich würde sterben ... was sterben! Ich wäre froh, wenn ich jetzt sterben könnte. Wie soll ich aber ohne ihn leben? Das wäre schlimmer als selbst der Tod, schlimmer als alle Qualen! O Wanja, Wanja! Es gibt doch etwas, weshalb ich um seinetwillen jetzt Mutter und Vater verlassen habe! Suche mich nicht zu überreden: mein Entschluß ist gefaßt! Er muß bei mir sein, jede Stunde, jeden Augenblick; ich kann nicht mehr zurück. Ich weiß, daß ich verloren bin und noch andere unglücklich mache ... Ach, Wanja!« schrie sie plötzlich auf, am ganzen Körper bebend, »wenn er mich schon jetzt nicht mehr lieben sollte! Wenn du soeben die Wahrheit gesagt hast« (ich hatte nichts dergleichen gesagt), »daß er nur mir allein so rechtschaffen und aufrichtig erscheint, im Grunde aber böse und eitel ist! Ich verteidige ihn jetzt vor dir, er aber ist vielleicht in diesem Augenblick bei einer andern und lacht bei sich über mich ... und ich, ich Schändliche, habe alles verlassen, laufe auf den Straßen und suche ihn ... Ach, Wanja!«

Sie stöhnte so qualvoll auf, daß meine ganze Seele vor Mitleid vergehen wollte. Ich begriff, daß Natascha alle Gewalt über sich verloren hatte. Nur blinde, wahnsinnige Eifersucht höchsten Grades hatte sie zu einem solchen Entschluß treiben können. Aber Eifersucht flammte jetzt auch in mir auf und drängte zum Ausbruch. Ich konnte es nicht mehr aushalten: ein böses Gefühl riß mich mit.

»Natascha«, sagte ich, »ich verstehe nur eines nicht: wie kannst du ihn lieben, nach all dem, was du soeben selbst über ihn gesagt hast? Du achtest ihn nicht, du glaubst nicht an seine Liebe, und doch gehst du zu ihm auf immer und machst alle andern, die dich lieben, um seinetwillen unglücklich? Was soll daraus werden? Er wird dich dein ganzes Leben lang quälen und du – ihn auch. Du liebst ihn schon gar zu sehr, Natascha, gar zu sehr. Ich habe kein Verständnis für eine solche Liebe.«

»Ja, ich liebe ihn wie eine Irrsinnige«, antwortete sie, wie vor Schmerz erblassend. »Dich habe ich niemals so geliebt, Wanja. Ich weiß es doch selbst, daß ich wahnsinnig bin und ihn nicht so liebe, wie man lieben sollte. Ungut ist meine Liebe ... Höre mich an, Wanja: ich habe es schon früher gewußt, habe es auch in meinen glücklichsten Augenblicken vorausgefühlt, daß er mir nur Qualen bereiten wird. Aber was soll ich tun, wenn jetzt selbst diese Qualen durch ihn für mich noch – Seligkeit bedeuten? Gehe ich denn zu ihm, um Freude zu erleben? Weiß ich denn nicht im voraus, was mich bei ihm erwartet, und was ich durch ihn zu leiden haben werde? Er hat mir geschworen, daß er mich liebe, hat mir alles mögliche versprochen; ich aber gebe doch nichts auf seine Versprechungen, wenn ich auch weiß, daß er mich nicht belügt und mich überhaupt nicht belügen kann. Ich habe ihm selbst gesagt, daß ich ihn mit nichts an mich binden will. Für ihn ist es besser so: niemand liebt Fesseln, ich auch nicht. Und doch bin ich glücklich, seine Sklavin zu sein, seine freiwillige Sklavin, und alles von ihm zu ertragen, alles, wenn er nur bei mir ist und ich ihn sehen kann! Möge er sogar eine andere lieben, nur in meiner Gegenwart, nur daß ich auch dabei bin ... Wie niedrig das ist, nicht wahr, Wanja?« fragte sie mich plötzlich, mit fieberhaft brennenden Augen mich ansehend. Einen Augenblick schien es mir, als phantasiere sie. »Wie niedrig solche Wünsche sind, nicht? Ich weiß es ja selbst. Und doch, wenn er mich verläßt, laufe ich ihm nach bis ans Ende der Welt, auch wenn er mich von sich stößt, mich davonjagt. Und du willst mich jetzt bereden, zurückzukehren; was würde die Folge davon sein? Daß ich morgen wieder davonginge! Er würde sagen: komm! – und ich würde kommen. Pfeifen wird er, und ich werde ihm folgen – wie ein Hündchen ... Qualen! Ich fürchte keine Qualen! Ich werde wissen, daß ich mich *seinetwegen* quäle ... Ach, Worte geben das nicht wieder, Wanja!«

‚Und der Vater, und die Mutter?' dachte ich. Die schien sie bereits ganz vergessen zu haben.

»Er wird dich also auch nicht heiraten, Natascha?«

»Er hat es versprochen, hat alles versprochen. Er hat mich ja heute darum zu sich gerufen, um sich morgen außerhalb der Stadt mit mir trauen zu lassen; er weiß doch nicht, was er tut. Er weiß vielleicht nicht einmal, wie man sich trauen läßt. Und was ist er denn für ein Ehemann! Doch einfach lächerlich. Ist er aber verheiratet, so wird er unglücklich sein, mir Vorwürfe machen ... Ich will nicht, daß er mir jemals irgendwelche Vorwürfe machen könnte ... Alles will ich ihm geben, er aber, er braucht mir nichts zu geben. Wenn er sich als Verheirateter unglücklich fühlen wird, warum ihn dann unglücklich machen?«

»Aber das ist doch einfach Wahnwitz, Natascha!«, sagte ich. »Und du willst jetzt einfach zu ihm gehen?«

»Nein, er versprach, hierher zu kommen, mich abzuholen; wir verabredeten uns ...«

Und sie blickte gespannt in die Ferne, aber es war noch niemand zu sehen.

»Und er ist noch nicht einmal da! Du bist *zuerst* gekommen!« rief ich entrüstet aus.

Natascha zuckte wie unter einem Schlag zusammen. Ihr Gesicht verkrampfte sich schmerzhaft.

»Er kommt vielleicht überhaupt nicht«, sagte sie mit bitterem Hohn. »Vor drei Tagen hat er mir geschrieben, daß er, wenn ich ihm nicht mein Wort geben könne zu kommen, gezwungen sei, seinen Entschluß aufzugeben, sich mit mir trauen zu lassen ... und sein Vater würde ihn dann zu der anderen führen. Und so natürlich, so einfach hat er das geschrieben, als läge darin wirklich gar nichts ... Wenn er nun wirklich zu ihr gefahren ist, Wanja?«

Ich antwortete nicht. Sie preßte krampfhaft meine Hand, und ihre Augen blitzten.

»Er ist zu ihr gegangen«, flüsterte sie kaum hörbar. »Er hoffte, ich würde nicht kommen, um dann zu ihr zu fahren; er hätte mich vorher davon benachrichtigt, ich aber wäre nicht gekommen. Ich bin ihm langweilig geworden, er wird mich verlassen ... O Gott! Ich Wahnsinnige! Ich glaube, er hat mir neulich selbst gesagt, daß ich ihn langweile ... Worauf warte ich noch?«

»Da ist er!« rief ich, ihn plötzlich in der Ferne am Kai erblickend.

Natascha fuhr zusammen, stieß einen Schrei aus, blickte dem sich nähernden Aljoscha gespannt entgegen, und plötzlich stürzte sie, meine Hand loslassend, auf ihn zu. Auch er beschleunigte seine Schritte, und im nächsten Augenblick lagen sie sich in den Armen. Außer uns war niemand auf der Straße zu sehen. Sie küßten sich und lachten; Natascha lachte und weinte zugleich, als ob sie sich nach unendlich langer Trennung wiedersähen. Ihre blassen Wangen glühten. Sie war wie außer sich vor Freude ... Aljoscha bemerkte mich und kam sofort auf mich zu.

IX

Ich beobachtete ihn scharf, obgleich ich ihn schon des öfteren gesehen hatte; ich sah ihm in die Augen, als hätte sein Blick alle meine Zweifel lösen und mir erklären können, wodurch er, dieses Kind, sie so bezaubert, in ihr diese wahnsinnige Liebe wachgerufen hatte, eine Liebe bis zum Vergessen jeglicher Pflicht, eine Liebe, der Natascha alles, was ihr bis jetzt heilig gewesen war, zum Opfer bringen wollte. Der Fürst ergriff meine beiden Hände, drückte sie kräftig, und sein sanfter und klarer Blick drang mir ins Herz.

Ich fühlte, daß ich mich – zumal er mein Feind war – in meinem Urteil über ihn hatte irren können; denn ich liebte ihn nicht, und daß ich es nur gestehe: ich habe ihn niemals lieben können – ich war die einzige Ausnahme unter allen, die ihn kannten. Hartnäckig konnte ich mich an vieles nicht gewöhnen, besonders nicht an sein elegantes Äußeres, vielleicht weil es schon allzu elegant war.

Späterhin begriff ich, daß ich ihn auch darin parteiisch beurteilt hatte. Er war hoch gewachsen, wohlgestaltet und schlank; sein Gesicht war von länglicher Form und immer blaß, er hatte blondes Haar und große blaue Augen, die milde und nachdenklich in die Welt schauten und in denen zuweilen ganz plötzlich, gleichsam ruckweise, die gutmütigste, kindlichste Lustigkeit aufblitzte. Seine vollen, nicht großen roten Lippen, die sehr schön geschnitten waren, hatten fast immer einen eigentümlich ernsten Zug; um so überraschender und bezaubernder wirkte dann ein plötzlich auf ihnen erscheinendes Lächeln, das so naiv und gutherzig war, daß man, gleichviel in welcher Stimmung man sich befinden mochte, unwillkürlich mitlächeln mußte und dabei sofort das Bedürfnis empfand, mit dem gleichen Lächeln zu antworten. Er kleidete sich nicht auffallend erlesen, aber immer elegant; man merkte sofort, daß ihn diese Eleganz in allem nicht die geringste Mühe kostete, daß sie ihm angeboren war.

Freilich besaß er auch einige schlechte Gepflogenheiten und Angewohnheiten der Gesellschaft: Leichtsinn, Selbstzufriedenheit und höfliche Dreistigkeit. Aber er war seelisch viel zu klar und schlicht veranlagt, um nicht selbst als erster diese übernommenen Angewohnheiten an sich wahrzunehmen, zu tadeln und über sie zu lachen. Ich hatte den Eindruck, daß dieses Kind niemals hätte lügen können, nicht einmal im Scherz, oder wenn er es je getan, dann hätte er bestimmt nichts Schlechtes darin vermutet. Selbst sein Egoismus war an ihm irgendwie sympathisch, vielleicht gerade deswegen, weil er so offen zu sehen war und sich nicht heimlich verbarg. Es gab in ihm überhaupt nichts Verheimlichtes. Er war schwach, zutraulich und hatte ein schüchternes Herz; Willenskraft besaß er überhaupt nicht. Ihn zu beleidigen, zu betrügen, wäre sowohl sündhaft als auch erbärmlich gewesen, geradeso wie es eine Sünde ist, ein Kind zu betrügen und zu kränken. Er war für sein Alter unverhältnismäßig naiv und verstand so gut wie nichts vom wirklichen Leben; übrigens würde er, scheint mir, auch im Alter von vierzig Jahren nichts davon verstehen. Solche Menschen sind gleichsam zu ewiger Unmündigkeit verurteilt. Ich glaube, es gab keinen Menschen, der es fertiggebracht hätte, ihn nicht lieb zu gewinnen; er hätte sich bei jedem einzuschmeicheln vermocht, zärtlich wie ein Kind. Natascha hatte recht: er hätte wohl auch etwas Schlechtes tun können, durch jemandes starken Einfluß dazu gezwungen; aber sowie er die Folgen einer solchen Tat erkannt hätte, wäre er vor Reue gestorben. Natascha fühlte instinktiv, daß sie seine Herrin und Gebieterin sein werde; daß er sogar ihr Opfer sein werde. Sie genoß schon im voraus die Wonne, bis zur Bewußtlosigkeit zu lieben, und den, den sie liebte, bis zum Schmerz zu quälen, eben dafür, daß man ihn liebt, und vielleicht beeilte sie sich gerade deswegen, sich selbst zuerst ihm zu opfern. Aber auch aus seinen Augen strahlte Liebe, und er betrachtete sie mit Entzücken. Triumphierend sah sie mich an. In diesem Augenblick hatte sie alles vergessen – die Eltern, den Abschied und jedes Mißtrauen ... In diesem Augenblick war sie glücklich.

»Wanja!« rief sie, »ich fühle mich schuldig vor ihm und bin seiner nicht wert! Ich dachte schon, du würdest nicht mehr kommen, Aljoscha. Vergiß meine schlechten Gedanken, Wanja. Ich werde das wieder gut machen!« fügte sie hinzu und sah ihn mit grenzenloser Liebe an.

Er lächelte, küßte ihre Hand, und, ohne die Hand freizugeben, wandte er sich an mich.

»Verurteilen Sie auch mich nicht. Ich habe Sie schon so umarmen wollen, wie meinen Bruder; sie hat mir viel von Ihnen erzählt! Wir sind uns bis jetzt eigentlich fremd geblieben. Lassen Sie uns Freunde sein ... verzeihen Sie uns«, fügte er noch mit halber Stimme und etwas errötend mit seinem bezaubernden Lächeln hinzu, so daß ich nicht anders konnte, als seinen Vorschlag von ganzem Herzen annehmen.

»Ja, ja, Aljoscha«, griff Natascha auf, »er ist unser Bruder, er hat uns schon verziehen, und ohne seine Freundschaft würden wir nicht glücklich sein. Ich habe es dir bereits gesagt ... Oh, wir sind grausame Kinder, Aljoscha! Aber wir werden zu dritt leben ... Wanja!« fuhr sie fort und ihre Lippen erbebten, »geh du jetzt zu ihnen nach Haus, du hast ein goldenes Herz, wenn sie mir auch nicht vergeben wollen, so werden sie sehen, daß du mir vergeben hast, und das wird sie weicher stimmen. Erzähle ihnen alles, alles, mit deinen von Herzen kommenden Worten. Verteidige mich, rette mich! Erkläre ihnen die Gründe meiner Tat, so wie du sie verstanden hast. Weißt du, Wanja, ich hätte mich vielleicht heute nicht dazu entschließen können, wenn du nicht gekommen wärest! Du bist meine Rettung: ich habe sofort an dich gedacht und gehofft, du würdest es ihnen mitteilen, du würdest den ersten Schmerz mildern helfen. Oh, Gott! Sage ihnen von mir, Wanja, ich wüßte, daß mir nicht zu verzeihen ist: selbst wenn sie mir verziehen, Gott wird es nicht tun. Aber selbst wenn sie mich verfluchen sollten, so würde ich sie doch ewig segnen und mein Leben lang für sie beten. Mein Herz ist bei ihnen! Ach, warum können wir nicht alle zusammen glücklich sein! Warum, warum! ... O Gott! Was habe ich getan!« rief sie, wie sich plötzlich besinnend, und vor Entsetzen erschauernd, schlug sie die Hände vors Gesicht. Aljoscha umarmte sie und drückte sie schweigend an sich. Wir schwiegen alle drei eine Weile.

»Und Sie konnten ein solches Opfer von ihr verlangen!« sagte ich zu ihm und sah ihn vorwurfsvoll an.

»Verurteilen Sie mich nicht!« wiederholte er, »ich versichere Ihnen, daß dieser ganze Kummer, wenn er auch jetzt sehr heftig ist, nicht von langer Dauer sein wird. Davon bin ich vollkommen überzeugt. Man muß nur den Mut haben, diesen ersten Augenblick zu ertragen, das hat auch sie mir gesagt. Sie wissen, daß dieser Familienstolz, dieser sinnlose Prozeß an allem die Schuld trägt ... Aber (ich habe es mir lange überlegt) das alles muß ein Ende nehmen. Wir werden uns alle wieder miteinander aussöhnen und vollkommen glücklich sein. Wer weiß, vielleicht wird unsere Vermählung der erste Schritt zur Aussöhnung sein. Ich glaube sogar, daß es gar nicht anders kommen kann. Was meinen Sie?«

»Sie sagen: Vermählung. Wann werden Sie sich denn trauen lassen?« fragte ich, auf Natascha blickend.

»Morgen oder übermorgen; übermorgen jedenfalls bestimmt. Sie sehen, ich weiß es selbst noch nicht genau, und um die Wahrheit zu sagen, ich habe auch noch keine Vorbereitungen getroffen. Ich dachte, vielleicht kommt Natascha heute gar nicht. Dazu wollte mich mein Vater noch durchaus zu meiner Zukünftigen führen (Sie wissen doch, man will mich verheiraten; Natascha hat es Ihnen doch erzählt? Ich will aber nicht.) Und so habe ich denn mit nichts Bestimmtem rechnen können. Dennoch werden wir uns übermorgen bestimmt trauen lassen. Wenigstens nehme ich das an, denn anders geht's doch nicht. Gleich morgen werden wir hinausfahren, denn nicht weit von hier, an der Pskower Landstraße, habe ich einen Freund, noch vom Lyzeum her, der auf seinem Gut lebt, ein sehr guter Mensch; ich kann Sie mit ihm vielleicht auch bekannt machen. Und dort auf dem Lande gibt es doch auch Geistliche. Übrigens weiß ich nicht genau, ob es gerade dort einen gibt. Ich hätte mich früher erkundigen sollen; ich bin bloß nicht dazu gekommen ... Aber im Grunde sind das doch Kleinigkeiten. Man muß nur die Hauptsache im Auge behalten. Im Notfall könnte man aus einem Nachbardorf einen Geistlichen herüberbitten; was meinen Sie? – Es gibt doch in der Nachbarschaft auch noch Dörfer! Schade nur, daß ich meinem Kameraden noch nichts davon geschrieben habe, man hätte ihn benachrichtigen sollen. Vielleicht ist mein Freund jetzt nicht einmal zu Hause ... Aber das ist das Wenigste! Man muß nur entschlossen sein, alles andere findet sich dann schon von selber, nicht wahr? Inzwischen aber, bis morgen oder auch übermorgen, wird sie hier bei mir bleiben. Ich habe eine eigene Wohnung gemietet, in der wir nach unserer Rückkehr wohnen werden. Ich will nicht mehr bei meinem Vater leben – habe ich nicht recht? Sie werden uns besuchen; ich habe die Wohnung reizend eingerichtet. Auch meine Freunde vom Lyzeum werden mich besuchen; ich werde Abende einführen ...«

Verständnislos und bedrückt sah ich ihn an. Nataschas Blick bat mich rührend, ihn nicht streng zu beurteilen, sondern nachsichtig zu sein. Sie hörte seinen Erzählungen mit einem gewissen traurigen Lächeln zu, zugleich aber war es, als betrachte sie ihn doch mit liebevollem Wohlgefallen, wie man etwa ein liebes, fröhliches Kind betrachtet und sein unverständiges, aber nettes Geplapper anhört. Ich sah sie vorwurfsvoll an. Mir war unerträglich schwer zumut.

»Und Ihr Vater?« fragte ich. »Sind Sie denn sicher, daß er Ihnen verzeihen wird?«

»Aber selbstverständlich; was bleibt ihm denn anderes übrig? Das heißt: zuerst wird er mich natürlich verfluchen; davon bin ich sogar überzeugt. Er ist nun schon einmal so, und zu mir ist er immer sehr streng. Vielleicht wird er auch versuchen, seine väterliche Gewalt zu gebrauchen ... Aber das ist alles nicht ernst zu nehmen. Er liebt mich namenlos; er wird sich ärgern und mir doch verzeihen. Dann werden wir uns alle aussöhnen und alle glücklich sein. Auch Nataschas Vater.«

»Wenn er aber nicht verzeiht? Haben Sie auch über diese Möglichkeit nachgedacht?«

»Er wird mir bestimmt verzeihen, wenn auch vielleicht nicht sobald. Nun, was tut das? Ich werde ihm zeigen, daß auch ich Charakter besitze. Er macht mir immer Vorwürfe, daß ich keinen Charakter hätte, daß ich leichtsinnig wäre. Jetzt kann er sehen, ob ich leichtsinnig bin oder nicht! Verheiratet sein ist kein Spaß; dann bin ich doch kein Kind mehr ... das heißt: ich wollte sagen, daß ich dann so sein werde wie die anderen ... ich meine: wie andere verheiratete Männer. Ich werde selbst mein Brot verdienen. Natascha sagt, daß es besser sei, so zu leben, als auf Rechnung anderer, wie wir alle leben. Wenn Sie wüßten, wieviel Gutes sie mir sagt! Ich wäre selbst nie darauf gekommen; ich bin nicht so aufgewachsen, man hat mich nicht so erzogen. Freilich, ich weiß es selbst, daß ich leichtsinnig bin und fast zu nichts tauge. Aber wissen Sie, vorvorgestern kam mir ein wunderbarer Gedanke. Es ist eigentlich nicht gerade der richtige Augenblick, um davon zu sprechen, aber ich möchte es gern tun, denn Natascha soll das doch auch hören, und Sie werden uns dann Ihren Rat geben. Sehen Sie: ich möchte Novellen schreiben und sie an die Zeitschriften verkaufen, so wie Sie es tun. Sie werden mir bei den Redakteuren doch behilflich sein, nicht wahr? Ich habe auf Sie gerechnet und mir gestern die ganze Nacht einen Roman ausgedacht, nur so zur Probe, und wissen Sie: es könnte eine sehr hübsche Sache werden. Das Sujet habe ich einem Lustspiel von Skribe entnommen ... Aber davon werde ich Ihnen später mal erzählen. Die Hauptsache ist, daß man Geld dafür bekommt ... Ihnen wird doch auch dafür bezahlt!«

Ich konnte nicht umhin, flüchtig zu lächeln.

»Sie lachen«, sagte er und lächelte nun gleichfalls. »Nein, hören Sie mich an«, fuhr er mit unglaublicher Naivität fort, »beurteilen Sie mich nicht nach dem äußeren Schein. Ich habe eine gute Beobachtungsgabe; Sie werden schon sehen. Und warum soll ich es nicht versuchen? Vielleicht kommt doch etwas dabei heraus ... Doch übrigens: sollte es denn möglich sein, daß in einem Menschen, der seiner Pflicht vollkommen treu sein möchte, dann wie absichtlich weder das Verständnis noch die Festigkeit ausreicht, um diese seine Pflicht zu erfüllen? Helfen doch wenigstens Sie uns, unser Freund! Sie sind doch der einzige Freund, der uns noch verblieben ist. Was verstehe ich denn allein davon! Verzeihen Sie, daß ich so auf Sie rechne; ich halte Sie für einen überaus edlen Menschen und für viel besser als mich. Ich werde mich aber bessern, seien Sie versichert, und möchte Ihrer beider wert sein.«

Er drückte mir hierbei wieder die Hand, und aus seinen schönen Augen strahlte ein gutes, schönes Gefühl. So vertrauensvoll streckte er mir die Hand entgegen, so überzeugt, daß ich sein Freund sei!

»Sie wird mir helfen, mich zu bessern«, fuhr er fort. »Denken Sie bitte nichts Schlechtes von uns, machen Sie sich keine zu großen Sorgen um uns. Ich habe immerhin allerhand Hoffnungen, und in materieller Beziehung werden wir bestimmt gesichert sein. Wenn es zum Beispiel mit dem Roman nicht gehen sollte (um die Wahrheit zu sagen: ich habe, als ich davon sprach, schon gleich bei mir gedacht, daß der Roman nur ein dummer Einfall sei, und ich erzählte es Ihnen jetzt nur, um Ihre Meinung darüber zu erfahren), wenn der Roman mir nicht gelingen sollte, so könnte ich doch im äußersten Fall Musikunterricht erteilen. Sie wissen es vielleicht nicht, daß ich musizieren kann? Ich werde mich nicht schämen, von derartiger Arbeit zu leben. Ich schließe mich in dieser Hinsicht vollständig den neuen Ideen an. Außerdem besitze ich viele teure Kinkerlitzchen, Toilettengegenstände und so; wozu brauche ich die? Ich werde sie verkaufen, und Sie ahnen nicht, wie lange wir davon werden leben können! Und schließlich kann ich im alleräußersten Falle immer noch in den Staatsdienst treten. Mein Vater wird sich darüber sogar freuen, er hat es schon längst gewünscht; ich habe mich nur unter dem Vorwand, nicht gesund zu sein, davon freigemacht. Übrigens bin ich irgendwo schon in den Dienstlisten eingetragen. Sowie er aber sehen wird, daß die Ehe mir Nutzen bringt, mich vernünftig macht, und ich wirklich in den Staatsdienst getreten bin, wird er sich freuen und mir verzeihen ...«

»Aber haben Sie, Alexei Petrowitsch, auch bedacht, was zwischen Ihrem und Nataschas Vater daraus entstehen wird? Was glauben Sie, was wird sich heute abend in *ihrem* Elternhause abspielen?«

Ich wies hierbei auf Natascha hin, die bei meinen Worten erblaßte. Ich war erbarmungslos.

»Ja, ja, Sie haben recht, das ist furchtbar!« antwortete er. »Ich habe schon daran gedacht und seelisch sehr darunter gelitten ... Aber was läßt sich da tun? – Sie haben recht: wenn doch wenigstens ihre Eltern uns vergeben würden! Wenn Sie wüßten, wie ich sie beide liebe! Sie stehen mir so nahe, als wären sie meine eigenen Eltern! – und womit vergelte ich es ihnen?! Ach, diese Streitigkeiten, diese Prozesse! Sie glauben nicht, wie unangenehm uns das ist! Und warum streiten sie sich? Alle lieben wir uns gegenseitig und doch streiten wir uns! Man sollte sich endlich aussöhnen und der Sache ein Ende machen! Ich würde es tun an ihrer Stelle ... Ihre Worte haben mir jetzt Angst gemacht! Natascha, es ist schrecklich, was wir zu tun beabsichtigen! Ich habe das auch schon früher gesagt ... Aber du bestehst ja darauf ... Aber hören Sie, Iwan Petrowitsch, vielleicht wird sich noch alles zum Guten wenden; was meinen Sie? Wir werden sie versöhnen. Ja, so wird es sein; sie werden unserer Liebe nicht widerstehen können ... Mögen sie uns verfluchen, wir aber werden sie dennoch liebhaben, bis sie nachgeben. Sie glauben nicht, was für ein gutes Herz mein Alter manchmal hat! Das Mißtrauen in seinem Blick, so unter den Brauen hervor, das hat doch nichts auf sich; in anderen Fällen ist er wieder ganz vorurteilslos und sehr vernünftig. Wenn Sie wüßten, wie liebevoll er heute mit mir gesprochen hat, wie er mich zu überzeugen versuchte! Und ich handle gerade heute gegen seinen Willen; das macht mich sehr traurig. Und alles dieser elenden Vorurteile wegen! Das ist einfach – Wahnsinn! Wenn er sich doch Natascha nur einmal ordentlich ansehen, mit ihr eine halbe Stunde zusammensein wollte. Er würde uns sofort alles erlauben.«

Bei diesen Worten blickte er voll zärtlicher Leidenschaft Natascha an.

»Tausendmal habe ich mir mit Wonne vorgestellt,« setzte er sein Geplauder fort, »wie er sie lieben wird, wenn er sie kennengelernt hat, und wie sie sie alle in Verwunderung setzen wird. Denn sie haben doch alle noch nie ein solches Mädchen gesehen! Der Vater denkt, sie sei irgend so eine Intrigantin. Meine Pflicht ist es, ihre Ehre wiederherzustellen, und das werde ich tun! Ach, Natascha! Dich werden alle lieben, alle; es gibt keinen Menschen, der dich nicht lieben müßte!«, fügte er begeistert hinzu. »Wenn ich deiner auch nicht wert bin, so liebe du mich doch, ich aber ... du kennst mich ja! Und brauchen wir denn viel zu unserem Glück? Nein, ich glaube, glaube daran, daß dieser Abend uns allen zusammen Glück, Friede und Eintracht bringen muß! Gesegnet sei dieser Abend! Ist es nicht so, Natascha? Aber was ist mit dir? Mein Gott, was fehlt dir?«

Sie war leichenblaß geworden. Während Aljoschas ganzem Gerede hatte sie ihn unablässig angesehen; aber allmählich war ihr Blick immer trüber und starrer und ihr Antlitz blasser und blasser geworden. Mir schien, daß sie zuletzt kaum mehr zuhörte und geistig völlig abwesend dastand. Der Ausruf Aljoschas weckte sie aus ihrer Versunkenheit. Sie fuhr zusammen, schaute um sich und plötzlich stürzte sie auf mich zu. In aller Eile, und als ob sie es vor Aljoscha verbergen wollte, zog sie aus der Tasche einen Brief und gab ihn mir. (Er war an ihre Eltern gerichtet und am Abend vorher geschrieben worden.) Als sie ihn mir reichte, sah sie mich starr an, als wolle sie sich mit ihrem Blick an mich anklammern. In diesem Blick lag Verzweiflung; nie werde ich diesen furchtbaren Blick vergessen. Angst packte auch mich: ich sah, daß sie erst jetzt die ganze Furchtbarkeit ihrer Tat vollkommen erfühlte. Sie wollte, sie versuchte mir etwas zu sagen, sie setzte schon an, und auf einmal wurde sie ohnmächtig. Ich konnte sie gerade noch auffangen. Aljoscha wurde blaß vor Schreck; er rieb ihre Schläfen, küßte ihre Hände, ihre Lippen. Nach etwa zwei Minuten kam sie wieder zu sich. Nicht weit von uns hielt die Droschke, in der Aljoscha gekommen war; er rief sie herbei. Als Natascha in den Wagen gehoben wurde, preßte sie wie unsinnig meine Hand, und eine heiße Träne brannte auf meinen Fingern. Der Wagen setzte sich in Bewegung. Ich stand noch lange an derselben Stelle und schaute ihm nach. Mein ganzes Glück versank in diesem Augenblick, und mein Leben zerbrach in zwei Hälften. Schmerzhaft mußte ich das empfinden ... Langsam ging ich den Weg zurück, zu den Alten. Ich wußte nicht, was ich ihnen sagen, wie ich zu ihnen ins Zimmer treten sollte. Meine Gedanken erstarrten, meine Füße wankten ...

Und das ist die ganze Geschichte meines Glückes: so hatte meine Liebe begonnen und so endete sie. Ich werde nun in der unterbrochenen Erzählung fortfahren.

X

Fünf Tage nach dem Tode des alten Smith zog ich in dessen Wohnung ein. Den ganzen Tag fühlte ich mich elend und unsagbar traurig; das Wetter war trüb und kalt, vom Himmel fiel halb Schnee, halb Regen. Erst gegen Abend zeigte sich für einen Augenblick die Sonne, und ein verirrter Strahl blickte, wohl aus Neugier, für einen Augenblick zu mir ins Zimmer. Ich bedauerte es bereits, hierher gezogen zu sein. Das Zimmer war ja groß, aber so niedrig, feucht und leer, trotz der paar Möbel. Ich dachte mir gleich, daß ich in dieser Wohnung den Rest meiner Gesundheit einbüßen würde. Und das ist denn auch geschehen.

Den ganzen Morgen über hatte ich in meinen Papieren gelesen und sie in Ordnung gebracht. Da ich keine Mappe besaß, hatte ich sie in einem Kissenbezug hergebracht; alles war so durcheinander geraten. Darauf setzte ich mich hin, um zu schreiben. Ich arbeitete damals an meinem großen Roman, aber ich konnte die Gedanken nicht zusammenhalten, der Kopf war mir so voll von anderen Dingen ...

Ich warf die Feder hin und setzte mich ans Fenster. Es dunkelte bereits, und auch in meiner Seele wurde es immer düsterer. Allerhand schwere Gedanken belagerten mich. Es wurde mir klar, daß ich in Petersburg doch schließlich untergehen mußte. Der Frühling nahte; ich würde neu aufleben, so schien es mir, wenn ich aus diesem Gefängnis wieder in die freie Gotteswelt käme, den Duft frischer Wiesen und Wälder atmete, die ich so lange nicht mehr gesehen hatte ... Mir ging noch der Gedanke durch den Kopf, wie gut es wäre, etwa durch einen Zauberspruch oder ein Wunder alles zu vergessen, alles, was ich in der letzten Zeit erlebt und erlitten, dann mit frischem Kopf und neuen Kräften von vorn zu beginnen. Damals träumte ich noch von meiner Zukunft und hoffte auf eine Wiedergeburt. ‚Meinetwegen selbst in ein Irrenhaus', sagte ich mir zu guter Letzt, ‚damit mein ganzes Gehirn sich irgendwie anders lagere, auf eine neue Art, und danach erst wieder gesunden.' Es war doch noch Lebensdurst in mir und Glauben an das Leben! . . . Aber ich erinnere mich, daß ich schon damals gleich auflachte. ‚Und was könnte ich dann nach dem Irrenhaus tun? Wirklich wieder Romane schreiben?'

So sann und trauerte ich, und die Zeit verstrich. Es war ganz dunkel geworden. An diesem Abend stand mir ein Wiedersehen mit Natascha bevor; sie hatte mich durch einen Brief vom Abend vorher dringend zu sich gebeten. Ich sprang auf und bereitete mich vor auszugehen. Es drängte mich sowieso fort aus dieser Wohnung, einerlei wohin, meinetwegen in den Regen, in den Schmutz.

Je dunkler es wurde, um so geräumiger schien es bei mir im Zimmer zu werden, das sich anscheinend mehr und mehr erweiterte. Mir war, als würde ich von nun an jede Nacht in jeder Ecke des Zimmers den alten Smith sehen: er werde dasitzen und einen unbeweglich anstarren, wie in der Konditorei den Adam Iwánowitsch, und ihm zu Füßen werde Asórka liegen. Und plötzlich ereignete sich etwas, das mich stark beeindruckte.

Übrigens muß man doch alles offen eingestehen: ich begann, ob nun aus nervöser Schwäche oder infolge der neuen Eindrücke in der neuen Wohnung oder unter der Nachwirkung meiner jüngst überstandenen Melancholie, – jedenfalls begann ich allmählich und immer stärker bei zunehmender Dämmerung in einen Seelenzustand zu geraten, der mich jetzt in meiner Krankheit so oft heimsucht und den ich *mystischen Schrecken* nennen möchte. Es war dies eine allerschrecklichste, quälendste Angst vor einem ungewissen Etwas, das man selbst nicht zu definieren vermag, etwas Unbegreifliches und in der natürlichen Ordnung der Dinge nicht Existierendes, das sich aber unbedingt und vielleicht schon in diesem Augenblick verwirklichen wird, wie zum Spott über alle Vernunftgründe, und zu mir kommen und vor mir dastehen wird als unwiderlegbare Tatsache, die schrecklich, gemein und unerbittlich ist. Diese Angst steigert sich gewöhnlich noch, wird immer stärker und stärker, trotz aller möglichen Widerlegungen der Vernunft, so daß der Verstand, der in diesen Augenblicken eine vielleicht noch größere Klarheit gewinnt, nichtsdestoweniger jede Möglichkeit einbüßt, den Empfindungen entgegenzuwirken. Es wird ihm nicht gehorcht, er wird nutzlos, und durch diese Aufspaltung wird die schreckhafte Spannung der Erwartung noch gesteigert. Ich glaube, von dieser Art muß zum Teil die Empfindung jener Menschen sein, die sich vor Leichen fürchten. Nur daß in meiner Beklemmung durch die Unbestimmtheit der Gefahr die Qual noch verstärkt wurde.

Ich erinnere mich noch, ich stand mit dem Rücken zur Tür und griff nach meinem Hut auf dem Tisch, als mir plötzlich der Gedanke kam, ich würde sofort hinter mir den alten Smith erblicken; die Tür würde sich langsam öffnen, und er würde auf der Schwelle stehen und ins Zimmer blicken, würde leise mit gesenktem Kopf auf mich zukommen, vor mir stehen bleiben, seine trüben Augen auf mich richten und plötzlich mir ins Gesicht lachen mit seinem zahnlosen Munde, sein großer Körper aber würde von diesem langen, sinnlosen und lautlosen Lachen erschüttert werden und hin und her schwanken. Diese Vision richtete sich so klar und deutlich in meiner Phantasie auf, daß es mir zur vollen, unerschütterlichen Überzeugung wurde, alles das müsse sofort geschehen, ja, vielleicht geschehe es schon, und daß ich es nur nicht sah, da ich mit dem Rücken zur Tür stand. Ich drehte mich hastig um und – was geschah? – Die Tür öffnete sich tatsächlich sachte, unhörbar, genau so, wie ich es mir vorgestellt hatte. Ich schrie auf. Lange Zeit zeigte sich niemand, als hätte die Tür sich von selbst geöffnet; aber auf einmal war da ein sonderbares Wesen: ein

Paar Augen betrachteten mich von dorther, soweit ich in der Dunkelheit unterscheiden konnte, starr und unablässig. Ein Kälteschauer durchlief alle meine Glieder. Zu meinem größten Erstaunen sah ich, daß es ein Kind war, ein Mädchen, und wenn es sogar Smith selbst gewesen wäre, so hätte er mich vielleicht nicht so erschrecken können wie diese sonderbare, unerwartete Erscheinung eines mir unbekannten Kindes in meinem Zimmer, zu dieser Zeit und Stunde.

Ich sagte bereits, daß die Kleine die Tür so langsam und unhörbar öffnete, als fürchtete sie sich, einzutreten. Als sie endlich auf der Schwelle erschien, sah sie mich lange mit solcher Verwunderung an, als wäre sie versteinert; schließlich trat sie zwei, drei Schritte vor und blieb, ohne ein Wort zu sagen, stehen. Jetzt konnte ich sie deutlicher erkennen. Es war ein Kind von zwölf oder dreizehn Jahren, klein von Wuchs, zart und blaß, als hätte es soeben eine schwere Krankheit überstanden. Desto ausdrucksvoller aber waren die großen dunklen Augen. Mit der linken Hand hielt die Kleine über der Brust ein altes, durchlöchertes Tuch zusammen, womit sie sich zitternd vor der Abendkälte zu schützen suchte. Bekleidet war sie, man kann ruhig sagen, fast nur mit Lumpen. Das dichte dunkle Haar war ungekämmt und zerzaust. Wir standen uns wohl zwei Minuten lang so gegenüber, uns gegenseitig nur anstarrend.

»Wo ist Großpapa?« fragte sie endlich mit kaum hörbarer, heiserer Stimme, als schmerze ihr die Brust oder die Kehle.

Mein ganzer mystischer Schrecken war plötzlich verschwunden. Man fragte nach Smith! Ganz unerwartet kam ich also auf eine Spur von ihm.

»Dein Großpapa? Aber der ist doch schon gestorben!« sagte ich, ohne zu überlegen, da ich auf diese Frage gar nicht vorbereitet war. Ich bereute meine Antwort sofort. Einen Augenblick blieb sie noch unbeweglich vor mir stehen, dann aber erzitterte sie so heftig am ganzen Körper, daß ich fürchtete, sie bekäme einen Nervenanfall. Ich wollte sie schon umfassen und halten, damit sie nicht hinfiele. Nach einigen Augenblicken wurde sie ruhiger, und ich sah, mit welcher Anstrengung sie ihre Erregung vor mir zu verbergen suchte.

»Verzeih, verzeih mir, mein Kind! Ich bin damit so einfach herausgeplatzt ... das war vielleicht gar nicht dein Großpapa ... Du Arme! ... Wen suchst du eigentlich? Den alten Mann, der hier gewohnt hat?«

»Ja«, brachte sie mit Anstrengung hervor und starrte mich unruhig an.

»Hieß er Smith? Ja?«

»J– ja!«

»Der ist ... nun ja, er ist tot ... Sei nur nicht traurig, mein Täubchen! Warum bist du nicht früher gekommen? Woher kommst du? Sie haben ihn gestern beerdigt; er starb plötzlich, ganz unerwartet ... Du bist also seine Enkelin?«

Die Kleine antwortete nicht auf meine überstürzten Fragen. Schweigend kehrte sie sich um und ging fast lautlos aus dem Zimmer. Ich war so bestürzt, daß ich sie nicht zurückhielt, noch sie etwas zu fragen wagte. Auf der Türschwelle blieb sie nochmals stehen. Halb zu mir gewandt, fragte sie:

»Und Asorka ist auch tot?«

»Ja, auch Asorka ist tot«, antwortete ich, und mir schien die Frage so sonderbar; sie klang so überzeugt, daß Asorka zusammen mit seinem Herrn hatte sterben müssen.

Sie hörte meine Antwort an und verschwand dann lautlos durch die Tür, die sie vorsichtig hinter sich schloß.

Einen Augenblick später stürzte ich der Kleinen nach, voll Ärger über mich, daß ich sie hatte gehen lassen! Sie war so lautlos verschwunden, daß es gar nicht zu hören gewesen war, wie sie die zweite auf die Treppe hinausführende Tür hinter sich zugemacht hatte. ‚Die Treppe kann sie noch nicht verlassen haben', dachte ich und hielt lauschend still. Man vernahm weder ein Geräusch noch Schritte. In einem unteren Stockwerk wurde eine Tür laut zugeschlagen. Dann war wieder alles still.

Ich stieg eilig hinab. Die Treppe von meiner Wohnung in den vierten Stock war eine Wendeltreppe; erst von dort an führten gerade Treppen hinab. Es war eine jener unsauberen, dunklen Hintertreppen, die man gewöhnlich in Mietskasernen mit kleinen Wohnungen findet. In diesem Augenblick war es auf ihr vollständig finster. Ich tastete mich bis zum nächsten Stockwerk hinunter und blieb stehen. Mir war plötzlich, als habe sich hier auf dem Treppenabsatz jemand vor mir versteckt. Ich tastete mit den Händen längs der Wand und stieß ganz in der Ecke auf die Kleine, die mit dem Gesicht zur Wand hin stand und leise, fast lautlos, weinte.

»Höre, wovor fürchtest du dich?« begann ich. »Ich habe dich so sehr erschreckt, das tut mir leid. Als dein Großpapa starb, sprach er von dir ... es waren seine letzten Worte ... Bei mir liegen seine Bücher; sie gehören jetzt wohl dir. Wie heißt du? Wo wohnst du? Er sagte, in der Sechsten Linie ...«

Ich konnte aber den Satz nicht beenden. Wie erschreckt darüber, daß ich wissen könnte, wo sie wohnte, schrie sie laut auf, stieß mich mit ihren mageren Ärmchen beiseite und stürzte die Treppe hinunter. Ich lief ihr nach, vernahm noch ihre kleinen Schritte. Plötzlich hörten sie auf ... Als ich auf die Straße trat, war sie nicht mehr zu sehen. Ich eilte bis zum Wosnessenskij-Prospekt weiter, sah aber bald ein, daß alle meine Bemühungen vergebens waren: sie war verschwunden. ‚Wahrscheinlich hat sie sich irgendwo vor mir versteckt', dachte ich, ‚vielleicht schon irgendwo an der Treppe.'

XI

Doch kaum war ich auf das feuchte, schmutzige Trottoir des Prospekts hinausgetreten, als ich mit einem Vorübergehenden zusammenstieß, der, offenbar ganz in Gedanken versunken, den Kopf gesenkt, sich sehr beeilte. Zu meinem größten Erstaunen erkannte ich in ihm den alten Ichmenjeff. Es war für mich ein Abend unerwarteter Begegnungen. Ich wußte, daß der Alte seit drei Tagen stark erkältet war, und nun plötzlich begegnete ich ihm bei diesem feuchten Wetter auf der Straße! Zudem war er auch früher nie zur Abendzeit ausgegangen, und seitdem Natascha die Eltern verlassen hatte, das heißt seit fast einem halben Jahr, war er zu einem richtigen Stubenhocker geworden. Als er mich erblickte, schien er außerordentlich erfreut zu sein, wie ein Mensch, der endlich einen Freund trifft, mit dem ein Gedankenaustausch möglich ist. Er ergriff meine Hand, drückte sie kräftig und zog mich gleich mit sich fort, ohne zu fragen, wohin ich ginge. Er schien sehr erregt zu sein, seine Bewegungen waren fahrig und zerstreut. ‚Wohin mag der wohl gegangen sein?' dachte ich bei mir. Ihn danach zu fragen, das ging nicht an: er war in letzter Zeit so mißtrauisch geworden, daß er oft in der einfachsten Frage oder Bemerkung eine kränkende Anspielung oder gar Beleidigung witterte.

Ich betrachtete ihn von der Seite: sein Gesicht sah krank aus, in der letzten Zeit war er sehr abgemagert; der Bart war wohl seit einer Woche nicht mehr gestutzt worden. Das nun fast ganz ergraute Haar quoll unordentlich unter dem verbeulten Hut hervor und hing in langen Strähnen auf den Kragen seines alten, abgetragenen Überziehers. Ich hatte es schon öfter bemerkt, daß er sich minutenlang ganz vergessen konnte; er vergaß zum Beispiel, daß er allein im Zimmer war, sprach laut mit sich selbst und gestikulierte mit den Armen. Es tat weh, ihn so zu sehen.

»Nun, Wanja, nun? Wohin gingst du? Siehst du, mein Lieber, ich, ich bin ausgegangen; in Geschäften. Bist du wieder gesund?«

»Und Sie selbst, sind Sie gesund?« antwortete ich mit der Gegenfrage. »Sie waren doch unlängst krank, und jetzt gehen Sie so spät noch aus?«

Der Alte antwortete mir nicht; es war, als hätte er mich gar nicht gehört.

»Wie geht es Anna Andréjewna?«

»Gut, gut ... Übrigens, vielleicht kränkelt sie doch ein bißchen. Sie ist mir etwas trübselig geworden ... Sie sprach auch von dir ... Warum bist du nicht gekommen? Ja, du bist doch auf dem Wege zu uns, Wanja? Oder etwa nicht?« fragte er plötzlich und sah mich scharf und fragend an. »Vielleicht habe ich dich gestört oder halte dich von etwas ab?«

Der mißtrauische Alte war so empfindlich geworden, daß er, hätte ich ihm jetzt geantwortet, es sei nicht meine Absicht gewesen, zu ihnen zu gehen, sich unfehlbar beleidigt gefühlt und sich kühl von mir verabschiedet hätte. Ich beeilte mich also, zu versichern, daß ich soeben im Begriff gewesen wäre, Anna Andrejewna aufzusuchen, obgleich ich wußte, daß ich mich dadurch verspäten würde und das Wiedersehen mit Natascha überhaupt in Frage gestellt wurde.

»Nun, das ist gut«, sagte der Alte, vollständig beruhigt durch meine Antwort. »Das ist gut ...«

Und plötzlich verstummte er wieder und wurde nachdenklich.

»Ja, das ist gut!« wiederholte er nach einer ganzen Weile mechanisch dasselbe – als erwache er aus einer tiefen Versunkenheit. »Hm! ... Siehst du, Wanja, du bist uns immer wie unser eigener Sohn gewesen; Gott schenkte uns ... keinen Sohn ... und schickte uns dich – so habe ich immer gedacht. Meine Alte ... gleichfalls! Ja! Und du hast dich immer ehrerbietig zu uns benommen, liebevoll, wie ein dankbares Kind. Möge dich Gott dafür segnen, Wanja, wie wir beiden Alten dich segnen und lieben ... Ja!« Seine Stimme bebte, er hielt einen Augenblick inne.

»Ja ... nun ... wie ist es dir ergangen? Warst du nicht erkältet? Warum warst du so lange nicht mehr bei uns?«

Ich erzählte ihm die ganze Geschichte mit Smith, entschuldigte meine Abwesenheit durch diese Angelegenheit, sagte, daß ich mich außerdem krank gefühlt hätte, und daß der Weg nach der Wassilij-Insel (wo sie damals wohnten) sehr weit sei. Ich wollte schon hinzufügen, daß ich auch noch nicht Zeit gefunden hätte, Natascha zu besuchen. Aber das Unangebrachte dieser Bemerkung fiel mir noch zur rechten Zeit ein und ich verstummte.

Die Geschichte mit Smith interessierte ihn sehr. Er wurde aufmerksamer. Als er erfuhr, daß meine neue Wohnung feucht war, vielleicht noch feuchter als die alte, und nur sechs Rubel monatlich kostete, war er sehr aufgebracht. Überhaupt war er recht heftig und ungeduldig geworden. Nur Anna Andrejewna verstand es, in solchen Augenblicken mit ihm auszukommen, und selbst das nicht immer.

»Hm! ... Das kommt von deiner Literatur, Wanja!« rief er wütend aus. »Sie hat dich bis unter das Dach gebracht, und wird dich auch noch auf den Friedhof bringen! Habe ich dir's damals nicht gesagt? Dich davor gewarnt? ... Und wie steht es mit B.? schreibt er immer noch seine Kritiken?«

»Aber er ist doch schon gestorben, er war ja schwindsüchtig. Ich habe Ihnen das doch schon mitgeteilt, oder nicht?«

»Gestorben, hm! ... Gestorben! Ja, so hat es kommen müssen. Hat er seiner Frau und seinen Kindern etwas hinterlassen? Du hast mir doch gesagt, daß er Frau und Kinder hatte ... Woraufhin heiraten diese Leute überhaupt?«

»Nein, er hat ihnen nichts hinterlassen«, antwortete ich.

»Hab' ich's nicht gesagt!« rief er so erregt aus, als ginge ihn die Sache nahe an, ja, als wäre der verstorbene B. sein leiblicher Bruder gewesen. »Nichts! ... so, nichts! Nichts hinterlassen! Siehst du, Wanja, das hab' ich vorausgefühlt, so mußte er enden, und schon damals, weißt du noch, als du ihn mir so lobtest. Das ist leicht gesagt: hat nichts hinterlassen! Hm! ... hat sich dafür Ruhm erworben. Nehmen wir an, unsterblichen Ruhm, doch von Ruhm allein wird man nicht satt. Ich habe damals, mein Lieber, auch bei dir alles vorausgesehen ... Also B. ist gestorben? Ja ... und warum sollte er auch nicht sterben! Ist denn das ein Leben hier ... in dieser Stadt! Sieh dir das doch nur an!«

Und mit einer unwillkürlichen Handbewegung wies er auf die neblige Perspektive der Straße mit den in der feuchten Dunkelheit nur matt leuchtenden Laternen, auf die schmutzigen Häuser, auf die von Feuchtigkeit glänzenden Steinplatten des Trottoirs, auf die mürrisch verärgerten und durchnäßten Gestalten der Vorübereilenden, auf dieses ganze Bild, das von der gleichsam mit Tusche getünchten Kuppel eines Petersburger Himmels überwölbt wurde. Wir traten auf den Platz hinaus: aus dem Dunkel vor uns erhob sich das Denkmal,[8] von unten durch die Gasflammen der Kandelaber beleuchtet, und weiterhin stand die dunkle, gewaltige Masse der Isaaks-Kathedrale, die sich von der Finsternis des Himmels nur undeutlich abhob.

»Du sagtest doch, Wanja, daß er ein guter Mensch gewesen sei, großmütig, sympathisch, ein Mensch mit Herz und Gefühl. Nun sieh, so sind sie ja alle, diese mit Herz, diese deine sympathischen Leute! Verstehen bloß die Zahl der Waisenkinder zu vermehren, nichts weiter! Hm! . . . ja und zu sterben muß für ihn lustig gewesen sein, denke ich! Wäre er lieber bei Zeiten von hier fortgefahren, und wär's nach Sibirien! . . . Was willst du, Kleine?« fragte er plötzlich ein Kind, das um Almosen bat.

Es war ein kleines, schmächtiges Mädelchen von etwa sieben, höchstens acht Jahren, in schmutzigen Lappen, die kleinen Füße ohne Strümpfe in zerrissenen Schuhen. Sie mühte sich, das alte kurze Regenmäntelchen, aus dem sie schon längst herausgewachsen war, um ihr vor Kälte zitterndes Körperchen zusammenzuhalten. Ihr ausgemergeltes, blasses und krankes Gesichtchen war uns zugewandt; sie sah uns stumm und zaghaft entgegen und streckte mit einer Art ergebener Furcht vor einer Zurückweisung ihr zitterndes Händchen aus. Der Alte erbebte geradezu, als er sie erblickte, und wandte sich so hastig zu ihr hin, daß sie erschrak. Sie zuckte zusammen und wich vor ihm zurück.

»Was, was willst du, Kind?« stieß er hervor. »Du bettelst? Ja? Hier hast du was . . . da! . . . nimm!«

Und er wühlte mit zitternder Hand in seiner Tasche herum und holte zwei oder drei Silberstücke heraus! Es schien ihm aber doch zu wenig, er zog seinen Geldbeutel hervor und nahm einen Rubelschein heraus – alles, was in ihm enthalten war – und legte das Geld in die Hand des Bettelkindes.

»Möge Christus dich behüten, Kleine ... mein Kindchen! Mögen Gottes Engel dich beschützen!«

Und mit bebender Hand bekreuzte er mehrmals die arme Kleine; doch als er plötzlich merkte und begriff, daß ich dabeistand und ihm zusah, runzelte er die Stirn und ging mit schnellen Schritten weiter.

»Siehst du, Wanja«, begann er nach ziemlich langem, wütendem Schweigen wieder, »ich kann es nicht ansehen, wie diese kleinen, unschuldigen Geschöpfe auf der Straße vor Kälte zittern ... ihrer verfluchten Mütter und Väter wegen ... Übrigens, welche Mutter wird wohl ihr Kind in dieses Unglück hinaus schicken, wenn sie nicht selbst im tiefsten Elend ist! ... Wahrscheinlich sitzen bei ihr im Winkel noch andere Waisenkinder, dieses war wohl das älteste; sicher ist sie krank ... die Mutter; und ... hm! Es gibt viele Kinder auf der Welt, Wanja, die ... nicht Fürstenkinder sind ... Hm!«

Er verstummte für eine Weile, als wüßte er nicht recht, wie er etwas Bestimmtes sagen könnte. Und das bedrückte ihn offenbar.

»Sieh, Wanja, ich habe Anna Andrejewna versprochen«, begann er ein wenig verwirrt und unsicher, »ich habe ihr versprochen ... das heißt, wir sind beide übereingekommen, Anna Andrejewna und ich, ein Waisenkindchen zur Erziehung anzunehmen, ... so irgendein armes, kleines, ganz ins Haus zu uns ... Du verstehst doch? Sonst ist es für uns alte Leute doch gar zu langweilig, so allein ... hm ... nur, siehst du: Anna Andrejewna scheint sich neuerdings dagegen sträuben zu wollen. Sprich du doch mit ihr, weißt du, nicht von mir aus, du weißt schon, sondern von dir aus, rede ihr doch zu ... Du verstehst mich? Schon lange wollte ich dich darum bitten ... sie möge doch einwilligen ... ich kann es nicht gut selber tun ... Aber was rede ich von diesen Albernheiten! Was geht mich ein Kindchen an? Ich habe es nicht nötig! Nur so zur Beruhigung ... um ein Kinderstimmchen zu hören ... und ich tue es doch nur der Alten wegen; es wird für sie heiterer sein als immer mit mir Altem allein ... Aber das ist ja alles dummes Zeug! Weißt du, Wanja, so kommen wir nicht so bald nach Haus; nehmen wir eine Droschke, es ist noch weit und Anna Andrejewna wartet schon lange auf uns ...«

Es war halb acht, als wir endlich bei Anna Andrejewna eintrafen.

XII

Die beiden Alten hingen sehr aneinander. Sowohl die Liebe als die langjährige Gewöhnung hatten sie untrennbar verbunden. Nikolai Ssergéjewitsch war aber nicht nur jetzt, sondern auch früher schon, selbst in ihren glücklichsten Jahren, nicht sehr mitteilsam zu seiner Anna Andrejewna gewesen, und hin- und wieder geradezu streng mit ihr umgegangen, letzteres besonders in Gegenwart von fremden Leuten. Es gibt manche Naturen, die an sich sehr zärtlich und feinfühlend veranlagt sein können, in denen sich aber mitunter ein gewisser Widerstand dagegen erhebt, oder eine Art keuscher Hemmung sich einstellt, selbst dem von ihnen geliebten Wesen gegenüber von ihrer Zärtlichkeit zu sprechen oder sie sonstwie zu äußern, und das nicht nur in Gegenwart von anderen, sondern auch unter vier Augen; ja, unter vier Augen sogar noch mehr. Nur hin und wieder bricht aus ihnen die Zärtlichkeit hervor, und das um so heißer, um so heftiger, je länger sie zurückgehalten worden war. Von dieser Art war zum Teil auch das Verhalten des alten Ichmenjeff zu seiner Anna Andrejewna, und zwar schon von Jugend auf. Er achtete und liebte sie grenzenlos, ungeachtet dessen, daß sie nur eine gute Frau war, die nichts als ihn zu lieben verstand; er ärgerte sich oft sehr darüber, daß sie sich ihrerseits in ihren Gefühlen zu ihm keinen Zwang antat und sie zu offen und unvorsichtig zeigte. Seit aber Natascha sie verlassen hatte, waren sie gleichsam viel zärtlicher zueinander geworden; sie fühlten es schmerzlich, daß sie jetzt ganz allein auf der Welt waren. Und obgleich Nikolai Ssergejewitsch jetzt oft sehr verschlossen und finster war, konnten doch beide nicht zwei Stunden ohne Schmerz und Sehnsucht voneinander getrennt sein. Sie waren irgendwie schweigend übereingekommen, von Natascha mit keinem Wort zu sprechen, als wäre sie niemals auf der Welt gewesen. Anna Andrejewna wagte denn auch nicht, in Gegenwart ihres Mannes Natascha auch nur mit einem Wort zu erwähnen, obgleich ihr das sehr schwer fiel. Sie hatte Natascha in ihrem Herzen schon längst verziehen. Zwischen uns war gewissermaßen eine stillschweigende Abmachung getroffen worden, daß ich ihr bei jedem meiner Besuche Nachrichten von ihrem unvergeßlich geliebten Kind zu bringen hatte.

Die Alte wurde krank, wenn sie lange keine Nachrichten erhielt, und sobald ich dann wieder bei ihr erschien, wollte sie auch die kleinste Einzelheit wissen. Mit zitternder Neugier erkundigte sie sich nach allem, was ich gesehen, und einmal wäre sie beinahe vor Schreck gestorben, als sie hörte, daß Natascha erkrankt war. Am liebsten wäre sie gleich zu ihr gegangen. Doch getan hätte sie es wohl nur im äußersten Fall. Sie wagte mir gegenüber nicht einmal den Wunsch auszusprechen, ihre Tochter wiederzusehen, und jedesmal hielt sie es nach unseren Gesprächen, nachdem sie mich über alles ausgeforscht, für ihre Pflicht, nachdrücklich zu wiederholen, daß Natascha, wenn sie sich auch nach wie vor sehr um das Schicksal ihrer Tochter kümmere und sorge, doch eine Verbrecherin bliebe, der man nicht verzeihen könne. Das war jedoch alles nur äußerlich. Es kam vor, daß Anna Andrejewna sich bis zur Krankheit abquälte, in meiner Gegenwart Natascha mit den zärtlichsten Namen nannte, sich bitter über Nikolai Ssergejewitsch beklagte, und in seiner Anwesenheit, wenn auch mit großer Vorsicht, versteckte Anspielungen machte, von Hochmut und Hartherzigkeit der Menschen sprach und davon, daß wir Menschen eben nicht zu verzeihen verstünden, Gott aber den Verstockten seinerseits auch nicht vergäbe – doch mehr wagte sie in seiner Gegenwart nicht zu sagen. In solchen Augenblicken verdüsterte sich das Gesicht des Alten, er wurde mürrisch und schweigsam. Plötzlich sprach er dann, gewöhnlich sehr ungeschickt, laut von etwas ganz Anderem, um dann schließlich doch aufzustehen, sich in sein Zimmer zurückzuziehen und auf diese Weise Anna Andrejewna die Möglichkeit zu geben, ihren Kummer vor mir auszuschütten und sich auszuweinen. Ebenso zog er sich bei meinen Besuchen, nachdem er mich begrüßt hatte, immer gleich zurück, um mir Gelegenheit zu geben, Anna Andrejewna die letzten Nachrichten über Natascha mitzuteilen. So tat er es auch diesmal.

»Ich bin ganz durchnäßt«, sagte er zu ihr, als wir kaum ins Zimmer getreten waren, »ich gehe in mein Zimmer, und du, Wanja, bleibe hier. Ihm ist eine Geschichte passiert ... mit der Wohnung; erzähle ihr das. Ich komme gleich wieder zurück ...«

Und er eilte hinaus, wobei er bemüht war, uns nicht anzusehen, als schäme er sich, daß er uns selbst zusammenbrachte. Wenn er dann wieder zu uns zurückkehrte, war er mürrisch, sowohl gegen mich als gegen Anna Andrejewna, ganz als ärgerte er sich über seine eigene Weichheit und Nachgiebigkeit.

»So ist er immer«, sagte die Alte, die in letzter Zeit ihre frühere Zurückhaltung gegen mich ganz aufgegeben hatte. »Immer ist er jetzt so zu mir; dabei weiß er doch, daß wir seine Schlauheit durchschauen. Warum verstellt er sich vor mir? Bin ich denn etwa eine Fremde für ihn? So ist er auch zu seiner Tochter. Er könnte ihr doch verzeihen! Weiß Gott, vielleicht möchte er es sogar. Nachts weint er, habe es selbst gehört! Äußerlich will er sich stark zeigen. Der Stolz beherrscht ihn . . . Lieber Iwan Petrowitsch, erzähl' mir schneller: wohin war er gegangen?«

»Nikolai Ssergejewitsch? Ich weiß es nicht; ich wollte *Sie* danach fragen.«

»Und ich dich! Mir wurde ganz schwach zumut, als ich ihn fortgehen sah. Er ist doch krank, und bei solchem Wetter, und in der Dunkelheit! Nun, dachte ich, der muß etwas Wichtiges vorhaben; was kann es aber Wichtigeres geben als die uns bekannte Angelegenheit? So dachte ich bei mir, aber zu fragen wagte ich ihn nicht. Großer Gott, ich zitterte ordentlich bei dem Gedanken an ihn und an sie. Nun, dachte ich, jetzt geht er zu ihr; jetzt wird er ihr verzeihen! Er hat doch alles erfahren, auch die letzten Nachrichten von ihr kennt er. Ich bin fest überzeugt, daß er alles weiß, woher er aber Nachrichten über sie erhält, kann ich mir nicht vorstellen. Gestern grämte er sich schon gar zu sehr, und heute gleichfalls. Ja, was schweigst du denn? Erzähle doch, mein Lieber, was dort vorgefallen ist! Wie einen Engel Gottes habe ich dich erwartet, habe mir die Augen nach dir aus dem Kopf geschaut! Nun, wie steht es, verläßt dieser Bösewicht jetzt meine Natascha?«

Ich erzählte Anna Andrejewna sofort alles, was ich selbst wußte. Mit ihr sprach ich immer ganz offen. Ich teilte ihr mit, daß es in der Tat diesmal zwischen Natascha und Aljoscha zu einem Bruch kommen könnte; daß diesmal der Konflikt ernster sei als die früheren; daß Natascha mir gestern einen Zettel geschickt und mich gebeten habe, heute abend um neun Uhr zu ihr zu kommen, weshalb ich auch gar nicht die Absicht gehabt hätte, hierher zu gehen, aber Nikolai Ssergejewitsch habe mich mitgenommen. Ich erzählte ihr und erklärte ihr ausführlich, daß die Lage jetzt sehr kritisch werde; daß Aljoschas Vater, der vor zwei Wochen von einer Reise zurückgekehrt sei, von alledem nichts wissen wolle und energisch gegen Aljoscha vorgehe. Doch wichtiger wäre, daß Aljoscha selbst anscheinend zu der andern hinneige, und, wie man höre, sich schon in sie verliebt habe... Ich fügte noch hinzu, daß Natascha den Brief an mich offenbar in großer Aufregung geschrieben habe, und daß heute, wie sie schreibe, alles sich entscheiden werde. Sonderbar sei auch, daß sie mich in ihrem Brief von gestern bitte, heute um neun Uhr abends zu kommen. Darum müsse ich auch sofort gehen, und zwar so schnell als möglich.

»Dann geh nur gleich, Väterchen, geh sofort!« rief Anna Andrejewna besorgt und beunruhigt, »sobald er kommt, trinkst du noch rasch den Tee... Ach, wo bleibt denn der Ssamowar, Matrjona! Wo bleibt denn der Ssamowar? Der Nichtsnutz!... Wenn du also deinen Tee getrunken hast, finde einen passenden Vorwand, und dann geh sofort! Morgen aber komme unbedingt zu mir und erzähle mir alles. Ja, komme so früh wie nur möglich! Großer Gott! Wenn nur kein Unglück geschieht! Kann es denn noch schlechter kommen? Nikolai Ssergejewitsch hat sicher schon alles erfahren; mein Herz sagt es mir, daß er schon alles weiß. Ich habe ja auch von Matrjona vieles erfahren und diese wieder durch Agascha; Agascha wiederum ist ein Patenkind von Marja Wassiljewna, die im Hause des Fürsten dient... aber du weißt das doch schon... Nikolai Ssergejewitsch war heute sehr böse. Ich sprach nur so von diesem und jenem, er aber schrie mich an wie ein Wütender; später tat es ihm leid; er behauptete, wir hätten bald kein Geld mehr. Als wäre er des Geldes wegen wütend gewesen! Nun, du kennst ja doch unsere Verhältnisse. Nach dem Mittagessen ging er schlafen. Ich blickte durch die Türspalte ins Zimmer (in der Tür ist eine kleine Spalte, er weiß bloß nichts davon), er aber, mein Täubchen, lag auf den Knien vor dem Heiligenbild und betete. Als ich das sah, da versagten mir die Knie. Und den Tee trank er nicht, und geschlafen hat er auch nicht! Nahm seinen Hut und ging. Ich wagte ihn nicht zu fragen; er hätte mich wieder angeschrien. Er schreit jetzt des öfteren einen an, wenn nicht mich, dann Matrjona; sowie er aber zu schreien anfängt, zittern mir die Knie und mein Herz hört auf zu schlagen. Wenn er auch übertreibt, so weiß ich ja doch, daß er absichtlich nur so tut, aber schrecklich ist es trotzdem. Als er dann fortging, habe ich zu Gott eine ganze Stunde lang gebetet, er möge alles zum Guten lenken. Wo ist ihr Brief, zeig' ihn mir!«

Ich gab ihr den Brief. Ich wußte, daß Anna Andrejewna nur den einen Wunsch hatte: daß Aljoscha, den sie zwar einen Bösewicht und dummen Jungen nannte, zuletzt doch Natascha heiratete, und daß sein Vater, der Fürst Pjotr Alexandrowitsch, seine Einwilligung dazu gäbe. Sie hatte das einmal mir gegenüber sogar ausgesprochen, es dann jedoch bereut und mehrmals widerrufen. Niemals aber hätte sie ihre Hoffnungen vor Nikolai Ssergejewitsch auszusprechen gewagt, obgleich sie wußte, daß der Alte ihr das nachtrug und ihr im stillen geradezu Vorwürfe deswegen machte. Ich glaube, er hätte Natascha auf immer verflucht und ihr Andenken ganz aus seinem Herzen gerissen, wenn er auch nur von einer Möglichkeit dieser Heirat erfahren hätte.

Wir alle waren damals derselben Meinung. Er erwartete seine Tochter mit jeder Fiber seines Herzens, aber er erwartete sie allein, reuig und bereit, jede Einnerung an diesen Aljoscha aus ihrem Herzen zu reißen. Nur unter dieser Bedingung hätte er ihr verziehen. Wenn er das auch nicht aussprach, so begriff das doch ein jeder, der ihn kannte.

»Charakterlos ist er, ein charakterloser, grausamer Bengel ist er, das habe ich immer gesagt!« begann Anna Andrejewna von neuem. »Man hat ihn nicht zu erziehen verstanden, ein Leichtfuß ist er geworden. Um dieser neuen Liebe willen sie zu verlassen! Gott, mein Gott! Was wird aus der Armen werden? Und was er wohl an der anderen gefunden haben mag, das begreife ich nicht!«

»Ich habe gehört, Anna Andrejewna«, bemerkte ich, »daß diese Braut ein reizendes junges Mädchen sei, und auch Natalja Nikolajewna hat das von ihr gesagt . . .«

»Und du glaubst natürlich alles!« unterbrach sie mich. »Reizend? Für euch Federfuchser ist jede reizend, wenn sie nur einen Rock zu tragen versteht! Und wenn Natascha sie lobt, so tut sie das nur, weil sie eine edle Seele hat. Sie versteht nicht, ihn zu halten; alles verzeiht sie ihm, selbst aber leidet sie. Wie oft ist er ihr schon untreu gewesen! Diese hartherzigen Räuber! Mich aber packt die Angst, Iwan Petrowitsch! Der Stolz blendet sie alle. Wenn doch wenigstens mein Alter sich überwinden, meinem Täubchen verzeihen und es wieder zu mir bringen würde! Wie wollte ich sie umarmen, mich an ihr sattsehen! Sie ist wohl sehr abgemagert?«

»Ja, Anna Andrejewna.«

»Ach, mein Täubchen! Und mit mir steht es auch nicht gut, Iwan Petrowitsch! Die ganze Nacht und den ganzen heutigen Tag habe ich geweint ... worüber, das werde ich dir später erzählen! Wievielmal habe ich ihm schon von ferne angedeutet, er möge ihr doch verzeihen: geradeaus wage ich es ihm nicht zu sagen, doch so auf Umwegen muß man's ihm beibringen. Das Herz erstirbt mir dabei in der Brust: wenn er nun wütend wird und sie gar verflucht? Verflucht hat er sie noch nicht, das habe ich von ihm noch nicht gehört ... Darum fürchte ich mich aber auch so sehr, daß er es doch noch tut! Was würde wohl dann sein? Der Fluch des Vaters ist auch Gottes Fluch. So lebe ich, jeden Tag zittere ich vor Angst. Und auch du solltest dich schämen, Iwan Petrowitsch; bist in unserem Hause aufgewachsen, hast elterliche Liebe von uns empfangen, und nun findest du auch, daß die andere reizend sei! Was geht denn das dich an? Was heißt hier ‚reizend'? Da hat Marja Wassiljewna sich besser ausgedrückt. (Ich habe es gewagt: habe sie einmal zu mir zum Kaffee eingeladen, als Meiner einen ganzen Morgen in Geschäften in der Stadt war.) Sie hat mich über alles aufgeklärt. Der Fürst, der Vater von Aljoscha, hat zu der Gräfin in unerlaubten Beziehungen gestanden. Die Gräfin hat ihm schon immer vorgeworfen, daß er sie nicht heiratete, er hat es aber immer wieder aufgeschoben. Die Gräfin jedoch stand schon bei Lebzeiten ihres Gemahls in schlechtem Ruf. Als ihr Mann starb, reiste sie ins Ausland: hier lernte sie Italiener und Franzosen, Barone und Grafen kennen, und da hat sie sich denn den Fürsten Pjotr Alexandrowitsch gekrallt. Ihre Stieftochter aber, die Tochter ihres ersten Mannes, der ein Branntweinpächter war, wuchs allmählich heran. Die Gräfin, ihre Stiefmutter also, hatte bis dahin alles verputzt, was sie besaß; mit Katherina Fjodorowna zugleich aber wuchsen auch die zwei Millionen heran, die ihr Vater für sie auf der Bank deponiert hatte. Jetzt, sagt man, habe sie drei Millionen, und da hat sich denn der Fürst gedacht, daß es sehr vorteilhaft wäre, Aljoscha mit ihr zu verheiraten. Der läßt sich keinen Vorteil entgehen! Der Graf, der vornehme, hochgestellte Hofmann, sein Verwandter, hat auch eingewilligt; drei Millionen sind kein Spaß! ‚Gut', sagt er, ‚sprechen Sie mit der Gräfin.' Der Fürst teilt also der Gräfin seinen Wunsch mit. Die aber ist dagegen, mit Händen und Füßen. Ein tolles Weib soll sie sein, ohne jeden Anstand! Man sagt, hier werde sie schon nicht mehr von allen empfangen, wer weiß, wie es im Auslande gewesen ist! ‚Nein', sagt sie, ‚du, Fürst, du mußt mich heiraten, und dann kommt doch eine Heirat meiner Stieftochter mit Aljoscha nicht mehr in Frage.'[9] Diese Stieftochter soll aber eine sanfte Seele sein, ein engelsgutes Mädchen, das in allem der Stiefmutter gehorcht, sie nahezu anbetet und sehr an ihr hängt. Der Fürst versteht natürlich sofort, um was es sich handelt, und sagt es ihr auch: ‚Du, Gräfin, beunruhige dich nicht. Du hast dein Vermögen durchgebracht und hast eine Menge Schulden, die du nicht bezahlen kannst. Wenn aber deine Stieftochter Aljoscha heiratet, so gibt das ein gutes Paar: sie ist unschuldig wie ein Engel und Aljoscha ein Dummkopf; wir werden sie beide zusammen bevormunden, dann wirst auch du Geld haben. Was nützt es dir, wenn ich dich heirate?' sagte er. Ein schlauer Mensch! Ein Freimaurer! Vor einem halben Jahr hat die Gräfin sich nicht dazu entschließen können; jetzt, sagt man, seien sie nach Warschau gefahren, dort habe sie eingewilligt. So ist es. Das hat mir alles Marja Wassiljewna erzählt, die hat es von einem glaubwürdigen Menschen gehört. Nun, siehst du wohl: um Geld handelt's sich, um Millionen, und nicht darum, daß sie reizend ist!«

Die Erzählung Anna Andrejewnas setzte mich in Erstaunen. Sie stimmte vollkommen mit dem überein, was ich selbst unlängst von Aljoscha gehört hatte. Als er es mir erzählte, behauptete er fest, daß er nie des Geldes wegen heiraten werde. Immerhin hatte Katherina Fjódorowna einen tiefen Eindruck auf ihn gemacht. Ich hörte auch von Aljoscha, daß sein Vater vielleicht selbst heiraten möchte, doch alles Gerede darüber als unwahr bezeichne, um die Gräfin nicht vorher zu reizen. Ich habe bereits erwähnt, daß Aljoscha seinen Vater sehr liebte, bewunderte, stolz auf ihn war und an ihn glaubte wie an ein Orakel.

»Und nicht einmal aus gräflichem Geschlecht ist sie, deine Reizende da!« fuhr Anna Andrejewna fort, sehr gereizt durch das Lob, das ich der zukünftigen Braut des jungen Fürsten gespendet hatte. »Natascha wäre für ihn eine weit ebenbürtigere Partie. Jene ist bloß die Tochter eines Branntweinpächters[10], Natascha aber stammt aus altem Adelsgeschlecht, ist ein hochwohlgeborenes Fräulein. Mein Alter holte gestern (ich hab nur vergessen, es dir gleich zu sagen) seine eisenbeschlagene Truhe hervor, du kennst sie doch, und hat dann den ganzen Tag die Urkunden durchgesehen. So ernst saß er da. Ich strickte meinen Strumpf, wagte nicht, ihn anzusehen, fürchtete mich. Wie er nun sieht, daß ich schweige, ist ihm das wieder nicht recht, also spricht er mich an, und dann hat er mir den ganzen Abend unseren Stammbaum erklärt. Und so erfuhr ich denn, daß die Ichmenjeffs schon zu Zeiten Iwan Wassiljewitschs des Schrecklichen zum Adel gehörten und meine Familie, das Geschlecht der Schumiloffs, schon unter Alexei Michailowitsch bekannt war und eine Rolle gespielt hat – wir haben die Dokumente darüber –, und auch in Karamsins Geschichte Rußlands sind wir erwähnt.[11] Also, mein Lieber, wir sind in der Beziehung nicht schlechter als andere. Als mein Alter mir das zu erklären anfing, verstand ich, was er im Sinne hatte. Es kränkt ihn, daß man Natascha so gering einschätzt. Nur an Reichtum sind sie uns über. Nun, möge sich dieser Räuber Pjotr Alexandrowitsch nur ums Geld mühen! das ist ja allen bekannt: er ist eine hartherzige, habgierige Seele. Er sei in Warschau, sagt man, heimlich zu den Jesuiten übergetreten! Ob das wohl wahr ist, was meinst du?«

»Dummes Gerede«, antwortete ich, doch unwillkürlich interessierte mich die Hartnäckigkeit, mit der sich dieses Gerücht verbreitete und erhielt. Auch die Nachricht, daß Nikolai Ssergejewitsch seine Urkunden durchsuchte, interessierte mich sehr. Früher hatte er nie seiner Abstammung Erwähnung getan.

»Alle sind sie hartherzige Bösewichte!« fuhr Anna Andrejewna fort. »Aber was macht denn mein Täubchen? Grämt sie sich, weint sie? Ach, es ist ja Zeit, daß du zu ihr gehst! Matrjona, Matrjona! Wo bleibst du, Nichtsnutz! – Hat man sie beleidigt? So sprich doch, Wanja!«

Was sollte ich antworten? Sie fing an zu weinen. Ich fragte sie, welches Unglück sie denn noch betroffen hätte, wie sie vorhin gesagt.

»Ach, mein Lieber, als ob es noch nicht genug wäre, als ob der Kelch nicht schon zum Überfließen voll wäre! Erinnerst du dich, mein Freund, oder weißt du's nicht mehr, daß ich ein goldenes Medaillon besaß, mit Nataschas Miniaturbildchen, aus ihren Kinderjahren; acht Jahre alt war sie damals, mein Herzenskind. Wir bestellten es bei einem durchreisenden Maler, du hast es wohl sicher vergessen, mein Lieber! Er war ein guter Maler, er hat sie als Kupido dargestellt: helles lockiges Haar hatte sie damals, durchs Musselinhemdchen schien ihr Körperchen durch, und so reizend sah sie aus, daß man sich gar nicht an ihr sattsehen konnte. Ich bat den Maler, ihr doch Flügel hinzuzufügen, aber das wollte er nicht tun. Nun, siehst du, mein Lieber, in diesen schrecklichen Tagen hatte ich es aus der Schatulle herausgenommen und es mir um den Hals gehängt; so hing es neben meinem Kreuzchen, und ich fürchtete schon immer, mein Alter würde es vielleicht bemerken. Er befahl doch damals, alle ihre Sachen aus dem Hause zu werfen oder zu verbrennen, damit wir durch nichts mehr an sie erinnert würden. Ich aber war glücklich, wenn ich wenigstens das Bild betrachten konnte; ich sehe es mir an und weine mich aus, dann wird mir leichter ums Herz; ein anderes Mal aber, wenn ich allein bin, küsse ich es, als wäre sie es selbst, und nenne sie bei ihrem Namen und bekreuze sie zur Nacht. Ich spreche laut mit ihr, wenn ich allein bin, frage sie dies und jenes, und mir ist, als antworte sie mir. Ach, mein lieber Wanja, es tut mir weh, davon zu sprechen! Nun, ich war froh, daß er wenigstens das Medaillon nicht bemerkt hatte! Wie ich aber gestern abend nach meinem Medaillon greife, ist es nicht mehr da. Mir schwanden die Sinne. Ich suchte und suchte – nichts! Es ist verloren und bleibt verloren! Und wie kann ich es verloren haben? Im Bett, denke ich, habe ich es abgerissen; ich kehre das ganze Bett um – nichts! Wenn ich es verloren habe, wer kann es denn finden, wenn nicht *er* oder Matrjona? Nun, Matrjona kann ich doch gar nicht verdächtigen, sie ist mir mit ganzer Seele zugetan . . . (Matrjona, wirst du nicht endlich den Ssamowar bringen?) Nun, denke ich, wenn er es findet, was wird dann geschehen? Ich sitze da und weine, weine, kann meine Tränen nicht mehr zurückhalten. Und Nikolai Ssergejewitsch ist so zärtlich zu mir und sieht mich so mitleidig an, als wüßte er, warum ich weine. Und da denke ich: er hat das Medaillon gefunden und es aus dem Fenster geworfen! In seinem Zorn ist er doch fähig dazu; hat es vielleicht hinausgeworfen und jetzt tut es ihm selbst leid, bedauert es jetzt, denke ich. Nun, ich lief hinaus, um es mit Matrjona unter dem Fenster zu suchen. Wir fanden nichts. Ich weinte die ganze Nacht. Zum erstenmal hatte ich sie nicht zur Nacht bekreuzt. Oh, das bedeutet etwas Schlechtes, etwas Schlechtes, Iwan Petrowitsch, das bedeutet nichts Gutes; auch den nächsten Tag wurden meine Augen nicht trocken, immer wieder weinte ich. Habe dich erwartet, mein Freund, wie einen Engel Gottes, damit du meine Seele erlösest ...«

Und sie weinte bitterlich.

»Ach, ja, was ich vergessen habe, dir zu sagen!« begann sie plötzlich, ganz erfreut darüber, daß es ihr noch einfiel, »hat er dir etwas von einem Waisenkindchen gesagt?«

»Ja, Anna Andrejewna, er hat mir erzählt, Sie hätten beide beschlossen, ein armes kleines Mädchen, eine Waise, aufzunehmen. Stimmt das?«

»Nicht gedacht habe ich daran, mein Lieber, nicht gedacht! Und überhaupt, ein Waisenkind will ich nicht haben! Nur an unser schweres Schicksal, an unser Unglück würde es uns erinnern. Außer Natascha will ich niemanden haben! Meine einzige Tochter war sie, meine einzige wird sie auch bleiben. Aber was soll das bedeuten, dieser Einfall mit der Waise? Wie denkst du darüber, Iwan Petrowitsch? Mir zur Beruhigung etwa, damit ich mein leibliches Kind vergessen und mich an ein anderes gewöhnen soll? Was hat er dir von mir erzählt? Wie fandest du ihn, – streng? ... böse? Pst! Er kommt! Nachher mehr davon, nachher! ... Morgen mußt du bestimmt kommen, vergiß das nicht ...«

XIII

Der Alte trat ein. Er blickte uns neugierig und fast etwas verschämt an, dann verfinsterte sich sein Gesicht, und er trat an den Tisch.

»Nun, wie steht es mit dem Ssamowar?« fragte er.

»Man bringt ihn sofort, Väterchen, sofort; sieh, da ist er schon«, beeilte sich Anna Andrejewna zu antworten.

Matrjona erschien sofort mit dem Ssamowar, als sie den Herrn hörte, ganz als hätte sie nur auf ihn gewartet. Diese

Matrjona war eine alte, erprobte und ergebene Dienerin, aber die eigenwilligste und brummigste von allen Mägden der Welt, mit eigensinnigem, rechthaberischem Charakter. Aber vor Nikolai Ssergejewitsch hatte sie Respekt und vor ihm hielt sie den Mund. Dafür entschädigte sie sich aber um so mehr an Anna Andrejewna, war gegen sie grob und zeigte ihr auf Schritt und Tritt den Wunsch, über sie, ihre Herrin, zu herrschen, obwohl sie zu gleicher Zeit ihr und Natascha von Herzen ergeben war. Ich kannte Matrjona schon von Ichmenjeffka her.

»Hm ... es ist nicht angenehm, so durchnäßt nach Hause zu kommen und dann noch auf den Tee warten zu müssen«, brummte der Alte halblaut vor sich hin.

Anna Andrejewna warf mir sofort einen vielsagenden Blick zu, heimlich auf ihren Mann weisend. Er aber konnte solche Heimlichkeiten nicht ausstehen, und wenn er sich in diesem Augenblick auch Mühe gab, zu tun, als bemerke er nichts, so konnte man ihm doch ansehen, daß er alles bemerkt und verstanden hatte.

»Ich war in Geschäften ausgegangen, Wanja«, begann er plötzlich. »Alles in den Dreck gefahren. Sagte ich's dir nicht schon? Sie werden mich verurteilen. Ich kann's eben nicht beweisen! Die nötigen Papiere fehlen mir. Die Angaben sollen sich als unrichtig erwiesen haben, wird behauptet ... Hm ...«

Er sprach von seinem Prozeß mit dem Fürsten; dieser Prozeß zog sich noch immer hin, nahm aber für Nikolai Ssergejewitsch die denkbar schlechteste Wendung. Ich schwieg, ich wußte nicht, was ich ihm antworten sollte. Er blickte mich mißtrauisch an.

»Aber schließlich, was tut's!« fuhr er plötzlich fort, als reize ihn unser Schweigen, »je schneller, desto besser. Zum Schurken können sie mich doch nicht machen, wenn sie mich auch zur Zahlung verurteilen. Ich habe mein reines Gewissen, mögen sie beschließen was sie wollen. Wenigstens wird die Sache einmal ihr Ende nehmen; sie befreien mich, indem sie mich zugrunde richten ... Ich werde alles hinwerfen und gehe nach Sibirien.«

»Um Gottes willen, wohin? ... Weshalb denn gleich so weit!« konnte Anna Andrejewna sich nicht enthalten auszurufen.

»Und hier, wem stehen wir hier denn nahe und sind ihm etwas wert?« fragte er sie brutal und als freue er sich dieser Ewiderung.

»Immerhin doch ... in der Nähe von Menschen ...«, erwiderte Anna Andrejewna, mich traurig ansehend.

»Von Menschen!« fuhr er auf, seinen flammenden Blick von mir auf sie heftend und wieder zurücklenkend, »von welchen Menschen? Von Räubern, Verleumdern und Verrätern? Die gibt es überall; beruhige dich, die kannst du auch in Sibirien finden. Wenn du nicht mit mir fahren willst, so bleibe bitte hier; ich werde dich nicht zwingen mitzukommen.«

»Väterchen, Nikolai Ssergejewitsch! Um welcher Menschen willen soll ich denn ohne dich hierbleiben!« rief die arme Anna Andrejewna. »Ich habe doch, außer dir, in der ganzen Welt, niem ...«

Sie stockte, schwieg und sah mich erschrocken und flehend an, als bäte sie mich um Beistand und Hilfe. Der Alte war gereizt; nörgelte an jedem Wort; jetzt durfte man ihm nicht widersprechen.

»Beruhigen Sie sich, Anna Andrejewna«, sagte ich, »in Sibirien ist es durchaus nicht so schlimm, wie man glaubt. Wenn das Unglück geschehen sollte, daß Sie Ichmenjeffka verkaufen müssen, so ist die Absicht Nikolai Ssergejewitschs sogar sehr gut. In Sibirien kann man eine gute Privatanstellung finden, und dann ...«

»Nun, es freut mich, daß du etwas von der Sache verstehst, Iwan. Ich habe es schon beschlossen: ich werfe hier die ganze Sache hin und fahre fort.«

»Nein, das hatte ich doch nicht erwartet!« rief Anna Andrejewna und schlug die Hände zusammen. »Also auch du,

Wanja! Von dir, Iwan Petrowitsch, hätte ich das denn doch nicht erwartet! ... Ich dachte, du hättest von uns nichts anderes als Liebe erfahren, und jetzt ...«

»Hahaha! Was hattest du denn erwartet? Wovon werden wir denn leben, wie denkst du dir das? Das Geld ist verbraucht, bald stehen wir vor dem Nichts! Befiehlst du vielleicht, daß ich zum Fürsten Pjotr Alexandrowitsch gehe und ihn um Verzeihung bitte?«

Als die Alte den Namen des Fürsten hörte, begann sie vor Schreck zu zittern. Der Löffel in ihrer Hand klirrte vernehmbar an die Untertasse.

»Nein, tatsächlich, Wanja, was meinst du«, fuhr der Alte fort, indem er sich mit boshafter, eigensinniger Schadenfreude selbst aufstachelte. »Warum soll ich nach Sibirien fahren? Besser ist's, ich ziehe mich morgen an, kämme mich, putze mich, Anna Andrejewna wird mir ein neues Vorhemd zurechtlegen, werde mir neue Handschuhe kaufen, wie es der gute Ton verlangt, und zu Seiner Durchlaucht fahren: ‚Väterchen, Euer Durchlaucht, Gönner und Wohltäter! Üben Sie Gnade an mir, geben Sie mir mein Stück Brot wieder ... meine Frau ... meine kleinen Kinder' ... Soll ich's so machen, Anna Andrejewna? Wünschest du es so?«

»Väterchen ... ich will nichts, gar nichts will ich! Hab's ja nur so aus Dummheit gesagt; verzeih, wenn ich dich geärgert habe, nur höre auf, so zu schreien«, sagte sie, die vor Angst immer mehr zu zittern begann.

Ich bin überzeugt, daß in dem Augenblick, als er die Tränen und die Angst seiner armen Lebensgefährtin sah, in seiner Seele alles weh tat und es ihm das Herz abpreßte; ich bin überzeugt, daß er noch mehr litt als sie; nur konnte er sich nicht mehr zurückhalten. Das kommt manchmal vor, selbst bei herzensguten, aber schwachnervigen Menschen, die sich trotz ihrer ganzen Güte, bis zum Selbstgenuß von ihrem eigenen Kummer und Zorn mitreißen lassen, getrieben von der Sucht, sich ganz auszusprechen, um jeden Preis, sogar bis zur Kränkung des anderen, ganz unschuldigen und vorzugsweise ihnen nächststehenden Menschen. Bei Frauen zum Beispiel stellt sich manchmal geradezu das Bedürfnis ein, sich unglücklich, sich beleidigt zu fühlen, selbst wenn weder eine Beleidigung, noch ein Unglück vorliegt. Es gibt viele Männer, die in solchen Fällen Frauen gleichen, und sogar starke Männer, die gar nicht so viel Weibliches in sich haben. Der Alte hatte das Bedürfnis zu streiten, obschon er selber unter diesem Bedürfnis litt.

Ich erinnere mich, es kam mir damals der Gedanke: ob er sich nicht in der Tat zu irgendeinem Schritt entschlossen hatte, von der Art, wie Anna Andrejewna schon befürchtete! Es war doch möglich, daß er sich wirklich zu Natascha aufgemacht, aber auf dem Weg zu ihr seine Absicht aufgegeben hatte (es konnte ihm auch etwas in die Quere gekommen sein), und sich dann, nach Hause zurückgekehrt, gekränkt und beleidigt fühlte, und sich seiner eigenen Wünsche und Gefühle schämte. Diesen Ärger über seine *eigene Schwäche* mußte er jetzt an jemandem auslassen, und zwar an demjenigen, den er am meisten verdächtigte, dieselben Wünsche und Gefühle zu haben. Vielleicht hatte er sich, als er der Tochter verzeihen wollte, gerade das Entzücken und die Freude seiner armen Anna Andrejewna besonders lebhaft vorgestellt, nun aber, nach dem Mißerfolg, mußte *selbstverständlich* sie als erste dafür büßen.

Aber ihr bedrücktes Aussehen und ihre bebende Angst vor ihm rührten ihn. Er schien sich seines Zornes zu schämen und hielt einen Augenblick an sich. Wir schwiegen alle; ich bemühte mich, ihn nicht anzusehen. Diese gute Regung hielt jedoch nicht lange an. Was daraus auch werden mochte, er mußte sich aussprechen, sollte es auch mit einem Wutausbruch enden; oder sei es auch mit einer Verfluchung.

»Siehst du, Wanja«, sagte er plötzlich, »mir tut es leid, ich wollte lieber nicht davon reden, doch jetzt ist die Zeit gekommen, daß ich mich offen und ohne Winkelzüge ausspreche, wie es sich für einen aufrichtigen Menschen gehört ... Du verstehst mich doch, Wanja? Ich bin froh, daß du gekommen bist, und deshalb möchte ich dir jetzt erklären, damit es auch *andere* hören, daß ich von all diesen Tränen, Seufzern, dem Unglück und Unsinn genug habe. Das, was ich einmal, vielleicht mit großem Schmerz, aus meinem Herzen gerissen habe, wird nie wieder in mein Herz zurückkehren. Ja! Ich habe es gesagt, und so bleibt es. Ich spreche von dem, was vor einem halben Jahr geschah, du verstehst mich, Wanja! Und ich spreche jetzt ganz aufrichtig und geradeaus davon, damit du dich nie in meinen Absichten irren mögest«, fügte er hinzu, mit flammenden Augen mich ansehend, um dem erschreckten Blick seiner Frau auszuweichen. »Ich wiederhole es: ich wünsche es nicht! ... Mich kränkt es, daß man mich für einen Dummkopf, für den allerniedrigsten Schurken hält, daß alle mich solcher niedrigen und schwachen Gefühle für fähig halten ... sie denken, daß ich vor Kummer meinen Verstand verliere ... Alles Unsinn! Ich habe die alten Gefühle vergessen, aus meinem Herzen gerissen! Für mich gibt es keine Erinnerungen ... so! so! ja, so ist es! ...«

Er stand auf und schlug mit der Faust auf den Tisch, daß alle Tassen klirrten.

»Nikolai Ssergejewitsch! Ist es möglich, daß Ihnen Anna Andrejewna nicht leid tut! Sehen Sie doch, was Sie ihr antun!« sagte ich, nicht mehr imstande, meinen Unwillen niederzukämpfen. Doch ich goß nur Öl ins Feuer.

»Nicht leid!« schrie er auf, erzitternd und erbleichend, »nein, sie tut mir nicht leid, wenn man auch mich nicht schont! Nicht leid, weil in meinem Hause Verschwörungen gegen mein beschimpftes Haupt angezettelt werden, wegen einer verkommenen und aller Strafen und des Fluches würdigen Tochter! ...«

»Väterchen! Nikolai Ssergejewitsch, verfluche sie nicht! ... Alles, was du willst, aber verfluchen darfst du deine Tochter nicht!« rief Anna Andrejewna außer sich.

»Doch! ich verfluche sie!« schrie der Alte noch lauter als zuvor, »denn von mir, dem Beleidigten und Beschimpften, verlangt man, daß ich zu dieser Verfluchten gehe und sie um Verzeihung bitte! Ja, ja, so ist es! Damit quält man mich in meinem Hause jeden Tag, Tag und Nacht, mit Tränen, Seufzern und dummen Bemerkungen! Man will mich weich machen ... Sieh her, sieh her, Wanja«, fuhr er fort, mit zitternden Händen aus seiner Brusttasche Papiere herausziehend, »sieh diese Papiere an, aus meinem Prozeß! Nach diesen Papieren bin ich ein Dieb und Betrüger, und habe meinen Brotherrn bestohlen! ... Ihretwegen bin ich zum Schurken, zum Betrüger gemacht worden! Sieh, sieh sie dir an, sieh! ...«

Und er begann die verschiedensten Schriftstücke aus der Tasche zu ziehen und sie eines nach dem anderen auf den Tisch zu werfen, ungeduldig dasjenige suchend, das er mir zeigen wollte; doch wie zum Trotz fand er gerade dieses nicht. Ungeduldig geworden, riß er alles aus der Tasche, was sich in ihr befand, und plötzlich – fiel etwas hell aufklingend auf den Tisch ... Anna Andrejewna schrie laut auf. Es war das verlorene Medaillon.

Ich traute meinen Augen kaum. Das Blut stieg dem Alten zu Kopf und ergoß sich über sein ganzes Gesicht. Er fuhr zusammen. Anna Andrejewna stand da, mit verkrampften Händen und sah ihn flehend an. Auf ihrem Gesicht erstrahlte eine helle, freudige Hoffnung. Die Röte, die Verlegenheit des Alten vor uns ... sie konnte sich jetzt nicht mehr irren, sie verstand jetzt, warum das Medaillon verschwunden geblieben war!

Sie begriff, daß er es gefunden haben mußte; daß er es vor Freude über den Fund, und aus Begeisterung darüber, eifersüchtig vor den Augen anderer verborgen hatte; daß er sich dann irgendwo allein, versteckt vor allen anderen, an dem Gesichtchen seines lieben Kindes nicht hatte satt sehen können; daß vielleicht auch er wie sie, die arme Mutter, sich allein in seinem Zimmer eingeschlossen, mit seiner Natascha Zwiesprache gehalten, vielleicht auch er des Nachts, die Brust voll Sehnsucht und Schluchzen, dieses Bild geküßt und statt des Fluches Segen und Vergebung vom Himmel herabgefleht hatte auf sie, die er jetzt angeblich nicht sehen wollte und vor allem verdammte.

»Väterchen, so liebst auch du sie doch noch!« rief Anna Andrejewna, die jetzt ihre Gefühle nicht mehr zurückhalten konnte und ganz vergessen zu haben schien, daß er ihre Natascha noch vor einem Augenblick verflucht hatte.

Doch kaum hatte er ihren Schrei gehört, da packte ihn eine wahnsinnige Wut, und mit flammenden Augen nahm er das Medaillon, warf es mit aller Gewalt auf den Fußboden und wollte es wie ein Rasender mit den Füßen treten.

»Auf ewig, auf ewig sei von mir verflucht!« kreischte er, heiser vor Wut. »Auf ewig, auf ewig!«

»Mein Gott!« rief die Alte, »sie, sie! Meine Natascha! Ihr Gesichtchen ... mit den Füßen zertreten! Mit den Füßen! Du Tyrann! Du herzloser, grausamer Mensch!«

Als er das Jammern seiner Frau vernahm, hielt der Alte inne, ganz erschrocken über das, was geschehen war. Plötzlich hob er das Medaillon auf und wollte aus dem Zimmer stürzen, doch kaum hatte er einen Schritt getan, als er auf die Knie fiel, sein Gesicht mit beiden Händen bedeckte und den Kopf kraftlos auf den neben ihm stehenden Diwan sinken ließ.

Er schluchzte wie ein Kind, wie ein Weib. Verhaltenes Schluchzen wühlte in seiner Brust, als wollte es sie zersprengen! Der drohende Alte wurde in einem Augenblick zum schwachen Kind. Oh, jetzt hätte er niemanden mehr verfluchen können, jetzt schämte er sich nicht seiner Liebesausbrüche und bedeckte vor uns das kleine Bild, das er vor einem Augenblick mit Füßen getreten, mit zahllosen Küssen. Es war, als ob alle Zärtlichkeit, alle Liebe zu seiner Tochter, die er so lange zurückgehalten, sich jetzt mit unwiderstehlicher Gewalt hinausdrängte und die Riesenkraft des Ausbruches sein ganzes Wesen zerbrach.

»Vergib ihr, vergib!« rief schluchzend Anna Andrejewna, die sich über ihn beugte und ihn umarmte. »Rufe sie zurück in ihr Elternhaus, und Gott selbst wird dir am Tage des Jüngsten Gerichts deine Demut und Barmherzigkeit anrechnen!...«

»Nein, nein! Um keinen Preis, niemals!« rief er mit heiserer, erstickter Stimme. »Niemals! Niemals!«

XIV

Ich kam erst spät zu Natascha, es war bereits zehn Uhr. Sie lebte damals am Fontanka-Kanal, unweit der Ssemjonoff-Brücke, im vierten Stock einer schmutzigen Mietskaserne, die dem Kaufmann Kolotúschkin gehörte. In der ersten Zeit nach ihrer Flucht aus dem Elternhause hatte sie mit Aljoscha in einer reizenden, wenn auch nicht großen, aber guten und bequemen Wohnung gelebt, im dritten Stock eines Hauses in der Liteinaja-Straße. Aber die Geldquellen des jungen Fürsten waren bald erschöpft. Musiklehrer war er nicht geworden, statt dessen hatte er zu borgen begonnen und war in Schulden geraten, die für seine Lage unverhältnismäßig groß waren. Das Geld gab er zur Verschönerung der Wohnung aus und für Geschenke an Natascha, die sich gegen seine Verschwendung auflehnte, ihn schalt und mitunter sogar weinte.

Der empfindsame und im Herzen zartfühlende Aljoscha, der manchmal eine ganze Woche lang darüber nachdachte, was er ihr schenken könnte und wie sie das Geschenk aufnehmen werde, träumte schon mit Wonne von diesem Festtage für sich und erzählte mir im voraus mit Begeisterung von seinen Erwartungen und Vorfreuden. Da war es denn verständlich, daß ihre Vorhaltungen und Tränen ihn so traurig stimmten, daß er einem leid tun konnte. Späterhin kam es dann wegen dieser seiner Liebe zum Beschenken zu Vorwürfen, Trübsal und Streit. Außerdem verschwendete Aljoscha auch noch viel Geld hinter Nataschas Rücken; er ging mit seinen Freunden durch, war ihr untreu; besuchte verschiedene Josephinen und Minnas, gleichzeitig aber liebte er nichtsdestoweniger Natascha sehr.

Er liebte sie gleichsam mit einer Art Selbstquälerei; oft kam er zu mir, verstört und traurig, und sagte, er sei nicht einmal des kleinen Fingers seiner Natascha wert; er sei roh und böse, unfähig sie zu verstehen, und ihrer Liebe unwürdig. Er hatte zum Teil wohl recht: zwischen ihnen bestand eine vollkommene Ungleichheit; er fühlte sich vor ihr als Kind, aber auch sie betrachtete ihn immer als ein Kind. Mit Tränen in den Augen beichtete er mir seine Bekanntschaft mit Josephine, und zu gleicher Zeit flehte er mich an, Natascha nichts davon zu sagen; wenn er sich dann nach all diesen offenherzigen Geständnissen, wie es mitunter vorkam, schüchtern und bebend mit mir zu Natascha begab (unbedingt mit mir, da er beteuerte, nach diesem Vergehen fürchte er sich, sie auch nur anzusehen, und nur ich allein könne ihm einen Halt geben), dann wußte Natascha schon nach dem ersten Blick auf ihn, um was es sich handelte. Sie war sehr eifersüchtig, und ich verstehe nicht, wie sie es fertigbrachte, ihm seine Flatterhaftigkeit immer wieder zu verzeihen. Gewöhnlich verlief es so: Aljoscha tritt mit mir zugleich ein, spricht sie schüchtern an und schaut ihr mit schüchterner Zärtlichkeit in die Augen. Sie errät sofort, daß er sich schuldig fühlt, läßt sich das aber nicht anmerken, kommt nie von sich aus darauf zu sprechen, fragt ihn nicht aus, sondern ist, im Gegenteil, besonders freundlich zu ihm, ist zärtlich und heiter, – aber nicht spielerisch oder in wohlberechneter Schlauheit ihrerseits! Nein; für dieses wunderbare Geschöpf war es eine unendliche Wonne, zu verzeihen und Nachsicht zu üben; es war, als läge für sie schon in diesem Verzeihen an sich, wenn es sich um Aljoscha handelte, irgend ein besonderer, verfeinerter Reiz. Freilich ging es damals nur um solche Josephinchen. Aljoscha aber konnte sich dann, wenn er sie so sanft und verzeihend sah, nicht mehr zurückhalten und begann ihr sofort alles zu beichten, ungefragt, um sich das Herz zu erleichtern und damit alles wieder »wie vorher« sei. Hatte er ihre Verzeihung erhalten, so geriet er in Entzücken, weinte oft vor Freude und Rührung, küßte und umarmte sie. Darauf fand er seinen Mut wieder und erzählte mit kindlicher Offenheit alle Einzelheiten seines Abenteuers mit Josephine, lachte, freute sich, lobte und pries Natascha, und der Tag wurde glücklich und fröhlich beschlossen. Als ihm das Geld ausging, fing er an, seine Sachen zu verkaufen. Auf Nataschas Verlangen wurde eine billige Wohnung gesucht und an der Fontanka gemietet. Die Sachen waren bald alle verkauft, und Natascha begann sogar ihre Kleider zu verkaufen und Arbeit zu suchen. Als Aljoscha davon hörte, geriet er in die größte Verzweiflung, verfluchte sich und behauptete, daß er sich selbst verachte, trotzdem aber tat er nichts, um Abhilfe zu schaffen. In der letzten Zeit waren auch diese Hilfsmittel erschöpft, es blieb nichts übrig, als Arbeit zu suchen, aber der Arbeitslohn war kümmerlich.

In der ersten Zeit seiner Liebe zu Natascha hatte Aljoscha mit seinem Vater heftig gestritten. Die damaligen Absichten des Fürsten, seinen Sohn mit Katerina Fjódorowna Filimónowa, der Stieftochter der Gräfin, zu verheiraten, waren erst nur ein Projekt. Der Fürst blieb jedoch bei dem Plan, brachte Aljoscha zu seiner zukünftigen Braut, befahl ihm, alles zu tun, um ihr zu gefallen, und suchte ihn durch Strenge und Vernunftgründe zu gewinnen; aber die Sache scheiterte damals am Widerstand der Gräfin. In der ersten Zeit nahm der Vater die Verbindung seines Sohnes mit Natascha ruhig hin, in der Hoffnung – da er die Unbeständigkeit und den Leichtsinn seines Sohnes kannte – Aljoscha würde dieser Liebe bald überdrüssig werden. Daß Aljoscha sich etwa mit Natascha vermählen könnte, darüber machte er sich in letzter Zeit fast keine Sorgen mehr. Was nun die Liebenden selbst betrifft, so hatten sie die Vermählung bis zur formellen Aussöhnung Aljoschas mit dem Vater aufgeschoben und überhaupt bis zu einer Veränderung der Verhältnisse. Übrigens wollte Natascha offenbar nicht mehr davon sprechen. Aljoscha dagegen deutete mir heimlich an, daß die ganze Geschichte seinem Vater in mancher Beziehung sogar angenehm wäre; ihm gefiele vor allem die Erniedrigung, die Ichmenjeff dadurch erfuhr. Der Form halber fuhr er jedoch fort, seine Unzufriedenheit seinem Sohn gegenüber aufrechtzuerhalten: er verkleinerte dessen monatliches Taschengeld (in der Beziehung war er übrigens immer ungemein geizig gewesen) und drohte, ihm auch noch dieses zu entziehen. Doch bald darauf fuhr er nach Polen zu der Gräfin, die dort geschäftliche Angelegenheiten zu ordnen hatte, und verfolgte unablässig sein Heiratsprojekt. Freilich war Aljoscha noch viel zu jung zur Ehe, doch die Braut war so reich, daß man diese Gelegenheit nicht ungenützt vorübergehen lassen durfte. Der Fürst erreichte endlich sein Ziel. Zu uns drangen allerlei Gerüchte, daß die Sache für den Fürsten eine günstige Wendung genommen habe. Zu dieser Zeit war er dann wieder nach Petersburg zurückgekehrt. Seinem Sohn begegnete er freundlich, doch die Dauerhaftigkeit der Beziehungen Aljoschas zu Natascha berührte ihn jetzt sehr unangenehm. Er wurde nun doch ängstlich. Schroff und nachdrücklich verlangte er die Trennung von Natascha. Doch bald besann er sich eines Besseren und – führte Aljoscha zur Gräfin. Die Stieftochter der Gräfin galt für eine Schönheit. Sie war fast noch ein Kind, von seltener Herzensgüte, hatte eine reine, unschuldige Seele und war heiter, klug und zärtlich. Der Fürst rechnete darauf, daß Natascha nach einem halben Jahr für seinen Sohn nicht mehr den Reiz der Neuheit haben und er daher allmählich mit anderen Augen seine zukünftige Braut ansehen werde. Zum Teil hatte er recht ... sie schien in der Tat auf Aljoscha einen großen Eindruck gemacht zu haben. Hinzu kam, daß der Vater sich jetzt ungemein gütig zu seinem Sohn zeigte (trotzdem aber gab er ihm kein Geld). Aljoscha fühlte, was sich unter dieser Freundlichkeit vorbereitete, und war sehr niedergeschlagen, übrigens doch nicht so niedergeschlagen, wie zum Beispiel dann, wenn er einen Tag lang Katerina Fjodorowna nicht gesehen hatte. Ich wußte, daß er schon den fünften Tag nicht mehr bei Natascha erschienen war. Als ich jetzt von den alten Ichmenjeffs zu ihr ging, versuchte ich unterwegs zu erraten, was sie mir wohl mitzuteilen haben könne. Schon von weitem sah ich das Licht in ihrem Fenster. Es war nämlich zwischen uns vereinbart worden, daß sie eine Kerze in das Fenster stellen sollte, sobald sie mich zu sehen wünschte. Wenn ich an ihrem Hause vorüberging (was jeden Abend geschah), so konnte ich an dem Licht erkennen, daß sie mich erwartete und ich unbedingt zu ihr kommen sollte. In der letzten Zeit hatte sie die Kerze oft ins Fenster gestellt ...

XV

Natascha war allein. Sie schritt, die Arme vor der Brust verschränkt und wie in tiefe Gedanken versunken, leise im Zimmer auf und ab. Der erloschene Ssamowar stand auf dem Tisch und hatte wohl schon lange auf mich gewartet. Schweigend und mit einem verlorenen Lächeln reichte sie mir die Hand. Ihr Gesicht war blaß und hatte einen leidenden Ausdruck. In ihrem Lächeln lag etwas so schmerzlich Zärtliches, Geduldiges. Ihre klaren blauen Augen erschienen größer als früher, das Haar dichter – infolge ihrer Abmagerung und Kränklichkeit.

»Und ich dachte schon, du kämest nicht mehr«, sagte sie, mir die Hand reichend, »ich wollte schon Mawra zu dir schicken;ich fürchtete, du könntest von neuem erkrankt sein.«

»Nein, ich bin nicht krank, ich bin nur aufgehalten worden. Werde dir sogleich alles erzählen. Aber was ist mit dir los, Natascha? Was ist geschehen?«

»Nichts ist geschehen«, antwortete sie, ganz erstaunt über meine Frage. »Was sollte denn geschehen sein?«

»Aber du hast mir doch geschrieben ... gestern geschrieben, daß ich kommen soll, hast die Stunde bestimmt, nicht früher und nicht später; das war doch nicht wie gewöhnlich.«

»Ach, ja! Weil ich *ihn* gestern erwartete.«

»Ist er noch immer nicht dagewesen?«

»Nein. Ich habe gedacht: wenn er nicht mehr kommt, muß ich mit dir sprechen«, fügte sie hinzu und verstummte.

»Und heute abend, hast du ihn erwartet?«

»Nein, ich habe ihn nicht erwartet; er ist heute abend – dort.«

»Glaubst du denn, Natascha, daß er überhaupt nicht mehr wiederkommen wird?«

»Selbstverständlich wird er wiederkommen«, antwortete sie, mich so eigentümlich ernst ansehend.

Ihr mißfiel mein eiliges Fragen. Wir verstummten beide und fuhren fort, im Zimmer auf und ab zu gehen.

»Ich habe schon lange auf dich gewartet, Wanja«, begann sie mit einem sonderbaren Lächeln, »und weißt du, was ich getan habe? Ich bin im Zimmer auf und ab gegangen und habe mir das Gedicht auswendig hergesagt. Kennst du es noch: das Schellengeläut, der Winterweg: „Es brodelt der Ssamowar auf dem eichenen Tisch ..." Wir haben es doch zusammen gelesen:

„Vorüber der Schneesturm; der Weg ist erhellt,
Aus Millionen von Augen blickt matt die Nacht ..."

Und dann weiter:

„Und da scheint es mir – eine Stimme singt
Weich und harmonisch zum Schellengeläut:
‚Ach, wann kommt doch, wann kommt mein Liebster zu mir,
Um zu ruhen an meiner Brust? ...
Ist bei mir nicht Leben? Glänzt nicht der Abendschein
Rot durch der Eisblumen silberne Pracht –
Steht nicht alles bereit auf dem eichenen Tisch ...
Und im Ofen knistert das Holz und flammt
Auf dem blumigen Vorhang am Bett.'"

Wie schön das ist! Was für qualvolle Worte, Wanja! Und was für ein phantastisches und verlockendes Bild! Es ist wie ein Stück Stramin, auf dem das Stickmuster nur angedeutet ist: man kann hinzusticken, was man will. Es sind zwei Empfindungen: wie es früher war und wie es jetzt ist. Dieses „steht nicht alles bereit auf dem eichenen Tisch“, und das Spiel der Flamme „auf dem blumigen Vorhang am Bett ...“, wie ist einem das alles so vertraut! Alles, wie in den kleinbürgerlichen Häuschen in unseren Provinzstädten ... Ich sehe das Haus vor mir, neuerbaut, aus hellen Balken, noch nicht mit Brettern verschalt ... Und dann das andere Bild:

„Und bald scheint mir – dieselbe Stimme singt
Matt und traurig zum Schellengeläut:
‚Wo ist nun mein Freund? Ich fürchte, er kommt
Und umschlingt mich zärtlich wie einst ...
Welch ein Leben das ist! So dunkel und eng
Meine Stube; dort bläst es herein ...
Nur ein einsamer Kirschbaum vorm Fenster steht
Und auch er ist vor Eis nicht zu sehn ...
Welch ein Leben! Verblichen der Vorhang am Bett,
Krank bin ich, schleppe mich kaum ...
Bin den Verwandten jetzt fremd, kein Liebster kommt –
Nicht mal zum Schelten ist jemand da ...
Nur eine Greisin brummt ...‘“

...„Krank bin ich, schleppe mich kaum ...“ Wie treffend das gesagt ist! ...„Nicht mal zum Schelten ist jemand da.“ Wieviel Zärtlichkeit, wieviel Qual, welch ein Rausch von Qual und Erinnerung, den man sich selbst heraufbeschwört, und den man lieb hat ... Herrgott, wie ist das schön! So pflegt es zu sein!«

Sie verstummte, als suche sie einen drohenden Krampf in der Kehle zu bezwingen.

»Mein Lieber!« sagte sie, nach einem kurzen Augenblick sich zu mir wendend, und verstummte dann plötzlich wieder, als habe sie vergessen, was sie hatte sagen wollen, oder sie sagte es nur so, ohne einen Gedanken, infolge einer plötzlichen Empfindung. Wir gingen immer noch schweigend im Zimmer auf und ab. Vor dem Heiligenbild brannte das Lämpchen. Natascha war in der letzten Zeit immer gläubiger geworden, liebte es jedoch nicht, daß man davon sprach.

»Ist morgen ein Feiertag?« fragte ich. »Bei dir brennt das Lämpchen.«

»Nein, es ist kein Feiertag... Aber setzen wir uns, Wanja, du mußt müde sein. Willst du Tee? du hast sicher noch keinen getrunken?«

»Setzen wir uns, Natascha. Tee habe ich schon getrunken.«

»Ja, woher kommst du denn jetzt?«

„Von *ihnen.«* So bezeichneten wir unter uns immer ihre Eltern.

»Von ihnen? Wann hattest du Zeit dazu? Bist du selbst zu ihnen gegangen? Haben sie dich rufen lassen?«

Sie überschüttete mich mit Fragen. Ihr Gesicht wurde noch blasser vor Erregung. Ich erzählte ihr ausführlich meine Begegnung mit dem Alten, mein Gespräch mit der Mutter, die Szene mit dem Medaillon – erzählte alles ausführlich und mit allen Stimmungsnuancen. Ich verheimlichte ihr nie etwas. Sie griff jedes Wort begierig auf. Tränen erglänzten in ihren Augen. Die Szene mit dem Medaillon erregte sie stark.

»Warte, warte, Wanja«, sagte sie, oft meine Erzählung unterbrechend, »erzähle ausführlicher, alles, alles, so ausführlich wie möglich; du erzählst nicht ausführlich genug!...«

Ich wiederholte alles zum zweiten-, drittenmal, durch ihre fortwährenden Fragen immer wieder unterbrochen.

»Und du glaubst wirklich, daß er auf dem Weg zu mir war?«

»Ich weiß es nicht, Natascha, ich kann nicht darauf schwören. Daß er sich nach dir sehnt, daß er dich liebt – das ist sicher; aber ob er zu dir wollte, das...«

»Und er hat das Medaillon geküßt?« unterbrach sie mich. »Was sagte er, als er es küßte?«

»Nur unzusammenhängende Worte; er gab dir die zärtlichsten Namen, rief dich ...«

»Rief mich?«

»Ja.«

Sie weinte still vor sich hin.

»Die Armen«, sagte sie. »Und daß er von allem unterrichtet ist«, fügte sie nach einigem Schweigen hinzu, »daran ist nicht zu zweifeln. Er hat von Aljoschas Vater sicher Nachrichten erhalten.«

»Natascha«, sagte ich schüchtern, »gehen wir zu ihnen!...«

»Wann?« fragte sie erbleichend und sich ein wenig erhebend.

Sie glaubte, ich forderte sie auf, gleich mit mir zu kommen.

»Nein, Wanja«, sagte sie mit traurigem Lächeln, mir beide Hände auf die Schultern legend, »nein, mein Lieber, das sagst du immer, aber ... sprich lieber nicht davon.«

»Soll denn dieser furchtbare Zwiespalt niemals, niemals enden?« rief ich traurig aus. »Bist du wirklich so stolz, daß du nicht den ersten Schritt tun kannst? Und doch mußt du als erste ihn tun. Vielleicht wartet der Vater nur darauf, um dir zu ... um dir zu vergeben ... Er ist dein Vater; du hast ihn gekränkt! Achte seinen Stolz! Dieser Stolz ist doch berechtigt, ist natürlich! Du mußt es tun. Versuche es, und er wird dir bedingungslos alles vergeben.«

»Bedingungslos? Das ist unmöglich; mache mir nur keine unnützen Vorwürfe, Wanja. Ich habe Tag und Nacht daran gedacht. Seitdem ich sie verlassen, ist vielleicht kein Tag vergangen, an dem ich nicht daran gedacht habe. Ja, und wie oft haben wir beide davon gesprochen! Du weißt doch selbst, daß es unmöglich ist!«

»Versuche es!«

»Nein, mein Freund, das geht nicht. Wenn ich es versuchte, so würde ich ihn noch mehr gegen mich erzürnen. Vergangenes kehrt nicht wieder; weißt du wohl, was auf immer vorüber ist? Vorüber sind die glücklichen Tage der Kindheit, die ich mit ihnen verlebt habe. Wenn der Vater mir auch verzeihen wollte, so wird er mich doch jetzt gar nicht wiedererkennen. Er hat mich geliebt, als ich noch ein Mädchen, ein großes Kind war. Er hatte seine Freude an meiner kindlichen Einfalt, er konnte mir noch über das Haar streichen wie damals, da ich als kleines Mädchen auf seinem Schoß saß und ihm meine Liedchen vorsang. Er kam jeden Abend zu mir ans Bett und bekreuzte mich zur Nacht. Einen Monat vor dem Unglück kaufte er mir noch Ohrringe, heimlich (aber ich wußte ja schon alles) und freute sich wie ein Kind, daß er sie mir schenken konnte. Und er war einfach empört, als er später erfuhr, daß ich vom Kauf dieser Ohrringe schon im voraus gewußt hatte. Drei Tage vor meiner Flucht bemerkte er, daß ich traurig war, und sofort war er bis zur Krankhaftigkeit niedergeschlagen, und – was glaubst du? um mich zu erheitern, nahm er Billette fürs Theater! ... Tatsächlich, er wollte mich damit erheitern! Ich wiederhole es dir: er kannte und liebte das Kind in mir, nur wollte er niemals daran denken, daß auch ich einmal eine Frau werden würde. Ihm kam das überhaupt nicht in den Sinn. Wenn ich aber jetzt nach Hause zurückkehrte, so würde er mich gar nicht wiedererkennen. Und wenn er mir vergibt, was wird er in mir wiederfinden? Ich bin nicht mehr dieselbe, ich bin kein Kind mehr, ich habe viel erlebt. Wenn ich mich auch bemühte, ihm alles recht zu machen, so würde er doch immer an das vergangene Glück denken, sich heimlich grämen, weil ich nicht mehr das von ihm geliebte Kind bin ... das Vergangene erscheint einem ja immer so schön! Mit Qual wird er daran denken! Oh, wie ist das Vergangene schön, Wanja!« rief sie hingerissen und sich selbst mit diesem Wort unterbrechend, das so recht aus ihrem wunden Herzen kam.

»Es ist alles wahr, Natascha, was du sagst. Also muß er dich jetzt von neuem kennen und von neuem lieben lernen. Hauptsächlich aber: kennenlernen. Und was meinst du? Er wird dich auch wieder lieben! Denkst du denn wirklich, daß er nicht imstande sein werde, dich zu verstehen, er, er mit seinem großen Herzen!«

»Ach, Wanja, sei doch gerecht! Was ist denn an mir zu verstehen? Ich spreche doch nicht davon. Siehst du: die väterliche Liebe ist auch eifersüchtig. Er ist gekränkt, daß das mit Aljoscha so ohne ihn geschehen konnte, daß er nichts bemerkt, nichts gewußt hat. Er glaubt, daß alle unglücklichen Folgen unserer Liebe, meine Flucht, daß das alles nur meiner undankbaren ‚Verschwiegenheit ihm gegenüber' zuzuschreiben sei. Ich bin nicht sogleich zu ihm gekommen, ich habe ihm nicht von Anfang an jede Regung meines Herzens mitgeteilt; ich habe, im Gegenteil, alles in meiner Seele verborgen gehalten, alles vor ihm versteckt, und das kränkt ihn im Grunde genommen mehr als die unglücklichen Folgen meiner Liebe, kränkt ihn mehr, als daß ich von ihnen gegangen bin und mich meinem Geliebten hingegeben habe. Nehmen wir an, daß er mich von neuem wie ein Vater aufnimmt, zärtlich und liebevoll – der Same der Feindschaft wird doch bleiben. Am zweiten, dritten Tage beginnen die Mißverständnisse, kommen die Klagen und versteckten Vorwürfe. Zudem wird er mir nicht bedingungslos verzeihen. Nehmen wir an, ich begreife aus der ganzen Tiefe meines Herzens, daß ich ihn beleidigt habe, daß ich vor ihm schuldig bin, so würde es mir doch weh tun, wenn er nicht verstünde, was mich selbst das ganze Glück mit Aljoscha gekostet hat, welche Qualen ich gelitten, welchen Schmerz ... Und wenn ich auch alles auf mich nehmen, alles schweigend ertragen wollte, – ihm würde das doch immer noch zu wenig sein. Er wird von mir ein unmögliches Zugeständnis fordern, er wird verlangen, daß ich meine ganze Vergangenheit, daß ich Aljoscha verfluchen und meine Liebe zu ihm bereuen soll. Dann aber, dann verlangt er von mir Unmögliches – wenn ich das letzte halbe Jahr aus meinem Leben ausstreichen soll; denn ich – kann niemandem fluchen, ich *kann* nichts bereuen ... Wie es geschehen ist, so mußte es geschehen ... Nein, Wanja, jetzt geht es noch nicht, noch ist die Zeit dazu nicht gekommen.«

»Wann wird sie denn kommen?«

»Ich weiß es nicht ... Man wird das zukünftige Glück wieder durch Leiden erkämpfen müssen; mit neuem Leid es bezahlen müssen. Durch Leid wird alles gesühnt... Ach, Wanja, wieviel Schmerz es im Leben gibt!«

Ich schwieg und sah sie nachdenklich an.

»Was siehst du mich so an, Aljoscha, nein, Wanja?« Sie versprach sich und lächelte darüber.

»Ich wundere mich über dein Lächeln, Natascha. Wie kommt das, früher lächeltest du anders.«

»Was ist denn mit meinem Lächeln?«

»Die frühere kindliche Naivität ist wohl noch da ... Aber wenn du jetzt lächelst, so scheint es einem immer, als ob dir zu gleicher Zeit das Herz dabei weh tue. Du bist so abgemagert, Natascha, dein Haar ist dichter geworden ... Was ist das für ein Kleid? Hast du es jetzt machen lassen oder schon früher?«

»Wie du mich lieb hast, Wanja!« Sie sah mich zärtlich an. »Nun, und du, was tust du jetzt? Wie geht es dir?«

»Wie immer; ich schreibe meinen Roman, aber es geht nicht gut vorwärts. Ich bin nicht recht aufgelegt dazu. Ich könnte ihn ja so niederschreiben, aber es täte mir leid um die gute Idee. Es ist meine Lieblingsidee. Zum Termin muß ich aber damit fertig sein. Ich dachte schon daran, zuerst eine Novelle statt dieses Romans zu schreiben, etwas Leichtes, Graziöses, etwas, das sich nicht in dieser düsteren Richtung bewegt ... Es wäre Zeit, daß wir wieder alle glücklich und fröhlich wären! ...«

»Du armer Arbeitssklave! Und was macht Smith?«

»Smith ist doch gestorben.«

»Und ist nicht als Gespenst bei dir erschienen? Weißt du, Wanja, ich sage es dir im Ernst: du bist krank. Deine Nerven sind zerrüttet. Was sind das alles für Ideen! Als du mir von deiner Wohnung sprachst ... diese ganze Phantasie ...«

»Ja! Übrigens habe ich heute etwas sehr Sonderbares erlebt ... Ich erzähle es dir später.«

Sie hörte mich schon nicht mehr an und war ganz in Gedanken versunken.

»Ich verstehe nicht, wie ich damals von ihnen habe fortgehen können, ich war wie im Fieber«, sagte sie schließlich und sah mich mit einem Ausdruck an, der keine Antwort erwartete.

Hätte ich etwas geantwortet, so hätte sie es nicht gehört.

»Wanja«, sagte sie mit kaum hörbarer Stimme, »ich habe dich hierher gebeten, um dir etwas zu sagen.«

»Was ist geschehen?«

»Ich werde mich von ihm trennen.«

»Das heißt: hast du dich schon von ihm getrennt, oder willst du dich erst von ihm trennen?«

»Mit diesem Leben muß ein Ende gemacht werden. Ich habe dich gerufen, um dir alles, alles zu sagen, was sich angesammelt hat, und was ich dir bis jetzt verschwiegen habe.«

So pflegte sie stets zu beginnen, wenn sie mir ihre geheimen Absichten mitteilen wollte, und stets erwies es sich, daß ich von diesem Geheimnis schon längst durch sie selbst unterrichtet war.

»Ach, Natascha, das habe ich schon tausendmal von dir gehört! Natürlich könnt ihr nicht zusammen leben, zwischen euch ist nichts Gemeinsames. Aber ... wirst du denn die Kraft dazu haben?«

»Früher hatte ich nur die Absicht, Wanja; jetzt aber habe ich mich endgültig entschlossen. Ich liebe ihn unendlich, dabei kommt es so heraus, daß ich sein ärgster Feind bin; ich ruiniere seine Zukunft. Man muß ihn befreien. Heiraten kann er mich nicht; er hat nicht die Kraft, etwas gegen den Willen seines Vaters durchzusetzen. Ich möchte ihn auch gar nicht an mich binden. Und deshalb bin ich sogar froh, daß er sich in die Braut verliebt hat, die für ihn ausgesucht worden ist. So wird ihm die Trennung von mir leichter fallen. Ich muß so handeln! Es ist eine Pflicht ... Wenn ich ihn liebe, dann muß ich alles für ihn opfern, muß ihm meine Liebe beweisen, das ist doch meine Pflicht! Ist es nicht so?«

»Du wirst ihn doch nicht davon überzeugen können.«

»Ich werde das ja auch gar nicht versuchen. Ich werde so wie immer zu ihm sein, selbst wenn er in diesem Augenblick hier hereintreten sollte. Ich muß aber ein Mittel ausfindig machen, damit es ihm leicht fällt, mich ohne Gewissensbisse zu verlassen. Das ist es, was mich quält, Wanja; hilf mir. Kannst du mir nicht einen Rat geben?«

»Dafür gibt es nur ein Mittel: von jetzt ab einen anderen zu lieben, und nicht mehr ihn. Und das wäre in diesem Fall kaum ein Mittel. Du kennst doch seinen Charakter. Er ist jetzt fünf Tage nicht mehr bei dir gewesen. Nehmen wir an, er habe dich auf immer verlassen: dann brauchtest du ihm nur zu schreiben, daß *du* die Absicht hättest, *ihn* zu verlassen, und er wird sofort zu dir gelaufen kommen.«

»Warum liebst du ihn nicht, Wanja?«

»Ich –?«

»Ja, du, du! Du bist sein Feind, sowohl heimlich als auch ganz unverhohlen. Du kannst nicht ohne Gehässigkeit von ihm sprechen. Ich habe es tausendmal bemerkt, daß es dir das größte Vergnügen macht, ihn herabzusetzen und anzuschwärzen! Besonders, ihn anzuschwärzen! Jawohl, ich sage die Wahrheit!«

»Und tausendmal hast du mir das schon gesagt, Natascha. Genug, lassen wir dieses Thema ...«

»Ich möchte in eine andere Wohnung ziehen«, sagte sie nach längerem Schweigen. »Du sei mir nicht böse, Wanja ...«

»Nun, dann kommt er eben in die andere Wohnung. Ich bin dir doch nicht böse.«

»Liebe ist stark; die neue Liebe könnte ihn zurückhalten. Wenn er dann noch zu mir kommen sollte, wird es doch nur auf einen Augenblick sein, was glaubst du?«

»Ich weiß es nicht, Natascha, bei ihm ist alles im höchsten Grade widerspruchsvoll. Er will die andere heiraten und dabei dich lieben. Er kann das alles irgendwie zu gleicher Zeit.«

»Wenn ich wüßte, daß er sie wirklich liebt, so würde ich mich sofort entschließen ... Wanja! verheimliche mir nichts! Weißt du irgend etwas, was du mir nicht sagen möchtest, oder nicht?«

Sie sah mich mit unruhigem, forschendem Blick an.

»Ich weiß nichts, mein Freund, ich gebe dir mein Ehrenwort. Ich habe dir nie etwas verheimlicht. Übrigens, was ich noch sagen wollte: vielleicht ist er gar nicht so verliebt in die Stieftochter der Gräfin, wie wir es annehmen. Vielleicht ist es nur so eine Schwärmerei ...«

»Glaubst du das, Wanja? Gott, wenn ich es doch nur sicher wüßte! Oh, wie gern ich ihn jetzt sehen wollte, nur sehen, nur einen Augenblick! Ich würde aus seinem Gesicht alles erraten! Und er kommt nicht! Er kommt nicht!«

»Erwartest du ihn denn, Natascha?«

Nein, er ist *bei ihr;* ich weiß es; ich habe auskundschaften lassen. Wie gerne würde ich auch *sie* sehen ... Höre, Wanja, vielleicht ist es unsinnig von mir, aber sollte ich sie denn wirklich niemals sehen, nie ihr begegnen können? Was meinst du, ist es wirklich unmöglich?«

Unruhig erwartete sie, was ich sagen würde.

»Sehen würdest du sie schon können, aber nur sehen, das ist doch wohl zu wenig.«

»Es würde mir genügen, sie nur einmal zu sehen, dann würde ich alles andere schon erraten. Hör einmal: ich bin ja so dumm geworden; gehe hier auf und ab, auf und ab, immer allein, immer allein, und denke immerzu. Oft drehen sich die Gedanken wie ein Wirbel um mich herum; es ist so schwer! Und da habe ich mir etwas ausgedacht, Wanja: könntest du nicht ihre Bekanntschaft machen? Die Gräfin hat doch deinen Roman gelobt (du hast mir das damals selbst erzählt); du besuchst doch manchmal die Abende beim Fürsten R. und sie gleichfalls. Lasse dich doch ihr vorstellen. Sonst könnte dich vielleicht auch Aljoscha mit ihr bekannt machen. Und du könntest mir dann alles erzählen, was du von ihr hörst.«

»Natascha, mein lieber Freund, davon später. Aber zuvor eine Frage: glaubst du denn im Ernst, daß deine Kraft ausreichen wird, die Trennung zu ertragen? Schau dich doch nur an: bist du denn schon ruhig genug dazu?«

»Sie – wird – aus– reichen!« antwortete sie kaum hörbar. »Alles will ich für ihn tun. Mein ganzes Leben gebe ich für ihn hin. Aber weißt du, Wanja, ich kann es nicht ertragen, daß er jetzt bei ihr ist, mich vergessen hat, bei ihr sitzt, plaudert, lacht, weißt du noch, ganz wie er es hier tut ... ihr gerade in die Augen sieht – er sieht einem immer gerade in die Augen –, und es kommt ihm nicht einmal der Gedanke, daß ich hier allein bin ... mit dir ...«

Sie beendete ihren Satz nicht und blickte mich voll Verzweiflung an.

»Wie denn, Natascha, soeben sagtest du doch noch ...«

»Nein, wir müssen beide, beide zugleich einander verlassen!« unterbrach sie mich mit blitzenden Augen. »Ich selbst werde ihn segnen ... Aber es ist schwer, Wanja, wenn er als erster mich vergißt! Ach, Wanja, was ist das für eine Qual! Ich verstehe mich selbst nicht: der Verstand sagt es so, aber in der Wirklichkeit ist es nicht so. Was wird aus mir werden!«

»Genug, genug, Natascha, beruhige dich! ...«

»Und jetzt schon seit fünf Tagen ... jede Stunde, jede Minute ... In der Nacht, ob ich wache oder schlafe ... immer denke ich an ihn, an ihn! Weißt du, Wanja, laß uns dorthin gehen, begleite mich hin!«

»Aber, Natascha!«

»Ja, gehen wir! Ich habe nur auf dich gewartet, Wanja! Drei Tage habe ich nur darüber nachgedacht. Darum habe ich dich gerufen ... Du mußt mich begleiten ... du darfst es mir nicht abschlagen ... Ich habe auf dich gewartet ... drei Tage ... Dort ist heute eine Abendgesellschaft ... er ist dort ... gehen wir!«

Sie schien im Fieber zu phantasieren. Im Vorzimmer hörte man Stimmen. Mawra schien mit jemandem zu streiten.

»Warte, Natascha, wer ist da?« fragte ich. »Horch!«

Mit ungläubigem Lächeln horchte sie auf, und plötzlich erblaßte sie.

»Mein Gott! Wer ist da?« hauchte sie mit kaum hörbarer Stimme.

Sie wollte mich, glaube ich, zurückhalten, ich ging aber schon ins Vorzimmer zu Mawra. Also doch! Es war Aljoscha. Er stritt mit Mawra, die ihn anfangs gar nicht hereinlassen wollte.

»Wo kommst du her?« rief Mawra, als ob sie ein Recht dazu hätte, ihn zur Rede zu stellen. »Was? Wo hast du dich herumgetrieben? Geh nur, geh nur wieder! Mir wirst du nichts vormachen! Marsch, wollen wir sehen, was du antworten wirst!«

»Ich fürchte mich vor niemandem! Ich werde eintreten!« sagte Aljoscha, übrigens doch etwas verwirrt.

»Nun, mal los!«

»Ja, ich werde! Ah! Sie sind hier!« sagte er, als er mich erblickte, »wie gut das ist, daß Sie hier sind! Nun, und ich, sehen Sie, wie soll ich jetzt ...«

»So kommen Sie doch einfach herein«, antwortete ich, »was fürchten Sie denn?«

»Ich fürchte wirklich nichts, ich versichere Sie; denn ich bin, bei Gott, es war nicht meine Schuld! Sie denken vielleicht, daß ich schuldig bin? Sie werden sehen, ich werde mich gleich rechtfertigen. Natascha, darf man eintreten?« rief er plötzlich mit gemachter Dreistigkeit und blieb an der geschlossenen Tür lauschend stehen.

Niemand antwortete.

»Was bedeutet das?« fragte er unruhig.

»Nichts, sie war soeben noch im Zimmer«, antwortete ich, »was sollte denn sein ...«

Aljoscha öffnete vorsichtig die Tür und überflog mit schüchternem Blick das Zimmer. Niemand war da.

Plötzlich bemerkte er sie in einer Ecke zwischen einem Schrank und dem Fenster. Sie stand da, als hätte sie sich verstecken wollen, mehr tot als lebendig. Und jetzt noch, wenn ich daran denke, kann ich mich eines Lächelns nicht erwehren. Aljoscha ging leise und vorsichtig auf sie zu.

»Natascha, was ist dir? Guten Tag, Natascha«, sagte er schüchtern und sah sie ängstlich an.

»Wieso, nichts ... nichts ...«, antwortete sie in schrecklicher Verwirrung, als fühlte sie sich schuldig. »Du ... willst du Tee?«

»Höre, Natascha«, sagte Aljoscha ganz verwirrt und verloren. »Du bist vielleicht überzeugt, daß ich schuldig sei ... Ich bin 's aber wirklich nicht! Ich werde dir gleich alles erzählen.«

»Aber wozu denn das?« murmelte Natascha kaum hörbar. »Nein, nein, das ist nicht nötig ... gib mir lieber die Hand ... und alles ist ... wie immer ...«

Und sie kam aus der Ecke heraus; leise Röte lag auf ihren Wangen. Sie hielt die Augen niedergeschlagen, als fürchte sie sich, Aljoscha anzusehen.

»O mein Gott!« rief er außer sich vor Entzücken, »wenn ich mich wirklich schuldig fühlte, so würde ich wahrlich nicht gewagt haben, sie jetzt noch anzusehen! – Sehen Sie, sehen Sie!« rief er aus, zu mir gewandt: »Sie hält mich für schuldig; alles spricht gegen mich. Fünf Tage bin ich nicht zu ihr gekommen! Man sagt, ich sei bei der Braut – und was glauben Sie? Sie hat mir schon vergeben! Sie sagt mir: ‚Gib die Hand, und alles ist wie früher!' Natascha, mein Täubchen, mein Engel! Ich bin nicht schuld daran, damit du es weißt! Ich bin nicht im geringsten schuld daran. Im Gegenteil! Im Gegenteil!«

»Aber ... aber warum kommst du denn *hierher* ... Man hatte dich doch *dorthin* eingeladen? Wie ... Wieviel Uhr ist es denn?«

»Halb elf! Ich war dort ... aber ich sagte, ich sei krank, und bin fortgefahren und – das ist das erstemal, das erstemal in diesen fünf Tagen, daß ich frei bin, daß ich mich von ihnen losmachen und zu dir fahren konnte, Natascha. Das heißt: ich hätte ja früher kommen können, nur wollte ich es absichtlich nicht! Und warum? Du wirst es gleich erfahren; ich werde alles erklären: ich bin ja nur gekommen, um dir alles zu erklären; nur bin ich dieses Mal in nichts schuldig. In nichts!«

Natascha hob ihren Kopf und sah ihn an ... Sein Blick leuchtete so aufrichtig, sein Gesicht war so freudig erregt, so ehrlich und lustig, daß man ihm alles glauben mußte. Ich dachte, sie würden gleich mit einem Aufschrei aufeinander zustürzen und sich umarmen, wie das früher in ähnlichen Fällen immer geschehen war. Doch Natascha, wie von zuviel Glück überschüttet, senkte nur ihren Kopf und begann plötzlich ... still zu weinen ... Da konnte Aljoscha sich nicht mehr halten. Er stürzte ihr zu Füßen. Er küßte ihre Hände, ihre Knie. Er war außer sich. Ich schob ihr einen Sessel hin ... Sie wankte und sank in den Sessel, als trügen die Füße sie nicht mehr.

ZWEITER TEIL

I

Schon im nächsten Augenblick lachten wir alle wie die Unsinnigen.

»Aber so laßt mich doch, laßt mich doch nur erzählen«, übertönte uns Aljoscha mit seiner hellen Stimme. »Ihr denkt, daß ich euch, wie immer, nur mit Dummheiten komme ... Ich versichere euch, daß ich wirklich Interessantes mitzuteilen habe. Ja, werdet ihr denn nicht endlich einmal aufhören!«

Er wollte so schnell wie möglich alles erzählen, und er schien uns wirklich etwas Wichtiges mitteilen zu wollen. Doch seine Wichtigtuerei und der naive Stolz über den Besitz dieser Neuigkeiten reizte Natascha immer wieder zum Lachen. Der Ärger und die kindliche Verzweiflung Aljoschas wiederum brachten uns schließlich so weit, daß wir uns gegenseitig nur den kleinen Finger zu zeigen gebraucht hätten, wie dem Gogolschen Midshipman, um sofort wieder in Lachen auszubrechen. Schließlich kam sogar Mawra aus der Küche und stellte sich an der Tür auf; mit ernstem Unwillen betrachtete sie uns und war wütend, daß Aljoscha nicht eine ordentliche Standpauke von Natascha zu hören bekam, auf die sie sich schon die ganzen fünf Tage gefreut hatte, und daß sie uns statt dessen so fröhlich sehen mußte.

Natascha hörte endlich auf zu lachen, als sie bemerkte, daß Aljoscha anfing, sich gekränkt zu fühlen.

»Also, was willst du uns denn erzählen?« fragte sie.

»Soll ich nun den Ssamowar wieder herrichten?« fragte Mawra, Aljoscha ohne jeden Respekt unterbrechend.

»Mach, daß du fortkommst, Mawra«, und er winkte ihr mit beiden Händen ab, damit sie sich schneller entferne. »Ich werde alles erzählen, wie es war, wie es ist und wie es sein wird! Denn ich weiß jetzt alles. Ich weiß es, meine

Freunde, und ihr wollt wissen, wo ich die fünf Tage gewesen bin – das ist's, was ich euch erzählen will, ihr aber laßt mich nicht dazu kommen. Nun, und vor allem also: ich habe dich die ganze Zeit getäuscht, Natascha, schon lange, lange habe ich dich getäuscht, und das ist es ...«

»Getäuscht?«

»Jawohl, getäuscht, schon seit einem Monat, noch vor Papas Ankunft; jetzt ist endlich die Zeit gekommen, daß ich dir alles aufrichtig sagen kann. Vor einem Monat, als mein Vater noch nicht zurückgekehrt war, erhielt ich plötzlich einen langen Brief von ihm, den ich euch beiden gar nicht gezeigt habe. In diesem Brief erklärte er mir einfach und geradeaus – und wohl bemerkt, in einem Ton, wie ich ihn noch niemals von ihm gehört hatte, so daß ich sehr erschrak – erklärte er mir also einfach, daß meine Heirat schon beschlossene Sache sei, daß meine Braut eine weibliche Vollkommenheit und ich ihrer gar nicht wert sei, daß ich sie aber trotzdem heiraten müsse. Und deshalb sei es nötig, daß ich mir alle Torheiten aus dem Kopf schlüge, und so weiter, und so weiter – wie es euch schon bekannt ist. Diesen Brief, seht ihr, habe ich euch gar nicht gezeigt und auch nichts von ihm erwähnt.«

»Wieso nicht erwähnt?!« unterbrach ihn Natascha, »was du behauptest! Im Gegenteil, du hast ihn uns sofort mitgeteilt. Ich erinnere mich noch, wie du plötzlich zärtlich und gehorsam mir gegenüber warst und nicht von mir gingst, als fühltest du dich schuldig vor mir ... und den ganzen Brief hast du uns stückweise mitgeteilt.«

»Das ist unmöglich, die Hauptsache habe ich euch sicher nicht erzählt! Vielleicht habt ihr beide alles erraten, ich jedenfalls habe nichts erzählt. Ich habe geschwiegen und schrecklich darunter gelitten.«

»Ich erinnere mich, Aljoscha, daß Sie mich damals jeden Augenblick um Rat fragten und mir alles erzählten«, fügte ich hinzu, mit einem Blick auf Natascha.

»Alles hast du erzählt«, griff Natascha meine Bemerkung

auf. »Was kannst du denn überhaupt verheimlichen? Kannst du denn einen Menschen betrügen? Sogar Mawra weiß alles. Nicht wahr, Mawra?«

»Wie soll man es denn nicht wissen!« mischte sich Mawra wieder ein. »Schon in den ersten drei Tagen hast du alles erzählt. Willst uns was vormachen!«

»Mit euch etwas zu tun zu haben, ist wirklich ärgerlich! Das behauptest du alles nur aus Bosheit, Natascha! Und du, Mawra, du irrst dich gewaltig. Ich weiß, ich war damals noch wie ein Wahnsinniger!«

»Kein Wunder. Du bist ja auch jetzt wie ein Wahnsinniger.«

»Nein, nein, ich spreche nicht davon. Weißt du, das war damals, als wir kein Geld hatten, und Mawra ging noch, um mein silbernes Zigarettenetui zu versetzen. Übrigens, Mawra, du scheinst dich mir gegenüber ganz und gar zu vergessen. Das hat dir Natascha beigebracht. Nun, nehmen wir an, ich hätte euch damals wirklich alles erzählt, aber den Ton, den Ton des Briefes, den kennt ihr nicht, und der Ton des Briefes ist doch die Hauptsache. Davon spreche ich auch jetzt.«

»Nun, wie ist denn dieser Ton?« fragte Natascha.

»Höre mal, Natascha, du fragst wie im Scherz! *Scherze* nicht. Ich versichere dich, das ist sehr wichtig. Der Ton war so, daß ich einfach die Hände sinken ließ. Niemals hatte er so mit mir gesprochen. Eher müßte Lissabon untergehen, als sein Wunsch sich nicht erfüllen: sieh, so ist der Ton!«

»Nun, nun, erzähle weiter; warum wolltest du denn das vor mir verheimlichen?«

»Ach, mein Gott! Um dich nicht zu erschrecken. Ich hoffte, alles wieder gutmachen zu können. Aber eine schwere Zeit brach an, als mein Vater nun zurückkehrte. Ich wollte ihm auf seinen Brief bestimmt und klar antworten, aber es wollte mir immer nicht gelingen. Und er, er fragte nicht einmal danach, der Schlauberger! Im Gegenteil, er gab sich den Anschein, als wäre alles schon erledigt und als könne es Streit und Mißverständnisse zwischen uns überhaupt nicht geben. Hörst du: sogar ‚überhaupt nicht geben‘! Solch ein Selbstvertrauen! Zu mir aber ist er jetzt so freundlich, so lieb. Ich staunte nur so. Und wenn Sie wüßten, Iwan Petrowitsch, wie klug er ist. Er hat alles gelesen, er weiß alles; Sie brauchen ihn nur einmal anzusehen, und schon kennt er alle Ihre Gedanken so gut wie seine eigenen. Eben darum hat man ihn wohl auch einen Jesuiten genannt. Natascha hört es nicht gern, wenn ich ihn lobe. Ärgere dich nicht, Natascha. Nun, also ... ach, übrigens! Er hat mir doch anfangs kein Geld gegeben, gestern aber tat er das auf einmal. Natascha! Mein Engel! Jetzt hat unsere Armut ein Ende! Schau her! Alles, was er mir in diesem letzten halben Jahr vorenthalten hat, hat er mir gestern wieder gegeben; seht, wieviel; ich habe es noch nicht gezählt. Mawra, schau mal, wieviel Geld! Jetzt brauchen wir keine Löffel und Stulpenknöpfe mehr zu versetzen!«

Er hatte ein ziemlich dickes Päckchen Banknoten aus der Tasche gezogen, schätzungsweise an die tausendfünfhundert Rubel, und auf den Tisch gelegt. Mawra betrachtete es mit Freuden und lobte Aljoscha. Natascha aber drängte ihn sehr, doch schneller weiter zu erzählen.

»Ja, also ...«, fuhr Aljoscha fort, »ich fragte mich: ‚Was soll ich jetzt tun? Wie soll ich jetzt noch gegen seinen Willen handeln?‘ Das heißt: ich schwöre euch beiden, wäre er böse und nicht so gut zu mir gewesen, so hätte ich mir weiter keine Gedanken gemacht. Ich hätte ihm geradeaus ins Gesicht gesagt, daß ich nicht will, daß ich ein erwachsener Mensch bin und – damit Schluß! Und glaubt mir, ich hätte schon auf meinem Willen bestanden. Aber so? – was sollte ich ihm jetzt sagen? Bitte, verurteilt mich nicht. Ich sehe, daß du mit mir unzufrieden bist, Natascha. Warum wechselt ihr Blicke? Wahrscheinlich denkt ihr jetzt: ‚Da hat er sich doch gleich einwickeln lassen und er hat ja keine Spur von Charakter.‘ Ich aber, ich habe Charakter, mehr sogar als ihr denkt! Und der Beweis dafür ist, daß ich mir, trotz meiner Lage, sofort sagte: es ist meine Pflicht, ich muß alles, alles meinem Vater sagen; so begann ich denn zu sprechen und habe ihm alles gesagt, und er hat mich angehört.«

»Ja, was, was hast du ihm denn gesagt?« fragte Natascha beunruhigt.

»Daß ich keine andere Braut will, daß ich schon eine habe – und das wärest du. Das heißt: ich habe es ihm noch nicht genau so gesagt, sondern ihn nur darauf vorbereitet; morgen aber werde ich's ihm sagen: das habe ich mir schon vorgenommen. Zuerst begann ich damit, daß es Schande wäre und unanständig, um des Geldes willen zu heiraten, und wenn wir uns für wer weiß was für Aristokraten hielten, so wäre das – einfach dumm (ich bin ja zu ihm so aufrichtig wie zu einem Bruder). Darauf habe ich ihm erklärt, daß ich zum Dritten Stande gehöre, zum tiers-état, und le tiers-état c'est l'essentiel; daß ich stolz darauf sei, allen gleich zu sein, und mich auch von niemandem unterscheiden will ... mit einem Wort: ich setzte ihm alle diese gesunden Ideen auseinander ... Ich geriet in Eifer, sprach mitreißend. Ich wunderte mich über mich selbst. Ich bewies ihm schließlich, und zwar von seinem Standpunkt aus ... und sagte ihm unverblümt: ,Was sind wir denn für Fürsten? Nur der Abstammung nach; aber in Wirklichkeit, was ist denn an uns Fürstliches? Besonderen Reichtum haben wir nicht, dies erstens, Reichtum aber ist doch die Hauptsache. Heutzutage ist der Hauptfürst – Rothschild. Zweitens: in der heutigen wirklich großen Welt hat man von uns doch schon lange nichts mehr gehört. Der letzte war der Onkel, Ssemjón Walkowskij, aber auch der war ja nur in Moskau bekannt, und selbst das nur dadurch, daß er seine letzten dreihundert Leibeigenen durchgebracht hat; wenn mein Vater nicht selbst Geld erworben hätte, so würden seine Enkel vielleicht wieder die Erde pflügen, wie es ja heute schon solche Fürsten gibt.' Also hätten wir gar keine Ursache, hochnäsig zu sein. Mit einem Wort: ich habe alles ausgesprochen, was sich in mir aufgestaut hatte, – alles, und brachte es mit Eifer und ganz offenherzig vor, ja, ich übertrieb sogar noch einiges. Er ging aber darauf gar nicht ein, sondern begann mir nur Vorwürfe zu machen, weil ich das Haus des Grafen Naïnskij nicht mehr besucht habe, und daß man sich bei der Fürstin K., meiner Patin, einschmeicheln müsse, und wenn mich die Fürstin K. gut aufnähme, dann würde ich überall empfangen werden und meine Karriere wäre gemacht, und er begann mir das alles auszumalen! Das waren lauter Anspielungen darauf, daß ich, seitdem ich mit dir, Natascha, zusammen bin, alle anderen aufgegeben hätte; das sei also auf deinen Einfluß zurückzuführen. Aber direkt hat er von dir bisher noch nicht gesprochen, vermeidet das sogar offensichtlich. Wir suchen beide, einander zu überlisten, warten ab, versuchen den andern einzufangen, und du kannst überzeugt sein, daß auch auf unserem Wege die Sonne scheinen wird.«

»Schon gut, schon gut, Aljoscha; aber womit endete es denn, was hat er beschlossen? Das ist doch die Hauptsache! Was du doch für ein Schwätzer bist, Aljoscha . . .«

»Was er beschlossen hat, das mag Gott allein wissen, aus ihm ist doch nicht klug zu werden; ich bin aber durchaus kein Schwätzer, ich berichte nur, was zur Sache gehört: Er hat überhaupt nichts beschlossen, sondern hat zu allem, was ich vorbrachte, nur gelächelt; aber dieses Lächeln war so, als ob ich ihm leid täte. Ich begreife ja, daß das für mich beschämend ist, aber ich schäme mich deshalb doch nicht. Er sagt: ‚Ich stimme mit dir vollkommen überein, aber weißt du, fahren wir jetzt zum Grafen Náïnskij, und du sieh zu, daß du dort von diesen Dingen nichts verlauten läßt. *Ich* kann dich ja noch verstehen, aber die dort, die werden dich nicht verstehen.‘ Mir ist so, als sei auch er selbst nicht sehr gut bei ihnen angeschrieben; sie scheinen sich wegen irgend etwas über ihn zu ärgern. Überhaupt ist der Vater in der Gesellschaft jetzt irgendwie nicht beliebt. Der Graf empfing mich zuerst überaus hochmütig, ganz von oben herab, als hätte er vollkommen vergessen, daß ich in seinem Hause aufgewachsen bin; danach glaubte er, mich daran erinnern zu müssen, bei Gott! Er ärgert sich einfach über meine Undankbarkeit, während doch von Undankbarkeit meinerseits gar nicht die Rede sein kann; in seinem Hause ist es nur furchtbar langweilig, nun, und so bin ich denn nicht mehr hingefahren. Auch den Vater empfing er schrecklich nachlässig; so nachlässig, daß ich gar nicht verstehe, wie dieser noch zu ihm fahren mag. Das alles empörte mich. Der arme Vater muß vor ihm womöglich noch katzbuckeln; ich verstehe ja, daß es um meinetwillen geschieht, aber ich brauche doch gar nichts davon. Ich wollte nachher meinem Vater gegenüber schon alle meine Gefühle aussprechen, aber ich hielt mich zurück. Und wozu auch darüber reden! Seine Überzeugungen könnte ich ja doch nicht ändern, so hätte ich ihn nur verärgert; er aber hat es doch ohnehin schon schwer genug. ‚Na', dachte ich, ‚dann werde ich's lieber mit der Schlauheit versuchen, werde sie alle einfach überlisten und den Grafen zwingen, mich zu achten!' Und was geschah? Mit einem Schlag habe ich alles erreicht, an einem einzigen Tag hat sich die ganze Sachlage geändert! Graf Náïnskij weiß jetzt nicht mehr, wie er mich auszeichnen soll. Und das habe ich fertiggebracht, ich allein, nur durch meine eigene Schlauheit, so daß der Vater vor Staunen nur noch die Schultern heben konnte! . . .«

»Hör mal, Aljoscha, bleibe doch bei der Sache!« fiel ihm die ungeduldige Natascha ins Wort. »Ich dachte, du hättest etwas zu erzählen, was uns betrifft, du aber scheinst nur davon reden zu wollen, wie du dich dort beim Grafen Náïnskij ausgezeichnet hast. Was geht mich dein Graf an!«

»Was dich der Graf angeht! Haben Sie das gehört, Iwan Petrowitsch, was der Graf sie angehe? Aber das ist doch der springende Punkt! Wart einmal, du wirst es gleich selbst sehen, zum Schluß hin wird dir alles klar werden. Laßt mich nur weitererzählen . . . Aber schließlich (warum es nicht aufrichtig sagen!), sieh mal, Natascha, und Sie gleichfalls, Iwan Petrowitsch, ich bin vielleicht wirklich manchmal sehr, sehr unvernünftig; nun ja, oder sagen wir meinethalben (denn auch das ist vorgekommen), ich bin einfach dumm. Aber hier in dieser Angelegenheit habe ich, ich versichere euch, viel Schlauheit bewiesen ... na ... und schließlich sogar Verstand; so daß ich dachte, ihr würdet euch beide freuen, daß ich doch nicht immer ... unklug bin.«

»Ach, was redest du da, Aljoscha, laß das doch! ... Mein Liebling! ...«

Natascha konnte es nicht ertragen, wenn man Aljoscha für unklug hielt. Wie oft hatte sie mit mir geschmollt, ohne es auszusprechen, wenn ich Aljoscha ziemlich ungeniert auseinandersetzte, daß er irgend eine Dummheit begangen hatte; das war eine wunde Stelle an ihrem Herzen. Sie konnte keinerlei Herabsetzung Aljoschas dulden, und das wahrscheinlich um so weniger, als sie sich selbst innerlich seine Grenzen eingestand. Nur sprach sie ihre diesbezügliche Meinung nie aus und hütete sich davor, um sein Selbstgefühl nicht zu verletzen. Er aber war in solchen Fällen wie mit feinstem Spürsinn begabt und erriet immer ihre geheimen Gefühle. Natascha merkte das und grämte sich sehr, schmeichelte ihm dann sofort und liebkoste ihn. Deshalb weckten jetzt seine Worte einen schmerzhaften Widerhall in ihrem Herzen ...

»Schon gut, Aljoscha, du bist nur leichtsinnig«, fügte sie hinzu, »warum willst du dich selbst herabsetzen?«

»Na, schön; also dann laßt mich doch jetzt zu Ende erzählen. Nach jenem ersten Empfang beim Grafen, wurde der Vater sogar richtig böse auf mich. ‚Warte nur!' dachte ich. Wir fuhren von dort zur alten Fürstin. Ich hatte schon längst gehört, daß sie infolge ihres hohen Alters nicht mehr bei klarem Verstand sei, und außerdem wäre sie fast taub, hieß es, und liebe maßlos ihre Hündchen. Sie hat ein ganzes Rudel solcher Hündchen und ist richtig vernarrt in sie. Nichtsdestoweniger hat sie einen riesigen Einfluß in der Gesellschaft, so daß selbst Graf Náïnskij, le superbe, bei ihr antichambriert. Unterwegs entwarf ich dann einen ganzen Plan für mein weiteres Vorgehen, und was glaubt ihr wohl, worauf ich ihn aufbaute? Darauf, daß mich alle Hunde lieben. Bei Gott, das ist so! Ich habe das oft bemerkt. Ob in mir nun irgend ein Magnetismus steckt, oder ob es deshalb geschieht, weil ich selbst alle Tiere sehr liebe, das weiß ich nicht, aber jedenfalls lieben mich Hunde, und das genügt! Übrigens – Magnetismus! Ich habe dir noch nicht erzählt, Natascha, daß wir neulich Geister beschworen haben, ich war bei einem Geisterbeschwörer; es war furchtbar interessant, Iwan Petrowitsch; es hat mich richtig verblüfft. Ich habe Julius Cäsar beschworen.«

»Ach, mein Gott! Was fängst du mit Julius Cäsar an?« rief Natascha, die in Lachen ausbrach. »Das hat gerade noch gefehlt.«

»Wieso? ... als ob ich dessen ... warum soll ich nicht das Recht haben, Julius Cäsar zu beschwören? Was kann ihm das anhaben? Da lacht sie nun!«

»Nichts ... natürlich ... kann ihm das nichts anhaben ... ach, mein Liebling! Nun, und was hat dir Julius Cäsar denn gesagt?«

»Gesagt hat er nichts. Ich hielt nur den Bleistift, und der Bleistift lief von selbst über das Papier und schrieb. Und man sagte, das schriebe Julius Cäsar. Ich glaube nicht daran.«

»Aber was hat er denn geschrieben?«

»Er schrieb so was wie „werde benäßt", wie es bei Gogol heißt ... aber nun höre doch auf zu lachen!«

»Also dann erzähle von der alten Fürstin!«

»Nun ja, aber ihr unterbrecht mich ja immer. Wir kamen also zur Fürstin, und ich begann sofort, ihrer Mimi den Hof zu machen. Diese Mimi ist eine alte, widerliche, ganz abscheuliche Hündin, die dazu noch launisch und bissig ist. Die Fürstin aber ist ganz vernarrt in sie, verhätschelt sie maßlos; ich glaube, sie ist ihre Altersgenossin. Ich begann damit, daß ich Mimi mit Konfekt fütterte, und in einigen zehn Minuten brachte ich ihr bei, das Pfötchen zu geben, was man ihr in ihrem ganzen Leben nicht hatte beibringen können. Die Fürstin geriet ganz außer sich vor Entzücken; sie weinte beinahe vor Freude. ‚Mimi! Mimi! Mimi gibt das Pfötchen!' Tritt ein neuer Besuch auf sie zu, empfängt sie ihn gleich damit: ‚Mimi gibt das Pfötchen! Hier, mein Patensohn hat es ihr beigebracht!' Graf Náïnskij erscheint: ‚Mimi gibt das Pfötchen!' Mich schaut sie nahezu mit Tränen der Rührung an. Sicher ist sie ein herzensgutes altes Frauchen; sie kann einem sogar leid tun. Ich nutzte die Gelegenheit, um ihr eine Schmeichelei zu sagen: auf ihrer Tabatière ist ein Bildnis von ihr als Braut, vor guten sechzig Jahren. Diese Tabatière fiel ihr aus der Hand. Ich hebe sie auf und sage, als wüßte ich nicht Bescheid: ‚Quelle charmante peinture! Das ist ja eine ideale Schönheit!' Na, da taute sie natürlich ganz auf! Begann mich auszufragen, nach diesem und jenem, und wo ich meine Studien absolviert hätte, mit wem ich verkehrte und was für schönes Haar ich hätte, und so weiter, und so weiter. Und ich tat mit: brachte sie zum Lachen, indem ich ihr ein Skandalgeschichtchen erzählte. Sie mag so was; sie drohte mir zwar mit dem Finger, aber sie lachte doch sehr. Beim Abschied küßte sie mich und bekreuzte mich und verlangte, ich solle jeden Tag zu ihr kommen, um sie zu unterhalten. Der Graf drückt mir die Hand; seine Augen blicken jetzt butterweich; und der Vater, der doch der beste, der anständigste und edelste Mensch ist, aber – glauben Sie es oder glauben Sie es nicht – er war fast zu Tränen gerührt vor Freude, als wir beide nach Haus fuhren; er umarmte mich darauf in seinem Zimmer und begann sehr aufrichtig seine geheimsten Ansichten über Karriere, Beziehungen, Geld, Heiraten auseinanderzusetzen, so daß ich vieles gar nicht einmal verstand. Und bei der Gelegenheit gab er mir dann auch das Geld. Das war gestern. Morgen muß ich wieder zur alten Fürstin, aber der Vater ist doch der edelste Mensch, – denkt nur nicht irgend sowas von ihm, und wenn er mich auch von dir trennen möchte, Natascha, so doch nur deshalb, weil er geblendet ist, weil er die Millionen haben möchte, die Katja hat, die du aber nicht hast; die will er doch nur für mich, und nur aus Unkenntnis ist er ungerecht gegen dich. Aber welcher Vater wünscht denn nicht das Glück seines Sohnes? Er kann doch nichts dafür, daß er gewohnt ist, das Glück in den Millionen zu sehen. So sind sie nun mal alle. Man muß ihn nur von diesem Gesichtspunkt aus betrachten, nicht anders, und er hat sofort recht. Ich bin absichtlich gleich zu dir geeilt, Natascha, um dich davon zu überzeugen, denn ich weiß doch, daß du gegen ihn voreingenommen bist, und natürlich kannst du nichts dafür. Ich mache dir keinen Vorwurf ...«

»Dann ist also nur das geschehen, daß du bei der alten Fürstin Karriere gemacht hast? Und das war die ganze Schlauheit?« fragte Natascha.

»Ach wo! Was fällt dir ein! Das ist doch nur der Anfang ... ich habe nur deshalb von der Fürstin erzählt, weil ich, du verstehst doch, durch sie den Vater beeinflussen kann, aber mit meiner Hauptgeschichte habe ich noch gar nicht angefangen.«

»Nun, dann fang doch damit an!«

»Ich habe heute noch ein Erlebnis gehabt, sogar ein sehr seltsames, und ich bin bis jetzt immer noch ganz betroffen davon«, fuhr Aljoscha fort. »Ich muß euch sagen, daß unsere Bewerbung um die Hand Katjas zwischen dem Vater und der Gräfin schon eine beschlossene Sache ist, aber offiziell ist bisher noch nichts geschehen, wir können jederzeit auseinandergehen, ohne daß es deshalb ein Gerede gäbe. Nur Graf Náïnskij ist informiert, aber der gilt doch als Verwandter und Protektor. Außerdem: ich bin in diesen letzten zwei Wochen zwar sehr oft mit Katja zusammen gewesen, und wir haben uns sehr angefreundet, aber bis zum heutigen Abend haben wir kein Wort von der Zukunft gesprochen, das heißt: von einer Heirat und ... nun ja, und von Liebe. Überdies war beschlossen worden, die alte Fürstin K. um ihre Zustimmung zu bitten, da man bei uns von ihr alle möglichen Protektionen und einen goldenen Regen erwartet. Was *sie* dazu sagt, das wird auch die ganze vornehme Gesellschaft sagen; denn ihre Beziehungen sind derart ... Und ich soll unbedingt in dieser Welt eingeführt und protegiert werden. Und auf diesem Plan besteht besonders die Gräfin, Katjas Stiefmutter. Die Sache ist nämlich die, daß die Fürstin sie wegen all ihrer ausländischen Affären vielleicht gar nicht empfangen wird, und wenn die Fürstin sie nicht empfängt, dann werden wahrscheinlich auch die anderen sie nicht empfangen; so wäre denn meine Bewerbung um Katja eine glänzende Gelegenheit zur Annäherung. Und deshalb hat sich die Gräfin, die früher gegen meine Bewerbung war, heute furchtbar über meinen Erfolg bei der Fürstin gefreut, aber das ist ja nebensächlich, die Hauptsache ist dagegen dies: daß ich Katerina Fjódorowna zwar schon seit dem vorigen Jahr kenne, aber damals war ich ja noch ein Knabe und konnte noch nichts begreifen, und deshalb vermochte ich damals auch nichts Besonderes an ihr zu entdecken ...«

»Weil du mich damals mehr liebtest«, unterbrach ihn Natascha, »deshalb entdecktest du nichts, jetzt aber ...«

»Kein Wort weiter, Natascha!« rief Aljoscha feurig, »du irrst dich vollkommen und kränkst mich! ... Ich antworte dir darauf nicht einmal; höre weiter, und du wirst selbst alles sehen ... Ach, wenn du doch Katja kenntest! Wenn du wüßtest, was sie für eine zartfühlende, klare, gütige Seele ist! Aber du wirst sie ja kennenlernen; höre nur weiter! Vor zwei Wochen, als mich der Vater nach seiner Rückkehr zu ihr führte, begann ich, sie genau zu betrachten. Ich bemerkte, daß auch sie mich betrachtete. Das fesselte meine Neugier erst recht; ich rede schon gar nicht davon, daß ich aus besonderen Gründen ohnehin die Absicht hatte, sie näher kennen zu lernen, schon seit jenem Brief des Vaters, der mich so überrumpelte. Ich will nichts weiter über sie sagen, werde sie nicht loben, nur dies möchte ich bemerken: sie ist in ihrem ganzen Kreis eine auffallende Ausnahme. Sie ist eine so eigenartige Natur, eine so starke und wahrhafte Seele, stark eben durch ihre Reinheit und Wahrhaftigkeit, daß ich vor ihr einfach ein Knabe bin, ihr jüngerer Bruder, obgleich sie erst siebzehn Jahre alt ist. Und noch etwas habe ich an ihr bemerkt: es ist viel Trauer in ihr, gleichsam irgend ein Geheimnis; sie ist nicht gesprächig; im Hause schweigt sie fast immer; als wäre sie eingeschüchtert ... Es ist, als dächte sie über etwas nach. Vor meinem Vater scheint sie sich zu fürchten. Die Stiefmutter wird von ihr nicht geliebt – das habe ich gleich erraten; es ist die Stiefmutter, die aus irgendwelchen Gründen das Gerücht verbreitet, Katja liebe sie sehr, aber das ist alles nicht wahr: Katja gehorcht ihr nur ohne Widerspruch, und als hätten sie beide es so vereinbart. Vor vier Tagen beschloß ich, nach allen meinen Beobachtungen, meine Absicht auszuführen, und heute abend habe ich das getan. Diese Absicht war: alles Katja zu erzählen, ihr alles zu gestehen, sie auf unsere Seite herüber zu ziehen und dann mit einem Schlag die ganze Sache zu erledigen ...«

»Wie! Was zu erzählen, was zu gestehen?« fragte Natascha beunruhigt.

»Alles, einfach alles«, antwortete Aljoscha, »und ich danke Gott dafür, der mir diesen Gedanken eingegeben hat, aber hört doch nur, hört! Vor vier Tagen beschloß ich so: euch vorläufig fern zu bleiben und alles allein zu beenden. Wenn ich mit euch zusammen gewesen wäre, so hätte ich immer geschwankt, ich hätte auf euch gehört und hätte mich nie entschließen können. So dagegen, nachdem ich mich selbst in eine Lage gebracht hatte, in der ich mir jeden Augenblick einhämmern mußte, daß ein Ende gemacht werden müsse, und daß ich es beenden *muß*, da raffte ich meinen Mut zusammen und – hab ein Ende gemacht! Ich hatte beschlossen, erst mit der Entscheidung zu euch zurückzukehren, und so bin ich jetzt mit der Entscheidung zurückgekehrt!«

»Und was, was war es denn? Wie war die Entscheidung? So erzähle doch schneller!«

»Sehr einfach! Ich trat ohne weiteres auf sie zu und sagte ihr ehrlich und mutig ... Aber zuvor muß ich noch erzählen, was ich kurz vorher erlebt habe, eine Überraschung, die mir unverständlich blieb. Bevor wir nämlich zur

Gräfin fuhren, erhielt der Vater einen Brief. Ich war gerade im Begriff, in sein Kabinett einzutreten und blieb an der Tür stehen. Er sah mich nicht. Er war so überrascht vom Inhalt dieses Briefes, daß er mit sich selbst sprach, Worte hervorstieß, erregt im Zimmer umherging und plötzlich in Lachen ausbrach, den Brief immer noch in der Hand. Ich scheute mich einzutreten, wartete ein Weilchen und dann erst trat ich ein. Er war so froh über etwas, so froh; er begann mit mir irgendwie seltsam zu sprechen; dann brach er plötzlich ab und befahl mir, mich sofort zum Aufbruch bereit zu halten, obgleich es zum Besuch bei der Gräfin noch viel zu früh war. Es war heute niemand bei ihnen zu Gast, wir waren allein; du hast dich geirrt, Natascha, wenn du glaubtest, es fände heute eine große Abendgesellschaft statt. Man hat dich falsch unterrichtet.«

»Ach, schweife doch nicht wieder ab, Aljoscha, bitte; sag doch, was du Katja alles erzählt hast!«

»Es war ein Glück, daß ich mit ihr zwei ganze Stunden allein blieb. Ich erklärte ihr einfach, daß man uns beide verloben möchte, doch daß diese Heirat unmöglich sei; daß ich in meinem Herzen für sie eine große Sympathie empfände, und daß sie allein mich retten könne. Darauf erzählte ich ihr alles. Stelle dir vor, Natascha, sie wußte nichts von unserer Geschichte! Wenn du nur gesehen hättest, wie erschüttert sie war! Zuerst erschrak sie sogar. Sie wurde ganz blaß. Ich erzählte ihr also unsere ganze Geschichte: wie du dein Elternhaus verlassen, wie wir allein gelebt haben, wie wir uns jetzt quälen und uns ängstigen und um ihre Hilfe bitten (ich sprach auch in deinem Namen, Natascha), und wie wir hofften, daß sie auf unsere Seite treten und einfach ihrer Stiefmutter erklären werde, daß sie mich nicht heiraten wolle; daß dies unsere einzige Rettung wäre und wir einen anderen Ausweg nicht finden könnten. Sie hörte mir mit großer Aufmerksamkeit und Teilnahme zu. Was sie in diesem Augenblick für herrliche Augen hatte! Ihre ganze Seele lag in diesen Augen. Sie hat hellblaue Augen. Sie dankte mir, daß ich zu ihr Vertrauen gehabt, und versprach, uns mit allen Kräften zu helfen. Dann fragte sie nach dir, sagte, daß sie dich kennenlernen wolle, bat mich, dir zu sagen, daß sie dich wie eine Schwester liebhabe, und daß auch du sie lieben möchtest; als sie dann erfuhr, daß ich dich bereits den fünften Tag nicht mehr gesehen, schickte sie mich selbst sofort zu dir . . .«

Natascha war gerührt.

»Und du konntest uns zuerst von deinen Heldentaten bei einer alten, tauben Fürstin erzählen, ohne uns als Erstes dieses mitzuteilen! Ach, Aljoscha, Aljoscha!« rief Natascha, ihn vorwurfsvoll ansehend. »Und wie war denn Katja? War sie froh, war sie heiter, als sie dich entließ?«

»Ja, sie war froh, uns helfen und eine gute Tat tun zu können, aber sie weinte dabei. Denn sie hat mich auch liebgewonnen, Natascha! Sie gestand mir, daß sie mich schon zu lieben angefangen, und daß ich ihr schon längst gefallen hätte, besonders deshalb, weil sie von Schlauheit und Lüge umgeben sei, und sie nur mich allein für einen aufrichtigen und ehrlichen Menschen halte. Sie stand auf und sagte: ‚Nun, Gott mit Ihnen, Alexei Petrowitsch, ich dachte nur . . .' Sie beendete den Satz nicht, brach in Tränen aus und verließ das Zimmer. Wir haben beschlossen, daß sie morgen schon ihrer Stiefmutter erklären soll, sie wolle mich nicht heiraten, und ich solle alles meinem Vater sagen, entschlossen und mutig. Sie machte mir Vorwürfe, warum ich es ihm nicht schon früher gesagt hätte, denn ‚ein ehrlicher Mensch dürfe sich vor nichts fürchten!' Sie ist so rechtschaffen. Meinen Vater liebt sie auch nicht; sie sagt, er sei schlau und es gehe ihm nur ums Geld. Ich verteidigte ihn; aber sie glaubte mir nicht. Wenn ich morgen beim Vater nichts erreichen sollte (sie glaubt nämlich, ich würde nichts erreichen), so ist sie dafür, daß ich mich an die Fürstin K. wende und sie um ihren Beistand bitte. Dann wird es niemand wagen, gegen uns vorzugehen. Wir gaben uns gegenseitig das Wort, wie Bruder und Schwester zu sein. Wenn du ihre Lebensgeschichte kenntest, wie auch sie unglücklich ist, wie ihr Leben bei der Stiefmutter und diese ganze Umgebung sie anwidern! Sie sagte mir das nicht so geradezu, als fürchtete sie, es auszusprechen, aber aus ihren Worten habe ich es doch erraten. Natascha, mein Liebling! Wie würde sie sich freuen, dich zu sehen! Und was für ein gutes Herz sie hat! Es ist so schön, bei ihr zu sein, es wird einem so leicht ums Herz. Ihr seid beide wie geschaffen für einander, ihr müßt euch gegenseitig wie Schwestern liebhaben! Ich habe die ganze Zeit daran gedacht. Tatsächlich: ich möchte euch beide zusammenführen, selbst daneben stehen und mit Entzücken euch beide betrachten. Denke aber deshalb nichts Schlechtes, Natáschachen, und erlaube mir, von ihr zu sprechen. Gerade mit dir möchte ich von ihr sprechen, und mit ihr von dir. Du weißt doch, daß ich dich mehr als alle liebe, mehr als sie ... du bist mein Alles!«

Natascha sah ihn nur zärtlich und zugleich traurig an. Seine Worte schienen sie zu umschmeicheln und zugleich zu quälen.

»Und schon lange, schon vor zwei Wochen habe ich Katja schätzen gelernt«, fuhr er fort. »Ich bin doch jeden Abend bei ihr gewesen. Wenn ich dann nach Hause zurückkehrte, dachte ich immer, immer an euch beide und verglich euch miteinander.«

»Und wer von uns erschien dir dann als die bessere?« fragte Natascha lächelnd.

»Manchmal du, manchmal sie. Aber du bliebst doch immer die Bessere. Wenn ich aber mit ihr spreche, habe ich immer das Gefühl, daß ich selbst besser, klüger und irgendwie edler werde. Aber morgen wird sich alles entscheiden!«

»Tut sie dir gar nicht leid? Sie liebt dich doch, du sagst ja, du hättest das auch selbst bemerkt.«

»Gewiß tut sie mir leid, Natascha! Aber wir werden uns alle drei liebhaben, und dann ...«

»Und dann leb' wohl!« sagte Natascha leise, wie nur zu sich selbst. Aljoscha sah sie verwundert an.

Unsere Unterhaltung wurde plötzlich in unerwarteter Weise unterbrochen. In der Küche, die zu gleicher Zeit das Vorzimmer war, hörte man jemanden eintreten. Gleich darauf öffnete Mawra die Tür und winkte Aljoscha, hinauszukommen. Wir alle wandten uns nach ihr um.

»Man fragt nach Ihnen!« sagte sie mit geheimnisvoll gedämpfter Stimme.

»Wer kann das sein, zu dieser Stunde?« Aljoscha sah uns ratlos an. »Ich werde sehen!«

In der Küche stand der livrierte Lakai des Fürsten, seines Vaters. Die Sache verhielt sich so, daß der Fürst auf der Rückfahrt nach Hause vor Nataschas Wohnung hatte halten lassen, um zu erfahren, ob Aljoscha bei ihr sei. Als dies bestätigt wurde, entfernte sich der Diener sofort wieder.

»Sonderbar! Das ist doch noch niemals geschehen«, sagte Aljoscha verwirrt. »Was hat das zu bedeuten?«

Natascha sah ihn beunruhigt an. Plötzlich öffnete Mawra wieder die Tür.

»Er kommt selber, der Fürst!« flüsterte sie uns eilig zu und verschwand.

Natascha erbleichte und erhob sich von ihrem Platz. Plötzlich flammten ihre Augen auf. Sie stützte sich leicht auf den Tisch und blickte erwartungsvoll zur Tür, durch die der ungebetene Gast eintreten mußte.

»Natascha, fürchte dich nicht, ich bin bei dir! Ich werde niemandem erlauben, dich zu beleidigen«, flüsterte ihr Aljoscha, der verwirrt war, aber seine Fassung nicht verlor, erregt zu.

Die Tür ging auf, und auf der Schwelle erschien Fürst Walkowskij in höchsteigener Person.

II

Er überflog uns alle mit einem schnellen, aufmerksamen Blick. Aus diesem Blick war noch nicht zu erkennen, ob er als Feind oder Freund kam. Ich will zunächst ausführlich sein Äußeres beschreiben. Er machte an diesem Abend einen überraschenden Eindruck auf mich.

Ich hatte ihn schon früher gesehen. Er war ein Mann von fünfundvierzig Jahren, nicht älter, mit regelmäßigen und sehr schönen Gesichtszügen, deren Ausdruck sich je nach den Umständen veränderte; aber diese Veränderung ging schroff, radikal und mit überraschender Plötzlichkeit vor sich, sprang vom angenehmsten Ausdruck in den verdrossensten oder unzufriedensten hinüber, als gehorchten sie einem mechanischen Druck auf eine Feder. Das ebenmäßige Oval des leicht gebräunten Gesichts, die prachtvollen Zähne, die kleinen, etwas schmalen, aber fein gezeichneten Lippen, die gerade, etwas längere Nase, die hohe Stirn, auf der noch keine einzige Runzel zu sehen war, die grauen, ziemlich großen Augen – dies alles ließ ihn beinah als einen ausgesprochen schönen Mann erscheinen, trotzdem aber machte sein Gesicht keinen angenehmen Eindruck. Es stieß einen eben dadurch ab, daß sein Ausdruck gleichsam kein eigener, sondern immer nur ein vorgetäuschter, wohlüberlegter, übernommener sei, und so entstand in einem eine Art von blinder Überzeugung, daß man nie seinen wirklichen Ausdruck zu sehen bekommen werde. Schaute man noch schärfer zu, so begann man hinter seiner gewohnten Maske etwas Böses, Schlaues und im höchsten Grade Egoistisches zu argwöhnen. Namentlich zogen seine anscheinend schönen Augen die Aufmerksamkeit auf sich: sie waren grau, offen. Und nur sie allein schienen seinem Willen nicht vollkommen gehorchen zu können. Vielleicht hätte er auch weich und freundlich blicken wollen, aber die Strahlen seiner Blicke schienen sich gleichsam aufzuspalten, und zwischen den weichen, freundlichen Strahlen blitzten harte, mißtrauische, forschende, böse auf ... Er war von ziemlich hohem Wuchs, elegant proportioniert, ein wenig hager und schien unvergleichlich jünger zu sein, als er den Jahren nach war. Sein dunkelblondes und weiches Haar fing fast noch nicht an zu ergrauen. Seine Ohren, Hände, Füße waren erstaunlich wohlgeformt. Er war von einer vollkommenen rassigen Schönheit. Seine Kleidung war von erlesener Eleganz und Frische, vielleicht ein klein wenig zu jugendlich, was ihm aber gut stand. Er schien Aljoschas älterer Bruder zu sein. Wenigstens hätte man ihn niemals für den Vater eines schon erwachsenen Sohnes gehalten.

Er ging geradeaus auf Natascha zu und sagte zu ihr, indem er sie fest ansah:

»Mein Erscheinen bei Ihnen zu so später Stunde und ohne Anmeldung ist gewiß sonderbar und außerhalb des Üblichen; aber ich hoffe, Sie werden mir glauben, daß ich mir des Exzentrischen meiner Handlungsweise wenigstens bewußt bin. Ich weiß aber auch, mit wem ich es zu tun habe; ich weiß, daß Sie klug und großmütig sind. Schenken Sie mir nur zehn Minuten, und ich hoffe, Sie werden mich verstehen und entschuldigen.«

Er sagte das alles sehr höflich, aber kraftvoll und mit Nachdruck.

»Bitte, nehmen Sie Platz«, sagte Natascha, die sich von der ersten Verwirrung und einem gewissen Schreck noch nicht hatte freimachen können. Er verbeugte sich leicht und setzte sich.

»Erlauben Sie mir nur, zuvor ein paar Worte zu ihm zu sagen«, begann er, indem er auf den Sohn wies. »Aljoscha, als du kaum fortgefahren warst, ohne auf mich zu warten, und sogar ohne dich von uns zu verabschieden, wurde der Gräfin gemeldet, daß Katerina Fjodorowna sich schlecht fühle. Die Gräfin wollte schon zu ihr eilen, aber da erschien plötzlich Katerina Fjodorowna selbst bei uns, sichtlich verstört und in starker Erregung. Sie erklärte uns ohne Umschweife, daß sie nie deine Frau werden könne. Sie sagte auch noch, daß sie in ein Kloster gehen werde, daß du sie um ihre Hilfe gebeten und ihr gestanden hättest, du liebtest Natalja Nikolajewna ... Eine so unglaubliche Erklärung von Seiten Katerina Fjodorownas, und das noch dazu in einem solchen Augenblick, war selbstverständlich nur eine Folge deines so überaus sonderbaren Gesprächs mit ihr. Sie war fast außer sich. Du wirst dir denken können, wie sehr mich das überrascht und erschreckt hat. Als ich nun hier vorüberfuhr, bemerkte ich in Ihren Fenstern Licht«, sprach er weiter, sich wieder Natascha zuwendend. »Da kam mir der Gedanke, der mich schon längere Zeit verfolgt, wieder und bemächtigte sich meiner so sehr, daß ich unfähig war, meinem ersten Antrieb zu widerstehen, und daß ich einfach zu Ihnen kam. Wozu? Das werde ich Ihnen sogleich sagen, aber ich muß die Bitte vorausschicken, sich über eine gewisse Schroffheit meiner Erklärung nicht zu wundern. Das ist alles so plötzlich gekommen ...«

»Ich hoffe, daß ich Sie verstehen und ... nach Gebühr ... das einzuschätzen wissen werde, was Sie mir zu sagen haben«, sagte Natascha stockend.

Der Fürst sah sie scharf mit unverwandtem Blick an, als müsse er sich beeilen, in ein paar Sekunden *ihre ganze Wesensart* vollkommen zu ergründen.

»Es ist ja gerade Ihre Einsichtsfähigkeit, auf die ich baue«, fuhr er fort, »und wenn ich mir erlaubt habe, jetzt zu Ihnen zu kommen, so doch nur, weil ich wußte, mit wem ich es zu tun haben werde. Ich kenne Sie schon lange, ganz abgesehen davon, daß ich früher einmal so ungerecht gewesen bin und Ihnen unrecht getan habe. Hören Sie mich an: Sie wissen, daß zwischen mir und Ihrem Vater eine alte Fehde besteht. Ich will mich nicht rechtfertigen. Vielleicht bin ich vor ihm mehr im Unrecht, als ich bisher angenommen habe. Wenn es sich so verhalten sollte, dann geschah es, weil ich selbst betrogen worden bin. Ich bin mißtrauisch, und ich mache kein Geheimnis daraus. Ich bin immer geneigt, eher das Schlechte als das Gute anzunehmen – ein unglücklicher

Zug, nur möglich bei einem trockenen Herzen. Aber ich habe nicht die Angewohnheit, meine Fehler zu verhehlen. Ich habe allen Verleumdungen Glauben geschenkt, und als Sie Ihre Eltern verlassen hatten, erschrak ich für Aljoscha. Aber damals kannte ich Sie noch nicht. Die Nachforschungen, die ich seitdem angestellt habe, haben mich nach und nach vollständig beruhigt. Ich konnte mich schließlich davon überzeugen, daß meine Verdächtigung Ihrer Absichten tatsächlich unbegründet war. Ich erfuhr und hörte davon, daß Sie sich mit den Ihrigen überworfen und ich weiß auch, daß Ihr Vater durchaus gegen eine Ehe mit meinem Sohn ist. Und schon allein, daß Sie, die Sie einen solchen Einfluß auf Aljoscha ausüben, ihn bis jetzt nicht zu einer Heirat mit Ihnen gezwungen haben – schon dies allein zeigt Sie von der besten Seite. Und doch muß ich Ihnen gestehen, daß ich bereits fest entschlossen war, mit aller Gewalt der Möglichkeit einer Ehe mit meinem Sohne entgegenzuwirken. Ich weiß, daß ich mich jetzt gar zu offenherzig ausspreche, aber in diesem Augenblick ist nun einmal Offenherzigkeit meinerseits das Allerwichtigste. Sie werden mir das selbst im Laufe unseres Gespräches zugeben. Bald darauf, nachdem Sie Ihr Elternhaus verlassen hatten, verließ ich Petersburg, und als ich es verließ, fürchtete ich schon nicht mehr für Aljoscha. Ich vertraute auf Ihren edlen Stolz. Ich hatte verstanden, daß Sie die Ehe mit Aljoscha nicht wollten, bevor der Familienstreit ein Ende genommen, und daß Sie das gute Einvernehmen zwischen mir und meinem Sohne nicht zu zerstören gedachten, da ich ihm die Heirat mit Ihnen niemals verziehen hätte. Auch wollten Sie wohl nicht, daß man von Ihnen sagen könnte, Sie hätten die Verbindung mit einem fürstlichen Hause gesucht. Im Gegenteil, Sie zeigten unserem Stande gegenüber eine gewisse Verachtung und warteten vielleicht auf den Augenblick, daß ich selbst zu Ihnen käme, um Sie zu bitten, uns die Ehre zu erweisen und die Hand meines Sohnes anzunehmen. Aber trotzdem blieb ich Ihr hartnäckiger Gegner. Ich will mich vor Ihnen nicht rechtfertigen, sondern nur meine Gründe Ihnen offen darlegen. Sie sind nicht reich; Ihre Familie ist nicht angesehen. Wenn ich auch vermögend bin, so brauchen wir doch mehr. Mit unserer Familie geht es bergab. Wir haben Verbindungen und Geld nötig. Die Stieftochter der Gräfin hat allerdings keine Verbindungen, aber sie ist sehr reich. Es galt, keine Zeit zu verlieren; andere Freier könnten uns bei dieser Braut zuvorkommen. Wir durften uns eine solche Gelegenheit nicht entgehen lassen, und so beschloß ich denn, obgleich Aljoscha noch zu jung dazu ist, ihn zu verheiraten. Sie sehen, ich verheimliche nichts vor Ihnen. Sie können mit Verachtung auf den Vater sehen, der seinen Sohn aus Habsucht und aus Rücksicht auf Vorurteile zu einer schlechten Tat zwingt; denn ein großmütiges Mädchen, das ihm alles geopfert hat, zu verlassen, ist eine schlechte Tat. Ich will mich, wie gesagt, nicht entschuldigen. Der zweite Grund für eine Heirat meines Sohnes mit der Stieftochter der Gräfin ist der, daß dieses Mädchen durchaus der Liebe und Achtung würdig ist. Sie ist hübsch, gut erzogen, sehr klug und ein herrlicher Charakter, wenn sie auch in vielem noch ein Kind ist. Aljoscha dagegen ist charakterlos, leichtsinnig, überaus unvernünftig, mit seinen zweiundzwanzig Jahren noch vollkommen Kind, allenfalls nur mit dem einen Vorzug begabt, ein gutes Herz zu haben, – eine Eigenschaft, die bei anderen Mängeln sogar gefährlich ist. Ich habe nun schon längst bemerkt, daß mein Einfluß auf ihn abzunehmen beginnt: Lebhaftigkeit, jugendliche Schwärmereien machen sich geltend und siegen sogar über manche wirklichen Verpflichtungen. Vielleicht liebe ich ihn gar zu sehr, aber ich muß mich überzeugen, daß meine Anleitung allein schon nicht mehr genügt. Dabei müßte er unbedingt unter jemandes stetigem, wohltuendem Einfluß bleiben. Er ist von einer sich unterwerfenden Natur, die schwach, liebend ist, die es vorzieht, zu lieben und zu gehorchen statt zu befehlen. Und so wird er sein ganzes Leben lang bleiben. Sie können sich vorstellen, wie erfreut ich war, als ich in Katerina Fjodorowna das Ideal eines Mädchens kennen lernte, wie ich es zur Frau für meinen Sohn wünschte. Aber meine Freude kam zu spät: ihn beherrschte bereits unerschütterlich ein anderer Einfluß, der Ihrige. Seit meiner Rückkehr nach Petersburg vor einem Monat habe ich ihn scharf beobachtet, und zu meiner Verwunderung habe ich an ihm eine bedeutende Veränderung zum Besseren bemerkt. Der Leichtsinn, die Kindlichkeit sind fast noch dieselben, aber daneben haben sich in ihm gewisse edlere Antriebe doch festgesetzt, er beginnt, sich auch für anderes zu interessieren, nicht nur für Spielereien, sondern für etwas, das erhaben, edel, anständig ist. Seine Ideen sind sonderbar, sind nicht standfest, manchmal absurd; aber die Wünsche, Bestrebungen, aber das Herz – sind besser geworden, und das ist doch das Fundament zu allem; all dieses Bessere in ihm kommt unbestreitbar – von Ihnen. Sie haben ihn umerzogen. Ich gestehe Ihnen, daß mir gleich damals schon flüchtig der Gedanke kam, daß Sie vielleicht eher als jeder andere sein Glück ausmachen könnten. Aber ich verscheuchte diesen Gedanken, ich wollte solche Gedanken nicht denken. Ich mußte ihn um jeden Preis von Ihnen weglocken; ich begann in diesem Sinne vorzugehen und glaubte schon, ich hätte mein Ziel erreicht. Noch vor einer Stunde dachte ich, der Sieg sei auf meiner Seite. Allein, der Vorfall im Hause der Gräfin hat mit einem Schlag alle meine Annahmen über den Haufen geworfen, vor allem hat mich eine unerwartete Tatsache überrascht: das war dieser seltsame Ernst in Aljoscha, die Strenge seiner Anhänglichkeit an Sie, die Hartnäckigkeit, die Lebenszähigkeit dieser Anhänglichkeit. Ich sage es Ihnen nochmals: Sie haben ihn endgültig umerzogen. Ich sah auf einmal, daß die Veränderung in ihm noch weiter geht, als selbst ich anfangs annahm. Heute hat er plötzlich vor meinen Augen einen Beweis von Klugheit erbracht, wie ich sie in ihm überhaupt nicht vermutet habe, und zu gleicher Zeit eine außergewöhnliche Feinfühligkeit, einen wahren Spürsinn des Herzens bewiesen. Er hat den allerrichtigsten Weg gewählt, um aus einer Lage herauszukommen, die er für schwierig hielt. Er hat die alleredelsten Fähigkeiten des Menschenherzens berührt und erweckt, nämlich: die Fähigkeit zu verzeihen und Böses mit Großmut zu vergelten. Er hat sich in die Gewalt des von ihm gekränkten Wesens begeben und bei eben diesem Wesen Zuflucht gesucht mit der Bitte um Teilnahme und Hilfe. Er hat den ganzen Stolz des Weibes, das ihn bereits liebt, herausgefordert, indem er ihr offen gestand, daß sie eine Rivalin habe; zu gleicher Zeit hat er in ihr Sympathie zu dieser Rivalin erweckt und für sich Vergebung und das Versprechen uneigennütziger, geschwisterlicher Freundschaft erlangt. Eine solche Aussprache zu wagen und dabei nicht zu kränken, nicht zu beleidigen, das bringen manchmal selbst die geschicktesten Weisen nicht fertig, wohl aber eben solche frischen, reinen und gut gelenkten Herzen, wie er es hat. Ich bin überzeugt, daß Sie, Natalja Nikolajewna, an seinem heutigen Vorgehen vollkommen unbeteiligt sind, weder mit einem Wort, noch mit einem Rat. Sie haben vielleicht selbst soeben erst alles erfahren, und zwar aus seinem Munde. Ich irre mich wohl nicht? Nicht wahr?«

»Sie irren sich nicht«, wiederholte Natascha seine Worte. Ihr ganzes Gesicht glühte und ihre Augen strahlten in einem eigentümlichen Glanz, ganz wie vor Begeisterung. Die Dialektik des Fürsten begann ihre Wirkung zu tun. »Ich habe Aljoscha fünf Tage lang nicht gesehen«, fügte sie hinzu. »Das hat er sich alles allein ausgedacht und allein ausgeführt.«

»Unbedingt ist es so«, bestätigte der Fürst, »aber abgesehen davon, ist doch dieser ganze unverhoffte Scharfsinn in ihm, diese ganze Entschlossenheit, das Pflichtbewußtsein, schließlich diese ganze edle Festigkeit, – alles das ist doch nur die Folge Ihres Einflusses auf ihn. Dies habe ich mir jetzt auf der Fahrt nach Hause alles wohlüberlegt und endgültig bedacht, und nachdem ich das bedacht hatte, fühlte ich plötzlich die Kraft in mir, mich zu entscheiden.

Unsere Werbung im Hause der Gräfin ist zerstört und kann nicht wiederaufgenommen werden. Doch selbst wenn das möglich wäre, soll es nicht mehr geschehen. Wozu auch, wenn ich mich doch selbst überzeugt habe, daß nur Sie allein sein Glück ausmachen können, daß gerade Sie der richtige Lenker für ihn sind, daß Sie bereits die Grundlage für sein zukünftiges Glück gelegt haben! Ich habe Ihnen nichts verheimlicht, ich will es auch jetzt nicht tun. Ich liebe sehr Karriere, Geld, Ansehen, sogar Rang und Titel; bewußt halte ich vieles davon für Vorurteil, aber ich liebe diese Vorurteile und habe entschieden keine Lust, sie herabzusetzen. Es gibt aber Umstände, unter denen man auch andere Auffassungen gelten lassen muß, wo man nicht alles mit dem gleichen Maß messen darf... Außerdem liebe ich meinen Sohn sehr. Mit einem Wort: ich bin zu dem Schluß gelangt, daß Aljoscha sich nicht von Ihnen trennen darf, weil er ohne Sie zugrunde ginge. Und soll ich es gestehen? Vielleicht bin ich schon seit einem ganzen Monat dazu entschlossen, und vielleicht habe ich selbst erst jetzt erkannt, daß meine Entscheidung richtig war. Freilich hätte ich Sie, um Ihnen dies alles zu sagen, auch morgen besuchen können, statt Sie fast um Mitternacht zu stören. Doch meine jetzige Eile wird Ihnen vielleicht sagen, mit welchem Eifer und vor allem wie aufrichtig ich mich für diese Sache einsetzen möchte. Ich bin kein Knabe; in meinen Jahren könnte ich mich zu einem unüberlegten Schritt nicht mehr entschließen. Als ich hier eintrat, war alles schon entschieden und wohlüberlegt. Aber ich fühle, ich werde noch viel Zeit brauchen, um Sie von meiner Aufrichtigkeit zu überzeugen... Doch zur Sache! Soll ich Ihnen jetzt erklären, weshalb ich zu Ihnen gekommen bin? Ich bin zu Ihnen gekommen, um Ihnen gegenüber meine Pflicht zu erfüllen und – feierlich, voll unbegrenzter Hochachtung vor Ihnen – Sie zu bitten, meinen Sohn zu beglücken, indem ich für ihn um Ihre Hand anhalte. Oh, denken Sie nicht, ich sei zu Ihnen gekommen wie ein gefürchteter strenger Vater, der sich endlich entschlossen hat, seinen Kindern zu verzeihen und gnädig seine Einwilligung zu geben zu ihrem Glück. Nein! Nein! Sie erniedrigen mich, wenn Sie solche Gedanken in mir voraussetzen –. Denken Sie auch nicht, ich sei schon im voraus überzeugt von Ihrer Einwilligung, auf Grund dessen, was Sie bereits für meinen Sohn geopfert haben; wiederum nein! So ist es nicht! Ich werde als erster es offen sagen, daß er Ihrer nicht würdig ist, und ... (er ist gut und herzensrein), und er wird das selbst bestätigen. Allein, das ist noch nicht alles. Was mich hierhergezogen hat, zu so später Stunde, war nicht nur dies ... Ich bin hergekommen ...« (er erhob sich respektvoll und mit einer gewissen Feierlichkeit von seinem Platz) »... ich bin hergekommen, um Ihr Freund zu werden! Ich weiß, daß ich nicht das geringste Recht darauf habe, im Gegenteil! Doch erlauben Sie mir, daß ich mir dieses Recht verdiene! Erlauben Sie mir zu hoffen! ...«

Er verbeugte sich respektvoll vor Natascha und wartete auf ihre Antwort. Während der ganzen Zeit, in der er sprach, hatte ich ihn aufmerksam beobachtet. Und er hatte es bemerkt.

Er hatte in kühlem Ton gesprochen, mit einem gewissen Anspruch auf Beherrschung der Redekunst, stellenweise aber sogar mit einer großen Nachlässigkeit. Jedenfalls entsprach der Ton seiner Rede manchmal keineswegs einem ungestümen Impuls, der ihn zu uns getrieben haben sollte, zu einer für einen ersten Besuch so unpassenden Zeit und überdies noch bei einem so gespannten Verhältnis. Einige Ausdrücke hatte er sich merkbar schon vorher zurechtgelegt, und an ein paar Stellen seiner langen Rede, deren Länge doch merkwürdig war, schien er sich mit Absicht den Anschein eines Sonderlings geben zu wollen, der durchbrechendes Gefühl mit Humor, Formlosigkeit und Scherz zu verdecken sucht. Aber das alles gab mir erst nachträglich zu denken; damals war es etwas anderes. Seine letzten Sätze hatte er so impulsiv gesprochen, mit dem Ausdruck so aufrichtiger Hochachtung für Natascha, daß er uns alle besiegte. Es war sogar, als erglänzte so etwas wie eine Träne an seinen Wimpern. Nataschas edles Herz war vollständig besiegt. Sie erhob sich nach ihm gleichfalls von ihrem Platz und streckte ihm in tiefer Erregung die Hand hin. Er ergriff sie und führte sie zärtlich, mit Gefühl an die Lippen. Aljoscha war außer sich vor Entzücken.

»Was habe ich dir gesagt, Natascha!« rief er aus. »Du hast es mir nicht glauben wollen! Du hast nicht glauben wollen, daß dies der edelste Mensch auf der Welt ist! Nun siehst du, siehst es selbst!«

Er stürzte zu seinem Vater und umarmte ihn heiß. Jener erwiderte die Umarmung ebenso, beeilte sich aber, die gefühlvolle Szene abzukürzen, als schäme er sich, seine Gefühle zu zeigen.

»Genug«, sagte er und griff nach seinem Hut. »Ich gehe jetzt. Ich habe Sie nur um zehn Minuten gebeten und bin nun eine ganze Stunde geblieben«, fügte er lächelnd hinzu. »Aber ich verlasse Sie mit der größten Ungeduld, Sie möglichst bald wiederzusehen. Werden Sie mir erlauben, Sie so oft wie möglich zu besuchen?«

»Ja, ja«, antwortete Natascha, »möglichst oft! Ich möchte Sie recht schnell ... liebgewinnen ...«, fügte sie verwirrt, verlegen hinzu.

»Wie aufrichtig Sie sind, wie ehrlich!« sagte der Fürst, über ihre Worte lächelnd. »Selbst wenn es sich nur um eine einfache Höflichkeitsformel handelt, wollen Sie sich nicht verstellen. Aber Ihre Aufrichtigkeit ist teurer als alle diese vorschriftsmäßig nachgesprochenen Höflichkeiten. Ja! Ich bin mir bewußt, daß ich lange, noch lange Ihre Liebe erst werde verdienen müssen!«

»Bitte nicht, loben Sie mich nicht so ... genug davon!« flüsterte Natascha in ihrer Verwirrung.

Wie schön war sie in diesem Augenblick!

»Wie Sie wünschen«, entschied der Fürst. »Nur noch ein paar Worte zur Sache. Können Sie sich vorstellen, wie unglücklich ich bin! Ich kann ja gar nicht morgen zu Ihnen kommen, weder morgen, noch übermorgen. Heute nachmittag erhielt ich einen Brief, der für mich von größter Wichtigkeit ist (er verlangt meine sofortige Mitwirkung in einer bestimmten Angelegenheit), so daß ich mich auf keine Weise der Beteiligung entziehen kann. Morgen früh werde ich Petersburg verlassen müssen. Aber bitte denken Sie jetzt nicht, ich sei deshalb noch so spät zu Ihnen gekommen, weil es mir morgen nicht mehr möglich gewesen wäre, weder morgen, noch übermorgen. Natürlich denken Sie das ja gar nicht, aber da haben Sie gleich ein Pröbchen von meinem Mißtrauen! Warum schien es mir, daß Sie unbedingt dies denken müßten? Ja, dieses Mißtrauen hat mir in meinem Leben schon viel geschadet; vielleicht ist auch mein ganzer Streit mit Ihrer Familie nur die Folge dieses meines elenden Charakterzuges! ... Heute haben wir Dienstag. Am Mittwoch, Donnerstag, Freitag werde ich nicht in Petersburg sein. Am Sonnabend hoffe ich bestimmt zurückzukehren, und dann werde ich noch am selben Tage Sie aufsuchen. Sagen Sie bitte, darf ich gleich auf den ganzen Abend zu Ihnen kommen?«

»Selbstverständlich! Unbedingt!« rief Natascha. »Ich werde Sie erwarten! Mit Ungeduld erwarten!«

»Und wie glücklich ich erst darüber bin! Ich werde Sie nach und nach immer besser kennen lernen! Aber ... jetzt gehe ich! Und dennoch kann ich nicht weggehen, ohne auch Ihnen die Hand gedrückt zu haben«, fuhr er fort, sich plötzlich mir zuwendend. »Entschuldigen Sie! Wir sprechen jetzt alle so ohne Zusammenhang ... Ich hatte schon mehrmals das Vergnügen, Ihnen in der Gesellschaft zu begegnen; einmal sind wir einander sogar vorgestellt worden. Ich möchte nicht von hier fortgehen, ohne zu sagen, wie angenehm es für mich wäre, die Bekanntschaft mit Ihnen zu erneuern.«

»Wir sind einander schon begegnet, das ist wahr«, sagte ich, indem ich seine Hand ergriff, »aber, entschuldigen Sie, ich erinnere mich nicht, daß wir miteinander bekannt geworden wären.«

»Beim Fürsten R. im vorigen Jahr.«

»Verzeihen Sie, ich hatte es vergessen. Aber ich versichere Sie, diesmal werde ich es nicht vergessen. Der heutige Abend wird mir bestimmt unvergeßlich sein.«

»Ja, Sie haben recht, mir auch. Ich weiß schon lange, daß Sie ein echter, ein aufrichtiger Freund Natalja Nikolajewnas und meines Sohnes sind. Ich hoffe, zu Ihnen dreien mich als der vierte gesellen zu dürfen. Ist es so recht?« fragte er, sich an Natascha wendend.

»Ja, er wird unser aufrichtiger Freund, und wir müssen alle zusammenhalten!« antwortete Natascha mit tiefem Gefühl.

Die Arme! Sie erstrahlte nur so vor Freude, als sie sah, daß der Fürst nicht vergaß, sich an mich zu wenden, Wie sie mich doch lieben mußte!

»Ich bin schon vielen Verehrern Ihres Talents begegnet«, fuhr der Fürst fort, »und ich kenne zwei Ihrer aufrichtigsten Verehrerinnen. Es würde sie sehr freuen, Sie persönlich kennenzulernen. Es sind dies die Gräfin, mein bester Freund, und ihre Stieftochter, Katerina Fjodorowna Filimónowa. Lassen Sie mich hoffen, daß Sie mir das Vergnügen, Sie diesen Damen vorzustellen, gönnen werden, wenn ich Sie darum bitte.«

»Das ist sehr schmeichelhaft für mich, aber ich verkehre jetzt kaum mit jemandem ...«

»Aber mir werden Sie doch Ihre Adresse geben können! Wo wohnen Sie? Es wird mir ein Vergnügen sein ...«

»Ich empfange keine Besuche bei mir zu Hause, Fürst, wenigstens vorläufig nicht.«

»Aber ich, wenn ich es auch nicht verdiene, daß man mit mir eine Ausnahme macht, so würde ich doch ...«

»Bitte sehr, wenn Sie darauf bestehen, es soll mir sehr recht sein. Ich wohne in der –schen Quergasse, im Hause Kluge.«

»Im Hause von Kluge!« rief er ganz betroffen aus, als hätte ihn etwas sehr überrascht. »Was! Und ... wohnen Sie dort schon lange?«

»Nein, noch nicht lange«, versetzte ich und faßte ihn unwillkürlich schärfer ins Auge. »Meine Wohnung ist Nummer vierundzwanzig.«

»Nummer vierundzwanzig? . . . Und Sie leben dort . . . allein?«

»Ganz allein.«

»J–ja! . . . Ich meinte nur . . . ich glaube, ich kenne dieses Haus. Um so besser . . . Ich werde Sie bestimmt besuchen, bestimmt! Ich habe über vieles mit Ihnen zu reden, und ich verspreche mir sehr viel von Ihnen. Sie können mir einen großen Dienst erweisen. Sehen Sie, da komme ich schon gleich mit einer Bitte. Also, auf Wiedersehen! Geben Sie mir noch einmal Ihre Hand!«

Er reichte mir und Aljoscha die Hand, führte nochmals Nataschas Hand an die Lippen und ging hinaus, ohne Aljoscha aufzufordern, ihm zu folgen.

Wir drei blieben in großer Verwirrung zurück. Alles das hatte sich so plötzlich, so unerwartet zugetragen. Wir fühlten alle, daß sich in einem Augenblick alles verändert hatte und daß nun etwas Neues, Unbekanntes begann. Aljoscha setzte sich schweigend neben Natascha und küßte ihr still die Hand. Von Zeit zu Zeit sah er ihr ins Gesicht, als wartete er darauf, daß sie etwas sagen werde.

»Liebster Aljoscha, fahre gleich morgen noch zu Katerina Fjodorowna«, sagte sie endlich zu ihm.

»Daran habe ich auch schon gedacht«, antwortete er, »ich werde es bestimmt tun.«

»Vielleicht wird es ihr aber schwer fallen, dich zu sehen . . . was meinst du?«

»Ich weiß es nicht, mein Freund. Auch daran habe ich gedacht . . . Ich werde sehen . . . wie's kommt, und mich danach entschließen. Jetzt, Natascha, hat sich alles bei uns geändert«, konnte sich Aljoscha nicht enthalten zu bemerken.

Sie lächelte und sah ihn lange zärtlich an.

»Und wie zartfühlend er ist. Er hat doch gesehen, wie ärmlich deine Wohnung ist, und nicht ein Wort hat er . . .«

»Worüber?«

»Nun ... du mögest eine andere Wohnung nehmen ... oder so etwas«, fügte er errötend hinzu.

»Aber, Aljoscha, aus welchem Grunde denn?«

»Ich sage ja, daß er eben so zartfühlend ist. Und wie er dich gelobt hat! Ich habe es dir ja schon immer gesagt ... immer gesagt! Nein, er kann alles verstehen und alles nachfühlen! Und von mir sprach er wie von einem Kind; alle halten mich ja dafür! Aber was tut's, ich bin ja auch so.«

»Du bist ein Kind und siehst doch schärfer als wir alle. Du guter Aljoscha!«

»Er sagte aber auch, daß mein gutes Herz mir schade. Wie meinte er das? Ich verstehe es nicht. Aber was meinst du, Natascha, soll ich jetzt nicht lieber gleich zu ihm fahren? Morgen in aller Frühe komme ich dann wieder zu dir.«

»Geh nur, geh, mein Liebling. Du hast ganz recht. Und zeige dich ihm noch heute abend, hörst du? Und morgen komm möglichst früh. Jetzt wirst du mich doch nicht mehr fünf Tage allein lassen?« fügte sie schelmisch hinzu, ihn zärtlich ansehend.

Alle waren wir voll stiller, reiner Freude.

»Kommen Sie mit, Wanja?« fragte Aljoscha, im Begriff das Zimmer zu verlassen.

»Nein, er bleibt noch hier; wir haben noch miteinander zu reden, Wanja. Also hörst du, morgen in aller Frühe!«

»In aller Frühe! Adieu, Mawra!«

Mawra war sehr aufgeregt. Sie hatte gehorcht und alles vom Fürsten Gesagte zwar gehört, aber vieles nicht ganz verstanden. Sie hätte nun gar zu gern noch manches erklärt bekommen und Fragen gestellt. Einstweilen aber machte sie ein so ernstes Gesicht, daß sie geradezu stolz wirkte. Auch sie spürte, daß sich vieles geändert hatte.

Wir blieben allein. Natascha nahm schweigend meine Hand und blieb stumm, als wüßte sie nicht, womit beginnen.

»Müde bin ich!« sagte sie schließlich mit schwacher Stimme. »Höre, du gehst doch morgen zu ihnen?«

»Selbstverständlich.«

»Mama kannst du es erzählen, *ihm* aber nicht.«

»Von dir spreche ich ja auch sonst nie mit ihm.«

»Er wird es ja sowieso erfahren. Achte darauf, was er sagt, wie er es aufnimmt. Mein Gott, Wanja! Wird er mich denn wirklich dieser Ehe wegen verfluchen? Nein, das ist doch nicht möglich!«

»Das muß alles vom Fürsten bereinigt werden«, beeilte ich mich zu versichern. »Er muß sich unbedingt mit ihm aussöhnen, dann wird alles in Ordnung kommen.«

»O mein Gott! Wenn es möglich wäre, wenn das nur möglich wäre!« rief sie verzweifelt aus.

»Beruhige dich, Natascha, alles wird jetzt gut werden. Es läuft darauf hinaus.«

Sie sah mich forschend an.

»Wanja, wie denkst du über den Fürsten?«

»Wenn er aufrichtig gesprochen hat, so ist er meiner Meinung nach ein durchaus ehrenhafter Mensch!«

»Wenn er aufrichtig gesprochen hat? Was willst du damit sagen? Könnte er denn auch unaufrichtig gesprochen haben?«

»Das möchte ich auch nicht annehmen«, antwortete ich. ‚Also steigen auch in ihr Zweifel auf', dachte ich bei mir. ‚Sonderbar!'

»Du sahst ihn die ganze Zeit an . . . unablässig . . .«

»Ja, er war etwas merkwürdig; so schien es mir.«

»Und mir auch. Er spricht so eigentümlich . . . Ich bin jetzt müde, mein Lieber. Weißt du was? Gehe auch du jetzt nach Haus. Und morgen komme von ihnen so bald wie möglich zu mir. Du, noch etwas: es lag doch nichts Beleidigendes darin, daß ich ihm sagte, ich wollte ihn schnell lieben lernen?«

»Nein . . . wieso Beleidigendes?«

»Und auch nichts Dummes? Denn das bedeutete doch eigentlich, daß ich ihn jetzt noch nicht liebe.«

»Im Gegenteil, das war sehr schön von dir, so naiv und spontan. Du warst so schön in diesem Augenblick! Dumm wäre nur *er*, wenn er das mit seiner Gesellschaftsroutine nicht verstünde!«

»Du scheinst dich aber doch über ihn zu ärgern, Wanja? Aber wie schlecht, mißtrauisch und wie eitel ich doch bin! Lache nicht über mich, du weißt: ich verberge ja nichts vor dir. Ach, Wanja, du mein lieber Freund! Wenn ich nun wieder unglücklich werde, wenn das Leid wieder zu mir kommt, dann wirst du doch bestimmt, bestimmt bei mir bleiben; vielleicht du allein! Wodurch habe ich das alles von dir verdient! Verwünsche du mich nie, Wanja ...«

Als ich nach Hause zurückgekehrt war, kleidete ich mich sofort aus und ging zu Bett. In meinem Zimmer war es feucht und dunkel wie in einem Keller. Sonderbare Gedanken und Empfindungen wogten in mir auf und ab, ich konnte lange nicht einschlafen.

Aber wie muß in diesem Augenblick ein Mensch gelacht haben, der in seinem komfortablen Bett einschlummerte – übrigens, wenn er uns überhaupt eines Lächelns würdigte! Wahrscheinlich tat er auch das nicht einmal!

III

Als ich am nächsten Morgen um zehn Uhr meine Wohnung verlassen wollte, um nach der Wassiljeff-Insel zu Ichmenjeffs zu gehen und von dort zu Natascha, stieß ich an der Tür mit meinem gestrigen Besuch zusammen, mit der kleinen Enkelin des verstorbenen Smith. Sie wollte zu mir kommen. Ich weiß nicht warum, aber ich war ungemein erfreut darüber. Gestern hatte ich sie in der Dunkelheit kaum richtig sehen können, und jetzt am Tage setzte mich ihr Anblick noch mehr in Erstaunen. Es wäre kaum möglich gewesen, ein eigenartigeres Geschöpf, wenigstens dem Äußeren nach, zu finden. Klein von Wuchs, mit blitzenden, dunklen, irgendwie nichtrussischen Augen, mit dichtem, dunklem, zerzaustem Haar und mit rätselhaftem, stummem, fast unbeweglichem Blick hätte es sogar auf der Straße jeden Vorübergehenden fesseln müssen. Besonders aber setzte mich dieser Blick in Erstaunen: aus ihm sprach Klugheit und ein fast inquisitorisches Mißtrauen, wenn nicht gar unbedingter Argwohn. Ihr abgetragenes und schmutziges Kleidchen ähnelte bei Tage gesehen noch mehr einem Lumpen. Ich hatte den Eindruck, daß sie an irgendeiner inneren Krankheit leiden müsse, die langsam, aber sicher ihren Organismus zerstörte. Ihr bleiches, mageres Gesichtchen hatte einen krankhaften, gelblich braunen Farbton. Doch ungeachtet ihrer Armut, Verwahrlosung und Verelendung war sie hübsch zu nennen. Sie hatte scharf gezeichnete, schön geschwungene Brauen; besonders schön waren ihre breite, etwas niedrige Stirn und die fein geschnittenen Lippen, die einen stolzen und kühnen Zug aufwiesen, aber blaß und kaum wahrnehmbar rosa getönt waren.

»Ah, da bist du ja wieder!« rief ich. »Nun, ich wußte doch, daß du wiederkommen würdest. Komm nur herein!«

Sie trat langsam über die Schwelle, ganz wie gestern, und blickte mißtrauisch um sich. Aufmerksam betrachtete sie das Zimmer, in dem ihr Großvater gewohnt hatte, als wollte sie feststellen, ob es sich mit dem neuen Einwohner verändert hatte. ‚Gerade wie der Großvater, so ist auch die Enkelin', dachte ich bei mir. ‚Sie scheint ja auch nicht recht bei Sinnen zu sein?' Sie schwieg indessen immer noch; ich wartete.

»Wegen der Bücher!« flüsterte sie endlich, die Augen niederschlagend.

»Ach, ja! Deine Bücher! Da sind sie, da nimm sie! Ich habe sie eigens für dich aufgehoben.«

Ein neugieriger Blick traf mich, und sie verzog ein wenig den Mund wie zu einem ungläubigen Lächeln. Aber der Ansatz zu diesem Lächeln verschwand sofort wieder und verwandelte sich von neuem in den früheren, finster rätselhaften Ausdruck ihres Gesichts.

»Hat denn Großpapa von mir gesprochen?« fragte sie plötzlich, mich ironisch von oben bis unten betrachtend.

»Nein, von dir hat er nichts gesagt, aber er ...«

»Aber woher wußten Sie denn, daß ich kommen würde? Wer hat es Ihnen gesagt?« fragte sie, mich plötzlich unterbrechend.

»Weil es mir unmöglich schien, daß dein Großvater hier so ganz allein, von allen verlassen habe leben können. Er war so alt und schwach; da dachte ich, jemand muß doch für ihn gesorgt haben. Hier hast du deine Bücher. Du hast wohl aus ihnen gelernt?«

»Nein.«

»Wozu brauchst du sie denn?«

»Großpapa lehrte mich lesen, als ich noch zu ihm kam.«

»Bist du denn später nicht mehr gekommen?«

»Ich bin nicht mehr gekommen ... weil ich krank wurde«, fügte sie, sich gleichsam rechtfertigend, hinzu.

»Hast du denn keine Angehörigen, keine Mutter, keinen Vater?«

Sie zog plötzlich unwillig ihre Brauen zusammen und sah mich fast erschrocken an. Sie verstummte wieder vollständig, drehte sich um und ging leise aus dem Zimmer, ohne mich einer Antwort zu würdigen, ganz wie gestern. Ich sah ihr erstaunt nach. Aber auf der Schwelle blieb sie stehen.

»Wie ist er gestorben?« stieß sie kurz, nur halb zu mir gekehrt, hervor, mit derselben Bewegung wie gestern, als sie, mit dem Gesicht zur Tür gewandt, nach Asorka fragte.

Ich ging auf sie zu und erzählte ihr alles in kurzen Worten. Sie verharrte bewegungslos in ihrer Stellung und hörte gespannt zu. Ich sagte ihr auch, daß der Alte sterbend von der Sechsten Linie gesprochen habe.

»Ich erriet sofort«, fügte ich hinzu, »daß dort jemand von den Seinen leben mußte, daher erwartete ich auch, daß man sich bei mir nach ihm erkundigen werde. Sicher hat er dich sehr geliebt, wenn er im letzten Augenblick an dich gedacht hat.«

»Nein«, flüsterte sie, gleichsam unwillkürlich, »er hat mich nicht geliebt.«

Sie war sehr erregt. Während ich von ihrem Großvater erzählte, beugte ich mich zu ihr hinab, um ihr ins Gesicht zu sehen. Ich bemerkte, welche Anstrengungen sie machte, um ihre Erregung vor mir aus Stolz zu verbergen. Sie erblaßte mehr und mehr und biß krampfhaft auf ihre Unterlippe. Am meisten beunruhigte mich jedoch das merkwürdige Stoßen ihres Herzschlages: es schlug immer stärker und stärker, so daß man es schließlich zwei, drei Schritte weit hätte hören können, wie bei einer Geschwulst an der Schlagader. Ich dachte schon, sie werde plötzlich in Tränen ausbrechen, wie tags zuvor; aber sie bezwang sich.

»Wo ist der Zaun?«

»Welcher Zaun?«

»An welchem er starb.«

»Ich werde ihn dir zeigen ... wenn wir hinauskommen. Höre mal, wie heißt du denn?«

»Nicht nötig ...«

»Warum nicht?«

»Nicht nötig; nicht ... ich heiße nicht ...«, sagte sie kurz, stockend, sichtlich verdrossen, und schickte sich an fortzugehen. Ich hielt sie zurück.

»Warte doch, du wunderliches Kind! Ich meine es doch gut mit dir; du tust mir leid, seit gestern, wie du da in der Ecke weintest. Ich kann gar nicht daran denken ... Dabei ist dein Großvater in meinen Armen gestorben; er dachte sicher an dich, als er mir befahl, in die Sechste Linie zu gehen, also hat er dich eigentlich mir hinterlassen. Er erscheint mir im Traum ... Auch die Bücher habe ich für dich aufbewahrt, und nun bist du so scheu und fürchtest dich vor mir. Du bist sicher ein Waisenkind, sehr arm und lebst vielleicht bei fremden Menschen, ist es nicht so?«

Ich sprach warmherzig auf sie ein; ich weiß selbst nicht, was mich an ihr so anzog. In meinem Gefühl war da noch etwas anderes, nicht nur Mitleid allein. War es nun das Mysteriöse der ganzen Umstände, oder der Eindruck, den Smith auf mich gemacht hatte, oder das Phantastische meiner eigenen Stimmung, – ich weiß es nicht, aber es war da etwas, was mich unwiderstehlich zu ihr hinzog. Meine Worte schienen sie zu rühren. Sie sah mich auf einmal eigentümlich an, aber nicht mehr schroff, sondern weich und lange. Danach senkte sie wieder den Blick zu Boden, als sänne sie nach.

»Jeléna«, flüsterte sie plötzlich, ganz unerwartet und so leise, daß es kaum hörbar war.

»Du heißt also Jelena?«

»Ja ...«

»Wirst du mich manchmal besuchen?«

»Ich darf nicht ... ich weiß nicht ... doch ... vielleicht«, flüsterte sie, wie in innerem Zwiespalt sinnend.

In diesem Augenblick schlug irgendwo eine Wanduhr. Sie zuckte zusammen, und mit einem unbeschreiblich angstvollen Ausdruck fragte sie mich – immer noch flüsternd:

»Wie spät ist es?«

»Ich glaube, halb elf.«

Sie schrie auf vor Schreck.

»O Gott!« rief sie entsetzt und stürzte zur Tür hinaus. Ich erhaschte sie noch im Flur und hielt sie fest.

»Ich werde dich nicht so fortlassen«, sagte ich zu ihr. »Wen fürchtest du? Wohin hast du dich verspätet? Wohin mußt du?«

»Jaja, ich bin doch heimlich davongelaufen! Lassen Sie mich los! Sie wird mich schlagen!« rief sie, und damit hatte sie offenbar schon mehr gesagt als sie hatte sagen wollen, und angstvoll suchte sie sich aus meinen Händen zu befreien.

»So höre mich doch an! Halte still! Du mußt wahrscheinlich nach der Wassiljeff-Insel? Auch ich muß dorthin. Ich habe mich gleichfalls verspätet und werde eine Droschke nehmen. Du fährst einfach mit mir. So kommst du schneller hin als zu Fuß ...«

»Zu mir darf man nicht, darf man nicht kommen!« schrie sie in noch größerer Angst. Ihre Züge verzerrten sich förmlich bei dem Gedanken, ich könnte sehen, wo sie wohnte.

»Ich habe dir doch gesagt, daß ich in einer eigenen Angelegenheit nach der Wassiljeff-Insel muß, nach der Dreizehnten Linie, und keineswegs zu dir kommen will! Mit der Droschke geht es schneller. Fahren wir!«

Wir liefen beide die Treppe hinunter. Ich nahm die erste beste Droschke, die ich erspähen konnte, eine sogenannte „Gitarre".[12] Die Kleine mußte es sehr eilig haben, da sie einwilligte, mitzufahren. Das Rätselhafteste war, daß ich sie nicht einmal ausfragen durfte. Sie winkte mir sofort mit der Hand ab und war gleich bereit, von der Droschke zu springen, als ich sie nur danach fragte, wen sie denn zu Hause so fürchtete? ‚Was ist denn das für ein Geheimnis?' dachte ich.

Im Wagen saß sie sehr unbequem. Bei jedem Stoß griff sie, um sich festzuhalten, mit ihrer kleinen, schmutzigen, aufgesprungenen Hand nach meinem Paletot. Mit der anderen Hand hielt sie ihre Bücher fest an die Brust gedrückt – man sah daraus, wie teuer ihr diese Bücher waren. Als sie sich wieder einmal zurechtsetzte, sah ich zu meinem größten Erstaunen, daß ihre Füße ohne Strümpfe in zerrissenen Stiefeln staken. Obgleich ich beschlossen hatte, sie nach nichts mehr zu fragen, konnte ich mich doch nicht enthalten, zu bemerken:

»Hast du denn keine Strümpfe? Wie kann man bei solcher Feuchtigkeit und Kälte ohne Strümpfe ausgehen?«

»Nein«, antwortete sie kurz.

»Mein Gott, du lebst doch bei irgend jemandem, konntest du dir denn nicht Strümpfe verschaffen, wenn du schon ausgehen mußtest?«

»Ich will es selber so.«

»Du kannst dich doch erkälten und sterben!«

»Um so besser.«

Sie wollte offenbar nicht antworten; meine Fragen ärgerten sie nur.

»Hier ist er gestorben«, sagte ich, und zeigte ihr das Haus, vor dem der Alte zusammengebrochen war.

Sie sah aufmerksam hin, und plötzlich wandte sie sich zu mir und bat flehentlich:

»Um Gottes willen, gehen Sie mir nicht nach! Ich werde zu Ihnen kommen! Bestimmt! ... Wenn es mir möglich sein wird, werde ich kommen!«

»Schön, ich habe es dir doch versprochen, nicht zu dir zu kommen. Aber wen oder was fürchtest du so? Du bist gewiß sehr unglücklich, du tust mir leid ...«

»Ich fürchte niemanden«, antwortete sie mit aufflammender Gereiztheit in der Stimme.

»Vorhin sagtest du: sie werde dich schlagen!«

»Soll sie doch!« antwortete sie und ihre Augen blitzten. »Soll sie doch! Soll sie doch!« rief sie bitter und ihre verächtlich geschürzte Oberlippe zitterte leise.

Endlich langten wir auf der Wassiljeff-Insel an. Sie rief dem Kutscher zu, er solle an der Sechsten Linie halten, sprang dann aus dem Wagen und sah sich unruhig um.

»Fahren Sie weiter! Ich werde kommen, werde kommen!« wiederholte sie in großer Aufregung und bat mich flehentlich, ihr nicht zu folgen. »Fahren Sie weiter, schneller!«

Ich fuhr weiter, sprang aber, als ich eine kurze Strecke am Kai entlang gefahren war, aus der Droschke und bog in die Sechste Linie ein, wo ich ihr auf der anderen Straßenseite folgte. Ich sah sie sofort, sie war noch nicht weit gegangen, obgleich sie fast lief, aber sich dabei immer umsah; einmal blieb sie sogar stehen, um besser sehen zu können, ob ich ihr folge oder nicht? Ich bog sofort in ein Hoftor ein. Sie hatte mich nicht bemerkt. Sie ging weiter. Ich folgte ihr auf der anderen Seite.

Meine Neugier war im höchsten Grade erregt. Obgleich ich beschlossen hatte, ihr nicht in das Haus selbst zu folgen, so wollte ich doch wenigstens wissen, in welchem Hause sie wohnte ... nur so für alle Fälle. Ich stand unter dem Eindruck eines schweren und sonderbaren Gefühls, ähnlich jenem Gefühl, das mich beim Anblick ihres Großvaters ergriffen hatte, als Asorka in der Konditorei plötzlich verendet war.

IV

Wir gingen lange so, fast bis zum Kleinen Prospekt, sie fast laufend, bis sie endlich in einen Laden trat. Ich blieb stehen und wartete. ‚Sie wird doch nicht in einem Laden wohnen', dachte ich.

Und so war es auch. Schon nach einer kleinen Weile kam sie wieder heraus. Statt der Bücher hielt sie jetzt eine irdene Schale in der Hand. Nach ein paar Schritten trat sie in das Hoftor eines unansehnlichen, alten, zweistöckigen, schmutziggelben Hauses. Am unteren Stockwerk des Hauses hing vor einem der drei Fenster ein kleiner, rotangestrichener Sarg – das Aushängeschild eines geringen Sargmachers. Die Fenster des oberen Stockwerks waren sehr klein, quadratisch, mit grünlichen, hie und da gesprungenen trüben Scheiben, hinter denen rosafarbene Kattunvorhänge zu sehen waren. Ich ging über die Straße auf das Haus zu und las auf einem Blechschild über dem Tor „Haus der Kleinbürgerin Bubnówa".

Doch kaum hatte ich die Inschrift gelesen, als ich plötzlich auf dem Hof der Bubnowa eine kreischende weibliche Stimme schreien und schimpfen hörte. Ich blickte durch das Hofpförtchen. Auf den Stufen einer Holztreppe stand ein dickes Weib, wie eine Kleinbürgersfrau gekleidet, mit einem Kopftuch und einem grünen Schal. Ihr widerwärtiges Gesicht war von rotblauer Farbe, ihre kleinen blutunterlaufenen Augen blitzten vor Wut. Man sah es ihr an, daß sie, trotz der frühen Stunde, nicht mehr ganz nüchtern war. Sie fuhr auf die arme Jelena los, die mit der Schale in den Händen reglos vor ihr stand. Oben auf der Treppe, hinter dem Rücken der Alten, stand eine zerzauste, weißgepuderte und rotgeschminkte Frauensperson. Kurz darauf öffnete sich die Tür zum unteren Stockwerk, und es erschien, wahrscheinlich durch das Geschrei herbeigerufen, eine ärmlich gekleidete Frau in mittleren Jahren von bescheidenem und angenehmem Äußern. Durch die halbgeöffnete Tür des unteren Stockwerkes lugten noch Köpfe anderer Einwohner hervor, ein alter Mann und ein kleines Mädchen. Mitten auf dem Hof stand, den Besen in der Hand, ein kräftiger Bursche, wahrscheinlich der Hausknecht, der sich faul die Szene ansah.

»Ach, du verfluchtes Ding, du Blutsaugerin, du Lauseei!« schrie die Alte einen ganzen Schwall von Schimpfworten fast auf einmal heraus, ohne Unterbrechung und Überlegung, so daß ihr der Atem ausging. »So lohnst du mir, du Kröte! Nach Gurken habe ich sie geschickt, sie aber treibt sich herum! Ich wußte es ja schon, als ich sie ausschickte! Wurmte es mich doch die ganze Zeit! Gestern abend noch habe ich sie durchgeprügelt, und heute läuft sie wieder davon! Wo bist du gewesen, du Herumtreiberin, wo?! ... Zu wem gehst du, verfluchte Hexe, du schiefäugiges Scheusal, du Giftkröte, zu wem? Sprich, du Lausmamsell, oder ich bringe dich um!«

Und das wutschnaubende Weib stürzte sich auf die arme Kleine. Als sie aber die andere Frau an der Treppe erblickte, hielt sie plötzlich inne, schrie jedoch jetzt noch lauter als vorher und fuchtelte mit den Armen, als wollte sie die Frau zur Zeugin des furchtbaren Verbrechens machen, das ihr armes Opfer begangen hatte.

»Die Mutter ist ihr krepiert! Ihr wißt ja selbst, gute Leute, daß sie ganz allein zurückgeblieben ist, wie'n Pinkel auf der Erde. Ich sah doch, daß sie euch armen Leuten, die ihr selber nichts zu beißen habt, als Last auf dem Halse saß. Da dachte ich, na, bringst dem heiligen Nikolai ein Opfer und nimmst die Waise auf! Was aber glaubt ihr wohl? Zwei Monate lang unterhalte ich sie schon, aber in diesen zwei Monaten hat sie mir wahrhaftig das Blut ausgesogen, mir das Fleisch abgenagt, der Blutegel! Verstockter Satan! Sie schweigt, ich schlage sie, stoße sie, sie schweigt immer! Als hätte sie Wasser im Munde – so schweigt sie. Ganz krank macht sie mich – aber sie schweigt! Sag', wofür hältst du dich denn eigentlich, du Grasaffe? Ohne mich wärest du auf der Straße krepiert! Meine Füße müßtest du waschen und das Wasser nachher saufen, du Luder, du schwarze französische Schnepfe! Verreckt wärst du ohne mich!«

»Aber was ist denn los, Anna Trifónowna, warum regen Sie sich denn so auf? Womit hat sie Sie denn wieder geärgert?« fragte ehrerbietig die Frau, an die die rasende Megäre sich vornehmlich wandte.

»Wieso, warum, du gute Frau, warum ich mich aufrege? Ich will nicht, daß man mir nicht gehorcht! Hast nicht *dein* Gutes, hast *mein* Böses zu tun, basta! So bin ich nun mal! Sie aber hätte mich heut' fast ins Grab gebracht! Hab sie nach Gurken in den Laden geschickt, und sie ist erst nach drei Stunden zurückgekehrt! Oh, ich wußte es ja, als ich sie schickte, und es boste mich schon im voraus! Wo ist sie gewesen? Zu wem geht sie? Wen hat sie um Schutz gebeten? Bin nicht ich ihre Wohltäterin? Vierzehn Silberrubel schuldete mir ihre heidnische Mutter, habe sie auf meine Kosten beerdigt, und ihren Grasteufel zur Erziehung angenommen, meine Liebe, das weißt du doch alles selber ganz genau, hast's doch miterlebt! Hab ich nun nicht ein Recht auf sie? Wenn sie das nur anerkennen würde! Aber so dankt sie's mir! Ich hab nur ihr Bestes gewollt! Hab ihr, dem Heidenbalg, im Kaufhof ein weißes Musselinkleidchen und Schuhe gekauft und sie wie einen Pfau herausgeputzt, ganz festtäglich! Und was glaubt ihr wohl, gute Leute! In zwei Tagen hat sie das ganze Kleid zerrissen, in winzigste Stücke zerrissen, und so kommt sie nun daher, so kommt sie nun daher! Und was glaubt ihr wohl, mit Absicht hat sie es zerrissen. – Ich lüge nicht, hab es selber heimlich gesehen! Sie sagt: ‚Ich will kein Musselinkleid, ich will in Zwillich gehen!', sagt sie. Na, da hab ich denn mein Herz erleichtert und sie gehörig verbleut. Aber dafür hab ich nachher den Arzt holen und ihm noch Geld geben müssen. Plattschlagen sollte man dich, du Ungeziefer, du Lauseei, dabei solltest du nur eine Woche lang keine Milch mehr bekommen, das sollte die ganze Strafe sein! Ich sagte ihr aber, eigentlich hätte sie zur Strafe die Fußböden scheuern sollen, und was glaubt ihr wohl: sie scheuert und scheuert und scheuert, das Aas! Das Herz will mir platzen, aber sie scheuert! Da dachte ich, sie wird mir weglaufen! Und kaum hatte ich das gedacht, da war sie auch schon weg! Ihr habt doch selbst gehört, gute Leute, wie ich sie gestern dafür geschlagen habe, meine Arme schmerzen mir heute noch davon, nahm ihr die Strümpfe weg, die Stiefel – sie wird doch nicht barfuß gehen, denke ich! Sie aber ist auch heute wieder weggelaufen! Wo warst du? Sprich? Bei wem hast du dich, du Brennessel, über mich beklagt? Sprich? Bummlerin, du Zigeunerin, du hergelaufener Larvenfratz!«

Besinnungslos vor Wut stürzte sie sich auf das vor Angst ganz erstarrte Kind, packte es an den Haaren und warf es zu Boden. Die Schale mit den Gurken flog zur Seite und zerbrach; das vergrößerte natürlich noch die Wut der betrunkenen Megäre. Sie schlug ihr Opfer ins Gesicht, auf den Kopf; Jelena aber schwieg hartnäckig und gab keinen Laut von sich, keine Klage wurde laut. Ich stürzte, außer mir vor Empörung, auf den Hof und auf das betrunkene Weib zu.

»Was tun Sie da, wie wagen Sie es, eine arme Waise so zu behandeln!« rief ich, die Furie am Arm packend.

»Was soll denn das bedeuten! Wer bist du denn eigentlich?« keifte sie mich an, ließ aber von Jelena ab und stemmte die Fäuste auf die Hüften. »Was haben Sie in meinem Haus zu suchen?«

»Sie Unbarmherzige!« schrie ich sie an. »Wie wagen Sie es, ein armes Kind so zu peinigen? Sie gehört Ihnen nicht; Sie haben es selbst gesagt, daß sie ein angenommenes Kind ist, eine arme Waise ...«

»Jesus Christus!« brüllte die Furie mich an. »Was hast du dich da einzumischen! Bist du etwa mit ihr gekommen, was? Ich werde gleich die Polizei rufen! Andrei Timoféjewitsch kennt mich persönlich und achtet mich! Was, ist sie bei dir gewesen? Wer bist du eigentlich? Wie wagst du, in ein fremdes Haus zu kommen und hier Krach zu machen? Polizei!«

Und sie stürzte mit ihren Fäusten auf mich los. Doch in diesem Augenblick ertönte ein geller, unmenschlicher Schrei.

Ich sah mich um und erblickte Jelena, die wie betäubt dagestanden hatte, in Krämpfen auf der Erde liegen. Ihr Gesicht hatte sich verzerrt, schreckliche Schreie stieß sie aus. Es war ein epileptischer Anfall. Die geschminkte Dirne und die einfache Frau liefen herbei, hoben sie auf und trugen sie ins Haus.

»Meinethalben kann sie krepieren, die Verfluchte!« schrie ihr keifend die Alte nach. »Der dritte Anfall in einem Monat! ... Und du – pack dich!« schrie sie mich an. Wütend wandte sie sich an den Hausknecht: »Was stehst du da, Mensch? Wofür kriegst du deinen Lohn?«

»Mach, daß du fortkommst!« brummte mich mit einer Baßstimme der Hausknecht an, faul, nur der Form wegen. »Ein Dritter soll sich nicht einmischen, wenn zwei miteinander zu tun haben. Na, geh schon!«

Es blieb mir nichts anderes übrig, als den Hof zu verlassen – mit der Einsicht, daß ich hier nichts ausgerichtet hatte. Die Wut kochte in mir. Ich blieb am Hoftor stehen und blickte zurück. Die Alte war ins Haus gegangen, auch der Hausknecht war nicht mehr zu sehen. Gleich darauf kam die Frau, die geholfen hatte, die Kleine hinaufzutragen, aus der Haustür, um nach unten in ihre Wohnung zu gehen. Als sie mich erblickte, blieb sie stehen und betrachtete mich neugierig; ihr gutes, stilles Gesicht flößte mir Mut ein. Ich ging zurück auf den Hof, gerade auf sie zu.

»Erlauben Sie mir eine Frage«, begann ich. »Wer ist dieses Kind und wer ist dieses abscheuliche Weib? Denken Sie nicht, daß ich nur aus müßiger Neugier danach frage. Dieses arme Kind interessiert mich aus einem besonderen Grunde ...«

»Ach, wenn Sie mit dem Kind Mitleid haben, dann wäre es wohl das Beste, Sie würden es zu sich nehmen oder suchten ihm eine andere Unterkunft, als daß es hier verkommt«, sagte die Frau etwas zögernd, worauf sie weitergehen wollte.

»Aber bitte, wenn Sie mir nichts Näheres sagen, was kann ich dann tun? Ich kenne doch die Verhältnisse hier nicht. Jenes Weib war wohl die Bubnowa selbst, die Hausbesitzerin?«

»Ja, das war sie selbst.«

»Wie ist sie denn zu dem Kind gekommen? Ist die Mutter des Kindes hier gestorben?«

»Ja, so ist sie dazu gekommen ... Aber das geht uns nichts an.«

Und wieder wollte sie weitergehen.

»So tun Sie mir doch den Gefallen! Ich sage Ihnen doch, daß es mich sehr interessiert. Ich bin vielleicht imstande, hier etwas zu tun. Wer ist dieses Kind? Wer war ihre Mutter, wissen Sie es?«

»Ausländer waren es, Zugereiste; lebten bei uns unten; sie war sehr krank und starb an der Schwindsucht.«

»Sie muß wohl sehr arm gewesen sein, wenn sie hier unten in einem Winkel lebte?«

»Ach ja, so arm! Das Herz schnürte es mir zusammen. Wir haben selbst kaum zu essen, aber auch uns blieb sie sechs Rubel schuldig für die Monate, die sie bei uns lebte. Wir haben sie beerdigt, mein Mann hat auch den Sarg gemacht.«

»Die Bubnowa sagt doch, sie hätte sie beerdigt?«

»Ach was! – nichts hat sie beerdigt!«

»Wie hieß sie denn?«

»Ich kann den Namen nicht aussprechen. So ein fremdländischer, wohl deutscher Name.«

»Smith, vielleicht?«

»Nein, anders. Anna Trifonowna hat die Waise zu sich genommen; zur Erziehung, sagt sie. Es ist aber nichts Gutes von ihr zu erwarten ...«

»Wahrscheinlich zu einem gewissen Zweck?«

»Zu nichts Gutem«, antwortete die Frau, unschlüssig, ob sie mehr sagen dürfe. »Aber was geht das uns an; wir haben damit nichts zu schaffen ...«

»Du sollst besser den Mund halten!« ertönte hinter uns eine Männerstimme.

Es war ihr Mann, ein Mensch in mittleren Jahren, in einen Kittel und langschößigen Rock gekleidet, ein Kleinbürger und Handwerker, dem Aussehen nach.

»Ja, Väterchen, wir haben Ihnen nichts zu sagen: das ist nicht unsere Sache ...«, brummte er, mich mißtrauisch von der Seite ansehend. »Und du, mach, daß du fortkommst! Leben Sie wohl, mein Herr, ich bin Sargmacher. Wenn Sie so was brauchen, stehe ich gern zu Diensten ... sonst aber haben wir nichts mit Ihnen zu bereden ...«

Nachdenklich und in tiefer Erregung verließ ich das Haus. Tun konnte ich hier jetzt nichts, aber es fiel mir schwer, die Sache sich selbst zu überlassen. Die wenigen Worte der stillen Frau hatten mich tief empört. Hier verbarg sich etwas Ungutes; das hatte ich vorausgefühlt.

Mit gesenktem Kopf ging ich nachdenklich die Straße entlang, als plötzlich eine laute Stimme meinen Namen rief. Als ich aufblickte, stand ein berauschter, fast schwankender Mensch vor mir, leidlich sauber gekleidet, aber in schlechtem Mantel und schäbiger Mütze. Mir kam sein Gesicht bekannt vor, Ich sah ihn schärfer an. Er blinzelte mir zu und lächelte.

»Erkennst mich nicht?«

V

Ach, du bist es, Masslobójeff!« rief ich, in ihm plötzlich einen Schulkameraden aus der Provinz erkennend. »Das ist mal eine Begegnung!«

»Ja, sechs Jahre sind wir uns nicht begegnet. Das heißt, begegnet sind wir uns schon öfter, aber Euer Hochwohlgeboren haben nicht geruht, mich eines Blickes zu würdigen. Sie gehören doch jetzt zu den Literaturgenerälen, Tja–a ...«

Er lächelte spöttisch.

»Ach, Freund Masslobojeff, jetzt faselst du«, unterbrach ich ihn. »Erstens pflegen Generale, selbst die in der Literatur, nicht so auszusehen wie ich, und zweitens laß dir sagen, daß ich dir ein paarmal auf der Straße begegnet bin, aber du schienst mir immer ausweichen zu wollen; sollte ich mich dir dann noch aufdrängen? Und weißt du, was ich glaube?

Wenn du nicht soeben einen Rausch hättest, so würdest du mich auch heute nicht angeredet haben. Stimmt, nicht? Nun, wie geht es dir? Ich bin sehr froh, lieber Freund, es freut mich sehr, daß ich dir begegnet bin.«

»Wirklich? Aber kompromittiere ich dich nicht durch mein ... *Aussehen*, sozusagen? Doch jetzt lohnt es sich nicht mehr, danach zu fragen! Ich denke, Bruder, immer daran, was du für ein guter Kamerad warst! Du hast einmal meinetwegen Schläge gekriegt. Du schwiegst aber und verrietest mich nicht, und statt dir zu danken, habe ich mich noch eine ganze Woche lang über dich lustig gemacht! Du gute, sündlose Seele! Sei begrüßt, mein Teuerster, sei begrüßt!« (Wir küßten einander.) »Wie viele Jahre rackere ich mich schon allein ab – Tag für Tag und futsch ist die Zeit – aber die alte Zeit habe ich nie vergessen! So was vergißt man nicht! Und du, was machst du?«

»Ja, was! – auch ich rackere mich allein ab ...«

Er sah mich lange an mit dem rührseligen Blick eines Menschen, den der Alkohol weich gestimmt hat. Übrigens war er auch nüchtern ein überaus gutmütiger Kerl.

»Nein, Wanja, du bist doch ein ganz anderer Mensch als ich!« sagte er schließlich in tragischem Tonfall. »Ich habe doch dein Buch gelesen, Wanja, hab's gelesen! ... Aber höre: laß uns doch mal offen miteinander reden! Hast du Eile?«

„Ich habe allerdings Eile; ich muß gestehen, daß mich gerade jetzt etwas ungemein beschäftigt. Sage mir besser, wo du wohnst?«

»Ich werde es dir gleich sagen. Aber das ist nicht besser. Soll ich dir sagen, was besser ist?«

»Nun, was?«

»Siehst du das dort?« Und er wies auf ein Schild, zehn Schritt von uns entfernt. »Siehst du: „Konditorei und Restaurant“ steht dort, aber es ist nur ein Wirtshaus, ein gutes Lokal, und ein Schnaps – es gibt nichts Besseres! Der ist aus Kiew zu Fuß gekommen! Mir Schlechtes vorzusetzen, das wagt man nicht so leicht. Man kennt Filípp Filíppytsch. Ich heiße auch hier schon so, Filipp Filippytsch! Wie, genierst du dich? Laß mich zu Ende reden. Jetzt ist es gleich ein Viertel nach elf, in einer Viertelstunde gebe ich dich wieder frei. Zwanzig Minuten kann man einem alten Freunde doch schenken, nicht?«

»Wenn es nur zwanzig Minuten sind – gut; denn, mein Lieber, ich schwöre dir, ich kann nicht ...«

»Nun, wenn es geht, dann geht es. Aber vor allem muß ich dir sagen, daß dein Gesicht keinen guten – na ... Ausdruck hat. Hast du dich etwa geärgert, hab ich nicht recht?«

»Ja, du hast recht.«

»Das habe ich doch sofort erraten! Ich habe mich jetzt, Bruder, auf die Physiognomik verlegt, das ist auch eine Beschäftigung! Nun, gehen wir, reden wir miteinander. In zwanzig Minuten habe ich Zeit, mir einen Admiral Tschäinskij[13] hinter die Binde zu gießen, darauf einen Birkenschnaps, dazu einen Liebstöckel, dann einen Pomeranzenlikör, danach einen Parfait-amour und hinterher wird mir schon noch etwas einfallen. Ich bin ein Trinker, Bruder! Nüchtern bin ich nur an Festtagen vor der Frühmesse. Du aber halte es, wie du willst. Meinetwegen brauchst du nicht zu trinken. Mir genügt es, wenn du nur bei mir bist. Wenn du aber mittrinkst, wirst du damit den Beweis besonderen Edelmuts erbringen. Gehen wir! Wechseln wir ein paar Worte und dann gehen wir wieder auseinander, vielleicht wieder auf zehn Jahre. Ich passe ja doch nicht zu dir, Wanja!«

»Rede nicht so einen Unsinn, laß uns lieber schneller gehen. Wie gesagt, zwanzig Minuten, und dann ...«

Zum Restaurant führte eine Holztreppe in zwei Absätzen zum oberen Stock. Auf der Treppe begegneten wir zwei stark angetrunkenen Herren. Als sie uns erblickten, machten sie uns schwankend Platz.

Der eine von ihnen war ein noch ganz junger Mensch, bartlos, nur mit einem ganz leichten Anflug von Schnurrbart, und mit einem besonders dummen Gesichtsausdruck. Gekleidet war er ungemein komisch, wie ein Modegeck, doch zugleich war es, als stecke er in einem ihm fremden Anzug. An den Fingern trug er teure Ringe und eine kostbare Nadel in der Krawatte. Sein Haar war irgendwie ulkig frisiert, mit einer Art Tolle über der Stirn. Er lächelte und kicherte ununterbrochen. Der andere war ein Mann von schon etwa fünfzig Jahren, war dick, schmerbäuchig, ziemlich nachlässig gekleidet, gleichfalls mit einer großen Nadel in der Krawatte, glatzköpfig, mit einem aufgeschwemmten, trunkenen und pockennarbigen Gesicht und mit einer Brille auf der Nase, die wie ein Knopf im Gesicht saß. Der Ausdruck dieses Gesichts war böse und sinnlich. Seine unzüchtigen, bösen und mißtrauischen Augen waren von Fettpolstern fast verdeckt und sahen wie durch Schlitze hervor. Beide schienen Masslobojeff zu kennen, aber der Dickwanst schnitt, als er uns erblickte, ein verdrossenes Gesicht, wenn auch nur für einen Augenblick, während der Junge förmlich zerfloß in ein merkwürdig unterwürfig-süßliches Lächeln. Er zog sogar die Mütze. (Er trug eine Mütze.)

»Entschuldigen Sie, Filipp Filippytsch«, murmelte er und sah ihn gerührt an.

»Was ist denn?«

»Entschuldigen Sie ... wegen dem ...« (er knipste an seinen Hemdkragen). »Dort sitzt Mitroschka. Unserer Meinung nach, Filipp Filippytsch, ist er jetzt ein Schuft.«

»Was wollen Sie damit sagen?«

»Nur so ... Ihm aber« (er wies mit dem Kopf auf seinen Kumpan) »hat man in der vorigen Woche auf Mitroschkas Veranlassung an einem gewissen unanständigen Ort das ganze Gesicht mit Sahne eingeschmiert ... khihi!«

Der Dicke stieß ihn ärgerlich mit dem Ellbogen an.

»Würden Sie nicht, Filipp Filippytsch, wieder mal ein halbes Dutzend mit uns austrinken, können wir darauf hoffen?«

»Nein, mein Bester, das ist jetzt nicht möglich«, antwortete Masslobojeff. »Ich habe jetzt zu tun.«

»Kchi! Auch ich hätte mit Ihnen etwas zu besprechen.«

Der andere stieß ihn wieder mit dem Ellbogen an.

»Nachher, ein anderes Mal!«

Masslobojeff bemühte sich offensichtlich, sie nicht anzusehen. Doch kaum hatten wir das erste Zimmer betreten, in dem sich der ganzen Länge nach ein recht appetitlicher Verkaufstisch hinzog, der mit kalten Vorspeisen, Pasteten, Aufschnitt und Karaffen mit Likören von verschiedener Farbe dicht besetzt war, als mich Masslobojeff flink in eine Ecke führte und sagte:

»Dieser junge Mensch ist ein Sohn Ssisobrjúchoffs, des bekannten Großkaufmanns und Mehlhändlers. Er hat nach dem Tode des Vaters eine halbe Million Rubel geerbt, die er jetzt durchbringt. Er war jüngst in Paris und hat dort sein halbes Vermögen vergeudet, hätte wohl auch alles verzettelt, aber da ist sein Onkel gestorben und er hat nochmals geerbt. Deshalb ist er aus Paris zurückgekehrt, um hier den Rest zu verjubeln. In einem Jahr wird er natürlich betteln gehen. Dumm ist er wie eine Gans. Manchmal verkehrt er nur in den besten Restaurants, dann wieder in Kellern und Kneipen, mit Aktricen ... Jetzt will er zu den Husaren, hat eine Bittschrift eingereicht. Der andere, ältere, Archípoff, ist auch so etwas wie ein Kaufmann oder Verwalter, hat sich auch mit Branntweinpacht befaßt; ist eine Bestie, ein Spitzbube und jetzt gut Freund mit Ssisobrjúchoff, ist Judas und Falstaff in einer Person, hat zweimal Bankrott gemacht, ein widerlich sinnliches Schwein mit verschiedenen abwegigen Neigungen. In dieser Beziehung weiß ich von ihm eine kriminelle Sache; er hat sich aber herauszudrehen verstanden. Aus einem bestimmten Grunde freut es mich sehr, daß ich ihm hier begegnet bin; ich war darauf gefaßt ... Archípoff plündert jetzt selbstverständlich den Ssisobrjuchoff aus. Er kennt viele Spelunken, ist deshalb wertvoll für solche Lebejünglinge. Weißt du, Freund, ich wetze schon lange meine Zähne gegen ihn. Das tut auch Mitróschka, jener forsche Bursche in dem schönen Wams – der dort am Fenster steht, mit dem Zigeunergesicht. Er handelt mit Pferden und ist hier mit allen Husaren bekannt. Ich sage dir, das ist ein solcher Betrüger, vor deinen Augen wird er Papiere fälschen, du siehst es mit eigenen Augen und wirst ihm dennoch den Schein wechseln. Er geht jetzt im Samtkaftan, wie ein Slawophile; aber der steht ihm gut, finde ich. Zieh ihm aber einen prima Frack an und alles andere dazu, und geh mit ihm in den englischen Klub und stelle ihn vor, nun, sagen wir, als einen Grafen Barabánoff, so wird man ihn dort tatsächlich für einen Grafen halten: er wird Whist spielen und sich wie ein Graf benehmen, und keiner wird den Betrug merken. Schade, er wird sicher ein schlimmes Ende nehmen. Nun also, dieser Mitróschka ist auf den Dicken wütend, weil es ihm jetzt etwas dünn geht, und der Alte hat ihm Ssisobrjuchoff, seinen früheren Kumpan, abspenstig gemacht, noch bevor er diesem das Fell ganz und gar geschoren hatte. Wenn sie hier alle drei zusammen gewesen sind, dann haben sie wieder mal etwas vor. Ich weiß sogar, um was es sich handelt; denn Mitroschka hat mich davon unterrichtet, weshalb Archipoff und Ssisobrjuchoff sich hier herumtreiben – wegen einer schändlichen Sache. Ich will diese Gelegenheit ausnutzen und habe meine Gründe dazu. Mitroschka soll nichts davon merken, sieh nicht zu ihm hinüber, bitte. Wenn du fortgehst, wird er wohl von selbst zu mir kommen und mir das Nötige sagen . . . Aber jetzt gehen wir ins andere Zimmer, Wanja! Stepan«, wandte er sich an den Kellner, »du weißt, was ich wünsche.«

»Jawohl, ich weiß schon!«

»Und du wirst mich zufriedenstellen?«

»Jawohl, ich werde zufriedenstellen!«

»Nun, so tu es! Setze dich, Wanja. Warum siehst du mich so an? Ich habe schon lange bemerkt, daß du mich sonderbar ansiehst. Du wunderst dich? Wundere dich nicht, mein Lieber. Alles kann einem Menschen passieren, auch was er sich nie hat träumen lassen, besonders nicht damals . . . als wir beide noch den Cornelius Nepos paukten. Doch glaube mir, Wanja, wenn Masslobojeff auch vom Wege abgeraten ist, sein Herz ist doch dasselbe geblieben ... Nur die Verhältnisse haben sich geändert. Wenn ich selbst auch nichts vorstelle, Schaden bringe ich niemandem. Zuerst begann ich, Medizin zu studieren, danach schickte ich mich an, Lehrer der vaterländischen Literatur zu werden; habe sogar einen Artikel über Gogol geschrieben; dann wollte ich unter die Goldsucher gehen, danach heiraten – eine lebendige Seele hat auch mal Appetit auf ein Semmelchen, und *sie* hatte schon eingewilligt, obschon es im Hause solchen Überfluß gab, daß man keine Katze mit einem Bissen hätte hinauslocken können. Ich war auch schon im Begriff, mir für die Trauung ein Paar heile Stiefel auszuborgen, sintemal meine eigenen schon seit anderthalb Jahren zerrissen waren ... Aber es kam nicht dazu. Sie wurde die Frau eines Lehrers, ich ging in ein Kontor. Aber diese Musik behagte mir nicht. Nun, die Jahre vergingen, und wenn ich auch jetzt keine Stellung habe, so verdiene ich mir doch genügend Geld: ich lasse mir nämlich Sporteln zahlen und zeuge für die Wahrheit auf Erden. Vor dem Dummkopf bin ich der Gerechte, und vor dem Gerechten bin ich der Dummkopf. Die Regel kenne ich jetzt, ein Krieger im Felde macht keinen Krieg aus. Meine Arbeit ist mehr eine unsichtbare, so unter der Hand ... Du begreifst?«

»Du bist doch nicht am Ende Geheimpolizist?«

»Nein, eigentlich nicht, doch gebe ich mich mit mancherlei Sachen ab, zum Teil offiziell, zum Teil aus Liebe zur Kunst. Siehst du, Wanja: ich bin ein Trinker. Da ich aber niemals meinen Verstand vertrinke, so mache ich mir über meine Zukunft nichts vor. Die Zeit, etwas anderes zu werden, ist für mich vorüber; einen Mohren wirst du nicht weißwaschen. Eins nur muß ich sagen: wenn sich in mir nicht noch etwas Menschliches regte, so hätte ich dich heute nicht angerufen, Wanja. Du hast recht, wenn ich dich auch schon des öfteren gesehen habe, so wagte ich doch nicht, dich anzureden, ich schob es immer auf. Ich bin deiner nicht wert. Und du hast recht, Wanja, hast recht: ich tat es auch heute nur, weil ich nicht nüchtern bin. Aber das ist ja alles Unsinn, was ich rede,

– sprechen wir lieber von dir. Nun, mein Lieber, ich hab's gelesen. Ich, mein Freund, spreche von deinem Erstgeborenen. Als ich's gelesen hatte, Bruder, wollte ich beinah ein ordentlicher Mensch werden! Beinahe! Aber dann überlegte ich's mir und gab's auf. Es ist schon besser so ...«

Und in dieser Weise redete er noch eine ganze Weile und wurde immer betrunkener. Zuletzt war er bis zu Tränen gerührt. Masslobojeff war immer ein prächtiger Bursche gewesen, aber er hatte von jeher seinen Kopf für sich gehabt und war gleichsam übermäßig begabt; schlau, gerissen, hintergründig, wissend, Jongleur mit Begriffen schon in der Schule, aber im Grunde ein Mensch nicht ohne Herz; ein verlorener Mensch. Solcher Menschen gibt es viele unter Russen. Oft sind sie sehr begabt, aber alle diese Gaben sind in ihnen irgendwie durcheinander geraten, in Unordnung, und außerdem sind sie aus Schwäche in gewissen Punkten imstande, bewußt gegen ihr Gewissen zu handeln. Darum pflegen sie denn nicht nur immer zu scheitern, sondern sie wissen es auch selbst schon im voraus, daß sie scheitern werden. Masslobojeff zum Beispiel ertrank im Alkohol.

»Jetzt, mein Freund, noch ein Wort unter uns«, fuhr er fort. »Auch ich habe es erlebt, wie dein Ruhm zuerst wuchs; habe die verschiedensten Kritiken über dich gelesen (ich habe sie wirklich gelesen; du glaubst wohl, ich lese nichts?); begegnete dir darauf: du warst in schlechten Stiefeln, ohne Galoschen im Matsch, mit altem Hut. Nun, dachte ich, jetzt schreibt er wohl für Zeitungen?«

»Ja, Masslobojeff.«

»Also ein Postgaul bist du geworden?«

»So etwas ähnliches.«

»Nun, darauf will ich dir erwidern, Bruder, es ist besser zu trinken! Sieh, ich betrinke mich, lege mich in meinem Zimmer auf den Diwan (ich habe einen schönen, weichen Sprungfederdiwan) und denke mir, daß ich irgendein Homer oder Dante sei, oder auch Friedrich Barbarossa – denn vorstellen kann man sich ja alles. Du aber darfst dir nicht vorstellen, daß du Homer oder Dante bist; denn du willst du selbst sein, und alles „Wollen“ ist dir verboten; du bist eben ein bezahlter Postgaul. Ich lebe in der Einbildung, du in der Wirklichkeit. Höre: – jetzt einmal ganz aufrichtig und brüderlich unter uns (sonst würdest du mich auf zehn Jahre kränken und beleidigen) – brauchst du Geld? Ich habe Geld. Mach keine Faxen! Nimm das Geld und kaufe dich los von deinen Verlegern, wirf das Joch ab, befreie dich für ein ganzes Jahr, um deiner Lieblingsidee zu leben, schaffe eine große Sache! Na? Was meinst du?«

»Ich höre, Masslobojeff! Ich weiß deinen brüderlichen Vorschlag richtig einzuschätzen, nur kann ich dir jetzt noch nichts Bestimmtes darauf antworten, – und warum nicht? – Davon ein anderes Mal. Es gibt da gewisse Umstände. Ich danke dir für deinen Vorschlag, ich verspreche dir, noch einmal darauf zurückzukommen. Aber es handelt sich jetzt um etwas anderes. Du bist zu mir aufrichtig gewesen, darum habe ich mich entschlossen, auch dich um einen Rat zu bitten, umso mehr, da du, wie es scheint, in diesen Sachen sehr bewandert bist.«

Und ich erzählte ihm die ganze Geschichte von Smith und seiner Enkelin. Sonderbar: an seinen Augen glaubte ich zu bemerken, daß ihm der Vorfall nicht ganz unbekannt war. Ich fragte ihn danach.

»Ich habe«, antwortete er, »nur vom Tode eines alten Smith in einer Konditorei gehört. Aber die Madame Bubnowa kenne ich ganz genau. Von dieser Dame habe ich schon vor zwei Monaten Schmiergeld genommen. Je prends mon bien où je le trouve, aber nur in der Beziehung bin ich wie Molière. Obgleich ich ihr damals schon hundert Rubel abgenommen habe, so habe ich mir doch das Wort gegeben, von ihr noch weitere fünfhundert Rubel heraus zu schinden. Ein gemeines Weib! Befaßt sich mit verbotenen Dingen. Dabei wäre ja nichts, wenn sie es nur nicht zu toll triebe. Halte mich, bitte, nicht für einen Don Quichotte. Die Sache kann mir gelingen. Als ich nämlich Ssisobrjuchoff hier vor einer halben Stunde antraf, war ich sehr zufrieden. Den Ssisobrjuchoff hat sicher der alte Archipoff hierhergeschleppt, und da ich weiß, mit welchen Dingen Archipoff handelt, so schließe ich daraus ... Na, ich werde ihn schon kriegen! Ich bin froh, daß ich etwas über das kleine Mädchen erfahren habe; jetzt bin ich auf eine Spur gekommen. Ich, Bruder, ich habe die verschiedensten Privataufträge, und du glaubst nicht, mit welchen hochstehenden Leuten ich bekannt bin! Unlängst habe ich in Sachen eines Fürsten nachgespürt, ich sage dir: eine Affäre, die man von einem Fürsten nicht erwarten sollte! Oder soll ich dir eine andere Geschichte erzählen von einer treulosen Ehefrau? Du, Bruder, komme nur zu mir: ich kann dir Stoffe liefern, die man, wenn du sie als Schriftsteller verwendest, für unglaubhaft erklären wird ...«

»Wie heißt dieser Fürst?« unterbrach ich ihn ahnungsvoll.

»Wozu willst du's wissen? Nun, meinethalben: Walkowskij.«

»Pjotr?«

»Ja. Kennst du ihn?«

»Ja, ich kenne ihn, aber nicht näher. Nun, Masslobojeff, wegen dieses Herrn werde ich wohl noch öfter zu dir kommen«, sagte ich, mich erhebend, »jetzt hast du mein Interesse erregt.«

»Siehst du, alter Freund, du kannst mich ausforschen, soviel du willst. Und viel kann ich dir erzählen, aber nur bis zu einer gewissen Grenze, verstehst du? Denn Kredit und Ehre darf ich in meinem Beruf nicht aufs Spiel setzen, du verstehst mich, und so weiter ...«

»Also gut: so weit es die Ehre erlaubt!«

Ich war in großer Erregung. Er bemerkte es.

»Aber wie denkst du über die Geschichte, die ich dir soeben erzählt habe? Ist dir schon etwas eingefallen oder noch nicht?«

»Über diese Geschichte? Warte einen Augenblick, ich möchte zuvor bezahlen.«

Er ging ans Büffet und traf dort wie zufällig mit dem

jungen Mann zusammen, den er einfach Mitroschka nannte. Mir schien, daß Masslobojeff näher mit ihm bekannt war, als er es mir gegenüber zugegeben hatte. Wenigstens trafen sie sich offenbar nicht zum erstenmal.

Mitroschka war dem Äußeren nach ein sehr origineller Bursche. In seinem russischen Samtwams und dem roten Seidenhemd, mit seinen scharfen, doch edlen Zügen, von brauner Gesichtsfarbe, mit stolzen, blitzenden Augen, machte er einen interessanten und überaus anziehenden Eindruck auf mich. Seine Gesten waren lebhaft, obgleich er sich in diesem Augenblick ersichtlich Mühe gab, sachlich solide und wichtig zu erscheinen.

»Höre, Wanja«, sagte Masslobojeff, zu mir zurückkehrend, »komm heute abend um sieben Uhr zu mir, ich werde dir manches mitteilen können. Allein kann ich ja nichts ausrichten; früher bedeutete ich etwas, seitdem ich jedoch ein Trinker bin, habe ich mich auch von den Geschäften mehr und mehr zurückgezogen. Mir sind noch meine früheren Beziehungen geblieben, ich kann vieles erfahren und die Sachen beschnuppern ... Doch genug davon ... Meine Adresse ist Schestiláwotschnaja ... Jetzt noch einen Goldenen, Bruder, und dann nach Haus, sich hinlegen! ausschlafen! Wenn du kommst, stelle ich dich Alexandra Ssemjónowna vor, und wenn wir Zeit haben, sprechen wir auch noch von der Literatur.«

»Und – davon?«

»Vielleicht auch davon.«

»Dann komme ich wahrscheinlich, oder nein, ich komme bestimmt ...«

VI

Anna Andrejewna wartete schon lange auf mich. Das am Vorabend von mir ihr Mitgeteilte über Nataschas Briefchen hatte ihre Wißbegier mächtig erregt, und so hatte sie bereits seit dem frühen Morgen, mindestens seit zehn Uhr, auf mein Erscheinen gewartet. Als ich nun erst zwischen ein und zwei Uhr bei ihr eintraf, war die arme Frau richtig überreizt vor Spannung. Außerdem wollte sie mir doch schnellstens ihre neuen Hoffnungen mitteilen und mir von Nikolai Ssergejewitsch erzählen, der sich seit dem vorigen Abend krank fühlte, zu ihr aber besonders zärtlich gewesen war. Sie empfing mich mit unzufriedenem, kaltem Gesichtsausdruck, sprach sehr gemessen und zeigte absichtlich nicht die geringste Neugier, etwas von mir zu erfahren. Fast hätte sie mir die Frage gestellt: »Warum bist du gekommen? Macht es dir wirklich Spaß, jeden Tag herzulaufen?« So sehr ärgerte sie sich über mein spätes Erscheinen. Ich ließ mich aber dadurch nicht stören und erzählte ihr jede Einzelheit der gestrigen Szene bei Natascha. Als nun die Alte vom Besuch des Fürsten und dessen feierlicher Werbung hörte, vergaß sie im Augenblick ihren Ärger. Es läßt sich nicht beschreiben, wie glücklich sie war, wie sie sich zugleich bekreuzte, weinte, lachte und vor dem Heiligenbild auf die Knie fiel. Sie umarmte mich, außer sich vor Freude, und wollte sofort zu Nikolai Ssergejewitsch eilen, um ihm alles mitzuteilen.

»Aber ich bitte dich, mein Lieber, er ist ja doch nur von all diesen Erniedrigungen und Beleidigungen krank; wenn er nun erfährt, daß Natascha volle Genugtuung geboten wird, so wird er im Augenblick alles vergessen!«

Nur mit Gewalt konnte ich sie davon abhalten. Die gute Alte kannte ihren Mann noch immer nicht, obschon sie fünfundzwanzig Jahre mit ihm zusammengelebt hatte. Sie wollte auch sofort mit mir zusammen zu Natascha fahren. Ich hielt ihr vor, daß nicht nur Nikolai Ssergejewitsch sehr ungehalten darüber sein würde, sondern daß wir durch eine so übereilte Handlung der ganzen Sache schaden könnten. Endlich beruhigte sie sich, hielt mich aber wohl noch eine halbe Stunde mit unnötigem Gerede auf, sprach auch davon, daß sie nun mit ihrer großen Freude ganz allein in ihren vier Wänden sitzen müsse. Ich konnte sie endlich davon überzeugen, wie eilig ich es hatte, und daß Natascha mich schon längst erwartete. Die Alte bekreuzte mich mehrmals auf den Weg, schickte Natascha ihren Segen und begann fast zu weinen, als ich ihre Bitte, heute abend nochmals zu ihr zu kommen, abschlagen mußte, – es sei denn, daß bei Natascha etwas Besonderes vorfiele. Nikolai Ssergejewitsch sah ich dieses Mal überhaupt nicht; er hatte die ganze Nacht nicht geschlafen, über Kopfweh geklagt, und schlief jetzt in seinem Zimmer.

Auch Natascha hatte seit dem Morgen gewartet. Als ich bei ihr eintrat, ging sie wie gewöhnlich mit verschränkten Armen, in Nachdenken versunken, im Zimmer auf und ab. Auch jetzt noch sehe ich sie, wenn ich an sie denke, immer allein in diesem ärmlichen Zimmer, einsam, verlassen, auf etwas wartend, mit verschränkten Armen und gesenkten Augen ziellos auf und ab gehen.

Sie fuhr auch jetzt fort, leise auf und ab zu gehen, und fragte nur, warum ich so spät gekommen sei. Ich erzählte ihr in aller Kürze meine Erlebnisse, aber sie hörte kaum zu. Offenbar war sie mit etwas anderem beschäftigt.

»Was gibt's Neues?« fragte ich sie.

»Neues? Nichts!« antwortete sie, doch mit einer Miene, der man sofort ansah, daß sie nur auf mich gewartet hatte, um mir dieses Neue mitzuteilen. Ich wußte, daß sie es nach ihrer Gewohnheit nicht sofort tun würde, sondern erst wenn ich aufzubrechen begann. So war es bisher immer gewesen. Ich hatte mich ihr angepaßt und wartete ab.

Wir sprachen natürlich zuerst vom Erlebnis des letzten Abends. Es überraschte mich besonders, daß wir beide in unserem Urteil über den alten Fürsten vollkommen übereinstimmten: er mißfiel ihr entschieden, mißfiel ihr jetzt noch weit mehr als am Abend zuvor. Und als wir seinen ganzen Besuch bis in jede Einzelheit durchgesprochen hatten, sagte Natascha auf einmal:

»Weißt du, Wanja, es pflegt doch immer so zu sein, daß, wenn ein Mensch einem anfangs nicht gefällt, dies fast schon ein Anzeichen dafür bedeutet, daß er einem später unbedingt gefallen wird. Ich habe das immer wieder erlebt.«

»Gott gebe es, Natascha. Zudem habe ich alles noch und nochmals durchdacht und bin endgültig zu dem Ergebnis gelangt, daß der Fürst, mag er vielleicht sonst auch jesuitisch hintergründig denken, mit eurer Ehe wirklich und im Ernst einverstanden ist.«

Natascha blieb mitten im Zimmer stehen und sah mich streng an. Ihr ganzes Gesicht veränderte sich; selbst ihre Lippen zitterten leicht.

»Wie hätte er es denn in einem *solchen* Fall fertigbringen können, mit List vorzugehen und ... zu lügen?« fragte sie mit hochmütiger Verständnislosigkeit.

»Eben, eben«, beeilte ich mich, ihr beizustimmen.

»Selbstverständlich hat er nicht gelogen. Ich glaube, darüber auch nur nachzudenken, erübrigt sich. Es ließe sich ja nicht einmal ein Vorwand ersinnen zur Anwendung irgend einer List. Und schließlich, was wäre ich dann in seinen Augen, wenn er sich in solchem Maße über mich lustig machte? Sollte denn ein Mensch überhaupt fähig sein zu einer solchen Beleidigung eines anderen Menschen?«

»Freilich, freilich ist das unmöglich!« bestätigte ich, bei mir aber dachte ich: ‚Gerade nur darüber denkst du ja schon die ganze Zeit nach, hier auf und abgehend, meine Arme, und vielleicht mißtraust du ihm noch mehr als ich.'

»Ach, wie wünschte ich, daß er schneller zurückkehrte!« sagte sie. »Einen ganzen Abend wollte er bei mir verbringen, und dann ... Es müssen doch wichtige Geschäfte sein, wenn er hier alles liegen läßt und verreist. Weißt du nichts Näheres darüber, Wanja? Hast du nicht irgend etwas gehört?«

»Gott mag wissen, worum es sich handelt. Er ist doch immer auf Gelderwerb bedacht. Ich hörte nur, er sei hier in Petersburg an irgend einer Lieferung beteiligt. Wir beide, Natascha, verstehen doch nichts von diesen Geschäftssachen.«

»Natürlich nicht. Aljoscha sprach gestern von einem Brief, den er erhalten habe.«

»Irgendeine Nachricht. War Aljoscha heute hier?«

»Ja, er war hier.«

»In der Frühe?«

»Um zwölf Uhr; er ist doch ein Langschläfer. Er saß hier ein Weilchen. Ich schickte ihn schneller zu Katerina Fjodorowna; ich konnte doch nicht anders, Wanja.«

»Hatte er denn selbst nicht die Absicht, zu ihr zu gehen?«

»Doch, er war im Begriff ...«

Sie wollte noch etwas hinzufügen, verstummte aber. Ich sah sie an und wartete ab. Ihr Gesicht war traurig. Ich hätte sie gern gefragt, aber manchmal war ihr solche Ausfragerei sehr unlieb.

»Er ist doch ein sonderbarer Knabe«, sagte sie schließlich. Sie verzog ein wenig den Mund; wie mir schien, vermied sie es, mich anzusehen.

»Wieso? Was ist denn vorgefallen?«

»Nichts, nur so ... Er war übrigens auch sehr nett ... Nur ...«

»Jetzt haben doch alle seine Sorgen ein Ende ...«, sagte ich.

Natascha sah mich unverwandt und forschend an. Vielleicht hätte sie selbst mir gern entgegnet: »Welche Sorgen hat er sich denn früher gemacht?« Doch in meinen Worten lag wohl schon derselbe Gedanke. Sie schwieg gekränkt.

Übrigens war das nur eine vorübergehende Regung. Sie war sehr bald wieder freundlich und liebenswürdig. Diesmal war sie besonders sanft. Ich blieb wohl eine Stunde lang bei ihr. Sie war sehr unruhig. Ihr war bange vor dem Fürsten. An einigen ihrer Fragen merkte ich, daß es ihr sehr darum zu tun war, zu erfahren, welchen Eindruck sie auf ihn gemacht haben könnte. Wie sie sich verhalten? Ob sie ihre Freude nicht zu auffällig gezeigt? Ob sie nicht allzu zurückhaltend oder, im Gegenteil, zu zuvorkommend gewesen sei? Hatte er sich nicht am Ende über sie lustig gemacht? Oder Verachtung für sie empfunden? ... Bei diesem Gedanken schoß ihr das Blut wie Feuer in die Wangen.

»Kann man sich wirklich so darüber aufregen, was ein schlechter Mensch über einen denkt? Mag er doch denken, was er will!« sagte ich.

Natascha war mißtrauisch, aber von Herzen rein und aufrichtig. Ihr Mißtrauen kam aus einer reinen Quelle. Sie war stolz, vornehm stolz, und konnte es nicht ertragen, daß das, was sie für das Höchste hielt, vor ihren Augen verspottet wurde. Die Verachtung eines niedrigen Menschen hätte sie natürlich nur mit Verachtung beantwortet, aber trotzdem hätte ihr das Herz weh getan bei einer Verspottung dessen, was sie für heilig hielt, gleichviel wer der Spötter war. Das geschah nicht aus Mangel an innerer Festigkeit. Nein, es war zum Teil eine Folge gar zu geringer Kenntnis der Welt und der Menschen. Sie hatte ihr ganzes Leben in ihrem Winkel verbracht, fast ohne ihn jemals zu verlassen. Und schließlich ist es eine Eigenschaft aller gutmütigen Charaktere – eine Eigenschaft, die sie vom Vater geerbt hatte –, einen Menschen unentwegt besser zu machen als er ist und nur Gutes in ihm zu sehen: diese Eigenschaft war in ihr sehr entwickelt. Solche Menschen leiden dann sehr, wenn sie sich getäuscht fühlen, gewiß umso mehr, weil sie selbst schuld daran sind. Sie fordern mehr als andere geben können. Und darum ist es besser, wenn sie in ihren Winkeln bleiben und nicht in die Welt hinausgehen; ich habe sogar bemerkt, daß sie ihre Nester so liebgewinnen, daß sie in ihnen ganz menschenscheu werden. Übrigens hatte Natascha bereits viel Unglück, viele Kränkungen erfahren. Sie war jetzt ein kranker Mensch, den man nicht beschuldigen darf – wenn in meinen Worten überhaupt eine Anklage liegen sollte.

Ich hatte Eile und erhob mich, um fortzugehen. Sie war ganz erstaunt darüber und wäre fast in Tränen ausgebrochen, obgleich sie sich die ganze Zeit sehr kühl zu mir verhalten hatte, kühler als gewöhnlich. Jetzt küßte sie mich aber herzlich und sah mir seltsam lange in die Augen.

»Weißt du«, sagte sie, »Aljoscha war heute gar zu komisch ... daß ich aus dem Staunen nicht herauskam. Er war sehr liebenswürdig, sah sehr glücklich aus, aber er kam wie so ein Schmetterling hereingeflattert, wie ein Geck, drehte sich immer wieder vor dem Spiegel. Er benimmt sich jetzt schon etwas gar zu unzeremoniell ... und er blieb auch nicht lange. Stelle dir vor, er hat mir Konfekt gebracht.«

»Konfekt? Nun, das ist doch recht nett und harmlos. Ach, was ihr doch beide für Menschen seid! Da fangt ihr nun schon an, euch gegenseitig zu beobachten, Gesichter zu studieren, geheime Gedanken zu lesen (und versteht doch beide nichts davon)! Noch ist er ja nicht schlimm, ist lustig und derselbe Schulbub, der er immer war. Aber du, du!«

Jedesmal, wenn Natascha ihren Ton änderte und mit irgendeiner Klage über Aljoscha zu mir kam oder irgendwelche heiklen Zweifel von mir gelöst haben wollte, oder wenn sie mit einem Geheimnis kam, das ich erraten sollte, dann sah sie mir immer lächelnd mit offenem Mund und flehendem Blick in die Augen, mit der unausgesprochenen Bitte, alles auf irgendeine Weise unbedingt so zu lösen, daß ihrem Herzen sofort leichter würde. Und ich nahm dann stets und ganz unwillkürlich einen strengen Ton an, als wollte ich sie ausschelten. Und siehe, meine Wichtigkeit und Strenge hatten jedesmal vollen Erfolg: sie gaben mir eine gewisse Autorität; der Mensch ist doch nun einmal so, daß es ihm manchmal zum größten Bedürfnis wird, von irgend jemandem gründlich gescholten zu werden. Wenigstens war Natascha, wenn wir uns nach solchen Aussprachen trennten, immer vollkommen getröstet.

»Nein, siehst du, Wanja«, fuhr sie fort, die linke Hand auf meine Schulter legend, während die andere meine Rechte drückte und ihre Augen bittend meinen Blick suchten, »es war mir so, als ob wenig Gefühl in ihm gewesen wäre ... er erschien mir schon als solch ein *mari*, weißt du, als ob er schon zehn Jahre verheiratet wäre, aber zu seiner Frau noch liebenswürdig ist. Ist es nicht gar zu früh dazu? ... Er lachte, drehte sich, aber als ginge das mich nur noch teilweise an, und nicht mehr so wie früher ... Er hatte es sehr eilig, zu Katerina Fjodorowna zu kommen ... Ich spreche zu ihm, er aber hört gar nicht zu oder fängt von anderem zu reden an, weißt du, so in dieser häßlichen Manier der Gesellschaftsmenschen, die wir beide ihm mit Mühe abgewöhnt hatten. Mit einem solchen Wort, er war so ... beinah sogar wie gleichgültig ... Aber was sage ich da! Da fange ich schon an mit dem Kritisieren! Ach, was sind wir alle anspruchsvoll, Wanja, was für launische Despoten! Das merke ich erst jetzt! Nicht einmal eine belanglose Veränderung im Gesicht verzeihen wir! Seine Veränderung des Ausdrucks kann aber doch Gott weiß weshalb erfolgt sein! Du hast recht, Wanja, wenn du mich schiltst! Ich allein bin an allem schuld! Wir bilden uns allerhand Kummer ein, und dann beklagen wir uns noch ... Ich danke dir, Wanja, du hast mich vollkommen beruhigt. Ach, wenn er doch heute noch käme! Aber was sage ich! Womöglich ärgert er sich noch wegen vorhin!«

»Wie, habt ihr euch denn schon gezankt?« rief ich verwundert aus.

»Nein, ich habe mir nichts anmerken lassen! Ich war nur ein wenig traurig, da wurde er plötzlich nachdenklich und verabschiedete sich ein wenig trocken von mir, wie mir schien. Ich werde nach ihm schicken ... Komm auch du heute noch, Wanja.«

»Ich komme bestimmt, wenn ich nicht abgehalten werde.«

»Ach was! Was soll dich denn abhalten!«

»Hab mir da etwas auf den Hals geladen! Aber ich glaube doch, daß ich bestimmt kommen werde.«

VII

Pünktlich um sieben Uhr war ich in der Schestiláwotschnajastraße bei Masslobójeff. Er wohnte dort in einem kleinen Hause, einem sogenannten Flügel oder Nebengebäude, in einer ziemlich unaufgeräumten Wohnung von drei Zimmern, die übrigens gar nicht ärmlich möbliert waren. Es war sogar eine gewisse Wohlhabenheit sichtbar, aber gleichzeitig auch ein großer Mangel an Sinn für die Haushaltung. Die Tür öffnete mir ein sehr hübsches Mädchen von etwa neunzehn Jahren, das sehr schlicht, aber nett gekleidet war, sehr sauber aussehend und mit gutmütigen, lustigen Augen. Ich erriet sofort, daß dies Alexandra Ssemjónowna sein mußte, die er erwähnt und mit deren Bekanntschaft er mich so quasi anzulocken versucht hatte. Sie fragte, wer ich sei, und als ich ihr meinen Namen nannte, sagte sie, Masslobojeff erwarte mich, schlafe aber gerade in seinem Zimmer. Trotzdem führte sie mich gleich zu ihm. Masslobojeff schlief auf einem tatsächlich prächtigen weichen Diwan, mit seinem schäbigen Mantel zugedeckt, ein abgewetztes Lederkissen unter dem Kopf. Er hatte einen sehr leichten Schlaf: kaum traten wir ein, da rief er mich schon bei meinem Namen.

»Ah! Da bist du ja! Ich habe dich erwartet. Soeben sah ich im Traum, wie du zu mir kamst und mich aufwecktest. Also ist es Zeit. Fahren wir.«

»Wohin?«

»Zu der Dame.«

»Zu welcher Dame? Warum?«

»Zu Madame Bubnowa, um bei ihr einzukassieren. Was die für eine Schönheit ist!« wandte er sich plötzlich zu Alexandra Ssemjonowna und küßte seine Fingerspitzen bei der Erinnerung an Madame Bubnowa.

»Nun, geh nur, geh. Das denkst du dir nur aus!« bemerkte Alexandra Ssemjonowna, die es für ihre Pflicht hielt, sich ein wenig zu ärgern.

»Ihr kennt euch nicht? Ich werde dich vorstellen, Bruder: Alexandra Ssemjonowna, hier stelle ich dir einen Schriftsteller vom Rang eines Generals vor; nur einmal im Jahr bekommt man ihn umsonst zu sehen, die übrige Zeit nur für Geld.«

»Jetzt hält er mich wieder zum besten. Hören Sie, bitte, nicht auf ihn, er lacht immer über mich. Was ist er denn für ein General?«

»Ich sage dir doch, daß er eine besondere Art von General ist. Du aber, Exzellenz, glaube nur nicht, daß wir dumm sind; wir sind viel klüger als wir auf den ersten Blick erscheinen.«

»Hören Sie nicht auf ihn! Immer verstellt er sich vor anständigen Leuten, der Unverschämte! Wenn er mich lieber einmal ins Theater führte!«

»Bitte, Alexandra Ssemjonowna, lieben Sie Ihre... Haben Sie vergessen, was Sie lieben sollen? Haben Sie das Wort vergessen, das ich Sie gelehrt habe?«

»Natürlich habe ich es nicht vergessen. Irgendeinen Unsinn wird es wohl bedeuten.«

»Nun, wie hieß denn das Wort?«

»Ich soll mich wohl vor dem Gast blamieren? Wer kann denn wissen, was dieses Wort bedeutet. Eher soll meine Zunge verdorren, als daß ich es ausspreche!«

»Also haben Sie es vergessen!«

»Vergessen? – ‚Penaten!' – Da haben Sie's! ‚Lieben Sie Ihre Penaten...' Sehen Sie, was er sich ausgedacht hat! Und dabei hat es diese Penaten vielleicht nie gegeben! Und wofür soll man sie lieben? Ewig muß er schwindeln!«

»Dafür gibt es bei Madame Bubnowa ...«

»Pfui, du mit deiner Bubnowa!«

Und Alexandra Ssemjonowna lief tief empört aus dem Zimmer.

»Es ist Zeit! Gehen wir! Leben Sie wohl, Alexandra Ssemjonowna!«

Wir gingen.

»Siehst du, Wanja, erstens wollen wir uns gleich in diese Droschke setzen... So. Und zweitens kann ich dir mitteilen, daß ich heute mittag, nachdem wir uns verabschiedet hatten, noch allerhand erfahren habe, und zwar nicht nur so kombinierenderweise, sondern simple Tatsachen. Ich blieb noch eine ganze Stunde auf der Wassiljeff-Insel. Dieser Schmerbauch ist eine schreckliche Kanaille, ein schmutziger, gemeiner Kerl mit verschiedenen perversen Neigungen. Und die Bubnowa ist als Vermittlerin in diesen Dingen schon lange bekannt. Vor ein paar Tagen wäre sie mit einem Mädchen aus anständiger Familie beinahe hereingefallen. Diese Musselinkleidchen, von denen du mir erzähltest, ließen mir keine Ruh', denn ich hatte schon vorher so etwas gehört. Ich habe mich dann noch – allerdings ganz zufällig – überzeugen können, daß ich mich nicht irre. Wie alt ist die Kleine?«

»Dem Gesicht nach ungefähr dreizehn Jahre.«

»Der Gestalt nach aber noch jünger. Nun ja, so macht sie es. Wenn's nötig ist, sagt sie, die Kleine sei elf Jahre alt, und wenn nötig – fünfzehn. Und da die Kleine ohne Schutz und Familie ist, so ...«

»Ist's möglich?«

»Ja, was hast du dir denn gedacht? Eine Madame Bubnowa wird doch nicht aus Mitleid eine Waise zu sich nehmen. Und wenn der Dicke schon da verkehrt, so stimmt's. Er ist neulich am Morgen bei ihr gewesen. Dem Dummkopf Ssisobrjuchoff ist eine verheiratete Dame, eine Schönheit versprochen worden, die Frau eines Stabskapitäns.[14] Wenn Kaufmannssöhne durchgehen, verlangen sie immer einen Rang. Das ist wie in der lateinischen Grammatik (erinnerst du dich noch?): die Bedeutung hängt immer von der Stellung ab. Übrigens bin ich noch, glaube ich, betrunken. Die Bubnowa soll es nur wagen, solche Geschichtchen zu versuchen. Sie kann wohl die Polizei betrügen, mich aber nicht! Sie weiß, daß ich noch von früher her allerhand weiß. Deshalb fürchtet sie mich ... na, und so weiter – du verstehst?«

Ich war furchtbar erschrocken. Diese Nachrichten erregten mich im höchsten Grade. Ich fürchtete jetzt, daß wir uns verspäten könnten, und trieb den Kutscher zur Eile an.

»Fürchte nichts; ich habe Vorkehrungen getroffen«, sagte Masslobojeff. »Mitroschka ist dort, wir haben uns vorhin verabredet. Ssisobrjuchoff wird ihm mit Geld daran glauben müssen und der dicke Schuft in natura. Madame Bubnowa aber kommt auf meinen Anteil, deshalb hat sie zu kuschen ..«

Wir hielten am Restaurant, doch der Mensch, der Mitroschka hieß, war nicht zu finden. Wir befahlen dem Kutscher, an der Treppe des Restaurants auf uns zu warten, und gingen zum Hause der Bubnowa. Hier erwartete uns Mitroschka am Hoftor. Die Fenster waren hell erleuchtet, und man hörte Ssisobrjuchoffs lautes, betrunkenes Lachen.

»Seit einer Viertelstunde sind sie alle hier«, berichtete Mitroschka. »Jetzt ist es die richtige Zeit.«

»Wie sollen wir denn hineingehen?« fragte ich.

»Wie Gäste«, entgegnete Masslobojeff, »sie kennt mich; auch Mitroschka kennt sie. Es ist zwar alles verschlossen, aber nicht für uns.«

Er klopfte leise an das Hoftor, und das öffnete sich sofort; der Hausknecht, der uns öffnete, wechselte mit Mitroschka zwinkernd einen Blick. Wir schlüpften leise auf den Hof. Im Hause hörte man uns nicht. Der Hausknecht führte uns über die Treppe zum oberen Stockwerk und klopfte. Er wurde von drinnen etwas gefragt und antwortete, er sei allein und müsse etwas sagen! Die Tür wurde aufgeschlossen und wir drängten uns alle zugleich hinein. Der Hausknecht war schon verschwunden.

»Ach, wer ist denn das?« rief die Bubnowa, die betrunken und zerzaust, mit einem Licht in der Hand im winzigen Vorraum stand.

»Wer?« erwiderte Masslobojeff. »Wieso erkennen Sie denn Ihre Gäste nicht, Anna Trifónowna? Wer denn anders als wir? ... Filipp Filippytsch!«

»Ach, Filipp Filippytsch? Das sind Sie ... ein so teurer Gast ... Ja, wo kommen Sie denn her ... ich ... tut nichts ... treten Sie ein ... hierher, bitte!«

Sie war ganz kopflos und wußte nicht wohin.

»Was, hierher? Das ist ja ein halbiertes Zimmer ... Nein, uns müssen Sie schon besser unterbringen. Wir wollen bei Ihnen Gekühlten trinken, und sind denn keine Dämchen da?«

Die Wirtin faßte im Nu wieder Mut.

»Ach, für so teure Gäste schaff' ich alles herbei, sollt' ich's auch aus der Erde hervorkratzen, aus China verschreiben ...«

»Pst, mein Täubchen, nur zwei Worte zuvor: ist Ssisobrjuchoff hier?«

»J ... ja.«

»Gerade ihn brauche ich. Wie wagt der Schuft, ohne mich zu zechen?«

»Er hat Sie sicher nicht vergessen. Er erwartete noch jemanden, wahrscheinlich Sie.«

Masslobojeff stieß die Tür auf, und wir traten in ein mittelgroßes Zimmer mit zwei Fenstern, auf denen Geranientöpfe standen, mit Rohrstühlen und einem scheußlichen Klavier, alles wie üblich. Aber schon vorher, noch während wir im Vorzimmer sprachen, hatte Mitroschka sich verdrückt. Später erfuhr ich, daß er das Gastzimmer gar nicht mit uns betreten hatte, sondern vor der Tür wartete. Er hatte hier jemanden, der ihm aufmachen konnte. Das zerzauste und geschminkte Frauenzimmer, das am Morgen hinter der Schulter der Bubnowa hervorgeschaut hatte, war eine Gevatterin von ihm.

Im Zimmer saß auf einem kleinen Sofa aus falschem Mahagoni vor einem runden Tisch Ssisobrjuchoff. Auf dem Tisch, der mit einer Tischdecke belegt war, standen zwei Flaschen Champagner vor ihm und eine Flasche mit schlechtem Rum; standen Teller mit Konfekt, Lebkuchen und dreierlei Sorten Nüssen. Ihm gegenüber am Tisch saß eine widerliche pockennarbige Kreatur von etwa vierzig Jahren, in einem schwarzen Taftkleide, mit bronzenen Armbändern und Broschen. Das war die Frau des Stabskapitäns, sicher keine echte. Ssisobrjuchoff war ganz betrunken und schien äußerst zufrieden zu sein. Der dicke Kumpan war nicht zu sehen.

»So also macht man's!« brüllte aus voller Kehle Masslobojeff, »und dabei hat er mich zu Dussaut eingeladen!«

»Filipp Filippytsch, Sie beglücken mich!« murmelte Ssisobrjuchoff, mit seligem Lächeln sich erhebend, um uns zu begrüßen.

»Du trinkst?«

»Entschuldigen Sie schon!«

»Entschuldige dich lieber nicht, sondern bewirte deine Gäste. Wir sind gekommen, um uns mit dir zu amüsieren. Ich habe hier noch einen Gast mitgebracht: meinen Freund!«

Masslobojeff wies auf mich.

»Sehr angenehm, es beglückt mich ... Kchi!«

»Das nennt er Champagner! Der schmeckt ja nach Sauerkrautsuppe.«

»Sie kränken mich.«

»Bei Dussaut wagst du dich ja gar nicht zu zeigen, aber einladen tust du!«

»Er hat mir soeben erzählt, er sei in Paris gewesen«, mischte sich die Stabskapitänsfrau ins Gespräch ein. »Sicher faselt er alles!«

»Fedóssja Títischna, entschuldigen Sie, aber ich war in Paris! Bin dort gewesen. Bin gereist ...«

»Was macht denn ein solcher Bauer in Paris?«

»Wir waren wirklich dort! Wir haben uns, ich und Karp Wassíljewitsch, ausgezeichnet amüsiert. Kennen Sie Karp Wassiljewitsch?«

»Wie soll ich denn Ihren Karp Wassiljewitsch kennen?«

»Vielleicht doch ... aus Politik sozusagen. Wir waren im Städtchen Paris und haben bei Madam Schubär [Joubert] einen engelländischen Trümóh [Trumeau] zerschlagen.«

»Was haben Sie zerschlagen?«

»Einen Trümoh. Das war so ein Spiegel über die ganze Wand bis zur Decke hinauf. Einen Trümoh nennt man das dort. Und Karp Wassiljewitsch war so betrunken, daß er mit Madam Schubär nur noch Russisch sprach. Na, und wie er sich so anlehnte an den Trümoh, da ruft die Schubär ihm zu, in ihrer Sprache, daß der Trümoh siebenhundert Franken kostet, wenn er ihn zerschlägt (das wären siebenhundert Viertelrubel, nach unserem Geld). Er grinste bloß und schaute mich an. Ich aber saß ihm gegenüber auf einem Kanapee mit einer Schönen, nicht so eine Fratze wie diese hier, sondern eine mit Kiks [chic], um es kurz zu sagen. Und da ruft er mir zu: ‚Stepán Teréntjitsch, he! Stepan Teréntjitsch! Halbpart, was?‘ Und ich sage: ‚Gemacht!‘ Wie er da mit seiner Pranke mal so ausholt gegen das Glas – dsinn! und klirr! – die Scherben flogen nur so! Madam Schubär schreit auf und rückt ihm auf den Leib: ‚Du Räuber, weißt du überhaupt, wo du bist?‘ (Das heißt, sie sagte das in ihrer Sprache). Er aber sagt: ‚Du, Madam Schubär, nimm das Geld, aber steh meiner Gemütsart nicht im Wege!‘ Und schmiß ihr gleich hier sechshundertfünfzig Franken hin. Ein halbes Hundert hat er ihr noch abgezwackt.«

In diesem Augenblick ertönte ein gellender Schrei im Hause, irgendwo zwei oder drei Zimmer weit von dem Raum, wo wir uns befanden. Ich fuhr zusammen und schrie auch auf. Ich hatte die Stimme sofort erkannt: es war Jelenas Stimme. Noch im selben Moment vernahmen wir andere Geräusche: Lärm, Schimpfwörter, Tumult und schließlich deutlich vernehmbare klatschende Schläge, wie mit der flachen Hand verabfolgte Ohrfeigen. Das war sicher Mitroschka, der seine Abrechnung besorgte. Plötzlich wurde die Tür heftig aufgerissen und Jelena stürzte ins Zimmer, bleich, mit verstörten Augen, in einem weißen Musselinkleidchen, das verknüllt und eingerissen war, mit frisiert gewesenem, doch wie im Kampf aufgelöstem Haar. Ich stand der Tür gegenüber, und sie stürzte geradeswegs auf mich zu und umklammerte mich mit beiden Armen. Alle erschraken, alle sprangen auf. Schreie und Ausrufe schwirrten durchs Zimmer. In der Tür erschien Mitroschka, den Dicken, sein Opfer, an den Haaren in aufgelöstem Zustand herbeischleppend. Er riß ihn zur Türschwelle und stieß ihn dann ins Zimmer.

»Da ist er! Nehmt ihn!« rief er uns mit durchaus zufriedener Miene zu.

»Höre«, sagte Masslobojeff, ruhig auf mich zutretend,

mit einem Schlag auf meine Schulter. »Nimm das Kind und bringe es zu dir, hier hast du nichts mehr zu tun. Morgen werden wir auch das übrige erledigen.«

Ich ließ mir das nicht zweimal sagen, ergriff Jelena bei der Hand und führte sie hinaus aus dieser Höhle. Wie es dort endete, weiß ich nicht. Das alles geschah so unerwartet, daß uns niemand aufhielt. Die Wirtin war wie gelähmt vor Schreck. Draußen wartete die Droschke auf uns, und in zwanzig Minuten waren wir in meiner Wohnung.

Jelena war wie halbtot. Ich öffnete die Haken an ihrem Kleide, bespritzte sie mit Wasser und legte sie auf den Diwan. Sie fieberte und begann zu phantasieren. Ich betrachtete ihr blasses Gesichtchen, ihre farblosen Lippen, ihr schwarzes Haar, das jetzt auf einer Seite hing, vorher aber offenbar sorgsam gestriegelt und pomadisiert worden war, auf ihr Festtagskleid, an dem hier und da noch rosa Schleifchen waren – und begriff endgültig diese ganze ekelhafte Geschichte. Das arme Kind! Ihr Zustand verschlimmerte sich. Ich wich nicht von ihrem Lager und beschloß, an diesem Abend nicht mehr zu Natascha zu gehen. Hin und wieder schlug Jelena ihre langen, gebogenen Wimpern auf und sah mich lange und forschend an, als wollte sie sich vergewissern, daß ich es war. Spät, um ein Uhr nachts, schlief sie ein. Ich schlief nahe bei ihr auf dem Fußboden.

VIII

Ich stand sehr früh auf. In der Nacht war ich jede halbe Stunde aufgewacht und hatte achtsam nach meiner armen Kranken geschaut. Sie hatte immer noch Fieber, und erst gegen Morgen schlief sie fest ein. Ein gutes Zeichen, dachte ich; aber am Morgen beschloß ich doch, während die Arme noch schlief, einen Arzt zu holen. Ich kannte einen deutschen Arzt, einen gutmütigen alten Junggesellen, der mit seiner deutschen Wirtschafterin seit unvordenklichen Zeiten an der

Wladímirskaja wohnte. Ich begab mich zu ihm. Er versprach mir, um zehn Uhr zu kommen. Es war acht Uhr, als ich bei ihm war. Gerne hätte ich unterwegs noch bei Masslobojeff vorgesprochen, tat es aber nicht: er schlief sicher noch seinen gestrigen Rausch aus, und außerdem konnte Jelena aufwachen und in ihrem krankhaften Zustand dann vielleicht nicht wissen, wo sie sich befand: wie, wann und auf welche Weise sie zu mir gekommen war.

Sie erwachte in dem Augenblick, als ich ins Zimmer trat. Ich ging auf sie zu und fragte sie vorsichtig, wie sie sich fühle. Sie antwortete mir nicht, sah mich aber lange, lange mit ihren dunklen, ausdrucksvollen Augen an. Ich erriet aus ihrem Blick, daß sie alles begriff und bei vollem Bewußtsein war. Auf meine Frage antwortete sie mir vielleicht nur deshalb nicht, weil sie sich das Schweigen angewöhnt hatte. Auch gestern und vorgestern hatte sie viele meiner Fragen überhaupt nicht beantwortet und mich nur mit ihrem hartnäckig forschenden Blick angesehen, in dem außer einem Nichtverstehen und heftiger Wißbegier ein sonderbarer Stolz lag. Auch jetzt lag in ihrem Blick eine gewisse Strenge und sogar so etwas wie Mißtrauen. Ich legte meine Hand auf ihre Stirn, um zu fühlen, ob sie noch Fieber hatte; sie aber schob schweigend mit ihrer kleinen Hand meine Hand fort und kehrte ihr Gesicht zur Wand. Ich zog mich zurück, um sie nicht weiter zu beunruhigen.

Ich besaß einen großen kupfernen Teekessel. Ich gebrauchte ihn schon lange statt eines Ssamowars und kochte in ihm das Teewasser. Holz war genügend vorhanden, der Hausknecht hatte mir gleich einen ganzen Vorrat für mindestens fünf Tage gebracht. Ich machte Feuer im Ofen, holte Wasser und bereitete den Tee. Das Teegeschirr stellte ich auf den Tisch. Jelena wandte sich mir zu und verfolgte alles mit Interesse. Ich fragte sie, ob sie nicht einen Wunsch hätte. Da wandte sie sich wieder von mir ab und antwortete nicht.

‚Weshalb ist sie mir denn böse?' dachte ich. ‚Wunderliches Ding!'

Mein alter Doktor kam, wie er versprochen hatte, um zehn Uhr. Er untersuchte die Kranke mit seiner ganzen deutschen Sorgfalt und machte mir wieder Mut. »Es ist ein fieberhafter Zustand«, sagte er, »doch ohne jegliche ernstere Gefahr.« Er fügte aber hinzu, daß sie ein anderes Leiden haben müsse, ein Herzleiden, und daraufhin wollte er sie noch einmal gründlicher untersuchen. Jetzt sei es jedoch nicht nötig. Er verschrieb ihr eine Medizin und noch ein Pulver, mehr der Form wegen als aus Notwendigkeit, und fragte mich: auf welche Weise sie zu mir gekommen sei? Zu gleicher Zeit sah er sich mit Verwunderung meine Wohnung an. Der Alte schwatzte gern.

Auch ihn setzte Jelena in Erstaunen; sie entzog ihm ihre Hand, als er ihren Puls fühlen wollte, und zeigte ihm nicht ihre Zunge. Alle seine Fragen ließ sie unbeantwortet und sah die ganze Zeit nur auf den großen Stanislausorden, den er am Halse trug.

»Ihr muß der Kopf sehr weh tun«, bemerkte der alte Herr, »aber wie sie einen ansieht, wie sie einen ansieht!«

Ich hielt es nicht für nötig, ihm alles über Jelena mitzuteilen, und entschuldigte mich mit der Erklärung, daß es eine sehr lange weitläufige Geschichte sei.

»Wenn es nötig sein sollte, rufen Sie mich«, sagte er beim Fortgehen. »Jetzt ist sie außer Gefahr.«

Ich beschloß, den ganzen Tag bei Jelena zu bleiben und sie so wenig wie möglich allein zu lassen. Ich wußte jedoch, daß Natascha und Anna Andrejewna sich sehr aufregen würden, wenn sie auf mich vergeblich warteten; daher beschloß ich, Natascha durch die Stadtpost zu benachrichtigen, daß ich heute nicht zu ihr kommen könne. Anna Andrejewna durfte ich nicht schreiben. Sie hatte mich ein für allemal gebeten, ihr keinen Brief zu schicken, als ich es einmal Naschas wegen getan hatte. »Mein Alter wird ganz finster und unwillig, wenn er einen Brief sieht«, sagte sie, »möchte so gerne den Inhalt erfahren, aber danach zu fragen, dazu kann er sich nicht entschließen, und dann ist er den ganzen

Tag verstimmt. Und mich, mein Lieber, ärgerst du nur mit einem Brief! Was sind mir die paar Zeilen! Ich möchte dich ausführlich über alles ausfragen, und du bist dann nicht da!« Darum schrieb ich nur Natascha, und als ich nach der Medizin ging, warf ich den Brief in den Postkasten.

Inzwischen war Jelena wieder eingeschlafen. Sie stöhnte leise im Schlaf und zuckte öfter zusammen. Der Doktor hatte recht; sie mußte starke Kopfschmerzen haben. Plötzlich schrie sie auf und erwachte. Sie sah mich ärgerlich an, als sei ihr meine Aufmerksamkeit lästig. Ich muß gestehen, das tat mir sehr weh.

Um elf Uhr kam Masslobojeff. Er war sehr besorgt und wie es schien zerstreut; er hatte große Eile und kam nur auf einen Augenblick.

»Nun, Freund, ich war schon darauf gefaßt, daß du nicht sehr komfortabel wohnen würdest«, bemerkte er, sich bei mir umschauend, »daß ich dich aber in solch einer Kiste antreffen würde, das habe ich denn doch nicht erwartet. Das ist ja ein Koffer, aber keine Wohnung! Aber das würde ja alles nichts besagen; fatal ist nur, daß dich alle diese Sachen von der Arbeit abhalten. Ich dachte bereits gestern daran, als wir zur Bubnowa fuhren. Ich, Bruder, ich gehöre meiner Natur und meiner sozialen Stellung nach zu den Leuten, die selbst nichts Gescheites leisten, aber anderen predigen, daß sie es tun sollen. Jetzt höre zu: ich komme vielleicht morgen oder übermorgen auf einen Augenblick zu dir; du aber komme jedenfalls Sonntag morgens zu mir. Bis dahin wird die Angelegenheit dieses Kindes erledigt sein, hoffe ich. Dann nehme ich dich vor und rede ein ernstes Wort mit dir. Nun, sage doch selbst: ist es denn in deinen Augen etwa eine Schande, von mir für einige Zeit Geld zu leihen? ...«

»Fang keinen Streit an!« unterbrach ich ihn. »Sage lieber, was für ein Ende die Sache gestern genommen hat?«

»Wieso? Alles ist vortrefflich gegangen und das Ziel erreicht – du verstehst doch? Ich bin nur auf einen Augenblick gekommen, um dir zu sagen, daß ich jetzt keine Zeit habe und anderes vorhabe; und dann wollte ich mich erkundigen, wo du sie unterbringen wirst – oder willst du sie bei dir behalten? Denn das muß doch bedacht und überlegt werden.«

»Das weiß ich selbst noch nicht genau, und offen gestanden, habe ich auf dich gewartet, um mich mit dir darüber zu beraten. Unter welchem Vorwand, zum Beispiel, könnte ich sie wohl bei mir behalten?«

»Eh, warum denn nicht, meinetwegen als Magd . . .«

»Ich bitte dich, sprich leiser. Wenn sie auch krank ist, so ist sie doch vollkommen bei Bewußtsein, und als sie dich erblickte, bemerkte ich, wie sie zusammenzuckte. Folglich hat sie das Gestrige nicht vergessen und dich wiedererkannt . . .«

Darauf erzählte ich ihm von ihrem auffallenden Charakter und von allem, was ich an ihr bemerkt hatte. Meine Schilderung interessierte ihn sehr. Ich fügte noch hinzu, daß ich sie vielleicht in einer mir bekannten Familie unterbringen würde, und erwähnte Ichmenjeffs. Zu meiner großen Verwunderung war ihm die Geschichte Nataschas bekannt, und auf meine Frage woher, antwortete er:

»Ich habe gelegentlich davon gehört. Ich habe dir doch schon erzählt, daß ich den Fürsten Walkowskij kenne. Das wäre sehr schön, wenn du die Kleine zu Ichmenjeffs bringen könntest. Sie wird dich sonst hier nur genieren. Aber was ich noch sagen wollte: sie hat doch Kleider nötig. Mache dir deshalb keine Sorgen, das kommt auf meine Rechnung. Lebe wohl, besuche mich also. Schläft sie jetzt?«

»Es scheint so«, erwiderte ich.

Doch kaum war er fort, als Jelena mich zu sich rief.

»Wer war das?« fragte sie mich. Ihre Stimme zitterte, aber sie sah mich mit dem gleichen unverwandten und gewissermaßen hochmütigen Blick an. Anders wüßte ich ihn nicht zu benennen.

Ich nannte ihr seinen Namen und fügte hinzu, daß ich sie nur durch seine Hilfe aus der Gewalt der Bubnowa gerettet hätte, und daß die Bubnowa ihn sehr fürchte. Ihre Wangen erglühten plötzlich, infolge der Erinnerungen.

»Und wird sie niemals hierher kommen?« fragte sie, indem sie mich forschend ansah.

Ich beeilte mich, sie darüber zu beruhigen. Sie schwieg und griff mit ihren heißen Fingerchen nach meiner Hand, ließ sie aber sofort wieder fahren, als besinne sie sich.

‚Es ist doch nicht möglich, daß sie solchen Widerwillen gegen mich empfindet', dachte ich. ‚Das ist wohl so ihre Art, oder ... oder die Arme hat so viel Schlechtigkeit gesehen, daß sie niemandem auf der Welt mehr traut.'

Zur angegebenen Stunde ging ich in die Apotheke nach der Medizin und auf dem Rückweg in ein mir bekanntes Restaurant, wo ich manchmal zu Mittag speiste und Kredit hatte. Dort holte ich eine Portion Hühnersuppe für Jelena; sie wollte aber nichts davon essen, und ich mußte die Suppe in den Ofen stellen, um sie warm zu halten.

Nachdem ich ihr die Medizin eingegeben hatte, setzte ich mich an meine Arbeit. Ich dachte, sie schliefe; als ich aber ganz zufällig aufblickte, bemerkte ich, daß sie ihr Köpfchen erhoben hatte und aufmerksam zusah, wie ich schrieb. Ich tat so, als bemerke ich es nicht.

Endlich war sie zu meiner großen Freude wirklich eingeschlafen, ganz ruhig, fieberfrei und ohne zu stöhnen. Ich begann zu überlegen. Natascha, dachte ich, könnte wirklich sehr betrübt darüber sein, daß ich sie gerade jetzt allein ließ, wo sie meiner vielleicht am meisten bedurfte. Ja, und Anna Andrejewna – da wußte ich nun ganz und gar nicht, wie ich mich morgen vor ihr rechtfertigen sollte.

Ich dachte hin und her, und plötzlich beschloß ich, sie beide aufzusuchen. Meine Abwesenheit konnte doch höchstens zwei Stunden dauern. Jelena schläft und wird es gar nicht bemerken, daß ich abwesend bin! Ich sprang auf, warf mir meinen Paletot über, griff nach der Mütze und wollte zur Tür hinaus, als ich plötzlich Jelena meinen Namen rufen hörte. Ich war ganz betroffen: hatte sie sich wirklich nur so gestellt, als schlafe sie?

Ich muß übrigens bemerken, daß sie nur so tat, als wolle

sie nicht mit mir sprechen: diese wiederholten Anrufe und das Bedürfnis, von mir über ihr Schicksal etwas zu erfahren, bewiesen das Gegenteil und waren, ich muß es gestehen, mir sogar sehr angenehm.

»Wohin wollen Sie mich fortgeben?« fragte sie mich, als ich zu ihr trat.

Überhaupt richtete sie ihre Fragen immer plötzlich, ganz unerwartet, an mich. Dieses Mal verstand ich sie nicht einmal sofort.

»Vorhin sagten Sie zu Ihrem Bekannten, daß Sie mich in ein Haus geben würden. Ich will aber nicht.«

Ich beugte mich über sie: sie fieberte wieder und war in höchster Erregung. Ich versuchte, sie wieder zu beruhigen und ihr Hoffnung einzuflößen; ich sagte ihr, daß ich sie niemals fortgeben würde, wenn sie bei mir bleiben wolle. Ich zog meinen Mantel aus, legte die Mütze aus der Hand, denn in solchem Zustand konnte ich sie nicht allein lassen.

»Nein, gehen Sie nur!« sagte sie, sofort erratend, daß ich bleiben wollte. »Ich bin müde und werde gleich einschlafen.«

»Wie soll ich dich denn allein lassen?« sagte ich zögernd. »Ich werde allerdings in zwei Stunden wieder zurück sein . .«

»Nun, so gehen Sie doch. Sonst werde ich das ganze Jahr krank sein, und Sie werden das ganze Jahr das Haus nicht verlassen können.«

Und sie versuchte zu lächeln und sah mich sonderbar an, sie schien irgendein gutes Gefühl in ihrem Herzen niederzukämpfen. Die Arme! Es war ihre Zärtlichkeit und Güte, die trotz aller Menschenscheu und offenbaren Verbitterung durchbrach . . .

Zuerst eilte ich zu Anna Andrejewna. Sie erwartete mich mit fieberhafter Ungeduld und war entsetzlich beunruhigt. Nikolai Ssergejewitsch war gleich nach Tisch ausgegangen, und man wußte nicht wohin. Mir ahnte, daß die Alte ihm wie gewöhnlich alles erzählt hatte, wenn auch nur in Andeutungen. Sie gestand es mir bald darauf selbst ein, daß sie nicht habe an sich halten können und ihre Freude mit ihm habe teilen wollen, daß aber Nikolai Ssergejewitsch, wie sie sagte, finster wie eine Gewitterwolke dreingeschaut, auf all ihre Fragen nur geschwiegen habe und nach Tisch plötzlich fortgegangen sei. Zitternd vor Angst, flehte sie mich an, mit ihr zusammen Nikolai Ssergejewitsch zu erwarten. Ich schlug ihre Bitte rund ab und sagte ihr, daß ich auch morgen nicht zu ihr kommen könne, und daß ich heute nur zu ihr gekommen sei, um sie davon zu benachrichtigen. Diesmal kam es fast zu einem Bruch zwischen uns. Sie brach in Tränen aus und machte mir bittere Vorwürfe; als ich aber schon zur Tür hinaus wollte, umarmte sie mich plötzlich und flehte mich an, sie »arme Waise« nicht zu verlassen und ihr nicht zu zürnen, falls sie mich gekränkt hätte.

Natascha traf ich ganz gegen meine Erwartung wieder allein an, – sonderbar, aber mir schien es, als freute sie sich diesmal gar nicht über mein Kommen, wie sie es sonst immer tat. Ich hatte den Eindruck, als ärgere oder störe mein Kommen sie irgendwie. Auf meine Frage, ob Aljoscha bei ihr gewesen sei, antwortete sie:

»Natürlich war er da, aber nicht lange. Er versprach, heute abend wiederzukommen«, fügte sie nachdenklich hinzu.

»War er gestern abend hier?«

»N–nein. Man hat ihn aufgehalten«, fügte sie schnell hinzu. »Und wie geht es dir, Wanja?«

Ich begriff, daß sie das Gespräch auf andere Dinge lenken wollte. Ich beobachtete sie näher und bemerkte, daß sie verstimmt war. Als sie sah, daß ich sie beobachtete, traf mich plötzlich ein zornig flammender Blick von ihr: als hätte er mich verbrannt, so stark empfand ich ihn. ‚Sie leidet wieder‘, dachte ich bei mir, ‚und will es mich nicht merken lassen.‘

Ihre Frage nach meinen Angelegenheiten beantwortete ich mit einer ausführlichen Erzählung von meinem Erlebnis mit Jelena. Meine Erzählung interessierte sie sehr und versetzte sie in Erstaunen und Erregung.

»Mein Gott! Und du konntest sie allein lassen!« rief sie.

Ich sagte ihr, daß ich eigentlich heute nicht zu ihr hätte kommen wollen, doch nicht sicher gewesen sei, ob sie, Natascha, meiner nicht bedurfte.

»Ich deiner bedürfen«, sprach sie vor sich hin; »oh ja, ich werde deiner schon bedürfen, Wanja, aber nicht heute, ein anderes Mal. Warst du bei den Unsrigen?«

Ich erzählte ihr alles.

»Ja, Gott weiß, wie der Vater diese Nachricht aufnehmen wird. Übrigens, was ist da aufzunehmen . . .?«

»Wieso denn nicht? Eine solche Veränderung!«

»Nun ja . . . Wohin ist er denn wieder gegangen? Neulich dachtet ihr, er habe zu mir gewollt. Weißt du, Wanja, wenn es dir möglich ist, komme morgen zu mir. Vielleicht werde ich dir morgen etwas mitzuteilen haben . . . Es ist zwar gewissenlos von mir, dich zu beunruhigen . . . Aber jetzt geh nach Haus zu deinem Gast. Es sind sicher schon zwei Stunden vergangen, seit du von Hause weg bist!«

»Allerdings. Lebe wohl, Natascha. Nun, und wie war denn Aljoscha heute zu dir?«

»Aljoscha, wie immer . . . Deine Neugier wundert mich, Wanja.«

»Auf Wiedersehn!«

»Leb' wohl.«

Sie reichte mir etwas nachlässig die Hand und wich meinem Blick aus. Ich ging ein wenig betroffen von ihr. ‚Übrigens', dachte ich, ‚sie hat allen Grund, nachdenklich zu sein; morgen wird sie mir ja doch alles erzählen.'

Ich kehrte in trauriger Stimmung nach Hause zurück. Erstaunt blieb ich an der Türschwelle stehen. Im Zimmer war es dunkel. Ich konnte jedoch sehen, wie Jelena mit gesenktem Kopfe auf dem Diwan saß, in tiefes Nachdenken versunken. Sie sah nicht einmal auf, als ich zu ihr trat; sie murmelte nur etwas vor sich hin. ‚Ob sie nicht wieder phantasiert?' dachte ich.

»Jelena, mein Liebling, was fehlt dir?« fragte ich, setzte mich zu ihr und ergriff ihre Hand.

»Ich möchte fort von hier. Ich möchte lieber zu ihr«, sagte sie, den Kopf noch immer gesenkt.

»Wohin? zu wem?« fragte ich ganz verdutzt.

»Zu ihr, zur Bubnowa ... Sie sagt immer, daß ich ihr viel Geld schulde, daß sie Mama für ihr Geld beerdigt hat .. Ich möchte nicht, daß sie über meine Mama schimpft ... Ich möchte für sie arbeiten und alles abarbeiten ... Dann werde ich wieder von ihr fortgehen. Jetzt aber will ich zu ihr ...«

»Beruhige dich, Jelena, zu ihr kannst du nicht. Sie würde dich zugrunde richten ...«

»Mag sie mich zugrunde richten, mag sie mich quälen«, unterbrach mich Jelena flammend, »ich bin nicht die erste; es gibt bessere als ich, die sich noch mehr quälen. Das hat mir eine Bettlerin auf der Straße gesagt. Mein ganzes Leben lang werde ich arm bleiben, das hat mir meine Mama befohlen, als sie starb. Ich werde arbeiten ... Ich will nicht dieses Kleid tragen ...«

»Ich kaufe dir morgen ein anderes. Ich werde dir auch deine Bücher wiederbringen. Du wirst bei mir bleiben. Ich werde dich zu niemandem geben, wenn du es nicht selbst willst; beruhige dich ...«

»Ich will Arbeiterin werden.«

»Gut, gut! Nur lege dich jetzt hin und versuche zu schlafen!«

Das arme Kind begann zu weinen. Und langsam gingen ihre Tränen in Schluchzen über. Ich wußte nicht, was ich mit ihr beginnen sollte; ich gab ihr Wasser, rieb ihr die Schläfen. Schließlich fiel sie kraftlos auf den Diwan zurück, und das Fieber schüttelte sie wieder. Ich deckte sie zu, und sie schlief ein, doch zuckte sie von Zeit zu Zeit wieder zusammen und erwachte dann jedesmal. Obgleich ich den Tag über nicht viel gegangen war, fühlte ich mich doch furchtbar müde und beschloß, mich selbst so früh als möglich hinzulegen. Quälende Sorgen durchzogen mein Gehirn. Ich fühlte voraus, daß ich mit diesem Kinde noch viel Mühe haben würde. Aber Nataschas Angelegenheiten machten mir noch mehr Sorgen.

Überhaupt erinnere ich mich nicht, je in einer so schweren Gemütsstimmung gewesen zu sein wie in dieser unglücklichen Nacht.

IX

Ich erwachte erst spät, gegen zehn Uhr vormittags, und fühlte mich ganz krank. Mir schwindelte, und der Kopf tat mir weh. Ich blickte nach Jelenas Lager: es war leer. Zu gleicher Zeit hörte ich aber im kleinen Nebenzimmer Geräusch, wie man mit dem Besen das Zimmer kehrt. Ich ging hinein, um nachzusehen. Richtig: Jelena hielt in der einen Hand den Besen, mit der anderen schürzte sie ihr Kleid, das sie seit jenem Abend noch nicht abgelegt hatte, und kehrte die Stube aus. Das Holz vor dem Ofen war in der Ecke aufgestapelt, der Teekessel blank geputzt. Kurz: Jelena wirtschaftete.

»Hör mal, Jelena«, rief ich, »wer hat dir erlaubt, das Zimmer zu fegen? Du bist krank, ich wünsche das nicht; bist du denn etwa als Magd zu mir gekommen?«

»Wer wird denn hier die Zimmer fegen?« Sie richtete sich auf und sah mir gerade in die Augen. »Jetzt bin ich nicht mehr krank.«

»Ich habe dich doch nicht der Arbeit wegen zu mir genommen, Jelena. Du scheinst zu fürchten, daß ich wie die Bubnowa dir Vorwürfe machen könnte, daß du umsonst bei mir lebst? Und woher hast du diesen alten Besen genommen? Ich hatte hier keinen«, fügte ich ganz verwundert hinzu.

»Das ist mein Besen. Ich habe ihn selbst hierher gebracht. Ich habe doch Großpapa die Zimmer aufgeräumt. Der Besen lag seitdem dort, unter dem Ofen.«

Ich kehrte nachdenklich ins Zimmer zurück; mir war es klar, daß ihr meine Gastfreundschaft nicht leicht fiel, und daß sie sich bemühte, sie zu verdienen. ‚Was für ein verbitterter Charakter!' dachte ich bei mir. Nach ein paar Minuten kam auch sie herein, setzte sich neben mich auf den Diwan und sah mich fragend an. Darauf bereitete ich den Tee, goß auch ihr Tee ein und reichte ihr ein Stück Weißbrot. Sie nahm alles schweigend ohne jeden Widerspruch entgegen. Sie hatte ganze vierundzwanzig Stunden nichts genossen.

»Siehst du, da hast du dein nettes Kleid beim Fegen beschmutzt.« Ich bemerkte einen schmutzigen Streifen an ihrem Rocksaum.

Sie warf einen Blick auf die bezeichnete Stelle, und zu meiner Verwunderung stellte sie die Tasse hin, ergriff ruhig mit beiden Händen den Saum des Kleides und riß kaltblütig den ganzen Saum ab.

Nachdem sie das getan hatte, sah sie mich hartnäckig schweigend an, mit flammenden Augen.

»Was hast du getan, Jelena?« rief ich erschrocken aus, denn ich glaubte, eine Wahnsinnige vor mir zu sehen.

»Das ist ein schändliches Kleid!« sagte sie mit vor Aufregung ganz erstickter Stimme. »Warum sagten Sie, daß es ein nettes Kleid sei? Ich will es nicht tragen!« rief sie und sprang auf. »Ich werde es in Stücke zerreißen! Ich habe sie nicht darum gebeten, mich herauszuputzen, sie hat es gewaltsam mit mir getan! Ich habe schon ein solches Kleid zerrissen, auch dieses werde ich zerreißen, zerreißen, zerreißen! ...«

In einem Augenblick war das ganze Kleid in Fetzen. Als sie damit zu Ende war, konnte sie sich kaum mehr auf den Füßen halten. Ich sah mit Verwunderung auf diesen Ausbruch besinnungsloser Leidenschaftlichkeit. Sie sah mich herausfordernd an, als wäre auch ich ihr gegenüber irgendwie schuldig. Ich wußte bereits, was ich zu tun hatte.

Ich beschloß, ihr heute sofort ein neues Kleid zu kaufen. Dieses wilde, erbitterte Geschöpf mußte man mit Liebe behandeln. Es sah so aus, als wäre sie nie einem Menschen begegnet. Wenn sie schon einmal, ungeachtet der schrecklichen Strafen, ihr erstes Kleid in Stücke zerrissen hatte, um wieviel mehr mußte dann dieses Kleid und dieser Augenblick sie an alles Schreckliche erinnern!

Auf dem Trödelmarkt konnte man billig ein gutes, einfaches Kleidchen kaufen. Das Unglück wollte es nur, daß ich in diesem Augenblick kein Geld mehr hatte. Immerhin hatte ich schon gestern vor dem Schlafengehen beschlossen, mir heute welches zu verschaffen. Ich nahm meinen Hut. Jelena folgte mir mit den Augen, als erwarte sie etwas von mir.

»Sie werden mich wohl wieder einschließen?« fragte sie, als ich nach dem Schlüssel griff, um die Wohnung von außen abzuschließen, wie ich es gestern und vorgestern getan.

»Liebes Kind«, antwortete ich ihr, »sei mir nicht böse. Ich schließe die Wohnung nur darum ab, weil ich fürchte, daß jemand kommen könnte. Du bist krank und könntest dich erschrecken. Ja, und Gott weiß, wer nicht alles kommen kann, die Bubnowa am Ende ...«

Mit Absicht sagte ich ihr das. Ich schloß sie jedoch nur ein, weil ich fürchtete, daß sie von mir fortlaufen könnte. Wenigstens für die erste Zeit hatte ich beschlossen, vorsichtig zu sein. Jelena antwortete mir nichts, und ich schloß die Tür hinter mir ab. Ich kannte einen Verleger, der ein großes Sammelwerk herausgab. Von ihm holte ich mir immer Arbeit, wenn ich Geld sehr nötig hatte. Ich begab mich auch jetzt zu ihm und erhielt fünfundzwanzig Rubel von ihm ausgezahlt; dafür verpflichtete ich mich, in einer Woche einen bestimmten Artikel zu liefern. Ich aber hoffte, auf diese Weise Zeit für meinen Roman zu gewinnen. Das tat ich oft, wenn die Not am größten war.

Von ihm begab ich mich auf den Trödelmarkt. Dort suchte ich eine mir bekannte Händlerin auf, die allerhand Kleider verkaufte. Ich gab ihr ungefähr den Wuchs Jelenas an, und sie suchte mir sofort ein festes, höchstens einmal in der Wäsche gewesenes Kattunkleid aus, das sie mir zu geringem Preis verkaufte. Zufällig fand ich auch noch ein nettes Halstuch. Als ich das bezahlt hatte, fiel mir ein, daß Jelena sicher auch einen Mantel brauche. Das Wetter fing an kalt zu werden, und sie besaß absolut nichts. Aber das ließ ich bis auf ein anderes Mal. Jelena war so empfindlich und stolz; Gott weiß, ob sie überhaupt dieses Kleid von mir annehmen würde, das ich mit Absicht so billig und so einfach wie nur möglich gekauft hatte. Übrigens kaufte ich ihr auch noch zwei Paar baumwollene und ein Paar wollene Strümpfe. Die konnte ich ihr unter dem Vorwand geben, daß sie krank und daß es im Zimmer kalt sei. Sie hatte wohl auch Wäsche nötig, aber ich sah davon ab, bis wir uns näher kennengelernt haben würden. Dafür kaufte ich einen Vorhang vor das Bett, eine unumgängliche Sache, die Jelena nur angenehm sein konnte.

Beladen mit diesen Sachen kam ich erst am Nachmittag zu Hause an. Das Schloß öffnete sich fast geräuschlos, so daß Jelena gar nicht bemerkte, daß ich eintrat. Ich sah sie am Tisch stehen und in meinen Büchern lesen. Als sie mich erblickte, schlug sie schnell das Buch zu, in dem sie gelesen hatte, und wandte sich errötend ab. Es war mein erster Roman, auf dessen Titelblatt mein voller Name stand.

»Es war jemand in Ihrer Abwesenheit hier!« sagte sie in einem Ton zu mir, in dem man deutlich den Vorwurf hörte: »Warum haben Sie mich eingeschlossen?«

»Vielleicht war es der Doktor?« sagte ich. »Du hast nichts geantwortet?«

»Nein.«

Ich schwieg, öffnete mein Paket und gab ihr das Kleid.

»Sieh, Jelena«, sagte ich zu ihr, »in den Fetzen, die du anhast, kannst du nicht bleiben. Ich habe dir ein billiges, einfaches Alltagskleid gekauft, es kostet im ganzen nur einen Rubel zwanzig Kopeken. Trag es!«

Ich legte das Kleid neben sie hin, sie errötete über und über und sah mich ganz verwundert starr an.

Sie war über die Maßen erstaunt und schien mir sehr verlegen. Doch etwas Weiches, Zärtliches leuchtete in ihren Augen auf. Als ich bemerkte, daß sie schwieg, wandte ich mich ab und machte mich am Tisch zu schaffen. Meine Handlungsweise schien sie ganz zu verwirren. Sie saß da, mit Mühe sich beherrschend, die Augen zu Boden geschlagen.

Mein Kopfschmerz wurde immer schlimmer. Die frische Luft hatte mir nicht gut getan. Dabei mußte ich auf jeden Fall zu Natascha. Meine Unruhe um sie nahm zu. Plötzlich schien es mir, als hätte Jelena mich gerufen. Ich wandte mich um.

»Wenn Sie jetzt fortgehen, schließen Sie mich bitte nicht mehr ein«, sagte sie, beiseite blickend und mit den Fingern an der Diwanschnur zupfend, als nehme diese Beschäftigung ihre ganze Aufmerksamkeit in Anspruch. »Ich werde nicht von Ihnen fortgehen.«

»Gut, Jelena, ich bin damit einverstanden. Aber wenn nun jemand kommt, Gott weiß, wer?«

»So geben Sie mir den Schlüssel, ich werde die Tür von innen zuschließen, und wenn jemand klopft, werde ich sagen: ‚Es ist niemand zu Haus.'«

Und sie sah mich schlau an, als wollte sie sagen: ‚Sieh, wie man das machen muß!'

»Wer wäscht Ihnen die Wäsche?« fragte sie plötzlich, bevor ich noch etwas erwidern konnte.

»Hier im Hause ist eine Frau . . .«

»Ich kann Wäsche waschen. Wo speisen Sie und woher haben Sie gestern das Essen geholt?«

»Aus dem Gasthaus.«

»Ich kann auch kochen und werde für Sie das Essen kochen!«

»Laß das doch, Jelena, – was wirst du denn viel zu kochen verstehen!«

Sie schwieg, und ihr Ausdruck verdüsterte sich. Meine Bemerkung beleidigte sie offenbar. Es vergingen ungefähr zehn Minuten; wir schwiegen beide.

»Suppe«, sagte sie plötzlich, ohne den Kopf zu erheben.

»Wie, Suppe? Was für eine Suppe?« fragte ich verwundert.

»Suppe verstehe ich zu kochen. Ich habe Mamachen immer Suppe gekocht, wenn sie krank war. Ich bin auch auf den Markt gegangen.«

»Siehst du nun, Jelena, siehst du nun, wie stolz du bist«, sagte ich und setzte mich zu ihr auf den Diwan. »Ich bin zu dir so, wie mein Herz es mir befiehlt. Du bist jetzt allein und unglücklich, hast niemanden, und ich möchte dir helfen. Wenn es mir so schlecht erginge wie dir, würdest auch du mir helfen wollen. Nur denkst du nicht so wie ich, und dir fällt es schwer, von mir etwas anzunehmen. Du willst mir sofort alles bezahlen, alles abarbeiten, als wärst du bei der Bubnowa! Du solltest dich doch schämen, Jelena!«

Sie sagte nichts, ihre Lippen zuckten; sie schien mir etwas entgegnen zu wollen, nahm sich aber zusammen und schwieg. Ich erhob mich, um zu Natascha zu gehen. Dieses Mal überließ ich ihr den Schlüssel und bat sie, wenn jemand kommen und anklopfen sollte, zu fragen, wer da sei. – Ich war innerlich davon überzeugt, daß es um Natascha schlecht stand. Ich wollte jedenfalls auf einen Augenblick bei ihr vorsprechen, sie sonst aber weiter nicht mit meiner Gegenwart belästigen.

So geschah es denn auch. Sie empfing mich mit unzufriedener, strenger Miene. Ich hätte sofort wieder weggehen sollen, aber meine Füße trugen mich kaum noch.

»Ich komme zu dir nur auf einen Augenblick, Natascha«, begann ich, »um dich meiner Kleinen wegen um Rat zu fragen?«

Und ich beeilte mich, ihr so schnell als möglich meine letzten Erlebnisse mit Jelena zu erzählen. Natascha hörte mich schweigend an.

»Ich weiß wirklich nicht, was ich dir raten soll, Wanja«, antwortete sie mir. »Es scheint ein eigenartiges Wesen zu sein, sicher sehr gequält und verschüchtert. Warte wenigstens ab, bis sie gesund ist. Willst du sie zu den Unsrigen bringen?«

»Sie sagt, sie wolle durchaus bei mir bleiben. Weiß Gott, wie man sie dort auch aufnehmen würde. Und du, wie geht es dir? Du schienst gestern krank zu sein?« fragte ich sie schüchtern.

»Ja ... auch heute tut mir der Kopf weh«, antwortete sie zerstreut. »Hast du jemanden von den Unsrigen gesehen?«

»Nein. Morgen werde ich hingehen. Morgen ist ja Sonnabend ...«

»Nun, und?«

»Morgen kommt doch der Fürst ...«

»Nun, und? Ich habe es nicht vergessen.«

»Nein, ich meinte nur so ...«

Sie blieb unmittelbar vor mir stehen und sah mir lange und unverwandt in die Augen. In ihrem Blick lag eine gewisse Entschlossenheit, eine gewisse Hartnäckigkeit; etwas Fieberhaftes, Inbrünstiges.

»Weißt du was, Wanja«, sagte sie, »sei lieb und geh weg von mir, du störst mich sehr ...«

Ich erhob mich sofort und sah sie mit unsagbarer Verwunderung an.

»Natascha! Mein Freund, was ist mit dir? Was ist geschehen?« rief ich erschrocken.

»Nichts ist geschehen! Morgen wirst du alles, alles erfahren, jetzt aber möchte ich allein sein. Hörst du, Wanja: geh sofort. Es ist so schwer, so schwer für mich, dich zu sehen!«

»Aber sage mir doch wenigstens ...«

»Alles, alles wirst du morgen erfahren! Mein Gott, wirst du denn nicht endlich gehen?«

Ich ging hinaus. Ich war wie betäubt und wußte kaum mehr, wo ich mich befand. Mawra schlüpfte mir nach ins Treppenhaus.

»Was, ist sie böse?« fragte sie mich. »Ich fürchte mich schon, zu ihr nur hineinzugehen.«

»Ja, was hat sie nur?«

»Ach, wir haben doch schon den dritten Tag von *Unserem* nicht mal die Nasenspitze gesehen!«

»Wieso, den dritten Tag nicht?« fragte ich sie verwundert. »Sie hat mir doch gestern selbst gesagt, daß er am Morgen dagewesen sei und daß er am Abend wiederkommen wolle.«

»Was am Abend! Er war nicht einmal am Morgen da. Ich sage doch, den dritten Tag hat er sich schon nicht mehr sehen lassen. Hat sie selbst gesagt, daß er am Morgen da war?«

»Sie hat es selbst gesagt.«

»Nun«, sagte Mawra nachdenklich, »dann muß es ihr doch so weh tun, daß sie es sogar vor Ihnen verbergen will. Nein, das ist doch wirklich! ...«

»Ja, was soll denn dabei sein?« fuhr ich sie an.

»Ach, du lieber Gott, weiß ich es denn?« Mawra schlug die Hände ratlos zusammen. »Zweimal hat sie mich gestern zu ihm geschickt, und jedesmal hat sie mich wieder zurückgerufen. Heute aber spricht sie schon kein Wort mehr mit mir. Könntest du nicht mit ihm sprechen? Ich wage schon gar nicht mehr, sie allein zu lassen ...«

Ich eilte die Treppe hinunter.

»Am Abend kommst du doch wieder?« rief mir Mawra nach.

»Ich werde sehen«, sagte ich, mich zurückwendend. »Vielleicht komme ich, um mich nach ihr zu erkundigen. Wenn ich mich nur selbst werde auf den Beinen halten können!«

Ich hatte in der Tat das Empfinden, als habe mich etwas gleichsam mitten ins Herz getroffen.

X

Ich begab mich geradeswegs zu Aljoscha. Er wohnte bei seinem Vater in der Kleinen Morskája. Der Fürst bewohnte ein ganzes Stockwerk, obgleich er ganz allein lebte. Aljoscha hatte zwei schöne große Zimmer dieser Wohnung inne. Ich war sehr selten bei ihm gewesen, ich glaube, nur ein einziges Mal. Er dagegen hatte mich öfter besucht, besonders zu Anfang seiner Verbindung mit Natascha.

Er war nicht zu Hause. Ich trat in sein Zimmer und schrieb ihm folgenden Brief:

»Aljoscha, Sie scheinen den Verstand verloren zu haben. Da Ihr Vater Dienstagabend selbst Natascha bat, Ihnen die Ehre zu erweisen, Ihre Frau zu werden, und da Sie über diese Bitte sehr erfreut waren, wovon ich Zeuge bin, so werden Sie wohl zugeben, daß Ihr Benehmen jetzt mehr als sonderbar ist. Wissen Sie auch, was Sie Natascha damit antun? Jedenfalls wird mein Brief Sie daran erinnern, daß Ihr Verhalten zu Ihrer zukünftigen Frau überaus unwürdig und leichtfertig wirkt. Ich weiß sehr wohl, daß ich kein Recht habe, Ihnen Vorhaltungen zu machen; aber das ist mir vollkommen gleichgültig.«

»P. S. Von diesem Brief weiß sie nichts. Sie hat mit mir überhaupt nicht von Ihnen gesprochen.«

Ich versiegelte den Brief und ließ ihn auf Aljoschas Tisch. Auf meine Frage antwortete der Diener, daß Alexei Petrowitsch jetzt fast nie zu Hause sei und erst in der Nacht, kurz vor Tagesanbruch, heimkomme.

Mit Mühe schleppte ich mich bis nach Haus. Mir schwindelte, die Beine zitterten vor Schwäche. Die Tür zu meiner Wohnung war nicht mehr verschlossen: in meinem Zimmer saß Nikolai Ssergejewitsch Ichmenjeff und wartete auf mich. Er saß am Tisch und sah schweigend und mit Verwunderung Jelena an, die ihn ihrerseits nicht weniger erstaunt und mißtrauisch betrachtete. ‚Der wird sich schön über sie gewundert haben!' dachte ich.

»Sieh da, mein Lieber, eine ganze Stunde warte ich schon auf dich! Ich hätte nicht gedacht, dich ... so zu finden ...« Er sah sich im Zimmer um und wies, mit den Augen zwinkernd, kaum merklich auf Jelena.

In seinen Augen lag Verständnislosigkeit. Als ich ihn näher ansah, bemerkte ich, daß sein Gesicht blasser als gewöhnlich war und Kummer und Unruhe verriet.

»Setze dich, setze dich«, forderte er mich mit besorgter Miene auf. »Ich beeilte mich, zu dir zu kommen, habe eine Angelegenheit mit dir zu besprechen. Aber was fehlt dir? Du siehst ja ganz verändert aus?«

»Ich fühle mich nicht wohl. Seit dem Morgen schwindelt mir der Kopf.«

»Du, gib acht, sei vorsichtiger! Hast du dich nicht erkältet?«

»Nein, das ist wohl nur so ein Nervenanfall. Das habe ich manchmal. Und Sie? Auch Sie scheinen nicht ganz gesund zu sein?«

»Nein, nein, das macht nichts! Ich habe etwas mit dir zu besprechen. Setze dich.«

Ich zog einen Stuhl herbei und setzte mich ihm gegenüber an den Tisch. Der Alte beugte sich vor und begann mit halblauter Stimme:

»Sieh sie nicht an, damit sie nicht merkt, daß wir über sie sprechen. Was ist das für ein Gast, den du da hast?«

»Sprechen wir nachher davon, Nikolai Ssergejewitsch. Das ist ein armes Mädchen, ein Waise, Enkelin jenes Smith, der hier gewohnt hat und in der Konditorei gestorben ist.«

»Ach so, er hatte also eine Enkelin! Nun, mein Freund, ist das aber ein sonderbares Geschöpf! Die sieht einen so an, so! Wirklich, ich sage dir, wenn du in fünf Minuten nicht gekommen wärst, so hätte ich es hier nicht mehr ausgehalten. Nur mit Mühe konnte ich sie dazu bringen, daß sie mir die Tür öffnete; sie spricht kein Wort mit mir, es wird einem einfach unheimlich mit ihr allein! Sie ist ja gar nicht wie sonst ein Menschenkind. Wie ist sie denn zu dir gekommen? Ach, ich verstehe, sie ist wohl zum Großvater gekommen, und hat nicht gewußt, daß er gestorben ist?«

»Ja, es ist ein unglückliches Kind. Der Alte sprach noch im letzten Augenblick von ihr, bevor er starb.«

»Hm! Wie der Großvater, so die Enkelin. Nachher erzählst du mir alles. Vielleicht kann ihr geholfen werden, wenn sie wirklich so unglücklich ist . . . Jetzt aber, mein Lieber, könnte man ihr nicht sagen, daß sie hinausgeht, denn ich muß ernstlich mit dir reden.«

»Ich kann sie nirgendwohin schicken. Sie wohnt hier bei mir.«

Ich erklärte dem Alten die Hauptsache in ein paar Worten und fügte hinzu, daß man ruhig alles in ihrer Gegenwart sprechen könne, da sie ja noch ein Kind sei ...

»Nun, ja ... freilich ein Kind. Aber du hältst mich wohl zum besten, mein Freund? Sie wohnt bei dir, sagst du? Gott im Himmel!«

Und der Alte sah sie noch einmal verwundert an. Jelena fühlte, daß man von ihr sprach; sie saß schweigend da, den Kopf auf die Brust gesenkt, und zupfte mit ihren Fingerchen an der Diwanschnur. Sie hatte bereits ihr neues Kleid angezogen, das ihr sehr gut paßte. Die Haare waren sorgfältig gekämmt, sorgfältiger als früher, vielleicht aus Anlaß des neuen Kleides. Überhaupt, hätte sie nicht diesen sonderbar scheuen Blick gehabt, so wäre sie ein allerliebstes kleines Mädchen gewesen.

»Also, kurz und bündig, die Sache ist die«, begann der Alte von neuem ...

Er saß in sich versunken, mit strenger und wichtiger Miene da, und ungeachtet seines »kurz und bündig« konnte er den Anfang nicht finden. ‚Was kann er wohl haben?' dachte ich.

»Siehst du, Wanja, ich bin mit einer großen Bitte zu dir gekommen. Doch bevor ich sie ausspreche – das sehe ich jetzt selbst ein –, muß ich dir erst die näheren Umstände erklären ... Umstände, sehr peinlicher Art ...«

Er hüstelte und sah mich forschend an, darauf errötete er; errötete und ärgerte sich über seine Ungeschicklichkeit; ärgerte sich und entschloß sich plötzlich:

»Doch wozu da noch alles erklären! Du wirst es von selbst verstehen! Kurz, ich will den Fürsten fordern, und dich bitte ich, diese Sache in die Hand zu nehmen und mein Sekundant zu sein.«

Ich prallte bis an die Stuhllehne zurück und starrte ihn sprachlos vor Verwunderung an.

»Nun, was starrst du mich so an? Ich habe noch nicht den Verstand verloren.«

»Aber erlauben Sie, Nikolai Ssergejewitsch! Unter welchem Vorwand denn, zu welchem Zweck? Und schließlich, wie wäre denn das überhaupt mög ...«

»Vorwand! Zweck!« rief der Alte empört. »Womit du mir kommst!«

»Gut, schon gut, ich weiß, was Sie sagen wollen. Aber wem ist denn mit einer solchen Herausforderung geholfen? Was für eine Lösung bringt denn ein Duell? Ich gestehe, daß ich das nicht einsehen kann ...«

»Das dachte ich mir schon, daß du nichts davon einsehen wirst! Also höre zu: unser Prozeß ist beendet (das heißt: wird in diesen Tagen beendet sein; nur die paar leeren Formalitäten sind noch zu erledigen); ich bin verurteilt worden. Ich habe an die zehntausend Rubel zu zahlen, so lautet das Urteil. Für diese Summe wird mein Gut Ichmenjeffka in Beschlag genommen. Folglich ist dieser gemeine Mensch jetzt abgefunden. Ich aber bin, indem ich Ichmenjeffka hingebe, aller Schulden ledig und werde wieder zu einem unbeteiligten Menschen, der damit nichts mehr zu schaffen hat. Hier nun erhebe ich als freier Mensch mein Haupt und erkläre: ‚So und so, verehrtester Fürst', kann ich sagen, ‚Sie haben mich zwei Jahre lang beleidigt, sie haben meinen Namen, die Ehre meiner Familie der Schande preisgegeben, und ich hatte das alles zu ertragen! Damals konnte ich Sie nicht zum Duell fordern. Sie hätten mir dann einfach sagen können: ‚Ach, du Schlauberger, du willst mich niederknallen, um das Geld nicht bezahlen zu müssen, wozu dich das Gericht, wie du wohl schon voraussiehst, früher oder später doch verurteilen wird! Nein, laß uns erst mal abwarten, wie das Gericht entscheiden wird, dann erst kannst du mich fordern.' ... Jetzt, verehrtester Fürst, ist der Prozeß beendet, Sie sind sichergestellt, somit bestehen keine Schwierigkeiten mehr, und so frage ich Sie denn, ob es Ihnen jetzt gefällig ist, an die Barriere zu treten?' – Siehst du, darum handelt es sich! Oder habe ich deiner Ansicht nach nicht das Recht, mich endlich für alles, für alles mir Angetane zu rächen?«

Seine Augen blitzten. Ich sah ihn lange schweigend an. Ich wollte bis zu seinem geheimen Denken vordringen.

»Hören Sie mal, Nikolai Ssergejewitsch«, sagte ich schließlich, nachdem ich mich entschlossen hatte, die Hauptsache zur Sprache zu bringen, denn sonst wäre eine Verständigung zwischen uns doch nicht möglich. »Können Sie gegen mich vollkommen aufrichtig sein?«

»Gewiß kann ich das«, antwortete er mit fester Stimme.

»Dann sagen Sie mir offen: ist es nur das Verlangen, sich zu rächen, was Sie dazu treibt, oder haben Sie hierbei auch noch andere Ziele im Auge?«

»Wanja«, erwiderte er, »du weißt, daß ich niemandem gestatte, gewisse Dinge im Gespräch mit mir zu berühren; aber für dieses eine Mal will ich eine Ausnahme machen, da du mit deinem klaren Verstand sofort erkannt hast, daß es unmöglich ist, diesen einen Punkt zu umgehen. Ja, ich habe auch noch ein anderes Ziel im Auge. Dieses Ziel ist: meine verlorene Tochter zu retten und sie zu bewahren vor dem unheilvollen Weg, auf den jetzt die jüngsten Ereignisse sie treiben wollen.«

»Aber wie wollen Sie sie denn mit diesem Duell davor bewahren, das verstehe ich nicht!«

»Indem ich all das verhindere, was dort jetzt geplant wird! Höre mich an: denke bloß nicht, daß aus mir jetzt irgendeine väterliche Zärtlichkeit oder eine ähnliche Schwäche spricht. Das ist alles Unsinn! Das Innere meines Herzens zeige ich niemandem. Auch du kennst es nicht. Meine Tochter hat mich verlassen, sie ist aus meinem Haus mit ihrem Liebhaber davongegangen, und ich habe sie aus meinem Herzen herausgerissen, ein für allemal herausgerissen, noch an demselben Abend – du erinnerst dich? Wenn du mich nun schluchzen gesehen hast, vor ihrem Miniaturbildchen, so folgt daraus noch nicht, daß ich ihr verzeihen wolle. Ich habe ihr auch damals nicht verziehen. Ich weinte über ein verlorenes Glück, über einen vergeblichen Zukunftstraum, aber nicht über *sie*, wie sie jetzt ist. Vielleicht weine ich jetzt oft; ich schäme mich nicht, das einzugestehen, wie ich mich nicht schäme, daß ich mein Kind früher über alles auf der Welt geliebt habe. Anscheinend widerspricht das meinem jetzigen Vorhaben. Du könntest mir sagen: ‚Wenn dem so ist, und wenn Sie sich zum Schicksal jener, die Sie nicht mehr als Ihre Tochter betrachten, gleichgültig verhalten, wozu mischen Sie sich dann noch in das ein, was dort jetzt geplant wird?' Darauf antworte ich dir: erstens deshalb, weil ich diesen niedrigen und heimtückischen Menschen nicht triumphieren lassen will, und zweitens aus dem Gefühl ganz gewöhnlicher Menschenliebe. Wenn sie auch nicht mehr meine Tochter ist, so ist sie doch ... immerhin ein schwaches, schutzloses und betrogenes Geschöpf, das noch mehr betrogen werden soll, um es ganz und gar zugrunde zu richten. Unmittelbar kann ich mich in die Sache nicht einmischen, aber mittelbar, durch ein Duell, das kann ich. Wenn man mich tötet oder mein Blut vergießt, wird sie dann wirklich die Grenze zwischen uns überschreiten und vielleicht über meinen Leichnam hinweg mit dem Sohn meines Mörders zur Trauung schreiten, wie jene Königstochter, die über die Leiche ihres Vaters mit ihrem Wagen hinwegfuhr?[15] (Du erinnerst dich doch noch, wir hatten zu Hause so ein Buch, aus dem du lesen lerntest?) Und schließlich, wenn es zum Duell kommt, werden unsere Fürsten diese Heirat wohl selbst nicht mehr wollen. Mit einem Wort, *ich* will diese Ehe nicht und werde alles tun, damit sie nicht zustande kommt. Hast du mich jetzt verstanden?«

»Nein. Wenn Sie Natascha Gutes wünschen, dann verstehe ich nicht, warum Sie diese Heirat verhindern wollen, also gerade das, was ihren guten Namen in der Gesellschaft wiederherstellen kann? Sie hat doch noch ein langes Leben vor sich; dazu braucht sie einen guten Ruf.«

»Ach, was kümmern sie alle diese gesellschaftlichen Meinungen, das sollte ihr Standpunkt sein! Sie sollte einsehen, daß die größte Schmach für sie eben diese Heirat wäre, die Verbindung mit diesen gemeinen Menschen und dieser erbärmlichen Gesellschaft. Vornehmer Stolz – das sollte ihre Antwort an die Gesellschaft sein. Dann ... würde vielleicht auch ich einwilligen, ihr meine Hand zu reichen, und dann wollen wir doch sehen, wer es wagen wird, mein Kind zu beschimpfen!«

Ein so tollkühner Idealismus machte mich staunen. Aber ich erriet sofort, daß er außer sich war und im Jähzorn sprach.

»Das ist gar zu ideal gedacht«, antwortete ich ihm, »und folglich grausam. Sie verlangen von ihr eine Kraft, die Sie ihr, als Vater, vielleicht gar nicht mitgegeben haben. Und willigt sie denn deshalb in diese Ehe ein, weil sie Fürstin sein möchte? Sie liebt doch; das ist doch Leidenschaft; das ist Fatum. Und schließlich: Sie verlangen von ihr Verachtung der öffentlichen Meinung, Sie selbst aber beugen sich vor dieser Meinung. Der Fürst hat Sie beleidigt, hat Sie öffentlich verdächtigt, durch Betrug zu seinem fürstlichen Hause in verwandtschaftliche Verbindung treten zu wollen, und nun denken Sie: wenn sie jetzt selbst, nach dem formellen Antrag von deren Seite, diese Verbindung ablehnt, so wird das die beste und deutlichste Widerlegung der früheren Verleumdung sein. Das ist es, was Sie nun erreichen wollen, Sie bewerten die Meinung des Fürsten so hoch, daß Sie ihn zwingen wollen, seinen Irrtum selbst einzusehen. Es reizt Sie, ihn zu verhöhnen, ihm heimzuzahlen, und Sie opfern dafür das Glück Ihrer Tochter. Ist das etwa kein Egoismus?«

Der Alte saß finster und mürrisch da, er sagte lange kein Wort.

»Du bist ungerecht gegen mich, Wanja«, sagte er endlich, und eine Träne glänzte an seinen Wimpern, »ich schwöre dir, daß du ungerecht denkst, aber lassen wir das! Ich kann nicht mein Herz vor dir umkrempeln und dich das Inwendige sehen lassen«, fuhr er fort und griff, sich erhebend, nach seinem Hut. »Ich kann dir nur dies eine sagen: du hast soeben vom Glück meiner Tochter gesprochen. Ich glaube nicht an dieses Glück, glaube mit aller Entschiedenheit und

Bestimmtheit nicht daran, ganz abgesehen davon, daß diese Ehe sowieso niemals zustande kommen wird.«

»Wieso! Warum glauben Sie das? Wissen Sie vielleicht etwas darüber?« rief ich aufhorchend erregt.

»Nein, ich weiß nichts Näheres darüber. Aber dieser verdammte Fuchs wird sich niemals zu so etwas entschlossen haben können. Das sind lauter Flausen, nichts als Ränkespiel. Davon bin ich überzeugt, und du behalte meine Worte, daß ich es vorausgesagt habe. Und zweitens, selbst wenn diese Ehe zustande kommen sollte, das heißt: nur in dem Fall, wenn dieser Schuft eine besondere, geheimnisvolle, keinem bekannte Berechnung haben sollte, wonach diese Ehe für ihn vorteilhaft sein könnte – eine Berechnung allerdings, die ich mir entschieden nicht auszudenken vermag –, so sage dir doch selbst, frage dein eigenes Herz: kann sie denn glücklich werden in einer solchen Ehe? Vorwürfe, Demütigungen, als Freundin eines Jungen, der ja jetzt schon ihre Liebe als lästig zu empfinden anfängt, sobald er aber verheiratet ist, sogleich sie mißachten, kränken, erniedrigen wird; bei ihr aber wird die Leidenschaft in demselben Maße zunehmen, wie sie seinerseits erkaltet; Eifersucht, Qual, die Hölle auf Erden, die Scheidung, vielleicht noch ein Verbrechen ... nein, Wanja! Wenn ihr dort so etwas zusammenbraut, und du noch dabei hilfst, so wirst du das vor Gott verantworten müssen, aber dann wird es zu spät sein! Leb wohl!«

Ich hielt ihn zurück.

»Hören Sie, Nikolai Ssergejewitsch, machen wir es so: Warten wir noch ab. Seien Sie versichert, daß nicht nur meine Augen diese Sache verfolgen; vielleicht wird dies alles von selbst seine Lösung finden, die beste Lösung, und ohne gewaltsame und künstliche Mittel, wie zum Beispiel so ein Duell. Die Zeit – ist der beste Entscheider! Und zu guter Letzt: erlauben Sie mir, Ihnen zu sagen, daß Ihr ganzes Projekt doch vollkommen unmöglich ist. Haben Sie denn wirklich auch nur einen Augenblick denken können, daß der Fürst Ihre Forderung annehmen werde?«

»Warum denn nicht? Was fällt dir ein! Bedenke, was du da sagst!«

»Ich schwöre Ihnen, er wird sie nicht annehmen und glauben Sie mir, er wird schon eine vollkommen genügende Ausrede zu finden wissen, wird mit pedantischem Ernst vorgehen, und zugleich werden Sie der Lächerlichkeit preisgegeben sein ...«

»Aber ich bitte dich, mein Lieber, ich bitte dich! Du vernichtest mich ja einfach! Wie kann er denn meine Forderung nicht annehmen? Nein, Wanja, du bist eben doch nur irgend so ein Dichter ... eben, ein richtiger Dichter! Was willst du damit sagen, etwa, daß ich nicht satisfaktionsfähig sei? Ich bin nicht schlechter als er. Ich bin ein alter Mann, ein beleidigter Vater, und du, ein russischer Schriftsteller und daher eine ehrenwerte Persönlichkeit, kannst mein Sekundant sein, und ... Ich verstehe nicht, was du noch mehr verlangst ...«

»Sie werden ja sehen. Die werden dort schon solche Einwände herbeizuziehen wissen, daß Sie selbst, Sie als erster, finden werden, daß ein Zweikampf zwischen Ihnen und ihm vollkommen unmöglich sei.«

»Hm ... also gut, mein Freund, lassen wir es bei dem bleiben, wie du sagst! Ich werde abwarten, natürlich nur eine Zeitlang. Sehen wir zu, wie die Zeit entscheidet. Aber noch etwas, mein Freund: gib mir dein Ehrenwort, daß du weder dort noch Anna Andrejewna ein Wort von unserem Gespräch mitteilen wirst.«

»Gut, ich gebe Ihnen mein Wort.«

»Und zweitens, Wanja, tu mir den Gefallen und sprich mit mir nie wieder von dieser Sache.«

»Gut, ich verspreche es Ihnen.«

»Und schließlich noch eine Bitte: ich weiß, mein Lieber, daß es für dich bei uns vielleicht langweilig ist, aber könntest du nicht trotzdem etwas öfter zu uns kommen, wenn es sich so machen läßt? Meine arme Anna Andrejewna hat dich so gern und ... und ... ohne dich grämt sie sich so ... du verstehst doch, Wanja?«

Und er drückte mir fest die Hand. Ich gab ihm von ganzem Herzen das Versprechen.

»Und jetzt, Wanja, noch eine heikle Frage: hast du Geld?«

»Geld?« wiederholte ich verwundert.

»Ja«, (und der Alte wurde rot und schlug die Augen nieder) »wenn ich so deine Wohnung sehe, Bruder, ... und an deine Lage denke ... und wenn ich mir überlege, daß du noch andere, unvorhergesehene Ausgaben haben könntest (und zwar gerade jetzt wäre das doch möglich), so ... siehst du, Bruder, hier sind hundertfünfzig Rubel für alle Fälle, für den ersten Bedarf ...«

»Hundertfünfzig, und das nur *für den ersten Bedarf*, während Sie jetzt den Prozeß verloren haben!«

»Ach, Wanja, ich sehe, daß du mich gar nicht verstehen willst! Es können doch *unvorhergesehene* Ausgaben dazwischenkommen, versteh mich doch! In manchen Fällen bedeutet Geld haben eine gewisse Unabhängigkeit der Lage, die Möglichkeit eines freien Entschlusses. Vielleicht brauchst du es jetzt gar nicht, aber späterhin könntest du es doch nötig haben? Jedenfalls lasse ich es hier bei dir. Das ist alles, was ich im Augenblick beschaffen konnte. Und wenn du es nicht ausgibst, kannst du es mir ja zurückgeben. Aber jetzt leb wohl! Mein Gott, wie bleich du bist! Du siehst ja richtig krank aus ...«

Ich widersprach nicht und nahm das Geld. Es war ja nur zu klar, wozu er es mir übergab.

»Ich kann mich kaum noch auf den Beinen halten«, antwortete ich ihm.

»Gib acht auf dich, Wanja, mein Lieber, gib acht auf dich! Geh heute nicht mehr aus. Ich werde Anna Andrejewna berichten, wie du dich befindest. Hast du nicht einen Arzt nötig? Ich werde mich morgen nach dir erkundigen; wenigstens werde ich mich bemühen, es zu tun, wenn ich mich nur selbst noch auf den Füßen werde halten können. Jetzt aber solltest du dich hinlegen. Nun, leb wohl. Adieu, Kleine! Sie wendet sich ab! ... Höre mal, Wanja, mein Freund! Hier sind noch fünf Rubel für das kleine Mädchen. Du sage ihr aber nicht, daß ich sie dir gegeben habe, sondern gib sie einfach für sie aus. Kaufe Stiefelchen für sie oder Wäsche ... oder was sie sonst noch braucht! Leb wohl, mein Freund ...«

Ich begleitete ihn bis zur Haustür. Ich mußte den Hausknecht bitten, Essen zu holen. Jelena hatte noch kein Mittagessen gehabt.

XI

Kaum war ich in meine Wohnung zurückgekehrt, als mich ein Schwindel erfaßte und ich mitten im Zimmer hinfiel. Ich erinnere mich nur noch, daß Jelena aufschrie und mit vorgestreckten Armen auf mich zustürzte, um mich zu stützen. Das war der letzte Augenblick, der in meinem Gedächtnis haften blieb.

Als ich wieder zu mir kam, lag ich im Bett. Jelena erzählte mir später, sie habe mich mit Hilfe des Hausknechts, der das Essen brachte, auf den Diwan gebettet. Ich wachte hin und wieder auf; jedesmal erblickte ich dann Jelenas von Mitleid und Sorge erfülltes Gesichtchen über mich gebeugt. Aber an all das erinnere ich mich nur verschwommen, wie an einen Traum, nebelhaft, und das liebe Gesichtchen des armen kleinen Mädchens tauchte vor mir nur wie eine Vision auf, wie ein Bildchen, inmitten der Bewußtlosigkeit. Sie gab mir zu trinken, richtete mein Lager zurecht oder saß bei mir, traurig, erschrocken, und strich mir mit ihren Fingerchen die Haare aus der Stirn. Einmal, das weiß ich noch, spürte ich ihren leisen Kuß auf meinem Gesicht. Ein anderesmal sah ich, als ich in der Nacht plötzlich aufwachte, beim Schein der Kerze auf dem Tischchen, das an meinen Diwan gerückt war, daß Jelena mit dem Gesichtchen auf mein Kopfkissen gesunken war und schreckhaft schlief; die blassen Lippen des offenen Mündchens zuckten, und die warme Wange war in die Hand geschmiegt. Aber erst am frühen

Morgen wachte ich richtig auf. Die Kerze war ganz heruntergebrannt; ein heller, rosiger Strahl der aufsteigenden Morgensonne spielte schon an der Wand. Jelena saß auf einem Stuhl am Tisch, das müde Köpfchen auf dem linken Arm, und schlief fest. Ich erinnere mich noch, daß ich den Blick von ihrem Kindergesichtchen gar nicht abwenden mochte. Es hatte selbst im Schlaf einen unkindlich traurigen Ausdruck und war von einer seltsam schmerzlichen Schönheit. Es war blaß, die langen Wimpern lagen wie kleine gebogene Pfeile auf den mageren Wangen, die von dem pechschwarzen Haar umrahmt wurden, das dicht und schwer aus dem gelockerten Bande seitlich herabhing. Ihre andere Hand lag auf meinem Kissen. Ich küßte ganz, ganz leise dieses magere Händchen, aber das arme Kind wachte davon nicht auf, nur der Hauch eines Lächelns schien über ihre blassen Lippen zu huschen. Ich sah und sah sie an und sank unbewußt in tiefen, heilsamen Schlaf. Diesmal schlief ich bis um die Mittagszeit. Als ich erwachte, fühlte ich mich fast genesen. Nur ein Gefühl der Schwäche und Schwere in allen Gliedern erinnerte mich noch an den überstandenen Anfall. Ähnliche schnell vorübergehende Nervenanfälle hatte ich schon früher gehabt; ich kannte sie gut. Gewöhnlich verging die Krankheit in vierundzwanzig Stunden, was sie übrigens nicht hinderte, in dieser Zeit heftig und bedrohlich zu wirken.

Es war fast schon zwölf Uhr. Das erste, was mir in die Augen fiel, war der tags zuvor von mir gekaufte Vorhang, der jetzt die eine Ecke des Zimmers abteilte. Das hatte Jelena mit Hilfe einer Schnur bewerkstelligt und sich so einen Winkel für sich abgesondert. Sie saß vor dem Öfchen und wartete auf das Kochen des Wassers im Teekessel. Als sie bemerkte, daß ich erwacht war, lächelte sie erfreut und kam gleich zu mir.

»Mein kleiner Freund«, sagte ich, ihre Hand ergreifend, »du hast die ganze Nacht bei mir gewacht. Ich wußte gar nicht, daß du ein so gutes Herz hast.«

»Aber woher wissen Sie, ob ich gewacht habe? Vielleicht habe ich die ganze Nacht geschlafen?« Sie sah mich mit gutmütiger und verschämter Schelmerei an und gleichzeitig errötete sie verlegen.

»Ich bin in der Nacht mehrmals aufgewacht und habe alles gesehen. Du bist erst kurz vor dem Morgengrauen eingeschlafen ...«

»Wollen Sie Tee?« unterbrach sie mich, als geniere es sie, dieses Gespräch fortzusetzen, wie das bei allen keuschen und streng redlichen Herzen zu geschehen pflegt, wenn man von ihnen selbst lobend spricht.

»Ja, gern«, antwortete ich. »Aber hast du denn gestern zu Mittag gegessen?«

»Zu Mittag nicht, aber zu Abend habe ich gegessen. Der Hausknecht brachte das Essen. Aber sprechen Sie nicht soviel, liegen Sie ganz still: Sie sind noch nicht ganz gesund«, meinte sie überlegen, indem sie mir den Tee brachte und sich auf meinen Bettrand setzte.

»Ach was, liegen! Übrigens ja, bis zur Dämmerung werde ich liegen bleiben, dann aber werde ich ausgehen. Das muß ich unbedingt, Lénotschka.«

»Warum denn unbedingt? Zu wem denn? Doch nicht zu dem alten Herrn, der gestern hier war?«

»Nein, nicht zu ihm.«

»Das ist gut, daß Sie nicht zu ihm müssen. Er ist es, der Sie gestern so aufgeregt hat. Dann müssen Sie wohl zu seiner Tochter?«

»Was weißt du denn von seiner Tochter?«

»Ich habe doch gestern alles gehört«, antwortete sie mit gesenktem Blick.

Ihr Gesicht verfinsterte sich. Sie runzelte die Stirn.

»Er ist ein schlechter alter Mann«, sagte sie plötzlich.

»Kennst du ihn denn? Im Gegenteil, er ist ein sehr guter Mensch.«

»Nein, nein, er ist böse; ich hab's doch gehört«, versetzte sie eifrig.

»Was hast du denn gehört?«

»Er will seiner Tochter nicht verzeihen ...«

»Aber er liebt sie doch. Sie hat ihm unrecht getan, und doch sorgt er sich um sie und quält sich ihretwegen.«

»Aber warum verzeiht er ihr dann nicht? Wenn er ihr jetzt nicht verzeiht, wird die Tochter gar nicht mehr zu ihm zurückkehren wollen.«

»Wieso? Warum denn nicht?«

»Weil er es gar nicht verdient, daß die Tochter ihn liebt«, antwortete sie erregt. »Sie soll lieber für immer von ihm weggehen und lieber betteln; mag er dann zusehen, wie seine Tochter bettelt und sich quält.«

Ihre Augen blitzten, die Bäckchen glühten. ‚Sicher spricht sie so nicht ohne Grund', dachte ich bei mir.

»Und zu *dem* wollen Sie mich weggeben?« fragte sie plötzlich nach kurzem Schweigen.

»Ja, zu diesem, Jelena.«

»Nein, dann verdinge ich mich lieber als Magd!«

»Ach, wie häßlich ist das alles, was du da sagst, Lénotschka. Und was für ein Unsinn! Bei wem kannst du dich denn als Magd verdingen?«

»Bei jedem Bauern«, antwortete sie gereizt und ließ den Kopf tiefer hängen. Sie war offenbar sehr aufbrausend.

»Eine solche Magd kann kein Bauer brauchen«, versetzte ich auflachend.

»Nun, dann gehe ich zu einer Herrschaft.«

»Mit deinem Charakter willst du es bei einer Herrschaft aushalten?«

»Ja, mit meinem!« Je gereizter sie wurde, um so schroffer antwortete sie.

»Du wirst es nicht aushalten.«

»Ich werde aushalten! Man wird mich schelten, und ich werde schweigen. Man wird mich schlagen, und ich werde immerzu schweigen. Mögen sie mich schlagen, ich werde aber um keinen Preis weinen. Sie werden sich totärgern können vor Wut, weil ich nicht weine.«

»Was redest du da, Jelena? Wie kannst du nur so verbittert sein, und woher dieser Stolz? Du mußt viel Leid erlebt haben ...«

Ich erhob mich und trat an meinen Arbeitstisch. Jelena blieb auf dem Diwan sitzen, sah zu Boden und zupfte wieder an der Einfassungsschnur der Polsterung. Sie schwieg. ‚Ob sie sich durch meine Worte gekränkt fühlt?' dachte ich.

Am Tisch stehend schlug ich mechanisch die Bücher auf, die ich tags zuvor für die kompilatorische Arbeit mitgebracht hatte, und geriet ins Lesen. So ergeht es mir oft: ich schlage ein Buch nur für einen Augenblick auf, um etwas nachzusehen, und dann lasse ich mich von der Lektüre so fesseln, daß ich alles ringsum vergesse.

»Was schreiben Sie denn hier immer?« fragte mich Jelena, die leise an den Tisch herantrat, mit schüchternem Lächeln.

»Ach, Lénotschka, allerhand. Das wird mir mit Geld bezahlt.«

»Bittschriften?«

»Nein, keine Bittschriften.«

Und ich erklärte ihr, soweit ich das konnte, daß ich verschiedene Geschichten über die Geschicke verschiedener Menschen schreibe; daraus entstünden Bücher, die man Novellen oder Romane nenne. Sie hörte sehr aufmerksam zu.

»Wie ist das denn, beschreiben Sie hier immer die ganze Wahrheit?«

»Nein, ich denke mir alles nur aus.«

»Warum schreiben Sie dann die Unwahrheit?«

»Lies doch selbst, dann wirst du es verstehen; hier, lies dieses Buch; du hast es schon einmal in der Hand gehabt. Du kannst doch lesen?«

»Ja.«

»Nun, dann lies es. Dieses Buch habe ich geschrieben.«

»Sie? Dann werde ich es lesen.«

Sie schien mir etwas sagen zu wollen, wagte es aber offenbar nicht. Sie war in großer Erregung. Hinter ihren Fragen verbarg sich etwas.

»Und zahlt man Ihnen viel dafür?« fragte sie schließlich.

»Je nachdem. Einmal viel, ein andermal gar nichts, wenn die Arbeit nicht gelingen will. Es ist eine schwere Arbeit, Lenotschka.«

»Sie sind also nicht reich?«

»Nein, ich bin nicht reich.«

»Dann werde ich arbeiten und Ihnen helfen ...«

Sie blickte flüchtig zu mir auf, errötete und schlug schnell die Augen nieder. Plötzlich trat sie auf mich zu und schlang ihre beiden Ärmchen um mich und preßte ihr Köpfchen fest, ganz fest an mich. Ich sah erstaunt auf sie nieder.

»Ich habe Sie lieb ... ich bin nicht stolz, Sie sagten gestern, ich sei stolz. Nein, nein ... ich bin nicht so ... ich habe Sie lieb, und nur Sie allein sind gut zu mir ...«

Die Tränen drohten sie zu ersticken. Ein Schluchzen entrang sich ihrer Brust und erschütterte sie mit solcher Gewalt, wie bei ihrem letzten Anfall. Sie fiel vor mir nieder, küßte meine Hände, meine Kniee.

»Nur Sie haben mich lieb! ...«, wiederholte sie, »nur Sie allein, Sie allein! ...«

Sie umklammerte mich krampfhaft mit ihren Ärmchen. Ihr ganzes Gefühl, das sie so lange zurückgehalten hatte, brach plötzlich in einem nicht mehr zu hemmenden Ausbruch hervor, und ich begriff diese seltsame Hartnäckigkeit des Herzens, das sich lange keusch verbirgt, um so trotziger, um so schroffer nach außen, je stärker das innere Bedürfnis wird, sich verströmen zu lassen, sich auszusprechen; das alles bis zu jenem unvermeidlichen Ausbruch, wo sich das ganze Wesen auf einmal bis zur Selbstvergessenheit dem Bedürfnis hingibt, in Liebe, Dankbarkeit, Zärtlichkeit und Tränen zu vergehen ...

Sie schluchzte so heftig, daß sie schließlich in einen richtigen Weinkrampf verfiel. Mit Mühe löste ich ihre Arme, die meine Kniee umklammerten und trug sie auf den Diwan. Sie grub ihren Kopf in die Kissen, als schäme sie sich, mich anzusehen, und schluchzte still weiter; meine Hand aber hielt sie noch lange mit ihren Händchen fest und preßte sie an ihr Herz.

Endlich beruhigte sie sich allmählich, doch ihr Gesicht hielt sie noch immer versteckt. Hin und wieder streifte mich nur ein flüchtiger Blick, in dem so viel Weichheit und ein ängstlich verhaltenes Gefühl lag, und plötzlich lächelte sie wieder.

»Ist es dir nun leichter, mein liebes, krankes Kind, meine kleine Lénotschka?«

»Nicht Lenotschka ...«, flüsterte sie und versteckte wieder ihr Gesichtchen.

»Nicht Lenotschka? Wie denn?«

»Nelly.«

»Nelly? Warum denn gerade Nelly? Das ist ja ein sehr netter Name. Wenn du willst, kann ich dich so nennen.«

»So rief mich meine Mutter ... Niemand sonst hat mich je so genannt, nur sie ... und ich würde es auch niemand erlauben, außer Mama ... nur Sie sollen mich so nennen, ich will es so ... Ich werde Sie immer lieben, immer ...«

‚Was für ein liebevolles, stolzes Herzchen!' dachte ich; ‚wie lange habe ich mich darum bemühen müssen, bis es mich liebgewonnen hat!'

Jetzt wußte ich, daß dieses Herz mir auf immer ergeben war.

»Höre, Nelly«, fragte ich sie, als sie sich beruhigt hatte, »du sagst, daß dich außer deiner Mama niemand liebgehabt habe. Aber dein Großpapa, hat er dich denn gar nicht geliebt?«

»Nein, er hat mich nicht geliebt ...«

»Du hast aber doch hier über ihn geweint, hier im Treppenflur, erinnerst du dich?«

Sie dachte einen Augenblick nach.

»Nein, er liebte mich nicht ... Er war böse.«

Ein schmerzlicher Ausdruck lag auf ihrem Gesicht.

»Von ihm konnte man es auch nicht mehr verlangen, Nelly. Er hatte bereits sein Gedächtnis verloren. Ich habe dir doch erzählt, wie er starb.«

»Ja; aber er war doch nur im letzten Monat so vergeßlich. Er saß hier den ganzen Tag, und wenn ich nicht zu ihm gekommen wäre, so würde er noch den dritten Tag so gesessen haben, ohne zu trinken, ohne zu essen. Früher ging es ihm viel besser.«

»Wann war das?«

»Als Mama noch nicht gestorben war.«

»Also warst du es, die ihm zu trinken und zu essen brachte, Nelly?«

»Ja, ich brachte ihm . . .«

»Wo nahmst du es denn her? – von der Bubnowa?«

»Nein, ich habe niemals etwas von der Bubnowa genommen!« sagte sie trotzig, aber mit einem Ton in der Stimme, als schaudere ihr.

»Woher hast du es denn genommen, du besaßest doch nichts?«

Nelly schwieg und wurde blaß; sie sah mich darauf mit einen langen, langen Blick an.

»Ich habe auf der Straße gebettelt . . . Hatte ich fünf Kopeken beisammen, dann kaufte ich ihm Brot und Schnupftabak . . .«

»Und er ließ das zu! Nelly! Nelly!«

»Anfangs tat ich es von mir aus, ohne ihm etwas davon zu sagen. Als er es aber erfuhr, trieb er mich selbst dazu an. Ich bettelte auf der Brücke, und er wartete auf mich in der Nähe; sowie er sah, daß man mir Geld gab, stürzte er sich auf mich und nahm mir das Geld fort, als hätte ich es vor ihm verstecken wollen, oder als bettelte ich nicht für ihn.«

Um ihren Mund spielte ein bitteres Lächeln.

»Das geschah alles erst, als Mama gestorben war«, fügte sie hinzu. »Erst nach ihrem Tod wurde er wie irrsinnig.«

»Dann muß er deine Mutter doch sehr geliebt haben? Warum lebte er denn nicht mit ihr zusammen?«

»Nein, er liebte sie nicht . . . Er war böse und hat ihr nicht verziehen . . . ganz wie der böse Alte von gestern«, sagte sie leise, fast flüsternd und wurde immer blasser.

Ich fuhr zusammen. Die verwickelten Fäden eines ganzen Romans lösten sich in meiner Phantasie: Diese arme Frau, die in der Kellerwohnung eines Sargtischlers starb; die kleine Waise, die sie zurückließ, die für den Großvater, der ihre Mutter verflucht hatte, bettelte; der irrsinnig gewordene alte Sonderling, der auf dem Weg von der Konditorei gleich nach seinem Hund verschied! . . .

»Asorka hat doch früher Mama gehört«, sagte Nelly plötzlich lächelnd, wie bei einer Erinnerung. »Großpapa hatte Mama früher sehr geliebt, und als Mama ihn verließ, blieb Asorka bei ihm. Deshalb hing er so an Asorka . . . Mama hat er nicht verziehen, als aber der Hund starb, da ist er selbst auch gestorben«, schloß Nelly hart und das Lächeln war verschwunden aus ihrem Gesicht.

»Was war er denn früher?« fragte ich sie nach einer Weile.

»Er war früher reich . . . Ich weiß nicht, was er war«, antwortete sie. »Er hatte eine Fabrik . . . so sagte Mama. Anfangs glaubte sie, ich sei noch so klein und könnte von alledem nichts verstehen. Sie küßte mich immer und sagte zu mir: ‚Wenn die Zeit kommt, wirst du alles erfahren, mein armes, mein unglückliches Kind!' Immer nannte sie mich arm und unglücklich. Und wenn sie in der Nacht glaubte, ich schliefe (ich stellte mich aber nur so, als ob ich schliefe), weinte sie über mir, küßte mich leise und sagte immer: ‚Du Arme, du Unglückliche!'«

»Woran ist denn deine Mutter gestorben?«

»An der Schwindsucht; vor . . . sechs Wochen.«

»Erinnerst du dich noch an die Zeit, da dein Großvater reich war?«

»Damals war ich doch noch gar nicht geboren. Mama hatte doch schon vor meiner Geburt Großpapa verlassen.«

»Mit wem hat sie ihn denn verlassen?«

»Ich weiß nicht«, antwortete Nelly leise und gleichsam nachdenklich. »Sie ging ins Ausland, dort bin ich geboren.«

»Im Ausland? Wo denn?«

»In der Schweiz. Ich war auch in Italien, war in Paris.«

Ich staunte.

»Und du erinnerst dich daran, Nelly?«

»An manches erinnere ich mich noch.«

»Wie hast du denn so gut Russisch sprechen gelernt, Nelly?«

»Mama sprach auch dort schon mit mir Russisch. Sie war Russin, denn ihre Mutter war Russin; Großpapa aber war Engländer von Geburt, aber sonst auch ganz wie ein Russe. Als wir dann vor anderthalb Jahren hierher zurückkehrten, sprachen wir nur noch Russisch. Mama war damals schon krank. Wir wurden immer ärmer und ärmer. Mama weinte immer. Sie suchte hier nach Großpapa und sagte immer, sie sei vor ihm schuldig und weinte ... Sie hat so viel, so viel geweint. Als sie erfuhr, daß Großpapa ganz verarmt war, da weinte sie noch mehr. Sie schrieb ihm oft Briefe, er aber antwortete nicht.«

»Warum kehrte sie denn hierher zurück? Nur Großpapas wegen?«

»Ich weiß nicht. Dort hatten wir es so gut!« Und Nellys Augen glänzten. »Mama wohnte allein, nur mit mir zusammen. Sie hatte einen Freund, der war so gut wie Sie ... Er hatte sie schon hier gekannt. Aber er starb dort, und Mama kehrte hierher zurück ...«

»Also hat sie seinetwegen Großpapa verlassen?«

»Nein, nicht seinetwegen. Mit einem anderen, der sie verlassen hat ...«

»Mit wem denn, Nelly?«

Nelly sah mich nur an und antwortete nichts. Offenbar wußte sie, wer ihr Vater war; es fiel ihr wohl schwer, seinen Namen zu nennen.

Ich wollte sie nicht quälen mit weiteren Fragen. Sie war ein sonderbarer Charakter, nervös und heftig, dabei aber immer bemüht, ihre Antriebe in sich zu unterdrücken; es war viel Sympathisches an ihr, das sich aber hinter Stolz und Unnahbarkeit verschanzte. Obschon sie mich von ganzem Herzen liebte, mit der reinsten und innigsten Liebe, fast so wie sie ihre verstorbene Mutter liebte, war sie mir gegenüber doch so verschlossen, daß sie während der ganzen Zeit unserer Bekanntschaft nur selten das Bedürfnis empfand – abgesehen von diesem einen Tage – mit mir von ihrer Vergangenheit zu sprechen; ja, im Gegenteil, sie schien diese Vergangenheit sogar mit einer gewissen Herbheit vor mir verbergen zu wollen. Aber an diesem einen Tage berichtete sie mir im Laufe mehrerer Stunden unter Qualen und zwischen krampfhaftem Schluchzen, das ihre Erzählung immer wieder unterbrach, was sie in ihrer Erinnerung am meisten erregte und quälte; ich werde diese furchtbare Erzählung nie vergessen. Aber die Hauptsachen dieser Lebensgeschichte stehen uns noch bevor.

Es war die erschütternde Lebensgeschichte einer verlassenen Frau, die ihr Glück überlebt hatte; einer kranken, zerquälten und von allen im Stich gelassenen Liebenden; selbst von dem letzten Menschen, auf den sie noch hätte hoffen können, von ihrem Vater, den sie einmal gekränkt hatte, war sie verstoßen worden, da dieser Vater infolge unerträglicher Leiden und Demütigungen den Verstand verloren hatte. Es war die Geschichte einer verzweifelten Frau, die mit ihrem Töchterchen, einem Kindchen, durch die kalten, schmutzigen Straßen Petersburgs irrte und betteln mußte; einer Frau, die schließlich monatelang in einer feuchten Kellerwohnung dahinsiechte und der der Vater die Verzeihung nicht gewährte, bis er erst im letzten Augenblick zur Besinnung kam und zu ihr eilte, um ihr zu vergeben, dann aber nur den kalten Leichnam derjenigen vorfand, die er einmal über alles auf der Welt geliebt hatte. Es war ferner die wunderliche Erzählung von geheimnisvollen, sogar kaum begreiflichen Beziehungen zwischen einem irrsinnig gewordenen Greise und seiner kleinen Enkelin, die ihn schon verstand, die trotz ihres kindlichen Alters schon so vieles begriff, was manch einer in ganzen Jahrzehnten seines sorglos und glatt verlaufenden Lebens nicht erkennen zu lernen vermag. Es war eine düstere Geschichte, eine von jenen finsteren und qualvollen Geschichten, die sich so oft und unbemerkt, fast geheimnisvoll, unter dem schweren Himmel Petersburgs zutragen, in den dunklen, versteckten Winkeln der riesigen Stadt, inmitten des sinnlos brodelnden Lebens, dem stumpfsinnigen Egoismus, der aufeinanderprallenden Interessen, des düsteren Lasters, der geheimen Verbrechen, mitten im Höllenpfuhl eines sinnlosen und unnatürlichen Daseins ...

Aber diese Geschichte soll erst folgen.

DRITTER TEIL

I

Die Dämmerung war schon längst hereingebrochen, es war Abend und dunkel geworden, als ich aus diesem schweren Alpdruck endlich gleichsam erwachte und mir die Wirklichkeit wieder einfiel.

»Nelly«, sagte ich, »da bist du nun krank und verstört, und ich muß dich jetzt allein lassen, erregt und in Tränen! Mein kleiner Freund! Verzeih mir, und wisse, daß es sich hier gleichfalls um ein geliebtes Wesen handelt, dem nicht verziehen wird, das unglücklich, gekränkt und verlassen ist. Sie erwartet mich. Und auch ich fühle mich jetzt nach deiner Erzählung so sehr gedrängt, ihr beizustehen, daß ich es wohl nicht verwinden könnte, wenn ich nicht jetzt gleich, sofort zu ihr eilte...«

Ich weiß nicht, ob Nelly alles verstand, was ich ihr sagte. Ich war übererregt, sowohl von Nellys Erzählung, als auch noch von der kaum erst überstandenen Krankheit; aber ich stürzte davon zu Natascha. Es war schon gegen neun Uhr, als ich hinkam.

Noch auf der Straße vor ihrem Hause fiel mir eine vor dem Eingang haltende Kutsche auf; es schien mir, daß es die Kutsche des Fürsten war. Der Eingang zu Nataschas Wohnung führte vom Hof aus ins Treppenhaus. Kaum hatte ich die Treppe betreten, da hörte ich vor mir, eine Treppe höher, einen Menschen sich vorsichtig hinauftasten, wie einer, der sich hier nicht gut auskannte. Ich dachte schon, das müßte der Fürst sein, aber bald mußte ich diese Annahme aufgeben: der Unbekannte über mir brummte die ganze Zeit und verwünschte diese Stufen; je höher wir kamen, um so energischer und derber wurden seine Verwünschungen. Freilich war die Treppe schmal, unsauber und steil, dazu ohne jede Beleuchtung; aber solche Schimpfwörter, wie sie beim dritten Stockwerk angingen, wären mir aus dem Munde des Fürsten doch undenkbar erschienen: der Fremde fluchte wie ein Droschkenkutscher. Aber nach dem dritten Stockwerk gab es wenigstens eine geringe Beleuchtung: an Nataschas Wohnungstür brannte eine kleine Laterne. Erst unmittelbar vor ihrer Tür holte ich den Unbekannten ein, und wie groß war meine Verwunderung, als ich in ihm tatsächlich den Fürsten erkannte. Es schien ihm überaus unangenehm zu sein, so unverhofft mit mir zusammenzutreffen. Im ersten Augenblick erkannte er mich gar nicht; aber dann veränderte sich sein Gesicht im Handumdrehen. Der erste böse und haßvolle Blick auf mich verwandelte sich im Nu in einen freundlichen und heiteren, und er streckte mir mit einer gleichsam außergewöhnlichen Freude beide Hände entgegen.

»Ach, Sie sind es! Und ich wollte schon kniefällig Gott um die Rettung meines Lebens anflehen! Haben Sie gehört, wie ich geflucht habe?«

Und er brach in gutmütigstes Lachen aus. Plötzlich aber nahm sein Gesicht einen ernsten und besorgten Ausdruck an.

»Aber wie hat Aljoscha Natalja Nikolajewna in einer solchen Wohnung unterbringen können!« sagte er kopfschüttelnd. »Gerade diese sogenannten *Kleinigkeiten* kennzeichnen einen Menschen doch am besten. Ich bin um ihn sehr besorgt. Er ist gutmütig, hat ein edles Herz, aber da haben Sie gleich ein Beispiel: er liebt besinnungslos, bringt aber diejenige, die er so liebt, in einer solchen Hundehütte unter! Ich habe sogar gehört, daß sie manchmal nichts zu essen gehabt haben«, fuhr er halblaut fort, während er mit der Hand tappend nach dem Klingelgriff suchte. »Mir steht der Verstand still, wenn ich an seine Zukunft denke und vor allem an die Zukunft von Anna Nikolajewna, wenn sie erst seine Frau sein wird ...«

Er hatte sich im Vornamen geirrt und dies vor lauter Ärger darüber, daß er den Klingelzug nicht finden konnte, gar nicht bemerkt. Ich klapperte ein wenig mit der Türklinke, worauf Mawra sofort öffnete und uns dienstbeflissen empfing. In der Küche, die von dem winzigen Vorzimmer nur durch eine Bretterwand geschieden war, sah ich durch die offenstehende Tür, daß manche Vorbereitungen getroffen waren: es sah dort alles irgendwie festtäglich aus, besonders sauber und poliert; im Herd brannte Feuer; auf dem Tisch stand neues Geschirr. Offenbar hatte man uns erwartet. Mawra beeilte sich, uns die Mäntel abzunehmen.

»Ist Aljoscha hier?« fragte ich sie.

»Hat sich nicht blicken lassen«, flüsterte sie mir zu.

Wir gingen zu Natascha hinein. In ihrem Zimmer war von besonderen Vorbereitungen nichts zu bemerken. Übrigens war es bei ihr immer so sauber und nett, daß da nichts aufzuräumen gewesen wäre. Natascha empfing uns an der Tür. Ich erschrak über die krankhafte Magerkeit und auffallende Blässe ihres Gesichts, obschon gerade jetzt für einen Augenblick heiße Röte in ihre Wangen stieg. Ihre Augen glänzten fiebrig. Sie streckte schweigend und etwas hastig dem Fürsten die Hand entgegen; sichtlich zu eifrig und verwirrt. Mich sah sie überhaupt nicht an. Ich stand da und wartete schweigend.

»Da bin ich also!« begann der Fürst freundschaftlich und heiter. »Erst vor ein paar Stunden bin ich zurückgekehrt. Und die ganze Zeit sind Sie mir nicht aus dem Sinn gekommen.« (Er küßte ihr zart die Hand.) »Ich habe mir viele, sehr viele Gedanken über Sie gemacht! Wieviel habe ich mir vorgenommen, Ihnen zu sagen, mitzuteilen ... Nun, wir haben ja Zeit, uns auszusprechen! Aber erstens, mein Windbeutel, der, wie ich sehe, noch nicht hier ist ...«

»Erlauben Sie, Fürst«, fiel ihm Natascha errötend und verlegen ins Wort, »ich muß Iwan Petrowitsch nur ein paar Worte sagen. Wanja, komm ... nur auf zwei Worte ...«

Sie faßte mich bei der Hand und führte mich hinter den Wandschirm.

»Wanja«, flüsterte sie und zog mich in den dunkelsten Winkel, »kannst du mir verzeihen?«

»Aber, Natascha, ich bitte dich, was redest du da?«

»Nein, nein, Wanja, du hast mir gar zu oft und gar zu vieles verziehen, aber schließlich nimmt doch jede Geduld einmal ein Ende. Ich weiß, du wirst nie aufhören, mich zu lieben, aber du wirst mich undankbar finden, und ich war es doch gestern und vorgestern, war undankbar, egoistisch, grausam ...«

Sie brach plötzlich in Tränen aus und preßte ihr Gesicht an meine Schulter.

»Schon gut, Natascha«, beeilte ich mich, sie vom Gegenteil zu überzeugen. »Ich bin doch nur deshalb gestern abend und heute vormittag nicht zu dir gekommen, weil ich die ganze letzte Nacht sehr krank war und mich auch jetzt noch kaum auf den Füßen halte, und du denkst nun, ich sei dir böse. Mein geliebter Freund, glaubst du denn, ich wüßte nicht, was jetzt in deiner Seele vorgeht?«

»Nun gut ... also du hast mir verziehen, wie immer«, sagte sie, unter Tränen lächelnd, und sie drückte mir die Hand so fest, daß es wehtat. »Das übrige nachher. Ich habe dir viel zu sagen, Wanja. Aber jetzt schnell zu ihm ...«

»Ja, schnell, Natascha, wir haben ihn so ohne weiteres stehen lassen ...«

»Jetzt wirst du sehen, wirst sehen, was kommt«, flüsterte sie mir noch hastig zu. »Ich weiß jetzt alles, ich habe alles erraten. An allem ist nur *er* schuld. Dieser Abend wird alles entscheiden. Gehen wir!«

Ich verstand sie nicht, aber fragen konnte ich sie nicht mehr. Natascha ging mit heiterem Lächeln auf den Fürsten zu, der noch immer mit dem Hut in der Hand dastand. Sie entschuldigte sich, nahm ihm den Hut ab und wies ihm einen Stuhl an. Wir setzten uns alle drei um ihren Tisch.

»Ich begann vorhin von meinem Windbeutel zu sprechen«, fuhr der Fürst fort; »ich sah ihn nur einen Augenblick auf der Straße, als er im Begriff war, zur Gräfin Sinaïda Fjodorowna zu fahren. Er hatte es furchtbar eilig; stellen Sie sich vor, er wollte nicht einmal ins Haus kommen, um mich nach vier Tagen der Trennung zu begrüßen. Übrigens bin auch ich schuld daran, Natalja Nikolajewna, daß er jetzt noch nicht hier ist; ich benutzte die Gelegenheit, um ihm an die Gräfin einen Auftrag zu geben, da ich sie heute selbst nicht mehr aufsuchen konnte. Aber er muß ja nun jeden Augenblick erscheinen.«

»Er hat Ihnen also versprochen, heute bestimmt zu kommen?« fragte Natascha den Fürsten und sah ihn dabei mit der harmlosesten Miene an.

»Ach, mein Gott, wie sollte er denn heute nicht kommen ... wie können Sie nur fragen!« rief er erstaunt aus und betrachtete sie aufmerksam. »Übrigens, ich begreife: Sie sind ihm böse. Es ist in der Tat nicht schön von ihm, später als alle anderen zu kommen. Doch ich wiederhole: ich bin schuld daran. Seien Sie ihm nicht böse. Er ist leichtsinnig, ist ein Windbeutel; ich verteidige ihn nicht; aber gewisse besondere Umstände verlangen es, daß er das Haus der Gräfin nicht meidet und noch verschiedene andere Beziehungen nicht nur nicht aufgibt, sondern im Gegenteil so oft wie möglich dort erscheint. Nun, und da er sich jetzt wohl überhaupt nicht mehr von Ihnen trennt und darüber alles andere auf der Welt vergißt, so seien Sie bitte nicht ungehalten, wenn ich ihn manchmal auf etwa zwei Stunden, nicht länger, für meine Aufträge in Anspruch nehmen werde. Ich bin überzeugt, daß er seit jenem Abend noch kein einziges Mal bei der Fürstin K. gewesen ist, und es ärgert mich, daß ich vorhin nicht dazu gekommen bin, ihn danach zu fragen! ...«

Ich warf einen Blick auf Natascha. Sie hörte dem Fürsten mit einem leichten, halbspöttischen Lächeln zu. Er aber sprach davon so selbstverständlich, so natürlich; es war anscheinend ganz unmöglich, ihn irgendeiner besonderen Absicht zu verdächtigen.

»Und Sie wissen es wirklich nicht, daß er in all diesen Tagen kein einziges Mal bei mir gewesen ist?« fragte ihn Natascha mit leiser, ruhiger Stimme, als hätte sie von einer ihr völlig gleichgültigen Angelegenheit gesprochen.

»Wie! Kein einziges Mal bei Ihnen gewesen? Erlauben Sie, was sagen Sie da?« rief der Fürst in anscheinend außergewöhnlicher Verwunderung.

»Sie waren Dienstagabend bei mir. Am nächsten Morgen war er eine halbe Stunde hier, seit der Zeit habe ich ihn nicht wiedergesehen.«

»Aber das ist doch unmöglich!« (Sein Erstaunen wuchs sichtlich.) »Ich dachte, er hat Sie in diesen Tagen überhaupt nicht verlassen. Entschuldigen Sie, das ist zu sonderbar ... das ist einfach unwahrscheinlich.«

»Indessen ist es so, und es tut mir leid: ich habe Sie deshalb erwartet, zumal da ich hoffte, von Ihnen zu erfahren, wo er sich befindet.«

»Ach, Gott! Aber er muß doch sofort kommen! Was Sie mir soeben sagen, setzt mich dermaßen in Erstaunen, daß ich ... ich gestehe es, eher alles andere von ihm erwartet hätte als das ... als das!«

»Wie erstaunt Sie sind! Und ich dachte, es würde Sie gar nicht wundern, sondern Sie hätten im voraus gewußt, daß es gerade so sein werde.«

»Im voraus? Ich? Aber ich versichere Sie, Natalja Nikolajewna, daß ich ihn heute nur einen Augenblick gesehen und mich auch bei niemandem erkundigt habe; sonderbarerweise scheinen Sie mir das nicht zu glauben«, fügte er hinzu, uns beide ansehend.

»Gott bewahre«, griff Natascha auf, »ich bin durchaus überzeugt, daß Sie die Wahrheit sagen.«

Und sie lachte ihm gerade ins Gesicht, so daß er leicht zurückzuckte.

»Bitte, erklären Sie sich deutlicher«, sagte er einigermaßen verwirrt.

»Da ist doch nichts zu erklären. Ich sage es ja ganz einfach. Sie wissen doch, wie leichtsinnig und vergeßlich er ist. Ihm ist jetzt volle Freiheit gegeben, und so läßt er sich denn gehen.«

»Sich so gehen zu lassen, ist aber doch unmöglich, da muß

noch etwas anderes dahinter stecken; wenn er kommt, muß er sofort Rede stehen. Mich wundert nur, daß Sie mich ... irgendwie anzuklagen scheinen, während ich doch in der Zeit überhaupt nicht hier gewesen bin. Im Grunde, Natalja Nikolajewna, scheinen Sie, wie ich sehe, sehr böse auf ihn zu sein, und das ist auch nur zu verständlich! Sie haben alles Recht dazu, und ... und ... das versteht sich, ich muß als erster daran schuld sein, und wäre es auch nur deshalb, weil ich Ihnen als erster in den Weg geraten bin; so verhält es sich doch?« fügte er hinzu und wandte sich dabei mit gereiztem Lächeln an mich.

Natascha wurde feuerrot.

»Erlauben Sie, Natalja Nikolajewna«, hub der Fürst mit Würde an, »ich gebe zu, daß mich die Schuld trifft, gleich am nächsten Tage nach unserer Bekanntschaft abgereist zu sein, so daß Sie bei dem Mißtrauen, das Ihrem Charakter, wie ich bemerke, eigen zu sein scheint, in der kurzen Zeit Ihre Meinung über mich nicht haben ändern können, wozu die Umstände vielleicht viel beigetragen haben. Wäre ich nicht abgereist, so hätten Sie mich besser kennengelernt, und Aljoscha hätte sich unter meiner Aufsicht nicht so leichtsinnig benommen. Sie werden gleich hören, was ich ihm jetzt sagen werde.«

»Das heißt, Sie wollen es dahin bringen, daß er mich als Last zu empfinden anfängt. Es ist nicht anzunehmen, daß Sie bei Ihrer Klugheit in der Tat glauben können, mir damit einen Dienst zu erweisen.«

»Wollen Sie damit etwa andeuten, ich hätte bereits dahin gewirkt, daß er Ihrer überdrüssig geworden ist? Sie beleidigen mich, Natalja Nikolajewna.«

»Ich pflege mich stets klar und deutlich auszudrücken, wem gegenüber es auch sei«, antwortete Natascha. »Ich mache niemals Andeutungen, sondern sage alles geradeheraus, wovon Sie sich noch heute überzeugen werden. Ich habe nicht die Absicht, Sie zu beleidigen – wozu auch? Schon deshalb nicht, weil Sie meinen Worten ja doch keine Beachtung schenken würden, gleichviel was ich Ihnen sagte. Davon bin ich vollkommen überzeugt, da ich durchaus verstehe, unsere beiderseitigen Beziehungen richtig einzuschätzen. Sie würden meine Worte doch niemals ernst nehmen, nicht wahr? Sollte ich Sie aber wirklich beleidigt haben, so bin ich sofort bereit, meine Entschuldigung zu erbitten, schon um . . . die Pflichten der Gastfreundschaft nicht zu verletzen.«

Ungeachtet des leichten und fast scherzhaften Tones, in dem Natascha mit lächelndem Munde diese Worte sprach, hatte ich sie doch noch nie in solchem Maße gereizt gesehen. Jetzt erst begriff ich, wieviel Schmerz sich in diesen drei Tagen in ihrem Herzen angesammelt haben mußte. Ihre rätselhaften Worte: daß sie jetzt alles wisse und alles erraten habe, erschreckten mich; sie bezogen sich direkt auf den Fürsten. Sie hatte ihre Meinung über ihn geändert und betrachtete ihn als ihren Feind, – das war nun schon klar. Sie schrieb offensichtlich alle ihre Mißerfolge mit Aljoscha seinem Einfluß zu; vielleicht hatte sie hierfür auch einige Anhaltspunkte. Ich befürchtete den plötzlichen Ausbruch einer heftigen Szene zwischen ihnen. Der scherzhafte Ton von Nataschas Worten verriet seine Bedeutung gar zu offenkundig, er war bewußt gar zu wenig verdeckt. Ihre letzten Worte aber an den Fürsten, daß er ihre Beziehungen doch gar nicht ernst nehmen könne, dann die Phrase von der Bereitschaft zur Entschuldigung um der Pflicht der Gastfreundschaft willen, und schließlich ihr Versprechen, das sich wie eine Drohung ausnahm, ihm noch an diesem Abend zu beweisen, daß sie deutlich zu sprechen verstehe, – das war alles so verletzend und unmaskiert, daß der Fürst es unmöglich mißverstehen konnte. Ich sah, wie sein Gesicht sich veränderte; aber er verstand, sich zu beherrschen. Er tat so, als habe er diese Worte nicht beachtet, ihren wirklichen Sinn gar nicht verstanden, und überging das Ganze wie selbstverständlich mit einem Scherz.

»Gott behüte mich davor, eine Entschuldigung zu verlangen!« entgegnete er sofort lachend. »Das war durchaus nicht meine Absicht, und es entspricht auch gar nicht meinen Grundsätzen, von einer Frau eine Entschuldigung zu verlangen. Schon bei unserer ersten Zusammenkunft habe ich Sie doch im voraus über meinen Charakter informiert, wenigstens teilweise, und deshalb werden Sie mir hoffentlich eine Bemerkung nicht übelnehmen, zumal sie sich auf Frauen ganz im allgemeinen bezieht; auch Sie werden dieser Bemerkung wahrscheinlich beistimmen«, wandte er sich liebenswürdig mir zu. »Ich habe nämlich beobachtet, daß eine Frau, wenn sie sich schuldig fühlt, diese ihre Schuld dann später, in der Folge, lieber mit tausend Zärtlichkeiten wieder gutzumachen suchen wird, als daß sie im Augenblick, beim offenkundigen Überführtwerden, diese Schuld zugibt und um Verzeihung bittet. Also, selbst angenommen, daß ich von Ihnen beleidigt worden sei, so würde ich jetzt, in diesem Augenblick doch absichtlich keine Entschuldigung hören wollen; es wird für mich später vorteilhafter sein, wenn Sie Ihren Fehler eingesehen haben werden, und ihn an mir wieder gutmachen wollen ... mit tausend Liebenswürdigkeiten. Sie aber sind ja so gut, so rein, so frisch. so offenherzig, daß der Augenblick, wo Sie bereuen werden, das fühle ich schon im voraus, bezaubernd sein wird. Aber jetzt sagen Sie mir lieber, statt um Entschuldigung zu bitten, ob ich Ihnen nicht heute noch durch irgend etwas beweisen kann, daß ich mit Ihnen weit aufrichtiger und offener verfahre als Sie es von mir annehmen?«

Natascha errötete. Auch mir schien es, daß in der Antwort des Fürsten ein gewisser schon gar zu leichter, sogar nachlässiger Ton mitklang, eine unbescheidene Scherzhaftigkeit.

»Sie wollen mir beweisen, daß Sie ehrlich und offenherzig gegen mich sind?« fragte Natascha und sah ihn herausfordernd an.

»Ja.«

»Wenn es so ist, dann erfüllen Sie mir eine Bitte.«

»Ich verspreche es Ihnen im voraus.«

»Ich bitte Sie um folgendes: mit keinem Wort, mit keiner Andeutung in bezug auf mich Aljoscha zu beunruhigen, weder heute, noch morgen. Keinen einzigen Vorwurf deswegen, weil er mich vergessen hat; keine Strafpredigt. Ich möchte ihn absichtlich so empfangen, als ob zwischen uns gar nichts vorgefallen wäre, damit er nichts auch nur bemerken könne. Ich will das so. Geben Sie mir Ihr Wort darauf?«

»Mit dem größten Vergnügen«, antwortete der Fürst; »und erlauben Sie mir, von ganzem Herzen hinzuzufügen, daß ich selten in einem Menschen einem so vernünftigen und klaren Blick auf diese Dinge begegnet bin ... Aber das scheint ja Aljoscha zu sein.«

Tatsächlich, aus dem Vorzimmer war Geräusch zu hören. Natascha zuckte zusammen und schien sich auf etwas vorzubereiten. Der Fürst saß mit ernster Miene da und wartete, was nun kommen werde; dabei beobachtete er aufmerksam Natascha. Die Tür wurde aufgerissen – und Aljoscha kam ins Zimmer hereingeflogen.

II

Er kam buchstäblich auf uns zugeflogen, mit geradezu strahlendem Gesicht, froh und vergnügt. Man sah ihm sofort an, daß er diese vier Tage heiter und glücklich verbracht hatte. Es stand ihm förmlich auf dem Gesicht geschrieben, daß er uns etwas mitzuteilen hatte.

»Da bin ich!« rief er laut über das ganze Zimmer, »ich, der ich von allen als erster hätte hier sein sollen! Aber ihr werdet sofort alles erfahren, alles, alles! Vorhin, Papa, konnte ich mit dir kaum zwei Worte wechseln, und dabei habe ich dir so viel zu sagen. – Das erlaubt er mir doch nur bei guter Laune, ihn zu duzen«, unterbrach er sich, indem er sich zu mir wandte, »sonst, bei Gott, verbietet er es mir! Und was für einer Taktik er sich dann bedient: er fängt dann selbst an, mich zu siezen. Aber von heute an will ich, daß er immer bei guter Laune sei, und werde so tun, als ob! Überhaupt habe ich mich in diesen vier Tagen vollkommen verändert, vollkommen, und ich werde euch gleich alles erzählen. Aber das kommt nachher. Jetzt ist die Hauptsache: Sie! Da ist sie! Wieder! Natascha, mein Täubchen, mein Engel, sei gegrüßt!« Er setzte sich neben sie und küßte gierig ihre Hand. »Wie ich mich nach dir gesehnt habe in diesen Tagen! Aber was willst du! – Es ging nicht! Es war unmöglich! Mein Liebling! Aber es sieht ja so aus, als wärest du ein wenig abgemagert, wärest ein wenig blasser geworden...«

Voll Entzücken bedeckte er ihre Hände mit Küssen, sah sie mit seinen schönen Augen heißhungrig an, als könne er sich an ihr nicht sattsehen. Ich warf einen Blick auf Natascha und erriet aus ihrem Gesichtsausdruck, daß wir die gleichen Gedanken hatten; er war völlig schuldlos. Ja, und wann oder wie hätte dieser *Schuldlose* schuldig werden können? Eine helle Röte stieg jäh in ihre blassen Wangen, wie wenn alles Blut, das sich in ihrem Herzen zurückgehalten hatte, plötzlich wieder zum Kopf geströmt wäre. Ihre Augen erglänzten und stolz sah sie den Fürsten an.

»Aber wo ... bist du denn ... alle diese Tage gewesen?« fragte sie mit verhaltener und stockender Stimme. Sie atmete schwer und ungleichmäßig. Mein Gott, wie sie ihn liebte!

»Das ist es ja, daß es den Anschein hat, als wäre ich schuldig vor dir! Aber was ‚als *wäre* ich'! Natürlich bin ich schuldig, und das weiß ich selbst, und mit diesem Bewußtsein bin ich auch schon hergefahren, daß ich's weiß. Katja hat mir schon gestern und heute wieder gesagt, eine solche Vernachlässigung könne keine Frau verzeihen (sie weiß doch alles, was sich am Dienstag hier zugetragen hat; ich habe es ihr gleich am nächsten Tage erzählt). Ich habe mit ihr gestritten, gewettet, habe sie widerlegt, habe gesagt, daß diese Frau eben *Natascha* heiße, und daß es auf der ganzen Welt vielleicht nur eine gäbe, die ihr gleichkommt: das ist Katja; und ich bin hergekommen mit dem Wissen, daß ich in diesem

Streit recht behalten habe. Wie könnte denn ein Engel wie du nicht verzeihen? ‚Er war nicht hier, also hat ihn etwas abgehalten, das heißt aber keineswegs, daß er aufgehört hätte, mich zu lieben.' So denkt meine Natascha! Und wie könnte man denn aufhören, dich zu lieben? Wie wäre das überhaupt möglich? Mein ganzes Herz hat mir weh getan vor Sehnsucht nach dir. Aber trotzdem bin ich doch schuldig! Erst wenn du alles erfahren haben wirst, wirst du mich als erste freisprechen! Ich werde sogleich alles erzählen, ich muß mein Herz vor euch allen ausschütten! Zu dem Zweck bin ich ja hergekommen. Ich wollte heute schon einmal – als es gerade einen freien Augenblick gab – auf einen Kuß zu dir herüberfliegen, aber auch das mißlang mir: Katja verlangte, daß ich unverzüglich zu ihr käme, in einer äußerst wichtigen Angelegenheit. Das war noch vor jenem Augenblick, als du mich in der Droschke antrafst, Papa, und wir uns nur kurz sahen; das war schon das zweitemal an diesem Tag, daß ich auf einen Expreßbrief Katjas zu ihr fuhr. In diesen Tagen sind doch die Eilboten mit unseren Briefen von Haus zu Haus nur so hin und her geflitzt. Ihren Brief, Iwan Petrowitsch, konnte ich erst gestern nacht lesen, und Sie haben vollkommen recht in allem, was Sie mir da geschrieben haben. Aber was kann ich dafür: es war doch eine physische Unmöglichkeit! So dachte ich denn bei mir: morgen abend wirst du dich in allem rechtfertigen, denn dann wäre es mir doch schon ganz unmöglich, nicht zu dir zu kommen, Natascha.«

»Was war das für ein Brief?« fragte Natascha.

»Er war bei mir und hat mich selbstverständlich nicht angetroffen. In dem Brief, den er mir hinterließ, machte er mir heftige Vorwürfe, weil ich dich nicht besucht hatte. Und darin hat er vollkommen recht. Das war gestern.«

Natascha blickte mich an.

»Wenn du aber Zeit hast, vom Morgen bis zum Abend bei Katerina Fjodorowna zu sein . . .«, begann der Fürst.

»Ich weiß, ich weiß, was du sagen willst«, unterbrach ihn

Aljoscha: »,Wenn du bei Katja deine Zeit zubringen konntest, um wieviel mehr hättest du sie hier zubringen können!' Ich bin mit dir durchaus einverstanden und füge noch meinerseits hinzu, daß ich noch *tausendmal* mehr Grund gehabt hätte, hier zu sein. Aber es gibt eben Zufälle, die alles um und um werfen. Nun, ich sage ja, mit mir ist in diesen Tagen etwas geschehen, was mich vollständig verändert hat – bis in die Fingerspitzen; also müssen es doch wichtige Umstände gewesen sein!«

»Ach, mein Gott, was ist denn mit dir geschehen? Bitte, martere uns nicht so!« sagte Natascha, über Aljoschas Eifer lächelnd.

Er war in der Tat ein wenig komisch: er beeilte sich schon gar zu sehr, die Worte purzelten nur so aus ihm heraus, wie ein Gepolter. Er schien alles zugleich erzählen zu wollen. Aber während er erzählte, ließ er Nataschas Hand nicht los und führte sie immer wieder an die Lippen, als könnte er sich nicht sattküssen.

»Eben darum handelt es sich ja, was mit mir geschehen, was mir widerfahren ist«, fuhr Aljoscha fort. »Ach, meine Freunde! Was ich alles gesehn, was getan, was für Menschen ich kennengelernt habe! Vor allem Katja: sie ist einfach die Vollkommenheit selbst! Ich habe sie bisher ganz und gar nicht gekannt! Und selbst damals, am Dienstag, als ich dir, Natascha, von ihr erzählte – du erinnerst dich doch noch? – und mit solcher Begeisterung von ihr sprach, ja, selbst damals kannte ich sie noch so gut wie gar nicht! Sie hat sich bis jetzt vor mir gleichsam versteckt. Aber jetzt haben wir einander vollständig kennengelernt. Wir duzen uns jetzt schon. Aber ich will von Anfang an berichten. Erstens, Natascha, wenn du nur gehört hättest, wie sie von dir sprach, als ich ihr am nächsten Tag, am Mittwoch, alles erzählte, was sich hier ereignet hatte ... Übrigens: soeben fällt mir ein, wie dumm ich mich hier vor dir benommen habe, als ich am Mittwoch vormittags bei dir war! Du empfingst mich mit Begeisterung, warst ganz erfüllt von unserer neuen Lage, wolltest mit mir über all das sprechen; du warst bedrückt und zugleich scherztest und spieltest du mit mir; ich aber – versuche den soliden Mann zu markieren! Ach, ich Dummkopf, ich Dummkopf! Ich wollte doch, bei Gott, mich aufspielen, prahlen damit, daß ich bald ein verheirateter Mann sein werde, ein ehrbarer Mensch, und da hatte ich die Rechte gefunden, vor der ich schauspielern konnte, – vor dir! Ach, wie du damals über mich gelacht haben mußt, und wie ich deinen Spott verdiente!«

Der Fürst saß schweigend da und beobachtete Aljoscha mit einer Art triumphierend-ironischem Lächeln. Es war, als freue er sich darüber, daß sein Sohn sich von einer so leichtfertigen und lächerlichen Seite zeigte. Diesen ganzen Abend beobachtete ich den Fürsten aufmerksam und überzeugte mich endgültig, daß er seinen Sohn überhaupt nicht liebte, obschon man von seiner gar zu großen Vaterliebe zu sprechen pflegte.

»Von dir fuhr ich damals gleich zu Katja«, setzte Aljoscha seine Erzählung fort. »Ich habe ja schon gesagt, daß wir uns erst an diesem Vormittag richtig kennenlernten, und das geschah eigentlich irgendwie so ... ich weiß nicht einmal wie ... Ein paar glühende Worte, ein paar Empfindungen, unmittelbar geäußerte Gedanken, und wir – waren miteinander vertraut fürs ganze Leben. Du mußt, du mußt sie kennenlernen, Natascha! Wie sie von dir spricht, wie sie mir das auseinandergesetzt hat, was für einen Schatz ich an dir besitze! Wie sie dich zu erklären versteht! Nach und nach hat sie mir auch alle ihre Ideen mitgeteilt und ihre Auffassung vom Leben; sie ist ein so ernstes, ein so begeisterungsfähiges Mädchen! Sie sprach von der Pflicht, von unserer Bestimmung, davon, daß wir alle der Menschheit dienen müssen, und da wir uns in den paar fünf oder sechs Stunden unseres Gesprächs vollkommen verstanden und übereinstimmten, so schworen wir uns ewige Freundschaft, und gaben uns das Wort, unser ganzes Leben lang gemeinsam zu wirken!«

»Auf welchem Gebiet denn zu wirken?« fragte der Fürst verwundert.

»Ich habe mich so verändert, Papa, daß dich das alles natürlich in Erstaunen setzen muß; ich fühle auch schon im voraus alle deine Einwendungen«, antwortete Aljoscha feierlich. »Ihr seid alle praktische Leute, ihr habt so viele aus der Erfahrung gewonnene Lebensregeln, ernste, strenge Grundsätze; auf alles Neue, auf alles Junge, Frische schaut ihr mißtrauisch, feindselig, spöttisch. Aber jetzt bin ich nicht mehr der, den du noch vor ein paar Tagen gekannt hast. Ich bin ein anderer geworden! Ich sehe jetzt allem und allen auf der Welt mutig in die Augen. Wenn ich weiß, daß meine Überzeugung richtig ist, dann bleibe ich ihr treu bis zum letzten Äußersten; und wenn ich vom Wege nicht abirre, dann bin ich ein ehrlicher Mensch. Das genügt mir. Danach könnt ihr reden, was ihr wollt, ich bin überzeugt und meiner Sache sicher.«

»Oho!« bemerkte der Fürst spöttisch.

Natascha betrachtete uns beunruhigt. Sie fürchtete für Aljoscha. Es kam oft vor, daß er sich im Gespräch in einer für ihn unvorteilhaften Weise verrannte, und Natascha wußte das. Sie wollte nicht, daß Aljoscha sich vor uns von einer lächerlichen Seite zeigte, namentlich nicht vor seinem Vater.

»Was redest du da, Aljoscha! Das klingt ja fast schon wie eine gewisse Philosophie!« sagte sie. »Das hat dir bestimmt jemand vorgetragen ... du solltest lieber erzählen ...«

»Aber das tue ich ja!« rief Aljoscha. »Also siehst du: Katja hat zwei entfernte Verwandte, so was wie Vettern, Ljówinka und Bórinka[16]; der eine ist Student, der andere einfach ein junger Mann. Sie steht mit ihnen in Verbindung, und die sind beide – einfach außergewöhnliche Menschen! Zur Gräfin kommen sie fast nie; aus Prinzip. Als Katja mit mir von der Bestimmung des Menschen sprach, von seiner Berufung und von alledem, da machte sie mich auf die beiden aufmerksam und gab mir auch gleich ein paar Zeilen an sie mit. Ich flog natürlich sofort zu ihnen, um ihre Bekanntschaft zu machen. Und noch am selben Abend stimmten wir in allem überein. – Dort waren etwa zwölf Mann versammelt, ganz verschiedene Leute, – Studenten, Offiziere, Künstler; auch ein Schriftsteller war dabei ... sie alle kennen Sie bereits, Iwan Petrowitsch, das heißt: sie haben Ihre Werke gelesen und sie erwarten in Zukunft viel von Ihnen. Das haben sie mir alles selbst gesagt. Ich erzählte ihnen, daß ich mit Ihnen bekannt sei, und ich versprach, sie mit Ihnen bekannt zu machen. Ich wurde ganz brüderlich von ihnen aufgenommen, mit offenen Armen. Ich sagte Ihnen gleich, daß ich bald ein verheirateter Mensch sein werde; so betrachteten sie mich dann auch gleich als verheirateten Menschen. Sie leben meistens im fünften Stock unter dem Dach; sie kommen möglichst oft zusammen, vorzugsweise mittwochs bei Ljowinka und Borinka. Es sind lauter frische junge Menschen und alle sind sie von flammender Liebe zur ganzen Menschheit erfüllt! Wir sprachen alle von unserer Gegenwart, von der Zukunft, von den Wissenschaften und von der Literatur, und alle sprachen sie so gut, so offen und einfach ... Auch ein Gymnasiast war dabei! Und wie sie mit einander verkehren, wie anständig sie sind! Ich habe bisher noch nie solche Menschen kennengelernt! Wo habe ich denn bis jetzt verkehrt? Was habe ich zu sehen bekommen? Womit bin ich aufgewachsen? Nur du, Natascha, du allein hast mir manchmal etwas ähnliches gesagt. Ach, Natascha, du mußt unbedingt mit ihnen bekannt werden; Katja kennt sie schon. Sie sprechen von ihr fast mit Ehrfurcht, und Katja hat Ljowinka und Borinka schon gesagt, daß sie, sobald sie mündig sein wird und über ihr Vermögen verfügen kann, dann sofort eine Million für das Gemeinwohl stiften werde.«

»Und die Verwalter dieser Million werden gewiß Ljowinka und Borinka und ihr ganzer Freundeskreis sein?« erkundigte sich der Fürst.

»Ach nein, gar nicht, das ist gar nicht wahr! Du solltest dich schämen, Papa, so zu reden!« rief Aljoscha voll Eifer.

»Ich weiß schon, was du denkst! Aber über diese Million haben wir schon gesprochen und lange debattiert, wie man sie am besten verwenden könnte. Schließlich kam man überein, daß sie vor allen Dingen für die allgemeine Aufklärung verwendet werden soll . . .«

»Dann habe ich allerdings Katerina Fjodorowna bisher noch nicht recht gekannt«, bemerkte der Fürst, wie nur zu sich selbst, immer mit demselben spöttischen Lächeln. »Übrigens hätte ich ihr wohl manches zugetraut, aber das . . .«

»Was meinst du mit ‚aber das'?« fiel ihm Aljoscha ins Wort. »Was erscheint dir denn hierbei so sonderbar? Weil das ein wenig über die Grenzen eurer Ordnung hinausgeht? Weil von euch bisher niemand eine Million geopfert hat, sie es aber tut? Ist es das etwa? Aber wenn sie nun einmal nicht auf fremde Kosten leben will? – denn von diesen Millionen leben heißt doch, auf fremde Kosten leben (das habe ich auch erst jetzt erfahren). Sie will dem Vaterland und allen Menschen nützlich sein und auch ihr Scherflein beisteuern zum allgemeinen Wohl. Von diesem Scherflein haben wir ja schon den Satz in unseren Vorlagen für die Schönschreibestunde gelesen, und daß dieses Scherflein der armen Witwe soviel wert war wie eine Million der Reichen, – gilt das denn nicht auch für diesen Fall? Und worauf stützt sich denn diese ganze vielgepriesene Vernunft, an die auch ich bisher geglaubt habe? Was siehst du mich so an, Papa? Als sähest du einen Narren vor dir, einen kleinen Dummkopf! Nun, dann bin ich eben ein Dummkopf. Wenn du gehört hättest, Natascha, was Katja darüber sagt. ‚Nicht der Verstand ist die Hauptsache, sondern das, was ihn lenkt, – die Natur, das Herz, die edlen Instinkte, die Entwicklung.' Aber vor allem gibt es diesbezüglich einen genialen Ausspruch von Besmýgin, – Besmygin ist ein Bekannter von Ljowinka und Borinka; er ist, unter uns gesagt, ein Kopf, und tatsächlich ein genialer Kopf! Erst gestern sagte er so mitten im Gespräch: ‚Ein Dummkopf, der einsieht, daß er ein Dummkopf ist, ist schon kein Dummkopf mehr!' Wie ist das doch wahr! Und solche

Aussprüche hört man von ihm alle Augenblicke. Er wirft mit solchen Wahrheiten nur so um sich!«

»Tatsächlich genial!« bemerkte der Fürst.

»Du mußt natürlich immer spotten! Aber von dir habe ich noch nie etwas derartiges zu hören bekommen; auch von eurer ganzen höheren Gesellschaft niemals. Bei euch wird das alles, im Gegenteil, gleichsam versteckt, alles soll möglichst niedrig am Boden bleiben, damit alle Gestalten von gleichem Wuchs, alle Nasen in gleicher Höhe seien, alles nach Maß, alles nach irgendwelchen Regeln, – als ob das möglich wäre! Als ob das nicht tausendmal unmöglicher wäre als das was wir sagen und was wir denken. Und dann nennt man uns noch Utopisten! Du hättest nur hören sollen, was sie gestern zu mir sagten ...«

»Aber so erzähle doch, Aljoscha, worüber ihr dort redet und was ihr denkt; ich muß sagen, ich verstehe es noch immer nicht recht«, sagte Natascha.

»Wir reden über alles, was zum Fortschritt, zur Humanität, zur Liebe führt; all das wird erörtert angesichts der gegenwärtigen großen Fragen. Wir reden von der Presse, den beginnenden Reformen, von der Liebe zur Menschheit, über die gegenwärtig führenden Köpfe; wir kritisieren sie, lesen ihre Werke. Aber vor allem haben wir einander geschworen, unter uns vollkommen aufrichtig zu sein, und daß ein jeder von uns den anderen alles über sich berichten werde, ohne sich zu genieren. Nur Aufrichtigkeit, Geradheit können das Ziel erreichen. Darum bemüht sich namentlich Besmygin. Ich habe Katja von ihm erzählt, und sie stimmte ihm vollkommen bei. Und deshalb haben wir uns alle gelobt, unter Besmygins Anleitung unser Lebelang ehrlich und offen zu handeln und, was man auch über uns sage, wie man auch über uns urteile, uns durch nichts beirren zu lassen, uns unserer Begeisterungsfähigkeit, unserer Bestrebungen, unserer Fehler nicht zu schämen und unseren Weg geradeaus fortzusetzen. ‚Wenn du willst, daß man dich achte, so achte vor allem dich selbst; nur dadurch, nur durch Selbstachtung, zwingst du auch andere, dich zu achten.' Das sagt Besmygin, und Katja stimmt ihm vollkommen bei. Überhaupt bemühen wir uns jetzt, unsere Anschauungen in Übereinstimmung zu bringen; wir haben beschlossen, uns mit unserer Selbsterkenntnis zu befassen, um dann gemeinsam einander zu analysieren und uns gegenseitig bei der Selbsterkenntnis zu helfen . . .«

»Was für ein heilloser Galimathias!« stieß der Fürst schließlich aufgebracht hervor, »und wer ist dieser Besmygin? Nein, das darf man nicht so weitergehen lassen . . .«

»Was darf man nicht so weitergehen lassen?« griff Aljoscha das Wort auf. »Höre, Papa, wozu erzähle ich das alles jetzt, in deiner Gegenwart? Weil ich die Absicht habe und hoffe, dich in unseren Kreis einzuführen. Ich habe es ihnen dort schon versprochen. Du lachst, nun ja, ich wußte ja, daß du lachen wirst. Aber höre mich an, laß mich zu Ende sprechen. Du bist gut, du bist edel; du wirst es verstehen! Du kennst diese Menschen nicht, hast sie nie gesehen, hast sie nie selbst reden hören. Gesetzt, daß du von ihnen gehört hast, daß du alles erforscht hast, du bist ja furchtbar gelehrt; aber sie selbst hast du nicht gesehen, bist nicht bei ihnen gewesen, und deshalb kannst du sie auch nicht richtig beurteilen! Du bildest dir nur ein, daß du sie kennst. Nein, sei erst einmal bei ihnen, höre sie an, und dann – und dann, ich gebe dir mein Wort darauf, dann wirst du dich uns anschließen! Die Hauptsache ist, daß ich alle Mittel benutzen will, um dich vor dem Verderben in deinen Gesellschaftskreisen, an die du dich so angeklebt hast, zu retten und dich von deinen Ansichten abzubringen.«

Der Fürst hatte diesen Angriff Aljoschas schweigend und mit hämischem Lächeln angehört; in seinem Gesicht war Bosheit. Natascha beobachtete ihn mit unverhohlenem Ekel. Er sah das, tat aber, als bemerke er es nicht. Doch kaum hatte Aljoscha geendet, da brach der Fürst schon in Lachen aus. Er ließ sich geradezu an die Stuhllehne zurückfallen, als könne er sich nicht mehr halten vor Lachen. Es war aber ein entschieden erzwungenes Lachen. Man merkte nur zu deutlich, daß der Fürst seinen Sohn möglichst schmerzhaft kränken und erniedrigen wollte. Aljoscha fühlte sich denn auch sichtlich verletzt; sein ganzes Gesicht drückte tiefe Traurigkeit aus. Er wartete aber geduldig ab, bis die Heiterkeit des Vaters ein Ende nahm.

»Vater«, begann er traurig, »wozu lachst du denn über mich? Ich bin offen und ehrlich auf dich zugegangen. Wenn ich deiner Meinung nach Dummheiten gesagt habe, so belehre mich doch eines Besseren, aber lache mich nicht einfach aus. Und worüber lachst du denn eigentlich? Über das, was mir jetzt edel und heilig erscheint. Nun gut, mag ich auch irren, mag das alles falsch oder fehlerhaft sein, mag ich auch ein Dummkopf sein, wie du mich schon mehrmals genannt hast; aber wenn ich mich auch irre, so geschieht das doch mit aller Aufrichtigkeit, in ehrlichem Glauben; ich habe dabei meine Liebe zum Edlen nicht eingebüßt. Ich begeistere mich für hohe Ideen. Mögen sie fehlerhaft sein, aber das Gefühl, dem sie entspringen, ist doch heilig. Ich habe dir ja schon gesagt, daß du und alle deine Bekannten mir noch nichts Ähnliches gesagt haben, was mir Richtung gegeben und mich ebenso angezogen, ja, mitgerissen hätte. Widerlege sie und ihre Ideen, sage mir etwas Besseres, als was sie sagen, und ich werde dir folgen, aber lache nicht über mich, denn das verletzt mich sehr.«

Aljoscha hatte das alles mit edler Haltung und mit einer gewissen Würde vorgebracht. Natascha war seinen Worten mit Teilnahme gefolgt. Der Fürst aber hörte den Sohn an und änderte verwundert sofort seinen Ton.

»Ich habe dich gewiß nicht kränken wollen, mein Freund«, versetzte er, »im Gegenteil, ich kann dich nur bedauern. Du stehst vor einem so wichtigen Schritt in deinem Leben, daß es wohl an der Zeit wäre, endlich aufzuhören, ein so leichtsinniger Knabe zu sein. Das ist es, woran ich denke. Ich mußte nur unwillkürlich lachen, es war nicht meine Absicht, dich zu kränken.«

»Warum hat es mir dann so geschienen?« fragte Aljoscha mit bitterem Gefühl. »Warum habe ich denn schon lange das Empfinden, daß du dich feindselig zu mir verhältst, mit kaltem Spott, und nicht wie ein Vater zu seinem Sohn? Warum scheint es mir, daß ich an deiner Stelle nicht so beleidigend meinen Sohn verspotten könnte, wie du es jetzt tust? Höre mich an: sprechen wir uns doch jetzt gleich aufrichtig aus, ein für allemal, damit es keinerlei Mißverständnisse mehr gebe. Und ... ich will ganz aufrichtig sein: als ich hier eintrat, hatte ich den Eindruck, daß auch hier irgend ein Mißverständnis stattgefunden hatte; ich hatte erwartet, euch hier beieinander in einer ganz anderen Stimmung vorzufinden. Ist es nicht so? Und wenn es so ist, ja, ist es dann nicht besser, ein jeder spricht seine Gefühle offen aus? Wieviel Übles könnte man durch Aufrichtigkeit aus der Welt schaffen!«

»Sprich nur, sprich, Aljoscha!« sagte der Fürst. »Was du uns da vorschlägst, ist sehr klug. Vielleicht hätte man damit beginnen sollen«, fügte er, mit einem Blick auf Natascha, hinzu.

»Also dann ärgere dich jetzt nicht über meine vollkommene Offenherzigkeit«, begann Aljoscha, »du willst sie ja selbst, forderst sie. Gut, so höre denn. Du hast in meine Heirat mit Natascha eingewilligt; du hast uns dieses Glück geschenkt und dich dazu selbst überwunden. Du warst großmütig, und wir alle haben deine edle Handlungsweise bewundert. Aber warum gibst du mir jetzt mit einer gewissen Art von Hochgenuß dauernd zu verstehen, daß ich noch ein lächerlicher Junge sei und untauglich für die Rolle eines Ehemannes? Aber das ist noch nicht alles; du scheinst mich in den Augen Nataschas gleichsam verhöhnen, erniedrigen, ja, anscheinend sogar anschwärzen zu wollen. Es freut dich immer sehr, wenn du mich von einer komischen Seite zeigen kannst; das habe ich nicht erst jetzt bemerkt, sondern schon lange. Es ist, als hättest du es zu einem bestimmten Zweck darauf abgesehen, uns zu beweisen, daß unsere Ehe lächerlich und dumm wäre, und daß wir nicht zueinander paßten. Es ist tatsächlich, als glaubtest du selbst nicht an das, was du uns doch zugebilligt hast; als betrachtetest du das alles nur als einen Scherz, einen lustigen Einfall, ein lächerliches Vaudeville ... Ich schließe das nicht nur aus deinen heutigen Worten. Noch am selben Abend, am Dienstag, als ich von hier zu dir geeilt war, mußte ich von dir ein paar sonderbare Ausdrücke hören, die mich wunderten und sogar betrübten. Und auch am Mittwoch, vor deiner Abreise, machtest du gleichfalls ein paar Andeutungen über unsere jetzige Lage, sprachst auch von ihr – nicht beleidigend, nein, das nicht, aber irgendwie doch nicht so, wie ich es von dir gern gehört hätte, so irgendwie gar zu leichthin, irgendwie lieblos, ohne besondere Achtung vor ihr ... Das ist schwer mit Worten wiederzugeben, aber der Ton war nicht mißzuverstehen ... das Herz spürt es. Sage mir doch, daß ich mich irre. Kläre den Irrtum auf, ermuntere mich, gib mir wieder Mut und ... und auch ihr, denn du hast auch sie betrübt. Das habe ich schon auf den ersten Blick erraten, als ich hier eintrat ...«

Aljoscha hatte das alles mit Wärme und in festem Ton vorgebracht. Natascha aber hatte ihm mit einer gewissen Feierlichkeit zugehört; innerlich erregt und mit glühendem Gesicht hatte sie, während er sprach, etwa zweimal leise »ja, ja, so ist es!« vor sich hin gesagt. Der Fürst geriet in Verwirrung.

»Mein Freund«, erwiderte er, »ich kann mich natürlich nicht mehr an alles erinnern, was ich zu dir gesagt habe; aber es ist doch sehr sonderbar, daß du meine Worte in diesem Sinne hast auffassen können. Ich bin gern bereit, dich von deinem Irrtum zu überzeugen, womit ich dies nur kann. Wenn ich jetzt gelacht habe, so ist auch das verständlich. Ich kann dir sagen, daß ich mit meinem Lachen ein in mir aufsteigendes bitteres Gefühl habe verdecken wollen. Wenn ich jetzt bedenke, daß du dich anschickst, alsbald ein Ehemann zu werden, so erscheint mir das vollkommen unmöglich, unsinnig, entschuldige, sogar lächerlich. Du wirfst mir dieses Lachen vor, ich aber kann nur sagen, daß du selbst daran schuld bist. Aber ich bin mir auch meiner Schuld bewußt: vielleicht habe ich dich in letzter Zeit zu wenig beaufsichtigt, und so habe ich denn erst jetzt, an diesem heutigen Abend, erkannt, wessen du fähig bist. Jetzt zittere ich bereits bei dem Gedanken an deine Zukunft mit Natalja Nikolajewna; ich habe zu übereilt gehandelt; ich sehe, daß ihr beide gar zu ungleich seid. Jede Liebe vergeht, aber die Ungleichheit bleibt für immer bestehen. Ich rede schon nicht von deinem Schicksal, aber bedenke doch, wenn du überhaupt ehrliche Absichten hast, daß du zugleich mit dir selbst auch Natalja Nikolajewna ins Unglück stürzt, jawohl, entschieden ins Unglück! Da hast du nun eine ganze Stunde lang von der Liebe zur Menschheit gesprochen, von edlen Überzeugungen, von edlen Menschen, mit denen du bekannt geworden bist; aber frage doch Iwan Petrowitsch, was ich vorhin zu ihm gesagt habe, als wir hier zum vierten Stockwerk hinaufstiegen, auf dieser elenden Treppe, und hier vor der Wohnungstür stehen blieben, Gott dankend für die Rettung unseres Lebens und unserer Beine! Weißt du, welcher Gedanke mir da unwillkürlich durch den Kopf ging? Ich wunderte mich, wie du, bei einer so großen Liebe zu Natalja Nikolajewna, es zulassen kannst, daß sie in einer solchen Wohnung lebt! Hast du es dir denn nicht überlegt, daß du, wenn du nicht die Mittel hast, noch die Fähigkeit besitzt, deine Pflichten zu erfüllen, auch gar nicht das Recht hast zu heiraten, nicht das Recht hast, Verpflichtungen einzugehen. Liebe allein genügt nicht; Liebe beweist sich in Taten. Du aber denkst einfach: ‚Lebe mit mir, wenn du auch mein Elend teilen mußt', – das aber ist weder human, noch ist das edel! Von Nächstenliebe reden, sich für allgemein-menschliche Fragen begeistern und gleichzeitig sich an der Liebe selbst versündigen, ohne das auch nur zu gewahren, – das ist unverständlich! Unterbrechen Sie mich nicht Natalja Nikolajewna, lassen Sie mich zu Ende reden. Es ist gar zu bitter für mich, und ich muß mich aussprechen. Du sagst, Aljoscha, du hättest dich in diesen Tagen für alles begeistert, was edel, schön, ehrenhaft ist, und du wirfst mir vor, daß in unserer Gesellschaft solche Begeisterungsfähigkeit nicht zu finden sei; sondern nur trockene Vernunft. Nun sieh: einerseits ist da Begeisterung für alles Erhabene und Schöne, und dann, nach allem, was sich am Dienstag hier abspielte, vier Tage lang vollständiges Vernachlässigen derjenigen, die dir, wie man meinen sollte, teurer sein müßte als alles andere auf der Welt! Du gestehst sogar, daß du im Streit mit Katerina Fjodorowna gesagt hättest, Natalja Nikolajewna liebe dich so und sei so großmütig, daß sie dir dein Vergehen verzeihen werde. Aber welch ein Recht hast du denn, auf ein solches Verzeihen zu bauen, ja, wetten zu wollen, daß sie dir verzeihen werde? Und hast du denn wirklich kein einziges Mal daran gedacht, wieviel Qual, wieviel bittere Gedanken, wieviele Zweifel, welchen Argwohn du in diesen Tagen in Natalja Nikolajewna durch dein Verhalten hast hervorrufen müssen? Hattest du wirklich das Recht, bloß weil du dich dort für irgend welche neuen Ideen begeistertest, deine vornehmste Pflicht so hintanzusetzen? Verzeihen Sie mir, Natalja Nikolajewna, daß ich mein Wort nicht gehalten habe. Aber die gegenwärtige Angelegenheit ist ernster als dieses Wort; Sie werden das selbst einsehen ... Weißt du auch, Aljoscha, daß ich Natalja Nikolajwna inmitten eines solchen Schmerzes vorgefunden habe, daß man wohl versteht, in was für eine Hölle du diese vier Tage für sie verwandelt hast, die doch die schönsten Tage ihres Lebens hätten sein sollen. Solche Taten einerseits und – Worte, Worte, nichts als Worte andererseits ... sollte ich nicht doch recht haben? Und danach erlaubst du dir noch, mir Vorwürfe zu machen, während du selbst der rundum Schuldige bist?«

Der Fürst verstummte. Er hatte sich von seinem Redefluß richtig mitreißen lassen und konnte sein Triumphgefühl nicht vor uns verbergen. Als Aljoscha von dem Schmerz hörte, den er Natascha zugefügt hatte, blickte er sie mit bangem

Kummer an, aber Natascha hatte ihren Entschluß schon gefaßt.

»Schon gut, Aljoscha, gräme dich nicht«, sagte sie, »andere sind schuldiger als du. Setze dich und höre zu, was ich deinem Vater gleich sagen werde. Es ist Zeit, ein Ende zu machen!«

»Ich bitte Sie um Aufschluß, Natalja Nikolajewna«, fiel der Fürst ein. »Ich bitte Sie dringend darum! Ich höre schon seit zwei Stunden Anspielungen, die mir rätselhaft sind. Das wird allmählich unerträglich, und ich muß gestehen, daß ich einen solchen Empfang hier nicht erwartet habe.«

»Das ist möglich. Sie glaubten wohl, uns mit Worten bezaubern zu können, so daß wir Ihre geheimen Absichten nicht merkten. Was soll ich Ihnen für einen Aufschluß geben! Sie wissen und verstehen doch ohnehin schon alles. Aljoscha hat recht. Was Sie vor allen Dingen wünschen, ist: uns zu trennen. Sie wußten alles im voraus, gleichsam auswendig, wie es hier kommen werde, nach jenem Abend am Dienstag, und Sie hatten es wohl schon an den Fingern abgezählt. Ich habe Ihnen bereits gesagt, daß Sie weder mich noch Ihren Antrag, mit dem Sie plötzlich hervortraten, ernst nehmen. Sie scherzen, Sie spielen mit uns und verfolgen dabei ein Ihnen bekanntes Ziel. Ihr Spiel ist richtig. Aljoscha hatte recht, als er Ihnen vorwarf, Sie betrachteten diese ganze Angelegenheit wie ein Vaudeville. Sie sollten sich eher freuen über Aljoscha, statt ihm Vorwürfe zu machen, denn er hat doch, ohne etwas zu wissen, alles erfüllt, was Sie von ihm erwarteten; vielleicht sogar noch mehr als das.«

Ich erstarrte vor Verwunderung. Zwar hatte ich schon befürchtet, daß es an diesem Abend zu einer Katastrophe kommen werde, aber eine so schroffe Offenheit Nataschas und der unverhohlen verächtliche Ton ihrer Worte setzten mich doch über die Maßen in Erstaunen. Also mußte sie doch irgend etwas erfahren und sich unverzüglich zu einem sofortigen Bruch entschlossen haben. Vielleicht hatte sie den Fürsten sogar mit Ungeduld erwartet, um ihm dies alles ins

Gesicht zu sagen. Der Fürst wurde ein wenig blaß. Aljoscha sah man naive Furcht und qualvolle Erwartung an.

»Bedenken Sie, wessen Sie mich soeben beschuldigt haben«, rief der Fürst, »und überlegen Sie sich doch wenigstens einigermaßen Ihre Worte ... ich verstehe Sie überhaupt nicht.«

»Ah! Dann wollen Sie sie wohl nicht verstehen, nicht ohne weiteres«, erwiderte Natascha. »Sogar er, sogar Aljoscha hat Sie genau so durchschaut wie ich, und Sie wissen, daß wir uns nicht gesprochen, nicht einmal gesehen haben! Auch er hat den Eindruck gehabt, daß Sie mit uns ein unwürdiges, beleidigendes Spiel treiben, er, der Sie liebt und an Sie glaubt wie an eine Gottheit. Sie haben nicht einmal für nötig befunden, ihm gegenüber ein wenig vorsichtiger, ein wenig schlauer vorzugehen; Sie rechneten wohl darauf, daß er nichts merken werde. Er hat aber ein feinfühliges, zärtliches, empfängliches Herz, und Ihre Worte, ihr *Ton,* sagte er, haben sein Herz bedrückt ...«

»Ich verstehe nichts, aber auch absolut nichts!« wiederholte der Fürst, sich wie in höchster Verwunderung an mich wendend, als wolle er mich als Zeugen anrufen. Er war gereizt und geriet in einen Zustand des Aufgebrachtseins. »Sie sind mißtrauisch, Sie sind alarmiert«, fuhr er fort, sich zu ihr wendend, »Sie sind ganz einfach eifersüchtig auf Katerina Fjodorowna, und deshalb sind Sie bereit, alle Welt und in erster Linie mich anzuklagen und ... und gestatten Sie, daß ich schon alles sage: man gewinnt ein sonderbares Bild von Ihrem Charakter ... Ich bin solche Szenen nicht gewöhnt. Ich würde nach alledem auch nicht einen Augenblick länger hierbleiben, wenn es nicht um die Interessen meines Sohnes ginge ... Ich warte immer noch, ob Sie nicht die Gewogenheit haben werden, mir die erbetene Erklärung zu geben?«

»So bestehen Sie dennoch auf diesem Verlangen und wollen sich nicht mit der Andeutung begnügen, obschon Sie doch alles schon auswendig wissen? Sie wollen also unbedingt, daß ich alles unverhüllt ausspreche?«

»Nur um dieses ersuche ich Sie ja die ganze Zeit.«

»Nun gut, dann sollen Sie es hören!« rief Natascha mit vor Zorn aufblitzenden Augen. »Dann werde ich alles aussprechen.«

III

Sie stand auf und begann stehend zu sprechen, ohne das vor Erregung zu gewahren. Der Fürst, der gespannt abwartete, sah sie an und stand gleichfalls auf von seinem Platz. Die ganze Szene nahm daher einen vielleicht etwas zu feierlichen Charakter an.

»Erinnern Sie sich an Ihre Worte am Dienstag«, begann Natascha. »Sie sagten, Sie brauchten mehr Geld, gebahnte Wege, eine bedeutende Stellung in der führenden Gesellschaftsschicht, – erinnern Sie sich?«

»Ich erinnere mich.«

»Nun wohl! Um sich dieses Geld und alle diese zukünftigen Erfolge zu sichern, die Ihnen auf einmal zu entgleiten drohten, sind Sie am Dienstag hierhergekommen und haben Sie sich diesen Heiratsantrag ausgedacht, in der Annahme, daß dieser Scherz Ihnen helfen werde, das Ihnen Entgleitende wieder einzufangen.«

»Natascha!« rief ich, »bedenke, was du sprichst!«

»Scherz! Ausgedacht!« sprach der Fürst die Worte nach, mit der Miene äußerst gekränkter Würde.

Aljoscha saß wie von Kummer niedergeschmettert da und sah aus, als begriffe er fast nichts.

»Ja, ja, halten Sie mich nicht auf, ich habe mir geschworen, alles auszusprechen«, fuhr Natascha gereizt fort. »Sie wissen es selbst: Aljoscha hat Ihnen nicht gehorcht. Dieses ganze halbe Jahr haben Sie sich mit ihm abgemüht, um ihn von mir abzulenken. Er hat sich Ihnen nicht gefügt. Und dann kam plötzlich der Augenblick, wo Sie sich sagen mußten, daß keine Zeit mehr zu verlieren war. Jetzt hieß es, die Gelegenheit nicht versäumen, oder die Braut und das Geld, vor allem das Geld – die drei Millionen der Mitgift – würden Ihren Fingern entgehen. Es blieb nur eine Möglichkeit: Aljoscha mußte sich in die andere verlieben, die Sie für ihn bestimmt hatten. Sie sagten sich: wenn er sich in sie verliebt, dann wird er vielleicht von mir ablassen ...«

»Natascha, Natascha!« rief Aljoscha schmerzlich bewegt aus, »was redest du da!«

»Und danach handelten Sie«, fuhr Natascha fort, ohne sich von Aljoschas Zwischenruf aufhalten zu lassen. »Aber auch jetzt geschah wieder dasselbe, die alte Geschichte! Alles hätte so schön nach Wunsch vereinbart werden können, nur ich, ich stand wieder im Wege! Jetzt blieb Ihnen nur noch eine Hoffnung: als erfahrener und schlauer Mensch hatten Sie vielleicht schon damals bemerkt, daß Aljoscha seine frühere Anhänglichkeit, die ihn an mich band, manchmal doch ein wenig als lästig zu empfinden begann. Es konnte Ihrer Aufmerksamkeit nicht entgehen, daß er anfing, mich zu vernachlässigen, sich langweilte, fünf Tage lang nicht zu mir fuhr. ‚Vielleicht wird er ihrer vollends überdrüssig werden und sie sitzen lassen', dachten Sie, – als plötzlich am Dienstagnachmittag Aljoschas entschlossenes Vorgehen einen Strich durch Ihre ganze Rechnung machte, – zu Ihrer größten Überraschung. Was sollten Sie nun tun?«

»Erlauben Sie«, rief der Fürst, »im Gegenteil, diese Tatsache ...«

»Ich spreche jetzt«, unterbrach ihn Natascha mit Nachdruck. »An jenem Abend haben Sie sich gefragt: ‚Was nun?' und haben beschlossen, ihm die Erlaubnis zu erteilen, mich zu heiraten, das heißt nicht die wirkliche Erlaubnis, sondern nur so, dem Anschein nach, *in Worten,* um ihn zu beruhigen. Den Tag der Hochzeit, so dachten Sie, könne man ja beliebig hinausschieben, mittlerweile aber würde die neue Liebe einsetzen; das hatten Sie schon bemerkt. Und eben auf dieser beginnenden neuen Liebe haben Sie dann Ihren ganzen Plan aufgebaut!«

»Romane, Romane«, sagte der Fürst halblaut wie für sich, »Einsamkeit, Träumerei und das Lesen von Romanen!«

»Ja, auf dieser neuen Liebe haben Sie dann Ihren ganzen Plan aufgebaut«, wiederholte Natascha, die die Worte des Fürsten überhörte oder nicht beachtete; wie im Fieber weitersprechend, steigerte sie sich in eine immer heftiger werdende Erregung hinein. »Und was für Chancen gab es doch für diese neue Liebe! Sie hatte doch schon damals begonnen, als er noch gar nicht alle Vorzüge dieses jungen Mädchens kannte! Und in dem Augenblick, wo er sich an jenem Tag diesem Mädchen anvertraute und sagte, er könne sie nicht lieben, denn seine Pflicht und eine andere Liebe verböten es ihm, da bewies dieses Mädchen plötzlich so viel Anständigkeit, soviel Mitgefühl mit ihm und mit ihrer Rivalin, soviel von Herzen kommende Vergebung, daß er, der bisher nur ihre äußere Schönheit gekannt hatte, bis zu diesem Augenblick soviel innere Schönheit gar nicht erwartet hatte! Er kam damals von ihr gleich zu mir – und sprach nur und nur noch von ihr; sie hatte ihn gar zu stark beeindruckt. Ja, wie hätte er da am nächsten Tage nicht das unwiderstehliche Verlangen haben sollen, dieses herrliche Geschöpf wiederzusehen, und wäre es auch nur aus Dankbarkeit? Und warum hätte er sie denn nicht besuchen sollen? Die andere, frühere, die litt doch jetzt nicht mehr, ihr Schicksal war ja bereits gesichert, er wollte sich doch für sein ganzes Leben an sie binden, während es sich jetzt und hier doch nur um ein paar Augenblicke handelte ... Und wie undankbar wäre doch diese Natascha, wenn sie um dieser paar Augenblicke willen eifersüchtig werden wollte! Und so wird unmerklich dieser Natascha, statt weniger Minuten, ein Tag, ein zweiter, ein dritter, entzogen ... In dieser Zeit aber geschieht es, daß sich das junge Mädchen noch von einer ganz neuen, unerwarteten Seite zeigt; sie ist so edel, so begeisterungsfähig, und gleichzeitig ein so naives Kind, und paßt daher so gut zu ihm. Sie schwören sich gegenseitig Freundschaft, duzen sich und wollen sich ihr ganzes Leben lang nicht mehr trennen. ‚In einigen fünf, sechs Stunden der Unterhaltung' öffnet sich seine Seele ganz den neuen Empfindungen und sein Herz gibt sich restlos hin ... Schließlich wird dann die Zeit kommen, denken Sie, wo er seine frühere Liebe mit seinen neuen, frischen Empfindungen zu vergleichen anfängt: dort ist alles bekannt, alltäglich; dort ist man ernst, anspruchsvoll; dort ist man eifersüchtig und schilt, dort gibt es Tränen ... Oder wenn man auch mit ihm scherzt oder zu spielen anfängt, so tut man das doch immer wie mit einem nicht Gleichaltrigen, sondern wie mit einem Kind ... und vor allem: dort ist alles schon gewohnt, schon bekannt ...«

Tränen und eine würgende Enge im Hals drohten ihre Stimme zu ersticken, aber Natascha konnte sich noch einmal zusammennehmen und ein paar Atemzüge lang fortfahren.

»Und was dann weiter? Das Weitere überläßt man der Zeit. Die Trauung mit Natascha soll ja nicht gleich stattfinden; man hat doch eine Menge Zeit, und alles wird sich ändern ... Und dazwischen sickern so Ihre Worte, Anspielungen, Überlegungen, die ganze Redekunst in sein Herz ... Man kann diese lästige Natascha ab und zu sogar ein wenig verleumden, kann sie in ein so unvorteilhaftes Licht stellen und ... wie das alles enden wird – das ist noch ungewiß, aber der Sieg gehört Ihnen! Aljoscha! Schilt mich nicht, mein Freund! Sage nicht, ich verstünde deine Liebe nicht und schätzte sie zu wenig. Ich weiß doch, daß du auch jetzt mich liebst und in diesem Augenblick meine Klagen vielleicht gar nicht verstehst. Ich weiß, daß es sehr, sehr schlecht von mir war, das alles auszusprechen. Aber was soll ich denn tun, wenn ich doch alles das begreife, und dich dennoch immer noch mehr und mehr liebe ... irrsinnig ... bis zum Wahnsinn!«

Sie bedeckte das Gesicht mit den Händen, sank in ihren Lehnstuhl und weinte wie ein Kind. Aljoscha stürzte mit einem Aufschrei zu ihr hin. Er konnte sie nie weinen sehen, ohne daß ihm selbst die Tränen gekommen wären.

Dieses Zusammenbrechen und Schluchzen kam dem Fürsten, wie es schien, sehr gelegen: alle Ausfälle Nataschas während ihrer langen Erklärung, alle ihre schroffen Angriffe, die er schon anstandshalber als Beleidigungen hätte auffassen müssen, all das konnte man jetzt selbstverständlich auf einen Ausbruch sinnloser Eifersucht, gekränkter Liebe, sogar auf krankhafte Veranlagung zurückführen ... Ja, es gehörte sich jetzt sogar, ihr Teilnahme zu bezeugen ...

»Beruhigen Sie sich, Natalja Nikolajewna, besänftigen Sie sich«, beschwichtigte er sie, »das kommt ja nur von überreizten Nerven, Träumereien, von der Einsamkeit ... Sie waren so erbittert durch sein leichtfertiges Verhalten ... Aber das war seinerseits doch nur Leichtsinn. Die wichtigste Tatsache, die Sie ja auch besonders erwähnten, der Vorgang hier am Dienstag, sollte Ihnen doch am ehesten die Grenzenlosigkeit seiner Anhänglichkeit an Sie beweisen, während Sie nun statt dessen denken ...«

»Oh, sagen Sie mir nichts mehr, quälen Sie mich wenigstens jetzt nicht weiter!« unterbrach ihn Natascha, bitterlich weinend. »Mein Herz hat mir doch schon alles gesagt, und schon lange gesagt! Glauben Sie denn wirklich, ich begriffe nicht, daß seine frühere Liebe ganz vergangen ist ... Hier in diesem Zimmer, allein ... wenn er mich allein ließ, mich vergaß ... habe ich all das durchlebt ... alles durchdacht ... Was hätte ich denn auch sonst tun sollen! Ich beschuldige dich nicht, Aljoscha ... Wozu wollen Sie mich betrügen? Glauben Sie denn, ich hätte mich nicht schon selbst zu betrügen versucht! ... Oh, wie oft, wie oft! Kenne ich denn nicht jeden Ton seiner Stimme? Habe ich denn nicht gelernt, in seinem Gesicht zu lesen, in seinen Augen? Alles, alles ist vorbei, alles begraben ... Oh, ich Unglückselige!«

Aljoscha kniete vor ihr und weinte.

»Ich weiß, ich weiß, ich bin an allem schuld! An allem ich!« wiederholte er unter Schluchzen.

»Nein, klage dich nicht an, Aljoscha ... Andere sind es ... unsere Feinde ... die, die sind es!«

»Aber erlauben Sie, schließlich«, begann der Fürst mit einiger Ungeduld, »auf Grund welcher Tatsachen schreiben Sie alle diese ... Verbrechen mir zu? Das sind doch nur so Ihre Vermutungen, für die Sie nicht die geringsten Beweise haben ...«

»Beweise!« rief Natascha, aus dem Lehnstuhl auffahrend. »Sie verlangen noch Beweise, Sie heimtückischer Mensch! Sie konnten, konnten ja gar nicht anders vorgehen, als Sie damals zu diesem Vorstoß mit Ihrem Antrag herkamen! Sie mußten zunächst Ihren Sohn beruhigen, seine Gewissensbisse einschläfern, damit er sich freier und ruhiger Katja ganz widmen könne; denn sonst hätte er sich immer noch an mich erinnert, hätte er sich Ihnen nicht so einfach gefügt, Sie aber begann es zu langweilen, noch länger zu warten. Wie, sollte das nicht die Wahrheit sein?«

»Ich muß gestehen«, versetzte der Fürst mit sarkastischem Lächeln, »wenn ich Sie hätte betrügen wollen, dann hätte ich allerdings so kalkulieren müssen. Sie sind sehr ... scharfsinnig, aber bevor man Menschen mit solchen Vorwürfen beleidigt, muß man doch beweisen können, daß ...«

»Beweisen können! Und Ihr ganzes vorhergegangenes Verhalten, als Sie ihn mir abspenstig zu machen suchten! Wer seinem Sohn nahelegt, um gesellschaftlicher Vorteile, um des Geldes willen mit solchen Pflichten zu spielen und sie zu mißachten, der – verdirbt ihn! Was sagten Sie vorhin von der Treppe und von der schlechten Wohnung? Waren Sie es denn nicht, der ihm das Monatsgeld entzog, das Sie ihm bis dahin gegeben hatten, um uns durch Not und Hunger zu zwingen, uns zu trennen? Zu dieser Wohnung und dieser Treppe sind wir nur durch Sie gekommen, und nun machen Sie ihm noch Vorwürfe, Sie Heuchler! Und woher sollten Ihnen denn so plötzlich an jenem Abend dieser warmherzige Eifer für uns, diese so neuen, zu Ihnen gar nicht passenden Ansichten gekommen sein? Und wozu brauchten Sie auf einmal mich? Ich bin hier in diesen vier Tagen auf und ab gegangen; ich habe alles bedacht, alles abgewogen, jedes

Ihrer Worte, jeden Ausdruck Ihres Gesichts, und habe mich überzeugt, daß alles nur Scherz, nur eine beleidigende, niedrige und unwürdige Komödie gewesen ist ... Ich kenne Sie doch, kenne Sie schon lange! Jedesmal, wenn Aljoscha von Ihnen zu mir kam, habe ich aus seinem Gesicht alles erraten, was Sie ihm gesagt, was Sie ihm suggeriert hatten; ich habe alle Arten Ihres Einflusses auf ihn studiert. Nein, mich können Sie nicht mehr betrügen! Es ist möglich, daß Sie noch andere Berechnungen gegen mich im Sinn haben, vielleicht habe ich jetzt nicht einmal das Wichtigste ausgesprochen; aber das ist ja einerlei! Sie haben mich jedenfalls betrogen, das ist die Hauptsache! Eben das mußte Ihnen einmal offen ins Gesicht gesagt werden! ...«

»Und das ist alles? Sind das alle Ihre Beweise? Aber bedenken Sie doch nur, Sie Rasende: mit diesem ‚Vorstoß' (wie Sie meinen Antrag vom Dienstagabend nennen) habe ich mich doch gar zu sehr gebunden. Das wäre doch gar zu leichtsinnig von mir gewesen.«

»Wodurch, wodurch hätten Sie sich gebunden? Was will denn das in Ihren Augen besagen, mich zu betrügen? Und was bedeutet denn schon die Kränkung irgend eines Mädchens! Dazu noch, wenn es sich um eine Unglückliche handelt, die dem Elternhause entlaufen, vom Vater verstoßen ist, um eine Schutzlose, die sich *beschmutzt* hat, die *unsittlich* lebt! Wozu denn mit so einer viel Umstände machen, wenn dieser *Scherz* nur irgend einen, sei es auch noch so kleinen Vorteil einbringen kann!«

»Aber in was für eine Lage bringen Sie sich da, Natalja Nikolajewna, bedenken Sie das doch! Sie wollen durchaus darauf bestehen, daß ich Sie beleidigt habe. Aber diese Beleidigung wäre doch so schwerwiegend, so erniedrigend, daß ich nicht verstehe, wie man sie auch nur als möglich annehmen, geschweige denn auf dieser Behauptung bestehen kann. Man muß wohl schon an gar zu vieles gewöhnt sein, um so leicht so etwas als möglich anzunehmen. Entschuldigen Sie. Ich habe wohl das Recht, Ihnen Vorwürfe zu machen, denn Sie wiegeln meinen Sohn gegen mich auf; wenn er sich jetzt nicht für Sie gegen mich stellt, so ist sein Herz doch schon gegen mich . . .«

»Nein, Vater, nein!« rief Aljoscha, »wenn ich mich nicht gegen dich auflehne, so geschieht es deshalb, weil ich nicht glauben kann, daß du zu einer solchen Beleidigung fähig wärest, ja, weil ich eine solche Beleidigung überhaupt für ganz unmöglich halte!«

»Hören Sie?« rief der Fürst.

»Natascha, an allem bin ich schuld; bitte, beschuldige nicht ihn. Das wäre Sünde, das wäre schrecklich!«

»Hast du gehört, Wanja? Er tritt schon gegen mich auf!« rief Natascha.

»Genug!« sagte der Fürst, »dieser peinlichen Szene muß ein Ende gemacht werden. Dieser blinde und rasende Ausbruch grenzenloser Eifersucht zeigt mir Ihren Charakter in einem ganz neuen Licht. Ich bin gewarnt, eines Besseren belehrt. Wir haben uns übereilt, wir haben uns in der Tat übereilt. Sie bemerken es nicht einmal, daß Sie mich beleidigt haben; das macht Ihnen wohl nichts aus. Wir haben uns übereilt . . . übereilt . . . mein Wort muß mir allerdings heilig sein, aber . . . ich bin Vater und wünsche das Glück meines Sohnes . . .«

»Sie nehmen also Ihr Wort zurück?« rief Natascha außer sich. »Und ich sehe schon, Sie freuen sich über die Gelegenheit, den Vorwand sofort benutzen zu können! Nun, dann hören Sie, daß ich schon vor zwei Tagen, hier allein im Zimmer beschlossen habe, ihn von seinem Wort zu entbinden, und jetzt bestätige ich das vor allen. Ich – lehne den Antrag ab!«

»Das soll vielleicht heißen, daß Sie in ihm die ganze frühere Unruhe wieder erwecken wollen, das Pflichtgefühl, das ‚Bedürfnis, seinen Pflichten nachzukommen' (wie man zu sagen pflegt), nur um ihn dadurch von neuem an sich zu fesseln, wie ehedem. So müßte es sich doch nach Ihrer Theorie ergeben; deshalb spreche ich es auch so aus. Doch genug; die Zeit wird entscheiden. Ich werde einen ruhigeren Augenblick abwarten, um mich mit Ihnen auszusprechen. Ich hoffe, daß wir unsere Beziehungen nicht endgültig abbrechen. Ich hoffe auch, daß Sie lernen werden, mich besser einzuschätzen. Ich wollte Ihnen noch heute ein Projekt mitteilen, bezüglich Ihrer Eltern, aus dem Sie ersehen hätten ... doch genug! – Iwan Petrowitsch!« fuhr er fort, auf mich zutretend, »jetzt würde es für mich von noch größerem Wert sein als je zuvor, Sie näher kennenzulernen, ganz abgesehen davon, daß es schon mein langgehegter Wunsch war. Ich hoffe, daß Sie mich verstehen werden. Ich werde in den nächsten Tagen bei Ihnen vorsprechen. Sie erlauben doch?«

Ich verneigte mich. Ich fand nun selbst, daß ich einer Bekanntschaft mit ihm jetzt nicht mehr ausweichen durfte. Er drückte mir die Hand, verbeugte sich schweigend vor Natascha und ging mit dem Ausdruck gekränkter Würde hinaus.

IV

Eine ganze Weile sprachen wir alle kein Wort. Natascha saß da wie in Nachdenken versunken, traurig und niedergeschlagen. Alle Energie schien sie auf einmal verlassen zu haben. Sie starrte vor sich hin, ohne überhaupt etwas zu sehen, wie geistesabwesend, und hielt immer noch Aljoschas Hand in ihrer Hand. Dieser weinte still seinen Kummer aus, sah nur ab und zu ängstlich erwartungsvoll zu ihr auf.

Schließlich versuchte er schüchtern, sie zu trösten, bat sie, sich nicht zu ärgern, klagte sich selbst an; man sah, daß er nur zu gern seinen Vater verteidigt hätte, und daß dies ihm vor allem am Herzen lag; er begann auch mehrmals davon zu sprechen, wagte aber nicht, sich klar auszudrükken, da er fürchtete, Nataschas Zorn von neuem zu erregen. Er schwor ihr ewige, unveränderliche Liebe und verteidigte voll Feuer seine Anhänglichkeit an Katja; fortwährend wiederholte er, daß er Katja nur wie eine Schwester liebe, wie eine liebe, gute Schwester, die er doch nicht ganz und gar verlassen könne; das wäre seinerseits doch geradezu roh und grausam. Immer wieder versicherte er, wenn Natascha und Katja sich kennenlernten, würde es sofort zu einer großen Freundschaft zwischen ihnen kommen, so daß sie sich nie mehr trennen würden, und dann werde es überhaupt keine Mißverständnisse mehr geben. Dieser Gedanke schien ihm ganz besonders zu gefallen. Der arme Junge log keineswegs. Er begriff Nataschas Befürchtungen nicht, wie er auch kaum verstanden hatte, was sie vorhin seinem Vater gesagt. Er wußte nur, daß sie gestritten und sich entzweit hatten; gerade das lag ihm wie ein Stein auf dem Herzen.

»Beschuldigst du mich wegen meines Verhaltens zu deinem Vater?« fragte ihn Natascha.

»Wen kann ich denn beschuldigen«, antwortete er mit bitterem Gefühl, »wenn ich doch selbst alles verursacht habe und an allem schuld bin? Nur ich habe dich so erzürnt, und dann hast du im Zorn ihn beschuldigt, weil du mich verteidigen wolltest. Du verteidigst mich immer, ich aber bin das doch gar nicht wert. Aber jemand mußte doch schuld sein, und da dachtest du, er sei es. Er aber ist wirklich, wirklich nicht der Schuldige!« rief Aljoscha bewegt aus. »Und ist er denn deshalb hergekommen? Hat er denn das hier erwartet!«

Als er jedoch sah, daß Natascha ihn traurig und vorwurfsvoll betrachtete, wurde er sofort wieder zaghaft.

»Schon gut, ich sage nichts mehr, verzeihe mir«, sagte er. »Der einzige Schuldige bin doch ich!«

»Ach, Aljoscha«, sagte sie bedrückt, »jetzt ist er zwischen uns hindurchgegangen und hat unseren ganzen Frieden zerstört, fürs ganze Leben. Du hast immer an mich mehr geglaubt als an alle anderen; jetzt aber hat er Mißtrauen gegen mich in dein Herz geträufelt, dein Vertrauen zerstört ... er hat mir die Hälfte deines Herzens entwendet. Eine schwarze Katze ist zwischen uns hindurchgelaufen.«[17]

»Sprich nicht so, Natascha! Warum sagst du ‚eine schwarze Katze'?« – Der Ausdruck mißfiel ihm.

»Durch geheuchelte Güte und vorgetäuschte Großmut hat er dich an sich gezogen«, fuhr Natascha fort, »und jetzt wird er dich immer mehr, immer mehr gegen mich aufreizen.«

»Ich schwöre dir: nein!« beteuerte Aljoscha mit noch größerem Eifer. »Er war gereizt, als er sagte, wir hätten uns ‚übereilt', – du wirst sehen, morgen noch, in den nächsten Tagen wird er sich besinnen, und wenn er sich dermaßen geärgert haben sollte, daß er unsere Heirat wirklich nicht mehr wünscht, so werde ich, das schwöre ich dir, ihm nicht gehorchen. Ich werde dazu vielleicht doch stark genug sein ... Und weißt du, wer uns dabei helfen wird?« rief er plötzlich, entzückt von seinem Einfall. »Katja wird uns helfen! Und du wirst sehen, du wirst sehen, was für ein wunderbares Geschöpf sie ist! Du wirst sehen, ob sie deine Rivalin sein will und uns auseinanderbringen möchte! Und wie ungerecht warst du vorhin, als du sagtest, ich gehörte zu jenen, die bereits am nächsten Tage nach der Hochzeit aufhören können, zu lieben! Wie bitter war es für mich, das zu hören! Nein, ich bin nicht so einer, und wenn ich oft bei Katja war ...«

»Laß es gut sein, Aljoscha, besuche sie, so oft du magst. Ich habe nicht das vorhin gemeint. Du hast nicht alles verstanden. Sei glücklich mit wem du willst. Ich kann doch von deinem Herzen nicht mehr verlangen, als es mir zu geben vermag ...«

Mawra trat ins Zimmer.

»Soll ich nun den Tee bringen oder was? Der Ssamowar kocht schon seit zwei Stunden; es ist elf Uhr.«

Sie fragte unwirsch und aufgebracht; offenbar war sie sehr schlecht gelaunt und böse auf Natascha. Die Sache war die, daß sie diese ganzen vier Tage, seit dem Dienstag, so stolz darauf gewesen war, daß ihr Fräulein (und sie liebte ihr Fräulein sehr), nun heiraten werde, was sie schon im ganzen Hause und in der Nachbarschaft herumerzählt hatte, auch im Laden und beim Hausmeister. Sie hatte geprahlt und triumphierend berichtet, daß der Fürst, ein hochmögender Herr, Exzellenz und furchtbar reich, persönlich hier vorgefahren sei, um ihr Fräulein um das Jawort zu bitten, und sie, Mawra, hätte das mit eigenen Ohren gehört. Und nun wurde wahrscheinlich nichts daraus! Der Fürst war verärgert weggefahren, und der Tee wurde nicht verlangt, und selbstverständlich war an allem das Fräulein schuld. Mawra hatte doch gehört, wie respektlos sie mit dem Fürsten gesprochen hatte.

»Nun ja ... bring ihn herein«, antwortete Natascha.

»Na, und den Imbiß, den auch, oder was?«

»Nun gut, auch den Imbiß.« Natascha wurde verlegen.

»Da hat man nun alles vorbereitet und hergerichtet«, grollte Mawra weiter, »seit gestern laufe ich mir die Beine ab, bis zum Newskij-Prospekt bin ich nach Wein gelaufen, und nun ...« Verärgert ging sie hinaus, die Tür unsanft schließend.

Natascha wurde rot und warf einen eigentümlichen Blick auf mich. Der Tee wurde gebracht, auch der Imbiß. Es gab Wildgeflügel, Fisch, zwei Flaschen ausgezeichneten Wein von Jelisséjeff. ‚Wozu hat man denn das alles vorbereitet?' dachte ich.

»Da siehst du, Wanja, wie ich bin«, sagte Natascha, an den Tisch tretend, und sie schämte sich sogar vor mir. »Ich habe doch gewußt, daß heute alles so kommen werde, wie es gekommen ist, und trotzdem habe ich gedacht ... wer weiß, vielleicht wird es doch anders enden. Aljoscha wird kommen, wir werden uns versöhnen; mein ganzer Argwohn wird sich als unbegründet erweisen, man wird mich überzeugen und ... und so habe ich denn für alle Fälle einen Imbiß vorbereitet. Wer weiß, dachte ich, vielleicht kommen wir ins Plaudern, bleiben um den Tisch herum sitzen ...«

Arme Natascha! Sie wurde über und über rot, als sie das sagte. Aljoscha geriet in Entzücken.

»Da siehst du's, Natascha!« rief er, »du hast es dir ja selbst nicht geglaubt, noch zwei Stunden vorher hast du an deinem Argwohn gezweifelt! Nein, das muß alles wieder gutgemacht werden! Ich war an allem schuld, ich muß auch alles wieder gutmachen. Natascha, erlaube mir, daß ich mich gleich zu Papa begebe! Ich muß ihn sehen; er ist gekränkt, er ist beleidigt; man muß ihn beruhigen; ich werde ihm alles sagen, was ich denke, nur was ich selbst denke, ich allein; du sollst hierbei gar nicht erwähnt werden. Und ich werde alles beilegen ... Sei mir nicht böse, daß ich jetzt so sehr zu ihm möchte und dich verlassen will. Aber so ist es ja nicht: er tut mir nur leid; er wird sich vor dir rechtfertigen, du wirst es sehen ... Morgen bin ich in aller Frühe bei dir, und bleibe den ganzen Tag bei dir, zu Katja aber fahre ich nicht ...«

Natascha hielt ihn nicht zurück, riet ihm sogar noch zu, sich zum Vater zu begeben. Sie fürchtete nichts so sehr wie dies, daß Aljoscha jetzt absichtlich ganze Tage bei ihr verbringen, *sich Zwang antun* und sich schließlich bei ihr langweilen könnte. Sie bat ihn nur, nichts in ihrem Namen zu sagen, und gab sich Mühe, ihm zum Abschied möglichst heiter zuzulächeln. Er war schon im Begriff, hinauszugehen, als er plötzlich ganz nah zu ihr trat, ihre beiden Hände erfaßte und sich neben sie setzte. Er sah sie mit unsagbarer Zärtlichkeit an.

»Natascha, mein Freund, mein Engel, sei mir nicht böse und laß uns nie wieder miteinander streiten. Und gib mir dein Wort, daß du mir immer alles glauben wirst, so wie ich dir. Und nun höre, mein Engel, ich muß dir noch etwas erzählen. Wir waren einmal miteinander zerstritten, ich weiß nicht mehr weshalb; ich war der Schuldige. Wir sprachen nicht miteinander. Ich wollte nicht als erster um Verzeihung bitten, aber mir war schrecklich traurig zumut. Ich ging in der Stadt umher, trieb mich überall herum, besuchte auch Freunde, aber mein Herz war so schwer, so schwer ... Und da kam mir der Gedanke: wie, wenn du, zum Beispiel, erkranken und sterben würdest? Und als ich mir das vorstellte, überkam mich plötzlich eine solche Verzweiflung, als hätte ich dich wirklich für immer verloren. Meine Gedanken wurden immer bedrückender, immer schrecklicher. Und da, zu guter Letzt, begann ich mir vorzustellen, ich käme zu deinem Grabe, würfe mich besinnungslos vor Schmerz auf deinen Grabhügel, umfinge ihn mit meinen Armen und verginge schier vor Gram. Ich stellte mir vor, wie ich diesen Grabhügel küßte, wie ich dich aus ihm hervorriefe, sei es auch nur für einen Augenblick, wie ich Gott um das Wunder bäte, dich auferstehen zu lassen, und ich stellte mir vor, wie ich zu dir stürzen, dich umfangen, dich an mich drücken, küssen und, ich glaube, auf der Stelle sterben würde vor Seligkeit, weil ich dich wenigstens einen Augenblick lang noch einmal wie früher umarmen konnte. Und als ich mir das vorstellte, da kam mir auf einmal der Gedanke: da flehe ich nun Gott an, dich mir für nur einen Augenblick zu gönnen, und dabei warst du doch sechs Monate lang bei mir, und in diesen sechs Monaten haben wir wie oft gestritten, wieviel Tage nicht miteinander gesprochen! Ganze Tage lang haben wir geschmollt und unser Glück nicht zu schätzen gewußt, jetzt aber rufe ich dich nur für einen einzigen Augenblick aus dem Grabe und bin bereit, diesen Augenblick mit meinem ganzen Leben zu bezahlen! ... Als ich mir das alles vorstellte, hielt ich es nicht mehr aus und eilte so schnell wie möglich zu dir und kam hier hereingestürzt; du aber wartetest schon auf mich, und als wir uns nach diesem Streit umarmten, da drückte ich dich, ich erinnere mich, so fest an meine Brust, als müßte ich dich wirklich verlieren. Natascha! Wollen wir nie mehr miteinander streiten! Das bedrückt mich immer dermaßen. Und ist es denn überhaupt denkbar, Herrgott, daß ich dich verlassen könnte!«

Natascha weinte. Sie umarmten einander fest, und Aljoscha schwor ihr nochmals, daß er sie niemals verlassen werde. Darauf eilte er zum Vater. Er war vollkommen überzeugt, daß es ihm gelingen werde, alles beizulegen, alles einzurichten.

»Alles ist zu Ende! Alles ist verloren!« flüsterte Natascha und drückte krampfhaft meine Hand. »Er liebt mich und wird nie aufhören, mich zu lieben; aber er liebt auch Katja und nach einiger Zeit wird er sie mehr lieben als mich. Und diese Viper, der Fürst, wird nicht schlummern, und dann ...«

»Natascha! Auch ich glaube ja, daß der Fürst nicht ehrlich spielt, aber ...«

»Du hältst nicht alles für richtig, was ich ihm gesagt habe! Das habe ich schon deinem Gesicht angemerkt. Aber warte nur ab und du wirst schon sehen, ob ich recht hatte oder nicht. Ich habe doch erst nur das Offenkundigste gesagt, denn Gott weiß, was er noch im Sinn hat! Das ist ein unheimlicher Mensch. Ich bin in diesen vier Tagen hier im Zimmer auf und ab gegangen und habe alles zu enträtseln versucht. Gerade darauf hatte er es abgesehen, zunächst Aljoschas Herz zu erleichtern, es zu befreien von der Traurigkeit, die ihn stört, unbekümmert zu leben, ihn zu befreien von den Pflichten der Liebe zu mir. So hat er sich diesen Heiratsantrag auch noch zu dem Zweck ausgedacht, um sich mit seinem Einfluß zwischen uns einzuschlängeln und Aljoscha mit seiner edlen Großmut zu bezaubern. Das ist die Wahrheit, Wanja, die Wahrheit! Er hat alles dem Charakter Aljoschas angepaßt, und der ist gerade so. Aljoscha sollte sich in bezug auf mich vollkommen beruhigen; seine Besorgnisse um mich, seine Unruhe um mich sollten vergehen. Er würde sich sagen: jetzt ist sie doch schon so gut wie meine Frau, wird immer bei mir sein. Dann würde er unwillkürlich Katja größere Aufmerksamkeit zuwenden. Der Fürst hat diese Katja gut beobachtet und offenbar festgestellt, daß sie besser zu Aljoscha paßt und ihn besser fesseln kann als ich. Ach, Wanja! Jetzt hoffe ich nur noch auf dich: er will dich zu einem bestimmten Zweck aufsuchen, will mit dir bekannt werden. Lehne das nicht ab, Liebster, und versuche um Gottes willen, sobald wie möglich zur Gräfin zu kommen. Dort wirst du diese Katja kennenlernen, schau sie dir gut an und berichte mir, was sie für ein Wesen ist! Ich brauche dort deinen Blick. Niemand versteht mich so wie du, und du begreifst, was ich wissen will. Und versuche auch festzustellen, inwieweit sie befreundet sind, wie sie zueinander stehen, worüber sie sprechen. Vor allem Katja, Katja sollst du durchschauen ... Beweise mir noch dieses eine Mal deine Freundschaft, lieber, mein geliebter Wanja, noch dies eine Mal! Auf dir, nur auf dir beruht jetzt noch meine ganze Hoffnung!«

Als ich nach Hause zurückkehrte, war es bereits ein Uhr nachts. Nelly öffnete mir mit verschlafenem Gesicht die Tür. Sie lächelte und sah mich erfreut an. Das arme Ding war nur ungehalten über sich, weil sie eingeschlafen war. Sie hatte mich unbedingt wachend erwarten wollen. Sie sagte, jemand sei gekommen und habe nach mir gefragt, habe mit ihr im Zimmer gesessen und auf dem Tisch einen Zettel für mich hinterlassen. Der Zettel war von Masslobójeff. Er bat mich, ihn am nächsten Tag um zwölf Uhr zu besuchen. Ich wollte schon Nelly ausfragen, schob das aber auf und bestand darauf, daß sie sofort zu Bett ging; das arme Kind war ohnehin schon übermüdet durch das lange Warten auf mich und war erst eine halbe Stunde vor meiner Heimkehr eingeschlummert.

V

Am nächsten Morgen erzählte mir Nelly eigenartige Dinge von dem gestrigen Besuch. Es war übrigens schon sonderbar, daß Masslobojeff sich gerade den Abend ausgesucht hatte, an dem ich, wie er wissen mußte, nicht zu Hause war; ich hatte ihn bei unserem letzten Zusammensein davon unterrichtet, ich erinnerte mich dessen noch gut. Nelly sagte, sie habe anfangs gar nicht öffnen wollen, weil sie sich fürchtete; – es sei bereits acht Uhr abends gewesen. Er habe sie aber durch die verschlossene Tür sehr gebeten, ihm zu öffnen, da er etwas für mich sehr Wichtiges zu melden habe, und es mir morgen sonst sehr schlecht ergehen könne. Gleich nachdem er eingetreten, hatte er sich an meinen Schreibtisch gesetzt, um mir den Zettel zu schreiben; darauf war er aufgestanden und hatte sich zu ihr auf den Diwan gesetzt.

»Ich stand auf und wollte nicht mit ihm sprechen«, erzählte Nelly, »ich fürchtete mich sehr; er begann von der Bubnowa zu erzählen, wie wütend sie sei, daß sie mich jetzt für immer verloren habe, und darauf lobte er Sie; er sagte, Sie seien sein guter Freund, und er habe Sie bereits als Kind gekannt. Er gab mir Bonbons, ich wollte sie aber nicht annehmen. Er versicherte mir, daß er kein schlechter Mensch sei, daß er tanzen und Lieder zu singen verstehe; er stand auch sofort auf und fing an zu tanzen. Ich mußte lachen. Darauf sagte er, daß er noch ein wenig bleiben wolle, – um auf Sie zu warten, vielleicht kämen Sie doch bald – und er bat mich sehr, ihn nicht zu fürchten und mich wieder zu ihm zu setzen. Ich setzte mich, wollte aber kein Wort mit ihm sprechen. Er sagte mir, daß er Mama und Großpapa gekannt habe, und ... da habe ich denn gesprochen. Er saß noch lange ...«

»Und wovon habt ihr denn gesprochen? ...«

»Von Mama ... von der Bubnowa ... und von Großpapa ... Er blieb noch zwei Stunden hier.«

Nelly schien mir eigentlich nicht sagen zu wollen, wovon sie gesprochen hatten. Ich fragte sie auch nicht weiter aus; denn ich hoffte, alles von Masslobojeff zu erfahren. Allem Anschein nach hatte Masslobojeff Nelly absichtlich allein antreffen wollen. ‚Wozu nur?' dachte ich.

Sie zeigte mir lachend die drei Bonbons, die er ihr gegeben hatte. Es waren billige, wohl in einem Gemüseladen gekaufte Bonbons in grünem und rotem Papier.

»Warum hast du sie nicht gegessen?« fragte ich.

»Ich will nicht«, antwortete sie ernst und runzelte die Stirn. »Ich habe sie nicht angenommen von ihm, er hat sie auf dem Diwan liegen lassen ...«

Ich hatte an diesem Tage viele Gänge zu machen und mußte Nelly bereits wieder verlassen.

»Ist es dir langweilig, allein zu sein?« fragte ich sie beim Fortgehen.

»Langweilig und auch nicht langweilig. Langweilig, weil Sie immer so lange fortbleiben.«

Und sie sah mich mit viele Liebe an, während sie das sagte. Sie hatte mich schon diesen ganzen Morgen so zutraulich angesehen, schien so lustig, so freundlich zu sein, und zugleich war doch etwas Schüchternes, sogar Verschämtes in ihr, als fürchte sie, mich irgendwie zu ärgern, meine Zuneigung zu verlieren und ... und sich zu deutlich zu verraten, ganz als schäme sie sich.

»Also ... und warum auch nicht langweilig?« fragte ich sie, unwillkürlich über sie lächelnd, so lieb und teuer war sie mir geworden.

»Ich weiß schon, warum nicht, aber das werde ich Ihnen nicht sagen«, antwortete sie, kurz auflachend und dann gleich wieder verschämt. Wir standen auf der Schwelle bei offener Tür. Nelly stand vor mir mit gesenkten Augen, mit einer Hand meinen Ärmel festhaltend, mit der anderen zupfte sie an ihm.

»Das ist also ein Geheimnis?« fragte ich sie.

»Nein ... das nicht ... ich ... ich habe Ihr Buch zu lesen angefangen«, sagte sie mit leiser Stimme und sah mit einem zärtlich durchdringenden Blick zu mir auf, worauf sie über und über errötete.

»Ah, sieh mal an! Nun was, gefällt es dir?«

Ich befand mich in der Verlegenheit eines Autors, dem ein Lob ins Gesicht gesagt wird, aber ich hätte Gott weiß was darum gegeben, wenn ich sie in diesem Augenblick hätte küssen dürfen. Aber irgendwas verbot es, sie zu küssen. Nelly schwieg ein Weilchen. »Warum, warum ist er gestorben?« fragte sie plötzlich mit einem Ausdruck tiefster Trauer, mich flüchtig ansehend, worauf sie die Augen wieder niederschlug.

»Wer das?«

»Dieser da, der junge Mann, an der Schwindsucht ... in Ihrem Buch?«

»Ja, dagegen kann man nichts machen; es mußte so kommen, Nelly.«

»Es mußte gar nicht«, versetzte sie fast flüsternd, kurz hervorstoßend und fast böse, mit schmollend vorgeschobenen Lippen, den Blick noch eigensinniger an den Boden geheftet.

Es vergingen ein paar Augenblicke.

»Und sie, das Mädchen ... und der kleine Alte«, flüsterte sie und zupfte noch eifriger an meinem Ärmel, »werden sie jetzt zusammen wohnen? Und nicht mehr arm sein?«

»Nein, Nelly, sie fährt weit fort und wird die Frau eines Gutsbesitzers, er aber bleibt ganz allein zurück«, antwortete ich mit größtem Bedauern, – es tat mir wirklich leid, daß ich ihr nichts Beruhigenderes sagen konnte.

»So! Da haben wir's! ... Also so ist das! Pfui, was sind das für! ... Dann will ich es gar nicht mehr weiterlesen!«

Sie stieß meine Hand von sich, kehrte mir den Rücken, ging an den Tisch und blieb dort stehen. Sie atmete ungleichmäßig, als hätte man sie furchtbar betrübt.

»Aber so ärgere dich doch nicht, Nelly!« Ich trat an sie heran; das ist doch alles nicht wahr, das habe ich mir doch nur ausgedacht. Worüber bist du denn böse, du empfindsames kleines Mädchen!«

»Ich bin nicht böse«, sagte sie schüchtern, dabei traf mich ein heller, liebevoller Blick. Plötzlich ergriff sie meinen Arm, preßte ihr Gesicht an meine Brust und fing an zu weinen.

Aber im selben Augenblick lachte sie auch schon wieder, lachte und weinte zugleich. Auch mir war so komisch und doch irgendwie ... süß zumut. Sie wollte aber um nichts in der Welt ihr Köpfchen erheben, und je mehr ich mir Mühe gab, es von meiner Brust zu lösen, um so fester preßte sie es an mich und lachte dabei immer mehr.

Schließlich endete diese gefühlvolle Szene. Wir verabschiedeten uns voneinander; ich hatte es eilig. Nelly lief mir noch auf den Treppenflur nach, mit glühendem Gesichtchen und

Augen, die wie Sterne glänzten: sie bat mich, bald zurückzukommen, und ich versprach ihr, zu Mittag wieder da zu sein, oder wenn möglich noch früher.

Zuerst ging ich zu den Alten. Die waren beide erkältet. Anna Andrejewna war sogar ganz krank. Nikolai Ssergejewitsch saß in seinem Schreibzimmer. Er hörte, daß ich kam; aber ich wußte schon, daß er wie gewöhnlich erst eine Viertelstunde später erscheinen werde, um Anna Andrejewna und mir Zeit zur Aussprache zu geben. Nun wollte ich sie freilich nicht aufregen und beschönigte in meinem Bericht das Vorgefallene nach Möglichkeit; aber die Hauptsache ließ sich leider nicht beschönigen. Doch zu meiner Verwunderung nahm die Alte die Nachricht von der Möglichkeit eines Bruches ohne jede Überraschung hin.

»Ach, mein Lieber, ich wußte doch schon, daß daraus nichts wird«, sagte sie. »Sieh, als du damals fortgegangen warst, überlegte ich es mir noch lange und dachte hin und her, bis ich einsah, daß es ja gar nicht so kommen kann. Wir haben's auch vom lieben Herrgott wohl nicht verdient. Und der Fürst ist doch ein so gemeiner Mensch, – wie kann man denn von dem etwas Gutes erwarten! Was glaubst du wohl, er weiß es doch, daß er im Unrecht ist, weiß es doch, daß er gar kein Recht auf die zehntausend Rubel hat, und doch nimmt er sie. Damit nimmt er uns unser letztes Stückchen Brot, und unser Ichmenjeffka wird für ihn verkauft! ... Nataschachen ist klug, und es ist richtig von ihr, daß sie ihm nicht glaubt ... Und weißt du auch, mein Lieber«, fuhr sie flüsternd fort, »der Meine ... mein Alter ... ist auch mit Hand und Fuß gegen diese Heirat! Ich redete ihm anfangs zu, aber er will nicht, will nichts davon hören, sagt er! Zuerst dachte ich, er verstellt sich. Aber nein, es ist so. Was soll aber nun aus ihr, aus meinem Täubchen, werden? Er wird sie ja doch noch verfluchen! Nun, und dieser da, der Aljoscha, was tut denn der?«

Und lange fragte sich mich noch aus, nach allem, wie es so ihre Gewohnheit war, seufzend und hadernd nach jeder meiner Antworten. Ich hatte überhaupt bemerkt, daß sie in letzter Zeit innerlich ganz fassungslos und verworren war. Jede Nachricht erschütterte sie. Der Kummer um Natascha brannte in ihrem Herzen und untergrub ihre Gesundheit.

Der Alte kam herein, in Schlafrock und Pantoffeln; er klagte über Fieber, behandelte aber seine Frau die ganze Zeit mit großer Liebe, sah ihr zärtlich in die Augen, pflegte sie und sorgte sich um sie wie eine richtige Kinderfrau, und genierte sich gleichzeitig vor ihr wegen dieser seiner Liebe. Ihre Krankheit hatte ihn sehr erschreckt; auch fühlte er, daß er alles im Leben verlieren würde, wenn er sie verlöre.

Ich saß über eine Stunde bei ihnen. Als ich mich von ihnen verabschiedet hatte, kam er mit mir hinaus ins Vorzimmer und fragte nach Nelly. Er hatte die ernste Absicht, sie als Tochter zu sich ins Haus zu nehmen. Er wollte sich mit mir beraten, wie man Anna Andrejewna für den Plan gewinnen könnte. Mit großem Interesse fragte er mich, ob ich nicht noch etwas Neues über die Kleine erfahren hätte. Ich erzählte ihm in aller Kürze, was ich wußte. Meine Erzählung machte Eindruck auf ihn.

»Wir wollen noch darüber reden«, sagte er in bestimmtem Ton, »– bis dahin ... übrigens, ich werde noch selbst zu dir kommen, sobald es mir gesundheitlich besser geht. Dann wollen wir unsere Entscheidung treffen.«

Punkt zwölf Uhr war ich bei Masslobojeff. Zu meiner großen Verwunderung war die erste Person, der ich bei ihm begegnete, der Fürst. Er zog im Vorzimmer gerade seinen Mantel an, und Masslobojeff half ihm geschäftig dabei und reichte ihm seinen Stock. Er hatte mir zwar von seiner Bekanntschaft mit dem Fürsten erzählt, aber diese Begegnung setzte mich doch sehr in Erstaunen.

Auch der Fürst schien ein wenig in Verwirrung zu geraten, als er mich erblickte.

»Ach, Sie sind es!« rief er mit übertriebener Freundlichkeit. »Welch eine sonderbare Begegnung! Übrigens habe ich soeben von Herrn Masslobojeff erfahren, daß Sie mit ihm bekannt sind. Es freut mich, es freut mich sehr, Ihnen begegnet zu sein, denn ich möchte Sie unbedingt sprechen und hoffe, sobald als möglich zu Ihnen kommen zu können; Sie erlauben doch? Ich habe eine Bitte an Sie: Helfen Sie mir, erklären Sie mir unsere jetzige Situation. Sie verstehen natürlich, daß ich das meine, was sich gestern zutrug . . . Sie sind dort befreundet, Sie haben die ganze Entwicklung dieser Angelegenheit verfolgt, Sie haben Einfluß . . . Ich bedauere unendlich, daß ich mit Ihnen nicht jetzt gleich . . . Ewig diese Geschäfte! Aber in den nächsten Tagen, oder vielleicht noch früher, werde ich das Vergnügen haben, bei Ihnen vorzusprechen. Jetzt aber . . .«

Er drückte mir fest die Hand – ein wenig schon gar zu fest –, wechselte mit Masslobojeff einen Blick und ging.

»Sage mir um Gottes willen«, begann ich, ins Zimmer tretend.

»Nichts werde ich dir sagen«, fiel mir Masslobojeff ins Wort, der ins Vorzimmer zurückstürzte und eilig nach seiner Mütze griff, »ich hab' jetzt gar keine Zeit, Bruderherz, muß schleunigst auf und davon, hab mich schon verspätet . . .«

»Aber du hast mir doch geschrieben, ich solle um zwölf Uhr kommen . . .«

»Na, und? Das habe ich dir gestern geschrieben, heute aber hat man mir geschrieben, Dinge, sage ich dir, daß mir der Kopf knarrt! solche Geschäfte! Man erwartet mich. Verzeih, Wanja. Alles, was ich dir zu deiner Genugtuung anbieten kann, ist, daß du mich verprügeln darfst, weil ich dich umsonst herbemüht habe. Wenn dir das genügt, so haue mich, aber mach es um Christi willen schnell! Halte mich nicht auf, man wartet auf mich . . .«

»Warum soll ich dich verhauen? Hast du Geschäfte, nun, so laufe, Unvorhergesehenes kann jedem passieren. Nur . . .«

»Von dem *Nur* werde ich dir schon erzählen«, unterbrach er mich, und zog im Vorzimmer seinen Mantel an. (Auch ich zog meinen Mantel wieder an.) »Auch ich habe mit dir eine sehr ernste Sache zu besprechen; dieser Sache wegen habe ich dich hergebeten, sie betrifft dich selbst und deine Interessen. Da ich dir aber jetzt in einem Augenblick nicht alles erzählen kann, so gib mir, bitte, um Christi willen, dein Wort, daß du heute Punkt sieben Uhr, nicht früher und nicht später, zu mir kommst. Ich werde zu Hause sein.«

»Heute noch?« fragte ich unentschlossen. »Nein, Freund, heute abend wollte ich doch dorthin gehen . . .«

»Dorthin, mein Lieber, wohin du am Abend gehen wolltest, dorthin gehe jetzt, und am Abend komme zu mir; denn, Wanja, du kannst dir nicht vorstellen, was für eine Sache ich dir mitzuteilen habe!«

»Na, schön; aber was ist es denn? Ich gestehe, daß du mich neugierig gemacht hast.«

Wir traten aus dem Haustor und standen auf dem Trottoir.

»Du wirst also kommen?« fragte er.

»Ich habe gesagt, daß ich komme.«

»Nein, gib mir dein Ehrenwort!«

»Warum? Nun denn: ich gebe dir mein Ehrenwort.«

»Schön! Sehr edel von dir! Wohin gehst du?«

»Dorthin«, antwortete ich und zeigte nach rechts.

»Nun, und ich muß dorthin«, und er zeigte nach links. »Lebe wohl, Wanja, vergiß nicht, um sieben Uhr . . .«

‚Merkwürdig', dachte ich und sah ihm nach.

Am Abend hatte ich eigentlich zu Natascha gehen wollen. Da ich nun Masslobojeff mein Wort gegeben hatte, zu ihm zu kommen, so beschloß ich, jetzt zu ihr zu gehen. Ich war außerdem überzeugt, daß ich jetzt Aljoscha bei ihr antreffen würde. Und tatsächlich: er war dort und freute sich riesig über mein Kommen.

Er war sehr nett, fröhlich und außergewöhnlich zärtlich zu Natascha. Natascha tat alles, um heiter zu erscheinen, nur sah man ihr an, daß es ihr schwerfiel. Sie sah krank und blaß aus, sie hatte in der Nacht schlecht geschlafen. Zu Aljoscha war sie beflissen zärtlich.

Aljoscha sprach und erzählte sehr viel, offenbar wollte

er sie belustigen und ihren Lippen ein Lächeln abringen. Er erwähnte aber in seinem Gespräch weder Katja noch seinen Vater. Wahrscheinlich war ihm sein gestriger Versöhnungsversuch nicht gelungen.

»Weißt du, Wanja, er möchte furchtbar gern von mir fortgehen«, flüsterte mir Natascha in aller Eile zu, als Aljoscha hinausging, um Mawra etwas aufzutragen. »Aber er fürchtet sich, mich zu kränken. Und auch ich fürchte mich, ihm zu sagen, daß er gehen soll; denn dann versteift er sich erst recht darauf, zu bleiben, und gerade das fürchte ich am meisten: daß er sich bei mir langweilt und mich überhaupt zu lieben aufhört! Was soll ich tun?«

»Gott, in welche Lage ihr euch selbst bringt! Und wie mißtrauisch einer den anderen verfolgt! Sprecht euch doch offen aus, und damit basta! Durch solches Verhalten werdet ihr euch wirklich noch gegenseitig zur Last fallen und langweilen.«

»Aber was soll ich denn tun?« rief sie erschrocken aus.

»Warte, ich werde es schon in Ordnung bringen.«

Ich ging in die Küche unter dem Vorwand, Mawra zu bitten, den einen meiner Überschuhe, der sehr schmutzig geworden war, zu putzen.

»Sei vorsichtig, Wanja!« rief Natascha mir leise nach.

Kaum war ich in der Küche, als Aljoscha sich auf mich stürzte, als hätte er mich erwartet.

»Iwan Petrowitsch, Lieber, was soll ich tun? Raten Sie mir: ich habe noch gestern mein Wort gegeben, um diese Zeit bei Katja zu sein. Ich darf es nicht brechen! Ich liebe Natascha, Gott weiß wie sehr, ich bin bereit, für sie durchs Feuer zu gehen; aber Sie werden doch zugeben, daß ich den Verkehr dort jetzt nicht ganz einstellen kann. Das geht doch nicht ...«

»Nun, so fahren Sie doch hin ...«

»Aber was wird Natascha dazu sagen? Es würde sie doch betrüben ... Iwan Petrowitsch, helfen Sie mir ...«

»Meiner Meinung nach ist es besser, wenn Sie fahren.

Sie wissen, wie sehr Natascha Sie liebhat; sie wird fürchten, daß Sie sich bei ihr langweilen, wenn Sie sich zwingen, bei ihr zu bleiben. Übrigens, kommen Sie, ich werde Ihnen helfen.«

»Liebster Iwan Petrowitsch! Wie gut Sie sind!«

Wir kehrten zurück ins Zimmer; nach einem Augenblick sagte ich zu ihm:

»Ich habe übrigens soeben Ihren Vater gesehen.«

»Wo?« rief er erschrocken aus.

»Auf der Straße. Ganz zufällig. Er redete mich an und fragte nach Ihnen, ob ich nicht wüßte, wo Sie steckten? Er müßte Sie durchaus sprechen.«

»Ach, Aljoscha, dann fahre doch zu ihm, suche ihn auf!« unterstützte mich Natascha, die sofort begriff, was ich damit wollte.

»Wo kann ich ihn denn jetzt antreffen? Wird er zu Hause sein?«

»Nein, ich glaube, er sagte, daß er bei der Gräfin sein werde.«

»Aber wie soll ich denn ...«, bemerkte Aljoscha naiv und sah Natascha traurig an.

»Ach, Aljoscha, was tut denn das!« sagte sie. »Willst du denn wirklich diese Bekanntschaft aufgeben, nur um mich zu beruhigen? Das wäre doch kindisch! Erstens wäre es unmöglich, und zweitens wäre es geradezu undankbar Katja gegenüber. Ihr seid befreundet: kann man denn freundschaftliche Bande so brutal zerreißen? Und mich beleidigst du einfach, wenn du glaubst, daß ich so eifersüchtig sei! Fahre also, fahre unverzüglich, ich bitte dich! Ja, und auch dein Vater wird sich beruhigen!«

»Natascha, du bist ein Engel, und ich bin deines kleinen Fingers nicht wert!« rief Aljoscha voll Begeisterung und Reue zugleich. »Du bist so gut, und ich ... ich ... ich habe soeben Iwan Petrowitsch in der Küche gebeten, mir zum Fortgehen zu verhelfen! Er hat sich das alles nur ausgedacht. Verurteile mich nicht, Natascha! Und doch fühle ich mich gar nicht so schuldig, denn ich liebe dich tausendmal mehr als alles auf der Welt, und ich habe mir da etwas Neues ausgedacht: ich will wieder alles Katja anvertrauen, ihr unsere jetzige Lage mitteilen, und alles was gestern vorgefallen ist. Sie wird sich gewiß irgend etwas zu unserer Rettung ausdenken, denn sie ist uns mit ganzer Seele zugetan ...«

»Nun, so beeile dich«, antwortete ihm Natascha lächelnd, »und weißt du, mein Freund, auch ich möchte ihre Bekanntschaft machen. Wie könnte man das einrichten?«

Aljoschas Begeisterung war grenzenlos. Er erging sich sofort in Plänen, wie es sich machen ließe. Dann aber löste er das Problem sofort dadurch, daß Katja es schon lösen werde. Er wollte in zwei, drei Stunden Natascha die Antwort bringen und dann den Abend bei ihr bleiben.

»Wirst du wirklich kommen?« fragte ihn Natascha ungläubig.

»Wie kannst du daran zweifeln? Lebe wohl, Natascha, meine Liebe – meine ewig Geliebte! Lebe wohl, Wanja! Ach, mein Gott, ich habe Sie zufällig Wanja genannt! Hören Sie, Iwan Petrowitsch, ich habe Sie schrecklich gern, – warum sagen wir nicht „du" zueinander? Wollen wir uns nicht duzen?«

»Schön! Duzen wir uns!«

»Gott sei Dank! Hundertmal habe ich schon daran gedacht! Ich habe nur immer nicht gewagt, es Ihnen vorzuschlagen. Sehen Sie, auch jetzt sage ich wieder „Sie". Es ist so schwer, sich an das Du zu gewöhnen. Das ist so gut irgendwo bei Tolstoi, glaube ich, beschrieben: Da beschließen zwei, einander „du" zu sagen, und können sich doch nicht an das Wort gewöhnen, und da vermeiden sie immer die Sätze, in denen sie es anwenden müßten. Ach, Natascha! Laß uns doch wieder einmal zusammen „Kindheit und Jünglingsalter" lesen; das ist doch so schön!«

»Geh schon, geh!« trieb Natascha zur Eile an, »jetzt redest du wieder so viel vor lauter Freude ...«

»Leb wohl! In zwei Stunden bin ich wieder bei dir!«

Er küßte ihre Hand und eilte hinaus.

»Da siehst du's, siehst du es jetzt, Wanja!« sagte sie und brach in Tränen aus.

Ich blieb ungefähr zwei Stunden bei ihr, tröstete und beruhigte sie. Sie hatte natürlich in allen ihren Befürchtungen recht. Mir tat das Herz weh, wenn ich an ihre jetzige Lage dachte. Ich fürchtete für sie. Aber was konnte ich tun?

Sonderbar erschien mir auch Aljoscha: er liebte sie nicht weniger als früher, vielleicht sogar noch mehr, jedenfalls quälender vor Reue und Dankbarkeit. Doch zu gleicher Zeit setzte sich die neue Liebe immer stärker in seinem Herzen fest. Ich war selbst sehr neugierig, Katja kennenzulernen. Ich mußte auch Natascha wieder versprechen, ihre Bekanntschaft zu machen.

Zum Schluß wurde sie anscheinend sogar heiter. Unter anderem erzählte ich ihr alles über Nelly und Masslobojeff, sprach von der Bubnowa und meiner Begegnung mit dem Fürsten bei Masslobojeff und von meiner Verabredung um sieben Uhr bei ihm. Das alles interessierte sie sehr. Von den Eltern berichtete ich nicht viel, und Ichmenjeffs Besuch bei mir verschwieg ich vorläufig, ebenso das geplante Duell, das sie hätte erschrecken können. Auch ihr erschienen die Beziehungen des Fürsten zu Masslobojeff sehr merkwürdig, ebenso sein nachdrücklich geäußerter Wunsch, mich näher kennen zu lernen, obwohl sich dieser aus der gegenwärtigen Lage zur Genüge erklären ließ.

VI

Pünktlich um sieben Uhr war ich schon bei Masslobojeff. Er empfing mich mit lauten Ausrufen und ausgebreiteten Armen. Selbstverständlich war er bereits halb betrunken. Am meisten überraschten mich aber die außergewöhnlichen Vorbereitungen, die zu meinem Empfang getroffen worden waren. Aus allem war zu ersehen, daß man mich erwartet hatte. Ein hübscher Ssamowar aus rotem Messing summte auf einem runden Tisch, der mit einem schönen und teuren Tischtuch bedeckt war. Das Teegeschirr blitzte vor Kristall, Silber und Porzellan. Auf einem anderen Tisch, der mit einer andersartigen, aber nicht weniger teuren Tischdecke versehen war, standen Teller und Schalen mit sehr feinem Konfekt, Kiewer Eingemachtem, in flüssiger und in trockener Form, Marmelade, Pastillen, Gelee, französische Konfitüren, Orangen, Äpfel und drei oder vier Sorten Nüsse, kurz: ein ganzer Obstladen. Auf einem dritten Tisch mit schneeweißer Tischdecke stand ein Imbiß aus verschiedenen Delikatessen: Kaviar, Käse, Pasteten, Wurst, geräucherter Schinken, Fisch, und eine Batterie wunderbarer Kristallkaraffen mit Schnäpsen und Likören in den herrlichsten Farben: grün, rubinrot, braun und goldgelb. Auf einem kleinen Tischchen etwas weiter weg standen auf weißer Serviette zwei Kübel mit Champagner. Auf dem Tisch vor dem Diwan prangten drei Flaschen: Sauternes, Lafitte und Kognak, aus dem teuersten Wein- und Delikatessengeschäft, von Jelisséjeff. Am Teetisch saß Alexandra Ssemjonowna, zwar in schlichtem Kleide und schlicht frisiert, doch offenbar war alles wohlüberlegt und mit Geschmack gewählt. Sie wußte, daß ihr das gut stand, und war sichtlich stolz darauf. Zu meiner Begrüßung erhob sie sich sogar mit einer gewissen Feierlichkeit. Aus ihrem frischen Gesicht sprach Zufriedenheit und Frohsinn. Masslobojeff saß da in herrlichen chinesischen Hausschuhen, in einem teuren Schlafrock und in frischer, eleganter Wäsche. An seinem Hemd waren überall, wo es nur anging, moderne Zierknöpfe und Stulpenschließen angebracht. Sein Haar war sorgfältig gekämmt, pomadisiert und nach der Mode schräg gescheitelt.

Ich war so überrascht, daß ich stehen blieb und mit offenem Munde bald Masslobojeff ansah, bald Alexandra Ssemjonowna, deren Selbstzufriedenheit sich bis zur Seligkeit steigerte.

»Was hat das zu bedeuten, Masslobojeff? Erwartest du heute geladene Gäste?« fragte ich schließlich beunruhigt.

»Nein, nur dich allein«, antwortete er feierlich.

»Aber was soll denn das alles ...« (ich wies auf die beladenen Tische), »daran hat ja ein ganzes Regiment genug zu essen!«

»Und zu trinken auch! Du hast die Hauptsache vergessen: zu trinken!« versetzte Masslobojeff.

»Und das alles für mich allein?«

»Und für Alexandra Ssemjonowna. Gerade ihr hat es beliebt, sich das alles so auszudenken.«

»Da haben wir's! Ich wußte es ja!« rief Alexandra Ssemjonowna errötend aus, verlor aber den Ausdruck von Zufriedenheit nicht im geringsten. »Will man einmal einen Gast anständig empfangen, dann heißt es gleich, ich hätt's mir so ausgedacht!«

»Schon vom Morgen an, stell' dir das vor, schon vom frühen Morgen an hat sie alles vorzubereiten begonnen, kaum daß sie gehört hatte, du kämest am Abend; die reinsten Geburtswehen ...«

»Da schwindelt er schon wieder! Nicht vom Morgen an, sondern seit gestern abend. Als du gestern abend heimkamst, sagtest du mir gleich, er käme für den ganzen Abend zu Gast ...«

»Da haben Sie sich verhört ...«

»Ich hab mich durchaus nicht verhört, sondern so war es. Ich lüge nie. Und warum soll man einen Gast nicht nett empfangen? Da leben wir und leben wir, niemand besucht uns, und dabei haben wir doch alles. Mögen doch gute Menschen sehen, daß auch wir es verstehen, wie andere Menschen zu leben.«

»Und vor allem sollen sie erfahren, was für eine vortreffliche Hausfrau und was für ein Arrangiertalent Sie sind!« setzte Masslobojeff hinzu. »Und kannst du dir vorstellen, Bruderherz, was mir hierbei alles geblüht hat! Zuerst wurde mir ein holländisches Hemd über den Kopf geschlaucht, dann wurden die Knöpfe hineingepiekt, darauf kamen die chinesischen Hausschuhe und der chinesische Morgenrock an die

Reihe, schließlich begann sie eigenhändig meine Haare zu bearbeiten, mit Pomade einzusalben, mit Bergamottenpomade, und zu guter Letzt wollte sie mich noch parfümieren: mit crême brulée; aber da ist mir dann doch die Geduld gerissen, ich rebellierte und habe mein Gattenrecht ausgespielt ...«

»Es war gar nicht Bergamottenpomade, sondern die allerbeste französische Pomade aus einem bemalten Porzellandöschen!« unterbrach ihn aufgebracht Alexandra Ssemjonowna, ganz rot vor Eifer. »Urteilen Sie selbst, Iwan Petrowitsch, er läßt mich weder ins Theater gehen, noch auf einen Ball oder sonstwohin zum Tanzen, nur Kleider schenkt er mir, aber wohin soll ich mit den Kleidern? Ich kleide mich an und spaziere allein im Zimmer umher. Neulich hatte ich ihn soweit gebracht, daß wir ins Theater gehen wollten; wir waren schon im Begriff aufzubrechen. Da ging ich auf einen Augenblick ins andere Zimmer, um mir die Brosche vorzustecken, er aber ist schon beim Schränkchen und kippt ein Gläschen, dann noch eins und so weiter, und hat sich schon einen Rausch angetrunken. So blieben wir denn wieder zu Haus. Niemand, niemand, niemand kommt zu uns zu Besuch; nur vormittags kommen allerhand Leute in Geschäften hierher; dann darf ich nicht im Zimmer bleiben. Dabei haben wir doch alles, Ssamoware und das ganze Teeservice, schöne Tassen, – alles ist da, alles wird ihm geschenkt. Auch Lebensmittel werden uns geschenkt ins Haus gebracht, fast nur den Wein allein kaufen wir selbst, und manchmal irgendso eine Pomade, und dort den Imbiß für Sie – die Pastete, den Schinken und das Konfekt. Wenn doch wenigstens jemand sehen käme, wie wir leben! Das ganze Jahr über habe ich gedacht: kommt einmal ein Gast, ein richtiger Gast, dann werden wir das alles auftischen und ihn bewirten; da wird man die Bewirtung loben und wir selbst werden unsere Freude daran haben; daß ich ihn aber, den Dummkopf, pomadisiert habe, das war er ja gar nicht wert; am liebsten würde er immer schmutzig herumlaufen. Da sehen Sie, was für einen schönen Schlafrock er anhat: geschenkt; aber ist er denn einen solchen Schlafrock wert? Für ihn ist doch die Hauptsache, sich vollzusaufen. Sie werden sehen, daß er Ihnen noch vor dem Tee Schnaps anbieten wird.«

»Ja, richtig! So ist's recht! Trinken wir mal eins, Wanja, einen goldenen und einen silbernen, um uns dann mit erfrischter Seele an die anderen Getränke heranzumachen.«

»Na ja, das wußte ich doch!«

»Beruhigen Sie sich, Ssáschenka, wir werden auch Tee trinken, Tee mit Kognak, auf Ihr Wohl!«

»Also doch!« rief sie, vor Verzweiflung die Hände ringend. »Es ist bester Fürstentee, zu sechs Rubel das Viertel, vorgestern hat der Kaufmann ihn ihm geschenkt, und den will er mit Kognak trinken! Hören Sie nicht auf ihn, Iwan Petrowitsch, ich werde Ihnen gleich ein Täßchen einschenken ... dann werden Sie sehen, werden Sie selbst sehen, was das für ein Tee ist!«

Und sie machte sich am Ssamowar zu schaffen. Es war klar, daß sie mich den ganzen Abend bei sich behalten wollten. Alexandra Ssemjonowna hatte ein ganzes Jahr lang auf einen Gast gewartet, und nun sollte ich die Rolle dieses Gastes spielen. Das paßte aber gar nicht zu meinem Vorhaben.

»Höre mal, Masslobojeff«, sagte ich, indem ich mich setzte, »ich bin zu dir nicht als Gast gekommen, sondern in Geschäften; du hast mich selbst herbestellt, um mir etwas mitzuteilen ...«

»Nun, Geschäft ist Geschäft, aber eine Unterhaltung mit einem guten Freund ist auch eine gute Sache.«

»Nein, mein Lieber, darauf kannst du heute nicht rechnen. Um halb neun muß ich fort. Ich habe mein Wort gegeben.«

»Daran ist nicht zu denken! Ich bitte dich, was du uns antust! Denke doch an Alexandra Ssemjonowna! Sieh sie dir an: sie ist sprachlos! Wozu hat sie mich denn eingesalbt, bedenke: mit Bergamottenpomade!«

»Du scherzest immer, Masslobojeff. Ich werde Alexandra Ssemjonowna schwören, in der nächsten Woche, sagen wir, am Freitag, zu kommen; heute jedoch habe ich versprochen, oder besser gesagt, ich muß heute an einem bestimmten Ort erscheinen, auf jeden Fall. Sage mir also lieber, was du mir mitteilen wolltest?«

»So wollen Sie wirklich nur bis halb neun Uhr hier bleiben!« rief Alexandra Ssemjonowna mit kläglicher Stimme, fast weinend, während sie mir eine Tasse mit prachtvoll duftendem Tee reichte.

»Beruhigen Sie sich, Ssáschenka; das ist alles Unsinn«, meinte Masslobojeff. »Er wird bleiben; sag' mir doch bitte, Wanja, wohin du denn zu gehen hast? In welchen Geschäften? Kann man's erfahren? Du läufst ja jeden Tag umher und kommst nicht zum Arbeiten ...«

»Wozu willst du das wissen? Übrigens werde ich dir das vielleicht später sagen. Aber jetzt sage du mir lieber, warum bist du gestern abend bei mir gewesen, obschon ich dir doch gesagt hatte, daß ich nicht zu Hause sein würde?«

»Das ist mir erst nachher wieder eingefallen, gestern abend aber hatte ich's vergessen. Ich wollte tatsächlich über eine ernste Angelegenheit mit dir sprechen, aber vor allem mußte ich Alexandra Ssemjonowna zufrieden stellen. ‚Sieh', sagte sie, ‚da ist doch ein Mensch, und er hat sich sogar als dein Schulfreund entpuppt; warum lädst du ihn nicht ein?' Und deinetwegen hat sie mir vier Tage und Nächte lang in den Ohren gelegen. Für die Einsalberei mit der Bergamotten-Pomade werden mir im Jenseits sicher vierzig Sünden vergeben werden; aber ich dachte so: warum soll ich nicht einen Abend mit dir freundschaftlich verbringen? Und deshalb ersann ich die Kriegslist und schrieb dir, es handle sich um etwas so Wichtiges, daß alle unsere Schiffe untergehen würden, wenn du nicht kommst.«

Ich bat ihn, so etwas nie wieder zu tun, sondern mir gegenüber aufrichtig zu sein. Übrigens befriedigte mich diese Erklärung nicht so ganz.

»Aber vorhin, warum bist du vorhin davongelaufen?« fragte ich.

»Vorhin hatte ich wirklich ein dringendes Geschäft zu erledigen, und davon ist auch nicht eine Silbe gelogen.«

»Mit dem Fürsten etwa?«

»Wie schmeckt Ihnen der Tee?« fragte mit honigsüßer Stimme Alexandra Ssemjonowna.

Sie hatte wohl schon fünf Minuten lang darauf gewartet, daß ich den Tee lobe, und ich war gar nicht darauf verfallen.

»Vorzüglich, Alexandra Ssemjonowna, vorzüglich! Ich habe einen solchen noch nie getrunken.«

Alexandra Ssemjonowna war ganz stolz vor Vergnügen und beeilte sich, mir sofort neuen einzuschenken.

»Der Fürst!« legte Masslobojeff los, »dieser Fürst, Bruderherz, ist so ein Spitzbube, ein so gerissener Betrüger, daß! . . . Ich, Freund, ich sage dir, auch ich bin manchmal ein Betrüger, trotzdem wollte ich schon allein aus Keuschheit nicht in seiner Haut stecken! Doch genug, ich schweige! Das ist alles, was ich dir über ihn sagen kann.«

»Und ich, ich bin gerade deshalb zu dir gekommen, um dich unter anderem über ihn auszufragen. Doch davon später. Sage mir aber: warum hast du gestern in meiner Abwesenheit Jelena Bonbons angeboten und ihr vorgetanzt? Und worüber hast du mit ihr anderthalb Stunden gesprochen?«

»Jelena ist nämlich ein kleines Mädchen von elf oder zwölf Jahren und wohnt zur Zeit bei Iwan Petrowitsch«, wandte sich Masslobojeff plötzlich erklärend zu Alexandra Ssemjonowna. »Sieh nur, Wanja, sieh«, er wies mit dem Finger auf sie, »wie sie rot geworden ist, als sie hörte, daß ich einem unbekannten jungen Mädchen Bonbons gebracht hätte, wie sie zusammenzuckte, als hätten wir mit einer Pistole geschossen . . . da! wie ihre Augen blitzen, ganz wie glühende Kohlen! Ja, da ist nichts mehr zu machen, Alexandra Ssemjonowna, nichts mehr zu verheimlichen! Sie sind eben doch eifersüchtig! Hätte ich nicht gesagt, daß es sich hier um ein elfjähriges Kind handelt, so wäre sie mir in die Haare gefahren, davor hätte mich keine Bergamottenpomade mehr retten können!«

»Sie kann dich auch jetzt nicht retten!«

Mit diesen Worten schnellte Alexandra Ssemjonowna wie eine Feder hinter ihrem Teetisch hervor, und ehe Masslobojeff sich dessen versah, hatte sie ihn schon an den Haaren gefaßt und ordentlich gezaust.

»Da hast du es, da hast du es! Wage noch einmal zu sagen, daß ich eifersüchtig wäre, wage es, wage es noch einmal!«

Sie war ganz rot im Gesicht, und wenn sie auch lachte, so hatte Masslobojeff ihren Ärger doch ordentlich zu spüren bekommen.

»Von jeder Schande muß er erzählen!« fügte sie ernst, zu mir gewandt, hinzu.

»Ach, Wanja, so ist nun einmal mein Leben! Da hilft nur eines – Schnaps!« beschloß Masslobojeff, brachte seine Haare in Ordnung und stürzte sich auf die Schnapskaraffe. Doch Alexandra Ssemjonowna hatte da schon vorgesehen, sie reichte ihm das Schnapsglas und streichelte ihm zärtlich die Backe. Masslobojeff blinzelte mir stolz zu, schnalzte mit der Zunge und leerte feierlich sein Glas.

»Was die Bonbons anbelangt, so ist das schwer zu erklären«, begann er und setzte sich zu mir auf den Diwan. »Ich habe sie vorgestern in einem Gemüseladen in betrunkenem Zustand gekauft, wozu, – weiß ich selbst nicht. Vielleicht, um den vaterländischen Handel aufrecht zu erhalten, bestimmt kann ich es nicht sagen; ich weiß nur, daß ich vorher betrunken in den Schmutz gefallen war, mir die Haare raufte und darüber weinte, daß ich zu nichts nütze sei. Die Bonbons hatte ich natürlich vergessen, sie blieben in der Tasche; erst als ich mich auf sie draufsetzte, auf deinem Diwan, erinnerte ich mich ... Getanzt habe ich wohl aus demselben Grund: ich war angetrunken, und wenn ich dann mit meinem Schicksal zufrieden bin, so tanze ich. Das ist alles; vielleicht hat auch die kleine Waise mein Mitleid erregt. Sie wollte kein Wort mit mir sprechen und schien sehr böse auf mich zu sein, und so tanzte ich denn, um sie ein wenig zu erheitern.«

»Wolltest du nicht etwas von ihr erfahren? Gestehe es nur: Du gingst zu ihr, weil du wußtest, daß ich nicht zu Hause sein würde. Ich weiß, daß du anderthalb Stunden bei ihr gewesen bist und sie ausgefragt hast, unter dem Vorwand, daß du ihre Mutter gekannt hättest.«

Masslobojeff kniff die Augen zusammen und lächelte verschmitzt.

»Die Idee wäre nicht schlecht«, meinte er. »Nein, Wanja, so war es nicht. Das heißt, warum sollte ich sie bei Gelegenheit nicht ausfragen? Aber, wie gesagt, das war es nicht. Höre, uralter Freund, ich bin jetzt zwar schon ziemlich betrunken, wie gewöhnlich, aber wisse: in einer *schlimmen Absicht* wird Filipp dich nie betrügen.«

»Nun, aber ohne schlimme Absicht?«

»Na . . . auch ohne schlimme Absicht nie. Aber zum Teufel damit, trinken wir eins, und dann zur Sache! Die Sache ist übrigens sehr einfach«, fuhr er fort, nachdem er getrunken hatte. »Diese Bubnowa hatte überhaupt kein Recht, das Kind bei sich zu behalten; ich habe alles genau festgestellt. Von einer Adoption oder ähnlichem ist nie die Rede gewesen. Die Mutter ist ihr Geld schuldig geblieben, und dafür hat sie das kleine Mädchen einbehalten. Die Bubnowa ist zwar eine Spitzbübin, eine Verbrecherin, aber schließlich doch dumm, wie alle Weiber. Die Verstorbene war im Besitz eines tadellosen Passes; daher ist so weit alles in Ordnung. Jelena kann bei dir wohnen, aber besser wäre es doch, wenn sie in eine Familie käme, wo sie eine gute Erziehung erhalten könnte. Fürs erste kann sie ja bei dir bleiben. Ich werde das schon für dich arrangieren. Die Bubnowa wagt nicht, auch nur einen Finger zu rühren. Über die Verstorbene konnte ich nichts Bestimmtes erfahren. Sie war Witwe und hieß Salzmann.«

»Das hat mir auch Nelly gesagt.«

»Nun, das ist alles. Jetzt, Wanja«, begann er mit einer gewissen Feierlichkeit, »habe ich eine kleine Bitte an dich. Du mußt sie erfüllen. Erzähle mir so ausführlich wie möglich, was du für Geschäfte hast, wohin du täglich gehst. Ich habe manches schon erfahren, möchte aber darüber noch ausführlicher unterrichtet sein.«

Diese Feierlichkeit wunderte mich und beunruhigte mich sogar.

»Was soll das? Wozu mußt du das wissen? Du fragst so feierlich . . .«

»Siehst du, Wanja, ohne alle überflüssigen Worte: ich möchte dir einen Dienst erweisen. Denn, Bruderherz, wenn ich wollte, könnte ich dich auf schlaue Weise ausforschen, so, wie du glaubst, daß ich es bei der Kleinen mit den Bonbons versucht hätte; ich habe dich sofort verstanden. Da ich dich aber höchst feierlich darum bitte, so bedeutet das, daß ich dich im Ernst und nur in deinem eigenen Interesse ausfrage. Du brauchst mich also nicht zu verdächtigen und kannst mir ruhig die Wahrheit sagen . . .«

»Aber was für einen Dienst willst du mir denn erweisen? Höre, Masslobojeff, warum willst du mir nichts über den Fürsten erzählen? Ich muß Näheres wissen. Das wäre der einzige Dienst, den du mir erweisen könntest.«

»Über den Fürsten? Hm! . . . Nun, geradeaus gesagt: ich möchte ja dich in Angelegenheiten des Fürsten ausfragen.«

»Was du nicht sagst!«

»Jawohl, denn ich habe bemerkt, Bruderherz, daß er sich in deine Angelegenheiten einmischen möchte; er hat mich übrigens über dich ausgefragt. Wie er erfahren hat, daß wir miteinander bekannt sind – das ist schon nicht mehr deine Sache. Die Hauptsache aber: nimm dich in acht vor diesem Fürsten! Das ist ein Judas und noch Schlimmeres. Ich zittere darum für dich, seit ich weiß, daß er sich für deine Angelegenheiten interessiert. Übrigens weiß ich sonst gar nichts; darum bitte ich dich auch, mir alles zu erzählen, damit ich mir selbst ein Urteil bilden kann ... Und nur deswegen habe ich dich heute hergebeten. Das ist die besagte wichtige Angelegenheit, wenn ich schon aufrichtig sein soll.«

»Etwas wenigstens wirst du schon wissen, und wenn auch nur das, weshalb ich gerade vor dem Fürsten auf der Hut sein soll.«

»Nun, gut, also sei's denn! Du mußt nämlich wissen, Bruderherz, daß man sich so im allgemeinen mitunter an mich wendet, wenn es sich um verzwickte Fälle handelt. Aber eines überlege dir vorher: man vertraut sich mir doch nur deshalb an, weil ich kein Schwätzer bin. Wie also soll ich dir nun etwas erzählen? Deshalb, weißt du, schraube deine Ansprüche nicht gar zu hoch und nimm damit fürlieb, was ich dir so in Bausch und Bogen erzähle; denn ich tu's ja nur, um dir eine Ahnung davon zu geben, als was für ein bodenloser Schuft er sich nach alledem entpuppt. Na, aber zuerst fange du an, von dir zu erzählen.«

Ich überlegte, daß ich schließlich nichts vor ihm zu verheimlichen hatte. Nataschas Erlebnisse waren kein Geheimnis; zudem konnte ich von Masslobojeff vielleicht noch etwas erfahren, das sich zu ihrem Nutzen verwenden ließe. Selbstverständlich bemühte ich mich, in meiner Erzählung gewisse Punkte nach Möglichkeit zu umgehen. Am meisten jedoch interessierte ihn alles, was ich über den Fürsten berichten konnte; er unterbrach mich sogar mehrmals mit verschiedenen Fragen und bat mich, vieles nochmals zu erzählen, so daß ich ihm zu guter Letzt doch alles ziemlich ausführlich erzählt hatte, was ungefähr eine halbe Stunde in Anspruch nahm.

»Hm!« meinte er zum Schluß, »jedenfalls ein Mädel mit gescheitem Kopf. Wenn sie den Fürsten vielleicht auch nicht ganz durchschaut, so hat sie doch wenigstens sofort erkannt, welcher Art dieser Mensch ist, und hat nach dieser Erkenntnis ohne weiteres jede Beziehung zu ihm abgebrochen. Bravo, Natalja Nikolajewna! Ich trinke auf ihr Wohl!« (Er leerte sein Glas bis zur Nagelprobe.) »Dazu gehörte nicht nur Verstand, dazu gehörte vor allen Dingen Herz! Hier galt es, mutig dem Feind ins Angesicht zu schauen und sich nicht von Gefühlen verleiten zu lassen. Und sie hat standgehalten! Natürlich hat sie damit für sich jede Hoffnung verspielt: der Fürst wird auf seinem Willen bestehen, und Aljoscha wird sie sitzen lassen. Nur Ichmenjeff tut mir leid, – zehntausend Rubel diesem Schurken zahlen zu müssen! Aber wer hat denn auch seine Sache geführt, wer? Natürlich er selbst! Das ist's ja! Aber so sind sie nun einmal alle, diese Ehrenmänner und Hitzköpfe! Taugen zu gar nichts! Diesen Fürsten hätte man ganz anders anfassen sollen. Und was für einen Advokaten ich dem Ichmenjeff hätte verschaffen können! – Teufel noch eins!«

Vor Ärger schlug er mit der Faust auf den Tisch.

»Nun, und wie steht es jetzt mit deinem Bericht über den Fürsten?«

»Ach, da kommst du wieder mit dem Fürsten! Tja, was soll ich dir denn sagen? ... Es war überhaupt eine Dummheit von mir, so etwas zu versprechen. Aber ich wollte dich, weißt du, eigentlich nur warnen, um dich beizeiten sozusagen gegen seinen Einfluß abzuschirmen. Wer sich mit ihm einläßt, der ist nicht ungefährdet. Deshalb sei auf der Hut, Freund Wanja! So, und das ist alles, was ich dir zu sagen habe. Du dachtest wohl, ich würde dir Gott weiß was für Geheimnisse von Paris mitteilen? Gefehlt! Da sieht man gleich den Romanschriftsteller! Was soll ich dir denn von diesem Schurken erzählen? Ist er einmal ein Schurke, nun, dann ist er eben einer ... Na, schließlich so als Beispiel, weißt du, könnte ich dir eventuell noch so 'n kleines Geschichtchen erzählen, nur – versteht sich – ohne Angabe von Ort und Zeit, ohne Städte oder Personen zu nennen, also ohne jede kalendarische Genauigkeit. Bist du damit einverstanden? – Na, dann höre zu. Du weißt, daß er in seiner ersten Jugend, als er noch mit seinem Kanzleigehalt auskommen mußte, eine reiche Kaufmannstochter geheiratet hat. Nun, diese Person soll er aber nichts weniger als höflich behandelt haben; und wenn es sich jetzt auch nicht um sie handelt, so will ich doch die Bemerkung hier einflechten, Freund Wanja, daß er sein Leben lang gerade diese Art Erwerb jeder anderen vorgezogen zu haben scheint. So zum Beispiel auch in folgendem Fall. Da reiste er einmal ins Ausland. Und dort . . .«

»Erlaube, Masslobojeff, von welcher seiner Reisen ins Ausland redest du? In welchem Jahr?«

»Das war vor genau neunundneunzig Jahren und drei Monaten. Nun, und da machte er eines schönen Tages einem alten Vater die einzige Tochter abspenstig und entführte sie nach Paris. Kurz: er verstand die Geschichte gut einzufädeln. Der Vater war so etwas wie ein reicher Fabrikbesitzer oder, sagen wir, ein Aktionär, der an irgendeinem ähnlichen Unternehmen stark beteiligt war. Genau weiß ich es nicht. Du, was ich dir jetzt so erzähle, sind ja nur meine eigenen Kombinationen, die ich mir mit freier Dichtergabe aus verschiedenen gegebenen Anhaltspunkten zusammenbaue. Nun, und der Fürst wußte ihn geschickt zu betrügen und sich gleichfalls in das Unternehmen hinein zu schmuggeln. Also, er betrog ihn gründlich und nahm ihm obendrein noch bares Geld ab. Was nun dieses bare Geld betrifft, so hatte der Alte dafür natürlich gewisse Papiere vom Fürsten in den Händen. Der Fürst aber wollte das Geld so von ihm geliehen haben, daß er es nicht mehr zurück zu geben brauchte, wollte es also, nach unseren Begriffen, einfach stehlen. Dieser Alte hatte nun, wie gesagt, eine Tochter, und diese seine einzige Tochter war eine Schönheit, und in diese Schönheit hatte sich ein junger Idealist verliebt – solch ein Seitenstück von Schiller, weißt du – ein Dichterling, der aber zugleich auch Kaufmann war, ein junger Träumer und Schwärmer – mit einem Wort: ein echter Deutscher, Pfefferkuchen mit Namen.«

»Wie? Sein Familienname war Pfefferkuchen?«

»Na, vielleicht hieß er nicht gerade buchstäblich Pfefferkuchen, im übrigen hol' ihn der Teufel, nicht um ihn handelt es sich jetzt! Nur war der Fürst im Verkehr mit der Tochter von so gewinnenden Umgangsformen, daß sie sich wie eine Wahnsinnige in ihn verliebte. Dem Fürsten aber erschienen damals namentlich zwei Dinge erstrebenswert: erstens in den Besitz der Tochter und zweitens in den der bewußten Dokumente zu gelangen, die schwarz auf weiß bestätigten, daß er von dem Alten jene Summe geliehen erhalten hatte. Die Schlüssel aller Geldschränke und Kassetten des Alten bewahrte jedoch die Tochter auf; denn der Alte liebte sein einziges Kind geradezu sinnlos, nämlich dermaßen, daß er sie unter keiner Bedingung verheiraten wollte. Im Ernst. Auf jeden Freiersmann war er eifersüchtig, und konnte es sich gar nicht vorstellen, wie er sich jemals von seiner Tochter trennen könnte. Selbst den armen Pfefferkuchen jagte er weg. Er war eben ein ganzer Sonderling, dieser Engländer ...«

»Engländer? Ja, aber wo ist denn das alles passiert?«

»Das heißt, nein, sieh mal: ich habe nur so gesagt, ein ‚Engländer', nur so beispielsweise zum Vergleich, du aber mußt es natürlich sofort aufgreifen! Geschehen aber ist es in Santa Fé de Bogotá, vielleicht aber auch in Krakau oder, was am wahrscheinlichsten ist, im Fürstentum Nassau, – sieh mal, das hier auf der Seltersflasche steht. Also, wie gesagt: in Nassau. Bist du jetzt zufrieden? Also, der Fürst entführte die Tochter, und die Tochter entführte wiederum auf Wunsch des Fürsten gewisse Dokumente. Es gibt eben doch solch eine Liebe, Wanja! Pfui, du lieber Gott, und das Mädel war doch ein ehrliches, edles, ideales Geschöpf! Freilich hat sie wohl von der Bedeutung dieser Papiere keinen klaren Begriff gehabt. Nur eines machte ihr Sorge: der Vater würde sie verstoßen. Doch der Fürst war auch diesem Hindernis gewachsen: er verpflichtete sich schriftlich, formell und gesetzlich, daß er sie heiraten werde. So redete er ihr denn ein, daß sie nur zeitweilig so ein wenig reisen würden, bis der Zorn des Alten sich gelegt; dann aber würden sie vermählt zurückkehren und zu dritt glücklich und einträchtig beisammen leben, Geld verdienen und fröhlich sein, und so weiter ad infinitum. Und so entfloh sie denn mit dem Fürsten, der Alte verfluchte sie und gleichzeitig war er bankrott. Ihr folgte aber nach Paris jener Frauenmilch, der um ihretwillen alles, auch sein Geschäft, verließ; er war schon gar zu sehr in sie verliebt ...«

»Erlaube! Was für ein Frauenmilch?«

»Ach, nun, jener, wie hieß er doch gleich? – Feuerbach ... nein, wart' mal, verdammt! ... Pfefferkuchen! Na also – diesen Pfefferkuchen meinte ich, wie gesagt. Der Fürst aber konnte sie doch natürlich nicht heiraten, denn, nicht wahr: was würde die Fürstin Chléstowa dazu sagen? Wie würde sich Baron Pomóikin[18] darüber äußern? Folglich hieß es: betrügen. Nun, und das tat er denn auch, tat es aber doch gar zu gemein. Erstens prügelte er sie fast, zweitens lud er absichtlich den Pfefferkuchen ein, und der begann sie denn auch richtig zu besuchen, und bald verbrachte er mit ihr allein ganze Abende in gemeinsamer Trauer oder tröstete sie, wie das so üblich ist bei schönen Seelen. Der Fürst aber wußte die Geschichte so zu drehen, daß er sie einmal spät abends überraschte; da behauptete er dann frech, daß sie sich vergessen hätten, er habe es mit eigenen Augen gesehen usw. usw. ... Da kam's natürlich zu einer großen Szene, die damit endete, daß er sie beide vor die Tür setzte und selber für einige Zeit nach London reiste. Sie aber war damals bereits stark in Umständen; kaum hatte er sie verstoßen, da gebar sie auch schon ein Töchterchen ... das heißt, nicht ein Töchterchen, sondern einen Sohn, jawohl, gerade ein Söhnchen, es wurde denn auch Wolodjka[19] getauft. Pfefferkuchen hob ihn noch aus der Taufe. Nun, und so reiste sie denn mit dem Pfefferkuchen weiter. Der besaß nämlich ein kleines Kapital. Sie reisten in die Schweiz, reisten in Italien ... in diesen poetischen Ländern, weißt du, so wie es sich eben gehört. Sie weinte, und Pfefferkuchen sah trübselig drein, und so vergingen viele Jahre, und das Töchterchen wuchs heran. Somit wäre für den Fürsten die ganze Angelegenheit aufs angenehmste erledigt gewesen, wenn – ja, wenn er auch sein schriftliches Eheversprechen von ihr zurück erhalten hätte. ‚Ein niedriger, verächtlicher Mensch bist du', hat sie ihm zum Abschied gesagt; ‚du hast mich bestohlen, hast mich entehrt und jetzt läßt du mich im Stich. Nun gut! Aber dein Heiratsversprechen gebe ich dir nicht zurück. Nicht deshalb, weil ich dich jemals noch heiraten wollte, sondern einfach, weil du dieses Dokument fürchtest. So mag es denn ewig in meinen Händen bleiben.' Mit einem Wort: sie ließ sich ein wenig hinreißen, und der Fürst beunruhigte sich dieserhalb nicht weiter. Überhaupt ist solchen Schurken nichts vorteilhafter, als es mit solchen sogenannten schönen Seelen zu tun zu haben. Die sind so edeldenkend, daß man sie immer mit Leichtigkeit betrügen kann, erstens; zweitens aber antworten sie auf jeden Betrug mit nichts als erhabener, edler Verachtung, anstatt mit praktischer Anwendung des Gesetzes, selbst wenn dieses Gesetz sich noch so vorteilhaft für sie anwenden ließe. Da haben wir ein Beispiel an dieser Mutter: sie begnügte sich vollkommen damit, ihn stolz verachten zu können, und wenn sie auch das eine bewußte Dokument zurück behielt, so hätte sie sich doch eher erhängt als davon Gebrauch gemacht. Und das wußte der Fürst, und deshalb machte er sich auch ihretwegen weiter keine Sorgen, wenigstens vorläufig nicht. Sie aber blieb, wenn sie ihm auch moralisch ins Gesicht gespien, doch verlassen und einsam mit ihrem Kind zurück, – mit dem Wolódjka. Stirbt sie heute oder morgen, was soll dann aus dem Kinde werden? Aber darüber wurde nicht nachgedacht. Und ihr Freund, dieser Bruderschaft, bestärkte sie noch darin und dachte auch nicht nach; sie lasen Schiller. Schließlich aber begann Bruderschaft zu kränkeln und starb ...«

»Du meinst Pfefferkuchen?«

»Na ja, versteht sich doch, hol' ihn der Teufel! Sie aber...«

»Erlaube! Wieviel Jahre reisten sie denn zusammen?«

»Genau zweihundert Jahre. Nun, sie aber kehrte, als er gestorben war, nach Krakau zurück. Der Vater nahm sie nicht auf, verfluchte sie, und schließlich starb sie; der Fürst aber bekreuzte sich vor Freude. Na ja, und so weiter – trinken wir, Wanja!«

»Ich vermute, daß du ihm in dieser Angelegenheit behilflich gewesen bist, Masslobojeff!«

»Das ist es wohl, was du gerade wünschst?«

»Ich verstehe nur nicht, was *du* in *dieser* Angelegenheit hast ausrichten können.«

»Ja, sieh mal: Als sie nach Madrid zurückkehrte – nach zehnjähriger Abwesenheit – da hieß es vor allen Dingen: auskundschaften, unter welchem Namen sie lebte, wo der Bruderschaft geblieben war und wo der alte Vater, und ob es auch wirklich sie selber war, und wie es mit dem Kind stand, und dann, ob sie auch wirklich gestorben war, und ob sie Papiere hinterlassen hatte, und so weiter bis ins Endlose. Und dann gab es noch so dieses und jenes, was uns interessierte. Er ist der gemeinste Mensch, nimm dich in acht vor ihm, Wanja! Was aber den Masslobojeff betrifft, so merke dir folgendes: Nenne ihn nie und unter keinen Umständen einen Schuft! Denn wenn er auch einer ist (und meiner Meinung nach gibt es keinen Menschen, der kein Schuft wäre in irgendeiner Hinsicht), so wird er doch nie dir gegenüber ein Schuft sein. Ich bin zwar stark betrunken, aber höre ein für allemal: Sollte es dir jemals, sei es jetzt bald oder erst im nächsten Jahr mal scheinen, daß Masslobojeff in irgendeiner Angelegenheit dir gegenüber nicht ganz aufrichtig gewesen ist, dir vielleicht etwas verschwiegen hat, oder eine *kleine List* angewandt hat (und bitte vergiß nicht das Wort ‚eine kleine List'!) so wisse, daß er es nie in einer bösen Absicht getan hat. Masslobojeff steht Wache für dich. Und deshalb schenke keinem Verdacht Glauben, sondern sei gescheiter und komme dann persönlich zu diesem Masslobojeff und rede mit ihm mündlich und brüderlich. Nun, willst du jetzt trinken?«

»Nein.«

»Aber essen?«

»Nein, Freund, entschuldige, aber . . .«

»Na, dann pack' dich zum Teufel, es ist auch schon ein Viertel vor neun, – damit ist es Zeit für dich.«

»Wie? was? Jetzt hat er sich angetrunken, und da jagt er selbst den Gast fort! So ist er ja immer! Ach, du Unverschämter!« rief Alexandra Ssemjonowna ganz erschrocken aus, dem Weinen nahe.

»Ein Fußgänger ist kein Weggenosse für einen Reiter! Lassen Sie ihn nur, Alexandra Ssemjonowna, er hat es eilig; wir aber, meine Liebe, wir werden allein zurückbleiben und uns gegenseitig vergöttern. Er dagegen ist ein General! Nein, verzeih, Wanja, du bist kein General; ich aber – ich, siehst du, ich bin – ein Schuft! Sieh mal, wie sehe ich jetzt aus? Was bin ich im Vergleich mit dir? Vergib, Wanja, verurteile mich nicht, laß mich mein Herz ausschütten ...«

Er umarmte mich und brach in Tränen aus. Ich begann mich zu verabschieden.

»Ach, mein Gott, und er geht auch wirklich! Und bei uns ist doch schon das ganze Abendessen bereit!« klagte Alexandra Ssemjonowna tief betrübt. »Aber Freitag werden Sie doch zu uns kommen?«

»Unfehlbar, Alexandra Ssemjonowna, ich gebe Ihnen mein Wort darauf, ich komme bestimmt!«

»Vielleicht geniert es Sie, weil er ... Sie sehen doch, wie er jetzt ist ... ganz betrunken! Aber er ist ein guter Mensch, Iwan Petrowitsch, ein sehr guter Mensch, und wie gern er Sie hat! Tag und Nacht erzählt er mir jetzt nur noch von Ihnen, hat mir sogar Ihre Bücher gekauft; nur habe ich sie noch nicht gelesen, aber morgen werde ich damit beginnen. Und wie ich mich erst freuen werde, wenn Sie kommen! Ich sehe doch hier so gut wie gar keine Menschen, niemand besucht uns doch! Alles haben wir, und dabei sitzen wir tagaus, tagein allein zu Haus! Heute aber saß ich da und hörte zu, wie Sie sprachen, und wie war das schön ... Also bis Freitag dann! ...«

VII

Ich ging und beeilte mich, schnell nach Hause zu kommen: Masslobojeffs letzte Bemerkung hatte mich stutzig gemacht. Ich muß sagen, mir gingen deshalb die seltsamsten Gedanken durch den Kopf ... Und ich täuschte mich auch nicht. Zu Hause erwartete mich eine Überraschung, die mich wie ein elektrischer Schlag durchfuhr.

Gerade gegenüber dem Tor des Hauses, in dem ich wohnte, stand eine Straßenlaterne. Ich war schon im Begriff einzutreten, als sich plötzlich vom Laternenpfosten eine seltsame Gestalt löste und auf mich zustürzte, so daß ich vor Schreck aufschrie, als ich so plötzlich dieses zitternde, entsetzte, halb wahnsinnige Wesen erblickte, das sich im Augenblick wie verzweifelt an meinen Arm klammerte.

Es war Nelly.

»Nelly! Was ist mit dir los? Was tust du hier?«

»Dort oben ... sitzt er ... bei uns ...«

»Wer? Wer sitzt dort? ... Gehen wir, komm mit mir hinauf!«

»Ich will nicht! Ich will nicht! Ich werde warten, bis er fortgegangen ist ... hier im Flur ... ich will nicht!«

Mit einem seltsamen Vorgefühl stieg ich die Treppen hinauf: ich öffnete die Tür und – erblickte den Fürsten. Er saß am Tisch und las in meinem Roman. Wenigstens lag das Buch aufgeschlagen vor ihm.

»Iwan Petrowitsch! Da sind Sie ja!« rief er erfreut aus. »Es freut mich so, daß Sie endlich zurückkehren! Ich wollte soeben wieder gehen. Habe schon über eine Stunde auf Sie gewartet. Ich habe heute der Gräfin auf ihre dringendste Bitte hin versprechen müssen, daß ich heute abend nicht ohne Sie bei ihr erscheinen würde. Sie hat mich so sehr darum gebeten, denn sie will unbedingt Ihre Bekanntschaft machen! Und da ich bereits Ihr Versprechen hatte, beschloß ich, persönlich bei Ihnen vorzufahren, und zwar etwas früher, um Sie noch zu Hause anzutreffen und Ihnen die Einladung der Gräfin übermitteln zu können. Denken Sie sich meine Enttäuschung, als ich hier eintrat und Ihre Aufwärterin mir nur sagen konnte, daß Sie ausgegangen seien. Was sollte ich tun? Hatte ich mich doch ehrenwörtlich verpflichtet, nicht ohne Sie bei der Gräfin zu erscheinen! So setzte ich mich denn hier hin, um etwa eine Viertelstunde auf Sie zu warten. Und nun sehen Sie, was aus der Viertelstunde geworden ist! Ich schlug Ihren Roman auf und vertiefte mich in ihn. Iwan Petrowitsch! Das ist ja doch die Vollendung selbst! Ich kann nur sagen, daß man Sie bis jetzt überhaupt noch nicht versteht! Sie haben mich ja fast zu Tränen gerührt, ich weinte geradezu, und das pflegt bei mir nur sehr selten zu geschehen ...«

»So wünschen Sie, daß ich mit Ihnen zur Gräfin fahre? Offen gestanden, ich habe jetzt ... wenn ich auch durchaus nicht abgeneigt bin, aber ...«

»Oh, um Himmels willen, Sie müssen unbedingt mitkommen! Bedenken Sie nur, was Sie mir antäten! Ich habe mich doch ehrenwörtlich verpflichtet, und hier habe ich anderthalb Stunden auf Sie gewartet! Zudem muß ich dringend, sehr dringend mit Ihnen sprechen, – Sie können sich wohl denken, worüber. Sie sind in alle diese Verhältnisse bedeutend besser eingeweiht als ich ... Wir könnten vielleicht etwas Entscheidendes beschließen, ein Abkommen treffen, bedenken Sie das doch! Ich bitte Sie inständig, sagen Sie jetzt nicht nein!«

Ich überlegte, daß ich doch sowieso einmal würde hinfahren müssen. Zwar wußte ich, daß Natascha jetzt allein war und mich erwartete, aber andererseits hatte sie mich doch ausdrücklich gebeten, so bald als möglich Katjas Bekanntschaft zu machen. Außerdem war es nicht ausgeschlossen, daß ich Aljoscha dort antraf ... Und da ich wußte, daß Natascha sich nicht eher beruhigen werde, als bis ich ihr Nachricht von Katja brachte, entschloß ich mich, die Aufforderung des Fürsten anzunehmen. Ich war aber besorgt um Nelly.

»Einen Augenblick«, sagte ich zum Fürsten und trat auf die Treppe hinaus. Nelly stand nicht weit von meiner Wohnungstür in einem dunklen Winkel des Treppenflurs.

»Warum kommst du nicht herein, Nelly? Was hat er dir getan? ... Was hat er dir denn gesagt?«

»Nichts. – Ich will nicht, ich will nicht ... ich fürchte mich ...«

Ich redete ihr zu, aber es half nichts. So sagte ich ihr denn, daß sie, sobald ich mit dem Fürsten die Wohnung verlassen hätte, schnell hineinschlüpfen und die Tür von innen verriegeln solle.

»Und daß du nicht aufmachst, wenn jemand an die Tür klopft, hörst du, Nelly? Wenn man dich auch noch so bittet.«

»Und Sie gehen mit ihm fort?«

»Ja, ich gehe mit ihm fort.«

Sie zitterte und ergriff meine Hand, als wolle sie mich anflehen, nicht mit dem Fürsten fortzugehen, sagte aber kein Wort. Ich nahm mir vor, sie am nächsten Tage nach dem Grund ihres seltsamen Benehmens zu fragen.

Ich bat darauf den Fürsten um Entschuldigung und begann mich umzukleiden. Er versicherte zwar, daß man zu einem Besuch dort keinerlei besondere Anzüge oder große Toilette brauche. Frische Wäsche vielleicht, das genüge, meinte er, nachdem er mich mit einem inquisitorischen Blick vom Kopf bis zu den Füßen gemustert hatte:

»Wissen Sie, diese gesellschaftlichen Vorurteile ... man kann sie doch nicht ganz außer acht lassen ... Ein überlegenes Ignorieren dieser Dinge werden Sie in unseren Kreisen noch lange nicht finden«, schloß er, offenbar angenehm berührt, als er sah, daß ich einen Frack besaß.

Wir traten hinaus. Auf der Treppe bat ich ihn aber, noch einen Augenblick zu warten: ich kehrte ins Zimmer zurück, um mich nochmals von Nelly, die inzwischen schon hineingeschlüpft war, zu verabschieden. Sie zitterte vor Aufregung, und ihr Gesicht war bläulichweiß, so daß ich förmlich erschrak; es fiel mir schwer, sie so allein zurückzulassen.

»Eine sonderbare Aufwärterin haben Sie, das muß ich sagen«, wandte sich der Fürst auf der Treppe an mich, während wir weiter hinabstiegen. »Dieses kleine Mädchen ist doch Ihre Aufwärterin?«

»Nein ... sie ist nur so ... sie wohnt nur vorläufig bei mir.«

»Ja, sie ist sehr sonderbar. Ich glaube sogar, daß sie geistig nicht ganz normal ist. Stellen Sie sich vor: nachdem sie mir zuerst ganz bescheiden auf meine Fragen geantwortet, schreit sie plötzlich, wie sie mich genauer ansieht, laut auf, erzittert am ganzen Körper, krallt sich an meinen Überzieher, will etwas sagen – kann aber vor Erregung keinen Laut hervorbringen. Ich muß gestehen, daß mir sogar angst und bange wurde und ich mich bereits in Sicherheit bringen wollte; doch zum Glück lief sie selbst von mir fort. Ich war nicht wenig verwundert. Wie haben Sie sich nur mit ihr einleben können?«

»Sie hat epileptische Anfälle«, sagte ich.

»Ah, also das ist es! Nun, dann wundert es mich weiter nicht ... wenn sie überhaupt unnormal ist ...«

Da kam mir auf einmal der Gedanke, daß Masslobojeffs letzter Besuch bei mir während meiner Abwesenheit (von der er doch durch mich erfahren hatte), daß mein Besuch bei Masslobojeff um zwölf Uhr, wie jetzt um sieben Uhr, daß Masslobojeffs trunkene und trotz der Betrunkenheit ungern erzählte Geschichten, sowie die Ratschläge, ihn nicht für einen Schuft zu halten, und endlich dieser Besuch des Fürsten, der vielleicht darüber unterrichtet war, daß ich mich bei Masslobojeff befand – kurz: daß alle diese seltsamen Geschehnisse irgendwie miteinander in Zusammenhang standen. Was war da natürlicher, als daß ich nachdenklich wurde?

Vor der Haustür erwartete uns die Kutsche des Fürsten. Wir stiegen ein und fuhren.

VIII

Bis zur Gräfin war es nicht weit; sie wohnte in der Nähe der Handelsbrücke. Eine Weile schwiegen wir. Ich dachte die ganze Zeit: ‚Wie wird er nun das Gespräch mit mir beginnen?' Es schien mir, daß er zunächst sondieren, mich gleichsam abtasten und ausforschen werde. Er aber begann ohne alle Umschweife sogleich von der Sache selbst.

»Ich mache mir jetzt in dieser Angelegenheit wegen einer Frage große Sorgen, Iwan Petrowitsch«, hub er an; »deshalb möchte ich mit Ihnen darüber sprechen und Sie um Ihren Rat bitten. Ich habe nämlich schon längst beschlossen, die von mir im Prozeß gewonnenen zehntausend Rubel Herrn Ichmenjeff abzutreten. Wie soll ich das nun machen?«

‚Es kann doch nicht sein', dachte ich, ‚daß du nicht weißt, wie das zu machen wäre! – Oder sollte er sich nur über mich lustig machen wollen?'

»Das weiß ich nicht, Fürst«, versetzte ich möglichst unbefangen. »In jeder anderen Frage, das heißt: die Natalja Nikolajewna betrifft, bin ich bereit, Ihnen die für Sie und uns alle notwendigen Mitteilungen zu machen, aber in dieser Angelegenheit wissen Sie natürlich besser Bescheid als ich.«

»Nein, nein, wieso, sicher weiß ich weniger als Sie! Sie sind mit ihnen bekannt und vielleicht hat Natalja Nikolajewna Ihnen sogar schon mehrfach ihre diesbezüglichen Gedanken mitgeteilt. Das aber wäre für mich eine sehr erwünschte Richtschnur. Sie könnten mir viel helfen; denn die Sache ist verzwickter als man glaubt. Ich bin bereit, ihm das Geld zu überlassen, und ich hatte sogar schon beschlossen, das zu tun, gleichviel wie die anderen Dinge sich gestalten sollten; – Sie verstehen? Aber in welcher Form wäre diese Abtretung am richtigsten? – das ist die Frage. Der Alte ist stolz, ist eigensinnig, da könnte er mir ja noch zum Dank für meine Gutmütigkeit das Geld ins Gesicht werfen . . .«

»Erlauben Sie: als was betrachten Sie dieses Geld, wenn ich fragen darf? Als sein oder als Ihr Eigentum?«

»Den Prozeß habe ich gewonnen, folglich als mein Eigentum.«

»Nun wohl, aber vor Ihrem Gewissen?«

»Selbstverständlich als *mein* Eigentum«, versetzte er, ein wenig pikiert durch meine unhöfliche Frage. »Übrigens scheinen Sie über den Sachverhalt nicht ganz unterrichtet zu sein. Ich habe den Alten durchaus nicht eines bewußten, vorgefaßten Betruges beschuldigt, und ich gestehe Ihnen, daß ich ihn einer solchen Tat nie für fähig gehalten hätte. Es war sein eigener, freier Wille, sich in seiner Ehre verletzt zu fühlen. Seine Schuld besteht nur in seiner Unachtsamkeit, in seiner sorglosen Verwaltung der ihm anvertrauten Werte. Unserer alten Abmachung gemäß war er für einen Teil der getätigten Geschäfte haftbar. Aber wissen Sie auch, daß es sich im Grunde gar nicht darum handelt, sondern einfach nur um unseren Streit, den wir damals hatten, um die gegenseitigen Kränkungen, – mit einem Wort: um unser beiderseits verletztes Ehrgefühl? Ich hätte unter anderen Umständen diese lumpigen zehntausend Rubel vielleicht überhaupt nicht beachtet. Es dürfte Ihnen wohl nicht unbekannt sein, weshalb und wie dieser ganze Prozeß begann. Ich gebe zu, daß ich vielleicht zu argwöhnisch, daß ich sogar im Unrecht war – das heißt: damals! –, allein der Ärger über seine Grobheiten blendete mich, und da wollte ich mir die Gelegenheit nicht entgehen lassen und begann den Prozeß. Das wird Ihnen vielleicht nicht gerade edel erscheinen, aber ich will mich ja auch gar nicht rechtfertigen. Ich meine nur, daß eine Handlungsweise, die Ärger und hauptsächlich gereizte Eigenliebe diktiert haben, noch nicht als ausschlaggebender Beweis für absoluten Mangel an Ehrgefühl angesehen werden kann. Vielmehr ist sie eine ganz natürliche, menschlich verständliche Reaktion. Und ich sage Ihnen nochmals, daß ich den alten Ichmenjeff damals so gut wie gar nicht kannte und nur all diesen Gerüchten über Aljoscha und seine Tochter Glauben schenkte; folglich aber konnte ich auch an eine beabsichtigte Entwendung des Geldes glauben ... Aber das ist ja Nebensache.

Die Hauptsache ist, was ich jetzt tun soll? Verzichte ich auf das Geld, während ich mich doch gleichzeitig durchaus im Recht fühle, so heißt das, daß ich es ihm schenke. Und nun kommt noch hinzu die heikle Angelegenheit mit Natalja Nikolajewna ... Er wird mir zweifellos das Geld vor die Füße werfen ...«

»Nun, sehen Sie, Sie sagen doch selbst: er würde es Ihnen vor die Füße werfen. Folglich halten Sie ihn doch für einen ehrlichen Menschen, und daher können Sie auch überzeugt sein, daß er Ihr Geld nicht gestohlen hat. Wenn es sich aber so verhält, weshalb sollten Sie dann nicht zu ihm gehen und ihm ohne Umschweife erklären, daß Sie sich im Unrecht fühlen? Jedenfalls wäre das anständig gehandelt, und Ichmenjeff würde sich dann vielleicht auch nicht weigern, *sein* Geld anzunehmen.«

»Hm ... *sein* Geld; das ist es ja eben. Bedenken Sie doch, was Sie von mir verlangen! Ich soll zu ihm gehen und sagen, daß meine Klage ungerecht war. Ja, weshalb habe ich dann überhaupt geklagt, wenn ich selbst zugebe, daß mir kein Unrecht geschehen sei? Das kann mich dann doch ein jeder fragen. Das aber habe ich nicht verdient, denn meine Klage war durchaus gerechtfertigt; ich habe weder gesagt noch geschrieben, daß er mich bestohlen habe; doch von seiner Unvorsichtigkeit, seinem Leichtsinn, seiner Unfähigkeit in Geschäftssachen bin ich auch jetzt noch überzeugt. Dieses Geld gehört ganz positiv mir, und deshalb empfände ich es als nicht ganz angenehm, mich selbst zu verleumden ... und schließlich – ich wiederhole es – hat sich doch der Alte aus freien Stücken in seiner Ehre verletzt gefühlt, und da wollen Sie nun, daß ich ihn wegen dieser Kränkung um Verzeihung bitte, – das fiele einem doch etwas schwer ...«

»Ich denke, wenn zwei Menschen sich versöhnen wollen.«

»Daß es dann leicht getan ist, meinen Sie?«

»Ja.«

»Nein, mitunter ist es nichts weniger als leicht, um so weniger, wenn ...«

»Ich verstehe: wenn es noch andere Umstände gibt, die zu berücksichtigen sind. Darin stimme ich mit Ihnen allerdings vollkommen überein, Fürst. Die Angelegenheit Natalja Nikolajewnas und Ihres Sohnes muß vorher in allen jenen Punkten, in denen Sie zu entscheiden haben, in einer die Ichmenjeffs zufriedenstellenden Weise entschieden sein. Nur dann werden Sie sich mit Ichmenjeff ganz aufrichtig über den Prozeß aussprechen können. So aber, wie die Dinge jetzt liegen, bleibt Ihnen nur eine Möglichkeit: die Unrechtmäßigkeit Ihrer Klage einzugestehen, und zwar ganz offen, ja, falls nötig, sogar öffentlich. Das wäre meiner Ansicht nach das einzig Richtige. Damit habe ich Ihnen meine Meinung gesagt, denn diese wünschten Sie doch zu hören, und wahrscheinlich haben Sie auch nicht gewünscht, daß ich mich vor Ihnen verstelle. Deshalb werden Sie mir wohl auch folgende Frage gestatten: Warum beunruhigt Sie dieses Geld so sehr? Wenn Sie sich im Recht glauben und dieses Geld als Ihr Eigentum betrachten, wie kommen Sie dann darauf, es ihm zurückgeben zu wollen? Verzeihen Sie meine Frage, aber das eine ist mit dem anderen so eng verbunden ...«

»Aber was meinen Sie«, unterbrach er mich plötzlich, als habe er meine Frage ganz überhört, »sind Sie überzeugt, daß der alte Ichmenjeff die zehntausend Rubel zurückweisen würde, auch wenn man sie ihm ohne alle Ausreden und ... und ... Milderungen anböte?«

»Selbstverständlich wird er sie zurückweisen!«

Wie unter einem physisch empfundenen Schlag zuckte ich zusammen, und das Blut stieg mir ins Gesicht. Diese schamlos skeptische Frage machte auf mich einen Eindruck, als hätte der Fürst mir ins Gesicht gespien. Und zu dieser Beleidigung kam noch etwas anderes hinzu: das war die verletzend nonchalante Art und Weise, in der er meine Frage vollkommen überging, als habe er sie überhaupt nicht gehört. Offenbar wollte er mir damit zu verstehen geben, daß ich mich gar zu sehr hatte hinreißen lassen, daß ich zu familiär geworden war, indem ich es wagte, solche Fragen an ihn zu richten. Ich haßte aber nichts so sehr wie dieses in der höheren Gesellschaft übliche Verfahren und hatte mir schon früher Mühe gegeben, Aljoscha diese Angewohnheit abzugewöhnen.

»Hm ... Sie sind gar zu hitzig, und in der Welt werden im alltäglichen Leben gewisse Dinge nicht so behandelt, wie Sie es sich vorstellen«, bemerkte er gleichmütig nach meinem erregten Ausruf. »Übrigens denke ich, daß darüber zum Teil Natalja Nikolajewna entscheiden könnte. Teilen Sie ihr das mit. Sie könnte jedenfalls einen Rat geben.«

»Fällt mir nicht ein!« antwortete ich grob. »Sie haben nicht beliebt anzuhören, was ich Ihnen vorhin sagen wollte; Sie unterbrachen mich. Natalja Nikolajewna wird begreifen, daß Sie, wenn Sie das Geld unaufrichtig, nicht von Herzen, ihrem Vater abtreten und ohne alle diese ‚Milderungen', wie Sie sich auszudrücken beliebten, daß Sie dann mit diesem Gelde dem Vater für die Tochter und ihr für Aljoscha eine geldliche Entschädigung zahlen wollen ...«

»Hm ... so also haben Sie mich verstanden, mein bester Iwan Petrowitsch!« Der Fürst lachte. – Wozu lachte er? – »Indes ...«, fuhr er fort, »wir haben noch so vieles, so vieles zu besprechen, nur haben wir jetzt leider keine Zeit dazu. Ich bitte Sie nur, sich eines zu merken: es handelt sich hier direkt um Natalja Nikolajewna und ihre ganze Zukunft, und alles das hängt teilweise davon ab, wie wir beide darüber entscheiden und wie wir uns einigen werden. Sie sind hierbei unentbehrlich, – das werden Sie nachher selbst einsehen. Und deshalb werden Sie mir, wenn Sie fortfahren, Natalja Nikolajewnas Anhänger zu sein, eine Unterredung nicht abschlagen, wie wenig Sympathie Sie auch für mich haben sollten. Da sind wir schon angelangt ... à bientôt.«

IX

Die Gräfin lebte in einer schönen Wohnung. Die Räume waren alle gut und geschmackvoll eingerichtet, wenn auch durchaus nicht üppig. Doch ungeachtet des zweifellosen Geschmacks, verriet alles, daß es nur für einen zeitweiligen Aufenthalt zusammengetragen war. Es war das eben nur eine für kurze Zeit gemietete Wohnung: es fehlte hier ganz jener Prunk einer alteingesessenen Familie, deren Heim stets den Stempel der Herrschaft trägt und sogar alle jeweiligen Launen der Einwohner widerspiegelt. Es hieß, die Gräfin werde für den Sommer auf ihr im Gouvernement Ssimbirsk gelegenes Gut (das ganz heruntergewirtschaftet und mit Hypotheken überbelastet war) reisen und der Fürst werde sie dorthin begleiten. Ich hatte darüber, seit ich es gehört, oft genug mit Sorgen nachgedacht und mich gefragt: Was wird Aljoscha tun, wenn Katja mit der Gräfin verreist? Mit Natascha hatte ich noch nicht darüber gesprochen, ich fürchtete mich davor; ich glaubte aber, aus einigen Anzeichen zu ersehen, daß auch sie, wie es schien, von diesem Gerücht gehört hatte. Sie schwieg darüber und litt still für sich.

Die Gräfin empfing mich sehr liebenswürdig, reichte mir mit einem Lächeln die Hand und bestätigte, was der Fürst mir bereits gesagt hatte: daß sie mich schon lange bei sich zu sehen gewünscht habe. Sie schenkte selbst den Tee ein, während wir uns im Kreise um den schönen silbernen Ssamowar setzten, der Fürst, ich und noch irgendein äußerst vornehm dreinschauender bejahrterer Herr mit einem Ordensstern, steifen Bewegungen und den Manieren eines Diplomaten. Dieser Gast wurde offenbar sehr geachtet. Die Gräfin war nach ihrer Rückkehr aus dem Ausland noch nicht dazu gekommen, größeren gesellschaftlichen Verkehr anzuknüpfen und ihre gesellschaftliche Stellung in Petersburg so zu festigen, wie sie es sich wünschte. Außer diesem Gast und mir kam niemand mehr. Ich suchte mit den Augen Katerina Fjodorowna: sie saß mit Aljoscha im Nebenzimmer. Als sie von unserem

Erscheinen erfuhr, stand sie sogleich auf und kam zu uns. Der Fürst küßte ihr liebenswürdig die Hand, und die Gräfin wies lächelnd auf mich. Der Fürst stellte mich ihr sofort vor. Ich kann nicht leugnen, daß ich sie mit großer Neugier betrachtete. Sie trug ein weißes Kleid und war zart und blond und von nur mittelgroßem Wuchs. Ihr Gesicht hatte einen stillen, ruhigen Ausdruck, und ihre Augen waren »vollkommen blau«, wie Aljoscha sich einmal ausgedrückt hatte. Alles in allem war es nur die Anmut der Jugend, die sie verschönte, nichts weiter. Ich hatte erwartet, eine vollendete Schönheit zu erblicken; doch konnte man nichts an ihr schön nennen. Sie hatte ein zartes Gesicht, ziemlich regelmäßige Züge, allerdings sehr schönes Haar, das sie aber ganz schlicht trug, und dazu einen ruhigen, aufmerksamen Blick. Bei einer Begegnung auf der Straße wäre ich an ihr vorübergegangen, ohne sie besonders zu beachten. Doch das schien mir nur im ersten Augenblick so; denn noch im Laufe dieses Abends hatte ich Zeit und Gelegenheit, sie genauer zu betrachten, und da änderte sich meine Meinung. Allein schon, wie sie mir die Hand reichte und mit angespanntem Blick mir unverwandt in die Augen schaute, ohne dabei ein Wort zu sagen, fiel mir als etwas Seltsames auf, und ich lächelte ihr unwillkürlich zu. Offenbar hatte ich sofort die Empfindung, daß vor mir ein Wesen mit vollkommen reinem Herzen stand. Die Gräfin beobachtete sie aufmerksam. Katja wandte sich, nachdem sie mir die Hand gereicht, mit einer gewissen Hast von mir ab und setzte sich mit Aljoscha am anderen Ende des Zimmers hin. Aljoscha hatte mir bei der Begrüßung zugeflüstert: »Ich bin nur auf eine Minute hergekommen, dann sause ich sofort *dorthin.*«

Der »Diplomat« – da ich seinen Familiennamen nicht kenne, nenne ich ihn den Diplomaten, um ihn irgendwie zu bezeichnen – sprach ruhig und würdevoll und entwickelte irgendeine Idee. Die Gräfin hörte ihm aufmerksam zu. Der Fürst lächelte zustimmend und schmeichlerisch; der Redner wandte sich oft speziell an ihn, wahrscheinlich weil er in ihm einen würdigen Zuhörer zu haben glaubte. Mir wurde Tee gereicht und dann ließ man mich in Ruhe, womit ich sehr zufrieden war. So konnte ich die Gräfin ungestört betrachten.

Auf den ersten Eindruck hin muß ich sagen, daß sie mir gleichsam gegen meinen Willen gefiel. Vielleicht war sie nicht mehr jung, aber es schien mir, daß sie nicht älter als achtundzwanzig Jahre sein könne. Ihr Gesicht war noch frisch und muß einmal, in der ersten Jugend, sehr hübsch gewesen sein. Das dunkelblonde Haar war noch ziemlich dicht, ihr Blick überaus gutmütig, aber irgendwie flatterhaft und schelmisch-spottlustig. Jetzt aber gab sie sich ersichtlich Mühe, zurückhaltend zu sein. Übrigens lag in ihrem Blick auch viel Klugheit, aber vor allem sprachen aus ihm doch Gutmütigkeit und ein heiteres Gemüt. Aber ihre vorherrschende Eigenschaft schien mir doch ein gewisser Leichtsinn zu sein, neben Vergnügungssucht und einem gleichsam gutmütigen Egoismus, der vielleicht sogar sehr groß war. Sie stand ganz unter dem Einfluß des Fürsten, der eine ungeheure Macht über sie besaß. Ich wußte, daß sie ein Verhältnis miteinander hatten, und ich hatte auch gehört, daß er während ihres Aufenthalts im Ausland ein schon gar zu wenig eifersüchtiger Liebhaber gewesen sei, aber es schien mir immer – und es scheint mir auch jetzt noch so –, daß es noch etwas anderes gab, was sie verband, abgesehen von dem früheren Verhältnis, etwas zum Teil Geheimnisvolles, etwas wie eine gegenseitige Verpflichtung, die auf irgendeiner Berechnung beruhte ... kurz, irgend so etwas mußte zwischen ihnen außerdem noch bestehen. Ich wußte auch, daß der Fürst ihrer jetzt schon überdrüssig war, dabei aber wurde das Verhältnis zwischen ihnen nicht unterbrochen. Vielleicht waren es im Augenblick die Pläne mit Katja, die sie gerade besonders miteinander verbanden, Pläne, die selbstverständlich vom Fürsten ausgeheckt worden waren. Nur auf Grund derselben hatte er der Gräfin den Gedanken an eine Heirat – sie soll in der Tat verlangt haben, daß er sie heirate – ausgeredet und sie für die Mitwirkung bei der Verkuppelung Aljoschas mit ihrer Stieftochter gewonnen haben.[20] Wenigstens konnte ich das aus früheren naiven Bemerkungen Aljoschas schließen, der doch manches gemerkt haben mußte. Auch kam es mir immer so vor, zum Teil auf Grund derselben Mitteilungen Aljoschas, daß der Fürst einen bestimmten Grund haben mußte, die Gräfin zu fürchten, obschon er sie vollkommen beherrschte. Das schien selbst Aljoscha bemerkt zu haben. Wie ich nachher hörte, wollte der Fürst nur zu gern die Gräfin mit jemandem verheiraten, und zum Teil hätte er ihr deshalb zugeredet, auf ihr Gut im Gouvernement Ssimbírsk zu reisen, da er hoffte, dort in der Provinz eher einen passenden Gatten für sie zu finden.

Ich saß und hörte zu, dachte aber die ganze Zeit daran, wie ich es anstellen sollte, schneller mit Katerina Fjodorowna unter vier Augen sprechen zu können. Der Diplomat antwortete gerade ausführlich auf eine Frage der Gräfin nach dem gegenwärtigen Stand der Dinge in Rußland, ob die nun beginnenden Reformen wünschenswert seien, oder ob man sie fürchten müsse, oder ob das nicht der Fall sei.[21] Er redete viel und lange, ruhig und wie jemand, der sich bewußt ist, daß er eine Macht repräsentiert. Er entwickelte seine Idee subtil und klug, aber an sich war diese Idee widerlich. Er betonte mit besonderem Nachdruck, dieser ganze Geist der Reformen und Verbesserungen werde nur zu bald gewisse Früchte zeitigen, und dann, angesichts dieser Früchte, werde man wieder zur Vernunft kommen; dieser neue Geist werde nicht nur in der Gesellschaft (natürlich meinte er damit nur einen bestimmten Teil dieser Gesellschaft) alsbald wieder vergehen, sondern werde zur Folge haben, daß man, an Hand des Experiments, den Fehler erkennen und sich dann mit verdoppelter Energie wieder der Erhaltung des Alten zuwenden werde. Das Experiment jedoch, mochte es auch beklagenswert sein, werde sich trotzdem als sehr nützlich erweisen, denn es werde lehren, wie dieses alleinseligmachende Alte zu stützen ist, und werde hierfür neue Fingerzeige bringen; folglich müsse man sogar wünschen, daß mit diesen Reformen jetzt möglichst schnell bis zur größten Unvorsichtigkeit vorgestoßen werde.

»Ohne *uns* geht es nicht«, schloß er, »ohne uns hat sich bisher noch keine Gesellschaft gehalten. Wir werden nicht verlieren, sondern im Gegenteil noch gewinnen; wir werden wieder auftauchen und obenauf schwimmen, obenauf, und unsere Devise im gegenwärtigen Augenblick muß deshalb sein: „Pire ça va, mieux ça est!“«

Der Fürst lächelte ihm mit widerlicher Übereinstimmung zu. Der Redner war vollkommen zufrieden mit sich. Ich war so dumm, daß ich schon widersprechen wollte; das Herz kochte in mir. Aber ein giftiger Blick des Fürsten hielt mich noch rechtzeitig davon ab; dieser Blick glitt blitzschnell nur nach der Richtung, wo ich saß, und es schien mir, daß der Fürst gerade irgend so einen jugendlich unüberlegten Ausfall meinerseits erwartete; ja, vielleicht wünschte er ihn geradezu, um sich daran zu ergötzen, wie ich mich kompromittierte. Außerdem war ich fest überzeugt, daß der Diplomat meine Entgegnung unbedingt ganz übersehen werde und vielleicht sogar auch noch mich selbst dazu. Es widerte mich an, bei ihnen sitzen zu müssen; da erlöste mich Aljoscha.

Er trat leise an meinen Stuhl heran und berührte mich an der Schulter. »Nur auf zwei Worte«, raunte er mir zu.

Ich erriet sofort, daß Katja ihn geschickt hatte. So war es auch. Ein paar Augenblicke danach saß ich schon ihr gegenüber. Zunächst betrachtete sie mich nur sehr aufmerksam, als dächte sie bei sich: ‚So also sieht er aus.‘ In der ersten Minute fanden wir beide nicht die richtigen Worte, um ein Gespräch zu beginnen. Nichtsdestoweniger war ich überzeugt, daß sie nur anzufangen brauchte, und unser Gespräch würde dann ganz von selbst weitergehen, womöglich bis zum nächsten Morgen. Eine Bemerkung Aljoschas über einige fünf bis sechs Stunden der Unterhaltung mit Katja kam mir in den Sinn. Aljoscha saß bei uns und erwartete mit Ungeduld, wie und wovon wir sprechen würden.

»Weshalb sagt ihr denn gar nichts?« fragte er schließlich und sah uns mit einem Lächeln an. »Da sitzt ihr nun beisammen und schweigt!«

»Ach, Aljoscha, wie kannst du nur ... Wir werden schon bald genug sprechen«, sagte Katja. »Wir haben über so vieles zu reden, Iwan Petrowitsch, daß ich gar nicht weiß, womit ich anfangen soll. Wir sind sehr spät miteinander bekannt geworden ... aber ich kenne Sie ja schon längst. Und wie gern ich Sie sehen wollte! Ich habe sogar schon daran gedacht, einen Brief an Sie zu schreiben ...«

»Worüber denn?« fragte ich, unwillkürlich lächelnd.

»Über alles mögliche«, antwortete sie ernst. »Nun, zum Beispiel, wenn auch nur um zu erfahren, ob es wahr ist, was er von Natalja Nikolajewna sagt: daß sie sich nicht gekränkt fühle, wenn er sie allein läßt. Nun, sagen Sie doch: kann man sich denn überhaupt so benehmen wie er? Nun, wozu sitzt du jetzt hier, sage mir das doch bitte!«

»Ach, mein Gott, ich werde ja sofort hinfahren! ich habe doch schon gesagt, daß ich nur noch einen Augenblick hier bleiben werde, nur um noch zu sehen, wie ihr beide miteinander sprechen werdet, und dann fahre ich sogleich dorthin.«

»Ja, wie sprechen wir denn beide? – nun, wir sitzen hier, – hast du es jetzt gesehen? Und so ist er immer!« wandte sie sich an mich, mit dem Fingerchen auf ihn zeigend, während sie langsam errötete: »‚Nur einen Augenblick, nur einen Augenblick', sagt er immer, und ehe man sich versieht, ist es wieder Mitternacht, und dann ist es zu spät, noch hinzufahren. ‚Sie wird mir nicht böse sein, sie ist so gut', sagt er, und das ist alles, was er denkt! Was meinst du, ist das schön von dir, ist das anständig?«

»Aber ich werde doch gleich hinfahren«, sagte er ganz kleinlaut, »ich wollte nur so gern noch etwas bei euch bleiben ...«

»Was hast du denn von uns? Wir aber haben sehr vieles allein zu besprechen. Aber höre, sei du deshalb nicht böse, es ist nämlich etwas sehr Notwendiges, – das mußt du doch einsehen.«

»Wenn es etwas Notwendiges ist, dann werde ich sogleich ... weshalb sollte ich da böse sein? Ich will nur noch auf einen Augenblick zu Ljowinka und von dort dann schleunigst zu ihr. Nur eines noch, Iwan Petrowitsch«, fuhr er geschäftig fort, indem er sich bereits erhob, »Sie wissen doch, daß mein Vater auf das Geld verzichten will, das er im Prozeß mit Ichmenjeff gewonnen hat?«

»Ja, ich weiß es. Er hat es mir gesagt.«

»Ist das nicht edel von ihm gehandelt? Aber Katja will natürlich nicht glauben, daß es edel von ihm sei. Sprechen Sie mit ihr darüber. Auf Wiedersehen, Katja, und bitte zweifle nicht daran, daß ich Natascha liebe. Überhaupt verstehe ich nicht, weshalb ihr mir alle diese Bedingungen aufladet, mir beständig Vorwürfe macht, mich beobachtet – ganz als stände ich unter eurer Aufsicht! Sie weiß es, daß ich sie liebe, und sie glaubt an mich und ich glaube ihr, daß sie an mich glaubt. Ich liebe sie ohne dieses ganze Drum und Dran, ohne alle diese Verpflichtungen. Ich weiß nicht, wie ich sie liebe. Ich liebe sie einfach. Und deshalb braucht mich auch niemand ins Verhör zu nehmen wie einen Schuldigen. So frage doch Iwan Petrowitsch, – jetzt ist er ja hier und kann es dir gleich bestätigen, daß Natascha eifersüchtig ist, und wenn sie mich auch sehr lieb hat, so liegt doch in ihrer Liebe viel Egoismus, da sie für mich nichts opfern will.«

»Wie meinen Sie das?« fragte ich verwundert, meinen Ohren nicht trauend.

»Was fällt dir ein, Aljoscha!« fuhr Katja ganz entsetzt auf und schlug die Hände zusammen.

»Nun ja; aber worüber wundert ihr euch denn? Iwan Petrowitsch weiß es ganz gut. Sie will immer, daß ich bei ihr sei. Oder wenn sie es auch nicht gerade verlangt, so sieht man doch, daß sie es gern möchte.«

»Und du schämst dich nicht, du schämst dich nicht!« rief Katja aus; ganz rot vor Empörung.

»Weshalb soll ich mich denn schämen? Wie du nun wieder bist, Katja! Ich liebe sie doch mehr als sie glaubt; wenn sie mich aber richtig liebte, so wie ich sie liebe, dann würde sie mir sicherlich ihr Vergnügen opfern. Es ist ja wahr, sie schickt mich selbst fort; aber ich sehe es doch an ihrem Gesicht, daß ihr das schwer fällt, folglich ist es für mich ebenso, als würde sie mich nicht fortlassen.«

»Nein, das stammt nicht von ihm!« wandte sich Katja wieder an mich, und ihre Augen blitzten vor Zorn. »Gestehe, Aljoscha, gestehe sofort: das hat dir dein Vater gesagt! Hat er es dir heute gesagt? Bitte, versuche mich nicht zu täuschen; ich werde ja doch die Wahrheit erfahren! Nun, sprich!«

»Ja, er hat es mir gesagt«, gestand Aljoscha ein wenig verlegen. »Aber was ist denn dabei? Er sprach so freundlich mit mir, so freundschaftlich, und von ihr sagte er nur Gutes, wirklich; er lobte sie sehr, so daß ich mich sogar wunderte: sie hat ihn doch so beleidigt, er aber lobt sie noch.«

»Und Sie haben ihm Glauben geschenkt«, sagte ich, »Sie, dem Natalja Nikolajewna alles gegeben hat, alles, was sie nur zu verschenken hatte, und deren einzige Sorge ist und heute noch war, daß Sie sich bei ihr vielleicht langweilten, und wie sie es anstellen sollte, damit sie Sie nicht von einem Besuch bei Katerina Fjodorowna abhielte. Das hat sie mir heute selbst anvertraut. Und plötzlich glauben Sie diesen falschen Worten! Schämen Sie sich denn nicht?«

»Du Undankbarer! Aber was! – er schämt sich ja nie!« sagte Katja mit einer wegwerfenden Handbewegung, als wäre er in ihren Augen ein doch schon hoffnungslos verlorener Mensch.

»Ja, aber was wollt ihr eigentlich!« fuhr Aljoscha in kläglichem Ton fort. »Und immer bist du so, Katja! Immer vermutest du in mir nur Schlechtes ... Von Iwan Petrowitsch rede ich schon gar nicht! Ihr glaubt, daß ich Natascha nicht liebe. Ich habe doch nicht in dieser Hinsicht von ihr gesagt, sie sei eine Egoistin. Ich wollte nur sagen, daß sie mich schon gar zu sehr liebt, so daß es schon das Maß übersteigt, und dadurch sowohl für mich wie für sie das Leben schwer macht. Mein Vater aber wird mich nie betrügen können, selbst wenn er es wollte. Ich bin nicht so dumm. Und er hat auch das, daß sie eine Egoistin sei, durchaus nicht im schlechten Sinne gesagt; ich habe ihn sehr gut verstanden. Er sagte es genau so, wie ich es jetzt wiederholt habe: daß sie mich viel zu sehr liebe, mich dermaßen liebe, daß ihre Liebe einfach zum Egoismus wird und sie dadurch mir und sich das Leben schwer macht, und in Zukunft wird sie es mir noch schwerer machen. Nun, das ist doch vollkommen wahr, was er gesagt hat, und er hat es doch nur aus Liebe zu mir gesagt, und damit hat er doch von Natascha nichts Schlechtes gesagt; er hat, im Gegenteil, nur die Größe ihrer Liebe hervorgehoben, dieser Liebe ohne Maß, der Liebe bis zur Unmöglichkeit . . .«

Doch Katja ließ ihn nicht zu Ende reden und unterbrach ihn heftig. Sie machte ihm Vorwürfe und begann ihm auseinanderzusetzen, daß sein Vater nur deshalb Gutes von Natascha gesagt habe, um ihn, Aljoscha, durch diese hervorgekehrte Güte für sich zu gewinnen und ihn dann heimlich und unmerklich gegen Natascha einzunehmen, und sie so einander zu entfremden. Sie folgerte leidenschaftlich und klug, wie sehr Natascha ihn geliebt haben müsse, und wie keine Liebe das je verzeihen könne, was er ihr jetzt antue, und daß nicht sie, Natascha, sondern er selbst, Aljoscha, hier der Egoist sei. Aljoscha wurde immer trauriger und litt sichtlich sehr unter seiner Reue; ganz niedergeschlagen saß er neben uns, blickte zu Boden, entgegnete kein Wort mehr; er schien, nach seiner Leidensmiene zu urteilen, sich förmlich vernichtet zu fühlen. Aber Katja war unerbittlich. Ich beobachtete sie mit äußerstem Interesse, denn ich wollte diesem seltsamen Mädchen bis auf den Grund der Seele schauen. Sie war noch ein vollständiges Kind, nur ein seltsam überzeugtes Kind, mit festen, unbeirrbaren Instinkten und mit angeborener leidenschaftlicher Liebe zum Guten und zur Gerechtigkeit. Wenn man sie in der Tat noch ein Kind nennen konnte, so gehörte sie doch zu der Kategorie der nachdenkenden Kinder, die in unseren Familien bereits recht zahlreich sind. Man sah, daß sie schon viel nachdachte. Wie sollte es mich da nicht interessieren, in dieses nachdenkende Köpfchen hineinzuschauen und zu sehen, wie sich dort die kindlichen Ideen und Vorstellungen mit vollkommen ernst erlebten Eindrücken und Lebensbeobachtungen vermischten (denn Katja hatte bereits denkend gelebt), und sich gleichzeitig mit anderen, ihr noch ganz unbekannten Ideen verbanden, mit Ideen und Gedanken, die sie nicht selbst ausgebaut hatte, sondern die ihr, sagen wir: ganz abstrakt, in Büchern, aufgefallen waren. Und solcher gab es in ihr offenbar eine ganze Menge, doch wahrscheinlich hielt sie sie alle für ihr eigenes Erdachtes. Ich glaube, daß ich sie an diesem Abend und auch im Laufe unserer späteren Bekanntschaft sehr gut kennengelernt habe. Sie hatte ein erregbares und empfängliches Herz. In manchen Fällen schien sie es gleichsam zu verschmähen, sich zu beherrschen, indem sie die Wahrheit über alles stellte, dagegen jede Lebenszucht nur für vereinbartes Vorurteil hielt. Wie es schien, brüstete sie sich noch mit dieser ihrer Ansicht, was bei vielen temperamentvollen Menschen vorkommt, und das sogar noch in nicht mehr sehr jungen Jahren. Gerade das aber war es, was ihr einen gewissen besonderen Reiz verlieh. Sie liebte es sehr, nachzudenken und die Wahrheit zu ergründen, war aber dabei so wenig pedantisch und so voll von kindlichen Ausfällen, daß man schon auf den ersten Blick alle diese originellen Einfälle in ihr zu lieben und sich mit ihnen auszusöhnen begann. Mir fielen Ljówinka und Bórinka ein, und ich fand, daß das alles vollkommen in der Ordnung der Dinge lag. Und merkwürdig: ihr Gesicht, an dem ich auf den ersten Blick nichts besonders Schönes bemerkt hatte, wurde für mich noch an diesem Abend von Minute zu Minute immer schöner und anziehender. Dieses naive Doppelspiel eines Kindes und denkenden Weibes zugleich; dieser kindliche und im höchsten Grade aufrichtige Durst nach

Wahrheit und Gerechtigkeit wie der unerschütterliche Glaube an die Richtigkeit des eigenen Strebens, all das erleuchtete ihr Gesicht gleichsam von innen her mit einem eigentümlich schönen Licht der Aufrichtigkeit und verlieh ihm eine seltsam höhere, geistige Schönheit; man begann zu begreifen, daß die ganze Bedeutung dieser Schönheit, die sich nicht sofort und restlos jedem gewöhnlichen, gleichgültigen Blick erschließt, nicht so bald auszuschöpfen ist. Und ich begriff, daß Aljoscha sich leidenschaftlich zu ihr hingezogen fühlen mußte. Wenn er auch nicht selbst denken und urteilen konnte, so liebte er doch gerade die, die für ihn dachten und sogar für ihn wollten, – Katja aber hatte schon ganz die Vormundschaft für ihn übernommen. Sein Herz war edel und widerstandslos; es ergab sich sofort allem, was ehrenhaft und schön war. Katja aber hatte ihm mit der ganzen Unbefangenheit und Ehrlichkeit des Kindes und der Sympathie für ihn schon viele Einblicke in ihr Wesen gewährt. Er hatte keine Spur von eigenem Willen; sie aber hatte sehr viel beharrliche, starke und feurig einsatzbereite Willenskraft. Aljoscha konnte sich nur an den anschließen, der ihn zu beherrschen und sogar ihm zu befehlen vermochte. Das war es ja zum Teil, womit auch Natascha ihn in der ersten Zeit ihrer Verbindung an sich gefesselt hatte; aber Katja hatte in der Beziehung einen großen Vorzug voraus: eben das, daß sie selbst noch ein Kind war und wahrscheinlich noch lange Kind bleiben würde. Diese ihre Kindlichkeit, ihr klarer Verstand, und doch zugleich ein gewisser Mangel an Einsicht machte sie irgendwie Aljoscha vertrauter. Er fühlte das wohl, und deshalb zog ihn Katja immer stärker und stärker an sich. Ich bin überzeugt, daß, wenn sie unter sich waren und miteinander sprachen, dann nicht nur von Katjas ernsten »Propagandagesprächen« die Rede war, sondern mitunter vielleicht auch von Spielsachen. Und obschon Katja ihn wahrscheinlich sehr oft schalt, ihn schon ganz in der Hand hatte, so fühlte er sich bei ihr offensichtlich doch freier oder leichter als bei Natascha. Sie paßten besser zueinander; das war die Hauptsache.

»Schon gut, Katja, schon gut, hör auf; es kommt doch immer so heraus, daß du recht hast und nicht ich. Das kommt daher, weil deine Seele reiner ist als meine«, sagte Aljoscha, der aufstand und ihr zum Abschied die Hand hinhielt. »Ich fahre jetzt gleich zu ihr, und zu Ljowinka gehe ich heute nicht mehr ...«

»Du hast dort auch nichts zu suchen, bei Ljowinka; daß du aber jetzt gehorchst und zu ihr fährst, das ist sehr lieb von dir.«

»Du aber bist tausendmal mehr lieb als alle anderen«, sagte Aljoscha traurig. »Iwan Petrowitsch, ich muß Ihnen noch ein paar Worte sagen.«

Wir traten zur Seite.

»Ich habe mich heute schmählich benommen«, flüsterte er mir zu, »ich habe gemein gehandelt, habe mich an allen versündigt, am meisten aber an Natascha und ihr. Heute nach dem Mittagessen hat mich der Vater mit Alexandrine (einer Französin) bekannt gemacht, einer bezaubernden Frau! Ich ... habe mich hinreißen lassen und ... ach, wozu der Worte, ich bin es einfach nicht wert, mit ihnen zusammenzusein ... Leben Sie wohl, Iwan Petrowitsch!«

»Er ist gut, er ist edel«, begann Katja sogleich eilig zu versichern, kaum daß ich mich wieder zu ihr gesetzt hatte, »aber über ihn werden wir nachher noch viel sprechen; jetzt aber zuerst eine Frage: für was halten Sie den Fürsten?«

»Für einen sehr schlechten Menschen.«

»Ich auch. Also stimmen wir darin überein, das wird uns vieles erleichtern. Jetzt lassen Sie uns zuerst über Natalja Nikolajewna reden ... Wissen Sie, Iwan Petrowitsch, ich saß hier wie im Dunkeln und erwartete Sie wie das Sonnenlicht. Sie müssen mir das alles erklären; denn gerade die Hauptsache ist mir völlig unklar, ich tappe da nur so im Dunklen herum und habe keine weiteren Anhaltspunkte als das, was Aljoscha mir gelegentlich erzählt. Sonst aber habe ich hier doch keine Menschenseele, von der ich etwas erfahren könnte. Sagen Sie also, erstens (das ist die Hauptsache) – was meinen Sie: werden Aljoscha und Natascha glücklich miteinander sein oder nicht? Das muß ich ganz zuerst wissen, um mich endgültig entscheiden zu können, um dann schon selbst zu wissen, was ich zu tun habe.«

»Wie kann man so etwas mit Bestimmtheit vorher wissen? . . .«

»Ach nein, so meinte ich es ja gar nicht, das kann natürlich kein Mensch«, unterbrach sie mich rasch; »ich will nur wissen, was Sie meinen, – denn ich weiß, Sie sind ein sehr kluger Mensch.«

»Mir scheint, daß sie nicht glücklich sein werden.«

»Weshalb nicht?«

»Sie sind allzu ungleich.«

»Das habe ich mir auch gedacht!«

Und sie faltete die Händchen wie in tiefer Trauer.

»Erzählen Sie, bitte, ausführlicher. Hören Sie: ich möchte furchtbar gern Natascha sehen. Ich muß vieles mit ihr besprechen, und ich glaube, wir werden dann für alles auch die richtige Lösung finden. Jetzt versuche ich immer, sie mir in der Phantasie vorzustellen: sie muß furchtbar klug sein, ernst, wahrheitsliebend und sehr schön. Nicht?«

»Ja, so ist sie.«

»Ich war überzeugt davon. Nun, aber wenn sie so ist, wie hat sie sich dann in Aljoscha, diesen Knaben, verlieben können? Erklären Sie mir das. Ich muß darüber oft nachdenken.«

»Das läßt sich nicht erklären, Katerina Fjodorowna. Es ist schwer, sich vorzustellen, wie und weshalb man sich verliebt. Ja, er ist ein Kind. Aber wissen Sie denn nicht, wie man gerade ein Kind bisweilen liebgewinnen kann?« (Mein Herz wurde weich, während ich sie so vor mir und in ihre Kinderaugen sah, die mich unverwandt mit tiefer, ernster und ungeduldiger Aufmerksamkeit anblickten.) »Und je mehr Natascha selbst nicht einem Kind gleicht«, fuhr ich fort, »je ernster sie selbst ist, um so eher konnte sie ihn liebgewinnen. Er wird nie lügen, er ist von Herzen aufrichtig, und überhaupt ist alles an ihm – herzlich. Er ist unglaublich naiv, bisweilen hat aber auch seine Naivität etwas Graziöses. Vielleicht hat sie ihn – wie soll man das ausdrücken? ... aus einem gewissen Mitleid liebgewonnen. Das pflegt bei großmütigen Menschen mitunter vorzukommen ... Übrigens fühle ich, daß ich Ihnen nichts erklären kann; dafür aber möchte ich nun Sie etwas fragen: Sie lieben ihn doch?«

Ich sprach die Frage ohne Scheu aus, denn ich fühlte, daß ich weder durch ihre Plötzlichkeit, noch durch sonst etwas die kindliche Reinheit ihrer Seele trüben konnte.

»Bei Gott, ich weiß es noch nicht«, antwortete sie leise, und ihr klarer Blick sah mir dabei offen in die Augen; »aber ich glaube, daß ich ihn sehr liebe ...«

»Nun, sehen Sie. Und können Sie es erklären, weshalb Sie ihn lieben?«

»Es ist nichts Gelogenes an ihm«, antwortete sie nach einigem Nachdenken. »Und wenn er mir so gerade in die Augen sieht und dabei etwas zu mir spricht, so gefällt mir das sehr ... Hören Sie, Iwan Petrowitsch, da spreche ich jetzt mit Ihnen davon, und ich bin doch ein Mädchen und Sie sind ein Mann; ist das nun gut gehandelt oder schlecht?«

»Was sollte denn hierbei schlecht sein?«

»Das ist es ja. Selbstverständlich: was sollte hierbei denn schlecht sein? Nun, die dort aber« – sie wies mit dem Blick auf die Gruppe am Teetisch –, »würden sicherlich sagen, daß es nicht gut sei. Haben die recht oder haben wir recht?«

»Nein! Sie fühlen doch in Ihrem Herzen, daß Sie nichts Schlechtes tun, folglich ...«

»So mache ich es auch immer«, unterbrach sie mich wieder eilig; offenbar wollte sie an diesem Abend noch über sehr vieles mit mir reden. »Sobald ich es einmal nicht weiß, frage ich gleich mein Herz, und wenn es ruhig ist, dann bin auch ich ruhig. Und so muß man es auch immer machen. Und mit Ihnen spreche ich deshalb so aufrichtig, als spräche ich mit mir selbst, weil Sie erstens ein prächtiger Mensch sind, und weil ich Ihre ganze frühere Geschichte mit Natascha, bevor sie Aljoscha liebgewann, kenne, und ich habe geweint, als ich sie hörte.«

»Wer hat sie Ihnen denn erzählt?«

»Aljoscha natürlich, und er hatte selbst Tränen in den Augen, als er sie mir erzählte. Das war sehr gut von ihm, und das hat mir auch sehr gefallen. Ich glaube, er liebt Sie mehr als Sie ihn, Iwan Petrowitsch. Sehen Sie, gerade diese Züge sind es, die mir an ihm gefallen. Nun, und dann zweitens rede ich deshalb so offen mit Ihnen, weil sie ein sehr kluger Mensch sind und mir in vielen Dingen raten und mich belehren können.«

»Woher wissen Sie, ob ich so klug bin, daß ich Sie belehren könnte?«

»Ach, nun, wie soll ich das denn nicht wissen!«

Sie dachte nach.

»Ich habe ja nur so nebenbei davon zu sprechen begonnen; doch reden wir jetzt von der Hauptsache. Raten Sie mir, Iwan Petrowitsch! Sehen Sie, ich weiß doch, daß ich jetzt Nataschas Rivalin bin, was soll ich da nun tun? Deshalb frage ich Sie auch: werden sie glücklich miteinander sein? Daran denke ich Tag und Nacht. Nataschas Lage ist so furchtbar, so furchtbar! Er hat doch schon ganz aufgehört, sie zu lieben, und mich liebt er immer mehr. Nicht?«

»Es scheint so.«

»Und dabei betrügt er sie doch gar nicht. Er weiß es ja selbst nicht, daß er aufhört, sie zu lieben; sie aber wird es bestimmt wissen. Da kann man sich denken, wie sie sich quält!«

»Was wollen Sie denn tun, Katerina Fjodorowna?«

»Ich habe eine ganze Menge Pläne«, antwortete sie ganz ernsthaft, »aber ich komme mit ihnen nicht zurecht. Deshalb habe ich Sie auch so ungeduldig erwartet, damit Sie mir helfen. Sie kennen das alles viel besser als ich. Sie sind ja doch jetzt geradezu ein Gott für mich, von dem ich alles erwarte. Also hören Sie: Zuerst dachte ich so: wenn sie sich beide lieben, so müssen sie glücklich werden, und deshalb muß ich mich opfern und ihnen helfen. Nicht?«

»Ich weiß, daß Sie imstande wären, es zu tun.«

»Ja, anfangs; dann aber, als er öfter zu uns kam und mich immer mehr zu lieben begann, da wurde ich nachdenklich, und jetzt frage ich mich: Soll ich das Opfer bringen oder soll ich nicht? Das ist doch sehr schlecht von mir, nicht wahr?«

»Das ist schließlich nur natürlich«, antwortete ich, »anders wäre es kaum denkbar ... Sie sind jedenfalls nicht schuld daran.«

»Das glaube ich nicht. Sie sagen das nur deshalb, weil Sie sehr gut sind. Ich denke aber nun, daß mein Herz wohl nicht ganz rein ist. Wenn mein Herz rein wäre, würde ich wissen, was ich zu tun hätte. Aber lassen wir das! Später erfuhr ich mehr von diesen Verhältnissen, einiges durch den Fürsten, einiges durch maman, einiges auch durch Aljoscha; und ich erriet, daß sie doch nicht so ganz zueinander passen müssen, und das haben Sie nun auch bestätigt. Da bin ich jetzt noch unentschlossener. Was nun? Denn wenn sie beide unglücklich werden würden, so würde es doch auch für sie nur besser sein, wenn sie sich trennen? Deshalb will ich mir nun von Ihnen alles ganz genau erzählen lassen und dann – so habe ich beschlossen – selbst zu Natascha fahren und mit ihr dann alles endgültig beschließen.«

»Ja, aber wie, das ist die Frage.«

»Ich werde einfach zu ihr sagen: ‚Sie lieben ihn doch mehr als alles auf der Welt, deshalb müssen Sie auch in erster Linie sein Glück wünschen: folglich müssen Sie sich von ihm trennen.‘«

»Was meinen Sie, wird es ihr sehr angenehm sein, so etwas zu hören? Und wenn sie einwilligt – wird sie auch fähig sein, es auszuführen?«

»Das ist es ja gerade, worüber ich Tag und Nacht nachdenke und ... und ...«

Und plötzlich brach sie in Tränen aus.

»Sie glauben nicht, wie leid mir Natascha tut ...«, murmelte sie mit zuckenden Lippen.

Was sollte ich sagen? Ich schwieg und hatte selbst nicht übel Lust, wie sie zu weinen, nur so, einfach aus einem Gefühl heraus, einem Gefühl, das so wie Liebe war. ‚Welch ein liebes, liebes Kind sie ist!' dachte ich. Natürlich fragte ich sie nicht weiter, weshalb sie denn von sich glaubte, daß sie Aljoschas Glück ausmachen könne.

»Sie lieben doch Musik?« fragte sie, als sie sich ein wenig beherrscht hatte; sie war aber noch ganz nachdenklich gestimmt von den Tränen.

»Ja, gewiß«, antwortete ich etwas verwundert.

»Wenn wir Zeit hätten, würde ich Ihnen jetzt das Dritte Konzert von Beethoven vorspielen. Ich übe es gerade. Dort sind alle diese Gefühle ... ganz so wie ich sie jetzt empfinde. So scheint es mir wenigstens. Doch davon ein andermal, heute haben wir noch über Wichtigeres zu sprechen.«

Und so begannen denn unsere Beratungen, wie es anzustellen wäre, daß sie mit Natascha zusammenkäme. Sie sagte, daß sie nicht ohne Begleitung das Haus verlassen dürfe; ihre Stiefmutter sei zwar gut zu ihr und habe sie lieb, doch werde sie nie und nimmer erlauben, daß sie, Katja, Natalja Nikolajewnas Bekanntschaft mache. Daher habe sie sich zu einer List entschlossen. An manchen Vormittagen mache sie, wenn das Wetter schön sei, eine Spazierfahrt, doch fahre sie nie allein aus, sondern stets mit der Gräfin. Wenn diese aber aus irgendeinem Grunde nicht mitfahren könne, werde sie von der Französin begleitet, die im Augenblick krank war. Das käme aber eigentlich nur dann vor, wenn die Gräfin Kopfweh habe, folglich müsse man warten, bis dieses Kopfweh sich wieder einstellte. Inzwischen aber müsse die Französin – ein altes Fräulein, so etwas wie eine Gesellschafterin – »gewonnen« werden, was gewiß nicht schwer fallen könne, denn sie sei sehr gut. Das Ergebnis war also, daß es ganz unmöglich sei, im voraus zu bestimmen, wann sie Natascha ihren Besuch machen könnte.

»Sie werden Ihren Schritt nicht bereuen«, sagte ich. »Sie möchte selbst Sie sehr gern kennenlernen, und das ist auch nötig, und wäre es auch nur, damit sie weiß, wem sie Aljoscha übergibt. Im übrigen aber sollten Sie sich das alles nicht gar so sehr zu Herzen nehmen. Die Zeit wird auch ohne Ihre Sorgen alles entscheiden. Sie werden doch aufs Land fahren?«

»Ja, bald, vielleicht schon in einem Monat«, sagte sie. »Ich weiß, daß der Fürst darauf besteht.«

»Was meinen Sie, wird Aljoscha mit Ihnen dorthin fahren?«

»Das ist es, woran ich soeben dachte!« sagte sie und sah mich unverwandt an. »Er wird doch wohl!«

»Zweifellos.«

»Mein Gott ... ich weiß nicht, was daraus noch werden soll! Hören Sie, Iwan Petrowitsch, ich werde Ihnen über alles schreiben, ich werde Ihnen sehr oft schreiben und sehr viel. Da bin ich nun schon zu Ihrem Plagegeist geworden! Werden Sie uns jetzt oft besuchen?«

»Ich weiß es nicht, Katerina Fjodorowna, das wird von den Umständen abhängen. Vielleicht werde ich hier überhaupt nicht wieder erscheinen.«

»Weshalb denn nicht?«

»Das wird eben von verschiedenen Fragen abhängen, doch hauptsächlich – von meinem Verhältnis zum Fürsten.«

»Er ist ein unehrlicher Mensch«, sagte sie überzeugt. »Aber wissen Sie, Iwan Petrowitsch, wie wäre es, wenn ich Sie einmal besuchen würde? Wenn ich an einem Vormittag meine Spazierfahrt mache? Wäre das gut oder wäre das nicht gut?«

»Wie fänden Sie es?«

»Ich denke, daß es gut wäre. So, ganz einfach ... ich würde Sie eben einmal besuchen ...«, fügte sie lächelnd hinzu. »Ich sage das ja nur deshalb, weil ich Sie nicht nur sehr achte, sondern auch sehr gern habe ... Und von Ihnen kann man vieles lernen. Und ich habe Sie doch gern ... Aber ich brauche mich deshalb doch nicht zu schämen, weil ich so mit Ihnen spreche? ...«

»Weshalb sollten Sie sich schämen? Auch Sie sind mir schon so lieb und teuer, als hätte ich in Ihnen eine Blutsverwandte gefunden.«

»Dann wollen Sie wohl mein Freund sein?«

»Oh, von Herzen gern!« sagte ich.

»Nun, die dort aber würden sagen, daß ich mich schämen müsse und daß ein junges Mädchen so nicht reden dürfe«, bemerkte sie wieder mit einem auf die Gruppe am Teetisch weisenden Blick.

Ich muß hier bemerken, daß der Fürst uns, wie mir schien, absichtlich allein ließ, um uns die Möglichkeit zu geben, über Natascha und Aljoscha unter vier Augen nach Herzenslust zu sprechen.

»Ich weiß doch sehr gut, daß der Fürst es nur auf mein Geld abgesehen hat«, fuhr sie fort. »Sie halten mich noch für ein vollständiges Kind, und sagen es mir ja auch ganz offen. Ich aber denke anders. Ich bin kein Kind mehr. Seltsame Menschen sind es doch: sie sind ja noch selbst die richtigen Kinder; nun, weshalb plagen sie sich nur so?«

»Katerina Fjodorowna, ich vergaß Sie zu fragen: wer sind dieser Ljówinka und Bórinka, die Aljoscha so oft besucht?«

»Das sind entfernte Verwandte von mir. Es sind sehr kluge und anständige Jungen, aber sie sprechen nur so furchtbar viel ... Ich kenne sie ...«

Und sie lächelte vor sich hin.

»Ist es wahr, daß Sie ihnen eine Million schenken wollen?«

»Nun, da sehen Sie, zum Beispiel diese Million! Sie haben schon so viel davon gesprochen, daß es einem einfach unerträglich wird. Ich werde natürlich mit Freuden für alles Nützliche stiften, denn wozu hat man schließlich so viel Geld, nicht wahr? Aber es wird doch noch einige Zeit dauern, bis ich es werde tun können; sie aber tun so, als hätten sie bereits jetzt über das Geld zu verfügen, verteilen es, philosophieren, schreien, streiten über die beste Verwendung, ja, sie geraten sich sogar in die Haare deswegen, so daß ich mich wirklich nur wundern kann. Sie haben es doch gar zu eilig! Aber dann sind sie doch wieder so nette Jungen, so herzlich in allem und ... klug sind sie auch. Sie lernen. Das ist doch immerhin besser als so, wie manche andere leben. Nicht wahr?«

Und vieles sprachen wir noch. Sie erzählte mir fast ihr ganzes Leben und hörte mit brennendem Interesse zu, wenn ich erzählte. Doch immer wieder wollte sie noch Näheres über Natascha und Aljoscha hören. Es hatte schon zwölf geschlagen, als der Fürst zu mir trat und damit das Zeichen zum Aufbruch gab. Ich verabschiedete mich. Katja drückte mir fest die Hand und sah mich mit einem vielsagenden Blick an. Die Gräfin forderte mich auf, sie auch fernerhin zu besuchen. Ich verließ das Haus zusammen mit dem Fürsten.

Ich kann mich nicht enthalten, hier eines seltsamen und vielleicht ganz unpassenden Eindruckes, den ich unter anderem aus dem dreistündigen Gespräch mit Katja davontrug, Erwähnung zu tun: es war das die für mich selbst wunderliche, doch zugleich tiefe Überzeugung, daß sie noch so weit Kind war, daß sie das ganze Geheimnis der Beziehungen zwischen Mann und Weib noch gar nicht kannte. Das verlieh einzelnen ihrer Äußerungen sowie dem ganzen ernsten Ton, mit dem sie von vielen äußerst wichtigen Dingen sprach, eine außergewöhnliche Komik ...

X

Was meinen Sie!« sagte plötzlich der Fürst, als wir uns in den Wagen setzten. – »Wie wäre es, wenn wir jetzt zusammen zu Abend speisten?«

»Ich weiß es wirklich nicht, Fürst«, antwortete ich unschlüssig. »Ich pflege nie zu Abend zu speisen ...«

»Selbstverständlich würden wir bei der Gelegenheit auch reden können«, fügte er bedeutsam hinzu, indem er mir unverwandt und verschmitzt gerade in die Augen sah.

Wie sollte ich das mißverstehen! ‚Er will sich aussprechen', dachte ich, ‚und das ist es ja gerade, worauf ich warte.'

Ich willigte ein.

»Also abgemacht! – Nach der Großen Morskájastraße zu B . . .«, rief er dem Kutscher zu.

»In ein Restaurant?« fragte ich ein wenig bestürzt.

»Ja. Wieso? Ich speise doch abends nur selten zu Hause. Erlauben Sie mir denn nicht, Sie einzuladen?«

»Aber ich sagte Ihnen doch, daß ich nie zu Abend zu speisen pflege.«

»Nun, dieses eine Mal! Zudem habe ich Sie doch gebeten, mein Gast zu sein . . .«

Das hieß: ‚Ich werde doch für dich bezahlen.' Ich bin überzeugt, daß er das mit Absicht hinzufügte. Ich widersprach nicht weiter, beschloß aber, im Restaurant für mich selbst zu zahlen. Der Fürst verlangte ein besonderes Zimmer und wählte mit Kennermiene zwei, drei Gänge. Das war alles sehr teuer, ebenso auch der feine Tischwein, den er dazu bestimmte, und daher nichts für meine Tasche. Ich warf einen Blick auf die Karte und bestellte für mich ein halbes Haselhuhn und ein Glas Lafitte.

»Wie, Sie wollen nicht mit mir speisen?« fragte der Fürst ganz aufgebracht. »Aber das . . . das ist ja geradezu lächerlich! Pardon, mon ami, aber das ist doch wirklich . . . übertriebene Pedanterie. Sie können doch in Ihrer Eigenliebe nicht so kleinlich sein. Das ist ja förmlich, als wollten Sie auf den Standesunterschied pochen, – ich wette, daß das im geheimen Ihre Absicht ist! Ich versichere Sie, Sie kränken mich einfach!«

Ich bestand aber auf meinem Willen.

»Übrigens, wie Sie wollen. Ich zwinge Sie nicht . . . Sagen Sie, Iwan Petrowitsch, darf ich zu Ihnen einmal vollkommen freundschaftlich reden?«

»Ich bitte Sie darum.«

»Nun, dann sage ich Ihnen, daß Sie sich, meiner Meinung nach, durch solche Kleinlichkeit nur schaden. Und dasselbe tun auch alle Ihre Kollegen. Sie sind Schriftsteller, Sie müssen die Welt kennenlernen; statt dessen ziehen Sie sich zurück und wollen sich von allem fernhalten. Ich rede jetzt nicht von Haselhühnern, aber Sie sind ja doch fähig, auf jede Beziehung zu unseren Kreisen zu verzichten, das aber schadet Ihnen doch sicher. Ganz abgesehen davon, daß Sie dabei viel verlieren, – nun, zum Beispiel, was Ihre Karriere betrifft – ganz abgesehen davon, sage ich, müßten Sie doch in erster Linie das kennenlernen, was Sie schildern. In solchen Novellen kann doch alles vorkommen: Grafen, Fürsten, Boudoirs ... Aber was sage ich da! Bei den Schriftstellern von heute dreht es sich jetzt um nichts anderes mehr als um Armut, verlorene Mäntel, Revisoren, verrückte Offiziere, Beamte, alte Zeiten und Sektierersitten, ich weiß, ich weiß.«

»Aber Sie irren sich, Fürst. Wenn ich mich nicht in den sogenannten höheren Kreisen bewege, so tue ich das nur deshalb nicht, weil es dort, erstens, langweilig ist, und zweitens, weil es dort nichts zu finden gibt. Aber schließlich bin ich auch hin und wieder ...«

»Ich weiß, beim Fürsten R., einmal im Jahr. Dort bin ich Ihnen ja mal begegnet. Aber die übrige Zeit des Jahres verknöchern Sie wie Ihre Kollegen in demokratischem Stolz und verwelken irgendwo in Ihren Dachstuben. Freilich tun das nicht gerade alle. Es gibt unter ihnen auch Liebhaber von solchen Abenteuern, daß selbst mir übel davor wird ...«

»Ich möchte Sie bitten, Fürst, dieses Thema fallen zu lassen und unsere Dachstuben nicht weiter zu berühren.«

»Ach, mein Gott, da sind Sie schon gekränkt! Übrigens haben Sie mir doch erlaubt, vollkommen freundschaftlich mit Ihnen zu reden. Allerdings, je vous demande pardon, habe ich ja Ihre Freundschaft noch mit nichts verdient. Der Wein ist nicht schlecht. Versuchen Sie ihn.«

Er schenkte mir ein halbes Glas ein, aus seiner Flasche.

»Nun, sehen Sie, mein lieber Iwan Petrowitsch, ich begreife ja sehr wohl, daß es unfein ist, seine Freundschaft einem anderen aufzudrängen. Wir sind ja doch nicht alle plump und unverschämt im Umgang mit Ihresgleichen, wie Sie sich das von uns vorstellen. Nun, ich begreife auch sehr gut, daß Sie nicht aus Sympathie zu mir hier sitzen, sondern weil ich versprochen habe, mit Ihnen zu reden. So ist es doch?«

Er begann zu lachen.

»Da Sie aber die Interessen einer gewissen Person im Auge haben, so sind Sie natürlich sehr gespannt darauf, was ich sagen werde. Ist es nicht so?« fragte er mit boshaftem Lächeln.

»Sie irren sich nicht«, unterbrach ich ihn ungeduldig. Ich sah, daß er einer von jenen war, die, wenn sie einen Menschen nur ein wenig in ihrer Macht wissen, ihn dies sogleich fühlen lassen möchten. Und ich war in seiner Macht; ich konnte nicht weggehen, ohne alles angehört zu haben, was er zu sagen beabsichtigte, und das wußte er sehr gut. Sein Ton hatte sich schnell geändert und war unverschämt familiär und spöttisch geworden. »Sie haben es erraten, Fürst: ich bin einzig zu diesem Zweck hergekommen; andernfalls würde ich wahrscheinlich nicht . . . so spät hier noch sitzen.«

Ich hatte sagen wollen: »andernfalls würde ich wahrscheinlich nicht in Ihrer Gesellschaft bleiben«, sprach es aber nicht aus und beendete den Satz anders, nicht aus Furcht vor ihm, sondern aus meiner verwünschten Schwäche in Fragen des Zartgefühls. In der Tat, wie soll man einem Menschen eine Grobheit direkt ins Gesicht sagen, obschon er es verdiente, und obwohl ich ihm gerade eine Grobheit hatte sagen wollen? Ich glaube, der Fürst hatte das alles aus meinen Augen abgelesen und sah mich während meiner ganzen Antwort spöttisch an, als weide er sich an meinem Kleinmut und als wolle er mich mit seinem Blick aufstacheln: ‚Nun was, hast es doch nicht fertiggebracht, hast dich doch lieber darum herumgedrückt, ja, ja, Freundchen!' Sicherlich waren das seine Gedanken, denn als ich meinen Satz beendet hatte, lachte er auf und klopfte mir mit einem gewissen protegierenden Wohlwollen aufs Knie.

‚Du erheiterst mich, Freundchen', las ich in seinem Blick.

‚Warte nur!' dachte ich bei mir.

»Ich bin heute sehr vergnügt!« rief er lachend aus, »und wirklich, ich weiß eigentlich gar nicht weshalb. Ja, ja, mein Freund, ja! Gerade über diese Person wollte ich mit Ihnen reden. Man muß sich doch einmal aussprechen, und man muß doch auch zu einem Resultat kommen. Deshalb hoffe ich, daß Sie mich diesmal vollkommen verstehen werden. Vorhin begann ich von jenem Gelde zu sprechen und von der alten Schlafmütze von Vater, dem sechzigjährigen Säugling ... Na, es lohnt sich nicht, darüber noch Worte zu verlieren. Ich begann doch davon nur so! Hahaha! Sie sind doch Dichter, Sie hätten das doch merken müssen ...«

Verwundert sah ich ihn an. Ich fragte mich, ob er schon betrunken sein könne?

»Nun, was aber dieses Mädchen betrifft, so muß ich sagen, daß ich sie achte, sogar liebe – versichere Sie! Sie ist zwar ein bißchen eigensinnig, aber schließlich: „Keine Rose ohne Dornen", wie man vor fünfzig Jahren zu sagen pflegte, und das Wörtchen ist sogar sehr treffend: Dornen stechen; aber das ist ja gerade das Verlockende, und wenn mein Alexei auch ein Dummkopf ist, so habe ich ihm zum Teil doch schon verziehen, wegen seines guten Geschmacks. Kürzer gesagt: mir gefallen diese jungen Mädchen, und ich habe« (er preßte die Lippen zusammen) »sogar besondere Absichten ... Nun, davon später ...«

»Fürst! Hören Sie, Fürst!« rief ich aus, »ich verstehe Sie nicht, aber ... sprechen Sie von anderem, ich bitte Sie.«

»Sie regen sich schon wieder auf! Nun, gut ... ich werde das Thema wechseln. Nur – sehen Sie, was ich Sie fragen will, mein guter Freund: achten Sie sie sehr?«

»Selbstverständlich!« antwortete ich mit unhöflicher Gereiztheit und Ungeduld.

»Nun, nun ... und Sie lieben sie?« fuhr er fort, mit widerlichem Grinsen die Augen zusammenkneifend.

»Sie vergessen sich!« fuhr ich ihn an.

»Nun, schon gut, schon gut! Beruhigen Sie sich nur! Ich bin heute bei erstaunlich guter Laune, das muß ich sagen! Ich bin so heiter gestimmt wie seit langer Zeit nicht mehr. Sollten wir nicht Champagner trinken? Was meinen Sie, mein Dichter?«

»Ich werde nicht mittrinken, ich will nicht!«

»Nichts da! Sie müssen mir heute unbedingt Gesellschaft leisten. Ich fühle mich wundervoll und da ich jetzt von einer Güte bin, die fast an Sentimentalität grenzt, kann ich nicht allein glücklich sein. Wer weiß, vielleicht bringen wir es noch so weit, daß wir Brüderschaft trinken, hahaha! und „Du" zueinander sagen! Nein, mein junger Freund, Sie kennen mich noch nicht! Ich bin überzeugt, daß Sie mich liebgewinnen werden. Ich will, daß Sie heute Leid und Freud mit mir teilen, Heiterkeit und Tränen, obschon ich hoffe, daß wenigstens *ich* nicht weinen werde. Nun, wie steht es, Iwan Petrowitsch? So bedenken Sie doch nur, daß, wenn nicht das geschieht, was ich will, meine ganze Inspiration vergehen, verschwinden, sich verflüchtigen kann und Sie dann nichts mehr hören werden. Nun, Sie aber sind doch einzig zu dem Zweck hier, um etwas zu hören. Hab' ich nicht recht?« fragte er wieder mit einem frechen Zuzwinkern. »Deshalb wählen Sie also.«

Die Drohung war nicht mißzuverstehen. Ich willigte ein. ‚Will er mich etwa betrunken machen?' fragte ich mich. Übrigens dürfte es angebracht sein, hier eines Gerüchts, das schon früher auch mir zu Ohren gekommen war, Erwähnung zu tun. Man erzählte vom Fürsten, daß er – der sich doch in der Gesellschaft stets so tadellos und geschmackvoll benahm – mitunter nachts es wie der letzte Wüstling zu treiben liebte, sich toll und voll soff und sich dann heimlich der Ausschweifung hingab, ganz heimlich und gemein ... Ich hatte Scheußliches von ihm erzählen hören. Es hieß,

Aljoscha wisse es, daß sein Vater sich bisweilen betrank, suchte es aber vor allen zu verbergen, namentlich vor Natascha. Einmal verriet er sich unbedachterweise im Gespräch mit mir, brach aber sofort ab und überging die Antwort auf meine diesbezügliche Frage. Von diesem Gerücht jedoch hatte ich von anderen gehört und es anfangs für leeres Geschwätz gehalten; jetzt wartete ich ab, was weiter geschehen werde.

Man brachte den Champagner; der Fürst schenkte ein, für sich und für mich.

»Ein reizendes, sehr reizendes Mädel! – wenn sie mich auch ausgescholten hat!« fuhr er fort, mit Hochgenuß den Wein schlürfend. »Aber gerade in solchen Momenten sind ja diese reizenden Geschöpfe am reizendsten ... Und sie glaubte doch sicherlich, daß sie mich beschämt habe – Sie wissen doch: an jenem Abend? –, daß ich einfach zerschmettert sei! Hahaha! Und wie ihr das Erröten steht! Sind Sie Frauenkenner? Es gibt blasse Gesichter, denen ein plötzliches Erröten wundervoll steht, – ist Ihnen das nicht aufgefallen? Ach, mein Gott! Sie ärgern sich wohl schon wieder?«

»Ja, ich ärgere mich!« sagte ich, ohne mich noch zu beherrschen. »Ich wünsche nicht, daß Sie jetzt von Natalja Nikolajewna sprechen ... das heißt, in einem solchen Ton. Das ... das erlaube ich Ihnen nicht!«

»Oho! Nun, wie Sie wünschen; ich werde Ihnen das Vergnügen bereiten und auf anderes übergehen. Ich bin ja doch nachgiebig und weich wie Teig. Reden wir also von Ihnen. Ich liebe Sie, Iwan Petrowitsch. Wenn Sie wüßten, welch freundschaftliches, aufrichtiges Interesse ich für Ihr Schicksal empfinde ...«

»Fürst, wäre es nicht besser, wir kämen zur Sache?« unterbrach ich ihn.

»Das heißt, zu *unserer* Sache, wollen Sie sagen. Ich verstehe Sie auch ohne Worte, mon ami, nur ahnen Sie gar nicht, wie nah wir die Sache berühren, wenn wir jetzt auf *Sie* zu sprechen kommen und wenn Sie mich, was ich hoffe, nicht wieder unterbrechen werden. Also ich fahre fort: ich wollte Ihnen nämlich sagen, mein unschätzbarer Iwan Petrowitsch, daß so leben, wie Sie leben, einfach ein Sichzugrunderichten ist. Erlauben Sie mir einmal, dieses delikate Gebiet zu berühren; ich tu's ja nur aus Freundschaft. Sie sind arm, Sie müssen sich von Ihrem Verleger einen Vorschuß zahlen lassen, um Ihre kleinen Schulden bezahlen zu können, und für das übrige leben Sie ein halbes Jahr nur von Tee und zittern in Ihrer Dachkammer vor Kälte, in der Erwartung des Augenblicks, wann endlich Ihr Roman erscheinen wird. Ist es nicht so?«

»Und wenn es auch so ist, so ist es doch ...«

»Doch ehrenwerter als stehlen, Bücklinge machen, Sporteln nehmen, intrigieren und so weiter, und so weiter. Ich weiß, ich weiß, was Sie sagen wollen, das ist ja alles schon längst gedruckt!«

»Folglich dürfte es auch überflüssig sein, von meinen Angelegenheiten zu reden. Muß ich Sie wirklich noch Takt lehren, Fürst?«

»Oh, selbstverständlich nicht Sie. Nur, was ist da zu machen, wenn gerade diese zarte Saite bei der Hauptsache eine große Rolle spielt. Man kann sie doch nicht totschweigen. Doch übrigens, wie Sie wollen, lassen wir die Dachkammern in Ruh. Ich habe auch nichts für sie übrig, abgesehen von gewissen Fällen ...« (Er lachte widerlich) »Mich wundert ja nur eines: was für ein Vergnügen finden Sie daran, die Rolle der zweiten Person zu spielen? A propos, einer Ihrer Kollegen sagt ja wohl irgendwo in einem Werk, soweit ich mich erinnere, daß es vielleicht die größte Tat sei, wenn ein Mensch es verstehe, sich im Leben auf die Rolle einer zweiten Person zu beschränken ... Oder so ähnlich. Ich habe auch einmal ein Gespräch darüber gehört ... Ich weiß doch, daß Aljoscha Ihnen die Braut abspenstig gemacht hat, Sie aber wissen, gleich einem idealen Schiller, nichts Besseres zu tun, als sich für sie noch aufzuopfern, sie womöglich zu bedienen oder sich von ihnen gar als Laufbursche benutzen zu lassen ... Sie müssen mir schon verzeihen, mein Lieber, aber das ist doch nur eine gewisse ekelhafte Schauspielerei mit großmütigen Gefühlen ... Daß Ihnen das noch nicht langweilig geworden ist, begreife ich nicht! Man müßte sich doch eigentlich schämen. Ich würde mich an Ihrer Stelle, glaube ich, totärgern, aber vor allem würde ich mich doch schämen, schämen!«

»Fürst! Es scheint, daß Sie mich nur zu dem Zweck hergeführt haben, um mich zu beleidigen!« rief ich außer mir vor Wut.

»O nein, mein Freund, nein, ich bin im Augenblick ganz einfach nur ein Sachverständiger, der Ihr Bestes wünscht. Mit einem Wort: ich will die ganze Geschichte einmal in Ordnung bringen und damit erledigen. Doch vorläufig reden wir noch nicht von der ‚ganzen Geschichte', sondern hören Sie mich zuerst bis zu Ende an, und bemühen Sie sich, sich nicht aufzuregen, wenn auch nur für die Dauer von zwei Minuten. – Nun, also, was meinen Sie, sollten Sie nicht heiraten? Sie sehen, ich rede jetzt von ganz Nebensächlichem. Weshalb sehen Sie mich denn so erstaunt an?«

»Ich warte, bis Sie alles ausgesprochen haben«, antwortete ich. Ich sah ihn in der Tat verwundert an.

»Oh, da ist nichts weiter auszusprechen. Ich wollte nur wissen, was Sie dazu sagen würden, wenn Ihnen jemand von Ihren Freunden, der Ihnen ein dauerhaftes, wahres Glück wünscht – nicht irgend so ein ephemeres, – ein junges, nettes Mädchen anböte, das aber ... bereits einiges durchgemacht hat. Ich rede ganz allegorisch, doch Sie verstehen mich hoffentlich, – nun, so à la Natalja Nikolajewna, selbstverständlich mit einer anständigen Entschädigung ... (Vergessen Sie nicht, daß ich von einer Nebensache, nicht von unserer Sache rede.) Nun also: was würden Sie dazu sagen?«

»Ich würde Ihnen sagen, daß Sie ... verrückt geworden sind.«

»Hahaha! Bah! Sie scheinen ja Lust zu haben, tätlich zu werden?«

Es fehlte allerdings nicht viel und ich hätte mich auf ihn gestürzt. Ich konnte mich kaum noch zurückhalten! Ich hatte das Empfinden, einem Geschmeiß, einer riesigen, ekelhaften Spinne gegenüber zu sitzen, und ich brannte vor Verlangen, das scheußliche Tier platt zu schlagen, zu zertrampeln. Er ergötzte sich an seinem Spott, den er mit mir trieb, er spielte mit mir, wie die Katze mit der Maus, denn er glaubte, mich ganz in seiner Gewalt zu haben. Es schien mir (und ich konnte das verstehen), daß er an seiner Schamlosigkeit ein gewisses Vergnügen fand, ja, vielleicht empfand er sogar eine gewisse Wollust bei dieser Gemeinheit, diesem Zynismus, mit dem er sich vor mir endlich seine Maske vom Gesicht riß. Er wollte sich an meiner Verwunderung, an meinem Schreck und Abscheu ergötzen. Er verachtete mich aufrichtig und machte sich über mich lustig.

Ich hatte schon von Anfang an gespürt, daß er alles dies mit Absicht tat und einen bestimmten Zweck verfolgte; ich befand mich aber in einer solchen Lage, daß ich ihn unter allen Umständen zu Ende anhören mußte. Ich mußte es im Interesse Nataschas; ich mußte mich auf alles gefaßt machen und mußte alles ertragen, denn es war möglich, daß jetzt die Stunde gekommen war, in der sich ihr Schicksal entschied. Wie aber hätte man diese zynischen, gemeinen Ausfälle auf ihre Rechnung kaltblütig anhören können? Und er begriff überdies nur zu gut, daß ich gezwungen war, ihn anzuhören, was natürlich noch die Kränkung vergrößerte. ‚Übrigens bin auch ich ihm unentbehrlich', dachte ich bei mir und begann ihm schroff und verächtlich zu antworten. Er begriff sofort.

»Hören Sie, mein junger Freund«, begann er plötzlich, mich ernst anschauend, »so können wir nicht fortfahren, deshalb ist es besser, wir verständigen uns sogleich. Ich, sehen Sie mal, ich hatte die Absicht, Ihnen einiges zu sagen; da müssen Sie aber schon so liebenswürdig sein und einwilligen mich anzuhören, gleichviel was ich Ihnen auch erzählen oder sagen sollte. Ich wünsche so zu sprechen, wie ich will und wie es mir gefällt, und genau genommen ist es so auch ganz in der Ordnung. Nun, also, wie steht es, mein junger Freund, werden Sie Geduld haben?«

Ich bezwang mich und schwieg, obschon er mich plötzlich mit so beißendem Spott ansah, als wolle er mich absichtlich zu einer schroffen Weigerung herausfordern. Aber er begriff schon, daß ich einwilligte, alles anzuhören, und so fuhr er denn fort:

»Ärgern Sie sich nicht über mich, mein Freund! Worüber sind Sie denn aufgebracht? Einzig über eine äußere Form, nicht wahr? Sie haben doch von mir im Grunde nichts anderes erwartet, gleichviel wie ich mit Ihnen spräche: ob mit parfümierter Höflichkeit oder so wie jetzt; folglich bliebe doch der Sinn immer ein und derselbe. Sie verachten mich, nicht wahr? Aber sehen Sie doch nur, wieviel von dieser lieben Einfachheit, Aufrichtigkeit und Bonhomie in mir ist. Ich gestehe Ihnen alles, sogar meine kindischen Launen. Ja, mon cher, ja, ein wenig mehr Bonhomie auch Ihrerseits und wir würden uns vorzüglich aussprechen, würden in allen Punkten einig werden und uns zu guter Letzt gegenseitig vollkommen verstehen. Über mich aber wundern Sie sich nicht: ich habe diese ganze Unschuld, Aljoschas Hirtenlieder und Schäferspiele, dieses ganze Schillerianertum und alle diese Ideale in diesem verwünschten Verhältnis mit dieser Natascha – übrigens an sich ein sehr nettes Mädchen – wie gesagt, alles dies habe ich jetzt so satt, daß ich mich sozusagen ganz unwillkürlich der Gelegenheit freue, mich darüber einmal lustig machen zu können. Nun, und da haben wir denn jetzt die Gelegenheit dazu. Hinzu kommt, daß ich ja sowieso einmal mein Herz Ihnen ausschütten oder meine Seele vor Ihnen ausbreiten wollte. Hahaha!«

»Sie setzen mich in Erstaunen, Fürst, und ich erkenne Sie nicht wieder. Sie verfallen in den Ton eines Hanswurst; diese überraschenden Geständnisse . . .«

»Hahaha! Aber das ist ja teilweise ganz richtig! Ein allerliebster Vergleich! Hahaha! Ich *gehe durch*, mein Freund, ich *gehe durch*, ich bin froh und zufrieden, nun, und Sie, mein Dichter, Sie müssen alle nur mögliche Nachsicht mit mir haben. Aber lassen Sie uns lieber trinken!« unterbrach er sich, in äußerster Zufriedenheit mit sich selbst, und er füllte die Gläser nach. »Sehen Sie, mein Freund, allein schon dieser dumme Abend bei Natascha – erinnern Sie sich? – gab mir den Rest. Freilich war sie selbst sehr nett anzusehen, aber nichtsdestoweniger verließ ich sie doch in entsetzlicher Wut, und das will ich nicht vergessen. Weder vergessen noch verheimlichen. Natürlich wird auch meine Zeit mal kommen, und sie nähert sich ja schon rapid, doch vorläufig lassen wir das jetzt. Indes wollte ich Ihnen erklären, daß ich einen sehr beachtenswerten Charakterzug besitze, den Sie noch nicht kennen: das ist, daß mir nichts so verhaßt ist wie alle diese ekelhaften, nichtswürdigen, billigen Naivitäten et toutes ces pastourelles; und einer der pikantesten Genüsse war für mich stets, zuerst selbst in dieser Tonart zu singen, irgend so einen ewig jungen Schiller zu entzücken, fast sogar zu begeistern für mich, und dann ihn plötzlich wie mit einem Keulenschlage zu betäuben, plötzlich die begeisterte Maske herunterzureißen und ihm eine Grimasse zu schneiden, ihm die Zunge zu zeigen, und das gerade in dem Augenblick, wenn er am allerwenigsten eine solche Überraschung erwartet. Wie? Sie begreifen das nicht, Sie finden es vielleicht schändlich, dumm, gemein, – ist es nicht so?«

»Selbstverständlich finde ich das so.«

»Sie sind aufrichtig. Nun, aber was soll ich tun, wenn diese Leute mir qualvoll auf die Nerven gehen! Dummerweise bin auch ich aufrichtig, aber das ist nun mal mein Charakter. Übrigens will ich Ihnen so einige Episoden aus meinem Leben erzählen. Sie werden mich dann besser verstehen, und das wird sehr interessant sein. Ja, Sie haben recht, ich erinnere heute vielleicht wirklich an einen Hanswurst, aber ein Hanswurst ist doch aufrichtig, nicht wahr?«

»Hören Sie, Fürst, es ist schon spät, es wäre wirklich ...«

»Was? Gott, welche Ungeduld! Was eilt denn so? Lassen Sie uns doch ein wenig sitzen, wir können bei der Gelegenheit ganz freundschaftlich und aufrichtig reden, so, wissen Sie, beim Glase Wein, wie es sich guten Freunden ziemt. Sie glauben, ich sei betrunken? Na, um so besser. Hahaha! In der Tat, diese freundschaftlichen Zusammenkünfte bleiben einem nachher immer so lange noch im Gedächtnis, und man denkt mit solcher Wonne an sie zurück. Sie sind kein guter Mensch, Iwan Petrowitsch! Es ist keine Sentimentalität in Ihnen, es fehlt Ihnen das Gefühlvolle. Nun, was macht es Ihnen denn aus, ein oder zwei Stunden für solch einen Freund zu opfern, wie ich es bin? Außerdem gehört das doch durchaus zur Sache... Wie sollten Sie denn das nicht verstehen? – Sie, ein Schriftsteller noch dazu! Sie müßten doch den Zufall einfach segnen. Sie können mich ja als Modell verwerten, hahaha! Gott, wie reizend offenherzig ich heute bin!«

Der Wein stieg ihm augenscheinlich schon zu Kopf. Sein Gesicht veränderte sich und nahm einen gewissermaßen verbissen boshaften Ausdruck an. Offenbar hatte er das Verlangen, zu verletzen, zu stechen, zu beißen, zu verspotten. ‚Ganz gut, daß er betrunken ist', dachte ich, ‚ein Betrunkener ist immer schwatzhaft und verrät sich in der Regel.' Doch ich täuschte mich: er vergaß sich keinen Augenblick und verfolgte einen besonderen Zweck.

»Mein Freund«, hub er an – ersichtlich war ihm das Reden ein Genuß –, »ich habe Ihnen soeben ein Geständnis gemacht, das vielleicht nicht ganz am Platz war. Ich meine, daß ich bisweilen den unbezwingbaren Wunsch empfinde, irgend jemandem unter gewissen Umständen die Zunge zu zeigen. Zum Dank für diese meine naive und gutmütige Offenheit verglichen Sie mich mit einem Hanswurst, was mich aufrichtig erheitert hat. Doch wenn Sie mir das vorwerfen wollen oder sich darüber wundern, daß ich Ihnen gegenüber unhöflich oder gar unanständig bin, wie ein Bauer, mit einem Wort, plötzlich einen anderen Ton angeschlagen habe, so sind Sie in diesem Fall durchaus im Unrecht. Erstens paßt es mir nun einmal so, und zweitens bin ich nicht bei mir zu Hause, sondern sitze hier mit *Ihnen* zusammen ... will sagen, wir gehen jetzt beide *durch*, wie es gute Freunde öfters tun; und drittens – liebe ich Launen über alles. Wissen Sie auch, daß ich einmal aus Laune sogar Metaphysiker und Philanthrop gewesen bin und mich fast mit denselben Ideen abgegeben habe wie Sie heute? Übrigens liegt das schon so unendlich weit zurück, – in den goldenen Tagen meiner Jugend. Ich weiß noch, ich fuhr damals auf mein Gut, getragen von den humansten Absichten, und grämte mich selbstverständlich und sehnte mich ganz gottverboten ... Aber Sie glauben nicht, was dann mit mir geschah! Vor lauter Langeweile begann ich, bei netten Mädchen Zerstreuung zu suchen ... Schneiden Sie schon wieder ein Gesicht? Oh, mein junger Freund! Wir sind doch jetzt ganz unter uns in einem freundschaftlichen Beisammensein. Wann soll man denn sonst durchgehen, wann sich einmal aufknöpfen, alle Hüllen zurückschlagen! – ich bin doch eine russische Natur, eine unverfälschte russische Natur, bin Patriot, – wie sollte ich denn so etwas nicht lieben! Und man muß doch den Augenblick erhaschen und das Leben genießen. Sterben wir – was gibt's dann noch! Nun, und so trieb ich es denn mit den Mädchen. Ich entsinne mich noch, eine Hirtin hatte einen Mann, einen hübschen jungen Burschen. Ich bestrafte ihn schmerzhaft und wollte ihn unter die Soldaten stecken – vergangene Zeiten, mein Dichter! – tat es aber dann doch nicht. Er starb in meinem Krankenhause ... Ich hatte doch auf meinem Gut ein Krankenhaus errichtet, mit zwölf Betten – großartig! Sauberkeit, parkettierter Fußboden und so weiter ... Jetzt habe ich es natürlich schon längst eingehen lassen, damals aber war ich sehr stolz auf mein Werk: ich war doch Philanthrop! Nun, den Burschen aber hatte ich seines Weibchens wegen doch fast zu Tod prügeln lassen ... Ja, aber weshalb fabrizieren Sie denn schon wieder eine Grimasse? Es ekelt Sie an? Empört Ihre edlen Gefühle? Na, na, beruhigen Sie sich. Das ist schon lange her. Das tat ich damals, als ich Romantiker war, als ich ein Wohltäter der Menschheit werden und eine Philanthropische Gesellschaft gründen wollte ... ich war eben in ein solches Fahrwasser geraten. Damals ließ man eben auspeitschen. Jetzt unterlasse ich es; jetzt muß man Grimassen schneiden; das tun wir doch jetzt alle, – es ist nun mal solch eine Zeit ... Doch am meisten amüsiert mich im Augenblick dieser Dummkopf Ichmenjeff. Ich bin überzeugt, daß er von diesem ganzen Vorfall mit dem Burschen unterrichtet war .. und was glauben Sie? Einzig aus Güte, da seine Seele aus Sirup geschaffen zu sein scheint, und weil er sich damals in mich geradezu verliebt hatte, entschloß er sich, keinem Wort davon Glauben zu schenken und – tat es auch nicht! Verstehen Sie: er glaubte dem Beweis nicht, leugnete die Tatsache und stand zwölf Jahre lang wie ein Fels für mich ein, bis es ihm dann selbst an den Kragen ging. Hahaha! Na, das ist doch alles Unsinn! Trinken wir, mein junger Freund! Sagen Sie: wie verhalten Sie sich zu den Frauen? Sind Sie ein Frauenfreund?«

Ich antwortete nichts. Ich biß die Zähne zusammen und hörte nur zu. Er war bereits bei der zweiten Flasche.

»Ich rede mit Vorliebe abends nach dem Essen von ihnen. Soll ich Sie nicht nachher mit einer bekannt machen – Mademoiselle Philiberte, zum Beispiel – wie? Was meinen Sie? Ja, was fehlt Ihnen denn? Sie scheinen mich nicht einmal ansehen zu wollen ... hm!«

Er dachte nach. Doch plötzlich hob er den Kopf, sah mich ganz eigentümlich bedeutsam an und fuhr fort:

»Sehen Sie, mein Dichter, ich will Ihnen ein Naturgeheimnis aufdecken, eines, das Ihnen, wie es scheint, noch ganz unbekannt ist. Ich bin überzeugt, daß Sie mich im Augenblick einen Sünder, vielleicht sogar einen Schurken, ein Monstrum der Verderbnis und des Lasters nennen. Doch hören Sie zu, was ich Ihnen sagen werde. Wenn es nur möglich wäre (en parenthèse: der menschlichen Natur ist es absolut unmöglich) – also, wenn es möglich wäre, daß ein jeder von uns sein ganzes Innenleben schilderte, jedoch so, daß er nicht nur das, was er um keinen Preis anderen Menschen sagen, nicht nur das, was er nicht einmal seinem besten Freunde verraten würde, sondern sogar das, was er sich selbst kaum zu gestehen wagt, einmal mit größter Wahrheitstreue schilderte, – dann würde sich doch in der Welt ein solcher Gestank erheben, daß wir alle ersticken müßten. Deshalb sind denn auch, nochmals en parenthèse, unsere gesellschaftlichen Anstandsregeln und Gesetze so zweckentsprechend und segensreich. Es liegt ein tiefer Sinn in ihnen, – ich will damit nicht gerade sagen, daß es ein sittlicher Sinn wäre, aber sie wirken doch vorbeugend, machen das Leben komfortabel, was natürlich noch besser ist, denn die Sittlichkeit ist doch im Grunde derselbe Komfort, das heißt: ist erfunden worden einzig zum Schutze der Behaglichkeit. Aber von den Anstandsregeln später, ich komme immer wieder vom Thema ab – erinnern Sie mich nachher daran. Ich resumiere also: Sie beschuldigen mich der Lasterhaftigkeit, Ausschweifung, Unsittlichkeit, während man mir doch jetzt vielleicht nur das eine Vergehen vorwerfen könnte, daß ich *aufrichtiger* bin als die anderen, und weiter nichts; daß ich das nicht geheim halte, was die anderen sogar vor sich selbst verbergen, wie ich vorhin sagte ... Das ist allerdings häßlich von mir, aber ich will es nun einmal so. Übrigens – beunruhigen Sie sich nicht«, unterbrach er sich mit einem spöttischen Lächeln, »ich sagte: ‚als Vergehen vorwerfen‘, aber ich will mich ja durchaus nicht entschuldigen oder Sie um Entschuldigung bitten. Und beachten Sie auch das noch: ich will Sie nicht in Verlegenheit setzen, indem ich Sie frage: ‚Haben Sie nicht auch ähnliche Geheimnisse?‘ – um mit Ihren Geheimnissen dann auch mich zu entlasten ... Ich handle also anständig und vornehm. Überhaupt ist letzteres stets meine Richtschnur ...«

»Sie sind einfach ins Schwätzen gekommen«, sagte ich und sah ihn mit Verachtung an.

»Ins Schwätzen ... hahaha! Und wenn man bedenkt, welche Frage Sie dabei am meisten plagt! Soll ich's sagen? Sie fragen sich: ‚Weshalb hat er mich hierhergeschleppt und plötzlich mir nichts dir nichts angefangen, sich vor mir zu entblößen?' – Hab' ich's getroffen?«

»Ja.«

»Na, den Grund werden Sie später erfahren.«

»Die einfachste Antwort ist aber: Sie haben zwei Flaschen Wein getrunken und sind ... berauscht.«

»Das heißt einfach betrunken. Auch das ist möglich. ‚Berauscht!' Das ist ja wohl eine höflichere Ausdrucksform. Oh, Sie mit Zartgefühl bis obenan gefüllter Mensch! Aber ... ich glaube, wir verfallen schon wieder in Liebenswürdigkeiten und begannen doch gerade mit einem so interessanten Thema. Ja, was ich sagen wollte, mein Dichter: wenn es in der Welt noch etwas Reizendes und Süßes gibt, so sind das die Weiber.«

»Wissen Sie, Fürst, ich verstehe nicht, weshalb es Ihnen eingefallen ist, gerade mich zum Zuhörer zu wählen, wenn Sie Ihre Geheimnisse und Liebes ... triebe zum besten geben wollen.«

»Hm ... aber ich habe Ihnen doch schon gesagt, daß Sie das nachher erfahren werden. Beunruhigen Sie sich deshalb nicht; oder nehmen Sie meinethalben an, daß überhaupt kein besonderer Grund vorliegt. Sie sind doch ein Dichter, Sie werden mich verstehen – aber das habe ich Ihnen ja schon gesagt. Es liegt eine besondere Art Wollust in diesem jähen Abreißen der Maske, in diesem Zynismus, in dem sich der Mensch einem anderen plötzlich so zeigt, wie er ist, und ihn nicht einmal dessen würdigt, daß er sich vor ihm schämt. Ich werde Ihnen eine kleine Geschichte erzählen. Es war einmal in Paris ein verrückter Beamter; später wurde er in einer Irrenanstalt untergebracht, als man sich vollends überzeugt hatte, daß er verrückt war. Nun, also dieser Mann hatte sich folgendes zu seinem Vergnügen ausgedacht: er entkleidete sich zu Hause vollständig, wie Adam, nur die

Stiefel behielt er an, nahm sich dann einen weiten Mantel um, einen Umhang, der fast bis zu den Fersen reichte, hüllte sich in ihn ein und ging dann mit ernster, würdevoller Miene hinaus auf die Straße. Von der Seite gesehen: ein Mensch wie alle anderen spaziert dort zu seinem Vergnügen in einem weiten Mantel. Sobald es sich aber so traf, daß ihm jemand entgegenkam, ringsum aber kein anderer Mensch zu sehen war, so ging er mit der ernstesten und tiefsinnigsten Miene auf ihn zu, blieb dann plötzlich vor ihm stehen, schlug seinen Mantel auf und zeigte sich ihm in seiner ganzen ... Offenherzigkeit. Das dauerte nur einen Augenblick, dann hüllte er sich wieder ein und schritt stumm, ohne auch nur mit einem Gesichtsmuskel zu zucken, an dem sprachlos ihn Anstarrenden vorüber, ruhig, majestätisch, wie der Geist von Hamlets Vater. So tat er es mit allen, Männern, Frauen, Kindern, und darin bestand sein ganzes Vergnügen. Nun sehen Sie: einen Teil dieses Vergnügens kann man auch dann empfinden, wenn man einem jungen Schillerianer plötzlich einen Keulenhieb versetzt und ihm die Zunge zeigt in einem Augenblick, wo er am wenigsten so etwas erwartet. Wie gefällt Ihnen der Ausdruck „ein Keulenhieb"? Ich habe ihn irgendwo in Ihrer modernen Literatur aufgestöbert.«

»Nun, jener war ein Verrückter, Sie aber ...«

»Ich aber führe etwas im Schilde?«

»Ja!«

Der Fürst begann zu lachen.

»Sie urteilen sehr richtig, mein Lieber«, warf er mit der frechsten Miene nur kurz hin.

»Fürst«, begann ich, empört über seine Unverschämtheit, »Sie hassen uns, auch mich, und wollen sich jetzt an mir für alles rächen. Und das tun Sie nur aus kleinlichster Eigenliebe. Sie sind boshaft, und sogar kleinlich boshaft. Wir haben Sie geärgert; und vielleicht ärgern Sie sich gerade über jenen Abend noch mehr als über alles andere. Selbstverständlich konnten Sie sich dafür mit nichts so gut an mir rächen wie mit dieser äußersten Verachtung, die Sie mir jetzt bezeugen. Sie lassen sogar die alltäglichste Höflichkeit, um nicht zu sagen: Anständigkeit, zu der wir alle verpflichtet sind, außer acht. Sie wollen mir so deutlich wie möglich zeigen, daß Sie sich nicht einmal vor mir schämen – da ich es in Ihren Augen wohl nicht ‚wert' bin –, indem Sie so unverhohlen und unerwartet Ihre scheußliche Maske abreißen und sich in einem solchen sittlichen Zynismus präsentieren . . .«

»Wozu sagen Sie mir denn das alles?« fragte er grob, mich boshaft fixierend. »Um Ihren Scharfblick zu beweisen?«

»Um zu beweisen, daß ich Sie durchschaue, und um Ihnen das mitzuteilen.«

»Quelle idée, mon cher«, fuhr er fort, plötzlich wieder in dem früheren heiter-gemütlichen Plauderton. »Sie haben mich jetzt nur vom Thema abgelenkt. Buvons, mon ami, erlauben Sie, daß ich Ihnen einschenke. Ich hatte gerade die Absicht, Ihnen ein entzückendes und höchst interessantes Abenteuer zu erzählen. Ich will es nur so in großen Zügen wiedergeben. Ich war einmal mit einer Dame bekannt. Sie war nicht mehr ganz jung, sondern so zwischen sieben- und achtundzwanzig; dafür aber eine erstklassige Schönheit. Welch eine Büste, welche Haltung, welcher Gang! Ihr Blick war durchdringend scharf, hatte etwas Adlerhaftes, doch blieb er stets streng und hart; in ihrem Benehmen war sie königlich unnahbar. Es hieß von ihr, sie sei kalt wie der Winter um Epiphanias, und mit ihrer fast grausamen Tugend flößte sie allen Schrecken ein. Ja, mit ihrer ‚grausamen' Tugend! Im ganzen Gesellschaftskreis gab es keinen strengeren Richter als sie. Sie verurteilte nicht nur das Laster, sondern sogar die geringste Schwäche an den anderen Frauen, und verurteilte erbarmungslos, ohne Rücksicht und Appellationsmöglichkeit. Ihr Einfluß, ihre Bedeutung in der Gesellschaft waren unermeßlich. Selbst die stolzesten Damen und die wegen ihrer Tugend am meisten gefürchteten Greisinnen beugten sich vor ihr und suchten sich sogar bei ihr einzuschmeicheln, während sie auf alle gleichmütig erhaben herabblickte, wie etwa eine Äbtissin eines mittelalterlichen Klosters. Die jungen Frauen und Mädchen zitterten vor ihr und erbleichten unter ihrem Blick, denn sie wußten, daß eine Bemerkung, nur eine Andeutung von ihr genügte, um einen Ruf zu vernichten – so groß war nun einmal ihr Ansehen in der Gesellschaft. Sogar die Herren fürchteten sie. Zum Schluß versenkte sie sich in einen gewissen philosophischen Mystizismus, in dem sie aber übrigens ebenso ruhig und erhaben blieb... Und was glauben Sie: es gibt kein Weib, das verderbter sein könnte als es diese war. Und ich hatte das Glück, ihr Vertrauen in vollstem Maße zu gewinnen. Mit einem Wort: ich war ihr heimlicher Geliebter. Die Zusammenkünfte wußte sie aber so geschickt, so meisterhaft geschickt zu arrangieren, daß nicht einmal jemand von ihren Hausgenossen auch nur den geringsten Verdacht schöpfen konnte. Nur ihre Kammerzofe, eine nette kleine Französin, war in alle ihre Geheimnisse eingeweiht; doch auf diese Zofe konnte man sich vollkommen verlassen, denn sie war gleichfalls an den Geheimnissen beteiligt – inwiefern, das übergehe ich diesmal. Meine Dame war aber so erotisch lüstern, daß selbst der Marquis de Sade von ihr noch hätte lernen können. Doch das Stärkste, das Durchdringendste und Erschütterndste an dieser Wollust war – die Heimlichkeit und die Unverschämtheit des Betruges. Die Verhöhnung alles dessen, was die Gräfin in der Gesellschaft als Höchstes und Heiligstes pries, was sie über Moral und Sittlichkeit sprach, und schließlich dieses innerliche teuflische Gelächter, mit dem sie es tat, dieses bewußte Unter-die-Füße-treten und Verleugnen alles dessen, was man doch nicht verleugnen kann – und alles das grenzenlos, bis zum äußersten getrieben, bis zu einem Grade, den sich auch die wildeste Phantasie nicht träumen lassen könnte – sehen Sie, darin lag die Quintessenz dieses Genusses. Sie war der leibhaftige Teufel, ein Teufel von Fleisch und Blut, aber dieser Teufel war doch so bezaubernd, daß ihm niemand hätte widerstehen können. Ich vermag auch jetzt noch nicht, ohne Begeisterung an dieses Weib zurückzudenken. Gerade in der Glut des heißesten Genusses begann sie plötzlich zu lachen – wie eine Wahnsinnige, und ich begriff, begriff vollkommen dieses Gelächter und stimmte selbst ein in ihr unbändiges Lachen. Auch jetzt noch stockt mir der Atem, bei der bloßen Erinnerung daran, obschon es vor so vielen Jahren war. Nach einem Jahr verabschiedete sie mich; sie nahm einen anderen. Selbst wenn ich gewollt hätte, ich hätte ihr doch nicht schaden können. Wer hätte es mir denn geglaubt? – Nun, wie finden Sie diesen Charakter? Was sagen Sie dazu, mein junger Freund?«

»Pfui, welch ein Ekel!« sagte ich angewidert.

»Sie wären nicht mein junger Freund, wenn Sie anders geantwortet hätten! Ich wußte es ja, daß Sie genau so antworten würden. Hahaha! Warten Sie, mon ami, Sie werden noch leben und es dann auch begreifen, jetzt aber – jetzt muß ich Ihnen noch ein Törtchen servieren. Nein, wenn Sie das nicht verstehen, dann sind Sie kein Dichter: diese Frau begriff das Leben und sie verstand es auszunutzen.«

»Aber weshalb es denn so bis zum Tierischen treiben?«

»Wieso, bis zum Tierischen?«

»Zu dem diese Frau gelangte und Sie mit ihr.«

»Ah, Sie nennen das tierisch, – ein Zeichen, daß Sie noch unselbständig am Kindergängelband gehen. Übrigens ... ich gebe ja gern zu, daß es Selbständigkeit auch in der gerade entgegengesetzten Anschauungsweise geben kann, aber ... reden wir einfacher, mon ami ... Sie müssen doch zugeben, daß das alles Unsinn ist!«

»Was ist dann nicht Unsinn?«

»Nicht Unsinn ist – die Persönlichkeit, bin Ich. Alles ist für mich da, die ganze Welt ist nur für mich geschaffen. Hören Sie, mein Freund, ich glaube noch daran, daß man auf Erden gut leben kann. Das aber ist der beste Glaube, denn ohne ihn kann man ja nicht einmal schlecht leben: da müßte man sich vergiften. Ein Dummkopf soll es auch getan haben. Er philosophierte so lange, bis er mit seiner Philosophie alles zerstört hatte, alles, sogar die Gesetzmäßigkeit aller normalen und natürlichen Pflichten der Menschen, und er ging darin so weit, daß ihm zum Schluß nichts mehr übrig blieb; der Rest war gleich Null, und so verkündete er denn, daß das Beste im Leben Blausäure sei. Sie werden sagen: das war Hamlet, Hamlets grausame Verzweiflung, – mit einem Wort: irgend so etwas Großes, an das wir überhaupt nicht zu denken pflegen. Aber Sie sind ja Dichter, während ich ein gewöhnlicher Mensch bin, und deshalb sage ich Ihnen, daß man nur vom gewöhnlichsten, vom praktischsten Gesichtspunkt aus auf die Sache sehen muß. Ich zum Beispiel habe mich schon längst von allen Fesseln und sogar Pflichten befreit. Ich betrachte mich nur dann zu etwas verpflichtet, wenn mir daraus irgendein Vorteil erwächst. Sie können sich natürlich nicht auf diesen Standpunkt stellen, Ihre Füße sind in Fesseln verwickelt und Ihr Geschmack ist krank. Sie philosophieren nach dem Maßstab des Ideals. Aber, mein Lieber, ich wäre doch selbst mit dem größten Vergnügen zu jeder Anerkennung, die Sie nur wünschen, bereit, bloß – was soll ich denn tun, wenn ich genau weiß, daß die Grundlage jeder menschlichen Tugend der tiefste Egoismus ist. Und je tugendhafter etwas ist, um so mehr Egoismus ist darin. Liebe dich selbst, – das ist das einzige Gesetz, das ich anerkenne. Das Leben ist in meinen Augen ein Handelsgeschäft: für nichts gibt's nichts. Werfen Sie nicht umsonst Ihr Geld fort, aber, falls nötig, zahlen Sie für die Bewirtung, und Sie kommen damit all Ihren Verpflichtungen nach, die Sie Ihrem Nächsten schuldig sind – das ist meine Moral, wenn es Sie zu wissen interessiert ... Doch gestehe ich Ihnen, daß es meiner Meinung nach noch besser ist, seinem Nächsten nichts zu bezahlen, sondern es zu verstehen, ihn kostenlos auszunutzen. Ideale habe ich nicht und will sie auch nicht haben; gesehnt habe ich mich nach ihnen niemals. Es läßt sich auch ohne Ideale so lustig, so reizend auf der Welt leben ... und en somme bin ich sehr froh, daß ich ohne Blausäure auskommen kann. Denn – wäre ich nur *ein wenig tugendhafter*, so würde ich vielleicht doch nicht ohne sie auskommen, wie jener Dummkopf von Philosoph (zweifellos ein Deutscher). Nein! Im Leben gibt es noch soviel Begehrenswertes! Ich liebe Ansehen, Rang und Titel, ein eigenes Palais, einen hohen Einsatz beim Spiel – überhaupt liebe ich das Spiel leidenschaftlich. Aber die Hauptsache, die Hauptsache sind doch – die Frauen ... Frauen jeder Kategorie; ich liebe sogar ganz heimliche, dunkle Ausschweifung, so eine etwas seltsamere und originellere, sogar ein wenig mit Schmutz zur Abwechslung ... Hahaha! Da sehe ich Ihr Gesicht: mit welch einer Verachtung Sie mich jetzt anblicken!«

»Darin haben Sie recht.«

»Nun, sagen wir, daß Sie recht haben, aber in jedem Fall ist doch dieser Schmutz immer noch besser als Blausäure. Nicht wahr?«

»Nein, da ist doch Blausäure besser.«

»Ich fügte mit Absicht ‚nicht wahr' hinzu, nur um mich an Ihrer Antwort zu ergötzen. Ich wußte, was Sie antworten würden. Nein, mein Freund, wenn Sie ein aufrichtiger Menschenfreund sind, so wünschen Sie allen klugen Leuten den Geschmack, den ich habe, also auch am Schmutz Gefallen zu finden, denn sonst würde doch ein kluger Mensch bald nichts auf der Welt zu tun haben, und es blieben einzig die Dummköpfe übrig. Was die dann glücklich wären! Aber wissen Sie, es gibt nichts Angenehmeres, als unter Dummköpfen zu leben und zu allem, was sie reden, stets ‚Gewiß, gewiß, sehr richtig!' zu sagen. Sie ahnen nicht, wie vorteilhaft das ist! Beachten Sie es weiter nicht, daß Vorurteile mir gefallen, daß ich mich nach gewissen Bedingungen richte, mich um größeren Einfluß bemühe. Ich sehe doch, daß ich in einer leeren Gesellschaft lebe. Aber es ist vorläufig ein warmer Platz, und ich stimme den Leuten bei und tue, als stände ich wie eine Mauer für sie, und dabei wäre ich bei Gelegenheit der erste, der sie verläßt. Ich kenne doch alle Ihre neuen Ideen, wenn ich auch um ihretwillen nie leide – wozu auch? Gewissensbisse habe ich nie empfunden. Ich bin mit allem einverstanden, wenn es nur mir gut geht. Und solcher Menschen wie ich gibt es unter uns Legion, und uns geht es wirklich gut. Alles auf der Welt kann untergehen, nur wir allein werden nie untergehen. Wir existieren solange, wie die Welt existiert. Sollte auch die ganze Erde irgendwohin versinken, wir würden selbst dann wieder hochkommen, immer wieder obenauf schwimmen. Nehmen Sie nur dies eine: sehen Sie doch, wie lebenszäh solche Menschen wie wir sind. Wir sind doch phänomenal zäh! – ist Ihnen das noch nicht aufgefallen? Wir leben achtzig, leben sogar neunzig Jahre! Folglich kann man sagen, daß die Natur selbst uns protegiert, hehe... Ich will unbedingt neunzig Jahre alt werden. Ich liebe den Tod nicht und fürchte ihn. Weiß der Teufel, wie man noch einmal wird sterben müssen! Doch wozu davon reden! Darauf hat mich ja nur dieser Blausäuren-Philosoph gebracht. Der Teufel hole die Philosophie! Buvons, mon cher! Wir begannen doch, wenn ich nicht irre, von den netten Mädchen... Wohin wollen Sie?«

»Ich gehe, und auch für Sie wäre es Zeit...«

»Nicht doch, nicht doch! Ich habe hier sozusagen mein ganzes Herz vor Ihnen ausgebreitet, und Sie scheinen einen so deutlichen Freundschaftsbeweis nicht einmal würdigen zu wollen! Hehehe! Es steckt wenig Liebe in Ihnen, mein Dichter. Warten Sie, ich will noch eine Flasche...«

»Die dritte?«

»Die dritte. Was die Tugend betrifft, mein junger Zögling (Sie erlauben mir doch, Sie mit diesem Kosewort anzureden? – wer weiß, vielleicht fallen meine Lehren noch auf fruchtbaren Boden)... Also, mein Zögling, was die Tugend betrifft, so habe ich Ihnen ja schon gesagt: je tugendhafter eine Tugend ist, um so mehr Egoismus ist in ihr. Als Beispiel will ich Ihnen eine kleine Geschichte erzählen. Ich liebte einmal ein junges Mädchen, liebte sie beinahe aufrichtig. Sie hat mir sogar manches Opfer gebracht...«

»Ist das die, die Sie bestohlen haben?« fragte ich grob, denn ich wollte mich nicht mehr zurückhalten.

Der Fürst zuckte zusammen, sein Gesicht veränderte sich, und er sah mich mit seinen geröteten Augen unverwandt an: in seinem Blick lag verständnislose Verwunderung und Wut.

»Warten Sie«, sagte er, wie zu sich selbst, »warten Sie, lassen Sie mich nachdenken. Ich bin tatsächlich betrunken, es fällt mir schwer, zu denken ...«

Er verstummte und sah mich forschend und mit derselben Wut an, während seine Hand meinen Arm festhielt, als fürchte er, ich könnte fortgehen. Ich bin überzeugt, daß er in diesem Augenblick krampfhaft überlegte und herauszufinden suchte, wo ich von diesem seinem Erlebnis, von dem doch so gut wie niemand etwas wußte, erfahren haben konnte, und ob nicht darin irgendeine Gefahr lag? So verharrte er eine Weile regungslos. Plötzlich veränderte sich sein Gesicht: der frühere spöttische, trunken heitere Ausdruck erschien wieder in seinen Augen. Er lachte laut auf.

»Hahaha! Der reinste Talleyrand! Nun was, ich stand allerdings wie bespien vor ihr, als sie es mir so ins Gesicht warf, ich hätte sie bestohlen! Wie sie kreischte, wie sie schimpfte! Ein verrücktes Frauenzimmer ... und ohne jede Haltung. Aber so urteilen Sie doch selbst: erstens hatte ich sie durchaus nicht bestohlen, wie Sie sich soeben ausdrückten. Sie hatte mir das Geld geschenkt, und folglich gehörte es mir. Nehmen wir an, Sie schenken mir Ihren besten Frack« (er warf dabei einen kritischen Blick auf meinen einzigen und ziemlich schäbigen Frack, den mir vor drei Jahren der Schneider Iwan Skornjágin angefertigt hatte), »ich bin Ihnen dankbar und trage ihn, nach einem Jahr aber ärgern Sie sich plötzlich über mich, und da verlangen Sie von mir den Frack zurück, ich aber habe ihn schon abgetragen ... Das ist unfein. Wozu haben Sie ihn mir dann geschenkt? Und zweitens hätte ich ihr das Geld, das mir und nicht mehr ihr gehörte, unfehlbar zurückgegeben, aber sagen Sie selbst: wo hätte ich im Augenblick eine solche Summe hernehmen sollen? Und vor allen Dingen kann ich nun mal

Schäferspiele und Schillerianer nicht ausstehen, wie ich Ihnen schon sagte – nun, das aber war eben die ganze Veranlassung ... Sie glauben nicht, wie sie vor mir Theater spielte, als sie schrie, daß sie mir das Geld schenke (das Geld, das doch mir gehörte). Das machte mich wütend und plötzlich sah ich ganz richtig ein, denn meine Geistesgegenwart verläßt mich nie, daß ich sie ja vielleicht sogar unglücklich machen würde, wenn ich ihr das Geld zurückgäbe. Damit hätte ich ihr doch den Genuß geraubt, *durch mich* vollkommen unglücklich zu sein und mich ihr Leben lang zu verfluchen. Glauben Sie mir, mein Freund, in einem Unglücklichsein von dieser Art liegt sogar ein gewisser Rausch, wenn man sich selbst so vollkommen im Recht fühlt und wenn man weiß, daß man großmütig gehandelt hat und berechtigt ist, seinen Beleidiger einen Schurken zu nennen. Das sind natürlich nur Schillernaturen, die sich an ihrem Haß so berauschen können. Vielleicht hat sie später nichts zu essen gehabt, aber ich bin überzeugt, daß sie glücklich war. Und da ich sie dieses Glückes nicht berauben wollte, sandte ich ihr das Geld nicht zurück. Somit ist meine Theorie durchaus gerechtfertigt, daß, je lauter und pompöser die menschliche Großmut ist, ein um so größerer und widerlicherer Egoismus in ihr steckt ... Sollte Ihnen das wirklich nicht klar sein? Aber ... Sie wollten mir ja nur ein Bein stellen und mich fangen, ha–ha–ha! ... Nun, so gestehen Sie doch, daß Sie's wollten? ... Oh, Sie Talleyrand!«

»Adieu!« sagte ich, und ich stand entschlossen auf.

»Einen Augenblick! Nur noch zwei abschließende Worte!« rief er, mich zurückhaltend, und plötzlich in ernstem Ton, im Gegensatz zu seiner bisherigen widerlich frivolen Weise. »Hören Sie nur noch das Letzte an, das ich Ihnen zu sagen habe: aus all dem Gesagten geht, denke ich, klar und deutlich hervor (ich denke, daß auch Sie es gemerkt haben), daß ich niemals und unter keiner Bedingung meinen Vorteil jemandem opfern werde. Ich liebe Geld und ich brauche es. Katerina Fjodorowna ist sehr reich: ihr Vater war zehn

Jahre lang Branntweinpächter. Sie hat drei Millionen Rubel, und dieses Geld wird mir sehr zustatten kommen. Aljoscha und Katja sind wie geschaffen füreinander; beide sind sie Dummköpfe ersten Ranges, und das ist es gerade, was ich brauche. Deshalb wünsche und will ich unbedingt, daß sie sich heiraten, und zwar möglichst bald. In zwei, höchstens drei Wochen werden die Gräfin und Katja Petersburg verlassen. Aljoscha muß sie begleiten. Ich wünsche es so. Bereiten Sie also Natalja Nikolajewna darauf vor: damit es zu keinen Schäferszenen kommt und keine Schillerrollen gespielt werden, und damit man sich nicht etwa gegen mich auflehnt. Ich bin rachsüchtig und böse; ich werde auf meinem Willen bestehen. Ich fürchte sie nicht: es wird alles selbstverständlich nach meinem Willen geschehen, und deshalb geschieht es fast nur in ihrem Interesse, wenn ich sie jetzt warnen lasse. Also sorgen Sie dafür, daß es keine Dummheiten gibt und sie sich vernünftig benimmt. Anderenfalls würde es ihr schlimm ergehen, sehr schlimm. Müßte sie mir doch allein schon dafür dankbar sein, daß ich nicht so, wie es sich eigentlich gehört hätte, mit ihr verfahren bin, einfach nach dem Gesetz. Wissen Sie auch, mein Dichter, daß das Gesetz den Frieden der Familie beschützt: das Gesetz garantiert dem Vater für den Gehorsam des Sohnes, und diejenigen, die Kinder von ihren heiligen Pflichten den Eltern gegenüber ablenken, werden vom Gesetz nicht begünstigt. Und ziehen Sie gefälligst auch das in Betracht, daß ich überaus einflußreiche Beziehungen habe, wessen sie sich nicht im geringsten rühmen kann, und ... begreifen Sie denn nicht, was ich mit ihr tun lassen könnte? ... Ich habe aber nichts derartiges getan, weil sie sich bisher noch vernünftig verhielt. Beruhigen Sie sich: während dieses halben Jahres haben achtsame Augen jede Bewegung der beiden beobachtet, und ich wurde von jedem letzten Detail in Kenntnis gesetzt. So kann ich ruhig abwarten, bis der Zeitpunkt kommt, wo Aljoscha sie von selbst verläßt, was ja bereits beginnt; vorläufig aber ist es für ihn eine nette Zerstreuung. Und so bin ich in seinen

Augen der humane Vater geblieben, und gerade das wünsche ich, daß er so über mich denkt. Hahaha! Wenn ich mich erinnere, wie ich ihr beinahe Komplimente gesagt habe – damals, an jenem Abend –, weil sie so edel und uneigennützig gewesen sei, ihn nicht zu heiraten! (Ich möchte bloß wissen, wie sie das hätte bewerkstelligen können!) Und was meinen damaligen Besuch bei ihr betrifft, so ging ich nur deshalb zu ihr, weil es doch endlich Zeit war, mit diesem Verhältnis ein Ende zu machen. Ich mußte mir das alles mit eigenen Augen ansehen, mich persönlich überzeugen, das war es ... Nun, sind Sie jetzt zufriedengestellt? Oder wollen Sie vielleicht noch erfahren, wozu ich Sie hierher geführt, weshalb ich diese Gespräche vom Zaun gebrochen habe und so rückhaltlos offen gewesen bin, während man dies auch ohne jede Offenheit Ihnen hätte mitteilen können, – ja?«

»Ja.«

Ich bezwang mich gewaltsam und wartete gespannt. Zu antworten hatte ich ihm nichts weiter.

»Einzig deshalb, mein Freund, weil ich an Ihnen ein wenig mehr Vernunft und klaren Blick bemerkt habe, als sie unsere beiden Närrchen besitzen. Sie hätten auch früher schon wissen oder ahnen können, wer ich bin, vielleicht hatten Sie in bezug auf mich auch schon manche Vermutungen entwickelt. Doch nun wollte ich Ihnen diese ganze Mühe ersparen, und so entschloß ich mich, Ihnen anschaulich zu zeigen, *mit wem* Sie es zu tun haben. Der persönliche Eindruck ist eine große Sache. Bemühen Sie sich also, mich zu verstehen, mon ami. Sie wissen nun, wer ich bin, und so hoffe ich jetzt, daß Sie, da Sie sie lieben, Ihren ganzen Einfluß – den Sie zweifellos auf sie haben – daransetzen werden, um sie von Handlungen, die *gewisse* Scherereien nach sich ziehen könnten, abzuhalten. Sollte das nicht der Fall sein, so wird es Scherereien geben, und ich versichere Ihnen, versichere Ihnen allen Ernstes, daß es keine leichten Scherereien sein werden. Nun, und schließlich der dritte Grund meiner Offenheit ... (aber Sie haben ihn ja schon erraten, mein Lieber) ja, ich wollte in der Tat diese ganze Geschichte einmal etwas anspeien, und zwar gerade vor Ihnen ...«

»Und Sie haben Ihren Zweck erreicht«, sagte ich, zitternd vor Erregung. »Ich gebe zu, daß Sie durch nichts Ihre Wut auf uns und die ganze Verachtung, die Sie für mich und uns alle empfinden, so gut hätten ausdrücken können wie gerade durch diese Offenheiten. Sie haben nicht nur nicht befürchtet, daß Ihre Offenheiten Sie in *meinen* Augen kompromittieren könnten, Sie haben sich sogar nicht einmal vor mir geschämt ... Sie erinnerten in der Tat an jenen Verrückten, der nackt im Mantel auf die Straße ging. Sie haben mich nicht für einen Menschen gehalten, den man ernst zu nehmen hat.«

»Sie haben es erraten, mein junger Freund«, sagte er ruhig. Er erhob sich. »Sie haben alles erraten: Sie sind doch nicht umsonst Schriftsteller. Ich hoffe, daß wir uns freundschaftlich trennen. Brüderschaft jedoch werden wir wohl nicht trinken?«

»Sie sind betrunken, nur deshalb antworte ich Ihnen nicht so, wie es sich gehörte ...«

»Wieder der Effekt des Verschweigens, – weshalb sprechen Sie es nicht aus, wie es sich zu antworten gehörte? Hahaha! Für Sie zu zahlen erlauben Sie mir wohl nicht?«

»Bemühen Sie sich nicht, ich zahle selbst.«

»Nun, zweifellos. – Wir haben wohl nicht denselben Weg?«

»Ich werde nicht mit Ihnen fahren.«

»Adieu, mein Dichter. Ich hoffe, Sie haben mich verstanden ...«

Er ging mit etwas unsicheren Schritten hinaus, ohne sich nach mir umzusehen. Der Portier half ihm beim Einsteigen. Ich ging meiner Wege. Es war gegen drei Uhr morgens. Es regnete, die Nacht war dunkel ...

VIERTER TEIL

I

Ich will meine Erbitterung nicht weiter beschreiben. Obschon ich mich so ziemlich auf alles gefaßt gemacht hatte, fühlte ich mich doch so überrumpelt, als hätte ich gerade das nicht von ihm erwartet und als wäre er völlig überraschend in seiner ganzen Unanständigkeit vor mich hingetreten. Übrigens entsinne ich mich, daß ich mir meiner Empfindungen im Augenblick nicht ganz bewußt war: es war mir, als sei ich zu Boden gedrückt, zerschunden, und schwarzer, undefinierbarer Kummer sog immer stärker an meinem Herzen. Ich fürchtete für Natascha. Konnte ich mir doch denken, wieviel Qualen ihr bevorstanden, und ich suchte halb unbewußt nach Wegen, auf denen man sie umgehen, vermeiden könnte, und sann auf Mittel, um ihr diese letzte Zeit vor der endgültigen Lösung zu erleichtern. Denn daß es zur Lösung kommen mußte, daran war nicht zu zweifeln, und daß sie nahe bevorstand, war leicht zu erraten.

Ich gewahrte nicht einmal, wie ich den Weg nach Haus zurücklegte, obschon der Regen mich gründlich durchnäßte. Es schlug drei, als ich ins Haus trat. Kaum hatte ich an meine Tür geklopft, da hörte ich ein Stöhnen und wie jemand sogleich den Riegel zurückzog. Wie es schien, hatte Nelly sich nicht zu Bett gelegt, sondern die ganze Zeit an der Tür gewartet. Das Licht brannte auf dem Tisch. Ich blickte ihr ins Gesicht und erschrak: es war geradezu entstellt. Ihre Augen brannten wie im Fieber und sahen mich so verstört und fremd an, als erkenne sie mich nicht. Sie hatte hohes Fieber.

»Nelly, was fehlt dir, bist du krank?« fragte ich, mich zu ihr niederbeugend, und ich umfaßte sie mit einem Arm.

Sie schmiegte sich zitternd an mich, als fürchte sie sich vor etwas, und stoßweise, atemlos, begann sie zu erzählen, als habe sie mich nur erwartet, um mir alles das zu sagen. Aber ihre Worte waren seltsam und ganz zusammenhanglos: ich begriff nichts. Sie phantasierte im Fieber.

Ich führte sie vorsichtig zum Bett. Aber sie klammerte sich krampfhaft an mich, immer als fürchtete sie sich maßlos und bäte mich, sie zu beschützen; selbst als sie schon im Bett lag, griff sie wieder nach meiner Hand und hielt sie krampfhaft fest, damit ich nur nicht fortginge. Ich war aber von all dem Erlebten so erschüttert und so nervös geworden, daß ich, als ich so an ihrem Bett saß und ihr fieberglühendes Gesichtchen sah, in Tränen ausbrach. Ich war selbst krank. Als sie meine Tränen bemerkte, sah sie mich lange Zeit unbeweglich mit krampfhaft angespannter Aufmerksamkeit an: sie schien sich die größte Mühe zu geben, mich zu verstehen, aber das fiel ihr augenscheinlich sehr schwer. Endlich löste sich die Spannung in ihren Zügen, und ein Gedanke erhellte ihr Gesicht. Ich wußte, daß sie nach einem schweren epileptischen Anfall gewöhnlich eine Zeitlang nicht recht zu sich kommen konnte, und dann vermochte sie auch nicht zu sprechen. Diesmal war es ebenso: sie strengte sich vergeblich an, etwas zu sagen, als sie aber erriet, daß ich sie nicht verstehen konnte, streckte sie nur ihre kleine Hand aus und wischte mir die Tränen von den Wangen, dann schlang sie ihren Arm um meinen Hals, zog mich zu sich herab und küßte mich.

Offenbar hatte sie in meiner Abwesenheit einen epileptischen Anfall gehabt, und zwar in einem Augenblick, als sie an der Tür stand. Nach dem Anfall wird sie wahrscheinlich noch lange nicht zu sich gekommen sein. In diesem Zustand pflegen sich Wirklichkeit und Fieberwahn zu vermischen, und da werden sich wohl irgendwelche schrecklichen Vorstellungen oder Ängste bei ihr eingestellt haben. Vielleicht hatte sie dann noch unklar daran gedacht, daß ich zurückkehren und an die Tür pochen würde, und da war sie dann dort an der Tür liegen geblieben, um auf meine Rückkehr zu warten. Mein erstes Klopfen hatte sie dann aufgeschreckt.

‚Aber warum war sie denn gerade zur Tür gegangen?‘

und plötzlich bemerkte ich zu meiner Verwunderung, daß sie ihr Pelzmäntelchen anhatte. (Ich hatte nämlich kurz vorher von einer alten Händlerin, die mich bisweilen aufsuchte und mir Kredit gewährte, dieses Mäntelchen für sie erstanden); folglich mußte sie doch im Begriff gewesen sein, das Zimmer zu verlassen, als der Anfall sie vor der Tür zu Boden warf. Wohin aber hatte sie denn gehen wollen? Oder sollte sie auch da schon im Fieber halb bewußtlos gewesen sein?

Ihre Händchen waren heiß, das Fieber mußte gestiegen sein: sie lag bewußtlos auf dem Bett und phantasierte hin und wieder. Sie hatte in meiner Wohnung bereits zweimal einen leichten Anfall bekommen; diesmal aber schien sie ernstlich erkrankt zu sein. Ich saß wohl über eine halbe Stunde bei ihr, dann rückte ich ein paar Stühle an ihr Lager und legte mich angekleidet in ihrer Nähe hin, um sogleich aufstehen zu können, wenn sie mich rief. Die Kerze ließ ich brennen. Bevor ich einschlief, blickte ich noch mehrere Male zu ihr hinüber: sie war beängstigend blaß; auf ihren fieberheißen, trockenen Lippen bemerkte ich Blutspuren, wahrscheinlich von einer Verletzung beim Hinfallen; aus ihrem Gesicht aber schwand selbst im Schlaf nicht der Ausdruck von Angst und einer gewissen quälenden Sorge. Ich beschloß, am nächsten Morgen so früh wie möglich zum Arzt zu gehen, wenn sich ihr Zustand nicht besserte. Ich befürchtete, sie könnte Nervenfieber bekommen.

‚Das muß der Fürst gewesen sein, der sie so erschreckt hat!' sagte ich mir, und mein Herz zog sich schmerzhaft zusammen; ich mußte an seine Erzählung von jener Frau denken, die ihm aus Verachtung ihr Geld überlassen und ihm Schmähungen ins Gesicht geschleudert hatte.

II

Es vergingen zwei Wochen. Nelly ging es besser. Zu einem Nervenfieber war es glücklicherweise nicht gekommen, aber sie war nach dem Anfall doch schwer erkrankt. An einem hellen, klaren Tage gegen Ende April verließ sie zum erstenmal das Bett. Es war in der Karwoche.

Armes kleines Geschöpf!

Ich kann meine Erzählung nicht in der früheren Weise fortsetzen. Jetzt, wo ich all dies niederschreibe, ist schon viel Zeit darüber vergangen, und dennoch kann ich nicht ohne bitteres Weh an dies blasse, schmale Gesichtchen zurückdenken, an den tiefen Blick ihrer dunklen Augen, wenn wir allein waren und sie mich von ihrem Bett aus ansah, lange ansah, als wolle sie mich auffordern zu erraten, was sie im Sinn hatte; wenn sie dann sah, daß ich noch immer nichts erriet und sie verständnislos ansah, lächelte sie still, gleichsam in sich hinein, um dann plötzlich ihr heißes Händchen mit den dünngewordenen Fingerchen mir freundlich entgegenzustrecken. Jetzt gehört das alles schon der Vergangenheit an, alles hat sich entschieden, alles ist offenbar geworden, nur das Geheimnis dieses kranken, gequälten und beleidigten kleinen Herzens ist mir bis heute noch zum Teil ein Rätsel geblieben.

Ich fühle, daß es mich von meiner Erzählung ablenkt, aber in diesem Augenblick möchte ich nur und nur an Nelly denken. Merkwürdig: jetzt, wo ich im Hospital im Krankenbett liege, allein, verlassen von allen, die ich so lange und so stark geliebt habe, – jetzt fällt mir manchmal eine Winzigkeit aus jener Zeit wieder ein. Etwas, was ich damals kaum bemerkt und bald wieder vergessen hatte, das beginnt nun hier, nachdem es plötzlich in der Erinnerung aufgetaucht ist, überraschenderweise zu wachsen und in meinem Geist eine ganz andere Bedeutung zu erhalten. Es wird zum abschließenden Teil eines Ganzen und erklärt mir jetzt manches, was ich nicht einmal inzwischen zu begreifen vermocht habe.

Die ersten vier Tage ihrer Krankheit waren wir, der Arzt und ich, sehr besorgt um sie, am fünften Tag aber nahm mich der Arzt beiseite und sagte mir, daß ich mich beruhigen solle, denn sie werde bestimmt gesund werden. Es war derselbe Arzt, der alte Junggeselle und gutmütige Sonderling, den ich schon bei Nellys erster Erkrankung konsultiert und dessen großer Stanislausorden am Hals sie so interessiert hatte.

»Dann ist also nichts mehr zu befürchten?« fragte ich erfreut.

»Sie wird zwar *jetzt* genesen, danach aber wird sie sehr bald sterben.«

»Wieso sterben? Weshalb denn?« rief ich ganz erschrocken über dieses seltsame Urteil.

»Ja, sie wird unfehlbar sehr bald sterben. Die Patientin hat einen organischen Herzfehler und wird bei der geringsten Gemütserregung wieder so weit sein, daß sie ins Bett muß. Möglicherweise wird sie sich dann noch einmal besser fühlen, aber gesund werden wird sie nie mehr.«

»Und kann man sie denn wirklich nicht retten? Nein, das kann doch unmöglich so sein, wie Sie sagen!«

»Aber es ist so. Freilich ... wenn man alle Widerwärtigkeiten aus dem Weg räumen, ihr ein ruhiges, stilles Leben und verschiedene Vergnügungen bieten könnte, dann ließe sich der Tod noch hinausschieben. Es gibt sogar Fälle ... allerdings nur Ausnahmen, die in der Regel ganz unerwartet vorkommen, daß ... mit einem Wort: die Patientin könnte sogar unter gewissen überaus günstigen Umständen noch eine Zeitlang am Leben erhalten werden. aber radikal geheilt – das, nein, das wohl niemals.«

»Ja, aber ... mein Gott, was soll man denn jetzt tun?«

»Vor allen Dingen meine Vorschriften befolgen: sie muß ein ruhiges Leben führen und regelmäßig die Pulver einnehmen. Wie ich bemerkt habe, scheint die Kleine recht eigensinnig zu sein, vielleicht auch etwas launenhaft und spottlustig. Jedenfalls liebt sie es nicht sonderlich, pünktlich nach der Vorschrift die Pulver einzunehmen. Soeben weigerte sie sich doch mit allem Nachdruck.«

»Ja, Sie haben recht. Sie ist in der Tat bisweilen etwas sonderbar, nur möchte ich das bloß ihrer krankhaften Reizbarkeit zuschreiben. Gestern war sie sehr gehorsam; als ich ihr aber heute die Arznei brachte, nahm sie den Löffel scheinbar aus Versehen so unvorsichtig, daß sie alles verschüttete. Und als ich ein neues Pulver auflösen wollte, riß sie mir das Kärtchen aus der Hand und schleuderte es dorthin in den Winkel, worauf sie in Tränen ausbrach ... Ich glaube aber nicht, daß sie deshalb geweint hat, weil sie das Pulver einnehmen sollte«, fügte ich nach kurzem Nachdenken hinzu.

»Hm! Eine Irritation. Das hängt mit dem früheren großen Unglück zusammen, daher auch ihre Krankheit.« (Ich hatte dem Doktor ausführlich und offenherzig Nellys Lebensgeschichte erzählt; meine Erzählung hatte einen erschütternden Eindruck auf ihn gemacht.) »Das einzige Mittel dagegen sind diese Pulver, sie muß unbedingt die Pulver einnehmen. Ich werde ihr nochmal eine Vorlesung halten über die Pflicht, den ärztlichen Vorschriften nachzukommen ... das heißt: die Pulver einzunehmen.«

Wir verließen beide die Küche, wo unsere Unterredung stattgefunden hatte, und der Doktor trat wieder ans Bett der Kranken. Nelly mußte unser Gespräch gehört haben, denn ich hatte aus der Küche bemerkt, wie sie den Kopf vom Kissen erhob und angestrengt lauschte. Als sie uns jetzt kommen hörte, schlüpfte sie wieder unter die Decke und sah uns mit einem spöttischen Lächeln entgegen. Die Arme hatte in diesen vier Tagen ihrer Krankheit sehr abgenommen. Die Augen lagen in großen Höhlen, und immer noch zehrte das Fieber an ihr. Um so seltsamer fiel ihr schelmischer, herausfordernd glänzender Blick auf, der meinen guten Doktor, den besten aller deutschen Menschen in Petersburg, nicht wenig zu wundern schien.

Er sprach ernst, wenn auch nach Möglichkeit mit weicher Stimme und in zärtlichem Ton auf sie ein, um sie von der

Notwendigkeit und Heilkraft der Pulver zu überzeugen, und daß es also die Pflicht jedes Kranken sei, dem Arzt zu gehorchen ... Nelly hob das Köpfchen, um die Medizin einzunehmen, stieß aber wie zufällig mit einer Handbewegung an den Löffel, und die ganze Arznei wurde wieder verschüttet. Ich bin fest überzeugt, daß sie es mit Absicht tat.

»Das war eine sehr unangebrachte Unvorsichtigkeit«, sagte ruhig der Alte, »und ich glaube, daß sie mit Absicht geschah, was durchaus nicht lobenswert ist. Doch ... man kann alles wieder gutmachen, darum werde ich ein zweites Pulver zubereiten.«

Nelly lachte ihm offen ins Gesicht. Der Doktor schüttelte bedenklich den Kopf.

»Das ist gar nicht schön«, sagte er, »ist sehr, sehr wenig lobenswert.«

»Ärgern Sie sich nicht über mich«, sagte Nelly, die sich Mühe gab, nicht mehr zu lachen, »ich werde die Pulver einnehmen ... werden Sie mich aber dafür liebhaben?«

»Wenn Sie sich lobenswert aufführen, werde ich Sie sehr liebhaben.«

»Sehr?«

»Sehr.«

»Sonst aber haben Sie mich nicht lieb?«

»Auch sonst habe ich Sie lieb.«

»Würden Sie mich küssen, wenn ich Sie küssen wollte?«

»Ja, wenn Sie es verdienen.«

Nelly konnte wieder nicht mehr an sich halten und brach in Lachen aus.

»Die Patientin scheint einen fröhlichen Charakter zu haben, doch jetzt – sind es nur Nerven«, flüsterte mir der Doktor mit ernster Miene zu.

»Nun schön, ich werde das Pulver einnehmen!« rief Nelly plötzlich mit ihrem schwachen Stimmchen dazwischen. »Aber wenn ich erwachsen sein werde, werden Sie mich dann heiraten?«

Offenbar schien ihr dieser neue Scherz sehr zu gefallen; ihre Augen brannten und ihre Lippen zuckten vor Lachen, in Erwartung einer Antwort des einigermaßen in Erstaunen versetzten alten Doktors.

»Nun ja«, antwortete er, unwillkürlich über diese ihre neue Laune lächelnd, »wenn Sie gut und ein wohlerzogenes junges Mädchen sein werden, und gehorsam ...«

»Die Pulver einnehmen werden?« griff Nelly auf.

»Oho! Stimmt! ... die Pulver einnehmen werden. Sie ist ein gutes Kind«, wandte er sich wieder an mich, »in ihr ist viel, viel ... Gutes und Kluges, aber heiraten ... was für ein sonderbarer Einfall ...«

Und wieder reichte er ihr die Medizin, und diesmal tat sie es nicht einmal mehr versteckt, sondern schlug einfach mit ihrer Hand die Hand des Alten von unten in die Höhe, so daß ihm die ganze Medizin auf das Vorhemd und ins Gesicht spritzte. Dabei lachte sie laut auf, aber es war nicht mehr ein gutes oder fröhliches Lachen, nein: in ihrem Gesicht lag etwas Grausames, Böses. Die ganze Zeit war sie meinem Blick ausgewichen, jetzt sah sie nur spöttisch den Doktor an, aber in ihrem Lächeln lag eine gewisse Unruhe und Erwartung, was der »lächerliche« Alte jetzt tun werde.

»Oh! schon wieder! ... Wie unangenehm! Nun ... man kann das Pulver noch einmal zubereiten!« Der Alte wischte sich mit dem Taschentuch das Gesicht und das Vorhemd ab.

Das setzte Nelly wirklich in Erstaunen. Sie hatte unseren ganzen Zorn erwartet, hatte gedacht, daß man ihr Vorwürfe machen werde, was sie sich unbewußt vielleicht sogar gewünscht hatte – als Vorwand, um gleich wieder weinen und schluchzen zu können, die Pulver zu verschütten wie vorhin, oder aus Ärger irgend etwas zu zerschlagen, um dadurch ihr launisches, schmerzendes kleines Herz zu betäuben. Solche Launen kommen nicht nur bei Kranken vor, und auch nicht nur bei einer Nelly. Wie oft bin auch ich mitunter im Zimmer auf und ab gegangen mit dem unbewußten Verlangen, es möge mich schneller jemand beleidigen oder ein Wort sagen, das man als Beleidigung auffassen könnte, nur um einen Vorwand zu haben, den Ärger an jemandem auszulassen, dem Herzen Luft zu verschaffen. Frauen pflegen, wenn sie ihrem Herzen Luft verschaffen wollen, in Tränen auszubrechen und aufrichtig zu weinen, und die gefühlvollsten unter ihnen verfallen sogar in Hysterie. Das ist ein sehr einfacher, durchaus alltäglicher Vorfall, der am häufigsten dann eintritt, wenn es einen anderen, oft niemandem bekannten Herzschmerz gibt, den man wohl aussprechen möchte, aber zu niemandem aussprechen darf.

Aber die Engelsgeduld des von ihr beleidigten alten Arztes, die Güte und Nachsicht, mit der er von neuem, zum dritten Mal, das Pulver anrührte, ohne ihr einen Vorwurf zu machen, entwaffneten Nelly vollständig. Sie wurde plötzlich mäuschenstill. Der Spott verschwand von ihren Lippen, sie errötete und ihre Augen verschleierten sich: sie streifte auch mich flüchtig mit dem Blick, wandte sich aber sofort wieder von mir ab. Der Doktor reichte ihr die Medizin. Sie nahm sie ruhig und bescheiden ein, ergriff darauf die rote, gedrungene Hand des alten kleinen Arztes, hob langsam den Blick und sah ihm in die Augen.

»Sie ... sind mir böse, weil ich schlecht bin«, begann sie, konnte aber nicht weitersprechen, schluchzte wild auf und rutschte unter die Decke.

»Oh, mein Kind, weinen Sie nicht ... Das hat nichts zu sagen ... Das sind die Nerven; trinken Sie etwas Wasser.«

Doch Nelly hörte nicht auf ihn und schluchzte krampfhaft.

»Beruhigen Sie sich ... regen Sie sich nicht so auf!« Dabei weinte er fast selbst vor Rührung, denn er war ein sehr gefühlvoller Mensch, »ich verzeihe Ihnen alles und will Sie auch heiraten, wenn Sie bei gutem Betragen ein braves Mädchen sein werden, und die ...«

»Pulver einnehmen!« hörte man unter der Decke wie ein feines Glöckchen ihr nervöses, von Schluchzen unterbrochenes Lachen, das mir so gut bekannt war.

»Ein gutes, einsichtsvolles Kind!« sagte der Doktor triumphierend, fast mit Tränen in den Augen. »Armes Mädchen!«

Und von nun an entwickelte sich zwischen ihm und Nelly eine merkwürdige, wunderliche Sympathie. Dagegen wurde Nelly mir gegenüber immer finsterer, nervöser und reizbarer. Ich wußte nicht, wie ich mir diesen plötzlichen Umschwung in ihr erklären sollte. In den ersten Tagen ihrer Krankheit war sie zu mir doch so lieb und zärtlich gewesen und als hätte sie sich nicht sattsehen können an mir; sie hatte nach meiner Hand gehascht und mich mit ihrem heißen Händchen festgehalten, damit ich bei ihr sitzen bliebe, und wenn sie bemerkte, daß ich bedrückt und erregt war, bemühte sie sich, mich zu erheitern. Sie scherzte und spielte mit mir und lächelte mir zu, sichtlich bemüht, ihre eigenen Schmerzen zu unterdrücken. Es war ihr nicht recht, wenn ich nachts arbeitete oder bei ihr wachte, und es betrübte sie, wenn ich ihr nicht gehorchte. Manchmal bemerkte ich, daß sie bekümmert aussah; dann begann sie mich auszufragen, um herauszubekommen, weshalb ich mir Sorgen machte, was ich im Sinn hatte; doch sonderbar, sobald ich auf Natascha zu sprechen kam, verstummte sie sofort, oder sie begann von etwas anderem zu reden. Sie schien es vermeiden zu wollen, von Natascha zu sprechen, und das wunderte mich. Wenn ich heimkehrte, freute sie sich. Wenn ich nach meinem Hut griff, wurde sie traurig und ein seltsamer, gleichsam vorwurfsvoller Blick begleitete mich.

Am vierten Tag ihrer Krankheit saß ich den ganzen Abend bis spät nach Mitternacht bei Natascha. Wir hatten vieles zu besprechen. Beim Weggehen hatte ich meiner Kranken versprochen, bald zurückzukehren, was ich auch beabsichtigte. Als ich nun zufällig länger bei Natascha blieb, war ich wegen Nelly ganz ruhig: ich wußte, bei ihr saß Alexandra Ssemjonowna, die durch Masslobojeff, der einen Augenblick bei mir gewesen war, von Nellys Erkrankung erfahren hatte und daß ich sie ganz allein pflegen mußte. Mein Gott, wie die gute Alexandra Ssemjonowna sich darüber aufgeregt hatte!

»Dann wird er auch heute nicht zu uns kommen! . . . Ach, mein Gott, und der Arme ist doch allein, ganz allein! Aber da wollen wir ihm wenigstens unsere Hilfsbereitschaft zeigen und die Gelegenheit nicht unbenutzt vorübergehen lassen!«

Sie erschien sofort bei mir und brachte in der Droschke ein ganzes Bündel Sachen mit. Sie erklärte mir denn auch sofort, daß sie mich nicht mehr allein lassen werde und gekommen sei, um mir zu helfen; dabei öffnete sie ihr Bündel. In ihm waren Fruchtsäfte und eingemachte Früchte für die Kranke, Brathähnchen und ein Suppenhuhn für den Fall, wenn es der Kranken besser gehen sollte, Bratäpfel, Apfelsinen, Kiewer kandierte Beeren für den Fall, daß der Doktor sie erlaubte; zuletzt Wäsche, Bettücher, Servietten, Frauenhemden, Kompressentücher, Bandagen – einfach ein ganzes Lazarett.

»Wir haben doch alles«, sagte sie, so schnell wie möglich jedes Wort aussprechend, als eilte es sehr, »Sie aber leben als Junggeselle, die haben doch so etwas nicht. Also erlauben Sie mir schon . . . und auch Filipp Filippytsch hat es mir befohlen. Nun, was soll ich jetzt . . . schnell, schnell! Was soll ich jetzt tun? Wie geht es ihr? Ist sie bei Bewußtsein? Ach, wie schlecht sie liegt, man muß ihr das Kissen zurechtlegen, damit ihr Kopf niedriger zu liegen kommt. Wissen Sie was – sollte nicht ein Lederkissen besser sein? Das ist kühler. Ach, wie dumm ich bin! – daß ich nicht daran dachte, das Kissen mitzubringen! Ich werde es noch holen . . . Soll ich nicht Feuer machen? Ich werde Ihnen meine Alte herschicken. Ich kenne eine Alte, Sie aber haben ja gar keine weiblichen Dienstboten . . . Nun, was soll ich jetzt tun? Was ist das hier? Hat das der Doktor verschrieben? Wahrscheinlich Brusttee? Ich werde sofort Feuer anmachen . . .«

Ich beruhigte sie; sie war sehr erstaunt, sogar betrübt, daß es gar nicht so viel zu tun gab, wie sie sich gedacht hatte. Doch im übrigen dämpfte das keineswegs ihren Tatendrang. Sie freundete sich sogleich mit Nelly an und war für mich während der ganzen Zeit des Krankseins der Kleinen eine große Hilfe. Sie besuchte uns fast jeden Tag und kam immer mit einer Geschäftigkeit, als wäre etwas versäumt worden, das nun möglichst schnell nachgeholt werden müsse. Auch fügte sie zu allem hinzu, daß Filipp Filippytsch es so angeordnet habe. Nelly gefiel ihr sehr. Sie liebten sich bald wie Schwestern, und ich glaube, daß Alexandra Ssemjonowna in vielem noch ein ebensolches Kind war wie Nelly. Sie erzählte ihr allerlei Geschichten und erheiterte sie, weshalb denn Nelly sich bald ohne sie zu langweilen schien. Bei ihrem ersten Erscheinen jedoch wunderte sich Alexandra Ssemjonowna nicht wenig über die Kranke, die den ungerufenen Gast ihrer Gewohnheit gemäß finster, schweigsam und unfreundlich empfing.

»Warum ist sie gekommen?« fragte Nelly mich unzufrieden, als Alexandra Ssemjonowna uns verlassen hatte.

»Um dir zu helfen, Nelly, und dich zu pflegen.«

»Wieso? ... Wofür denn? Ich habe doch nichts für sie getan?«

»Gute Menschen warten nicht darauf, daß man ihnen zuvor Gutes tut, Nelly. Sie helfen gern und ohnedies jenen, die der Hilfe bedürfen. Laß es nur geschehen, Nelly; es gibt auf der Welt sehr viele gute Menschen. Es war nur dein Unglück, daß du ihnen nicht begegnet bist, besonders damals nicht, als es nötig gewesen wäre.«

Nelly schwieg; ich entfernte mich von ihrem Lager. Aber nach einer Viertelstunde rief sie mich mit leiser Stimme zu sich und bat mich, ihr zu trinken zu geben. Und plötzlich umfing sie mich fest, drückte sich an meine Brust und ließ mich lange nicht aus ihren Armen. Als Alexandra Ssemjonowna am anderen Tage wieder zu uns kam, empfing Nelly sie mit erfreutem Lächeln, aber doch als schäme sie sich noch ein wenig vor ihr, Gott weiß weshalb.

III

An eben jenem Tag hatte ich den ganzen Abend bei Natascha zugebracht. Als ich erst spät heimkehrte, schlief Nelly bereits. Auch Alexandra Ssemjonowna war sehr schläfrig, erwartete mich aber noch am Krankenbett. Sie teilte mir eilig flüsternd mit, Nelly sei zuerst sehr lustig gewesen und habe sogar gelacht; als ich aber nicht zurückkehrte, sei sie traurig, schweigsam und nachdenklich geworden. Sie habe über Kopfschmerzen geklagt, geweint und so geschluchzt, daß Alexandra Ssemjonowna nicht gewußt, was sie mit ihr anfangen sollte. Nelly sei dann auch auf Natalja Nikolajewna zu sprechen gekommen; da sie ihr aber gar keine Auskunft geben konnte, sei sie still geworden und habe geweint, bis sie schließlich unter Tränen eingeschlafen sei. »Nun, leben Sie wohl, Iwan Petrowitsch; jetzt geht es ihr besser, wie mir scheint, ich aber muß jetzt nach Haus, so hat es mir Filipp Filippytsch befohlen. Ich will Ihnen nur gestehen, daß er mich diesmal nur auf zwei Stunden beurlaubt hat, und ich bin bereits viel länger hiergeblieben. Aber das macht nichts, beunruhigen Sie sich nicht meinetwegen, er darf es nicht wagen, sich zu ärgern ... Nur vielleicht ... Ach, mein lieber Iwan Petrowitsch, was soll ich tun: er kommt jetzt immer betrunken nach Hause! Er ist mit sich selbst irgendwie sehr beschäftigt, spricht kein Wort mit mir, macht sich Sorgen, ich weiß es, und am Abend kommt er dann doch betrunken nach Haus ... Ich habe mich schon gefragt: wenn er heute wieder so zurückgekehrt ist, wer wird ihn dann dort empfangen und zu Bett bringen? Nun, ich gehe schon, ich gehe! Leben Sie wohl, Iwan Petrowitsch. Habe mir dort Ihre Bücher angesehen: wieviel Bücher Sie haben, und lauter ernste, kluge Bücher; ich dummes Menschenkind habe doch noch nie etwas gelesen ... Also, auf morgen ...«

Aber am nächsten Morgen war Nelly traurig und verstimmt. Nur ungern antwortete sie auf meine Fragen, als wäre sie mir böse. Ich fing nur hin und wieder einen ihrer

Blicke auf, mit denen sie mich heimlich verfolgte; in ihnen lag viel verhaltenes Herzeleid und unterdrückte Zärtlichkeit, was sonst, wenn sie mich gerade anschaute, nicht der Fall war. An diesem Tag spielte sich dann die Arzneiszene mit dem Doktor ab. Ich wußte nicht, was ich von all dem denken sollte.

Nellys Verhalten zu mir veränderte sich jetzt vollständig. Ihr seltsames Wesen, ihre Launen, die sich sogar bis zu einer Art von Haß gegen mich steigerten, dauerten bis zu dem Tage an, wo sie nicht mehr bei mir wohnte, ja, bis zu der Katastrophe, die den ganzen Knoten unseres Romans löste. Doch davon später.

Es kam übrigens noch vor, daß sie für kurze Zeit, wie früher, zärtlich zu mir wurde. Ihre Zärtlichkeit schien sich in diesen Augenblicken sogar zu verdoppeln; am häufigsten aber weinte sie dann bitterlich. Doch diese Stunden vergingen sehr schnell; sie verfiel dann wieder in ihren früheren Kummer, sah mich feindlich an, oder wurde launisch wie damals mit dem Doktor; wenn sie bemerkte, daß irgendeiner ihrer neuen Streiche mich unangenehm berührte, so brach sie in Lachen aus, das dann fast immer in Tränen endete.

Selbst gegen Alexandra Ssemjonowna benahm sie sich unfreundlich, sagte ihr, daß sie nichts von ihr brauche. Als ich ihr darauf in Gegenwart von Alexandra Ssemjonowna deswegen Vorwürfe machte, wurde sie heftig, entgegnete mit offenbar lange zurückgehaltener Verbitterung, verstummte dann plötzlich und sprach zwei Tage lang kein Wort mit mir, wollte keine Medizin einnehmen, weder trinken noch essen; nur der alte Doktor verstand es noch, mit ihr umzugehen und ihr ins Gewissen zu reden.

Ich sagte bereits, daß sich zwischen ihr und dem Doktor ein merkwürdiges Freundschaftsverhältnis entwickelt hatte. Nelly schien ihn sehr gern zu haben und begrüßte ihn immer mit freundlichem Lächeln, wenn er kam, wie traurig sie auch sonst vor seinem Erscheinen gewesen sein mochte. Der Alte wiederum besuchte sie jeden Tag und manchmal sogar zweimal am Tag, und als Nelly sich bereits in der Genesung befand, das Bett schon verlassen hatte, schien sie ihn dermaßen bezaubert zu haben, daß er ohne sie den Tag nicht verleben konnte, ohne ihr Lachen und ihre Anulkungen zu hören, die oft wirklich sehr drollig waren. Er brachte ihr Bilderbücher, meistenteils belehrender Art, brachte ihr Süßigkeiten und Konfekt in hübschen Schächtelchen. Jedesmal erschien er dann mit besonders feierlicher Miene, als gäbe es einen Geburtstag, so daß Nelly sofort erriet, daß er mit einem Geschenk gekommen war. Das Geschenk zeigte er aber nicht gleich, sondern lächelte nur pfiffig und setzte sich neben Nelly mit der Bemerkung, daß, wenn ein junges Mädchen sich gut aufgeführt und in seiner Abwesenheit sich Achtung erworben habe, es einer Belohnung würdig sei. Dabei sah er sie so gutmütig und herzlich an, daß in den strahlenden Augen Nellys, wenn sie ihm auch offen ins Gesicht lachte, eine aufrichtige und zärtliche Dankbarkeit aufleuchtete. Zuletzt erhob sich dann der Alte feierlich, zog eine Schachtel Konfekt aus der Tasche und händigte sie ihr ein mit der Bemerkung: »Meiner zukünftigen liebenswürdigen Gattin.«

In diesen Augenblicken war er sicher selbst noch glücklicher als Nelly.

Darauf folgten dann Gespräche, und jedesmal ermahnte er sie ernst und gewissenhaft, ihre Gesundheit zu schonen, und gab ihr ärztliche Ratschläge.

»Vor allem muß man seine Gesundheit zu erhalten streben«, sagte er in dogmatischem Ton, »hauptsächlich deshalb, um leben zu bleiben, immer gesund zu sein, das Glück des Lebens zu genießen. Wenn Sie, mein liebes Kind, irgendwelchen Kummer haben, so vergessen Sie ihn, oder besser, trachten Sie, nicht an ihn zu denken. Und wenn Sie keinen Kummer haben, dann ... denken Sie erst recht nicht an ihn, sondern denken Sie an Vergnügungen ... an Heiteres, Spielerisches.«

»Aber an welches Vergnügen soll ich denn denken?« — fragte Nelly.

Der Doktor war zunächst verblüfft.

»Nun, zum Beispiel ... an irgendein unschuldiges Spiel, das Ihrem Alter ansteht; oder so ... nun, an etwas ähnliches ...«

»Ich will nicht spielen; ich mag Spiele nicht«, sagte Nelly. »Aber viel lieber hätte ich neue Kleider zum Beispiel.«

»Neue Kleider! Hm! Nun, das ist bereits weniger gut. Man muß mit seinem bescheidenen Los im Leben zufrieden sein. Aber schließlich ... warum nicht ... man kann auch neue Kleider mögen.«

»Und werden Sie mir viele neue Kleider kaufen, wenn ich Ihre Frau bin?«

»Was für eine Idee!« Der Doktor schien ein wenig unwillig. Nelly lachte schelmisch und vergaß sich sogar so weit, daß sie auch mir zulächelte. »Übrigens, warum sollte ich Ihnen nicht auch schöne Kleider kaufen, wenn Sie es durch Ihr Betragen verdienen«, fügte er versöhnlicher hinzu.

»Und wenn ich Sie heirate, muß ich dann jeden Tag Pulver einnehmen?«

»Nein, immer brauchen Sie die Pulver nicht einzunehmen.« – Und jetzt begann auch der Doktor zu lächeln.

Nelly lachte nur noch und brach das Gespräch ab. Der Alte aber schmunzelte und freute sich über ihre Fröhlichkeit.

»Ein originelles Köpfchen!« sagte er, sich zu mir wendend. »Doch aus alledem spricht immer noch eine gewisse Reizbarkeit.«

Er hatte recht. Ich wußte wirklich nicht, was in ihr vorging. Sie wollte anscheinend überhaupt nicht mehr mit mir sprechen, als wäre ich in irgend etwas schuldig vor ihr. Das betrübte mich sehr. Ich ärgerte mich schließlich und sprach einmal einen ganzen Tag nicht mehr mit ihr, aber am nächsten Tag schämte ich mich bereits dessen. Sie weinte oft, und ich wußte wirklich nicht, womit ich sie beruhigen sollte. Übrigens einmal brach sie doch das Schweigen.

Eines Tages kam ich vor der Dämmerstunde nach Hause und bemerkte, wie Nelly schnell ein Buch unter ihr Kissen versteckte. Das war mein Roman, den sie jetzt wieder in meiner Abwesenheit zu lesen schien. Wozu mußte sie ihn vor mir verstecken? ‚Als schäme sie sich deswegen', dachte ich und tat so, als ob ich nichts bemerkt hätte. Eine Viertelstunde nachher, als ich auf einen Augenblick in die Küche ging, sprang sie schnell aus dem Bett und legte das Buch an seinen früheren Platz; als ich zurückkam, sah ich es auf dem Tisch liegen. Plötzlich rief sie mich zu sich; in ihrer Stimme zitterte Erregung. Seit vier Tagen hatte sie kein Wort mit mir gesprochen.

»Werden Sie ... heute ... zu Natascha gehen?« fragte sie mich stockend.

»Ja, Nelly; ich muß sie heute unbedingt sprechen.«

Nelly schwieg.

»Sie lieben ... sie sehr?« fragte sie wieder halblaut.

»Ja, Nelly, ich liebe sie sehr.«

»Und auch ich liebe sie sehr«, fügte sie leise hinzu.

Wieder trat Schweigen ein.

»Ich möchte zu ihr gehen und bei ihr leben«, begann Nelly von neuem, und ein schüchterner Blick streifte mich dabei.

»Das ist nicht möglich, Nelly«, antwortete ich einigermaßen verwundert. »Hast du es denn schlecht bei mir?«

»Warum ist es nicht möglich?« Sie errötete. »Sie reden mir doch zu, zu ihrem Vater zu gehen; zu ihm aber möchte ich nicht. – Hat sie ein Dienstmädchen?«

»Ja.«

»Nun, dann soll sie ihr Dienstmädchen fortschicken, ich werde sie bedienen. Ich werde alles für sie tun und werde keine Belohnung von ihr annehmen; ich werde sie lieben und für sie das Essen kochen. Sagen Sie ihr das heute.«

»Was das für Phantasien sind, Nelly! Und was denkst du eigentlich von ihr: glaubst du denn wirklich, daß sie das zulassen würde? Wenn sie dich schon zu sich nehmen wollte, so doch nur als gleichgestellt mit ihr, als ihre jüngere Schwester.«

»Nein, das will ich nicht. So will ich das nicht ...«

»Warum nicht?«

Nelly schwieg, Ihre Lippen zuckten: sie war dem Weinen nahe.

»Aber der, den sie jetzt liebt, verreist doch bald und wird sie allein lassen?« fragte sie schließlich.

Ich staunte.

»Woher weißt du denn das, Nelly?«

»Sie sagten es mir doch auch selbst vor einiger Zeit, und vorgestern fragte ich den Mann von Alexandra Ssemjonowna und er erzählte mir alles.«

»War denn Masslobojeff hier?«

»Ja, er war hier«, sie schlug die Augen nieder.

»Warum hast du mir nicht gesagt, daß er da war?«

»So ...«

Ich dachte einen Augenblick nach und fragte mich, warum dieser Masslobojeff sich hier so geheimnisvoll herumtrieb, und was für Beziehungen er hier angeknüpft haben mochte? Ich mußte ihn doch aufsuchen.

»Nun, und was geht denn das dich an, wenn er sie verläßt, Nelly?«

»Sie lieben sie doch sehr«, antwortete Nelly, ohne mich anzusehen. »Wenn Sie sie aber so lieben, so werden Sie sie doch heiraten, wenn der andere fortfährt.«

»Nein, Nelly, sie liebt mich nicht so, wie ich sie liebe, ja, und ich ... Nein, so wird das nicht sein, Nelly.«

»Ich aber würde dann für Sie beide das Dienstmädchen sein, und Sie könnten glücklich und froh miteinander leben«, sagte sie kaum hörbar, ohne mich anzusehen.

‚Was ist nur mit ihr, was ist nur mit ihr?' dachte ich, und mein Herz krampfte sich schmerzhaft zusammen. Nelly verstummte und sprach an diesem Abend kein Wort mehr mit mir. Als ich fortgegangen war, weinte sie den ganzen Abend, wie Alexandra Ssemjonowna mir nachher berichtete, und schlief wieder unter Tränen ein. Sogar im Schlaf schluchzte sie noch manchmal auf und im Traum phantasierte sie.

Von diesem Tag an wurde sie immer schweigsamer und trauriger, und bald sprach sie mit mir so gut wie überhaupt nicht mehr. Allerdings bemerkte ich zwei- oder dreimal einen ihrer heimlichen Blicke auf mich, und in diesen Blicken lag so viel Zärtlichkeit! Aber das verging zugleich mit dem Augenblick, der den Anlaß zu dieser plötzlichen Zärtlichkeit gegeben hatte; gleichsam zur Abwehr dieser plötzlichen Anwandlungen von Weichheit wurde Nelly mit jeder Stunde feindseliger, selbst dem alten Arzt gegenüber, der sich über diese Veränderung in ihrem Charakter wunderte. Inzwischen hatte sie sich so weit erholt, daß sie mit Erlaubnis des Arztes täglich ein wenig an die frische Luft gehen konnte. Die Tage wurden damals schon heller und wärmer. Es war in der Karwoche, als ich eines Morgens ausging; ich mußte zu Natascha gehen, hatte aber Nelly versprochen, früh heimzukehren, um mit ihr zusammen spazierenzugehen. Sie war allein zu Hause geblieben.

Ich kann es nicht beschreiben, welch ein furchtbarer Schlag mich traf, als ich an dem Tage heimkehrte! Schon draußen auf dem Treppenabsatz fiel es mir auf, daß der Schlüssel von außen in der Tür steckte. Ich trete ein: es ist niemand da. Ich erstarrte. Auf dem Tisch erblickte ich einen Zettel, auf dem mit großen, ungleichen Buchstaben geschrieben stand:

»Ich bin von Ihnen fortgegangen und werde zu Ihnen nie mehr zurückkehren. Ich liebe Sie aber sehr.

Ihre treue Nelly.«

Ich schrie auf vor Schreck und stürzte hinaus.

IV

Kaum war ich auf der Straße, ohne mir noch klar darüber zu sein, wohin ich mich wenden sollte, als plötzlich vor unserem Haustor eine Droschke hielt; aus der Droschke stieg Alexandra Ssemjonowna, die Nelly fest an der Hand hielt, als fürchte sie, daß die Kleine noch einmal entlaufen könnte. Ich stürzte auf sie zu.

»Nelly, was ist dir eingefallen!« rief ich, »wohin wolltest du denn weggehen, und warum?«

»Warten Sie, nicht so hastig, gehen wir schnell zu Ihnen, dort werden Sie alles erfahren«, sagte Alexandra Ssemjonowna munter. »Was ich Ihnen für Sachen zu erzählen habe, Iwan Petrowitsch«, flüsterte sie mir unterwegs zu. »Wundern kann man sich nur ... Kommen Sie, Sie sollen sofort alles erfahren.«

Ihrem Gesicht konnte man ansehen, daß sie außergewöhnliche Neuigkeiten mitzuteilen hatte.

»Geh, Nelly, geh, lege dich hin«, sagte sie zu ihr, als wir ins Zimmer traten, »du mußt müde sein. Es ist doch kein Spaß, nach der Krankheit so herumzulaufen! Lege dich hin, Täubchen, lege dich hin. Wir aber wollen hierher gehen, um sie nicht zu stören ...«

Und sie winkte mir zu, ihr in die Küche zu folgen.

Nelly legte sich aber nicht hin, sie setzte sich auf den Diwan und bedeckte ihr Gesicht mit beiden Händen.

Wir verließen das Zimmer. Alexandra Ssemjonowna berichtete mir so schnell wie möglich, was geschehen war. Später erfuhr ich noch weitere Einzelheiten.

Nachdem sie mir den Zettel geschrieben, war Nelly etwa zwei Stunden vor meiner Rückkehr davongelaufen und hatte sich zuerst zu unserem Arzt begeben. Seine Adresse hatte sie sich schon beizeiten gemerkt. Der alte Doktor war, wie er erzählte, vor Schreck einfach erstarrt, als er plötzlich Nelly bei sich sah, und die ganze Zeit während ihrer Anwesenheit habe er »seinen Augen nicht getraut«. »Ich kann es auch jetzt noch nicht glauben«, fügte er zum Schluß seiner Erzählung hinzu, »und werde es nie und nimmer für wahr halten.«

Er habe, so erzählte er später, ruhig in seinem Kabinett gesessen, im Lehnstuhl und im Schlafrock, und habe seinen Kaffee getrunken, als sie plötzlich hereingelaufen kam und sich ihm an die Brust warf, noch bevor er zur Besinnung hatte kommen können. Sie weinte, umarmte und küßte ihn, küßte ihm die Hände und bat ihn flehentlich, sie zu sich zu nehmen, damit sie bei ihm wohnen könne. Sie habe gesagt, sie wolle und könne nicht mehr bei mir wohnen, deshalb sei sie von mir weggegangen; es sei so schwer; sie werde nun nie mehr über ihn lachen, noch werde sie von neuen Kleidern reden, sie werde sich gut aufführen und werde lernen, werde auch lernen, seine »Vorhemden zu waschen und zu bügeln« (wahrscheinlich hatte sie sich ihre ganze Rede schon unterwegs zurechtgelegt, aber vielleicht auch schon früher) und schließlich, so habe sie gesagt, werde sie gehorsam sein und jeden Tag gleichviel was für Pulver einnehmen. Und wenn sie früher gesagt habe, sie wolle ihn heiraten, so habe sie damals doch nur gescherzt und denke jetzt gar nicht mehr daran. Der alte Deutsche war so bestürzt, daß er die ganze Zeit mit offenem Mund dasaß, die Hand mit der Zigarre erhoben hielt, aber die Zigarre völlig vergaß, so daß sie ihm ausging.

»Mademoiselle«, sagte er endlich, »Mademoiselle, soweit ich Sie verstanden habe, wünschen Sie, daß ich Sie bei mir aufnehme. Aber das ist – unmöglich! Sie sehen, ich lebe hier sehr beengt und verfüge über wenig Mittel ... Und überhaupt, so plötzlich, ohne sich's zu überlegen ... Das ist ja schrecklich! Und außerdem sind Sie, wie mir scheint, einfach davongelaufen. Das ist durchaus nicht lobenswert ... Und schließlich habe ich Ihnen nur erlaubt, an sonnigen Tagen ein wenig spazierenzugehen, unter der Aufsicht Ihres Wohltäters. Sie aber verlassen Ihren Wohltäter und laufen einfach zu mir, wo Sie sich doch schonen und ... und ... die Medizin einnehmen sollten! Und schließlich ... schließlich verstehe ich überhaupt nicht ...«

Nelly ließ ihn nicht ausreden. Sie fing wieder an zu weinen, ihn anzuflehen, aber es half alles nichts. Das Erstaunen des Alten nahm nur noch zu, und er konnte in der Tat nichts mehr verstehen. Endlich gab Nelly es auf und lief aus dem

Zimmer. »Ich war danach den ganzen Rest des Tages krank und mußte zur Nacht ein Mittel einnehmen«, schloß der Alte seinen Bericht.

Nelly begab sich von dort zu Masslobojeffs. Obgleich ihr die Adresse bekannt war, fand sie die Wohnung doch nur mit großer Mühe. Masslobojeff war zu Haus. Alexandra Ssemjonowna schlug die Hände zusammen, als Nelly ihre Bitte, sie zu sich zu nehmen, vortrug. Auf ihre Fragen: warum denn das ihr Wunsch sei und ob sie es bei mir so schwer habe, antwortete Nelly nicht, sondern warf sich schluchzend in einen Stuhl. »Sie schluchzte so sehr, so sehr«, erzählte mir Alexandra Ssemjonowna, »daß ich fürchtete, sie könnte daran sterben!« Nelly flehte, sie als Köchin, als Stubenmädchen aufzunehmen, versicherte, sie könne ausfegen und werde es lernen, Wäsche zu waschen. (Dieses Wäschewaschen schien sie für das verlockendste Angebot zu halten.) Alexandra Ssemjonowna hatte die Absicht gehabt, sie zunächst bei sich zu behalten, bis zur Aufklärung der Sachlage, und mich sofort zu benachrichtigen. Doch Filipp Filippytsch hatte sich dem durchaus widersetzt und befohlen, den Flüchtling sofort zu mir zu bringen. Unterwegs habe Alexandra Ssemjonowna Nelly umarmt und getröstet, aber da habe sie wieder und noch mehr zu weinen angefangen. Auch Alexandra Ssemjonowna hatte dann vor Rührung geweint.

»Warum, warum willst du denn nicht bei ihm bleiben? Was hat er dir denn zuleide getan, was denn?« fragte sie Nelly unter Tränen.

»Nein, er hat mir nichts zuleide getan ...«

»Nun, warum willst du denn ...«

»So, ich will nicht mehr bei ihm leben ... ich kann nicht ... ich bin immer so böse zu ihm ... er aber ist gut ... bei Ihnen würde ich nicht böse sein, ich würde arbeiten«, antwortete sie unter Schluchzen.

»Warum bist du denn so böse zu ihm, Nelly?«

»So ...«

»Und das war alles, was ich aus ihr herausbringen konnte«,

schloß Alexandra Ssemjonowna, ihre Tränen trocknend. »Warum ist sie nur so trübselig? Sind das vielleicht Fraisen oder so etwas? Was meinen Sie, Iwan Petrowitsch?«

Wir kehrten zu Nelly zurück; sie lag, das Gesicht in den Kissen vergraben, und weinte. Ich kniete vor ihr nieder, nahm ihre Hände und küßte sie. Sie entriß sie mir aber und schluchzte noch heftiger. Ich wußte nicht, was ich tun sollte. In diesem Augenblick trat der alte Ichmenjeff ins Zimmer.

»Guten Tag, Iwan, ich komme zu dir mit einem besonderen Anliegen«, sagte er, musterte uns alle und wunderte sich, mich vor Nelly knien zu sehen.

Der Alte war in der letzten Zeit krank gewesen, war ganz zusammengefallen, sah blaß und mager aus. Er wollte aber auf die Ermahnungen seiner Frau nicht hören, legte sich nicht zu Bett, sondern fuhr fort, seinen Geschäften nachzugehen.

»Also einstweilen auf Wiedersehen«, sagte Alexandra Ssemjonowna, die den Alten aufmerksam ansah. »Filipp Filippytsch hat mir befohlen, so schnell wie möglich zurückzukehren. Gegen Abend, in der Dämmerung, werde ich wieder auf ein paar Stündchen zu Ihnen kommen.«

»Wer ist das?« fragte mich der Alte flüsternd, offenbar an ganz was Anderes denkend.

Ich beantwortete seine Frage.

»So, hm! Ich bin in einer besonderen Angelegenheit zu dir gekommen, Iwan ...«

Ich wußte, in welcher Angelegenheit, und hatte seinen Besuch bereits erwartet. Er kam wegen Nelly. Anna Andrejewna hatte endlich eingewilligt, die Waise in ihr Haus aufzunehmen. Das war nach einigen geheimen Gesprächen zwischen mir und Anna Andrejewna geschehen: ich hatte sie schließlich davon überzeugt, daß der Anblick dieses Waisenkindes, dessen Mutter gleichfalls von ihrem Vater verflucht worden war, sein Herz rühren und seinen Sinn vielleicht ändern könnte. Dieser Plan hatte ihr so gefallen, daß sie jetzt selbst in den Alten drang, Nelly ins Haus zu nehmen.

Er seinerseits wollte natürlich vor allem seine Anna Andrejewna zufriedenstellen, aber außerdem hatte auch er ein besonderes Ziel im Auge ... Davon werde ich später ausführlicher erzählen ...

Ich sagte bereits, daß Nelly den Alten schon seit seinem ersten Besuch nicht mochte. Ihr Gesicht drückte sogar einen gewissen Haß aus, wenn man seinen Namen nannte. Der Alte trug denn auch sofort ohne alle Umstände sein Anliegen vor, indem er auf Nelly zuging, die ihr Gesicht noch immer in die Kissen preßte, ihre Hand ergriff und sie fragte, ob sie an Stelle seiner Tochter zu ihm kommen wolle?

»Ich hatte eine Tochter, die ich mehr liebte als mich selbst«, schloß der Alte, »jetzt ist sie nicht mehr da. Sie ist gestorben. Willst du ihren Platz einnehmen? in unserem Hause und ... in meinem Herzen?«

Und in seinen vom Fieber trockenen und entzündeten Augen erglänzte eine Träne.

»Nein, ich will nicht«, antwortete Nelly, ohne den Kopf zu erheben.

»Warum denn nicht, mein Kind? Du bist doch ganz allein auf der Welt. Du kannst doch nicht ewig bei Iwan bleiben, bei mir aber wärest du wie im Elternhause.«

»Ich will nicht, weil Sie böse sind. Ja, böse, böse!« fügte sie hinzu, richtete sich auf und setzte sich dem Alten gegenüber aufs Bett. »Ich bin selbst böse, böser als alle, aber Sie sind noch böser als ich! ...«

Dabei erblaßte sie, ihre Augen aber blitzten auf; sogar ihre Lippen wurden blaß und zuckten und verzogen sich unter der Aufwallung irgend eines starken Gefühls. Der Alte sah sie ratlos an.

»Ja, noch böser als ich, denn Sie wollen Ihrer Tochter nicht verzeihen; Sie wollen sie ganz vergessen und wollen deshalb ein anderes Kind zu sich nehmen; aber geht denn das so, kann man denn das eigene Kind vergessen? Werden Sie mich denn lieben können? Bei jedem Blick auf mich werden Sie sich doch erinnern müssen, daß ich Ihnen fremd bin und daß Sie eine eigene Tochter gehabt haben, die Sie nur vergessen wollen, weil Sie ein grausamer Mensch sind. Ich will aber nicht bei grausamen Menschen leben, ich will nicht, ich will nicht!« Und Nelly schluchzte noch einmal kurz auf, und ihr Blick streifte mich flüchtig.

»Übermorgen ist Christi Auferstehung«, fuhr sie fort, »alle küssen und umarmen einander, alle versöhnen sich, alle Schuld wird verziehen ... Das weiß ich doch ... Nur Sie ... nur Sie allein ... Pfui! Sie Grausamer! Gehen Sie weg!«

Sie brach in einen Strom von Tränen aus. Auf diese Rede hatte sie sich offenbar schon lange vorbereitet, für den Fall, daß der Alte sie noch einmal aufforderte, zu ihm in sein Haus zu kommen. Der Alte war ganz bestürzt und wurde blaß; seinem Gesicht war tiefschmerzliches Empfinden anzusehen.

»Und wozu, wozu kümmern sich jetzt auf einmal alle um mich? Ich mag das nicht!« rief Nelly plötzlich wie außer sich; »ich werde lieber betteln gehen!«

»Aber Nelly, was ist mit dir los?« rief ich unwillkürlich. »Nelly, mein kleiner Freund ...« Aber damit goß ich nur Öl ins Feuer.

»Ja, ich werde lieber auf die Straße betteln gehen, aber hier bleibe ich nicht!« schrie sie schluchzend. »Meine Mutter hat auch gebettelt, und als sie zu sterben begann, sagte sie zu mir: ‚Sei arm und gehe lieber betteln, als daß du ...‘ Zu betteln ist keine Schande, denn ich bitte nicht einen Menschen, sondern alle, und alle sind nicht dasselbe wie ein Mensch; einen anzubetteln, das ist eine Schande, aber von allen zu bitten, ist keine Schande; das hat mir eine Bettlerin gesagt; und ich bin doch noch klein und wo soll ich 's denn hernehmen? Ich werde also alle bitten, ich will's nicht anders, denn ich bin böse, böse, böser als alle; da seht, wie böse ich bin!«

Und Nelly griff ganz unerwartet nach einer Tasse auf dem Tisch und warf sie auf den Fußboden.

»Da, jetzt ist sie zerbrochen!« Sie sah mich mit herausforderndem Triumph an. »Es waren nur zwei Tassen da, ich werde auch die andere zerschlagen ... Woraus werden Sie dann Tee trinken?«

Sie war wie besessen und schien dieses Sichgehenlassen geradezu zu genießen. Sie sah wohl ein, daß es nicht gut und eine Schande war, und gleichzeitig schien sie sich selbst aufzuhetzen zu weiteren Ausfällen.

»Sie ist einfach krank, Wanja, das ist alles«, sagte der Alte, »oder ... ich begreife dieses Kind schon nicht mehr. Lebe wohl!«

Er nahm seinen Hut und reichte mir die Hand zum Abschied. Er war wie zerschlagen; Nelly hatte ihn furchtbar gekränkt; alles in mir empörte sich gegen sie.

»Und er hat dir nicht leid getan, Nelly!« rief ich, als wir allein waren; »du solltest dich schämen, schämen! Nein, du bist nicht gut, du bist wirklich schlecht!«

Und so wie ich war, ohne Hut, lief ich dem Alten nach. Ich wollte ihn wenigstens bis zum Haustor begleiten, um ihm ein paar Worte zur Beruhigung zu sagen. Als ich die Treppe hinunterlief, hatte ich Nellys Gesicht vor Augen, das bei meinen Vorwürfen furchtbar blaß geworden war.

Ich holte Ichmenjeff bald ein.

»Das arme Kind leidet und hat seinen eigenen Kummer, glaub mir, Iwan, und mir fiel es ein, noch von meinem zu reden«, sagte er, bitter lächelnd. »Ich habe ihre Wunde aufgerissen. Man sagt, der Satte könne den Hungrigen nicht verstehen, ich aber sehe jetzt, Wanja, daß selbst der Hungrige den Hungrigen nicht immer versteht. Nun, lebe wohl!«

Ich wollte von anderem sprechen, aber er winkte mir bloß mit der Hand ab.

»Laß doch den Versuch, mich zu beruhigen; sieh lieber zu, daß sie dir nicht davonläuft; sie sieht mir ganz danach aus«, fügte er mit einer gewissen Bitterkeit hinzu und beeilte sich, schneller fortzukommen, wobei sein Spazierstock vernehmbar auf den Steinen aufschlug.

Er ahnte wohl selbst nicht, wie richtig seine Prophezeihung war.

Wie mir wurde, als ich zurückkehrte und zu meinem Schrecken Nelly in meiner Wohnung nicht vorfand! Ich suchte sie im Treppenhaus, auf der Treppe, rief ihren Namen, klopfte sogar bei den Nachbarn an, fragte nach ihr; ich konnte und wollte es nicht glauben, daß sie wieder davongelaufen sei. Und wie hätte sie fortlaufen können? Es gab doch nur ein Haustor; sie mußte also an mir vorbeigeschlüpft sein, als ich mit dem Alten sprach? Doch bald darauf kam mir der Gedanke, daß sie sich hier irgendwo im Treppenhaus versteckt haben konnte, um meine Rückkehr abzuwarten, und dann hinter meinem Rücken hinauszulaufen. In dem Fall konnte sie noch nicht weit gekommen sein.

Mit großer Unruhe machte ich mich auf den Weg, sie zu suchen, und ließ die Wohnung für alle Fälle offen.

Zuerst begab ich mich zu Masslobojeffs, traf sie aber nicht zu Haus, weder ihn noch Alexandra Ssemjonowna. Ich hinterließ ihnen einen Zettel, in dem ich Nellys neue Flucht meldete und sie bat, falls Nelly zu ihnen kommen sollte, mich zu benachrichtigen. Darauf ging ich zum Doktor: der war gleichfalls nicht zu Haus, aber die Magd sagte mir, daß Nelly nach ihrem ersten Besuch nicht wieder dagewesen sei. Was sollte ich tun? Ich begab mich zur Bubnowa und erfuhr dort von der Frau des Sargmachers, die Wirtin sei gestern von der Polizei geholt worden und sitze wegen eines Vergehens in Arrest. Nelly hatte man aber seit jenem Tage nicht wiedergesehen. Müde, gequält, lief ich von dort wieder zu Masslobojeffs zurück; dasselbe Ergebnis: niemand zu Hause. Mein Zettel lag noch auf dem Tisch. Was sollte ich tun?

In tödlicher Angst mußte ich mich schließlich nach Hause begeben. Ich sollte an diesem Abend zu Natascha gehen, sie hatte mich bereits am Morgen darum bitten lassen. Auch hatte ich den ganzen Tag noch nichts gegessen; der Gedanke an Nelly hatte nichts anderes in mir aufkommen lassen.

‚Was soll das nur bedeuten?' dachte ich. ‚Sollten das wirklich nur die Folgen der Krankheit sein? Hat sie nicht am Ende den Verstand verloren? Mein Gott, wo soll ich sie jetzt suchen?' Kaum hatte ich das gedacht, als ich plötzlich Nelly einige Schritte von mir entfernt auf der W.-Brücke erblickte. Sie stand dort an einer Laterne und sah mich nicht. Ich wollte auf sie zulaufen, blieb aber plötzlich stehen: ‚Was mag sie hier tun?' dachte ich, und ich beschloß, da ich sie jetzt nicht mehr aus dem Auge verlieren konnte, hier zu warten und sie zu beobachten. Es vergingen ungefähr zehn Minuten, sie stand immer noch dort und blickte auf die Vorübergehenden. Endlich kam ein gut gekleideter alter Herr, und Nelly ging auf ihn zu: der zog, ohne stehenzubleiben, etwas aus der Tasche und gab es ihr. Sie verbeugte sich vor ihm. Ich kann es nicht beschreiben, was ich in diesem Augenblick empfand! Qualvoll zog sich mein Herz zusammen, als wäre etwas Teures, das ich geliebt und gehegt hatte, in diesem Augenblick vor mir entehrt und beschimpft worden. Mir stiegen die Tränen in die Augen.

Ja, Tränen um die arme Nelly, obschon ich gleichzeitig unversöhnlichen Zorn gegen sie empfand: sie hatte nicht aus Not gebettelt; sie war durchaus nicht der Willkür des Schicksals überlassen gewesen, sie war nicht ihren Peinigern entlaufen, sondern ihren Freunden, die sie liebten und hegten. Als hätte sie damit jemanden in Erstaunen setzen oder schrecken wollen, ja, fast schien es, als wolle sie damit vor jemandem prahlen! In ihrer Seele begann etwas Geheimnisvolles zu reifen. Der alte Ichmenjeff hatte recht, sie war verwundet, und ihre Wunde wollte nicht vernarben. Sie schien durch dieses geheimnisvolle und mißtrauische Verhalten uns gegenüber geradezu in ihrem Schmerz wühlen zu wollen, – als gewähre ihr dieser ewig neu aufgewühlte Schmerz, dieser *Egoismus des Leidens,* wenn ich mich so ausdrücken darf, einen besonderen Genuß. Dieses Gefühl eines Genusses begriff ich durchaus: denn viele Erniedrigte und Beleidigte, die vom Schicksal niedergeworfen und sich der Ungerechtigkeit desselben bewußt sind, müssen es empfinden. Über welche Ungerechtigkeit aber konnte sich Nelly uns gegenüber beklagen? Sie schien mit ihren Launen, mit ihren wilden Ausbrüchen gegen uns sich geradezu selbst überbieten zu wollen! . . . Aber nein, sie hatte jetzt gebettelt, wo sie sich von uns nicht gesehen glaubte. Fand sie denn wirklich für sich allein einen Genuß daran? Wozu brauchte sie denn diese Almosen?

Nachdem sie das Geld von dem Fremden bekommen hatte, verließ sie die Brücke und blieb vor den hell erleuchteten Fenstern eines Ladens stehen, um die Beute zu zählen; ich stand zehn Schritte von ihr entfernt und konnte sehen, daß sie eine Menge Geldstücke in der Hand hatte. Offenbar hatte sie bereits vom Morgen an gebettelt. Darauf ging sie über die Straße hinüber auf die andere Seite und trat dort in einen Laden. Ich folgte ihr sofort und blieb an der Tür des Ladens, die offen war, stehen, um zu sehen, was sie dort tun werde.

Ich sah, wie sie ihr Geld auf den Ladentisch legte und man ihr dafür eine Teetasse zeigte, eine ganz billige Tasse, ähnlich derjenigen, die sie zerschlagen hatte, als sie mir und dem alten Ichmenjeff zeigen wollte, wie böse sie sein konnte. – Die Tasse kostete vielleicht nur fünfzehn Kopeken, vielleicht sogar noch weniger. Der Kaufmann wickelte sie in ein Papier ein, umschnürte das Päckchen und übergab es Nelly, die eilig und mit zufriedenem Gesicht aus dem Laden trat.

»Nelly« rief ich, als sie sich mir näherte. »Nelly!«

Sie sah auf und zuckte zusammen, die Tasse entglitt ihrer Hand, fiel aufs Pflaster und zerbrach. Nelly war blaß; als sie mich aber ansah und erriet, daß ich alles gesehen hatte, errötete sie plötzlich; es war die Röte einer unerträglichen, qualvollen Scham. Ich nahm sie bei der Hand und führte sie nach Hause; es war nicht mehr weit zu gehen. Unterwegs sprach keiner von uns ein Wort. Nach Hause gekommen, setzte ich mich hin; Nelly blieb vor mir stehen, nachdenklich, verwirrt und bleich stand sie da, die Augen zu Boden geschlagen. Sie traute sich nicht, mich anzusehen.

»Nelly, du hast gebettelt?«

»Ja!« flüsterte sie und senkte den Kopf noch tiefer.

»Du wolltest Geld sammeln, um die heute zerschlagene Tasse zu ersetzen?«

»Ja ...«

»Habe ich dir denn dieser Tasse wegen Vorwürfe gemacht, habe ich dich gescholten? Siehst du denn wirklich nicht, Nelly, wieviel selbstzufriedene Bosheit in deiner Handlung liegt? Ist das wirklich gut von dir gehandelt? Schämst du dich denn nicht? Oder ...«

»Ich schäme mich«, flüsterte sie kaum hörbar, und über ihre Wange rollte eine Träne.

»Du schämst dich ...«, wiederholte ich. »Nelly, meine Liebe, wenn ich vor dir schuldig bin, so verzeih mir und laß uns wieder Frieden schließen.«

Sie sah mich an, brach in Tränen aus und warf sich mir an die Brust.

In diesem Augenblick kam Alexandra Ssemjonowna hereingestürmt.

»Wie! Sie ist wieder zu Haus? Wieder da? Ach, Nelly, Nelly, was ist nur los mit dir? Ein Glück, daß sie nun wenigstens wieder da ist ... Wo haben Sie sie denn gefunden, Iwan Petrowitsch?«

Ich gab Alexandra Ssemjonowna durch einen Wink zu verstehen, daß sie nicht weiter fragen solle, und sie verstand mich. Ich verabschiedete mich zärtlich von Nelly, die immer noch bitterlich weinte, und bat die gute Alexandra Ssemjonowna, bis zu meiner Rückkehr bei ihr zu bleiben; ich aber lief zur Natascha. Ich hatte mich bereits verspätet und mußte eilen.

An diesem Abend sollte sich unser Schicksal entscheiden: obgleich ich mit Natascha von vielen anderen Dingen reden mußte, erzählte ich ihr doch, was sich mit Nelly zugetragen hatte. Meine Erzählung setzte Natascha sehr in Erstaunen.

»Weißt du, Wanja«, sagte sie nach kurzem Nachdenken, »ich glaube, sie liebt dich.«

»Wieso ... wie meinst du das?« fragte ich ganz erstaunt.

»Ja, so fängt Liebe an, weibliche Liebe ...«

»Aber was fällt dir ein! Sie ist doch noch ein Kind!«

»Das bald vierzehn Jahre alt sein wird. Ihre Erbitterung kommt daher, daß du ihre Liebe nicht begreifst und sie sich vielleicht selbst nicht versteht. Diese Erbitterung äußert sich wohl noch ganz kindlich, ist aber darum nicht weniger ernst und quälend für sie. Vor allem aber – sie ist eifersüchtig auf mich. Du liebst mich so, daß du wohl auch zu Hause nur an mich denkst, von mir sprichst, dir um mich Sorgen machst und sie daher weniger beachtest. Sie wird das bemerkt haben und das kränkt sie. Sie hat vielleicht das Bedürfnis, mit dir zu sprechen, ihr Herz vor dir auszuschütten, weiß aber nicht wie, sie schämt sich, versteht sich selbst nicht, wartet auf eine Gelegenheit. Du aber verstehst sie nicht, und statt diese Gelegenheit schneller herbeizuführen, entfernst du dich von ihr, läufst von ihr fort zu mir, und selbst als sie krank war, ließest du sie tagelang allein. Darum weint sie auch: du widmest dich ihr zu wenig, und am meisten schmerzt es sie, daß du das gar nicht merkst. Auch jetzt, in einem solchen Augenblick, hast du sie um meinetwillen wieder allein gelassen. Sie wird doch morgen davon krank sein. Und wie hast du sie nur allein lassen können? Geh, geh sofort zu ihr ...«

»Ich hätte sie auch nicht allein gelassen, aber ...«

»Nun ja, weil ich dich hatte bitten lassen, zu kommen. Jetzt aber mußt du gleich zu ihr gehen.«

»Ich gehe, aber natürlich glaube ich kein Wort von dem, was du da sagst.«

»Weil es sich so anders anhört, als es bei anderen ist. Bedenke ihre Lebensgeschichte, bedenke alles zusammen, und du wirst mir glauben. Sie ist ganz anders aufgewachsen als wir beide ...«

Es war trotzdem schon spät, als ich heimkam. Alexandra Ssemjonowna berichtete, Nelly habe wieder viel geweint und sei unter Tränen eingeschlafen, ganz wie damals.

»Ich muß jetzt gehen, Iwan Petrowitsch«, schloß sie, »Filipp Filippytsch hat es mir so befohlen. Der Arme, er wartet doch auf mich!«

Ich dankte ihr sehr und setzte mich an Nellys Lager. Mir selbst lastete es schwer auf der Seele, daß ich sie in einem solchen Augenblick verlassen hatte. Lange, bis in die späte Nacht hinein, saß ich bei ihr, in Gedanken versunken. Es war eine verhängnisvolle Zeit.

Aber jetzt muß ich noch zurückgreifen und erzählen, was sich in diesen vierzehn Tagen ereignet hatte.

V

Nach jenem denkwürdigen Abend, an dem ich mit dem Fürsten im Restaurant B. gewesen war, hatte ich in einer ständigen Angst um Natascha gelebt.

‚Womit drohte ihr dieser verwünschte Fürst, und wie, wodurch wollte er sich an ihr rächen?' fragte ich mich immer wieder und erging mich in den verschiedensten Vermutungen. Ich kam zu guter Letzt zu dem Schluß, daß seine Drohungen keine leeren Worte, keine Großtuerei waren, und daß er, der Fürst, solange Natascha mit Aljoscha zusammenlebte, ihr in der Tat viele Unannehmlichkeiten bereiten konnte. ‚Er ist kleinlich, rachsüchtig, böse und berechnend', sagte ich mir. Es war kaum anzunehmen, daß er eine Beleidigung vergessen und nicht die erstbeste Gelegenheit benützen werde, um sich zu rächen. Jedenfalls hatte er mich in dieser ganzen Angelegenheit auf einen Punkt hingewiesen und sich über diesen Punkt auch deutlich genug ausgesprochen: daß er dringend den Bruch Aljoschas mit Natascha verlangte und von mir erwartete, daß ich sie auf die baldige Trennung vorbereite, und zwar so vorbereite, daß es keine Szenen, keine Schäferspiele und kein Schillerpathos gab. Dabei war es ihm natürlich vor allem darum zu tun, daß Aljoscha mit ihm zufrieden blieb und fortfuhr, ihn für einen liebevollen Vater zu halten; dies aber war sehr wichtig für ihn, war die Voraussetzung, um späterhin bequem über Katjas Vermögen verfügen zu können. So stand mir denn die Aufgabe bevor, Natascha auf die baldige Trennung vorzubereiten. Nun hatte ich aber an Natascha eine starke Veränderung bemerkt; von ihrer früheren Offenherzigkeit mir gegenüber war nichts mehr verblieben; nicht nur das, sie schien in ihrem Verhalten zu mir geradezu mißtrauisch geworden zu sein. Meine Versuche, sie zu trösten, quälten sie nur; meine Fragen wurden ihr immer lästiger, ja, ärgerten sie sogar. So saß ich denn manchmal bei ihr und sah sie nur an! Sie geht, die Arme verschränkt, im Zimmer auf und ab, finster und blaß, fast wie geistesabwesend, ja, als hätte sie sogar vergessen, daß ich im Zimmer bin, bei ihr. Schaut sie dann einmal auf (sie wich aber auch schon meinen Blicken aus), so spricht aus ihrem Gesicht plötzlich ungeduldiger Ärger und sie wendet sich schnell ab. Ich begriff, daß sie vielleicht selbst einen Plan für die bevorstehende Trennung erwog, und konnte sie denn das ohne Schmerz, ohne Bitterkeit tun? Und ich war überzeugt, daß sie sich zum Abschied von Aljoscha schon entschlossen hatte. Trotzdem aber quälte und ängstigte mich ihre finstere Verzweiflung. Zudem wagte ich es manchmal gar nicht mehr, sie anzusprechen, sie zu trösten; so wartete ich denn mit Bangen, wie sich das alles entscheiden werde.

Was jedoch ihr strenges und unzugängliches Verhalten mir gegenüber betraf, so beunruhigte und quälte es mich zwar, aber ich glaubte doch trotz allem an das Herz meiner Natascha: ich sah doch, wie sehr sie litt und in welch einer übermäßigen Spannung sie lebte. Jede fremde Einmischung rief in ihr nur Ärger oder Zorn hervor. In solchem Zustand wird besonders die Einmischung uns nahestehender Freunde, die unsere Geheimnisse kennen, am unerträglichsten. Aber ich wußte auch ebensogut, daß im letzten Augenblick Natascha wieder zu mir kommen und bei meinem Herzen für sich Erleichterung suchen werde.

Von meinem Gespräch mit dem Fürsten sagte ich ihr selbstverständlich nichts: mein Bericht hierüber hätte sie nur noch mehr erregt und belastet. Ich erwähnte nur so nebenbei, ich wäre mit dem Fürsten bei der Gräfin gewesen und hätte mich überzeugt, daß er ein ganz gemeiner Schuft sei. Aber sie fragte nicht weiter nach ihm, worüber ich sehr froh war; dafür hörte sie wißbegierig alles an, was ich ihr über mein Zusammensein mit Katja erzählte. Nachdem sie alles gehört hatte, verlor sie auch über Katja weiter kein Wort, aber eine gewisse Röte stieg in ihr blasses Gesicht, und diesen ganzen Tag war sie merkwürdig aufgeregt. Ich verheimlichte ihr nichts über Katja und gestand ihr freimütig, sie hätte auch auf mich einen vorzüglichen Eindruck gemacht. Wozu hätte ich das verheimlichen sollen? Natascha hätte ja doch erraten, was ich verheimlichte, und hätte sich deswegen über mich nur geärgert. So erzählte ich denn mit Absicht möglichst ausführlich, um allen ihren Fragen zuvorzukommen, zumal es ihr in ihrer Lage peinlich gewesen wäre, mich auszufragen: unter anscheinendem Gleichmut nach den Vorzügen der Rivalin zu forschen.

Ich dachte, sie wisse noch gar nicht, daß Aljoscha auf die ausdrückliche Anordnung des Fürsten mit der Gräfin und Katja aufs Land fahren sollte, und ich wußte nicht, wie ich ihr das möglichst schonend mitteilen könnte, um den Schlag abzuschwächen. Wie groß war daher mein Erstaunen, als Natascha mich gleich bei den ersten Worten unterbrach und sagte, sie bedürfe keiner *Beschönigungen,* sie wisse das schon seit fünf Tagen.

»Mein Gott!« rief ich, »aber wer hat es dir denn gesagt?«

»Aljoscha.«

»Was? Er selbst?«

»Ja, und mein Entschluß ist bereits gefaßt, Wanja«, fügte sie mit einer Miene hinzu, die mir deutlich und gleichsam ungeduldig zu verstehen gab, daß sie eine Fortsetzung dieses Gesprächs nicht wünschte.

Aljoscha kam jetzt ziemlich oft zu Natascha, aber immer nur auf ein paar Augenblicke; nur einmal war er mehrere Stunden lang bei ihr geblieben; aber da war ich nicht dort. Meist erschien er in trauriger Stimmung; er sah sie schüchtern und zärtlich an; aber Natascha empfing ihn dann immer so freundlich, so zärtlich, daß er sogleich alles vergaß und heiter wurde. Auch mich besuchte er jetzt sehr häufig, fast jeden Tag. Er quälte sich furchtbar und konnte daher keinen Augenblick allein sein, sondern kam zu mir gelaufen, um sich trösten zu lassen.

Was konnte ich ihm sagen? Er warf mir Gleichgültigkeit, Kälte und sogar Bosheit ihm gegenüber vor, klagte und jammerte und ging dann schließlich zu Katja, wo er denn auch immer Trost fand.

An dem Tag, als ich von Natascha erfuhr, daß sie von der Abreise Aljoschas schon unterrichtet war (es war eine Woche nach meinem Gespräch mit dem Fürsten), kam er in Verzweiflung zu mir, umarmte mich, fiel mir um den Hals und weinte wie ein Kind. Ich schwieg und wartete, was er sagen würde.

»Ich bin ein niedriger, ein gemeiner Mensch, Wanja«, begann er, »rette mich vor mir selbst! Ich weine nicht darüber, daß ich gemein und niedrig bin, sondern darüber, daß Natascha durch mich unglücklich wird; denn ich gebe sie ja doch dem Unglück preis! ... Wanja, mein Freund, sage du mir, wen ich mehr liebe: Katja oder Natascha?«

»Das kann ich nicht beurteilen, Aljoscha«, antwortete ich ihm, »das mußt du besser wissen als ich ...«

»Nein, Wanja; ich würde dir doch nicht eine so dumme Frage stellen, wenn ich's wüßte; aber das ist's ja doch, daß ich es nicht weiß. Ich frage mich und kann mir selbst keine Antwort darauf geben. Du aber hast alles miterlebt und kannst es eher wissen als ich. Und wenn du es auch nicht weißt, so sage mir doch wenigstens, wie es dir scheint?«

»Mir scheint, daß du Katja mehr liebst.«

»Es scheint dir so! Aber nein, nein, das ist nicht so! Du

hast es nicht erraten. Ich liebe Natascha grenzenlos. Ich kann sie um keinen Preis und nie und nimmer verlassen. Ich habe das auch Katja gesagt, und Katja ist damit durchaus einverstanden. Warum schweigst du denn? Ich sah soeben, wie du lächeltest. Ach, Wanja, du hast mich nie getröstet, wenn es mir zu schwer wurde, so wie jetzt ... Lebe wohl!«

Er lief aus dem Zimmer. Dieser Besuch hatte einen großen Eindruck auf die verwunderte Nelly gemacht, die schweigend unserem Gespräch gefolgt war. Sie war damals immer noch krank, hütete das Bett und nahm eine Medizin ein. Aljoscha sprach bei seinen Besuchen niemals mit ihr, er schenkte ihr fast überhaupt keine Beachtung.

In zwei Stunden erschien er wieder, und ich wunderte mich über sein erfreutes Gesicht. Er umarmte mich wie vorher.

»Jetzt ist es entschieden!« rief er. »Alle Mißverständnisse sind beseitigt! Von Ihnen bin ich geradeswegs zu Natascha gegangen: ich war gequält und konnte ohne sie nicht sein. Ich kam zu ihr, fiel vor ihr nieder und küßte ihre Füße. Ich mußte es tun, sonst wäre ich vor Kummer gestorben. Sie weinte und umarmte mich schweigend. Da habe ich es ihr aufrichtig gestanden, daß ich Katja mehr liebe als sie ...«

»Und was sagte sie dazu?«

»Sie antwortete mir nichts darauf, sie streichelte mich nur und beruhigte mich – mich, der ich ihr das soeben gesagt hatte! Sie versteht zu trösten, Iwan Petrowitsch! Oh, ich habe vor ihr all meinen Kummer ausgeweint, ihr alles gestanden. Ich habe ihr einfach gesagt, daß ich Katja sehr liebe, aber wie lieb ich Katja auch hätte, – ohne sie, Natascha, könnte ich doch nicht leben, sondern müßte elendiglich umkommen. Ja, Wanja, nicht einen Tag könnte ich ohne sie leben! Und darum haben wir beschlossen, uns unverzüglich trauen zu lassen; da man es aber jetzt in den großen Fasten nicht tun kann, so müssen wir es auf den Juni verschieben, wenn ich wiederkomme. Papa wird es erlauben, daran besteht kein Zweifel. Und Katja? Was soll ich tun, ich kann ohne Natascha nicht leben . . . Wir werden uns trauen lassen und dorthin fahren, wo Katja ist . . .«

Arme Natascha! Wie muß ihr zumut gewesen sein, diesen Knaben zu trösten, seine Geständnisse anzuhören und zur Beruhigung dieses naiven Egoisten noch das Märchen von einer baldigen Heirat auszudenken! Aljoscha war auch wirklich für ein paar Tage beruhigt. Er lief ja eigentlich auch nur deshalb zu Natascha, weil sein schwaches Herz nicht imstande war, Kummer oder Traurigkeit allein zu ertragen. Als aber die Zeit der Trennung näher rückte, geriet er wieder in Unruhe und kamen ihm die Tränen; dann kam er wieder zu mir gelaufen, um sein Leid bei mir auszuweinen. In der letzten Zeit hatte er sich so an Natascha angeschlossen, daß er sie auch nicht auf einen Tag verlassen konnte, geschweige denn auf anderthalb Monate. Indessen war er bis zum letzten Augenblick fest überzeugt, daß er sie nur auf anderthalb Monate verlassen werde, um dann zur Trauung zurückzukehren . . . Natascha dagegen begriff durchaus, daß es eine Trennung für immer war, und daß alles so kommen mußte . . .

Und der Tag der Trennung brach an. Natascha war krank, – blaß, mit fiebrigen Augen und trockenen Lippen sprach sie hin und wieder zu sich selbst, dann sah sie mich plötzlich mit einem schnellen durchdringenden Blick an, weinte nicht, antwortete nicht auf meine Fragen und erzitterte wie ein Espenblatt, als sie die helle Stimme des eintretenden Aljoscha vernahm. Glut übergoß ihre Wangen, sie eilte ihm entgegen, umarmte ihn krampfhaft, küßte ihn, lachte . . Aljoscha sah sie besorgt an, fragte sie beunruhigt, ob sie auch gesund wäre, suchte sie zu beruhigen, daß er ja bald zur Hochzeit zurückkehren werde . . . Natascha nahm alle Kraft zusammen, um sich zu bezwingen und ihre Tränen zu unterdrücken. Sie weinte nicht in seiner Gegenwart.

Einmal hatte er ihr gegenüber die Bemerkung gemacht, daß er ihr für die ganze Zeit seiner Abwesenheit Geld dalassen werde, und sie solle sich deshalb nicht beunruhigen, da der Vater ihm für die Reise eine große Summe versprochen habe. Natascha hatte hierzu ein finsteres Gesicht gemacht. Als wir danach allein geblieben waren, hatte ich ihr mitgeteilt, daß für sie hundertfünfzig Rubel bei mir bereit lägen, für alle Fälle. Und sie hatte nicht gefragt, woher dieses Geld käme. Das war zwei Tage vor Aljoschas Abreise gewesen, am Tage vor der ersten und letzten Zusammenkunft Nataschas mit Katja. Katja hatte durch Aljoscha einen Brief geschickt, in dem sie Natascha um die Erlaubnis bat, sie am nächsten Tage um zwölf Uhr zu besuchen; auch mir hatte sie geschrieben und mich gebeten, bei der Begegnung zugegen zu sein.

Ich beschloß, ungeachtet aller Hindernisse, um zwölf Uhr bei Natascha zu sein; denn der Hindernisse gab es viele. Ganz abgesehen von Nelly, hatten mich auch die alten Ichmenjeffs in letzter Zeit sehr in Anspruch genommen.

Vor einer Woche hatte Anna Andrejewna zu mir geschickt und mich bitten lassen, in einer wichtigen Angelegenheit so schnell wie möglich zu ihr zu kommen. Ich eilte zu ihr und traf sie allein zu Hause an: in zitternder Erwartung ihres Mannes ging sie aufgeregt im Zimmer auf und ab. Auch diesmal konnte ich wie gewöhnlich nicht sofort erfahren, was geschehen und warum sie so erschrocken war, obgleich es vielleicht keinen Augenblick zu verlieren galt. Endlich, nach heißen und gar nicht zur Sache gehörenden Vorwürfen: warum ich nicht zu ihnen gekommen war und sie wie Waisen in ihrem Kummer allein gelassen hatte, so daß ohne mich schon »weiß Gott was alles hätte passieren können«, erklärte sie mir, Nikolai Ssergejewitsch sei in den letzten drei Tagen so aufgeregt gewesen, »daß es gar nicht zu beschreiben ist!«

»Er ist nicht mehr wiederzuerkennen«, berichtete sie; »in der Nacht schleicht er sich von mir fort, um auf den Knien vor dem Heiligenbild zu beten, im Schlaf phantasiert er, bei Tage ist er nur halb bei Verstand: gestern aßen wir Kohlsuppe, und er konnte seinen Löffel nicht finden, der neben seinem Teller lag. Fragt man ihn nach irgend etwas, so antwortet er auf etwas ganz Anderes ...«

»Jeden Augenblick geht er aus dem Haus: immer sagt er ‚in Geschäften', oder ‚um mit meinem Rechtsanwalt zu sprechen'. Aber heute morgen hatte er sich in seinem Kabinett eingeschlossen: ‚Ich habe', sagte er, ‚einen Geschäftsbrief zu schreiben.' ‚Nun', denke ich, ‚was wirst du für einen Geschäftsbrief schreiben, wenn du nicht einmal deinen Löffel, der neben dir liegt, finden kannst!' Ich spähte durch den Türspalt: da saß er, schrieb und – weinte. ‚Schreibt man denn so einen Geschäftsbrief?' dachte ich. ‚Oder tut es ihm so leid um Ichmenjeffka? Also müssen wir unser Ichmenjeffka doch auf immer verloren haben!' Plötzlich aber springt er vom Stuhl auf und wirft die Feder auf den Tisch, feuerrot im Gesicht, mit blitzenden Augen greift er nach dem Hut und stürzt zu mir heraus. ‚Anna Andrejewna, ich komme sofort wieder', sagte er und ging. Ich aber habe dann auf seinem Schreibtisch unter den vielen Papieren, die da in Stößen herumliegen, gesucht. Wievielmal habe ich zu ihm gesagt: ‚Erlaube doch, daß ich deine Papiere in Ordnung bringe und vom Tisch den Staub wische!' Aber daran war nicht zu denken, er winkte gleich mit beiden Händen ab: so ungeduldig, solch ein Schreier ist er hier in Petersburg geworden! So ging ich also zum Tisch und fing an zu suchen, was er soeben geschrieben hatte; denn ich wußte ja, daß er es nicht mitgenommen, sondern unter die anderen Papiere geschoben hat. Hier ist es, hier, Iwan Petrowitsch, schau es dir mal an!«

Und sie reichte mir einen Bogen Briefpapier, der zur Hälfte beschrieben war, doch stellenweise so viele Verbesserungen und Streichungen aufwies, daß man kaum alles entziffern konnte.

Der arme alte Mann! Schon aus den ersten Zeilen war zu ersehen, *an wen* er geschrieben hatte und warum. Es war ein Brief an Natascha, an seine geliebte Natascha. Er begann warm und innig; er verzieh ihr alles und rief sie zurück. Es war aber fast unmöglich, alles zu entziffern, was er geschrieben hatte: die Sätze waren meist unbeendet, und vieles war ausgestrichen. Man fühlte nur, daß er aus heißem Drang zur Feder gegriffen und die ersten Zeilen tief empfunden hatte; aber auf die ersten herzlichen Zeilen folgten bald andere. Er begann seiner Tochter Vorwürfe zu machen, beschrieb in grellen Farben ihr Verbrechen, hielt ihr Eigensinn vor, beschuldigte sie der Gefühllosigkeit, daß sie vielleicht kein einziges Mal daran gedacht habe, was sie ihren Eltern antat. Für ihren Stolz aber drohte er ihr mit Strafe, und befahl ihr, unverzüglich ins Elternhaus zurückzukehren; dann erst würden ihre Eltern ihr – »nach stillem, musterhaften Leben im Schoß der Familie« – vielleicht verzeihen, schrieb er. Man sah, daß er sein erstes großmütiges Gefühl für Schwäche gehalten, sich ihrer geschämt hatte, und deshalb in der Qual beleidigten Stolzes mit wütenden Drohungen schloß. Die Alte stand mit gefalteten Händen vor mir und wartete angstvoll, was ich sagen würde.

Ich sagte ihr aufrichtig, wie ich die Sache ansah, nämlich: daß der Alte ohne Natascha nicht mehr leben könne, und daß man wohl annehmen müsse, daß es zu einer baldigen Versöhnung kommen werde; doch hinge selbstverständlich alles von den Umständen ab. Auch habe ihn der für ihn schlechte Ausgang des Prozesses erschüttert und gereizt, und der Triumph des Fürsten habe ihn in seinem Selbstgefühl empfindlich getroffen. In solchen Augenblicken suche die Seele nach Mitgefühl; so sehne sich der Alte um so mehr nach derjenigen, die er über alles auf der Welt liebe. Außerdem habe er wahrscheinlich erfahren (da er ja doch von allem unterrichtet sei), daß Aljoscha sie bald verlassen werde. Auch aus seiner eigenen Lage begriff er wohl, wie sehr sie jetzt Trost und Hilfe brauchte. Nur hatte er sich dieses Mal doch noch nicht ganz überwinden können, da er sich durch seine Tochter gar zu sehr beleidigt und erniedrigt fühlte. Ihm kam wohl auch der Gedanke, daß nicht sie es ist, die zu ihm kommt, und daß sie vielleicht gar nicht an ihn denkt und es sie nach seiner Vergebung vielleicht gar nicht verlangt. Darum habe er wohl den Brief nicht beendet, oder, aus Furcht vor neuen Beleidigungen, die Versöhnung noch aufgeschoben . . .

Die liebe Alte hörte mir zu und weinte. Als ich ihr nun sagte, daß ich sofort zu Natascha gehen müßte und mich fast schon verspätet hätte, erschrak sie sehr und erklärte, die Hauptsache noch gar nicht erzählt zu haben. Als sie nämlich den Brief unter den Papieren hervorgezogen habe, sei das Tintenfaß umgefallen. Die eine Ecke des Briefes war wirklich mit Tinte begossen, und nun fürchtete sie sich sehr, der Alte werde daran erkennen, daß sie den Brief an Natascha gelesen hatte. Ihre Furcht war durchaus begründet; denn bereits der Gedanke, sie wisse um sein Geheimnis, konnte ihn so beschämen und ärgern, daß er sich dann aus Stolz erst recht in seinen Trotz verbiß und jede Versöhnung ablehnte.

Nachdem ich aber das Tintenunglück näher betrachtet und bedacht hatte, redete ich ihr zu, sich deswegen nicht weiter zu beunruhigen. Er war ja wegen des Briefes so aufgeregt gewesen, daß er sich kaum aller Einzelheiten erinnern werde; wahrscheinlich werde er annehmen, er habe selbst den Briefbogen so beschmutzt, ohne es zu bemerken. Anna Andrejewna fühlte sich getröstet, und wir legten den Brief vorsichtig zurück auf seinen früheren Platz. Im Weggehen erinnerte ich mich, daß ich mit ihr noch ein paar Worte über Nelly hatte reden wollen. Mir war der Gedanke gekommen, daß diese arme verlassene Waise, deren Mutter gleichfalls vom Vater verstoßen worden war, ihn durch die Erzählung ihrer traurigen Lebensgeschichte und des tragischen Endes ihrer Mutter rühren und zu großmütigeren Gefühlen bewegen könnte. In seinem Herzen war ja alles schon reif geworden und bereit dazu: die Sehnsucht nach der Tochter begann schon stärker zu werden als sein Stolz und sein beleidigtes Ehrgefühl. Es fehlte wohl nur noch ein Anstoß, ein entsprechender Anlaß, und dieser konnte vielleicht durch Nelly gegeben werden. Anna Andrejewna hörte mich mit größter Aufmerksamkeit an und ihr ganzes Gesicht belebte sich von neuer Hoffnung, der sie sich mit Entzücken hingab. Sie begann mir natürlich sofort Vorwürfe zu machen, warum ich ihr denn das nicht schon früher gesagt, wollte mich nun ungeduldig nach Nelly ausfragen, und schloß mit dem feierlichen Versprechen, sie werde nun selbst ihren Mann bitten, die Waise bei sich aufzunehmen. Sie begann Nelly bereits aufrichtig zu lieben, bedauerte sie, weil sie krank war, stellte noch viele Fragen und zwang mich, ein Glas eingemachte Früchte, die sie schnell aus der Vorratskammer holte, für die kleine Kranke mitzunehmen. Außerdem wollte sie mir aus ihrer Rocktasche noch fünf Rubel aufdrängen, für den Fall, daß mein Geld für den Arzt nicht ausreichte, und als ich die nicht annahm, beruhigte sie sich erst, als ihr einfiel, daß Nelly gewiß Kleider und Wäsche brauchen werde, und sie ihr wenigstens mit diesen Dingen helfen könne, worauf sie sich gleich daranmachte, ihre Truhe zu durchsuchen und alles für das »Waisenkindchen« Passende herauszulegen.

Ich aber ging zu Natascha. Als ich die letzte Treppe zu ihrer Wohnung emporstieg, sah ich jemand vor ihrer Tür stehen, der soeben anklopfen wollte, als er jedoch meine Schritte hörte, wandte er sich ab; und nach einigem Zögern schien er seine Absicht aufzugeben. Er kam die Treppe herunter und begegnete mir auf der letzten Stufe vor dem Treppenabsatz. Wie groß war meine Verwunderung, als ich in ihm Ichmenjeff erkannte! Auf der Treppe war es auch am Tage ziemlich dunkel. Er drückte sich an die Wand, um mir Platz zu machen, und ich erinnere mich noch jetzt des seltsamen Glanzes seiner Augen, die er fest auf mich gerichtet hatte. Es kam mir so vor, als sei er sehr rot geworden; wenigstens war er sehr verwirrt, er wußte nicht, was er sagen sollte.

»Ach, Wanja, du bist es!« sagte er mit unsicherer Stimme ... »Ich suche hier einen Menschen ... einen Schreiber ...

immer in meiner Angelegenheit ... er soll unlängst umgezogen sein, hierher irgendwo ... Aber hier scheint er auch nicht zu sein. Habe mich geirrt. Lebe wohl.«

Und er ging schnell die Treppe hinunter.

Ich beschloß, Natascha von dieser Begegnung vorerst nichts zu sagen, ihr aber gleich nach Aljoschas Abreise, wenn sie allein war, davon Mitteilung zu machen. Im Augenblick war sie seelisch so erschöpft, daß sie, selbst wenn sie die ganze Tragweite dieses Schrittes begriffen hätte, ihn doch nicht so würde aufnehmen und nachempfinden können, wie später in einem Augenblick der letzten Einsamkeit und Verzweiflung. Dieser Augenblick war jetzt noch nicht gekommen.

Ich hätte am selben Tage noch einmal zu Ichmenjeffs gehen können, hatte auch dauernd Lust dazu, tat es aber absichtlich nicht. Ich fürchtete, dem Alten könnte eine Begegnung mit mir jetzt peinlich sein. So ging ich denn erst am dritten Tage zu ihm; er war sehr niedergeschlagen, begrüßte mich aber recht ungezwungen und sprach nur von geschäftlichen Dingen.

»Sag' doch, wen hast du denn damals besucht, so hoch oben, weißt du noch, wo wir uns begegneten ... vor drei Tagen?« fragte er mich plötzlich in nachlässigem Ton, obgleich er meinen Blicken auswich.

»Einen Freund«, antwortete ich und blickte gleichfalls zur Seite.

»Ah! Und ich suchte einen Schreiber Astáffjeff; man hatte mir dieses Haus angegeben ... es war aber ein Irrtum .. Um also auf meinen Prozeß zurückzukommen: im Senat hat man nun dahin entschieden, daß ...« usw., usw.

Er wurde sogar rot, als er von seinem Prozeß zu sprechen begann.

Ich erzählte noch am selben Tag Anna Andrejewna von der Begegnung, um sie zu erfreuen, bat sie aber doch unter anderem, ihn jetzt nicht allzu auffällig anzuschauen, nicht zu seufzen und keine Anspielungen zu machen, kurz, durch nichts zu zeigen, daß sie unterrichtet war. Sie war so erstaunt und erfreut, daß sie mir zuerst gar nicht glauben wollte. Daraufhin erzählte sie mir, daß sie Nikolai Ssergejewitsch von Nelly gesprochen habe, er aber habe diesmal geschwiegen, während er doch früher immer selbst von Nelly zu sprechen begonnen hatte. Wir beschlossen, daß sie ihn morgen einfach darum bitten solle, ohne alle Umschweife. Aber dieser nächste Tag versetzte uns seinetwegen in die größte Angst und Sorge.

Ichmenjeff hatte nämlich vormittags mit dem Beamten gesprochen, der in seinem Prozeß tätig gewesen war. Der Beamte hatte ihm mitgeteilt, er habe ein Gespräch mit dem Fürsten gehabt und erfahren, daß der Fürst Ichmenjeffka zwar in Besitz nehmen werde, aber »infolge gewisser Familienverhältnisse« beschlossen habe, den Alten zu entschädigen und ihm die zehntausend Rubel zurückzugeben. Von diesem Beamten kam der Alte schnurstracks zu mir gelaufen, in einem Zustand unbeschreiblicher Erregung, geradezu außer sich, mit wutblitzenden Augen. Er rief mich, ich weiß nicht warum, aus meiner Wohnung auf den Treppenflur hinaus und verlangte von mir, daß ich nun sofort zum Fürsten gehen und ihm die Forderung zum Duell überbringen solle. Ich war so überrascht, daß ich nichts Rechtes zu überlegen vermochte. Ich versuchte nur, ihn zu beruhigen, aber das brachte den Alten so in Harnisch, daß ihm schwindlig wurde und er sich anlehnen mußte. Ich lief zu mir nach einem Glas Wasser; als ich zurückkam, war er nicht mehr da.

Am nächsten Tag ging ich zu ihm, traf ihn aber nicht zu Hause an; er war für ganze drei Tage verschwunden.

Erst am dritten Tag erfuhren wir alles. Er war von mir geradeswegs zum Fürsten gegangen, hatte ihn nicht angetroffen und daher nur einen Brief für ihn hinterlassen. In diesem Schreiben teilte er ihm mit, er habe von der Äußerung, die er dem Beamten gegenüber getan, erfahren, betrachte sie als tödliche Beleidigung und halte den Fürsten für einen gemeinen Menschen und fordere ihn deshalb zum Duell; er warne ihn aber davor, diese Forderung etwa abzulehnen, da er dann gezwungen wäre, ihn öffentlich zu beschimpfen.

Anna Andrejewna erzählte mir, er sei so erregt und erschöpft heimgekehrt, daß er sich sogleich zu Bett habe legen müssen. Zu ihr sei er sehr lieb gewesen, aber auf ihre besorgten Fragen habe er kaum geantwortet; es sei ihm anzumerken gewesen, daß er fieberhaft auf etwas gewartet habe. Am nächsten Morgen sei dann ein Brief mit der Stadtpost gekommen; er habe ihn gelesen, aufgeschrien und sich an den Kopf gefaßt. Sie, Anna Andrejewna, sei halbtot gewesen vor Angst. Er aber habe sofort Hut und Stock ergriffen und sei hinausgeeilt.

Der Brief kam vom Fürsten. Trocken, kurz und höflich erklärte er Ichmenjeff, daß er für seine Worte im Gespräch mit dem Beamten niemandem Rechenschaft schulde. Er bedauere zwar Ichmenjeff sehr wegen des verlorenen Prozesses, könne aber trotz allen Bedauerns es nicht zulässig finden, daß der im Prozeß Unterlegene den Gegner im Rechtsstreit aus Rache zum Duell herausfordere. Was jedoch die ihm angedrohte »öffentliche Beschimpfung« anlange, so bäte er Ichmenjeff, sich dieserhalb nicht weiter zu bemühen, da es zu einer solchen gar nicht kommen könne: sein Brief werde unverzüglich zuständigen Orts vorgelegt werden, und die informierte Polizei werde bestimmt in der Lage sein, die entsprechenden Vorkehrungen zur Wahrung der öffentlichen Ordnung und Ruhe zu treffen.

Ichmenjeff stürzte, mit dem Brief in der Hand, sofort zum Fürsten. Der Fürst war wieder nicht zu Hause, aber es gelang dem Alten, von einem der Lakaien zu erfahren, daß der Fürst wahrscheinlich beim Grafen N. sei. Ohne sich zu besinnen, begab er sich sofort zum Grafen. Der Portier des Grafen hielt ihn zurück, als er die Treppe hinaufsteigen wollte. Der empörte Ichmenjeff holte mit dem Stock aus und schlug nach dem Portier. Er wurde sofort ergriffen, vor das Portal hinausgeschleppt und den Schutzleuten übergeben, die ihn auf die Wache schafften. Der Vorfall wurde dem Grafen gemeldet. Als nun der anwesende Fürst dem alten Wüstling mitteilte, dieser alte Ichmenjeff sei der Vater der Geliebten seines Sohnes (und der Fürst hatte dem Grafen *auf diesem Gebiet* schon mehrfach gute Dienste geleistet), da begann der hochmögende Greis nur zu lachen, und verwandelte seinen Zorn in Gnade: man solle diesen Ichmenjeff laufen lassen; aber die Entlassung aus dem Arrest erfolgte doch erst am dritten Tage, wobei man ihn (sicher auf Anordnung des Fürsten) wissen ließ, daß der Fürst selbst den Grafen um Nachsicht für ihn gebeten habe.

Der Alte kehrte nach Hause zurück, in einem Zustand, als wäre er nicht ganz bei Sinnen, warf sich auf sein Bett und lag eine ganze Stunde lang da, ohne sich zu rühren; endlich erhob er sich und erklärte feierlich, zum Entsetzen Anna Andrejewnas, daß er seine Tochter *auf ewig* verfluche und ihr seinen väterlichen Segen versage.

Anna Andrejewna war außer sich, aber man mußte doch dem alten Mann beistehen, und so war sie denn den ganzen Tag und fast auch die ganze Nacht in Anspruch genommen durch die Pflege ihres Mannes, ohne selbst zu wissen, wo ihr der Kopf stand. Sie machte ihm Essigkompressen und erneuerte die Eisumschläge. Er hatte Fieber und phantasierte. Ich verließ sie erst gegen drei Uhr nachts. Am nächsten Morgen aber stand er wieder auf und kam dann zu mir, um Nelly nun doch zu sich zu nehmen. Über die Szene zwischen ihm und Nelly habe ich bereits berichtet; diese Szene erschütterte ihn so, daß sie seinen alten Standpunkt untergrub. Nach Hause zurückgekehrt, legte er sich wieder ins Bett. Das alles geschah am Karfreitag, am Tage der Begegnung zwischen Katja und Natascha, vor der Abreise Aljoschas und Katjas aus Petersburg. Bei dieser Zusammenkunft war ich zugegen: sie fand zeitig am Vormittag statt, noch bevor der alte Ichmenjeff zu mir kam und vor Nellys erster Flucht.

VI

Aljoscha war schon eine Stunde vor der vereinbarten Zusammenkunft zu Natascha gefahren, um sie zu benachrichtigen. Ich kam gerade in dem Augenblick, als Katjas Kalesche vor dem Haustor anhielt. Katja kam mit ihrer alten Französin, die erst nach langem Bitten endlich doch eingewilligt hatte, ihr Zaudern aufzugeben, Katja zu begleiten und sogar allein zu Natascha hinaufgehen zu lassen, dies allerdings nur, wenn Aljoscha dabei war; sie selbst wollte unten im Wagen warten. Katja rief mich herbei und bat mich, ohne auszusteigen, Aljoscha zunächst zu ihr herunter zu rufen. Ich fand Natascha in Tränen, auch Aljoscha; sie weinten beide. Als sie hörte, daß Katja schon vorgefahren war, erhob sie sich, trocknete ihre Tränen und stellte sich, sichtlich erregt, der Tür gegenüber auf. Sie war an diesem Tage ganz weiß gekleidet. Ihr dunkelblondes Haar war glatt zurückgekämmt und hinten zu einem großen Knoten geschlungen. Diese Haarfrisur hatte ich an ihr besonders gern. Als sie sah, daß ich bei ihr bleiben wollte, bat sie mich, gleichfalls dem Besuch entgegenzugehen.

»Bisher war es mir immer nicht möglich, Natascha aufzusuchen«, sagte Katja zu mir, während wir die Treppe hinaufstiegen, »ich wurde immer so bewacht, daß es ganz schrecklich war. Ganze zwei Wochen habe ich gebraucht, um Madame Albert zu überreden, bis sie dann endlich einwilligte. Sie aber, Sie, Iwan Petrowitsch, sind kein einziges Mal zu mir gekommen! Schreiben konnte ich Ihnen auch nicht, aber ich hatte auch gar keine Lust dazu, denn in einem Brief kann man dem anderen doch nichts klarmachen. Und wie gern hätte ich Sie doch gesprochen ... Mein Gott, wie mir jetzt das Herz klopft ...«

»Die Treppe ist ziemlich steil«, bemerkte ich.

»Nun ja ... auch die Treppe ... aber was glauben Sie: wird Natascha mir auch nicht böse sein?«

»Nein, wieso, weshalb denn?«

»Nun ja... natürlich, weshalb denn; ich werde es ja gleich selbst sehen; wozu da noch fragen!...«

Ich führte sie am Arm. Sie wurde sogar ganz blaß, und ihr schien doch recht bange zu sein. Auf dem letzten Treppenabsatz blieb sie stehen, um Atem zu schöpfen, sah mich aber an, und stieg dann sofort entschlossen weiter hinauf.

Vor der Wohnungstür blieb sie nochmals stehen und flüsterte mir zu: »Ich werde einfach hineingehen und ihr sagen, daß ich so an sie glaube, daß ich ohne Bangen hergefahren bin... übrigens, was rede ich da noch viel! Ich bin doch überzeugt, daß Natascha das edelste Geschöpf ist. Nicht wahr?«

Schüchtern trat sie ein, wie eine Schuldige, und sah Natascha unverwandt an, die ihr sogleich zulächelte. Da ging Katja schnell auf sie zu, ergriff ihre beiden Hände und küßte mit ihrem weichen Mündchen Natascha auf den Mund. Darauf, noch bevor sie Natascha ein Wort gesagt hatte, wandte sie sich ernst und sogar streng zu Aljoscha und bat ihn, uns für eine halbe Stunde allein zu lassen.

»Sei deswegen nicht böse, Aljoscha«, fügte sie ihrer Bitte hinzu, »ich sage das nur, weil ich mit Natascha sehr Wichtiges und Ernstes zu besprechen habe, was du nicht zu hören brauchst. Also sei verständig und geh jetzt. Sie aber, Iwan Petrowitsch, Sie bleiben hier. Sie müssen bei unserem Gespräch zugegen sein.«

»Setzen wir uns«, sagte Katja, als Aljoscha hinaus gegangen war, »so, und ich setze mich Ihnen gegenüber. Ich möchte Sie zuerst ansehen.«

Sie setzte sich Natascha fast genau gegenüber und betrachtete sie stumm. Natascha mußte unwillkürlich lächeln.

»Ich habe schon Ihre Photographie gesehen«, sagte Katja, »Aljoscha hat sie mir gezeigt.«

»Nun, und – bin ich ihr ähnlich?«

»Sie sind schöner«, sagte Katja ernst und bestimmt. »Ich wußte es, daß Sie schöner sind.«

»Wirklich? Und ich freue mich, wie reizend Sie sind!«

»Aber nein doch! Kein Vergleich mit Ihnen! ... Liebe!« fügte Katja hinzu und ergriff mit zitternder Hand Nataschas Hand, und wieder schwiegen sie und sahen einander an. »Sehen Sie, Natascha«, unterbrach Katja das Schweigen, »wir haben nur eine halbe Stunde für uns; Madame Albert wollte mir kaum diese halbe Stunde schenken, – und ich habe viel mit Ihnen zu reden ... Ich will ... ich muß ... nun, ich muß Sie einfach fragen: lieben Sie Aljoscha sehr?«

»Ja, sehr.«

»Wenn das so ist ... wenn Sie ihn sehr lieben ... so ... müssen Sie auch sein Glück wollen ...«, fuhr sie schüchtern flüsternd fort.

»Ja, ich will, daß er glücklich wird.«

»Das verstehe ich ... aber jetzt ist die Frage: kann denn ich sein Glück ausmachen? Habe ich ein Recht, so zu fragen, da ich Ihnen Aljoscha doch wegnehme? Wenn es Ihnen scheint, und wir wollen das jetzt entscheiden, daß er mit Ihnen glücklicher wird, dann ... dann ...«

»Das ist bereits entschieden, liebe Katja; Sie wissen es doch selbst, daß alles schon entschieden ist«, sagte Natascha leise und senkte den Kopf. Es fiel ihr offenbar schwer, das Gespräch fortzusetzen.

Katja hatte wahrscheinlich eine lange Auseinandersetzung über dieses Thema vorbereitet: wer Aljoscha glücklicher machen könne und wer zurückzutreten hätte. Nach Naraschas Antwort begriff sie aber sofort, daß alles schon beschlossen und kein Wort mehr darüber zu verlieren war. Ihre reizenden Lippen waren halb geöffnet – so sah sie ratlos und traurig Natascha an, deren Hand sie immer noch in der ihren hielt.

»Und Sie ... Sie lieben ihn sehr?« fragte Natascha sie plötzlich.

»Ja; ich wollte Sie auch das noch fragen und bin auch deshalb hergekommen, um das zu erfahren, – sagen Sie mir, warum lieben Sie ihn eigentlich?«

»Ich weiß es nicht«, antwortete Natascha, und aus ihrer Antwort klang eine gewisse schmerzhafte Ungeduld.

»Halten Sie ihn für klug?« fragte Katja.

»Nein, ich liebe ihn eben, ganz einfach ...«

»Und ich auch. Er tut mir immer gewissermaßen leid.«

»Und mir auch«, antwortete Natascha.

»Was soll man jetzt mit ihm anfangen! Und wie, wie konnte er Sie um meinetwillen verlassen, das begreife ich nicht!« rief Katja aus. »Jetzt, nachdem ich Sie gesehen habe, kann ich es gar nicht mehr verstehen!«

Natascha antwortete nicht und sah zu Boden. Auch Katja verstummte. Dann stand sie plötzlich auf, ging zu Natascha und umarmte sie still. Und so, eng umschlungen, begannen sie beide zu weinen. Katja setzte sich auf die Armlehne des Lehnstuhls und hielt Natascha fest umschlungen, und so, ohne sie aus den Armen zu lassen, begann sie, ihr die Hände zu küssen.

»Wenn Sie wüßten, wie sehr ich Sie liebe!« sagte sie weinend. »Wir wollen wie Schwestern sein und uns schreiben ... ich werde Sie so lieben, so lieben ...«

»Hat er Ihnen von unserer Hochzeit im Juni erzählt?« fragte Natascha.

»Ja, und er hat gesagt, daß Sie jetzt einwilligen ... Das ist doch alles nur so, um ihn zu beruhigen, nicht wahr?«

»Natürlich!«

»So habe ich es auch aufgefaßt. Ich werde ihn sehr lieben, Natascha, und Ihnen alles schreiben. Wahrscheinlich wird man uns bald verheiraten; so scheint es wenigstens. Sie sprechen alle davon. Liebste Nataschenka, Sie werden doch jetzt ... in Ihr Elternhaus zurückkehren?«

Natascha antwortete nicht, sondern küßte sie schweigend mit einem festen Kuß.

»Werden Sie glücklich!« sagte sie.

»Und ... Sie ... Sie auch!« versetzte Katja.

In diesem Augenblick öffnete sich die Tür, und Aljoscha trat ein. Er hatte die halbe Stunde nicht warten können, und als er sie jetzt eng umschlungen und in Tränen sah, sank er, ganz zermürbt von Schmerz und Qual, vor Natascha und Katja auf die Knie.

»Warum weinst du denn?« fragte ihn Natascha. »Weil du mich verlassen mußt? Aber wir werden doch nicht auf lange getrennt sein! Zum Juni kommst du doch wieder?«

»Und dann wird eure Hochzeit sein«, beeilte sich unter Tränen auch Katja, ihn zu trösten.

»Aber ich kann nicht, ich kann dich auch nicht auf einen Tag verlassen, Natascha! Ohne dich müßte ich sterben ... Du weißt nicht, wie teuer du mir jetzt bist! Gerade jetzt! ..«

»Nun, dann mache es doch so!« sagte Natascha plötzlich lebhaft, »– die Gräfin bleibt doch noch einige Zeit in Moskau?«

»Ja, fast noch eine Woche«, bestätigte Katja.

»Eine Woche! Das trifft sich ja herrlich! Da begleitest du sie morgen bis Moskau, das dauert nur einen Tag, und kommst gleich wieder hierher zurück. Und wenn sie dann von Moskau weiterreisen müssen, dann erst nehmen wir Abschied voneinander für einen Monat, und du kehrst nach Moskau zurück und begleitest sie weiter!«

»Ja, ja, so können wir es machen! ... Und dann könnt ihr noch weitere vier Tage zusammensein!« rief Katja hocherfreut, nach einem vielsagenden Blickwechsel mit Natascha.

Das Entzücken Aljoschas über dieses neue Projekt läßt sich gar nicht beschreiben. Er schien plötzlich vollkommen beruhigt zu sein: sein Gesicht erstrahlte vor Freude, er umarmte Natascha, küßte Katja die Hand, umarmte mich. Natascha sah ihn mit traurigem Lächeln an, doch Katja hielt es nicht aus. Sie warf mir einen heißen, heftigen Blick zu, umarmte Natascha und erhob sich, um aufzubrechen. In diesem Augenblick erschien auch schon der Diener, von der Französin geschickt, mit der Bitte, die Zusammenkunft schneller zu beenden, da die vereinbarte halbe Stunde vorüber sei.

Natascha erhob sich. Beide standen einander jetzt gegenüber, hielten sich an den Händen und sahen sich an, als wollten sie mit dem Blick all das aussprechen, was ihre Herzen erfüllte.

»Wir werden uns doch niemals mehr sehen«, sagte Katja.

»Nein, nie mehr«, antwortete Natascha.

»Dann ... lassen Sie uns Abschied nehmen.«

Sie umarmten einander.

»Verdammen Sie mich nicht«, flüsterte Katja ihr noch eilig zu, »ich aber ... werde immer ... Seien Sie versichert ... er wird glücklich sein ... Komm, Aljoscha, begleite mich!« stieß sie schnell hervor und faßte ihn an der Hand.

»Wanja!« wandte sich Natascha an mich, erregt und erschöpft, als sie gegangen waren, »folge auch du ihnen, und ... komm nicht zurück: Aljoscha wird bis zum Abend bei mir sein, bis acht Uhr; länger kann er nicht, dann muß er gehen. Ich bleibe dann allein ... Komm gegen neun her. Bitte!«

So ließ ich denn gegen neun Uhr Nelly (nach der Zerschlagung der Tasse) unter der Obhut Alexandra Ssemjonownas zurück und ging zu Natascha, die bereits ungeduldig auf mich wartete. Mawra brachte den Ssamowar; Natascha goß mir den Tee ein, setzte sich auf das Sofa und sagte, ich solle mich näher zu ihr setzen.

»Da ist nun alles zu Ende«, sagte sie und sah mich aus reglosen Augen an. Nie werde ich diesen Blick vergessen. »Da ist nun unsere Liebe zu Ende. Ein halbes Jahr Leben! Und das für ein ganzes Menschendasein«, fuhr sie fort und preßte meine Hand.

Ihre Hand war heiß. Ich redete ihr zu, etwas Wärmeres anzuziehen und sich ins Bett zu legen.

»Gleich, Wanja, gleich, mein guter Freund. Laß mich nur noch ein wenig sprechen und mich erinnern ... Ich bin jetzt wie zerschlagen ... Morgen werde ich ihn zum letzten Mal sehen, um zehn Uhr ... zum *letzten!«*

»Natascha, du fieberst; gleich wirst du einen Schüttelfrost bekommen; schone dich ...«

»Was denn? Da habe ich nun diese halbe Stunde seit seinem Weggehen auf dich gewartet, Wanja, und was glaubst du, woran ich gedacht habe, was ich mich gefragt habe? Ich fragte mich: habe ich ihn nun geliebt, oder habe ich ihn nicht geliebt; was war eigentlich diese unsere Liebe? Was, du findest das wohl komisch, Wanja, daß ich mich erst jetzt das frage?«

»Rege dich nicht auf, Natascha ...«

»Siehst du, Wanja, ich sage mir, daß ich ihn gar nicht wie einen Gleichstehenden geliebt habe, nicht so, wie eine Frau gewöhnlich einen Mann liebt. Ich liebte ihn wie ... fast wie eine Mutter. Ich glaube sogar, daß es auf der Welt gar keine solche Liebe gibt, bei der beide einander als Gleichstehende lieben. Was meinst du?«

Ich beobachtete sie besorgt und fürchtete schon, daß sie zu phantasieren anfange. Sie schien sich einem besonderen Gefühl hinzugeben, einem Bedürfnis zu sprechen, und sie sprach oft ganz unzusammenhängend; manche Worte sprach sie so undeutlich aus, daß ich sie kaum verstehen konnte. Ich fürchtete sehr für sie.

»Er war mein«, fuhr sie fort. »Fast schon bei der ersten Begegnung tauchte in mir der unbezwingbare Wunsch auf, daß er *mein* sein möge, schneller *mein,* und daß er niemanden kennen, niemanden sehen dürfe als nur mich, mich allein ... Katja hat das vorhin ganz richtig gesagt: auch ich habe ihn die ganze Zeit mit einer Liebe geliebt, als ob er mir leid täte ... Immer hatte ich, wenn ich allein blieb, den unbezwingbaren Wunsch, sogar bis zur Qual, daß er unermeßlich und ewig glücklich sein möge. Ich konnte sein Gesicht nicht ruhig ansehen. (Du kennst doch den Ausdruck seines Gesichtes, Wanja): einen solchen Ausdruck *gibt es bei keinem anderen,* und wenn er lachte, überlief mich ein Schauer und ein Zittern ... Tatsächlich! ...«

»Natascha, höre mal ...«

»Alle sagten«, unterbrach sie mich, »und übrigens hast auch du es gesagt, daß er chararakterlos sei und ... und nicht mehr Verstand habe als ein Kind. Nun, ich aber habe gerade das am meisten an ihm geliebt .. . wirst du es mir glauben? Übrigens weiß ich nicht, ob ich gerade nur dies allein geliebt habe: ich habe ihn einfach ganz geliebt, so wie er war, und wäre er in einer Hinsicht anders gewesen, sei es charakterlich, sei es klüger, dann hätte ich ihn gar nicht so lieb gehabt. Weißt du, Wanja, ich werde dir etwas gestehen: Erinnerst du dich, vor drei Monaten hatten wir einen großen Streit damals, als er mit seinen Kameraden bei dieser, wie hieß sie doch? – dieser Minna gewesen war ... Als ich es erfuhr, ihn zur Rede stellte, glaube mir: es tat mir zwar entsetzlich weh, aber zugleich war es auch irgendwie angenehm ... ich weiß nicht, weshalb ... schon der Gedanke, daß er sich amüsiert ... oder nein, das war es nicht: daß er gleichfalls, wie ein *Erwachsener,* mit anderen *Erwachsenen* zu schönen Frauen fährt, auch zu dieser Minna mitgefahren ist! Ich ... Welch ein Genuß war das für mich damals bei diesem Streit; und danach ihm zu verzeihen ... oh, Lieber!«

Sie blickte auf, sah mir ins Gesicht und begann eigentümlich zu lachen. Darauf wurde sie nachdenklich, als versänke sie in Erinnerungen. Und lange saß sie so, mit einem Lächeln auf den Lippen, und vergegenwärtigte sich wohl Vergangenes.

»Ich liebte es so, ihm zu verzeihen, Wanja«, fuhr sie fort. »Weißt du, wenn er mich allein ließ und ich im Zimmer auf und ab ging, weinte und mich quälte, dann dachte ich manchmal so bei mir: je schuldiger er vor mir sein wird, um so besser ... Ja! Und weißt du, immer schien es mir, daß er ein ganz kleiner Junge sei: ich sitze da, er legt den Kopf auf meinen Schoß und schläft ein, dann streiche ich ihm leise übers Haar ... Immer habe ich ihn mir so vorgestellt, wenn er nicht bei mir war ... Höre, Wanja«, wandte sie sich plötzlich an mich, »wie reizend ist doch diese Katja!«

Ich hatte den Eindruck, daß sie selbst absichtlich ihre Wunde berührte, sie aufriß, als fühle sie eine Art Bedürfnis danach, das Bedürfnis, zu verzweifeln, zu leiden... Und das kommt doch so oft vor bei Herzen, die viel verloren haben!

»Ich glaube, Katja kann ihn glücklich machen«, fuhr sie fort. »Sie hat Charakter und redet so überzeugt, und mit ihm geht sie so ernst und überlegen um, – redet nur von vernünftigen Dingen, ganz als wäre sie schon erwachsen. Dabei – dabei ist sie doch selbst noch ein richtiges Kind! So ein liebes, liebes Geschöpfchen! Oh! Mögen Sie glücklich sein! Mögen sie, mögen sie, mögen sie!...«

Und plötzlich, ganz ohne Übergang, stürzten Tränen aus ihren Augen, stieg Schluchzen aus ihrem Herzen. Eine volle halbe Stunde lang konnte sie sich nicht fassen und sich wenigstens einigermaßen beruhigen.

Geliebter Engel Natascha! Noch an demselben Abend konnte sie, trotz ihres eigenen Leides, auch an meinen Sorgen teilnehmen, als sie sich ein wenig beruhigt hatte oder richtiger: müde geworden war, und ich ihr, um sie abzulenken, von Nelly zu erzählen begann. Wir trennten uns spät an diesem Abend; ich wartete noch, bis sie eingeschlafen war, und bat vor dem Weggehen Mawra, ihre kranke Herrin in dieser Nacht nicht allein zu lassen.

»Oh, nur schneller ein Ende dieser Qualen!« rief ich auf dem Heimwege aus. »Gleichviel wie, gleichviel wodurch, nur schneller, schneller!«

Um neun Uhr morgens war ich bereits wieder bei ihr. Zu gleicher Zeit mit mir fand sich auch Aljoscha ein... um Abschied zu nehmen. Ich möchte nicht von diesen Augenblicken sprechen, nicht einmal an sie denken. Natascha hatte sich wohl vorgenommen, sich zusammen zu nehmen, sich heiterer, gleichmütiger zu geben, und vermochte es nicht. Sie umarmte Aljoscha krampfhaft. Sie sprach nur wenig mit ihm, sie sah ihn immer nur an, unablässig, qualvoll, wie wahnsinnig. Sie fing gierig jedes seiner Worte auf und schien doch nicht zu begreifen, was er zu ihr sprach. Ich weiß noch, er bat sie, ihm zu verzeihen, ihm und seiner Liebe alles das zu verzeihen, womit er sie in der letzten Zeit gekränkt hatte, die Fälle von Untreue und seine Liebe zu Katja, seine Abreise ... Er sprach zusammenhanglos. Tränen erstickten seine Stimme. Dann versuchte er sie wieder zu beruhigen, sagte, daß er ja nur auf einen Monat verreise oder höchstens auf fünf Wochen, daß er im Sommer wiederkomme und dann ihre Hochzeit sein werde, daß der Vater einwilligen werde, und schließlich, was die Hauptsache war, daß er ja übermorgen aus Moskau zurückkehre, um mit ihr noch vier Tage zusammen zu verleben, so daß sie sich jetzt nur auf einen Tag trennten ...

Sonderbar: er war fest überzeugt, daß er die Wahrheit sprach und übermorgen aus Moskau zurückkehren werde ... Weshalb also weinte er und quälte er sich so?

Endlich schlug es elf. Ich konnte ihn nur mit Gewalt dazu bewegen aufzubrechen. Der Moskauer Schnellzug fuhr Punkt zwölf Uhr ab. Es blieb ihm nur noch eine Stunde. Natascha sagte mir später selbst, daß sie sich der letzten Augenblicke nicht mehr entsinne. Sie bekreuzte ihn, glaube ich, küßte ihn, bedeckte ihr Gesicht mit den Händen und stürzte zurück ins Zimmer. Ich mußte Aljoscha bis zu seinem Wagen geleiten, sonst wäre er bestimmt wieder umgekehrt und nie die Treppe hinunter zu bringen gewesen.

»Meine ganze Hoffnung beruht jetzt auf Ihnen«, sagte er mir auf der Treppe beim Hinuntersteigen. »Wanja, mein Freund! Ich fühle mich schuldig vor dir und habe mir deine Liebe nie verdienen können, aber du sei mir trotzdem bis zum Ende ein Bruder: liebe sie, verlasse sie nicht, schreibe mir, berichte mir alles, alles und so ausführlich wie möglich, in möglichst kleiner Schrift, damit viel drinsteht. Übermorgen bin ich wieder hier, bestimmt, bestimmt! Dann aber, wenn ich dann abgereist bin, dann schreibe!«

Ich setzte ihn in den Wagen.

»Bis übermorgen!« rief er mir noch zu, »bestimmt!«

Als ich mit bangem Herzen zu Natascha zurückkehrte, stand sie mitten im Zimmer, mit verschränkten Armen, und blickte mich so fremd an, als erkenne sie mich nicht. Ihr Haar war in Unordnung; ihr Blick war trübe und unstet. Mawra stand an der Tür und sah sie angstvoll an.

Plötzlich blitzten Nataschas Augen auf.

»Ah! Du bist es! Du!« schrie sie mich an, »Du allein bist jetzt hier geblieben. Du hast ihn gehaßt! Du hast es ihm nie verzeihen können, daß ich ihn liebte ... Jetzt bist du wieder da! Bist wohl wieder gekommen, um mich zu trösten, mich zu bereden, zu meinem Vater zurückzukehren, der mich verstoßen und verflucht hat? Das wußte ich bereits gestern! weiß es schon zwei Monate! Aber ich will nicht, will nicht! Ich werde sie selbst verfluchen! ... Geh weg, ich will dich nicht sehen! Weg, weg!«

Ich begriff, daß sie außer sich war, daß mein Anblick ihren Zorn bis zur Raserei steigerte; ich begriff zugleich, daß alles so hatte kommen müssen, und beschloß hinauszugehen. Ich setzte mich auf die erste Treppenstufe und – wartete. Von Zeit zu Zeit öffnete ich die Tür und rief Mawra zu mir, um sie auszufragen; Mawra weinte.

So vergingen etwa anderthalb Stunden. Was ich in dieser Zeit durchlebte, kann ich nicht wiedergeben. Mein Herz krampfte sich zusammen vor unendlichem Schmerz. Plötzlich wurde die Tür aufgerissen, und Natascha stürzte in Hut und Umhang heraus. Sie war noch nicht zu sich gekommen, und sie gestand mir später selbst, daß sie nicht gewußt habe, was sie beabsichtigte, und wohin sie eigentlich laufen wollte.

Ich konnte kaum von meinem Plaz aufspringen, um mich vor ihr zu verbergen, als sie mich bereits bemerkte und wie angewurzelt vor mir stehen blieb. »Es fiel mir plötzlich ein«, erzählte sie mir später, »daß ich Wahnsinnige, Grausame, dich hatte fortjagen können, dich, meinen Freund, meinen Bruder und Retter! Und als ich sah, daß du Armer, den ich so beleidigt hatte, vor meiner Tür auf der Treppe saßest und wartetest, bis ich dich wieder rufe, Gott! – wenn du wüßtest, Wanja, was damals in mir vorging ... Es war, als werde mir etwas ins Herz gestoßen ...«

»Wanja, Wanja«, rief sie und streckte mir die Arme entgegen. »Du hier! . . .«

Und sie sank in meine Arme.

Ich hob sie auf und trug sie ins Zimmer. Sie war ohnmächtig. ‚Was tun?' dachte ich. ‚Sie wird erkrankt sein, das ist sicher!'

Ich beschloß, den Arzt zu holen; hier mußte sofort eingegriffen werden, um dem Ausbruch einer Krankheit vorzubeugen. Ich konnte noch schnell zu ihm fahren, bis zwei Uhr war mein alter Deutscher gewöhnlich zu Hause. Ich eilte zu ihm und befahl Mawra, Natascha nicht eine Minute, nicht eine Sekunde allein und vor allem nicht fortgehen zu lassen. Gott stand mir bei: wäre ich ein wenig später gekommen, hätte ich meinen Alten nicht mehr zu Hause angetroffen. Er begegnete mir bereits auf der Straße vor dem Hause. Ich setzte ihn in meine Droschke, so daß er kaum zur Besinnung kam, und wir fuhren zurück zu Natascha.

Ja, Gott hatte mir geholfen! In der halben Stunde meiner Abwesenheit hatte sich bei Natascha etwas zugetragen, das sie vollständig hätte vernichten können, wenn ich nicht zur rechten Zeit mit dem Doktor erschienen wäre. Eine Viertelstunde, nachdem ich sie verlassen hatte, war der Fürst bei ihr erschienen. Er hatte die Seinen zur Bahn begleitet und war von dort geradeswegs zu Natascha gefahren. Diesen Besuch hatte er offenbar schon längst beschlossen und überlegt. Natascha erzählte mir später, sie sei im ersten Augenblick nicht einmal erstaunt gewesen, den Fürsten vor sich zu erblicken. »Mein Geist war wie umnachtet«, sagte sie.

Er setzte sich ihr gegenüber und sah sie mit freundlichem und mitleidigem Blick an.

»Meine Liebe«, sagte er, Atem holend, zu ihr, »ich verstehe Ihren Kummer; ich wußte, wie schwer Ihnen dieser Augenblick fallen würde; darum hielt ich es für meine Pflicht, Sie aufzusuchen. Trösten Sie sich, wenn Sie können, wenigstens damit, daß Sie, indem Sie zurückgetreten sind, Aljoscha den Weg zu seinem Glück freigegeben haben. Aber

Sie werden das besser wissen als ich, denn Sie haben sich ja freiwillig zu diesem großmütigen Schritt entschlossen.«

»Ich saß da und hörte ihm zu«, erzählte mir Natascha; »zuerst konnte ich nicht begreifen, was er sagte. Ich habe ihn nur unverwandt angesehen. Er ergriff meine Hand und begann, sie in der seinen zu drücken. Ich war so geistesabwesend, daß ich zuerst nicht einmal darauf verfiel, sie ihm zu entreißen.«

»Sie haben eingesehen«, fuhr er fort, »daß Sie als Aljoschas Frau in der Folge seinen Haß erweckt hätten, und Sie haben genügend edlen Stolz besessen, um das zu begreifen und danach Ihren Entschluß zu fassen ... aber ... – doch ich bin ja nicht hergekommen, um Sie zu loben. Ich wollte vor Ihnen nur dies aussprechen, daß sie niemals und nirgends einen besseren Freund finden werden als mich. Ich fühle mit Ihnen und bedauere Sie. Ich habe in dieser ganzen Angelegenheit unfreiwillig mitwirken müssen, aber – ich hatte meine Pflicht zu erfüllen. Ihr wunderbares Herz wird das verstehen und wird sich mit dem meinigen aussöhnen ... Denn mein Teil war schwerer als Ihrer; glauben Sie mir!«

»Genug, Fürst«, sagte Natascha. »Lassen Sie mich in Ruhe.«

»Unbedingt, ich werde gleich wieder gehen«, antwortete er, »aber ich liebe Sie wie meine Tochter, und Sie werden mir doch erlauben, Sie zu besuchen. Betrachten Sie mich jetzt als Ihren Vater und erlauben Sie mir, Ihnen nützlich zu sein.«

»Ich brauche nichts, verlassen Sie mich«, unterbrach ihn Natascha wieder.

»Ich weiß, Sie sind stolz ... Aber ich spreche aufrichtig, von Herzen. Was beabsichtigen Sie jetzt zu tun? Sich mit Ihren Eltern zu versöhnen? Das wäre gewiß gut, aber Ihr Vater ist ungerecht, stolz und ein Despot; verzeihen Sie mir, aber das ist so. In Ihrem Elternhause werden jetzt nur Vorwürfe und neue Qualen Sie erwarten ... Es ist also nötig, daß Sie unabhängig bleiben, und meine Pflicht, meine heilige Pflicht ist es jetzt – für Sie zu sorgen und Ihnen zu helfen. Aljoscha hat mich beschworen, Sie nicht zu verlassen und Ihnen ein Freund zu sein. Aber auch außer mir gibt es Menschen, die Ihnen sehr ergeben sind. Sie werden es mir hoffentlich gestatten, daß ich Ihnen den Grafen N. vorstelle. Er ist ein Verwandter von uns und mit seinem gütigen Herzen, man kann wohl sagen, ein Wohltäter unserer ganzen Familie; er hat viel für Aljoscha getan. Aljoscha hat ihn denn auch sehr geachtet und liebgehabt. Er ist eine vielvermögende Persönlichkeit, mit großem Einfluß, ein schon alter Mann, den Sie als junges Mädchen zu jeder Zeit bei sich empfangen können. Er ist immer bereit, Ihnen, wenn Sie wollen, eine vorzügliche Stellung zu verschaffen ... bei einer seiner Verwandten. Ich habe ihm bereits vor längerer Zeit *unsere* ganze Angelegenheit offen und ohne etwas zu verheimlichen dargelegt; sein gütiges und nobles Empfinden war derart angetan, daß er selbst den Wunsch äußerte, Ihnen sobald wie möglich vorgestellt zu werden ... Er ist ein Mensch, der für alles Schöne Verständnis hat, glauben Sie mir, – ein freigebiges, ehrenwertes altes Männlein, das Vorzüge zu schätzen weiß und sich noch unlängst gelegentlich eines Vorfalls mit Ihrem Vater denkbar großmütig benommen hat.«

Natascha fuhr tief verletzt auf. Jetzt erst hatte sie ihn endlich verstanden.

»Verlassen Sie mich, verlassen Sie mich sofort!« schrie sie ihn an.

»Aber, meine Liebe, Sie vergessen: der Graf kann auch Ihrem Vater sehr nützlich sein ...«

»Mein Vater wird von Ihnen nie etwas annehmen. Verlassen Sie mich auf der Stelle!« schrie Natascha ihn nochmals an.

»O Gott, wie hitzig und mißtrauisch Sie sind! Wodurch habe ich das verdient«, erwiderte der Fürst und sah sich etwas beunruhigt um. »Auf jeden Fall, erlauben Sie mir«, fuhr er fort, ein großes Konvolut aus der Tasche ziehend,

»Ihnen als Beweis meiner Teilnahme für Sie und auch der Teilnahme des Grafen N., der mir mit seinem Rat beigestanden hat, hier in diesem Paket zehntausend Rubel zu überreichen ... Warten Sie einen Augenblick, meine Liebe«, fuhr er fort, als er sah, daß Natascha sich voll Zorn aufrichtete. »Hören Sie zuerst geduldig alles an: Sie wissen, daß Ihr Vater dieses Geld an mich verloren hat, und diese zehntausend Rubel sollen jetzt als Entschädigung ...«

»Hinaus!« schrie Natascha außer sich, »hinaus mit diesem Gelde! Ich durchschaue Sie ganz ... oh, Sie niedriger, unwürdiger, gemeiner Mensch!«

Bleich vor Wut, erhob sich der Fürst von seinem Stuhl.

Aller Wahrscheinlichkeit nach war er zu Natascha gekommen, um das Gelände zu erkunden, Näheres über ihre jetzige Lage zu erfahren, und wahrscheinlich baute er fest auf den Eindruck dieser zehntausend Rubel auf die mittellose und von allen verlassene Natascha ... Gemein und roh, wie er war, hatte er dem wollüstigen Greis, diesem Grafen N. schon mehr als einmal in solchen Angelegenheiten Dienste geleistet. Aber er haßte Natascha, und als er merkte, daß die Sache scheiterte, änderte er sogleich seinen Ton und beeilte sich, sie voll böser Schadenfreude zu beleidigen, um wenigstens nicht ganz ergebnislos wegzugehen.

»Das ist aber schon wirklich nicht nett von Ihnen, meine Liebe, daß Sie sich darüber so erhitzen«, sagte er mit einer leicht schwankenden Stimme, in der die ganze Ungeduld der Vorfreude lag, die Wirkung seiner Beleidigung nun möglichst bald zu genießen, »nein, das ist schon wirklich nicht nett. Man bietet Ihnen Protektion an, Sie aber heben das Näschen in die Höhe. ... Und scheinen dabei gar nicht zu wissen, wie dankbar Sie mir zu sein haben; denn ich hätte Sie schon längst ins Arbeitshaus bringen lassen können, als Vater eines von Ihnen verführten jungen Mannes, den Sie ausgebeutet haben, und doch habe ich das nicht getan ... hehehehe!«

Aber in diesem Augenblick waren wir schon in der Wohnung. Ich hatte bereits in der Küche die Stimme des Fürsten erkannt; ich ließ den Arzt stehen, stürzte ins Zimmer und war Zeuge seiner letzten Worte. Er brach in ein widerliches Gelächter aus, worauf ich Natascha »O mein Gott!« ausrufen hörte. Da stürzte ich mich bereits auf ihn.

Ich spie ihm ins Gesicht und schlug ihn mit ganzer Kraft auf die Backe. Er wollte sich auf mich stürzen, aber als er bemerkte, daß wir zwei waren, griff er schnell nach seinem Geldpaket und lief hinaus. Unterdessen war der Doktor bereits Natascha zu Hilfe geeilt, die außer sich wie in einem Anfall um sich schlug. Lange konnten wir sie nicht beruhigen; endlich aber gelang es uns, sie zu Bett zu bringen.

»Doktor! Was fehlt ihr?« wandte ich mich in meiner Angst an ihn.

»Das muß man erst abwarten«, antwortete er mir, »noch kann ich nichts Näheres sagen. Es kann mit einem Nervenfieber enden ... Jedenfalls muß man dem vorzubeugen versuchen ...«

In mir blitzte ein neuer Gedanke auf. Ich flehte den Doktor an, zwei bis drei Stunden bei Natascha zu bleiben, sie keinen Augenblick zu verlassen. Er versprach es mir, und ich lief zu mir nach Haus.

Nelly saß finster und besorgt in ihrer Zimmerecke und sah mich verwundert an. Ich muß wohl sehr sonderbar ausgesehen haben.

Ich ergriff ihre Hand, setzte mich auf den Diwan, hob sie auf meine Knie und küßte sie heiß. Sie wurde feuerrot.

»Nelly, mein Engel!« sagte ich zu ihr. »Willst du unser aller Retter sein?«

Sie sah mich verwundert an.

»Nelly! Meine ganze Hoffnung ruht jetzt auf dir! Es gibt einen Vater ... du hast ihn gesehen, du kennst ihn; er hat seine Tochter verflucht, und gestern kam er her, um dich an Kindes Statt zu sich zu nehmen. Jetzt hat der, den Natascha liebte und um dessentwillen sie ihren Vater verlassen hat, sie verlassen. Er ist der Sohn dieses Fürsten, der, du erinnerst dich doch, an einem Abend hier war und dich hier allein antraf. Du aber liefst noch vor ihm fort und nachher wurdest du krank ... Du kennst ihn doch? Er ist ein böser Mensch!«

»Ich weiß«, antwortete Nelly, die zusammengezuckt und erblaßt war.

»Ja, er ist ein böser Mensch. Er haßte Natascha, weil sein Sohn Aljoscha sie heiraten wollte. Heute ist Aljoscha fortgefahren, und eine Stunde nachher kam der Fürst zu ihr, beleidigte sie und drohte ihr mit dem Arbeitshaus und verspottete sie dann noch. Kannst du mich verstehen, Nelly?«

Ihre dunklen Augen blitzten auf, aber sie senkte den Blick schnell zu Boden.

»Ich verstehe«, flüsterte sie kaum hörbar.

»Jetzt ist Natascha allein und krank; ich habe unseren Arzt bei ihr gelassen und bin schnell zu dir gelaufen. Höre mich an, Nelly: laß uns beide zu Nataschas Vater gehen! Ich weiß, du magst ihn nicht, du wolltest nicht zu ihm ziehen, aber jetzt wollen wir beide zu ihm gehen. Wenn wir eintreten, werde ich sagen, du wolltest jetzt an Tochters Statt, an Stelle Nataschas, bei ihnen bleiben. Der alte Mann ist jetzt krank, weil er Natascha verflucht hat, und weil Aljoschas Vater ihn noch unlängst tödlich beleidigt hat. Er will jetzt nichts mehr von seiner Tochter hören, aber er liebt sie, liebt sie, Nelly, und möchte sich mit ihr aussöhnen; ich weiß es, ich weiß das alles ganz genau! Es ist so! ... Hörst du mich, Nelly?« ...

»Ich höre«, sagte sie wieder flüsternd.

Ich sprach zu ihr mit tränenerstickter Stimme. Sie sah mich schüchtern an.

»Glaubst du mir das?«

»Ja ...«

»Nun, dann werde ich mit dir hinfahren, werde dich hinsetzen und man wird dich freundlich empfangen und dich nach allem ausfragen. Ich werde dann das Gespräch auf deine Mutter und deinen Großvater lenken. Du erzählst ihnen alles, Nelly, wie du es mir erzählt hast. Erzähle ihnen, wie jener böse Mensch deine Mutter verlassen hat, wie sie in der Kellerwohnung bei der Bubnowa gestorben ist, wie du mit deiner Mutter in den Straßen gebettelt hast, was sie dir gesagt, und um was sie dich gebeten hat, als sie starb ... Bei der Gelegenheit erzähle auch von deinem Großvater, wie er deiner Mutter nicht verzeihen wollte, und wie sie dich in ihrer Sterbestunde zu ihm schickte, damit er ihr Verzeihung gewähre, die er ihr verweigerte ... und wie sie dann allein gestorben ist. Erzähle ihnen alles, alles! Und wenn du ihnen alles erzählt hast, dann wird der Alte das alles in seinem Herzen nachempfinden. Er weiß doch, daß Aljoscha heute seine Tochter verlassen hat, daß sie beleidigt und beschimpft, allein, ohne Hilfe und Schutz zurückgeblieben ist, dem Hohn ihres Feindes preisgegeben. Er weiß das alles ... Nelly! Rette Natascha! Willst du es tun?«

»Ja«, antwortete sie, schwer atmend und mich mit einem so sonderbaren Blick reglos und lange ansehend; es lag ein stummer Vorwurf in diesem Blick, ich fühlte es wohl in meinem Herzen. Aber ich konnte meinen Gedanken nicht aufgeben. Ich glaubte zu sehr an ihn. Ich faßte Nelly an der Hand, und wir gingen hinaus.

Es war schon gegen drei Uhr nachmittags. Eine dunkle Wolke zog am Himmel herauf. Das Wetter war in der letzten Zeit heiß und drückend gewesen, aber jetzt hörte man irgendwo fern den Donner eines verfrühten ersten Frühlingsgewitters. Ein Windstoß fuhr durch die staubigen Straßen.

Wir setzten uns in eine Droschke. Während der ganzen Fahrt schwieg Nelly und sah nur ab und zu mit demselben sonderbaren und rätselhaften Blick zu mir auf. Ihre Brust atmete schwer, und da ich sie mit dem Arm umfaßt hielt, um sie im Wagen festzuhalten, fühlte ich in meiner Handfläche, wie stark ihr Herzchen schlug, als ob es herausspringen wollte.

VII

Der Weg erschien mir diesmal endlos lang. Schließlich langten wir an, und ich trat mit beklommenem Herzen bei den Alten ein. Ich wußte nicht, mit welchen Gefühlen ich sie wieder verlassen würde, aber ich wußte, daß ich um jeden Preis Verzeihung und Versöhnung mitbringen mußte.

Es war bereits gegen halb vier Uhr. Die Alten saßen allein zu Hause, wie gewöhnlich. Nikolai Ssergejewitsch war sehr mitgenommen und krank; er saß halb ausgestreckt in seinem bequemen Lehnstuhl, sah blaß und erschöpft aus und hatte ein Handtuch um den Kopf gebunden. Anna Andrejewna saß neben ihm und befeuchtete ihm von Zeit zu Zeit die Schläfen mit Essig; sie sah ihn unablässig fragend und besorgt an, was den Alten jedoch zu beunruhigen und sogar zu verdrießen schien. Er schwieg hartnäckig, und sie wagte das Schweigen nicht zu brechen. Unser plötzliches Erscheinen überraschte sie sehr. Anna Andrejewna erschrak sichtlich, als sie mich mit Nelly erblickte, und sah uns an, als fühlte sie sich irgendwie schuldbewußt.

»Hier bringe ich Ihnen meine Nelly«, sagte ich beim Eintreten. »Sie hat es sich überlegt und will jetzt selbst zu Ihnen ziehen. Nehmen Sie sie auf und gewinnen Sie sie lieb ...«

Der Alte sah mich mißtrauisch an, und wie ich schon an seinem Blick merkte, wußte er bereits alles, – daß Natascha jetzt verlassen, allein und vielleicht auch schon gekränkt und erniedrigt zurückgeblieben war. Er wollte offenbar gern hinter das Geheimnis unseres Erscheinens kommen und sah bald mich, bald Nelly fragend an. Nelly zitterte und umklammerte fest meine Hand, sah zu Boden und warf nur selten einen scheuen Blick um sich, wie ein eingefangenes Tierchen. Aber Anna Andrejewna besann sich schnell und erriet den Zusammenhang: sie eilte auf Nelly zu, küßte und streichelte sie, begann sogar zu weinen, setzte sie zärtlich neben sich und ließ ihr Händchen nicht mehr aus ihrer

Hand. Nelly betrachtete sie neugierig und mit einer gewissen Verwunderung, aber doch nur verstohlen.

Aber nachdem die Alte Nelly geliebkost und neben sich gesetzt hatte, wußte sie schon nicht mehr, was sie weiter tun solle, und begann mich mit naiver Erwartung anzusehen. Der Alte runzelte die Stirn und schien beinah zu erraten, wozu ich Nelly hergebracht hatte. Als er sah, daß ich seine unzufriedene Miene und die gerunzelte Stirn bemerkte, legte er die Hand an den Kopf und sagte barsch: »Ich habe Kopfschmerzen, Wanja.«

Wir saßen noch immer schweigend da; ich überlegte, wie ich anfangen sollte. Im Zimmer wurde es dunkler; die schwarze Gewitterwolke zog herauf, und wieder war ein fernes Donnergrollen zu hören.

»Für ein Gewitter ist es reichlich früh in diesem Jahr«, bemerkte der Alte. »Ich erinnere mich, im Jahre Siebenunddreißig gab es in unserer Gegend sogar noch früher das erste Gewitter.«

Anna Andrejewna seufzte.

»Soll man nicht den Ssamowar aufstellen?« fragte sie vorsichtig; aber niemand antwortete ihr, und so wandte sie sich wieder Nelly zu.

»Wie heißt du denn, mein Täubchen?« fragte sie die Kleine.

»Nelly«, sagte diese mit leisem Stimmchen und blickte wieder zu Boden. Der Alte sah sie forschend an.

»Das heißt doch Jelena, nicht?« fragte Anna Andrejewna aufmunternd.

»Ja«, antwortete Nelly.

Und wieder folgte minutenlanges Schweigen.

»Bei deiner Schwester Praßkovja Andrejewna hieß die Kleine auch Jelena«, bemerkte Nikolai Ssergejewitsch, »und man rief sie gleichfalls Nelly.«

»Du hast keine Verwandten, mein Täubchen, hast keinen Vater, keine Mutter mehr?« fragte wieder Anna Andrejewna.

»Nein«, flüsterte Nelly scheu und kurz.

»Das habe ich gehört, das habe ich gehört. Und ist deine Mutter schon lange tot?«

»Noch nicht lange.«

»Ach, du mein armes Waisenkindchen!« fuhr Anna Andrejewna fort, sie mitleidig betrachtend.

Nikolai Ssergejewitsch trommelte ungeduldig mit den Fingern auf dem Tisch.

»Deine Mutter war eine Ausländerin, nicht wahr? So erzähltest du doch, Iwan Petrowitsch?« setzte die Alte etwas befangen ihre Fragen fort.

Nelly sah mich mit ihren dunklen Augen flüchtig an, als riefe sie mich zu Hilfe. Sie atmete schwer und unregelmäßig.

»Ihre Mutter, Anna Andrejewna«, begann ich, »war die Tochter eines Engländers und einer Russin, so daß sie doch mehr Russin war. Nelly aber ist im Auslande geboren.«

»Warum ist denn ihre Mutter mit ihrem Gatten ins Ausland gereist?«

Nelly wurde plötzlich feuerrot. Anna Andrejewna begriff sofort, daß sie zu weit gegangen war, und erschrak vor dem strafenden Blick des Alten. Er sah sie streng an und wandte sich dann ab zum Fenster.

»Ihre Mutter ist von einem nichtswürdigen Menschen betrogen worden«, sagte er, sich plötzlich wieder an Anna Andrejewna wendend. »Sie hatte mit ihm den Vater verlassen und das Geld des Vaters ihrem Geliebten übergeben; dieser aber hat ihr dann das Geld durch Betrug abgenommen, sie ins Ausland gebracht und dort im Stich gelassen. Ein guter Freund von ihr hat ihr dann bis zu seinem Tode geholfen. Als er gestorben war, kehrte sie, zwei Jahre nach seinem Tode, zum Vater zurück. War es nicht so, Wanja?« fragte er mich barsch. Nelly hatte sich in höchster Erregung von ihrem Platz erhoben und wollte zur Tür gehen.

»Komm her, Nelly«, sagte der Alte und reichte ihr endlich die Hand, »setze dich hierher, neben mich, so!«

Er beugte sich über sie, küßte sie auf die Stirn und strich

ihr leise übers Haar. Nelly erzitterte am ganzen Körper, beherrschte sich aber. Anna Andrejewna sah mit Rührung und freudiger Hoffnung zu, wie Nikolai Ssergejewitsch sich endlich der kleinen Waise liebevoll annahm.

»Ich weiß, Nelly, daß ein gemeiner und gewissenloser Mensch deine Mutter zugrunde gerichtet hat; aber ich weiß auch, daß deine Mutter ihren Vater geliebt und geachtet hat«, sagte Nikolai Ssergejewitsch erregt und fuhr fort, Nellys Köpfchen zu streicheln. Er konnte es sich nicht versagen, diese Herausforderung uns hinzuwerfen. Seine blassen Wangen röteten sich, aber er vermied es, uns anzusehen.

»Mama hat Großpapa mehr geliebt, als Großpapa sie geliebt hat«, sagte Nelly plötzlich schüchtern, aber mit fester Stimme und bemühte sich ebenfalls, niemanden anzusehen.

»Woher weißt du denn das?« fragte der Alte sie heftig; er konnte sich wie ein Kind nicht beherrschen, schien sich aber seines Aufbrausens zu schämen.

»Ich weiß es«, antwortete Nelly kurz. »Er hat Mama nicht zu sich genommen und ... hat sie fortgejagt ...«

Ich fühlte, daß Nikolai Ssergejewitsch etwas sagen, entgegnen wollte, zum Beispiel, daß der Großvater das nicht grundlos getan habe, aber er sah uns an und sagte lieber nichts.

»Und wie war denn das, wo habt ihr denn gewohnt, wenn der Großpapa euch nicht aufnahm?« fragte Anna Andrejewna, die plötzlich den Mut zu Widerspenstigkeit zu gewinnen schien und gerade bei diesem Thema bleiben wollte.

»Als wir hier angekommen waren, da suchten wir lange nach Großpapa«, antwortete Nelly; »wir konnten ihn aber nicht finden. Damals erzählte mir Mama, daß Großpapa früher sehr reich gewesen war und eine Fabrik habe bauen wollen, und daß er jetzt ganz arm sei, weil der Mann, mit dem Mama ins Ausland gefahren war, ihr das ganze Geld weggenommen und es ihr nicht mehr zurückgegeben hat. Das hat mir Mama selbst erzählt.«

»Hm ...«, brummte der Alte.

»Und sie sagte mir auch«, fuhr Nelly fort, offenbar mit dem Wunsch, Nikolai Ssergejewitsch die Richtigkeit ihrer Aussage zu beweisen, obgleich sie sich an Anna Andrejewna wandte, »sie sagte mir auch, daß Großpapa auf sie sehr böse und sie in allem vor ihm schuldig sei, und daß sie jetzt außer Großpapa keinen Menschen mehr auf der Welt hätte. Als sie mir das erzählte, weinte sie, und sie sagte mir, schon auf der Reise hierher, daß er ihr ,*nie* verzeihen' werde; aber vielleicht würde er, wenn er mich sähe, mich liebgewinnen und ihr um meinetwillen vergeben. Mama liebte mich sehr und küßte mich immer, den Großpapa aber fürchtete sie sehr. Sie lehrte mich, für Großpapa zu beten, und betete selbst für ihn, und immer erzählte sie mir dann, wie sie früher zusammen mit Großpapa gelebt und wie er sie liebgehabt, lieber als alles auf der Welt. Sie hat ihm auf dem Klavier vorgespielt und am Abend vorgelesen, und Großpapa hat sie geküßt und sie immer beschenkt ... hat ihr viel geschenkt ... Einmal habe er sich zu Mamas Namenstag sehr geärgert, weil Mama schon wußte, was für ein Geschenk er ihr machen werde. Mama hatte sich Ohrringe gewünscht, und Großpapa hatte gesagt, daß sie eine Brosche bekommen würde. Als Mama aber am Namenstag gar nicht verwundert war, daß er ihr doch die Ohrringe schenkte, hat er sich sehr darüber geärgert und einen halben Tag nicht mit ihr gesprochen, dann aber ist er doch von selbst zu ihr gekommen, hat sie geküßt und um Verzeihung gebeten ...«

Nelly erzählte mit zunehmendem Eifer, und ihre blassen, kranken Wangen bekamen sogar etwas Farbe.

Offenbar hatte ihre Mama oftmals ihrer kleinen Nelly von ihren früheren glücklichen Tagen erzählt, als sie dort in ihrem Winkel, in der Kellerwohnung, saß und ihr Töchterchen (den einzigen Trost, der ihr im Leben geblieben war) in den Armen hielt und küßte und weinte, ohne dabei zu ahnen, welch starken Eindruck diese Erzählungen auf das krankhaft empfängliche, frühreife Gemüt des kranken Kindes machen mußten.

Nelly schien sich aber plötzlich zu besinnen, sah sich mißtrauisch im Kreise um und verstummte. Der Alte runzelte die Stirn und trommelte wieder auf den Tisch; in Anna Andrejewnas Augen standen Tränen, die sie schweigend mit dem Taschentuch wegwischte.

»Mama war schon sehr krank, als wir hierherkamen«, fügte Nelly mit leiser Stimme hinzu. »Sie hatte starke Schmerzen in der Brust. Wir suchten Großpapa lange und konnten ihn nicht finden. Da mieteten wir einen Winkel in einer Kellerwohnung.«

»Eine Kranke in einem Kellerwinkel!« rief Anna Andrejewna entsetzt aus.

»Ja ... in einem Winkel ...«, antwortete Nelly. »Mama war sehr arm. Mama hat mir gesagt«, fuhr sie, lebhafter werdend, fort, »es ist keine Sünde, arm zu sein, aber es ist Sünde, reich zu sein und anderen Unrecht zu tun ... und daß Gott sie strafe.«

»Habt ihr euch dann gleich auf der Wassiljeff-Insel eingemietet? ... Das war wohl bei der Bubnowa, nicht?« fragte er, sich plötzlich an mich wendend und bemüht, die Frage nur so hinzuwerfen, als frage er bloß, weil es ihn geniere, so schweigend dazusitzen.

»Nein, nicht dort ... zuerst in der Meschtschánskaja-Straße«, antwortete Nelly. »Dort war es sehr feucht und dunkel«, fuhr sie nach einigem Schweigen fort, »und Mama war wohl krank, konnte aber noch gehen. Ich wusch ihre Wäsche, sie aber weinte. Da wohnten auch eine alte Kapitänswitwe und ein verabschiedeter Beamter, der jede Nacht betrunken nach Hause kam und dann schrie und schimpfte. Einmal wollte er die Witwe schlagen, die aber war alt und schwach. Mama wollte die Frau verteidigen; da schlug der Beamte Mama und ich wieder den Beamten ...«

Nelly hielt inne. Die Erinnerung übermannte sie, ihre Augen blitzten.

»Großer Gott!« rief Anna Andrejewna, die ganz hingegeben zuhörte und die Augen von Nelly nicht abwenden konnte. Nelly wandte sich auch hauptsächlich an sie.

»Da ging Mama fort und nahm mich mit«, erzählte Nelly weiter. »Wir gingen den ganzen Tag bis zum Abend in den Straßen herum, Mama ging und weinte und führte mich an der Hand. Ich war sehr müde; wir hatten den ganzen Tag nichts gegessen. Mama sprach die ganze Zeit mit sich selbst und sagte zu mir: ‚Bleibe arm, Nelly, und wenn ich sterbe, so höre auf niemanden und nichts. Bleibe allein, gehe zu niemandem, bleibe arm und arbeite, und wenn du keine Arbeit findest, so bitte um Almosen; aber zu ihnen gehe nicht.' Es war schon ganz dämmerig, und wir überquerten gerade eine große Straße, als Mama plötzlich ausrief: ‚Asorka! Asorka!' Und da kam auf einmal ein großer Hund, ohne Haare, auf Mama zugelaufen, kläffte und sprang an ihr hoch; Mama aber erschrak, erblaßte, schrie auf und warf sich auf die Knie vor einem hochgewachsenen alten Mann, der an einem Stock ging und immer zu Boden blickte. Und dieser hochgewachsene alte Mann, der war Großpapa, und so hager war er, in schlechten Kleidern. Da sah ich ihn zum erstenmal. Großpapa erschrak auch sehr und wurde ganz weiß im Gesicht, und wie er sah, daß Mama vor ihm kniete und seine Knie umfaßte, – da riß er sich los, stieß sie von sich, stampfte mit dem Stock auf das Pflaster und ging schnell von uns weg. Asorka blieb noch bei uns und kläffte immerzu, und beleckte Mama, dann rannte er zu Großpapa, packte ihn am Rockschoß und zerrte ihn zurück, aber Großpapa schlug nach ihm mit dem Stock. Asorka kam wieder zu uns gelaufen, aber Großpapa rief ihn zu sich, und da lief er wieder zu ihm und kläffte die ganze Zeit. Mama aber lag da wie eine Tote, ringsum versammelten sich Leute, auch die Polizei kam. Ich schrie und versuchte, Mama aufzuheben. Sie stand dann auch auf, schaute um sich und ging dann mit mir. Ich führte sie nach Haus. Die Leute sahen uns nach und schüttelten nur den Kopf ...«

Nelly hielt inne, um Atem zu schöpfen, dann nahm sie sich wieder zusammen. Sie war sehr blaß, aber aus ihrem Blick sprach feste Entschlossenheit. Offenbar hatte sie sich vorgenommen, jetzt endlich alles zu sagen. Es war sogar etwas Herausforderndes an ihr in diesem Augenblick.

»Nun ja«, bemerkte Nikolai Ssergejewitsch mit unebener Stimme und mit einer gewissen gereizten Schroffheit, »nun ja, deine Mutter hatte ihren Vater beleidigt, und er hatte sie nicht grundlos verstoßen...«

»Das hat mir meine Mama auch gesagt«, versetzte Nelly plötzlich gleichfalls schroff, »und als wir nach Haus gingen, sagte sie immer: ‚Das war dein Großpapa, Nelly, und ich habe ihm großes Leid zugefügt, deshalb hat er mich auch verstoßen, und deshalb werde ich jetzt von Gott gestraft.' Und den ganzen Abend und alle folgenden Tage sprach sie nur davon. Sie war ganz wie von Sinnen...«

Der Alte sagte nichts mehr.

»Aber wie kamt ihr denn später in die andere Wohnung?« fragte Anna Andrejewna, die immer noch lautlos weinte.

»Mama wurde in derselben Nacht krank, und die alte Witwe fand schließlich die Unterkunft bei der Bubnowa. Nach drei Tagen zogen wir dann hin; auch die Witwe. Als wir dann dort eingezogen waren, wurde Mama ganz krank, und sie lag drei Wochen zu Bett, und ich pflegte sie. Geld hatten wir gar nicht mehr, aber uns halfen die Witwe und Iwan Alexandrowitsch.«

»Der Sargtischler, bei dem sie in Untermiete wohnten«, bemerkte ich erklärend.

»Und als Mama das Bett wieder verlassen konnte und umherging, da erzählte sie mir auch von Asorka.«

Nelly brach plötzlich ab. Dem Alten schien es sehr willkommen zu sein, daß das Gespräch auf Asorka überging.

»Was hat sie dir denn von Asorka erzählt?« fragte er wie beiläufig, sich in seinem Lehnstuhl noch mehr nach vorn beugend, als wolle er sein Gesicht noch mehr verbergen und nur zu Boden sehen.

»Sie hat mir immer von Großpapa erzählt«, antwortete Nelly auf seine Frage; »auch als sie krank war, erzählte sie nur von ihm, und wenn sie im Fieber phantasierte, sprach sie immer nur von Großpapa. Und als es dann anfing, ihr besser zu gehen, da erzählte sie mir wieder, wie sie früher gelebt hatte ... und dann erzählte sie auch von Asorka; denn einmal hatten außerhalb der Stadt Jungen Asorka an einem Strick zum Fluß gezerrt, um ihn zu ertränken, und da hatte Mama ihnen Geld gegeben, und Asorka ihnen abgekauft. Als aber Großpapa Asorka zu sehen bekam, da mußte er furchtbar über ihn lachen. Dann aber war Asorka fortgelaufen, und Mama begann zu weinen. Großpapa erschrak und sagte, er werde hundert Rubel dem geben, der Asorka wiederbringt. Am dritten Tage wurde er denn auch gebracht; Großpapa gab die hundert Rubel, und von da an begann er Asorka zu lieben. Mama aber liebte den Hund bald so sehr, daß sie ihn sogar zu sich ins Bett nahm. Sie sagte, Asorka ist früher mit Komödianten herumgezogen, und ein Äffchen ist auf Asorka geritten; Asorka hat zu sitzen verstanden und das Gewehr zu präsentieren, und vieles andere hat er noch verstanden ... Als aber Mama dann Großpapa verlassen hatte, da behielt Großpapa Asorka bei sich und ging niemals ohne ihn auf die Straße. So wußte Mama jedesmal, wenn sie Asorka irgendwo erblickte, daß Großpapa in der Nähe war ...«

Der Alte hatte doch wohl etwas anderes zu hören erwartet und machte ein immer finstereres Gesicht. Weiteres Fragen unterließ er jedenfalls.

»Und wie war es dann, habt ihr nachher nie mehr den Großvater gesehen?« fragte Anna Andrejewna.

»Doch! Als es Mama besser ging, da begegnete ich ihm wieder einmal. Ich ging zum Bäcker um Brot: plötzlich sah ich Asorka mit einem Mann, ich sah ihn an und erkannte in ihm den Großpapa. Ich wich schnell aus und drückte mich an die Hauswand. Großpapa aber erblickte mich und sah mich lange an, und er hatte solch ein böses Gesicht, daß ich sehr erschrak, und er ging an mir vorüber; Asorka aber erkannte mich und begann an mir in die Höhe zu springen und meine Hände zu lecken. Ich ging dann schnell nach Haus, blickte mich aber noch einmal um, und da sah ich, daß Großpapa in den Bäckerladen eintrat. Da dachte ich: jetzt wird er dort nach mir fragen, und ich erschrak noch mehr; als ich nach Haus kam, sagte ich Mama nichts davon, damit sie nicht wieder krank werde. Am nächsten Tage aber ging ich nicht mehr zum Bäcker, ich sagte, mein Kopf schmerze; als ich dann am dritten Tage ging, begegnete mir niemand, nur hatte ich große Angst, und ich lief so schnell ich konnte. Am übernächsten Tage aber – wie ich um die Ecke bog, stand dort plötzlich wieder Großpapa vor mir, und Asorka. Ich lief schnell zurück und lief durch eine andere Straße, um von der anderen Seite zum Bäcker zu kommen; aber da stieß ich plötzlich wieder auf ihn, und ich erschrak so, daß ich stehenblieb und nicht mehr weiter konnte. Großpapa rührte sich auch nicht, er stand vor mir und sah mich wieder lange an, dann aber streichelte er mich, nahm meine Hand und führte mich mit sich; Asorka kam hinter uns und wedelte mit dem Schwanz. Da sah ich denn, daß Großpapa gar nicht mehr gerade gehen konnte und sich immer auf den Stock stützte; seine Hände zitterten die ganze Zeit. Er führte mich zum Höker, der an der anderen Straßenecke saß und Äpfel und Pfefferkuchen verkaufte. Von ihm kaufte Großpapa einen Hahn und einen Fisch aus Pfefferkuchen und ein Bonbon und einen Apfel; als er das Geld aus dem Lederbeutel nahm, da zitterten seine Hände so sehr, daß ein Fünfkopekenstück auf das Trottoir fiel, und ich hob es auf und gab es ihm. Er schenkte mir aber die fünf Kopeken und gab mir auch die Pfefferkuchen und streichelte mich wieder, so über den Kopf, nur sagte er wieder kein Wort und ging von mir weg nach Haus ...

Als ich dann zu Mama zurückkam, erzählte ich ihr alles vom Großpapa, und wie ich mich zuerst gefürchtet und vor ihm versteckt hatte. Mama glaubte mir zuerst gar nicht;

dann aber war sie so froh, daß sie mich den ganzen Abend immer wieder nach allem fragte und mich küßte. Und sie weinte. Und als ich ihr alles erzählt hatte, sagte sie zu mir, daß ich mich niemals mehr vor Großpapa fürchten solle, daß er mich doch liebhaben müsse, wenn er absichtlich gekommen war, um mich wiederzusehen. Und sie sagte, ich solle freundlich zu ihm sein und antworten, wenn er mich was fragt. Am nächsten Tag aber schickte sie mich schon am Morgen immer wieder hinaus, obwohl ich ihr sagte, daß Großpapa immer erst gegen Abend ausging. Und als ich ging, kam sie selbst mir nach und wartete hinter der Ecke, und ebenso auch am anderen Tage; aber Großpapa kam nicht mehr, und da es an diesem Tage regnete, erkältete sich Mama, denn sie war doch hinausgegangen in den Regen, und da mußte sie wieder im Bett bleiben.

Großpapa kam erst nach einer Woche und kaufte mir wieder einen Fisch und einen Apfel, sagte aber wieder nichts. Als er aber von mir fortging, versteckte ich mich zuerst und folgte ihm dann heimlich. Das hatte ich mir schon so vorgenommen, um zu sehen, wo Großpapa wohnte, und um das Mama sagen zu können. Ich ging ganz weit hinter ihm auf der anderen Straßenseite, damit Großpapa mich nicht sehen konnte. Er wohnte aber sehr weit, gar nicht dort, wo er später wohnte und starb, sondern in der Goróchowaja Straße, auch in einem großen Haus und vier Treppen hoch. Das erfuhr ich denn alles und kam erst spät zurück nach Haus. Mama hatte sich schon sehr geängstigt; denn sie wußte doch nicht, wo ich geblieben war. Als ich ihr aber alles erzählt hatte, war sie wieder sehr froh und wollte gleich am nächsten Morgen zu Großpapa gehen; aber am nächsten Morgen wurde sie wieder nachdenklich und begann sich zu fürchten, und sie dachte immer an ihn und fürchtete sich ganze drei Tage; so ging sie denn nicht zu ihm. Dann aber rief sie mich zu sich und sagte zu mir: ‚Höre, Nelly, ich bin jetzt krank und kann nicht zu ihm gehen, aber ich habe einen Brief an deinen Großpapa geschrieben, geh du zu ihm und gib ihm diesen Brief. Und sieh zu, Nelly, wie er diesen Brief liest, und was er sagt, und wie er überhaupt sein wird. Und küsse ihm die Hand und bitte ihn, daß er deiner Mama verzeihe ...‹ Und Mama weinte die ganze Zeit und küßte mich und segnete mich und betete zu Gott und hieß mich, neben ihr vor dem Muttergottesbild niederknien; obschon sie sehr krank war, begleitete sie mich doch bis auf die Straße hinaus, und als ich zurückschaute, stand sie immer noch dort und sah mir nach, wie ich ging ...

Ich kam zu Großpapa und machte die Tür auf, denn die Tür war nicht verschlossen und hatte auch gar keinen Griff. Großpapa saß am Tisch und aß Brot mit Kartoffeln; Asorka aber stand vor ihm, sah ihm zu, wie er aß, und wedelte mit dem Schwanz. Großpapa hatte auch dort in jener Wohnung nur einen Tisch und einen Stuhl, und die Fenster waren klein und niedrig. Er lebte dort ganz allein. Als ich eintrat, erschrak er so, daß er wieder ganz weiß wurde und erzitterte. Ich erschrak auch und sagte auch nichts, ich ging nur zum Tisch und legte den Brief hin. Als Großpapa den Brief sah, wurde er so böse, daß er aufsprang, nach seinem Stock griff und mich schlagen wollte; aber er schlug mich doch nicht, er führte mich nur hinaus auf den Treppenflur und stieß mich. Ich war noch nicht die erste Treppe hinuntergegangen, als er die Tür nochmals aufriß und mir den Brief nachwarf, uneröffnet. Ich ging nach Haus und erzählte alles Mama. Da wurde Mama wieder krank ...«

VIII

In diesem Augenblick donnerte es plötzlich stark, und der Regenguß schüttete nur so an die Fensterscheiben: im Zimmer wurde es dunkler. Anna Andrejewna schrak zusammen und bekreuzte sich. Wir waren auf einmal alle verstummt.

»Es wird gleich vorübergehen«, sagte der Alte nach einem

Blick zu den Fenstern. Dann stand er auf und ging eine Weile im Zimmer hin und her, wie um sich Bewegung zu machen.

Nellys Blick folgte ihm verstohlen. Sie war krankhaft erregt, das sah ich; aber sie vermied es irgendwie, mich anzusehen.

»Nun, und was weiter?« fragte endlich der Alte, indem er sich wieder auf seinen Platz setzte.

Nelly blickte bang um sich.

»So hast du denn deinen Großvater nicht wiedergesehen?«

»Doch, ich habe ihn wiedergesehen . . .«

»Ja? Dann erzähl', mein Täubchen, erzähl' nur weiter«, ermunterte sie Anna Andrejewna.

»Drei Wochen sah ich ihn nicht«, begann Nelly wieder zu erzählen, »bis zum Winter. Dann wurde es kalt, und es schneite. Als ich Großpapa wiedersah, an derselben Stelle, wo ich ihm früher begegnet war, da war ich sehr froh . . . denn Mama grämte sich, weil er nicht mehr kam. Als ich ihn aber erblickte, lief ich absichtlich auf die andere Straßenseite, um ihm zu zeigen, daß ich vor ihm weglief. Wie ich mich aber nach ihm umschaute, sah ich, daß er mir sehr schnell nachkam und dann fast lief, um mich einzuholen, und er rief mich: ‚Nelly, Nelly!' Und Asorka lief ihm nach. Da tat er mir leid, und so blieb ich denn stehen. Großpapa kam zu mir, nahm mich bei der Hand und führte mich; plötzlich sah er, daß ich weinte: da blieb er stehen, sah mich an, beugte sich zu mir und küßte mich. Da sah er auch, daß meine Schuhe schon ganz schlecht waren, und er fragte mich, ob ich denn keine anderen hätte. Ich sagte ihm, daß Mama gar kein Geld mehr hätte und der Sargtischler und seine Frau uns nur aus Mitleid zu essen gäben. Großpapa sagte darauf nichts; aber er führte mich auf den Markt und kaufte mir dort ein Paar Schuhe, die ich gleich anziehen mußte, er wollte es so, und dann führte er mich zu sich in die Goróchowaja Straße, und unterwegs ging er noch in einen Laden und kaufte eine Pastete und zwei Bonbons; als wir in sein

Zimmer kamen, sagte er, ich solle die Pastete essen, und er sah mich dabei die ganze Zeit an, während ich aß, und danach gab er mir die Bonbons. Aber Asorka hatte die Vorderpfoten auf den Tisch gelegt und wollte auch von der Pastete haben, und ich gab ihm denn auch ein Stück, und Großpapa lachte. Dann nahm er mich, stellte mich vor sich hin, und er streichelte mein Haar und fragte mich, was ich schon gelernt habe, und was ich überhaupt weiß. Ich sagte ihm darauf alles, und danach sagte er, daß ich jeden Tag um drei Uhr zu ihm kommen solle: er wolle mich selbst unterrichten. Dann sagte er, ich müsse mich jetzt mit dem Rücken zu ihm wenden und zum Fenster hinaussehen, bis er mir sagen werde, daß ich mich wieder umkehren soll. Ich stellte mich auch so hin, aber dann guckte ich mich heimlich doch nach ihm um, und da sah ich, daß er sein Kissen am unteren Ende auftrennte und vier silberne Rubelstücke herausnahm. Dann kam er zu mir und gab mir das Geld und sagte: ‚Das ist für dich allein.' Ich wollte es schon nehmen, aber dann dachte ich nach und sagte: ‚Für mich allein nehme ich es nicht.' Großpapa wurde sehr böse, aber er sagte doch: ‚Nun, dann wie du willst, geh!' Ich ging fort, er aber küßte mich nicht zum Abschied.

Als ich nach Haus kam, erzählte ich alles Mama. Sie fühlte sich aber immer schlechter. Zu jenem Sargtischler, bei dem wir wohnten, kam auch ein Student; der behandelte Mama und verschrieb ihr eine Arznei.

Ich ging von da an sehr oft zu Großpapa: Mama wollte es so. Großpapa kaufte das Neue Testament und ein Geographiebuch und unterrichtete mich; manchmal aber erzählte er mir von den anderen Ländern und Völkern, und was für Menschen es überall gibt und was für Meere und Berge, und was früher alles war, und wie Christus uns alle erlöst hat. Wenn ich selbst eine Frage stellte, so war er sehr froh, und darum fragte ich ihn immer recht viel, und er sagte mir dann alles; auch von Gott sprach er viel. Manchmal aber lernten wir nicht, sondern ich spielte mit Asorka. Asorka liebte mich sehr, und ich ließ ihn sitzen und übern Stock springen, und Großpapa lachte und streichelte wieder meinen Kopf. Aber eigentlich lachte Großpapa nur sehr selten.

Zuweilen sprach er sehr viel, plötzlich aber verstummte er und saß dann so, als wäre er eingeschlafen, die Augen aber waren offen. Und so saß er, bis es dunkel wurde; in der Dämmerung aber wurde er immer so unheimlich, so alt sah er dann aus ... Zuweilen aber war es so, wenn ich zu Großpapa kam: er sitzt auf seinem Stuhl, denkt und hört nichts, und Asorka liegt neben seinem Stuhl. Ich warte, warte – endlich huste ich: Großpapa hört aber gar nichts und rührt sich nicht. So ging ich denn wieder fort. Zu Hause aber erwartete mich Mama immer in großer Angst. Und ich erzählte ihr dann immer alles, alles, während sie im Bett lag, und es wurde darüber Nacht; ich aber erzählte immer noch von Großpapa, und sie hörte zu: was er erzählt hatte, was für Geschichten, was ich gelernt hatte, und was ich das nächste Mal lernen würde. Und wenn ich von Asorka erzählte, wie ich ihn über einen Stock hatte springen lassen, und wie Großpapa darüber gelacht hatte, da begann auch sie plötzlich zu lachen, und sie lachte und freute sich, und ich mußte es ihr von neuem erzählen, und dann, plötzlich, begann sie zu beten. Ich aber dachte immer: ‚Wie kommt es, daß Mama ihn, den Großpapa, so lieb hat, er sie aber gar nicht?' Und als ich zu ihm kam, erzählte ich absichtlich, wie sehr Mama ihn liebt. Er hörte zu und rührte sich nicht, so böse sah er aus, kein Wort sagte er, er hörte nur zu; dann fragte ich ihn, weshalb denn gerade Mama ihn so liebte, daß sie immer nach ihm fragt, er aber nach ihr gar nicht fragt. Da wurde Großpapa sehr böse und jagte mich hinaus auf den Treppenflur. Ich stand dort ein Weilchen hinter der Tür und wartete, da kam er aber wieder und rief mich zurück, aber er war immer noch sehr böse und schwieg die ganze Zeit. Als wir aber dann im Neuen Testament zu lesen begannen, fragte ich wieder, wie es denn komme, daß Jesus Christus gesagt hat, wir sollen einander lieben und alles verzeihen, er aber meiner Mama nicht vergeben wolle. Da sprang er auf und schrie, daß ich von Mama beauftragt sei, das zu fragen; er stieß mich wieder hinaus und sagte, daß ich mich nicht unterstehen solle, nochmals zu ihm zu kommen. Ich aber sagte, daß ich jetzt von selbst gar nicht mehr zu ihm kommen wolle und auch nicht kommen werde, und ging fort ... Großpapa zog aber am nächsten Tage aus jener Wohnung aus ...«

»Siehst du, ich sagte dir doch, daß der Regen nicht lange andauern werde, – da hat es schon aufgehört zu regnen, und dort scheint auch schon die Sonne hervor ... sieh, Wanja«, sagte Nikolai Ssergejewitsch, sich zum Fenster wendend.

Anna Andrejewna sah ihn äußerst verwundert an, und plötzlich sprach heftiger Unwille aus den Augen der bis dahin so ängstlichen alten Frau. Schweigend zog sie Nelly zu sich heran und nahm sie auf den Schoß.

»Erzähle nur weiter, mein Täubchen, mir allein«, sagte sie, »ich werde allein zuhören. Mögen jene Hartherzigen ...«

Sie sprach es nicht aus, was sie sagen wollte, und wischte sich wieder die Tränen aus den Augen. Nelly sah mich, offenbar etwas verwundert und auch erschreckt, mit fragendem Blick an. Der Alte wandte sich zu mir, als wolle er etwas sagen, zuckte jedoch nur mit der Achsel und wandte sich sogleich wieder ab.

»Erzähle weiter, Nelly«, sagte ich.

»Ich ging drei Tage nicht zu Großpapa«, begann Nelly wieder zu erzählen, »Mama aber fühlte sich damals schon sehr schlecht. An Geld hatten wir keine Kopeke mehr, so konnten wir auch keine Arznei kaufen, und wir aßen nichts; denn auch der Sargtischler, bei dem wir wohnten, hatte mit seiner Frau nichts mehr zu essen, und sie begannen uns schon Vorwürfe zu machen, weil wir uns von ihnen ernähren ließen, wie sie sagten. Da stand ich am dritten Tag auf und kleidete mich an. Mama fragte mich, wohin ich denn gehen wolle. Ich sagte: ‚Zu Großpapa, um ihn um Geld zu bitten.‘ Da freute sie sich sehr; denn ich hatte ihr doch alles erzählt, wie er mich von sich fortgejagt, und daß ich jetzt nicht mehr zu ihm gehen wollte. Sie hatte wohl geweint und mir zugeredet, doch wieder zu ihm zu gehen, aber ich hatte gesagt: ‚Nein, ich will nicht, ich werde nicht!' Jetzt ging ich hin und erfuhr, daß Großpapa von dort ausgezogen war. Ich ging dann zu seiner neuen Wohnung. Wie ich aber bei ihm eintrat, sprang er auf, stürzte mir zornig entgegen und stampfte mit den Füßen; aber ich sagte ihm schnell, daß Mama sehr krank ist, und daß wir zur Arznei Geld brauchten, fünfzig Kopeken, und daß wir nichts zu essen hätten. Großpapa schrie mich an und stieß mich hinaus auf die Treppe und schlug hinter mir die Türe zu, die er dann noch verriegelte. Als er mich aber hinausstieß, sagte ich ihm, daß ich so lange auf der Treppe sitzen und nicht fortgehen werde, bis er mir Geld gibt. Und ich setzte mich auf die Treppe. Nach einer Weile machte er die Tür auf und sah hinaus, und als er sah, daß ich dort saß, da schloß er die Tür wieder zu. Dann verging lange Zeit, bis er wieder die Tür aufmachte, wieder hinaussah auf die Treppe und wieder die Tür schloß. Und noch mehrere Male machte er so die Tür auf und wieder zu. Endlich trat er mit Asorka aus dem Zimmer, schloß die Tür ganz zu und ging an mir vorüber aus dem Hause hinaus, ohne ein Wort zu mir zu sagen. Auch ich sagte kein Wort und blieb so sitzen und saß bis zum Dunkelwerden ...«

»Täubchen, mein Kindchen!« rief Anna Andrejewna ganz erschrocken aus, »aber es war doch kalt dort auf der Treppe!«

»Ich war im Pelzmäntelchen«, sagte Nelly.

»Pelzmäntelchen! Was ist denn solch ein Mäntelchen! ... Mein Täubchen, wieviel du ausgehalten hast! Nun, und – wann kam er denn zurück?«

Nellys Lippen begannen zu zucken, doch sie nahm sich krampfhaft zusammen und erzählte weiter.

»Er kam, als es schon ganz dunkel geworden war, und als er beim Heraufsteigen plötzlich auf mich stieß, schrie er: ‚Wer ist hier?' Ich sagte: ‚Ich!' Er aber hatte gewiß gedacht, ich wäre schon längst fortgegangen, und deshalb war er, als er mich immer noch dort sitzen sah, sehr verwundert und stand lange Zeit ganz still vor mir. Plötzlich schlug er mit dem Stock auf die Treppe, lief dann an mir vorüber, riß die Tür auf und kam schon im nächsten Augenblick zurück: er brachte mir Kupfergeld, lauter Fünfkopekenstücke, warf sie auf die Treppe. ‚Da hast du Geld!‘ schrie er, ‚nimm's, das ist alles, was ich habe, und sage deiner Mutter, daß ich sie verfluche!‘ Und damit schlug er die Tür zu. Aber die Geldstücke waren alle die Treppe hinuntergerollt. Ich begann sie in der Dunkelheit zu suchen; aber Großpapa muß es nachher doch eingefallen sein, daß es schwer war, die verstreuten Kupferstücke im Dunkeln zu finden, so kam er denn mit einer Kerze aus dem Zimmer und leuchtete, und da sammelte ich sie schnell auf. Und Großpapa half mir noch beim Suchen und sagte, es seien im ganzen siebzig Kopeken gewesen, und dann ging er wieder zurück ins Zimmer. Als ich nach Haus kam, gab ich Mama das Geld und erzählte ihr alles, und Mama fühlte sich wieder schlechter; ich war auch die ganze Nacht krank, und am anderen Tage hatte ich auch Fieber, aber ich hatte nur einen Gedanken, denn ich war böse auf Großpapa. Als Mama wieder eingeschlafen war, ging ich hinaus auf die Straße und ging zu Großpapa; aber noch bevor ich sein Haus erreichte, blieb ich auf der Brücke stehen. Da kam *jener* ...«

»Sie meint Archípoff«, sagte ich, »jenen, von dem ich Ihnen, Nikolai Ssergejewitsch, bereits erzählt habe, – der zusammen mit dem Kaufmann bei der Bubnowa war und dort verprügelt wurde. Damals hat ihn Nelly zum erstenmal gesehen ... Erzähle weiter, Nelly.«

»Als er an mir vorübergehen wollte, hielt ich ihn an und bat ihn um Geld, um einen Rubel. Er sah mich an und fragte: ‚Einen ganzen Rubel?‘ Ich sagte: ‚Ja.‘ Da begann er zu lachen und sagte: ‚Komm mit!‘ Ich wußte nicht, ob ich mitgehen sollte. Da trat plötzlich ein alter kleiner Herr mit einer goldenen Brille an uns heran, denn er hatte gehört, was ich haben wollte, er beugte sich zu mir und fragte mich, wofür ich gerade soviel brauchte. Ich sagte ihm, daß Mama krank ist und die Arznei soviel kostet. Er fragte, wo wir wohnten, schrieb das in sein Taschenbuch und gab mir einen Rubel. *Jener* aber, als er den alten Herrn mit der Brille sah, ging fort und sagte mir nicht mehr, daß ich mitgehen solle. Ich ging dann in einen Laden und wechselte das Geld in kupferne Fünfkopekenstücke; von denen wickelte ich dreißig Kopeken in ein Papier ein, die behielt ich für Mama, die übrigen siebzig Kopeken wickelte ich aber nicht ein, sondern behielt sie in der Hand und ging mit ihnen zu Großpapa. Als ich vor seinem Zimmer stand, machte ich die Tür auf, blieb aber auf der Schwelle stehen und schleuderte ihm das ganze Geld hin, so daß alle Kupferstücke über den Fußboden rollten. ‚Da haben Sie Ihr Geld!' sagte ich zu ihm. ‚Mama braucht es nicht von Ihnen, wenn Sie sie verfluchen.' Und ich schlug die Tür zu und lief fort.«

Ihre Augen glänzten fieberhaft und mit naiv herausforderndem Blick sah sie den Alten an.

»Das war recht!« sagte Anna Andrejewna, ohne ihren Gatten weiter zu beachten, und indem sie Nelly fest an sich drückte. »So geschah ihm recht! Dein Großvater war ein böser, hartherziger Mensch ...«

»Hm!« äußerte sich dazu Nikolai Ssergejewitsch.

»Nun, und wie wurde es dann, was geschah darauf?« fragte Anna Andrejewna ungeduldig.

»Ich ging nicht mehr zu Großpapa, und auf der Straße traf ich ihn auch nicht mehr«, sagte Nelly.

»Aber was geschah nun mit deiner Mama und mit dir? Ach, ihr Armen, ihr Armen!«

»Mit Mama wurde es immer schlechter, sie konnte fast gar nicht mehr aufstehen«, fuhr Nelly mit unsicherer Stimme fort. »Geld hatten wir überhaupt nicht mehr, und darum ging ich denn mit der alten Witwe. Die ging in die Häuser und bat um Geld, aber auch auf der Straße wandte sie sich an gutgekleidete Leute und bat sie um Geld, denn nur davon lebte sie. Sie sagte mir, sie sei keine Bettlerin, denn sie habe Papiere, in denen ihr Name und Stand geschrieben steht, und in denen gesagt ist, daß sie arm sei. Diese Papiere zeigte sie immer vor, dann gab man ihr Geld. Sie sagte mir auch, es sei keine Schande, alle Menschen um Hilfe zu bitten. So ging ich denn mit ihr, und man gab uns Geld, und davon lebten wir. Mama erfuhr das bald; denn unsere Hausgenossen machten ihr Vorwürfe, weil sie arm war; die Bubnowa aber kam selbst zu Mama und sagte, sie solle mich doch lieber zu ihr schicken, als mich auf der Straße betteln zu lassen. Sie war auch früher zu Mama gekommen und hatte ihr Geld gebracht; als Mama es aber nicht von ihr annahm, sagte sie: ‚Weshalb sind Sie denn so stolz?' und schickte uns dann etwas zu essen. Als sie aber das von mir Mama erzählt hatte, begann Mama zu weinen, denn sie war sehr erschrokken; die Bubnowa aber, die ganz betrunken war, begann sie zu schelten und sagte, daß ich sowieso ein Bettelkind sei und schon mit der alten Witwe ginge, und noch am selben Abend jagte sie die Witwe aus dem Hause: Als Mama das alles erfuhr, begann sie zu weinen; dann stand sie plötzlich auf, kleidete sich an, nahm mich bei der Hand und führte mich mit sich fort. Iwan Alexandrowitsch wollte sie zurückhalten, aber sie hörte nicht auf ihn, und wir gingen fort. Mama konnte kaum gehen, alle Augenblicke mußte sie sich hinsetzen, und ich stützte sie. Und sie sprach die ganze Zeit und sagte, daß sie zu Großpapa gehe, und daß ich sie hinführen solle; nur war es schon lange Nacht geworden. Da kamen wir zu einem großen schönen Hause, vor dem viele Equipagen hielten; viele Menschen kamen aus dem Hause, und alle Fenster waren hell, und man hörte auch Musik. Mama blieb stehen, zog mich an sich und sagte zu mir: ‚Nelly, sei arm, bleibe dein Leben lang arm, gehe nicht zu denen da, wer dich auch rufen, wer auch zu dir kommen sollte! Auch du könntest dort sein, reich sein, in einem schönen Kleide, aber ich will das nicht. Sie sind böse und grausam, darum höre mein Gebot: Bleibe arm, arbeite und bitte um Almosen; wenn man aber zu dir kommt und dich unter jene bringen will, dann sage: Ich will nicht zu euch!' ... Das sagte mir damals Mama, als sie krank war, und ich will ihr mein ganzes Leben lang gehorchen«, schloß Nelly zitternd vor Erregung. Ihr Gesichtchen glühte wie im Fieber. »Und ich werde mein ganzes Leben lang dienen und arbeiten, und auch zu Ihnen bin ich gekommen, um zu dienen und zu arbeiten, ich will nicht so wie eine Tochter ...«

»Nicht doch, nicht doch, mein Täubchen, nicht doch!« rief Anna Andrejewna, die Nelly mit mütterlicher Zärtlichkeit fest an sich drückte. »Deine Mama war damals doch ganz krank, als sie das sagte ...«

»Irrsinnig war sie!« bemerkte der Alte schroff.

»Mag sie irrsinnig gewesen sein!« versetzte Nelly ebenso schroff, sich dem Alten zuwendend, »und wenn sie auch hundertmal irrsinnig war, aber sie hat mir das so gesagt, und ich werde mein ganzes Leben lang so leben. Als sie mir das gesagt hatte, wurde sie sogar ohnmächtig.«

»Großer Gott!« rief Anna Andrejewna aus, »im Winter, krank, auf der Straße! ...«

»Man wollte uns auf die Polizei bringen, aber ein Herr trat für uns ein. Er fragte mich, wo wir wohnten, gab mir zehn Rubel und ließ uns in seiner Equipage nach Hause bringen. Von da an hat Mama das Bett nicht mehr verlassen, und drei Wochen später starb sie ...«

»Und der Vater? Der hat ihr nicht verziehen?« fragte Anna Andrejewna angstvoll und erschrocken.

»Nein, er hat ihr nicht verziehen!« sagte Nelly, sich qualvoll zusammennehmend. »Eine Woche vor ihrem Tod rief sie mich zu sich und sagte: ‚Nelly, geh noch einmal zu Großpapa, zum letztenmal, und bitte ihn, daß er zu mir komme und mir vergebe; sage ihm, daß ich in wenigen Tagen sterben werde und dich allein auf der Welt zurücklasse. Und sage ihm noch, daß es mir schwer wird, zu sterben ...' Ich ging zu Großpapa und pochte an die Tür. Er machte die Tür auf; aber wie er mich erblickte, wollte er die Tür sogleich wieder schließen, aber ich hatte mich schon mit beiden

Händen an die Tür geklammert und schrie ihm zu: ‚Mama stirbt, Sie sollen hinkommen, sie ruft Sie! ...‘ Er stieß mich aber zurück und schlug die Tür zu. Ich ging zu Mama zurück, legte mich neben sie hin, umarmte sie und sagte kein Wort ... Mama umarmte mich gleichfalls und fragte mich auch nichts ...«

Hier stützte sich Nikolai Ssergejewitsch mit der Hand schwer auf den Tischrand und erhob sich langsam, blickte uns alle nur mit einem seltsamen, trüben Blick der Reihe nach an und sank dann wie erschöpft wieder zurück in seinen Sessel. Anna Andrejewna beachtete ihn nicht, sie weinte und umarmte Nelly.

»Dann am letzten Tag rief sie mich, bevor sie starb, zu sich – es war schon Abend – und sie nahm meine Hand und sagte: ‚Ich werde heute sterben, Nelly.‘ Sie wollte wohl noch etwas sagen, aber sie konnte schon nicht mehr. Ich sehe sie an, aber ich fühle doch, sie sieht mich gar nicht, nur meine Hand hält sie krampfhaft fest. Da befreite ich vorsichtig meine Hand und lief aus dem Hause und lief den ganzen Weg, so schnell ich konnte, bis zu Großpapa. Wie er mich erblickte, sprang er vom Stuhl auf und sah mich groß an, und er war so erschrocken, daß er ganz bleich wurde und zu zittern begann. Ich ergriff seine Hand und sagte nur: ‚Sie wird gleich sterben.‘ Und da war er plötzlich ganz anders: er lief durch das Zimmer, ergriff seinen Stock und eilte zur Tür; sogar seinen Hut vergaß er, und es war doch kalt. Ich nahm seinen Hut und gab ihn ihm, und wir liefen beide hinaus auf die Straße. Ich trieb ihn zur Eile an und sagte, er soll eine Droschke nehmen, denn Mama würde gleich sterben, aber Großpapa hatte im ganzen nur sieben Kopeken. Er blieb wohl bei den Droschken stehen und handelte mit den Kutschern, aber die lachten nur; auch über Asorka lachten sie, denn Asorka lief uns nach, und wir liefen immer weiter, immer weiter. Großpapa wurde müde und atmete schwer, aber er lief doch, so schnell er konnte. Plötzlich fiel er, und der Hut flog fort. Ich lief dem Hut nach und hob ihn auf und half Großpapa aufstehen, und dann führte ich ihn an der Hand; aber es war schon Nacht, als wir nach Hause kamen ... Und Mama war schon tot. Als Großpapa sie dort liegen sah, erhob er die Arme, erzitterte und starrte sie an, sagte aber kein Wort. Da ging ich zu meiner toten Mama, zog ihn ans Bett und schrie: ‚Da sieh, du herzloser, böser Mensch, sieh nur her!' Da schrie Großpapa laut auf und fiel hin wie ein Toter ...«

Nelly befreite sich heftig aus den Armen Anna Andrejewnas, sprang von ihrem Schoß und blieb bleich, erschöpft und erschrocken zwischen uns stehen. Doch Anna Andrejewna stürzte zu ihr, zog sie von neuem an sich und rief wie in Ekstase:

»Ich, ich werde jetzt deine Mutter sein, Nelly, und du mein Kind! Ja, Nelly, laß uns von hier fortgehen, verlassen wir die Herzlosen und Bösen! Mögen sie mit anderen Menschen ihren Spott treiben. Gott aber, Gott wird es ihnen schon heimzahlen ... Gehen wir, Nelly, gehen wir von hier fort, komm! ...«

Noch nie hatte ich Anna Andrejewna in einer solchen Erregung gesehen. Und offen gestanden: ich hätte es auch gar nicht für möglich gehalten, daß sie überhaupt in eine solche Ekstase geraten könnte.

Nikolai Ssergejewitsch richtete sich bei den letzten Worten in seinem Lehnstuhl etwas auf; als er sah, daß Anna Andrejewna es ernst meinte, erhob er sich langsam und fragte mit merklich unsicherer Stimme:

»Wohin willst du denn gehen, Anna Andrejewna?«

»Zu ihr, zu meiner Tochter, zu Natascha!« rief sie erregt, Nelly zur Tür nach sich ziehend.

»Warte, warte doch! So warte doch!«

»Wie lange soll ich noch warten, du herzloser und böser Vater! Ich habe lange genug gewartet, und sie hat lange genug gewartet, jetzt gehe ich, leb wohl! ...«

Sie wandte sich, zum Abschied nickend, noch einmal zu ihrem Mann zurück. Da! – was war das? – sie starrte ihn sprachlos an. Ihr Nikolai Ssergejewitsch stand schon vor ihr mit dem Hut auf dem Kopf und zog sich mit zitternden Händen seinen Mantel an.

»Du ... du kommst auch!« stotterte sie, ohne es fassen zu können; dann faltete sie die Hände und sah ihn an, als wage sie noch nicht, an ein solches Glück zu glauben.

»Natascha, wo ist meine Natascha? Wo ist sie? Wo ist meine Tochter?« rang es sich plötzlich aus ihm hervor. »Gebt mir meine Tochter zurück, mein Kind! Wo ist sie, wo ist sie?«

Er riß mir seinen Stock, den ich ihm reichte, aus der Hand und wandte sich hastig zur Tür.

»Er verzeiht! er verzeiht!« stammelte Anna Andrejewna.

Aber noch bevor der Alte die Tür erreicht hatte, wurde diese von außen aufgestoßen, und ins Zimmer stürzte Natascha, bleich vor Erregung und mit glänzenden Augen, wie sie sonst nur Fieberkranke haben. Ihr Kleid war zerdrückt und vom Regen naß. Das Tuch, das sie sich um den Kopf geschlungen hatte, war in den Nacken gesunken, und in ihrem fast aufgelösten, dichten, welligen Haar glänzten Regentropfen. Mit einem Schrei warf sie sich vor ihrem Vater auf die Knie nieder und streckte die Arme nach ihm aus.

IX

Aber schon hielt er sie umschlungen an seiner Brust.

Er hob sie wie ein kleines Kind empor und trug sie zu seinem Lehnstuhl, in den er sie sorgsam hineinsetzte, um dann seinerseits vor ihr niederzuknien. Er küßte ihre Hände, ihre Knie; er konnte sich nicht satt sehen an ihr, als wolle er das Versäumte nachholen, als glaube er noch nicht, daß sie wieder bei ihm war, daß er sie wieder sah und hörte, — sie, seinen vergötterten Liebling, seine Natascha! Anna Andrejewna drückte schluchzend, unfähig ein Wort hervorzubringen, Nataschas Kopf an sich.

»Mein Freund! ... Mein Leben! ... Meine Freude ...«

stammelte der Alte stockend, Nataschas Hände mit Küssen bedeckend, und mit Augen, wie sie nur Verliebte haben, hing er an ihrem blassen, schmalen, und doch so schönen Gesicht, an ihren lieben Augen, die in Tränen schwammen. »Mein Kind, meine Freude!« wiederholte er nur, und wieder verstummte er, um sie von neuem wie verzückt, ja, wie mit Andacht zu betrachten. »Aber wie hat man mir nur sagen können, daß sie so abgemagert sei!« fuhr er mit seltsamem Kinderlächeln fort, sich halbwegs an uns wendend. »Ja, ein bißchen ist das Gesichtchen schmäler geworden, auch ein wenig blaß; aber schaut sie doch nur an, wie hübsch sie ist! Noch schöner, als sie früher war, ja, noch schöner!« Unwillkürlich verstummte er wie unter einem seelischen Schmerz, einer jener freudvollen Schmerzempfindungen, von denen man meint, sie brächen das Herz entzwei.

»Stehen sie auf, Papa! So stehen Sie doch auf«, bat Natascha. »Ich möchte Sie doch auch küssen ...«

»Oh, mein Liebling, mein Liebstes! Hörst du, hast du gehört, Annuschka, wie hübsch sie das gesagt hat!«

Und er umarmte sie krampfhaft.

»Nein, Natascha, ich, ich muß zu deinen Füßen liegen, so lange, bis mein Herz spürt, daß du mir verziehen hast, denn verdienen kann ich es nie, niemals, daß du mir jetzt verzeihst! Ich habe dich verstoßen, ich habe dich verflucht, hörst du, Natascha, ich habe dich verflucht, – ich habe das fertiggebracht! ... Und du, du, Natascha, du hast das glauben können, daß ich dich verflucht hätte! Hast es doch geglaubt, hast es doch für möglich gehalten! Du hättest es aber nicht glauben sollen! Hättest es nicht glauben dürfen, hättest es eben einfach gar nicht glauben sollen! Du grausames Herzchen! Warum bist du denn nicht zu mir gekommen? Du hast doch gewußt, wie ich dich aufnehmen würde! ... Oh, Natascha, du mußt dich doch erinnern, wie ich dich früher geliebt habe! Nun, jetzt aber und während dieser ganzen Zeit habe ich dich doppelt so lieb, nein, noch tausendmal lieber gehabt als früher! Ich habe dich mit meinem ganzen Blut geliebt! Meine blutende Seele hätte ich aus mir herausreißen, mein Herz in Streifen schneiden und dir zu Füßen legen mögen! ... Oh, meine Freude, du!«

»Aber so küssen Sie mich doch auf den Mund, Sie grausamer Mensch, auf das Gesicht, wie Mama mich küßt!« rief Natascha mit gerührter, geschwächter, und doch von Tränen der Freude erfüllter Stimme.

»Und auf die Äuglein auch, auf die Äuglein auch! Weißt du noch, so wie früher«, – wiederholte der Alte nach einer langen, süßen Umarmung mit der Tochter. »Oh, Natascha! Hat dir denn nie von uns geträumt? Mir aber bist du fast Nacht für Nacht im Traum erschienen, und jede Nacht bist du zu mir gekommen, und ich habe mich über dich gebeugt und um dich geweint; einmal erschienst du als kleines Mädchen, als du noch keine zehn Jahre alt warst und gerade erst Klavier zu spielen lerntest, – kamst in einem kurzen Kleidchen, in netten Schuhchen und mit roten Händchen ... damals hatte sie doch so rote Händchen, erinnerst du dich noch, Annuschka? – kamst zu mir, setztest dich auf meinen Schoß und schlangst die Ärmchen um meinen Hals ... Und du, und du, du böses Mädchen! – du hast glauben können, ich hätte dich verflucht, ich hätte dich nicht aufgenommen, wenn du gekommen wärest! ... Aber ich bin doch ... höre Natascha: ich bin doch oft zu dir gegangen, nur hat das niemand gewußt, auch sie nicht, deine Mutter, keine Menschenseele! So stand ich dort auf der anderen Straßenseite und schaute hinauf zu den Fenstern deiner Wohnung, oder ich wartete oft einen halben Tag lang in der Nähe deiner Haustür, in der Hoffnung, du würdest vielleicht ausgehen, dann könnte ich dich wenigstens von ferne sehen. Oft sah ich abends eine Kerze auf deinem Fensterbrett brennen, und oft, Natascha, bin ich nur deshalb hingegangen, sobald es dunkelte, um diese brennende Kerze zu sehen, vielleicht auch deinen Schatten auf dem Vorhang, und um dich für die Nacht zu segnen. Hast du auch so an mich gedacht? Hat dein Herz es nicht gespürt, daß ich dort unter deinem

Fenster stand? Mehr als einmal bin ich im Winter spät abends deine Treppe hinaufgestiegen und habe auf dem dunklen Treppenabsatz gestanden und angestrengt gelauscht, um durch die Tür vielleicht doch deine liebe Stimme zu hören, oder vielleicht dein Lachen? Ich dich verfluchen! War ich doch an jenem Abend zu dir gegangen, um dir alles zu verzeihen – ja, das wollte ich! – und erst vor der Tür gab ich es auf ... Oh, Natascha!«

Er stand auf und zog auch sie empor, um sie stehend an seiner Brust festzuhalten.

»Sie ist hier; wieder an meinem Herzen!« rief er. »Ich danke dir, Gott, für alles, für alles, auch für deinen Zorn, und auch für deine Güte! ... Und auch für deine Sonne, die du jetzt nach dem Gewitter auf uns niederscheinen läßt! Für diesen ganzen, großen Augenblick danke ich dir! Oh! Mögen wir Erniedrigte, mögen wir Beleidigte sein, was tut das? – aber wir sind doch wieder beisammen! Und mögen sie doch, mögen sie doch triumphieren, die Stolzen und Hochmütigen, die uns erniedrigt und beleidigt haben! Mögen sie nur Steine auf uns werfen! Fürchte dich nicht, Natascha ... Wir werden Hand in Hand gehen, und ich werde ihnen sagen: ‚Dies hier ist meine teure, meine geliebte Tochter, mein sündloses, geliebtes Kind, das ihr beleidigt und erniedrigt habt, das ich aber über alles liebe, ich, und das ich für alle Ewigkeit segne!‘ ...«

»... Wanja! Wanja!« rief mich Natascha leise zu sich und streckte mir über den Arm ihres Vaters die Hand entgegen.

Oh, nie werde ich es vergessen, daß sie in diesem Augenblick noch an mich dachte und mich zu sich rief!

»Aber wo ist denn Nelly geblieben?« fragte plötzlich der Alte, sich umschauend.

»Ach, wo ist sie denn?« fuhr auch Anna Andrejewna ganz erschrocken auf. »Mein Täubchen, wo bist du? Haben wir sie doch über unserer Freude ganz vergessen!«

Aber Nelly war nicht mehr im Zimmer. Unbemerkt war sie ins Schlafzimmer geschlüpft. Wir gingen alle hinein.

Nelly stand in einem Winkel hinter der Tür und wollte sich ängstlich vor uns verstecken.

»Nelly, was fehlt dir, mein Kind, was hast du?« fragte der Alte zärtlich, und er wollte den Arm um sie legen.

Sie sah ihn nur seltsam starr aus weit offenen Augen an.

»Mama, wo ist Mama?« fragte sie, als sei sie nicht ganz bei Sinnen. »Wo, wo ist meine Mama?« rief sie nochmals angstvoll, und streckte ihre zitternden Hände nach uns aus ...

Und plötzlich drang ein schrecklicher, markerschütternder Schrei aus ihrer Brust; ein krampfhaftes Zucken lief über ihr Gesicht, und in einem schweren Anfall fiel sie zu Boden ...

EPILOG

Letzte Erinnerungen

Mitte Juni. Ein heißer, drückend schwüler Tag; ganz unmöglich, in der Stadt zu bleiben: überall Staub, Kalk, Baugerüste vor den Häusern, glühend heißes Pflaster, von Ausdünstungen verdorbene Luft ... Aber da – o Freude! – irgendwo in der Ferne donnerte es; der Himmel wurde allmählich trübe, düster; ein Wind erhob sich und trieb den Straßenstaub wie eine Wolke vor sich her. Einzelne große Tropfen fielen schwer zur Erde, und plötzlich war es, als öffne sich der Himmel, und ein ganzer Strom ergoß sich mit seinen Wassermassen über die Stadt. Als nach einer halben Stunde wieder die Sonne durch die Wolken brach, stieß ich das Fenster meiner Dachstube auf und atmete gierig mit meiner müden Brust die frische Luft ein. Wie ein Rausch kam es über mich, und ich wollte Feder und Papier liegen lassen, auch den Verleger vergessen, und auf die Wassiljeff-Insel laufen zu den *Meinen.* Aber so groß auch die Versuchung war, ich bezwang mich doch und begann mit einer wahren Wut wieder zu arbeiten: ich mußte heute noch mit meiner Novelle fertig werden, um jeden Preis! Mein Verleger wartete, und nur wenn ich ihm das fertige Manuskript brachte, würde er mir Geld geben, das wußte ich. Man erwartete mich zwar dort, aber dafür würde ich dann am Abend frei sein, vollkommen frei, frei wie der Wind, und dieser Abend sollte mich für die letzten zwei Tage und Nächte, in denen ich dreieinhalb große Druckbogen geschrieben hatte, belohnen.

Und endlich kam dann auch der Augenblick, wo die Arbeit beendet vor mir liegt ... Ich werfe die Feder hin und erhebe mich, mit einem Schmerzgefühl im Rücken und in der Brust, und im Kopf Benommenheit. Ich weiß, daß meine Nerven zum Zerreißen angespannt sind, und mir ist, als hörte ich noch die letzten Worte meines alten Arztes: »Nein, einer solchen Lebensweise könnte auch die beste Gesundheit nicht lange standhalten!« Nun, solange sie noch standhält ... Vor meinen Augen dreht sich alles; ich halte mich kaum noch auf den Beinen; aber Freude, grenzenlose Freude erfüllt mein Herz. Meine Novelle ist beendet, und der Verleger wird mir jetzt, obschon ich ihm noch viel schulde, doch wenigstens etwas Geld geben, wenn er die Beute in seinen Händen sieht, – wenn auch nur fünfzig Rubel, wie lange aber habe ich nicht mehr soviel Geld in Händen gehabt! Freiheit und Geld! ... Ganz begeistert greife ich nach meinem Hut, schnell das Manuskript unter den Arm, und schon laufe ich Hals über Kopf die Treppe hinunter, um den Alexander Petrowitsch noch in seinem Büro anzutreffen.

Ich komme gerade noch rechtzeitig, denn schon ist er im Begriff fortzugehen. Auch er hat soeben erst etwas sehr Wichtiges beendet, eine zwar ganz unliterarische, dafür aber um so vorteilhaftere zweistündige geschäftliche Unterredung, und nachdem er endlich das schwarzbräunliche Jüdchen zur Tür geleitet hat, streckt er mir freundlich die Hand entgegen und erkundigt sich mit seiner weichen, lieben Baßstimme nach meiner Gesundheit. Er ist ja doch ein herzensguter Mensch, und ich bin ihm – im Ernst – nicht wenig zu Dank verpflichtet. Was kann er denn schließlich dafür, daß er in der Literatur sein Leben lang *nur* Verleger gewesen ist und bis zum Grabe auch nur Verleger bleiben wird? Dafür hat er erkannt, daß unsere Literatur eines Verlegers bedarf, und hat das sogar sehr zur rechten Zeit erkannt, dafür werde ihm Ehre und Ruhm, – eben Verlegerruhm.

Mit wohlgefälligem Lächeln vernimmt er, daß ich meine Novelle beendet habe und die folgende Nummer der Zeitschrift somit in ihrem Hauptteil gesichert ist. Er äußert noch in humoristischer Weise seine Verwunderung darüber, daß ich überhaupt einmal etwas zum Termin hatte beenden können, und macht ein paar nette Witzchen ... Darauf begibt er sich zu seinem Geldschrank, um ihm die mir versprochenen fünfzig Rubel zu entnehmen, reicht mir aber dabei die dicke Nummer einer Zeitschrift der Gegenpartei und macht mich auf einige Zeilen einer Kritik aufmerksam.

Ich nehme das Blatt – aber was sehe ich: es ist meine vorletzte Novelle, die da besprochen wird. Sie wird nicht gerade gelobt, aber auch nicht gerade heruntergerissen, und alles in allem kann ich sogar sehr zufrieden sein. Unter anderem meint aber der Kritiker, daß meine Arbeiten »nach Schweiß röchen«, das heißt, daß ich mir gar zu große Mühe gäbe und so lange an ihnen feilte und polierte, daß es schon abstoßend wirke. Wir müssen beide herzlich darüber lachen. Ich berichte ihm, daß ich diese meine vorletzte Novelle in zwei Nächten geschrieben, die soeben gebrachte aber, die über dreieinhalb Druckbogen lang sein dürfte, in zwei Tagen und zwei Nächten. Wenn das mein Kritiker wüßte, der mir übertriebene Feilerei und schwerfällige Weitschweifigkeit vorwirft!

»Aber es ist doch Ihre eigene Schuld, Iwan Petrowitsch: weshalb schieben Sie das Arbeiten immer so lange auf, daß Sie dann die Nächte zu Hilfe nehmen müssen!«

Alexander Petrowitsch ist ja sonst ein äußerst liebenswerter Mensch, nur hat er eine kleine eigentümliche Schwäche, und zwar: mit seinem literarischen Urteil gerade vor jenen großzutun, die ihn, wie er es mitunter sogar selbst ganz richtig vermutete, schon längst durchschaut hatten. Ein Gespräch über Literatur und literarisches Schaffen mit ihm zu führen, ist daher auch für mich nichts Verlockendes, und so greife ich, da ich das Geld schon empfangen habe, abschiednehmend nach meinem Hut. Alexander Petrowitsch erkundigt sich, wohin ich gehe, und wie er hört, daß ich nach der Wassiljeff-Insel will, bietet er mir großmütig einen Platz in seinem Wagen an, er fahre nach Haus, sagt er – im Sommer wohnt er auf einer der Newa-Inseln in seiner Villa – und da wäre es für ihn kein Umweg.

»Ich habe doch jetzt ein neues Wägelchen; haben Sie es noch nicht gesehen? Eine reizende Kalesche.«

Wir begeben uns zur Vorfahrt. Der neue halboffene Wagen ist allerdings tadellos, und ich finde es begreiflich, daß Alexander Petrowitsch in der ersten Zeit des Besitzes mit einer ganz besonderen Vorliebe, die fast zu einem geistigen Bedürfnis wird, seinen Bekannten vorschlägt, sie in seinem Wagen mitzunehmen.

Unterwegs beginnt Alexander Petrowitsch immer wieder, sich in Betrachtungen über die zeitgenössische Literatur zu ergehen. Meine Gegenwart geniert ihn nicht weiter, und so wiederholt er mit ruhigstem Gewissen verschiedene fremde Gedanken, die er in letzter Zeit von Schriftstellern gehört hat, an die er glaubt und deren Urteil er respektiert. Hierbei passiert es ihm manchmal, daß er erstaunliche Dinge zu respektieren vorgibt. Es kommt auch vor, daß er die fremde Meinung verkehrt wiedergibt oder an einer falschen Stelle einflicht, so daß barer Unsinn herauskommt. Ich sitze im Wagen, höre schweigend zu und wundere mich über die Vielfalt und Grillenhaftigkeit der menschlichen Leidenschaften: ‚Da haben wir nun einen Menschen', denke ich bei mir, ‚der sich doch damit begnügen sollte, für sich Geld zusammenzuscharren, nichts als Geld; aber nein, das genügt ihm nicht, es verlangt ihn auch noch nach Ruhm, nach literarischem Ruhm, dem Ruhm eines guten Verlegers, ja, sogar eines Kritikers!'

Im Augenblick bemüht er sich, mir eine bestimmte Auffassung von der Literatur auseinanderzusetzen, eine Auffassung, die er vor drei Tagen von mir gehört und der er vor drei Tagen, nebenbei bemerkt, heftig widersprochen hat und die er jetzt für seine eigene Schöpfung ausgibt. Aber diese Vergeßlichkeit in solchen Dingen pflegt sich bei ihm jeden Augenblick zu wiederholen und so war denn diese seine kleine Schwäche seinen Bekannten schon wohlvertraut. Wie froh ist er jetzt, in seinem *eigenen* Wagen reden zu können, wie zufrieden mit dem Schicksal, wie großmütiggütig! Er führt ein gelehrt-literarisches Gespräch, und selbst sein weicher, ihm angemessener Baß müht sich, trockengelehrten Tonfall anzunehmen. Allmählich gerät er ins *li-*

berale Fahrwasser und beginnt unter anderem die naiv skeptische Überzeugung zu verfechten, daß es in unserer Literatur – wie überhaupt in keiner und zu keiner Zeit – weder Ehrlichkeit noch Bescheidenheit geben könne, sondern nur ein »Sich-gegenseitig-in-die-Schnauze-Schlagen«, namentlich bei Beginn der Subskription. Ich denke im stillen, daß Alexander Petrowitsch dann wohl geneigt sein dürfte, jeden ehrlichen und aufrichtigen Schriftsteller eben wegen seiner Ehrlichkeit und Aufrichtigkeit wenn nicht für einen Dummkopf, so doch mindestens für einen Einfaltspinsel zu halten. Selbstverständlich ist ein solches Urteil ganz unmittelbar nur auf die außergewöhnliche Naivität Alexander Petrowitschs zurückzuführen.

Aber ich höre ihm schon gar nicht mehr zu. Auf der Wassiljeff-Insel läßt er mich aussteigen, und ich eile zu den Meinen. Da ist auch schon die Dreizehnte Linie, und dort ist ihr Häuschen. Anna Andrejewna droht mir, wie sie mich erblickt, mit dem Finger und gibt mir zu verstehen, daß ich nur ja keinen Lärm machen solle.

»Nelly ist soeben erst eingeschlafen, das arme Kind!« flüstert sie mir schnell zu. »Wecke sie um 's Himmels willen nicht auf! Was ist sie doch für ein zartes Geschöpfchen! Wir sind so in Sorge um sie. Der Arzt sagt ja wohl, es sei vorläufig nichts Schlimmes; aber aus dem etwas Gescheites herauszubringen, ist ja ganz unmöglich! Ich danke für diesen *deinen* Arzt! Und du, du, schämst du dich denn gar nicht, Iwan Petrowitsch? Wir haben auf dich gewartet und gewartet – die ganze Zeit vor dem Essen ... Bist doch zwei Tage nicht mehr hier gewesen! ...«

»Aber ich habe es doch vorgestern ausdrücklich gesagt, daß ich zwei Tage nicht kommen werde!« flüstere ich ebenso leise wie sie. »Ich mußte meine Arbeit beenden ...«

»Aber du versprachst doch, heute zu Mittag zu kommen! Weshalb kamst du denn nicht? Nelly war eigens dazu aufgestanden; wir setzten sie, unser Engelchen, noch in den Großvaterstuhl, und so saß sie am Eßtisch und wartete.

‚Ich will mit euch zusammen Wanja erwarten', sagte sie; wer aber nicht kam – das war Wanja. Es ist doch schon bald sechs! Wo hast du dich denn wieder herumgetrieben? Ach Gott, wer die Jugend von heute nicht kennt! ... Und das hat sie so aufgeregt, daß ich nicht wußte, wie ich sie beruhigen sollte ... ein Wunder, daß sie endlich eingeschlafen ist, mein Engelchen ... Nikolai Ssergejewitsch ist in die Stadt gegangen (zum Tee wird er wieder zurück sein), und ich bin allein zum Pflegen da ... Er bekommt doch jetzt eine Stelle, weißt du es schon? Wenn ich aber bedenke, daß es in Perm, fast am Ural ist, dann läuft es mir doch kalt über den Rükken.«

»Wo ist Natascha?«

»Im Gärtchen ist sie, mein Liebling, hier im Gärtchen! Geh doch zu ihr ... Sie scheint mir auch nicht so ganz ... ich weiß nicht, was ich davon denken soll ... Ach, Iwan Petrowitsch, alle diese Sorgen machen mir das Herz schwer! Sie sagt wohl immer, sie sei heiter und zufrieden, aber ich glaube ihr nicht ... Geh doch zu ihr, Wanja, und dann erzähle mir nachher, was sie nun eigentlich hat ... aber heimlich, hörst du?«

Aber ich höre schon nicht mehr zu, was Anna Andrejewna sagt, sondern laufe ins Gärtchen. Dieser Garten gehört zum Hause; er ist etwa fünfundzwanzig Schritte lang und ebenso breit und ganz von Grün überwuchert. In ihm stehen drei hohe, alte Bäume mit breit ausladenden Ästen, ein paar junge Birken und einige Fliederbüsche; am Zaun wächst Geißblatt und gibt es Himbeerstauden, dazu zwei kleine Erdbeerbeete, und durch das Ganze schlängeln sich zwei schmale Gartenwege. Der Alte ist von diesem Garten ganz entzückt und versichert, bald würden in ihm auch Pilze wachsen. Die Hauptsache ist aber, daß Nelly diesen Garten liebgewonnen hat, weshalb sie denn auch oft im Lehnstuhl hinausgetragen wird auf einen der Gartenwege, denn Nelly ist jetzt der Abgott des ganzen Hauses. Aber da ist ja auch Natascha; sie begrüßt mich erfreut und streckt mir die Hand entgegen. Wie mager, wie blaß sie ist! Auch sie hat sich kaum erst von ihrem Kranksein erholt.

»Hast du sie schon ganz beendet, deine Novelle, Wanja?« fragt sie mich.

»Ja, ganz, ganz und gar! Und jetzt bin ich für den ganzen Abend vollkommen frei.«

»Ach, Gott sei Dank! Hast du dich sehr beeilt? Nichts verpfuscht?«

»Das läßt sich nun mal nicht ändern! Übrigens schadet das nicht weiter. Diese angespannte Arbeit bringt meine Nerven in einen gewissen gesteigerten Reizzustand; ich überlege klarer, empfinde lebhafter und tiefer; selbst die Sprache paßt sich mir williger an, wird schmiegsamer, so daß sich gerade diese angespannte Arbeitsweise als die vorteilhaftere erweist. Alles ist gut ...«

»Ach, Wanja, Wanja!«

Es fällt mir auf, daß Natascha in letzter Zeit schrecklich ehrgeizig geworden ist in Bezug auf meine literarischen Erfolge und meinen Ruhm. Sie liest jetzt alles, was ich in diesem letzten Jahr habe drucken lassen, von neuem, fragt mich alle Augenblicke nach meinen weiteren Plänen, interessiert sich für jede Kritik, die über mich geschrieben wird, ärgert sich über manche von ihnen und will unbedingt, daß ich es zu einem hohen Rang in der Literatur bringe. Ihre Wünsche bringt sie dermaßen stark und hartnäckig vor, daß ich mich über ihre gegenwärtige Einstellung sogar wundere.

»So wirst du dich aber bald ausschreiben, Wanja«, sagt sie, »du vergewaltigst dich und wirst dich daher bald erschöpfen; und außerdem untergräbst du auf die Weise deine Gesundheit. Da sieh zum Beispiel den Schriftsteller S...: der schreibt in zwei Jahren nur eine Novelle, und N... hat in zehn Jahren nur einen einzigen Roman geschrieben. Dafür aber: wie sorgfältig ist da alles ausgefeilt, jeder Satz wie geprägt! Da wirst du keine einzige Nachlässigkeit finden.«

»Ja, aber die leben in gesicherten Verhältnissen und müssen nicht bis zu einem festgesetzten Zeitpunkt ihre Werke schreiben, ich dagegen bin – wie ein Postgaul! Ach, nun, das ist ja alles Unsinn! Reden wir nicht davon, mein Freund! Nun, gibt es etwas Neues?«

»O ja, viel Neues. Erstens einen Brief von *ihm.*«

»Noch einen?«

»Ja, noch einen.«

Und sie reichte mir einen Brief von Aljoscha. Es war bereits der dritte nach der Trennung. Den ersten hatte er noch aus Moskau geschrieben, und zwar wie in einer plötzlichen Anwandlung, kurz, in Eile. Er hatte darin mitgeteilt, die Umstände hätten sich so verwickelt, daß es ihm ganz unmöglich sei, aus Moskau nach Petersburg zurückzukehren, wie es vor seiner Abreise vereinbart worden war. Im zweiten Brief beeilte er sich, sie zu benachrichtigen, daß er demnächst bei uns eintreffen werde, um sich schneller mit Natascha trauen zu lassen; das sei eine beschlossene Sache und könne von keiner Macht und Gewalt verhindert werden. Indes verriet der ganze Ton des Briefes nur zu deutlich, daß er am Verzweifeln war, daß andere Einflüsse bereits das Übergewicht erlangt hatten, und daß er schon selbst nicht mehr an sich glaubte. Unter anderem hatte er noch erwähnt, daß Katja seine Vorsehung sei und die einzige, die ihn tröste und ihm beistehe. – Ich gestehe, daß ich sehr neugierig war, diesen seinen *dritten* Brief zu lesen.

Dieser Brief umfaßte zwei Briefbogen, war in abgerissenen Sätzen, unordentlich, flüchtig und unleserlich geschrieben, und hie und da von Tintenflecken und Tränen verwischt. Er begann damit, daß Aljoscha sich von Natascha lossagte und ihr zuredete, ihn zu vergessen. Er bemühte sich, zu beweisen, daß ihre Verbindung unmöglich geworden sei, daß äußere, feindliche Einflüsse stärker als alles andere seien und schließlich, daß es *so* wohl das Beste sei, denn er wie Natascha würden vereint unglücklich werden, da sie zu ungleich wären. Aber er hielt nicht durch und plötzlich ließ er alle seine Vernunftschlüsse und Beweise im Stich und begann unmittelbar – ohne die erste Hälfte des Briefes zu zerreißen und zu vernichten – mit dem Geständnis, daß er vor Natascha als Verbrecher dastehe, daß er ein verlorener Mensch sei und nicht die Kraft habe, sich gegen die Wünsche des Vaters, der jetzt dort bei ihnen eingetroffen sei, aufzulehnen. Er schrieb, er sei nicht fähig, seine Qualen zu schildern oder sonstwie auszudrücken, was er nun empfand; schon im nächsten Satz gestand er unter anderem, daß er sich durchaus der Fähigkeit bewußt sei, Natascha glücklich zu machen, worauf er auf einmal zu beweisen begann, daß sie vollkommen einander gleich wären; hartnäckig und erbittert bestritt er die Begründungen des Vaters, die das Gegenteil behaupteten; voller Verzweiflung entwarf er das Bild eines ganzen Lebens in Seligkeit, das ihnen beiden bevorstünde, falls sie heirateten, verfluchte sich wegen seines Kleinmuts und – nahm Abschied für immer.

Der Brief war unter Qualen geschrieben; offenbar war Aljoscha während des Schreibens ganz außer sich gewesen; mir traten unwillkürlich Tränen in die Augen ...

Natascha reichte mir einen anderen Brief, einen von Katja, der im gleichen Umschlag mit dem Brief Aljoschas gekommen war, aber für sich versiegelt. Katja teilte ihr ziemlich kurz, in einigen Zeilen, nur mit, daß Aljoscha in der Tat sehr niedergeschlagen sei, oft weine, mitunter anscheinend verzweifle, sogar ein wenig krank sei, daß aber *sie* bei ihm bleibe, und daß er glücklich sein werde. Unter anderem gab sich Katja alle Mühe, Natascha zu erklären, warum sie nicht denken solle, Aljoscha hätte sich schnell getröstet und seine Trauer wäre nicht ernst. »Er wird Sie niemals vergessen«, fuhr Katja fort, »und er könnte es auch gar nie, denn sein Herz ist nicht von dieser Art; er liebt sie grenzenlos, wird Sie immer lieben, und wenn er jemals aufhören sollte, Sie zu lieben, jemals aufhören sollte, bei der Erinnerung an Sie sich nach Ihnen zu sehnen, so würde ich deshalb sofort selbst aufhören, ihn zu lieben ...«

Ich gab Natascha beide Briefe zurück; wir sahen uns nur

einmal an und sagten kein Wort. So war es auch bei den beiden ersten Briefen gewesen, und überhaupt vermieden wir es jetzt, vom Vergangenen zu sprechen, als hätten wir uns diesbezüglich so verabredet. Sie litt unerträglich, das sah ich, aber selbst mir gegenüber wollte sie das nicht aussprechen. Nach ihrer Rückkehr ins Elternhaus, hatte sie drei Wochen fieberkrank zu Bett gelegen, und auch jetzt noch war das kaum überstanden. Selbst von der uns nahe bevorstehenden Trennung sprachen wir wenig, obschon auch sie es bereits wußte, daß ihr Vater eine Stelle bekam und wir uns bald würden trennen müssen. Trotzdem aber war sie so lieb zu mir, so aufmerksam, beschäftigte sie sich in dieser ganzen Zeit so sehr mit allem, was mich betraf; sie hörte mit so beharrlicher, angespannter Aufmerksamkeit alles an, was ich ihr auf ihr Drängen hin von mir erzählte, daß es mich anfangs sogar bedrückte; ich faßte es so auf, daß sie mich für das Vergangene entschädigen wolle. Aber diese bedrückende Last verschwand schnell: ich begriff, daß es sich hierbei um etwas ganz Anderes handelte, daß sie mich *einfach gern* hatte, unendlich gern, ohne mich nicht leben konnte und nicht umhin konnte, sich um alles zu sorgen, was mich anging; ich glaube, noch nie hat eine Schwester ihren Bruder so umfassend geliebt, wie Natascha mich lieb hatte. Ich wußte sehr wohl, daß unsere bevorstehende Trennung ihr Herz bedrückte, daß sie sich quälte; sie wußte selbst, daß auch ich nicht ohne sie leben konnte; aber wir sprachen nicht darüber, obschon wir die bevorstehenden Veränderungen manchmal eingehend erörterten ...

Ich erkundigte mich nach Nikolai Ssergejewitsch.

»Er wird bald zurückkommen, denke ich«, sagte Natascha, »zum Tee jedenfalls bestimmt.«

»Ist er wegen der neuen Stelle ausgegangen?«

»Ja. Übrigens ist es schon abgemacht, daß er sie bekommt. Und eigentlich war es heute gar nicht nötig für ihn, auszugehen, glaube ich«, fügte sie nachdenklich hinzu; »er hätte es auch morgen tun können.«

»Warum ist er dann doch weggegangen?«

»Er nimmt sich das so zu Herzen, weil ich den Brief erhielt ..., daß er richtig *krankt* an mir«, fuhr Natascha nach kurzem Schweigen fort, »und du kannst dir denken, Wanja, wie mich das bedrückt. Ich glaube, er träumt auch nachts nur noch von mir. Ich bin überzeugt, daß er außer den Gedanken, wie es mir geht – wie ich mich zurechfinde, woran ich denke? – jetzt an überhaupt nichts anderes mehr denkt. Jeder Kummer, den ich habe, findet in ihm seinen Widerhall. Sein Herz ist wie ein Echo. Ich sehe doch, wie ungeschickt er sich manchmal verstellt, wenn er sich bemüht, so zu tun, als ob er sich um mich nicht gräme, um heiter zu scheinen, zu lachen und uns zu erheitern. Mamachen ist dann auch immer ganz bedrückt und traut seiner Heiterkeit nicht, und dann seufzt sie. Sie ist so ungeschickt ... Eine gerade Seele! wie man zu sagen pflegt«, fügte sie lächelnd hinzu. »Wie ich nun heute den Brief erhielt, da mußte er natürlich gleich davonlaufen, um meinem Blick nicht zu begegnen ... Ich liebe ihn mehr als mich selbst, mehr als alle auf der Welt, Wanja«, setzte sie hinzu, indem sie den Kopf senkte und meine Hand drückte. »Sogar mehr als dich ...«

Wir gingen zweimal auf und ab im Garten, bevor sie wieder zu sprechen begann.

»Masslobojeff war heute bei uns; auch gestern war er hier«, sagte sie.

»Ja, er hat euch in letzter Zeit oft besucht.«

»Und weißt du auch, weshalb er kommt? Mamachen glaubt an ihn wie an ich weiß nicht was. Sie meint, er kenne sich so gut in alledem aus (na, so in den Gesetzen und was dazu gehört), daß er alles erwirken könne. Und nun, was meinst du wohl, woran sie denkt? Es tut ihr, weißt du, im geheimen doch arg weh und sehr leid, daß ich nicht Fürstin geworden bin. Das läßt ihr jetzt keine Ruhe, und ich glaube, sie hat Masslobojeff in ihren Kummer eingeweiht. Papa gegenüber wagt sie natürlich nicht, etwas davon verlauten zu lassen, und da denkt sie nun, ob nicht Masslobojeff ihr dabei helfen könnte, und daß sich auf gerichtlichem Wege vielleicht etwas erreichen ließe. Masslobojeff scheint klug genug zu sein, ihr nicht zu widersprechen, und sie setzt ihm dafür jedesmal Wein vor«, schloß Natascha belustigt.

»Das sieht dem Schelm schon ähnlich. Aber woher weißt du denn das?«

»Ach, Mamachen verrät sich doch immer selbst... mit ihren Andeutungen...«

»Und was macht Nelly? Wie geht es ihr?« fragte ich.

»Oh, ich wundere mich schon die ganze Zeit über dich, Wanja: erst jetzt erkundigst du dich nach ihr?«

Ich glaubte, aus Nataschas Stimme einen leisen Vorwurf herauszuhören.

Nelly war, wie gesagt, zum Abgott des ganzen Hauses geworden. Natascha hatte sie sehr liebgewonnen, und Nelly hatte sich schließlich mit ihrem ganzen Herzen an sie angeschlossen. Das arme Kind! Sie hatte es sich wohl nicht träumen lassen, daß sie je im Leben solche Menschen und so viel Liebe finden würde; mit Freuden sah ich, wie ihr erbittertes kleines Herz weich wurde und ihre Seele sich uns allen aufschloß. Ja, bald erwiderte sie die allgemeine Liebe, die sie hier umgab, – im Gegensatz zu allem, was sie früher umgeben und was in ihr nur Mißtrauen, Bitterkeit und Verstocktheit entwickelt hatte –, mit einer geradezu fieberhaften Gegenliebe. Übrigens hatte Nelly auch hier noch lange getrotzt, hatte ihre zurückgedrängten Tränen der Versöhnung vor uns verheimlicht, bis sie sich schließlich doch ganz ihrer Liebe zu uns hingab. Zunächst wandte sich ihre eifrige Liebe Natascha zu, dann dem alten Ichmenjeff. Mich aber brauchte sie so notwendig, daß sich ihr Zustand jedesmal verschlimmerte, wenn ich längere Zeit nicht kam. Das letzte Mal, als ich mich auf zwei Tage verabschiedete, um endlich meine liegengebliebene Arbeit zu beenden, hatte ich ihr lange tröstend zureden müssen... natürlich nur indirekt, denn Nelly schämte sich immer noch, sich zu ihrem Gefühl offen und unverhohlen zu bekennen; daher mußte ich so tun, als ob ich ihr meine Gründe nur so beiläufig erklärte.

Wir waren ihretwegen alle sehr besorgt. Selbstverständlich wurde es schon am ersten Tage als stillschweigend beschlossen angenommen, daß Nelly für immer im Hause Nikolai Ssergejewitschs blieb. Nun rückte der Tag der Abreise immer näher, ihr Zustand dagegen verschlimmerte sich mehr und mehr. Erkrankt war sie nach jenem schweren Anfall an dem Tage, als ich zum erstenmal mit ihr zu den alten Ichmenjeffs gekommen war, am Tag ihrer Versöhnung mit Natascha. Aber was sage ich da! Sie war ja immer schon krank gewesen. Die Krankheit war anfangs nur allmählich in ihr gewachsen, jetzt aber machte sie erschreckend schnelle Fortschritte. Worin ihre Krankheit bestand, vermag ich nicht genau zu sagen. Die epileptischen Anfälle kehrten jetzt nach immer kürzeren Pausen wieder; aber in der Hauptsache war es eine Art zunehmende Erschöpfung, ein allgemeiner, unaufhaltsamer Kräfteverfall, dazu andauernd Fieber und ein Zustand erregter Spannung. Das hatte sie so geschwächt, daß sie in den letzten Tagen nur noch zu Bett lag. Doch sonderbar: je mehr sie ihrer Krankheit erlag, um so sanfter, um so freundlicher, um so offener uns gegenüber wurde sie. Vor drei Tagen hatte sie, als ich an ihrem Bett vorüberging, mich am Ärmel erwischt und mich an der Hand näher zu sich gezogen. Es war außer uns niemand im Zimmer. Ihr Gesichtchen glühte fieberheiß (sie ist schrecklich abgezehrt), ihre Augen brannten. Sie streckte sich auf den Kissen näher zu mir, leidenschaftlich, krampfhaft, und als ich mich zu ihr niederbeugte, umschlang sie mit ihren bräunlichen dünnen Ärmchen fest meinen Hals und gab mir einen Kuß, danach aber verlangte sie sofort, Natascha solle zu ihr kommen. Ich rief Natascha herbei. Nelly wollte unbedingt, daß sie sich zu ihr aufs Bett setze und sie ansehe . . .

»Denn ich will selbst euch beide ansehen«, sagte sie. »In der letzten Nacht habe ich euch im Traum gesehen . . . ich sehe euch oft im Traum . . . jede Nacht . . .«

Offenbar drängte es sie, uns etwas zu sagen; aber sie kannte sich in ihren Gefühlen wohl selbst nicht aus und wußte daher auch nicht, wie sie sie ausdrücken sollte...

Den alten Nikolai Ssergejewitsch liebte sie fast mehr als alle anderen, abgesehen von mir. Ich muß aber sagen, daß auch er sie fast ebenso liebte wie seine Natascha. Er verstand es erstaunlich gut, Nelly zu erheitern und zum Lachen zu bringen: kaum war er in ihr Zimmer getreten, da hörte man sie beide schon lachen und Mutwillen treiben. Das kranke kleine Mädchen wurde heiter und unartig wie ein kleines Kind, kokettierte aber auch mit dem Alten, neckte ihn, erzählte ihm ihre Träume, erfand immer noch etwas hinzu, veranlaßte dann auch ihn, seine Träume zu erzählen. Der Alte war so froh, so zufrieden beim Anblick seines »kleinen Töchterchens Nelly«, daß er jeden Tag in größeres Entzücken über sie geriet.

»Gott hat sie uns allen zum Geschenk gemacht, damit die Freude, die sie uns bringt, den Kummer dieses letzten Jahres ausgleiche«, sagte er einmal zu mir, als er wieder ganz gerührt aus Nellys Zimmer kam, nachdem er sie, wie jeden Abend, für die Nacht bekreuzt hatte.

Wenn wir uns abends alle einfanden, (auch Masslobojeff kam fast jeden Abend zu ihnen) traf manchmal auch der alte Arzt ein, der sich Ichmenjeffs mit ganzem Herzen angeschlossen hatte. Dann trugen wir auch Nelly im Lehnstuhl zu uns an den runden Tisch. Die Tür zum Garten stand weit offen, und vor uns lag, in seiner ganzen Ausdehnung sichtbar, das Grün des Gartens im Licht der Abendsonne. Und es duftete nach frischem Laub und blühendem Flieder. Nelly saß in ihrem Lehnstuhl, sah uns freundlich alle an und hörte unserem Gespräch zu. Mitunter aber wurde sie lebhafter und begann auch etwas zu erzählen... Aber dann hörten wir gewöhnlich mit wachsender Besorgnis zu, denn zu ihren Erinnerungen gehörten Dinge, die nicht berührt werden durften. Sowohl ich als Natascha und Ichmenjeffs waren uns unserer Schuld vor ihr bewußt, denn wenn sie uns damals ihre Lebensgeschichte nicht hätte erzählen *müssen,* wäre es vielleicht nicht zu jenem schweren Anfall gekommen, der dann den Ausbruch ihrer Krankheit zur Folge hatte. Auch der Arzt war sehr gegen diese Erinnerungen, und wir bemühten uns, das Gespräch auf ein anderes Thema abzulenken. Dann bemühte sich wiederum Nelly, uns nicht merken zu lassen, daß sie unsere Absicht erriet, und sie begann mit dem Arzt oder mit Nikolai Ssergejewitsch zu scherzen und zu lachen.

Und doch ging es ihr von Tag zu Tag schlechter. Ihre nervöse Erregbarkeit nahm täglich zu und ihr Herz schlug immer unregelmäßiger; der Arzt sagte mir sogar, daß sie sehr bald sterben könne.

Natürlich verriet ich das nicht den anderen, um sie nicht vorzeitig zu erschrecken. Nikolai Ssergejewitsch war durchaus überzeugt, daß sie bis zur Abreise wieder gesund werden würde.

»Ah, da ist Papa schon zurückgekehrt«, sagte Natascha, als sie seine Stimme hörte. »Gehen wir, Wanja.«

Nikolai Ssergejewitsch hatte, kaum über die Schwelle getreten, seiner Gewohnheit gemäß sogleich laut zu sprechen begonnen, so daß Anna Andrejewna ihn nicht schnell genug zum Leisesein bewegen konnte. Ganz erschrocken hielt der Alte sofort in seiner frohen Mitteilung inne, und als er Natascha und mich ins Zimmer eintreten sah, begann er uns flüsternd das Ergebnis seiner Erkundigungen mitzuteilen.

»In zwei Wochen können wir schon abreisen«, schloß er, händereibend, warf aber zugleich einen besorgten Blick aus dem Augenwinkel auf Natascha. Aber die antwortete ihm mit einem Lächeln, legte die Hände auf seine Schultern und küßte ihn, so daß seine Befürchtungen im Augenblick verschwanden.

»Also dann fahren wir, fahren wir, meine Lieben, dann fahren wir!« fuhr er erfreut fort. »Nur du, Wanja, sieh ... nur die Trennung von dir wird uns schwer werden ...«

(Nebenbei bemerkt: er hatte mich noch mit keinem Wort aufgefordert, mit ihnen zu fahren, was er, seinem Charakter entsprechend, unbedingt getan hätte... unter anderen Umständen, das heißt wenn er um meine Liebe zu Natascha nicht gewußt hätte.)

»Ja, nun, was ist da zu machen, meine Lieben, was sein muß, soll sein! Es tut mir mehr als leid, mein Junge... Aber ich hoffe, schon die Ortsveränderung wird uns allen guttun... Eine Veränderung der Umgebung bedeutet – daß ein neues Leben beginnt und ein altes *abgetan* ist!« schloß er, wieder mit einem Seitenblick auf seine Tochter.

Und er glaubte daran; dieser Glaube machte ihn froh.

»Aber Nelly?« fragte Anna Andrejewna.

»Nelly? Wieso... nun ja, mein kleines Herzblatt ist noch ein wenig krank, aber bis dahin wird sie doch bestimmt wieder auf den Beinen sein. Es geht ihr ja auch jetzt schon ein wenig besser, – findest du nicht auch, Wanja?« fragte er mich etwas erschrocken und sah mich beunruhigt an, ganz als müßte gerade ich die entscheidende Antwort wissen.

»Wie geht es ihr denn jetzt? Wie hat sie geschlafen? Ist ihr sonst nichts zugestoßen? Oder ist sie jetzt vielleicht schon aufgewacht? Weißt du was, Anna Andrejewna: wir schieben den Tisch schnell auf die Terrasse und trinken dort unseren Tee, wenn die anderen kommen, und Nelly kann heute auch mal draußen sitzen. Es ist doch ein Wetter wie geschaffen dazu!... Das wird schön werden. Aber ist sie nicht vielleicht schon aufgewacht? Ich werde mal nachsehen... nein, nein, hab' nur keine Angst, ich werde sie schon nicht aufwecken!« beruhigte er Anna Andrejewna, die wieder ängstlich zur Ruhe mahnen wollte.

Nelly war bereits wach. Nach einer Viertelstunde saßen wir wie gewöhnlich um den runden Tisch beim Abendtee.

Nelly saß wieder in ihrem Großvaterstuhl. Da erschien auch schon der Doktor, und bald nach ihm kam Masslobojeff. Letzterer brachte Nelly ein großes Bukett blühender Fliederdolden, schien aber sonst besorgt und verärgert zu sein.

Masslobojeff war bei Ichmenjeffs ein gern gesehener Gast, und er besuchte sie fast täglich. Sonderbar war aber eines: obschon wir ihn alle gern hatten, was ich namentlich von Anna Andrejewna sagen kann, so wurde doch Alexandra Ssemjonownas nie mit einem Wort Erwähnung getan; auch Masslobojeff sprach nicht von ihr. Da Anna Andrejewna durch mich erfahren hatte, daß Alexandra Ssemjonowna es noch nicht dazu gebracht, seine legitime Gattin zu werden, so war sie zu der Überzeugung gekommen, daß man diese weder bei sich empfangen, noch im Hause von ihr sprechen durfte. Und dabei blieb es – was zur Charakteristik Anna Andrejewnas dienen mag. Im übrigen aber glaube ich, daß sie, wenn sie nicht Natascha gehabt hätte und – das mag wohl der Hauptgrund gewesen sein – wenn nicht das geschehen wäre, was geschehen war, so wäre sie vielleicht auch nicht so streng denkend gewesen.

Nelly war an diesem Abend auffallend traurig, und ihre Gedanken schienen mit etwas Besonderem beschäftigt zu sein. Es war, als habe sie einen schlechten Traum gehabt und denke nun über ihn nach. Über Masslobojeffs Geschenk aber freute sie sich sehr und betrachtete entzückt die Blumen, die man in einer Vase auf den Tisch und gerade vor sie hingestellt hatte.

»Also, du hast Blumen gern, Nelly?« fragte der Alte. »Na, wart' mal«, meinte er schmunzelnd, »morgen ... na, du wirst schon sehen ...«

»Ja, ich habe Blumen gern«, sagte Nelly, »und ich weiß noch, wie wir Mama einmal mit Blumen überraschten. Als wir noch dort waren«, (dort bedeutete jetzt: im Ausland), »war Mama einmal einen ganzen Monat sehr schwer krank. Da verabredeten wir uns, ich und Heinrich, für sie, wenn sie zum erstenmal ihr Schlafzimmer verlassen würde, alle anderen Zimmer mit Blumen zu schmücken. Und so machten wir es auch. Mama sagte am Abend, daß sie am nächsten Tage unbedingt mit uns frühstücken wolle. Da standen wir sehr, sehr früh auf. Heinrich brachte viele Blumen, und wir schmückten das ganze Zimmer mit grünen Zweigen und Girlanden. Es waren da auch Efeuranken und noch andere, mit breiten Blättern – ich weiß nicht mehr, wie sie heißen – und dann noch andere, die überall haften bleiben; dann noch große weiße Blüten und weiße Narzissen, die liebe ich am allermeisten von allen Blumen, und dann noch Rosen, so schöne, schöne Rosen, und noch viele, viele Blumen. Und wir schmückten das ganze Zimmer. Und dann waren da noch solche Büsche, wie kleine Bäume sahen sie aus, in großen Kübeln, die stellten wir in die Ecken und zu beiden Seiten von Mamas Stuhl, und als Mama kam, war sie ganz verwundert, und sie freute sich sehr, und Heinrich war auch froh ... Ich weiß noch ganz genau, wie das war ...«

Der Doktor war sichtlich besorgt und schien sie unterbrechen zu wollen, denn Nelly sah an diesem Abend besonders erschöpft und zugleich überreizt aus. Aber sie wollte sprechen, und so erzählte sie bis zum Sonnenuntergang von jenem Leben, das sie »dort« geführt hatten, und wir unterbrachen sie nicht. »Dort« war sie mit ihrer Mutter und Heinrich viel gereist, und sie erzählte mit glücklichen Augen vom tiefblauen Himmel, von hohen Bergen mit schneebedeckten Gipfeln, von Wasserfällen und Gletschern. Dann sprach sie von den Seen und Tälern Italiens, von Blumen und Bäumen und von italienischen Bauern und deren braunen Gesichtern mit den schwarzen Augen; sie erzählte verschiedene Erlebnisse, und was ihnen hier und da begegnet war. Dann sprach sie von großen Städten und Palästen, von einem großen Dom mit einer großen Kuppel, die einmal in den verschiedensten Farben illuminiert worden war; und dann von einer heißen südlichen Stadt, über der der Himmel ganz wolkenlos und ganz blau gewesen war, und die an einem blauen Meerbusen lag ... Es war das erstemal, daß Nelly so ausführlich von ihrer Vergangenheit erzählte, und wir hörten ihr gespannt zu. Wir hatten bisher nur ihr Leben in Petersburg gekannt – dieses Leben in einer finsteren, unfreundlichen Stadt, in einem rauhen, kalten Klima, unter einer trüben, blassen Sonne und unter bösen, halb verrückten Menschen, durch die sie und ihre Mutter soviel zu leiden hatten. Und ich stellte mir vor, wie sie beide an so manchem feuchten Abend in der schmutzigen Kellerwohnung auf ihrem armseligen Lager eng umschlungen gelegen und von Vergangenem gesprochen haben mochten, vom toten Freunde und von den Wundern anderer Länder ... Und ich stellte mir auch vor, wie Nelly sich später allein dessen erinnert haben mag, als auch ihre Mutter schon tot war und die Bubnowa sie mit viehischer Grausamkeit zu Schändlichkeiten zwingen wollte ...

Nelly fühlte sich auf einmal sehr schlecht und mußte wieder zurückgetragen werden. Nikolai Ssergejewitsch war ganz erschrocken und ungehalten, weil man sie solange hatte sprechen lassen. Nelly bekam einen leichten Ohnmachtsanfall; in der letzten Zeit war das öfter geschehen. Als sie sich wieder etwas erholt hatte, wollte sie mich sprechen. Und sie bat so dringend, mich zu ihr zu rufen und uns allein zu lassen, daß der Arzt zu guter Letzt selbst darauf bestand, daß man ihren Wunsch erfülle. Die anderen verließen das Zimmer.

»Ich habe dir etwas Wichtiges zu sagen, Wanja«, begann Nelly, als wir allein waren. »Ich weiß, die denken alle, daß ich mit ihnen dorthin fahren werde; aber ich werde nicht mitfahren, denn ich kann nicht, und vorläufig werde ich bei dir bleiben. Das mußte ich dir jetzt sagen.«

Ich begann ihr zuzureden; ich sagte ihr, daß Ichmenjeffs sie so liebten, als wäre sie ihr eigenes Kind; daß sie sehr traurig sein würden, wenn sie sich von ihr trennen müßten. Daß sie bei mir dagegen ein sehr schlechtes Leben hätte, und daß wir uns daher, so lieb sie mir auch war, doch wohl würden trennen müssen.

»Nein, das geht nicht!« sagte sie sehr bestimmt; »denn ich sehe jetzt Mama oft im Traum, und sie sagt mir, daß ich nicht mit ihnen verreisen, sondern hierbleiben soll; sie sagt, ich hätte viel gesündigt, weil ich Großpapa allein gelassen habe, und sie weint immer, wenn sie das sagt. Ich will hierbleiben und Großpapa pflegen, Wanja.«

»Aber dein Großpapa ist doch schon gestorben, Nelly«, sagte ich, nachdem ich sie verwundert angehört hatte.

Sie dachte nach und sah mich aufmerksam an.

»Erzähle mir noch einmal, Wanja, wie Großpapa gestorben ist. Erzähle alles ganz genau, vergiß nichts!«

Ich wunderte mich wieder über ihr eigentümliches Verlangen, begann aber doch nach bestem Wissen zu erzählen. Ich sagte mir, daß sie vielleicht nur phantasiere oder, wenn nicht gerade das, so doch nach dem Ohnmachtsanfall vielleicht noch etwas verworren war.

Sie folgte aber meiner Erzählung mit angespannter Aufmerksamkeit. Deutlich sehe ich noch ihre dunkeln, fieberglänzenden Augen unablässig auf mich gerichtet, solange ich erzählte. Im Zimmer dunkelte es bereits, trotz der jetzt so hellen Abende.

»Nein, Wanja, er ist nicht gestorben!« sagte sie plötzlich überzeugt, als ich verstummt war und sie noch eine Weile nachgedacht hatte. »Mama spricht jedesmal von Großpapa, und als ich ihr gestern sagte: ‚Aber er ist doch tot', da war sie traurig und weinte; dann sagte sie mir, daß es nicht wahr sei, daß man es mir nur so sage, daß er aber auch jetzt noch dort gehe und um Almosen bitte, ‚so wie wir beide früher gingen', sagte Mama, ‚und er geht immer dort auf der Stelle, wo wir ihn das erstemal gesehen haben, als ich vor ihm niederfiel und Asorka mich erkannte' . . .«

»Das ist ein Traum, Nelly, und ein kranker Traum, weil du selbst krank bist«, sagte ich zu ihr.

»Das habe ich auch gedacht, daß es nur ein Traum sein kann, und deshalb habe ich auch niemandem etwas davon gesagt«, fuhr Nelly fort. »Nur dir allein wollte ich es erzählen. Aber heute, als ich nach dem Essen einschlief, nachdem du nicht gekommen warst, sah ich Großpapa auch im Traum. Er saß bei sich zu Hause und wartete auf mich, und er sah wieder so unheimlich aus; er sagte, daß er zwei Tage nichts mehr gegessen habe, Asorka auch nicht, und er war sehr böse auf mich und machte mir Vorwürfe. Dann sagte er noch, daß er gar keinen Schnupftabak habe, ohne diesen Tabak aber könne er nicht leben. Das hat er mir wirklich auch schon früher einmal gesagt, Wanja, als Mama schon gestorben war und ich noch zu ihm ging. Damals war er ganz krank und begriff fast gar nicht mehr, was ich sagte. Wie ich das nun heute von ihm hörte, dachte ich bei mir: ich werde auf die Straße gehen und um Almosen bitten und dann für ihn Brot, gekochte Kartoffeln und Schnupftabak kaufen. Und da ging ich denn auf die Straße, stand und bettelte; nur sah ich plötzlich, daß auch Großpapa nicht weit von mir auf der Straße war, er wartete ein wenig, und dann trat er an mich heran und sah nach, wieviel ich bekommen hatte, und nahm mir das Geld weg. ‚Das ist für Brot', sagte er, ‚jetzt sammle für Tabak.' Ich bitte also weiter um Almosen, und er kommt dann wieder und nimmt mir das Geld wieder weg. Ich sage ihm, daß ich ihm doch sowieso das ganze Geld geben werde, daß ich doch nichts für mich behalten will. Er aber sagt: ‚Nein, du bestiehlst mich; auch die Bubnowa hat mir gesagt, daß du eine Diebin bist; deshalb werde ich dich auch niemals zu mir nehmen. Wo hast du ein Fünfkopekenstück hingetan?' Ich begann zu weinen, weil er mich eine Diebin genannt hatte und mir nicht traute; er aber hörte nicht auf mich und schrie immer nur: ‚Fünf Kopeken hast du gestohlen, gib sie her!' Und dann fing er an, mich zu schlagen, dort auf der Straße vor allen Menschen, und er schlug mich so stark, daß ich schreien wollte vor Schmerz. Und ich weinte sehr ... Sieh, und da denke ich jetzt, daß er bestimmt noch lebt und irgendwo dort allein geht und auf mich wartet ...«

Ich suchte sie wieder zu beruhigen und ihr zu versichern, daß er tatsächlich gestorben sei, bis sie es mir zu guter Letzt doch zu glauben schien. Sie sagte nur, daß sie sich jetzt fürchte, einzuschlafen, weil sie dann den Großpapa sehen werde. Schließlich umarmte sie mich wieder ganz plötzlich ...

»Aber ich kann dich doch nicht verlassen, Wanja!« sagte sie, ihr Gesichtchen an meine Wange schmiegend. »Auch wenn Großpapa nicht wäre – ich würde doch nicht von dir wegfahren!«

Die anderen waren alle sehr besorgt um Nelly. Ich ging mit dem Arzt ins Nebenzimmer und erzählte ihm dort unter vier Augen von ihren Träumen. Ich bat ihn, mir seine endgültige Meinung zu sagen.

»Das kann ich nicht, denn ich weiß selbst noch nicht genau, um was es sich hier handelt«, sagte er nachdenklich. »Ich beobachte vorläufig noch, ich kombiniere und versuche mehr zu erraten, aber ... etwas Bestimmtes sagen läßt sich vorläufig noch nicht. Außer dem einen: daß eine absolute Gesundung prinzipiell unmöglich ist und sie unfehlbar bald sterben wird. Ichmenjeffs habe ich davon noch nichts gesagt, da Sie mich so darum gebeten haben, aber ... Ich will sie morgen noch einmal untersuchen und auch noch andere Ärzte zu einer Beratung hinzuziehen. Vielleicht läßt sich da noch etwas machen, vielleicht! Sie tut mir leid, die Kleine; es ist mir, als müßte ich mein eigenes Kind verlieren ... Solch ein liebes, reizendes Mädchen! Und was für einen lebhaften Geist sie hat! ...«

Nikolai Ssergejewitsch war ganz besonders angeregt und trug sich mit großen Plänen.

»Höre mal, Wanja, ich habe mir was ausgedacht!« begann er sogleich, als ich zu ihnen zurückkehrte. »Sie liebt Blumen, – weißt du, was wir da machen wollen? Wir arrangieren ihr zu morgen genau solch einen Empfang mit Blumen, wie sie ihn mit jenem Heinrich ihrer Mutter bereitet hat, genau so, weißt du, wie sie vorhin erzählte ... Sie war so aufgeregt, als sie davon sprach ...«

»Das ist es eben, daß es sie aufregt, – Aufregung aber schadet ihr«, wandte ich ein.

»Ja, aber eine angenehme Aufregung doch nicht! – das ist doch etwas ganz Anderes! Glaube mir nur, Freundchen, verlaß dich auf meine Erfahrung: Angenehme Aufregung schadet nie, im Gegenteil, die kann sogar gesund machen oder wenigstens zur Gesundung beitragen ...«

Mit einem Wort: der Alte war von seiner Idee selbst so entzückt, daß er sich für sie fast schon zu begeistern begann. Es war ganz unmöglich, ihm zu widersprechen. Er fragte auch noch den Doktor nach seiner Meinung; doch bevor dieser etwas meinen konnte, hatte er schon Hut und Stock in der Hand und wandte sich zum Gehen.

»Hör' mal«, sagte er im Fortgehen, »hier ist eine Gärtnerei in der Nähe mit Gewächshäusern. Und jetzt ist dort Ausverkauf: da kann man zum billigsten Preis Blumen kaufen, wirklich, geradezu erstaunlich billig! ... Du, sag' das bei Gelegenheit Anna Andrejewna, damit sie sich nicht wegen der Ausgabe allzusehr beunruhigt ... Na, also das wäre das ... Ja! Noch eines, Freund: wohin gehst du denn jetzt? Du bist doch fertig, hast die Arbeit beendet, wozu also jetzt nach Hause eilen? Übernachte doch bei uns oben, in der Giebelstube – weißt du noch, wie früher? Das Bett, deine Matratze – alles steht noch auf demselben Fleck! Wirst wie ein König von Frankreich dort oben schlafen! Was? Bleib doch hier! Morgen können wir dann früher aufstehen, und dann, weißt du, wenn die Blumen gebracht werden, können wir beide das Zimmer schmücken, so daß zu acht Uhr alles fertig ist. Und Natascha wird uns helfen – sie hat doch mehr Geschmack als wir beide zusammen ... Nun, bist du einverstanden? Bleibst du?«

Natürlich blieb ich. Der Alte traf sogleich die nötigen Anordnungen. Inzwischen verabschiedeten sich der Arzt und Masslobojeff und gingen nach Hause, denn Ichmenjeffs pflegten früh zu Bett zu gehen, gewöhnlich schon um elf Uhr. Masslobojeff war, als er sich verabschiedete, still und nachdenklich und wollte mir etwas mitteilen, schob es aber auf.

»Ein anderes Mal, heute ist es zu spät«, sagte er.

Als ich aber den Alten gute Nacht gewünscht und in meine Giebelstube hinaufgestiegen war, da fand ich Masslobojeff zu meiner Verwunderung dort oben vor. Er saß am

Tisch und blätterte in einem Buch. Offenbar wartete er auf mich.

»Habe unterwegs kehrtgemacht, Wanja«, sagte er; »denn schließlich ist es doch besser, ich erzähle es dir heute noch. Setze dich. Sieh, die ganze Geschichte ist so dumm, so blödsinnig dumm, daß man sich darüber nur ärgern kann . . .«

»Was, was ist denn los?«

»Los ist nichts; aber dein vermaledeiter Fürst hat mich vor zwei Wochen so geärgert, sag' ich dir, daß mein Ärger selbst in zwei Wochen noch nicht geringer geworden ist!«

»Wie, was? Stehst du denn mit dem Fürsten immer noch in Verbindung?«

»Na ja, wußt ich's doch, daß du sogleich Wie und Was schreien wirst, als wäre Gott weiß was passiert! Du, Freund, du bist haargenau wie meine Alexandra Ssemjonowna . . . Überhaupt ist das alles unerträgliches Weibergewäsch . . . Kann so was nicht verdauen! . . . Da braucht nur eine Krähe einmal zu krächzen, sogleich geht es los: ‚Wie? Was!'«

»Nun, schon gut, ärgere dich nicht.«

»Tue ich ja gar nicht, aber man muß doch mit gewöhnlichen Augen auf die Dinge sehen, nicht durch Vergrößerungsgläser . . . Ja.«

Er schwieg eine Weile, als ärgere er sich noch über mich. Ich schwieg gleichfalls und wartete.

»Siehst du, Freund«, begann er dann, »ich bin da auf eine Spur gestoßen . . . das heißt, genau genommen bin ich weder auf eine Spur gestoßen, noch hat es eine Spur überhaupt gegeben; aber es schien mir plötzlich so . . . Ich habe gewisse Dinge kombiniert und daraus die Schlußfolgerung gezogen, daß Nelly . . . vielleicht . . . nun, mit einem Wort: des Fürsten legitime Tochter ist.«

»Was fällt dir ein!«

»Na ja, das konnte ich mir ja denken, daß du auch jetzt gleich ‚Was fällt dir ein!' brüllen würdest! Es gibt doch keine Möglichkeit, mit diesen Leuten zu reden!« rief er scheinbar wütend aus. »Habe ich dir denn schon etwas

Positives gesagt, du leichtsinniger Mensch? Habe ich dir gesagt, daß sie die *bewiesenermaßen legitime* Tochter des Fürsten sei? Habe ich dir das gesagt oder nicht?«

»Höre, mein Bester«, unterbrach ich ihn erregt, »schreie um Gottes willen nicht so, sondern tue mir den Gefallen und erkläre es mir ruhig und deutlich. Bei Gott, ich werde dich verstehen. So begreife doch, bis zu welch einem Grade das wichtig ist und welche Folgen ...«

»Jawohl, Folgen! Wo willst du die Folgen hernehmen? Wo sind die Beweise? Ohne Beweise macht man nichts, ich aber erzähle es dir nur als größtes Geheimnis. Weshalb ich aber mit dir überhaupt davon rede – das werde ich dir später erklären. Es ist eben notwendig und damit basta. Also schweige vorläufig, höre zu und laß dir gesagt sein, daß es dir nur unter dem Siegel der größten Verschwiegenheit mitgeteilt wird ... Sieh, die Geschichte verhält sich so: Schon im Winter, noch bevor der alte Smith starb, begann der Fürst, sogleich nach seiner Rückkehr aus Warschau, mit den Nachforschungen. Das heißt: begonnen hatte er sie schon viel früher, etwa vor einem Jahr. Damals aber hatte er nach etwas anderem geforscht, jetzt aber begann er nach etwas Neuem zu forschen. Die Hauptsache war nämlich die, daß er ihre Spur verloren hatte. Vor dreizehn Jahren hatte er die Smith in Paris sitzen lassen, aber trotzdem hatte er sie während dieser ganzen Zeit nicht aus dem Auge verloren, hatte gewußt, daß sie mit Heinrich zusammenlebte – mit diesem, von dem heute die Rede war; er wußte, daß sie eine Tochter, namens Nelly, hatte; er wußte auch, daß sie selbst krank war; na, mit einem Wort: er wußte alles, nur verlor er plötzlich die Spur, und zwar, wie mir scheint, bald nach dem Tode Heinrichs, als die Smith nach Petersburg zurückkehrte. Hier in Petersburg hätte er sie allerdings bald gefunden, gleichviel unter welchem Namen sie zurückgekehrt wäre; aber sieh, die Sache war nämlich die, daß seine ausländischen Agenten ihn betrogen hatten: sie schrieben ihm, daß sie irgendwo dort in Süddeutschland in einer kleinen Stadt lebe, was sie selber für vollkommen richtig hielten; sie täuschten sich aber: das war eine andere Smith. Und das dauerte so ungefähr ein Jahr oder noch länger, der Fürst aber begann schließlich Verdacht zu schöpfen; denn aus gewissen Umständen glaubte er zu ersehen, daß es nicht diese Smith sein könne. Jetzt fragte es sich: Wo war die richtige Smith? Und da kam es ihm in den Sinn (so, ganz von selbst, ohne jede Handhabe): sollte sie nicht in Petersburg sein? Während nun seine Agenten sich im Ausland erkundigten, begann er selber hier in Petersburg nachzuforschen; nur wollte er, wie's scheint, nicht gar zu offiziell vorgehen. Na, und da wandte er sich denn an mich. Man hatte mich ihm empfohlen: Soundso, aus Liebhaberinteresse, wie gesagt, befaßt sich mitunter auch mit solchen Sachen, – nun und so weiter, und so weiter ...

Nun, und so erklärte er mir denn den Sachverhalt, aber nur so mehr andeutungsweise, der Hund, so schleierhaft und zweideutig, daß kein Teufel recht klug draus werden konnte. Versprach sich oft, wiederholte manches mehrmals und erzählte ein und dasselbe zuerst so, dann wiederum so und dann nochmals anders, kurz: alles doppelt, dreifach und dabei immer verschieden ... Na, aber wie schlau er auch war, alles läßt sich doch nicht verbergen. Ich, versteht sich, ich begann mit vollster Unterwürfigkeit und Herzenseinfalt, mit einem Wort: ‚ergebenster Sklave'. Nach meinem Grundsatz aber, den ich mir ein für allemal aufgestellt habe, erstens, und zweitens gemäß dem Naturgesetz (denn das ist ein Naturgesetz, mußt du wissen) dachte ich bei mir, erstens: Ist das, was er mir gesagt hat, auch das, was er wissen will? Und zweitens: Verbirgt sich nicht hinter dem angegebenen Beweggrund ein ganz anderer, nicht angegebener, ja, nicht einmal angedeuteter? Ist aber das der Fall, so will er mich – was du, mein lieber Sohn, mit deinem Dichterschädel vielleicht auch begreifen wirst – so will er mich einfach betrügen: denn das eine, siehst du, ist, sagen wir, nur einen Rubel wert, das andere aber mindestens vier;

da müßte ich doch ein Esel sein, wenn ich ihm für einen Rubel das gebe, was vier wert ist. Ich begann nachzudenken und hin und her zu raten, und allmählich kam ich denn auch der Sache auf die Spur. Einiges erfuhr ich von ihm selber, anderes von diesem und jenem, auf wieder anderes verfiel ich selbst, – brauchte nur meinen Verstand kombinieren zu lassen. Fragst du, weshalb ich das tat? Nun, wenn auch nur deshalb, weil der Fürst doch etwas gar zu besorgt war, weil er gar zu vieles zu befürchten schien. Was konnte er aber da schließlich zu befürchten haben, wenn man es recht bedenkt? Hat aus dem Hause des Vaters die Geliebte entführt, und als sie in Umständen war, verließ er sie. Was ist denn dabei Ungewöhnliches? Ein netter, amüsanter Jugendstreich und nichts weiter. Da hörte doch alles auf, wenn ein Mensch wie der Fürst sich deshalb fürchten sollte! Er aber fürchtete sich ... Und da schöpfte ich eben Verdacht. Und da bin ich, mußt du wissen, auf ungemein interessante Spuren gestoßen, zum Teil auch durch diesen Heinrich. Er ist natürlich schon längst tot, aber durch eine seiner Kusinen (jetzt ist sie hier mit einem Bäcker verheiratet), also durch diese Kusine, die einst glühend in ihn verliebt gewesen ist und ihn fünfundzwanzig Jahre lang unverändert weitergeliebt hat, ungeachtet der Existenz ihres Mannes, des dicken Papa Bäckermeisters, mit dem sie ganz aus Versehen acht Kinder in die Welt gesetzt hat – also wie gesagt, durch diese Kusine habe ich denn endlich nach den verschiedensten und kompliziertesten Manövern einen ungemein wichtigen Umstand in Erfahrung gebracht. Dieser Heinrich hatte ihr nämlich nach deutscher Gewohnheit lange Briefe geschrieben, und vor dem Tode hatte er ihr dann noch verschiedene Papiere und so etwas wie ein Tagebuch zugesandt. Sie, die Gans, hat natürlich von dem Geschreibsel nur die Stellen verstanden, wo er vom Monde, meinem lieben Augustin und, wenn ich nicht irre, von Wieland, spricht; doch vom Wichtigen hat sie kein Wort kapiert. Aus diesen Briefen erfuhr ich aber einiges, das für mich von großer Wichtigkeit war, und vor allem kam ich durch sie auf eine neue Spur. So erfuhr ich zum Beispiel vom alten Smith, von dem Vermögen, das die Tochter ihm entwendet hatte, und daß der Fürst dieses Vermögen sich angeeignet; und zwischen Ausrufen, Allegorien und anderem Zeug las ich dann die ganze Wahrheit heraus, das heißt, Wanja, – du verstehst doch? Nichts Positives! Dieser blöde Schmachtlappen Heinrich hat absichtlich nichts ausgesprochen, sondern eben nur angedeutet. Nun, diese Andeutungen aber verbanden sich für mich zu geradezu himmlischer Harmonie! Versteh: der Fürst war mit der Smith regelrecht verheiratet! Wo er sich hat trauen lassen, hier oder im Auslande, wann, wo die Dokumente sind – alles das ist unbekannt. Weißt du, Freund Wanja, ich habe mir vor Ärger die Haare aus dem Schädel gerauft und Tag und Nacht gesucht und gesucht, das heißt vielmehr – geforscht . .

Endlich kam ich dem alten Smith auf die Spur, da aber mußte es diesem plötzlich einfallen zu sterben. So habe ich ihn lebend nicht einmal zu Gesicht bekommen. Zufällig aber erfuhr ich zu derselben Zeit, daß auf der Wassiljeff-Insel eine Frau, auf die schon früher mein Verdacht gefallen war, gestorben sei. Und da kam ich wieder auf eine richtige Spur. Weißt du noch, wir trafen uns damals, als ich auf die Insel eilte? Dort erfuhr ich ziemlich viel. Auch Nelly hat mir hier in mancher Beziehung geholfen . . .«

»Höre«, unterbrach ich ihn, »glaubst du wirklich, daß Nelly es weiß . . .«

»Was?«

»Daß sie vielleicht die Tochter des Fürsten ist?«

»Aber du weißt doch selber, daß sie die Tochter des Fürsten ist«, versetzte er und sah mich vorwurfsvoll mit einem gewissen Ärger an. »Wozu stellst du so müßige Fragen? Sei nicht langweilig! Nicht das ist die Hauptsache, ob sie es weiß oder nicht weiß, und auch nicht das, daß sie einfach nur des Fürsten Tochter ist, sondern: daß sie seine *legitime* Tochter ist – begreifst du jetzt?«

»Das ist doch nicht möglich!« rief ich aus.

»Das habe ich anfangs auch gedacht, und mir genau so gesagt: ‚Das ist doch nicht möglich!' Auch jetzt noch sage ich es mir bisweilen. Aber das ist es ja gerade, daß es tatsächlich gerade *so* – möglich sein kann und höchstwahrscheinlich auch *so ist!*«

»Nein, Masslobojeff, das kann nicht so sein, du übertreibst!« unterbrach ich ihn. »Nicht nur, daß sie es nicht weiß, – sie ist auch in der Tat nur ein uneheliches Kind. Sollte denn die Mutter, wenn sie nur irgendwelche Dokumente in Händen gehabt hätte, ein so schreckliches Elend hier in Petersburg freiwillig ertragen und dabei nicht einmal an die elende Zukunft ihres Kindes gedacht haben? Geh! Das ist doch unmöglich!«

»Das habe ich auch gedacht, oder vielmehr: das steht auch jetzt noch als Rätsel vor mir. Aber sieh: die Smithin war doch an und für sich das hirnverbrannteste Weib der Welt, ein Frauenzimmer, wie man es sich kaum denken kann. Stelle dir doch bloß einmal die Verhältnisse vor! Das ist doch eine Romantik, die nichts mehr mit der Welt zu tun hat, die irgendwo dort über den Sternen schwebt – einfach die wildeste Dummheit im verrücktesten Maßstabe! Nimm doch die Sache, wie sie ist: zuerst hat sie nur an einen Himmel auf Erden gedacht und in dem Fürsten einen Engel in Menschengestalt gesehen, kurz: sie war hoffnungslos verliebt, vertraute schrankenlos, und ich bin überzeugt, daß sie dann später nicht deshalb den Verstand verloren hat, weil er sie zu lieben aufhörte und verließ, sondern weil er sie betrogen hatte, weil er fähig gewesen war, sie zu betrügen und zu verlassen, das heißt: weil ihr Engel sich plötzlich als schmutziger Lump entpuppte, der sie in den Schmutz gezogen. Diese Verwandlung konnte ihre romantische Seele nicht überwinden. Und außerdem noch diese Kränkung – du begreifst doch, von welch einer Kränkung ich rede? Entsetzen und Stolz und grenzenlose Verachtung mußte sie empfinden, als ihr die Augen aufgingen. Und da hat sie vielleicht alles zerrissen, alle Dokumente und Papiere, und hat ihm auch das Geld geschenkt, ohne daran zu denken, daß es nicht ihr Geld, sondern ihres Vaters Geld war. Sie verzichtete einfach auf dieses Geld, wie etwa auf Straßenschmutz, um ihren Betrüger durch seelische Erhabenheit zu erdrücken, um ihn als Dieb, der sie bestohlen, ihr Leben lang verachten zu können, und sie wird ihm wohl gesagt haben, daß sie es für eine Schmach halte, seine Frau zu sein. Unsere Kirche erlaubt keine Scheidung, sie aber lebten de facto geschieden, – wie hätte sie also noch um Hilfe flehen sollen? Bedenke doch, daß sie, diese Wahnsinnige, ihrer Tochter Nelly noch auf dem Sterbebett gesagt hat: ‚Geh nicht zu ihnen, arbeite, verkomme lieber; aber geh nicht zu ihnen, gleichviel wer dich auch rufen sollte.' Also hat sie doch immer noch erwartet, daß man sie rufen werde; folglich aber würde sie Gelegenheit haben, sich noch einmal zu rächen, dem Rufenden ihre Verachtung zu zeigen. Sagen wir es kurz: sie hat sich nicht von Brot, sondern von ihrem Haß genährt. Vieles, Freund, habe ich auch von Nelly erfahren; selbst jetzt noch forsche ich sie aus. Freilich war ihre Mutter krank, schwindsüchtig; und die Schwindsucht soll ja im Menschen ganz besondere Erbitterung und Reizbarkeit hervorrufen. Dennoch weiß ich ganz genau – ich erfuhr es von einer Gevatterin der Bubnowa –, daß sie einen Brief an den Fürsten geschrieben hat: ja, an den Fürsten . . .«

»Einen Brief! Und hat er ihn erhalten?« fragte ich gespannt.

»Das ist es ja, was ich nicht weiß! Verdammt! Die Smithin hat sich jedenfalls einmal an diese Gevatterin gewandt (du hast sie doch gesehen, weißt du, dieses gepuderte Mädchen bei der Bubnowa? Jetzt sitzt sie im Arbeitshaus). Nun, und durch diese selbe wollte sie ihm den Brief senden, den sie nota bene bereits geschrieben hatte. Aber da besann sie sich plötzlich eines anderen und gab ihr den Brief nicht oder forderte ihn zurück. Das war drei Wochen vor ihrem Tode . . . Nichtsdestoweniger ist das von großer Wichtigkeit; denn wenn sie sich schon einmal entschlossen hatte, an ihn zu schreiben und ihm den Brief zu übersenden, so kann sie ihn doch, wenn sie ihn auch zurückgenommen hat, sehr wohl ein anderes Mal gesandt haben. Hat sie ihn nun abgesandt oder nicht? Wenn ich das wüßte! Ich habe einen gewissen Grund, anzunehmen, daß sie ihn nicht abgesandt hat; denn ich glaube, daß der Fürst erst nach ihrem Tode mit voller Sicherheit erfahren hat, daß sie überhaupt in Petersburg war, und daß sie bei der Bubnowa wohnte. Was der sich gefreut haben muß!«

»Ja, ich entsinne mich, Aljoscha sprach einmal von einem Brief, den der Fürst erhalten, und über den er sich sehr gefreut habe. Das war vor gar nicht so langer Zeit, vor zwei Monaten höchstens. Aber weiter, weiter – wie ist jetzt dein Verhältnis zum Fürsten?«

»Mein Verhältnis zum Fürsten? Begreifst du, was das heißt: die vollste moralische Überzeugung und dabei keinen einzigen positiven Beweis zu haben – keinen einzigen, ungeachtet aller meiner Anstrengungen! Ist das nicht zum Verzweifeln? Ich hätte im Ausland nachforschen müssen, aber wo im Ausland? – wer das wüßte! wer das wüßte! Ich begriff natürlich, daß mir keine so leichte Schlacht bevorstand, daß ich ihm nur mit Andeutungen einen Schrecken einjagen konnte, wenn ich mich anstellte, als wüßte ich weit mehr, als es in Wirklichkeit der Fall war ...«

»Nun, und?«

»Er ließ sich aber nicht hinters Licht führen; erschrak übrigens nicht wenig, erschrak sogar so, daß er mich auch jetzt noch fürchtet. Wir haben mehrere Zusammenkünfte gehabt. Wie er sich jedesmal verstellt hat! Einmal machte er sich daran, mir – gewissermaßen aus Freundschaft – selbst alles zu erzählen. Das war damals, als er dachte, ich wisse alles. Er erzählte gut, das läßt sich nicht leugnen, erzählte mit Gefühl, offenherzig – das heißt: er log mit unglaublicher Gewissenlosigkeit. Eben daran konnte ich ermessen, wie sehr er mich fürchtete. Eine Zeitlang spielte ich den dümmsten Tölpel, der sich selbst für sehr schlau hält, begann ihn ungeschickt einzuschüchtern, mit Absicht ungeschickt, sagte ihm Grobheiten, drohte ihm sogar, – alles nur, damit er mich für einen Tölpel halte und sich dann vielleicht einmal unvorsichtigerweise verspreche. Er durchschaute mich aber, der Schuft! Ein anderes Mal spielte ich den Betrunkenen, nur kam dabei auch nichts Gescheites heraus. Er ist zu gerissen! Versteh, Wanja: ich mußte zuerst feststellen, inwieweit er mich fürchtet, um ihn dann glauben zu machen, daß ich viel mehr wisse, als ich in der Tat weiß . . .«

»Nun, und – was erreichtest du damit?«

»Ja – nichts, es kam nichts dabei heraus. Beweise, Beweise waren nötig, ich aber habe keinen einzigen Beweis. Nur eines begriff er, nämlich, daß ich einen Skandal heraufbeschwören könnte. Er aber fürchtet einen solchen um so mehr, als er hier bereits Verbindungen angeknüpft hat. Du weißt doch, daß er heiraten will?«

»Nein . . .«

»Im nächsten Jahr! Die Braut hat er sich schon im vorigen Jahr ausgesucht: damals war sie erst vierzehn Jahre alt, jetzt ist sie schon fünfzehn, glaube ich, geht noch im Kinderschürzchen, das arme Dingelchen. Die Eltern sind selbstverständlich froh! Begreifst du jetzt, wie notwendig es für ihn war, daß seine Frau starb? Diese Fünfzehnjährige ist eine Generalstochter, und schwer reich! Wir, Freund Wanja, du und ich, wir werden nie so heiraten . . . Was ich mir aber zeit meines Lebens nicht verzeihen werde«, rief Masslobojeff plötzlich wütend aus, und er schlug mit der Faust auf den Tisch, »das ist: daß er mich angeführt hat, jawohl! – vor zwei Wochen . . . dieser Schuft!«

»Wieso?«

»Ganz einfach! Ich sah schon, er hatte es erraten, daß ich nichts Positives gegen ihn in der Hand hatte, und außerdem fühlte ich, daß er, je mehr ich die Sache in die Länge zog, um so eher meine völlige Machtlosigkeit erkennen mußte. Nun, und da nahm ich denn mit den Zweitausend fürlieb.«

»Du nahmst Zweitausend! . . .«

»In Silber, Wanja; innerlich knirschend nahm ich sie. Aber ist denn so etwas bloß lumpige Zweitausend wert? Ich erniedrigte mich, indem ich sie nahm! Wie ein übers Ohr gehauener Esel stand ich da vor ihm, er aber sagte noch: ‚Ich habe Sie, Masslobojeff, für Ihre früheren Bemühungen noch nicht entschädigt' (das war aber gar nicht der Fall, er hatte mir schon längst, der Verabredung gemäß, hundertundfünfzig Rubel gezahlt). ‚Nun', sagte er, ‚ich verreise morgen. Hier sind zweitausend Rubel, und ich hoffe, daß wir jetzt unsere sämtlichen Geschäfte als erledigt betrachten können.' Na, und da antwortete ich ihm: ‚Als vollkommen erledigt, Fürst', wagte aber dabei nicht mal, ihm in die Fratze zu sehen; ich dachte bei mir, in diesem Gesicht müsse geschrieben stehen: ‚Na, hast du viel herausgeschunden? Ich gebe dir das Geld ja nur so, einzig aus Großmut!' Ich weiß nicht einmal, wie ich seine Wohnung verlassen habe!«

»Aber das ist doch eine Gemeinheit, Masslobojeff!« rief ich empört aus. »Bedenke doch, was du damit Nelly angetan hast!«

»Das ist nicht nur eine Gemeinheit, das ist einfach niederträchtig, schmutzig ... Das ... das ist ... weißt du, es gibt keine Worte, um das auszudrücken!«

»Mein Gott! Aber er müßte doch wenigstens Nellys Zukunft sicherstellen!«

»Müßte! Wer kann ihn dazu zwingen? Oder meinst du, man könne ihn einschüchtern? Da sei du unbesorgt: der läßt sich nicht bange machen. Und ich habe doch das Geld von ihm angenommen. Damit habe ich doch selbst, versteh, ich selbst habe damit zugegeben, daß meine ganze Macht gegen ihn nur lumpige zweitausend Rubel wert ist! Womit kann ich ihn jetzt noch ängstigen?«

»Aber wie, wie ist es denn möglich, wie können denn Nellys Ansprüche damit für immer begraben sein?« fragte ich ganz verzweifelt.

»Das sind sie ja gar nicht!« rief Masslobojeff und geriet sogar richtig in Wut. »Du glaubst, ich werde ihm das schenken? Fehlte noch! Ich fange von neuem an! Ich habe mich schon entschlossen. Was ist denn dabei, daß ich die Zweitausend genommen habe? Na, zum Teufel damit! Ich habe das Geld einfach für die Kränkung genommen, als Entschädigung, wenn du willst; denn dieser Spitzbube hat mich betrügen wollen, hat sich über mich einfach lustig gemacht, hat mich zum Narren gehabt! Ich erlaube ihm aber nicht, mich an der Nase zu führen ... Jetzt werde ich, weißt du, zuerst mit Nelly anfangen. Ich habe sie beobachtet und bin zu der Überzeugung gekommen, daß sie den Knoten der ganzen Sache in der Hand hat. Sie weiß alles, alles ... Die Mutter hat es ihr erzählt. Vielleicht schon vor der Krankheit, vielleicht erst später, im Fieber, wenn die Qual zu groß wurde. Sie hatte sonst keinen bei sich, dem sie es hätte klagen können, da wird sie es eben Nelly erzählt haben. Und wenn sie nur einmal damit begonnen hat, dann hat sie ihr unfehlbar alles erzählt. Vielleicht aber können wir mit Nellys Hilfe auch noch gewisse Dokumente entdecken!« fügte er schmunzelnd hinzu und rieb sich stillvergnügt die Hände. »Begreifst du jetzt, Wanja, weshalb ich in letzter Zeit so oft herkomme? Erstens natürlich aus Freundschaft zu dir, das versteht sich von selbst. Doch der Hauptzweck ist der: Nelly zu beobachten. Und drittens, alter Freund, mußt du, ob du willst oder nicht, – mußt du mir behilflich sein, denn du hast großen Einfluß auf Nelly ...«

»Oh, gewiß, ich bin gern bereit«, sagte ich aufrichtig erfreut; »denn ich hoffe, Masslobojeff, daß du dich in ihrem Interesse bemühst, daß du es für das arme Waisenkind tun willst, nicht nur um deines eigenen Vorteils willen ...«

»Aber was geht denn das dich an, um wessen Vorteils willen, wie du sagst, ich mich plagen werde, du Allerheiligster? Wenn es nur gelingt, – das ist die Hauptsache! Natürlich, versteht sich: in der Hauptsache für das Waisenkindkindchen, so will's ja auch die Nächstenliebe. Aber du, Wanja, Wanjúscha, du verurteile mich nicht gleich unwiderruflich, wenn ich dabei auch an mich denke. Ich bin ein armer Mensch, wie du weißt: er aber soll es hinfort nicht mehr wagen, arme Menschen zu beleidigen. Er entzieht mir das, was mir von Rechts wegen zukommt, und außerdem hat er mich noch betrogen! Und solch einem Spitzbuben soll ich noch was schenken, meinst du? Das wird mir gerade einfallen!«

Leider sollte unser Blumenfest am nächsten Tage unserer Erwartung nicht entsprechen; Nelly fühlte sich bedeutend schlechter und konnte das Zimmer nicht verlassen.

Und sie sollte es überhaupt nicht mehr verlassen.

Sie starb nach zwei Wochen. In diesen zwei Wochen ihrer Agonie kam sie nur selten zu sich, gewöhnlich hielten seltsame Phantasien sie gefangen. Es schien fast, als sei sie nicht mehr bei vollem Verstand. Sie war fest überzeugt, daß der Großvater sie zu sich rufe und sich über sie ärgere, weil sie nicht käme, und dann klopfe er mit dem Stock und sage, sie müsse von »guten Leuten« Geld zu Brot und Tabak zusammenbetteln. Oft weinte sie im Schlaf, und wenn sie dann erwachte, erzählte sie, daß sie ihre Mutter gesehen habe.

Einmal war ich allein bei ihr, als sie wieder zu sich kam; da schob sie sich näher zu mir und ergriff meine Hand mit ihrem abgezehrten, fieberheißen Händchen.

»Wanja«, sagte sie, »wenn ich gestorben bin, dann heirate Natascha!«

Ich glaube, dieser Gedanke hatte sich schon vor langer Zeit in ihr festgesetzt, und immerwährend schien er sie zu beschäftigen. Ich lächelte ihr schweigend zu. Als sie mein Lächeln sah, lächelte sie gleichfalls und drohte mir schelmisch mit ihren dünnen Fingerchen und dann küßte sie mich.

An einem wundervollen Sommerabend – es war drei Tage vor ihrem Tode – bat sie, man möge das Rouleau vor dem Fenster emporziehen und das Fenster öffnen. Vor dem Fenster lag der Garten. Lange blickte sie in das frische Grün und sah die leuchtenden Farben der Abendsonne, und plötzlich bat sie, uns beide allein zu lassen.

»Wanja«, sagte sie mit kaum hörbarer Stimme, denn sie war schon sehr schwach, »ich werde bald sterben, sehr bald, und ich möchte dir sagen, daß du mich nicht vergessen sollst. Zum Andenken hinterlasse ich dir dieses hier«, – sie wies auf ein großes Amulett, das sie an dem Kettchen, an dem auch ihr Kreuz hing, auf der Brust trug. »Das hat Mama mir sterbend hinterlassen. Also, wenn ich sterbe, so nimm du dieses Amulett an dich, nimm es und lies, was darin steht. Ich werde heute auch den anderen sagen, daß du allein dieses Amulett erhalten sollst. Und wenn du gelesen hast, was hier geschrieben steht, dann geh zu *ihm* und sage ihm, daß ich gestorben bin, ihm aber nicht verziehen habe. Sage ihm auch, daß ich die Bibel vor nicht langer Zeit gelesen habe. Dort ist gesagt: „Vergebt allen euren Feinden!" Nun, ich habe das gelesen, ihm aber vergebe ich trotzdem nicht; denn als Mama im Sterben lag und noch sprechen konnte, war das letzte, was sie zu mir sagte: ‚Ich verfluche ihn.' Nun, und so verfluche auch *ich* ihn, verfluche ihn nicht um meinetwillen, sondern um Mamas willen ... Und du erzähle ihm, wie Mama gestorben ist; wie ich bei der Bubnowa allein zurückblieb, erzähle ihm, wie du mich bei der Bubnowa gesehen hast, – alles, alles erzähle ihm und dann sage ihm auch, daß ich lieber bei der Bubnowa bleiben wollte als zu ihm gehen ... Ich bin nicht zu ihm gegangen ...«

Nelly war bleich geworden, ihre Augen brannten, und ihr Herz klopfte so stark, daß sie auf das Kissen zurücksank und eine Weile nicht mehr sprechen konnte.

»Rufe sie, Wanja«, sagte sie dann endlich mit schwacher Stimme. »Ich will von allen Abschied nehmen. Leb' wohl, Wanja! ...«

Noch einmal, zum letzten Male umarmte sie mich krampfhaft. Der Alte konnte es nicht fassen, daß sie sterben mußte, konnte diese Möglichkeit überhaupt nicht zugeben. Bis zum letzten Augenblick stritt er noch mit uns und versicherte, daß sie unfehlbar gesund werden müsse. Er magerte sichtlich ab vor Sorge und saß ganze Tage und sogar Nächte hindurch an Nellys Bett. In den letzten Nächten schlief er überhaupt nicht. Den geringsten Wunsch suchte er ihr schon im voraus zu erfüllen, noch bevor sie ihn ausgesprochen hatte. Als er an jenem Tage, nachdem sie von uns Abschied genommen, zu uns ins andere Zimmer kam, weinte er bitterlich; doch bald begann er wieder zu hoffen und uns zu versichern, daß sie gesund werden müsse. Ihr Zimmer schmückte er täglich mit Blumen. Einmal kaufte er ein großes Bukett der schönsten roten und weißen Rosen und hatte deshalb einen weiten Weg zurückgelegt, nur um seiner kleinen Nelly eine Freude zu bereiten ... Natürlich regte sie sich darüber nicht wenig auf: war doch eine so große und so allgemeine Liebe etwas ganz Neues für sie. Der Alte wollte unter keiner Bedingung Abschied von ihr nehmen. Da lächelte Nelly ihm zu und bemühte sich den ganzen Abend, fröhlich zu scheinen und mit uns zu scherzen, ja, sie lachte sogar ... Wenigstens verließen wir sie alle fast hoffnungsfreudig, doch am nächsten Tage hatte sie schon die Sprache verloren. Nach zwei Tagen starb sie.

Ich erinnere mich noch, wie der Alte ihren Sarg mit Blumen schmückte, und wie verzweifelt er ihr abgezehrtes totes Gesichtchen, ihr totes Lächeln und ihre schmalen gefalteten Händchen betrachtete. Er weinte, als habe er sein leibliches Kind verloren. Natascha, ich und überhaupt alle trösteten ihn so gut wir zu trösten vermochten; aber er ließ sich nicht trösten und erkrankte nach ihrer Beerdigung sogar ziemlich schwer.

Anna Andrejewna gab mir das Amulett, das sie Nelly abgenommen hatte. Es enthielt nur einen Brief, den Nellys Mutter an den Fürsten geschrieben hatte. Ich las ihn durch. Sie wandte sich mit einem Fluch an ihn, sie sagte, daß sie ihm nicht vergeben könne; sie beschrieb ihr Leben in den letzten Jahren und schilderte das Schicksal, das ihre Tochter erwartete, und darauf flehte sie ihn an, doch etwas wenigstens für das Kind zu tun.

»Es ist *Ihr Kind*«, schrieb sie, »es ist Ihre Tochter, und *Sie wissen es selbst,* daß sie *Ihre natürliche, Ihre legitime Tochter* ist. Ich habe ihr gesagt, sie solle zu Ihnen gehen, wenn ich gestorben bin, und Ihnen diesen Brief übergeben. Wenn Sie das Kind nicht von sich stoßen, werde ich Ihnen dort vielleicht noch vergeben, werde am Tage des Gerichts vor dem Throne Gottes niederknien und den Richter anflehen, Ihnen Ihre Sünden zu vergeben. Nelly weiß, was in diesem Brief steht: ich habe ihn ihr vorgelesen; ich habe ihr *alles* erzählt, sie weiß alles, alles . . .«

Nelly hatte die Bitte der Mutter nicht erfüllt: sie war nicht zum Fürsten gegangen und war unversöhnt gestorben.

Nach unserer Rückkehr von ihrer Beerdigung, gingen wir beide, Natascha und ich, in den Garten. Es war ein heißer, strahlend heller Tag. In einer Woche sollten sie abreisen. Natascha sah mich lange mit seltsamem Blick an.

»Wanja«, sagte sie, »Wanja, das war doch nur ein Traum!«

»Was war ein Traum?« fragte ich.

»Alles, alles das«, sagte sie, »alles, was in diesem einen Jahr gewesen ist. Wanja, weshalb habe ich dein Glück zerstört?«

Und in ihren Augen las ich:

»Wir hätten beide ein Leben lang glücklich sein können!«

ANHANG

ANMERKUNGEN

1 *S. 10:* Vielleicht Ettore Pinelli (1843–1915), italienischer Violinist und Dirigent.

2 *S. 26:* Afanassij A. Fet (1820–1892), eigentlich Foeth, nach dem Familiennamen seiner deutschen Mutter, deren nach deutschem Recht geschlossene Ehe mit einem russischen Adligen in Rußland nicht gültig war (trug später auch den Namen seines Vaters, Schenschin); form- und empfindungsstarker Lyriker (Themen: Gott, Natur, Liebe), große Leidenschaftlichkeit vor allem im Spätwerk (»Abendliche Feuer«, 1883–91), glänzender Übersetzer der Gedichte von Horaz, Goethe und anderer sowie der Werke seines Lieblingsphilosophen Arthur Schopenhauer. Fet zählte Ende der fünfziger Jahre (Dostojewskis Erzählung erschien 1859) zu den bedeutendsten Persönlichkeiten der literarischen Welt. Er war mit Lew N. Tolstoj und Iwan S. Turgenjeff befreundet, die er miteinander aussöhnte.

3 *S. 40:* Es handelte sich um die Verwundeten und Invaliden des Krim-Kriegs (1853–56), den Rußland gegen die Türkei und deren Verbündete England, Frankreich und Piemont-Sardinien (bei drohender Haltung Österreichs) führte.

4 *S. 94:* Mazeppa und Lauzun: Iwan S. Mazeppa, geboren vor 1644 im Gouvernement Kiew, aus ukrainischer Adelsfamilie, Page am polnischen Königshof; wurde 1663 von einem polnischen Edelmann wegen eines Liebesverhältnisses mit dessen Frau nackt auf ein wildes Pferd gebunden, das ihn jedoch in seine Heimat trug. 1687 zum Kosakenhetman gewählt, begleitete er 1695/96 Peter I., den Großen (1672–1725, Zar seit 1682, 1689 Alleinherrscher), im Feldzug gegen die türkische Festung Asow und wurde 1698 von ihm zum Fürsten der Ukraine erhoben. Zur Verteidigung der Kosakenautonomie gegen die Moskauer Oberherrschaft trat er heimlich in Verbindung zum neuen Polenkönig (seit 1704) Stanislaus I. Leszczynski und zum Schwedenkönig Karl XII., dem er sich, nach dessen Sieg über Peter den Großen 1708 im Nordischen Krieg (1700–21), offen anschloß. Nach Peters Sieg 1709 bei Poltawa über Karl XII. floh Mazeppa mit diesem in die Türkei, wo er sich wenig später in Bendery tötete. – Maria, die Tochter des Fürsten Kotschubej, verliebte sich in den 64jährigen Mazeppa; sie verfiel dem Wahnsinn, als sie von seinem Verrat erfuhr. – Mazeppas Schicksal wurde zum Thema der dramatischen Dichtung, Lord Byron gestaltete es in seiner Versdichtung »Mazeppa« (1819) ebenso wie Alexander S. Puschkin in »Poltawa« (1829); Franz Liszt veröffentlichte 1854 seine symphonische Dichtung »Mazeppa«, Peter I. Tschaikowskij 1884 seine Oper nach dem Text von Puschkins Versepos.

Graf Antoine de Caumont, späterer Herzog von Lauzun (1632–1723), kam als mittelloser junger Mann an den Hof Ludwigs XIV., wo er zum einflußreichen Günstling aufstieg. Die reiche Herzogin von Montpensier verliebte sich in ihn und ließ sich 1669 heimlich mit ihm trauen. Wegen einer

Beleidigung der Maitresse des Königs, der Marquise de Montespan, wurde er in den Kerker geworfen, aus dem ihn seine Frau gegen ein hohes Lösegeld und Abtretung von Ländereien nach fünf Jahren befreien konnte. Kurz darauf verließ er sie und ging nach England.
5 *S. 172:* Im zaristischen Rußland trugen alle Lehrer und Schüler staatlicher Lehranstalten (Kreisschulen, Gymnasien, Universitäten und technische Hochschulen) eine Uniform, die im Schnitt der Offiziersuniform ähnlich, jedoch von anderer Farbe war.

Das Gut Stepantschikowo

1 *S. 204:* Anspielung auf die von Walter Scott beeinflußten historischen Romane von Michail N. Sagoskin (1789–1852) »Jurij Milosslawskij oder Die Russen im Jahre 1612« (1829), in dem der Freiheitskampf gegen die polnische Fremdherrschaft den Hintergrund für eine rührende Liebesgeschichte bildet, und »Rosslawleff oder Die Russen im Jahre 1812« (1831), der den Kampf gegen Napoleon schildert – ebenfalls Folie für eine tragische Liebesgeschichte. Die Romane waren ungeheuer erfolgreich und wurden in mehrere Sprachen übersetzt, aber eine Wiederbelebung der Vergangenheit, wie etwa in Puschkins geschichtlichen Versepen, gelang nicht.
2 *S. 247:* Sserjosha: familiäre Form von Ssergei.
3 *S. 282:* Der Pythagoreische Lehrsatz vom rechtwinkligen Dreieck heißt bei den russischen Schülern nach einem Scherzvers »Die Hosen des Pythagoras«.
4 *S. 307:* »Ökonomiebauern« hießen in Rußland zur Zeit der Leibeigenschaft (bis 1861) jene Bauern, die den Kirchen und Klöstern gehörten und die auf deren landwirtschaftlich genutzten Ländereien arbeiten mußten.
5 *S. 309:* Die Erwähnung der Namen Puschkin und Lermontoff in einem Atem mit dem eines obskuren Dichterlings wie Borosdin soll die literarische Urteilsfähigkeit Foma Fomitschs charakterisieren, der gute von mittelmäßiger oder schlechter Literatur nicht zu unterscheiden vermag, ja letzteren sogar den Vorzug gibt.
6 *S. 311:* Nikolai M. Karamsin (1766–1826), Schriftsteller, Sprachreformer, Historiker, mit dem, so der Literaturkritiker Wissarion G. Belinskij, eine neue Epoche der russischen Literatur begann. Unter dem Einfluß Jean-Jacques Rousseaus und des empfindsamen Romans Samuel Richardsons wird Karamsin zum Hauptvertreter des russischen Sentimentalismus. Mit seiner am Französischen orientierten Sprache erwies er sich als Sprach- und Stilreformer, der die Grundlage schuf für die neuere russische Literaturprosa, wie etwa das Werk Puschkins. (Vgl. auch Anm. 4 »Lomonossoff« zu »Die Erniedrigten und Beleidigten«.) Der Erfolg von Karamsins empfindsamer Novelle »Die arme Lisa« (1792) war bei der russischen Jugend kaum geringer als der von Goethes »Werther« in Deutschland. Es ist kennzeichnend für Foma Fomitsch, daß er gerade das Sentimentale so

sehr schätzt, das auch die Grundhaltung Karamsins in seinen »Briefen eines russischen Reisenden« ist (1791/92 in seinem »Moskauer Journal« erschienen, vollständig 1799–1801). In seinen historischen Schriften zeigt sich Karamsin als Verfechter der Staatsidee des zaristischen Rußland, gleichzeitig aber als Kritiker zaristischer Willkürherrschaft (»Geschichte des russischen Staates«, 12 Bände, 1816–29, letzter Band postum) und als Patriot und Gegner frankophiler Politik (»Über das alte und das neue Rußland«, 1811). – Karamsins historische Erzählung »Die Statthalterin Marfa oder Die Unterwerfung Nowgorods« erschien 1803 in der vom Autor 1802 gegründeten Monatszeitschrift »Westnik Ewropy« (»Europäischer Bote«). Marfa, gewählte Nachfolgerin und Witwe des Bojaren Boretzkij, verteidigt die freie Stadtrepublik Groß-Nowgorod gegen den Großfürsten von Moskau, Iwan III., den Großen (1440–1505), muß sich jedoch 1478 unterwerfen und stirbt auf dem Schafott.

7 *S. 311:* Karamsins Novelle »Froll Ssilin« (1792) ist ebenfalls ein typisches Werk des Sentimentalismus.

8 *S. 321:* Jemeljan I. Pugatschoff (um 1742–1775) diente im Siebenjährigen Krieg (1756–63), dann im Russisch-Türkischen Krieg (1768–74), gab sich für den von seiner Gattin, Katharina II., der Großen (1729–1796, Zarin seit 1762), gestürzten und mit ihrer Billigung ermordeten Zaren Peter III. Fjodorowitsch (1728–1762, Zar 1762) aus und stellte sich an die Spitze eines Kosakenaufstands mit dem Ziel der Errichtung eines Bauernstaates. Nach anfänglichen Erfolgen (1774 Eroberung Kasans) wurde er von den Generälen Ssuworoff und Panin gefangengenommen und 1775 in Moskau hingerichtet.

9 *S. 372:* Widopljassoff entspricht etwa der deutschen Bezeichnung Hampelmann.

10 *S. 377:* Wernyj bedeutet: der Treue; Skwernyj: der Schändliche; Ulanoff etwa: Ulanenmann; Bolwanoff (bolwan = Schafskopf, Tölpel) etwa: Blödmann.

11 *S. 431:* Kusjma Prutkoff (1803–1863), ein höherer Beamter im Finanzministerium in Petersburg, hielt sich für einen großen Dichter. Seine Fabeln, Gedichte und banalen Aphorismen wurden auf Veranlassung einiger Spaßvögel unter »Vermischtes« in der von Puschkin gegründeten Zeitschrift »Der Zeitgenosse« (1836–66) abgedruckt. Auch der von literarischem Ehrgeiz besessene Foma Fomitsch hält seine leeren Sentenzen für weise Aussprüche.

Die Erniedrigten und Beleidigten

1 *S. 508:* Auf der Wassiljeffinsel, der größten der zehn Deltainseln der Newa, sind die Häuserreihen (= Linien) auf beiden Seiten der von Süden nach Norden führenden schnurgeraden Straßen numeriert, und zwar so, daß die östliche Häuserfront einer Straße die Erste Linie, die westliche

derselben Straße die Zweite Linie ist usw. Die drei großen Querstraßen von Westen nach Osten sind die drei Boulevards: der Große, der Mittlere und der Kleine Boulevard.

2 *S. 512:* Die leibeigenen Gutsbauern wurden nur alle zehn Jahre »revidiert«, das heißt gezählt; Frauen und Kinder zählten nicht mit.

3 *S. 524:* Kritiker B.: Gemeint ist Wissarion G. Belinskij (1811–1848), der als großer Neuerer der russischen Literaturkritik eine politisch-gesellschaftlich wache und engagierte Literatur forderte. Er nahm Dostojewskis Erstlingswerk »Arme Leute« (1846) begeistert auf und bestärkte ihn im Glauben an seine Berufung als Dichter. Die Gedanken des jungen Schriftstellers Iwan Petrowitsch sind ein genaues Abbild der Situation Dostojewskis nach dem Erfolg der »Armen Leute«. (Zu Belinskij vgl. auch Anm. 3, S. 998, des Romans »Die Dämonen«.)

4 *S. 525:* Gawriil R. Dershawin (1743–1816), Offizier, Gouverneur, Staatssekretär (1791) unter Katharina II., der er 1782 die Ode »Feliza« widmete, Justizminister (1802) unter Alexander I. (1777–1825, Zar seit 1801), bedeutendster Dichter des 18. Jahrhunderts. Seine Ode »Gott« gilt als das berühmteste Werk des russischen Klassizismus.

Michail W. Lomonossoff (1711–1765), Sohn eines »Staatsbauern« und Fischers aus der Nähe von Archangelsk, genialer Wissenschaftler von universellem Wissen und Können, Chemiker, Physiker, Mineraloge, Astronom, Redner, Dichter und Sprachforscher, Mitglied der Akademie der Wissenschaften in Petersburg; nach einem Wort Puschkins »die erste Universität Rußlands«. Lomonossows Streben war darauf gerichtet, eine russische Literatur und Wissenschaft zu begründen, die es an Bedeutung mit der westlichen aufnehmen könne. Als Dichter wie als Sprachformer wurde er zum Begründer der neueren russischen Literatursprache. (»Vorläufer« Karamsins; vgl. Anm. 6 zu »Das Gut Stepantschikowo«.) Er gab die erste »Russische Grammatik« (1755) sowie eine Rhetorik (1748) und Verslehre heraus.

5 *S. 527:* Vgl. Anm. 1 zu »Das Gut Stepantschikowo«.

6 *S. 529:* Zitat aus Nikolai W. Gogols (1809–1852) satirischer Komödie »Der Revisor« (1836), I. Akt, 1. Auftritt: Vor der Ankunft des Revisors aus Petersburg bittet der Bürgermeister einer Provinzstadt seine Beamten um Wohlverhalten während des »hohen Besuchs«, wobei er den Schulaufseher auf die ungebührlichen Temperamentsausbrüche eines Geschichtslehrers aufmerksam macht, der seine Begeisterung für die Helden der Geschichte so wenig zu zügeln weiß, daß er sich beim Vortrag am Eigentum des Fiskus vergreift, indem er einen Stuhl demoliert.

7 *S. 532:* Die Petersburger Zeitschrift »Die nordische Biene« (1825–64), herausgegeben von Faddei W. Bulgarin und Nikolai E. Gretsch, wurde von Spöttern »Der nordische Plunder« oder »Zunder« genannt; sie brachte Nachrichten, triviale Details und Kuriositäten aus dem gesellschaftlichen und kulturellen Leben und war das Organ der politischen Polizei des Zaren.

8 *S. 568:* Der Weg führt sie über den Marienplatz, auf dem das Denkmal für Nikolaus I. (1796–1855, Zar seit 1825) steht. Der Sockel ist so groß, daß sich der bronzene Reiter hoch über die Gaskandelaber erhebt.
9 *S. 577:* Nach griechisch-katholischem Kirchenrecht ist die Eheschließung auch zwischen angeheirateten Verwandten verboten, ebenso wie zwischen nahen Blutsverwandten: Wenn der Fürst die Gräfin heiratete, könnte sein Sohn nicht mehr die Stieftochter der Gräfin heiraten, da Aljoscha und Katja dann als »Verwandte« zu betrachten wären.
10 *S. 578:* Die Branntweinpächter spielten im zaristischen Rußland bis zur Einführung des staatlichen Branntweinmonopols durch Finanzminister Sergei J. Witte (1892–1903) die gleiche Rolle wie im königlichen Frankreich die Steuerpächter, an die die Steuern ganzer Provinzen verpachtet wurden, wenn sie der Regierung die mutmaßlichen Einnahmen im voraus zahlten. Die Branntweinpächter waren meist skrupellose Emporkömmlinge aus dem Kaufmannsstand, die durch Vermehrung der Schenken und Herstellung billigsten Fusels schnell zu Reichtum gelangten. Ihre Töchter waren als gute Partie begehrt.
11 *S. 579:* Iwan IV., der Schreckliche (1530–1584, Zar seit 1547), war der vorletzte Zar aus dem Stamme Ruriks, Alexei Michailowitsch (1629–1676, Zar seit 1645) der zweite aus dem Hause Romanoff (1613–1762). Der alte russische Adel kannte nur den Titel »Fürst«, erst Peter der Große (1672–1725, Zar seit 1689) übernahm den Adelstitel »Graf«, mit dem er verdiente Heerführer und Staatsdiener auszeichnete (Neugestaltung des Prinzips der Nobilität: nicht Geburtsvorrecht, sondern Verdienst ist entscheidend). Da auch die Bojaren wie der niedere Adel keine Adelsprädikate kannten, die Rangunterschiede jedoch zahlreich waren und sich auch bei Angehörigen des »alten Adels« nach dem Gewicht ihrer Verdienste verschoben, ist es schwer, die Zugehörigkeit der Ichmenjeffs und Schumiloffs zur Adelsklasse präziser zu kennzeichnen.
12 *S. 645:* Eine sogenannte »Gitarre«: ein in Osteuropa gebräuchliches billiges, ungefedertes Fahrzeug, das »Liniendroschke« genannt wird. Zwischen einem Gestell über der vorderen und einem über der hinteren Achse ist ein Sitzbrett für drei bis vier Personen angebracht, rechts und links darunter befindet sich je ein Trittbrett. Durch die Biegsamkeit der Bretter werden die Stöße bei einer Fahrt auf holprigem Pflaster etwas ausgeglichen. Die Männer können rittlings auf dem Sitzbrett Platz nehmen und die Füße auf die Trittbretter stellen. Die Frauen dagegen sitzen, wie im Damensattel, eher unsicher.
13 *S. 655:* Peter der Große pflegte gegen elf Uhr vormittags nach den Beratungen mit seinen Marineoffizieren ein paar Schnäpse zu trinken. Seitdem wird in Petersburg diese Gepflogenheit mit »sich einen Admiral Tschaïnskij genehmigen« bezeichnet.
14 *S. 673:* Stabskapitän: im russischen Heer eine Rangstufe zwischen dem Oberleutnant und dem Hauptmann.

15 *S. 701:* Anspielung auf Tullia, die herrschsüchtige jüngere Tochter des Servius Tullius (sechster König Roms 578–534), Schwiegersohn und Nachfolger des Tarquinius Priscus (616–579). Er verheiratete seine beiden Töchter mit dessen beiden Söhnen, von denen der ältere, Lucius Tarquinius (534–510), größere Rechte auf den Thron seines Vaters zu haben glaubte. Es kam zum Kampf, in dem Servius Tullius unterlag. Tullia soll, der Sage nach, in der Freude über den Sieg ihres Gatten Lucius Tarquinius auf dem Weg zu ihm über den Leichnam ihres Vaters hinweggefahren sein.
16 *S. 732:* Ein Lewon und ein Borinka kommen bereits in Alexander S. Gribojedoffs (1795–1829) berühmter satirischer Komödie »Verstand schafft Leiden« (1824; vgl. Anm. 15, S. 870, des Romans »Der Jüngling«) vor, als Mitglieder der Moskauer »Stützen der Gesellschaft«, während sie bei Dostojewski zum Kreis um Michail W. Butaschewitsch-Petraschewskij (1821–1866) zu gehören scheinen, der 1845 in Petersburg den Freitagabend-Zirkel gründete, dem ab Frühjahr 1847 auch Dostojewski angehörte. Petraschewskij, Beamter im Außenministerium, war Anhänger des französischen Sozialphilosophen Charles Fourier, Kosmopolit und Positivist. Er wurde zusammen mit dreiunddreißig »Verschwörern« seiner Gruppe im April 1849 verhaftet, zum Tode verurteilt und nach seiner Begnadigung nach Sibirien verbannt, ein Schicksal, das zweiundzwanzig Verurteilte, darunter auch Dostojewski, mit ihm teilten.
17 *S. 753:* Eine Redensart, die besagt, daß eine Freundschaft einen Riß bekommen hat.
18 *S. 784:* Die Fürstin Chlestowa ist ebenfalls eine Gestalt in Gribojedoffs Komödie (vgl. Anm. 16): eine scharfzüngige Kritikerin, die das Urteil der Gesellschaft bestimmt. Gribojedoff charakterisiert sie nach literarischer Gepflogenheit, die auch Dostojewski fortsetzt, bereits durch den Namen: Chlest ist die Gerte, mit der man einen Hieb versetzt. Der Name des Barons Pomoikin bedeutet Spülwasser.
19 *S. 784:* Wolodjka: liebevolle Verkleinerungsform von Wladimir.
20 *S. 800:* Vgl. Anm. 9.
21 *S. 800:* Die Rede des »Diplomaten« spiegelt die Meinung reaktionärer und konservativer Kreise wider, die nach 1860, als die Bauernreform, die Justiz- und Verwaltungsreform (Semstwo) und die Heeresreform eingeleitet wurden, nur scheinbar die neuen Maßnahmen der Regierung Alexanders II. (1818–1881, Zar seit 1855) billigten, heimlich aber alles taten, um die Reformen zum Scheitern zu bringen.

E. K. R.

Zu den Anführungszeichen

Damit der Leser in diesem großenteils in Gesprächsform gestalteten Werk eindeutig unterscheiden und sich klar zurechtfinden kann, wurden die Anführungszeichen durchgehend auf folgende Weise gesetzt:

Alle Gespräche und Aussprüche aus Gesprächen außerhalb dieser wurden mit » und « angeführt und ausgeführt.

Die Wiedergabe von Äußerungen anderer innerhalb von Gesprächen wurde mit ‚ und ' gekennzeichnet.

Zitate und Verse, Titel von Büchern, Schauspielen, Dichtungen, Namen von Gasthäusern und Stadtteilen, Redensarten und ähnliches sind innerhalb und außerhalb von Gesprächen mit „ und " angeführt und ausgeführt worden.

»Ja, mein Freund, ich weiß, daß ich Karriere machen und mir einen guten Platz in der Literatur erkämpfen werde. Zudem glaube ich, daß ich mich mit Hilfe der Literatur von den letzten Beschwernissen meines bitteren Schicksals befreien kann, *wenn ich erst auf mich aufmerksam gemacht habe*. Mich quält die Fülle des Materials« (an Michail Dostojewski, 9. November 1856).

Ungebrochen in seinem Selbstvertrauen und seiner Hoffnung kämpfte Dostojewski noch in der Verbannung um seine Rückkehr in die russische Literatur, was seit 1856 wieder möglich schien, da ihm sechs Jahre nach der Aufhebung des Todesurteils wegen der Teilnahme an angeblich staatsfeindlichen und konspirativen Zusammenkünften die Erlaubnis erteilt wurde, zu schreiben.

Und so entwarf, verwarf und vertiefte er zahlreiche literarische Pläne, von denen er beharrlich in seinen Briefen berichtet, denn allein mit Hilfe seiner Freunde konnte er wieder Kontakt mit führenden Zeitschriftenredaktionen aufnehmen. Unablässig kämpfte er gegen seine Isolation von Literatur und Gesellschaft an. Zugleich aber hatte das Schreiben für ihn therapeutische Bedeutung: half es ihm doch zeitweilig, die innere Vereinsamung, sein gesellschaftliches Außenseitertum und die physischen Beschwerden zu vergessen. Auch hoffte er durch das Schreiben nicht nur seine negativen Erfahrungen der vergangenen sechs Jahre Sibirien überwinden zu können, sondern auch die durch Lager und Leid gewonnenen menschenbildenden Kräfte dem in Freiheit lebenden Leser zu vermitteln, was jedoch nur dann möglich würde, wenn seine Werke gedruckt wurden und er als anerkannter Schriftsteller seine Überzeugung von der Verantwortung des Schreibenden tätig umsetzen konnte.

Die unterschiedlichsten Projekte erwähnt er in seinen Briefen: die Vorstudien zu den *Aufzeichnungen aus einem Totenhaus*; eine Komödie, die er allerdings schon bald zur Seite legt; eine Erzählung, die er schließlich nicht allein wegen seines »krankhaften Zustandes, [seiner] geistigen Indisponiertheit und der provinziellen Stumpfheit verwirft, sondern weil sie [ihm] nicht mehr gefällt« (an Michail Dostojewski, 13. Dezember 1858).

Schließlich gibt er 1859 den Roman *Onkelchens Traum* zum Druck für das Märzheft des »Russischen Wortes« frei, und nach vielen Feilschereien und Bedenken der Redakteure des »Zeitgenossen« und des »Russischen Boten« erscheint im selben Jahr *Das Gut Stepantschikowo und seine Bewohner* schließlich im November- und Dezemberheft der »Vaterländischen Annalen«. Beide Werke, die, schon in Semipalatinsk verfaßt, sich aus der Komödie und dem komischen Roman entwikkelt hatten, fanden wenig Resonanz bei der Kritik. Kein Kommentar ist zu *Onkelchens Traum* aus dieser Zeit bekannt, allein in der internationalen Brüsseler Zeitung »Le Nord« findet sich eine Kurzrezension von Dostojewskis Bekanntem Alexander Miljukow: »Es sind genau zehn Jahre her, daß der Autor der *Armen Leute* uns nichts mehr vorgelegt hat. Wie in der Vergangenheit ist er immer noch ein Humorist, voller Schwung und Sensibilität. Es hat sogar den Anschein, als habe er mit dem Alter und der Erfahrung gelernt, das Leben unter einem weniger traurigen und düsteren Aspekt zu betrachten. In seinen Bildern sind die Farbtöne heller und weniger düster geworden, die Traurigkeit ist vermindert.«

Das Urteil anderer Freunde fällt weniger positiv aus. Gerügt werden Dostojewskis überhastetes Schreiben und die Unnatürlichkeit einiger seiner Figuren, die allzu konstruiert seien, Vorwürfe, die in den Rezensionen zu den *Erniedrigten und Beleidigten* schließlich öffentlich erhoben werden. Selbst Dostojewski konnte Jahre später keine positiven Worte für *Onkelchens Traum* finden:

»Seit fünfzehn Jahren habe ich meine Erzählung nicht mehr angesehen. Als ich sie jetzt wieder einmal las, fand ich sie schlecht. Ich habe sie damals in Sibirien geschrieben, es war das erstemal nach der Katorga überhaupt, einzig und allein mit dem Ziel, abermals mit der literarischen Laufbahn zu beginnen, und ich fürchtete die Zensur [gegenüber einem ehemaligen Verbannten] sehr. Und deshalb habe ich wie von selbst diese Bagatelle von tiefer Gutmütigkeit und bemerkenswerter Harmlosigkeit geschrieben. Man hätte ein Vaudeville daraus machen können, doch der Inhalt ist für eine Komödie zu dürftig, sogar die Gestalt des Fürsten, der die einzige seriöse Figur in dieser Erzählung ist« (an einen Studenten, 14. September 1873).

Dieses Urteil mag die Dostojewski-Forschung beeinflußt haben, die sich bis vor kurzem nur zögernd und fragmentarisch mit den beiden »humoristischen« Romanen und den *Erniedrigten und Beleidigten* auseinandersetzte.

Vom *Gut Stepantschikowo und seinen Bewohnern* hingegen war Dostojewski, ebenso wie von seinem Petersburger Roman, überzeugt. Zwar gestand er Längen im Text ein, aber er gründete dennoch alle seine Hoffnungen auf dieses Werk, mit dem er seinen Namen als Schriftsteller in der Öffentlichkeit zu festigen gedachte. Doch es erschien wieder keine Einzelrezension, nur in Sammel- und Überblicksbesprechungen wurde sein Provinzroman vorwiegend negativ kommentiert. Jetzt warf man Dostojewski die humoristische Erzählhaltung und die Unwahrscheinlichkeit einiger Szenen vor.

Kritisiert wurde schließlich das Übergewicht der melodramatischen Effekte in den *Erniedrigten und Beleidigten*, die 1861 in der von den Brüdern Dostojewski gemeinsam herausgegebenen Zeitschrift »Die Zeit« erschienen waren. Diese verstand sich als eine Gegenzeitschrift zu jenen Organen, die ihre radikalen, ideologischen und ästhetischen Standpunkte als links oder als konservativ orientierte Literaturkritik vermarkteten.

Nikolai Dobroljubow, der zur Partei der revolutionär-demokratischen Kritiker gehörte, die mit Vehemenz jene Literaturrichtung befehdeten, die die Funktion und den Zweck der Kunst nicht primär in einer sozialpolitischen Aufklärungsarbeit sehen konnten, beschäftigte sich intensiver mit Dostojewskis Petersburger Roman und kristallisierte eine gemeinsame

Motivkette für die Werke der vierziger Jahre bis zu den *Erniedrigten und Beleidigten* heraus, die er seinem ideologischen Standort getreu in dem Thema des von der Gesellschaft und den Herrschenden gedemütigten Menschen und in dessen Versuchen, gegen die Erniedrigung anzukämpfen, verwirklicht sah.

Tatsächlich bildet dieses Thema, dessen Schwergewicht freilich auf der ethischen, nicht auf der sozialkritischen Aussage liegt, eine der Gemeinsamkeiten zwischen den drei Romanen, die sich in ihrer Themen- und Motivstruktur ähneln, jedoch in ihrem Formgefüge und in der Erzählhaltung differieren. Während in den beiden »Provinz«-Romanen das humoristische Erzählen überwiegt, herrscht in den *Erniedrigten und Beleidigten* die psychisch angestrengte Erzählweise eines seelisch Gepeinigten vor; wie auch in diesem Roman schon jene Handlungsdichte und sprachliche und psychologische Suggestivität vorweggenommen sind, die für die philosophischen Romane der folgenden Jahrzehnte symptomatisch werden sollten.

Die drei Romane sind aus einer zeitlich ferneren und näheren Erinnerungsperspektive eines Ich-Erzählers geschrieben, der auf unterschiedliche Weise an den erzählten Ereignissen teilnimmt.

In *Onkelchens Traum* ist der Erzähler, ein junger Mann, nur ein außenstehender Zeuge der Vorfälle, der naiv und voller Widersprüche verrät, weshalb er es für wert erachte, diese Provinzposse schriftlich zu verewigen. So bekennt er, daß sein affektives Interesse an der ersten Dame des Ortes, Marja Alexandrowna, ihn bewogen habe, sich »lediglich aus Überschwang« zu dieser schriftstellerischen Tat zu entschließen, die ursprünglich im Stil eines panegyrischen, freilich »spielerisch« witzigen Briefes über die Mordassoffschen Ereignisse abgefaßt sein sollte, gleich jenen Briefen aus den »goldenen« dreißiger Jahren.

Für den damaligen Leser eröffneten die Stichworte Mordassoff und »Brief an einen Freund« einen komplexen Anspielungshintergrund. Die Stadt Mordassoff war aus dem satirischen Reisebericht *Tarantas* (1845) des Schriftstellers Wladimir Graf Sollogub bekannt, der die Tradition des revolutionär-aufklärerischen Reiseromans Alexander Radischtschews fortführte und manche inhaltliche Parallele zu Nikolai Gogols satirischem Roman *Die toten Seelen* (1842) erkennen ließ, in dem unverhohlen die Trostlosigkeit und Korruption Rußlands unter Nikolaus I. angeprangert worden war. Die Gattung des »Briefs«, die darüber hinaus zeitlich konkretisiert wird, verweist in eine andere Richtung, in die des Feuilletons der »Nordischen Biene«, einer regimetreuen und antiaufklärerischen Zeitschrift, die von Faddei Bulgarin und Nikolai Gretsch herausgegeben wurde.

Schließlich entbehrt die Wiedergabe der »Erhöhung, des höchsten Ruhmes und des feierlichen Sturzes unserer Marja Alexandrowna und ihres ganzen Hauses in Mordassoff« (S. 15) nicht einer boshaft-ironischen Schadenfreude, die bei der Schilderung der skrupellosen Frau offensichtlich wird, da sie bereit ist, aus eigennütziger Profitsucht ihre Tochter einem Greis zu opfern, der dank ärztlicher Kunst physisch verjüngt, aber um so seniler an Geist und Verstand erscheint.

Anders der Erzähler Ssergei Alexandrowitsch im *Gut Stepantschikowo und seine Einwohner*, der, mit dem Gutsbesitzer verwandtschaftlich verbunden, nun nach langer Abwesenheit voller Befremden die absonderliche Tyrannei eines Gnadenbrotempfängers konstatiert, distanziert und dennoch emotional beteiligt.

Für beide Romane wählte Dostojewski eine humoristische Erzählhaltung, die sekundiert wird von der Ironie, wie auch das Groteske, Komische und Schwankhaft-Komische mitspielt. Eine solche Erzählhaltung, die aus seinen früheren Werken schon bekannt ist, mag erstaunen, erinnert man sich an die Lebensbedingungen, unter denen diese beiden Romane verfaßt wurden. Doch ist der Humor hier Ausdruck für jene Spannung, die zwischen der Dichtung und der sie umstellenden Wirklichkeit bestand. Dabei bedeutet der Humor bei Dostojewski keine Resignation, auch ist er nicht der Versuch, die Enttäuschung über die Realität mittels der distanzierten Perspektive des Humoristen oder der Naivität eines vorgeschobenen Erzählers zu verbergen. Der Humor entspringt vielmehr dem Bedürfnis, das Trostlose und die »provinzielle Stumpfheit« kontrastiv aufscheinen zu lassen. Die Perfidie des vom Egoismus beherrschten menschlichen Zusammenlebens wird unter einer heiteren Maske bloßgelegt, und die niederträchtige Unaufrichtigkeit der menschlichen Charaktere wird für den Leser versöhnlich enthüllt. Es obsiegen schließlich im *Gut Stepantschikowo und seine Bewohner* Heiterkeit und Versöhnung, da der entschiedenste Widersacher einer unbeschwerten Fröhlichkeit und Harmonie, Foma Fomitsch Opiskin, wider jede Erwartung die Liebenden vereint und schließlich der gute Geist der Nastasja im Hause waltet.

Wichtig war für Dostojewski allerdings die Doppelbödigkeit, die Diskrepanz zwischen Erzähltem und Erzählen, zwischen Humor und belastender Wirklichkeit. Die Fähigkeit, beides darzustellen, sprach er zwei Jahre später in seinen Aufsätzen zur Literatur (1861) den meisten der humoristischen Schriftstellern ab. »Weshalb macht sich in unserem Jahrhundert das Bedürfnis bemerkbar, seine Zuflucht zum Humor, zur Satire, zur Ironie zu nehmen, um die Wahrheit auszusprechen; durch sie die Wahrheit gewissermaßen mit einer bitteren Pille zu versüßen.« Er kritisierte weiterhin, daß die Autoren auf diese Weise ihre Überzeugungen hinter einem satirisch-ironischen Erzählen verbargen.

Diese Form der Wirklichkeitsverharmlosung lehnte er ebenso ab wie den empirischen Materialismus in der Kunst, der für viele Werke der »Natürlichen Schule« symptomatisch war, als deren Begründer Gogol betrachtet und als dessen Nachfolger Dostojewski mit seinem Erstlingswerk, den *Armen Leuten* (1846), gefeiert worden war. Allerdings hatte er schon mit seinen nachfolgenden Erzählungen und Romanen bewiesen, daß er nur bedingt bereit war, den Prinzipien der »Natürlichen Schule« und den literarischen Postulaten des Kritikers Wissarion Belinski zu folgen. Zwar verarbeitete auch Dostojewski in seinen Texten Themen, die seit Gogol und der Lyrik Nikolai

Nekrassows in der russischen Dichtung der vierziger Jahre literaturfähig geworden waren: die physiologische Schilderung unterprivilegierter Schichten, insbesondere die des Beamten, detailgetreue Milieustudien, die wirtschaftliche und soziale Topographie Petersburgs wie auch die Verelendung in der urbanen Zivilisation. Doch konnte er sich nicht mit den Gestaltungsprinzipien der physiologischen Darstellung begnügen, denen das Theorem zugrunde lag, daß Fiktion und Imagination aus diesen publizistischen und mitunter quasiwissenschaftlichen Schilderungen der Wirklichkeit weitgehend ausgeschlossen bleiben sollten. Für den Schriftsteller Dostojewski mußte die Poesie ein integratives Moment des Erzählens sein, als ein Gegengewicht zu der abständigen Realität, woraus sich jenes Spannungsverhältnis bildet, das zwischen dem problematischen Gesellschaftlichen und dem dennoch Humanen dieser Wirklichkeit besteht, zwischen Faktizität und einem seiner und der Mitwelt bewußt werdenden Subjekt. Dieses führte zu einer Vielzahl von Perspektiven, die die Vielschichtigkeit und Komplexität der Realität aufhellen sollten. »Die poetische Wahrheit wird für Unsinn gehalten. Sie suchen einzig und allein eine Kopie der Wirklichkeit« (an Iwan Turgenjew, 23. Dezember 1863).

Deshalb kämpfte er immer wieder in seinen fiktionalen und essayistischen Publikationen für die Kunst als einen autonomen und dennoch nicht unwirklichen Bereich. Sie sollte weder das Medium für eine »statistische« noch das einer »tendenziösen« Literaturauffassung sein, da dieser das – für Dostojewskis Romane kennzeichnende – Spannungsverhältnis zwischen einer trostlosen, von Negativität und Disharmonie bestimmten Wirklichkeit und der ihr dennoch immanenten Humanität und Schönheit fehlte.

Das Ideal der Schönheit aber sah Dostojewski in der antiken Kunst Homers, dann bei Jean Racine und Alexander Puschkin verwirklicht. Doch mit dem Tod Puschkins hatte die »Kunstperiode«, wie es in Anlehnung an Heinrich Heine auch in Rußland hieß, ihr Ende gefunden. Immer wieder begegnet einem bei Dostojewski der Gedanke, daß sich die Geschlossenheit der

Anschauungen, die für jene Epochen kennzeichnend war, in denen eine Synthese zwischen dem Wirklichen und dem Schönen denkbar war als das Überwirkliche, in seiner Zeit in Widersprüche atomisiert hatte, die nur dann aufgehoben werden könnten, wenn der Mensch sich seines Bedürfnisses nach Schönheit bewußt werde. Und er war davon überzeugt, daß die vierziger, fünfziger Jahre und die nachfolgenden Jahrzehnte diese Erkenntnis geradezu provozierten, da der »Mensch mit der Wirklichkeit zerfallen« sei und Disharmonie und »Kampf sein Verhältnis zur Wirklichkeit« bestimmten. Doch bewirke diese Zerworfenheit und Auseinandersetzung im Menschen gerade dann Gegenkräfte, wenn »er am entschiedensten lebt, wenn er sucht und strebt: dann nämlich regt sich in ihm der natürliche Wunsch nach allem Harmonischen und nach Ruhe, in der Schönheit aber liegen sowohl Harmonie als auch Ruhe« (*Aufsätze zur Kunst*, 1861).

Hiermit hatte Dostojewski zwei wesentliche Fragen für sich geklärt. Zum einen die Frage nach dem Wesen der Kunst, die in jenen Jahren heftig debattiert wurde: Die Kunst und das Ästhetische sind der Wirkungsbereich schlechthin, von dem her Grundsätze für das ethische Handeln des einzelnen und der Gesellschaft abzuleiten sind. Damit beantwortete er die zweite Frage, die nach der Erkenntnis des Menschen, den er in Augenblicken tiefgreifender Konflikte und notwendiger Entscheidungen darstellt, in jenen Augenblicken, in denen er »am entschiedensten« lebt. Gerade in den *Erniedrigten und Beleidigten* werden die Zeitpunkte des entschiedensten Lebens besonders offenkundig, in denen die Figuren, in Empfindungen wie Liebe, Verzweiflung, Haß und Eigenliebe verstrickt, darum kämpfen, seelische Klarheit und persönliche Würde zurückzugewinnen. Die Disharmonie, die auch in diesem Roman den sozialkritischen und ideologischen Bereich nicht ausschließt und keine Figur verschont, prägt Dostojewskis Erzählen, das zu jener neuen Romanform geführt hat, die Michail Bachtin mit dem umstrittenen Begriff des »polyphonen« Romans definiert hat: »Dostojewski hat die ›dialogische Linie‹ in der Entwicklung der europäischen künstlerischen Prosa fortgesetzt und eine neue Spielart des Romans, den polyphonen Roman, geschaffen [...] Wir halten die Schaffung des polyphonen Romans für einen gewaltigen Fortschritt nicht nur in der Entwicklung der künstlerischen Romanprosa, sondern in der Entwicklung des *künstlerischen Denkens* der Menschen überhaupt [...] Diesem Denken sind diejenigen Seiten am Menschen zugänglich – vor allem das *denkende menschliche Bewußtsein und seine dialogische Seinssphäre –, die von monologischen Positionen aus künstlerisch* nicht angeeignet werden können.«[1]

Erst die Schriftsteller im 20. Jahrhundert begriffen das grundsätzlich Neue in Dostojewskis Romanen, was er wohl mit dem Begriff »Poesie« umschrieben hatte: Die »traditionellen Romanfiguren aus Fleisch und Blut« existierten nicht mehr bei ihm, dafür hatte er Figuren geschaffen, die die »Stützen, Träger von mitunter noch unerforschten Seelenzuständen« sind, »die wir in uns selbst entdecken«[2].

Eine Subjektivierung des Romans erreichte Dostojewski, indem das Vordergründige und objektiv Vorgegebene durch das Prisma der unterschiedlichsten Subjekte und Bewußtseinsebenen gebrochen wird, wobei seine jeweils neu aufscheinenden Flächen stets in einem neuen Licht gesehen, gedacht und analysiert werden und das Hintergründige sich ins Blickfeld schiebt. Der Intensität der erzählenden psychischen Vorgänge entsprechen die Dichte und die Komplexität des Erzählens. Wobei die Handlungsfülle, verstärkt durch mehrere sich kreuzende Handlungsstränge mit ihren Ereigniskaskaden und den zahlreichen schroffen Peripetien, die zeitgenössische Kritik zu dem Urteil veranlaßte, die *Erniedrigten und Beleidigten* seien nichts weiter als eine neue Variante des bei den Lesern so beliebten Fortsetzungsromans.

Dostojewski widersprach nur teilweise diesem Vorwurf: Erstens bekenne er sich zum Fortsetzungsroman, zweitens könne die »Poesie« nicht übersehen werden, ebenso wie zwei oder drei »glühende« Passagen und mehrere sehr ernsthafte Figuren, die überzeugend und sogar künstlerisch dargestellt seien. Zweifelsohne hatte er die Schematismen der zumeist zur Trivialliteratur zählenden Zeitschriftenromane durchbrochen. War es ihm doch gelungen, von der Stereotypie der Handlungsführung, der Menschendarstellung und der Sprache abzuweichen wie auch von einem bestimmten Weltbild, das die Leser der Romane von Alexandre Dumas und Eugène Sue erwarteten. Er zerstörte die Einstimmung des Lesers auf die Happy-End-Struktur im Abenteuer- oder Liebesroman, ebenso wie er sich davon freimachte, das Partielle zu verabsolutieren, beispielsweise das ausschließlich Gute mit dem absolut Bösen zu kontrastieren. Seine Nuancen und Zwischentöne sind gerade in der Menschengestaltung so reichhaltig, daß die erzählten Figuren nie zu reinen Funktionsträgern degradiert werden, wie es für den trivialen Fortsetzungsroman symptomatisch war und ist. Gerade die differenzierte psychologische Menschendarstellung überhöht jene Versatzstücke, die Dostojewski der Tradition der Trivialliteratur entlieh, seien es die überraschenden, geheimnisvollen Verstrikkungen der Figuren miteinander, sei es die aus der Detektivgeschichte vertraute verzögerte Enthüllung der Vorgeschichte und der Parallelhandlungen, seien es die zahllosen Zufälle und das Melodramatische einzelner Szenen und Figuren, das Dostojewski in der Ausgabe letzter Hand erheblich reduzierte.

Mögen auch einzelne Motive wie das der Dachkammerexistenz des Erzählers Iwan Petrowitsch abgegriffen sein, die psychologische Auslotung und Anspannung der einzelnen Figuren, die in mannigfaltigen Dialogen, Selbstgesprächen und Reflexionen erfolgt und in der Komprimiertheit der erzählten Handlungszeit reflektiert wird, sprengte die damaligen Romankonventionen.

Auch in der sprachlichen Gestaltung durchstößt Dostojewski Konventionen, die sich aufgrund der Dominanz von spannungsreicher, dynamischer Handlung und dem Verfahren, die Figuren zu heroisieren oder zu sentimentalisieren, wie dem Versuch, eine abgedroschene Scheinwelt aufrechtzuerhalten, gebildet hatten: eine häufig stilisierte, wenig variationsreiche und von plakativen Klischees geprägte Sprache.

Schließlich ist es der »Ideengehalt«[3], der bewirkte, daß die »alten Formen« verworfen werden. Ist doch auch dieser Roman Ausdruck von Dostojewskis Verständnis seiner Zeit, in der Disharmonie waltet, in der die Menschen sich in Widersprüche verfangen und sich auf den Weg machen, um diese zu erkennen und aufzulösen. Keine Scheinwelt erstellt der Schriftsteller, in der sozialer, zwischenmenschlicher und ideologischer Widerstreit in einem nivellierenden Schluß ausgeglichen würde, sondern eine Welt, in der »der höchste Gebrauch, den der Mensch von seiner Persönlichkeit machen kann, aus der Entwicklungsfülle seines Ichs« abgeleitet wird und die Idee von Freiheit und Harmonie aufscheint, die Dostojewski in seinen späteren Romanen immer nachdrücklicher zu gestalten sucht. Deshalb variiert Dostojewski in seinen Werken mannigfaltig jene Persönlichkeitsentwicklung, während deren der Mensch sein »Ich vernichten« und es dann völlig ungeteilt und »ungebunden allen und jedem« hinzugeben vermag (*Meditationen an der Bahre*, 1864).

In verschiedenen Varianten erzählt Dostojewski – sei es satirisch-sarkastisch oder aus der Perspektive des Leidenden – von Verstrickungen in Liebeskonflikte und von Formen des unaufrichtigen Zusammenlebens. Liebe und Egoismus, Demut und Demütigung, Erniedrigung und Stolz, Selbstaufopferung und Menschenverachtung sind jene Motive, die das seelische Kräfteverhältnis der Figuren beherrschen und ihr Liebesverhalten steuern.

In *Onkelchens Traum* sind die zwischenmenschlichen Verkettungen noch von jener psychologischen Einfachheit, die aus dem Vaudeville vertraut ist, in dem die Figuren zu bestimmten Verhaltensträgern typisiert sind. Hier wird ein von der komischen Bühne her vertrautes Geschehen erzählt – wie ein junges Mädchen mit dem alten Fürsten K. verkuppelt werden soll, der, wie Heinrich von Kleists Kunigunde, aus »vier Weltteilen« zusammengeflickt ist.

Profitgieriger Egoismus, der von einem skrupellos-berechnenden Spiel sekundiert wird, sobald die Pläne zu scheitern drohen, beherrscht die erste Dame der Stadt Mordassoff, Marja Alexandrowna, die den vertrauten Typus der gewissenlosen Intrigantin darstellt. Eigennützig ist auch das Liebeswerben Mosgljakoffs um Sina, der als Provinzgeck mit hochstaplerischen Allüren bemüht ist, seiner Empfindung einen romantischen Anstrich zu verleihen. Sina jedoch durchschaut ihre Mutter ebenso wie Mosgljakoff und lebt in der Erinnerung an die romantische und entsagungsvolle Liebe des Hauslehrers Vasja, der sterbend erkennt, daß seine Liebe zu ihr allzusehr von literarischen Quellen und von Träumen geprägt war.

Im *Gut Stepantschikowo und seinen Bewohnern*, das, wie auch die vorherige Erzählung, in seinem Aufbau an die peripetische Struktur der Komödie erinnert, hat Dostojewski nun die zwischenmenschlichen Beziehungen, die sich erneut im Lieheskonflikt beweisen, vertieft, indem er den Widerstreit zweier »hochbedeutsamer Charaktertypen« in den Vordergrund schiebt, die seiner Auffassung nach »typisch russisch« und dennoch »in der russischen Literatur bisher nur unzulänglich gezeigt« worden seien (an Michail Dostojewski, 9. Mai 1859).

Unverkennbar sind die Parallelen zwischen Foma Fomitsch Opiskin und dem Molièreschen Tartuffe, ihre beiden Hausherrn, Rostaneff und Orgon, haben indessen nur eines gemeinsam: Beide sind vorbehaltlos von den Eindringlingen eingenommen. Während sich Orgon nun zu einem unmenschlichen Tyrannen gegenüber seiner Familie und den Kindern entwikkelt, um seine fanatische Ergebenheit gegenüber Tartuffe zu bekunden, ist Rostaneff voller Feingefühl gegenüber seinen Kindern, die leidenschaftlich für den Verblendeten eintreten, der dem Nimbus des Gnadenbrotempfängers Opiskin erlegen und voller Hilflosigkeit angesichts seiner Mutter und all ihrer Günstlinge ist, die ihn jederzeit und unbegründet des Egoismus bezichtigen.

Die Gemeinsamkeiten zwischen dem tyrannischen Heuchler Opiskin und dem französischen Tartuffe sind allerdings nur vordergründiger Art; Dostojewski zeichnet den Typus des Hochstaplers psychologisch verfeinert und gibt ihm darüber hinaus einen tragikomischen Akzent, worin er möglicherweise das »typisch Russische« sah. Gleich zu Beginn der Erzählung wird eine Deutung für Opiskins Verhalten erwogen, der durch seine Tyrannei und Willkür zerstörerisch in das Leben der Gutsbewohner eingreift und jede Gelegenheit nutzt, um Rostaneff zu demütigen: Seine ins »Ungeheuerliche entwickelte Eigenliebe« sei vielleicht »nur ein falsches, früh verkrüppeltes Empfinden der eigenen Menschenwürde, die zum erstenmal vielleicht schon in der Kindheit durch fremdes Joch, Armut, Schmutz oder Verachtung mit Füßen getreten worden ist? Oder vielleicht hat der zukünftige Vagant schon als kleines Kind seine Eltern so behandelt gesehen?« (S. 204)

Die wahrscheinlich selbst erfahrenen Demütigungen und Erniedrigungen bringen Opiskin schließlich dazu, seinerseits die Mitmenschen zu kränken und zu demütigen. Der einstige Narr nimmt die Maske des Alleinherrschers an, der all jene Vorstellungen und Vorlieben vereinnahmt, die seines Erachtens typisch sind für den gehobenen Stand des adligen und pseudogebildeten Gutsbesitzers. Dadurch konnte Dostojewski manch parodistischen Seitenschlag gegen die Konventionen und Posen in der damaligen Gesellschaft wagen.

Dazu gehören die zahlreichen Konversationen über Literatur wie auch der naiv-gläubige Respekt vor der Wissenschaft, der vom Erzähler ironisiert, von Opiskin verachtet wird, wohingegen er jedoch vorgibt, literarisch tätig zu sein. Unermüdlich streitet er für eine sittlich-erbauliche Literatur, die nicht nur das Volk moralisch bilden, sondern auch die Gebildeten von einer allein der vergnüglichen Unterhaltung dienenden Kunst ablenken solle, von all den »Puschkins und Lermontows«! Dies hindert Opiskin freilich nicht daran, selbst die epigonal-sentimentale Literatur zu lesen, wie auch im geheimen die als anstößig geltenden Romane von Charles Paul de Kock.

Die zahlreichen Anspielungen auf literarische Werke haben hier nicht nur die Funktion, die Tugendhaftigkeit und Belesenheit der nichtstuenden und deshalb für Geschwätz und Intrigen offenen Opiskins als geheuchelt und inhaltsleer zu entlarven, sondern sie grenzen darüber hinaus Dostojewskis Werke vom Literaturkontext der damaligen Zeit ab, indem, meist ironisch, potentielle Leserkonventionen und -erwartungen durchbrochen werden.

Von Bedeutung ist in diesem Zusammenhang Dostojewskis Auseinandersetzung mit Gogol, die Juri Tynjanow als ein »Ausgehen, ein Sichabstoßen von einem bestimmten Punkt«, als »Kampf«[4] bezeichnete. Schon in seinen *Armen Leuten* griff Dostojewski variierend auf Gogolsche Themen zurück und erprobte verschiedene künstlerische Verfahrensweisen, zum Beispiel im Spiel mit Parallelismen, Hyperbeln oder mit phonetisch und semantisch sprechenden Namen, ein Kunstgriff, den er noch in seinen späten Werken anwandte, wobei dort der humoristische Hintergrund weitgehend fehlt.

So findet die Verkuppelung des Fürsten K., die diesen im nachhinein ein Traum dünkt, in der Stadt »Schnauze« statt, wo die gespaltenen Zungen der Damen unablässig zischeln. Und das Grotesk-Absurde in der Figur des Lakaien Widopljasoff (Pseudotänzer) aus dem *Gut Stepantschikowo und seine Bewohner*, der wie so viele der frühen Dostojewskischen Gestalten den Ehrgeiz hat, ein bedeutender Poet zu werden, wird durch dessen Begierde nach einem neuen Nachnamen verstärkt, doch provoziert jeder Einfall (Oleandroff, Tulpenoff) einen Spottreim.

Von anderem Charakter sind die Anspielungen auf den Gogol der vierziger Jahre in der Figur des Foma Fomitsch Opiskin. In diesen Jahren gelang es Gogol nicht mehr, seine christlich-moralischen Überzeugungen zu fiktionalisieren, weshalb er sich dazu entschloß, sie in homiletischen Briefen der Öffentlichkeit vorzulegen. Die Reaktion auf seine *Ausgewählten Stellen aus einem Briefwechsel mit Freunden* war überwiegend negativ. Auch Dostojewski distanzierte sich von dieser Schrift und teilte die Meinung des Kritikers Belinski, der 1847 entrüstet an Gogol, den er als satirischen und sozialkritischen Schriftsteller geschätzt hatte, schrieb: »Prediger der Knute, Apostel der Ignoranz, Vorkämpfer für Obskurantismus und

Dunkelmännertum, Verherrlicher tatarischer Sitten – was tun Sie?!«

Zweimal las Dostojewski diesen Brief, der offiziell auf dem Index verbotener Schriften stand, im Kreis um Michail Petraschewski und Sergei Durow vor, was ihm bei der Gerichtsverhandlung (1848) als belastendes Vergehen angerechnet wurde.

Manche Interferenz kann zwischen Opiskins Lebensweisheiten und den Gogolschen *Briefen* herausgelesen werden, die durch die Herausgabe einer Gogol-Biographie und verschiedener bis 1855 unbekannter Materialien von aktuellem Reiz war. Doch ist Foma Fomitsch, dessen Nachname von dem Lexem »Schreibfehler« und »Korrespondenz führen« abgeleitet ist, nicht ausschließlich eine Parodie auf Gogol, sondern, umfassender, auf den damals nicht seltenen Typus des bigotten und pathetischen Menschen, dem die Herzen frömmelnder Damen zuflogen.

Ein weiterer aktueller Bezug verbirgt sich hinter Opiskins Marotte, die Leibeigenen die französische Sprache erlernen zu lassen, wobei Dostojewskis Darstellung der Situation der Leibeigenen, ein Jahr vor dem Befreiungsmanifest im Februar 1861, Unverständnis hervorrief und als eine nahezu idyllische Verharmlosung kritisiert wurde. Seit den vierziger Jahren und verschärft Mitte der fünfziger Jahre wurde eine hitzige und kontroverse Debatte geführt, inwieweit und ob überhaupt die Bauern an Bildung teilhaben sollten. Gogol hatte in einem »Brief« an einen »russischen Gutsbesitzer« (1847) den Rat erteilt, daß der Bauer einzig und allein die »Heilige Schrift« kennen solle, da er von sich aus jedes andere »Stück Papier wie den Teufel« fliehe, wissend, daß dort der Nährboden »für all das Durcheinander unter den Menschen, die Rechtsverdreherei und die Intrigen« sei.

Dostojewski hingegen kündigte in seiner Zeitschrift »Die Zeit« (1861) eine gegenteilige Auffassung an: »Die Verbreitung der Bildung, ihre verstärkte und beschleunigte Verbreitung um jeden Preis – das ist die hauptsächliche Aufgabe unserer Zeit, der erste Schritt einer jeden Aktivität.«

Während die nur angedeuteten gesellschaftskritischen Realitätsbezüge und die skurrilen Eigenschaften und Angewohnheiten der Figuren in *Onkelchens Traum* und im *Gut Stepantschikowo und seine Bewohner* aus der Distanz des Humors geschildert werden und mit Opiskin eine »komische Kreation ersten Ranges« gelingt, die »unwiderstehlich an Shakespeare und Molière« (Thomas Mann) heranreicht, wird in den *Erniedrigten und Beleidigten* das suggestive Bild von der moralischen Verderbtheit des Menschen und seiner Mißachtung des Mitmenschen entworfen. Petersburg ist die Brutstätte jener »finsteren und qualvollen Geschichten, die sich so oft und unbemerkt, fast geheimnisvoll, unter dem schweren Himmel Petersburgs zutragen, in den dunklen, versteckten Winkeln der riesigen Stadt, inmitten des sinnlos brodelnden Lebens, dem stumpfsinnigen Egoismus, der aufeinanderprallenden Interessen, des düsteren Lasters, der geheimen Verbrechen, mitten im Höllenpfuhl eines sinnlosen und unnatürlichen Daseins ...« (S. 716f.)

Vor dem Hintergrund dieser von Extremen und Konflikten beherrschten Stadt, für die finstere Mietskasernen, düstere Gassen, das Elend des Proletariats, Bettler wie auch Kinderprostitution und -mißhandlungen charakteristisch sind, entwikkelt Dostojewski verschiedene ethische Verhaltensmuster von Menschen, die in ihrem Verständnis und in ihrer Einstellung gegenüber der Liebe analysiert werden. Liebe wird in den unterschiedlichsten Variationen und Spiegelungen erzählt. Dabei verschachtelt Dostojewski zwei Geschichten ineinander, die sich in ihrer Parallelität reflektieren, jedoch im Handlungsausgang entscheidend voneinander abweichen. Während Nellys Großvater in seinem verbitterten Stolz verelendet und nicht einmal seiner sterbenden Tochter verzeihen kann, sich dadurch mittelbar auch am Tode der Enkelin schuldig macht, gelingt es Nataschas Vater, seine »verletzte, gereizte Eigenliebe« zu besiegen, um der ins Elternhaus zurückkehrenden Natascha am Ostersonntag zu verzeihen. Erzählt wird die besinnungslose Liebe Nataschas zu Aljoscha, die mitleidige, manchmal mütterliche Züge hat und von der sich Aljoscha zu befreien sucht, da er den Zwang von Nataschas zunehmendem Egoismus aus unendlicher Liebe (S. 804) nicht mehr zu ertragen vermag und deshalb zu Katja flüchtet, die scheinbar selbstlos ihm gegenübertritt; die resignative Liebe des Erzählers Iwan Petrowitsch gegenüber Natascha; die unausgesprochene Altersliebe der beiden Ichmenjeffs; die vertrauensvolle Liebe von Nataschas Mutter und die nahezu selbstzerstörerische ihres Vaters, der sich von seiner »verlorenen« Tochter gedemütigt glaubt und zugleich gewillt ist, gegen ihre und seine Erniedrigung mit allen Mitteln anzukämpfen.

Dostojewski greift hier auf das Motiv der »verlorenen Tochter« zurück, das aus Puschkins Erzählung *Der Postmeister* vertraut war, und verbindet es mit einem weiteren Motiv, das für sein Werk bedeutend sein wird: das der zufälligen Familie. Aljoscha glaubt an die Liebe seines Vaters, des Fürsten Walkowskij, und verteidigt sie, ohne zu durchschauen, daß er nur ein handliches Werkzeug für seinen Vater ist, der für sich selbst materiellen Gewinn und soziales Prestige aus Aljoschas Verheiratung mit Katja erlangen will.

In Nelly variiert Dostojewski den Umschwung von der kindlichen zur empfindsamen und leidenschaftlichen Liebe der Frau, den er schon in seinem unvollendeten Roman *Njetotschka Neswanowa* (1849) skizziert hatte. Fürst Walkowskij, in welchem Neuhäuser Ähnlichkeiten mit Franz Moor aus Friedrich Schillers *Räubern* erkennen will, ist hingegen die Verkörperung einer kompromißlosen Eigenliebe, die nur jene Menschen duldet, die die eigene Neigung für Verderbnis und Laster (S. 830) teilen. Das Motiv des Egoismus, das schon im *Gut Stepantschikowo und seine Bewohner* auftrat, dort freilich in ironischer Form, da der Vorwurf Rostanjeff nicht trifft, hatte Dostojewski seit den vierziger Jahren beschäftigt. Drei Referate hatte er für die Diskussions- und Literaturabende bei Petraschewski und Durow ausgearbeitet, eines davon hieß »Von der Persönlichkeit und dem menschlichen Egoismus«. Analyseobjekt dieser Schrift war Max Stirners Buch *Der Einzige und sein Eigentum* (1845), in welchem der Junghegelianer die gesellschaftlichen Institutionen und Tabus verspottet und die Überzeugung von der Einzigartigkeit des Ichs verteidigte.

Beide Aspekte verquicken sich bei Walkowskij, der die gesellschaftlichen Formen und Anstandsregeln einzig als Schutzvorkehrungen anerkennt, denn die Sittlichkeit »ist erfunden worden einzig zum Schutz der Behaglichkeit« (S. 831), und kurz danach gesteht er in seiner »Lebensbeichte«, nachdem er über Nataschas und Aljoschas Zuneigung verfügt hat: »Alles ist für mich da, die ganze Welt ist nur für mich geschaffen« (S. 836).

Zweifelsohne ist Walkowskij als »melodramatischer Bösewicht« (Nikolai Trubezkoi) in seiner Amoralität und in seinem sadistischen Selbstbewußtsein des Strategen überzeichnet, für den die Menschen einzig den Wert von handhabbaren Objekten haben, als Typus ist er jedoch für Dostojewskis Menschenverständnis wichtig. Differenzierter und facettenreicher kehrt er als Swidrigajloff in *Rodion Raskolnikoff* (1866), als Stawrogin in den *Dämonen* (1871/72) wieder.

Dergleichen partielle Analogien zwischen Figuren aus dem früheren und späteren Werk Dostojewskis, Figuren, die jedoch nie zu eindimensionalen Typen erstarren, haben dazu geführt, daß eine Typologie der fiktiven Gestalten entworfen wurde, die jene reflektiert, die Dostojewski in seinen *Aufsätzen zur Kunst* 1861 dargelegt hat.

Drei literarische Figuren versinnbildlichen für ihn jene Erkenntnisstufen, die symptomatisch für bestimmte geschichtliche Zeitabschnitte und die sie charakterisierenden Probleme sind: Jewgeni Onegin, aus Puschkins gleichnamigem Versroman (1825–33, 1837), ist typisch für die Widersprüche der zwanziger Jahre, in denen sich Rußland seiner Authentizität bewußt wurde und zugleich noch nicht fähig war, die Bevormundung durch Westeuropa von sich zu weisen. Dieser Kreuzwegmensch, der weder Europäer noch Russe ist, in dem »unser qualvolles Bewußtsein und unsere qualvolle, zweifelnde Unschlüssigkeit« erwacht sind, wird abgelöst von dem Typus, den

Michail Lermontow in seinem *Held unserer Zeit* (1841) geschaffen hat. Petschorins Bewußtseinsfindung hält inne in einer »unstillbaren, galligen Verbitterung«, die begleitet wird von einem bis zur »Selbstvergötterung getriebenen Egoismus, der einhergeht mit wütender Selbstverachtung und dem stets gleichen sehnenden Verlangen nach Wahrheit und Tätigkeit und dem stets gleich verhängnisvollen Nichtstun«. Turgenjews *Rudin* (1855) verkörpert schließlich für Dostojewski den nachromantischen Menschen, der es vermag, die Kluft zwischem dem russischen Volk und der Intelligenz, die zwischen Rußland und Europa zu überbrücken. Seine freie und unabhängige Persönlichkeit bewirkt, daß er über sich selbst lachen kann, auch wenn er sich als der Selbstachtung unfähig erweist. Von dem Vorwurf des Egoismus aber ist der Typus des Rudinschen Menschen freigesprochen. Rudin, der die »überflüssigen Menschen«, Onegin und Petschorin, abgelöst hat, stellt darüber hinaus die Verbindung von kluger Erkenntnis, die das Bedürfnis hat, Gutes zu tun, und seiner Unfähigkeit dar, dieses in die Tat umzusetzen.

Verschiedene Merkmale dieser dialektischen Genealogie übertrug Dostojewski auf die Figuren des Romans *Die Erniedrigten und Beleidigten*, dessen Handlungszeit in die Nachromantik, Ende der vierziger Jahre, verlegt ist, während die Vorgeschichte bis in die Jahre um 1828 zurückreicht.

Aljoscha repräsentiert die naiv-romantische und idealistische Einstellung, zu der sich seine Charakterlosigkeit gesellt. Unreflektiert gibt er sich seinen spontanen Einfällen, dann dem Enthusiasmus für die humanitären Utopien der französischen Sozialisten hin und übersieht dabei, daß er sich seiner einzigen, selbstgewählten Verantwortung entzieht, der gegenüber Natascha. Dostojewski unterstreicht Aljoschas Egoismus dadurch, daß ausgerechnet der egozentrische Vater seinen Sohn auf die Diskrepanz zwischen Sprechen und Handeln aufmerksam macht: »Liebe allein genügt nicht; Liebe beweist sich in Taten« (S. 740). Und Walkowskij ergänzt diesen Satz um den für Dostojewski entscheidenden Gedanken vom christlichen Altruismus, den er in seinen späteren Romanen immer wieder gestalten wird. »Von Nächstenliebe reden, sich für allgemeinmenschliche Fragen begeistern und gleichzeitig sich an der Liebe selbst versündigen, ohne das auch nur zu gewahren – das ist unverständlich« (740).

Hinter Aljoschas unreflektierter Begeisterung für die hohen Ideale von Fortschritt, Humanität und Liebe verbirgt sich eine autobiographische Anspielung Dostojewskis. 1873 erinnert er im *Tagebuch eines Schriftstellers* daran, daß er einst von den Ideen Charles Fouriers, die für ihn um 1847 »heilig und moralisch« waren, fasziniert war, und das war die »Hauptsache – allgemein menschlich, das Gesetz der Zukunft für die gesamte Menschheit«.

Walkowskij hingegen versinnbildlicht den Umschlag vom Idealismus zum radikalen Nihilismus. Nur spöttisch kann er auf die »goldenen Tage meiner Jugend« (S. 829) während der zwanziger Jahre zurückblicken, als er, ähnlich wie Aljoscha und Iwan, an die Ideale Schillers von Freiheit, ethischer Verpflichtung und Freundschaft glaubte, die ihn damals zu humanitären Bestrebungen drängten, Grillen, wie er jetzt meint, die ihm einst über Langeweile und Überdruß hinweghalfen. Deshalb beobachtet er voller Zynismus die »ganze Schillerianerei« seines Sohnes und Iwan Petrowitschs.

Iwan Petrowitsch bildet nun eine Synthese zwischen den beiden Extremen Idealismus und Nihilismus auf der Grundlage seines reflexiven und skeptischen Bewußtseins. Die Tragik von seiner und Nataschas Situation liegt darin, daß sie, beide geprägt von sentimental-romantischem Gedankengut und motiviert durch ihre idealistischen Vorstellungen, in leidvolle Konflikte geraten. Sie erkennen, daß ihre Ideale an der Wirklichkeit zerschellen, daß sie nicht mehr lebbar sind. Deshalb werden sie beide zu Außenseitern, die voller Skepsis ihrer Situation gegenüberstehen und deren Liebe »nur tragisch enden kann, da ihr die Unmittelbarkeit der unreflektierten Hingabe fehlt«[5].

Auffallend sind schließlich die Parallelen zwischen Dostojewskis literarischer Biographie und der des Erzählers Iwan Petrowitsch, dessen Erstlingswerk ebenso wie die *Armen Leute* in literarischen Kreisen einen wahren Sturm erregte und von Belinski, beziehungsweise von Ichmeneff im Roman, als ein Werk entdeckt wird, das auf seine Weise das Problem gelöst habe, wie »etwas so Alltägliches und längst Bekanntes wirklich: genau wie das, was gewöhnlich um einen herum geschah« (S. 527), sich ohne Verharmlosung und falsche Idealisierung für den durchschnittlichen Leser darstellen lasse. Diese autobiographischen Allusionen können sicherlich vor dem Hintergrund der in den fünfziger Jahren beliebten Gattung der Autobiographien gelesen werden, aber auch als Reflexion des Schriftstellers Dostojewski über seinen Standort als Verfasser der *Erniedrigten und Beleidigten*, eines Romans in »der Art der ›Armen Leute‹ (aber von der Idee her noch besser)« (an Michail Dostojewski, 3. November 1857).

Denn die drei Romane aus den ausgehenden fünfziger Jahren lassen sich als eine Zwischenstufe verstehen, in denen Dostojewski die Erkenntnisse aus seinem Frühwerk zu vertiefen, zu verfeinern und jene Komplexionen zu schaffen beginnt, die in endgültig geläuterter Form, in reinster und daher radikalster Konsequenz in sein Spätwerk einfließen.

Juli 1986 *Angela Martini*

1 Michail Bachtin: *Probleme der Poetik Dostojewskis.* München 1971, S. 303.

2 Nathalie Sarraute: »Von Dostojewski zu Kafka«. In: dies.: *Zeitalter des Mißtrauens. Essays über den Roman.* Frankfurt a. M. 1975, S. 31.

3 Konstantin Vasil'evič Močul'skij: *Dostoevskij. Žizn' i tvorčestvo.* Paris 1947, S. 164.

4 Juri Tynjanow: »Dostojewski und Gogol«. In: ders.: *Der Affe und die Glocke.* Berlin 1975, S. 260.

5 Rudolf Neuhäuser: *Das Frühwerk Dostoevskijs.* Heidelberg 1979, S. 264.

AUSWAHLBIBLIOGRAPHIE

Bachtin, Michail: *Probleme der Poetik Dostojewskis.* München: Hanser 1971.

Braun, Maximilian: *Das Gesamtwerk als Vielfalt und Einheit.* Göttingen: Vandenhoeck & Ruprecht 1976.

Drouilly, Jean: *La pensée politique et religieuse de F. M. Dostoievski.* Paris: Librairie des cinq continents 1971.

Fanger, Donald: *Dostoevsky and Romantic Realism.* Cambridge: Harvard University Press 1965.

Frank, Joseph: *Dostoevsky: The Seeds of Revolt, 1821–1849.* Princeton: Princeton University Press 1977.

Gerhardt, Dietrich: *Gogol und Dostojevskij in ihrem künstlerischen Verhältnis.* Leipzig: Markert & Petters 1941 (Reprint München: Fink 1970).

Holthusen, Johannes: *Prinzipien der Komposition und des Erzählens bei Dostojewski.* Köln/Opladen: Westdeutscher Verlag 1969.

Jackson, Robert Louis: *Dostoevsky's Quest for Form. A Study of His Philosophy of Art.* New Haven/London: Yale University Press 1966.

Kirpotin, Valerij Jakovlevič: *F. M. Dostoevskij. Tvorčeskij put' (1821–1859).* Moskau: Goslitizdat 1960.

Lavrin, Janko: *Fjodor M. Dostojevskij.* Reinbek: Rowohlt 1963.

Močul'skij, Konstantin Vasil'evič: *Dostoevskij. Žizn' i tvorčestvo.* Paris: Ymca-Press 1947.

Müller, Ludolf: *Dostojewskij. Sein Leben, sein Werk, sein Vermächtnis.* München: Wewel 1982 (Quellen und Studien zur russischen Geistesgeschichte, hrsg. v. Ludolf Müller, Bd. 2).

Neuhäuser, Rudolf: *Das Frühwerk Dostoevskijs. Literarische Tradition und gesellschaftlicher Anspruch.* Heidelberg: Winter 1979.

Neuhäuser, Rudolf: »F. M. Dostoevskij. ›Die Erniedrigten und Beleidigten‹. Ein bisher unbekanntes Manuskript des

Dichters aus dem Nachlaß Stefan Zweigs«. In: *Wiener Slavistisches Jahrbuch*, Nr. 21, 1975.
Onasch, Konrad: *Dostojewski-Biographie*. Zürich: EVZ-Verlag 1960.
Onasch, Konrad: *Dostojewski als Verführer*. Zürich: EVZ-Verlag 1961.
Schmid, Wolf: *Der Textaufbau in den Erzählungen Dostoevskijs*. München: Fink 1973.
Terras, Victor: *The Young Dostoevsky* (1846–1849). *A Critical Study*. Den Haag / Paris: Mouton 1969.
Thieß, Frank: *Dostojewski. Realismus am Rande der Transzendenz*. Stuttgart: Seewald 1971.
Trubetzkoy, Nikolai Sergeevich: »The Style of ›Pour Folk‹ and ›The Double‹«. In: *American Slavic and East European Review* VII, Nr. 2, 1948.
Tynjanow, Juri: »Dostojewski und Gogol. Zur Theorie der Parodie«. In: ders.: *Der Affe und die Glocke, Erzählungen, Drama, Essays*. Berlin: Verlag Volk und Welt 1975.

BIOGRAPHISCHE DATEN

1821 Fjodor Michailowitsch Dostojewski als Sohn des Militärarztes und Sozialmediziners Michail Andrejewitsch Dostojewski (* 1789) in Moskau geboren (30. Oktober alten Stils, 11. November neuen Stils); Mutter: Maria Fjodorowna, geb. Netschajewa (* 1800); älterer Bruder: Michail Michailowitsch Dostojewski (* 1820).

1837 Tod der Mutter, F. M. und M. M. Dostojewski übersiedeln nach St. Petersburg, um sich auf das Bauingenieurstudium vorzubereiten; Jugendfreundschaft mit den Literaten Dmitri Grigorowitsch und Iwan Schidlowski.

1838 Neben seinen technischen Studien an der Ingenieurschule der Militärakademie in St. Petersburg widmet sich Dostojewski während mehrerer Jahre ausgedehnten Lektüren (Homer, Shakespeare, Racine, Corneille, Pascal, Schiller, Hoffmann, Hugo, Balzac, George Sand u. a.).

1839 Ermordung des Vaters durch leibeigene Bauern auf seinem Landgut.

1843 Studienabschluß und Brevetierung als Offizier; Übersetzung von Honoré de Balzacs *Eugénie Grandet*.

1844 Dostojewski nimmt seinen Abschied, um freier Schriftsteller zu werden; Beginn der Arbeit am Roman *Arme Leute*; Übersetzungen und Übersetzungsprojekte (Sand, Sue).

1845 Bekanntschaft mit Iwan Turgenjew, Nikolai Nekrassow und dem Literaturkritiker Wissarion Belinski.

1846 *Arme Leute*, *Der Doppelgänger*. Bekanntschaft mit Michail Petraschewski und Alexander Herzen, Beginn der Freundschaft mit Apollon Maikow.

1847 *Roman in neun Briefen*. Dostojewski wird Mitglied des revolutionären Petraschewski-Kreises, liest Fourier, Cabet, Helvétius, Saint-Simon, schreibt und veröffentlicht *Die Wirtin*.

1848 Mehrere Erzählungen sowie der Kurzroman *Helle Nächte* im Druck. Enger Kontakt mit Petraschewski und Nikolai Speschnjow.

1849 Dostojewski wegen angeblich staatsfeindlicher Aktivitäten im Petraschewski-Kreis (Vorlesung eines »kriminellen Schreibens« von Belinski) aufgrund einer Denunziation verhaftet, zum Tode verurteilt, schließlich durch Zar Nikolaus I. begnadigt zu vier Jahren Verbannung (mit Zwangsarbeit) und anschließender Militärdienstpflicht als »gemeiner Soldat«. Deportation nach Tobolsk (24. Dezember).

1850 Ab 23. Januar (bis Mitte Februar 1854) Festungshaft in Omsk; private Aufzeichnungen im *Sibirischen Heft*; Dostojewskis epileptische Erkrankung erstmals ärztlich diagnostiziert und offiziell registriert.

1856 Dostojewski arbeitet in Semipalatinsk, wohin er Anfang 1854 als Soldat des 7. Grenzbataillons abkommandiert wurde, an den *Aufzeichnungen aus einem Totenhaus* und am *Gut Stepantschikowo*; dank obrigkeitlicher und privater Protektion sowie aufgrund einiger von ihm verfaßter patriotischer Verse wird Dostojewski zum Offizier befördert.

1857 Heirat mit Maria Dmitrijewna Issajewa (6. Februar); schwere epileptische Krisen. Aus gesundheitlichen Gründen beantragt Dostojewski seine Entlassung aus der Armee und eine Aufenthaltsbewilligung für Moskau.

1859 Dostojewski wird als Unteroffizier aus der Armee entlassen; er kehrt über Twer nach St. Petersburg zurück und steht von nun an bis zu seinem Lebensende fast permanent unter geheimpolizeilicher Aufsicht; *Onkelchens Traum* erscheint in der Zeitschrift »Das russische Wort«, *Das Gut Stepantschikowo und seine Bewohner* in den »Vaterländischen Annalen«.

1860 Werkausgabe in zwei Bänden; die *Aufzeichnungen aus einem Totenhaus* beginnen zu erscheinen (1860–62).

1861 Erste Lieferung der von F. M. und M. M. Dostojewski gemeinsam redigierten Zeitschrift »Die Zeit«; hier beginnt der Roman *Die Erniedrigten und Beleidigten* im Druck zu erscheinen; Bekanntschaft mit Alexander Ostrowski, Iwan Gontscharow, Michail Saltykow-Schtschedrin und Apollon Grigorjew. Bekanntschaft mit Apollinaria (Polina) Suslowa, einer Mitarbeiterin der »Zeit« und typischen Vertreterin der Frauenemanzipation der sechziger Jahre.

1862 Erste Auslandsreise: Berlin, Dresden, Köln, Paris, von dort aus Besuch der Weltausstellung in London, Zusammentreffen mit Herzen, zurück nach Paris, dann nach Genf (Treffen mit Nikolai Strachow), von dort nach Italien (Florenz) und über Wien zurück nach Rußland (Juni–September).

1863 In der »Zeit« erscheinen die *Winteraufzeichnungen über Sommereindrücke*, ein sarkastischer Reisebericht, der allerdings nicht Westeuropa, sondern den westeuropäischen Spießer – den »Kapitalisten« ebenso wie den »Sozialisten« – zum Gegenstand hat. »Die Zeit« wird wegen eines »antipatriotischen« Beitrags von Strachow verboten. Ab August bis Ende Oktober zweite Auslandsreise, teilweise in Begleitung Apollinaria Suslowas: Frankreich, Deutschland, Italien; Beginn von Dostojewskis Spielleidenschaft (Baden-Baden, Bad Homburg).

1864 Erstes Heft der von F. M. und M. M. Dostojewski neu gegründeten Zeitschrift »Die Epoche« ausgeliefert (enthält u. a. den 1. Teil der *Aufzeichnungen aus dem Untergrund*, deren 2. Teil in Heft IV erscheint). In Moskau stirbt Dostojewskis erste Frau (14. April); in kurzer Folge verliert Dostojewski auch seinen Bruder Michail (10. Juli) sowie seinen Mitarbeiter und Freund Apollon Grigorjew (22. Juli).

1865 Aus finanziellen Gründen muß Dostojewski auf die weitere Herausgabe der »Epoche« verzichten; dreibändige Werkausgabe bei Stellowski (1866 abgeschlossen); erste Entwürfe zu *Schuld und Sühne*. Zwei Heiratsanträge Dostojewskis (an Apollinaria Suslowa und die Nihilistin Anna Korwin-Krukowskaja) werden abgewiesen. Dritte Auslandsreise (Juli–Oktober): Wiesbaden (wo sich Dostojewski beim Roulettespiel ruiniert), Rückkehr über Kopenhagen.

1866 *Schuld und Sühne*. Dostojewski diktiert einer jungen Stenographin, Anna Grigorjewna Snitkina, in sechsundzwanzig Tagen den Kurzroman *Der Spieler* (Oktober).

1867 Heirat mit Anna Snitkina (Dostojewskaja) am 15. Februar; wegen hoher Verschuldung fluchtartige Abreise ins Ausland (14. April). Dresden, Bad Homburg, Baden-Baden. Besuch bei Turgenjew (endet mit Zerwürfnis). Basel (Ende August), wo Hans Holbeins Gemälde »Der tote Christus« im Kunstmuseum einen großen Eindruck bei ihm hinterläßt. Am 25. August Ankunft in Genf. Entwürfe zum Roman *Der Idiot* und Niederschrift der Kapitel I–VII.

1868 Beginn der Drucklegung des Romans *Der Idiot* in Michail Katkows konservativer Zeitschrift »Der russische Bote«. Reger Briefwechsel mit Maikow; Invektiven gegen die westlichen Sozialisten und gegen die ganze »neue, progressive, liberale« Richtung innerhalb der russischen Intelligenz (Saltykow-Schtschedrin, Turgenjew, Nikolai Tschernyschewski). Geburt und Tod der Tochter Sofija (Sonja) in Genf (22. Februar bis 12. Mai). Anfang April dritter und letzter Ausflug nach Saxon-les-Bains, wo Dostojewski im Spielkasino alles verspielt. Anfang Juni Übersiedlung von Genf nach Vevey. Weiterarbeit am Roman *Der Idiot*. Im September Ausreise nach Italien (Mailand, dann Florenz).

1869 *Der Idiot* abgeschlossen und erschienen. Abreise der Dostojewskis aus Italien (über Prag nach Dresden); in Dresden Geburt der Tochter Ljubow (14. September).

Entwurf eines fünfteiligen Romanzyklus (»Das Leben eines großen Sünders«).

1870 *Der ewige Gatte*; Entwürfe zu dem Roman *Die Dämonen* und »Das Leben eines großen Sünders«.

1871 Vor seiner Rückkehr nach Rußland verbrennt Dostojewski aus Furcht vor Zollkalamitäten mehrere seiner Manuskripte, darunter jenes zum Roman *Der Idiot*. Ankunft der Dostojewskis in St. Petersburg (8. Juli) und Geburt des Sohnes Fjodor (16. Juli). *Die Dämonen* (Teile I–II) als Vorabdruck im »Russischen Boten«.

1872 Kontaktaufnahme mit konservativen Regierungskreisen. Arbeit an Teil III der *Dämonen* in Staraja Russa. Bekanntschaft mit Nikolai Leskow.

1873 *Die Dämonen* als Einzelausgabe in drei Bänden; Dostojewski nimmt seine Tätigkeit als Redakteur des konservativen »Staatsbürgers« auf; erste Lieferungen des *Tagebuchs eines Schriftstellers* (als Beiträge zum »Staatsbürger«).

1874 Dostojewski gibt seine Stellung als Redakteur beim »Staatsbürger« auf, um sich wieder vermehrt seinen eigenen literarischen Projekten widmen zu können. Aufenthalt in Staraja Russa (Mai), Reise nach Bad Ems (Juni). Kurzbesuch in Genf (August), um das Grab Sonjas zu sehen.

1875 *Der Jüngling* (Publikationsbeginn). Kuraufenthalt in Bad Ems (Mai–Juli). Staraja Russa. *Der Jüngling* abgeschlossen. Geburt des zweiten Sohnes, Aljoscha (10. August).

1876 Das *Tagebuch eines Schriftstellers* erscheint fortan im Selbstverlag; in der Juni-Ausgabe Nekrolog auf George Sand. Kur in Bad Ems (Juli). *Die Sanfte* (November, als Reaktion auf den Selbstmord von Herzens Tochter Lisa).

1877 Fortsetzung des *Tagebuchs eines Schriftstellers*; zunehmendes politisches Engagement (Panslawismus, Orientfrage, Imperialismusgedanke).

1878 Arbeit am *Tagebuch eines Schriftstellers* vorübergehend eingestellt. Arbeit am Roman *Die Brüder Karamasow* (bis 1880). Bekanntschaft mit dem Philosophen Wladimir Solowjow, mit dem Dostojewski nach dem Tod seines Sohnes Aljoscha (16. Mai) in das Kloster Optina Pustyn fährt.

1879 Fortsetzung der Arbeit an den *Brüdern Karamasow*. Vortragstätigkeit, Lesungen. Kur in Bad Ems (Juli–September). Drucklegung der *Brüder Karamasow* (bis 1880).

1880 *Die Brüder Karamasow* (Einzelausgabe). Lesungen. Rede zur Puschkin-Feier (8. Juni); Sonderheft des *Tagebuchs eines Schriftstellers* (Puschkin-Rede, mit Einleitung, Ergänzungen und gegenkritischen Erwiderungen).

1881 Vorbereitung des *Tagebuchs eines Schriftstellers* für das laufende Jahr. Erkrankung Dostojewskis (25./26. Januar, Blutsturz infolge eines Lungenemphysems); Tod (28. Januar/9. Februar); öffentliche Trauerfeier unter Teilnahme von 50000 bis 60000 Trauergästen (31. Januar); Grabreden von Alexander Palm, Maikow, Solowjow (1. Februar).

Ilma Rakusa

Im Nachwort und in den biographischen Daten wurde bei den russischen Namen die heute übliche Schreibweise verwendet.

INHALT

ONKELCHENS TRAUM
Aus den Chroniken der Stadt Mordássoff
Roman (1859)

I. 9
II. 16
III. 21
IV. 35
V. 50
VI. 66
VII. 78
VIII. 88
IX. 99
X. 115
XI. 125
XII. 136
XIII. 146
XIV. 162
XV. 171

DAS GUT STEPANTSCHIKOWO UND SEINE BEWOHNER
Aus den Aufzeichnungen eines Unbekannten
Roman (1859)

Erster Teil

I. Stepántschikowo 191
II. Herr Bachtschéjeff 218
III. Mein Onkel 240
IV. Beim Tee 260
V. Jeshówikin 275

VI. Vom weißen Ochsen und der Kamárinskaja 293
VII. Fomá Fomítsch 303
VIII. Die Liebeserklärung 324
IX. „Euer Exzellenz“ 332
X. Misíntschikoff 351
XI. Äußere Mißverständnisse 371
XII. Die Katastrophe 388

Zweiter und letzter Teil

I. Die Verfolgung 398
II. Neuigkeiten 417
III. Iljúschas Namenstag 423
IV. Die Vertreibung 435
V. Fomá Fomítsch als Stifter allgemeinen Glücks 450
VI. Der Schluß 472
Nachbemerkungen 483

Die Erniedrigten und Beleidigten
Roman (1861)

Erster Teil

I. 495
II. 508
III. 511
IV. 515
V. 522
VI. 527
VII. 537
VIII. 540
IX. 549
X. 559

XI. 564
XII. 570
XIII. 581
XIV. 589
XV. 593

Zweiter Teil

I. 608
II. 625
III. 640
IV. 647
V. 653
VI. 663
VII. 670
VIII. 678
IX. 688
X. 695
XI. 706

Dritter Teil

I. 718
II. 727
III. 744
IV. 752
V. 759
VI. 770
VII. 788
VIII. 792
IX. 797
X. 816

Vierter Teil

I. 845
II. 848
III. 857
IV. 863
V. 876
VI. 891
VII. 909
VIII. 920
IX. 932

Epilog 937

Anhang

Anmerkungen 977
Nachwort von Angela Martini 984
Auswahlbibliographie 1005
Biographische Daten 1007

PIPER

W. Bruce Lincoln
Die Eroberung Sibiriens

Aus dem Englischen von Bernd Rullkötter und Xenia Osthelder. 576 Seiten. Geb.

Rußland stieg zur Weltmacht auf durch die Eroberung Sibiriens. »Es war die Herrschaft über Sibirien, die Rußland groß machte, und es waren die sibirischen Reichtümer, die es ihm ermöglichten, diesen Platz zu halten.« So beginnt Lincoln seine Geschichte der Eroberung eines Kontinents. Es ist eine aufregende Geschichte. Die eigentliche Eroberung beginnt vor vierhundert Jahren mit dem Sieg der Kosaken über die sibirischen Tataren. Was folgt, ist eine Erzählung von abenteuerlichen Expeditionen, die das riesige Land erforschen und die Kunde von seinen unermeßlichen Schätzen in das ferne Moskau bringen. Intensiv geht er auch auf das dunkle Kapitel von Dostojewskis »Totenhaus« ein, als Sibirien zum Sträflingslager wird.
Ein faszinierender historischer Lesestoff über eines der schönsten, unbekanntesten und wichtigsten Länder der Welt.

Prinz Roman Romanow

Am Hof des letzten Zaren 1896-1919

Aus dem Dänischen von Lothar Schneider.
512 Seiten mit 48 Seiten Bildteil. Leinen

Die unglaubliche Pracht des Zarenhofes, das persönlich eher bescheidene Auftreten der Zarenfamilie, dann wieder die großen Feste in der alten Hauptstadt St. Petersburg oder im Sommer auf der Krim... Roman Romanow beschreibt die versunkene Welt, die ihm um so prächtiger und funkelnder erscheinen muß, als er sie als Kind und Jugendlicher erlebt hat. Der Krieg bringt auch in die obersten Kreise der russischen Gesellschaft einschneidende Veränderungen. Das Ende kommt in der menschewikischen Revolution im März 1917, die den Zaren absetzt und die Romanows unter Hausarrest stellt. 1919 gelingt den Romanows durch Vermittlung der englischen Krone die Flucht nach Dänemark. Die Erinnerungen des Prinzen Romanow ermöglichen einen direkten Blick in die damals streng abgeschirmte prächtige und fast mystische Welt des altrussischen Zarentums.